后浪

袁珂 编著

修订版

中国神话传说词典

北京联合出版公司
Beijing United Publishing Co.,Ltd.

出版说明

2011年底,我们推出了袁珂先生的《中国神话传说》,随即便受到读者的热切关注。不少读者还提出重版袁珂先生另一部神话学著作《中国神话传说词典》的愿景。为满足广大读者对神话学的兴趣,时隔半年,我们隆重推出袁珂先生的这一著作。

袁珂先生"填海追日五十年",提出了广义神话论的看法,拓宽了中国神话的研究视野,并将之运用于其多部作品中。而广义神话论正是在《中国神话传说词典》的编写过程中形成的,也足见这一著作的奠基意义。本书编写前后费时十年,1985年由上海辞书出版社出版,首印50万册,一经出版便在读者中引起极大反响,荣获1985年四川省社科院科研成果特别奖。

本书资料丰富详尽,将同一传说的不同版本收罗齐全,体例索引整齐且严谨可靠。这样一部全面而专业的词典,既有益于神话研究的进行,又在重要的参考价值外具有珍贵的学术价值。随文配有400余幅插图,更为读者打开了一扇贴近神话传说原貌的大门。

这部词典主要反映了袁珂先生的研究状况及学术观点。正如很多学术问题往往有不同见解,对于袁先生的有些观点,学术界可能有不同看法。考虑到这种情况,袁珂先生将一部分内容附于正文后面,作为"参考词目",供读者查阅或探讨。

这部词典主要采用书证作释文内容。正如袁珂先生生前所说,这是一部"变体"词典。出版这样的词典,是一种尝试;我们期望,这种尝试对中国神话研究会有积极的作用。

需要特别说明的是,在袁珂先生逝世十余年后,其后人为我们提供了一份弥足珍贵的手稿。在这份手稿中,袁珂先生生前亲自对1985年版中的诸多条目进行了重写和补充,使这一修订版更加完善。这对热衷中国神话的读者来说无疑是一份难得的收获。

2012年12月

目 录

出版说明 ………………………………………………… 1

序　　言 ………………………………………………… 1

体例说明 ………………………………………………… 5

正文词目 ………………………………………………… 7

参考词目 ………………………………………………… 37

词典正文 ………………………………………………… 1–418

分类词目表 ……………………………………………… 419–449

序　言

我从事神话研究工作已经有三十多年。虽说是这样,其实这中间也是断断续续的,并非全部用来研究神话。而且一开始也并没有专门研究神话,而是"十八般武艺,件件都能",换句话说,也就是件件都无能。它虽然为我以后专研神话提供了一些方便的条件,使我能够博观泛览,了解广阔一些,但毕竟由于专研的时间少,基础不深厚。

好心的同志常常这样对我说,你研究神话,就该用马列主义的观点,辩证唯物论的方法,观察探讨中国古代神话的问题,写出几篇广博深厚的、具有学术价值的论文来。我感谢同志们的好意,也尝试着这么做了,却始终感觉自己的认识还停留在一般的阶段,不能有更高的水平。在我看来,这里一个很重要的原因,那就是,我们还没有充分掌握一个内容既丰富又可靠的研究对象。我认为,我们的神话研究,尚须有坚实的基础,从这个基础上才能去攀登理论的高峰。

中国神话材料散碎的特点,这是只要初涉神话研究领域的人都知道并且承认的。它散碎的情况,照旧的图书分类法,简直可说是在经、史、子、集四部里都有。而且有些资料,还须求之于书注,或类书征引的佚亡古书,或古书的佚文。而资料本身,又有文字的脱、误、倒、衍、正文入注、注入正文……需要加以校勘、订正;又还有文字的涵义,旧来注家注释错误或注释含混,需要加以确切的新诂。有了这些复杂的情况,就给我们提出一个研究对象的问题。连研究对象都未能够充分掌握,或虽掌握而认识浅近,不甚了然,还说什么用马列主义的观点去分析探察呢?

多年以来,我积累了相当一部分神话资料,有的是书籍杂志,有的是资料卡片。曾经打算编纂一部《神话资料汇编》,以神话人物为中心,而将有关他们的资料尽可能地搜集起来,不加删减,依次列在某个神话人物的专题下面,以备研究者参考。这是一个奠定基础、觅致研究对象的办法。这个办法有它的好处,但也有它不足的地方。最大的不足,就是有些过于琐碎的神话资料,仍无法搜集在这个《汇编》里;还有些不见古书记载而仅流传于民间尚未有正式文字记录的,也不便作为资料收入。除此而外,还有些资料,如"灶神"、"天梯"等,因其在原始材料里既琐碎而又讲得比较隐晦,仍需加以初步的研究说明,让读者看得明白。因此《汇编》这项工作一直迁延未作。

1972年起，我就想干脆编写一部《中国神话词典》，以容纳所收集的资料，同时，在编写的过程中做些初步研究。于人于己，都有好处。

如果说，要建造一座中国神话的殿堂，需要许许多多适合这座殿堂要求的特定的砖瓦，那么，《中国神话词典》所选择编写的若干词目，就是建造这座殿堂所用的特定的砖瓦。自然，要使殿堂建造成功，建造者还得花费许多心血和劳力。作为词典的一个词目，这些"砖瓦"是经过编写者初步加工的，包含编写者的认识和见解，也可说是编写者对中国神话的初步研究。但却无碍于研究者利用它们作进一步探讨，因为每一个词目里所包含的仍多是原始的神话材料。

开始编写这部专科性质的词典，确也感到"前无古人"，无所参考和依傍。遇到一些困难，走了一些弯路。起初曾打算用语体文作概括性的简明扼要的叙述，尽量减少直接引用原文。试编写了两三条，看来却总觉得浮浅空泛，很不像样，编写不下去。由于中国神话材料散碎，问题多端，实在不是用几句简单的话语就可以把某一词目解说得清楚的，还是必须引用原文，而且往往还采自各书的不同原文资料。这样也试编写了两三条，就觉得果然内容比较充实，根据确凿，看来不是在编谎。于是决定以直接引用原文为主。在引文之间，有时则用一些浅近的文言作陈述语或解说语。

下一步是搜集并选择词目的问题。我手边有一部1936年出版的《辞海》，里面有一些属于神话性质的词目。顺手一翻核，就在三画的"大"部里翻检到了这么两条：一条是"大人"，另一条是"夸父"。一看它的解释，却远不能满足《神话词典》的要求。例如"大人"，它的解释共有六种：首先是"有德者之称"，然后是"有位者之称"、"地方长老之称"、"尊长之称"、"占梦之官"，等等。第五种是"巨大之人"，这才是符合《神话词典》要求的神话性质的解释，然而列在第五。所引解释的根据也很简单，仅举《山海经·大荒东经》"有波谷之山者，有大人之国"一条，自然是很不够的。又如"夸父"，旧《辞海》先引《吕氏春秋·求人》高诱注，将它释为"兽名"，再引《山海经·海外北经》郭璞注，释为"神人之名"。其实"夸父"本来就是"神人之名"，《吕氏春秋·求人》里所说的"犬戎之国，夸父之野"的"夸父"，也当是"神人之名"，不是"兽名"，高诱注是注释错了的。固然"夸父"一词在别的地方也算是"兽名"，但却是特定的某种"兽"的"名"，而不是笼统一般的"兽名"。此兽为何？即猿猴是也。这些都是旧《辞海》的编写者在神话释义方面没有弄清楚的，所以不能满足《神话词典》的要求。但属于神话性质的词目，里面究竟也还有一些，这些词目以及它们的解释，也还大略可供参考。而大部分的词目，却是旧《辞海》里所没有的，必须新选新写。于是,我就先从保存神话资料最多的《山海经》里选取词目,先择其简单易释的,次及比较复杂须引资料加以解说的,一遍又一遍地选取编写了几遍,《山海经》所有的词目差不多便选取编写尽净了。然后再选《楚辞》,尤其是屈原所作的《离骚》、《天问》、《九歌》、《招魂》、《远游》篇里的词目,差不多也都列入了《神话词典》的范围。这里面有许多词目是和《山海经》重复的,重复的自然并为一条作解释。其次乃及于《庄子》、《吕氏春秋》、《淮南子》、《诗经》、《左传》、《国语》、《搜神记》、《拾遗记》等,用的大体上也是这种办法。在编写词目的时候,我早年积存的几匣子资料卡给我的帮助很多。

起初,我目光所及,大都偏于古代神话。以后,经过几次对词目的修订增补,才逐渐感到,中国历史既然是这么悠久,在悠久的历史发展演变过程中,必然会有许多新的神话、新的富于神话意味的民间传说繁衍滋生。事实确也正是这样。难道"沉香救母"的"沉香"、"白娘子水漫金山寺"的"白娘子",以及相关的一些词目,如"法海"、"华岳神女"等,不应该作为《神话词典》的词目而列于其中吗?难道仅仅因为它们产生的时代比较晚近就应当遭到摒弃?若真是这样,那么《神话词典》就太狭隘,也太不完备了。在编写中,我对神话的认识起了变化,逐渐从狭义领域走向广义领域。自然,词目选编的视野和范围就随之而扩大了。既然有着这样丰富的内容,原来的书名显然已不能概括,故又改名为《中国神话传说词典》。

现所选词目的性质大概可分为以下六类:

一、人——神、神性英雄、历史或传说人物、仙人、精灵鬼怪、国族等;

二、物——具有神话性质的动物、植物、矿物、药物、武器、乐器等;

三、天地——神话传说中的天界星河风云和地上山川城池庙观等;

四、书——研究神话的参考书,旧时分隶于经、史、子、集四部下的有关书籍,以及类书、丛书、辑存的佚亡古书等;

五、事——神话传说中不以人为主而以事为主的,如"绝地天通"、"八仙过海"、"担山赶太阳"等;

六、其他——实在无法归入以上五类中的词目,便通通归入此类。

中国神话,由于其资料散碎的特点以及神话本身具有的多学科性质,举凡天文、地理、历史、动物、植物、矿物、医药、宗教、哲学、风俗、文学、艺术、语言文字学等,一句话,整个文化领域,莫不有它的踪影。要将这些都作为词目解释的内容,比较正确而少有错误地包罗在这部词典里,以一手一足之列而浮浅如我者来做这样的工作,确实是相当困难的。但是,从1972年起,我还是勉为其难,按照预定的目标。零星点滴地搜集材料,排比综合,孜孜矻矻,一个劲地编写下去。直至1982年初,编写工作基本完成,幸又得到上海辞书出版社大力支持,为之出版。现在,全书除有三千多条正文词目外,尚附有二百六十多条"参考词目"。

我衷心希望,本词典出版后,能得到学术界同行和广大读者的宝贵意见。

袁　珂

1983年12月于成都

体例说明

一、本书正文收录词目3006条,另附有参考词目269条。

二、本书按第一字笔画数和起笔笔形一、丨、丿、丶、乙顺序排列。

三、一词多义的,释文用❶❷❸分项叙述,一义中需要分项的,用(1)(2)(3)分述,但以属于神话传说内容为限。

四、释文中语词左上角标有*号的,表示该词在本词典内另有专条解释,可供参考。释文末指明须参见的词目,并标有页码,以便查阅。

五、征引资料不是直接引用原文而是节述梗概的,在引文前加"略云"、"略谓"字样。

六、本书使用简化字,在可能发生歧义时,保留原来的繁体字或异体字。

七、本书附有插图共450幅,选自历代名家绘画、汉代画像石刻、明清木刻以及青铜器、瓷器、帛画等。有关《山海经》的词目插图,采自明王崇庆的《山海经释义》和清汪绂的《山海经存》、吴任臣的《山海经广注》等。

八、书后附有分类词目表。

正文词目

一 画

一目民 …… 1
一目国 …… 1
一足鸟 …… 1
一足国 …… 1
一足鬼 …… 1
一角羊 …… 1
一角兽 …… 1
一脚人 …… 1
一碗水 …… 1
一臂民 …… 1
一臂国 …… 1
一臂三面 …… 2

二 画

〔一〕

丁令威 …… 3
丁灵国 …… 3
七夕 …… 3
七仙女 …… 3
七圣画 …… 3
七十二变 …… 3
十日 …… 4
十乌 …… 4
十巫 …… 4
十二神 …… 4
十洲记 …… 4
十三州志 …… 4
二日 …… 5
二郎 …… 5
二竖 …… 5
二皇 …… 5
二神 …… 5
二姚 …… 5
二八神 …… 5
二王庙 …… 6
二妃庙 …… 6
二郎沟 …… 6
二郎神 …… 6
二郎担山赶太阳 …… 6

〔丿〕

入蜀记 …… 6
儿回来 …… 6
人木 …… 7
人日 …… 7
人石 …… 7
人鱼 …… 7
人皇 …… 7
人蛇 …… 7
人面鸮 …… 7
人祖庙 …… 7
八元 …… 7
八风 …… 7
八仙 …… 8
八极 …… 8
八卦 …… 8
八柱 …… 8
八神 …… 8
八骏 …… 8
八阵图 …… 8
八卦坛 …… 8
八鱼原 …… 9
八风之神 …… 9
八仙过海 …… 9
九井 …… 9
九天 …… 9
九乌 …… 9
九凤 …… 10
九丘 …… 10
九代 …… 10
九州 …… 10
九阳 …… 10
九招 …… 10
九钟 …… 10
九皇 …… 10
九野 …… 11
九婴 …… 11
九尾 …… 11
九隆 …… 11
九歌 …… 11
九韶 …… 11
九辩 …… 11
九女闭 …… 11
九子母 …… 11
九方皋 …… 11
九头人 …… 12

7

九头鸟 …… 12	丈夫国 …… 17	三五历纪 …… 21
九头蛇 …… 12	三鸟 …… 17	三面一臂 …… 21
九头兽 …… 12	三秀 …… 17	三天子鄣山 …… 21
九耳犬 …… 12	三皇 …… 17	三教搜神大全 …… 21
九曲珠 …… 12	三壶 …… 17	大人 …… 21
九色鸟 …… 12	三桑 …… 17	大风 …… 22
九尾鸟 …… 12	三骓 …… 18	大丙 …… 22
九尾狐 …… 12	三瞳 …… 18	大言 …… 22
九尾蛇 …… 13	三口浪 …… 18	大泽 …… 22
九陇山 …… 13	三门峡 …… 18	大茗 …… 22
九疑山 …… 13	三王山 …… 18	大禹 …… 22
九嶷山 …… 13	三王墓 …… 18	大费 …… 22
九穗禾 …… 13	三毛国 …… 18	大桡 …… 22
九十九井 …… 13	三白鸟 …… 18	大蛇 …… 22
九天玄女 …… 13	三头人 …… 18	大章 …… 22
九真神牛 …… 13	三头民 …… 18	大傀 …… 22
	三危山 …… 18	大椿 …… 23
〔乛〕	三足乌 …… 18	大鸳 …… 23
力牧 …… 14	三足龟 …… 19	大微 …… 23
力珠 …… 14	三足虎 …… 19	大鹗 …… 23
	三足鹿 …… 19	大壑 …… 23
三　画	三足蟾 …… 19	大鳆 …… 23
	三足鳖 …… 19	大蟹 …… 23
〔一〕	三身民 …… 19	大蠡 …… 23
于儿 …… 15	三身国 …… 19	大人市 …… 23
工布 …… 15	三青鸟 …… 19	大人国 …… 23
干辛 …… 15	三苗民 …… 20	大乐野 …… 23
干将 …… 15	三苗国 …… 20	大司命 …… 24
下都 …… 15	三国志 …… 20	大耳国 …… 24
下谋 …… 15	三神山 …… 20	大虫山 …… 24
万户山 …… 15	三首山 …… 20	大行伯 …… 24
万回哥哥 …… 15	三首国 …… 20	大青蛇 …… 24
土伯 …… 16	三珠树 …… 20	大荒山 …… 24
土蝼 …… 16	三眼神 …… 20	大幽国 …… 24
土地神 …… 16	三嵕山 …… 21	大秦国 …… 24
丈人峰 …… 16	三才图会 …… 21	大桃树 …… 24
丈夫民 …… 17	三天子都 …… 21	大巢氏 …… 24

大翾山 …… 24	广成子 …… 29	飞虫 …… 33
大禹治水 …… 25	广成城 …… 29	飞鱼 …… 33
大蟹斗山神 …… 25	广寒宫 …… 29	飞兔 …… 34
大唐三藏取经诗话 … 25	广东新语 …… 29	飞泉 …… 34
	广博物志 …… 29	飞黄 …… 34
〔丨〕	广德祠山神 …… 29	飞蛇 …… 34
上帝 …… 25		飞鼠 …… 34
上骈 …… 25	〔一〕	飞廉 …… 34
上甲微 …… 25	尸子 …… 30	飞遽 …… 34
上池水 …… 25	尸鸠 …… 30	飞来峰 …… 34
上霄峰 …… 25	卫丘 …… 30	飞鱼口 …… 34
上元夫人 …… 25	卫叔卿 …… 30	飞鱼径 …… 34
山鸡 …… 25	子文 …… 30	飞涎鸟 …… 35
山鬼 …… 26	子规 …… 31	飞兽之神 …… 35
山神 …… 26	子英 …… 31	女尸 …… 35
山都 …… 26	小人 …… 31	女丑 …… 35
山狪 …… 26	小说 …… 31	女节 …… 35
山膏 …… 26	小人国 …… 31	女鸟 …… 35
山精 …… 27	小儿鬼 …… 31	女夷 …… 36
山獿 …… 27	小翾山 …… 31	女志 …… 36
山大人 …… 27	马邑 …… 31	女岐 …… 36
山海经 …… 27	马衔 …… 32	女狄 …… 36
山隐居 …… 27	马腹 …… 32	女英 …… 36
山蜘蛛 …… 27	马见愁 …… 32	女枢 …… 36
山堂肆考 …… 27	马头娘 …… 32	女国 …… 36
山海经地理今释 …… 28	马穴山 …… 32	女树 …… 36
	马师皇 …… 32	女修 …… 37
〔丿〕	马明王 …… 32	女皇 …… 37
乞巧 …… 28	马宝石 …… 32	女娲 …… 37
义均 …… 28	马胫国 …… 33	女娇 …… 37
千人坛 …… 28	马首鱼 …… 33	女戚 …… 37
千日酒 …… 28	马穿穴 …… 33	女祭 …… 37
千里牛 …… 28	马伏波射潮 …… 33	女隤 …… 37
千童城 …… 28	飞卫 …… 33	女娲 …… 37
	飞车 …… 33	女登 …… 37
〔丶〕	飞龙 …… 33	女嬉 …… 38
门神 …… 28	飞仙 …… 33	女蒙 …… 38

9

女人国 …… 38	开路神 …… 42	不死民 …… 45
女子民 …… 38	开辟衍绎通俗志传 … 42	不死国 …… 46
女子国 …… 38	比干 …… 42	不死草 …… 46
女观山 …… 38	比目鱼 …… 42	不死药 …… 46
女郎山 …… 38	比肩人 …… 42	不死树 …… 46
女匽氏 …… 38	比肩民 …… 42	不尽木 …… 46
女娲石 …… 38	比肩兽 …… 42	不沉木 …… 46
女坟湖 …… 38	比翼鸟 …… 43	不周山 …… 46
女娲之肠 …… 39	木公 …… 43	不周风 …… 46
女娲补天 …… 39	木禾 …… 43	不夜城 …… 46
女和月母国 …… 39	木精 …… 43	不须鞭 …… 46
女娲作笙簧 …… 39	木叶山 …… 43	不愁木 …… 46
	木枥山 …… 43	不廷胡余 …… 46
四 画	木客山 …… 43	王母 …… 46
〔一〕	木客鸟 …… 43	王乔 …… 47
井公 …… 40	巨灵 …… 43	王亥 …… 47
夫诸 …… 40	巨蚌 …… 44	王良 …… 47
瓦屋 …… 40	巨蛇 …… 44	王英 …… 47
车马芝 …… 40	巨阙 …… 44	王恒 …… 47
互人国 …… 40	巨龟 …… 44	王子乔 …… 47
艺文类聚 …… 40	巨鳌 …… 44	王子登 …… 48
元天 …… 40	巨灵足 …… 44	王母桃 …… 48
元绪 …… 40	巨灵大人 …… 44	王次仲 …… 48
支机石 …… 40	巨灵手迹 …… 44	王馀鱼 …… 48
支提国 …… 41	云师 …… 44	王子夜尸 …… 48
犬戎国 …… 41	云阳 …… 44	王母使者 …… 48
犬封国 …… 41	云梯 …… 44	无夷 …… 48
丰隆 …… 41	云幕 …… 44	无伤 …… 48
丰沮玉门 …… 41	云中君 …… 45	无盐 …… 48
丰城剑气 …… 41	云雨山 …… 45	无患 …… 48
历山 …… 41	云华夫人 …… 45	无支祁 …… 49
历荚 …… 41	云阳先生 …… 45	无为君 …… 49
历阳湖 …… 41	云笈七籤 …… 45	无头鬼 …… 49
历山铁锁 …… 41	云南古佚书钞 …… 45	无肠民 …… 49
开明 …… 42	不周 …… 45	无肠国 …… 49
开明兽 …… 42	不灰木 …… 45	无启国 …… 49
	不死山 …… 45	无底洞 …… 49

无咸民 …… 50	天衣 …… 54	天衣无缝 …… 59
无首民 …… 50	天问 …… 54	天聋地哑 …… 59
无损兽 …… 50	天池 …… 54	天门郡仙谷 …… 59
无继民 …… 50	天孙 …… 54	天仙寺壁画 …… 59
无渡云 …… 50	天妃 …… 54	五女 …… 59
无腹国 …… 50	天昊 …… 55	五木 …… 59
无䏶国 …… 50	天鸡 …… 55	五凤 …… 59
无路之人 …… 50	天使 …… 55	五厉 …… 60
太一 …… 51	天狗 …… 56	五兵 …… 60
太公 …… 51	天河 …… 56	五鸠 …… 60
太岁 …… 51	天帠 …… 56	五帝 …… 60
太昊 …… 51	天柱 …… 56	五雉 …… 60
太帝 …… 51	天皇 …… 56	五大夫 …… 60
太章 …… 51	天帝 …… 56	五方神 …… 60
太颠 …… 51	天宫 …… 57	五龙氏 …… 60
太公涓 …… 52	天神 …… 57	五仙观 …… 60
太公望 …… 52	天狼 …… 57	五仙城 …… 60
太公庙 …… 52	天酒 …… 57	五色笔 …… 60
太平乐 …… 52	天梯 …… 57	五色露 …… 61
太岁亭 …… 52	天鹿 …… 57	五羊石 …… 61
太华山 …… 52	天阍 …… 57	五羊城 …… 61
太姥山 …… 52	天维 …… 57	五妇山 …… 61
太乙馀粮 …… 52	天禄 …… 57	五块石 …… 61
太子长琴 …… 52	天鼓 …… 57	五时鸡 …… 61
太平广记 …… 53	天虞 …… 58	五里蛇 …… 61
太平御览 …… 53	天愚 …… 58	五足兽 …… 62
太白金星 …… 53	天翟 …… 58	五谷树 …… 62
太平寰宇记 …… 53	天女神 …… 58	五谷神 …… 62
天门 …… 53	天马径 …… 58	五采鸟 …… 62
天马 …… 53	天公狗 …… 58	五弦琴 …… 62
天女 …… 53	天民国 …… 58	五显神 …… 62
天犬 …… 54	天耳山 …… 58	五神山 …… 63
天公 …… 54	天穿节 …… 58	五通神 …… 63
天仙 …… 54	天神山 …… 58	五瘟神 …… 63
天汉 …… 54	天姥山 …… 58	五丁力士 …… 63
天民 …… 54	天女散花 …… 59	五瘟使者 …… 63
天老 …… 54	天齐王祠 …… 59	五曜神珠 …… 63

五城十二楼 …… 63	仓颉 …… 67	月下老人 …… 73
〔丨〕	乌号 …… 67	月中骞树 …… 74
	乌获 …… 67	月令广义 …… 74
中容国 …… 64	乌贼 …… 68	丹山 …… 74
中䡹国 …… 64	公牛哀 …… 68	丹木 …… 74
中山夫人 …… 64	公冶长 …… 68	丹水 …… 74
中华古今注 …… 64	公良孺 …… 68	丹朱 …… 74
中国小说史略 …… 64	公输般 …… 68	丹鱼 …… 74
中国神话研究初探 …… 64	牛鱼 …… 68	丹虾 …… 75
日及 …… 64	牛郎 …… 69	丹鸟氏 …… 75
日精 …… 64	牛黎国 …… 69	丹穴山 …… 75
日月山 …… 64	牛郎织女 …… 69	风山 …… 75
日月树 …… 64	反踵 …… 69	风井 …… 75
日月潭 …… 64	反舌民 …… 69	风穴 …… 75
日出入 …… 65	反舌国 …… 69	风母 …… 75
日主祠 …… 65	反魂树 …… 69	风师 …… 75
日游神 …… 65	毛人 …… 70	风后 …… 75
日月所入山 …… 65	毛龙 …… 70	风伯 …… 75
日月所出山 …… 65	毛民 …… 70	风姨 …… 75
日林国石镜 …… 65	毛民国 …… 70	风山女 …… 75
少昊 …… 65	介象 …… 70	风生兽 …… 75
少康 …… 66	介之推 …… 70	风声木 …… 76
少鹜 …… 66	介氏国 …… 71	风狸杖 …… 76
少司命 …… 66	介葛卢 …… 71	风俗通义 …… 76
少姨庙 …… 66	仇夷山 …… 71	风胡子论剑 …… 76
少室山 …… 66	仆牛 …… 71	凤鸟 …… 76
少昊之国 …… 66	仆程 …… 71	凤皇 …… 76
少室山房笔丛 …… 66	仁羿 …… 71	凤女祠 …… 77
〔丿〕	仁鹿庙 …… 71	凤鸟氏 …… 77
	化人 …… 72	凤凰山 …… 77
殳 …… 66	化民 …… 72	凤麟洲 …… 77
凶水 …… 66	化蛇 …… 72	凤皇将九子 …… 77
分身 …… 66	化龙桥 …… 72	长人 …… 77
升仙太子 …… 67	月宫 …… 72	长右 …… 77
从从 …… 67	月桂 …… 72	长狄 …… 78
从渊 …… 67	月精 …… 73	长肱 …… 78
仓公 …… 67	月桂子 …… 73	长洲 …… 78

长乘 …… 78	文王 …… 82	水饰 …… 86
长蛇 …… 78	文文 …… 82	水神 …… 86
长人国 …… 78	文虎 …… 82	水精 …… 86
长毛国 …… 78	文昌 …… 83	水仙操 …… 86
长生国 …… 79	文鱼 …… 83	水母洞 …… 87
长寿鹿 …… 79	文星 …… 83	水经注 …… 87
长夜宫 …… 79	文选 …… 83	水晶宫 …… 87
长股国 …… 79	文种 …… 83	水帘洞 …… 87
长春树 …… 79	文翁 …… 83	水淹泗州 …… 87
长须国 …… 79	文玉树 …… 83	水漫金山 …… 87
长胫国 …… 79	文曲星 …… 83	
长颈王 …… 79	文君井 …… 83	**五画**
长臂国 …… 79	文鳐鱼 …… 84	
	文王四友 …… 84	〔一〕
〔、〕		世本 …… 89
计蒙 …… 80	〔一〕	末喜 …… 89
卞庄子 …… 80	尺郭 …… 84	术器 …… 89
斗鸡台 …… 80	尹吉甫 …… 84	灭蒙鸟 …… 89
斗犀台 …… 80	双双 …… 84	巧倕 …… 89
六龙 …… 80	双头鸡 …… 84	邛邛岠虚 …… 89
六韬 …… 80	邓林 …… 84	厉神 …… 89
六眼龟 …… 80	邓遐斩蛟 …… 84	厉乡村 …… 90
方丈 …… 80	巴人 …… 85	平丘 …… 90
方皇 …… 81	巴国 …… 85	平圃 …… 90
方壶 …… 81	巴陵 …… 85	左传 …… 90
方相氏 …… 81	巴蛇 …… 85	左彻 …… 90
火正 …… 81	孔甲 …… 85	左强 …… 90
火龙 …… 81	孔鸟 …… 85	左慈 …… 90
火穴 …… 81	孔子集语 …… 85	古今注 …… 91
火鸦 …… 81	孔雀公主 …… 85	古史考 …… 91
火神 …… 81	水马 …… 85	古冶子 …… 91
火鼠 …… 81	水玉 …… 85	古典新义 …… 91
火山国 …… 81	水仙 …… 85	古小说钩沈 …… 91
火光兽 …… 81	水母 …… 86	古今图书集成 …… 91
火齐镜 …… 81	水伯 …… 86	东君 …… 91
火浣布 …… 82	水君 …… 86	东胡 …… 91
文马 …… 82	水虎 …… 86	东王父 …… 91

东王公 …… 91	玉树 …… 96	龙公竹 …… 101
东方朔 …… 92	玉桃 …… 96	龙穴山 …… 101
东皇太一 …… 92	玉酒 …… 96	龙母庙 …… 101
东海黄公 …… 92	玉膏 …… 97	龙耳李 …… 101
东方朔偷桃 …… 92	玉横 …… 97	龙关山 …… 101
甘木 …… 93	玉女山 …… 97	龙池山 …… 101
甘水 …… 93	玉女房 …… 97	龙伯国 …… 101
甘华 …… 93	玉女洞 …… 97	龙肝瓜 …… 101
甘始 …… 93	玉女峰 …… 97	龙驹石 …… 101
甘柤 …… 93	玉妃溪 …… 97	龙城录 …… 101
甘渊 …… 93	玉红草 …… 97	龙首山 …… 102
甘蝇 …… 93	玉馈酒 …… 97	龙绡宫 …… 102
甘樝 …… 94	玉醴泉 …… 97	龙盘山 …… 102
甘露 …… 94	玉斧修月 …… 97	龙像岩 …… 102
石龙 …… 94	玉垒山 …… 98	龙生九子 …… 102
石夷 …… 94	玉烛宝典 …… 98	龙鱼河图 …… 102
石鸡 …… 94	玉芝堂谈荟 …… 98	龙威丈人 …… 102
石纽 …… 94	玉函山房辑佚书 …… 98	龙宫造殿 …… 102
石盂 …… 94	龙 …… 98	
石鱼 …… 94	龙工 …… 98	〔丨〕
石匮 …… 95	龙山 …… 98	田章 …… 103
石雁 …… 95	龙门 …… 98	叫石 …… 103
石笋 …… 95	龙女 …… 99	叶镜湖 …… 103
石尤风 …… 95	龙子 …… 99	旧小说 …… 103
石牛道 …… 95	龙马 …… 99	目羽鸡 …… 103
石鸡山 …… 95	龙王 …… 99	卢沟桥 …… 103
石敢当 …… 95	龙刍 …… 99	兄弟石 …… 104
石犀里 …… 95	龙母 …… 100	冉遗鱼 …… 104
石新妇 …… 96	龙池 …… 100	电父 …… 104
石燕山 …… 96	龙村 …… 100	电母 …… 104
石婆婆庙 …… 96	龙龟 …… 100	史记 …… 104
玉人 …… 96	龙鱼 …… 100	史皇 …… 104
玉山 …… 96	龙须 …… 100	归终 …… 104
玉女 …… 96	龙宫 …… 100	归墟 …… 104
玉羊 …… 96	龙珠 …… 101	归藏 …… 104
玉鸡 …… 96	龙渊 …… 101	北户 …… 104
玉兔 …… 96	龙婚 …… 101	北冥 …… 105

北齐国 …… 105	仙人镜 …… 109	白石先生 …… 113
北狄国 …… 105	仙女洞 …… 109	白兔捣药 …… 113
北朐国 …… 105	仙鸡山 …… 109	白蝙蝠精 …… 113
北海水仙 …… 105	仙桃山 …… 109	白鹤老松 …… 113
北堂书钞 …… 105	白马 …… 109	白鹤秀才 …… 113
四鸟 …… 105	白犬 …… 109	白螺天女 …… 113
四极 …… 105	白水 …… 109	
四灵 …… 106	白鸟 …… 109	〔丶〕
四荒 …… 106	白民 …… 110	冯夷 …… 113
四海 …… 106	白虎 …… 110	宁戚 …… 113
四蛇 …… 106	白阜 …… 110	宁封子 …… 113
四方风 …… 106	白服 …… 110	闪电娘娘 …… 114
四味木 …… 106	白泽 …… 110	半阳泉 …… 114
四游记 …… 106	白帝 …… 110	半体人 …… 114
四海海神 …… 106	白狼 …… 110	氾林 …… 114
	白鹤 …… 110	汉书 …… 114
〔丿〕	白蛇 …… 110	汉钟离 …… 114
丛帝 …… 106	白鹇 …… 110	汉武故事 …… 114
犰狳 …… 106	白鹿 …… 110	汉书人表考 …… 114
氐人国 …… 106	白犀 …… 111	汉武帝内传 …… 114
务光 …… 107	白雉 …… 111	汉唐地理书钞 …… 114
务隅山 …… 107	白鸦 …… 111	玄女 …… 115
尔雅 …… 107	白猿 …… 111	玄鸟 …… 115
尔雅翼 …… 107	白鹇 …… 111	玄龟 …… 115
句龙 …… 107	白豪 …… 111	玄武 …… 115
句芒 …… 107	白翰 …… 111	玄妻 …… 115
句婴民 …… 108	白辩 …… 111	玄虎 …… 116
句将山三泉 …… 108	白马山 …… 111	玄鱼 …… 116
鸟工 …… 108	白子国 …… 111	玄狐 …… 116
鸟山 …… 108	白民国 …… 111	玄驹 …… 116
鸟氏 …… 108	白饭王 …… 112	玄洲 …… 116
鸟鼠同穴山 …… 108	白泽图 …… 112	玄珠 …… 116
仪狄 …… 108	白帝子 …… 112	玄都 …… 116
仙树 …… 108	白娘子 …… 112	玄圃 …… 116
仙桃 …… 109	白鹤山 …… 112	玄豹 …… 116
仙人井 …… 109	白马三郎 …… 112	玄冥 …… 116
仙人掌 …… 109	白水素女 …… 112	玄趾 …… 116

玄蛇 …… 116	成武丁 …… 120	吉光毛裘 …… 126
玄鱻 …… 117	老子 …… 120	地户 …… 126
玄中记 …… 117	老童 …… 121	地祇 …… 126
玄丘民 …… 117	老蹇 …… 121	地柱 …… 126
玄鸟氏 …… 117	共工 …… 121	地皇 …… 126
玄股民 …… 117	共工台 …… 121	地维 …… 126
玄股国 …… 117	共工国 …… 121	地日草 …… 126
	共工氏不才子 …… 121	地震鳌鱼动 …… 126
〔㇐〕	刑天 …… 121	有易 …… 127
卝兮城 …… 117	刑神 …… 122	有娀 …… 127
召树屯 …… 117	刑塘 …… 122	有倕 …… 127
发鸠山 …… 117	刑天国 …… 122	有黄 …… 127
司风鸟 …… 118	夷水 …… 122	有鼻 …… 127
司幽国 …… 118	夷坚 …… 122	有穷鬼 …… 127
台骀 …… 118	夷羿 …… 122	有扈氏 …… 127
台玺 …… 118	夷坚志 …… 122	有巢氏 …… 127
台骀庙 …… 118	百丈山 …… 122	有穷后羿 …… 127
圣氏 …… 118	百鸟衣 …… 122	列子 …… 128
圣姑 …… 118	百花潭 …… 122	列缺 …… 128
圣人窟 …… 118	百足蟹 …… 123	列女传 …… 128
圣木曼兑 …… 118	百官桥 …… 123	列仙传 …… 128
	百虫将军 …… 123	列异传 …… 128
六画	夸父 …… 123	列姑射 …… 128
	夸父山 …… 124	列子御风 …… 128
〔㇐〕	夸父国 …… 124	列仙全传 …… 128
耒山 …… 119	夸父迹 …… 124	西伯 …… 128
邢天 …… 119	夸父追日 …… 124	西皇 …… 128
耳鼠 …… 119	尧 …… 124	西施 …… 128
匠石 …… 119	尧山 …… 124	西王母 …… 129
毕方 …… 119	尧二女 …… 124	西周国 …… 130
朴牛 …… 119	尧洪水 …… 125	西泰山 …… 130
朴父 …… 119	吉吊 …… 125	西陵氏 …… 130
厌火国 …… 119	吉光 …… 125	西游记 …… 130
厌光国 …… 120	吉神 …… 125	西王母山 …… 130
戎 …… 120	吉黄 …… 125	西京杂记 …… 130
戎宣王尸 …… 120	吉量 …… 125	西湖二集 …… 130
成汤 …… 120	吉云草 …… 126	

〔丨〕

曲盖 …………… 130
回禄 …………… 130
贞女石 ………… 130
吊鸟山 ………… 130
吁咽 …………… 130
吐子成兔 ……… 130
因民国 ………… 131
因因乎 ………… 131
当康 …………… 131
当扈 …………… 131
岁华纪丽 ……… 131
岁时广记 ……… 131
师门 …………… 131
师旷 …………… 131
师鱼 …………… 131
吕尚 …………… 132
吕望 …………… 132
吕洞宾 ………… 132
吕氏春秋 ……… 132

〔丿〕

危 ……………… 132
行神 …………… 133
凫徯 …………… 133
夙沙氏 ………… 133
众帝之台 ……… 133
犳 ……………… 133
狪狼 …………… 133
延 ……………… 133
延维 …………… 133
全上古三代秦汉三国
　六朝文 ……… 133
合虚 …………… 134
合窳 …………… 134
合涂国 ………… 134

会稽山 ………… 134
会骸山 ………… 134
会稽郡故书杂集 … 134
先蚕 …………… 134
先民国 ………… 134
先槛大逢山 …… 134
竹王 …………… 134
竹王水 ………… 134
竹书纪年 ……… 134
伥鬼 …………… 135
伤魂鸟 ………… 135
伍子胥 ………… 135
伍子胥剑 ……… 135
任敬 …………… 135
任公子 ………… 135
任公子钓台 …… 135
伊尹 …………… 135
伊阙 …………… 136
伊尹冢 ………… 136
伏羲 …………… 136
伏牛台 ………… 137
伏龙观 ………… 137
伏羲女娲 ……… 137
伏羲女娲庙 …… 138
后土 …………… 138
后羿 …………… 138
后稷 …………… 138
后汉书 ………… 138
后眼国 ………… 139
后稷垄 ………… 139
华邱 …………… 139
华胥 …………… 139
华盖 …………… 139
华骝 …………… 139
华山畿 ………… 139
华阳国志 ……… 139
华岳神女 ……… 139

朱木 …………… 139
朱公 …………… 140
朱鸟 …………… 140
朱厌 …………… 140
朱雀 …………… 140
朱提 …………… 140
朱獳 …………… 140
朱蛾 …………… 140
朱鳖 …………… 140
朱卷国 ………… 140

〔丶〕

忖留神 ………… 140
齐女 …………… 140
齐谐 …………… 140
交让树 ………… 140
交股民 ………… 140
交胫国 ………… 140
羊龙潭 ………… 141
并封 …………… 141
关龙逢 ………… 141
关令尹喜 ……… 141
庄子 …………… 141
庆忌 …………… 141
庆都 …………… 142
安邑 …………… 142
安登 …………… 142
安阳王神弩 …… 142
次非 …………… 142
冰夷 …………… 142
冰蚕 …………… 142
汗血马 ………… 142
池主 …………… 142
汤 ……………… 142
汤山 …………… 143
汤谷 …………… 143
江黄 …………… 143

江疑	143
江郎神	143
江渎神	143
江渎祠	143
江妃二女	143
江鼍冒官	144
讹兽	144
论衡	144
许由	144
许仙	144
许宣	144
许飞琼	144
刘海	144
刘累	144
刘三妹	144
刘三姐	145
刘海蟾	145
刘海戏蟾	145
刘阮入天台	145

〔乛〕

红光	146
纣	146
纤阿	146
纪昌	147
寻木	147
寻竹	147
异苑	147
异果	147
戏亭	147
戏神	147
观日玉	147
观亭江神	147
妈祖神	147
如何	147
如愿	147
那父	148

那吒	148
那吒闹海	149
孙阳	149
孙希龄	149
孙悟空	149
孙宾卜海	149
孙氏瑞应图	149
孙悟空七十二变	149
羽人	149
羽山	149
羽民	150
羽渊	150
羽蒙	150
羽民国	150
阪泉	150
阴阳石	150
阴康氏	150
防城	150
防风氏	150
防风庙	151
阳乌	151
阳台	151
阳纡	151
阳谷	151
阳侯	151
阳主祠	151

七画

〔一〕

孛	152
弄玉	152
更嬴	152
玗琪树	152
麦铁杖	152
远飞鸡	152
走金山	152

声风木	152
却尘犀	152
丽山氏	152
豕喙民	152
来斯滩	152
医无闾	153
酉阳杂俎	153
形天	153
形残尸	153
劳民	153
劳民国	153
苌宏	153
芎国	153
芦洲	153
苏氏演义	153
花神	154
花蹄牛	154
苍龙	154
苍兕	154
苍梧	154
苍颉	154
寿木	154
寿华	155
寿星	155
寿宫	155
寿麻	155
李耳	155
李冰	155
李子昂	155
李伯劳	155
李铁拐	156
两㬢	156
两头鸟	156
两头蛇	156
两头鹿	156
两头兽	156
两黄兽	156

轩辕 …………… 156	巫支祈井 ………… 161	吠勒国 …………… 165
轩辕丘 …………… 157	巫山十二峰 ……… 161	员峤 ……………… 165
轩辕台 …………… 157	赤水 ……………… 161	员神 ……………… 165
轩辕国 …………… 157	赤岭 ……………… 162	员丘山 …………… 165
轩辕本纪 ………… 157	赤蚁 ……………… 162	吴刀 ……………… 166
轩辕磨镜石 ……… 157	赤泉 ……………… 162	吴回 ……………… 166
杞梁妻 …………… 157	赤帝 ……………… 162	吴刚 ……………… 166
杓取月光 ………… 157	赤雅 ……………… 162	吴钩 ……………… 166
杨戬 ……………… 157	赤鼻 ……………… 162	吴地记 …………… 166
杨翁仲 …………… 158	赤鲑 ……………… 162	吴将军 …………… 166
杨道和 …………… 158	赤冀 ……………… 162	吴彩鸾 …………… 166
杜主 ……………… 158	赤螳 ……………… 162	吴船录 …………… 166
杜宇 ……………… 158	赤鹭 ……………… 162	吴王脍馀 ………… 167
杜康 ……………… 159	赤鱬 ……………… 162	吴勉鞭石 ………… 167
杜鹃 ……………… 159	赤松子 …………… 162	吴洞金履 ………… 167
杜三娘 …………… 159	赤松涧 …………… 163	吴鸿扈稽 ………… 167
杜鹃城 …………… 159	赤胫民 …………… 163	吴越春秋 ………… 167
杜宇鳖灵墓 ……… 159	赤帝女 …………… 163	
折丹 ……………… 159	赤诵子 …………… 163	〔丿〕
抚父堆 …………… 159	赤县神州 ………… 163	利 ………………… 168
拒神山 …………… 159	赤将子舆 ………… 163	余且 ……………… 168
扶木 ……………… 159	赤水女子献 ……… 163	希有 ……………… 168
扶来 ……………… 159		谷城 ……………… 168
扶桑 ……………… 159	〔丨〕	条风 ……………… 168
扶伏民 …………… 160	咒 ………………… 164	钉灵国 …………… 168
扶娄国 …………… 160	县圃 ……………… 164	兵书匣 …………… 168
扶桑山 …………… 160	旱魃 ……………… 164	返魂树 …………… 168
扶桑蚕 …………… 160	旸谷 ……………… 164	肝榆尸 …………… 168
巫阳 ……………… 160	足訾 ……………… 164	卵民国 …………… 168
巫咸 ……………… 160	虬龙 ……………… 165	秃女皇后 ………… 169
巫彭 ……………… 160	财神 ……………… 165	邹屠氏女 ………… 169
巫支祈 …………… 161	坚瓠集 …………… 165	角龙 ……………… 169
巫咸山 …………… 161	园客 ……………… 165	角端 ……………… 169
巫咸民 …………… 161	困民国 …………… 165	系头山 …………… 169
巫咸国 …………… 161	岐伯 ……………… 165	系舟山 …………… 169
巫载民 …………… 161	岐舌国 …………… 165	犰 ………………… 169
巫山神女 ………… 161	吼 ………………… 165	狄山 ……………… 169

狂 …… 169	应龙 …… 175	灵芝 …… 181
狂鸟 …… 170	应声虫 …… 175	灵寿 …… 181
龟 …… 170	辛女岩 …… 175	灵宪 …… 181
龟山 …… 170	辛氏三秦记 …… 175	灵恝 …… 181
龟历 …… 170	宋毋忌 …… 176	灵猫 …… 181
龟宝 …… 170	宋康王 …… 176	陀移国 …… 181
龟城 …… 170	启 …… 176	陆吾 …… 181
伶伦 …… 170	启母石 …… 177	陆终 …… 181
何仙姑 …… 170	沙棠 …… 177	附宝 …… 182
何罗鱼 …… 171	沧波舟 …… 177	附禺山 …… 182
伯牙 …… 171	沧海桑田 …… 177	陈宝 …… 182
伯乐 …… 171	沉香 …… 177	陈音 …… 182
伯夷 …… 171	沉香救母 …… 178	陈鸾凤 …… 182
伯劳 …… 172	沃民 …… 178	阿女 …… 183
伯余 …… 172	沃野 …… 178	阿羊 …… 183
伯奇 …… 172	沃焦 …… 178	阿香 …… 183
伯服 …… 172	穷山 …… 178	阿诗玛 …… 183
伯封 …… 172	穷石 …… 178	阿女缘妇 …… 183
伯益 …… 172	穷奇 …… 178	阿育王三子 …… 183
伯陵 …… 172	穷鬼 …… 179	张果 …… 183
伯强 …… 172	穷桑 …… 179	张大帝 …… 183
伯翳 …… 173	穷蝉 …… 179	张天翁 …… 183
伯夷父 …… 173		张龙公 …… 183
伯邑考 …… 173	〔㇇〕	张弘国 …… 183
伯服国 …… 173	邵敬伯 …… 179	张帆溪 …… 184
伯赵氏 …… 173	驴仙 …… 179	张果老 …… 184
伯虑国 …… 173	驮蹄 …… 179	张果洞 …… 184
伯益庙 …… 173	驱山铎 …… 179	张骞槎 …… 184
	君山 …… 180	
〔丶〕	君子国 …… 180	**八画**
弃 …… 173	尾闾 …… 180	
闵夭 …… 173	尾濮 …… 180	〔一〕
灶神 …… 173	鸡笼山 …… 180	表门 …… 185
冶鸟 …… 174	鸡斯之乘 …… 180	环狗 …… 185
社神 …… 174	纯狐 …… 180	郁洲 …… 185
怀梦草 …… 175	纯钩 …… 180	厕神 …… 185
初学记 …… 175	灵山 …… 181	画中人 …… 185

述异记 …………… 185	范林 …………… 191	尚书大传 ………… 194
刽儿坪 …………… 185	范颜 …………… 191	叔齐 …………… 194
斩龙台 …………… 186	范成光 ………… 191	叔均 …………… 194
事文类聚 ………… 186	范杞良 ………… 191	叔歜国 ………… 194
事物纪原 ………… 186	范郎庙 ………… 191	鸣石 …………… 194
抱朴子 …………… 186	青马 …………… 191	鸣鸟 …………… 194
担生 …………… 186	青牛 …………… 191	鸣蛇 …………… 194
拘缨国 …………… 186	青鸟 …………… 191	罗罗 …………… 194
拘瘿国 …………… 186	青邱 …………… 191	罗浮山 ………… 194
柱人山 …………… 186	青泥 …………… 191	罗霄山石井 …… 194
林氏国 …………… 186	青鸢 …………… 191	虎丘 …………… 194
枫鼓曲 …………… 187	青帝 …………… 191	虎牢 …………… 195
枫木 …………… 187	青耕 …………… 191	虎蛟 …………… 195
柜儿崖 …………… 187	青蚨 …………… 192	虎鹰 …………… 195
柜格松 …………… 187	青蛇 …………… 192	虎色蛇 ………… 195
雨工 …………… 187	青鸾 …………… 192	昌容 …………… 195
雨师 …………… 187	青田酒 ………… 192	昌意 …………… 195
雨师妾 …………… 187	青丘山 ………… 192	易心 …………… 195
欧默 …………… 187	青丘国 ………… 192	易林 …………… 195
欧丝野 …………… 188	青鸟氏 ………… 192	昆仑 …………… 195
欧冶子 …………… 188	青衣神 ………… 192	昆吾 …………… 196
奇相 …………… 188	青邱泽 ………… 192	昆仑宫 ………… 197
奇鹕 …………… 188	青金镜 ………… 193	昆仑巨蛇 ……… 197
奇肱国 …………… 188	青城山 ………… 193	昆仑铜柱 ……… 197
奇股民 …………… 189	青陵台 ………… 193	明河 …………… 197
武丁 …………… 189	青磁碗 ………… 193	明星 …………… 197
武罗 …………… 189		明月珠 ………… 197
武担 …………… 189	〔丨〕	明茎草 ………… 197
武夷山 …………… 189	歧伯 …………… 193	明组邑 ………… 197
武王伐纣 ………… 189	国语 …………… 193	明镜厓 ………… 197
若木 …………… 189	凯风 …………… 193	明山弈仙 ……… 197
苗民 …………… 190	岈岭山 ………… 193	明星玉女 ……… 197
茆亭客话 ………… 190	岭表录异 ……… 193	
茅将军庙 ………… 190	罔两 …………… 193	〔丿〕
英招 …………… 190	罔象 …………… 193	垂 ……………… 197
英泉 …………… 190	尚书 …………… 193	乖龙 …………… 197
范文 …………… 190	尚仪 …………… 194	牧野 …………… 197

21

岱舆 …… 198	鱼妇 …… 201	
郐城 …… 198	鱼伯 …… 201	〔、〕
忽悦 …… 198	鱼肠 …… 201	疟鬼 …… 206
婴胡 …… 198	鱼王石 …… 202	空桑 …… 206
货郎龙 …… 198	鱼凫城 …… 202	视肉 …… 206
侏儒国 …… 198	周公 …… 202	郎君湖 …… 206
佻人国 …… 198	周书 …… 202	庖牺 …… 206
岳山 …… 198	周易 …… 202	庚辰 …… 206
岳阳风土记 …… 198	周仙王 …… 202	肩吾 …… 206
采华草 …… 198	周武王 …… 202	房王 …… 207
采华树 …… 198	周昭王 …… 202	净人 …… 207
钓矶山 …… 198	周饶国 …… 202	诗经 …… 207
钓鱼山 …… 198	周幽王 …… 203	诗纬含神雾 …… 207
服常树 …… 198	周穆王 …… 203	怪山 …… 207
肥遗 …… 198	金井 …… 203	怪哉 …… 207
肥蟥穴 …… 199	金牛 …… 203	宝鸡 …… 207
狙如 …… 199	金乌 …… 204	宗布 …… 207
狌狌 …… 199	金母 …… 204	宜曰 …… 207
狍鸮 …… 199	金吾 …… 204	实沈 …… 207
狒狒 …… 199	金鸡 …… 204	宓妃 …… 207
狗 …… 199	金蚕 …… 204	宛委山 …… 207
狗国 …… 199	金船 …… 204	定身 …… 208
狗民国 …… 199	金川神 …… 204	定水带 …… 208
狗封国 …… 199	金天氏 …… 204	定海铁柱 …… 208
枭羊 …… 200	金牛山 …… 205	炎帝 …… 208
枭獍 …… 200	金牛穴 …… 205	炎洲 …… 208
枭阳国 …… 200	金牛冈 …… 205	炎火山 …… 208
委蛇 …… 200	金牛道 …… 205	炎帝少女 …… 208
委维 …… 200	金华山 …… 205	育蛇 …… 208
委羽山 …… 200	金鸡石 …… 205	夜光 …… 209
季 …… 200	金鸡岭 …… 205	夜光杯 …… 209
季禺国 …… 200	金鱼神 …… 205	夜郎侯 …… 209
季鳌国 …… 200	金锁潭 …… 205	夜游神 …… 209
和神国 …… 200	金楼子 …… 205	夜行游女 …… 209
和合二圣 …… 201	金鳌光 …… 205	沮诵 …… 209
和合二仙 …… 201	金马碧鸡 …… 205	泣珠 …… 209
鱼凫 …… 201	金刚力士 …… 206	法海 …… 209

法苑珠林 …… 209	终北国 …… 214	契 …… 219
泗水取鼎 …… 209	终南山翁 …… 214	契丹始祖庙 …… 219
泗州大圣 …… 210	妹喜 …… 214	胡曹 …… 219
河伯 …… 210	始州国 …… 215	胡不与国 …… 219
河鼓 …… 211	妲己 …… 215	要离 …… 219
河精 …… 211	妲己川 …… 215	要襄 …… 219
河伯女 …… 211	姑获鸟 …… 215	蚕蚕 …… 219
河伯使者 …… 211	姑射山 …… 215	项讬 …… 220
河伯娶妇 …… 211	姑射国 …… 216	项橐 …… 220
河图括地象 …… 211	孟鹯 …… 216	咸池 …… 220
河伯度事小吏 …… 211	孟子 …… 216	咸黑 …… 220
	孟鸟 …… 216	咸阳宫方镜 …… 220
〔丨〕	孟戏 …… 216	挂甲柏 …… 220
鸤鸠氏 …… 211	孟贲 …… 216	拾遗记 …… 220
孤竹城 …… 211	孟津 …… 216	括地志 …… 220
建木 …… 211	孟涂 …… 216	括地图 …… 220
建疵 …… 212	孟婆 …… 216	指佞草 …… 220
肃慎民 …… 212	孟极 …… 217	指南车 …… 220
肃慎国 …… 212	孟槐 …… 217	指星木 …… 221
录民 …… 212	孟翼 …… 217	玼鱼 …… 221
录异记 …… 212	孟姜女 …… 217	荒夫草 …… 221
承云 …… 212	孟舒国 …… 217	荀子 …… 221
承筐山 …… 212	孟津大鱼 …… 217	荀草 …… 221
驾辩 …… 212		茶首 …… 221
驺吾 …… 212	九画	茶神 …… 221
驺虞 …… 213	〔一〕	茶香室丛钞 …… 221
贯月查 …… 213		药王 …… 222
贯匈国 …… 213	斫木 …… 218	药兽 …… 222
居暨 …… 213	贰负 …… 218	药王庙 …… 222
居余 …… 213	荣将 …… 218	药妇山 …… 222
屈轶 …… 213	牵牛 …… 218	赵巧 …… 222
屈佚草 …… 213	轹轹 …… 218	赵昱 …… 222
绎史 …… 213	郝姑祠 …… 218	赵公明 …… 222
细民 …… 213	残苦庙 …… 218	赵玄坛 …… 223
细蠛 …… 213	荆楚岁时记 …… 218	赵州桥 …… 223
织女 …… 213	春皇 …… 218	赵老送灯台 …… 223
织女庙 …… 214	春宫 …… 218	封豕 …… 223

封狐 …… 223	星经 …… 226	追复 …… 230
封嵎 …… 224	眛谷 …… 226	逃石 …… 230
封豨 …… 224	峚山 …… 226	逃河 …… 230
封使君 …… 224	幽民 …… 226	重 …… 230
封神传 …… 224	幽都 …… 226	重华 …… 230
封十八姨 …… 224	幽鴳 …… 227	重泉 …… 230
栎 …… 224	幽明录 …… 227	重明鸟 …… 230
枳首蛇 …… 224	幽都山 …… 227	泉先 …… 231
柤稼櫃 …… 224	思士 …… 227	皇鸟 …… 231
柳毅 …… 224	思女 …… 227	皇览 …… 231
柳毅井 …… 224	思母树 …… 227	皇帝 …… 231
树鸟 …… 224	思烟台 …… 227	皇娥 …… 231
树神 …… 224	禹谷 …… 227	俪皮 …… 231
柏高 …… 225	禹京 …… 227	俊坛 …… 231
柏濩 …… 225	禹虢 …… 227	信郎神 …… 231
柏翳 …… 225	禹貏 …… 227	修己 …… 231
相风 …… 225	禹彊 …… 227	修蛇 …… 231
相柳 …… 225		修輪 …… 231
相繇 …… 225	〔丿〕	修股民 …… 231
相思木 …… 225	乍牛 …… 228	修臂民 …… 231
相思草 …… 225	弇兹 …… 228	狰 …… 231
相思树 …… 225	爰居 …… 228	狡 …… 231
相顾尸 …… 225	鹓兜 …… 228	狪狪 …… 232
南山 …… 226	怨碑 …… 228	狓即 …… 232
南风 …… 226	盈民国 …… 228	独狢 …… 232
南岳 …… 226	胐胐 …… 228	独断 …… 232
南冥 …… 226	胜遇 …… 228	独异志 …… 232
南类山 …… 226	脉望 …… 229	独足鸟 …… 232
南宫适 …… 226	香溪 …… 229	独足鬼 …… 232
南极仙翁 …… 226	香山湖 …… 229	钩蛇 …… 232
南海蝴蝶 …… 226	段赤城 …… 229	钦䲹 …… 232
南极老人星 …… 226	段思平 …… 229	钦原 …… 232
	俞儿 …… 229	钧台 …… 232
〔丨〕	俞跗 …… 229	钧天广乐 …… 232
战国策 …… 226	剑池 …… 230	钟山 …… 233
竖亥 …… 226	剑津 …… 230	钟馗 …… 233
郚人 …… 226	适河 …… 230	钟期 …… 233

词条	页码
钟离权	233
钟离春	234
钟山石首	234
钟馗嫁妹	234
鬼门	234
鬼车	234
鬼鸟	235
鬼母	235
鬼国	235
鬼藏山	235
鬼谷先生	235
禹	235
禹井	236
禹穴	236
禹步	236
禹庙	236
禹会村	236
禹求贤人	236
禹迹溪	236
禹馀粮	236
禹庙梅梁	236
禹得玉珪	237
禹凿龙门	237
禹攻共工国山	237

〔丶〕

词条	页码
鸩	237
闻獜	237
染庄	238
举父	238
扁鹊	238
哀牢国	238
送穷鬼	238
迷谷	238
首阳神	238
兹白	238
炳灵王	239
烂柯山	239
宣室志	239
宫亭神	239
疫鬼	239
疫神帝	239
类	239
类说	239
窃脂	239
穿胸民	239
穿胸国	239
羑里	239
美人虹	240
养由基	240
姜嫄	240
姜太公	240
姜公鱼	241
语儿亭	241
说苑	241
说郛	241
说文解字	241
浇	241
洗石	241
活师	242
浑沌	242
洛伯	242
洛神	242
洛阳桥	242
洪井	243
洪水	243
洪匿	243
洪涯先生	243
洞庭	243
洞冥记	243
洞冥草	243
洞庭神君	243
帝子	244
帝台	244
帝休	244
帝江	244
帝俊	244
帝屋	244
帝闇	244
帝鸿	244
帝喾	244
帝女桑	245
帝女雀	245
帝喾女	245
帝王世纪	245
帝台之棋	245
帝台之浆	245
帝俊八子	245
帝俊竹林	245
帝京景物略	245
袜	245
祖江	245
祖洲	245
祖神	246
祖状尸	246
祝馀	246
祝融	246
祝鸠氏	246
祝英台	246
祝融峰	246
祝鸡翁	246
神人	247
神女	247
神马	247
神丛	247
神州	247
神农	247
神龟	248
神鸦	248
神香	248
神泉	248

神鼎 …………… 248
神魈 …………… 248
神瀵 …………… 249
神女牛 ………… 249
神女庙 ………… 249
神女峰 ………… 249
神女冢 ………… 249
神龙池 ………… 249
神仙传 ………… 249
神农穴 ………… 249
神农城 ………… 249
神农涧 ………… 249
神农窟 ………… 249
神异经 ………… 249
神宣驿 ………… 249
神农作琴 ……… 249
神话与诗 ……… 250
神荼郁垒 ……… 250

〔丿〕

羿 ……………… 250
姮娥 …………… 251
险道神 ………… 251
架梯取月 ……… 251
屏蓬 …………… 251
屏翳 …………… 251
眉间尺 ………… 252
眉间赤 ………… 252
癸巳存稿 ……… 252
癸巳类稿 ……… 252
绕指柔 ………… 252
绝地天通 ……… 253
结匈国 ………… 253
结胸民 ………… 253
䎹 ……………… 253
骄虫 …………… 253
骆明 …………… 253

骇鸡犀 ………… 253
驳 ……………… 254
驳牛山 ………… 254
柔仆民 ………… 254
柔利民 ………… 254
柔利国 ………… 254
费仲 …………… 254
费昌 …………… 254
费费 …………… 255
费长房 ………… 255

十画

〔一〕

耕父 …………… 256
耽耳 …………… 256
耆童 …………… 256
真真 …………… 256
鸹鹊 …………… 256
顾菟 …………… 256
都广野 ………… 256
聂耳国 ………… 256
素女 …………… 257
素娥 …………… 257
恶来 …………… 257
晋书 …………… 257
晋祠圣母 ……… 257
荼首 …………… 257
莫邪 …………… 257
莫干山 ………… 258
振履堆 ………… 258
捣衣山 ………… 258
捣药鸟 ………… 258
壶公 …………… 258
袁公 …………… 258
袁何 …………… 258
袁根入赤城 …… 259

砥柱 …………… 259
破镜 …………… 259
破山剑 ………… 259
破斧之歌 ……… 259
珠丘 …………… 259
珠树 …………… 259
珠崖 …………… 259
珠鳖鱼 ………… 259
盐水 …………… 260
盐神 …………… 260
盐长国 ………… 260
盐宗庙 ………… 260
桐柏 …………… 260
桂林八树 ……… 260
桥山 …………… 260
桥车 …………… 260
格致镜原 ……… 260
格萨尔王 ……… 260
桃林 …………… 260
桃符 …………… 261
桃棓 …………… 261
桃都山 ………… 261
秦仲 …………… 261
秦青 …………… 261
秦吉了 ………… 261
秦胡充 ………… 261
秦洪海 ………… 261
秦军胡帅 ……… 261
秦淮古镜 ……… 261
泰豆 …………… 261
泰阿 …………… 261
泰皇 …………… 262
泰逢 …………… 262
泰颠 …………… 262
泰室山 ………… 262
蚕女 …………… 262
蚕马 …………… 262

蚕丛	263	狌狌	266	拳拏井	270
蚕市	263	狸力	266	娑罗树	270
蚕神	263	狼山	266	唐国史补	270
蚕墓	263	乘黄	266	旃檀鼓	270
蚕女庙	263	乘鱼桥	266	旄马	271
夏台	263	皋陶	266	旄牛	271
夏启	263	徐福	266	凉风	271
夏禹	263	徐偃王	266	凉州异物志	271
夏桀	263	奚仲	267	宵明	271
夏后开	263	奚公山	267	宵练	271
夏后启	263	翁仲	267	冤禽	271
夏禹台	263	翁婆墓	267	冥	271
夏耕尸	263	鸰鹨	267	冥灵	271
夏得海	263	朒朒	267	烛龙	271
		鸥	267	烛光	272
〔丨〕		鸥吻	268	烛阴	272
晏龙	264	息土	268	诸比	272
㱾㱾	264	息石	268	诸怀	272
哮天犬	264	息壤	268	诸犍	272
鹖鸠氏	264	倕	268	诸稽	272
鸭人国	264	倮国	268	离朱	272
蚋	264	倍伐	268	离俞	272
蚊母鸟	264	倾宫旋室	268	离娄	272
柴山	264	倏	268	离珠	272
柴王	264	倏辟鱼	268	离堆	273
柴都	264	钱王射潮	268	离耳国	273
		铁飞	268	离合风	273
〔丿〕		铁牛庙	268	高阳	273
般	264	铁拐李	268	高唐	273
桀	264	铁胆肾	268	高密	273
射工	265			高禖	273
殷汤	265	〔丶〕		高士传	273
脍残	265	栾	269	高辛氏	273
积石山	265	益	269	高奔戎	273
留利国	265	郭支	270	高骊山	273
造父	265	阆风	270	高筐山	273
逢蒙	265	容成	270	高禖石	273

涉蛊 …………… 274	能言龟 …………… 278	据比尸 …………… 283
涕竹 …………… 274	鸥 ………………… 278	曹国舅 …………… 283
浪鸟 …………… 274	鹎 ………………… 278	曹子建集 ………… 283
浴仙池 ………… 274	陷河神 …………… 278	雪精 ……………… 283
酒泉 …………… 274	陶渊明集 ………… 278	奢龙 ……………… 283
酒香山 ………… 274	陵鱼 ……………… 278	奢比尸 …………… 283
涂山 …………… 274	陵阳子明 ………… 278	琁树 ……………… 283
涂山氏 ………… 274	通天犀 …………… 279	琅邪台 …………… 284
涂山氏台 ……… 275	通俗编 …………… 279	琅玕树 …………… 284
浮山 …………… 275	骍马 ……………… 279	菌人 ……………… 284
浮石 …………… 275	骊龙 ……………… 279	菑丘䜣 …………… 284
浮游 …………… 275	骊山老母 ………… 279	菀窳妇人 ………… 284
浮丘丈人 ……… 275	娘子桥 …………… 279	菫莆 ……………… 284
流沙 …………… 275	娥皇 ……………… 280	菫脯 ……………… 284
流洲 …………… 275	娥陵氏 …………… 280	萧史 ……………… 284
流霞 …………… 275	娥皇女英祠 ……… 280	萧夫人 …………… 284
流黄辛氏 ……… 276	蚩尤 ……………… 280	梼杌 ……………… 284
流黄酆氏 ……… 276	蚩尾 ……………… 281	梯仙国 …………… 285
海人 …………… 276	蚩尤血 …………… 281	梓潭山 …………… 285
海井 …………… 276	蚩尤戏 …………… 281	梓潼树神 ………… 285
海若 …………… 276	蚩尤城 …………… 281	梅伯 ……………… 285
海神 …………… 276	蚩尤冢 …………… 281	梅山七圣 ………… 285
海眼 …………… 276	蚩尤旗 …………… 281	梅溪山石磨 ……… 285
海童 …………… 276		黄山 ……………… 285
海鰌 …………… 277	**十一画**	黄马 ……………… 286
海蜘蛛 ………… 277		黄龙 ……………… 286
海中金台 ……… 277	〔一〕	黄鸟 ……………… 286
海市蜃楼 ……… 277	耗 ………………… 282	黄帝 ……………… 286
海神竖柱 ……… 277	舂陵 ……………… 282	黄能 ……………… 287
海神朝禹 ……… 277	营室 ……………… 282	黄熊 ……………… 287
海神擎日 ……… 277	瓠巴 ……………… 282	黄鹜 ……………… 287
海外三十六国 … 277	蛮蛭 ……………… 282	黄中李 …………… 287
	勒毕国 …………… 282	黄牛庙 …………… 287
〔丶〕	爽鸠氏 …………… 282	黄牛神 …………… 287
弱水 …………… 278	梦溪笔谈 ………… 282	黄妃尸 …………… 288
桑林 …………… 278	盛弘之荆州记 …… 282	黄陵庙 …………… 288
展上公 ………… 278	掘尾龙 …………… 282	黄鹤楼 …………… 288

黄龙负舟 …… 288	鄂瞒 …… 292	情急了 …… 297
黄帝女魃 …… 288	领胡 …… 292	鸡 …… 297
黄帝造车 …… 289	犁𩨒尸 …… 292	鸢鸟 …… 297
黄帝铸大镜 …… 289	偓佺 …… 293	宿沙 …… 297
黄帝遗玄珠 …… 289	偃师 …… 293	密都 …… 297
	偃朱城 …… 293	盖山国 …… 297
〔丨〕	猇 …… 293	盖犹山 …… 297
患 …… 289	猎猎 …… 293	率然 …… 297
啍龙 …… 289	猪羊荡 …… 293	商羊 …… 297
悬圃 …… 289	猗天苏门 …… 293	商均 …… 297
婴勺 …… 289	猛氏 …… 293	阊阖 …… 297
眼明袋 …… 290	猛豹 …… 293	阏伯 …… 298
野仲游光 …… 290	猛兽 …… 293	阏伯庙 …… 298
啸父 …… 290	银井 …… 294	渠搜民 …… 298
啮铁 …… 290	银河 …… 294	梁渠 …… 298
啮镞法 …… 290	铜神 …… 294	梁山伯祝英台 …… 298
崮狗 …… 290	铜雀 …… 294	鸾鸟 …… 298
崇侯虎 …… 290	铜牛山 …… 294	鸾冈 …… 299
崦嵫 …… 290	铜船湖 …… 294	鸾胶 …… 299
崆峒 …… 290	象 …… 294	断江 …… 299
虚耗 …… 291	象罔 …… 294	断肠鸟 …… 299
虚上夫人 …… 291	象郎 …… 294	断肠草 …… 299
蛊雕 …… 291	象蛇 …… 295	断蛇丘 …… 299
蛃渠 …… 291	象骨山 …… 295	鸿超 …… 299
蛇丘 …… 291	盘古 …… 295	涿鹿 …… 299
蛇衔 …… 291	盘瓠 …… 295	淫水 …… 299
跂踵 …… 291	盘古国 …… 296	淄水 …… 299
跂踵民 …… 291	盘古庙 …… 296	淑士国 …… 299
跂踵国 …… 291	盘瓠石室 …… 296	淮南子 …… 300
常仪 …… 292	盘古三郎庙 …… 296	渚宫旧事 …… 300
常娥 …… 292	盘古氏夫妻 …… 296	深目民 …… 300
常羲 …… 292		深目国 …… 300
常羊山 …… 292	〔丶〕	清角 …… 300
常阳山 …… 292	孰湖 …… 296	清都 …… 300
	旋龟 …… 296	清水珠 …… 300
〔丿〕	谏诃 …… 296	麻姑 …… 300
鹑 …… 292	祸斗 …… 296	康回 …… 301

康王谷 …… 301		萼绿华 …… 310
康老子 …… 301	**十二画**	葛天氏 …… 310
鹿台 …… 301	〔一〕	葛天氏之乐 …… 310
鹿娘 …… 301	絜钩 …… 306	落头民 …… 310
鹿蜀 …… 301	替身 …… 306	落翮山 …… 310
鹿回头 …… 301	喜神 …… 306	葬 …… 310
鹿活草 …… 301	堪坏 …… 306	葬䱷 …… 310
望帝 …… 301	散宜生 …… 306	董父 …… 310
望舒 …… 302	雁门山 …… 306	董永 …… 310
望女石 …… 302	雅拉射月 …… 306	董双成 …… 311
望夫山 …… 302	琴虫 …… 307	越女 …… 311
望夫云 …… 302	琴高 …… 307	越王竹 …… 311
望夫石 …… 302	戟国 …… 307	越绝书 …… 311
望仙桥 …… 302	戟民国 …… 307	越王八剑 …… 311
望丛祠 …… 302	蛩蛩 …… 307	越王约发 …… 312
望娘汇 …… 302	蛩蛩距虚 …… 307	越王馀算菜 …… 312
望娘湾 …… 302	雄魋 …… 307	彭城 …… 312
望娘滩 …… 302	雄常 …… 308	彭侯 …… 312
望女思母 …… 303	斑竹 …… 308	彭祖 …… 312
〔丿〕	琱玉集 …… 308	彭娥 …… 312
媒首 …… 303	琅嬛记 …… 308	彭越 …… 312
骒骏 …… 303	琼枝 …… 308	彭铿 …… 312
巢父 …… 303	琼楼玉宇 …… 309	彭女山 …… 312
随 …… 304	插灶 …… 309	韩凭 …… 313
隅强 …… 304	握登 …… 309	韩终 …… 313
隋侯珠 …… 304	搜神记 …… 309	韩流 …… 313
隐身 …… 304	搜神后记 …… 309	韩娥 …… 313
隐剑泉 …… 304	朝云 …… 309	韩雉 …… 313
绰人 …… 304	朝歌 …… 309	韩非子 …… 313
维鸟 …… 304	朝野佥载 …… 309	韩朋鸟 …… 313
绵臣 …… 304	博石 …… 309	韩终李 …… 313
绿耳 …… 304	博父国 …… 310	韩湘子 …… 314
续弦胶 …… 305	博物志 …… 310	韩诗外传 …… 314
续齐谐记 …… 305	葆江 …… 310	〔丨〕
续博物志 …… 305	葱聋 …… 310	喫诟 …… 314
	葫芦枣 …… 310	畴华 …… 314

趹踢 …… 314	稍割牛 …… 318	竦斯 …… 323
遗玉 …… 315	臯天子 …… 318	鹕鸼 …… 323
掌中芥 …… 315	惩父山 …… 319	谢豹 …… 323
勴屓 …… 315	舒姑泉 …… 319	禅渚 …… 323
赌妇潭 …… 315	傅说 …… 319	敦圂 …… 323
凿齿 …… 315	傂蝠 …… 319	敦煌变文集 …… 323
凿齿民 …… 315	傒囊 …… 319	善权洞 …… 323
敤手 …… 315	猰貐 …… 319	善语国 …… 324
敤首 …… 315	猩猩 …… 319	蛮书 …… 324
鼎湖 …… 315	猾裹 …… 319	蛮蛮 …… 324
鼎鼻山 …… 315	遁身 …… 320	蛮触之争 …… 324
蛋鼠 …… 316	遁甲开山图 …… 320	湛卢 …… 324
蛴 …… 316	番禺 …… 320	滑鱼 …… 324
蛸 …… 316	番禺村女 …… 320	游光 …… 324
蛟 …… 316	焦明 …… 320	游仙枕 …… 324
蛟妾 …… 316	焦冥 …… 320	温源谷 …… 324
紫玉 …… 316	焦侥国 …… 320	燃犀烛怪 …… 324
紫姑 …… 316	焦湖枕 …… 320	湘君 …… 324
紫梨 …… 317	舜 …… 321	湘夫人 …… 325
紫泥海 …… 317	舜井 …… 321	湘妃竹 …… 325
黑人 …… 317	舜桥 …… 322	寓 …… 325
黑水 …… 317	舜哥山 …… 322	寓氏公主 …… 325
黑帝 …… 317	舜造箫 …… 322	寒门 …… 325
黑蛇 …… 317	舜耕历山 …… 322	寒浞 …… 325
黑螾 …… 317	鲜鱼 …… 322	寒荒国 …… 325
黑玉书 …… 317	鲐鱼 …… 322	寒暑之水 …… 325
黑齿民 …… 317	鮀鱼 …… 322	
黑齿国 …… 317	鲔鲔鱼 …… 322	〔一〕
	鲁班 …… 322	毈 …… 325
〔丿〕	鲁般 …… 322	强梁 …… 325
奠 …… 318	鲁班姊 …… 322	鹨鸟 …… 325
智琼 …… 318	鲁班屋 …… 323	媒竹 …… 325
鹄国 …… 318	鲁般寺 …… 323	缙渊 …… 325
释神 …… 318	鲁阳挥戈 …… 323	疏属山 …… 325
腊鼓 …… 318		犀牛 …… 326
锁云囊 …… 318	〔丶〕	犀浦 …… 326
短人国 …… 318	童律 …… 323	犀渠 …… 326

31

登比氏 …… 326
登备山 …… 326
登葆山 …… 326

十三画

〔一〕

瑟 …… 327
鼓 …… 327
鹊桥 …… 327
鹞鹞 …… 327
楚辞 …… 327
楚魂鸟 …… 327
蓂荚 …… 327
蒙谷 …… 328
蒙双民 …… 328
榆树 …… 328
槐鬼离仑 …… 328
槐江山天神 …… 328
蓐收 …… 328
蓝采和 …… 328
蓇草 …… 329
蘣草 …… 329
慈童 …… 329
蒲牢 …… 329
蒲夷鱼 …… 329
蓬邱 …… 329
蓬莱山 …… 329
蓬莱山鸳鸯 …… 329
摄提 …… 329
楮机石 …… 330
摇牛 …… 330
摇民 …… 330
摇钱树 …… 330
雷门 …… 330
雷开 …… 330
雷五 …… 330

雷车 …… 330
雷公 …… 331
雷师 …… 331
雷泽 …… 331
雷祖 …… 331
雷神 …… 332
雷兽 …… 332
雷祖峰 …… 332
雷州雷神庙 …… 332
雷峰塔 …… 332
雷公磨霹雳 …… 332

〔丨〕

愚公 …… 332
蜈蚣珠 …… 333
盟津 …… 333
跻车 …… 333
路史 …… 333
鉴湖 …… 333
虞虎 …… 333
虞渊 …… 333
虞舜 …… 333
照石 …… 333
照妖镜 …… 333
照海镜 …… 334
照虚耗 …… 334
蜀王 …… 334
蜀梼杌 …… 334
蜀王本纪 …… 334
蜀中名胜记 …… 334

〔丿〕

詹何 …… 334
稚华渚 …… 334
鹓鹐 …… 335
微生亮妻 …… 335
错开峡 …… 335

锦绣万花谷 …… 335
獂 …… 335
獓 …… 335
獙獙 …… 335
獏狄 …… 335
猙诡 …… 335
简狄 …… 335
简翟 …… 336
腾黄 …… 336
腾蛇 …… 336
鼠兽 …… 336
鼠王国 …… 336
魁星 …… 336
𢃇堆 …… 336
𢃇雀 …… 336
鲑鮥 …… 336
解鹰 …… 336
解形民 …… 336

〔丶〕

意而 …… 337
雍和 …… 337
靖人 …… 337
痴龙 …… 337
阘非 …… 337
溷崖 …… 337
数斯 …… 337
福神 …… 337
豢龙氏 …… 337
婆饼焦 …… 338
鹑鸟 …… 338
鸬雏 …… 338
裸人 …… 338
裸国 …… 338
新书 …… 338
新序 …… 338
新都县温泉 …… 338

〔一〕

嫫母 …………… 338
群玉山 ………… 338
鹓鹅 …………… 339
鹒鹖 …………… 339
缙云山 ………… 339
缙云氏 ………… 339
辟邪 …………… 339
辟水犀 ………… 339
辟疟镜 ………… 339

十四画

〔一〕

鹝 ……………… 340
酸与 …………… 340
綦卫 …………… 340
赫胥氏 ………… 340
蔡女仙 ………… 340
嘉禾 …………… 340
墉城集仙录 …… 340
榣木 …………… 340
榑木 …………… 340
碧桃 …………… 341
碧螺春 ………… 341
聚宝盆 ………… 341
聚窟洲 ………… 341
舆地广记 ……… 341
舆地纪胜 ……… 341
歌山 …………… 341
歌仙 …………… 342
歌父山 ………… 342
瑶台 …………… 342
瑶池 …………… 342
瑶草 …………… 342
瑶姬 …………… 342

〔丨〕

䍧九 …………… 342
踆乌 …………… 343
䱜鱼 …………… 343
髳头骑 ………… 343
嗽金鸟 ………… 343
鹖 ……………… 343
鹘鸼氏 ………… 343
蜼 ……………… 343
蜩螟 …………… 343
蜪犬 …………… 343
蜘蛛珠 ………… 343
蜮 ……………… 344
蜮民国 ………… 344
蜚 ……………… 344
蜚蛭 …………… 344
蜚廉 …………… 344

〔丿〕

熏池 …………… 344
鴖鸟 …………… 344
獌 ……………… 344
獿如 …………… 344
獑獏 …………… 345
槃木 …………… 345
槃瓠 …………… 345
鲭鱼 …………… 345
鲐鲐鱼 ………… 345
鲛人 …………… 345
鲛鱼 …………… 345
雒棠 …………… 345
雒嫔 …………… 345
箕子 …………… 345
箕伯 …………… 346
管子 …………… 346
管辜 …………… 346

管辂 …………… 346
僬侥氏 ………… 346
僬侥国 ………… 346
鼻亭 …………… 346
鼻天子 ………… 346
鼻亭神 ………… 346
鼻亭神祠 ……… 346

〔丶〕

膏肓 …………… 346
瘟神 …………… 347
肇山 …………… 347
窦窳 …………… 347
辣辣 …………… 347
韶 ……………… 347
韶山 …………… 347
韶石 …………… 347
豪鱼 …………… 347
豪曹 …………… 347
豪彘 …………… 347
精卫 …………… 348
精精 …………… 348
精卫填海 ……… 348

〔一〕

骡冈 …………… 348
缩地 …………… 348
鰠鲋鱼 ………… 348
熊白 …………… 348
熊穴 …………… 348
嫘祖 …………… 348
嫦娥 …………… 348
嫦娥奔月 ……… 349
嫦娥捣药 ……… 349

33

十五画

〔一〕

氂牛 …… 350
赭鞭 …… 350
增城 …… 350
横公鱼 …… 350
震蒙氏 …… 350
辘角庄 …… 350
璇宫 …… 350
璚珸玉 …… 350
蔼狙 …… 351
蕉鹿梦 …… 351
磎鼠 …… 351
磅磄山 …… 351

〔丨〕

颙 …… 351
影木 …… 351
颛顼 …… 351
髯蛇 …… 352
噎 …… 352
噎鸣 …… 352
墨鱼 …… 352
墨头鱼 …… 352
魄 …… 352
骠蛇 …… 352
蝼蛄虫 …… 353
蝴蝶洞 …… 353
蝮虫 …… 353
蝮蛇 …… 353

〔丿〕

犛 …… 353
䴎 …… 353
鹖 …… 353

牖里 …… 353
箴鱼 …… 353
鹙鹝 …… 353
儋耳国 …… 353
滕六巽二 …… 354
毳然山神 …… 354
獗 …… 354
獜 …… 354
獝狂 …… 354
鲤鱼跳龙门 …… 354
鲦 …… 354
鲦攻程州山 …… 355
黎 …… 355
黎母山 …… 355
稽瑞 …… 355
稷 …… 355
稷泽 …… 355
稷神 …… 355

〔丶〕

褒姒 …… 356
羬羊 …… 356
潮神 …… 356
潜牛 …… 356
潜龙灌田 …… 357
潜确类书 …… 357
鹈鹕 …… 357
鹤神 …… 357
鹤舞 …… 357
鹤民国 …… 357
鹤语岁寒 …… 357

〔一〕

履水珠 …… 357
豫且 …… 357
豫章 …… 358

十六画

〔一〕

鹥 …… 359
磐石 …… 359
燕子国 …… 359
融天山 …… 359
樵风泾 …… 359
橘中叟 …… 359
橐驼 …… 359
橐茝 …… 359
薄鱼 …… 360
薛烛 …… 360
薛谭 …… 360
薛涛井 …… 360

〔丨〕

嶭丘 …… 360
螭吻 …… 360
鹦鹝 …… 360

〔丿〕

獢犬 …… 361
衡山 …… 361
螣蛇 …… 361
鲢 …… 361
鲜 …… 361
鲮鱼 …… 361
鲸鱼 …… 361
鲲鹏之变 …… 361
鲌父鱼 …… 362
穆天子 …… 362
穆天子传 …… 362
雕题国 …… 362
貔貐 …… 362
獬豸 …… 362

獬豸冠 ………… 362
镠民 …………… 362
镜湖 …………… 362
镜花缘 ………… 362

〔丶〕

嬴民 …………… 363
澹台子羽 ……… 363
廛 ……………… 363
廪台 …………… 363
廪君 …………… 363
燧人氏 ………… 363
燧明国 ………… 364
羲和 …………… 364
羲皇 …………… 364
羲和国 ………… 364

〔一〕

缴父 …………… 364
彊木 …………… 364
彊良 …………… 364

十七画

〔一〕

翳鸟 …………… 365
磻溪 …………… 365
藏珠鸟 ………… 365
辗辕山 ………… 365
藐姑射山 ……… 365
鞠陵于天 ……… 365
鞮鞻毛人 ……… 365

〔丨〕

蹑空草 ………… 365
壑明俊疾 ……… 365
蟃蜒 …………… 365

螺女庙 ………… 365

〔丿〕

豀边 …………… 366
鯈鱼 …………… 366
鲽鱼 …………… 366
鳐鱼 …………… 366
魋头 …………… 366
魍魉 …………… 366
魍魉鬼 ………… 366

〔丶〕

燶 ……………… 366
蹇龙 …………… 366

十八画以上

〔一〕

蠚 ……………… 367
繁 ……………… 367
薽 ……………… 367
瞽叟 …………… 367
壤父 …………… 367
檿木 …………… 367
醴泉 …………… 367
聴訞 …………… 367
攫剟 …………… 367
覆釜山 ………… 367
覆船山 ………… 367
藻玉 …………… 367
藻兼 …………… 368
霹雳车 ………… 368
霹雳尖 ………… 368

〔丨〕

嚣 ……………… 368
鹬 ……………… 368

瞿如 …………… 368
饕餮 …………… 369
鹮鸟 …………… 369
鹳鹆 …………… 369
鼍 ……………… 369
鼍浦 …………… 369
蟾蜍 …………… 369
蟠木 …………… 369
蟠龙 …………… 369
蟠桃 …………… 370
骦头 …………… 370
骦头国 ………… 370
骦兜国 ………… 370

〔丿〕

骦鸟 …………… 370
魑魅 …………… 370
鏖门 …………… 370
鳈鱼 …………… 370
鼹鼠 …………… 370
鯈鱼 …………… 370
朧疏 …………… 370
鳞鱼 …………… 370
鯆鯆鱼 ………… 370
鳋鳋鱼 ………… 371
鳝溪 …………… 371
鳡鱼 …………… 371

〔丶〕

蠱围 …………… 371
赣巨人 ………… 371
蠃鱼 …………… 371
瀛洲 …………… 371
麟 ……………… 371
麒麟 …………… 371
麿 ……………… 371
麐 ……………… 371

麠鳌钜 …………… 372
麖羊 …………… 372
鳖灵 …………… 372
鳖封 …………… 372

鳖灵迹 …………… 372
灌灌 …………… 372
灌口二郎 …………… 372
夔 …………… 372

夔牛 …………… 372
瓘 …………… 372
瓘头国 …………… 373
瓘朱国 …………… 373

参考词目

二画

十兄弟 …………… 376
七星岩 …………… 376
二桃杀三士 ……… 376
八公山 …………… 376
人参 ……………… 377
人参果 …………… 377
九仙山 …………… 377
九圣泉 …………… 377
九尾龟 …………… 377
九鲤湖 …………… 377
九鹭香 …………… 377

三画

万佛崖 …………… 377
三士穷 …………… 377
三岛石 …………… 378
三宝太监 ………… 378
大客 ……………… 378
大理龙母 ………… 378
大黑天神 ………… 379
千年木 …………… 379
千里马 …………… 379
千金方 …………… 379
千里眼顺风耳 …… 379
乡傩神 …………… 379
子贡 ……………… 380
子路 ……………… 380
马当山 …………… 381
马当神 …………… 381
马跑泉 …………… 381

四画

云英 ……………… 381
不借 ……………… 381
巨人指 …………… 382
太白酒星 ………… 382
无它 ……………… 382
无恙 ……………… 382
天狐 ……………… 382
天狗食月 ………… 382
天涯海角 ………… 382
五谷石 …………… 382
五鬼闹判 ………… 383
五月五日粽 ……… 383
王魁 ……………… 383
王榭 ……………… 383
王仲都 …………… 384
王昭君 …………… 384
长白山 …………… 384
爪甲点金 ………… 384
毛宝放龟 ………… 384
毛会画妇乳儿 …… 384
乌衣国 …………… 384
文佳皇帝 ………… 385
水珠 ……………… 385
孔子 ……………… 385
孔子屐 …………… 386
孔雀胆 …………… 386

五画

左伯桃 …………… 386
东明石狮 ………… 386
玉皇 ……………… 386
玉女配山神 ……… 387
石首鱼 …………… 387
石人追劳山 ……… 387
龙肉 ……………… 387
龙泉 ……………… 387
龙溪 ……………… 387
龙马潭 …………… 387
龙别雌雄 ………… 387
囚倦山 …………… 388
四目老翁 ………… 388
叶公城 …………… 388
叶公好龙 ………… 388
鸟仙 ……………… 388
瓜子缠 …………… 388
白玉楼 …………… 388
白石神 …………… 388
白龟年 …………… 389
仙人 ……………… 389
仙鼠 ……………… 389
仙枣亭 …………… 389
仙迹岩 …………… 389

37

仙人承露盘 389
汉泉井 389
弘公断疟 389
圣鼓 390
圣窑山 390

六画

老人山 390
扫晴娘 390
百里奚 390
百家湾 390
岁星 390
肉芝 391
朱亥 391
杀牛祈雨 391
华光 391
华阳洞 391
羊角哀 391
齐天大圣庙 391
刘白堕 392
刘兰芝 392
安期生 392
安阳书生 392
孙悟空大闹天宫 392

七画

劳山 393
报草 393
吾丘鸩 393
两面国 393
花姑 393
花关索 393
花卿冢 393
杨香打虎 394
杜伯 394

杜朝选 394
李阿 394
李虎仙 394
李耳治水 394
李思训画鱼 394
足下 394
县泉水 395
吴道子画驴 395
吴道子画壁 395
系马山 395
何铜 395
何首乌 395
龟化城 395
龟蛇碑 395
辛余靡 395
庐山 395
庐山石梁 395
纸鸢 396
驴磨麦 396
阿紫 396
陈龙文 396
灵官 396
灵官马元帅 396
鸡犬升天 396
鸡窠小儿 397
张仙 397
张公洞 397
张氏祝鸠 397

八画

丧门 398
郁仪结璘 398
杭州三怪 398
板桥三娘子 398
青羊观 398
青羊宫 398

画圣 398
画鸡 399
画马石 399
画龙柱 399
画龙点睛 399
画地成河 399
忠惠庙 399
罗衣秀才 399
虎舅 399
虎皮井 399
虎林山 399
虎跑泉 400
虎生三子 400
的卢 400
和氏璧 400
斧劈石 400
采药民 400
狗仙山 401
周处祠 401
周烂头 401
周处斩蛟 401
周南毙鼠 401
试剑石 402
泥马渡康王 402
定更石 402
定伯卖鬼 402
细腰 402
姑恶 403
妬女泉 403
妬女祠 403
妬妇津 403

九画

胡媚儿 403
残形操 404
垫江龙 404

春牛芒神 ………… 404
荆轲刺秦王 ……… 404
昭之救蚁 ………… 404
桧参疗鹤 ………… 405
临平石鼓 ………… 405
临平仙药 ………… 405
钟斗蛟 …………… 405
顺风耳 …………… 405
独角变鲤 ………… 405
重九 ……………… 405
重阳 ……………… 405
鬼穴 ……………… 405
鬼画桃符 ………… 405
神农架 …………… 405
神女导航 ………… 406
神鱼送屈原 ……… 406
骇神豕 …………… 406
姚纶化鹤 ………… 406

十画

真人 ……………… 406
赶山鞭 …………… 406
晋阳湖 …………… 407
桃园盟 …………… 407
聂政刺韩王 ……… 407
秦精 ……………… 408
泰山皇帝 ………… 408
唤人蛇 …………… 408
倾井 ……………… 408
射的山 …………… 408
殷七七 …………… 408
铁李捕狐 ………… 408
徐仙亭 …………… 409
徐邈画獭 ………… 409
竞渡 ……………… 409
高渐离 …………… 409

凌波曲 …………… 409
唐鼠 ……………… 409
唐明皇游月宫 …… 409
消面虫 …………… 410
海岛长人 ………… 410
海神求宝 ………… 410
陷湖 ……………… 410
骊山神女 ………… 410

十一画

曹公船 …………… 411
戚无何 …………… 411
黄安 ……………… 411
黄精 ……………… 411
黄石公 …………… 411
黄雀衔环 ………… 411
黄笤遇仙 ………… 412
傀儡子 …………… 412
寄女 ……………… 412
谎粮墩 …………… 412
隐身草 …………… 412

十二画

韩幹画马 ………… 412
落魄仙 …………… 412
蒋武救象 ………… 412
量人蛇 …………… 413
鲁姜 ……………… 413
鹅羊山 …………… 413
舒民杀四虎 ……… 413
焦仲卿 …………… 413
焦尾琴 …………… 413
寒食 ……………… 413

十三画

雹神 ……………… 414
蓟子训 …………… 414
墓前斑狐 ………… 414
蒙恬造笔 ………… 414
跳月 ……………… 414
愚公盘山 ………… 414
群仙洞 …………… 415
缢女 ……………… 415
缚龙角 …………… 415

十四画

碣石 ……………… 415
聚宝竹 …………… 415
蔡顺庙 …………… 415
榴花洞 …………… 415
蜘蛛井 …………… 416
裴航遇云英 ……… 416
貌 ………………… 416
端五 ……………… 416

十五画以上

擂鼓城 …………… 416
燕太子丹 ………… 416
翳形草 …………… 416
稷王山 …………… 417
黎丘鬼 …………… 417
镜泊湖 …………… 417
蟹和尚 …………… 417
樊英 ……………… 417
樊夫人斩白鼍 …… 417
颜回 ……………… 418
羱羊 ……………… 418
磨针溪 …………… 418

39

一　画

一目民　《淮南子·墬形训》："凡海外三十六国"，自东北至西北方，有"一目民"。高诱注："一目民目在面中央。"参见"一目国"。

一目国　《山海经·海外北经》："一目国在其(烛阴)东，一目中其面而居。"《大荒北经》云："有人一目，当面中生。一曰是威姓，少昊之子，食黍。"又《海内北经》云："鬼国在贰负之尸北，为物人面而一目。"鬼、威音近，又同在北方，同为一目，疑亦此国。《淮南子·墬形训》有"一目民"。汉王充《论衡·订鬼》引《山海经》(今本无)云："北方有鬼国，说螭者谓之龙物也。"鬼物可谓"螭"，谓之"龙物"，则所未详。

一目国

一足鸟　汉刘向《说苑·辨物》："其后齐有飞鸟，一足，来下止于殿前，舒翅而跳。齐侯大怪之，又使聘问孔子。孔子曰：'此名商羊，急告民趣治沟渠，天将大雨。'于是如之，天果大雨。"按除*商羊外，《山海经》所记*橐𢙸、*毕方、*跂踵，均为一足鸟。

一足国　南朝梁萧绎《金楼子》卷五："大秦国人长十丈。小秦国人长八尺。一足国人长九寸。"参见"奇股民(189页)。

一足鬼　南朝宋刘敬叔《异苑》卷六："元嘉中，颍川宋寂，昼忽有一足鬼长三尺，遂为寂驱使。欲与邻人樗蒲而无木，鬼乃刀斫庭中杨枝，于户间作之。即烧灼，黑白虽分明，但朴耳。"按此所写鬼，盖山精之类。又云："元嘉中，魏郡张承吉息元庆，年十二，见一鬼，长三尺，一足而鸟爪，背有鳞甲，来招元庆。恍惚如狂，游走非所，父母挞之。俄闻空中云：'是我所教，幸勿与罚。'张有二卷羊中敬书，忽失所在。鬼于梁上掷还一卷，少裂坏，乃为补治。王家嫁女，就张借□(疑有缺，编者注)，鬼求纸笔代答。张素工巧，尝造一弹弓，鬼借之，明日送还，而皆折坏。"参见"山精"(27页)、"独足鬼"(232页)。

一角羊　谓神羊*觟䚦。汉王充《论衡·是应》："觟䚦者，一角之羊也，性知有罪。"

一角兽　❶谓*麒麟。《史记·孝武本纪》："其明年，郊雍，获一角兽，若麃然。"索隐引郭璞云："汉武获一角兽，若麃，谓之麟是也。"❷谓*天鹿。

一脚人　即"奇股民"。《山海经·大荒西经》"一臂民"下郭璞注："北极下亦有一脚人，见《河图玉版》。"

一碗水　泉名。明陈仁锡《潜确类书》卷二四："大成坡，在鹤庆府城东南，顶有泉，圆径尺许，深如之，终岁不溢，盛夏不涸。相传南诏蒙氏过此，三军无水，渴甚，拔剑插地，泉随涌出。至今行人资焉，谓之一碗水。"

一臂民　《山海经·大荒西经》："有一臂民。"毕沅云："此似释《海外西经》一臂国。"参见"一臂国"。

一臂国　《山海经·海外西经》："一臂国在其(三身国)北，一臂、一目、一鼻孔。有黄马虎文，一目而一手。"《大荒西经》有"一臂民"；

《淮南子·墬形训》谓海外三十六国西南方亦有"一臂民",即此。《尔雅·释地》云:"北方有比肩民焉,迭食而迭望。"郭璞注:"此即半体之人,各有一目、一鼻孔、一臂、一脚。"即本《山海经》。参见"比肩民"(42页)。

一臂国

一臂三面 《吕氏春秋·求人》:禹西至"其(奇)肱、一臂三面之乡。"按一臂三面,即*三面一臂。

二　画

〔一〕

丁令威　《搜神后记》卷一："丁令威，本辽东人，学道于灵虚山，后化鹤归辽，集城门华

丁令威　明刊本《月旦堂仙佛奇踪》

表柱。时有少年举弓欲射之，鹤乃飞，徘徊空中而言曰：'有鸟有鸟丁令威，去家千年今始归，城郭如故人民非，何不学仙——冢累累！'遂高上冲天。"按丁令威化鹤事，唐宋词人常用之，承传至今。

丁灵国　即"钉灵国"（168页）。

七夕　旧称七月七日为七夕。相传是夕牵牛、织女二星相会。唐韩鄂《岁华纪丽》卷三引《风俗通》云："织女七夕当渡河，使鹊为桥。"旧时妇女穿针、设瓜果以迎之。宋张耒《七夕》诗云："空将泪雨作滂沱，泪痕有尽愁无

歇。"与俗传七夕之雨为织女悲泪之言合。参见"乞巧"（28页）。

七仙女　三国魏曹植《灵芝篇》云："董永遭家贫，父老财无遗。举假以供养，佣作致甘肥。责家填门户，不知用何归。天人秉至德，神女为秉机。"即董永与七仙女故事最早之文献记录。黄梅戏及川戏等均本之，略云董永家贫，卖身葬父。玉帝小女七仙女爱而怜之，私下凡间，于槐树下与永结为夫妇，同至傅员外家织锦偿债。百日期满，方拟还家共建未来美好生活。玉帝忽遣天神往救七仙女返回天廷。七仙女恐董永受害，只得与永别于缔婚之槐树下，洒泪归天而去。参见"董永"（310页）。

七圣画　唐张读《宣室志》卷一："云花寺有圣画殿，长安中谓之七圣画。初殿宇既制，寺僧求画工，将命施彩饰绘，责其值不合寺僧所酬，亦竟去。后数日，有二少年诣寺来谒，曰：'某善画者也。今闻此寺将命画工，某不敢利其值，愿输工可乎？'寺僧欲先阅其笔。少年曰：'某弟兄凡七人，未尝画于长安中，宁有迹乎？'……寺僧利其无值，遂许之。后一日，七人果至，各挈彩绘，将入殿宇，且为僧约曰：'从此去七日，慎勿启吾之户，亦不劳赐食。'……僧从其语。自是凡六日，阒无有闻。僧相语曰：'此必怪也，当不宜果其约。'遂相与发其封。户既启，有七鸽翩翩望空飞去。其殿中彩绘，俨若四隅，惟西北墉未尽饰焉。后画工来见之，大惊曰：'真神妙之笔也！'于是无敢继其色者。"

七十二变　《西游记》第七回："佛祖道：'你除

了长生变化之法，再有何能，敢占天宫胜境？'大圣道：'我的手段多哩：我有七十二般变化，万劫不老长生，会驾筋斗云，一踪十万八千里，如何坐不得天位？"按孙悟空七十二变，盖仿自*女娲之七十化。《淮南子·说林训》云："黄帝生阴阳，上骈生耳目，桑林生臂手，此女娲所以七十化也。"高诱注："黄帝，古天神也，始造人之时，化生阴阳；……上骈、桑林皆神名。""化"者，化育、化生之意。郭璞注《山海经·大荒西经》"女娲之肠"则云："女娲，古神女而帝者，人面蛇身，一日中七十变。"乃径以"变"释"化"。其说虽误，而于孙悟空七十二变则有启迪之功。或云二郎神杨戬亦有七十二变，其甥沉香则有七十三变（见杜颖陶编《董永沉香合集·新刻宝莲灯救母全传》），其实皆"女娲七十变"之演化。

十日 《山海经·大荒南经》："东海之外（原作'东南海之外'，'南'字衍，从《北堂书钞》、《太平御览》引删），甘水之间，有羲和之国。有女子名曰羲和，方浴日于甘渊。羲和者，帝俊之妻，生十日。"《海外东经》："汤谷上有扶桑，十日所浴，在黑齿北，居水中。有大木，九日居下枝，一日居上枝。"《大荒东经》："汤谷上有扶木，一日方至，一日方出，皆载于乌。"羲和浴日之甘渊，盖即十日所浴之汤谷。《楚辞·天问》云："羿焉彃日？乌焉解羽？"王逸注："《淮南》言尧时十日并出，草木焦枯。尧命羿仰射十日，中其九日，日中九乌皆死，堕其羽翼，故留其一日也。"《庄子·秋水》成玄英疏引《山海经》（今本无）云："羿射九日，落为沃焦。"此便为十日之终局。

十乌 谓*十日。《易林·履之履》："十乌俱飞，羿射九雌；雄得独全，虽惊不危。"参见"九乌"（9页）。

十巫 《山海经·大荒西经》："大荒之中……有灵山。巫咸、巫即、巫盼、巫彭、巫姑、巫真、巫礼、巫抵、巫谢、巫罗十巫，从此升降，百药爰在。"郭璞注："群巫上下此山采之也。"按灵山为山之*天梯。"十巫从此升降"，谓"上下于天"，宣神旨、达民情；采药当为其余事。

十二神 大傩逐疫之诸神。《后汉书·礼仪志》："先腊一日大傩，谓之逐疫。其仪选中黄门子弟，年十岁以上，十二以下，百二十人为侲子，皆赤帻皂制，执大鼗。方相氏黄金四目，蒙熊皮，玄衣朱裳，执戈扬盾。十二兽有衣毛角。中黄门行之，冗从仆射将之，以逐恶鬼于禁中。……于是中黄门倡，侲子和，曰：'甲作食殈，胇胃食虎，雄伯食魅，腾简食不祥，揽诸食咎，伯奇食梦，强梁、祖明共食磔死寄生，委随食观，错断食巨，穷奇、腾根共食蛊。凡使十二神追恶凶。赫女躯，拉女干，节解女肉，抽女肺肠，女不急去，后者为粮。'因作方相与十二兽舞，曒呼，周遍前后省三过，持炬火送疫出端门……门外五营骑士，传火弃雒水中。"按十二神即十二兽。参见"大傩"（22页）、"彊良"（364页）、"穷奇"（178页）。

十洲记 书名。全称《海内十洲记》。旧题汉东方朔撰，当是六朝人伪托。十洲谓祖、瀛、炎、玄、长、元、流、生、凤麟、聚窟。后又附以沧海岛、方丈洲、蓬丘（即蓬莱山）、扶桑、昆仑五条。其中虽多道家诞缦夸大语，然从神话研究观点视之，亦颇有参考者。

十三州志 书名。北魏阚骃撰。《隋书·经籍志》记十三卷，《旧唐书·经籍志》、《新唐书·艺文志》记十四卷。原书已佚。《汉唐地理书钞》有辑录。清张澍亦有辑本一卷，见《丛书集成初编》，较详。此书略有神话资料，如岷山天女神、安邑涂山台之类。而记杜宇、鳖灵事,则与《蜀王本纪》《华阳国志》所载相出入。

二日 晋张华《博物志·异闻》:"夏桀之时,费昌之河上,见二日。在东者烂烂将起,在西者沈沈将灭,若疾雷之声。昌问于冯夷曰:'何者为殷?何者为夏?'冯夷曰:'西夏东殷。'于是费昌徙族归殷。"按"二日"云者,即后世所谓"天无二日、民无二王"之意。参见"伊尹"(135页)。

二郎 *李冰子。《朱子语类》卷三:"蜀中灌口二郎庙,当是因李冰开凿离堆有功立庙,今来现许多灵怪,乃是他第二儿子……"按李冰子"二郎"之名已早见于此书。有关二郎神话,古籍不载,仅见于近人记述。《都江堰功小传》云:"二郎为李冰仲子,喜驰猎,与其友七人斩蛟。又假饰美女,就婚孽鳞,以入祠劝酒。"《灌志文征》卷五《李公父子治水记》亦有记载。现代民间所传关于二郎之神话则甚多,兹节述其一:秦灭蜀,秦王命李冰为蜀郡守,二郎亦偕其父同至蜀。时蜀地多水患,二郎奉父命往寻洪水祸源,思有以治之。二郎跋山涉水,自秋徂冬,从冬及春,杳无消息。一日入山林,遇猛虎,二郎射虎死,方割取虎头。七猎人出,二郎举虎头示之,七人咸惊。乃求共往侦水患,二郎允之。遂同至灌县城边一小河,闻茅屋内有哭声,觇之,乃老妪哀其幼孙将往祭水怪孽龙者,知洪水患害,乃在于斯耳。遂与七人同往白父,李冰授以擒孽龙之法,众人依计而行。至祭日,二郎持三尖两刃刀,与七友同入江神庙,伏神座后。顷之,孽龙随风雨入庙攫祭物。二郎率七友遽出,齐战孽龙,龙不支,窜出庙。四山锣鼓喧天,人声如潮。龙惧入水,二郎与七友亦俱入水;龙上岸,亦俱上岸。遂擒孽龙。二郎与七友斗疲,暂憩于王婆岩下,而置龙于河中。河有龙洞,通崇庆州河,孽龙乃伺机逃。二郎以三尖两刃刀置河上,倾耳近柄而听之,惊曰:"龙遁矣!"乃与七友急往觅龙,终复擒之于新津县童子堰。方返至王婆岩,遇前日茅屋泣孙老妪,持铁锁链来谢赠之。二郎即以此锁链锁孽龙,系之于伏龙观石柱下深潭中,后遂无水患。参见"梅山七圣"(285页)。

二竖 《左传·成公十年》:"公疾病,求医于秦。秦伯使医缓为之。未至,公梦疾为二竖子,曰:'彼良医也,惧伤我,焉逃之?'其一曰:'居肓之上,膏之下,若我何?'医至,曰:'疾不可为也。在肓之上,膏之下,攻之不可,达之不及,药不至焉,不可为也。'公曰:'良医也。'厚为之礼而归之。"按竖,小童;后世遂以"二竖"为病魔之称。参见"膏肓"(346页)。

二皇 谓*天皇、*地皇。《淮南子·原道训》:"泰古二皇,得道之柄,立于中央,神与化游,以抚四方。"高诱注:"二皇,伏羲、神农也。"清马骕《绎史》卷一引此文后加按语云:"天皇、地皇称为二灵,是泰古二皇也。注谓伏羲、神农者非。"其说当是。按二皇亦即《精神训》所谓*二神。

二神 谓阴阳二神。《淮南子·精神训》:"古未有天地之时,惟像无形,窈窈冥冥……有二神混生,经天营地。孔乎莫知其所终极,滔乎莫知其所止息。于是乃别为阴阳,离为八极。刚柔相成,万物乃形,烦气为虫,精气为人。"按当即《原道训》所谓*二皇。

二姚 虞思之二女。后嫁于*少康。《楚辞·离骚》:"及少康之未家兮,留有虞之二姚。"王逸注:"有虞,国名;姚,姓,舜后也。昔寒浞使浇杀夏后相,少康奔逃有虞,虞因妻以二女,而邑于纶。"按虞即虞思,有虞之君。此二女佐少康而成功。

二八神 《山海经·海外南经》:"有神人二八,

连臂,为帝司夜于此野。在羽民东。其为人小颊赤肩,尽十六人。"郭璞注:"昼隐夜见。"杨慎补注:"南中夷方或有之,夜行逢之,土人谓之夜游神,亦不怪也。"郝懿行笺疏:"薛综注《(文选)东京赋》云:'野仲、游光恶鬼也,兄弟八人,常在人间作怪害。'案野仲、游光二人,兄弟各八人,正得十六人,疑即此也。"又《淮南子·墬形训》云:"有神二人,连臂为帝候夜,在其西南方。"高诱注:"连臂大呼夜行。"人当是八字之讹,大呼则其异闻。"帝",指天帝,实谓黄帝。以二八神既在黄帝神鸟毕方西(此经下文云:"毕方鸟在其东"),附近又有与黄帝神话密切有关之 *三珠树(此经下文云:"三珠树在厌火北"),自非黄帝无足当之。

二王庙 《增修灌县志》卷十三《新建文翁祠记》云:清雍正五年,"封(李冰)敷泽兴济通佑王,其子二郎为承绩广惠显英王,以故呼为二王庙"。按庙在今四川省灌县。南北朝时,此地即有祠,名望帝祠,祀杜宇。南齐建武五年祠迁郫县,改塑李冰于此,名崇德庙。宋代又增塑二郎于前殿,仍名崇德庙。宋范成大《吴船录》云:"祠祭甚盛,岁刲羊五万。"

二妃庙 二妃谓娥皇、女英。北魏郦道元《水经注·湘水》:"湖水西流,径二妃庙南,世谓之黄陵庙也。言大舜之陟方也,二妃从征,溺于湘江,神游洞庭之渊,出入潇湘之浦,……故民为立祠于水侧焉。"参见"尧二女"(124页)。

二郎沟 《古今图书集成·禽虫典》卷一一八引《襄陵县志》:"父老传云,有白犬不知何来,晨夕出没崖山之上。田夫竖见而怪之,率众突迫,犬遂跃入崖穴不见。乃掘得小洞,内有二郎神像,傍一小犬,宛然肖所追者。众方骇异,以为神明见灵此地,因构庙祀之。今其地名为二郎沟。"按二郎神像旁之小犬,当即 *哮天犬。

二郎神 所知者有四:①李冰子 *二郎;②隋 *赵昱;③ *杨戬;④晋邓遐,见"邓遐斩蛟"(84页)。

二郎担山赶太阳 《董永沉香合集》(杜颖陶编)引太平歌词《二郎劈山救母》:"二郎爷来本姓杨,身穿道袍鹅蛋黄。手使金弓银弹子,梧桐树上打凤凰。打了一只不成对,要打两个配成双。有心打它三五个,怕误担山赶太阳。十三个太阳压十二,留下一个照下方。"按据所写,此二郎乃二郎神杨戬。今四川省灌县民间亦有二郎担山赶太阳之说。云灌县城南三十里有一小土山,曰横山子,长四里,宽一里,呈扁担形,即二郎担山所留扁担;横山子西北六里许,有大小二山,靠柏条河,即二郎担山所遗土;又西二里,有两小土堆,大如两间楼,名马家墩子,即二郎抖草鞋泥而成者。《西游记》第六十七回云:"行者笑道:'我……善会担山赶日头。'"知"担山赶日"之说,已早传述于明代,惟不限于"二郎"而已。

〔丿〕

入蜀记 书名。宋陆游撰。六卷。记叙其自山阴赴夔州途中经历。叙次颇为雅洁;考订古迹,多有根据。记有黄牛庙、神女峰等神话传说。

儿回来 鸟名。清褚人穫《坚瓠四集》卷三"儿回来"条:"汴洛深山中,多异鸟,其声多类人言。一鸟名儿回来,鸣曰:'儿回来!儿回来!娘家炒麻谁知来。'土人以为昔有继母,偏爱己子,以生麻子授之,以熟麻子授前妻之子,嘱之曰:'植麻生者得归也。'二子不知也。幼子嗜食熟麻子,遂彼此相易。由是其子误植熟麻子,不得归。母思之,至死化为此鸟,呼其子曰:'儿回来,儿回来……'"

人木 唐段成式《酉阳杂俎·物异》:"人木。大食西南二千里有国,山谷间树枝上化生人首,如花,不解语。人借问,笑而已;频笑辄落。"

人日 南朝梁宗懔《荆楚岁时记》:"正月七日为人日。"《北史·魏收传》引董勋答问礼俗曰:"正月一日为鸡,二日为狗,三日为羊,四日为猪,五日为牛,六日为马,七日为人。"此"人日"一名之所由来。《太平御览》卷三〇引《谈薮》注云:"一说,天地初开,以一日作鸡,七日作人。"则关系原始开辟之神话。

人石 《太平广记》卷三九八"人石"条引《周地图记》:"昔有夫妻二人,将儿入山猎。其父落崖,妻子将下救之,并变为三石,因以为人石。"

人鱼 《山海经·北次三经》:"又东北二百里,曰龙侯之山,无草木,多金玉。决决之水出焉,而东流注于河。其中多人鱼,其状如鯑鱼,四足,其音如婴儿,食之无痴疾。"郭璞注:"或曰,人鱼即鲵也,似鲇而四足,声如小儿啼,今亦呼鲇为鳀。"按经中所记人鱼凡数十见。又《海内北经》有*陵鱼,《楚辞·天问》有*鲮鱼,实皆谓儒艮。后谓人鱼"皆为美丽女子"(《太平广记》卷四六四"海人鱼"条引《洽闻记》)、"沙中妇人红裳双袒"(《天中记》卷五六引《徂异志》)等,则是神话演变之结果。参见"鲛人"(345页)。

人鱼

人皇 *三皇之一。唐司马贞《补史记·三皇本纪》:"人皇九头,乘云车,驾六羽,出谷口,兄弟九人,分长九州,各立城邑,凡一百五十世,合四万五千六百年。"按《汉唐地理书钞》辑《荣氏遁甲开山图》云:"人皇兄弟九人,生于刑马山,身有九色。"当是其所本。

人蛇 清陈元龙《格致镜原》卷九九引《蛇谱》:"人蛇,长七尺,色如墨。蛇头蛇尾蛇身,尾长尺许;而人足人手,长三尺。人立而行,出则群相聚,遇人辄嘻笑,笑已即转噬。然行甚迟,闻其笑即速奔可脱。"

人面鸮 《山海经·西次四经》:"崦嵫之山,……有鸟焉,其状如鸮而人面,蜼身犬尾,其名自号也,见则其邑大旱。"郭璞于"其名自号也"下注:"疑此脱误。"郝懿行云:"'疑此脱误'者,既云'其名自号',而无其名,故知是脱。"参见"鸢鸟"(297页)、"橐𩫏"(359页)。

人祖庙 《古今图书集成·山川典》卷二六:"据《山水图经》,峄山之西南为凫山,太皞之祠在焉。太皞即太昊,今土人皆呼人祖庙。又以女皇为夫妇,言天下后世之人皆所自出,真野人语也。"按金明昌七年(公元1196年)有田肇《凫山人祖庙碑记》,知"野人语"由来已久。参见"伏羲女娲"(137页)。

八元 《左传·文公十八年》:"高辛氏有才子八人:伯奋、仲堪、叔献、季仲、伯虎、仲熊、叔豹、季狸,忠肃共懿,宣慈惠和,天下之民谓之八元。"按即《山海经·海内经》所谓*帝俊八子、《拾遗记》所谓*八神者。

八风 ❶八方之风。《吕氏春秋·有始》:"何谓八风?东北曰炎风,东方曰滔风,东南曰熏风,南方曰巨风,西南曰凄风,西方曰飂风,西北曰厉风,北方曰寒风。"按《淮南子·墬形训》滔风作条风,熏风作景风,凄风作凉风,厉风作丽风,余皆同。❷八卦之风。《吕氏春秋·古乐》:"帝颛顼乃命飞龙作乐,效八风之音,以祭上帝,命之曰《承云》。"高诱注:"八风,八卦之风。"

八仙 明朱有燉杂剧《八仙庆寿》中以张果老、汉钟离、曹国舅、蓝采和、铁拐李、韩湘子、徐神翁、吕洞宾为八仙；至吴元泰《八仙出处东游记传》(即《东游记》),去徐神翁而易以何仙姑,后代民间所传之八仙,即本此为说。又清俞樾《茶香室丛钞》卷十四云:"明人有《西洋记》一书,载三保太监郑和下西洋事,中有八仙:一、汉钟离,二、吕洞宾,三、李铁拐,四、风僧寿,五、蓝采和,六、元壶子,七、曹国舅,八、韩湘子。无张果、何仙姑,而别有风僧寿、元壶子,亦异闻也。"又晋谯秀《蜀记》以为容成公、李耳、董仲舒、张道陵、庄君平、李八百、范长生、尔朱先生为蜀之八仙。而杜甫有《饮中八仙歌》,则"八仙"之说,早始于唐。

八极 谓八方极远之地。《淮南子·墬形训》:"八纮之外,乃有八极。自东北方曰方土之山,曰苍门；东方曰东极之山,曰开明之门；东南方曰波母之山,曰阳门；南方曰南极之山,曰暑门；西南方曰编驹之山,曰白门；西方曰西极之山,曰阊阖之门；西北方曰不周之山,曰幽都之门；北方曰北极之山,曰寒门。"

八卦 《太平御览》卷九引《王子年拾遗记》:"伏羲坐于方坛之上,听八风之气,乃画八卦。"按八卦以"—"与"--"符号组成,以"—"为阳,以"--"为阴。其名曰:乾(☰)、坤(☷)、震(☳)、坎(☵)、艮(☶)、巽(☴)、离(☲)、兑(☱)。

八柱 见"天柱"(56页)、"地柱"(126页)。

八神 ❶帝喾子。晋王嘉《拾遗记》卷一:"帝喾之妃,邹屠氏之女也。轩辕去蚩尤之凶,迁其民善者于邹屠之地,迁恶者于有北之乡,其先以地命族,后分为邹氏、屠氏。女行不践地,常履风云。游于伊、洛,帝乃期焉,纳以为妃。妃常梦吞日,则生一子,凡经八梦,则生八子,世谓为八神。"按此八神,即《左传·文公十八年》所谓"八元者。❷古齐国所祀者。一曰天主,二曰地主,三曰兵主(祠蚩尤),四曰阴主,五曰阳主,六曰月主,七曰日主,八曰四时主。见《史记·封禅书》。

八骏 谓周穆王之八骏马。《穆天子传》卷一:"天子之骏:赤骥、盗骊、白义、逾轮、山子、渠黄、华骝、绿耳。"郭璞注:"八骏,皆因其毛色以为名号。"而晋王嘉《拾遗记》卷三则云:"(穆)王驭八龙之骏:一名绝地,足不践土；二名翻羽,行越飞禽；三名奔霄,夜行万里；四名超影,逐日而行；五名逾辉,毛色炳耀；六名超光,一行十影；七名腾雾,乘云而奔；八名挟翼,身有肉翅。"则匪特名号迥异,其行迹更出以想象。

八阵图 唐韦绚《刘宾客嘉话录》:"夔州西市,俯临江岸,沙石下有诸葛亮八阵图,箕张翼舒,鹅形鹳势,聚石分布,宛然尚存。峡水大时,大树十围,枯槎百丈,破磴巨石,随波塞川而下,水与岸齐,人奔山上,则聚石为堆者,断可知也。及乎水落平川,万物皆失故态,惟诸葛阵图,小石之堆标聚,行列依然,如是者仅已六七百年,淘洒堆积,迨今不动。"又唐杜甫《八阵图》诗:"功盖三分国,名成八阵图,江流石不转,遗恨失吞吴。"谓此。明罗贯中《三国演义》第八十四回,演东吴陆逊为诸葛亮神奇阵图所困,终被诸葛之岳父黄承彦引出事,陈寿《三国志》无之,自是齐东野人之语。按八阵图遗迹有三:一在陕西沔县东南；一在四川新都弥牟镇；此在四川奉节南。北魏郦道元《水经注·江水》已记之,但云"累细石为之,岁月消损,磨灭殆尽"。初无神话描绘,皆为后来所增饰。

八卦坛 《太平寰宇记》卷十:"宛丘县,本汉陈县。……八卦坛在县西北一里,即伏羲于蔡水得龟,因画八卦之坛。"按相传伏羲、神农均于宛丘建都。

八鱼原 地名。明陈仁锡《潜确类书》卷六:"八鱼原,在宝鸡城东南。俗传太公钓时,有八鱼追钓至此。"太公即*姜太公。

八风之神 《淮南子·墬形训》:"诸稽、摄提,条风之所生也;通视,明庶风之所生也;赤奋若,清明风之所生也;共工,景风之所生也;诸比,凉风之所生也;皋稽,阊阖风之所生也;隅强,不周风之所生也;穷奇,广莫风之所生也。"高诱注:"诸稽、摄提,天神之名也,艮为条风";"通视,天神也,明庶风,震卦之所生也"。按据此,则八风之神,盖以八卦定方位循季节而至之风神。故同书《天文训》乃有"距日冬至四十五日,条风至;条风至四十五日,明庶风至;明庶风至四十五日,清明风至"。知八风谓季节风。此"八风"之名,又与其他各处所述"八风"之义略有不同,盖彼纯以方位而此复参以节候之故。

八仙过海 鲁迅《中国小说史略》"明之神魔小说(上)":"《四游记》,其书凡四种,一曰《上洞八仙传》,亦名《八仙出处东游记传》。'传言铁拐(姓李名玄)得道,度钟离权,权度吕洞宾,二人又共度韩湘曹友,张果蓝采和何仙姑则则成道,是为八仙。一日俱赴蟠桃大会,归途各履宝物渡海,有龙子爱蓝采和所踏玉版,摄而夺之,遂大战。八仙'火烧东洋',龙王败绩,请天兵来助,后得观音和解,乃各谢去,而'天渊迥别天下太平'之候,自此始矣。书中文言俗语间出,事亦往往不相属,盖杂取民间传说作之。"又据《东游记传》,八仙过海时,吕洞宾倡议,谓不得乘云而过,须各以物投水,乘所投之物而过。于是,铁拐李投杖水中,自立其上,乘风逐浪而渡;韩湘子以花篮投水中而渡;吕洞宾以箫管投水中而渡;蓝采和以拍版投水中而渡。其余张果老、曹国舅、汉钟离、何仙姑等亦各以纸驴、玉版、鼓、竹罩投水中而渡。终俱得渡海。是谓"八仙过海,各显神通"。脉望馆抄校本《也是园古今杂剧》有《争玉版八仙过海》一剧,即演斯事。

九井 ❶神农井。北魏郦道元《水经注·漻水》:"(漻水)西径厉乡南,水南有重山,即烈山也。山下有一穴,父老相传,云是神农所生处也,故《礼》谓之烈山氏。水北有九井,子书所谓'神农既诞,九井自穿',谓斯水也。又言,'汲一井则众水动'。井今堙塞,遗迹仿佛存焉。"❷老子井。《古小说钩沈》辑《小说》:"襄邑县八十里曰濑乡,有老子庙,庙中九井。或云每汲一井,而八井水俱动。"濑乡,即厉乡。宋罗泌《路史·后纪二》注云:"厉乡山,神农生此,老子亦生于此。"❸昆仑山之九井。《山海经·海内西经》:"(昆仑之虚),面有九井,以玉为槛。"《淮南子·墬形训》云:"(昆仑虚)旁有九井,玉横维其西北之隅。"按"面有九井",如释为"昆仑山每面有九井",则不当在九井之数("旁有九井"亦同)。

九天 ❶谓九重天。《孙子·形篇》:"善攻者动乎九天之上。"《淮南子·天文训》云:"天有九重。"《楚辞·天问》云:"圜则九重。"王逸注:"言天圜而九重。"此九天之为九重天也。唐李白《望庐山瀑布》诗:"疑是银河落九天。"❷谓中央及四正四隅、九方之天。《楚辞·天问》:"九天之际,安放安属?"王逸注:"九天,东方曰皞天,东南方阳天,南方赤天,西南方朱天,西方成天,西北方幽天,北方玄天,东北方变天,中央钧天。'皞'一作'昊';'变'一作'峦',一作'鸾'。"又《吕氏春秋·有始》、《淮南子·天文训》亦有九天之说。九天又称*九野。

九乌 谓九日。《楚辞·天问》云:"羿焉彃日?

乌焉解羽?"王逸注:"《淮南》言尧时十日并出,草木焦枯。尧命羿仰射十日,中其九日,日中九乌皆死,堕其羽翼,故留其一日也。"唐李白《古朗月行》诗:"羿昔落九乌,天人清且安。"按《淮南子·精神训》:"日中有踆乌",故以乌代日。参见"九阳"。

九凤 神名。《山海经·大荒北经》:"大荒之中,有山名曰北极天柜,海水北注焉。有神,九首人面鸟身,名曰九凤。"郝懿行云:"郭氏(郭璞)《江赋》云:'奇鸧九头。'疑即此。"参见"九头鸟"(12页)、"鬼车"(234页)。

九凤

九丘 《山海经·海内经》:"南海之内,黑水、青水之间……有九丘,以水络之。名曰陶唐之丘、有叔得之丘、孟盈之丘、昆吾之丘、黑白之丘、赤望之丘、参卫之丘、武夫之丘、神民之丘。有木,青叶紫茎,玄华黄实,名曰建木,百仞无枝。上有九楅,下有九枸,其实如麻,其叶如芒。大皞爰过,黄帝所为。"揆经文此意,建木盖生长于九丘之上。清吴任臣《山海经广注》引《游氏臆见》云:"建木在西,若水(之)滨,盐长之国,九邱之上。"得其实矣。

九代 乐舞名。《山海经·海外西经》:"大乐之野,夏后启于此儛《九代》。"郭璞注:"九代,马名,儛谓盘作之令舞也。"按郭注误。郝懿行云:"舞马之戏恐非上古所有。"《九代》当是乐舞名,即《大荒西经》所谓"开(启)焉得始歌《九招》"之"九招"。从其歌而言之,谓之"九招";从其舞而言之,谓之"九代"。"九代",即"九隶",隶,像ㄕ(手)持牛尾而舞之。参见"九招"。

九州 《淮南子·墬形训》:"何谓九州?东南神州曰农土,正南次州曰沃土,西南戎州曰滔土,正西弇州曰并土,正中冀州曰中土,西北台州曰肥土,正北泲州曰成土,东北薄州曰隐土,正东阳州曰申土。"按据《史记·孟子荀卿列传》,邹衍分天下为九州,"中国名曰赤县神州。赤县神州内自有九州,禹之序九州是也,不得为州数。中国外如赤县神州者九,乃所谓九州也"。《墬形训》所说似本邹衍。

九阳 谓九日。《楚辞·远游》:"朝濯发于汤谷兮,夕晞余身兮九阳。"洪兴祖补注:"仲长统云:'沉滢当餐,九阳代烛。'注云:'九阳,日也;阳谷上有扶木,九日居下枝,一日居上枝。'"按日之数或九或十,初本无定,故《吕氏春秋·求人》有"禹南至九阳之山",王逸《九思·遭厄》有"踵九阳兮戏荡"等语。1972年出土之马王堆汉墓帛画,所绘扶桑枝上之日,大小合计共九,可证九阳之说当是十日说之分枝,非如洪注所云"九日居下枝"。参见"十日"(4页)。

九招 ❶舜乐名。《吕氏春秋·古乐》:"帝舜乃令质(夔)修《九招》、《六列》、《六英》,以明帝德。""招"即"韶"。参见"九韶"。❷夏乐名。《山海经·大荒西经》:"开(启)上三嫔(宾)于天,得《九辩》与《九歌》以下……开焉得始歌《九招》。"郭璞注:"《竹书》曰:'夏后开舞《九招》'也。"参见"九代"。

九钟 《山海经·中次十一经》:"丰山……有九钟焉,是知霜鸣。"郭璞注:"霜降则钟鸣,故言知也。"按《北堂书钞》卷一〇八引此经文及郭注,"知"字皆作"和",似于义为长。

九皇 *人皇别称。《史记·孝武本纪》:"高世比德于九皇。"集解引张晏曰:"三皇之前,有人皇九首。"又引韦昭曰:"上古人皇者,九人也。"

九野 ❶九域之野。《山海经·海外西经》:"龙鱼陵居在其(诸夭之野)北……即有神圣乘此以行九野。"郭璞注:"九域之野。"❷九天之野。《吕氏春秋·有始》略云:天有九野。何谓九野?中央曰钧天,东方曰苍天,东北曰变天,北方曰玄天,西北曰幽天,西方曰颢天,西南曰朱天,南方曰炎天,东南曰阳天。又《淮南子·天文训》云:"天有九野,九千九百九十九隅,去地五亿万里。"高诱注:"九野,天之野也,一野千一百一十一隅也。"参见"九天"。

九婴 水火之怪。《淮南子·本经训》:"尧之时……九婴为民害,尧乃使羿……杀九婴于凶水之上。"高诱注:"九婴,水火之怪,为人害。"按九婴之婴,疑当作䙄,䙄,咽也。九婴当是九头怪兽、怪蛇之属,能喷水吐火以为灾。

九扈 少昊时鸟官名。《左传·昭公十七年》:"九扈,为九农正,扈民无淫者也。"注:"扈有九种也,春扈鳻鶞,夏扈窃玄,秋扈窃蓝,冬扈窃黄,棘扈窃丹,行扈唶唶,宵扈啧啧,桑扈窃脂,老扈鷃鷃。"按九扈,《说文》作九雇;《尔雅·释鸟》作鳸。以扈、雇为是。参见"少昊之国"(66页)。

九隆 《后汉书·南蛮西南夷列传》:"哀牢夷者,其先有妇人名沙壹,居于牢山。尝捕鱼水中,触沈木若有感,因怀妊十月,产子男十人。后沈木化为龙,出水上。沙壹忽闻龙语曰:'若为我生子,今悉何在?'九子见龙惊走,独小子不能去,背龙而坐,龙因舐之。其母鸟语,谓背为九,谓坐为隆,因名子曰九隆。及后长大,诸兄以九隆为父所舐而黠,遂共推以为王。后牢山下有一夫一妇,复生十女子,九隆兄弟皆娶以为妻。后渐滋长,种人皆刻画其身,象龙文,衣皆著尾。注云:已上并见《风俗通》。九隆死,世世相继。"参见"哀牢国"(238页)。

九歌 ❶天乐名。《玉函山房辑佚书》辑《归藏·启筮》:"昔彼《九冥》,是与帝《辩》同宫之序,是为《九歌》。"❷《楚辞》篇名。原为祀神乐歌,经屈原修改润色而成。多数篇章,系描写神灵或人间之眷恋。

九韶 舜乐名。《列子·周穆王》:"奏《承云》、《六莹》、《九韶》、《晨露》以乐之。"注:"《九韶》,舜乐。"参见"九招"(11页)。

九辩 天乐名《山海经·大荒西经》:"开(启)上三嫔(宾)于天,得《九辩》与《九歌》以下。"《楚辞·天问》:"启棘(亟)宾商(帝),《九辩》、《九歌》。"《离骚》:"启《九辩》与《九歌》兮,夏康娱以自纵。"按《九辩》、《九歌》,皆天乐名,谓启三度登天为宾时,得自天庭者。而所谓"得"者,实"窃"之意,故《归藏·启筮》(《玉函山房辑佚书》)有"不得窃《辩》与《九歌》以国于下"语。

九女闭 石穴名。宋王象之《舆地纪胜》卷七〇:"九女闭,在石门偏阳之溪滨,瞰溪如双扉。相传昔有十女郎采薇于山,见石穴深,遂相与睹之,留一女于外。九女方入,石合门闭,其九女不得归,一女独归。至今呼为九女闭。"

九子母 《汉书·成帝纪》:"元帝在太子宫,生甲观画堂。"颜师古注引应劭曰:"画堂画九子母。"按《楚辞·天问》云:"女岐无合,夫焉取九子?"丁晏笺引《成帝纪》及应劭说云:"《天问》本依图画而作,意古人壁上多画此像,西汉去古未远,应氏之说是也。"此九子母即《天问》之*女岐。

九方皋 《列子·说符》:"秦穆公谓伯乐曰:'子之年长矣,子姓有可使求马者乎?'伯乐对曰:'良马可形容筋骨相也,天下之马者,若灭若没,若亡若失,若此者绝尘弭辙。臣之子皆下才也,可告以良马,不可告以天下之马也。臣有所与共担缠薪菜者，有九方皋，此其于马，非臣之下也，请见之。'穆公见之，使求马。三月而反报，曰：'已得之矣，在沙丘。'穆公曰：'何马也？'对曰：'牝而黄。'使人往取之，牡而骊。穆公不说，召伯乐而谓之曰：'败矣！子所使求马者，色物牝牡尚弗能知，又何马之能知也？'伯乐喟然太息曰：'一至于此乎！是乃其所以千万臣而无数者也。若皋之所观，天机也，得其精而忘其粗，在其内而忘其外，见其所见，不见其所不见；视其所视，而遗其所不视。若皋之相马，乃有贵乎马者也。'马至，果天下之马也。"按"皋"，《庄子·徐无鬼》作"歅"，《淮南子·道应训》作"堙"。参见"伯乐"(171页)。

九头人 《楚辞·招魂》："君无上天些，一夫九首，拔木九千些。"王逸注："言有丈夫，一身九头，强梁多力，从朝至暮，拔大木九千枚也。"按此为天界巨人形象，传称"人皇九头"，形亦如此。参见"人皇"(7页)。

九头鸟 《太平御览》卷九二七引《三国典略》："齐后园有九头鸟见，色赤，似鸭，而九头皆鸣。"又唐刘恂《岭表录异》卷中云："鬼车，春夏之间，稍遇阴晦，则飞鸣而过。岭外尤多。爱入人家烁人魂气。或云九首，曾为犬啮其一，常滴血。血滴之家，则有凶咎。"即谓此鸟。《正字通》云："鸧鹒，一名鬼车鸟，一名九头鸟，状如鸺鹠，大者翼广丈许，昼盲夜瞭，见火光辄堕。"宋梅尧臣《古风》诗："昔时周公居东周，厌闻此鸟憎若仇。夜呼庭氏率其属，弯弧俾逐出九州。射之三发不能中，天遣天狗从空投。自从狗啮一首落，断头至今清血流。迩来相距三千秋，昼藏夜出如鸺鹠。每逢阴黑天外过，乍见火光辄惊堕。有时余血下点污，所遭之家家必破。"有关九头鸟神话，于此诗可见其大略。

九头蛇 清陈元龙《格致镜原》卷九九引《鸟兽考》："真腊王宫之中有金塔，王夜则卧其上。土人皆谓塔之中有九头蛇精，乃一国之土地主也。"按原见元周达观《真腊风土记》。又"雄虺"、相柳亦为九头蛇。

九头兽 见"开明兽"(42页)、"阿羊"(183页)、"苍兕"(154页)。

九耳犬 见"雷州雷神庙"(332页)。

九曲珠 明董斯张《广博物志》卷三七引《小说》："孔子得九曲珠，欲穿不得，遇二女，教以涂脂于线，使蚁通焉。"参见"杜三娘"(159页)。

九色鸟 《古今图书集成·禽虫典》卷六引《海录碎事》："轩渠国多九色鸟，青口，绿颈，紫翼，红膺，丹足，绀顶，碧身，缃背，元尾，亦名锦凤。其青多红少，谓之绣鸾。常从弱水西来，或云西王母之禽也。"

九尾鸟 清马骕《绎史》卷八六引《冲波传》："有鸟九尾，孔子与子夏见之。人以问孔子。曰：'鸧也。'子夏曰：'何以知之？'孔子曰：'河上之歌云：鸧兮鸧兮，逆毛衰兮，一身九尾长兮。'"按郭璞《江赋》云："奇鸧九头。"然《广韵》卷五第十三"鸹"字注引《韩诗》已云："孔子渡江，见之异，众莫能名。孔子尝闻河上人歌曰：'鸹兮鸹兮，逆毛衰兮，一身九尾长兮。'鸹鸹也。"则鸧鸹，或谓之鸹，指九尾鸟，非九头鸟。

九尾狐 《山海经·南山经》："青丘之山……有兽焉，其状如狐而九尾，其音如婴儿，能

九尾狐三足乌　汉代画像石刻

食人。食者不蛊。"郭璞注《大荒东经》"有青丘之国，有狐九尾"则云："太平则出而为瑞"，又为祯祥之物。汉赵晔《吴越春秋·越王无余外传》云："禹三十未娶，恐时之暮，失其制度，乃辞云：'吾娶也，必有应矣。'乃有九尾白狐，造于禹。禹曰：'白者吾之服也，其九尾者，王者之证也。涂山之歌曰：绥绥白狐，九尾庞庞。我家嘉夷，来宾为王。成家成室，我造彼昌。天人之际，于兹则行。明矣哉！'禹因娶涂山，谓之女娇。"此即郭注所谓"为瑞"之意。考汉代石刻画像及砖画中，常有九尾狐与白兔、蟾蜍、三足乌之属并列于西王母座旁，以示祯祥。九尾狐象征子孙繁息(见《白虎通·封禅篇》)，亦禹娶涂山神话之遗意。"食人"之说渐隐，"为瑞"之说终张。又六朝时人李遐注《千字文》"周伐殷汤"，言妲己为九尾狐。《封神演义》以妲己为九尾狐精，当即本此。

九尾蛇 清袁枚《续子不语》卷八"九尾蛇"条："茅八者，少曾贩纸入江西。其地深山多纸厂，厂中人日将落，即键户，戒勿他出。曰山中多异物，不特虎狼也。一夕月皎甚，茅不能寐，思一启户玩月，瑟缩再四。自恃武勇，尚可任，乃启关而出。行不数十步，忽见群猴数十，奔泣而来，择一大树而上。茅亦上他树远窥。旋见一蛇，从林际出，身如栱柱，两目灼灼，体甲皆如鱼鳞而硬，腰以下生九尾，相曳而行，有声如铁甲。然至树下，乃倒植其尾，旋转作舞状。每尾端有小窍，窍中出涎如弹射树上。猴有中者，辄叫号堕地，腹裂而死。乃徐唼三猴，曳尾而去。茅惧归，自是昏夜不敢出。"

九陇山 《太平寰宇记》卷一五二："九陇山在(酒泉)县南百里。《周地图》云：'昔有神人，坐张披西方山上，西射酒泉郡西金山之白神，射得九筹，画此山上，遂成九龙，因以为名。'"

九疑山 即"九嶷山"。

九嶷山 一作"九疑山"。谓舜葬于此。《山海经·海内经》："南方苍梧之丘，苍梧之渊，其中有九嶷山，舜之所葬。在长沙零陵界中。"北魏郦道元《水经注·湘水》云："营水出营阳泠道县南山，西流径九疑山下。蟠基苍梧之野，峰秀数郡之间，罗岩九举，各导一溪；岫壑负阻，异岭同势；游者疑焉，故曰九疑山。"《太平御览》卷四一引《郡国志》云："九疑山有九峰：一曰丹朱峰；二曰石城峰；三曰楼溪峰，形如楼；四曰娥皇峰，峰下有舜池，池旁春月百鸟生卵，人取之则迷路，致本处可得还；五曰舜源峰，此峰最高，上多紫兰；六曰女英峰，舜墓在此峰下；七曰箫韶峰，峰下即象耕鸟耘之处；八曰纪峰，马明生遇安期生授金液神丹之处；九曰纪林峰，周义山字秀通，开石函得《李山经》，读之得仙也。九水七则流归岭北，二则翻注广南。"九疑之形胜大略如此。

九穗禾 见"神农"(247页)。

九十九井 《古今图书集成·禽虫典》卷三六引《江西通志》："九十九井在抚州府治东南七里。俗传周仙王与夫人共约，曰：'一夕之内，尔织百缣，我开百井。'至四更，夫人百缣已就，效鸡鸣以给之，群鸡皆和，仙王方得九十九井，闻鸡鸣遂止。乡人因立周仙王祠。"宋王象之《舆地纪胜》卷二九亦有此记载，文略同。

九天玄女 即"玄女"。《云笈七籤》卷一一四有《九天玄女传》。"九天玄女"乃道家之徒为玄女所上尊号，俗亦谓之"九天玄女娘娘"。

九真神牛 晋张华《博物志·异兽》："九真有神牛，乃生溪上。黑出时共斗，即海沸；黄或出斗岸上，家牛皆怖。人或遮(捕)，则霹雳。号曰神牛。"参见"摇牛"(330页)。

〔一〕

力牧 黄帝臣。《帝王世纪辑存》卷一:"黄帝……梦人执千钧之弩,驱羊万群。帝寤而叹曰:'……夫千钧之弩,异力者也;驱羊数万群,能牧民为善者也。天下岂有姓力名牧者哉?'于是依二占而求之……得力牧于大泽,进以为将。"

力珠 《说郛》(百二十卷本)弓三一辑阙名《下帷短牒》:"力珠,如龙眼大,含之多力,可以挽象尾使之倒行。刘累得一颗于宁封,能伏虎豹蛟龙。尝提虎尾立千雉之城悬之,虎怒号,声闻数里。又以中指无名指夹生牛皮一条,帝使力士夺之,自一人益至十人,皮断而终不去手。"参见"孔甲"(85页)。

三 画

〔一〕

于儿 《山海经·中次十二经》:"夫夫之山,

于儿

……神于儿居之,其状人身而身操两蛇,常游于江渊,出入有光。"

工布 剑名。见"风胡子论剑"(76页)。

干辛 桀臣。《墨子·所染》:"夏桀染于干辛。"《吕氏春秋·慎大》:"干辛任威,陵轹诸侯,以及兆民。"高诱注:"干辛,桀之谀臣。"

干将 人名,亦剑名。《文选·七命》注引《吴越春秋》(亦见今本《吴越春秋·阖闾内传》,文较繁):"干将者吴人,造剑二枚,一曰干将,二曰莫邪。莫邪者,干将之妻也。干将曰:'吾师之作冶也,金铁之类不销,夫妻俱入冶炉之中。'莫邪曰:'先师亲烁身以成物,妾何难也。'于是干将夫妻乃断发揃爪,投之炉中,使童女三百,鼓橐装炭,金铁乃濡,遂以成剑。阳曰干将而作龟文;阴曰莫邪而漫理。干将匿其阳,出其阴,而献之阖闾,阖闾甚重之。"按《战国策·赵策三》云:"夫吴干之剑,肉试则断牛马,金试则截盘匜;薄之柱上而击之,则折为三,质之石上而击之,则碎为百。"所谓"吴干之剑",即吴国干将所作之剑,此见其利也。此参见"眉间尺"(252页)。

下都 《山海经·海内西经》:"海内昆仑之虚,在西北,帝之下都。"《西次三经》:"昆仑之丘,实惟帝之下都。"郭璞注:"天帝都邑之在下者。"

下谋 乐曲名。宋罗泌《路史·后纪三》:"(神农)命邢天作扶犁之乐,制丰年之咏,以荐釐来,是曰《下谋》。"

万户山 明陈仁锡《潜确类书》卷十七引《一统志》:"万户山在(汾州)府城西。尧时洪水,诸山皆没,惟此山独存,所济者万户。"参见"尧洪水"(125页)。

万回哥哥 明田汝成《西湖游览志馀》第二三卷:"宋时,杭城以腊月祀万回哥哥,其像蓬头笑面,身着绿衣,左手擎鼓,右手执棒,云

万回哥哥　明刊本《三教搜神大全》

是和合之神,祀之可使人在万里外亦能回来,故曰万回。"又唐郑綮《开天传信记》云:"万回师,阌乡人也,神用若不足,谓愚而痴无所知,虽父母亦以豚犬畜之。兄被戍役安西,音问隔绝,父母谓其诚死,日夕涕泣。万回忽跪而言曰:'涕泣岂非忧兄乎?某将观焉。'忽一日朝赍所备,夕返其家,告父母曰:'兄平善矣。'发书视之,乃兄迹也,一家异之。弘农抵安西万余里,以其万里而回,故谓之万回也。"即此。然谓其为"和合之神",则清翟灏《通俗编》(无不宜斋本)卷十九已云:"今和合以二神并祀,而万回仅一人,不可以当之矣。"参见"和合二仙"(201页)。

土伯 后土之侯伯,守卫幽都者。《楚辞·招魂》:"魂兮归来,君无下此幽都些。土伯九约,其角觺觺些。敦脄血拇,逐人駓駓些。参目虎首,其身若牛些。此皆甘人,归来恐自遗灾些。"王逸注:"幽都,地下后土所治也。地下幽冥,故称幽都。""土伯,后土之侯伯也。……言地有土伯,执卫门户,其身九屈,有角觺觺,主触害人也。""土伯之状,广肩厚背,逐人駓駓,其走捷疾,以手中血漫污人也。""土伯之头,其貌如虎,而有三目,身又肥大。状如牛也。"按王释土伯状貌举止俱当,惟释"九约"为"其身九屈"则有未谐。"其身九屈"与"肥大如牛"当难并立。据近人研究,"九约"当释为"纠钥",即王注"执卫门户"之意。《招魂》中又有"虎豹九关"。"关",五臣谓"关钥",亦执关钥以卫门户之意,与"九约"意同。

土蝼 ❶《山海经·西次三经》:"昆仑之丘……有兽焉,其状如羊而四角,名曰土蝼,是食人也。"郝懿行云:"土蝼,《广韵》作土羺,云:'似羊四角,其锐难当,触物则毙,食人,出《山海经》。'本此也。"❷"狒狒异名。

土羺❶

土地神 《论衡·讥日》:"如土地之神,不能原人之意。苟恶人动扰之,则虽择日何益哉!"清翟灏《通俗编》(无不宜斋本)卷十九引《孝经纬》云:"社者,土地之神。土地阔不可尽祭,故封土为社以报功也。"此"社神即土地神。然古之社神,位望隆崇,非如后来小说戏曲所写土地神之卑微。《古小说钩沈》辑《幽明录》云:"巴丘县有巫师舒礼,晋永昌元年病死,土地神将送诣太山。"已启其端倪。《西游记》第五回云:"(齐天大圣)即入蟠桃园内查勘。本园有个土地,拦住问道:'大圣何往?'大圣道:'吾奉玉帝点差,代管蟠桃园,今来查勘也。'那土地连忙施礼。"益见其形象。六朝以后之所谓土地神,类多如此。然《土地宝卷》(明清间无名作者作)所写大闹天宫之土地神,则颇不同寻常。此说依据较少,故郑振铎《中国俗文学史》云:"把白发苍苍的土地公公作为一个与玉皇大帝斗法的英雄,这是从来不曾有过的一个传说。"清赵懿《名山县志》卷九:"李凤翱《觉轩杂录》云:'土地,乡神也,村巷处处奉之,或石室或木房。有不塑像者,以木板长尺许,宽二寸,题其主曰某土地;槊(塑)像者其须发皓然,曰土地公,妆髻者曰土地婆,祀之纸烛湑酒或雄鸡一。俗言土地灵则虎豹不入境,又言乡村之老而公直者死为之。'按土地不一,有花园土地……有青苗土地……有长生土地,家堂所祀,又有拦凹土地、庙神土地等,皆随地得名。"近世土地之名色,大略备于斯。

丈人峰 青城山主峰。亦称"丈人山"。宋范成大《吴船录》卷上:"三十里至青城……夜宿丈人观。观在丈人峰下,五峰峻峙如屏……丈人自唐以来号五岳丈人,《储福定命真君传记》略云,姓宁,名封,与黄帝同时,帝从之问龙跃飞行之道。"唐杜甫《丈人山》诗云:"自为青城客,不唾青城地,为爱丈人山,丹梯近幽意。"则唐时已有此称。参见"宁封子"(113页)。

丈夫民 《古小说钩沈》辑《玄中记》:"丈夫民。殷帝太戊,使王英采药于西王母。至此绝粮,不能进,乃食木实,衣以木皮。终身无妻,产子二人,从背肋间出,其父则死。是为丈夫民。去玉门二万里。"《淮南子·墬形训》云海外三十六国自西北至西南方有丈夫民,即此。参见"丈夫国"。

丈夫国 《山海经·大荒西经》:"有丈夫之国。"《海外西经》:"丈夫国在维鸟北,其为人衣冠带剑。"郭璞注:"殷帝太戊使王孟采药,从西王母至此,绝粮,不能进。食木实,衣木皮。终身无妻而生二子,从形中出,其父即死。是为丈夫民。"《玄中记》中亦有此说。又《淮南子·墬形训》云:"凡海外三十六国,自西北至西南方"有"丈夫民"。高诱注:"丈夫民,其状皆如丈夫,衣黄衣冠,带剑。"

三鸟 即"三青鸟"。《楚辞·九叹》:"三鸟飞以自南兮,览其志而欲北。愿寄言于三鸟兮,去飘疾而不可得。"洪兴祖补注:"《博物志》:'王母来见武帝,有三青鸟如乌大,夹王母。'三鸟,王母使也,出《山海经》。韩愈诗云:'浪凭三鸟通丁宁。'用此也。"

三秀 *灵芝草别名。《楚辞·九歌·山鬼》:"采三秀兮于(巫)山间。"王逸注:"三秀,谓芝草也。"又清李汝珍《镜花缘》第五回上官婉儿云:"灵芝产自名山,乃神仙所服,因其每岁三花,又名三秀。"

三皇 《艺文类聚》卷一引徐整《三五历纪》:"天数极高,地数极深,盘古极长。后乃有三皇。"《太平御览》卷七八引《春秋纬》云:"天

三皇　清刊本《历代神仙通鉴》

皇、地皇、人皇,兄弟九人,分为九州长天下也。"晋王嘉《拾遗记》卷九云:"(频斯国)有大枫木成林……树东有大石室,可容万人坐,壁上刻为三皇之像:天皇十三头,地皇十一头,人皇九头,皆龙身。"此盖神话之三皇。其余说三皇者甚众,如《尚书大传》(清陈寿祺辑)以燧人、伏羲、神农为三皇;汉班固等编撰《白虎通》以伏羲、神农、燧人或伏羲、神农、祝融为三皇;《春秋纬运斗枢》以伏羲、神农、女娲为三皇;晋皇甫谧《帝王世纪》以伏羲、神农、黄帝为三皇;唐司马贞《史记·补三皇本纪》以伏羲、女娲、神农为三皇,等等。参见"五帝"(60页)。

三壶 谓*三神山。晋王嘉《拾遗记》卷一:"朔(东方朔)乃作《宝瓮铭》曰:'宝云生于露坛,祥风起于月馆,望三壶如盈尺,视八鸿如萦带。'三壶,则海中三山也。一曰方壶,则方丈也;二曰蓬壶,则蓬莱也;三曰瀛壶,则瀛洲也。形如壶器。"

三桑 《山海经·北次二经》:"洹山,其上多金玉,三桑生之,其树皆无枝。"《海外北经》:

"三桑无枝,在欧丝东,其木长百仞,无枝。"《大荒北经》:"竹(帝俊竹林)南有赤泽水,名曰封渊。有三桑无枝。"

三骓 《山海经·大荒南经》:"有盖犹之山者……有青马;有赤马,名曰三骓。"又:"有南类之山,爰有遗玉、青马、三骓、视肉、甘华、百谷所在。"此赤马三骓,亦犹*青马,皆为神马之属。此外,《大荒东经》"东北海外"及《大荒西经》"沃野"亦有之。郭璞释此,仅曰"马苍白杂毛为骓"(《大荒东经》),惟释"骓"义,而于"三骓"无诠。疑"三骓"即《大荒南经》所谓*双双之类。

三瞳 国名。《古今图书集成·边裔典》卷八八引《述异记》(今本无):"三瞳在轩渠国西南千里,人皆有三睛珠;或有四舌者,能为一种声,亦能俱语。"清陆次云《八纮荒史》卷一亦载此国,云:"三瞳国,其民四舌而三瞳。"

三口浪 潮名。见"马伏波射潮"(33页)。

三门峡 古称三门山,亦称三门集津。明都穆《游名山记》卷一云:"离(陕)州……循河行,十里至三门集津。三门者,中曰神门,南曰鬼门,北曰人门。其始特一巨石,而平如砥。想昔河水泛滥,禹遂凿之为三。水行其间,声如激雷。而鬼门尤险恶,舟筏一入,鲜有得脱。"

三王山 ❶亦名"三首山"。明陈仁锡《潜确类书》卷十六:"三王山,在溧阳县。楚王与眉间尺并一客,三首葬于一山,名三王山。其顶有石,击之有声。眉间尺者,楚良冶干将子也。亦名三首山。"晋干宝《搜神记》卷十一记眉间尺故事,末云:"三王墓……今在汝南北宜春县界。"其说则不同。大抵皆传闻之附会。参见"眉间尺"(252页)。❷即"三天子鄣山"。

三王墓 见"眉间尺"(252页)。

三毛国 即"三苗国"。

三白乌 《艺文类聚》卷九二引徐整《三五历(纪)》:"天地之初,有三白乌,主生众鸟。"按此亦系天地开辟之神话。

三头人 《山海经·海内西经》:"服常树,其上有三头人,伺琅玕树。"按此指*离朱。又*三首国人,一身三首,亦三头人。

三头民 《淮南子·墬形训》:"凡海外三十六国……自西南至东南方……有……三头民。"高诱注:"三头民,身有三头也。"参见"三首国"。

三危山 《山海经·西次三经》:"三危之山,三青鸟居之。是山也,广员百里。"《史记·五帝本纪》:"迁三苗于三危。"正义引《括地志》云:"三危山有三峰,故曰三危。俗亦名卑羽山,在沙州燉煌县东南三十里。"《艺文类聚》卷九一引《竹书纪年》云:"穆王十三年,西征,至于青鸟之所憩。"即此山。参见"三青鸟"。

三足乌 汉王充《论衡·说日》:"日中有三足乌。"《淮南子·精神训》云:"日中有踆乌。"高诱注:"踆,犹蹲也,即三足乌。"又《楚辞·天问》王逸注引《淮南子》(今本无)云:"尧命羿仰射十日,中其九日,日中九乌皆死,堕其羽翼。"则三足乌当指日之精。又或传为驾日车者。《洞冥记》卷四云:"东北有地日之草,西南有春生之草……三足乌数下地食此草。羲和欲驭,以手掩乌目,不听下也。食草能不老,他鸟兽食此草,则美闷不能动矣。"汉司马相如《大人赋》更谓:"吾乃今目睹西王母曤然白首、戴胜而穴处兮,亦幸有三足乌为之使。"则日中神禽三足乌,且为王母给

日中三足乌
汉代画像石刻

使之鸟。今所见汉画像砖常有三足乌、九尾狐作为瑞鸟瑞兽列于西王母座旁者,本此。

三足龟 《山海经·中次七经》:"大苦之山("苦"原作"菲",从王念孙、郝懿行校改)……其阳狂永出焉,西南流注于伊水,其中多三足龟,食者无大疾,可以已肿。"《尔雅·释鱼》云:"鳖三足,能;龟三足,贲。"

三足龟

三足虎 南朝宋刘敬叔《异苑》卷八:"晋时豫章郡吏易拔,义熙中受番还家,远(遂)逋不返。郡遣追,见拔言语如常,亦为设食。使者催令束装,拔因语曰:'汝看我面。'乃见眼目角张,身有黄斑色。便竖一足,径出门去。家先依山为居,至林麓,即变成三足大虎,所竖一足,即成其尾也。"

三足鹿 清屈大均《广东新语》卷二一:"德庆青旗山有三足鹿。初,秦时龙母蒲媪常乘白鹿以出入,农人恶其害稼,母乃断一足以放之,至今鹿有三足者。"

三足蟾 清褚人穫《坚瓠五集》卷一"刘海蟾歌"条:"今画蓬头跣足嘻笑之人,手持三足蟾弄之,曰此刘海戏蟾图也。"清翟灏《通俗编》(无不宜斋本)卷二九"三脚虾蟆"条云:"《五灯会元》:杨大年与石霜圆参证,杨曰:'三脚虾蟆跳上天。'圆曰:'一任跨跳。'按俗言虾蟆惟月中者三脚,因有'三脚虾蟆无处寻'之谚。"据此,则三足蟾之说由来已早。清东轩主人《述异记》卷上云:"古谓蟾足三,窟月而居,为仙虫。"与《通俗编》之说合。故不仅"日中有三足乌"(《论衡·说日》),且月中亦有三足蟾。参见"刘海蟾"(145页)。

三足鳖 《山海经·中次十一经》:"从山……从水出于其上,潜于其下,其中多三足鳖,枝尾,食之无蛊疾("疾"原作"疫",从王念孙校改)。"郭璞注:"三足鳖名能,见《尔雅(释鱼)》。"按旧说鲧死化为*黄能,即三足鳖。

三足鳖

三身民 《淮南子·墬形训》:"凡海外三十六国,自西北至西南方……有……三身民。"高诱注:"三身民,盖一头有三身,西方之国也。"参见"三身国"。

三身国 《山海经·海外西经》:"三身国在夏后启北,一首而三身。"《大荒南经》:"大荒之中,有不庭之山,荣水穷焉。有人三身。帝俊妻娥皇,生此三身之国,姚姓,黍食,使四鸟。"《海内经》云:"帝俊生三身。"《淮南子·墬形训》有"三身民",即此。又《艺文类聚》卷三五引《博物志》(今本无)云:"三身国,一头三身三手。昔容成氏有季子,好淫,白日淫于市。帝放之西南,季子妻马,生子,人身有尾蹄。"说略不同,盖后起之言。

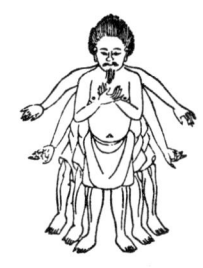

三身国

三青鸟 《山海经·西次三经》:"三危之山,三青鸟居之。是山也,广员百里。"郭璞注:"三青鸟主为西王母取食者,别自栖息于此山也。"《大荒西经》:"有西王母之山(原作"西有母之山",从王念孙、

三青鸟

孙星衍校改）……有三青鸟,赤首黑目,一名曰大鵹,一名少鵹,一名曰青鸟。"《海内北经》:"西王母梯几而戴胜（原"胜"下有"杖"字,系衍文）,其南有三青鸟,为西王母取食。在昆仑虚北。"从以上所写,知三青鸟者,原为多力健飞之猛禽,至汉、晋以后,渐传为娇弱依人之小鸟,乃至传为*王子登、*董双成等西王母侍女。参见"三鸟"。

三苗民 《淮南子·墬形训》:"海外三十六国……自西南至东南方……有……三苗民。"参见"三苗国"。

三苗国 亦名"三毛国"。《山海经·海外南经》:"三苗国在赤水东,其为人相随。一曰三毛国。"郭璞注:"昔尧以天下让舜,三苗之君非之,帝杀之,有苗之民,叛入南海,为三苗国。"所谓"相随",盖谓其相随远徙之象。《淮南子·墬形训》有"三苗民",即此。参见"丹朱"(74页)。

三国志 书名。晋陈寿撰。六十五卷。分魏、蜀、吴三志。南朝宋裴松之注。《魏志》中《乌丸传》、《鲜卑传》、《东夷传》及《管辂传》等篇及注中,略有神话传说资料。

三神山 《史记·秦始皇本纪》:"齐人徐市等上书,言海中有三神山,名曰蓬莱、方丈、瀛洲,仙人居之。"又《封禅书》云:"自威、宣、燕昭,使人入海求蓬莱、方丈、瀛洲。此三神山者,其传在渤海中,去人不远;患且至,则船风引而去。盖尝有至者,诸仙人及不死之药皆在焉。其物禽兽尽白,而黄金银为宫阙。未至,望之如云;及到,三神山反居水下。临之,风辄引去,终莫能至云。"参见"三壶"(17页)、"五神山"(63页)。

三首山 即"三王山"。

三首国 《山海经·海外南经》:"三首国在其东,其为人一身三首。一曰在凿齿东。"郝懿行云:"《海内西经》云:'服常树,其上有三

三首国

头人,伺琅玕树。'即斯类也。"按伺琅玕树之三头人,乃黄帝之臣*离朱,此处当指《淮南子·墬形训》中*三头民。郭璞《图赞》云:"虽云一气,呼吸异道;观则俱见,食则皆饱;物形自周,造化非巧。"其形禀可以概见。

三珠树 《山海经·海外南经》:"三珠树（'珠'原作'株',从郝懿行校改）在厌火北,生赤水上,其为树如柏,叶皆为珠。一曰其为树若彗。"郝懿行云:"《庄子·天地篇》云:'黄帝游乎赤水之北,遗其玄珠。'盖本此为说也。"晋陶潜《读山海经》诗云:"粲粲三珠树,寄生赤水阴。"谓此。参见"黄帝遗玄珠"(289页)。

三眼神 三眼神见诸记载者,有以下诸神:(1)土伯。《楚辞·招魂》:"土伯九约,其角觺觺些;敦脄血拇,逐人駓駓些;参(三)目虎首,其身若牛些。"(2)二郎神杨戬。《董永沉香合集·沉香救母雌雄剑》:"当先显出一神将……身披锁子甲黄金;白面微须三只眼,手使三尖二刃锋……众神看罢杨小圣,认得是,临江灌口二郎神。"(3)灵官马元帅。《三教搜神大全》卷五:"(帅)以五团火光投胎于马氏金母,面露三眼,因讳三眼灵光。"除上所述,尚有《山海经·海外西经》所记之*奇肱国人,"一臂三目";《古今图书

集成·边裔典》卷八八引《述异记》所记之*三瞳(国),"人皆有三眼睛珠";四川民间艺人所唱之金钱板《武松赶庙》,"桓侯三爷三只眼";灌县民间传说谓李冰之子李二郎亦为三眼,等等;则神人之作三眼者盖亦多矣。

三嵕山 《古今图书集成·职方典》卷三三一:"三嵕山,一名灵山,一名麟山,在(屯留)县西北三十五里,三峰高嵕,为县伟观,相传羿射九日之所。"

三才图会 书名。明王圻与其子王思义辑。一〇六卷。分天文、地理、人物、时令、宫室、器用、身体、衣服、人事、仪制、珍宝、文史、鸟兽、草木十四门,每一事物,写其图像,加以说明,采摭浩博,间有神话传说资料。

三天子都 山名。《山海经·海内经》:"南海之内……有山名三天子都。"《海内东经》:"浙江出三天子都……庐江出三天子都……一曰天子鄣。"又*缙云山亦有"三天子都"之号。

三五历纪 书名。三国吴徐整著。原书已佚,清马国翰《玉函山房辑佚书》及清王仁俊《玉函山房辑佚书补编》均有辑录。记盘古及三皇五帝事,又杂以日月星辰等构想。其中盘古开天辟地之说,为盘古神话最早见于载籍者,与另一著作《五运历年记》(已佚,无辑本)中所记盘古垂死化生万物神话,同为研究中国古代神话之重要参考资料。

三面一臂 颛顼裔。《山海经·大荒西经》:"大

三面人

荒之中,有山名曰大荒之山,日月所入。有人焉,三面,是颛顼之子,三面一臂。三面之人不死。是谓大荒之野。"郭璞注:"言人头三边各有面也。"又《吕氏春秋·求人》有"其肱,一臂三面之乡",即此。参见"一臂三面"。

三天子鄣山 《山海经·海内南经》:"三天子鄣山在闽西海北。一曰在海中。"郭璞注:"今在新安歙县东,今谓之三王山,浙江出其边也。《张氏土地记》曰:'东阳永康县南四百里有石城山,上有小石城,云黄帝曾游此。'即三天子都也。"按《清一统志》谓郭注"歙县东"三字应为"黟县南"。

三教搜神大全 书名。元无名氏撰。七卷。卷首有叶德辉序,略谓:曩阅毛晋汲古阁宋元秘本书目,子部类载有元版画像《搜神广记》前后集二本,后得明刻绘图本《三教源流搜神大全》七卷,即元版《搜神广记》之异名。惟又增入洪武以下神号及附刻神庙楹联等,知为坊估所杂窜。然于圣宋皇元字抬写多仍其旧,犹可推见元本真面。因重刊之,使六七百年民间风俗相沿之故,复显于世,云云。此书所搜诸神履贯事迹,大都杂取小说、民间口头传说及释道之书,可作神话研究参考。

大人 谓巨人。《国语·鲁语下》:"防风……汪芒氏之君也。守封嵎之山者也,为漆姓;在虞、夏、商,为汪芒氏,于周为长狄,今为大人。……僬侥氏长三尺,短之至也;长者不过十,数之极也。"按此为孔丘对"客"之言,"大人"一名始见于此。"长者不过十",《史记·孔子世家》作"长者不过十之",是也。谓十倍于僬侥氏之"长三尺",即三丈之伟身。故*防风见戮,"其骨节专车"。与防风相颉抗者,其后又有*长狄。神话中天界、地府之大人,则有《楚辞·招魂》"一夫九首,拔木

九千"、"土伯九约,其角觺觺"之说。至如大人之魁杰,乃在《列子·汤问》所述*龙伯国大人。诚如张湛注所云:"以高下周围三万里山而一鳌头之所戴,而此六鳌复为一钓之所引,龙伯之人能并而负之,又钻其骨以卜计,此人之形当百余万里。鲲鹏方之,犹蚊蚋蚤虱耳。"参见"大人国"(23页)、"五神山"(63页)。

大风 《淮南子·本经训》:"尧之时……大风为民害,尧乃使羿……缴大风于青邱之泽。"高诱注:"大风,风伯,能坏人屋舍。"按大风即大凤。凤,卜辞作𩿨或𩾌,实孔雀之形,古时中原多有之。此鸟之大,使古人以为其振翼而飞,必伴大风,故制字遂风、凤无别。又鹏亦凤之或字,大凤(风)亦即大鹏。《庄子·逍遥游》云:"鹏之徙于南冥也,水击三千里,抟扶摇而上者九万里,去以六月息者也。"

大丙 天神名。《淮南子·原道训》:"昔者冯夷、大丙之御也,乘云车,入云蜺……排阊阖,沦天门,……虽有轻车良马,劲策利锻('锻'原作'锻',从王念孙校改),不能与之争先。"

大言 *日月所出山之一。《山海经·大荒东经》:"东海之外,大荒之中,有山名曰大言,日月所出。"

大泽 《山海经·大荒北经》:"有大泽,方千里,群鸟所解。"《海内西经》:"大泽方百里,群鸟所生及所解,在雁门北。"按《穆天子传》卷三云:"爰有□(疑缺字,编者注)薮水泽,爰有陵衍平陆,硕鸟解羽。"谓此。*夸父追日,"北饮大泽,未至,道渴而死"之大泽,亦谓此。

大茗 谓仙茶。《古小说钩沈》辑《王浮神异记》:"丹丘出大茗,服之生羽翼。"又:"余姚人虞洪,入山采茗,遇一道士,牵三青牛,引洪至瀑布山,曰:'吾丹丘子也。闻子善具饮,常思见惠。山中有大茗,可以相给,祈子他日有瓯蚁之余,不相遗也。'因立奠祀。后令家人入山,获大茗焉。"

大禹 后人对*禹之尊称。清马骕《绎史》卷十一注引《遁甲开山图》:"古有大禹,女娲十九代孙,寿三百六十岁,入九嶷山仙飞去。后三千六百岁,尧理天下,洪水既甚,人民垫溺。大禹念之,乃化生于石纽山泉。女狄暮汲水,得石子如珠,爱而吞之,有娠,十四月生子。及长,能知泉源,代父鲧理洪水。尧帝知其功,如古大禹知水源,乃赐号禹。"按此所云云,为禹神话仙话化之最奇诡者。

大费 即"益"(269页)。

大桡 黄帝臣。桡,一作挠。《世本·作篇》(清张澍稡集补注本):"大桡作甲子。"宋注:"大桡,黄帝史官。"《吕氏春秋·尊师》云:"黄帝师大桡。"按作甲子,谓将干支相配用以纪日、纪年。

大蛇 ❶《山海经·北山经》:"錞于毋逢山……浴水出焉,是有大蛇,赤首白身,见则其邑大旱。"❷北魏郦道元《水经注·淄水》引《晋起居注》:"齐有大蛇,长三百步;负小蛇,长百余步,径于市中,市人悉观。"

大章 ❶即"太章"(51页)。❷乐名。《吕氏春秋·古乐》:"帝尧立,乃命质为乐。质乃效山林溪谷之音以歌,乃以麋𩵋置缶而鼓之,乃拊石击石,以象上帝玉磬之音,以致舞百兽。瞽叟乃拌五弦之瑟,作以为十五弦之瑟,命之曰《大章》,以祭上帝。"高诱注:"质当为夔。"高说当是。《帝王世纪集校》第二云:"夔放山川溪谷之音,作乐《大章》,天下大和。"即此。

大傩 腊月禳祭以驱除瘟疫。亦作"大难"。《后汉书·礼仪志》:"先腊一日曰大傩,谓之逐疫。"《文选·东京赋》:"卒岁大傩,驱除群厉。"《礼记·月令》:"(季冬之月)命有司大难,旁磔,出土牛以送寒气。"参见"十二神"(4页)。

大椿 《庄子·逍遥游》:"上古有大椿者,以八千岁为春,八千岁为秋。"释文:"大椿,李云,生江南,一云生北户南。此木三万二千岁为一年。"卢文弨云:"当云此木万六千岁为一年。"

大鹙 *三青鸟之一。

大微 谓天庭。一作太微。《楚辞·远游》:"问大微之所居。"王逸注:"博访天庭在何处也。大,一作太。"

大鹗 见"钦𪇖"(232页)。

大壑 《山海经·大荒东经》:"东海之外大壑,少昊之国。少昊孺帝颛顼于此,弃其琴瑟。"郝懿行云:"此言少皞孺养帝颛顼于此,以琴瑟为戏弄之具而留遗于此也。"《楚辞·远游》云:"上至列缺兮,降望大壑。"洪兴祖补注:"《列子》曰:'渤海之东,有大壑焉,实惟无底之谷,名曰归墟。'"是大壑即归墟。参见"五神山"(63页)。

大鯈 《山海经·海内北经》:"大鯈居海中。"郭璞注:"鯈即魛也;音鞭。"

大蟹 《山海经·海内北经》:"大蟹在海中。"郭璞注:"盖千里之蟹也。"又《大荒东经》

大蟹

云:"女丑有大蟹。"郭璞注:"广千里也。"即此。《周书·王会》云:"海阳大蟹。"孔晁注云:"海水之阳,一蟹盈车。"《古小说钩沈》辑《玄中记》云:"天下之大物,北海之蟹,举一螯能加于山,身固水中。"《太平御览》卷九四二引《岭南异物志》云:"尝有行海得洲渚,林木甚茂。乃维舟登岸,爨于水傍。半炊而林没于水。遽断其缆,乃得去。详视之,大蟹也。"参见"女丑"(35页)。

大蠭 即大蜂。《山海经·海内北经》:"大蠭,其状如蜂("蜂"原作"螽",从郝懿行校改)。"《楚辞·招魂》云:"玄蠭(一作蜂)若壶。"谓此。参见"玄蠭"(117页)。

大人市 山名。《山海经·海内北经》:"大人之市在海中。《大荒东经》:"有大人之市,名曰大人之堂,有一大人踆其上,张其两臂("臂"原作"耳",据王念孙、郝懿行校改)。"郭璞注:"亦山名,形状如堂室耳;大人时集会其上作市肆也。"参见"大人国"。

大人国 《山海经·海外东经》:"大人国在其北,为人大,坐而削船。一曰在䂬丘北。"郝懿行云:"削当读若稍,削船谓操舟也。"《大荒东经》:"东海之外……有波谷山者,有大人之国。有大人之市,名曰大人之堂。有一大人踆其上,张其两臂。"《大荒北经》:"有人名曰大人。有大人之国,釐姓,黍食。有大青蛇,黄头,食麈。"《山海经》所记大人国之状毕于此。晋张华《博物志·外国》云:"大人国,其人孕三十六年,生白头,其儿则长大,能乘云雨而不能走,盖龙类。去会稽四万六千里。""龙类"之说,或由*龙伯国大人之说而来,与《山海经》所记大人有异。又《博物志·异人》复引《河图玉版》云:"龙伯国人,长三十丈,生万八千岁而死;大秦国人,长十丈;中秦国人,长一丈;临洮人,长三丈五尺。"是均大人国之*大人。

大乐野 《山海经·海外西经》:"大乐之野,夏后启于此儛《九代》。……一曰大遗之野。"《大荒西经》云:"此天穆之野,高二千仞,开(启)焉得始歌《九招》。"天穆或作大穆。穆、遗、乐音皆相近,大穆、大遗当即大乐。毕沅云:"此当即今山西太原。《归藏·郑母经》:

'夏后启筮享神于晋之墟,作为璿台。'"

大司命 神名。《楚辞·九歌》中《大司命》、《少司命》,旧注以为星名,独王夫之《楚辞通

大司命、少司命 明萧云从《离骚图》

释》谓:"大司命统司人之生死,而少司命则司人子嗣之有无,皆楚俗为之名而祀之。"虽仅就歌辞立论,别无依据,然谓为楚俗所祀之神则可信。就二歌所写情景论,大司命、少司命之神职亦诚如王氏所说。《大司命》云:"纷总总兮九州,何寿夭兮在予。"此司人之生死;《少司命》云:"夫人自有兮美子,荪何以兮愁苦。"此司人子嗣之有无。

大耳国 即"聂耳国"。唐李冗《独异志》卷上:"《山海经》有大耳国,其人寝,常以一耳为席,一耳为衾。"

大虫山 宋王象之《舆地纪胜》卷一〇八:"大虫山,在(梧)州东三里。《搜神记》云:'扶南王范寻常养虎五六头,若有犯罪,投与虎,不噬,乃赦之。因此得名山。'"按大虫事见晋干宝《搜神记》卷二,并记云:"(范寻)又养鳄鱼十头,若犯罪者,投与鳄鱼,不噬,乃赦。无罪者乃不噬。故有鳄鱼池。又尝煮水令沸,以金指环投汤中,然后以手探汤,其直者,手不烂;有罪者,入汤即焦。"是皆*皋陶神羊断案、*孟涂血衣请生之类。

大行伯 《山海经·海内北经》:"有人曰大行伯,把戈。"此当为*行神之类。

大青蛇 《山海经·大荒北经》:"有大青蛇,黄头,食麈。"郭璞注:"今南方蚺蛇食鹿;麈亦鹿属也。"

大荒山 *日月所入山之一。《山海经·大荒西经》:"大荒之中,有山名曰大荒之山,日月所入。"

大幽国 《山海经·海内经》:"北海之内……有大幽之国。"郭璞注:"即幽民也,穴居无衣。"郝懿行云:"郭注疑本在经中,今脱去。"

大秦国 《北堂书钞》卷一五九引《河图》(疑是《河图玉版》):"昆仑之东十万里,有大秦之国,人民长三千丈,亦寿八千岁,不知田作,但食沙、石子。"晋张华《博物志·异闻》引《河图玉版》云:"大秦国人,长十丈。"与前说略不同。又《史记·大宛列传》正义引《括地志》云:"小人国在大秦南,人才三尺,短之至也。其耕稼之时,惧鹤所食,大秦卫助之。"亦为异闻。

大桃树 《玉函山房辑佚书》辑《河图括地图》:"桃都山有大桃树,盘屈三千里。"参见"桃都山"(261页)。

大巢氏 即"有巢氏"(127页)。

大翮山 北魏郦道元《水经注·漯水》:"(阳沟水)西径大翮、小翮山南,高峦截云,层陵断雾,双阜共秀,竞举群峰之上。郡人王次仲少有异志,年及弱冠,变苍颉旧文为今隶书。秦始皇时,官务烦多,以次仲所易文,简便于事要,奇而召之。三征而辄不至。……始皇怒其不恭,命槛车送之。次仲首发于道,化为大鸟,出在车外,翻飞而去,落二翮

于斯山。故其峰峦有大翮、小翮之名矣。"《太平广记》卷五"王次仲"条引《仙传拾遗》云："次仲化为大鸟，振翼而飞，使者惊拜，曰：'无以复命，亦恐见杀，惟神人悯之。'鸟徘徊空中，故堕三翮，使者得之以进。……今谓之落翮山。"则又因落翮一说而有增饰。

大禹治水 小说名。已佚。清俞樾《茶香室三钞》卷二三引徐承烈《燕居续语》："沈滕友先生，名嘉然，山阴人……尝陋《封神传》小说俚陋，因别创一编，以大禹治水为主。按《禹贡》所历，而用《山海经》敷衍之，参之以《真仙通鉴》、《古岳渎经》诸书。叙禹疏凿遍九州，至一处则有一处之山妖水怪为梗。上帝命云华夫人授禹金书玉简，号召百神平治之。如庚辰、童律、巨灵、狂章、虞余、黄魔、太翳，皆神将而为所使者也。至急难不可解之处，则夫人亲降，或别求法力最巨者救护。邪物诛夷镇压不可胜数，如刑天、帝江、无支祁之类是也。功成之后，其佐理及归命者，皆封为某山某水之神。卷分六十，目则一百二十回。曹公栋亭寅，欲为梓行，滕友以事涉神怪，力辞焉。后自扬返越，覆舟于吴江，此书竟沈于水，滕友亦感寒疾，归而卒。书无副本，惜哉！"

大蟹斗山神 《古今图书集成·禽虫典》卷一六二引《广异记》："近世有波斯，乘船泛海，漂入一大岛中，得诸宝甚多。随风挂帆而行，遥见峰上有赤物如蛇形，久之渐大。胡曰：'此山神惜宝来逐也。'舟人莫不战惧。俄见两山从海中出，高数百丈。胡喜曰：'此两山者，大蟹螯也。其蟹好与山神斗，神多不胜，甚惧之；今其螯出，无忧矣。'大蛇寻出，蟹盘斗良久，夹其头，死于水上，如连山。船人因是得济。"事亦见《旧小说·乙集三》辑《广异记》。参见"大蟹"。

大唐三藏取经诗话 宋人话本。作者不详。三卷。叙唐僧玄奘西天取经，猴行者一路护送，屡经艰险，终事成而归东土。系后来吴承恩《西游记》之所本。

〔丨〕

上帝 即"天帝"(56页)。
上骈 神名。见"女娲"(37页)。
上甲微 王恒子。《山海经·大荒东经》郭璞注引《竹书纪年》："殷王子亥宾于有易而淫焉，有易之君绵臣杀而放之，是故殷上甲微假师于河伯以伐有易，灭之，遂杀其君绵臣也。"《楚辞·天问》云："昏微遵迹，有狄不宁，何繁鸟萃棘，负子肆情？"昏微，即上甲微；遵迹，谓遵*王亥、王恒之迹。此当亦记上甲微为复王亥被杀之仇而灭有易之事。

上池水 《史记·扁鹊仓公列传》索隐："旧说云，上池水，谓水未至地，盖承取露及竹木上水，取之以和药，服之三十日，当见鬼物也。"参见"扁鹊"(238页)、"仓公"(67页)。

上霄峰 明陈继儒《珍珠船》卷一："庐山有上霄峰，可千仞，上有石迹，云夏禹治水时泊舟之所。凿石为窍，缆舟其上。有摩崖碑，皆科斗文字，隐隐可见。"

上元夫人 《汉武帝内传》略云：上元夫人降尊于刘彻处。帝因问王母："不审上元何尊也？"王母曰："是三天上元之官，统领十万玉女名箓者也。"俄而夫人至，亦闻空中箫鼓之声，从官文武千余人，并是女子。夫人年可二十余，天姿精耀，灵眸绝朗，服青霜之袍，头作三角髻，余发散垂至腰。即命侍女出六甲灵飞致神之方十二事以授刘彻。又唐李白《上元夫人》诗："上元谁夫人？偏得王母娇；嵯峨三角髻，余发散垂腰。"即写此。参见"西王母"(129页)。

山鸡 晋张华《博物志·物性》："山鸡有美毛，

自爱其色,终日映水,目眩则溺死。"又南朝宋刘敬叔《异苑》卷三云:"山鸡爱其毛羽,映水则舞。魏武时,南方献之,帝欲其鸣舞而无由。公子苍舒埋大镜其前,鸡鉴形而舞,不知止,遂乏死。"

山鬼 ❶《楚辞·九歌》篇名。洪兴祖补注谓山鬼疑是夔与魍魉之类。近人亦有以为山鬼

山鬼❶ 明萧云从《离骚图》

即巫山神女者,所说近是。❷谓*山臊。《太平御览》卷九四二引《永嘉郡记》:"安国县有山鬼,形体如人而一脚,裁长一尺许。好啖盐,伐木人盐辄偷将去。不甚畏人,人亦不敢伐木,犯之即不利也。喜于山涧中取石蟹,伺伐木人眠息,便十十五五出就火边跂石炙啖。尝有伐木人见其如此,未眠之前,痛燃石使热,罗置火畔,便佯眠看之。须臾魃来,悉皆跂石。石热灼之,跳梁叫呼,骂詈而去。"按宋洪迈《夷坚乙志》卷二"宜兴民"条云:"宜兴民素以滑稽著。有山鬼入其室,自天窗垂一足彻地,黑毛毵毵。民戏谓之曰:'若果神通,更下一足。'鬼不能答。少顷收足去,自是不复至。"则为后世所传山鬼之能为变怪者。

山神《山海经·海外北经》云:"钟山之神,名曰烛阴(烛龙)。"*烛阴(烛龙)即钟山山神。山神者,古籍记载较多。《庄子·大宗师》:"肩吾得之,以处大山。"释文引司马彪云:"山神不死,至孔子时。"《太平广记》卷四六七"李汤"条引《戎幕闲谈》云:"桐柏等山君长,稽首请命。禹因囚鸿濛氏、商章氏、兜卢氏、犁娄氏,乃获淮涡水神,名无支祁。"此鸿濛氏、商章氏等,亦即桐柏附近诸山之山神。《五藏山经》于每经之末亦详述诸山神之状貌及对彼等之祭典。又《汉唐地理书钞》辑《地镜图》:"入名山必先齐(斋)五十日,牵白犬,抱白鸡,以白盐一升,山神大喜,芝草玉药宝玉为出。未到山百步,呼曰林林央央,此山王名,知之却百邪。"则见古之采药者对山神敬礼之状。

山都《古小说钩沈》辑《述异记》:"南康有神,名曰山都,形如人,长二尺余,黑色,赤目,发黄被身。于深山树中作窠,窠形如坚鸟卵,高三尺许,内甚泽,五色鲜明,二枚沓之,中央相连。土人云:'上者雄舍,下者雌室。'傍悉开口如规,体质轻虚,颇似木筒,中央以鸟毛为褥。此神能变化隐身,罕睹其状,盖木客、山魈之类也。"《太平御览》卷八八四引《邓德明南康记》云:"山都形如昆仑人,通身生毛,见人辄闭眼张口如笑,好在深山中翻石觅蟹啖之。"参见"山魈"。

山㹴《山海经·北山经》:"狱法之山,瀤泽之水出焉,而东北流注于泰泽。其中多䱱鱼,其状如鲤而鸡足,食之已疣。有兽焉,其状如犬而人面,善投,见人则笑,其名山㹴,其行如风,见则天下大风。"

山㹴

山膏《山海经·中次七经》:"苦山,有兽焉,名曰山膏,其状如逐(郭璞注:即"豚"字),

赤若丹火,善晋。"毕沅云:"即山都也。"参见"山都"。

山膏

山精 《太平御览》卷八八六引《玄中记》:"山精如人,一足,长三四尺,食山蟹,夜出昼藏。人昼日不见,夜闻其声。千岁蟾蜍食之。"晋葛洪《抱朴子·登涉》:"山精之形如小儿而独足,足向后,喜来犯人。人入山谷,夜闻其音声笑语。其名曰蚑,知而呼之,即不敢犯人也。"据二书所写形状,山精即山獏。

山獏 獏,一作缫,或作臊。《国语·鲁语下》韦昭注:"夔一足,越人谓之山缫……人面猴身能言。"《神异经·西荒经》:"西方深山中有人焉,身长尺余,袒身捕虾蟹,性不畏人。见人止宿,暮依其火以炙虾蟹,伺人不在而盗人盐以食虾蟹。名曰山臊,其音自叫。人尝以竹著火中,爆烞而出,臊皆惊惮,犯之令人寒热。此虽人形而变化,然亦鬼魅之类,今所在山中多有之。"《古小说钩沈》辑祖冲之《述异记》:"宋元嘉初,富阳人姓王,于穷渎中作蟹断,且往视之,见一材长二尺许,在断中,而断裂开,蟹出都尽。乃修治断,出材岸上。明往视之,见材复在断中,败如前。王又治断出材。明晨往视,所见如初。王疑此材妖异,乃取内蟹笼中,系担头归,云至家当斧破然之。未至家三里,闻中倅倅动。转顾,见向材头变成一物,人面猴身,一手一足。语王曰:'我性嗜蟹,比日实入水破君蟹断,入断食蟹,相负已尔,望君见恕,开笼出我;我是山神,当相佑助,并令断大得蟹。'王曰:'汝犯暴人,前后非一,罪自应死。'此物种类专请乞放,王回头不应。物曰:'君何姓名,我欲知之。'频问不已,王遂不答。去家转近,物曰:'既不放我,又不告

我姓名,当复何计,但应就死耳!'王至家炽火焚之,后寂然无复异。土俗谓之山獏,云知人姓名,则能中伤人,所以勤勤问王,正欲害人自免。"按又有"山都"、"冶鸟"、"山精"、"枭阳"等物,名虽不一,要皆山獏之讹变。山獏即山魈,狒狒类动物,流传演变,遂成多色。

山大人 《太平寰宇记》卷一〇〇:"剑山在(沙)县西北一百二十里。……其中有山魅,其形似人,生毛,黑色,身长丈余,逢人而笑,口上唇盖眼,下唇盖胸,人见亦怪矣。或时遗下藤制草鞋,长二尺五寸,乡人所谓山大人。"

山海经 书名。十八篇。《汉书·艺文志》作十三篇,盖弃《荒经》以下五篇不计。其书始见于《史记·大宛列传》,作者不详。刘歆《山海经叙录》及《论衡》、《吴越春秋》皆云禹、益作。以今考之,实非出一时一人之手,当为战国至汉初时楚人所作。古代神话传说,赖是书而得保存其崖略。尤以系绘图为文,未加雕饰,于朴野粗犷笔墨中,每可见古代神话本貌。有晋郭璞注,清吴任臣广注,毕沅校本,郝懿行笺疏等;郝书尤精。

山隐居 即"龙威丈人"(102页)。

山蜘蛛 宋钱易《南部新书》庚:"裴旻山行,有山蜘蛛垂丝如匹布。将及旻,旻引弓射杀之,大如车轮。因断其丝数尺收之。部下有金疮者,剪方寸贴之,血立止。"按《格致镜原》卷九八引《鸟兽续考》云:"海蜘蛛巨若丈二车轮,文具五色,非大山深古不伏也。游丝罅中,牢若纠缆,晨辉照耀,光焰烨烨。虎豹麂鹿,间触其网,蜘蛛益吐丝如缟霞缠纠,卒不可脱,俟其毙腐,乃就食之。"是虽名为海蜘蛛,实亦山蜘蛛之论也。

山堂肆考 类书名。明彭大翼辑,其孙婿张幼学增订。二百二十八卷,补遗十二卷。分五

集,四十五门。取材甚广,时见他书不存之零星神话传说资料。

山海经地理今释 书名。清吴承志撰。六卷。考释《山海经》山川地理,用今地对照古地,起自域内,远暨海外,用力甚勤。卷六"海外南经"节末,釐订《海经》部分简策错乱一段文字,尤为精到。

〔丿〕

乞巧 南朝梁宗懔《荆楚岁时记》:"七月七日为牵牛织女聚会之夜。是夕,人家妇女结彩缕,穿七孔针,或以金银鍮石为针,陈瓜果于庭中以乞巧。有喜子网于瓜上,则以为符应。"明刘侗、于奕正《帝京景物略》卷二云:"七月七日之午丢巧针,妇女曝盎水日中,顷之,水膜生面,绣针投之则浮。则看水底针影,有成云物花头鸟兽影者,有成鞋及剪刀水茄影者,谓之乞得巧。"

义均 即"商均"。《山海经·海内经》:"帝俊生三身,三身生义均。义均是始为巧倕,是始作下民百巧。"宋罗泌《路史·后纪十一》云:"女茔(英)生义钧……义钧封于商,是为商均。"参见"巧倕"(89页)、"叔均"(194页)。

千人坛 《会稽郡故书杂集》辑《孔灵符会稽记》:"禹葬茅山,有聚土平坛,人工所作,故谓之千人坛。"

千日酒 晋干宝《搜神记》卷十九:"狄希,中山人也,能造千日酒,饮之千日醉。时有州人姓刘,名玄石,好饮酒,往求之。希曰:'我酒发来未定,不敢饮君。'石曰:'纵未熟,且与一杯。得否?'希闻此语,不免饮之。复索,曰:'美哉!可更与之。'希曰:'且归,别日当来。只此一杯,可眠千日也。'石别,似有作色。至家,醉死。家人不之疑,哭而葬之。经三年,希曰:'玄石必应酒醒,宜往问之。'既往石家,语曰:'石在家否?'家人皆怪之,曰:'玄石亡来,服已阕矣。'希惊曰:'酒之美矣,而致醉眠千日,今合醒矣。'乃命其家人凿冢破棺看之。冢上汗气彻天,遂命发冢。方见开目张口,引声而言曰:'快哉醉我也!'因问希曰:'尔作何物,令我一杯大醉,今日方醒,日高几许?'墓上人皆笑之,被石酒气冲入鼻中,亦各醉卧三月。"明钱希言《戏瑕》云:"千日酒本《博物志》刘玄石事而《搜神记》演为狄希。"所说当是。惟《搜神》所演,仍是刘玄石事,狄希不过中山酒家之名,《博物》偶未著其名耳。又《古小说钩沉》辑《杂鬼神志怪》:"齐人田乃已酿千日酒,过饮一斗,醉卧千日,乃醒也。"亦其类。

千里牛 《古小说钩沉》辑《祖台之志怪》:"苟晞为衮州镇,去京师五百里。有贡晞珍异食者,欲贻都邑亲贵,虑经信宿之间,不复鲜美;募有牛能日行数百里者,当厚赏之。有人进一牛,云:'此日行千里。'晞乃命具丁车善驭,书疏发遣。旦发,日中到京师;取答书还,至一更始进便达。晞以其骏快,筋骨必将有异。遂杀而观之,亦无灵异,惟双肋如小竹大,自头挟脊著肉里,故外不觉也。"

千童城 一名"卅丂城"。《汉唐地理书钞》辑《顾野王舆地志》:"盐山县有卅丂城,秦始皇遣徐福发童男女千人至海求蓬莱仙(山),因筑此城,侨居童男女,号卅丂城,一名千童城。"参见"徐福"(266页)。

〔丶〕

门神 《类说》卷六引《荆楚岁时记》:"岁旦绘二神贴户左右:左神荼,右郁垒,俗谓之门神。""门神"一词始见于《礼记·丧大记》郑玄注:"君……释菜、礼门神。"而上所引《荆楚岁时记》语,今本无。《岁时广记》卷五引此,于"绘二神"下尚有"披甲执钺"四字,当

门神　明刊本《三教搜神大全》

据补。此自古民间相传之门神。唐以后,更有以秦叔宝、胡敬德为门神者。《三教搜神大全》卷七云:"按传,唐太宗不豫。寝门外抛砖弄瓦,鬼魅呼号……太宗以告群臣。秦叔宝出班奏曰:'……愿同胡敬德戎装立门外以伺。'太宗可其奏,夜果无警。……因命画工图二人之像……悬于宫掖之左右门,邪祟以息。后世沿袭,遂永为门神。"或径书"秦军、胡帅"字贴于户上。此本为贵族门神,后渐沦被于民间。胡敬德即尉迟敬德。参见"神荼郁垒"(250页)。

广成子　晋葛洪《神仙传》卷一:"广成子者,古之仙人也,居崆峒之山,石室之中。黄帝

广成子　清刊本《毓秀堂画传》

闻而造焉。曰:'敢问至道之要?'……广成子答曰:'至道之精,杳杳冥冥,无视无听……无劳尔形,无摇尔精,乃可长生……我守其一,以处其和,故千二百岁而形未尝衰。'"此盖据《庄子·在宥》为言。葛洪《抱朴子·登涉》云:"昔圆丘多大蛇,又生好药。黄帝将登焉,广成子教之佩雄黄,而众蛇皆去。"是又关于广成子仙话之异闻。

广成城　《汉唐地理书钞》辑《九州要记》:"广成城。广成子为黄帝师,始居此城,后于崆峒山成道。今此城犹有庙像存焉。"

广寒宫　月中宫殿名。《锦绣万花谷》前集卷一引东方朔《十洲记》:"冬至后,月épluch魄于广寒宫。"《类说》卷五引此条又作《洞冥记》。二书所引,今本俱无。《初学记》卷二三引《曲素决辞经》云:"《高上玉皇辞》曰:'目即西华馆,意合广寒宫。'"五代王仁裕《开元天宝遗事》云:"明皇游月宫,见榜曰广寒清虚之府。"即此。

广东新语　书名。清屈大均撰。二十四卷。大旨采《广东通志》,略其旧而详其新,故名。全书分天语、地语、山语、水语、石语、神语等二十四语,所载事物,各以类相从。间亦记有当时民间传说,如刘三妹、雷州雷神庙、西江潜牛、罗浮龙公竹等。

广博物志　书名。明董斯张撰。五十卷。因张华《博物志》、李石《续博物志》从而广之,全改华之体例,变为分门隶事之书。凡分大目二十二,子目一百六十七。所载始于《三坟》,迄于隋代,其征引诸书,皆标列原名,缀于每条之末。虽以爱博贪多,时伤芜杂,然其搜罗既富,唐以前遗文坠简,裒聚良多,恒有神话传说资料可供参考。

广德祠山神　《说郛》(百二十卷本)另二四辑《三柳轩杂识》:"广德祠山神曰张,避食豨。按《祠山神事要》云:'王始自长兴县疏圣

渎，欲通津广德，化身为豨，从（役）使阴兵。后为夫人李氏所觇，其工遂辍。'食之避豨，盖以此。"此盖禹化熊通辗辕神话之模写。其详则见于宋吴曾《能改斋漫录》卷十八"广德王开河为猪形"条，云："广德军祠山广德王，名渤，姓张，本前汉吴兴郡乌程人。始于本郡长兴县顺灵乡发迹，役阴兵导通流，欲抵广德县，故东自长兴、荆溪，疏凿河流。先时与夫人李氏密议为期，每饷至，鸣鼓三声，而王即自至，不令夫人至开河之所。厥后因夫人遗殍于鼓，乃为乌啄，王以为鸣鼓而饷至。洎王诣鼓坛，乃知为乌所误。逡巡，夫人至，鸣其鼓，王以为前所误而不至。夫人遂诣兴工之所，见王为大豨，驱役阴兵，开凿河渎。王见夫人，变形未及，从此耻之，遂不与夫人相见，河渎之功遂息。遁于广德县四（西）五里横山之顶，居民思之，立庙于山西南隅。夫人李氏，亦至县东二里而化，时人亦立其庙。由是历汉五代以至本朝，水旱灾沴，祷之无不应。郡人以王故，呼猪而曰乌羊。"明田艺衡《留青日札》卷二八"祠山张大帝"条云："武当人张秉遇仙女山中，谓曰：'帝以君功在吴分，故遣我为配，生子以木德王其地。'且约逾年再会。女如期往，仙女抱幼子归秉，曰：'当世世相承，血食吴楚。'后生子渤，为祠山之神。……（神）以二月八日生，先一日必多风，后一日必多雨。俗人相传，以为神请其夫人之小姨饮酒，故加以风雨，欲视其足也，可谓渎神矣。然至今此日风雨甚验，亦异事也。"可以为上文所述作补充。清顾禄《清嘉录》"冻狗肉"条云："（二月）八日为祠山张大帝诞。相传大帝有风山女、雪山女归省，前后数日，必有风雨，号请客风，送客雨，虽天气甚温，又必骤寒。俗有大帝吃冻狗肉之谚。"风山、雪山女归省之说，自又小姨说之演变。而"冻狗肉"云者，盖繇祠神避豨用犬，复值春阴多寒之故也。参见"涂山氏"（274页）。

〔一〕

尸子 书名。战国鲁尸佼著。二十篇。《汉书·艺文志》列于杂家。《隋书·经籍志》著录，亡其九篇。宋尤氏《遂初堂书目》尚有传本，至元、明而全佚。清章宗源、孙星衍、汪继培均有辑本。是书记有关于少昊、禹、汤及徐偃王等神话传说。

尸鸠 一作"鸤鸠"。*少昊时鸟官。《山海经·西山经》："南山……鸟多尸鸠。"郭璞注："尸鸠，布谷类也。或曰鹠鹳也。鸠或作丘。"

卫丘 《山海经·大荒北经》："卫丘（"卫"字原脱在上句'皆出于山'中，作'皆出卫于山'，非，从王念孙、郝懿行说订正）方圆三百里，丘南帝俊竹林在焉，大可为舟。竹南有赤泽水，名曰封渊。有三桑无枝。丘西有沈渊，颛顼所浴。"

卫叔卿 晋葛洪《神仙传》卷八略云：中山卫叔卿，尝乘云车，驾白鹿，从天而下，见汉武帝，帝将臣之，叔卿不言而去。武帝悔，求得其子度世，令追其父。度世登华山，于绝岩之下，望见其父与数人博戏于石上。父勅度世令还。度世曰："不审向与父并坐是谁也？"父曰："洪崖先生、许由、巢父辈耳。"参见"洪涯先生"（243页）。

子文 楚臣。《楚辞·天问》："何环穿自闾社丘陵，爰出子文？"此段文字一作"何环闾穿社，以及丘陵，是淫是荡，爰出子文？"似于义较明。晋干宝《搜神记》卷十四云："鬬伯比父早亡，随母归在舅姑之家，后长大，乃奸妘子之女，生子文。其妘子妻耻女不嫁而生子，乃弃于山中。妘子游猎，见虎乳一小儿，归与妻言。妻曰：'此是我女与伯比私通

爱出子文　明萧云从《离骚图》

生此小儿，我耻之，送于山中。'妘子乃迎归养之，配其女与伯比。楚人因呼子文为'榖乌菟'，仕至楚相也。"即记此事。原出《左传·宣公四年》。楚人谓乳为"榖"（毂），谓虎为"於菟"（乌菟），故有此称。

子规　*杜鹃别称。亦作"子鹉"、"子寓"。《汉唐地理书钞》辑阚骃《十三州志》："望帝使鳖冷凿巫山，治水有功。望帝自以德薄，乃委国鳖冷，号曰开明，遂自亡去，化为子规。"

子英　《列仙传》卷下："子英者，舒乡人也，善入水捕鱼。得赤鲤，爱其色好，持归著池中，数以米谷食之。一年，长丈余，遂生角，有翅翼。子英怪异，拜谢之。鱼言：'我来迎汝，汝上背，与汝俱升天。'即大雨，子英上其鱼背，升腾而去。岁岁来归故舍饮食，见妻子。鱼复来迎之，如此七十年。故吴中门户皆作神鱼，遂立子英祠。"亦见《述异记》卷下，然谓子英晋时人，则是此传所未道。

小人　《山海经·大荒南经》："有小人，名曰菌人。"《大荒东经》："有小人国，名靖人。"即《海外南经》所谓周饶、焦侥。《国语·鲁语下》云："僬侥氏长三尺，短之至也。"而郭璞注《海外南经》引《诗纬含神雾》则云："焦侥国民，长尺五寸。"乃又半之。《神异经·西荒经》云："西海之外有鹄国焉，男女皆长七寸。"较之*焦侥国民，又仅及半。而《洞冥记》卷二云："勒毕国人长三寸。"较之鹄国，复又半之。《神异经·西北荒经》云："西北荒中有小人，长一分，其君朱衣玄冠，乘辂车马，引为威仪。居人遇其乘车，抓而食之，其味辛，终年不为物所咋，并识万物名字。又杀腹中三虫，三虫死，便可食仙药也。"则此小人者，可以为药物而服食。晋葛洪《抱朴子·仙药》云："行山中见小人乘车马，长七八寸者，肉芝也，提取服之，即仙矣。"当亦此类。小人之说演为植物方面之神话，则有《述异记》大食王国树上所生之小儿，及《西游记》五观庄之*人参果。

小说　书名。南朝梁殷芸撰。《隋书·经籍志》作十卷，明初尚存，后散佚。鲁迅及余嘉锡皆有辑录。是书系采集群书而成，所引书今多佚亡。时有神话传说资料，可供研究参考。明冯应京《月令广义·七月令》引此书记牛郎织女事，即为现存牛女神话见诸载籍之最早者。

小人国　见"小人"。

小儿鬼　颛顼子。晋干宝《搜神记》卷十六："昔颛顼氏有三子，死而为疫鬼。一居江水，为疟鬼；一居若水，为魍魉鬼；一居人宫室，善惊人小儿，为小儿鬼（'儿'字原无，从《玉函山房辑佚书》辑《礼纬斗威仪》补）。"

小翾山　见"大翾山"（24页）。

马邑　晋干宝《搜神记》卷十三："秦时，筑城于武周塞内，以备胡，城将成，而崩者数焉。有马驰走，周旋反复，父老异之。因依马迹筑城，城乃不崩，遂名马邑。其故城在今朔州。"

马衔 《文选·海赋》："乃有海童邀路,马衔当蹊。"李善注引《陆绥海赋图》云："马衔其状,马首一角而龙形。"参见"海童"(276页)。

马腹 《山海经·中次二经》："蔓渠之山……有兽焉,其名曰马腹,其状如人面虎身,其音如婴儿,是食人。"按"其状如人面虎身",或衍"如"字;"面"字或是"而"字之讹:二者必居其一。

马腹

马见愁 异兽名。《瑯嬛记》卷中引《采兰杂志》:"西域有兽如犬,含水曀马目,则马瞑眩欲死。故凡马皆畏之,名曰马见愁。宣宗时,国人献其皮,帝赐群臣,编为马鞭,一扬即走,谓之不须鞭。"

马头娘 《太平广记》卷四七九"蚕女"条引《原化传拾遗》云:"蚕女旧迹,今在(蜀)广汉。……今家(其冢)在什邡、绵竹、德阳三县界,每岁祈蚕者,四方云集。……宫观诸化,塑女子之像,披马皮,谓之马头娘,以祈蚕桑焉。"按蜀古蚕桑之地。蜀之开国君首称蚕丛,谓其功业乃在教民养蚕。成都古有蚕市。宜*蚕马神话之在蜀地流传且以为神而供奉之。旧时德阳县尚有蚕姑庙,庙绘壁画十六幅,写蚕姑事迹,大略如蚕马神话所述。参见"马明王"。

马穴山 北魏郦道元《水经注·沔水》:"(中庐)县故城南有水,出西山。山有石穴,出马,谓之马穴山。汉时有数百匹马出其中,马形小,似巴滇马。三国时,陆逊攻襄阳,于此穴又得马数十匹送建业。蜀使至,有家在滇池者,识其马毛色,云其父所乘。马对之流涕。"

马师皇 《列仙传》卷上:"马师皇者,黄帝时马医也。知马形生死之诊,治之辄愈。后有

马师皇　明刊本《列仙全传》

龙下向之,垂耳张口。皇曰:'此龙有病,知我能治。'乃针其唇下口中,以甘草汤饮之而愈。后数数有病龙出其波,告而求治之。一旦,龙负皇而去。"

马明王 清翟灏《通俗编》(无不宜斋本)卷十九引《七修类稿》:"所谓马头娘,本《荀子·蚕赋》'身女好而头马首'一语附会,俗称马明王。明王乃神之通号,或作鸣,非。"明田汝成《西湖游览志》卷十云:"北高峰,石磴数百级……山半有马明王庙,春月,祈蚕者咸往焉。"即此。宋戴植《鼠璞》卷下:"蚕马同本"条云:"唐《乘异集》载:蜀中寺观多塑女人披马皮,谓之马头娘,以祈蚕。……俗谓蚕神为马明菩萨,以此。"则其称由来已早。参见"马头娘"。

马宝石 明郑仲夔《耳新》卷八:"粤中有老人业屦者,坐旁置一大石。一日有一收宝者见之,欲出厚值买去。其人不省所以,坚不与。自后因藏其石,已而悔之。阅数月,收宝者复至,乃出以观,遂连称可惜。其人问故。答曰:'此中有异马,无价之宝,以子日对之业屦,有草为之养,故得活,今馁死其中矣!'其人不信,剖碎之,果有马死其中。"

马胫国 即"钉灵国"(168 页)。

马首鱼 北魏郦道元《水经注·温水》:"(扶南象浦),源潭湛濑,有鲜鱼,色黑,身五丈,头如马首,伺人入水,便来为害。"

马穿穴 北魏郦道元《水经注·江水》:"夷陵县北三十里,有石穴,名曰马穿。尝有马出穴,人逐之,入穴,潜行入汉中。汉中人失马,亦尝出此穴。相去数千里。"参见"马穴山"。

马伏波射潮 清梁绍壬《两般秋雨庵随笔》卷六:"廉州海中常有浪三口连珠而起,声若雷轰,名三口浪。相传旧有九口,马伏波射减其六。屈(翁山)大均先生有《射潮歌》云:'后羿射日落其九,伏波射潮减六口。海水至今不敢骄,三口连珠若雷吼。'人知钱王射潮,而伏波射潮罕有知者。"按东汉马援事光武帝,拜伏波将军,故称马伏波。参见"钱王射潮"(268 页)。

飞卫 《列子·汤问》:"飞卫学射于甘蝇,而巧过其师。纪昌者,又学射于飞卫。飞卫曰:'尔先学不瞬,而后可以言射矣。'纪昌归,偃卧其妻之机下,以目承牵挺。二年之后,虽锥末倒眦而不瞬也。以告飞卫。飞卫曰:'未也,必学视而后可,视小如大,视微如著,而后告我。'昌以氂悬虱于牖,南面而望之。旬日之间,浸大也;三年之后,如车轮焉。以睹余物,皆丘山也。……以告飞卫。飞卫高蹈拊膺曰:'汝得之矣!'纪昌既尽卫之术,计天下之敌己者,一人而已,乃谋杀飞卫。相遇于野,二人交射中路……既发,飞卫以棘刺之端扞之,而无差焉。于是二子泣而投弓,相拜于涂,请为父子,克臂以誓,不得告术于人。"按此纪昌谋杀飞卫事,与*逢蒙杀羿事相类。

飞车 晋张华《博物志·外国》:"奇肱民善为栻扛,以杀百禽。能为飞车,从风远行。汤时西风至,吹其车至豫州。汤破其车,不以视民。十年东风至,乃复作车遣返。"参见"奇肱国"(188 页)。

飞龙 ❶颛顼臣。《吕氏春秋·古乐》:"帝颛顼生自若水,实处空桑,乃登为帝,惟天之合,正风乃行,其音若熙熙凄凄锵锵。帝颛顼好其音,乃令飞龙作乐("乐"字原无,据《吕氏春秋集释》补),效八风之音,命之曰《承云》,以祭上帝。"《世本》(清张澍稡集补注本):"颛顼命飞龙氏铸洪钟,声振而远。" ❷谓有翼之龙。可乘驾。《楚辞·离骚》:"为余驾飞龙兮,杂瑶象以为车。"洪兴祖补注:"《易》曰:'飞龙在天。'许慎云:'飞龙有翼。'"按《玉函山房辑佚书》辑《归藏·郑母经》云:"昔夏后启筮乘飞龙而登于天,而枚占于皋陶,陶曰:'吉。'" ❸鸟名。《格致镜原》卷八一引《焦氏笔乘》:"飞龙,鸟名,凤头龙尾,其文五色,以象五方,一名飞廉,一名龙雀,汉铜铸其象,以彰瑞应。"参见"飞廉❶"(34 页)。

飞仙 《太平御览》卷六六二引《天仙品》:"飞行云中,神化轻举,以为天仙,亦云飞仙。"晋张华《博物志·杂说下》云:"天门郡有幽山峻谷,而其土人有从下经过者,忽然踊出林表,状如飞仙。"即此。宋苏轼《前赤壁赋》:"挟飞仙以遨游。"

飞虫 《山海经·北次三经》:"神囷之山……其下有白蛇,有飞虫。"郝懿行云:"《史记·周本纪》云:'蜚鸿满野。'索隐引高诱曰:'蜚鸿,蠛蠓也。言飞虫蔽日满野,故为灾。'"《世本·氏姓篇》(清秦嘉谟集补本)云:"盐神暮辄来取宿,且即化为飞虫,与诸虫群飞,掩蔽日光。"亦此之类。

飞鱼 ❶《山海经·中山经》:"牛首之山,有草焉,名曰鬼草,其叶如葵而赤茎,其秀如禾,服之不忧。劳水出焉,而西流注于潏水。是多飞鱼,其状如鲋鱼,食之已痔衕。" ❷《山海经·中次三经》:"魏山,其上有美枣,其阴有琈㻬之玉。正回之水出焉,而北流注于河。其中多飞鱼,其状如豚而赤文,服之不畏雷,可以御兵。"❸《太平御览》卷九三九引《林邑国记》:"飞鱼身圆,长丈余,羽重沓,翼如胡蝉,出入群飞,游翔翳荟,而沉则泳海底。"此鱼即《山海经·西次三经》所记之*文鳐鱼。

飞鱼

飞兔 ❶马名。一作"飞菟"。《吕氏春秋·离俗》:"飞兔、要褭,古之骏马也。"高诱注:"飞兔、要褭皆马名也,日行万里,驰若兔之飞,因以为名也。"《宋书·符瑞志》云:"飞菟者,神马之名也,日行三万里。禹治水,勤劳历年,救民之害,天应其德而至。"❷谓*飞鼠。《汉唐地理书钞》辑《括地图》:"天池之山,有兽如兔,名曰飞兔,以背毛飞。"

飞泉 山谷名。《楚辞·远游》:"吸飞泉之微液兮。"洪兴祖补注引张楫云:"飞泉,飞谷也,在昆仑西南。"

飞黄 即"乘黄"。《淮南子·览冥训》:"青龙进驾,飞黄伏皂。"高诱注:"飞黄,乘黄也,出西方,状如狐,背上有角,寿千岁。"唐韩愈《符读书城南》诗云:"飞黄腾踏去,不能顾蟾蜍。"后因谓发迹为飞黄腾达。

飞蛇 即"螣蛇"。《山海经·中次十二经》:"柴桑之山……多白鲤飞蛇。"郭璞注:"即螣蛇,乘雾而飞者。"

飞鼠 亦名"飞兔"。《山海经·北次三经》:"天池之山,其上无草木,多文石。有兽焉,其状如兔而鼠首,以其背飞,其名曰飞鼠。"郭璞注:"用其背上毛飞,飞则仰也。"

飞廉 ❶即"风伯"。

飞鼠

《楚辞·离骚》:"后飞廉使奔属。"王逸注:"飞廉,风伯也。"洪兴祖补注:"应劭曰:'飞廉,神禽,能致风气。'晋灼曰:'飞廉鹿身,头如雀,有角,而蛇尾豹文。'"❷纣臣。见"蜚廉"(344页)。

飞遽 《文选·上林赋》:"射游枭,栎蜚(飞)遽。"张揖注:"飞遽,天上神兽也,鹿头而龙身。"

飞来峰 明田汝成《西湖游览志》卷十:"飞来峰,介乎灵隐、天竺两山之间……怪石森立,青苍玉削……壁间布镂佛像,皆元浮屠杨琏真伽所为也。晋咸和元年,西僧慧理登而叹曰:'此乃中天竺国灵鹫山之小岭,不知何以飞来,仙灵隐窟,今复尔否?'因树锡结庵,名曰灵隐,命其峰曰飞来。"按山以飞来著迹者,亦所在多有。明陈仁锡《潜确类书》卷二〇云:"夜飞山在慈溪。相传此山自蜀中飞来,蜀客识之。其山出甘草灵药。"卷二一云:"飞来山,在(福州)府城北。相传越王时,自会稽一夕飞来。"是其例也。而浙江山阴之*怪山、"东北海"中之*郁洲,又是其著者。

飞鱼口 《太平御览》卷六四引《邢子励记》:"后魏延兴初,文安县人孙愿捕鱼于五渠水中。有群鱼从东来,共以柴塞之。忽有人谓愿曰:'须臾当得大鱼(原作"大得鱼",以意改),若愿多求,宜勿杀也。'后愿下网,果得大鱼,其状如鲤而大。愿以为异物,遂杀食之。俄然风雨昼昏,惟闻鸟飞声。比风息雨霁,有人乘船至者。云:'前见群鱼无数,飞入于海。'愿遂不复渔矣。因呼入海之处为飞鱼口也。"

飞鱼径 宋王象之《舆地纪胜》卷三〇:"飞鱼迳在德化县西二里。按《浔阳记》云,晋义熙中吴隶为鱼塞于云湖,乃有大鱼化为人,语隶云:'晚有大鱼攻塞,切勿杀。'隶许之。须臾有大鱼至，群鱼从之，隶同侣不知，杀大鱼。其夕风雨暝晦，鱼悉飞上木间，因号为飞鱼迳。"迳同径，飞鱼迳即飞鱼径。按原出《异苑》卷一。

飞涎鸟 明董斯张《广博物志》卷四八引《外荒记》："南海去会稽三千里，有狗国。国中有飞涎鸟，似鼠，两翼如鸟而足赤。每至晓，诸栖禽未散之前，各占一树，口中有涎如胶，绕树飞涎，沾洒众枝叶，有他禽之至而如网也，然(后)乃食之。如竟午不获，即空中逐而涎惹之，无不中焉。"

飞兽之神 《山海经·西次二经》："凡西次二经之首，自钤山至于莱山，凡十七山，四千

西山十神

一百四十里。其十神者，皆人面而马身，其七神皆人面牛身，四足而一臂，操杖以行，是为飞兽之神。"按《山海经》所记诸山*山

西山七神

神皆半人半兽，且无名：有人身而龙首者（《东山经》），有人面而鸟身者（《中次二经》），有羊身人面者（《西次三经》），有人面蛇身者（《北山经》），等等。此飞兽之神，特不过著其名者。

女尸 《山海经·中次七经》："姑媱之山，帝女死焉，其名曰女尸。化为䔄草，其叶胥成，其华黄，其实如菟丘，服之媚于人。"帝女，炎帝之女，名*瑶姬。

女丑 《山海经·海外西经》："女丑之尸，生而十日炙杀之，在丈夫北，以右手鄣其面。十日居上，女丑居山之上。"《大荒西经》："有人衣青，以袂蔽面，名曰女丑之尸。"《大荒东经》："海内有两人，名曰女丑。女丑有大蟹。"按郝懿行注《海外西经》云："十日并出，炙杀女丑，于是尧乃命羿射杀九日也。"此说颇符情理。观《山海经》所记女丑图像，均暴巫之像，女丑当为女巫。"以右手鄣其面"、"以袂蔽面"，即被暴而不胜其楚毒之象。古人天旱求雨，有暴巫聚尪之法，以为可以感动上天，普降甘霖。汉王充《论衡·明雩》云："鲁缪公之时，岁旱，缪公问县子：'寡人欲暴巫，奚如？'"《左传·僖公二十一年》："夏大旱，公欲焚巫尪。"可以为证。"女丑有大蟹"，谓女巫之怪奇；"十日居上，女丑居山之上"，则谓女巫被暴之景象。故郝懿行之说可以成立。参见"大蟹"(23页)。

女节 *少昊母。《玉函山房辑佚书》辑《春秋纬元命苞》："黄帝时，大星如虹，下流华渚，女节梦接，意感而生白帝朱宣。"宋均注："朱宣，少昊氏。"此说当即晋王嘉《拾遗记》皇娥与白帝子嫔嬉而生少昊之所本。

女鸟 北魏郦道元《水经注·江水》："阳新县地多女鸟。《玄中记》曰，阳新男子，于水次得之，遂与共居，生二女，悉衣羽而去。豫章间养儿，不露其衣，言是鸟多落尘于儿衣中，则令儿病。故亦谓之夜飞游女矣。"晋干宝《搜神记》卷十四亦有女鸟之说："豫章新豫县男子，见田中有六七女，皆衣毛衣，不知是鸟。匍匐往，得一女所解毛衣，取藏之，即

往就诸鸟。诸鸟各飞去,一鸟独不得去,男子取以为妇。生三女。其母后使女问父,知衣在积稻下,得之,衣而飞去。后复以迎三女,女亦得飞去。"参见"姑获鸟"(215页)、"田章"(103页)。

女夷 主春夏万物生长之神。《淮南子·天文训》:"女夷鼓歌,以司天和,以长百谷禽兽草木("禽兽"原作"禽鸟",据王念孙校改)。"高诱注:"女夷,主春夏长养之神也。"按明冯应京《月令广义》又以女夷为*花神。

女志 禹母名。亦作"女狄"、"女嬉"、"修己"。《世本·帝系篇》(清张澍稡集补注本):"鲧娶有莘氏之女,谓之女志,是生高密。"宋衷注:"高密,禹所封国。"同书又云:"禹母修己,吞神珠如薏苡,胸拆生禹。"张澍补注:"女志,即修己也。"

女岐 即"九子母"。《楚辞·天问》:"女岐无合,夫焉取九子?"王逸注:"女岐,神女,无夫而生九子也。"丁晏笺:"女岐,或称九子

女岐九子　明萧云从《离骚图》

母。"按女岐或当是《玄中记》所说"一名天帝少女"之*姑获鸟。其鸟"衣毛为飞鸟,脱毛为女人",盖亦神女,又"无子,喜取人子养以为子",此"女岐无合",而"取九子"

之意;至于又传此鸟"九首",或亦当是女岐"九子"之讹变。故谓姑获鸟传说或当是女岐传说之分枝。

女狄 禹母名。亦作"女志"、"女嬉"、"修己"。《太平御览》卷四引《遁甲开山图荣氏解》:"女狄暮汲石纽山下泉,水中得月精,如鸡子,爱而含之,不觉而吞,遂有娠,十四月,生夏禹。"

女英 尧女,舜妻。见"尧二女"(124页)。

女枢 颛顼母名。清马骕《绎史》卷七注引《诗纬含神雾》:"瑶光贯如蜺,贯月正白,感女枢,生颛顼。"又《太平御览》卷七九引《帝王世纪》云:"帝颛顼高阳氏,黄帝之孙,昌意之子,姬姓也。母曰景仆,蜀山氏女,为昌意正妃,谓之女枢。金天氏之末,女枢生颛顼于若水。"而《山海经·海内经》则云:"昌意降处若水,生韩流,"韩流"取淖子曰阿女,生帝颛顼"。淖子即蜀山氏女(古淖、浊字通,浊即蜀),阿女当即女枢,然一或以为韩流妻,一或以为昌意妻。其实女枢乃原始社会母权制时期人物形象,本无夫可言。有子之说,正如《诗纬含神雾》所云,"瑶光"所"感"而已。

女国 ❶《梁书·东夷传》:"扶桑东千余里有女国,容貌端正,色甚洁白,身体有毛,发长委地。至二三月,竞入水则妊娠,六七月产子。女人胸前无乳,项后生毛,根白,毛中有汁,以乳子,一百日能行,三四年则成人矣。"❷《古今图书集成·边裔典》卷四一引《梁四公记》:"方域西北,无虑万里,有女国,以蛇为夫。男则为蛇,不噬人而穴处;女为臣妾官长而居宫室。俗无书契而信咒咀,直者无他,曲者立死,神遭设教,人莫敢犯。"

女树 《旧小说·戊集二·笔麈》"海中银山"条:"海中有银山,生树,名女树。天明时皆

生婴儿,日出能行,至食时皆成少年,日中壮盛,日昃衰老,日没死。日出复然。"

女修 秦之先祖。见"益"(269页)。

女皇 ❶谓 *丹朱之母。《世本·帝系篇》(清张澍稡集补注本):"尧取散宜氏之子,谓之女皇。女皇生丹朱。"❷ *女娲之别称。《世本·氏姓篇》(清张澍稡集补注本):"天皇封弟堣于汝水之阳,后为天子,因称女皇。"

女娃 炎帝女名。即"精卫"(348页)。

女娇 禹妻。见"涂山氏"(274页)。

女戚 见"女祭"。

女祭 女巫名。《山海经·大荒西经》:"有寒荒之国。有二人女祭、女薎。"郭璞注:"或持觯,或持俎。"《海外西经》:"女祭、女戚(戚当作薎)在其(形天)北,居两水间,戚(薎)操鱼䱇,祭操俎。"王念孙云:"鱼䱇,当为角䱇。《说文》:䱇,小鮴也。"据此,则女祭、女薎当是女巫祀神之图像。

女隤 *陆终妻。

女娲 《楚辞·天问》:"女娲有体,孰制匠之?"王逸注:"传言女娲人头蛇身,一日七十化。""七十化"云云,本于《淮南子·说林

女娲　明萧云从《离骚图》

训》:"黄帝生阴阳,上骈生耳目,桑林生臂手;此女娲所以七十化也。"高诱注:"黄帝,古天神也,始造人之时,化生阴阳。……上骈、桑林,皆神名。"化,化育、化生之意。谓当女娲造人之际,诸神咸来助之:有助其生阴阳者,有助其生耳目者,有助其生臂手者。此乃女娲与诸神共同造人之说。除此而外,又有女娲抟土造人之说。《太平御览》卷七八引《风俗通》云:"俗说天地开辟,未有人民,女娲抟黄土作人,剧务,力不暇供,乃引绠于泥中,举以为人。"此说见诸记载虽较晚,揆其起源,或更早于前说,可见原始社会母权制时期之影响。《风俗通》又云:"女娲祷神祠,祈而为女媒,因置昏姻。"固是女娲造人神话之发展;而《世本》(清张澍稡集补注本)称"女娲作笙簧",则亦关系人类之繁孳。女娲除造人外,尚有补天一说。《淮南子·览冥训》云:"往古之时,四极废,九州裂,天不兼覆,地不周载,火爁焱而不灭,水浩洋而不息。猛兽食颛民,鸷鸟攫老弱。于是女娲炼五色石以补苍天,断鳌足以立四极,杀黑龙以济冀州,积芦灰以止淫水。"女娲补天,其目的无非治水。"积芦灰"已明言"止淫水"。其余三事:"断鳌足"、"杀黑龙",乃诛除水灾时兴波逐浪之水怪;而"炼石补天"所用之"石",亦堙洪水必需之物。故谓女娲补天神话最初所传,当亦系治水。晋葛洪《抱朴子·释滞》云:"女娲地出。"宋罗泌《路史·发挥一》注引《尹子·盘古篇》云:"女娲补天,射十日。"此又为女娲神话之异闻。

女登 神农母名。亦作"安登"。唐司马贞《史记·补三皇本纪》:"炎帝神农氏,姜姓,母曰女登,为少典妃,感神龙而生炎帝,人身牛首,长于姜水,因以为姓。"又《玉函山房辑佚书》辑《春秋纬元命苞》:"少典妃安登游于华阳,有神龙首感之于常羊,生神农。"

女嬉 禹母名。亦作"女志"、"女狄"、"修己"。《吴越春秋·越王无余外传》："禹父鲧者,帝颛顼之后,娶于有莘氏之女,名曰女嬉。年壮未孳,嬉于砥山,得薏苡而吞之,意若为人所感,因而妊孕,剖胁而产高密。家于西羌,地曰石纽,石纽在蜀西川也。"按《山海经·海内经》云:"鲧复(腹)生禹。"此乃神话之本貌。女嬉吞薏苡而生禹云云,当为神话之演变。

女䰩 女巫名。见"女祭"。

女人国 《异域志》卷下"女人国"条:"其国乃纯阴之地,在东南海上,水流数年一泛。莲开长丈许,桃核长二尺。皆(若)有舶舟飘落其国,群女携以归,无不死者。有一智者,夜盗船复去,遂传其事。女人遇南风裸形,感风而生。"

女子民 《淮南子·墬形训》:"凡海外三十六国,自西北至西南方",有"女子民"。高诱注:"女子民,其貌无有须,皆如女子也。"按高说非。女子民即女子。参见"女子国"。

女子国 《山海经·海外西经》:"女子国在巫咸北,两女子居,水周之。一曰居一门中。"郭璞注:"有黄池,妇人入浴,出即怀妊矣。

女子国

若生男子,三岁辄死。"《大荒西经》云:"有女子之国。"谓此。《淮南子·墬形训》有*女子民。《三国志·魏志·东夷传》云:"有一国亦在海中,纯女无男。"《后汉书·东夷列传》云:"或传其国有神井,窥之即生子。"亦谓此类。又《异域志》有*女人国。

女观山 ❶北魏郦道元《水经注·江水》云:"(夷道)县北有女观山……古老传言,昔有思妇,夫官于蜀,屡愆秋期,登此山绝望,忧感而死。山木枯悴,鞠为童枯,乡人哀之,因名此山为女观焉。葬之山顶,今孤坟尚存矣。"《艺文类聚》卷七引《荆州图副》亦述此事,当即本此,而文较简。❷《汉唐地理书钞》辑《顾野王舆地志》:"南陵县有女观山。俗传云,昔有妇人,夫富于蜀,屡愆秋期,忧思感伤,登此盼望,因化为石,如人之形,所牵狗亦为石。今狗形独存。"此或亦本《水经注》为说。

女郎山 《太平御览》卷五二引《郡国志》:"梁州女郎山。张鲁女浣衣石上,女便怀孕。鲁谓邪淫,乃放之。后生二龙。及女死,将殡,柩车忽腾跃升此山,遂葬焉。其水旁浣衣石犹在,谓之女郎山。"

女匽氏 即"女英"。《大戴礼·帝系》:"帝舜娶于帝尧之子,谓之女匽氏。"清梁玉绳《汉书人表考》卷二云:"女英……亦曰女匽,亦曰女莹……钱宫詹大昕《史记考异》谓莹、匽皆音之转,是也。"参见"尧二女"(124页)。

女娲石 《太平御览》卷五二引《王歆之南康记》:"归美山山石红丹,赫若采绘,峨峨秀上,切霄邻景,名曰女娲石。大风雨后,天澄气静,闻弦管声。"

女坟湖 《汉唐地理书钞》辑《陆广微吴地记》:"赵晔《吴越春秋》云,阖闾有女,哀怨王先食蒸鱼,乃自杀。王痛之,厚葬于阊门外。其女化为白鹤,舞于吴市,千万人随观之。后陷成湖,今号女坟湖。"按此说原出《吴越春秋·阖闾内传》,云:"葬于国西阊门外,凿池积土,文石为椁,题凑为中,金鼎玉杯,银樽珠襦之宝,皆以送女。乃舞白鹤于吴市中,令万民随而观之,还使男女与白鹤俱入羡门,因发机以掩之,杀生以送死。"是所谓"女坟湖"者,乃"凿池积土"而成,非"陷"而为湖。"女化为白鹤,舞于吴市",当指"舞白鹤"于市,以诱"随观"市民,使之"俱入羡门","杀生以送死"。再传,遂成神话。

女娲之肠 神名。《山海经·大荒西经》:"有神十人,名曰女娲之肠,化为神,处栗广之野,横道而处。"郭璞注:"或作女娲之腹。"又云:"女娲,古神女而帝者,人面蛇身,一日中七十变,其腹化为此神。"

女娲补天 见"女娲"。

女和月母国 《山海经·大荒东经》:"有女和月母之国。有人名曰䴅;北方曰䴅,来之风('之'字当衍)曰狻,是处东极隅以止日月,使无相间出没,司其短长。"郝懿行云:"女和月母即羲和、常羲之属也。谓之女与母者,《史记·赵世家》索隐引谯周云:'余尝闻之,代俗以东西阴阳所出入,宗其神,谓之王父母。……'据谯周斯语,此经女和月母之名,盖以此也。"按郝说为是。此或谓羲和、常羲之裔聚居于此而成国者。

女娲作笙簧 《世本·作篇》(清张澍稡集补注本):"女娲作笙簧。"张澍云:"女娲,太昊氏之女弟。……《博雅》引《世本》云:'女娲作笙簧。笙,生也,象物贯地而生,以匏为之,其中空而受簧也。'当系宋注。《帝王世纪》:'女娲氏,风姓,承庖羲制度,始作笙簧。'《唐乐志》:'女娲作笙,列管于匏上,纳簧其中。'《风俗通》、《书钞》引无笙字。"按张谓"《风俗通》、《书钞》引无笙字",则止言"女娲作簧"。或以笙与簧各别,自为乐器。《世本》又有"随作笙"语,则"女娲作簧",理亦能通。清俞正燮《癸巳类稿》卷二"簧考"云:"簧可无笙,笙不可无簧,故当先作簧。簧即今歕子,通俗文为哨子。……《神仙传》云:'王遥箧中玉舌竹簧三枚,遥自鼓一枚,以二枚与室中二人,并坐鼓之。'是晋时犹有以此为乐器。唐时乐器犹有吹叶。《旧唐书·音乐志》有啸叶,衔叶而啸。……今以《世本》推之,知女娲破小管,纳舌鼓之名曰簧,自为一乐器;其后配笙,又自为一乐器,于经史及时制,皆可通也。"其说甚辩。然从神话观点言,无宁谓笙簧一器女娲作之为愈也。盖"笙,生也,象物贯地而生",有繁衍滋生人类之意,与女娲造人、制婚姻之说应。五代后唐马镐《中华古今注》云:"上古音乐未和,而独制笙簧,其义云何?答曰:女娲伏羲之妹,人之生而制其乐,以为发生之象。"是谓其义。而笙"以匏为之"、"列管于匏上,纳簧其中",又有伏羲、女娲兄妹同入葫芦(匏)逃避洪水、再造人类之遗意,今西南苗、瑶等少数民族犹能言之。故谓"女娲作笙簧"乃愈于单言"女娲作簧"。参见"女娲"。

四　画

〔一〕

井公　《穆天子传》卷五："〔戊戌〕天子北入于邴,与井公博三日而决。……戊寅,天子西升于阳,□(疑缺字,编者注)过于灵□(疑缺字,编者注)井公博。"郭璞注:"穆王往返,辄从井公博游,明其有道德人也。"古乐府云:"井公能六博,玉女善投壶。"直以井公为仙者。

夫诸　《山海经·中次三经》:"敖岸之山……有兽焉,其状如白鹿而四角,名曰夫诸,见则其邑大水。"

夫诸

瓦屋　《世本·作篇》(清张澍稡集补注本):"桀作瓦屋。"《淮南子·说山训》:"桀有得事。"高诱注:"谓若作瓦以盖屋遗后世也。"参见"桀"(264页)。

车马芝　《太平御览》卷九八六引《仙人采芝图》:"车马芝生于名山之中,此尧时七车马化为之。能得食之,乘云而行,上有云气覆之。"晋张华《博物志·物产》云:"名山生神芝、不死之草。上芝为车马(形),中芝为人形,下芝为六畜(形)。"此车马芝之所以为贵者。

互人国　即"氐人国"(106页)。

艺文类聚　书名。唐欧阳询等奉敕撰。一〇〇卷。分四十八门,类事居前,诗文列后,于诸书中,此书体例较善。其所引书,多至千余,十九不传。间亦保存神话传说资料。

元天　山名。《文选·车驾幸京口侍游蒜山作》:"元天高北列,日观临东溟。"李善注:"《庄子》曰:'阏奕之隶,与殷翼之孙,遏氏之子,三士相与谋致人于造物,共之元天之上;元天者,其高四见列星。'司马彪曰:'元天,山名也。'"

元绪　龟名。南朝宋刘敬叔《异苑》卷三:"吴孙权时,永康县有人入山,遇一大龟,即束之以归。龟便言曰:'游不量时,为君所得。'人甚怪之,担出欲上吴王。夜泊越里,缆舟于大桑树。宵中,树忽呼龟曰:'劳乎元绪,奚事尔耶?'龟曰:'我被拘系,方见烹臛。虽然,尽南山之樵,不能溃我。'树曰:'诸葛元逊博识,必致相苦,令求如我之徒,计从安得?'龟曰:'子明无多辞,祸将及尔。'树寂而止。既至建业,权命煮之,焚柴万车,语犹如故。诸葛恪曰:'燃以老桑树,乃熟。'献者乃说龟树共言。权使人伐桑树煮之,龟乃立烂。今烹龟犹多用桑薪。野人故呼龟为元绪。"后世小说常有"老龟烹不烂,移祸于枯桑"语,本此。

支机石　《太平御览》卷八引《集林》:"昔有一人寻河源,见妇人浣纱,以问之,曰:'此天河也。'乃与一石。而归问严君平。云:'此织女支机石也。'"唐赵璘《因话录》卷五云:"今成都严真观有一石,俗呼为支机石,皆目云:当时君平留之。"明陆深《蜀都杂钞》云:"支机石,在蜀郡西南隅石牛寺之侧,出土而立,高可五尺余,石色微紫。近土一窝,傍刻'支机石'三篆文,似是唐人书迹。想曾横置,故刻字如之。"二记所说支机石,不知是否即一,要皆传说之附会。

支提国 《洞冥记》卷二:"(支提国)人长三丈二尺,有三手,一手当胸,手足各三指,多力善走,国内小山能移之,有涧泉能饮尽,结海苔为衣,其戏笑取犀象相投掷为乐。"按今本文有脱误,据《初学记》卷十九引补改。

犬戎国 《山海经·海内北经》:"犬封国曰犬戎国,状如犬。有一女子方跪进柸食。有文马,缟身朱鬣,目若黄金,名曰吉量,乘之寿千岁。"郭璞注:"昔盘瓠杀戎王,高辛以美女妻之,不可以训,乃浮之会稽东南海中,得三百里地封之,生男为狗,女为美人,是为狗封之国也。"封、戎音近,故犬封国得称犬戎国。"犬封国"者,盖以犬立功受封而得国,即郭注所谓"狗封之国"。《伊尹四方令》云:"正西昆仑狗国。"《淮南子·墬形训》云:"狗国在其(建木)西。"而此经犬封、犬戎方位俱在北。以知有关狗国神话传说,实起源于西北而后渐及于东南。郭璞注又云:"黄帝之后卞明生白犬二头,自相牝牡,遂为此国,言狗国也。"郭注本《大荒北经》。《大荒北经》云:"有人名曰犬戎。黄帝生苗龙,苗龙生融吾,融吾生弄(郭璞注:一作卞)明,弄明生白犬,白犬有牝牡,是为犬戎。"白犬自相牝牡而成国,又为一神话之异闻,故郭注乃附及之。《大荒北经》又云:"有犬戎国。有人(原作'神',据王念孙、郝懿行校改)人面兽身,名曰犬戎。"此"人面兽身、名曰犬戎"之人,疑为最初传说之*盘瓠。

犬封国 《山海经·海内北经》:"其(大行伯)东……有犬封国。……犬封国曰犬戎国,状如犬。"参见"犬戎国"。

丰隆 ❶云师。《楚辞·离骚》:"吾令丰隆乘云兮。"王逸注:"丰隆,云师。"参见"云中君"(45页)。❷雷公。北魏郦道元《水经注·河水》:"《穆天子传》曰:'天子升于昆仑,观黄帝之宫,而封丰隆之葬。'丰隆,雷公也。"参见"雷公"(331页)。

丰沮玉门 *日月所入山之一。《山海经·大荒西经》:"大荒之中,有山名曰丰沮玉门,日月所入。"

丰城剑气 《晋书·张华传》略云:初吴之未灭也,斗牛之间,常有紫气。及吴平之后,紫气愈明。华闻豫章人雷焕妙达纬象,乃要焕宿,登楼仰观。焕曰:"斗牛之间,颇有异气。"华曰:"是何祥也?"焕曰:"宝剑之精,上彻于天耳。"华曰:"在何郡?"焕曰:"在豫章丰城。"华曰:"欲屈君为宰,密共寻之,可乎?"焕许之,华即补焕为丰城令。焕到县,掘狱屋基,入地四丈余,得一石函,光气非常,中有双剑,并刻题,一曰龙泉,一曰太阿。其夕牛斗之间,气不复见焉。焕遣使送一剑与华,留一自佩。华诛,剑失所在。焕卒,子华为州从事,持剑行经延平津,剑忽于腰间跃出,堕水。使人没水取之,不见剑,但见两龙,各长数丈,蟠萦有文章。没者惧而返。须臾,光彩照水,波浪惊沸,于是失剑。按龙泉,一作*龙渊;太阿,一作*泰阿。

历山 舜所耕地。见"舜耕历山"(322页)。

历荚 即"蓂荚"(327页)。

历阳湖 《古今图书集成·职方典》卷八三九:"历阳湖,在(和)州西治,(含山)县东治,距六十里,悉为湖。而中有岐:近州曰历湖,近县曰麻湖,周百余里。传闻……古有老姥,遇两书生,谓之曰:'此地当为湖,视东门石龟目赤,其期也,急上山勿反顾。'自此姥数往视龟。门吏久觉之,诈涂鸡血于龟目。姥一见,遽走,地已为湖矣。"按《淮南子·俶真训》云:"历阳之都,一夕反而为湖。"即谓此。高诱注述此故事与此略同,惟"以鸡血涂龟目"作"以血涂门阃"。

历山铁锁 唐段成式《西阳杂俎·诺皋记上》:"齐郡接历山,上有古铁锁,大如人臂,绕其峰再浃。相传本海中山，山神好移，故海神锁之，挽锁断，飞来此矣。"

开明 鳖灵即位后蜀帝及蜀王之号。《全上古三代秦汉三国六朝文·全汉文》辑《蜀王本纪》："望帝……自以德薄，不如鳖灵，乃委国授之而去，如尧之禅舜。鳖灵即位，号曰开明帝。帝生卢保，亦号开明。"晋常璩《华阳国志·蜀志》："周慎王五年，秋，秦大夫张仪、司马错、都尉墨等，从石牛道伐蜀，开明氏遂亡，凡王蜀十二世。"参见"杜宇"（158页）。

开明兽 《山海经·海内西经》："昆仑南渊深三百仞。开明兽身大类虎而九首，皆人面，东向立昆仑上。"按此神即*陆吾。陆吾"虎身九尾"，此则"类虎而九首"；两者神职又同为昆仑之守。至于"九尾"而为"九首"，亦神话传说之演变，《太平御览》卷八八二引《山海经》陆吾"九尾"正作"九首"。

开路神 《三教搜神大全》卷七："开路神君乃《周礼》之方相氏是也。相传轩辕黄帝周游九垓，元妃嫘祖死于道，召次妃好如（嫫母？）监护，因买（置）相以防夜，盖其始也。俗名险道神，一名阡陌将军，一名开路神君。其神身长丈余，头广三尺，须长三尺五寸，须赤面蓝，头戴束发金冠，身穿红战袍，脚穿皂皮靴，左手执玉印，右手执方天画戟，出柩以先行之。能押诸凶煞恶鬼，藏形行柩之吉神也，留传之于后世矣。"按所谓险道神，即先导神；先导，即《周礼·夏官·方相氏》郑注所谓"葬使之道（导）"之意。然又或传黄帝"以嫫母为方相氏"（唐王瓘《轩辕本纪》），则与此说不侔，当为传说之纷歧。参见"方相氏"（81页）、"嫫母"（338页）。

开辟衍绎通俗志传 讲史小说。明周游撰。八十回。所述自盘古开天辟地起，至周武王伐纣止，内容杂糅神话传说与历史史实。第一回"盘古氏开天辟地"述盘古手执斧凿以事开辟，第十八回末王子承"释疑"述神农尝药误食百脚虫等，疑皆当时民间传说。

比干 《史记·殷本纪》："纣愈淫乱不止……比干曰：'为人臣者，不得不以死争。'乃强谏纣。纣怒曰：'吾闻圣人心有七窍。'剖比干观其心。"《韩诗外传》卷四："纣作炮烙之刑，王子比干曰：'主暴不谏，非忠也；畏死不言，非勇也；见过即谏，不用即死，忠之至也。'遂谏，三日不去朝，纣囚杀之。"参见"纣"（146页）。

比目鱼 《尔雅·释地》："东方有比目鱼焉，不比不行，其名谓之鲽。"郭璞注："状似牛脾，鳞细，紫黑色，一眼，两片相合，乃得行。"参见"王馀鱼"（48页）。

比肩人 《古小说钩沈》辑《述异记》："吴黄龙年中，吴都海盐有陆东美，妻朱氏，亦有容止，夫妻相重，寸步不相离，时人号为'比肩人'。夫妇云，皆比翼，恐不能佳也。后妻死，东美不食求死，家人哀之，乃合葬。未一岁，冢上生梓树，同根二身，相抱而合成一树，每有双鸿，常宿于上。孙权闻之嗟叹，封其里曰'比肩'，墓又曰'双梓'。"

比肩民 《尔雅·释地》："北方有比肩民焉，迭食而迭望。"郭璞注："此即半体人，各有一目、一鼻孔（原作"一鼻一孔"，衍"一"字）、一臂、一脚，亦犹鱼鸟之相合，更望备惊急。"据郭注，此比肩民即《山海经·海外西经》之*一臂国。郭注"鱼鸟相合"者，《韩诗外传》卷五云："东海有鱼名曰鲽，比目而行，不相得不能达……南方有鸟名曰鹣，比翼而飞，不相得不能举。"此之谓也。参见"比目鱼"、"比翼鸟"。

比肩兽 《尔雅·释地》："西方有比肩兽焉，与邛邛岠虚比，为邛邛岠虚啮甘草，即有难，邛邛岠虚负而走，其名谓之蟨。"郝懿行义疏引孙炎云:"邛邛岠虚状如马,前足鹿,后足兔,前高不得食而善走;蹶前足鼠,后足兔,善求食,走则倒,故啮甘草以仰食邛邛岠虚,邛邛岠虚负以走。"此比肩兽为邛邛岠虚与蹶二兽之合称。参见"蛩蛩距虚"(307页)。

比翼鸟 《山海经·海外南经》:"比翼鸟在(结匈国)其东,其为鸟青赤,两鸟比翼。一曰在南山东。"《西次三经》云:"崇吾之山……有鸟焉,其状如凫,而一翼一目,相得乃飞,名曰蛮蛮,见则天下大水。"即此鸟。《周书·王会》云:"巴人以比翼鸟。"孔晁注云:"巴人,在南者;比翼鸟,不比不飞,其名曰鹣鹣。"鹣鹣即蛮蛮。《瑯嬛记》卷上引《博物志馀》云:"南方有比翼凤,飞止饮啄,不相分离……死而复生,必在一处。"亦谓此。而晋张华《博物志·异鸟》则云:"崮(蛮),见则吉良,乘之寿千岁。"此鸟又为庞然大物,当亦异闻。《拾遗记》卷二云:"(周成王)六年,燃丘之国,献比翼鸟,雌雄各一。比翼鸟多力,状如鹊,衔南海之丹泥,巢昆岑之玄木,遇圣则来集,以表周公辅圣之祥异也。"则又可为《王会篇》之说作诠释。

木公 即"东王公"、"东王父"。《太平广记》卷一"木公"条引《仙传拾遗》:"木公,亦云东王父,亦云东王公,盖青阳之元气,百物之先也。"

木禾 《山海经·海内西经》:"昆仑之虚……上有木禾,长五寻,大五围。"郭璞注:"木禾,谷类也,生黑水之阿,可食。"《穆天子传》卷四云:"黑水之阿,爰有野麦,爰有荅堇(原注:祇谨二音),西膜之所谓木禾。"即此。

木精 《古小说钩沈》辑《玄中记》:"汉桓帝时,出游河上,忽有一青牛从河中出,直走荡桓帝边,人皆惊走。太尉何公时为殿中将军,为人勇力,走往逆之。牛见公往,乃反走还河。未至河,公及牛,乃以手拔牛左足脱,以右手持斧斫牛头而杀之。此青牛是万年木精也。"《太平御览》卷八八六引《玄中记》云:"千岁树精为青羊,万岁树精为青牛,多出游人间。"《述异记》云:"千年木精为青牛。"即此。参见"青牛"(191页)。

木叶山 见"契丹始祖庙"(219页)。

木枥山 明曹学佺《蜀中名胜记》卷二三引《一统志》:"万县西百里有木枥山。昔大禹治水过此,见众山漂没,惟此山木枥不动,故名。"

木客山 《太平御览》卷一七八引《郡国志》:"木客山。吴王遣木客入山求木不得,工人忧思,作《木客吟》。一旦,神木自生,长二十丈,作姑苏台。"又《吴越春秋》卷十注云:"木客山去会稽县十五里。"此"木客"当亦即伐木之工人。

木客鸟 《初学记》卷八引《异物志》:"卢陵有木客鸟,大如鹊,千百为群,不与众鸟相厕,云是木客所化。"明邝露《赤雅》卷上云:"予家罗浮有鸟,各为一色,五色毕集,必兆嘉客,鸟名木客。"即此。

巨灵 ❶河神名。《文选·西京赋》:"缀以二华,巨灵赑屃,高掌远蹠,以流河曲。"李善注引《遁甲开山图》:"有巨灵胡者,偏得坤元之道,能造山川,出江河。"晋干宝《搜神记》卷十三:"二华之山,本一山也。当河,河水过之而曲行。河神巨灵,以手擘开其上,以足蹈离其下,中分为两,以利河流。今观手迹于华岳上,指掌之迹具在。足迹在首阳山下,至今犹存。"唐李白《西岳云台歌送丹邱子》诗:"巨灵咆哮擘两山,洪波喷流射东海。"亦叙此事。参见"仙人掌"(109页)、"巨灵足"。❷小人名。《古小说钩沈》辑《汉武故事》:"东郡送一短人,长七寸,衣冠具足。上疑其山精,常令在案上行,召东方朔问。朔至,呼短人曰:'巨灵,汝何忽叛来?阿母还未?'短人不对,因指朔谓上曰:'王母种桃,三千年一作子,此儿不良,已三过偷之矣,遂失王母意,故被谪来此。'上大惊,始知朔非世中人。"参见"东方朔偷桃"(92页)。

巨蚌 宋王象之《舆地纪胜》卷六九:"洞庭湖有巨蚌如舟,深夜帆展一壳,往来烟波间,吞吐明珠,与月争辉。渔者百计取之,卒莫能得。"又明陆粲《庚巳编》卷二"巨蚌"条云:"予家陈湖之滨……有老蚌一,其大如船。一岁十月间,蚌张口滩畔,有妇浣衣,谓是沈船,引一足踏其上。蚌哑闭口而没,吐水溅面,冷如冰,妇为之惊仆。尝有龙下取其珠,与蚌相持弥日,风涛大作,龙摄蚌高数丈,复坠,竟不能胜而去。"与此略同,当亦异闻。

巨蛇 《古小说钩沈》辑《玄中记》:"昆仑西北有山,周回三万里,巨蛇绕之,得三周。蛇为长九万里。蛇居此山,饮食沧海。"

巨阙 剑名。亦作"钜阙"。《文选·七命》:"形冠豪曹,名珍巨阙。"张铣注:"豪曹、巨阙,并剑名。"参见"薛烛"(360页)。

巨龟 ❶南朝梁萧绎《金楼子》卷五:"巨龟在沙屿间,背上生树木如渊岛,尝有商人依其采薪及作食,龟被灼热,便还海,于是死者数十人。"❷《古小说钩沈》辑《玄中记》:"东南之大者巨鳌焉;以背负蓬莱山,周回千里。巨鳌,巨龟也。"参见"巨鳌"。

巨鳌 《楚辞·天问》:"鳌戴山抃,何以安之?"王逸注引《列仙传》:"有巨灵之鳌,背负蓬莱之山,而抃舞戏沧海之中。"又《列子·汤问》云:"五山(岱舆、员峤、方壶、瀛洲、蓬莱)之根无所连著,常随潮波上下往还,不得暂峙焉。仙圣毒之,诉于帝。帝恐流于西极,失群圣之居,乃命禺彊使巨鳌十五,举首而戴之,迭为三番,六万岁一交焉,五山始峙。"参见"巨龟"。

巨灵足 晋干宝《搜神记》卷十三:"(巨灵)足迹在首阳山下,至今犹存。"《华岳志》(清李云圃辑)卷一云:"(西峰)冈稍南,大迹一在冈上,深可三寸,长四尺余,旁镌'巨灵足'三字。"傅增湘《秦游日录·登太华记》云:"西峰白莲池稍南,石坎长三四尺,类足形,为巨灵足。昔人讥与东峰仙掌,巨细悬殊。俗语不实,流为丹青。"盖神话传说之附会,本无足异。参见"巨灵"(43页)、"仙人掌"(109页)。

巨灵大人 即"秦洪海"(261页)。

巨灵手迹 北魏郦道元《水经注·河水》:"自(华岳)上宫东北出四百五十步,有屈岭,东南望巨灵手迹,惟见洪崖赤壁而已。都无山下上观之分均矣。"按意谓山上望巨灵掌迹,模糊不清;山下观之,始五指分明。参见"巨灵足"。

云师 即云神丰隆。见"云中君"。

云阳 ❶精怪名。《太平御览》卷八八六引《抱朴子》:"山中大树能语者,非树语也,其精名曰云阳,以其名呼之则吉。"原见《抱朴子·登涉》,今本文有衍脱。❷即"云阳先生"。

云梯 《文选·游仙诗》:"灵溪可潜盘,安事登云梯。"注:"言仙人升天,因云而上,故曰云梯。"参见"天梯"(57页)。

云幕 《全上古三代秦汉三国六朝文·全上古三代文》辑《归藏·启筮》:"昔女娲筮张云幕而枚占神明,占之曰:'吉。昭昭九州,日月代极,平均土地,和合万国。'"按女娲张云幕之说,当是女娲补天以后事。卜筮之言,固方士假托,然此传说,古或有之。汉王充《论衡·顺鼓》云:"雨不霁,祭女娲。"女娲盖主晴霁之神。"张云幕"亦晴霁之象,故曰

"昭昭九州,日月代极"。

云中君 谓云神。《楚辞·九歌·云中君》王

云中君　明萧云从《离骚图》

逸注:"云神丰隆也,一曰屏翳。"按屈原《云中君》篇即为祭祀云神之作。参见"屏翳"(251页)。

云雨山 《山海经·大荒南经》:"大荒之中……有云雨之山。禹攻云雨。"郭璞注:"攻谓槎伐其林木。"按所谓"禹攻云雨"、"槎伐其林木",当是禹理水经过此山伐木开径之意。

云华夫人 即"瑶姬"(342页)。

云阳先生 《汉唐地理书钞》辑《遁甲开山图》:"绛北有阳石山,中有神龙池。黄帝时,遣云阳先生养龙于此,为历代养龙之处。国有水旱不时,即祀池请雨。"《汉学堂丛书》辑同书云:"沙土之浦,云阳之墟,可以长生,可以隐居。沙土即长沙也;云阳,古仙人也。"可作上文之补充。

云笈七籤 宋张君房辑。一百二十二卷。盖真宗时校正道书,王钦若等荐君房司其事,因撮其精要以成此书。内容虽属道教类书,然所收《列仙传》、《神仙传》、《续仙传》、《神仙感遇传》及唐王瓘《轩辕本纪》等,亦略可供神话研究参考。

云南古佚书钞 书名。近人王叔武辑。辑有云南古佚书《哀牢传》、《南中八郡志》、《白古通记》、《南诏通记》等十四种。所辑均从大量地方志及史籍、类书中钩稽而出,排比推勘,颇费心力。其中《白古通记》、《南诏通记》等,恒有白族人民所传之神话传说资料。

不周 ❶山名。《楚辞·离骚》:"路不周以左转兮。"王逸注:"不周,山名,在昆仑西北。"《山海经·大荒西经》云:"西北海之外,大荒之隅,有山而不合,名曰不周(原'不周'下有'负子'二字,系衍文,从郝懿行校删)。"郭璞注:"《淮南子》曰:'昔者共工与颛顼争帝,怒而触不周之山,天维绝,地柱折(今本《淮南子·天文篇》作'天柱折、地维绝')。'故今此山缺坏不周帀也。"此山原为天柱,经共工触坏,始有"不周"之名。又《吕氏春秋·本味》云:"饭之美者,玄山之禾,不周之粟。"《山海经·西次三经》云:"不周之山……爰有嘉果,其实如桃,其叶如枣,黄华而赤柎,食之不劳。"则此山以产美味见称。参见"天柱"(56页)、"共工"(121页)。❷风名。《史记·律书》:"不周风居西北,主杀生。"按《说文》十三下:"西北曰不周风。"《山海经·西次三经》"不周之山"郭璞注:"此山形有缺不周帀处,因名云。西北不周风自此山出。"此风盖以山名。

不灰木 即"不尽木"。

不死山 《山海经·海内经》:"流沙之东,黑水之间,有山名不死之山。"郭璞注:"即员丘也。"参见"员丘山"(165页)。

不死民 《山海经·海外南经》:"不死民在其东,其为人黑色,寿,不死。一曰在穿匈国东。"郭璞注:"有员丘山,上有不死树,食之乃寿;亦有赤泉,饮之不老。"参见"不死国"。

不死国 《山海经·大荒南经》:"有不死之国,阿姓,甘木是食。"郭璞注:"甘木即不死树,食之不老。"参见"不死民"。

不死草 《淮南子·墬形训》:"南方有不死之草。"《艺文类聚》卷九六引《括地图》云:"禹诛防风氏……防风神见禹,怒射之。……神惧,以刃自贯其心而死。禹哀之,瘗以不死草,皆生,是名穿胸国。"《十洲记》云:"祖洲……上有不死之草……人已死三日者,以草覆之,皆当时活也。服之令人长生。"即此类。与"活人草"条合写。

不死药 ❶长生不死之药。《史记·封禅书》:"蓬莱、方丈、瀛洲,此三神山者,其传在渤海中……诸仙人及不死之药皆在焉。"❷升天成仙之药。《淮南子·览冥训》:"羿请不死之药于西王母,姮娥窃以奔月。"高诱注:"姮娥,羿妻。羿请不死之药于西王母,未及服之,姮娥盗食之,得仙,奔入月中为月精。"❸起死回生之药。《山海经·海内西经》:昆仑"开明东有巫彭、巫抵、巫阳、巫履、巫凡、巫相,夹窫窳之尸,皆操不死之药以距之。"郭璞注:"为距却死气,求更生。"

不死树 《山海经·海内西经》:昆仑开明北有"不死树",又云:"开明东有巫彭、巫抵、巫阳、巫履、巫凡、巫相,夹窫窳之尸,皆操不死之药以距之。"不死药当取自不死树。郭璞注《大荒南经》"不死之国"云:"甘木即不死树,食之不老。"又注《海外南经》"不死民"云:"有员丘山,上有不死树,食之乃寿;亦有赤泉,饮之不老。"即此类。参见"甘木"(93页)、"寿木"(154页)。

不尽木 尽一作烬。《神异经·南荒经》:"南荒外有火山,其中生不尽之木,昼夜火燃,得暴风不猛,猛雨不灭。"又:"南荒之外有火山,长四十里,广五十里,其中皆生不烬之木,火鼠生其中。"又《述异记》卷上云:"南方有炎火山,四月生火,十二月火灭。火灭之后,草木皆生枝条。至火生,草木叶落,如中国寒时也。取此木以为薪,燃之不烬。"此即所谓不烬木或不尽木。尽字正当作烬。又《玉函山房辑佚书》辑晋束皙《发蒙记》云:"西域有火鼠之布,东海有不灰之木。"谓此。参见"火浣布"(82页)。

不沉木 即"彊木"(364页)。

不周山 山名。见"不周❶"。

不周风 风名。见"不周❷"。

不夜城 《太平御览》卷一九二引《解道虎齐记》:"不夜城在阳庭东南一百二十里。淳于髡称海童作妖城。古有日夜出,见于东境,故莱子此城以不夜为名,异之。"

不须鞭 见"马见愁"(32页)。

不愁木 即"帝休"(244页)。

不廷胡余 《山海经·大荒南经》:"南海渚中,

不廷胡余

有神,人面,珥两青蛇,践两赤蛇,名曰不廷胡余。"

王母 即"西王母"。《后汉书·张衡传》:"聘王母于银台兮。"李贤注:"王母,西王母也。"按六朝人所著小说中亦有省称西王母为王母者。《汉武故事》云:"王母遣使谓帝曰:'七月七日我当暂来。'"《汉武帝内传》云:"王母自设天厨,真妙非常,帝不能名。"

王乔 ❶即"王子乔"。《楚辞·远游》:"轩辕不

王乔　明刊本《列仙全传》

可攀援兮,吾将从王乔而娱戏。"❷汉应劭《风俗通·正失篇》:"俗说孝明帝时,河东王乔为叶令,每月朔尝诣台朝。帝怪其数来而无车骑,密令太史候望。言其临至时,尝有双凫从东南飞来。因伏伺,见凫举罗,但得一双舄耳。使尚方识视,四年中所赐尚书官属履也。太史言,此令即仙人王乔者也。"

王亥 殷之先祖。《山海经·大荒东经》:"有因民国,勾姓,黍食('因民国',原作'困民国',据吴其昌《卜辞所见殷先公先王三续考》改;'黍食',原作'而食','而'字疑是'黍'字之缺损,亦改)。有人曰王亥,两手操鸟,方食其头。王亥托于有易、河伯仆牛,有易杀王亥,取仆牛。河伯念有易(原作'河念有易',据王念孙校补),有易潜出,为国于兽,方食之,名曰摇民。帝舜生戏,戏生摇民。"郭璞注引《竹

王亥

书纪年》云:"殷王子亥宾于有易而淫焉,有易之君绵臣杀而放之,是故殷上甲微假师于河伯以伐有易,灭之,遂杀其君绵臣也。"注又云:"言有易本与河伯友善,上甲微殷之贤王,假义师以义伐罪,故河伯不得不助灭之。既而哀念有易,使得潜化而出,化为摇民国。"《海内经》又云:"有嬴民,鸟足。有封豕。"吴其昌《卜辞所见殷先公先王三续考》谓嬴民即《大荒东经》之因民、摇民,因、嬴、摇一声之转;封豕乃王亥之形误,说亦可供参考。《山海经》所记王亥故事毕于此。《楚辞·天问》于此事亦有记述,云:"该秉季德,厥父是臧,胡终弊于有扈,牧夫牛羊?干协时舞,何以怀之?平胁曼肤,何以肥之?有扈牧竖,云何而逢?击床先出,其命何从?恒秉季德,焉得夫朴牛?何往营班禄,不但还来?昏微遵迹,有狄不宁,何繁鸟萃棘,负子肆情?眩弟并淫,危害厥兄,何变化以作诈,后嗣而逢长?"恒,即王恒,王亥之弟。有扈即有易。参见"王子夜尸"。

王良 或谓即"伯乐",亦为星名。《淮南子·览冥训》:"昔者王良、造父之御也,上车摄辔,马为整齐而敛谐,投足调均,劳逸若一。"高诱注:"王良,晋大夫邮无恤子良也,所谓御良也;一名孙无政,为赵简子御,死而托精于天驷星,天文有王良星是也。"又《晋书·天文志》:"王良五星,在奎北,居河中,天子奉车御官也。其四星曰天驷,旁一星曰王良,亦曰天马。"

王英 一作"王孟"。丈夫国民之先祖。参见"丈夫民"(17页)。

王恒 *王亥弟。

王子乔 一作"王乔"。《列仙传》卷上:"王子乔者,周灵王太子晋也。好吹笙作凤凰鸣,游伊洛间,道士浮丘公接以上嵩高山。三十余年后,求之于山上,见桓良,曰:'告我家,

七月七日，待我于缑氏山头。'至时，果乘白鹤驻山头。望之不得到，举手谢时人，数日而去。"《古今图书集成·山川典》卷六三引《列仙传》，王子乔作王子晋，末尚有："至期，(桓)良与故人登山，见子晋弃所乘之马于涧下，驾白鹤挥手谢时人而去。须臾马亦飞去。今有拜马涧。"为今本所无，可以补其阙佚。《楚辞·远游》云："吾将从王乔而娱戏。"王乔，即王子乔。晋干宝《搜神记》卷一云："崔文子者，泰山人也。学仙于王子乔，子乔化为白蜺，而持药与文子。文子惊怪，引戈击蜺，中之，因堕其药。俯而视之，王子乔之尸也。置之室中，覆以敝筐。须臾，化为大鸟，开而视之，翻然飞去。"闻一多《楚辞校补》谓王子乔之尸，尸当作履。

王子登 《汉武帝内传》："帝闲居承华殿……忽见一女子，著青衣，美丽非常。帝愕然，问之，女对曰：'我墉宫玉女王子登也，乃为王母所使，从昆仑山来。'"又云："王母乃命诸侍女王子登弹八琅之璈。"参见"王母"(46页)、"三青鸟"(19页)。

王母桃 北魏杨衒之《洛阳伽蓝记》卷一："华林园中……有仙人桃，其色赤，表里照彻，得霜即熟。亦出昆仑山。一曰王母桃。"参见"蟠桃"(370页)。

王次仲 《述异记》卷下："大翮山、小翮山在妫州。昔有王次仲，年少入学，而家远，常先到。其师怪之，谓其不归，使人候之，又实归在其家。同学者，常见仲捉一小木，长三尺余，至则著屋间，欲共取之，辄寻不见。及年弱冠，变苍颉旧书，今为隶书。秦始皇遣使征之，不至。始皇怒，槛车囚之赴国。路次，化为大鸟，出车而飞去。至西山乃落二翮。一大一小，遂名其落处为大、小翮山。"参见"大翮山"(24页)。

王馀鱼 亦名"脍残"。《文选·吴都赋》："双则比目，片则王馀。"刘逵注："比目鱼，东海所出；王馀鱼，其身半也。俗云，越王鲙鱼未尽，因以残半弃水中，为鱼，遂无其一面，故曰王馀也。"《古小说钩沈》辑《异闻记》云："东城池有王馀鱼，池决，鱼不得去，将死。或以镜照之，鱼看影，谓其有双，于是比目而去。"

王子夜尸 《山海经·海内北经》："王子夜之尸，两手、两股、胸、首、齿皆断异处。"按夜字当系亥字之讹；江绍原《殷王亥惨死及后君王恒上甲微复仇之传说》谓齿字为衍文，所论当是。如此，则王亥被杀，系尸分为八，合于"亥有二首六身"(首二、胸二、两手、两股)之说(见《左传·襄公三十年》)，非如晋郭璞《图赞》所云"子夜之尸，体分成七"。参见"王亥"。

王母使者 鸟名。唐段成式《酉阳杂俎·羽篇》："齐郡函山有鸟，足青，嘴赤黄，素翼，绛颡，名王母使者。昔汉武登此山，得玉函，长五寸。帝下山，玉函忽化为白鸟飞去。世传山上有王母药函，常令鸟守之。"参见"青鸟"(191页)、"三青鸟"(19页)。

无夷 即河伯。亦作"冰夷"、"冯夷"。《穆天子传》卷一："戊寅，天子西征，鹜行，至于阳纡之山，河伯无夷之所都居。"注："无夷，冯夷也，《山海经》云冰夷。"《山海经·海内北经》云："从极之渊，深三百仞，维冰夷恒都焉。"即此无夷。又云："阳汙之山，河出其中。"

无伤 即"罔象"。《尸子》卷下："地中有人名曰无伤。"《庄子·达生》云："水有罔象。"释文："罔象，司马本作无伤，云状如小儿，赤爪，大耳，长臂。一云水神名。"是罔象即无伤。《国语·鲁语下》云："水之怪，龙罔象。"韦昭注："罔象，食人，一名沐肿。"

无盐 即"钟离春"(234页)。

无患 栌木别名。晋崔豹《古今注》卷下："栌木，一名无患者。昔有神巫……能符劾百鬼，得鬼则以此为棒杀之。世人相传，以此木为众鬼所畏，竞取为器用，以却厌邪鬼，故号无患也。"

无支祁 《太平广记》卷四六七"李汤"条引《戎幕闲谈》："禹理水，三至桐柏山，惊风走雷，石号木鸣，五伯拥川，天老肃兵，功不能兴。禹怒，召集百灵，授命夔龙，桐柏等山君长稽首请命。禹因囚鸿蒙氏、章商氏、兜卢氏、犁娄氏，乃获淮涡水神，名无支祁。善应对言语，辨江淮之浅深，原隰之远近。形若猿猴，缩鼻高额，青躯白首，金目雪牙，颈伸百尺，力逾九象，搏击腾踔疾奔，轻利倐忽，闻视不可久。禹授之童律，不能制；授之乌木由，不能制；授之庚辰，能制。鸱脾桓胡、木魅水灵、山祆石怪，奔号聚绕，以数千载，庚辰以戟逐去。颈锁大索，鼻穿金铃，徙淮阴龟山之足下，俾淮水永安流注海也。"此段文前又有记，略云：永泰中，楚州刺史李汤，闻人见龟山下水中有大铁锁，乃以人牛曳出之。刹时风涛陡作，有一兽形如猿猴，高五丈许，白首长鬣，雪牙金爪，闯然上岸，张目若电，顾视人群，欲发狂怒。观者畏而奔走，兽亦徐徐引锁曳牛入水去。当时李汤与楚州知名之士，旨错愕不知其由。其后李公佐访古东吴，泛洞庭，登包山，入灵洞，探仙书，得《古岳渎经》第八卷，乃得其故。上所引禹降无支祁事即此经之文。《戎幕闲谈》文即李公佐作，所谓"岳渎经"云云，盖文人故弄狡狯。然亦略有当时民间传说依据，则六朝以来渔人钓得 * 金牛之传说是也。此金牛，盖即古之 * 夔。夔之形，或牛或猴，此猴形之无支祁所由生也。无支祁虽为李公佐幻设虚构，然与李公佐同时之李肇已于其所著《唐国史补》中隐括而为"淮水无支奇"条，云："楚州有渔人，忽于淮中钓得古铁锁，挽之不绝，以告官。刺史李阳大集人力引之。锁穷，有青猕猴跃出水，复没而逝。后有验《山海经》云：'水兽好为害，禹锁于军山之下，其名曰无支奇。'"刺史李阳者，即李汤。无支祁神话，遂流被民间，演为僧伽降伏无支祁或泗洲大圣降伏水母故事。元吴昌龄《西游记》杂剧写孙行者有"无支祁是他姊妹"语，后明吴承恩小说《西游记》叙 * 孙悟空神变奋迅之状，或亦受其影响。

无为君 《太平御览》卷十一引《遁甲开山图》："郑有不毛之山，上有无为之君，分云布雨，于九州之内。"

无头鬼 即"猰狂"(354页)。

无肠民 见"无肠国"。

无肠国 《山海经·海外北经》："无肠之国在深目东，其为人长而无肠。"郭璞注："为人长大，腹内无肠，所食之物直通过。"郝懿行云："《神异经》云：'有人知往，有腹无五藏，直而不旋，食物径过。'疑即斯人也。"《大荒北经》云："又有无肠之国，是任姓，无继子，食鱼。"《淮南子·墬形训》有无肠民，即此。

无啟国 《山海经·海外北经》："无啟之国在长股东，为人无啟（"无啟"原作"无脋"，据毕沅注引《广雅》改）。"无啟，即谓无继。《淮南子·墬形训》有无继民，高诱注云："其人盖无嗣也，北方之国也。"即此。郭璞于此经下注云："其人穴居，食土，无男女，死即薶之，其心不朽，百二十岁乃复更生。"死而复生，同于永生，无所用其"继"，所以"无继"。参见"无继民"。

无底洞 《列子·汤问》："渤海之东，不知几亿万里，有大壑焉，实惟无底之谷，其下无底，名曰归墟。"是为最早传说之无底洞。明吴承恩《西游记》第八十二回略云：好大圣，急睁火眼金睛，漫山看处，只见那陡崖前，有一座三檐四簇的牌楼，上有六个大字，乃"陷空山无底洞"。牌楼下山脚下有一块大石，约有十余里方圆，正中间有缸口大的一个洞儿，爬得光溜溜的。八戒道："哥啊！这就是妖精出入洞也。"行者看了道："怪哉！我老孙自保唐僧，妖精也拿了些，却不见这样洞府。八戒，你先下去试试，看有多少浅深？"八戒摇摇头道："这个难！这个难！我老猪身子夯夯的，若塌了足，吊下去，不知二三年可得到底哩！"即无底洞构想之体现于小说者。

无咸民　《太平御览》卷三七六引《括地图》："无咸民，食土，死即埋之，其心不朽，百年复生。去玉关四万六千里。"此无咸民当是无启民之讹，即《山海经·海外北经》所记＊无启国。又晋张华《博物志·异人》云："细民，其肝不朽，百年而化为人。"《太平御览》卷三七六引《博物志》（今本无）云："缪民，其肺不朽，百年复生。"旨此之类。

无首民　《山海经·海外西经》："形（刑）天与帝争神（原"争神"上有"至此"二字，从郝懿行校删），帝断其首，葬之常羊之山。乃以乳为目，以脐为口，操干戚以舞。"郭璞注："干，盾；戚，斧也：是为无首之民。"清袁枚《续子不语》卷一"刑天国"云："（王谦光）曾飘至一岛，男女千人，皆肥短无头，以两乳作眼，闪闪欲动；以脐作口，取食物至前，吸而啖之，声啾啾不可辨。……识者曰，此《山海经》所载刑天氏也。"参见"刑天"（119页）。

无损兽　《神异经·南荒经》："南方有兽，似鹿而豕首，有牙，善依人求五谷，名无损之兽。人割取其肉不病，肉复自复。"参见"视肉"（206页）。

无继民　《山海经·大荒北经》："有无继民。无继民任姓（二"无继"原作"继无"，从王念孙、郝懿行校改），无骨子，食气鱼。"郝懿行云："食气鱼者，言此人食气兼食鱼也。《大戴礼·易本命篇》云：'食气者神明而寿。'"按《淮南子·墬形训》有无继民，亦即《海外北经》中之＊无启国。

无渡云　即"望夫云（302页）。

无腹国　南朝梁萧绎《金楼子》卷五："无腹国人长而无腹。"按《山海经·海外北经》云："无肠之国在深目东，其为人长而无肠。"无腹国或即本此。《大荒西经》："有神十人，名曰女娲之肠。"郭璞注："或作女娲之腹。"可证。参见"无肠国"。

无𦟌国　《山海经·海外北经》："无𦟌之国在长股东，为人无𦟌。"郭璞注："𦟌，肥肠也。"此"肥肠"，即腨肠，在足之上，今谓之小腿肚。毕沅云："《说文》无𦟌字，当为繁，或作启、继皆是。《广雅》作无启，《淮南子》作无继民，高诱注云，其人盖无嗣也，北方之国也，与郭异义。"按当如《广雅》说作无启。无启，无继也，正如高诱注《淮南子》所谓"其人盖无嗣也"之义。无嗣而有国，当因其人能如郭注所云"死百廿岁乃复更生"，实不死也。参见"无启国"。

无𦟌国

无路之人　《神异经·西北荒经》："西北海外，有人长二千里，两足中间相去千里，腹围一千六百里，但日饮天酒五斗。不食五谷鱼肉，惟饮天酒；忽有饥时，仍向天饮。好游山海间。不犯百姓，不干万物，与天地同生，名曰无路之人。"唐道世《法苑珠林》卷八引此有注云："言无路者，高大不可为路。"

太一 ❶神名。亦作"泰一"。《史记·封禅书》:"天神贵者太一,太一佐曰五帝,古者天子以春秋祭太一东南郊。"战国楚宋玉《高唐赋》:"醮诸神,礼太一。"《史记·天官书》张守节正义:"泰一,天帝之别名也。刘伯庄云:泰一,天神之最尊贵者也。"参见"东皇太一"。❷星名。亦作"太乙"。在紫微宫阊门中。《星经》:"太一星在天一南半度,天帝神,主十六神。"又《史记·天官书》:"中宫天极星,其一明者,太一常居也。"

太公 一作"大公"。谓*姜太公。《全上古三代秦汉三国六朝文·全上古三代文》辑《周志》:"文王梦天帝服玄禳以立于令狐之津。帝曰:'昌,赐汝望。'文王再拜稽首,太公于后亦再拜稽首。"又《孟子·尽心上》云:"大公辟纣,居东海之滨。"

太岁 值岁神名。《协纪辨方》卷三引《神枢经》:"太岁,人君之象,率领诸神,统正方

太岁　明刊本《三教搜神大全》

位,斡运时序,总岁成功。……若国家巡狩省方、出师略地、营造宫阙、开拓封疆,不可向之。黎庶修营宅舍、筑垒墙垣,并须回避。"又引《黄帝经》:"太岁所在之辰,必不可犯。"原案:"太岁为百神之统,俗谓之年中天子。"旧小说写豪强者,恒曰:"怎敢在太岁头上来动土。"本此。然《类说》卷八引《广异记》云:"晁良正性刚不怖鬼,每年常掘太岁地。后又掘,忽见一肉物,良正打之三百,送于河。其夜,使人视之。三更后车马甚众,来至肉所。问太岁兄何故受此屈辱,不仇报之。太岁云:'彼正荣盛,无奈之何!'明失所在。"是太岁头上亦可动土矣。

太昊 即"伏羲"。《世本·帝系篇》(清张澍稡集补注本):"太昊伏羲氏。"晋葛洪《抱朴子·对俗》:"太昊师蜘蛛而结网。"

太帝 即"天帝"。《淮南子·墬形训》:"昆仑之丘,或上倍之,是谓凉风之山,登之而不死;或上倍之,是谓悬圃,登之乃灵,能使风雨;或上倍之,乃维上天,登之乃神,是谓太帝之居。"高诱注:"太帝,天帝。"按昆仑乃*黄帝用事之地,是太帝即黄帝。《史记·封禅书》:"太帝使素女鼓五十弦瑟。"而《通典·乐典》引《世本》云:"庖羲瑟五十弦。黄帝使素女鼓瑟。"太帝之即黄帝,亦其证。参见"素女"(257页)。

太章 禹臣。太,一作大。《淮南子·墬形训》:"禹乃使太章步自东极至于西极,二亿三万三千五百里七十五步;使竖亥步自北极至于南极,二亿三万三千五百里七十五步。凡鸿水渊薮自三百仞以上二亿三万三千五百五十里有九渊。禹乃以息土填洪水以为名山。"高诱注:"太章、竖亥善行人,皆禹臣也。"又《后汉书·郡国志》刘昭注:"《山海经》称禹使大章步自东极至于西垂,二亿三万三千三百里七十一步,又使竖亥步南极北尽于北垂,二亿三万七千五百里七十五步。"所步里程与《淮南子》所记略有小异。

太颠 文王臣。一作"泰颠"。《史记·周本纪》:

"西伯善养老……太颠、闳夭、散宜生、鬻子、辛甲大夫之徒，皆往归之。"《墨子·尚贤上》："文王举闳夭、泰颠于罝罔之中，授之政，西土服。"参见"文王四友"（84页）。

太公涓 即"姜太公"。清马骕《绎史》卷十九引《苻子》："太公涓钓隐溪，五十六年矣，不得一鱼。季连往见之。太公涓踞石隐崖，不饵而钓，仰咏俯吟，暮则释竿。其膝所处石皆如臼，其跗触石若路。季连曰：'钓本在鱼，无鱼何钓？'公曰：'不见康王父之钓乎？涉蓬莱，钓巨海，摧岸投纶，五百年矣，未尝得一鱼，方吾犹一朝耳。'果得大鲤，有兵钤在其中。"清梁玉绳《汉书人表考》卷二云："师尚父，……本姓姜，……号太公，又名涓。"按《路史·后纪四》注引作"太公渭"，云出《方外篇》。参见"磻溪"（365页）。

太公望 即"吕望"，亦即"姜太公"。《史记·齐太公世家》："周西伯猎，果遇太公于渭之阳，与语，大说。曰：'自吾先君太公曰，当有圣人适周，周以兴。子真是邪？吾太公望子久矣。'故号之曰'太公望'，载与俱归，立为师。"

太公庙 北魏郦道元《水经注·清水》："（汲县）城东门北侧，有太公庙，庙前有碑。城北三十里，有太公泉，泉上又有太公庙。庙侧高林秀木，翘楚竞茂，相传云太公之故居也。"参见"姜太公"（240页）。

太平乐 《古今图书集成·山川典》卷一六九引《九疑山志·古迹考》："太平乐。相传象受封有庳，舜情不自已，制小笛，令人依韶韵协奏，以壮其行，象悦。"参见"象"（294页）。

太岁亭 宋郭彖《睽车志》（《稗海》本）卷二："平江黄埭张虞部，家豪于财，第宅甚宏壮。张为人质直，素不信巫怪之说，每有兴筑，不择日时。尝作一亭，掘地得肉块混然，初

无割剥之迹，俗谓太岁神。张不为异，命取瓦盆，合而送之水中，竟就基创，且遂名为太岁亭。又尝有客至，呼取衣冠，未有应者。俄而所畜犬首顶其帽，束带其背而出，左右骇愕。张徐谓犬曰：'养汝几年，今日始解人意。'就取服之，乃出揖客。客退而犬自毙于庭矣。"参见"太岁"。

太华山 谓西岳华山。以其西南有少华山，故名。《山海经·西山经》："太华之山，削成而四方，其高五千仞，其广十里，鸟兽莫居。"郭璞注："仞，八尺也。上有明星玉女，持玉浆，得上服之，即成仙；道险僻不通。《诗含神雾》云。"郝懿行云："明星玉女，华山峰名也。"参见"明星玉女"（197页）、"沉香"（177页）。

太姥山 宋王象之《舆地纪胜》卷一二八："太姥山三十六峰，在长溪县。王烈《蟠桃记》：'尧时有老母，以蓝染为业，后得九转丹砂法，乘九色龙而仙。汉武时名曰太姥山，凡有三十六奇。'"

太乙馀粮 《玉函山房辑佚书》辑《河图括地象》："八年水厄解，岁乃大旱，民无食，禹大哀之。行旷山中，见物如豕人立，呼禹曰：'尔禹，来岁大旱，西山土中食，可以止民之饥也。'禹归，以问于太乙：'是何应欤？'太乙曰：'腥腥（猩猩）也，人面豕身知人名也。'禹乃大发民众以食于西山。太乙亦禹之师也。"此禹大发民众所食之"西山土中食"，即所谓太乙馀粮。太乙馀粮，为禹馀粮之精者，谓可以药用，亦可救饥，见《本草纲目》苏恭说。参见"禹馀粮"（236页）。

太子长琴 祝融子。《山海经·大荒西经》："有芒山。有桂山。有榣山。其上有人，号曰太子长琴。颛顼生老童，老童生祝融，祝融生太子长琴，是处榣山，始作乐风。"又《说郛》合刊本卷一〇〇辑宋虞汝明《古琴疏》云：

"祝融取橑山之榇作琴,弹之有异声,能致五色鸟舞于庭中。琴之至宝者,一曰皇来,二曰鸾来,三曰凤来。故生长子即名曰琴。"即本此说。参见"老童"(121 页)。

太平广记 小说总集。北宋李昉等编辑,成书于宋太平兴国年间,故名。采录自汉至宋初之小说、笔记、稗史等四百七十五种。其中多有神话传说资料。

太平御览 类书名。宋太宗命李昉等辑。初名《太平总类》,太宗按日阅览,改题今名,简称《御览》。一千卷。分五十五门,所采书达一千六百余种。虽多转引,然搜罗浩博,古籍佚文,赖以考见。其中常有神话传说资料,可资参考。

太白金星 太白、金星,名二实一。太白即金星,亦名启明、长庚、明星。《诗·小雅·大东》:"东有启明,西有长庚。"注:"启明、长庚皆金星也。"《尔雅·释天》:"明星谓之启明。"郭璞注:"太白星也,晨见东方为启明,昏见西方为太白。"《史记·天官书》:"察日行以处位太白。"正义引《天官占》云:"太白者,西方金之精,白帝之子,上公、大将军之象也。"金星演变为神话,遂有白帝子、太白金星等名。《西游记》第三、四回写孙悟空闹东海,搅地府,玉帝遣太白金星奉圣旨前往招安。"太白金星领着美猴王,到于灵霄殿外,不等宣诏,直至御前。"此太白金星乃又为上界之神仙。

太平寰宇记 书名。宋乐史编著。二百卷(今本一百九十三卷,佚其一百十三至一百十九卷)。太平兴国时基本完成。作者杂取山经地志,纂成此书,始于东京,迄于"四夷",并纪人物艺文,采摭繁复,开后来方志之体。其于记名胜、古迹、风俗,多引神话传说,虽大都取自古籍,以其赅博,亦可略供参考。

天门 ❶谓天之门户。《楚辞·九歌·大司命》:"广开兮天门。"洪兴祖补注:"天门,上帝所居紫微宫门也。"《招魂》:"虎豹九关。"王逸注:"言天门凡有九重,使神虎豹执其关闭。"《晋书·陶侃传》云:"(侃)梦生八翼,飞而上天,见天门九重,已登其八,惟一门不得入。"或即本此。❷西北为天门。《周礼·大司徒》疏引《河图括地象》:"天不足西北……西北为天门。"《文选·雪赋》注引《诗纬含神雾》:"天不足西北,无有阴阳,故有龙衔火精以照天门中也。"《山海经·大荒西经》云:"大荒之中,有山名日月山,天枢也。吴姖天门,日月所入。"此或古传天门在西北之证。《神异经·西北荒经》因之,云:"西北荒中有二金阙,高百丈……二阙相去百丈,上有明月珠,径丈,光照千里。中有金阶,西北入两阙中,名曰天门。"

天马 ❶异兽名。《山海经·北次三经》:"马成之山……有兽焉,其状如白犬而黑头,见人则飞,其名曰天马,其鸣自訆。"❷骏马名。《史记·大宛列传》:"(汉武帝)得乌孙马好,名曰'天马'。及得大宛汗血马,益壮,更名乌孙马曰'西极',名大宛马曰'天马'云。"

天马❶

天女 ❶天帝之女。《山海经·大荒北经》:"黄帝乃下天女曰魃。"唐道世《法苑珠林》卷六二引《刘向孝子传》:"(女)出门谓(董)永曰:'我天女也,天令我助子偿债耳。'语毕,忽然不知所在。"《敦煌变文集·搜神记》:"新妇身是天女,当来之时,身缘幼小,阿耶与女造天衣,乘空而来。"参见"黄帝女魃"(288 页)。❷星名。《晋书·天文志》:"织女三星在天纪东端,天女也。"参见"织女"(213 页)。❸燕。《琅嬛记》卷上引《采兰杂

天女❶　清吴友如木刻

志》：" 昔有燕飞入人家，化为一小女子，长仅三寸，自言天女，能先知吉凶。故至今名燕为天女。"

天犬　《山海经·大荒西经》："有赤犬，名曰天犬，其所下者有兵。"又《西次三经》阴山亦有兽名曰*天狗，"可以御凶"。按"御凶"与"所下有兵"，当有所不同。

天公　谓*天帝。《晋书·天文志》："此复是无公愦愦，无皂白之征也。"《敦煌变文集·搜神记》："天公见来，知是燩（外）甥，遂即心肠怜愍，乃教习学方术伎艺能。"唐李白《短歌行》诗："天公见玉女，大笑亿千场。"

天仙　《太平御览》卷六六二引《天仙品》："飞行云中，神化轻举，以为天仙，亦云飞仙。"李观《钧天乐赋》："地祇上谒，天仙下朝。"参见"飞仙"（33 页）、"羽人"（149 页）。

天汉　即"天河"、"银河"。《诗·小雅·大东》："维天有汉，鉴亦有光。"

天民　《淮南子·墬形训》："凡海外三十六国，自西北至西南方……有……天民。"参见"天民国"。

天老　黄帝臣。《韩诗外传》卷八："黄帝……未见凤凰，惟思其象，凤寐晨兴。乃召天老而问之，曰：'凤象何如？'天老对曰：'夫凤象，鸿前麟后，蛇颈而鱼尾，龙文而龟身。……天下有道，得凤象之一，则凤过之；得凤象之二，则凤翔之；得凤象之三，则凤集之；得凤象之四，则凤春秋下之；得凤象之五，则凤没身居之。'……于是黄帝乃服黄裳，戴黄冕，致斋于宫，凤乃蔽日至……止帝东国（园）集帝梧桐，食帝竹实，没身不去。"

天衣　明冯应京《月令广义·七月令》引《小说》："织女……织成云锦天衣。"《敦煌变文集·搜神记》："三个姊妹遂将天衣，共乘此小儿（田章）上天而去。"

天问　《楚辞》篇名。战国楚人屈原作。王逸《天问》序云："屈原放逐，彷徨山泽，见楚有先王之庙及公卿祠堂，图画天地山川神灵，琦玮僪佹，及古贤圣怪物行事，因书其壁，呵而问之，以渫愤懑。"全篇所提问题，凡百七十余，包括自然现象、神话传说、历史人物诸方面。为研究神话所必需参考者。

天池　❶海名。《庄子·逍遥游》："南冥者，天池也。"又云："穷发之北，有冥海者，天池也。"此*南冥、*北冥俱称天池。成玄英疏："大海洪川，原夫造化，非人所作，故曰天池。"❷山名。《山海经·北次三经》："天池之山，其上无草木，多文石。"❸星名。即天渊。《宋史·天文志》："天渊星，一曰天池，在鳖星东南九坎间，主灌溉沟渠。"

天孙　❶星名。即织女星。《汉书·天文志》："织女，天帝孙也。"唐唐彦谦《七夕》诗："而予愿乞天孙巧，五色纫针补衮衣。"参见"织女"（213 页）。❷山名。晋张华《博物志·地》："泰山，一曰天孙，主召人魂魄。"

天妃　后亦称"妈祖神"。清翟灏《通俗编》（无不宜斋本）卷十九"天妃"条引《潜说友临安志》："神为五代时闽王统军兵马使林愿第六女，能乘席渡海，云游岛屿，人呼龙女。宋雍熙四年，昇化湄州，后常衣朱衣飞翻海

天妃　明刊本《三教搜神大全》

上,土人祠之。宣和中……特赐顺济庙号。绍兴时,以郊典封灵惠夫人,淳熙朝易爵以妃。"《元史·祭祀志五》云:"南海女神灵惠夫人……护海运有奇应,加封天妃神号。"天妃之称始于此。明田汝成《西湖游览志》卷二一云:"天妃宫,在孩儿巷北,以祀水神,洪武初建,名号不见经史。"此天妃祠祀之始。后遍及福建、台湾等地,亦称妈祖宫或妈祖庙。

天吴　水神名。《山海经·海外东经》:"朝阳之谷,神曰天吴,是为水伯,在蚕蚕北两水间。其为兽也,八首人面,八足八尾,背青黄("背"原作"皆",从何焯、黄丕烈、周叔弢校改)。"

天吴

《大荒东经》:"有夏州之国。有盖余之国。有神人,八首人面,虎身十尾,名曰天吴。"

天鸡　《古小说钩沈》辑《玄中记》:"东南有桃都山,上有大树,名曰桃都。枝相去三千里。上有一天鸡,日初出,光照此木,天鸡则鸣,群鸡皆随之鸣。下有二神,左名隆,右名窔,并执苇索,伺不祥之鬼,得而煞之。今人正朝作两桃人立门旁,以雄鸡毛置索中,盖遗象也。"此内容与*神荼郁垒神话大体相同,不过去虎而增天鸡(或作金鸡)。故古代风俗,元旦或"画鸡户上"(《荆楚岁时记》),或"画虎于门"(《风俗通义》),皆随传说之不同而有小异。《玄中记》又云:"蓬莱之东,岱舆之山,上有扶桑之树,树高万丈。树颠常有天鸡为巢于上,每夜至子时,则天鸡鸣,而日中阳乌应之;阳乌鸣,则天下之鸡皆鸣。"李白《梦游天姥吟留别》诗:"半壁见海日,空中闻天鸡。"又《太平御览》卷九二七引《神异经》:"北海有大鸟,其高千里……左足在海北涯,右足在海南涯。其毛苍,其喙赤,其脚黑,名曰天鸡,一名鷩。勒头河东,止海(中)央,惟捕鲸鱼,(鲸鱼)死则北海水流利。……或时举翼飞,其两羽切,如雷如风,惊动天地。"此说亦见今本《神异经·北方荒经》,惟文甚简略,且无天鸡之名。

天使　《史记·赵世家》:"余霍泰山山阳侯天使也。""天使"一词始见于此。晋干宝《搜神记》卷四三:"糜竺,字子仲,东海朐人也。祖世货殖,家资巨万。常从洛归,未至家数十里,见路次有一好新妇,从竺求寄载。行可二十余里,新妇谢去,谓竺曰:'我天使也。当往烧东海糜竺家,感君见载,故以相语。'竺因私请之。妇曰:'不可得不烧。如此,君可快去,我当缓行。日中,必火发。'竺乃急行归,达家,使移出财物。日中,而火大发。"又云:"沛国戴文谋,隐居阳城山中,曾于客堂食际,忽闻有神呼曰:'我天帝使者,欲下凭君,可乎?'文闻甚惊。又曰:'君疑我也。'文乃跪曰:'居贫,恐不足降下耳。'既而洒扫设位,朝夕进食,甚谨。后于室内窃言之。妇曰:'此恐是妖魅凭依耳。'文曰:'我亦疑之。'及祠飨之时,神乃言曰:'吾相从方欲相利,不意有疑心异汉。'文辞谢之际,忽堂上如数十人呼声,出视之,见一大鸟,五色,白鸠数十随之,东北入云而去,遂不见。"此皆天使之传说。

天狗 ❶《山海经·西山经》:"阴山……有兽焉,其状如貍而白首,名曰天狗,其音如榴榴,可以御凶。"又《太平御览》卷九〇五引《秦(辛)氏三秦记》云:"有白鹿原。周平王时,白鹿出此原。原有狗枷堡。秦襄公时,有天狗来其下。凡有贼,天狗吠而护之,一堡无患。"此或即天狗"可以御凶"之谓。❷星名。《晋书·天文志》:"狼北七星曰天狗,主守财。"❸月中凶神名。《协纪辨方》卷四引《枢要历》:"天狗者,月中凶神也。其日忌祷祀鬼神,祈求福愿。"又引《历例》:"天狗者,常居月建前二辰。"

天狗❶

天河 亦称"银河"、"明河"。晋张华《博物志·杂说》:"旧说云,天河与海通。近世有人居海渚者,年年八月有浮槎,去来不失期。人有奇志,立飞阁于槎上,多赍粮,乘槎而去。十余日中,犹观星月日辰,自后芒芒忽忽,亦不觉昼夜。去十余日,奄至一处,有城郭状,屋舍甚严,遥望宫中多织妇。见一丈夫,牵牛渚次饮。牵牛人乃惊问曰:'何由至此?'此人具说来意,并问此是何处。答曰:'君还至蜀郡,访严君平则知之。'竟不上岸,因还如期。后至蜀问君平,曰:'某年月日有客星犯牵牛宿。'计年月,正是此人到天河时也。"

天帚 唐梁载言《十道志》(《汉唐地理书钞》辑)卷下:"澧州嵩梁山今名石门,永安六年,自然洞开,玄朗如门,高三百丈。角上生竹,倒垂下拂,谓之天帚。"《太平御览》卷九六二引《永嘉记》云:"阳屿仙山有平石,方十余丈,名仙坛。有一筋竹垂坛旁,风来辄扫拂坛上。"又引《风土记》云:"阳羡县有袁君家坛,边有数枚大竹,枝皆两两下垂,如有尘秽,则扫拂坛上恒洁净。"此皆天帚之属。《述异记》卷下云:"葭萌县有玉女房……昔有玉女入此石穴,前有竹数茎,下有青石坛,每因风自扫此坛。"五代蜀杜光庭《墉城集仙录》卷三云:"神女坛,坛侧有竹,垂之若彗。有槁叶飞物著坛上者,竹则因风而扫之,终岁莹洁不为所污。"亦所谓天帚。

天柱 《淮南子·天文训》:"昔者共工与颛顼争为帝,怒而触不周之山,天柱折,地维绝。"据此,不周山即古之天柱。《楚辞·天问》云:"八柱何当?"王逸注:"言天有八山为柱,皆何当值。"古来相传天柱凡八,不周山仅其一。《神异经·中荒经》云:"昆仑之山,有铜柱焉,其高入天,所谓天柱也,围三千里,周圆如削。"此为后起之天柱传说。

天皇 ❶谓*天帝。陆机《列仙赋》:"观百化于神区,觐天皇于紫微。"❷*三星之一。唐司马贞《史记·补三皇本纪》:"天地初立,有天皇氏十二头,澹泊无所施为,而俗自化。木德王,岁起摄提,兄弟十二人,立各一万八千岁。"❸伏羲别称。《世本·氏姓篇》(张澍稡集补注本):"天皇封弟璊于汝水之阳,后为天子,因称女皇。"

天帝 亦称"上帝"。《战国策·楚策一》:"虎求百兽而食之,得狐。狐曰:'子无敢食我也。天帝使我长百兽,今子食我,是逆天帝命也。'"天帝之名,始见于此。《山海经》除《西山经》曾以"天帝"名山外,凡言天帝或具有与天帝同神格者,均只称"帝"。《中次十一经》:"洞庭之山……帝之二女居之。"郭璞注:"天帝之二女而处江为神也。"此"帝"指尧。又《西次三经》:"昆仑之丘,是实惟帝之下都。"此"帝"谓黄帝。黄帝在神话中为中央天帝，与尧具相同之神格。他处称"帝"者，又有炎帝（《中次七经》"姑瑶之山，帝女死焉"）、禹（《海外东经》"帝命竖亥步"）。又《诗·大雅·大明》："上帝临汝。"《生民》："上帝不宁。"上帝实即天帝。

天宫 天帝居处。《皇览·冢墓记》："好道者言：黄帝乘龙升云，登朝霞，上至列阙，倒影经过天宫。"按《西游记》前七回写孙悟空大闹天宫，大圣（即孙悟空）语佛祖云："常言道：'玉帝轮流做，明年到我家。'只教他搬出去，将天宫让与我，便罢了。"谓此。

天神 《周礼·春官·宗伯》："大宗伯之职，掌建邦之天神、人鬼、地示之礼，以佐王建邦保国……以禋祀祀昊天上帝，以实柴祀日、月、星辰，以槱燎祀司中、司命、飌师、雨师。"按昊天上帝、日、月、星辰、司中、司命、飌（风）师、雨师，皆为天神。《史记·封禅书》："天神贵者太一。"参见"太一"（51页）。

天狼 星名。《楚辞·九歌·东君》："举长矢兮射天狼。"王逸注："天狼，星名。"

天酒 谓*甘露。《神异经·西北荒经》："西北海外，有人长二千里……但日饮天酒五斗。"张华云："天酒，甘露也。"

天梯 《艺文类聚》卷六二引刘歆《甘泉宫赋》："缘石阙之天梯。"此天梯一名之始。在古人想象中，可赖以登天之自然物有二：一曰高山，二曰大树。以高山为天梯，古籍中可考者首推昆仑。《淮南子·墬形训》云："昆仑之丘，或上倍之，是谓凉风之山，登之而不死；或上倍之，是谓悬圃，登之乃灵，能使风雨；或上倍之，乃维上天，登之乃神，是谓太帝之居。"高诱注："太帝，天帝。"是缘昆仑以登天。其次有*肇山、*登葆山、*灵山等。至于以树为天梯，古籍中可考见者，惟《山海经·海内南经》、《海内经》及《淮南子·墬形训》所记之*建木。他如《山海经》所记之*三桑、寻木、槃木，《淮南子·墬形训》所记之*若木，《十洲记》所记之*扶桑，虽皆长数百丈、数千丈乃至千里之大树，然未谓可以缘之而登天。《汉唐地理书钞》辑唐李泰《括地志》云："佛上忉利天，为母说法九十日。佛上天青梯，今变为石，没入地，惟余十二磴，磴间二尺余。彼耆老云，梯入地尽，佛法灭。"此亦为天梯之一说。

天鹿 亦作"天禄"。《十洲记》："聚窟洲有辟邪、天鹿。"《汉书·西域传》云："乌弋地……有桃拔。"孟康注："桃拔一名符拔，似鹿，长尾，一角者或为天鹿，两角或为辟邪。"则辟邪、天鹿二而一也。明周祈《名义考》卷十"天禄辟邪"条云："桃拔、符拔当作桃被、符被，以是兽能被除不祥也；被误作拔。曰桃曰符者，犹度朔山桃梗之意。被除不祥，故谓之辟邪；永绥百禄，故谓之天禄。汉立天禄于阁门，古人置辟邪于步摇上，皆取被除永绥之意。"参见"神荼郁垒"（250页）。

天阍 即"帝阍"（244页）。

天维 郭璞注《山海经·大荒西经》引古本《淮南子》云："昔者共工与颛顼争帝，怒而触不周之山，天维绝，地柱折。"与今本"天柱折、地维绝"适异。唐李白《上崔相百忧章》诗："共工赫怒，天维中摧。"所说与郭氏同。天维，谓天纲。《文选·西京赋》："尔乃振天维。"注："维，纲也。"参见"地柱"（126页）。

天禄 即"天鹿"。

天鼓 ❶雷。《初学记》卷一引《抱朴子》："雷，天之鼓也。"注："王充《论衡》云：'图画之工，图雷之状，如连鼓形；又图一人，若力士，谓之雷公，使左手引连鼓，右手椎之。'"唐李白《梁甫吟》诗："我欲攀龙见明主，雷公砰訇震天鼓。"又《史记·天官书》："天

天虞 《山海经·大荒西经》:"有人反臂,名曰天虞。"郭璞注:"即尸虞也。"郝懿行云:"尸虞未见所出,据郭注当有成文,疑在经内,今逸。"

天愚 神名。《山海经·中次七经》:"堵山,神天愚居之,是多怪风雨。"

天愚

天翟 凤鸟名。《吕氏春秋·古乐》:"帝喾……因令凤鸟天翟舞之。"

天女神 北魏阚骃《十三州志》(清张澍辑):"岷山,无草木。其西有天女神。洮水经其下,即夏禹见长人受黑玉书处。"按疑即奇相。

天马径 ❶晋常璩《华阳国志·蜀志》:"会无县……有天马河,马日千里。后死于蜀,葬江原小亭,今天马冢是也。县有天马祠;初,民家马牧山下,或产骏驹,云天马子也。今有天马径,厥迹存焉。"❷北魏郦道元《水经注·河水》:"(广武)城之西南二十许里,水西有马蹄谷。汉武帝闻大宛有天马,遣李广利伐之,始得此马,有角为奇。……胡马感北风之思,遂顾羁绝绊,骧首而驰。晨发京城,夕至敦煌北塞外,长鸣而去,因名其处曰候马亭。今晋昌郡南,及广武马蹄谷盘石上,马迹若践泥中,有自然之形,故其俗号曰天马径。"

天公狗 《古小说钩沈》辑《幽明录》:"吴时,有王姥,年九岁病死,自朝至暮复苏。云见一老姬,挟将飞见北斗君;有狗如狮子大,深目,伏井栏中,云此天公狗也。"

天民国 《山海经·大荒西经》:"西北海之外,赤水之西,有天民(原作"先民",从王念孙、郝懿行校改)之国,食谷,使四鸟。"《淮南子·墬形训》海外三十六国中有"天民",即此。

天耳山 明杨慎《南诏野史》下卷:"天耳山,蒙化厅城北。相传凡有人计度言语,虽甚秘,山中即有人传之。"

天穿节 清俞正燮《癸巳存稿》卷十一"天穿节"条:"宋葛鲁卿胜仲《蓦山溪·天穿节和朱刑掾》云:'天穿过了,此日名穿地,摸石俯清波,竞追随新年乐事。'明杨慎《词品》引之,云:'宋以前正月二十三日为天穿日,言女娲氏以是日补天,俗以煎饼置屋上,名曰补天穿。'今其俗废久矣。"参见"女娲"(37页)。

天神山 宋王象之《舆地纪胜》卷一五九:"天神山,在赤水县西四十里。相传有姓杨人夫妇,佣于田家,前知晴雨,人颇异之。一日辞去,至山,化为石。人为立祠。因以为名。"按"天神"云者,当谓天候之神;夫妇"至山化为石"后,从石之润燥,亦必有"前知晴雨"之异。

天姥山 《汉唐地理书钞》辑《张勃吴地理志》:"剡县有天姥山,传云,登者闻天姥歌谣之音。"故唐李白《梦游天姥吟留别》诗云:"霓为衣兮风为马。云之君兮纷纷而来下。虎鼓瑟兮鸾回车,仙之人兮列如麻。"又

《述异记》卷下载此山之传闻云："天姥山南峰，昔鲁班刻木为鹤，一飞七百里。后放于北山西峰上，汉武帝使人往取，遂飞上南峰。往往天将雨，则翼翅摇动，若将奋飞。"

天女散花　唐宋之问《设斋叹佛文》："天女散花，缀山林之草树。"明曹学佺《蜀中名胜记》卷二："（成都）东城楼，即散花楼也。……《舆地纪胜》：'散花楼，隋开皇建，乃天女散花之处。'"此事本佛经。《维摩经·观众生品》略云：维摩室中有一天女，以天花散诸菩萨，悉皆堕落，至大弟子，便著不堕，天女曰："结习未尽，故花著身。"

天齐王祠　《太平广记》卷三一三"葛氏妇"条引《玉堂闲话》："兖之东鈔里泗水上有亭。亭下有天齐王祠，中有三郎君祠神者，巫云，天齐王之爱子。……相传岱宗之下，樵童牧竖，或有逢羽猎者，骑从华丽，有如侯王，即此神也。鲁人畏敬，过于天齐。"《史记·封禅书》云：齐祀八神，"一曰天主，祠天齐"。即此所谓"天齐王"者。参见"八神"（8页）。

天衣无缝　《太平广记》卷六八"郭翰"条引《灵怪录》："（郭翰）徐视其（织女）衣并无缝。翰问之，谓翰曰：'天衣本非针线为也。'"《聊斋志异》卷十三"鞏仙"云："未有织女来谒，献天衣一袭，金彩绚烂，光映一室。王意其伪，索观之……果无缝之衣。"即本此。

天聋地哑　神名。明田汝成《西湖游览志》卷十二："梓潼帝君庙，俗称文昌祠。神初祀于蜀。……嘉熙间，蜀破，民多徙钱唐，而蜀人牟子才等，遂请立庙于吴山，其傍立二童，俗称天聋、地哑者是也。"又《坚瓠八集》卷四"天聋地哑"条云："文昌帝君从者曰天聋、地哑，盖帝君不欲人之聪明尽用，故假聋哑以寓言，夫天地岂可以聋哑哉？"

天门郡仙谷　晋张华《博物志·杂说》："天门郡有幽山峻谷，谷在上，人有从下经过者，忽然踊出林表，状如飞仙，遂绝迹。年中如此甚数，遂名此处为仙谷。有乐道好事者，入此谷中洗沐，以求飞仙，往往得去。有长意思人，疑必妖怪。乃以大石自坠，牵一犬入谷中，犬复飞去，其人还告乡里。募数十人，执杖，搊山草，伐木，至山顶观之。遥见一物，长数十丈，其高隐人，耳如簸箕，格射杀之。所吞人骨，积此左右有成。封蟒开口，广丈余，前后失人，皆此蟒气所噏上。于是此地遂安稳无患。"

天仙寺壁画　宋张邦基《墨庄漫录》卷十："襄阳天仙寺，在汉江之东津，去城十里许。正殿大壁，画大悲千手眼菩萨像。世传唐武德初，寺尼作殿，求良工图绘。有夫妇携一女子应命。期尼以扃殿门，七日乃开。至第六日，尼颇疑之，乃辟户，阒其无人，有二白鸽翻然飞去。视壁间圣像已成，相好奇特，非世工所能。独其下有二长臂结印手，未足，乃二鸽飞去之应也。"

五女　《述异记》卷下："秦惠王献五美女于蜀王，王遣五丁迎女，乃见大蛇入山穴中。五丁曳蛇，山崩。五女上山，遂化为石。"

五木　谓五种取火之木。《尸子》（清孙星衍辑）卷上："燧人上观星辰，下察五木以为火。"参见"燧人氏"（363页）。

五凤　《玉函山房辑佚书》卷五四辑《乐纬叶图徵》："五凤皆五色，为瑞者一，为孽者四。"又云："似凤有四，并为妖。一曰鹔鹴，鸠喙圆目……至则役之感也；二曰发明，乌喙，大颈大翼大蹠……至则丧之感也；三曰焦明，长喙疏翼圆尾……至则水之感也；四曰幽昌，锐目小头，大身细足，踒若鳞叶……至则旱之感也。"按此五凤，一瑞而四孽。然宋王应麟《小学绀珠》卷十云："五凤：

赤者凤,黄者鹓䲦,青者鸾,紫者鸑鷟,白者鹄。"则五凤皆瑞而无一妖。

五厉 神名。《管子·轻重甲》:"君请立五厉之祭。"按厉同疠,五厉,即五疠。谓五种疫疠之神。参见"厉神"(89页)。

五兵 宋罗泌《路史·后纪四》注引《世本》:"蚩尤作五兵:戈、矛、戟、酋矛、夷矛。"《太平御览》卷七九引《龙鱼河图》云:"(蚩尤)造立兵杖、刀、戟、大弩。"与此异。唐苏鹗《苏氏演义》同于《世本》,惟"矛"作"殳"。参见"蚩尤"(280页)。

五鸠 少昊时鸟官名。《左传·昭公十七年》:"祝鸠氏,司徒也。鴡鸠氏,司马也。鳲鸠氏,司空也。爽鸠氏,司寇也。鹘鸠氏,司事也。五鸠,鸠民者也。"参见"少昊之国"(66页)。

五帝 谓五方之天帝。即"五方神"。《楚辞·远游》:"轩辕不可攀援兮,吾将从王乔而娱戏……吾将过乎句芒,历太皓以右转兮……遇蓐收乎西皇……指炎神而直驰兮,吾将往乎南疑……祝融戒而还衡兮……从颛顼乎增冰,历玄冥以邪径兮……"此言四帝四佐,合轩辕适成"五帝"。《惜诵》云:"令五帝以枉中兮。"王逸注:"五帝,谓五方神也。东方为太皞,南方为炎帝,西方为少昊,北方为颛顼,中央为黄帝。"即《远游》所写之五帝。又《周礼·天官·大宰》:"祀五帝。"唐贾公彦疏:"五帝者,东方青帝灵威仰,南方赤帝赤熛怒,中央黄帝含枢纽,西方白帝白招拒,北方黑帝汁先纪。"此亦为一说。参见"三皇"(17页)。

五雉 少昊时鸟官名。《左传·昭公十七年》:"五雉为五工正,利器用,正度量,夷民者也。"注:"雉有五种:西方曰鹎雉,东方曰鶅雉,南方曰翟雉,北方曰鹎雉,伊、洛之南曰翚雉。"参见"少昊之国"(66页)。

五大夫 松之别名。唐李冗《独异志》卷中:"始皇二十八年,登封泰山。至半,忽大风雨雷电。路傍有五松树,荫翳数亩,乃封为五大夫。忽闻松上有人言曰:'无道德,无仁礼,而天下妄命帝,何以封!'左右咸闻。始皇不乐。乃归,崩于沙丘。"按《史记·秦始皇本纪》云:"二十八年,始皇东行郡县……遂上泰山,立石,封,祠祀。下,风雨暴至,休于树下,因封其树为五大夫。"始皇所封之树,《汉官仪》谓是松树,后世遂以五大夫为松之别称。演变而为神话传说,遂有上述五松树之怪异情景。

五方神 即"五帝"。

五龙氏 帝名。唐司马贞《史记·补三皇本纪》:"人皇以后,有五龙氏。"注:"五龙氏,兄弟五人,并乘龙上下,故曰五龙氏也。"《文选·游仙诗》:"奇龄迈五龙,千岁方婴孩。"李善注引《遁甲开山图荣氏解》云:"五龙,皇后君也,昆弟五人,皆人面而龙身。长曰角龙,木仙也;次曰徵龙,火仙也;次曰商龙,金仙也;次曰羽龙,水仙也;次曰宫龙,土仙也。父与诸子同得仙,治在五方。"即谓此。

五仙观 《古今图书集成·神异典》卷二六九引《广州通志》:"广州府五仙观。初有五仙人,皆持谷穗,一茎六出,乘五羊而至。仙人之服,与羊同色,五羊俱五色,如五方。既遗穗与广人,仙忽飞升而去。羊留,化为石,广人因即其地祠之。"参见"五羊城"。

五仙城 见"五谷神"。

五色笔 ❶《南史·江淹传》:"江淹字文通,济阳考城人也。……少以文章显。……尝宿于冶亭,梦一丈夫自称郭璞,谓淹曰:'吾有笔在卿处多年,可以见还。'淹乃探怀中得五色笔一以授之。尔后为诗绝无美句,时人谓之才尽。"❷《太平广记》卷二一三"廉广"条引《大唐奇事》略云:廉广采药于泰山,俄逢一人,有若隐士,谓广曰:"我能画,与君一笔,即随意而画,当通灵。"因怀中取一五色笔以授之,此人忽不见。后值至中都县,李令者性好画,命广于壁上画鬼兵百余,状若赴敌。其尉赵知之,亦命广于赵廨壁上画鬼兵百余,状若迎战。其夕,两处所画之鬼兵俱出战。李及赵既见此异,遂皆毁所画鬼兵。广亦惧而逃往下邳。下邳令知其事,又切请广画一龙。笔才绝,云蒸雾起,飘风倏至,画龙忽乘云而上,致滂沱之雨,连日不止。令疑广有妖术,乃收广下狱。广在狱内号泣,追告山神。其夜,梦神人言曰:"君当画一大鸟,叱而乘之飞,当即免矣。"广及曙,乃密画一大鸟,试叱之,果展翅。广乘之,飞远而去,直至泰山而下。寻复见神,谓广曰:"君泄言于人间,固有难厄也。本与君一小笔,欲为君致福,君反致祸;君当见还。"广乃怀中探笔还之。神寻不见。广因不复能画。

五色露 《太平御览》卷一二引《洞冥记》:"东方朔游吉云之地,汉武帝问朔曰:'何名吉云?'曰:'其国俗常以云气占吉凶。若占乐之事,则满室云起五色,照著于草树,皆成五色露,露味甘。'帝曰:'吉云五色,露可以得尝不?'朔乃东走,至夕而还,得玄黄青露,盛之琉璃器,以授帝。帝遍赐群臣,得露尝者,老者皆少,疾病皆愈。"按亦见本《洞冥记》卷二,文字小有异同。

五羊石 清屈大均《广东新语》卷五:"周夷王时,南海有五仙人各衣一色,所骑羊亦各一色,来集楚庭。各以谷穗一茎六出,留与州人,且祝曰:'愿此阛阓,永无饥荒。'言毕腾空而去,羊化为石。今坡山有五仙观,祀五仙人。少者居中,持秔稻;老者居左右,持黍稷,皆古衣冠。像下有石羊五,有蹲者、立者,有角形微弯,势若抵触者,大小相

交,毛质斑驳。观者一一摩挲,手迹莹然。"又同书卷五说是晋时事,与此不同。参见"五谷神"。

五羊城 即今广州市。《太平寰宇记》卷一五七:"(广州南海县)五羊城。按《续南越志》旧说,有五仙人乘五色羊,持六穗秬而至,至今称五羊城是也。"《汉唐地理书钞》辑《裴渊广州记》云:"州厅事梁上画五羊,又作五谷囊,随羊悬之,云昔高固为楚相,五羊衔谷,萃于楚庭,故图其像为瑞。六国时广州属楚。"裴渊时代无考,清王谟谓"大要系晋、宋间人。"则五羊之说自亦久远。参见"五仙观"、"五羊石"。

五妇山 晋常璩《华阳国志·汉中志》:"梓潼郡治有五妇山,故蜀五丁力士所拽蛇崩山处也。"明曹学佺《蜀中名胜记》卷二六云:"五妇山在(梓潼)县北十二里,高四百二十丈。"参见"蜀王"(334页)。

五块石 《古今图书集成·坤舆典》卷一四:"五块石。(成都)府城治南万里桥之西有五石相叠,高一丈余,围倍之。相传下有海眼,昔人尝起其石,风雨暴作。"参见"海眼"(276页)。

五时鸡 《洞冥记》卷三:"影娥池北……有司夜鸡,随鼓节而鸣不息,从夜至晓,一更为一声,五更为五声,亦曰五时鸡。"

五里蛇 清陈尚古《簪云楼杂说》:"五里蛇"条:"吾湖沈公某,明万历间,巡抚滇南。初至,文武来谒。有参将安,貌甚丑怪,厥首仅存白骨,绝无额准辅颐,惟目光烁烁腾注。公大惊,独留问故。自言:'此地蚺蛇,千岁以上者高数丈,亘四五里,或七八里。恒宵游,遇豺虎诸兽,则吸而吞之,其于人亦然。某曾夜归,觉为风摄去,瞰趋而入,如坐丹炉中,万火齐发,腥秽且逼人。某疑入蚺蛇腹矣,亟抽刀剖之,约厚五六寸。任此蛇撼天

抢地,奔跃数十里外,经时才出,而此蛇已死。某通体殷红,颊上皮肉俱尽,倦而寤,及寝始疼,阅半载方愈。此蛇约长五里,山中人竞取之燃灯,今其骨尚存,鳞大如笠。惜某具体而残,为平生之恨。'"又《太平广记》卷四五七引《广异记》云:"天宝中,有樵人入山醉卧,为蛇所吞。其人微醒,怪身动摇,开视不得,方知为物所吞。因以樵刀画腹得出,眩然迷闷,久之方寤。其人自尔半身皮脱如白风状。"或即为五里蛇说之所本。

五足兽 晋王嘉《拾遗记》卷九:"因墀国献五足兽,状如狮子……问其使者五足兽是何变化,对曰:'东方有解形之民,使头飞于南海,左手飞于东山,右手飞于西泽,自脐以下,两足孤立。至暮,头还肩上,两手遇疾风,飘于海外,落玄洲之上,化为五足兽,则一指以一足也。其人既失两手,使傍人割里肉以为两臂,宛然如旧也。'"

五谷树 清褚人获《坚瓠续集》卷四"五谷树"条引《异识资谐》:"金陵有丞相府,明胡惟庸所居。园有五谷树,一树而兼五种,为五谷丰歉之征。如其年麦熟则发麦叶,黍熟则发黍叶;五谷皆然。"

五谷神 清屈大均《广东新语》卷六:"晋吴修为广州刺史。未至州,有五仙人骑五色羊负五谷来,止州厅上。其后,州厅梁上图画以为瑞,号广州曰五仙城。城中坡山上有五仙观,粤人春秋,祈谷,以此方谷为五仙所遗,一仙遗一谷,谷有五,故为五仙,而五仙当日复有丰年之祝,故皆称为五谷之神。州厅之绘,以重谷也;城名曰五仙,亦重谷也。"参见"五羊石"。

五采鸟 《山海经·大荒西经》:"(㟴山)有五采鸟三名:一曰皇鸟,一曰鸾鸟,一曰凤鸟。"《大荒东经》:"有五采之鸟,相乡弃沙,惟帝俊下友。帝下两坛,采鸟是司。"五采鸟,当为凤凰属之鸟。弃沙,疑即槃姿,盘旋而舞之貌。《山海经》屡有"鸾鸟自歌、凤鸟自儛"之记载,亦自歌自舞之意。作为"玄鸟(凤凰)神之帝俊,遂下与五采鸟为友;帝俊在下方之两坛,亦五采鸟主之。此鸟盖为天帝侍侣。

五弦琴 《礼记·乐记》:"昔者舜作五弦之琴,以歌《南风》。"又《太平御览》卷一七一引《湘中记》云:"(长沙),其地有舜之遗风,人多纯朴。今故老犹弹五弦琴,好为渔父吟。"可为其证。

五显神 《三教搜神大全》卷二:"五显公之神在天地间相与为本始,至唐光启中乃降于

五显神 明刊本《三教搜神大全》

兹邑。……传言邑民王喻有园在城偏北,一夕,园中红光烛天……见神五人自天而下……邑人乃相与斩竹薙(薙)草,作为华屋,立像肖貌,揭(敬)虔安灵。……先是庙号上名五通,大观中始赐庙额曰灵顺,宣和间封两字侯……理宗改封八字王号:第一位显聪……第二位显明……第三位显正……第四位显直……第五位显德……"按五显神

盖即东岳泰山神之五子，其中第三子为炳灵王，炳灵王即《南游记》所写华光天王，亦即《三教授神大全》所记灵官马元帅，俱为火神。五显庙初名"五通"，故五显神即五通神。然五通乃妖邪之神，非五显之比，盖皆民间流传之讹变。

五神山 《列子·汤问》："渤海之东，不知几亿万里，有大壑焉，实惟无底之谷。其下无底，名曰归墟。八纮九野之水，天汉之流，莫不注之，而无增减焉。其中有五山焉：一曰岱舆，二曰员峤，三曰方壶，四曰瀛洲，五曰蓬莱。其山高下周旋三万里，其顶平处九千里，山之中间相去七万里，以为邻居焉。其上台观皆金玉，其上禽兽皆纯缟。珠玕之树皆丛生，华实皆有滋味，食之皆不老不死。所居之人皆仙圣之种，一日一夕飞相往来者不可数焉。而五山之根无所连著，常随潮波上下往还，不得暂峙焉。仙圣毒之，诉之于帝。帝恐流于西极，失群仙圣之居，乃命禺强使巨鳌十五，举首而戴之，迭为三番，六万岁一交焉，五山始峙。而龙伯之国有大人，举足不盈数步而暨五山之所，一钓而连六鳌，合负而趣，归其国，灼其骨以数焉。于是岱舆、员峤二山流于北极，沉于大海，仙圣之播迁者巨亿计。帝凭怒，侵减龙伯之国使陋，侵小龙伯之民使短。至伏羲、神农时，其国人犹数十丈。"按五神山之说当即本于*三神山而又有所增饰。

五通神 即"五显神"。

五瘟神 一名"五瘟使者"。《三教搜神大全》卷四："昔隋文帝开皇十一年六月内，有五力士现于凌空三五丈於，身披五色袍，各执一物。一人执杓子并罐子，一人执皮袋并剑，一人执扇，一人执锤，一人执火壶。帝问太史居仁曰：'此何神？主何灾福也？'张居仁奏曰：'此是五方力士，在天为五鬼，在地

五瘟神　明刊本《三教搜神大全》

为五瘟，名曰五瘟。春瘟张元伯，夏瘟刘元达，秋瘟赵公明，冬瘟钟仕贵，总管中瘟史文业。'……帝乃立祠……诏封五方力士为将军。……后匡阜真人游至此祠，即收伏五瘟神为部将也。"此五瘟神，盖《管子·轻重甲》之所谓"五厉"。《轻重甲》云："昔尧之五吏五官，无所食，君请立五厉之祭，祭尧之五吏。"《国语·周语》云："尧临民以五。"即"五厉"之谓。则瘟神之说，由来已远。

五丁力士 晋常璩《华阳国志·蜀志》："保子帝……九世，有开明帝，始立宗庙。……时蜀有五丁力士，能移山，举万钧。每王薨，辄立大石，长三丈，重千钧，为墓志，今石笋是也；号曰笋里。"明曹学佺《蜀中名胜记》卷九："武都山有玉妃溪。《成都耆老传》载：妃与五丁同生，父母弃之溪。后闻呱呱声，就视，乃一女五男。女即蜀妃，男即五丁。故《华阳国志》云，武都山精化为美女也。"

五瘟使者 即"五瘟神"。

五曜神珠 见"欧默"（187页）。

五城十二楼 神人居所。《汉唐地理书钞》辑《河图括地象》："昆仑之墟，西有五城十二

楼,河水出焉,四维多玉。"《史记·封禅书》云:'黄帝时,为五城十二楼,以候神人。"《河图括地象》说当本于此。李白《经乱离后天恩流夜郎忆旧游书怀赠江夏韦太守良宰》诗:"天上白玉京,十二楼五城。"参见"增城"(350页)。

〔丨〕

中容国 *帝俊裔。《山海经·大荒东经》:"大荒之中,有山名曰合虚,日月所出。有中容之国。帝俊生中容,中容人食兽、木实,使四鸟:豹、虎、熊、罴。"

中䲕国 颛顼裔。《山海经·大荒北经》:"西北海外,流沙之东,有国曰中䲕,颛顼之子,食黍。"

中山夫人 *尧妃。北魏郦道元《水经注·瓠子河》:"成阳城西二里有尧陵。……陵东城西五十余步,中山夫人祠,尧妃也。"《帝王世纪辑存》(徐宗元辑)卷一云:"帝尧……受封于唐。"唐即中山唐县,中山夫人之名当起于此。《太平寰宇记》卷十四云:"(濮州雷泽县)中山夫人庙,在县西五十步。夫人即尧之四妃也。"谓此。

中华古今注 书名。后唐马缟撰。三卷。部分内容系采自崔豹《古今注》。所记亦有少量神话资料,如海神朝禹之类,可供参考。

中国小说史略 书名。鲁迅著。二十八篇。全书论上古至清末中国小说大概,为我国小说史开山之作。其中神话与传说,有专篇论述,立论谨严,取材精当。他如"六朝之神鬼志怪书"、"唐之传奇文"、"明之神魔小说"等,亦多与神话研究有关,可资参考。

中国神话研究初探 原名《中国神话研究ABC》。玄珠(沈雁冰)著。八章。此书认为,历史化是神话散亡之重要原因,并主张将一部分古代史还原为神话。持论有独到见解,颇具参考价值。此书已收入《茅盾评论文集》。

日及 《太平御览》卷八二五引《玄中记》:"大月氏有牛名为日及,今日割取其肉三四斤,明日疮愈。汉人入此国,以牛示之,以为珍异。"《古小说钩沈》辑此条,日及作日反,盖讹。《艺文类聚》卷六五、《凉州异物志》(清张澍辑)按语引此,均作日及,南朝梁萧绎《金楼子·志怪篇》述此亦作日及。其牛盖*视肉之类。

日精 唐段成式《酉阳杂俎·玉格》:"李母本元君也,日精入口,吞而有孕,三色气绕身,五行兽卫形,如此七十二年,而生(老子)陈国苦县赖乡涡水之阳九井西李下。"参见"老子"(120页)。

日月山 *日月所入山之一。《山海经·大荒西经》:"大荒之中,有山名曰日月山,天枢也。吴姬天门,日月所入。"

日月树 《民间文学》一九七九年第十期载文述壮族民间传说"卜伯的故事":"(雷王)怕卜伯带人再到天上捣乱,便把天升高起来,只留巴赤山(原注:巴赤山,是壮族民间传说中最高的山)上的日月树作为天梯,沟通天上地下的通路。""(卜伯)马上回家把剑磨好,决心到巴赤山那里去找日月树爬上天去。"

日月潭 一九八〇年《榕树文学丛刊》所载《日月潭》略云:台湾日月潭,古有雌雄恶龙,分别吞食日月沉潭底,使世界变为黑暗。青年渔民大尖哥与水社姐夫妇,舍己为人,依靠众人,用金斧与金剪除去恶龙,从龙腹中救出日月。又设计用大棕榈树托住日月,掷使升天。大尖与水社因食龙睛,身忽高峨,分踞潭旁,化为大山,永守于此,后人遂名此二山为大尖山与水社山。此潭因曾出没日月,遂亦名之日月潭。今每年秋季,潭边尚时见高山族人,著节日盛装,戏以竹竿托彩球抛往天空,效大尖与水社事。

日出入　《初学记》卷一引《淮南子》(亦见今本《淮南子·天文训》,此引义较胜):"日出于旸谷,浴于咸池,拂于扶桑,是谓晨明;登于扶桑之上,爰始将行,是谓朏明;至于曲阿,是谓朝明;临于曾泉,是谓早食;次于桑野,是谓晏食;臻于衡阳,是谓禺中;对于昆吾,是谓正中;靡于鸟次,是谓小迁;至于悲谷,是谓晡时;回于女纪,是谓大迁;经于泉隅,是谓高舂;顿于连石,是谓下舂;爰止羲和,爰息六螭,是谓悬车;薄于虞泉,是谓黄昏;沦于蒙谷,是谓定昏。日入崦嵫,经于细柳,入虞泉之池,曙于蒙谷之浦。日西垂景在树端,谓之桑榆。"按今本《淮南子》此以下尚有"行九州七舍,有五亿万七千三百九里,禹以为朝昼昏夜"三语。高诱注:"自旸谷至虞渊凡十六所,为九州七舍也。"

日主祠　《古今图书集成·山川典》卷二八:"日主祠,在成山东三十里。"又:"成山,在今山东登州府文登县南(南当作东)一百六十里。其山斗入海,因始皇鞭石造桥,后人又呼为神山,《汉志》亦作盛山。山旁多礁岛,为海道极险处。汉武帝于此拜日,今其山东犹有日主祠址。"按《史记·封禅书》云:"始皇遂东游海上,行礼祠名山大川及八神,求仙人羡门之属。八神将自古而有之,……七曰日主,祠成山。成山斗入海,最居齐东北隅,以迎日出。"谓此。参见"八神"(8页)。

日游神　❶《封神演义》第九十九回"姜子牙归国封神":"太岁部下日值众星名讳:日游神——温(讳)良。"❷《协纪辨方》卷三:"今按日游神载于《时宪书》,明代承元《授时历》即有之,其前则莫可考矣。《历例》曰:'其义未明。'……南方民俗又有所谓鹤神方者……暗与日游神相应。"按明陈继儒

《珍珠船》卷三云:"嘉祐中未有谒禁,士人多驰骛请托。有一人号望火马,又一人号日游神,言日奔竞。"则宋时已有此称。

日月所入山　《山海经·大荒西经》记"日月所入之山"凡六:(1)*丰沮玉门;(2)*龙山;(3)*日月山;(4)*鏖鏊巨;(5)*常羊山;(6)*大荒山。

日月所出山　《山海经·大荒东经》记"日月所出之山"凡六:(1)*大言;(2)*合虚;(3)*明星;(4)*鞠陵于天、东极、离瞀;(5)*猗天苏门;(6)*壑明俊疾。

日林国石镜　亦名"仙人镜"。《述异记》卷下:"日林国有神药数千种。其西南有石镜,方数百里,光明朗彻,可鉴五藏六府,亦名仙人镜。国中人若有疾,辄照其形,遂知病起何藏府,即采神药饵之,无不愈。其国人寿三千岁,亦有长生者。"

少昊　晋王嘉《拾遗记》卷一:"少昊以金德王。母曰皇娥,处璇宫而夜织,或乘桴木而昼游,经历穷桑沧茫之浦。时有神童,容貌绝俗,称为白帝之子,即太白之精,降乎水际,与皇娥嬿戏,奏嫔娟之乐,游漾忘归。穷桑者,西海之滨,有孤桑之树,直上千寻,叶红椹紫,万岁一实,食之后天而老。帝子与皇娥泛于海上,以桂枝为表,结薰茅为旌,刻玉为鸠,置于表端,言鸠知四时之候,故《春秋传》曰'司至',是也。今之相风,此之遗象也。帝子与皇娥并坐,抚桐峰梓瑟。……皇娥依瑟而清歌……白帝子答歌。……及皇娥生少昊,号曰穷桑氏,亦曰桑丘氏。……少昊以主西方,一号金天氏,亦曰金穷氏。"此少昊生于穷桑,其地盖在西方。而《尸子》云:"少昊金天氏邑于穷桑。日五色,互照穷桑。"此穷桑为少昊之都,其地乃在东方。《山海经·大荒东经》云:"东海之外大壑,少昊之国。"少昊于此曾建立其鸟之王国。而

其神职又传在西方。《西次三经》云："长留之山，其神白帝少昊居之……实惟员神磈氏之宫。是神也，主司反景。"郭璞注："日西入则反景东照，主司察之。"郝懿行云："是神，员神，盖即少昊也。"曾为百鸟王之少昊，乃降而为"司反景"之山神。其最后神职，则在与 *蓐收共司"西方之极"万二千里地，又为西方之天帝。少昊所处地或东或西，其神职或升或降，于此见神话传说之纷歧无定。少昊后裔为国于下方者，有北方海外之 *一目国；子孙中闻人有"为弓矢"之 *般，"降处缗渊"之 *倍伐，汾水水神 *台骀、*大傩逐疫食蛊之 *穷奇等。

少康 夏后相之子。《左传·哀公元年》："昔有过浇杀斟灌以伐斟鄩，灭夏后相。后缗方娠，逃出自窦，归于有仍，生少康焉。为仍牧正，惎浇，能戒之。浇使椒求之，逃奔有虞，为之庖正，以除其害。虞思于是妻之以二姚，而邑诸纶。有田一成，有众一旅，能布其德，而兆其谋，以收夏众，抚其官职。使女艾谍浇，使季杼诱豷，遂灭过、戈，复禹之绩，祀夏配天，不失旧物。"又《世本·作篇》（清茆泮林辑本）云："少康作秫酒。"又云："少康作箕帚。"则传说中少康不仅为中兴之主，且有发明创造。

少鸳 *三青鸟之一。

少司命 神名。《楚辞·九歌》中"少司命"，旧以为星名，王夫之谓是"司人子嗣有无"之神。参见"大司命"（24页）。

少姨庙 清景日昣《说嵩》卷二〇："少姨庙，在少室山东。相传为启母涂山氏之妹，有汉安帝时石阙，当与启母庙同时并建者。唐高宗敕令重修。"同书卷六："垒石为双垛，孤峙于荒芜丛篁之中者，少姨庙石阙也，今庙废而阙存矣。"按少姨庙有唐杨炯碑，同书卷二五载之，略云：少姨庙者，《汉书·地理志》嵩高少室之庙也，其神为妇人像者，则故老相传，云启母涂山之妹也。则其传说由来已久。参见"少室山"（66页）、"启母石"（177页）。

少室山 《山海经·中次七经》："少室之山，百草木成囷。其上有木焉，其名曰帝休，叶状如杨，其枝五衢，黄华黑实，服者不怒。其上多玉，其下多铁。休水出焉，而北流注于洛，其中多䱉鱼，状如盩蜼而长距，足白而对，食者无蛊疾，可以御兵。"郭璞注："此山巅亦有白玉膏，得服之，即得仙道，世人不能上也。"少室山为嵩山之西峰，上有 *少姨庙。

少昊之国 《山海经·大荒东经》："东海之外大壑，少昊之国。"《左传·昭公十七年》云："少皞挚之立也，凤鸟适至，故纪于鸟，为鸟师而鸟名。凤鸟氏，历正也；玄鸟氏，司分者也；伯赵氏，司至者也；青鸟氏，司启者也；丹鸟氏，司闭者也。祝鸠氏，司徒也；鴡鸠氏，司马也；鸤鸠氏，司空也；爽鸠氏，司寇也；鹘鸠氏，司事也。五鸠，鸠民者也。五雉，为五工正，利器用，正度量，夷民者也。九扈，为九农正，扈民无淫者也。""纪于鸟，为鸟师而鸟名"者，实谓百官即百鸟；少皞挚（鸷）即百鸟之王。

少室山房笔丛 书名。明胡应麟撰。三十二卷，续集十六卷。内容以考据为主，自经、史至小说、道、佛等书，皆有论议，可供研究神话参考。

〔丨〕

殳 *伯陵之子。

凶水 《淮南子·本经训》："尧乃使羿……杀九婴于凶水之上。"高诱注："北狄之地有凶水。"

分身 晋葛洪《神仙传》卷五云："（左慈）受执

入狱,狱吏欲拷掠之。户中有一慈,户外亦有一慈,不知孰是。"此则古之分身法。又卷八云:"刘政……能变化隐形,以一人分作百人,百人作千人,千人作万人。"更明言分身。葛洪《抱朴子·外篇佚文》云:"余从祖得道,能分形座上,有一葛公与人谈话,又一葛公迎来送去。"是亦左慈之比。唐苏鹗《杜阳杂编》卷下云:"罗浮先生轩辕集,年数百岁而颜色不老。或晏然居家,人有具斋邀之,则虽一日百处,无不分身而至。"则又刘政之余绪。明吴承恩《西游记》第七十五回云:"老魔指定行者道:'闻你能使分身法,怎么把这治儿拿出在我面前使?'大圣道:'何为分身法?'老魔道:'为什么先砍你一刀不动,如今砍你一刀,就是两个人?'"此又为小说中之分身法。

升仙太子 《资治通鉴·武则天圣历二年》:"太后幸嵩山,过缑氏,谒升仙太子庙。"注:"升仙太子,周王子晋也。世传晋升仙后,桓良遇之于嵩山,曰:'七月七日,待我于缑氏山头。'果乘白鹤驻山顶,举手谢时人而去。后人因为立祠。后加号升仙太子。"清王士祯《陇蜀余闻》云:"缑山在偃师县南四十里,有升仙太子祠。则天碑尚完好,宋谢绛一碑亦存。"即此。

从从 《山海经·东山经》:"枸状之山……有兽焉,其状如犬,六足,其名曰从从,其鸣自詨。"

从渊 《山海经·大荒南经》:"大荒之中,有不庭之山,荣水穷焉。……有渊四方,四隅皆达,北属黑水,南属大荒。北旁名曰少和之渊,南旁名曰从渊,舜之所浴也。"郭璞注:"言舜尝在此澡浴也。"又《论语·先进》云:"浴乎沂,风乎舞雩,咏而归。"朱熹注:"浴,盥濯也,今上巳祓除是也。"或当即是此意,未可遽定。

仓公 《史记·扁鹊仓公列传》:"太仓公者,齐太仓长,临菑人也,姓淳于氏,名意,少而喜医方术。"《琅嬛记》卷上引《胶葛》:"仓公梦游蓬莱山,见宫室崔嵬,金碧璀璨,光辉射日。忽一童子以杯水进,仓公饮毕,五内寒彻。仰首见殿,榜曰上池仙馆,始知所饮上池水也。由是神于诊脉。"按上池水,本*扁鹊事,此又附会为仓公。

仓颉 即"苍颉"(154页)。

乌号 弓名。《淮南子·原道训》:"射者扞乌号之弓。"高诱注:"乌号,桑柘,其材坚劲,乌峙其上,及其将飞,枝必桡下,劲能复巢,乌随之,乌不敢飞,号呼其上,伐其枝以为弓,曰乌号之弓也。一说黄帝铸鼎于荆山鼎湖,得道而仙,乘龙而上,其臣援弓射龙,欲下黄帝不能也。乌,於也;号,呼也;于是抱弓而号,因名其弓为乌号之弓也。"自以前说于义为长。

乌获 《孟子·告子下》:"今日举百钧,则为有力人矣。然则举乌获之任,是亦为乌获而已矣。"疏引《帝王世纪》:"秦武王好多力士,乌获之徒皆归焉;秦武王于洛阳举周鼎,乌获两目血出。六国时人也。"《淮南子·主术训》云:"千钧之重,乌获不能举也。"高诱注:"千钧,三万斤。乌获,秦武王之力士也;武王试其力,使举大鼎,腕脱而不任,故曰

从从

不能举也。"即谓斯事。

乌贼 唐段成式《酉阳杂俎·鳞介篇》："乌贼，旧说名河伯度事小吏，遇大鱼辄放墨，方数尺，以混其身。江东人或取墨书契，以脱人财物。书迹如淡墨，逾年字消，如空纸耳。海人言昔秦王东游，弃筭袋于海，化为此鱼，形如筭袋，两带极长。"又《艺文类聚》卷九七引《南越记》云："乌贼鱼……俗云是海君白事小史。或曰古之诸生，常自浮水上，乌见以为死，便往啄之，乃卷取乌，故谓乌化为之。"则亦为传说之异。参见"墨鱼"（352页）。

公牛哀 《淮南子·俶真训》："昔公牛哀转病也，七日化为虎，其兄掩户而入，觇之，则虎搏而杀之。"高诱注："转病，易（狂）病也"；"公牛氏，韩人。"《文选·思玄赋》："牛哀病而成虎兮。"李善注："牛哀，鲁人牛哀也。"未知其审。又北魏郦道元《水经注·叶榆河》引《刘欣期交州记》云："龙编县功曹左飞，曾化为虎，数月还作吏。"亦其类。

公冶长 明田艺衡《留青日札》卷三一："（公）冶长贫而闲居，无以给食。有雀飞鸣其舍，呼之曰：'公冶长，公冶长，南山有个虎驮羊。尔食肉，我食肠，当亟取之勿彷徨。'子长如其言，往山中，果得大羊，食之有余。及亡羊者迹之，索得其角，乃以为偷，讼之鲁君。鲁君不信鸟语，逮系之狱。孔子素知之，为之白于鲁君，亦不解也。于是叹曰：'虽在缧绁之中，非其罪也。'未几，子长在狱舍，雀复飞鸣其上，呼之曰：'公冶长，公冶长，齐人出师侵我疆。沂水上，峄山旁，当亟御之勿彷徨。'子长介狱吏，白之鲁君，鲁君亦弗信也。姑试如其言，往迹之，则齐师果将及矣。急发兵应敌，遂获大胜。因释公冶长而厚赐之。欲爵为大夫，辞不受，盖耻因禽兽以得禄也。后世遂废其学。"清翟灏《通俗编》卷三七引《皇侃论语疏》引《论释》："公冶长自卫还鲁，闻鸟相呼往食死人肉。须臾见一妪觅儿道哭，长以鸟语告之。妪往看，即得死儿。村司录长付狱，曰：'当试之，若解鸟语，便放；不解，令偿死。'长在狱已六十日，有雀缘狱栅呼呼，长含笑。狱主问：'雀何所言而笑之？'长曰：'雀鸣嘖嘖唯唯，白莲水边，有车覆粟，收敛不尽，相呼共啄。'狱主遣人看之，果如其言，于是得放。"《古今图书集成·禽虫典》卷四〇引《青州府志》："世传公冶长能解百禽语。云，盖当日有一鸱来报长曰：'冶长冶长，南有死獐，子食其肉，我食其肠。'长往果得獐，乃无意饲鸱肠也，鸱怨之。居无何，鸱又来报如前。长复往，望见数人围一物而哗。长以为死獐，恐人夺之也，遥呼曰：'我击死者！'至，乃一死人，非獐也，众遂逮长见邑宰。讯之，长告其故，宰不信。适檐前雀噪甚急，宰因问长曰：'汝如解禽言，能解此雀来噪者为何事耶？'长倾听良久，曰：'东乡有车粟覆地，来呼众雀往啄之耳。'宰使人廉之，果尔，遂释长系。"

公良孺 《琅嬛记》卷上引《贾子说林》："公良孺多力，仲尼为桓魋伐其所庇大木。仲尼将行，公良孺怒拔其根，立木而去。明日魋视之，木更生根活矣。"

公输般 或云即鲁班。班一作般。《世本·作篇》（清张澍稡集补注本）："公输般作石硙。"《群书拾补》辑《风俗通逸文》："门户铺首。谨案：百家书云，公输般见水上蠡，谓之曰：'开汝匣，见汝形。'蠡适出头，般以足画图之，蠡引闭其户，终不可得开。般遂施之门户，欲使闭藏当如此周密也。"此言公输般之巧也。

牛鱼 晋张华《博物志》（《四部备要》本）卷十："东海有牛鱼，其形如牛，引其皮悬之，潮水至则毛起,潮退则毛伏。"《太平御览》卷九三九引《临海异物志》:"牛鱼形如犊子,毛色青黄,好眠卧,人临上,及觉,声如大牛,闻一里。"按即《山海经·东山经》所记*鯆鯆鱼,《汉魏丛书》本《博物志·异鱼》谓之"半体鱼",半盖牛字之讹,体字衍。

牛郎 见"牛郎织女"。

牛黎国 《山海经·大荒北经》:"有牛黎之国。有人无骨,儋耳之子。"按即*柔利国。儋耳,即聂耳。参见"聂耳国"(256页)。

牛郎织女 《诗·小雅·大东》:"维天有汉,监亦有光。跂彼织女,终日七襄。虽则七襄,不成报章。睆彼牵牛,不以服箱。"此为牛郎织女神话之雏型。织女、牵牛尚为天汉二星,"七襄"、"服箱"或亦仅为譬喻。至《古诗十九首》:"迢迢牵牛星,皎皎河汉女,纤纤擢素手,札札弄机杼。终日不成章,泣涕零如雨。河汉清且浅,相去复几许。盈盈一水间,脉脉不得语。"虽仍为天上二星,而人物形象已隐现其中,呼之欲出。至南朝梁殷芸《小说》(《月令广义·七月令》引)则云:"天河之东有织女,天帝之子也。年年机杼劳役,织成云锦天衣,容貌不暇整。帝怜其独处,许嫁河西牵牛郎,嫁后遂废织纴。天帝怒,责令归河东,但使一年一度相会。"则牛女神话梗概已略备于斯。民间传云,织女为天帝孙女,王母娘娘外孙女,于织纴之暇,常与诸仙女于银河澡浴。牛郎则下方一贫苦孤儿也,常受兄嫂虐待,分与一老牛,令其自立门户。其时天地相去未远,银河与凡间相连。牛郎遵老牛嘱,去银河窃得织女天衣,织女不能去,遂为牛郎妻。经数年,产儿女各一,男耕女织,生活幸福。不意天帝查明此事,震怒非常,立遣天神往逮织女。王母娘娘虑天神疏虞,亦偕同去。织女被捕上天,牛郎不得上,与儿女仰天号哭。时老牛垂死,嘱牛郎于其死后剖皮衣之,便可登天。牛郎如其言,果偕儿女上天。差已追及织女,王母娘娘忽拔头上金簪,凭空划之,顿成波涛滚滚天河。牛郎织女隔河相望,无由得过,只有悲泣。后终感动天帝,许其一年一度于七月七日鹊桥相会。参见"鹊桥"(327页)。

反踵 《文选·王融〈曲水诗〉序》:"离身、反踵之君。"李善注引《淮南子》高诱注:"反踵,国名,其人南行,迹北向也。"《山海经·海外北经》云:"跂踵国……一曰反踵("反踵"原作"大踵",据郝懿行校改)。"即此。参见"跂踵国"(291页)。

反舌民 见"反舌国"。

反舌国 《山海经·海外南经》:"反舌国在其东,其为人反舌。一曰支舌国在不死民东(原作"岐舌国在其东。一曰在不死民东。"文有脱误,据郝懿行笺疏校正)。"又《吕氏春秋·功名》高诱注:"一说南方有反舌国,舌本在前,末倒向喉,故曰反舌。"《淮南子·墬形训》有"反舌民",高诱注云:"语不可知而自相晓。"后二说均可作《山海经》之补充。晋王嘉《拾遗记》卷五云:"西方有因霄之国,人皆善啸,丈夫啸闻百里,妇人啸闻五十里,如笙竽之音,秋冬则声清亮,春夏则声沉下。人舌尖处倒向喉内,亦曰两舌重沓,以爪徐刮之,则啸声逾远。"即反舌国之类。

反魂树 《十洲记》:"聚窟洲,在西海中……洲上有大山,形似人鸟之象,因名之为人鸟山。山多大树,与枫木相类,而花叶香闻数百里,名为反魂树。扣其树亦能自作声,声如群牛吼,闻之者皆心震神骇。伐其木根心于玉釜中煮取汁,煎如黑饧状,令可丸之,名曰惊精香。……死者在地,闻香气乃却活,不复亡也。"如所写,盖*不死树之类。

毛人 ❶兽名。《太平御览》卷三七三引《神异经》(今本无)："八(大)荒中有毛人,长七八尺,身形头上皆毛,毛如猕猴,长尺余,见人则口开吐舌,名髴公,一名曰髴猩(原注:音昆)。"按同书卷七九〇引此"开口吐舌"下尚有"上唇覆面,下唇覆踵,临海水"十一字。此当类乎 *枭羊、狒狒之兽。❷部族名。《山海经·海外东经》："毛民之国在其北,为人身生毛。"郭璞注："今去临海郡东南二千里,有毛人在大海洲岛上,为人短小,而体尽有毛如猪(熊),穴居,无衣服。"参见"毛民国"。❸谓野人。《搜神后记》卷下："晋孝武帝世,宣城人秦精,尝入武昌山中采茗。忽见一人,身长一丈,通体皆毛。精见之大怖。毛人径牵其臂,将至山曲丛茗处,放之便去。须臾复来,乃探怀中橘与精。精甚怖,负茗而归。"

毛龙 晋王嘉《拾遗记》卷一："(舜之时)南浔之国,有洞穴阴源,其下通地脉。中有毛龙、毛鱼,时蜕骨于旷泽之中,鱼龙同穴而处。其国献毛龙,一雌一雄,故置豢龙之宫。至夏代养龙不绝,因以命族。至禹导川,乘此龙,及四海攸同,反放河汭。"

毛民 见"毛民国"。

毛民国 《山海经·大荒北经》："有毛民之国,依姓,食黍,使四鸟。禹生均国,均国生役采,役采生修鞈,修鞈杀绰人,帝念之,潜为之国,是此毛民。"《海外东经》："毛民之国在其北,为人身生毛。一曰在玄股北。"郝懿行云："毛民国依姓,禹之裔也;见《大荒北经》。"《国语·晋语四》云,黄帝之子二十五宗,

毛民国

其得姓者十四人,中有依姓。据此,则毛民当是黄帝之裔,非如郝说。然禹亦黄帝族,毛民者,虽非其直接裔属,亦是其同族子孙。故禹之曾孙修鞈杀绰人,禹哀念之,潜密用其子孙以为国,此即为毛民国。《淮南子·墬形训》有"毛民",高诱注云:"其人体半生毛,若矢镞也。"即此。

介象 晋葛洪《神仙传》卷九略云:介象,字元则,会稽人。学道入东山,吴主征至武昌,甚尊敬之。从象学隐形之术,试还后宫,出入闺闼,莫有见者。尝为吴主种瓜菜百果,皆立生可食。吴主共论脍鱼何者最美,象曰:"鲻鱼脍为上。"吴主曰:"此出海中,安可得邪?"象曰:"可得。"乃令人于殿中作方坩,汲水满之,象垂纶于坩,须臾果得鲻鱼。吴主曰:"闻蜀使来,得蜀姜作齑甚好,恨尔时无此。"象曰:"蜀姜岂不易得,愿差所使者,可付直。"吴主指左右一人,以钱五千付之。象书一符,以著青竹杖中,使行人闭目骑杖,须臾止,已至成都。乃买姜。于时吴使张温先在蜀,既于市中相识,甚惊,便作书寄其家。此人买姜毕,捉书负姜,骑杖闭目,须臾已还吴,厨下切脍适了。按此与*左慈事极相类,二人又同时,或系同一传说之分化。

介之推 亦作"介子推"、"介子绥"。《左传·僖公二十四年》:"晋侯赏从亡者,介之推不言禄,禄亦弗及。……其母曰:'与女偕隐。'遂隐而死,晋侯求之,不获,以绵上为之田,曰:'以志吾过,且旌善人。'"汉蔡邕《琴操》卷下云:"《龙蛇歌》者,介子绥所作也。晋文公重耳,与子绥俱亡。子绥割其腕股,以救重耳。重耳复国,舅犯、赵衰俱蒙厚赏,子绥独无所得。绥甚怨恨,乃作《龙蛇之歌》以感之,遂遁入山。……文公惊悟,即遣求,得于绵山之下。使者奉节迎之,终不肯出。文公

令燔山求之，火荧自出。子绥遂抱木而烧死。文公哀之，流涕归，令民五月五日，不得举发火。"此则民间传说之增饰，是为一说。又《太平御览》卷八三二引《王子年拾遗记》（今本《拾遗记》亦记之而文小异）云："晋文公焚林以求介之推，有白鸦（鸦）绕烟而噪，或集介之推之侧，火不能焚。晋嘉之，于山数百里，不复设罗网。"是又为一说，与"抱木烧死"之说适相反。参见"思烟台"（227页）、"残苦庙"（218页）。

介氏国 见"介葛卢"。

介葛卢 《左传·僖公二十九年》："冬，介葛卢来，以未见公故，复来朝。礼之，加燕好。介葛卢闻牛鸣，曰：'是生三牺，皆用之矣，其音云。'问之而信。"按介葛卢，春秋时东夷国君。介，其国；葛卢，其名。《太平御览》卷八九九引《博物志》（今本无）亦记此，云："介葛卢闻牛鸣，知生三犊，尽为牺牲。"尤简明扼要。《列子·黄帝》云："东方介氏之国，其国人数数解六畜之语。"即介葛卢之国。

仇夷山 《汉唐地理书钞》辑《荣氏遁甲开山图》云："仇夷山四绝孤立，大昊之治，伏羲生处。"又云："仇夷积石嵯峨，欻崟隐阿，清泉沸涌，润气上流。"

仆牛 《山海经·大荒东经》："王亥托于有易、河伯仆牛。有易杀王亥，取仆牛。"郭璞注："河伯、仆牛皆人姓名。"按郭注非。《楚辞·天问》云："恒秉季德，焉得夫朴牛？"此之仆牛，即《天问》之朴牛。王逸注："朴，大也。"则朴牛即大牛，然尚未达于一间。《世本·作篇》（清茆泮林辑本）云："胲作服牛。"胲即亥。《吕氏春秋·勿躬》云："王冰作服牛。"冰篆文作仌，与亥形似，王冰亦即王亥之讹。则仆牛、朴牛，皆服牛之借字。服牛者，《易·系辞》云："服牛乘马，引重致远，以利天下。"谓驾牛使之挽车。王亥所失于有易、王恒所得于有易者，均此。然而又不仅此挽车之牛，亦兼一般驯牛驯羊，且有"牧夫"以牧之。故《天问》有王亥"胡终弊于有扈（易）、牧夫牛羊"语，《易·旅》《大壮》亦有"旅人（王亥）先笑后号咷"、"丧牛于易"、"丧羊于易"语。则此经所云"王亥托于有易、河伯"及"有易杀王亥"所"取"之"仆牛"，即服牛，特不过举其著者而言之耳。参见"王亥"（47页）。

仆程 汉袁康《越绝书·计倪内经》："祝融治南方，仆程佐之，使主火。"参见"祝融"（246页）。

仁羿 即"夷羿"。《山海经·海内西经》："（昆仑）赤水之际，非仁羿莫能上冈之岩。"郭璞注："言非仁人及有才艺如羿者，不能得登此冈岭峻岩也。羿尝请药西王母，亦言其得道也。"按仁夷即夷羿。夷古文作𡰥，与"仁"音形并近。又夷羿即 *羿，羿尝请不死药于西王母，而西王母或居昆仑山。故郭说虽得，而略嫌迂曲。

仁鹿庙 宋刘斧《青琐高议》后集卷九"仁鹿记"条略云，楚云梦泽中有仁鹿山、仁鹿谷、仁鹿庙。楚元王大猎于云梦泽，驱群鹿万余于山背，鹿陷大谷，王以兵塞其归路，将尽取其鹿以犒军。鹿王突围见王，口作人言："愿王毋绝其类，请日输一鹿以供庖厨。"王悯而悉赦之。乃掷弓于地，下令云："有敢杀鹿者，与杀人罪同！"鹿得以全。后楚伐吴不胜而还，吴复侵楚，楚王深虑焉。吴军攻楚不克，一夕还营，闻声若万马奔驰，以为邻国救至，乃急遁去。楚王明日绕吴营，见鹿迹无数，正疑惑不解。鹿王遽来，说以报恩事，盖乘月黑引万鹿驰其营也。王将酬鹿王，鹿王云："我鹿也，食野草而饮溪水，又安用报为？"因谏以爱民行仁义之事，王善其言，因为立庙，曰仁鹿庙。按《古今图书集成・禽虫典》卷七五引《震泽事苑》亦记其事，文略同。

化人　《列子·周穆王》："周穆王时，西极之国有化人来，入水火，贯金石，反山川，移城邑。……穆王敬之若神，事之若君。……化人以王之宫室卑陋而不可处，王之厨馔腥蝼而不可飨，王之嫔御膻恶而不可亲……不得已而临之。居亡几何，谒王同游。王执化人之祛，腾而上者中天，乃止。暨及化人之宫，化人之宫，构以金银，络以珠玉，出云雨之上而不知下之据，望之若屯云焉。耳目所观听，鼻口所纳尝，皆非人间之有。……王俯而视之，其宫榭若累块积苏焉。王自以居数十年不思其国也。化人复谒王同游，所及之处，仰不见日月，俯不见河海，光影所照，王目眩不能得视；音响所来，王耳乱不能得听。百骸六藏，悸而不凝，意迷精丧，请化人求还。化人移之，王若殒虚焉。既寤，所坐犹向者之处，侍御犹向者之人。视其前，则酒未清，肴未晞。王问所从来，左右曰：'王默存耳。'……化人曰：'吾与王神游也，形奚动哉！'……王大悦，不恤国事，不乐臣妾，肆意远游。"宋洪迈《容斋四笔》卷一"西极化人"条引化人事之后云："予然后知唐人所著《南柯太守传》《黄粱梦》《樱桃青衣》之类等，皆本乎此。"

化民　❶部族名。《汉唐地理书钞》辑《括地图》："化民食桑，三十七年，以丝自裹，九年生翼，九年而死，其桑长千仞，盖蚕类也。去琅琊二万六千里。"《古小说钩沈》辑《玄中记》："化民食桑，三七年化，能以自裹如蚕绩，九年生翼，十年而死。去琅邪四万里。"❷神化不死之民。《全上古三代秦汉三国六朝文·全汉文》辑《蜀王本纪》："蜀王之先名蚕丛，后代名曰柏濩，后者名鱼凫，此三代各数百岁，皆神化不死；其民亦颇随王化去。……后有一男子，名曰杜宇，从天堕止朱提……自立为蜀王，号曰望帝，治汶山下邑曰郫。化民往往复出。"

化蛇　《山海经·中次二经》：阳山，"阳水出焉，而北流注于伊水。其中多化蛇，其状如

化蛇

人面而豺身，鸟翼而蛇行，其音如叱呼，见则其邑大水。"

化龙桥　清李调元《井蛙杂记》卷一："大足化龙桥。相传溪中有珠，浮水上，邑人聂姓，得而吞之，遂化龙去，因以为名。"按化龙桥蜀地多有，其说亦每类似，均与*望娘滩及*李冰父子降伏孽龙神话有关。

月宫　谓月中宫庭。《海内十洲记》："（东方朔）曾随县主履行，比至朱陵扶桑，蜃海冥夜之丘，纯阳之陵，始青之下，月宫之间。""月宫"一词始见于此。《渔樵闲话录》上篇引《逸史》云："罗公远引明皇游月宫，掷一竹枝于空中，为大桥，色如金。行十数里，至一大城阙。罗曰：'此乃月宫也。'仙女数百，素衣飘然，舞于广庭中。"唐郑綮《开天传信记》："吾（唐玄宗）昨夜梦游月宫，诸仙娱予以上清之乐，寥亮清越，殆非人间所闻也。"自此，月宫之说始昭于世而为人所艳称。

月桂　月中桂树。一名*娑罗树。《太平御览》卷九五七引《淮南子》："月中有桂树。"同书

卷四引《虞喜安天论》:"俗传月中仙人桂树,今视其初生,见仙人之足,渐已成形,桂树后生焉。"是月桂之说,自汉晋已来,即已有之。至唐人小说,又有*吴刚伐桂之说。唐段成式《酉阳杂俎·天咫》:"月桂高五百丈,下有一人常斫之。"此人即吴刚。

月精 《文选·祭颜光禄文》注引《归藏》:"昔常娥以西王母不死之药取之,遂奔月为月精。""月精"一词初见于此。《初学记》卷一引《淮南子》:"羿请不死之药于西王母。羿妻姮娥窃之奔月,托身于月,是为蟾蜍,而为月精(今本无'托身于月'以下十二字)。"则"月精"即*蟾蜍。又《楚辞·天问》:"夜光何德,死则又育?厥利维何,而顾菟在腹?"王逸注:"夜光,月也;言月何德于天,死而复生也。"以月释夜光。然自王逸以来,诸家咸以"顾望之兔"释顾菟则非。闻一多《天问释天》举有十一证,言顾菟即蟾蜍。则汉代以前以蟾蜍为月精已明。至汉刘向《五经通义》(已佚,从《太平御览》引)则云:"月中有兔与蟾蜍何?月,阴也;蟾蜍,阳也,而与兔并,明阴系于阳也。"于蟾蜍之外,又增一兔。闻一多《天问释天》云:"盖蟾蜍之蜍与兔音易混,蟾蜍变为蟾兔,于是一名析为二物,而两设蟾蜍与兔之说生焉。"其言当是。《乐府诗集》三四《相和歌辞·董逃行》云:"采取神药若木端,白兔长跪捣药虾蟆丸。"亦可为旁证。至晋傅玄《拟天问》(《太平御览》卷四引)乃云:"月中何有?白兔捣药。"傅玄《歌词》(《初学记》卷二九引)亦云:"兔捣药月间安足道!神乌戏云间安足道!"则又舍蟾蜍而单言兔。自后月中*玉兔之说乃渐占优势,至于以玉兔为月之代词。

月桂子 《锦绣万花谷》前集卷一引《本草》:"月桂子。今江东诸处每至四五月后,每于衢路得之,大如狸豆,破之辛香,古老相传,是月中下也。"唐封演《封氏见闻记》卷七"月桂子"条云:"垂拱四年三月,桂子降于台州临海县界。"云云,可见其传说之早。宋王象之《舆地纪胜》卷二云:"月桂峰,在(杭州)武林山,(僧)遵式《月桂峰诗序》云:'想月中桂子,尝坠此峰,生成大木,其花白,其实丹。'一说云,天圣中天降灵实于此山,状如珠玑,识者曰:'此月中桂子也。'"即《本草》所写者。参见"月桂"。

月下老人 司姻缘之神。唐李复言《续玄怪录·定婚店》略谓:唐韦固旅次宋城南店,遇老人倚囊坐,向月下检书。问所检何书,云婚牍耳。又问囊中何物,云赤绳子耳,以系夫妇之足,虽仇家异域,绳一系之,亦必好合。因询己妻,知为店北卖菜眇妪女,才三岁,陋亦如妪。韦怒,遣奴刺之,伤眉。韦与奴逃免。后十余年,韦参相州军,刺史王泰以为能,妻以其女。女容丽而眉间常帖一花子。怪而问之,始知女乃畴昔所刺幼女,郡守抚以为己女也。因相钦愈极,所生男女皆

月下老人 清刊本《毓秀堂画传》

贵显。宋城宰闻之,题其店曰定婚店。云云。俗因称媒妁为月下老人,或简称月老。按明初刘兑有《月下老定世间配偶》杂剧,即演斯事。

月中骞树 《潜确类书》卷一"月中骞树"条:"《云笈七籖》:月中树名骞树,一名药王。凡有八树,得食其叶者为玉仙。玉仙之身,洞彻如水精琉璃焉。"参见"月桂"。

月令广义 书名。明冯应京撰,戴任续之。二十五卷。杂采故事,兼及流俗旧闻,虽时病猥芜,亦偶有贡献。如此书《七月令》引《小说》记牛郎织女事,即为牛女神话之初见载籍者。《小说》当为南朝梁殷芸所著。《佩文韵府》"牛"字韵载同事同文又引作《荆楚岁时记》,二书所记,皆不见于唐宋类书。

丹山 《山海经·大荒北经》:"有始州之国,有丹山。"郭璞注:"此山纯出丹朱也。《竹书》曰:'和甲西征,得一丹山。'今所在亦有丹山。丹出土穴中。"

丹木 ❶《山海经·西次三经》:"峚山,其上多丹木,员叶而赤茎,黄华而赤实,其味如饴,食之不饥。丹水出焉。"是有玉膏,"玉膏所出,以灌丹木,丹木五岁,五色乃清,五味乃馨。"此丹木盖神木属。❷《山海经·西次四经》:"崦嵫之山,其上多丹木,其叶如榖,其实大如瓜,赤符而黑理,食之已瘅,可以御火。"此与峚山丹木有异。

丹水 《太平御览》卷六三引《吕氏春秋》:"尧有丹水之战以服南蛮。"注云:"水出丹鱼,先夏至十日,夜伺之,鱼浮水侧,赤光上照如火,网而取之,割其血以涂足,可以步行水上,长居渊中。"今本《吕氏春秋·召类》作"尧战于丹水之浦以服南蛮",无此注。

丹朱 尧子。《世本·帝系篇》(清张澍稡集补注本):"尧取散宜氏之子,谓之女皇,女皇生丹朱。"《书·益稷》云:"无若丹朱傲,惟慢游是好,傲虐是作,罔昼夜额额,罔水行舟,朋淫于家,用殄厥世。"此禹戒舜之辞。丹朱以"傲"、"顽凶"闻,故曰尧有子不肖。又《世本·作篇》(清张澍稡集补注本)云:"尧造围棋,丹朱善之。"盖以闲其情也。南朝梁萧绎《金楼子》卷一云:"尧教丹朱棋,以文桑为局,犀象为子。"当又增饰而言之。《山海经·海外南经》注引《竹书纪年》云:"后稷放帝朱于丹水。"丹朱终以恶习不改而被放。《太平御览》卷六三引《尚书逸篇》云:"尧子不肖,舜使居丹渊为诸侯,故号曰丹朱。"可以为前书所云之补充。《吕氏春秋·召类》云:"尧战于丹水之浦以服南蛮。"而《汉学堂丛书》辑《六韬》云:"尧与有苗战于丹水之浦。"是南蛮即有苗。尧与有苗战之因,据《山海经·海外南经》郭璞注云:"昔尧以天下让舜,三苗之君非之,帝杀之,有苗之民,叛入南海,为三苗国。"可见此中消息。盖丹朱被放于丹水时,即与有苗联合共同反尧。"服南蛮"者,实为服丹朱之故。书传或称"尧不慈"(《吕氏春秋·当务》),"尧杀长子"(《庄子·盗跖》),皆谓此。《山海经·海外南经》于"三苗国"之前,复记有"讙头国",或曰"讙朱国",当即是丹朱国。郭璞注云:"讙兜尧臣,有罪,自投南海而死,帝怜之,使其子居南海而祀之,画亦似仙人也。"当是丹朱兵败怀惭,自投南海而死,其子孙居南海,遂成此讙头国(讙朱国)。邹汉勋《读书偶识》二云:"驩兜(《舜典》、《孟子》)、驩头、驩朱(《山海经》)、鴅吺(《尚书大传》)、丹朱(《益稷》):五者一也,古字通用。"其说甚是。

丹鱼 《述异记》卷下:"龙巢山下有丹水,水中有丹鱼。欲捕其鱼,伺鱼之浮出水,有赤光如火,网取,割其血涂足,可涉水如履平地。"此说亦见《水经注·丹水》,文较简。参见"履水珠"(357页)。

丹虾 《洞冥记》卷四:"有丹虾,长十丈,须长八尺,有两翅,其鼻如锯。载紫桂之林,以须缠身,急流以为栖息之处。马丹尝折虾须为杖,后弃杖而飞,须化为丹,亦在海傍。"

丹鸟氏 少昊时鸟官名。为历正之属。《左传·昭公十七年》:"丹鸟氏,司闭者也。"注:"丹鸟,鷩雉也,以立秋来,立冬去。"疏:"立秋立冬谓之闭。此鸟以秋来冬去,故以名官,使之主立秋立冬也。"参见"少昊之国"(66页)。

丹穴山 《山海经·南次三经》:"丹穴之山……有鸟焉,其状如鸡,五采而文,名曰凤皇。"《说文》卷四云:"凤,神鸟也……莫(暮)宿风穴。"清沈涛《说文古本考》卷四谓"莫宿风穴"当作"莫宿丹穴"。丹穴即此经"丹穴之山",*风穴则为众风之所出入,凤盖不可得"宿"也。

风山 北魏郦道元《水经注·河水》:"北屈县故城西四十里有风山。上有穴如轮,风气萧瑟,习常不止。当其冲飘也,略无生草,盖常不定,众风之门故也。"

风井 《汉唐地理书钞》辑《盛弘之荆州记》:"宜都佷山县有山,山有风穴,口大数尺,名曰风井。夏则风出,冬则风入。风出之时,吹拂左右,常净如扫。暑月经之,凛然有衣裘想。樵人有冬过者,置笠穴口,风汲之。经月,还涉长阳溪而得其笠,乃知溪穴潜通。"

风穴 ❶《北堂书钞》卷一五八引《外国图》:"风山之首,高三百里,有风穴,方三十里,春风自是出也。"❷清王士禛《皇华纪闻》卷一:"桐城南三十里撩风山,山中有风穴。穴中有物如苍鹅,鼓翅则大风自穴中出,卷茅拔木,如海飓然。"

风母 即"风生兽"。《艺文类聚》卷一引刘欣期《交州记》:"风母,出九德县,似猨,见人若惭,屈颈;打杀,得风还活。"又《太平御览》卷九〇八引《岭南异物志》云:"此兽常持一小杖,遇物则指,飞走悉不能去。人有得之者,所指必有获。"则是其异闻。参见"风狸杖"。

风师 谓箕星之神。汉应劭《风俗通义·祀典》:"《周礼》风师者,箕星也;箕主簸扬,能致风气……养成万物,有功于人,王者祀以报功也。"参见"箕伯"(346页)。

风后 黄帝臣。清马骕《绎史》卷五引《帝王世纪》:"黄帝……得风后于海隅,登以为相。"《太平御览》卷十五引《志林》:"黄帝与蚩尤战于涿鹿之野。蚩尤作大雾弥三日,军人皆惑。黄帝乃令风后法斗机,作指南车以别四方,遂擒蚩尤。"参见"指南车"(220页)。

风伯 《韩非子·十过》:"昔者黄帝合鬼神于西泰山之上……风伯进扫。"《山海经·大荒北经》:"蚩尤作兵伐黄帝,黄帝乃令应龙攻之冀州之野。应龙畜水。蚩尤请风伯、雨师,纵大风雨。"《淮南子·本经训》:"(羿)缴大风于青邱之泽。"高诱注:"大风,风伯也,能坏人屋舍,羿于青邱之泽缴遮使不为害也。"

风姨 谓司风之神。《北堂书钞》卷一四四引《太公金匮》述七神助周伐殷事云:"风伯名姨。"此"风姨"之所本。后遂由男性之"伯"成为女性之"姨"。清李汝珍《镜花缘》第二回:"话说风姨闻百花仙子之言,在旁便说道:'据仙姑说得其难,其慎,断不可逆天而行。但梅乃一岁之魁,临春而放,莫不皆然,何独岭上有十月先开之异?……今月姊既有所恳,无须推托,待老身再助几阵和风,成此胜会。……设有过失,老身情愿与你分任,何如?'"

风山女 神名。见"广德祠山神"(29页)。

风生兽 即"风母"。晋葛洪《抱朴子·仙药》:

"风生兽，似貂，青色，大如狸，生于南海大林中。张网取之，积薪数车以烧之，薪尽而此兽在火中不燃，其毛不焦，斫刺不入，打之如皮囊，以锤锻其头数千下乃死。死而张其口以向风，须臾便活而起走，以石上菖蒲塞鼻即死。取其脑以和菊花服之，尽十斤，得五百岁也。"

风声木 《渊鉴类函·木部六》引《洞冥记》："太初三年，东方朔从西那国还，得风声木十枚，实如细珠，风吹枝如玉声，有武事则如金革之响，有文事则如琴瑟之响。上以枝赐大臣，人有病则枝汗，将死则枝折。里语曰：'年未半，枝不汗。'此木五千岁一湿，万岁一枯，缙云之世生于阿阁间也。"按亦见今本《洞冥记》卷二，作"声风木"，盖讹。《酉阳杂俎·物异》、《格致镜原》卷六七引，均作"风声木"；今本亦无武事、文事之语。

风狸杖 唐段成式《酉阳杂俎·诺皋记下》："南中有兽名风狸，如狙，眉长好羞，见人辄低头。其溺能理风疾。术士多言风狸杖难得于豰形草。南人以长绳系于野外大树下，人匿于旁树穴中以伺之。三日后，（风狸）知无人至，乃于草中寻摸。忽得一草茎，折之，长尺许，窥树上有鸟集，指之，随指而堕，因取而食之。人候其息，劲走夺之。……若不可得，当打之数百，方肯为人取。有得之者，禽兽随指而毙。有所欲者，指之如意。"风狸即*风生兽，或称风猩。

风俗通义 书名。省称《风俗通》。东汉应劭撰。原书二十三卷，今惟存十卷，附录一卷。其书考论典礼类《白虎通》，纠正流俗类《论衡》。卢文弨《群书拾补》辑有《风俗通逸文》多条，悉十卷外之所遗。中有"女娲造人"、"李冰斗蛟"等神话，皆系首见记录者。

风胡子论剑 汉袁康《越绝书·外传记宝剑》："（楚王）令风胡子之吴，见欧冶子、干将，使人作铁剑。欧冶子、干将凿茨山，泄其溪，取铁英，作为铁剑三枚：一曰龙渊，二曰泰阿，三曰工布。毕成，风胡子奏之楚王，楚王……大悦。曰：'何为龙渊、泰阿、工布？'风胡子对曰：'欲知龙渊，观其状，如登高山，如临深渊；欲知泰阿，观其铱，巍巍翼翼，如流水之波；欲知工布，铱从文起，至脊而止，如珠不可衽，文若流水不绝。'晋、郑王闻而求之，不得，兴师围楚之城，三年不解。仓谷粟索，库无兵革，左右群臣贤士，莫能禁止。于是楚王闻之，引泰阿之剑，登城而麾之，三军破败，士卒迷惑，流血千里，猛兽欧瞻，江水折扬，晋、郑之头毕白。楚王于是大悦。"参见"欧冶子"(188页)、"干将"(15页)。

凤鸟 谓*凤皇。《山海经·大荒西经》："有五采鸟三名：一曰皇鸟，一曰鸾鸟，一曰凤鸟。"按所谓五采鸟，皆凤皇属之鸟。《山海经·海内西经》云："孟鸟在貊国东北，其鸟文赤、黄、青，东乡。"《海外西经》云："灭蒙鸟在结匈国北，为鸟青，赤尾。"所记皆凤鸟。参见"灭蒙鸟"(89页)。

凤皇 神鸟名。皇一作凰。《山海经·南次三经》："丹穴之山……有鸟焉。其状如鸡，五采而文，名曰凤皇，首文曰德，翼文曰义，背文曰礼，膺文曰仁，腹文曰信。是鸟也，饮食自然，自歌自舞，见则天下安宁。"《书·益稷》云："箫韶九成，凤皇来仪。"孔颖达传："雄曰凤，雌曰皇。"至其总称，则惟曰凤。《说文》四云："凤，神鸟也。天老曰：'凤之象也，鸿前麐后，蛇颈鱼尾，鹳颡鸳思，龙文龟背，燕颔鸡喙，五色备

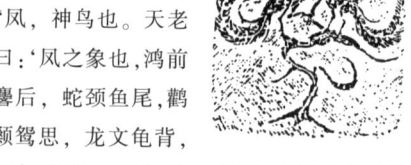

凤凰　汉代画像石刻

举。出于东方君子之国,翱翔四海之外,过昆仑,饮砥柱,濯羽弱水,莫宿风穴,见则天下安宁。"《说文古本考》谓"莫宿风穴"古本作"莫宿丹穴"。丹穴即《山海经》所说"丹穴之山"。凤之形象大略备于斯。又《尔雅·释鸟》云:"鹧,凤,其雌皇。"疏:"凤,一名鹧。"《毛诗陆疏广要》释之云:"龙乘云,凤乘风,故谓之鹧。鹧,偃也,众鸟偃服也。"此盖曲说。鹧,当即燕,音转而为鹧。燕色玄,故称*玄鸟。《礼记·月令》:"仲春之月,玄鸟至。"郑注:"玄鸟,燕也。"《诗·商颂·玄鸟》:"天命玄鸟,降而生商。"盖谓契之生,出于燕遗卵。《楚辞·天问》云:"简狄在台,喾何宜?玄鸟致贻,女何嘉?"即记其事。然《离骚》却云:"望瑶台之偃蹇兮,见有娀之佚女。……凤皇既受诒兮,恐高辛之先我。"同一作者记同一事,既曰玄鸟,又曰凤皇,知玄鸟即凤皇。由一玄色小燕,渲染而神化之,遂有《山海经》及《说文》所写神鸟凤皇之状,且其身"高六尺"(《尔雅》郭璞注)乃至"丈二"(《京房易传》),以知神话传说之多出夸饰。

凤女祠 北魏郦道元《水经注·渭水》:"(雍县)有凤台、凤女祠。秦穆公时,有萧史者,善吹箫,能致白鹄孔雀。穆公女弄玉好之,公为作凤台以居之,积数十年,一旦随凤去。……今台倾,祠毁。"参见"萧史"(284页)。

凤鸟氏 少昊时鸟官名。《左传·昭公十七年》:"少皞挚之立也,凤鸟适至,故纪于鸟,为鸟师而鸟名。凤鸟氏,历正也。"注:"凤鸟知天时,故以名历正之官。"参见"少昊之国"(66页)。

凤凰山 宋王象之《舆地纪胜》卷九八:"凤凰山一名北甘山。……《倦游录》云,南恩州北甘山壁立千仞,有瀑水飞下,猿狖不能至。

凤凰巢其上,彼人呼为凤凰山。所食亦虫鱼。遇大风雨,或飘堕其雏,小者犹如鹤,而足差短。南人截取其觜,谓之凤凰杯。古书谓凤凰生于丹穴,丹穴即南方也。"又明陈仁锡《潜确类书》卷十七引《事迹记》云:"凤皇山在潞城,一名天冢冈,相传神农时凤皇栖于此山。顶有风洞,洞中有玉女泉。"亦其类。参见"丹穴山"(75页)。

凤麟洲 《十洲记》:"凤麟洲,在西海之中央,地方一千五百里……上多凤麟,数万各为群。……煮凤喙及麟角,合煎作膏,名之为续弦胶,或名连金泥,此胶能续弓弩已断之弦。"

凤皇将九子 《汉唐地理书钞》辑《郭仲产荆州记》:"安陆县东四十里,南有凤皇冈,晋时有凤产乳其上。又晋穆帝永和四年,凤皇将九子,栖集其上。"同书辑《盛弘之荆州记》亦云:"郑县北三十里有一墓甚崇伟,前有石楼,高一丈五尺,上作石凤将九子。相传云是姚家墓,不详其人。"郭、盛并南朝宋时人,所记如此,知"凤将九子"之说,当时流传已较广。宋周密《癸辛杂识别集》卷下"凤凰见"条云:"金泰和四年六月磁州武安县南鼓山北石圣台凤凰见。……凤凰高丈余,尾作鲤鱼状而色殷,九子差小,翼其傍。"知此说宋时尚传。

长人 《楚辞·天问》:"长人何守?"王逸注:"长人,长狄。"《招魂》:"长人千仞。"王逸注:"东方有长人之国,其高千仞。"又《太平御览》卷三七七引《蜀王本纪》云:"秦襄王时,宕渠郡献长人,二十五丈六尺。"《古小说钩沉》辑《小说》云:"秦始皇时,长人十二见于临洮,皆夷服,于是铸铜为十二枚以写之。"此长人《博物志》、《搜神记》并作*大人。参见"长人国"。

长右 《山海经·南次二经》:"长右之山,无草木,多水。有兽焉,状如禺而四耳,其名长右,其音如吟,见则郡县大水。"郭璞注:"以山出此兽,因以名之。"

长狄 《国语·鲁语下》:"防风……汪芒氏之君也。……在虞夏商,为汪芒氏,于周为长狄,今为大人。"《春秋·文公十一年》榖梁传:"长狄也兄弟三人,佚宕中国,瓦石不能害。叔孙得臣最善射者也。射其目,身横九亩,断其首而载之,眉见于轼。"又《尚书大传续补遗》(清卢文弨辑)云:"长狄之人,长盖五丈余也。"《玉函山房辑佚书》辑《春秋纬考异邮》云:"长狄兄弟三人,各长百尺。"此"长狄"确为巨人。然据《左传·文公十一年》所记,"富父终甥捶其喉,以戈杀之",则亦不过身长丈余。至于又传秦始皇时有长狄十二见临洮,各长丈余云云,乃故事之演变。参见"翁仲"(267页)。

长肱 《穆天子传》卷二:"天子乃封长肱于黑水之西河。"郭璞注:"即长臂人也……臂长三丈。魏时,在赤海中得此人之裾也。长脚人国又在赤海东。皆见《山海经》。"参见"长臂国"。

长洲 《十洲记》:"长洲,一名青邱,在南海辰巳之地,地方各五千里,去岸二十五万里,上饶山川,及多大树,树乃有二千围者。一洲之上,专是林木,故一名青邱。又有仙草灵药,甘液玉英,靡所不有。又有风山,山恒震声。有紫府宫,天真仙女,游于此地。"按此书卷首云:"长洲在东海",此却云"在南海",南海当是东海之讹。

长乘 《山海经·西次三经》:"西水行四百里,

长右

曰流沙,二百里至于嬴母之山,神长乘司之,是天之九德也(郭璞注:九德之气所生),其神状如人而豹尾。"毕沅云:"《水经注·河水》云,禹西至洮水之上,见长人受黑玉(书),疑此神也。"按此处经文,疑当作西水行四百里,流沙二百里,至于嬴母之山,曰字衍。参见"黑玉书"(317页)。

长乘

长蛇 《山海经·北山经》:"大咸之山,无草木,其下多玉。是山也,四方,不可以上。有蛇名曰长蛇,其毛如彘豪,其音如鼓柝。"按《淮南子·本经训》:"羿断修蛇于洞庭。"即此之类。

长蛇

长人国 宋洪迈《夷坚乙志》卷八"长人国"条:"明州人泛海,值昏雾四塞,风大起,不知舟所向。天稍开,乃在一岛下。两人持刀登岸欲伐薪……忽闻拊掌声,视之,乃一长人,高出三四丈,其行如飞。两人急走归。其一稍缓,为所执,引指穴其肩成窍,穿以巨藤,缚诸高树而去。俄顷间,首戴一镬复来,此人从树杪望见之,知其且烹己,大恐。始忆腰间有刀,取以斫藤,忍痛极力,仅得断。遽登舟斫缆,离岸已远。长人入海追之,如履平地,水才及腹。遂至前执船,发劲弩射之不退。或持斧斫其手,断三指落船中,乃舍去。指粗如椽。"元周致中《异域志》卷下记长人国事即本此,然无此趣致。参见"海岛长人"(410页)、"巨人指"(382页)。

长毛国 《异域志》卷下:"长毛国。国在玄股之北,居大海中。人短小,面体皆有长毛,被发无衣,与猩猩之属同。妇人做王。有城池,种田,居穴中。晋永嘉四年曾获得之,莫晓其语。"参见"毛民国"(70页)。

长生国 《异域志》卷上:"长生国。其国在穿胸之东,秦人曾至其国。其人长大而色黑,有数百岁不死者;其容若少。其地有不死树,食之则寿;有赤泉,饮之不老。"参见"不死民"(45页)。

长寿鹿 唐张读《宣室志》卷八略云:开元二十三年秋,玄宗狩于近郊,有大鹿兴于前,上命弓射之,引发一中。及驾还,乃敕厨吏炙其脽以进。时张果老先生侍,上以其肉赐之。果曰:"此鹿且千岁矣。昔汉元狩五年秋,臣侍武帝猎于上林,获此鹿,臣奏曰:'此仙鹿也,寿将千岁,今既生获,不如活之。'会武帝尚神仙,由是纳臣之奏。命东方朔以炼铜为牌,刻成文字,以识其年,系于左角下,愿得验之。"上即命致鹿首如前,验之不谬,迨八百四十二年。上顾谓力士曰:"异哉!果能言汉武帝时事,真所谓至人矣!"参见"张果老"(184页)。

长夜宫 晋张华《博物志·异闻》:"夏桀之时,为长夜宫于深谷之中,男女杂处,十旬不出听政。天乃大风扬沙,一夕填此宫谷。"参见"桀"(264页)。

长股国 《山海经·海外西经》:"长股之国在雄常北,被发。一曰长脚。"郭璞注:"国在赤水东也。长臂人身如中人而臂

长股国

长三(原作"二",据郝懿行校改)丈,以类推之,则此人脚过三丈矣。黄帝时至。或曰,长脚人常负长臂人入海捕鱼也。"《大荒西经》云:"西北海之外,赤水之东,有长胫之国。"即此国,亦郭注"国在赤水东"之所本。又《淮南子·墬形训》有修股民,亦此。

长春树 《述异记》卷下:"燕昭王种长春树,叶如莲花,树身似桂树,花随四时之色,春生碧花,春尽则落;复生红花,夏末则凋;秋生白花,秋残则萎;冬生紫花,遇雪则谢。故号为长春树。"

长须国 唐段成式《酉阳杂俎·诺皋记上》略云:大足初,有士人随新罗使,风吹至一处;人皆长须,号长须国。王拜士人为司风长,兼驸马。其主及姬嫔悉有须。因赋诗曰:"花无蕊不妍,女无须亦丑。"经十余年,王言国有难,遣士人谒海龙王求救。龙王笑曰:"客固为鰕(虾)所魅耳。"见铁镬数十,满中是鰕,皆龙王所食。龙王命放鰕王一镬,令二使送客归国。

长胫国 即"长股国"。

长颈王 《梁书·扶南传》:"毗骞国去扶南八千里。传其王身长丈二,头(颈)长三尺,自古来不死,莫知其年。王神圣,国中人善恶及将来事,王皆知之,是以无敢欺者。南方号曰长颈王。"又据《玉函山房辑佚书》辑南朝宋何承天《纂文》,云"长颈是毗骞王、古来至今不死",知其传说已久。

长臂国 《山海经·海外南经》:"长臂国在其东,捕鱼水中,两手各操一鱼。一曰在焦侥东,捕鱼海中。"郭璞注:"旧说云,其人手下垂至地。魏黄初中,玄菟太守王颀讨高句丽王宫,穷追之,过沃沮国,其东界临大海,近日之所出。问其耆老:'海东复有人否?'云:'尝在海中得一布褐,身如中人,衣两袖长三丈。'即此长臂人衣也。"郭注此说,本《三

国志·魏志·东夷传》；《博物志》同，惟三丈作二丈。《淮南子·墬形训》有修臂民，高诱注云："一国民皆长臂，臂长于身也，皆南方之国也。"是郭注"下垂至地"所本。又《穆天子传》卷二云："天子乃封长肱于黑水之西河。"郭璞注："即长臂人也……见《山海经》。"则传说中西方亦有此异形人。《大荒南经》云："有人名曰张弘，在海上捕鱼。海中有张弘之国，食鱼，使四鸟。"张弘即＊长肱，亦即此长臂人。参见"张弘国"（183页）。

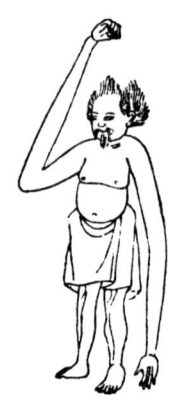
长臂国

〔、〕

计蒙 《山海经·中次八经》："光山，其上多碧，其下多木。神计蒙处之，其状人身而龙首，恒游于漳渊，出入必有飘风暴雨。"

卞庄子 《史记·张仪列传》："（卞）庄子欲刺虎，馆竖子止之，曰：'两虎方且食牛，食甘必争，争则必斗，斗则大者伤，小者死，从伤而刺之，一举必有双虎之名。'卞庄子以为然，立须之。有顷，两虎果斗，大者伤，小者死。庄子从伤者而刺之，一举果有双虎之功。"索隐"《战国策（秦策）》作馆庄子，馆谓逆旅舍，

计蒙

其人字庄子，或作卞庄子。"

斗鸡台 一名"斗犀台"。《都江堰水利述要·游地纪略》："斗鸡台，在灌县城西，传即李冰令士民挟弓矢助斩孽龙处。一称斗犀台。"斗犀台者，盖因李冰化形为牛，与牛形之江神斗，故称。然名斗鸡台者亦有因。民间传云，李冰作蜀太守时，见两鸡争粟粒，粒落石罅中，均不得食而斗。一鸡败走，一鸡坚持到底，向石罅猛啄。历经多时，终将石罅啄穿，饱食而去。冰因此悟"有志竟成"之理，引导百姓，凿开离堆，平息洪水。功成后，特建斗鸡台以纪念之。

斗犀台 即"斗鸡台"。

六龙 《初学记》卷一引《淮南子》："爰止羲和，爰息六螭，是谓悬车。"注："日乘车驾以六龙，羲和御之，日至此而薄于虞泉，羲和至此而回六螭。"今本《淮南子·天文训》作"爰止其女，爰息其马，是谓县车"，无注，盖经后人窜改，非古本之旧。唐李白《短歌行》诗云："吾欲揽六龙，回车挂扶桑。"正用此典，所见犹是《淮南子》古本。螭，龙；若龙而黄，或云无角曰螭，见《说文》十三。

六韬 书名。旧题周吕尚撰。六卷，六十篇。陈振孙《书录题解》云："武王太公问答，其辞鄙俚，后人依托。"所说当是。古本《六韬》已佚，或为秦末汉初人所伪托。其中述殷周情事，多奇闻异说，可供神话研究参考。

六眼龟 《尔雅·释鱼》："鳖三足能，龟三足贲。"郭璞注："今吴兴郡阳羡县君山上有池，池中出三足鳖。又有六眼龟。"又《文选·郭璞〈江赋〉》云："有鳖三足，有龟六眸。"即此。

方丈 ❶神山名。即方壶。❷洲名。《十洲记》："方丈洲在东海中，西南东北岸正

等方丈,方面各五千里,上专是群龙所聚。有金玉琉璃之宫。三天司命所治之处。群仙不欲升天者,皆往来此洲。……仙家数十万,耕田种芝草,课计顷亩,如种稻状。"

方皇 异虫名。一作"彷徨"。《庄子·达生》:"野有彷徨。"释文引司马彪云:"方皇,状如蛇,两头,五采文。"

方壶 神山名。《列子·汤问》"方壶"下注云:"亦曰方丈。"参见"五神山"(63页)、"三神山"(20页)。

方相氏 《周礼·夏官·方相氏》:"方相氏掌蒙熊皮,黄金四目,玄衣朱裳,执戈扬盾,帅百隶而时难(傩),以索室驱疫。大丧,先匶(柩)。"郑玄注:"葬使之道(导)。"按方相氏,古之像神以逐疫者,送丧亦用之,即后世所谓"开路神、险道(先导)神。黄帝元妃嫘祖死于道,令次妃嫫母监护于道,因以嫫母为方相氏。盖"嫫母貌陋,有似此逐疫驱鬼之神,故有此传说。

火正 谓司火官。《左传·昭公二十九年》:"火正曰祝融。"《汉书·五行志上》:"古之火正,谓火官也,掌祭火星,行火政。"又祝融弟"吴回亦为火正。参见"火神"。

火龙 ❶宝物名。《洞冥记》卷三:"西域献火龙,高七尺,映日看之,光如聚炬火。"❷龙名。清东轩主人《述异记》卷上:"癸酉六月廿四日,平湖小圩地方,大风雨,有火龙一条,紫火绕身,经过田禾,一带数百亩,俱被烧焦。"

火穴 《汉唐地理书钞》辑《括地图》:"神丘有火穴,光照千里。"

火鸦 《三教搜神大全》卷五:"(灵官马元帅)收百加圣母而五百火鸦为之用。"《封神演义》第六十四回:"且说罗宣将万鸦壶开了,万只火鸦飞腾入城,口内喷火,翅上生烟。"按今遇火灾发生时,竹木燃烧飞腾空中成火状,民间谓之火老鸦,本此。参见"毕方"(119页)。

火神 《山海经·海外南经》:"南方祝融,兽身人面,乘两龙。"郭璞注:"火神也。"《左传·昭公二十九年》云:"火正曰祝融。"火正,司火官。神话之火神祝融,历史化遂为司火之官。《淮南子·氾论训》云:"炎帝作火死而为灶。"灶,灶神,亦火神;此为神话中火神之最古者,故"五帝"中南方炎帝以祝融为其属神。《山海经·大荒西经》云:"有人名曰吴回,奇左,是无右臂。"郭璞注:"吴回,祝融弟,亦为火正也。"吴回又称回禄。《左传·昭公十八年》云:"禳火于玄冥、回禄。"注:"回禄,火神。"疏:"楚之先,吴回为祝融,或云回禄即吴回也。"

火鼠 即"火光兽"。《初学记》卷二九引束晳《发蒙记》:"西域有火鼠之布,东海有不灰之木。"《艺文类聚》卷八五引《神异经》云:"南方有火山,长四十里,生不尽之木,昼夜火然。……火中有鼠,重百斤,毛长二尺余,……取其毛,织以作布,用之若垢污,以火烧之,即清洁也。"即此。参见"火浣布"。

火山国 《汉唐地理书钞》辑《括地志》:"火山国在扶风南东大湖海中,其国中山皆火然,火中有白鼠皮及树皮,绩为火浣布。"参见"火浣布"。

火光兽 即"火鼠"。《十洲记》:炎洲"有火林山,山中有火光兽,大如鼠,毛长三四寸,或赤或白。山可三百里许,晦夜即见此山林,乃是此兽光照,状如火光相似。取其兽毛,以绩为布,时人号为火浣布。"

火齐镜 《类说》卷一引《拾遗记》(今本无):"周穆王时,渠国贡火齐镜,大二尺六寸,暗中视之,如白昼。人向镜语,则镜中响应之。"又《太平广记》卷二二九引《王子年拾遗记》亦记此事。

火浣布 《列子·汤问》云："周穆王大征西戎，西戎……献火浣之布……浣之必投于火，布则火色，垢则布色；出火而振之，皓然凝乎雪。"又晋干宝《搜神记》卷十三："昆仑之墟，地首也，是惟帝之下都，故其外绝以弱水之渊，又环以炎火之山。山上有鸟兽草木，皆生育滋长于炎火之中，故有火浣布，非此山草木之皮枲，则其鸟兽之毛也。"据此，火浣布传说乃有两类：(1)木皮。《述异记》上云："南方有炎火山，四月生火，十二月火灭，火灭之后，草木皆生枝条。至火生，草木叶落，如中国寒时也。取此木以为薪，然之不烬。以其皮绩之，为火浣布。"《玄中记》说略同。(2)兽毛。《神异经·南荒经》云："南荒外有火山，其中生不尽之木，昼夜火燃，得暴风不猛，猛雨不灭。"又"不尽木，火中有鼠，重千斤，毛长二尺余，细如丝。但居火中，洞赤时时出外而毛白，以水逐而沃之即死。取其毛绩纺，织以为布用之，若有垢浣，以火烧之则净。"《十洲记》亦有此说。

文马 《山海经·海外西经》："奇肱之国……其人一臂三目，有阴有阳，乘文马。"郭璞注："文马即吉良也。"参见"吉量"(125页)。

文王 即"周文王"。汉蔡邕《琴操》卷上："文王备修道德，百姓亲附。文王有二子，周公、武王皆圣。是时崇侯虎与文王列为诸侯，德不能及文王，常嫉妒之。乃谮文王于纣曰：'西伯昌圣人也。长子发、中子旦皆圣人也。三圣合谋，将不利于君，君其虑之。'纣用其言，乃囚文王于羑里，择日欲杀之。于是文王四臣太颠、闳夭、散宜生、南宫适之徒往见文王。文王为瞋右目者，纣之好色也；树栘其腹者，言欲得奇宝也；踸踔其足者，使迅疾也。于是乃周流海内，历经风土，得美女二人，水中大贝，白马朱鬣，以献于纣，陈于中庭。纣见之，仰天而叹，曰：'嘻哉！此谁宝？'散宜生趋而进曰：'是西伯之宝，以赎刑罪。'纣曰：'于寡人何其厚也！'立出西伯。纣谓宜生，潜岐侯者，长鼻决耳也。宜生还，以状告文王，乃知崇侯虎谮之。"文王囚羑里，奇闻异说特多。如所求珍怪，即有大同小异之诸说。《淮南子·道应训》云："散宜生乃以千金求天下之珍怪，得驺虞、鸡斯之乘，玄玉百工，大贝百朋，玄豹黄罴，青犴白虎，文皮千合，以献于纣。"《全上古三代秦汉三国六朝文·全上古三代文》辑《六韬》云："于是散宜生受命而行，得犬戎氏文马，豪毛朱鬣，目如黄金，名鸡斯之乘；九江之浦，得大贝百冯，宛委条涂之山，得黄熊、玉女三人，因费仲而献之于商王纣。"其余尚众，不足记也。再则尚有食子羹之说。《太平御览》卷八四引《帝王世纪》云："纣既囚文王，文王之长子曰伯邑考，质于殷，为纣御。纣以为羹，赐文王，曰：'圣人当不食其子羹。'文王得而食之。纣曰：'谁谓西伯圣者，食其子羹，尚不知也。'"演为《武王伐纣平话》，则云文王知而佯以为不知，故食子羹而得释，然后吐子成兔。并云："至今有吐子冢，在荡阴四里地。"至于潜文王之崇侯虎，据《史记·周本纪》，文王后亦伐之，而作丰邑。参见"羑里"(239页)、"吐子成兔"(130页)。

文文 《山海经·中次七经》："放皋之山……有兽焉，其状如蜂，枝尾而反舌，善呼，名曰文文。"

文虎 《山海经·海外南经》："狄山，帝尧葬于阳，帝喾葬于阴。爰有熊、罴、文虎。"郭璞注："雕虎也。《尸子》曰：'中黄伯曰（"曰"字原脱，据王念孙、郝懿行校补）：余左执太行之貛而右搏雕虎也。'"又《海外北经》*务隅山亦有之。同经*聂耳国"使两文虎"，《海外东经》*君子国"使二大虎","大虎"亦"文虎"之讹。

文昌 ❶星名。《楚辞·远游》:"后文昌使掌行兮。"洪兴祖补注:"《晋(书)·天文志》云:'文昌六星在北斗魁前,一曰上将,二曰次将,三曰贵相,四曰司禄,五曰司命,六曰司寇。'" ❷神名。旧传梓潼帝君掌文昌府事及人间禄籍,亦曰文昌帝君。参见"文星"。

文鱼 《山海经·中次八经》:"景山……睢水出焉,东南流注于江,其中……多文鱼。"郭璞注:"有斑彩也。"《楚辞·九歌·河伯》:"乘白鼋兮逐文鱼。"即此。

文星 旧传主文运之星宿。唐刘禹锡《白舍人自杭州寄新诗,有柳色春藏苏小家之句,因而戏酬,兼寄浙东元相公》诗:"莫道骚人在三楚,文星今向斗牛明。"唐裴庭裕《东观奏记》:"初,日官奏文昌星暗,科场当有事。"又称"文曲星"。《儒林外史》第三回:"如今痴心就想中起老爷来!这些中老爷的都是天上的'文曲星'!"参见"文昌"。

文选 书名。南朝梁萧统(昭明太子)编,世称《昭明文选》。选录自先秦至梁之诗文辞赋,共七百余篇,分三十八类。唐显庆中李善为之注释,并析为六十卷。开元间,又有吕延济、刘良、张铣、吕向、李周翰五人为之合注,称"五臣注"。南宋人取李善注与五臣注合刻,称《六臣注文选》。其中以善注为精。此书文及注中,亦间存神话传说资料。

文种 越王勾践臣。《文选·豪士赋序》注引《吴越春秋》:"文种者,本越南郢人也,姓文,字少禽。"《史记·越王勾践世家》:"勾践已平吴,范蠡遂去,自齐遗大夫书曰:'蜚鸟尽,良弓藏;狡兔死,走狗烹。越王为人,长颈鸟喙,可与共患难,不可与共乐,子何不去?'种见书,称病不朝。人或谗种且作乱,越王乃赐种剑,曰:'子教寡人伐吴七术,寡人用其三而败吴,其四在子,子为我从先王试之。'"《吴越春秋·勾践伐吴外传》:"越王赐种属镂之剑,叹曰:'南阳之宰,而为越王之擒。'自笑曰:'后百世之末,忠臣必以吾为喻矣。'遂伏剑而死。越王葬种于国之西山,楼船之卒三千人,造鼎足之羡,或入三峰之下。葬一年,伍子胥穿山胁而持种去,与之俱浮于海。故前潮水潘侯者,伍子胥也;后重水者,大夫种也。"参见"伍子胥"(135页)、"潮神"(356页)。

文翁 北魏郦道元《水经注·江水》:"蜀有回复水,江神尝溺杀人。文翁为守,祠之,劝酒不尽,拔剑击之,遂不为害。"按文翁,汉舒人,景帝末为蜀郡守,崇教化,兴学校,文风大振。文翁以文事著,此则仿佛李冰之行迹,盖当是传说之附会。《古小说钩沈》辑《录异传》云:"文翁者,庐江人,为儿童时,乃有神异。及长,当起历下陂以作田,文翁尽日斫伐柴薪,以为陂塘。其夜,忽有数百头野猪,以鼻载土著柴中,比晓成塘。"其"神异"既著于"儿童时",则知此附会固亦有因矣。又同书辑《幽明录》云:"文翁尝欲断大树,砍断处去地一丈八尺。翁先祝曰:'吾若得二千石,斧当著此处。'因掷之,中所砍一丈八尺处。后果为郡。"亦其"神异"之一端。

文玉树 《山海经·海内西经》:昆仑开明北"有文玉树。"郭璞注:"五彩玉树。"《淮南子·墬形训》云:"玉树"在其(昆仑)西",即此。

文曲星 即"文星"。

文君井 《琅嬛记》卷下引《采兰杂志》:"卓文君闺中庭内有一井,文君手汲,则甘香,用以沐浴,则滑泽鲜好;他人汲之,与常井等,沐浴亦不少异。至今尚存,即文君井也。"宋陆游《文君井》诗:"落魄西川泥酒杯,酒酣几度上琴台;青鞋自笑无拘束,又向文君井上来。"按旧有文君酒,云即汲此井水以酿成之者。

文鳐鱼 《山海经·西次三经》:"泰器之山,观水出焉,西流注于流沙。是多文鳐鱼,状如鲤鱼,鱼身而鸟翼,苍文而白首,赤喙,常行西海,游于东海,以夜飞。其音如鸾鸡,其味酸甘,食之已狂,见则天下大穰。"郝懿行云:"《吕氏春秋·本味》云:'味之美者,藿水之鱼,名曰鳐。'李善注《吴都赋》及曹植《七启》引此经止作鳐鱼,无文字。陈藏器《本草拾遗》云:'此鱼生南海,大者尺许,有翅与尾,齐群飞海上,海人候之,当有大风。'"参见"飞鱼"(33页)。

文鳐鱼

文王四友 此四友有二说:(1)《尚书大传》(清陈寿祺辑)卷二:"文王以闳夭、太公望、南宫括、散宜生为四友。"(2)《汉书·古今人物表·上中仁人》"大颠、闳夭、散宜生、南宫适"颜师古注云:"大颠已下,文王之四友也。"大颠即太颠;南宫适即南宫括。参见"文王"。

〔一〕

尺郭 《神异经·东南荒经》:"东南方有人焉,周行天下,身长七丈,腹围如其长。头戴鸡父魌头,朱衣缟带,以赤蛇绕额,尾合于头。不饮不食,朝吞恶鬼三千,暮吞三百。此人以鬼为饭,以露为浆,名曰尺郭,一名食邪,道师云吞邪鬼,一名赤黄父。今世有黄父鬼。"

尹吉甫 周宣王臣。《太平御览》卷四九三引《史记》:"尹吉甫仕至上卿,其家大富,食口数百人。时岁大饥,曾(陈)鼎镬作粥,啜之声闻数里。食讫,失三十人。觅之,乃在镬中,盬取燋粥而已。"所述又见《古小说钩沈》辑《杂鬼神志怪》,文略同。参见"伯劳"(172页)。

双双 《山海经·大荒南经》:"南海之外,赤水之西,流沙之东……有三青兽相并,名曰双双。"郭璞注:"言体合为一也。《公羊传》所云,双双而俱至者,盖谓此也。"郝懿行云:"郭引《宣五年》传文也。杨士勋疏引旧说云:'双双之鸟,一身二首,尾有雌雄,随便则偶;常不离散,故以喻焉。'是以双双为鸟名,与郭异也。按双双之兽(或鸟),疑亦*并封之类。然双双而谓'三青兽相并',则所未详。

双双

双头鸡 晋王嘉《拾遗记》卷五:"太初二年,大月氏国贡双头鸡,四足一尾,鸣则俱鸣。武帝置于甘泉故馆,更以余鸡混之,得其种类而不能鸣……帝乃送还西域,行至西关,鸡反顾,望汉宫而哀鸣。"

邓林 即"桃林"。《山海经·海外北经》:"夸父……弃其杖,化为邓林。"《列子·汤问》:"夸父弃其杖,尸膏肉所浸,生邓林,邓林弥广数千里焉。"《山海经·海外北经》:"邓林在其(夸父国)东,二树木。"郝懿行云:"盖谓邓林二树而成林,言其大也。"毕沅云:"邓林即桃林也,邓、桃音相近……盖即《中山经·中次七经》所云,夸父之山,北有桃林矣。"参见"夸父"(123页)。

邓遐斩蛟 《太平御览》卷六二引《盛弘之荆州记》:"沔水隈潭极深,先有蛟为害。邓遐为襄阳太守,拔剑入水,蛟绕其足,遐自挥剑,截蛟数段,流血丹水,勇冠当时。于是后

巴人 《周书·王会》："巴人以比翼鸟。"参见"巴国"。

巴国 《山海经·海内经》："西南有巴国。太暤生咸鸟，咸鸟生乘厘，乘厘生后照，后照是始为巴人。"参见"廪君"(363页)。

巴陵 《太平寰宇记》卷一一三引《江源记》："昔羿屠巴虵于洞庭，其骨若陵，故曰巴陵。"参见"巴蛇"。

巴蛇 《山海经·海内南经》："巴蛇食象，三岁而出其骨，君子服之，无心腹之疾。其为蛇青黄赤黑。一曰黑蛇青首，在犀牛西。"《海内经》云："有巴遂山，渑水出焉。又有朱卷之国。有黑蛇，青首，食象。"即谓巴蛇。《说文》十四云："弖(巴)，虫也；或曰，食象它(蛇)，象形。"《楚辞·天问》："一蛇吞象，厥大何如？"亦谓此。《说郛》(百二十卷本)卷六二宋范致明《岳阳风土记》："巴陵……今在鄂州蒲圻县界。……《江记》言，羿屠巴蛇于洞庭，积其骨为陵。《淮南子》曰，斩蛇于洞庭。今巴蛇冢在州院厅侧，巍然而高，草木丛翳。……兼有巴蛇庙，在岳阳门内，太守欧颖废之。"又："象骨山。《山海经》云：'巴蛇吞象。'暴其骨于此山湖旁，谓之象骨港。"亦巴蛇神话之异闻。

巴蛇

孔甲 夏帝。《左传·昭公二十九年》："有夏孔甲，扰于有帝，帝赐之乘龙，河、汉各二，各有雌雄，孔甲不能食，而未获豢龙氏。有陶唐氏既衰，其后有刘累，学扰龙于豢龙氏，以事孔甲，能饮食之。夏后嘉之，赐氏曰御龙，以更豕韦之后。龙一雌死，潜醢以食夏后，夏后飨之。既而使求之，惧而迁于鲁县。《列仙传》卷上："师门者，啸父弟子也，亦能使火，食桃李葩，为夏孔甲龙师。孔甲不能顺其意，杀而埋之外野，一旦，风雨迎之，讫，则山木俱焚。孔甲祠而祷之，还而道死。"参见"师门"(131页)。

孔鸟 《山海经·海内经》："南方……有孔鸟。"郭璞注："孔雀也。"按《楚辞·九歌·少司命》："孔盖兮翠旍。"王逸注："以孔雀之翅为车盖。"是孔即孔雀也。

孔子集语 书名。清孙星衍编。计纂辑古书所载孔子之言论行迹凡十四篇，有成书专行如《论语》、《孟子》、《家语》、《孔丛子》等均不载，"其余群经传注、秘纬、诸史诸子以及唐宋人类书，巨篇只句毕登，无所去取"(严可均序)，颇见宏富。其"事谱"、"杂事"、"寓言"等篇中，颇多有关孔子及其弟子之神话传说。《论语·述而》云："子不语怪、力、乱、神。"而"怪、力、乱、神"恒集孔子之身，观于此书，可知大概。

孔雀公主 见"召树屯"(117页)。

水马 《山海经·北山经》："求如之山……滑水出焉，而西流注于诸毗之水……其中多水马，其状如马，文臂牛尾，其音如呼。"

水玉 水晶。《山海经·南山经》："堂庭之山……多水玉。"郭璞注："水玉，今水精也。相如《上林赋》曰：'水玉磊砢。'赤松子所服；见《列仙传》。"水精即水晶。《晋书·大秦国传》："琉璃为墙壁，水精为柱础。"参见"赤松子"(162页)。

水仙 晋王嘉《拾遗记》卷十："屈原以忠见

斥,隐于沅湘,披蓁茹草,混同禽兽,不交世务,采柏叶以合桂膏,用养心神;被王逼逐,乃赴清泠之水。楚人思慕,谓之水仙。其神游于天河,精灵时降湘浦。楚人为之立祠,汉末犹在。"又《清泠传》称河伯冯夷"服八石而得水仙";《越绝书》称伍子胥"威凌万物,归神大海,盖水仙";《墉城集仙录》卷五称:"洛川宓妃,宓牺氏之女也,得道为水仙……震蒙氏女者,亦曰奇相氏,得黄帝玄珠之要而为水仙。"均此之类。《天隐子》云:"在天曰天仙,在地曰地仙,在水曰水仙。"

水母 ❶水神名。《楚辞·九怀·思忠》:"玄武步兮水母,与吾期兮南荣。"王逸注:"天龟水神,待送余也。"❷水怪名。明陶宗仪《辍耕录》卷二九:"泗州塔下,相传泗州大圣锁水母处。"按水母,陶宗仪以为即*无支祁之"谬";然亦民间传说之演变,初本禹擒无支祁,后遂传为*泗州大圣锁水母。

水伯 水神名。《山海经·海外东经》:"朝阳之谷,神曰天吴,是为水伯。"参见"天吴"(55页)。

水君 亦名"鱼伯"。晋崔豹《古今注》卷中:"水君,状如人,乘马,众鱼皆导从之,一名鱼伯。大水乃有之。汉末有人于河际见之。人马有鳞甲,如大鲤鱼,但手目鼻与人不异耳。见人良久,乃入水中。"

水虎 北魏郦道元《水经注·沔水》:"(沔)水中有物,如三四岁小儿,鳞甲如鲮鲤,射之不可入。七八月中,好在碛上自曝。膝头似虎,掌爪常没水中,出膝头。小儿不知,欲取弄戏,便杀人。或曰,人有生得者,摘其皋厌,可小小使之("之"字原无,从《汉唐地理书钞》辑吴从政《襄沔记》补)。名为水虎者也。"按《襄沔记》"摘其皋厌"作"摘其鼻",均所未详。

水饰 《太平广记》卷二二六"水饰图经"条引《大业拾遗记》略云:炀帝别敕学士杜宝修《水饰图经》十五卷,新成,以三月上巳日,会群臣于曲水,以观水饰。有神龟负八卦出河,进于伏牺;禹治水,应龙以尾画地;姜嫄于河履巨人之迹,弃后稷于寒冰之上;王子晋吹笙于伊水,凤凰降;秦始皇入海,见海神;楚王渡江得平实;周处斩蛟;巨灵开山;长鲸吞舟……若此等总七十二势,皆刻木为之。或乘舟,或乘山,或乘宫殿。木人长二尺许,衣以绮罗,装以金碧,及作杂禽兽鱼鸟,皆能运动如生,随曲水而行。奇幻之异,出于意表。又《古小说钩沈》辑有《水饰》一篇,即从《太平广记》引此文钩出。

水神 《史记·秦始皇本纪》:"始皇梦与海神战,如人状。问占梦,博士曰:'水神不可见,以大鱼蛟龙为侯。'""水神"一词始见于此。晋张华《博物志·异闻》云:"水神乘龙鱼。"则水神与鱼龙攸关。《山海经·海内北经》所记"乘两龙"之冰夷,即*河伯,《尸子》(孙星衍辑本)称其"白面长人鱼身",乃古水神之状;*禹疆"鱼身手足"(见《海外北经》郭璞注,"鱼"原作"黑",讹),亦古水神之状。然古水神之状不尽限于鱼龙,《海外东经》所记之*水伯天吴,为"八首人面,八足八尾,背青黄"之兽。而鱼龙之形,当为水神之正。故有"人马有鳞甲,如大鲤鱼"之*鱼伯,"马首龙身"之江神*奇相等传说。李冰与江神斗,其神状初为牛形,后为龙身。知水神之说亦终于由兽而为鱼龙矣。此外,*龙王、*共工、*应龙、*夔、*无支祁等皆属水神。或为龙蛇,或为牛猴,亦无非或鱼或兽而已。

水精 水怪。见"石犀里"(95页)。

水仙操 琴曲名。汉蔡邕《琴操》卷上:"《水仙操》者,伯牙之所作也。伯牙学琴于成连先生,先生曰:'吾能传曲,而不能移情。吾师有方子春者,善于琴,能移人之情,今在东海上,子能与我同事之乎?'伯牙曰:'夫子有命,敢不敬从。'乃与伯牙俱往,至蓬莱山,留伯牙曰:'子居习之,吾将迎之。'刺船而去,旬时不返。伯牙延望无人,但闻海水洞涌,山林杳冥。怆然叹曰:'先生移我情矣!'乃援琴而歌,作《水仙之操》。曲终,成连刺船迎之而还,伯牙遂为天下妙手。"按原文自"乃与伯牙俱往"以下无,据宋吴淑《事类赋》卷十一注引《乐府解题·水仙操》补。

水母洞 宋王象之《舆地纪胜》卷四四:"水母洞,在龟山寺。俗传泗州僧伽降水母于此。"又:"龟山,在盱眙县北三十里。其西南上有绝壁,下有重渊。"又据当地民间传说云,水母娘娘挑水一担行道上,欲将神州东南悉化泽国。张果老闻之,急倒骑驴来见水母,请饮驴以水,以舒畜牲长途跋涉之困。妖精不识神仙,欣然听驴饮水。神驴伸嘴一饮,竟饮尽两桶所盛五湖四海之水,但余些少水脚。妖精惊恚,愤而将桶中余水倾之于地,顷刻卷起滔天狂澜,从盱眙漫向泗州(盱眙城与泗州城本止一桥相连),数十万生灵悉葬水底,此即所谓"水淹泗州"也。果老怒水妖残暴,乃以铁索锁之,打入盱眙县老子山都帝庙神井中。

水经注 书名。北魏郦道元撰。四十卷。《水经》作者旧题汉桑钦,实不详何人。自晋以来,注者凡二家,郭璞注三卷已佚,今惟道元注存。此书为古代地理名著,于河川所经之名胜古迹,常以神话传说实之;所引古籍,今多佚亡,故足珍贵。

水晶宫 ❶谓龙宫。《封神传》第十二回:"(龙王三太子)忙调龙兵,上了逼水兽,提画杆戟,径出水晶宫来。"明周楫《西湖二集》卷二三:"(张羽)把个水晶宫,就煎得象香水混堂一般热。❷天上宫阙。《旧小说·乙集四》辑《逸史》"太阳夫人"条略云:唐卢杞与麻婆各处一大葫芦中,腾上碧霄,去洛八万里,遂见宫阙楼台,皆以水晶为墙垣。有女子谓杞曰:"此水晶宫也。某为太阴夫人。"

水帘洞 宋王象之《舆地纪胜》卷七四:"水帘洞,在秭归县西二里,有水自龙山而下,挂崖如帘。"明徐应秋《玉芝堂谈荟》卷二二云:"华山白石仙人洞,上有瀑布,飞流直下三千余丈,状如垂帘,故又称水帘洞。"此类记载见诸地方志者尚不乏。吴承恩《西游记》中即有花果山、水帘洞之描写。《西游记》第一回略云:单表东胜神州,海外有一国土,名曰傲来国。海中有一座名山,唤为花果山。当顶有一块仙石,一日迸裂,产一石猴。那猴在山中,与獐鹿为友,猕猿为亲。一朝天气炎热,与群猴去山涧中洗澡,顺涧爬山,直至源流之处,乃是一股瀑布飞泉。众猴道:"那一个有本事的钻进去寻个源头出来,不伤身体者,我等即拜他为王。"石猴应声高叫道:"我进去!"你看他瞑目蹲身,将身一纵,径跳入瀑布泉中。忽然睁眼抬头观看,那里边却无水波,明明朗朗的一架桥梁。他再走再看,却似有人家住一般。但见那:石座石床真可爱,石盆石碗更堪夸。看罢多时,跳过桥中间,左右观看。只见正当中有一石碣,碣上有一行楷书大字,镌着"花果山福地,水帘洞洞天。"

水淹泗州 见"水母洞"。

水漫金山 《白蛇传集》(傅惜华编)引鼓子曲《水漫金山》略云:法海挡许仙于镇江金山寺,不令还家。白娘子偕小青驾舟往索许仙,法海不予。白忿而至东海求龙王发救兵,搬来虾兵蟹将、鲤精龟怪,水漫金山。法海将避水袈裟护定佛殿,亦召雷公电母、杨戡哪吒等敌斗水族。后得魁星解围,谓白将生状元贵子,法海乃放许仙下山,令其在西湖断桥与白团聚。迨白生子甫满月,法海仍以紫金钵压之镇于雷峰塔下。此一传说,亦见《中国民间故事选》第二集"白娘子·水漫金山"一文,情节大同小异。参见"白娘子"(112页)。

五 画

〔一〕

世本 书名。《汉书·艺文志·六艺略》有《世本》十五篇。刘向云："《世本》，古史官明于古事者所记，录黄帝以来帝王诸侯及卿大夫系谥名号。"(《史记·集解序》索隐引)《史通·正史篇》云："楚汉之际有好事者，录自古帝王公卿大夫之世，终乎秦末，号曰'世本'。"其论近之。是书久已亡佚，清孙冯翼、秦嘉谟、张澍、雷学淇等均有辑本。1957年商务印书馆将此诸书汇为一编版行，曰《世本八种》。是书《作篇》记古代闻人(神性英雄)之创制发明，《帝系篇》记古帝(诸神)谱系，《氏姓篇》记廪君神话等，均可资参考。

末喜 即"妹喜"(214页)。

术器 共工子。《山海经·海内经》："炎帝……生共工。共工生术器，术器首方颠，是复土穰，以处江水。"又宋罗泌《路史·后纪四》云："术器(嚣)兑首方颠。"或可作术器形貌之补充。

灭蒙鸟 《山海经·海外西经》："灭蒙鸟在结匈国北，为鸟青，赤尾。"《海内西经》："孟鸟在貊国东北，其鸟文赤、黄、青，东乡。"郝懿行注："《博物志》云：'孟舒国民，人首鸟身，其先主为霅氏训百禽。夏后之世，始食卵。孟舒去之，凤皇随焉。'《太平御览》九百十五卷引《括地图》曰：'孟鸐人首鸟身，其先为虞氏驯百兽，夏后之末世，民始食卵。孟鸐去之，凤凰随与止于此。山多竹，长千仞，凤凰食竹实，孟鸐食木实。去九疑万八千里。'据《括地图》及《博物志》所说，盖即孟鸟也。又《海外西经》有灭蒙鸟在结匈国北，疑亦此鸟也。灭蒙之声近孟。"按灭蒙鸟当如郝说即孟鸟；而说孟舒国民、孟鸐即孟鸟则尚有疑。以孟舒、孟鸐均人而鸟身，而此则为鸟。然而此鸟与孟舒、孟鸐确有关。盖此鸟即随孟舒、盈鸐而去之凤皇。《大荒西经》云："有五采之鸟，有冠，名曰狂鸟。"《尔雅·释鸟》云："狂，梦鸟。"实则狂鸟、梦鸟皆凤皇属。狂即皇，梦即凤，音之转；梦鸟即孟鸟，字之异。参见"凤皇"(76页)、"凤鸟"。

巧倕 《山海经·海内经》："帝俊生三身，三身生义均，义均是始为巧倕，是始作下民百巧。"又云："又有不距之山，巧倕葬其西。"郭璞注："倕，尧巧工也。"《吕氏春秋·古乐》云：帝喾命"有倕作为鞞、鼓、钟、磬、吹、苓、管、埙、篪、鞉、椎钟。"据此，则倕亦尧父帝喾之臣。其实倕乃舜子商均，即义钧，亦即*叔均，以传说演变无定，遂成歧出。《世本·作篇》(清张澍稡集补注本)云："倕作钟。倕作规矩准绳。倕作铫。倕作耒耜。倕作耨。"《荀子·解蔽》云："倕作弓。"则倕之制作亦多，故称之"巧倕"。《海内经》谓其"始作下民百巧"，而《淮南子·本经训》则云："周鼎著倕，使衔其指，以明大巧之不可为也。"参见"倕"(268页)。

邛邛岠虚 即"蛩蛩"、"蛩蛩距虚"(307页)。

厉神 《楚辞·九章·惜诵》："吾使厉神占之兮。"王逸注："厉神盖殇鬼也。"《左传·成公十年》云："晋侯梦大厉，被发及地，搏膺而踊曰：'杀余孙，不义……'"正义曰："鬼怒言杀余孙不义。必是柱死者之祖也。"故王逸注以厉神为殇鬼。然厉同疠,疫也。《春秋·穀梁传序》:"鬼神为之疵厉。"释文:"厉又作疠。"是其证。《山海经·西次三经》:"西王母司天之厉及五残。"汉蔡邕《独断》:"疫神帝颛顼。"《管子·轻重甲》:"君请立五厉之祭,祭尧之五吏。"均古之厉神,非独"殇鬼"而已。参见"五瘟神"(63页)。

厉乡村 《汉唐地理书钞》辑《盛弘之荆州记》:"随县北界有厉乡村,村南有重山,山下有一穴,父老云,是神农所生处。村西有两重堑,内周回一顷二十亩,地中有九井。相传神农既育,九井自穿,汲一井则众井皆动。"按厉乡,相传亦老子生处。参见"九井"(9页)。

平丘 《山海经·海外北经》:"务隅之山,帝颛顼葬于阳,九嫔葬于阴。……平丘在三桑东,爰有遗玉、青鸟、视肉、杨柳、甘柤、甘华,百果所生。有两山夹上谷,二大丘居中,名曰平丘。"按毕沅、郝懿行皆言"平丘"即《淮南子·墬形训》所记之昆仑华邱,实非。* 华邱为《海外东经》所记之*䃤丘,䃤丘"在尧葬东",其地望在东南方。䃤丘,郭璞注云:"音嗟,或作发。"䃤、发、华均一声之转,故䃤丘得为华邱。而平丘在颛顼葬所附近,其地望在东北方,平与华声又不侔。故毕、郝之说误。据所写景象,此平丘犹䃤丘、华邱,皆神丘,盖沃野之属。

平圃 《山海经·西次三经》:"槐江之山……实惟帝之平圃。"郭璞注:"即玄圃也。"参见"县圃"(164页)。

左传 书名。《春秋》三传(《公羊传》、《穀梁传》并此传)之一,亦名《春秋左氏传》或《左氏春秋》,相传为春秋时左丘明所撰。是书追叙古史,如少皞以鸟名官,孔甲畜龙,夏铸九鼎及高辛二子等,多富神话色彩。

左彻 黄帝臣。晋张华《博物志·史补》:"黄帝登仙,其臣左彻者,削木象黄帝,帅诸侯以朝之。七年不还,左彻乃立颛顼。左彻亦仙去也。"

左强 纣臣。《淮南子·览冥训》:"纣为无道,左强在侧。"高诱注:"左强,纣之谀臣也,教纣无道,劝以贪淫也。"参见"象郎"(294页)。

左慈 晋干宝《搜神记》卷一:"左慈,字元放,庐江人也。少有神通。尝在曹公座,公笑顾众宾曰:'今日高会,珍羞略备。所少者,吴松江鲈鱼为脍。'放曰:'此易得耳。'因求铜盘贮水,以竹竿饵钓于盘中,须臾,引一鲈鱼出。公大拊掌,会者皆惊。公曰:'一鱼不周坐客,得两为佳。'放乃复饵钓之。须臾,引出,皆三尺余,生鲜可爱。公便自前脍之,周赐座席。公曰:'今既得鲈,恨无蜀中生姜耳。'放曰:'亦可得也。'公恐其近道买,因曰:'吾昔使人至蜀买锦,可敕吾使,使增市二端。'人去,须臾还,得生姜。又云:'于锦肆下见公使,已敕增市二端。'后经岁余,公使还,果增二端。问之,云:'昔某月某日,见人于肆下,以公敕敕之。'后公出近郊,士人从者百数。放乃赍酒一罂,脯一片,手自倾罂,行酒百官,百官莫不醉饱。公怪,使寻其故。行视沽酒家,昨昔亡其酒脯矣。公怒,阴欲杀放。放在公座,将收之,却入壁中,霍然不见。乃募取之。或见于市,欲捕取之,而市人皆放同形,莫知谁是。后人遇放于阳城山头,因复逐之。遂走入羊群。公知不可得,乃令就羊中告之,曰:'曹公不复相杀,本试君术耳。今既验,但欲与相见。'忽有一老羝,屈前两膝,人立而言曰:'遽如许!'人即云:'此羊是。'竞往赴之。而群羊数百,皆变为羝,并屈前膝,人立,云:'遽如许!'于是遂莫知所取焉。"又晋葛洪《神仙传》及汉范晔《后汉书》亦载左慈事,内容大略相同。

古今注 书名。晋崔豹撰。三卷。分舆眼、都邑、音乐、鸟兽、鱼虫、草木、杂注及问答释义八门,考释名物制度。所记亦有神话传说资料。又有《中华古今注》三卷,题后唐马缟撰。亦考证名物,而文同豹书者十之八九。

古史考 书名。三国蜀谯周撰。二十五卷。《隋书·经籍志》著录。以司马迁《史记》书周、秦以前事,不专据正经,周乃凭旧典而作此书,以纠其谬。原书早佚。清章宗源有辑本一卷,收入孙星衍《平津馆丛书》。从其片段观之,颇有古代文物制度及创造发明之记叙,亦略含神话因素。

古冶子 晋干宝《搜神记》卷十一:"齐景公渡于江,沉之河,鼋衔左骖,没之。众皆惊惕;古冶子于是拔剑从之,邪行五里,逆行三里,至于砥柱之下,杀之,乃鼋也。左手持鼋头,右手拔左骖,燕跃鹄踊而出,仰天大呼,水为逆流三百步。观者皆以为河伯也。"

古典新义 书名。闻一多著。收《周易义证类纂》等文二十五篇。其中《离骚解诂》、《天问释天》、《楚辞校补》等篇,均直接关系神话研究;其余各篇,涉及神话问题者亦颇多精义。

古小说钩沈 书名。鲁迅辑。辑录《青史子》、《小说》、《列异传》、《述异记》、《幽明录》、《玄中记》等先秦迄隋散佚小说三十六种,并加校勘。为研究我国神话传说之重要参考资料。

古今图书集成 类书名。原名《古今图书汇编》。清康熙中陈梦雷等原辑,清世宗命蒋廷锡等重辑。一万卷。目录四十卷。全书分六编,三十二典,六千一百零九部。每部先汇考、次总论,有图表、列传、艺文、纪事、杂录、外编等项。其乾象、岁功、职方、山川、边裔、神异、禽虫、草木等典中,及各部杂录、外编等项下,征引资料,俱钞录全文,其中时见神话传说资料。

东君 《楚辞·九歌·东君》:"暾将出兮东方,照吾槛兮扶桑。抚余马兮安驱,夜皎皎兮既

东君 明萧云从《离骚图》

明。……青云衣兮白霓裳,举长矢兮射天狼。操余弧兮反沦降,援北斗兮酌桂浆。撰余辔兮高驼翔,杳冥冥兮以东行。"洪兴祖补注:"《博雅》曰:'朱明、耀灵、东君,日也。'《汉书·郊祀志》有东君。"按据此,则东君谓日神。又《宋书·乐志三》魏武帝《陌上桑》云:"济天汉,至昆仑,见西王母,谒东君。"东君与西王母对举,则东君亦谓东王公。

东胡 帝喾裔。《山海经·海内西经》:"东胡在大泽东。"郝懿行云:"《广韵》引《前燕录》云:'昔高辛氏游于海滨,留少子厌越以居北夷,邑于紫蒙之野,号曰东胡。'"

东王父 即"东王公"、"木公"。《十洲记》:"扶桑,在东海之东岸,上有太帝宫,太真东王父所治处。"

东王公 即"木公"、"东王父"。《神异经·东荒

东王公　明刊本《月旦堂仙佛奇踪》

东皇太一　明萧云从《离骚图》

经》:"东荒山中有大石室,东王公居焉。长一丈,头发皓白,人形鸟面而虎尾,载一黑熊,左右顾望。恒与一玉女投壶,每投千二百矫,设有入不出者,天为之嘘嘘;矫出而脱悮(误)不接者,天为之笑。"《中荒经》:"昆仑之山,有铜柱焉,其高入天,所谓天柱也,围三千里,周圆如削。下有回屋,方百丈,仙人九府治之。上有大鸟,名曰希有,南向,张左翼覆东王公,右翼覆西王母。背上小处无翼一万九千里。西王母岁登翼上,会东王公也。"参见"西王母"(129页)。

东方朔　《列仙传》卷下:"东方朔者,平原厌次人也,久在吴中,为书师数十年。武帝时上书说便宜,拜为郎。至昭帝时,时人或谓圣人,或谓凡人,作深浅显默之行,或忠言,或戏语,莫知其旨。至宣帝初,弃郎以避乱世,置帻官舍,风飘之而去。后见于会稽卖药,五湖智者,疑其岁星精也。"按东方朔《史记》、《汉书》均有传,《汉书》传赞称其为"滑稽之雄","童儿牧竖,莫不眩耀,而后世好事者,因取奇言怪语,附著之朔。"参见"岁星"(390页)。

东皇太一　《楚辞·九歌·东皇太一》注:"太一,星名,天之尊神,祠在楚东,以配东帝,故云东皇。"《史记·封禅书》云:"天神贵者太一,太一佐曰五帝,古者天子以春秋祭太一东南郊。"《东皇太一》云:"穆将愉兮上皇。"上皇即上帝,亦即东皇 ˙ 太一,故曰"天之尊神"、"天神贵者":则此太一为神名而非星名。《太平御览》卷二引《五经通义》云:"天皇大帝亦曰太一。"其义尤明。

东海黄公　晋葛洪《西京杂记》卷三:"东海人黄公,少时为术,能制蛇御虎。佩赤金刀,以绛缯束发,立兴云雾,坐成山河。及衰老,力气羸惫,饮酒过度,不能复行其术。秦末有白虎见于东海,黄公乃以赤刀往厌之。术既不行,遂为虎所杀。三辅人俗用以为戏,汉帝取以为角抵之欢焉。"又《文选·西京赋》云:"东海黄公,赤刀粤祝。冀厌白虎,卒不能救。"即此角抵戏之写状。

东方朔偷桃　《古小说钩沈》辑《汉武故事》:"东郡送一短人……召东方朔问。朔至,呼短人曰:'巨灵,汝何忽叛来,阿母还未?'短人不对,因指朔谓上曰:'王母种桃,三千年一作子,此儿不良,已三过偷之矣。'"柳宗元《摘樱桃赠元居士》诗:"蓬莱羽客如相

东方朔偷桃　宋金时版画

访,不是偷桃一小儿。"

甘木　《山海经·大荒南经》:"有不死之国,阿姓,甘木是食。"郭璞注:"甘木即不死树,食之不老。"参见"不死树"(46 页)。

甘水　❶谓*醴泉。《山海经·海内西经》:"(昆仑)开明北有……甘水。"郭璞注:"即醴泉也。"❷水名。《大荒东经》:"有甘山者,甘水出焉,生甘渊。"《大荒南经》云:"又有成山,甘水穷焉。"郭璞注:"甘水出甘山,极此中也。"经又云:"东南海之外,甘水之间,有羲和之国。有女子名曰羲和,方浴日于甘渊。"参见"甘渊"。

甘华　神木名。《山海经·大荒南经》:"盖犹之山……东又有甘华,枝干皆赤,黄叶。"按此木《山海经》中南类山、嗟丘、平丘、沃野均有之,且常与*甘柤同列。

甘始　《古今图书集成·禽虫典》卷一三九引《博物志》:"甘始老而有少容,曹子建密问其所行,始言本师姓韩字世雄。尝与师于南海作金,投数万金于海。又取鲤鱼一双,药其一,同入沸中,药者游行沉浮,有若处渊;其无药者,已熟而食。言此药去此逾远万里,已不可行,不能得也。"亦见今本《博物志》,字多讹脱。晋葛洪《抱朴子·论仙》云:"陈思王著《释疑论》云:'……令甘始以药含生鱼,而煮之于沸脂中,其无药者,熟而可食;其衔药者,游戏终日,如在水中也。'"即此。

甘柤　即"甘樝"。《山海经·大荒南经》:"有盖犹之山者,其上有甘柤,枝干皆赤,黄叶,白华,黑实。"按此木古帝葬所附近多有之。盖犹山即在帝尧、帝喾、帝舜葬所附近。此外,颛顼葬所之*平丘(见《山海经·海外北经》),"尧葬东"之*嗟丘(见《海外东经》),及《大荒西经》沃民所居之沃野,均有之。此木盖梨木之神异者。《礼记·内则》云:"柤、梨曰钻之。"注:"柤,梨之不臧者。"疏:"恐有虫,故一一钻看其虫孔也。"柤,《尔雅·释木》作樝,郭璞注云:"樝似梨而酢涩。"此曰甘柤,明其不同于党柤。《神异经·南荒经》云:"大荒之中有树焉,名曰柤稼樆。柤者,柤梨也;稼者,株稼也;樆者,亲瞩也。三千岁作华,九千岁作实,实长九尺,围如其长,而无瓤核,以竹刀剖之如凝蜜,得食者寿一万二千岁。"即此甘柤之属。《述异记》卷上云:"北方有七尺之枣,南方有三尺之梨,凡人不得见,或见而食之,即为地仙。"亦谓此。

甘渊　《山海经·大荒东经》:"有甘山者,甘水出焉,生甘渊。"《大荒南经》:"东海之外,甘水之间,有羲和之国。有女子名曰羲和,方浴日于甘渊。羲和者,帝俊之妻,生十日。"《海外东经》:"汤谷上有扶桑,十日所浴。"则此甘渊,似即*汤谷。

甘蝇　《列子·汤问》:"甘蝇,古之善射者,彀弓而兽伏鸟下。弟子名飞卫,学射于甘蝇,而巧过其师。"《吕氏春秋·听言》云:"蠭门

(逢蒙)始习于甘蝇。"《太平御览》卷三五〇引《列子》云:"飞卫学射于甘蝇,诸法并善,惟啮法不教。卫密将矢以射蝇,蝇啮得镞矢射卫。卫绕树而走,矢亦绕树而射。"此文今本无,疑即上举《汤问》之佚文。参见"啮镞法"(290 页)。

甘樝 即"甘柤"。《淮南子·墬形训》:"昆仑华邱……甘樝、甘华、百果所生。"

甘露 又名"天酒"。《山海经·海外西经》:"诸夭之野,鸾鸟自歌,凤鸟自舞。凤皇卵,民食之;甘露,民饮之,所欲自从也。"《神异经·西北荒经》:"西北海外,有人长二千里,两脚中间相去千里,腹围一千六百里,但日饮天酒五斗。"注:"张华云:天酒,甘露也。"《太平御览》卷十二引《瑞应图》云:"甘露者,美露也。神灵之精,仁瑞之泽,其凝如脂,其甘如饴,一名膏露,一名天酒。"即此。

石龙 明杨慎《南诏野史》卷下:"云龙州顺荡山石窟中有白石,形如鸡。相传昔有石龙欲飞,闻石鸡鸣,遁入岩中。今岩下有石龙,露其半体,鳞甲爪尾皆具。"

石夷 四方神之一。《山海经·大荒西经》:"有人名曰石夷(据其他三方风神所记句例,此处疑脱'西方曰夷'句),来风曰韦,处西北隅,以司日月之长短。"参见"四方风"(106 页)。

石鸡 ❶《太平御览》卷九一八引《辛氏三秦记》:"陈仓山在太白山之西,去长安八百里。上有石鸡,与山鸡各别。赵高使烧山,山鸡飞去,石鸡不去,晨鸣山头,声闻三十里。或云是玉鸡。"❷《神异经·东荒经》:"巨洋海中,升载海日。盖扶桑山上有玉鸡,玉鸡鸣则金鸡鸣,金鸡鸣则石鸡鸣,石鸡鸣则天下之鸡悉鸣,潮水应之矣。"晋孙绰《望海赋》:"石鸡清响而应潮。"参见"天鸡"(55 页)。

石纽 禹生处。《全上古三代秦汉三国六朝文·全汉文》辑《蜀王本纪》:"禹本汶山郡广柔县人,生于石纽,其地名痢(刳)儿畔。禹母吞珠孕禹,坼副而生于县涂山。娶妻生子,名启。于今涂山有禹庙,亦为其母立庙。"北魏郦道元《水经注·若水》:"(广柔)县有石纽乡,禹所生也。今夷人共营之,地方百里,不敢居牧。有罪逃野,捕之者不逼。能藏三年,不为人得,则共原之,言大禹神所祐之也。"

石盂 宋王象之《舆地纪胜》卷一八七:"广福寺在曾口县南六十里……悬崖临江创寺屋。故老相传云,开山寺僧始得一石盂于渔人之缯,以归储残食。翌日食满,怪。复以钱置其中亦然。遂试以金,又如之。僧日以富,遂大兴堂殿。及将死,乃举手临江掷之。其徒骇怪,百计俾渔人求之,不获。"又宋曾慥《类说》卷五二引《秘阁闲谈》云:"巴东下岩院主僧水际得一青磁碗,携归,折花置佛像前,明日花满其中。更置少米,经宿,米亦满碗。以钱及金银置之皆然。自是院中富贵。院主年老,一日过江检田,怀中取碗掷于中流,从弟惊愕。师曰:'吾死,尔等宁能谨饬自守?弃之不欲使尔增罪累也。'院主寻卒。"则是此一传说之异文。

石鱼 宋黄休复《茅亭客话》卷九:"青城县渔者李克明钓归,倾其鱼于竹器中。有一鱼化为石,长四寸许,鳞鬣灿然若活。渔人妇见而爱之,将与竖子为戏。其竖子将石鱼于碗水中,或摇鬣振鳞浮泳而活。渔者惊异,取出置土罂中,因是邻里求观者众。在水则活,离水则为石,率以为常。时巡辖柏舍人虚舟,取此鱼看,敲之中断,致于水中,不复活矣。"又《古今图书集成·禽虫典》卷一三七引《南康记》云:"南康有狂人周可大,见鱼必置数十头,食余弃置几上。人谓随即臭腐,可大以手摩之,皆为石鱼。后年余,友人访之,见其纸裹石鱼,煨以啖客,新香不异常鱼。"与此略似。

石匮 《会稽郡故书杂集》辑《孔灵符会稽记》:"会稽山南有宛委山,其上有石,俗呼石匮。壁立干云,有县度之险,升者累梯然后至焉。昔禹治洪水,厥功未就,乃跻于此山,发石匮,得金简玉字,以知山河体势。于是疏导百川,各尽其宜。"参见"宛委山"(207页)。

石雁 《古今图书集成·禽虫典》卷一七引《南康记》:"平固县有覆笥山,上有湖,周回十里。有一石雁,浮出湖中。每至秋天,石雁飞鸣,如候时也。"同书同卷又引《浔阳记》云:"庐山顶上有三石雁,霜降则飞。"亦其类。

石笋 《全上古三代秦汉三国六朝文·全汉文》辑《蜀王本纪》:"天为蜀王生五丁力士,能徙蜀山。王薨,五丁辄立大石,长三丈,重千钧,号曰石笋,千人不能动,万人不能移。"唐杜甫《石笋行》诗云:"君不见益州城西门,陌上石笋双高蹲。古来相传是海眼,苔藓蚀已波涛痕。"即此。《刘禹锡集》卷四《成都府新修福成寺记》云:"益城右门衔大逵,坦然西驰,曰石笋街。"参见"五丁力士"(63页)。

石尤风 《琅嬛记》卷中引《江湖纪闻》:"石尤风者,传闻为石氏女嫁为尤郎妇,情好甚笃。尤为商远行,妻阻之,不从。尤出不归,妻忆之,病亡。临亡,长叹曰:'吾恨不能阻其行,以至于此。今凡有商旅远行,吾当作大风,为天下妇人阻之。'自后商旅发船,值打头逆风,则曰:'此石尤风也。'遂止不行。妇人以夫姓为名,故曰石尤。"南朝宋孝武帝《丁都护歌》:"愿作石尤风,四面断行旅。"尤,亦作邮。唐李商隐《拟意》诗:"去梦随川后,来风贮石邮。"

石牛道 亦称"金牛道"。北魏郦道元《水经注·沔水》引《来敏本蜀论》:"秦惠王欲伐蜀而不知道,作五石牛,以金置尾下,言能屎金。蜀王负力,令五丁引之成道。秦使张仪、司马错寻路灭蜀,因曰石牛道。"

石鸡山 《古小说钩沈》辑《幽明录》:"晋永嘉之乱,郡县无定主,强弱相暴。宜阳县有女子,姓彭名娥,父母昆弟十余口,为长沙贼所攻。时娥负器出汲于溪,闻贼至,走还,正见坞壁已破,不胜其哀,与贼相格,贼缚娥驱出溪边,将杀之。溪际有大山,石壁高数十丈,娥仰天呼曰:'皇天宁有神不?我为何罪,而当如此!'因奔走向山,山立开,广数丈,平路如砥,群贼亦逐娥入山,山遂隐合,泯然如初。贼皆压死山里,头出山外。娥遂隐不复出。娥所舍汲器化为石,形似鸡,土人因号曰石鸡山,其水为娥潭。"

石敢当 明陶宗仪《辍耕录》卷十七:"今人家正门适当巷陌桥道之冲,则立一小石将军或植一小石碑,镌其上曰'石敢当',以厌禳之。按西汉史游《急就章》云:'石敢当。'颜师古注曰:'卫有石碏、石买、石恶,郑有石制,皆为石氏;周有石速,齐有石之纷如,其后以命族。敢当,所向无敌也。'据所说则世之用此,亦欲以为保障之意。"又清俞樾《茶香室续钞》卷十九云:"宋王象之《舆地碑记目》:'兴化军有石敢当碑,注云:庆历中,张纬宰莆田,再新县治,得一石铭。其文曰石敢当,镇百鬼,压灾殃,官利福,百姓康,风教盛,礼乐张。唐大历五年县令郑押字记。今人家用碑石书曰石敢当三字镇于门,亦此风也。'按此,则'石敢当'三字刻石始于唐。"说亦可备参考。

石犀里 地名。《艺文类聚》卷九五引《蜀王本纪》:"江水为害,蜀守李冰作石犀五枚,二枚在府中,一枚在市桥下,二在水中,以厌水精。因曰石犀里。"按水精，即水怪。参见"李冰"(155 页)。

石新妇 《太平寰宇记》卷八三："石新妇，在(巴西县)剑阁上。《蜀记》云：'昔有人远征，妻送至此，大泣，不忍归，因化为石。'至今郡人祠之。"参见"望夫石"(302 页)。

石燕山 北魏郦道元《水经注·湘水》："湘水又东北得洭口，水出永昌县北罗山。东南流，径石燕山东。其山有石，绀而状燕，因以名山。其石或大或小，若子母焉。及其雷风相薄，则石燕群飞，颉颃如真燕矣。"《初学记》卷一引庾仲雍《湘洲记》云："零陵山有石燕，遇雨则飞，雨止还化为石。"亦其地。明罗贯中、冯梦龙《平妖传》第九回云："永州有个石燕山，有个浯溪。其山堆满的零星碎石，状如燕子。若风雨时节远远望去，就象飞燕一般。人若走近，也扑在身上来，及拿到手中看时，却还是一块石头。风息雨止，便不飞了。"所写亦其地，而事态尤奇。

石婆婆庙 《古今图书集成·禽虫典》卷三六引《青州府志》："嫌城在博兴城东北十里。相传有妪石氏，夜闻谋筑城以围居民，鸡鸣前当尽食。石氏大惧，以手拊箕作鸡鸣，群鸡皆鸣，妖惊去。民感妪德，立祠社南，曰石婆婆庙。"

玉人 《神异经·中荒经》："九府玉童玉女，与天地同休息。男女无为匹配，而仙道自成。张茂先曰，言不为夫妻也。男女名曰玉人。"按即"白鹇相视，眸子不运而风化"、"思女不夫而孕"之类。参见"白鹇"(111 页)、"思女"(227 页)。

玉山 ❶西王母所居之山。《山海经·西次三经》："玉山，是西王母所居也。"郭璞注："此山多石玉，因以名云。《穆天子传》谓之群玉之山。"❷即玉垒山。《全上古三代秦汉三国六朝文·全汉文》辑《蜀本纪》："时玉山出水，若尧之洪水，望帝不能治，使鳖灵决玉山，民得安处。"

玉女 谓仙女。❶《文选·思玄赋》："载太华之玉女兮。"李善注："《列仙传》曰：'毛女者，字玉姜，在华阴山中，体生毛，所止岩中有鼓琴声。'"按李善此注恐非，或当指 "明星玉女"。❷《北堂书钞》卷一五二引《神异经》："玉女与天帝投壶，天为之笑，今电光是也。"今本《神异经》天帝作 "东王公"。❸晋王嘉《拾遗记》卷十："洞庭山浮于水上，其下有金堂数百间，玉女居之。"《神异经·中荒经》："九府玉童玉女，与天地同休息。"参见"玉人"。

玉羊 汉韩婴《韩诗外传·赵本补逸》："鲁哀公使人穿井，三月不得泉，得一玉羊焉，公以为祥。使祝鼓舞之，欲上于天，羊不能上。孔子见曰：'水之精为玉，土之精为羊，愿无怪。此羊肝，土也。'公使杀之，视肝即土矣。"

玉鸡 见"石鸡"(94 页)。

玉兔 谓月。晋傅玄《拟天问》："月中何有，白兔捣药。"白兔色如玉，又称玉兔，故世以玉兔为月之代词。唐贾岛《赠智朗禅师》诗："上人分明见，玉兔潭底没。"宋辛弃疾《满江红·中秋》词："著意登楼瞻玉兔，何人张幕遮银阙。"旧小说中常有"金乌西坠、玉兔东升"语，亦由此而来。参见"金乌"(204 页)。

玉树 《淮南子·墬形训》："珠树、玉树……在其(昆仑)西。"《山海经·海内西经》云："(昆仑)开明北有……珠树、文玉树。"即此。

玉桃 《述异记》卷上："昆仑山有玉桃，光明洞彻而坚莹，须以玉井水洗之，便软可食。"又《太平御览》卷九六七引《神农经》云："玉桃服之，长生不死。"或本此。参见"仙桃"(109 页)。

玉酒 即"玉膏"。

玉膏 《山海经·西次三经》:"峚(密)山……其中多白玉,是有玉膏,其原沸沸汤汤,黄帝是食是飨。"郭璞注:"《河图玉版》曰:'少室山,其上有白玉膏,一服即仙矣。'亦此类也。"《初学记》卷二七引《十洲记》云:"瀛洲有玉膏如酒,名曰玉酒,饮数升辄醉,令人长生。"亦此之类。

玉横 承受不死药之器。横或作彭。《淮南子·墬形训》:"昆仑虚……旁有九井,玉横维其西北之隅。"高诱注:"横或作彭,彭,受不死药器也。"

玉女山 ❶唐段成式《酉阳杂俎·玉格》:"贝丘西有玉女山。传云,晋大始中,北海蓬球字伯坚,入山伐木,忽觉异香,遂溯风寻之。至此山,廓然宫殿盘郁,楼台博敞。球入门窥之,见五株玉树。复稍前,有四妇人,端妙绝世,自弹棋于堂上。见球,俱惊起,谓球曰:'蓬君,何故得来?'球曰:'寻香而至。'遂复还戏。一小者便上楼弹琴,留戏者呼之,曰:'元晖,何为(故)独升楼?'球树下立,觉少饥,乃以舌舐叶上垂露。俄然有一女乘鹤而至,逆恚曰:'玉华,汝等何故有此俗人?王母即令王方平行诸仙室。'球俱而出门,回顾,忽然不见。至家,乃是建平中,其旧居闾舍皆为墟墓矣。"❷《太平御览》卷四四引《梁州记》:"肥城东南有玉女山,山有一石穴,中若房宇,有玉女入穴不出。穴前有修竹,下有石坛,风微动竹,拂坛如帚。"

玉女房 洞穴名。《述异记》卷下:"利州义城郡葭萌县,有玉女房,盖是一大石穴也。昔有玉女入此石穴。前有竹数茎,下有青石坛,每因风自扫此坛。玉女每遇明月夜即出于坛上,闲步徘徊,复入此房。"晋常璩《华阳国志·蜀志》云:"(李冰)西于玉女房下白沙邮作三石人,立三水中。"则是另一玉女房。或即后世所称"玉女洞者。参见"仙女洞"(109页)。

玉女洞 清彭洵《青城山记》:"玉女洞在大字崖前,龙居山北,已废。数年前山崖雨裂,石壁间露此三字,洞字惟水旁数点,玉女字完好。按明杨慎《山海经补注》:'素女在青城天谷山,今名玉女洞。'当即指此。"参见"素女"(257页)。

玉女峰 华山峰名。《华岳志》(清李云圃辑)卷一:"东峰左襟下为玉女峰。昔有人见玉女乘石马入峰间。"又傅增湘《秦游日录·登太华记》云:"(玉女峰)居东峰之左襟,乃一峰而歧出者。峰顶有石如龟,长二十余丈,(玉女)祠即踞其上。石背圆洼五,深如臼,中涵积水,作绀碧色,即玉女洗头盆。"

玉妃溪 明曹学佺《蜀中名胜记》卷九:"武都山有玉妃溪。《成都耆老传》载:妃与五丁同生,父母弃之溪,后闻呱呱声,就视,乃一女五男。女即蜀妃,男即五丁,故《华阳国志》云,武都山精化为美女也。"参见"五丁力士"(63页)。

玉红草 《尸子》卷下:"赤县神州者,实为昆仑之墟,玉红之草生焉,食其实而醉卧三百岁而后寤。"

玉馈酒 《神异经·西北荒经》:"西北荒中,有玉馈之酒,酒泉注焉。……酒美如肉,澄清如镜。上有玉尊玉筥,取一尊,一尊复生焉。"参见"追复"(230页)。

玉醴泉 《十洲记》:"瀛洲……出泉如酒,味甘,名之为玉醴泉。饮之数升辄醉,令人长生。"

玉斧修月 唐段成式《酉阳杂俎·天咫》:"大和中,郑仁本表弟……常与一王秀才游嵩山……将暮,不知所之。徒倚间……见一人布衣,甚洁白,枕一襆物,方眠熟。即呼之,曰:'某偶入此径,迷路,君知向官道否?'其人举首略视,不应,复寝。又再三呼之,乃起,坐顾曰:'来此。'二人因就之,且问所自。其人笑曰:'君知月乃七宝合成乎?月势如丸,其影,日烁其凸处也,常有八万二千石修之,予即一数。'因开襆,有斤凿数事,玉屑饭两裹,授与二人。曰:'分食,此虽不足长生,可一生无疾耳。'乃起与二人,指一支径:'但由此自合官道矣。'言已不见。"按宋王安石《题画扇》诗:"玉斧修成宝月团。"谓此。

玉垒山 晋常璩《华阳国志·蜀志》:"七国称王,杜宇称帝。……会有水灾,其相开明决玉垒山以除水害。"杜甫《登楼》诗:"锦江春色来天地,玉垒浮沈变古今。"谓此。明曹学佺《蜀中名胜记》卷六引《灌县志》云:"玉垒山去县三百里,众峰丛拥,远望无形,惟云表崔嵬稍露。山石莹洁可为器,亦砥砆之类。"参见"玉山"。

玉烛宝典 书名。隋杜台卿撰。原十二卷,今存七卷。是书"以《月令》为主,触类而广之,博采诸书,旁及时俗,月为一卷,颇号详洽。"(《直斋书录题解》)盖亦岁时记之流亚。其引古书有关神话传说处,可参考。

玉芝堂谈荟 书名。明徐应秋编。三十六卷。多采小说杂记而成,全书以事为类,连类而及,各标以目,如"解鸟兽语"、"斩龙刺虎"等,备引诸书以证之。虽不免流于繁琐猥芜,然其中旧闻传说、名物掌故颇富,可供采择。

玉函山房辑佚书 书名。清马国翰辑。搜集唐以前亡佚之古籍五百九十四种,分经、史、子三编。并作叙录冠于每种之首,为规模巨大之辑佚书。古代神话传说资料,恒见于书中。

龙 《说文》十一:"龙,鳞虫之长,能幽能明,能细能巨,能短能长,春分而登天,秋分而

潜渊。"据此,则龙盖神物。古者神人多乘龙。如*祝融"乘两龙",*夏后启"乘两龙",*蓐收"乘两龙",*句芒"乘两龙",《大戴礼·五帝德》"颛顼乘龙而至四海","帝喾春夏乘龙",等等。传说龙复可以驯扰。《左传·昭公二十九年》:"古者畜龙,故国有豢龙氏,有御龙氏。……昔有扬叔安,

龙 汉代画像石刻

有裔子曰董父,实甚好龙,能求其耆欲,以饮食之,龙多归之。乃扰畜龙,以服事帝舜,帝赐之姓曰董氏,曰豢龙。……故帝舜氏世有畜龙。"又宋钱希白《南部新书》辛云:"龙之性麄猛而畏蜡,爱玉及空青,而嗜烧燕肉,故食燕肉人不可渡海。"亦为异闻。《广雅》云:"有鳞曰蛟龙,有翼曰应龙,有角曰虬龙,无角曰螭龙。"《易》曰:"云从龙。"又曰:"飞龙在天。"龙之类别及情状略尽于斯。

龙工 谓龙工衣。《楚辞·天问》洪兴祖补注引《列女传》:"瞽叟……复使浚井。舜告二女,二女曰:'时亦惟其戕汝,时其掩汝,汝去裳,衣龙工往。'"今本《竹书纪年》注云:"舜父母憎舜,使浚井,自上填之,舜服龙工衣,自旁而出。"

龙山 *日月所入山之一。《山海经·大荒西经》:"大荒之中,有龙山,日月所入。"

龙门 《书·禹贡》:"导河积石,至于龙门。"《吕氏春秋·爱类》:"昔上古龙门未开,吕梁未发,河出孟门,大溢逆流,无有丘陵沃衍平原高阜,尽皆灭之,名曰鸿水。禹于是疏河决江,为彭蠡之障,乾东土,所活者千八百国,此禹之功也。"参见"禹凿龙门"(237页)。

龙女 《太平御览》卷八〇三引《梁四公记》略云:震泽中东海龙王女掌龙王珠藏。龙嗜烧

龙女　明臧懋循编《元曲选》

燕。(梁武)帝以烧燕献龙女,龙女食之大喜,以大珠三、小球七、杂珠一石以报帝。按《四公记》,或说唐梁载言撰。此乃龙女一词之较早见诸载籍者。又唐岑参《龙女祠》诗云:"龙女何处来,来时乘风雨。祠堂青林下,宛宛如相语。蜀人竞祈思,捧酒仍击鼓。"知其时龙女已为民间所奉祀。再后,唐李朝威小说《柳毅》略谓柳毅应举下第,过泾阳,为牧羊女传书,遂至龙宫。乃知女为洞庭龙君小女,误嫁匪类,困辱于泾川龙子。其叔钱塘龙闻而愤往擒食之,携女还,因欲以女妻毅。毅以义所不当峻拒之,然意不能无惓惓。后辞别龙君,载赠遗珍宝归家。初娶张氏、韩氏,皆相继亡,乃再婚于范阳卢氏。"居月余,毅因晚入户,视其妻,深觉类龙女,而逸艳丰厚,则又过之。因与话昔事,妻曰:'余即洞庭君之女也。'"唐末复有人仿此作《灵应传》,龙女则为善女湫九娘子神。五代蜀杜光庭《录异记》卷五亦云:"柳子华,唐朝为成都令,龙女来与为匹偶。"至于《太平广记》卷四二一"刘贯词"条引《续玄怪录》之"龙妹",卷四二二"许汉阳"条引《博异志》之"水龙王诸女",亦俱是龙女。龙女灵异为唐人乐道不衰如此。

龙子 《史记·吴太伯世家》:"太伯、仲雍……文身断发。"集解引应劭云:"断其发,文其身,以象龙子,故不见伤害。"《列仙传》"琴高入涿水中取龙子","骑龙鸣求得龙子状如守宫者十余头养而守之":龙子固为神物。

龙马 《汉唐地理书钞》辑《遁甲开山图》:"陇西神马山有渊池,龙马所生。"明陈仁锡《潜确类书》卷一一一引《瑞应图》云:"龙马者,神马也,河水之精。高八尺五寸,长颈,胳上有翼,旁有垂毛,鸣声九音,有明王则见。"或即此。《汉书·礼乐志》应劭注云:"乘黄,龙翼而马身,黄帝乘之而仙。"当亦是龙马之属。参见"乘黄"(266 页)。

龙王 《太平广记》卷四一八"震泽洞"条引《梁四公记》:"震泽中,洞庭山南有洞穴,深百余尺……旁行,升降五十余里,至一龙宫。……盖东海龙王第七女掌龙王珠藏,小龙千数卫护此珠。"此或为中国龙王之称之初见载籍者。又唐李朝威小说《柳毅》所谓"洞庭龙君",当亦即龙王。演变至明吴承恩小说《西游记》,遂有孙悟空大闹东海,东海龙王敖广被迫献出天河定底神针(即如意金箍棒);泾河龙王降雨误点失期,"犯了天条",为魏徵丞相梦中所斩;祭赛国碧波潭万圣龙王盗去佛塔舍利子,为悟空、八戒所擒获等叙写。《西游记》中所谓龙王,不仅东海有之,西海、南海、北海亦有,进而至于河、潭亦有。继《西游记》之后,又有明吴元泰《东游记》,叙八仙过海事,其中八仙曾与龙王大战,"火烧东洋"。

龙刍 草名。《述异记》卷上:"东海岛龙川,

穆天子养八骏处也。岛中有草名龙刍，马食之，一日千里。古语云：'一株龙刍，化为龙驹。'"

龙母 唐刘恂《岭表录异》卷上："温媪者，即康州悦城县媪妇也，绩布为业。尝于野岸拾菜，见沙草中有五卵，遂收归置绩筐中。不数日，忽见五小蛇壳，一斑四青，遂送于江次。固无意于报也。媪常濯浣于江边。忽一日，鱼出水跳跃，戏于媪前。自尔为常，渐有知者。乡里咸谓之龙母，敬而事之。或询以灾福，亦言多征应。自是媪亦渐丰足。朝廷知之，遣使征入京师，至义全岭，有疾，却返悦城而卒。乡里共葬之江东岸。忽一夕，天地冥晦，风雨随作。及明，已移其冢，并四面草木，悉移于西岸矣。"又近人容肇祖有《德庆龙母传说的演变》(见《民俗周刊》第九期)，述其来踪去迹甚详。

龙池 《汉唐地理书钞》辑《九州要记》："龙池。春秋扬叔氏有裔子董父，好龙，舜遣养二龙于陶丘，是为豢龙氏。今池在焉。"参见"豢龙氏"(337页)。

龙村 清屈大均《广东新语》卷十五："合浦人向有得一龙珠者，不知其为宝也，以之易粟。其人纳之口中，误吞之，腹遂胀满，不能食。数数入水。未几，遍体龙鳞，遂化为龙。所居室陷成深渊，故今谓之龙村。"

龙龟 《山海经·北山经》："堪山……堪水出焉，而东流注于泰泽，其中多龙龟。"郝懿行云："疑即吉吊也，龙种龟身，故曰龙龟。"参见"吉吊"(125页)。

龙鱼 谓*人鱼。《山海经·海外西经》："龙鱼陵居在其北，状如狸。一曰鰕。即有神圣乘此以行九野。一曰鳖鱼在夭野北，其为鱼也如鲤。"按经文"状如狸"，郝懿行云："狸当为鲤，字之讹。"此龙鱼当即*陵鱼，亦即人鱼。龙、陵一声之转；又龙鱼"一曰鰕"，《尔雅·释鱼》云："鲵大者谓之鰕。"《本草纲目》云："鲵鱼，一名人鱼。"而"人面手足鱼身在海中"之陵鱼，正是人鱼形貌。

龙须 草名。晋崔豹《古今注》卷下："世称皇(黄)帝炼丹于凿砚山，乃得仙，乘龙上天。群臣援龙须，须堕而生草，曰龙须。"又《山海经·中次九经》云："贾超之山……其中多龙修。"郭璞注："龙须也，似莞而细，生山石穴中，茎倒垂，可以为席。"所说当是。修、须(鬚)声转。

龙宫 谓水中龙神居所。《太平御览》卷八〇三引《梁四公记》："震泽洞庭山南有洞穴，深百余尺，旁行五十余里，至龙宫。"《录异记》卷五："柳子华，唐朝为成都令，龙女来与为匹偶。子华罢秩，不知所之，俗云入龙宫得水仙矣。"又云："海龙王宅，在苏州东。入海五六日程，小岛之前，阔百余里。每望此水上，红光如日，上与天连，船人相传龙王宫在其下矣。"按龙宫构想，屈原《九歌·河伯》"鱼鳞屋兮龙堂，紫贝阙兮朱宫"，已启其端倪，惟是以为水神河伯之居，未有龙宫之名。至唐李朝威小说《柳毅》，径写龙宫，惟仍未揭出龙宫之名。《太平广记》卷四一八"李靖"条引《续玄怪录》记唐卫国公李靖微时射猎山中，夜入巨宅，见宅主太夫人，夫人告之曰："此非人宅，乃龙宫也。"龙宫之名虽见，而在山中，亦为异闻。足见唐人于龙宫构想，尚无成见。而唐道世《法苑珠林》卷十一引《长阿含经》云："大海北岸一树名究罗瞫摩，树东有卵生龙宫，树南有胎生龙宫，树西有湿生龙宫，树北有化生龙宫，各各纵广六千由旬。"又引《菩萨处胎经》云："尔时龙子即于鸟宫中说颂云：'犯

龙龟

戒作龙身,我宫在海内。'鸟闻龙子所说,即随龙子到海宫殿。"则龙宫一语及其居山居海设想,盖亦均自西来。

龙珠 《述异记》卷上:"凡珠有龙珠,龙所吐者……越人谚云:'种千亩木奴,不如一龙珠。'"按木奴,柑橘之别名。参见"龙村"。

龙渊 剑名。汉袁康《越绝书·外传记宝剑》:"楚王令风胡子之吴,见欧冶子、干将,使人作铁剑……三枚,一曰龙渊,二曰泰阿,三曰工布。"

龙婚 《北梦琐言逸文》(清缪荃孙辑)卷四:"彭州蒙阳县界,地名清流,有一湫。乡俗云,此湫龙与西山慈母池龙为昏(婚),每岁一会。新繁人王睿乃博物者,多所辨正,尝鄙之。秋雨后经过此湫,乃遇西边雷雨冥晦,狂风拔树,王睿縶马障树而避。须臾,雷电之势止于湫上,倏然而霁,天无纤云。诘彼居人,正符前说也。"

龙公竹 清屈大均《广东新语》卷二十七:"罗浮有大竹……大径七尺,围节长丈二,谓之龙公竹。尝有鸾凤栖宿。其东有溪曰罗阳,永泰中暑雨溪涨,有竹叶若芭蕉叶大,随水流出。须臾一竹阔二尺余,长二丈随之,盖龙公之竹也。"

龙穴山 ❶明陈仁锡《潜确类书》卷十六:"龙穴山,在六安州,上有张龙公祠。《记》云,张路斯,颍上人,仕唐为宣城令,生九子。每夕,戌出且归,体湿且冷。夫人石(氏)异之。公曰:'吾龙也,蓼人郑祥远亦龙也,据吾池,屡与之战,不胜,明日取决。令吾子射:系鬣以青绢者郑也,绛绢者吾也。'子遂射,中青绢者。郑衄,怒投合肥西山死,即今龙穴(山)也。"❷即"龙像岩"。

龙母庙 《古今图书集成·神异典》卷五一引《温州府志》:"龙母庙,庙在瑞应乡黄塘。神姓江氏,方笄未嫁,浣纱见石,吞之,遂有娠。以父母疑,跃江溺死。忽雷电交作,其腹进蜥蜴成龙入海,犹回顾其母。今其港有望娘汇。邑人因葬之,为立祠。"清同治丙寅重刊乾隆《温州府志》卷三〇"记异"云:"龙母。永嘉苍山周氏女及笄未字,汲水溪边,见一卵悦之,取含于口,不觉吞下,遂有娠。后产一白龙,女惊死。乡人取其骸骨塑以泥,置岩洞间,旱则迎之祈雨。"所记与上述略异。

龙耳李 宋王铚《云仙杂记》卷一:"龙耳李,崔奉国家一种李,肉厚而无核。识者曰:'天罚乖龙,必割其耳,耳血堕地,故生此李。'"参见"乖龙"(197页)。

龙关山 见"禹凿龙门"(237页)。

龙池山 《汉唐地理书钞》辑《括地图》:"龙池之山,四方高,中央有池,方七百里,群龙居之。多五花树,群龙食之。去会稽四万五千里。"

龙伯国 晋张华《博物志·异人》:"《河图玉版》云:'龙伯国人长三十丈,生万八千岁而死。'"

龙肝瓜 《洞冥记》卷三:"种火之山……有龙肝瓜,长一尺,花红叶素,生于冰谷,所谓冰谷素叶之瓜。仙人瑕丘仲采药得此瓜,食之千岁不渴。瓜上恒如霜雪,刮尝如蜜滓。"

龙驹石 清陈元龙《格致镜原》卷七引《北窗炙輠》:"有人曾畜一石,胡人以十万购之,其人与之,而诘其异。胡人令取盆水,置石其中,视中有一马现石中,状如飞动。其人问其所用。曰:'此龙驹石也,以水浸之饮马,马辄生龙驹,无价宝也。'"

龙城录 书名。旧本题唐柳宗元撰。二卷。龙城谓柳州。《旧唐书·经籍志》、《新唐书·艺文志》不载,宋葛峤始编之柳集中,何远《春渚纪闻》以为宋王铚伪作,《朱子语录》亦以为柳文后《龙城录》,王铚为之。是书多志唐代朝野轶事,新奇可喜。中亦有关神话传说,如赵昱斩蛟、唐明皇游月宫等。

龙首山 《太平御览》卷四三引《辛氏三秦记》:"龙首山长六十里,头入渭水,尾达樊川,头高二十丈,尾渐下,高五六丈,土赤不毛。昔有黑龙出山饮水,其行道成土山。今长安城即疏山为台基殿址,不假筑。"北魏郦道元《水经注·渭水》云:"高祖在关东,令萧何成未央宫,何斩龙首山而营之。"即此。

龙绡宫 《述异记》卷上:"南海有龙绡宫,泉先织绡之处。"此泉先即＊鲛人。

龙盘山 《太平御览》卷三八八引《述征记》:"齐有龙盘山,上有大脚,姜嫄所履迹。"参见"后稷"(138页)。

龙像岩 亦名"龙穴山"。《太平寰宇记》卷八四:"龙穴山在(阴平)县东北五十里,亦名龙像岩。……古老相传,昔此山有龙斗死,血变为石。……《益州记》云:'龙血东有龙像岩,绝壁约万余丈,有四石龙在壁间,今犹可验。岩之东北有洞穴,莫测深浅,泉出其下。'"

龙生九子 明杨慎《升庵外集》卷九五:"俗传龙生九子,不成龙,各有所好:一曰赑屃,形似龟,好负重,今石碑下龟趺是也;二曰螭吻,形似兽,性好望,今屋上兽头是也;三曰蒲牢,形似龙而小,性好叫吼,今钟上钮是也;四曰狴犴,形似虎,有威力,故立于狱门;五曰饕餮,好饮食,故立于鼎盖;六曰蚣蝮,性好水,故立于桥柱;七曰睚眦,性好杀,故立于刀镮;八曰金猊,形似狮,性好烟火,故立于香炉;九曰椒图,形似螺蚌,性好闭,故立于门铺首。"按《玉芝堂谈荟》引《怀麓堂集》及《菽园杂记》说与此又略有不同,大抵皆传闻互歧而异辞。

龙鱼河图 书名。汉代纬书之一。作者不详。原书已佚。《说郛》(百二十卷本)、《汉学堂丛书》及《古微书》等均有辑录。其书记玄女助黄帝制服蚩尤及昆仑天柱、玄洲、祖洲等事,略可供神话研究参考。

龙威丈人 清马骕《绎史》卷八六引《吴越春秋》(今本无):"禹治洪水,至牧德之山,见神人焉,谓禹曰:'劳子之形,役子之虑,以治洪水,无乃怠乎?我有《灵宝五符》,以役蛟龙水豹。'因授禹而诫之,曰:'事毕可秘于灵山。'禹成功后,藏于洞庭苞山之穴。至吴王阖闾之时,有龙威丈人,得符献之。吴王以示群臣,皆莫能识。乃令赍符以问孔子,曰:'吴王闲居,有赤乌衔此书,以至王所,莫辨其文,故令远询。'孔子曰:'昔禹治水于牧德之山,遇神人,授以《灵宝五符》,后藏洞庭之苞山,君王所得,无乃是乎?赤乌之事,某所未闻。'"同书同卷引《灵宝要略》云:"昔太上以《灵宝》五篇真文,以授帝喾。帝喾将仙,封之于钟山。至夏禹巡狩,度弱水,登钟山,遂得是文。后复封之包山洞庭之宝。吴王阖闾出游包山,见一人,自言姓山名隐居。阖闾扣之。乃入洞庭,取素书一卷,呈阖闾。其文不可识,乃令人赍之,问孔子。孔子曰:'丘闻童谣曰:吴王出游观震湖,龙威丈人山隐居。北上包山入云墟,乃入洞庭窃禹书。天地大文不可舒,此文长传百六初,若强取出丧国庐。'阖闾乃尊事之。"所记即其事。

龙宫造殿 清王士禛《古夫于亭杂录》卷一:"宁海州有木工十数人,浮海至大洋,忽沈舟,其家皆已绝望矣。阅八年,乃俱归。言舟初入洋,候有夜叉四辈,掣其四角入水。至一处,宫阙巍焕,如王者之居。曰:'此龙宫也,王欲造宫殿而匠役缺,故召尔辈至此,无恐也。'寻传王命令入,亦不见王,遂至工所。各使饮酒一瓯,即不饥渴。如是八年,不思饮食,而工作不辍。工既竣,夜叉复传命:

'尔辈久役于此,今可归矣!王有犒直,已在舟中,可自取之。'各令饮蜜浆一碗。夜叉引入舟,复撮其四角,舟已出水上,其行甚驶,顷之抵岸。忽觉饥渴,乃觅酒肆饮食,而舟中先已有钱数百千,持以归。舟主,杨御史也。操舟者得珊瑚树一株于洋中,持以献,盖亦龙王所酬也。"

〔丨〕

田章 《敦煌变文集·搜神记》略云:昔有田昆仑者,家贫未娶。禾熟时见三女于池洗浴,其二抱天衣飞去,昆仑攫得小者天衣,遂挟以为妻,携回见母。经年产子,名曰田章。昆仑被点兵西行,三年不返。女乃向母索看天衣,屡经恳求,母不忍拂其意,即发藏界之。女著衣便腾空上天而去,虽母哀号,不之顾也。然终念儿子,乃与二姊复下凡游戏,冀见其儿。其时田章五岁,受董仲先生教来觅母。三女遂将天衣共乘小儿上天。天公怜悯外甥,遂教其方术伎能。经四五日,儿年已十五矣。天公即与以文书八卷,令其下凡。儿三才俱晓,天子闻知,即召为宰相。后犯事,遂流配西荒之地。某日天子田猎,射得一鹤,嗉内得一小儿,长三寸二分,复得一板齿,亦长三寸二分。以问君臣,众皆不识。乃召田章问之,竟答略如《博物志》陈章对齐桓公之言。天子又问大声小声、大鸟小鸟,章均对答如流,略无滞塞。遂拜章为仆射。自此以来,"天下人民始知田章是天女之子也"。又《渊鉴类函·人部十五》引《博物志》(又见《太平御览》卷三七八引,此引义较胜),云:"齐桓公猎,得一鸣鹄,宰之,嗉中得一人,长三寸三分,著白圭之袍,带剑持刀,骂詈瞋目。后又得一折齿,方圆三尺。问群臣曰:'天下有此及小儿否?'陈章答曰:'昔秦胡克一举渡海,与齐鲁交战,折伤板齿;昔李子敖于鸣鹄嗉中游,长三寸三分。'"即此。陈、田古本一姓,《史记·田敬仲完世家》:"(陈公子)完之奔齐……以陈为田氏。"则陈章即田章。《韩非子·外储说右下》:"田鲔教其子田章曰:'欲利而身,先利而君;欲富而家,先富而国。'"则田章其人书传有之。《汉晋西陲木简二编》(张凤编)亦有"田章"一简,文云:"……为君子。田章对曰:臣闻之,天之高万万九千里,地之广亦与之等。山丘溪谷,南起江海……"知田章传说,由来已久。

叫石 《太平寰宇记》卷一〇七:"叫石,在(信)州西九十里,巨石枕江,有数十穴,亦如口。古老相传,云织女失缨,九石不能上,石叫夫(太?)一作大琛山,其势似遏流,其缨乃上。"按文字疑有讹误,不甚可解,姑断句如此。"织女失缨"亦神话之异闻。

叶镜湖 湖一作池。明陈仁锡《潜确类书》卷三二:"叶镜湖在大理府云南县。湖中有石如镜,故有波犬铺,去县二十里;月镜铺,去县三十里。皆大理段思平故事。"参见"段思平"(229页)。

旧小说 书名。近人吴曾祺辑。分甲、乙、丙、丁、戊、己六集。一九三五年商务印书馆出版。所收小说,自汉魏六朝以至清末,凡数百种,其中多世所罕见者,可供神话研究参考。

目羽鸡 即"远飞鸡"(152页)。

卢沟桥 明刘侗、于奕正《帝京景物略》卷三:"卢沟桥跨卢沟水,金明昌初建,我正统九年修之。桥二百步,石栏列柱头,狮母乳,顾抱负赘,态色相得,数之辄不尽。俗曰:鲁公输班神勒也。……卢沟数溃,冈决圮于桥,桥有神焉。万历三十五年,阴霖积旬,水滥发,居民奔桥上数千人,见前水头过桥且丈,数千人喧号,当无活理。未至桥,水光洞冥间,有巨神人,向水头接令下伏,从桥孔中去。"

兄弟石 《述异记》卷下:"儋耳郡明山有二石,如人形。云昔有兄弟二人,向海捕鱼,因化为石,因号兄弟石。"

冉遗鱼 《山海经·西次四经》:"英鞮之山……涴水出焉,而北流注于陵羊之泽。是多冉遗之鱼。鱼身蛇首六足,其目如马耳,食之使人不眯,可以御凶。"《太平御览》卷九三九引此经作"无遗之鱼"。《庄子·天运》云:"彼不得梦,必且数眯焉。"释文引司马彪云:"眯,厌也。"《西次三经》翼望之山鵸鵌,"服之使人不厌",郭璞注:"不厌梦也。""不眯"当作此解。

冉遗鱼

电父 《三国志·魏志·管辂传》注引《辂别传》:"天昨檄召五星,宣布星符,刺下东井,告命南箕,使召雷公电父,风伯雨师。"参见"电母"。

电母 ❶雷公之配偶神。俗亦谓闪电娘娘。唐崔致远《桂苑笔耕集》卷十六《补安南录异图记》:"然后使电母雷公,凿外域朝天之路。"宋苏轼《次韵章传道喜雨》诗:"麾驾雷公诃电母。"又《元曲选·柳毅传书》第二折云:"泾河老龙上云:'今有钱塘火龙与俺小龙斗胜,未知胜败,我使的雷公、电母看去了,这早晚敢来报捷也。'正旦改扮电母两手持镜上云:'这一场厮杀非同小可也。'"其为雷公之配偶神可见。"两手持镜",以状闪电。❷琴名。清陈元龙《格致镜原》卷四六引《古琴录》:"帝俊有琴名电母,夏月电光一照,则絃自鸣。"

史记 书名。原名《太史公书》。西汉司马迁撰。百三十篇。为我国第一部纪传体通史。记事起于黄帝,迄于汉武帝,首尾共三千年左右。全书分十二本纪、十表、八书、三十世家、七十列传。其中亦间存古代神话传说。注释有南朝宋裴骃《集解》、唐司马贞《索隐》、张守节《正义》等,皆有发明。

史皇 黄帝臣。《世本·作篇》(清张澍稡集补注本):"史皇作图。"宋衷注:"史皇,黄帝臣也;图谓画物象也。"又《淮南子·修务训》云:"史皇产而能书。"高诱注:"史皇,苍颉。"《春秋纬元命苞》(《汉学堂丛书》辑)亦云:"仓帝史皇名颉。"此史皇、*苍颉为一人。然《路史·发挥一》引《世本》云:"史皇、苍颉同阶。"是史皇、苍颉明为二人。且史皇作图,苍颉作书,传说亦有不同。自《淮南子》"史皇产而能书"一语出,遂渐混而无别。《世本》有"敤首(手)作画"语,作画即作图,则史皇之作自先于 *敤首(手)。

归终 《艺文类聚》卷九五引《淮南万毕术》:"归终知来,狌狌知往。"注:"归终,神兽。"

归墟 《列子·汤问》:"渤海之东,不知几亿万里,有大壑焉,实惟无底之谷,其下无底,名曰归墟。八纮九野之水,天汉之流,莫不注之,而无增减焉。"《山海经·大荒东经》云:"东海之外大壑,少昊之国。少昊孺帝颛顼于此,弃其琴瑟。"即此。

归藏 书名。作者及成书年代不详。相传为《周易》前之古《易》。原书汉初已亡,清马国翰《玉函山房辑佚书》辑有一卷。郭璞注《山海经》已多引此书,刘勰《文心雕龙·诸子篇》亦谓:"《归藏》之经,大明迂怪,乃称羿毙十日,嫦娥奔月。"其书之内容大略可见。就今所存《郑母经》、《启筮篇》中之佚文观之,确多关于鲧、禹、启、羿等神话传说,可以与《山海经》、《楚辞》所述互相参证。

北户 《尔雅·释地》:"觚竹、北户、西王母、日下,谓之四荒。"郭璞注:"觚竹在北,北户在南，西王母在西，日下在东，皆四方昏荒之国。"郝懿行云："北户，《淮南子·墬形篇》作反户。高诱注：'在日之南，皆为北乡户，故反其户也。'"参见"北胊国"。

北冥 《庄子·逍遥游》："北冥有鱼，其名为鲲。"释文："北冥，本亦作溟，北海也。东方朔《十洲记》云：'海水正黑而谓之冥海也。无风而洪波百丈。'"郭庆藩云："慧琳《一切经音义》三十一《大乘入楞经卷二》引司马云：'溟谓南北极也，去日月远，故以溟为名也。'"

北齐国 《山海经·大荒北经》："有北齐之国，姜姓，使虎、豹、熊、罴。"按《说文》十二云："姜，神农居姜水以为姓。"则此姜姓之北齐国，盖*神农后裔。

北狄国 黄帝裔。《山海经·大荒西经》："有北狄之国。黄帝之孙曰始均，始均生北狄。"

北胊国 《山海经·海内南经》："北胊国……在郁水南。"郝懿行云："疑即北户也。《尔雅疏》引此经作北煦，户、煦声之转。《尔雅·释地》四荒有北户，郭注云：'北户在南。'"参见"北户"。

北海水仙 宋王象之《舆地纪胜》卷一七四："昔有蜀士韦昉窦岩，夜泊涪陵江。忽遇龙女，遣骑迎入宫。后昉以状元及第，十年后知简州，龙女复遣（遗）书相迎，敕命昉充北海水仙。"参见"龙女"(99页)。

北堂书钞 类书名。唐虞世南辑。一百六十卷。北堂系秘书省后堂，此书盖辑者任隋秘书郎时所作。摘录群书名言隽句，分类编排，凡八百五十二类。明陈禹谟刻本曾删改续补，已非原貌。清孙星衍、严可均等据影宋本校注，始得复原。其所引多今佚之古书，如《太公金匮》、《六韬》等，亦可资神话传说研究参考。

四鸟 谓豹、虎、熊、罴四兽。《山海经·大荒东经》："有芶国，黍食，使四鸟：虎、豹、熊、罴。"郝懿行云："经言皆兽，而云使四鸟者，鸟兽通名耳。使者，谓能驯扰役使之也。"郝说得之。此虎、豹、熊、罴，宋本作豹、虎、熊、罴。《山海经》凡记有使四鸟——豹、虎、熊、罴能力之国，多属天帝帝俊之裔，芶国疑亦入此列。据《书·舜典》："帝（舜）曰：'畴若予上下草木鸟兽？'佥曰：'益哉！'……益拜稽首，让于朱、虎、熊、罴。帝曰：'俞，往哉！汝谐。'"清梁玉绳《汉书人表考》卷二云："江东语豹为朱。"则此"朱、虎、熊、罴"旧注以为舜之四臣者，实即"豹、虎、熊、罴"四兽。益，即燕。益古文作𩀱，即燕之象形，亦《诗·商颂·玄鸟》所谓"天命玄鸟，降而生商"之玄鸟。益为传说中商族之祖先，帝俊与舜无非此神之化身。帝俊即殷墟卜辞所谓"高祖夋"者，夋，甲骨文作𡕐或作𡖈，为一鸟头人身或猴身之怪物。古既有"玄鸟生商"之说，其鸟头者当亦为玄鸟（燕）之头。则帝俊（舜）与益，实二而一。《舜典》谓舜使益驯草木鸟兽而为之长，益"让于朱、虎、熊、罴"者，盖益与豹、虎、熊、罴四兽争神而四兽不胜，终臣服于益，故益之子孙为国于下方者均有役使四兽之能力。帝俊即益，故《山海经》帝俊之裔亦有"使四鸟：豹、虎、熊、罴"之记叙。

四极 ❶天之四极。《淮南子·览冥训》："往古之时，四极废，九州裂；天不兼覆，地不周载。于是女娲炼五色石以补苍天，断鳌足以立四极。"按极，谓栋。此言四极，犹言屋顶四方之梁柱。梁柱毁坏，屋亦随坍，盖古人设想天覆地之情况如此。❷地之四极。清马骕《绎史》卷一引《五运历年记》："盘古垂死化身……四肢五体为四极五岳。"此四极，指四方极远之地。《楚辞·离骚》云："览相观于四极兮。"即此。

四灵 ❶谓四异兽。《礼记·礼运》:"麟、凤、龟、龙,谓之四灵。"参见"麒麟"、"凤凰"、"龟"、"龙"。❷谓四星名。《三辅黄图》卷三:"苍龙、白虎、朱雀、玄武,天之四灵,以正四方。"按*苍龙、*白虎、*朱雀、*玄武均星名。

四荒 《楚辞·离骚》:"忽反顾以游目兮,将往观乎四荒。"洪兴祖补注:"《尔雅·释地》:'觚竹、北户、西王母、日下,谓之四荒。'皆四方昏荒之国。"参见"北户"(104页)。

四海 《楚辞·九歌·云中君》:"览冀州兮有余,横四海兮焉穷。"又《礼记·祭义》云:"夫孝,置之而塞乎天地,溥之而横乎四海;……推而放诸东海而准,推而放诸西海而准,推而放诸南海而准,推而放诸北海而准。"则所谓四海者,谓中国东西南北四面之海。此盖古人想象中之天下。

四蛇 《山海经·海内东经》:"汉水出鲋鱼之山,帝颛顼葬于阳,九嫔葬于阴,四蛇卫之。"郭璞注:"言有四蛇卫守山下。"《海外北经》云:"轩辕之丘,在轩辕国北,其丘方,四蛇相绕。""相绕"亦"卫之"之意,四蛇盖为神蛇。

四方风 《刘晦之家藏骨》:"东方曰析,凤曰劦;南方曰夷,凤曰光;西方曰彝,凤曰韦;北方曰㱿,凤曰殿。"(见丁山《中国古代宗教与神话考·四方之神与风神》引)按卜辞"凤"即"风"字,即古四方风之风名。《山海经》所记四方风及四方之神当由此而来。参见"因因乎"(131页)、"石夷"(94页)、"折丹"(159页)。

四味木 即"仙树"(108页)。

四游记 明四种小说之合集。一曰《上洞八仙传》,即《东游记》,吴元泰撰,叙八仙成道故事。二曰《五显灵官大帝华光天王传》,即《南游记》,余象斗编,叙华光大闹天宫地府事。三曰《北方真武玄天上帝出身志传》,即《北游记》,余象斗编,叙真武成道及降妖事。四曰《西游记传》,杨志和编,即吴承恩《西游记》之节本。除《西游记传》外,均杂采民间传说而成,以《上洞八仙传》最富特色。

四海海神 《北堂书钞》卷一四四引《太公金匮》:"四海之神,南海之神曰祝融,东海之神曰句芒,北海之神曰玄冥,西海之神曰蓐收。"此四海海神乃五方神中炎帝、太皞、颛顼、少昊之属神。而《山海经·大荒东经》云:"黄帝生禺貌,禺貌生禺京(郭璞注:即禺彊也),禺京处北海,禺貌处东海,是为海神。"《大荒南经》云:"南海渚中,有神……名曰不廷胡余。"《大荒西经》云:"西海渚中,有神……名曰弇兹。"此四海海神中仅禺京(禺彊)即玄冥(见《海外北经》郭璞注)与《太公金匮》所说相同。

〔丿〕

丛帝 《全上古三代秦汉三国六朝文·全汉文》辑《蜀王本纪》:"鳖灵即位,号曰开明帝。"晋常璩《华阳国志·蜀志》:"开明位号曰丛帝。"参见"杜宇"(158页)。

犰狳 《山海经·东次二经》:"余峨之山……有兽焉,其状如菟而鸟喙,鸱目蛇尾,见人则眠(郭璞注:'言佯死也。'),名曰犰狳(原作"犰徐",据毕沅、郝懿行校改),其鸣自讠斥,见则螽蝗为败。"郭璞注:"言伤败田苗。"

氐人国 炎帝裔。《山海经·海内南经》:"氐人

氐人国

国在建木西，其为人人面而鱼身，无足。"《大荒西经》："有互人之国。炎帝之孙名曰灵恝，灵恝生互人，是能上下于天。"郝懿行云："互人国即《海内南经》氐人国，氐、互二字，盖以形近而讹，以俗氏正作互字也。"

务光 务一作瞀。《列仙传》卷上："务光者，夏时人也。耳长七寸，好琴，服蒲韭根。"《韩非子·说林上》："汤以（同已）伐桀，而恐天下言己为贪也，因乃让天下于务光。而恐务光之受之也，乃使人说务光曰：'汤杀君而欲传恶声于子，故让天下于子。'务光因自投于河。"《庄子·让王》云："汤又让瞀光，瞀光乃负石自沈于庐水。"此即韩非书之本。又《玉函山房辑佚书》辑《苻子》云："务光自投庐，庐江之伯以赤鲤送之。"

务隅山 一作"附禺"。颛顼葬所。《山海经·海外北经》："务隅之山，帝颛顼葬于阳，九嫔葬于阴。一曰爰有熊、罴、文虎、离朱、鸱久、视肉。"《大荒北经》："东北海之外，大荒之中，河水之间，附禺之山，帝颛顼与九嫔葬焉。爰有鸱久、文贝、离俞、鸾鸟、凤鸟（原作'皇鸟'，据王念孙、郝懿行校改）、大物、小物。有青鸟、琅鸟、玄鸟、黄鸟、虎、豹、熊、罴、黄蛇、视肉、璿、瑰、瑶、碧，皆出于山（原作'皆出卫于山'，据王念孙、郝懿行校改）。"

尔雅 书名。为汉代小学家缀辑旧文递相增益之作。今本十九篇。其书《释地》之比翼鸟、比目鱼、比肩兽、比肩民，《释鸟》之凤皇、狂、鸰，《释鱼》之能、鲵，《释兽》之猰貐、狒狒等，均有关神话传说。有晋郭璞注，宋邢昺疏。清邵晋涵撰《尔雅正义》，郝懿行撰《尔雅义疏》，较为详密。

尔雅翼 书名。宋罗愿撰。三十二卷。分草、木、鸟、兽、虫、鱼六类，大致与《埤雅》相类，而引据精确，持论谨严，则远在其上。其所

引述，亦每涉神话传说，如七夕鹊桥，少皞佳鸠之类。

句龙 共工子。《左传·昭公二十九年》："共工氏有子曰句龙，为后土。"《国语·鲁语上》："共工氏之伯九有也，其子曰后土，能平九土，故祀以为社。"参见"后土"(138页)、"社神"(174页)。

句芒 神名。《山海经·海外东经》："东方句芒，鸟身人面，乘两龙。"《吕氏春秋·孟春》："其帝太皞，其神句芒。"高诱注："太皞，伏

句芒

羲氏，以木德王天下之号，死祀于东方，为木德之帝。……句芒，少皞氏之裔子曰重，佐木德之帝，死为木官之神。"而据《左传·昭公二十九年》云："少皞氏有四叔，曰重、曰该、曰修、曰熙。"当系传闻之不同。《淮南子·时则训》："东方之极，自碣石山，过朝鲜，贯大人之国，东至日出之次，扶桑木之地，青土树木之野，太皞、句芒之所司者万二千里。"又《墨子·明鬼下》云："昔者，郑穆公当昼日中处乎庙，有神入门而左，鸟身，素服三绝，面状正方。郑穆公见之，乃恐惧奔。……神曰：'无惧，帝享女明德，使予锡女寿，十年有九；使若国家蕃昌，子孙茂，毋失郑。'穆公再拜稽首，曰：'敢问神名？'曰：'予为句芒。'"郑穆公，郭璞注《山海经·海

外东经》引作秦穆公,汉王充《论衡·福虚》、《无形》同,作秦穆公是也。据此,则句芒乃司命之神。《玉函山房辑佚书》辑《随巢子》云:"昔三苗大乱,天命殛之,夏后受命于元宫。有大神人面鸟身,降而福之。司禄益食而民不饥,司金益富而国家实,司命益年而民不夭,四方归之。禹乃克三苗而神民不违,辟土以王。"此"人面鸟身"之神,当即句芒。又《世本·作篇》(清张澍粹集补注本)云:"句芒作罗。"宋衷注:"句芒,伏羲臣。"则传说中句芒且有创制发明。

句婴民 《淮南子·墬形训》:"海外三十六国……自东北至西北方,有……句婴民。"高诱注:"句婴读为九婴,北方之国也。"按九婴之义,未知其详。羿除民害,"杀九婴于凶水之上"(同书《本经训》),九婴是兽名,当非此。《山海经·海外北经》有*拘瘿国,此"读为九婴"之句婴民,当即此国。

句将山三泉 《艺文类聚》卷九引《盛弘之荆州记》:"夷道县句将山下,有三泉。传云,本无此泉,居者皆苦远汲,人人皆卖水与之。有一女子,孤贫褴褛,无以贸易。有一乞人,衣蘢貌丑,疮痍竟体,村人见之,无不秽恶。惟女子独加哀矜,割饭饴之。乞人食毕,曰:'我感姬行善,欲思相报,为何所须?'女答曰:'何恩可报!且今所须之物非君能得。'因问所须。女子曰:'正愿此山下有水可汲。'乞人乃取腹中书刀,刺山下三处,即飞泉涌出。因便辞去,忽然不见。"

鸟工 《楚辞·天问》洪兴祖补注引《列女传》:"瞽叟与象谋杀舜,使涂廪。舜告二女,二女曰:'时惟其焚汝,时惟其戕汝,鹊如汝裳,衣鸟工往。'"今本《竹书纪年》注云:"舜父母憎舜,使涂廪,自下焚之,舜服鸟工衣服飞去。"即此。盖谓彩绘鸟形之衣。

鸟山 《山海经·海内经》:"流沙之西,有鸟山者,三水出焉(郭璞注:三水同出一山也)。爰有黄金、璿瑰、丹货、银铁,皆流于此中(郭璞注:言其中有杂珍奇货也)。"

鸟氏 《山海经·海内经》:"有盐长之国。有人焉鸟首,名曰鸟氏。"又《史记·秦本纪》云:"大费(伯益)生子二人:一曰大廉,实鸟俗氏……大廉玄孙曰孟戏、仲衍,鸟身人言。"即斯之类。参见"孟鸴"(216页)。

鸟鼠同穴山 《山海经·西次四经》:"邽山……又西二百二十里,曰鸟鼠同穴之山。"郭璞注:"今在陇西首阳县西南山,有鸟鼠

鸟鼠同穴山

同穴。鸟名曰鵌,鼠名曰鼵,鼵如人家鼠而短尾,鵌似燕而黄色。穿地入数尺,鼠在内、鸟在外而共处。《孔氏尚书传》曰:'共为雌雄。'《张氏地理记》云:'不为牝牡'也。"

仪狄 禹臣。《战国策·魏策一》:"昔者,帝女令仪狄作酒而美。进之禹,禹饮而甘之,遂疏仪狄,绝旨酒。曰:'后世必有以酒亡其国者。'"按《文选·七启》及《文选·七命》注引《战国策》均作"昔帝女仪狄作酒而美,进之于禹",则"作酒"之仪狄即"帝女",非"帝女令仪狄作酒"。或均脱一"令"字。

仙树 唐段成式《酉阳杂俎·木篇》:"仙树。祁连山上有仙树实,行旅得之止饥渴,一名四味木。其实如枣,以竹刀剖则甘,铁刀剖则苦,木刀剖则酸,芦刀剖则辛。"《太平御览》卷九六一引《西河旧事》云:"连山有仙树,

人行山中,饥渴者辄得之,可饱,不得持去。平居时亦不得见。"即此。按《齐民要术》卷十引《西河旧事》云:"祁连山有仙树,人行山中以疗饥渴者辄得之,可饱不得持去,平居时亦不得见。"即此。

仙桃 《汉武帝内传》:七月七日,西王母至,"命侍女更索桃果,须臾以玉盘盛仙桃七颗,大如鸭卵,形圆,青色,以呈王母。母以四颗与帝,三颗自食,桃味甘美,口有盈味。帝食,辄收其核。王母问帝。帝曰:'欲种之。'王母曰:'此桃三千年一生实,中夏地薄,种之不生。'帝乃止。"参见"王母桃"(48页)。

仙人井 明陈仁锡《潜确类书》卷三三:"仙人井在无为州城北。昔吕洞宾过此取饮,今石栏上有跪膝痕。《畿志》云,洞宾饮处名吕泉。今吕泉山在州西北五十里,一名龙吼山,一名石音山。昔吕仙卓剑而涌泉出石底,累累若贯珠。人有笑慢其傍,泉则加沸,又呼为笑泉。"

仙人掌 华山东峰。《华岳志》(清李云圃辑)卷一:"岳顶东峰曰仙人掌。峰侧石上有痕,自下望之,宛然一掌,五指俱备。"又北魏郦道元《水经注·河水》云:"华岳本一山,当河,河水过而曲行。河神巨灵,手荡脚蹋,开而为两,今掌足之迹仍存。"唐崔颢《行经华阴》诗:"仙人掌上雨初晴。"参见"巨灵足"(44页)。

仙人镜 即"日林国石镜"(65页)。

仙女洞 明陈仁锡《潜确类书》卷二八:"仙女洞,在龙安府治南。山势盘旋,崖洞深远,水自中出,百里流入剑南。故老相传,风日晴和,遥见仙女靓妆,游行岩上,或理发,或浣衣于洞壑中,隐显不常。洞中石乳融结,状甚奇怪,色如碧玉,取可供玩。"按关于仙女洞仙女之传说,各地多有之,大抵谓仙女能助人缝纫。四川潼南大佛寺旧传有仙女洞,洞住仙女,常为涪江纤夫做鞋,只须留布洞中,鞋便做成,即此之类。

仙鸡山 《会稽郡故书杂集》辑《夏侯曾先会稽地志》:"仙鸡山,上有石井石床,又有铜瓶,非人力所能举。旁有石鸡,俗云是扶桑鸡飞下,因以为名。"

仙桃山 《古今图书集成·草木典》卷二一九引《庆元县志》:"黄十公,下管黄垱人。宋时樵于仙桃山,见二叟对弈,取其余桃啖之,遂不知饥渴。叟语曰:'此后勿食烟火物。'及归,已春秋三度矣,始知所遇者仙也。"

白马 鲧之神形。见"鲧"(354页)。

白犬 犬戎之祖。《山海经·大荒北经》:"大荒之中,有山名曰融父山,顺水入焉。有人名曰犬戎。黄帝生苗龙,苗龙生融吾,融吾生弄明,弄明生白犬,白犬有牝牡,是为犬戎。"郭璞于"白犬有牝牡"下注云:"言自相配合也。"参见"犬戎国"(41页)。

白水 ❶水名。《楚辞·离骚》:"朝吾将济于白水兮,登阆风而缧马。"王逸注:"《淮南子》言,白水出昆仑之山,饮之不死。"然今本《淮南子·墬形训》"白水"作"丹水",云:"疏圃之池,浸之黄水,黄水三周复其原,是谓丹水,饮之不死。"王念孙云:"丹水本作白水,此后人妄改之也。"《文选·思玄赋》:"斟白水以为浆。"即此白水。❷山名。《山海经·大荒南经》:"又有白水山,白水出焉,而生白渊,昆吾之师所浴也。"

白鸟 ❶《山海经·大荒西经》:"有白鸟,青翼,黄尾,玄喙。"郭璞注:"奇鸟。"按《山海经》系据图为文之书,此正解说图象之辞,确系"奇鸟"。然说图者及注释者均已无能为名矣。❷《金楼子·志怪篇》:"荆州亭斋盛夏之月无白鸟,余亟寝处其中。及移余斋,则聚蚊之声如雷,数丈之间,如此之异。"按据所写则白鸟之别名也。

白民 《淮南子·墬形训》:"凡海外三十六国,自西北至西南方",有"白民"。高诱注:"白民白身,民被发,发亦白。"参见"白民国"。

白虎 ❶兽名。《山海经·西次四经》:"孟山……其兽多白虎。……鸟鼠同穴之山,其上多白虎。"按白虎南朝梁孙柔之《孙氏瑞应图》称瑞兽,然晋常璩《华阳国志·巴志》云:

白虎　汉代画像石刻

"秦昭襄王时白虎为害。"晋葛洪《西京杂记》卷三云:"秦末有白虎见于东海,黄公为虎所杀。"则白虎本为凶暴之兽,其称瑞兽,当为传说演变之结果。❷星名。《书·尧典》:"日短星昴,以正仲冬。"传:"昴,白虎之中星。"按白虎,西方七宿(奎、娄、胃、昴、毕、觜、参)之总称。参见"四灵"(106页)。❸凶神名。《协纪辨方》卷三引《人元秘枢经》:"白虎者,岁中凶神也,常居岁后四辰。所居之地,犯之,主有丧服之灾。"即俗语所谓"丧门白虎"或"退财白虎"者。

白阜 神农臣。明陈耀文《天中记》卷七引《元命苞》:"神农世,怪义生白阜,图地形,脉(水)道。"注:"怪义,白阜母名。白阜为神农图画地形,通水道之脉,使不壅塞也。"(按:水字据宋高承《事物纪原》卷七"地图"条引补。)

白服 本作"伯服"。*褒姒子。南朝梁萧绎《金楼子》卷一:"周幽王嬖爱褒姒,褒姒生子服,废太子而立之,用褒姒为后。褒姒者,周宣王时歌云:'黢黢白服,实亡周国。'宣王下国内有白服者杀之。时褒姒初生,父母不养而弃。白服者闻婴儿啼,因取以奔褒。后

褒人以姒赎罪,因名褒姒焉。"按此乃"檿弧其服"传说之异闻。

白泽 神兽名。《云笈七籤》卷一〇〇引《轩辕本纪》:"帝巡狩,东至海,登桓山,于海滨得白泽神兽,能言,达于万物之情。因问天下鬼神之事,自古精气为物、游魂为变者凡万一千五百二十种,白泽言之,帝令以图写之,以示天下。"又晋葛洪《抱朴子·极言》云:"黄帝……穷神奸则记白泽之辞。"唐瞿昙悉达《开元占经》卷一一六引《瑞应图》云:"黄帝巡于东海,白泽出,达知万物之精,以戒于民,为除灾害。"即其所本。

白帝 五天帝之一。即"少昊"。《山海经·西次三经》:"长留之山,其神白帝少昊居之。"《玉函山房辑佚书》辑《春秋纬元命苞》:"黄帝时,大星如虹,下流华渚,女节梦接,意感而生白帝朱宣。"宋均注:"朱宣,少昊氏。"参见"五帝"(60页)。

白狼 《山海经·西次四经》:"孟山……其兽多白狼。"郭璞注:"《外传》曰:'周穆王伐犬戎,得四白狼。'"(郭引《外传》,为《国语·周语》文)唐刘赓《稽瑞》引《六韬》云:"文王囚羑里,散宜生得白狼献纣,免西伯之难。"古谓白狼为珍兽。

白鹇 《山海经·北次二经》:"县雍之山……其鸟多……白鹇。"郭璞注:"即白鹇,音于六反。"郝懿行云:"白鹇即白鷮,雉也,见《尔雅·释鸟》。"

白蛇 《山海经·北次三经》:"神囷之山,其下有白蛇。"《中次十二经》:"柴桑之山……多白蛇。"

白鹒 《山海经·中次九经》:"风雨之山……其鸟多白鹒。"郭璞注:"鹒似雉而长尾,走且鸣。音骄。"

白鹿 《山海经·西次四经》:"上申之山……兽多白鹿。"郝懿行云:"《周书·王会篇》云:

'黑齿白鹿。'《(国语)周语》云：'穆王征犬戎，得白鹿。'《穆天子传》(卷六)云：'白鹿一悟，粜(乘)逸出走。'"《太平御览》卷九〇六引《抱朴子·玉策篇》(今本无)云："鹿寿千岁，满五百岁则其色白。"故古称白鹿为瑞兽。白鹿又常与仙人为伍，《艺文类聚》卷九五引《濑乡记》云："老子乘白鹿，下托于李母也。"又引《神仙传》云："鲁女生者，饵术绝谷，入华山，后故人逢女生，乘白鹿，从玉女数十人。"

白犀 《山海经·中次八经》："琴鼓之山……其兽多白犀。"吴任臣云："犀有山犀、水犀、兕犀三种，白犀绝少；此与辟寒、触忿、辟尘、辟暑诸犀皆异种也。"

白雉 亦称"白翰"。《山海经·西次四经》："孟山……其鸟多白雉。"白雉，古称瑞鸟。《太平御览》卷九一七引《春秋感精符》："王者德流四表，则白雉见。"

白鹢 鹢一作鹝。《庄子·天运》："夫白鹢之相视，眸子不运而风化。"释文引司马彪云："风化，相待风气而化生也。"《左传·僖公十六年》："六鹢退飞过宋都。"《榖梁传》作"六鹝"。晋张华《博物志·物性》云："白鹢雌雄相视则孕；或曰雄鸣上风则雌孕。"谓此。《禽经》云："鹤以声交而孕，雄鸣上风、雌鸣下风则孕，鹊以音感而孕，鹋，乾鹊也，上下飞鸣则孕……鸩鹢睛交而孕，状类凫而足高，相视而睛不旋转，孕而生雏。"均此之类。

白猿 猿亦作猨。《山海经·南山经》："堂庭之山……多白猿。"郝懿行云："猿，俗字也。《说文》十三云：'猨善援，禺属也。'《南次三经》：'发爽之山……多白猿。'此猿字亦应作猨。《淮南子·说山训》云："楚王有白猨，王自射之，则搏矢而熙。"使养由基射之，始调弓矫矢，未发而猨拥柱号矣。"《文选·吴都赋》注引《吴越春秋》云："袁公操本以刺(越)处女，女应节入，三入，因举枝击之，袁公即飞上树，化为白猿。"此关于白猿之传说。参见"越女"(311页)。

白鹇 《山海经·北山经》："单张之山……有鸟焉，其状如雉，而文首、白翼、黄足，名曰白鹇，食之已嗌痛，可以已痸。"郭璞注："痸，痴病也。"

白豪 即"豪彘"。《山海经·西次二经》："鹿台之山……其兽多……白豪。"郭璞注："豪，狟猪也。"郝懿行云："狟猪即豪彘也，以其毛白，故称白豪。"

白翰 亦称"白雉"。《山海经·西山经》："嶓冢之山……鸟多白翰。"郭璞注："白翰，白鹇也，亦名鹳雉，又曰白雉。"

白辩 神名。汉袁康《越绝书·计倪内经》："玄冥治北方，白辩佐之，使主水。"参见"玄冥"(116页)。

白马山 《汉唐地理书钞》辑《荣氏遁甲开山图》："白马山下，常有白马群行，悲鸣则河决，驰走则山崩。"

白子国 明杨慎《南诏野史》卷上："白子国之先，有阿育国王，能乘云上天。娶天女，生三子。长季二子，封于金马碧鸡，独仲子封于苍洱之间，崇奉佛教，不茹荤，日食白饭，人因称为白板王。追后有仁果者，汉封为滇王，号白子国。"按仁果，白饭王之裔。白子国，即《白古通记》(《云南古佚书钞》辑)所谓白国，为古代云南白族所建。

白民国 《山海经·大荒东经》："有白民之国。帝俊生帝鸿，帝鸿生白民。白民销姓，食黍，使四鸟：虎、豹、熊、罴。"此白民国为帝俊后裔，在东方。而《海外西经》云："白民之国在龙鱼北，白身被发。有乘黄，其状如狐，其背上有角，乘之寿二千岁。"此白民国复在西方。两说方位不同，所写情景亦复有异，未知是否即为一国。《淮南子·墬形训》有"白民",方位与《海外西经》所记同。明徐应秋《玉芝堂谈荟》卷十"黄金易五脏"条云:"白民国,人白如玉。国中无五谷,惟种玉食之。玉成,椎为屑,采近地树叶同食之。玉得叶即柔软,味甘而脆。若宴客,则以膏露浸玉屑,少选便成美酒,饮一升,醉三年始醒。人有活千岁者。"此又为神话演变之异闻。参见"药兽"(222页)。

白饭王 阿育王之子。见"白子国"。

白泽图 书名。作者不详。著录于《隋书·经籍志》、《新唐书·艺文志》。一卷。原书已佚。清洪颐煊《经典集林》、马国翰《玉函山房辑佚书》均有辑本。《法苑珠林》卷五八亦引此书,云:"玉之精名曰岱委,其状美女,衣青衣,见之,以桃匕刺之而呼其名,则得之;金之精名曰仓嚣,状如豚,有两头,烹而食之,如狗肉味"等。当非全文。此书之作,盖本黄帝登桓山于海滨得白泽兽之神话(见《抱朴子·极言》)。

白帝子 神名。*少昊父。

白娘子 明冯梦龙《警世通言》第二十八回"白娘子永镇雷峰塔"略谓:宋绍兴年间,杭州有李将仕生药店主管许宣者,于西湖遇美妇白娘子及使女青青,同舟避雨。遂结为夫妻。婚后,白屡现怪异,许不能堪。后遇镇江金山寺寺僧法海,予一钵盂,令持归罩其妻。白、青被罩钵中后显形,乃千年成道白蛇、青鱼。法海遂携钵盂,置雷峰寺前,令人搬砖运石,砌成七级宝塔,名雷峰塔。留偈云:"西湖水干,江湖不起,雷峰塔倒,白蛇出世。"白、许事见诸记叙虽始于《警世通言》,而民间相传已久,明田汝成《西湖游览志馀》卷二〇云:"杭州男女瞽者,多学琵琶,唱古今小说平话,以觅衣食,谓之'陶真'。大抵说宋时事,盖汴京遗俗也。若《红莲》、《柳翠》、《济颠》、《雷峰塔》、《双鱼扇坠》等记,皆杭州异事,或近世所拟作者也。"后来相传,乃有白娘子盗灵芝、水漫金山及法海遁身蟹腹以逃死等情节加入。然于众多传说及写本中,亦恒有封建性糟粕存于其间,如白娘子报恩、许士麟祭塔之类。白娘子或径称白蛇,初无名,后乃传说名为素贞,许宣或传为许仙,青鱼或传为青蛇,皆传说之演变。参见"雷峰塔"(332页)。

白鹤山 ❶《艺文类聚》卷九〇引《临海记》:"(临海)郡西北有白鹤山,周回六十里,高三百丈,有池水悬注,遥望如倒挂白鹤,因以为名。古老相传云:此山昔有晨飞鹄,入会稽雷门鼓中,于是雷门鼓鸣,洛阳闻之。孙思时,斫此鼓,见白鹤飞出,翱翔入云,此后鼓无复远声。"❷《会稽郡故书杂集》辑《孔灵符会稽记》:"(永兴)县东南十八里有射的山。……射的山南,水中有白鹤山。鹤为仙人取箭,曾刮壤寻索,遂成此山。汉太尉郑弘,少贫贱,以采薪为业。尝于山中得一遗箭,羽镞异常,心甚怪之。顷之,有人觅箭。弘还之。问何所欲。弘识其神人也。曰:'常患若邪溪载薪为难,愿旦南风,暮北风。'后果然。故若邪溪风至今犹然,呼为郑公风也。亦名樵风。"参见"樵风泾"(359页)。

白马三郎 汉闽越王郢之子。见"鳝溪"(371页)。

白水素女 《搜神后记》卷五略云:谢端少丧父母,夜卧早起,躬耕力作。后得一大螺,归贮瓮中。端每至野还,见户中有饭饮汤火,谓邻人为之,便往谢邻人。邻人曰:"卿已自娶妇,而言吾为之炊耶?"端心疑,潜归,于篱外窃窥其家。见一少女从瓮中出,至灶下燃火。端便入门,径至瓮所视螺,曰:"新妇从何所来？"女大惶惑，欲还瓮中，不能得去。答曰："我天汉中白水素女也。天帝哀卿少孤，使我权为炊烹。卿无故相窥掩，吾形已见，不宜复留。虽然，尔后自当少差，留此壳以贮米谷，常可不乏。"端请留，终不肯。时天忽风雨，翕然而去。此神话《述异记》、宋洪迈《夷坚志》及《锦绣万花谷》前集卷五引《坡诗注》等均记之，文略同。唐皇甫氏《原化记》亦记此，略谓：吴堪少孤，得一白螺归，螺变为美女，助其炊爨。县宰欲图其妻，先索虾蟆毛及鬼臂二物。后乃索祸斗，妻牵一兽形如犬者以致之。兽食火而粪火，"宰身及一家，皆为煨烬，乃失吴堪及妻。"加入祸斗等情节，则确为民间传说之格调。明冯梦龙《情史》卷十九"白螺天女"条亦记此，文悉同。参见"螺女庙"(365页)。

白石先生 《神仙传》卷二："白石先生者，中黄丈人弟子也，至彭祖时已二千余岁矣，不肯修升仙之道，但取不死而已。初以居贫，不能得药，乃养羊牧猪，十数年间，约衣节用，置货万金，乃大买药服之。常煮白石为粮，因就白石山居，时人故号曰白石先生。彭祖问之曰：'何不服升天之药？'答曰：'天上复能乐比人间乎？但莫使老死耳；天上多至尊，相奉事更苦于人间。'故时人呼白石先生为隐遁仙人，以其不汲汲升天为仙官，亦犹不求闻达者也。"

白兔捣药 《太平御览》卷四引傅玄《拟天问》："月中何有？白兔捣药。"按此谓月中物象。至唐李白《把酒问月》："白兔捣药秋复春，姮娥孤栖与谁邻？"而有白兔、姮娥并居于月之说。参见"月精"(73页)。

白蝙蝠精 即"张果老"(184页)。

白鹤老松 《说郛》(百二十卷本)弓六二宋范致明《岳阳风土记》略云：白鹤老松，古木精也。吕洞宾过岳阳，日憩城南古松阴，有人自杪而下，来相揖曰："某非山精木魅，故能识先生，幸先生哀怜。"吕因与丹一粒，赠之以诗曰："独自行来独自坐，无限世人不识我。惟有城南老树精，分明知道神仙过。"明谷子牧有《吕洞宾三度城南柳》杂剧，易松为柳，即演斯事。参见"吕洞宾"(132页)。

白鹤秀才 见"刘三妹"(144页)。

白螺天女 见"白水素女"。

〔丶〕

冯夷 ❶即河伯。亦作"冰夷"、"无夷"。《庄子·大宗师》："冯夷得之，以游大川。"陆德明音义引《清泠传》云："(冯夷)华阴潼乡隄首人也，服八石得水仙，是为河伯。"又《楚辞·九歌·河伯》洪兴祖补注引《抱朴子·释鬼》云："冯夷以八月上庚日渡河溺死，天帝署为河伯。"❷古之善御者。见"大丙"(22页)。

宁戚 齐桓公臣。《楚辞·离骚》："宁戚之讴歌兮，齐桓闻以该辅。"王逸注："宁戚修德不用，退而商贾，宿齐东门外。桓公夜出，宁戚方饭牛，叩角而商歌。桓公闻之，知其贤，举用为客卿，备辅佐也。"洪兴祖补注："《淮南子》曰：'宁戚欲干齐桓公，困穷无以自达，于是为商旅，将任车以商于齐。暮宿于郭门之外，饭牛车下。望见桓公，乃击牛角而商歌。桓公闻之，曰：异哉！歌者非常人也。命后车载之。'《三齐记》载其歌曰：'南山矸，白石烂，生不遭尧与舜禅。短布单衣适至骭，从昏饭牛薄夜半——长夜漫漫何时旦！'"按洪所引见今本《淮南子·道应训》，宁戚作宁越，讹。

宁封子 《列仙传》卷上："宁封子者，黄帝时人也，世传为黄帝陶正。有人过之，为其掌火，能出五色烟，久则以教封子。封子积火自烧，而随烟气上下，视其灰烬，犹有其骨时人共葬于宁北山中,故谓之宁封子焉。"按四川民间于宁封则别有传说,略云:灌县青城山建福宫后有山,名丈人山,传说是轩辕黄帝问道于宁封丈人处。宁封因封于此山,故名宁封。其时洪水泛滥,人民居洞穴。每至山下取水,无盛水物,乃以山下润湿泥土为器,易碎。偶烧野兽,宁封于火中得硬泥,遂悟作陶之理。因传说宁封为黄帝陶正。某次于窑中架火烧陶,宁封升窑顶添柴,不意窑已烧空,窑顶柴忽塌下,宁封遂葬身火窟。人见灰烟中有宁封形影,随烟气冉冉上升,便谓宁封火化登仙而不死矣。

闪电娘娘 即"电母"(104 页)。

半阳泉 《说郛》弓三二引《三馀帖》:"半阳泉。世织女送董子经此,董子思饮,扬北水与之,曰:'寒。'织女因祝水令暖,又曰:'热。'乃拔六英宝钗,祝而画之。于是半寒半热,相和与饮。"又《山海经·大荒西经》记有'寒暑之水',疑即此类。

半体人 即"比肩民"(42 页)。

氾林 亦作"范林"。《山海经·海内北经》:"昆仑虚南所,有氾林方三百里。"《海内南经》:"氾林方三百里,在狌狌东。"《海外南经》:"狄山,帝尧葬于阳,帝喾葬于阴……其范林方三百里。"郭璞注:"言林木氾滥布衍也。"郝懿行云:"范林,《海内南经》作氾林,范、氾通。"又《太平御览》卷五七引《顾恺之启蒙记》云:"汜林鼓于浪巅。"注:"西北海有汜林,或方三百里,或方百里,皆生海中浮土上,树根随浪鼓动。"即此。

汉书 书名。东汉班固撰。一百篇,分百二十卷。固父彪以《史记》自武帝太初后阙而不录,乃作《后传》。固以其所续未详,缀集所闻,整理补充,撰成此书。固死,和帝诏固妹昭就东观辑校续成之,内纪、表、天文志,皆其所补。所记自刘邦(高祖)元年至王莽地皇四年二百三十年间事迹。汉以后注者数十家,今所行者为颜师古注。其书《郊祀志》、《天文志》中,略有神话资料,可供参考。

汉钟离 即"钟离权"(233 页)。

汉武故事 书名。旧题汉班固撰。《隋书·经籍志》著录二卷,不题撰人。殆六朝文士所依托。今存一卷。然校《艺文类聚》、《太平御览》诸书所引,多有今本所无者,盖已经刊削。鲁迅《古小说钩沈》有辑录,较完备。其书记西王母下降事,可与《汉武帝内传》文参看。又有其他神话资料,可供参考。

汉书人表考 书名。清梁玉绳撰。九卷,又《补考》一卷。其书就《汉书·古今人表》所列自三皇迄嬴秦上、中、下九品二千余人,考证其出处行迹,颇为精审。《人表》所列亦不乏可以称为神话传说人物如宓羲、女娲、神农、黄帝者,或历史人物而具有神话传说性质如伊尹、姜太公者。

汉武帝内传 书名。旧题汉班固撰。《隋书·经籍志》著录二卷,不题撰人。殆六朝文士所依托。其记武帝见西王母事,大抵本《穆天子传》而附会。

汉唐地理书钞 书名。清王谟辑。初分十二门,三百八十八种。后改订为前编四册,后编八册。复以"困于资力,迫于时日,后编姑从庋置(《自序》语)"。前编第一册为天文星野及秦以前地理书二十六种,第二册为秦、汉至隋、唐地理书二十四种,第三、四册为各省古地理书一百九十九种。书未刻竣而作者去世,惟一、二两册有刻本。一九六一年中华书局从钞本增补未刻本二十种,并附以麓山精舍辑本汉唐地理书六十六种,与原刻本合并影印行世。其书辑有《括地图》、《括地志》、《蜀王本纪》、《辛氏三秦记》、《盛弘之荆州记》等书,多存神话传说资料。

玄女 亦称"元女"、"九天玄女"。《全上古三代秦汉三国六朝文·全上古三代文》卷十六辑《黄帝问玄女兵法》:"黄帝与蚩尤九战九不胜。黄帝归于太山,三日三夜,天雾冥。有一妇人,人首鸟形,黄帝稽首再拜,伏不敢起。妇人曰:'吾玄女也,子欲何问?'黄帝曰:'小子欲万战万胜,万隐万匿,首当从何起?'遂得战法焉。"明董斯张《广博物志》卷九引《玄女法》则谓:"蚩尤变幻多方,徵风召雨,吹烟喷雾,黄帝师众大迷。帝归息太山之阿,昏然忧寝。……王母乃命一妇人,人首鸟身,谓帝曰:'我九天玄女也。'授帝以……灵宝五符五胜之文,遂克蚩尤于中冀。"关于玄女神话,《龙鱼河图》、《黄帝出军决》、《黄帝内传》、《广成子传》等书均有记述。意此玄女,殆即《诗·商颂·玄鸟》"天命玄鸟,降而生商"之玄鸟化身。玄鸟神话而羼入于黄帝神话中,遂成此玄女教战以克蚩尤之说。

玄鸟 ❶燕。《诗·商颂·玄鸟》:"天命玄鸟,降而生商。"《吕氏春秋·音初》云:"有娀氏有二佚女,为之九成之台,饮食必以鼓。帝令燕往视之,鸣若嗌嗌。二女爱而争搏之,覆以玉筐。少选,发而视之,燕遗二卵,北飞,遂不反。二女作歌一终,曰:'燕燕往飞。'实始作为北音。"《史记·殷本纪》云:"殷契母曰简狄,有娀氏之女,为帝喾次妃。三人行浴,见玄鸟堕其卵,简狄取吞之,因孕生契。"即述其事。屈原《离骚》云:"望瑶台之偃蹇兮,见有娀之佚女……凤皇既受诒兮,恐高辛之先我。"玄鸟遂一变而为*凤皇。❷《山海经·海内经》:"北海之内,有山,名曰幽都之山……其上有玄鸟。"此当非燕之玄鸟,而为黑色怪鸟之属。

玄龟 晋王嘉《拾遗记》卷二:"禹尽力沟洫,导川夷岳。黄龙曳尾于前,玄龟负青泥于后。玄龟,河精之使者也。龟颔下有印,文皆古篆字,作九州山川之字。禹所穿凿之处,皆以青泥封记其所,使玄龟印其上。今人聚土为界,此之遗象也。"按玄龟所负青泥,当即*息壤,用以堙洪水。故禹治水,堙疏并举。

玄武 ❶神名。《楚辞·远游》:"召玄武而奔属。"王逸注:"呼太阴神使承卫也。"洪兴祖补注:"说者曰:'玄武谓龟蛇,位在北方故曰玄,身有鳞甲故曰武。'蔡邕曰:'北方玄武,介虫之长。'《文选》注:'龟与蛇交为玄武。'"又《礼记·曲礼》:"行前朱鸟而后玄武。"孔颖达疏:"玄武,龟也。"《后汉书·王梁传》:"玄武,水神之名。"李贤注:"玄武,北方之神,龟蛇合体。"按玄武即道家所奉之真武帝,宋时避讳,改玄为真,后世道家祀真武,辄以龟蛇二物之像置于其旁。唐段成式《酉阳杂俎·支诺皋下》云:"朱道士,太和八年游庐山,憩于涧石,忽见蟠虺如堆缯锦,俄变为巨龟,访之山叟,云是玄武。"即传说中此物之神怪变化。❷星名。《书·尧典》:"宵中星虚,以殷仲秋。"传:"虚,玄武之中星。"按玄武即北方七宿(斗、牛、女、虚、危、室、壁)之总称。参见"四灵"(106页)。

玄武❶ 汉代画像石刻

玄妻 《左传·昭公二十八年》:"昔有仍氏生女,鬒黑而甚美,光可以鉴,名曰玄妻。乐正后夔取之,生伯封。实有豕心,贪惏无餍,忿颣无期,谓之封豕。有穷后羿灭之,夔是以不祀。"《楚辞·天问》云:"浞娶纯狐,眩妻爱谋,何羿之射革而交吞揆之?"王逸注:"言浞娶于纯狐氏女,眩惑爱之。"近人顾颉刚、童书业《夏史三论》(《古史辨》第七册下编)云,眩妻即《左传》中玄妻;纯狐乃黑狐,亦即玄妻,说亦近是。据此说,则寒浞所娶者,乃*有穷后羿所攫之乐正后夔妻。玄妻为报后羿杀子深仇,故与寒浞同谋杀羿,此即《天问》"何羿之射革而交吞揆之"所问之由。

玄虎 《山海经·海内经》:"北海之内,有山,名曰幽都之山……其上有……玄虎。"郭璞注:"黑虎名虪,见《尔雅·释兽》。"

玄鱼 晋王嘉《拾遗记》卷二:"尧命夏鲧治水,九载无绩。鲧自沉于羽渊,化为玄鱼,时扬须振鳞,横修波之上,见者谓为河精。羽渊与海河通源也。海民于羽山之中,修立鲧庙,四时以致祭祀。常见玄鱼与蛟龙跳跃而出,观者惊而畏矣。"*鲧或作鲸。所谓玄鱼者,或即是鲸字之离析。

玄狐 《山海经·海内经》:"北海之内,有山,名曰幽都之山……其上有……玄狐蓬尾。"

玄驹 蚁名。晋崔豹《古今注》卷下:"牛亨问曰:'蚁名玄驹者何也?'答曰:'河内人共河而见人马数千万,皆如黍米,游动往来,从旦至暮。家人以火烧之,人皆是蚁蚴,马皆是大蚁。故今人呼蚁蚴曰黍民,蚁曰玄驹也。'"《大戴礼·夏小正》云:"十有二月,玄驹贲。"传:"玄驹也者,蚁也。"蚁即蚁,是以蚁为玄驹,古训有之。扬雄《方言》:"蚍蜉,西南梁益之间,谓之玄驹。"蚍蜉,即蚁。

玄洲 《十洲记》:"玄洲,在北海之中,戌亥之地,方七千二百里,去两岸三十六万里,上有大玄都……对天西北门,上多太玄仙官宫室,宫室各异,饶金芝玉草,乃是三天君下治之处,甚肃肃也。"

玄珠 见"黄帝遗玄珠"(289页)。

玄都 神仙居地。❶《枕中书》:"玄都玉京七宝山,在大罗天之上,上中下三宫,盘古真人、元始天尊、太元圣母之所治。"❷《十洲记》:"玄洲,在北海之中,戌亥之地,方七千二百里,去两岸三十六万里,上有大玄都,仙伯真公所治。"

玄圃 山名。一作"悬圃"、"县圃"。《文选·东京赋》:"右睨玄圃。"李善注:"悬圃在昆仑阊阖之中。玄与悬古字通。"

玄豹 《山海经·中次十一经》:"即谷之山……多玄豹。"郭璞注:"黑豹也,即今荆州山中之(原作"出",据郝懿行说改)黑虎也。"又《海内经》幽都之山亦有玄豹。唐刘赓《稽瑞》引《六韬》云:"文王囚羑里,散宜至宛怀涂山得玄豹献纣,免西伯之难。"见其为善之珍异者。

玄冥 神名。《礼记·月令》:"孟冬之月,……其帝颛顼,其神玄冥。"《淮南子·时则训》:"北方之极,自九泽穷夏晦之极,北至令正之谷,有冻寒积冰、雪雹霜霰、漂润群水之野,颛顼、玄冥之所司者万二千里。"《山海经·海外北经》郭璞注:"禺彊字玄冥。"《艺文类聚》卷二引《风俗通》云:"玄冥,雨师也。"参见"禺彊"(227页)、"雨师"(187页)。

玄趾 山名。趾一作沚,或作阯。《楚辞·天问》:"黑水、玄趾,三危安在?"王逸注:"玄趾、三危,皆山名也,在西方。趾一作沚。"唐柳宗元《天对》云:"黑水淫淫,穷于不姜。玄趾则北,三危则南。"言玄趾所居地位。《文选·西京赋》云:"昆明灵沼,黑水玄阯。"言昆明灵沼取象于黑水玄趾。

玄蛇 《山海经·大荒南经》:"黑水之南,有玄蛇,食麈。有巫山者,西有黄鸟。帝药,八斋。黄鸟于巫山,司此玄蛇。"郭璞注:"今南山蚺蛇吞鹿,亦此类。"郝懿行云:"南山当为南方,字之讹也。南方蚺蛇吞鹿,已见《海内南经》注。"郭璞又注:"天帝神仙药在此也。"按此"食麈"玄蛇,亦有窃食天帝神药之可能,故"黄鸟于巫山,司此玄蛇"。又《海内经》云:"北海之内,有山,名曰幽都之山,黑水出焉……其上有……玄蛇。"当亦此类。

玄蠭 《楚辞·招魂》:"玄蠭若壶些。"王逸注:"壶,乾瓠也。言旷野之中……有飞蠭腹大如壶……有蠚毒,能杀人也。蠭一作蜂。"参见"大蠭"(23页)。

玄中记 书名。著者不详。或说晋郭璞撰。北宋王尧臣《崇文总目》有著录。原书久佚。清茆泮林有辑本一卷,收于《十种古逸丛书》。《古小说钩沈》亦有辑录,尤精审。所记虽多荒怪,然其中"姑获鸟"、"沃焦"、"丈夫民"、"狗封氏"等神话资料,亦可供参考。

玄丘民 《山海经·海内经》:"北海之内……有大玄之山,有玄丘之民。"郭璞注:"言丘上人物尽黑也。"

玄鸟氏 少昊时鸟官名。为历正之属。《左传·昭公十七年》:"玄鸟氏,司分者也。"注:"玄鸟,燕也。"疏:"此鸟以春分来,秋分去,故以名官,使之主二分。"参见"少昊之国"(66页)。

玄股民 《淮南子·墬形训》:"海外三十六国……自东南至东北方……有……玄股民。"高诱注:"玄股民,其股黑,两鸟夹之。见《山海经》也。"参见"玄股国"。

玄股国 《山海经·海外东经》:"玄股之国在其北,其为人股黑(原无'股黑'二字,据高诱注《淮南子·墬形训》引补),衣鱼食躯。两鸟夹之(原作'使两鸟夹之','使'字

玄股国

衍)。一曰在雨师妾北。"郭璞注:"髀以下尽黑,故云。"又云:"衣鱼,以鱼皮为衣也。躯,水鸟也,音忧。"杨慎云:"躯,即鸥,衣鱼食鸥,盖水中国也。"《大荒东经》云:"有招摇山,融水出焉。有国曰玄股,黍食,使四鸟。"即此。《淮南子·墬形训》有*玄股民,亦谓此。

〔一〕

卝兮城 即"千童城"(28页)。

召树屯 傣族长诗《召树屯》(王松、刘绮整理)略云:勐板加王子召树屯猎于金湖,遇勐董板公主七人披孔雀衣,远飞来此澡浴。召树屯得神龙之助,窃得小公主喃诺娜孔雀衣,使其无法飞返,遂结为夫妻,生活幸福美满。六姊惊飞回家,告以小妹被捉事,孔雀王怒,发兵征勐板加。召树屯离别新婚妻,率兵御敌。召树屯去后,其父忽得异梦不祥,命巫占之,云喃诺娜为妖,杀之始能免灾。即聚众于广场,将于日出时杀之。喃诺娜求赦不获,恳于死前着孔雀衣一舞。允之,遂飞还家。召树屯却敌归来,不见亲人,乃带弓箭粮食,出门寻妻。又至金湖,遇圣僧授以金手镯,云是孔雀公主飞过此湖所遗,劝其忘之另娶。召树屯又祈神龙为助,得越山河海洋,至勐董板,设计以金镯遗公主,夫妻终得团圆。孔雀王乃开大宴,先以武事及智力试王子,王子俱顺利通过,于是乃使喃诺娜与召树屯正式为婚。

发鸠山 《山海经·北次三经》:"发鸠之山……有鸟焉……名曰精卫。"清吴任臣《山海经广注》引《律学新说》云:"伞盖山西北三十里曰发鸠山,山下有泉,泉上有庙,浊漳水之源也。庙有像,神女三人,女侍手擎白鸠。俗言漳水欲涨,则白鸠先见,盖以精卫之事而傅会之也。"庙所祀当即*精卫

之神。

司风鸟 即"相风"(225页)。

司幽国 帝俊裔。《山海经·大荒东经》:"有司幽之国。帝俊生晏龙,晏龙生司幽,司幽生思士,不妻;思女,不夫。食黍,食兽,是使四鸟。"参见"四鸟"(105页)。

台骀 《左传·昭公元年》:"昔金天氏有裔子曰昧,为玄冥师,生允格、台骀。台骀能业其官,宣汾、洮,障大泽,以处大原。帝用嘉之,封诸汾川,沈、姒、蓐、黄,实守其祀。……由是观之,则台骀,汾神也。"又《太平广记》卷三〇七"党国清"条引《河东记》云:"晋阳东南二十里,有台骀庙,在汾水旁。元和中,王愕镇河东时,有里民党国清者,善建屋。一夕梦黑衣人至门,谓国清曰:'台骀神召汝。'随之而去。"则唐时犹有此神之庙。

台玺 帝俊子。《山海经·大荒西经》:"帝俊生后稷,稷降以百谷。稷之弟曰台玺,生叔均。"郭璞于"台玺"下注云:"音胎。"《左传·昭公元年》云:"昔金天氏有裔子曰昧,为玄冥师,生允格、台骀。"此*台骀与台玺实为同一神话传说人物之分化,以少昊与帝俊均属东夷系神话人物。参见"西周国"(130页)。

台骀庙 见"台骀"。

圣氏 女娲臣。见"娥陵氏"(280页)。

圣姑 北魏郦道元《水经注·浙江水》:"(会稽)山下有禹庙,庙有圣姑像。《礼》、《乐》纬云:'禹治水毕,天赐神女。'圣姑即其像也。"又《会稽郡故书杂集》辑《孔灵符会稽记》云:"东海圣姑,从海中乘石船,张石帆至。二物见在庙中。"即其神话之片段。参见"禹庙"(236页)。

圣人窟 北魏郦道元《水经注·河水》:"河水又东,沙涧水注之。水北出虞山,东南径傅岩,历傅说隐室前,俗名之为圣人窟。孔安国传,傅说隐于虞、虢之间,即此处也。"参见"傅说"(319页)。

圣木曼兑 《山海经·海内西经》:"(昆仑)开明北有……圣木曼兑,一曰挺木牙交。"郭璞注:"食之令人圣智也。《淮南》作璇树,璇,玉类也。"按圣木与曼兑连文,曼兑当即圣木之名。"一曰挺木牙交"者,郝懿行云:"盖璇树一名挺木牙交……或挺木牙交四字即璇树二字之形讹,亦未可知。"如郭、郝所说,则圣木曼兑即*璇树。

六　画

〔一〕

耒山　清李元度重修《南岳志》卷十引《湘衡稽古》："（炎）帝之臣赤制氏作耒耜于郴之耒山。"此赤制氏即*赤冀。

邢天　即"刑天"（121页）。

耳鼠　《山海经·北山经》："丹熏之山……有兽焉，其状如鼠，而菟（兔）首麋身，其音如獆犬，以其尾飞，名曰耳鼠，食之不睬，又可以御百毒。"郭璞注："睬，大腹也，音采。"郝懿行云："疑即《尔雅》鼯鼠夷由也，耳、鼯、夷并声之通转，其形肉翅连尾足，故曰尾飞。"

匠石　《庄子·徐无鬼》："郢人垩慢其鼻端，若蝇翼，使匠石斫之。匠石运斤成风，听而斫之，尽垩而鼻不伤，郢人立不失容。宋元君闻之，召匠石曰：'尝试为寡人为之。'匠石曰：'臣则尝能斫之；虽然，臣之质死久矣。'"释文："郢人，《汉书音义》作獿人，古之善涂墍者，施广领大袖以仰涂，而领袖不污，有小飞泥误著其鼻，因令匠石挥斤而斫之。"

毕方　《山海经·西次三经》："章峨之山……有鸟焉，其状如鹤，一足，赤文青质而白喙，名曰毕方，其鸣自叫也，见则其邑有讹火。"《海外南经》："毕方鸟在其东，青水西，其为鸟一足（原"一足"上有"人面"二字，从吴承志校删）。一曰在二八神东。"按《淮南子·氾论训》云："木生毕方。"高诱注："毕方，木之精也，状如鸟，青色，赤脚，一足，不食五谷。"《文选·东京赋》薛综注："毕方……老父神，如鸟，两足一翼，常衔火在人家作怪灾也。'"说均与此小异。而《韩非子·十过》云："昔者黄帝合鬼神于西泰山之上，驾象车而六蛟龙，毕方并锚。"则毕方又是黄帝卫车之神鸟。实毕方当是"烞烞"一词之音转。《神异经·西荒经》云："人尝以竹箸火中，爆烞而出，臊（山獡）皆惊惮。""爆烞"即"烞烞"。或又作"烞烞"，《集韵》曰："竹火声。""烞烞"——"烞烞"，盖无非竹木燃烧时嘈杂作声也。音转而为"毕方"。故《淮南子》云："木生毕方。"《广雅》云："木神谓之毕方。"《骈雅》云："毕方，兆火鸟也。"则毕方者，生于竹木之火，犹俗之所谓"火老鸦"。神话化遂为神鸟毕方，或"见则其邑有讹火"，或"常衔火在人家作怪灾"，又转为致火之妖物。参见"火鸦"（81页）。

毕方

朴牛　即"仆牛"（71页）。

朴父　《神异经·东南荒经》："东南隅大荒之中，有朴父焉。夫妇并高千里，腹围自辅。天初立时，使其夫妻开导百川，懒不用意。谪之并立东南，男露其势，女露其牝。不饮不食，不畏寒暑，惟饮天露。须黄河清，当复使其夫妇导护百川。古者初立，此人开导河，河或深或浅，或隘或塞，故禹更治，使其水不壅。天责其夫妻，倚而立之。若黄河清者，则河海绝流，水自清矣。"

厌火国　即"厌光国"。《山海经·海外南经》：

"厌火国在其南，其为人兽身黑色，火出其口中。一曰在谨朱东（内数字与今本异，据王念孙、郝懿行校改）。"郭璞注："言能吐火，画似猕猴而黑色也。"又清吴任臣《山海经广注》引《本草集解》云："南方有厌火之民，食火之兽。"注："国近黑昆仑，人能食火炭。食火兽为祸斗。"参见"祸斗"(296页)。

厌火国

厌光国 即"厌火国"。《博物志·外国》："厌光国民，光出口中，形尽似猨猴，黑色。"

戎 《山海经·海内北经》："戎，其为人人首三角。林氏国有珍兽。"按《周书·史记》云："昔有林氏，召离戎之君而朝之，至而不礼，留而弗视，离戎逃而去之，林氏诛之，天下叛林氏。"孔晁注："林氏，诸侯，天下见其遇戎不以礼，遂叛林氏，林氏孤危也。"此经所记戎在林氏国前，故疑此戎即离戎，'林氏国即林氏。

戎

戎宣王尸 《山海经·大荒北经》："大荒之中，有山名曰融父山，顺水入焉。有人名曰犬戎。黄帝生苗龙，苗龙生融吾，融吾生弄明，弄明生白犬，白犬有牝牡，是为犬戎，肉食。有赤兽，马状无首，名曰戎宣王尸。"郭璞注："犬戎之神名也。"参见"犬戎国"(41页)。

戎宣王尸

成汤 即"汤"(142页)。

成武丁 南朝梁吴均《续齐谐记》："桂阳成武丁，有仙道，常在人间。忽谓其弟曰：'七月七日，织女当渡河，诸仙悉还宫，吾向已被召，不得停，与尔别矣。'弟问曰：'织女何事渡河？去当何还？'答曰：'织女暂诣牵牛。吾后三年（《岁时广记》引此作三十年，义较胜）当还。'明日失武丁。至今云，织女嫁牵牛。"《太平御览》卷二九引《桂阳列仙传》云："成武丁正旦大会，以酒沃庭中。有司问其故，对曰：'临武县失火，以酒救之。'遣验果然"(事原见晋葛洪《神仙传》)。宋王象之《舆地纪胜》卷五七二："武丁冈，在郴县西南五里。《桂阳先贤传》：后汉仙人成武丁葬此，其友人见仙人乘白骡去。"又云："骡岗，即武丁冈……今石壁上有骡迹，故名其冈曰骡冈。"

老子 亦称"老君"、"太上老君"。《史记·老子韩非列传》："老子者，楚苦县厉乡曲仁里人也，姓李氏，名耳。"宋李石《续博物志》卷二："老君，其母曾见日精下落，如流星，飞入口中，有娠，七十二岁而生于陈国涡水李树下，剖左腋而生，长一十二尺。"《神仙传》卷一："老子者……母怀之七十二年乃生。生时剖母腋而出，生而白首，故谓之老子。……生而能言，指李树曰'以此为我姓。'"唐李冗《独异志》卷上："老君耳长七尺，在母腹中八十一年，剖左胁而生，及生须发皓白。"《古小说钩沈》辑《列异传》："老子西游，关令尹喜望见其有紫气浮关，而老子果乘青牛而过。"《太平御览》卷一九一引《蜀本纪》："老子为关令尹喜著《道德经》，临别，曰：'予行道千日后，于成都青羊肆寻吾。'今为青羊观是也。"明曹学佺《蜀中名胜记》卷二引《古今集纪》云："老子乘青羊降，其地有台存。"盖老子已仙去，亦欲度关令尹喜升仙。《锦绣万花谷前集》卷三〇引《真诰》云："傅先生入焦山七年，老君与之木钻,使穿一石,厚五尺,云穿此便当得道。其人昼夜钻之,积四十七年,钻尽石穿,遂得仙升天（亦见《搜神记》卷一,文较简略）。"此即老子度人之一端。参见"关令尹喜"(141页)。

老童 颛顼子。《山海经·大荒西经》:"颛顼生老童,老童生祝融。"又云:"颛顼生老童,老童生重及黎,帝令重献上天,令黎邛下地。"按老童之世系可知者仅如此。其所生重及黎二人,他书或以为即重黎一人（《世本》、《大戴礼·帝系》）,且以重黎即祝融（《史记·楚世家》）,则所未详。《西次三经》云:"騩山,神耆童居之,其音常如钟磬。"郭璞注:"耆童,老童,颛顼之子。"郝懿行云:"此亦天授然也,其孙长琴所以能作乐风,本此。"老童性行可得而知者亦仅此而已。参见"太子长琴"(52页)。

老謇 龙名。宋苏轼《神女庙》诗:"蜀守降老謇,至今带连镮。"宋胡仔注:"秦时蜀守李冰降毒龙謇氏,锁之于江上,水害遂息。"按老謇,謇氏,当指望娘滩神话中之聂姓子,聂姓子变龙时,一足为母所持未变,故足跛称謇。至聂姓子姓聂,乃孽龙之孽之谐音。参见"望娘滩"(302页)。

共工 炎帝裔。《山海经·海内经》:"炎帝之妻,赤水之子听訞生炎居,炎居生节并,节并生戏器,戏器生祝融,祝融降处于江水,生共工。"宋罗泌《路史·后纪二》注引《归藏·启筮》:"共工人面蛇身朱发。"《左传·昭公十七年》:"共工氏以水纪,故为水师而水名。"《管子·揆度》:"共工之王,水处什之七,陆处什之三,乘天势以隘制天下。"《淮南子·本经训》:"舜之时,共工振滔洪水,以薄空桑。"以上所举,乃水神共工神话之大要。《吕氏春秋·荡兵》云:"兵所自来者久矣,黄炎故用水火矣。共工氏固次作难矣。"

此谓黄帝与炎帝之战争。《淮南子·兵略训》云:"炎帝为火灾,故黄帝禽之。"此战争之终局。黄、炎战争,乃中国古代传说中一大战争。炎帝兵败,仍有其裔臣如蚩尤、夸父、刑天之属继起奋争,为炎帝复仇。"共工氏固次作难"者,谓共工亦继起而战,助炎帝以攻黄帝。《淮南子·天文训》云:"昔者共工与颛顼争为帝,怒而触不周之山,天柱折,地维绝。天倾西北,故日月星辰移焉;地不满东南,故水潦尘埃归焉。"颛顼,黄帝之裔（《山海经·海内经》）。故此战实黄、炎战争之继续。共工与之争者除此以外,又或传为高辛（《淮南子·原道》）,或传为神农（《琱玉集·壮力》）,或传为祝融（唐司马贞《史记·补三皇本纪》）,或传为女娲（宋罗泌《路史·太昊纪》）:要皆传闻不同而异辞。然以与颛顼斗争之说更符"黄、炎用水火、共工次作难"之古传。至于"禹逐共工、禹杀共工之臣"相柳之说,因禹为黄帝系统人物,当亦系黄炎战争之余绪。又《神异经·西北荒经》云:"西北荒有人焉,人面朱发,蛇身人手足,而食五谷禽兽,贪恶愚顽,名曰共工。"然此形象当非其朔矣。

共工台 《山海经·大荒北经》:"大荒之中,有山名曰不句,海水北入焉。有系昆之山者,有共工之台,射者不敢北乡。"郭璞注:"言畏之也。"《海外北经》云:"共工之台,台四方,隅有一蛇,虎色,首冲南方。"即此。

共工国 见"禹攻共工国"(237页)。

共工氏不才子 宋罗泌《路史·后纪二》注引《岁时记》:"共工氏有不才子,以冬至日死,为厉,畏赤豆,故作赤豆粥以禳之。"

刑天 亦作"邢天"、"形天"。炎帝臣。《山海经·海内西经》:"刑天与帝争神（"争神"上原有"至此"二字,系衍文,从王念孙、郝懿行校删）,帝断其首,葬之常羊之山,乃以乳为目,以脐为口,操干戚以舞。"刑天原作形夭,形夭于义无取,刑天即断首之义(天,甲文作夭,金文作夭,口与●均像人首,义为颠为顶)。晋陶潜《读山海经》诗云:"刑天舞干戚,猛志固常在。"正用刑天。宋罗泌《路史·后纪三》云:

刑天

"(神农)命邢天作扶犁之乐,制丰年之咏,以荐釐来,是曰《下谋》。"邢、刑古通,知邢天即刑天。据此说,刑天当为炎帝属臣。"刑天与帝争神",盖黄、炎斗争之余绪。其所与争神之帝,或即黄帝。其所葬之常羊山,则为炎帝诞生地(见《玉函山房辑佚书》辑《春秋纬元命苞》);葬首常羊,亦还其故处之意。常羊山北,经历数地,即轩辕国,自是黄帝子孙居下方而成国者。轩辕、常羊一带,均属黄、炎斗争传说范围。继˙蚩尤、˙夸父之后,因又有"刑天与帝争神"之说。

刑神 即"蓐收"。《国语·晋语二》:"虢公梦在庙,有神,人面白毛虎爪,执钺,立于西阿。公惧而走。神曰:'无走,帝命曰,使晋袭于尔门。'公拜稽首。觉,召史嚚占之。对曰:'如君之言,则蓐收也,天之刑神也。'"

刑塘 《会稽郡故书杂集》辑《贺循会稽记》:"防风氏身长三丈,刑者不及,乃筑高塘临之,故曰刑塘。"参见"防风氏"(150页)。

刑天国 见"无首民"(50页)。

夷水 北魏郦道元《水经注·夷水》:"夷水,即佷山清江也。水色清照十丈,分沙石。蜀人见其澄清,故名清江也。昔廪君浮土丹于夷水,据捍关而王巴。是以法孝直有言:'鱼复捍关,临江据水,实益州祸福之门。'"参见"廪君"(363页)。

夷坚 《列子·汤问》:"有鱼焉……其名为鲲;有鸟焉,其名为鹏……世岂知有此物哉?大禹行而见之,伯益知而名之,夷坚闻而志之。"注:"夷坚未闻,亦古博物者也。"

夷羿 ❶谓˙羿。《楚辞·天问》:"帝降夷羿,革孽夏民。"❷谓有穷后羿。《左传·襄公四年》:"寒浞,伯明氏之谗子弟也。伯明后寒弃之,夷羿收之。"

夷坚志 书名。宋洪迈撰。取《列子·汤问》"夷坚闻而志之"语名书。原四百二十卷,已残阙。今所存者,以涵芬楼排印之二百零六卷本搜集较为完备。所记虽多涉神怪迷信,然神话传说资料间出其中,如"长人国"、"潮州象"等。

百丈山 明陈仁锡《潜确类书》卷二十:"百丈山,在昌化,一名潜山。《吴兴地志》:尧时洪水,此山潜而不没,其高在水面犹百丈。上有王仙洞,昔仙人王太伯尝居之。里人有见洞口曝盐数十袋者,即之,不复见,始信为神仙窟宅。山下两石相峙,名秦皇石,又名双峰。相传始皇欲作石桥渡海,此石驱之不去。"

百鸟衣 韦其麟据壮族民间传说而作之叙事诗《百鸟衣》略云:青年农民古卡砍柴还家,遇一雄鸡随之回,留而不去,遂变美女,为古卡妻,名依娌。土司艳其美,掠之去。依娌嘱古卡往射百鸟,用羽毛制成神衣,百日后来相会。古卡历尽艰险,射得百鸟,制成百鸟衣,依约相会。借舞蹈、献衣为名,伺机杀死土司,夺取骏马,夫妇乘之,驰骋而去。

百花潭 明徐应秋《玉芝堂谈荟》卷二四:"成都府城西南,有浣花溪,一名百花潭。任夫人微时,见一僧坠汙渠,为濯其纳,百花满潭。"此任夫人即唐西川节度使崔宁妾,以功封夫人,又号浣花夫人。《古今图书集成·草木典》卷九八引《花史》云:"唐冀国夫人任氏女,少奉释教。一日有僧持衣求浣,女欣然濯之溪边。每一漂衣,莲花应手而出。惊异求僧,不知所在,因识其处为百花潭。"描写尤为细致。然唐杜甫《狂夫》诗已有"万里桥西一草堂,百花潭水即沧浪"之句,知任夫人事当系传说之附会。

百足蟹　《洞冥记》卷三:"善苑国尝贡一蟹,长九尺,有百足四螯,因名百足蟹。煮其壳胜于黄胶,亦谓之螯胶,胜于凤喙之胶也。"

百官桥　北魏郦道元《水经注·渐江水》:"江水东径上虞县南。……《晋太康地记》曰:'舜避丹朱于此,故以名县。百官从之,故县北有百官桥。'"又《会稽郡故书杂集》辑《夏侯曾先会稽地志》云:"舜桥。舜避丹朱于此。……故亦名百官桥。"即此。

百虫将军　即"益"。北魏郦道元《水经注·洛水》:"(九山)九山庙……又有百虫将军显灵碑。碑云:'将军姓伊氏,讳益,字隤敳,高阳之第二子伯益者也。晋元康五年七月七日,顺人吴义等,建立堂庙。永平元年二月二十日,刻石立颂赞。'示后贤矣。"明董斯张《广博物志》卷十四云:"伯益字隤敳,为唐泽虞,是为百虫将军。"注云:"今巩洛嵩山有百虫将军庙是也,自汉有之,《水经》云:'晋元康五年七月顺人吴义复立。'"其云"顺人吴义复立",与今本《水经注》微异。然既曰"显灵",则先有"堂庙","复立堂庙"当愈于"建立堂庙"。

夸父　❶神名。炎帝裔。或称邓夸父。《山海经·大荒北经》:"大荒之中,有山,名曰成都载天。有人珥两黄蛇,把两黄蛇,名曰夸父。后土生信,信生夸父(据《海内经》"炎帝……生后土",则夸父当为炎帝裔)。夸父不量力,欲追日景,逮之于禺谷。将饮河而不足也。将走大泽,未至,死于此。"《海外北经》:"夸父与日逐走,入日。渴欲得饮,饮于河、渭。河、渭不足,北饮大泽。未至,道渴而死,弃其杖,化为邓林。"毕沅注"邓林"云:"邓林即桃林也,邓、桃音相近,盖即《中山经·中次六经》所云,夸父之山,北有桃林矣。"疑是。《列子·汤问》于述此神话之后,复谓夸父"弃其杖,尸膏肉所浸,生邓林,邓林弥广数千里焉",说略不同。古传夸父追日神话皆在于此。后世复有夸父追日遗迹之传说。唐张鷟《朝野佥载》卷五云:"辰州东有三山,鼎足直上,各数千(十)丈。古老传云,邓夸父与日竞走,至此煮饭,此三山者,夸父支鼎之石也。"《太平御览》卷四七引《郡国志》云:"台州覆釜山……有巨迹,云是夸父逐日之所践。"同书卷五六引《安定图经》云:"振履堆者,故老云夸父逐日,振履于此,故名之。"同书卷三八八引《荆州记》又有"零陵县石上有夸父迹"等,知夸父追日神话固为民间所艳称。又《大荒东经》"应龙(黄帝神龙)杀蚩尤与夸父",《大荒北经》"应龙已杀蚩尤、又杀夸父",夸父似又为一巨人部族名。追日夸父仅此部族之一员,正如蚩尤兄弟有"八十一人"(《龙鱼河图》)或"七十二人"(《述异记》),蚩尤特其首领然。夸父既为炎帝之裔,宜其在黄、炎战争中助同属炎帝裔之蚩尤而攻黄帝。后虽被"杀",尚有子遗,终成国族,即《海外北经》所记之博父国(夸父国)。参见"夸父国"。❷兽名。《山海经·西次三经》:"崇吾之山……有兽焉,其状如禺而文臂,豹虎(虎疑尾字之讹)而善投,名曰举父。"郭璞注:"或作夸父。"郝懿行疏:"《尔雅·释兽》云:'貜,迅头。'郭注云:'今建平山中有貜,大如狗,似猕猴,黄黑色,多髯鬣,好奋迅其头,能举石擿人,貜类也。'如郭所说,惟能举石擿人,故经曰善投,亦因名举父。举、貜声同,故古字通用;与夸声近,故或作夸父。"据以上所述,则夸父者,猿类之兽也。《东山经》犲山有兽"状如夸父而彘毛,其音如呼,见则天下大水";《北次二经》梁渠之山有鸟"状如夸父,四翼一目,犬尾,名曰嚣,其音如鹊,食之已腹痛,可以止衕"。均形似猿猴之怪鸟怪兽。

夸父山 《山海经·中次六经》:"夸父之山……其北有林焉,名曰桃林,是广员三百里,其中多马。"参见"夸父"。

夸父国 《山海经·海外北经》:"夸父国在聂耳东,其为人大,右手操青蛇,左手操黄蛇。邓林在其东,二树木。一曰博父。"按"夸父国在聂耳东",原作"博父国在聂耳东",讹;以此经下文复云"一曰博父"。"一曰博父"云者,刘秀校书时所记别本异文也。此处既作博父,则上文不得复作博父。《淮南子·墬形训》云:"夸父、耽耳在其北方。"耽耳即聂耳,则此经博父国实当作夸父国。"邓林二树木"者,郝懿行云:"盖谓邓林二树而成林,言其大也。"

夸父迹 见"夸父"。

夸父追日 见"夸父"。

尧 汉王充《论衡·说日》:"《淮南书》又言:烛十日。尧时十日并出,万物焦枯。尧上射十日,以故不并一日见也。"按《论衡》屡引《淮南书》,或"儒者传书",均言尧"上射十日"或"上射九日",与今本《淮南子》异。今本《淮南子·本经训》作"尧乃使羿上射十日",而此则径云"尧上射九日(或十日)",是以尧为具神性之射日英雄也。以其屡引均如此,明其所引非误,必当时王充所见《淮南子》与今本异。揆以情理,《淮南子》所叙"尧射日",当愈于"尧使羿射日",以后文有"万民皆喜,置尧以为天子"语,此射日除害英雄宜径为尧。而又云"羿射日"者,必当时已有两种射日传说,一属之尧,如古本《淮南子》之异文;一属之羿,如《楚辞·天问》"羿焉彃日?乌焉解羽"之所写。其后"羿射日"说更占优势,后人乃改古本《淮南子》"尧射日"为"尧乃使羿射日",以成今本《淮南子》状态,于是尔后"羿射日"之说遂定于一尊,"尧射日"之说遂渐消泯。"体长"(《荀子·非相》)、"眉如八字"(《尚书大传》)、"忧劳瘦臞"(《淮南子·修务训》)、"形若腊"(《论衡·道虚》):此传说中人帝尧之状貌。论其为政,又有勤劳、节俭、尚贤、爱民种种传说,见于《荀子》、《韩非》、《淮南》、《吕览》诸书,则已半入历史范围,不备举矣。略具神话意味者,则云尧时有*一角羊(獬豸)、*指佞草(屈佚)、*蓂荚、*萐脯、*重明鸟等。

尧山 ❶《山海经·中次十二经》:"尧山,其阴多黄垩,其阳多黄金,其木多荆芑柳檀,其草多藷藇茈。"郝懿行云:"《初学记》二十四卷引王韶之《始兴记》云:'含洭县有尧山,尧巡狩至于此,立行台。'即斯山也。"❷北魏郦道元《水经注·潍水》:"尧之末孙刘累以龙食帝孔甲,孔甲又求之,不得,累惧而迁于鲁县,立尧祠于西山,谓之尧山。"❸《太平御览》卷五三七引《三齐略记》:"尧山,在广固城西七里。尧巡狩所登,遂以为名。山顶立祠,祠边有柏树,枯而复生,不知几代树也。又石上有尧迹,于今犹存。"❹《太平寰宇记》卷一〇七:"尧山在(鄱阳)县西,水路三十里。《鄱阳记》云,尧九年大水,人居避水,因以为名。或遇大水,此山不没,时人云此山浮。"

尧二女 《山海经·中次十二经》:"洞庭之山,帝之二女居之,是常游于江渊。澧沅之风,交潇湘之渊,是在九江之间,出入必以飘风暴雨。是多怪神,状如人而载蛇,左右手操蛇。"按此为尧二女所居洞庭山(渊)之景象。郭璞于"帝之二女"下注:"天帝之二女。"然后又辨非尧之二女,则误,不知古神话中尧亦天帝,此二女自非尧二女不足当之。汉刘向《列女传·有虞二妃》云:"有虞二妃,帝尧二女也,长娥皇,次女英。"二女之名,首揭于兹。在舜与其弟象之斗争中,二女多出奇谋,并以神力助舜逃脱险阨,胜彼凶顽。其后舜"既纳于百揆,宾于四门,选于林木,入于大麓,尧试之百方,每事常谋于二女。"(《有虞二妃》)又《史记·五帝本纪》集解引《帝王世纪》云:"娥皇无子,女英生商均。"北魏郦道元《水经注·湘水》云:"大舜之陟方也,二妃从征,溺于湘江,神游洞庭之渊,出入潇湘之浦。"此二女或统谓之湘君(《史记·秦始皇本纪》、《列女传·有虞二妃》),或统谓之湘夫人(《山海经·中次十二经》郭璞注引《河图玉版》、《指海》本《博物志》卷十)。而唐李贤注《后汉书·张衡传》引《列女传》则云:"舜陟方,死于苍梧,二妃死于江、湘之间,俗谓之湘君、湘夫人也。"唐韩愈《黄陵庙碑》亦云:"尧之长女娥皇为舜正妃,故曰君;其二女女英自宜降为夫人。"《楚辞·九歌》诸篇既有《湘君》,又有《湘夫人》,自以尧二女分属"湘君、湘夫人"为近正。

尧洪水 《孟子·滕文公上》:"当尧之时,天下犹未平,洪水横流,泛滥于天下。草木畅茂,禽兽繁殖,五谷不登,禽兽逼人,兽蹄鸟迹之道,交于中国。尧独忧之,举舜而敷治焉。舜使益掌火,益烈山泽而焚之,禽兽逃匿。禹疏九河,瀹济、漯而注诸海,决汝、汉,排淮、泗而注之江,然后中国可得而食也。当是时也,禹八年于外,三过其门而不入。"《滕文公下》又云:"当尧之时,水逆行,泛滥于中国,蛇龙居之,民无所定,下者为巢,上者为营窟。"此尧时洪水之大要。后代口耳相传,指实景为证,零星片断见诸志乘者亦复不少。《汉唐地理书钞》辑《盛弘之荆州记》云:"空冷峡……有火烬插石崖间……传云尧洪水时行者泊舟于崖侧,爨于此,余烬插之,至今犹存,故曰插灶。"《艺文类聚》卷七引《荆南图制》云:"宜都夷陵县西八十里有高筐山,古老相传尧时大水,此山不没,如筐篚,因以为名。"《太平御览》卷七六九引《郡国志》云:"济州有浮山。故老传云,尧时大雨,此山浮水上。时有人缆船于岩石间,今犹有断铁锁。"同书卷四四引《十道录》云:"覆船山。尧遭洪水,维舟树下,船因覆焉。"类乎此者,尚比比皆是。以知古昔洪水惨恻,人心铭刻綦深,不过咸托之于尧之时而已。

吉吊 《北梦琐言逸文》(清缪荃孙辑)卷四:"海上人云,龙生三卵,一为吉吊。"按吉吊之形若何,则所未详。郝懿行注《山海经·北山经》"龙龟"云:"疑即吉吊也。龙种龟身,故曰龙龟。"参见"龙龟"(100页)。

吉光 ❶帝俊裔。《山海经·海内经》:"帝俊生禺号,禺号生淫梁,淫梁生番禺……番禺生奚仲,奚仲生吉光,吉光是始以木为车。"郭璞注:"《世本》云:'奚仲作车。'此言吉光,明其父子共创作意,是以互称之。"❷即"腾黄"(336页)。

吉神 即"泰逢"(262页)。

吉黄 神马名。即"吉量"。《周书·王会》:"犬戎文马,文马赤鬣缟身,目若黄金,名古黄之乘。"郭璞注《山海经·海内北经》引此作"吉黄之乘"。作"吉黄"是。

吉量 神马名。即"吉黄"、"吉良"。《山海经·海内北经》:"犬戎国……有文马,缟身朱鬣,目若黄金,名曰吉量,乘之寿千岁。"郭璞于"吉量"下注云:"一作良。"《海外西经》奇肱国亦有文马,郭注云:"文马郎吉良也。"《文选·东京赋》李善注引此经正作吉良。郭璞又注《海内北经》云："《周书〈王会篇〉》曰：'犬戎文马，赤鬣白身，目若黄金，名曰吉黄之乘。'《六韬》曰：'文身朱鬣，眼若黄金，项若鸡尾，名曰鸡斯之乘。'《大传》（《尚书大传》）曰：'驳身朱鬣鸡目。'《山海经》亦有吉黄之乘，寿千岁者（今经无此名，疑本在经中，今佚）。惟名有不同，说有小错，其实一物耳，今博举之以广异闻也。"清马骕《绎史》卷十九引《六韬》云："商王拘周伯昌于羑里，太公与散宜生以金千镒求天下珍物以免君之罪。于是得犬戎氏文马，驳身朱鬣，目如黄金，项下鸡毛，名曰鸡斯之乘，以献商王。"此为文马神话最早最完整之记录。又《淮南子·道应训》云："散宜生以千金求……鸡斯之乘……以献于纣。"《史记·周本纪》云："闳夭之徒求骊戎之文马献之纣。"亦为此神话之概略。吉量、吉良、吉黄、吉皇、鸡斯之乘、腾黄、吉光，名虽各异，实皆谓此文马。

吉云草 明彭大翼《山堂肆考》羽集第十卷引《洞冥记》："东方朔云：'臣有吉云草，种于九景山中，二千岁一花。臣种一千九百九十九年矣，明年应生花。臣走往刈之以饲马，马食之不饥。'帝（汉武帝）许之。朔旦而去，至暮而返。背负数束，其叶似麦而金色。锉以饲马，马即肥泽。"亦见今本《洞冥记》卷二，文较简，无"帝许之"以下三十余字。详其文意，吉云草盖吉云国所生之草。参见"五色露"(61页)。

吉光毛裘 《海内十洲记》："（汉）武帝天汉三年，帝幸北海，祠恒山。四月，西国王使至，献……吉光毛裘……吉光毛裘，黄色，盖神马之类也。裘入水数日不沉，入火不燃。"

地户 《楚辞·九怀·通路》："天门兮地户。"《周礼·大司徒》疏引《河图括地象》："天不足西北，地不足东南；西北为天门，东南为地户；天门无上，地户无下。"又《神异经·东南荒经》云："东南有石井，其方百丈，上有二石阙，夹东南面，上有蹲熊，有榜著阙，曰地户。"或即本于前引两说。

地祇 谓地神。亦作"地示"。《后汉书·祭祀志》："（建武）三十三年正月辛未，郊，别祀地祇。"《太平御览》卷三六引《物理论》云："地者其卦曰坤，其德曰母，其神曰祇。"又《周礼·春官·大宗伯》："大宗伯之职，掌建邦之天神人鬼地示之礼。"

地柱 郭璞注《山海经·大荒西经》引古本《淮南子》："共工怒触不周山，天维绝，地柱折。"今本《淮南子·天文训》作"天柱折，地维绝"，与之适异。然此"地柱"之意犹"天柱"。另有地柱，则谓"地下有八柱"。见《汉唐地理书钞》辑《河图括地象》。

地皇 三皇之一。唐司马贞《史记·补三皇本纪》："地皇十一头，火德王。兄弟十一人，兴于熊耳、龙门等山，亦各分八千岁。"又《汉唐地理书钞》辑《荣氏遁甲开山图》云："地皇兄弟九人，面貌皆如女子，貌皆相类，蛇身兽足，生于龙门山中。"说复不同。

地维 谓地之四角。《淮南子·天文训》："昔者共工与颛顼争为帝，怒而触不周之山，天柱折，地维绝。"又云："东北为报德之维也。"高诱注："四角为维。"《列子·汤问》亦云："折天柱，绝地维。"按古谓地之形方，故地维者，即地之四角。一角亦得称维，故*共工怒触不周山而有"地不满东南，故水潦尘埃归焉"之语。

地日草 见"三足乌"(18页)。

地震鳌鱼动 《茶香室丛钞》卷十二："宋刘攽《彭城集》有《地震戏王深父》诗，自注曰：'俗云地震鳌鱼动。'按今尚有此俗说。"《楚辞·天问》云："鳌戴山抃，何以安之？"王逸注："《列仙传》曰：'有巨灵之鳌，背负蓬莱之山，而抃舞戏沧海之中。'独何以安之乎？"即为前说之所本。

有易 《山海经·大荒东经》："王亥托于有易、河伯仆牛，有易杀王亥，取仆牛。"参见"王亥"（47页）。

有娀 《诗·商颂·长发》："有娀方将，帝立子生商。"《吕氏春秋·音初》："有娀氏有二佚女。"《淮南子·墬形训》："有娀在不周之北，长女简翟，少女建疵。"参见"简狄"（335页）。

有倕 即"巧倕"（89页）。

有黄 神巫名。《全上古三代秦汉三国六朝文·全后汉文》辑张衡《灵宪》："羿请不死之药于西王母，姮娥窃之以奔月。将往，枚筮之于有黄。有黄占之，曰：'吉。翩翩归妹，独将西行。逢天晦芒，毋惊毋恐，后且大昌。'姮娥遂托身于月，是为蟾蜍。"严可均云《灵宪》此段，当系《归藏》旧文。参见"姮娥"（251页）。

有鼻 地名。《汉书·武五子传》："舜封象于有鼻。"颜师古注："有鼻，在零陵，今鼻亭是也。"参见"鼻亭神"（346页）。

有穷鬼 《山海经·西次三经》："槐江之山……东望恒山四成，有穷鬼居之，各在一搏。"郭璞注："搏，犹胁也，言群鬼各以类聚，处山四胁，有穷，其总号耳。"

有扈氏 《淮南子·齐俗训》："昔有扈氏为义而亡。"高诱注："有扈，夏启之庶兄也，以尧舜举贤，禹独与子，故伐启，启亡之。"《史记·夏本纪》云："有扈氏不服，启伐之，大战于甘。……遂灭有扈氏。"即叙其事。此可视作"启、益斗争之插曲：启之为君，甚至同族亦有"不服"者。

有巢氏 一作"大巢氏"。《庄子·盗跖》："古者禽兽多而人民少，于是民皆巢居以避之。昼拾橡栗，暮栖木上，故命之曰有巢氏之民。"此说亦见《韩非子·五蠹》，文略同。《太平御览》卷七八引《遁甲开山图》云："石楼山在琅邪，昔有巢氏治此山南。"又引《项峻始学篇》云："上古穴处，有圣人教之巢居，号大巢氏。"晋张华《博物志·杂说上》云："昔有巢氏有臣而贵，任之专国主断，已而夺之。臣怒而生变，有巢以亡。"关于有巢氏之传说略备于斯。

有穷后羿 《左传·襄公四年》："昔有夏之方衰也，后羿自鉏迁于穷石，因夏民以代夏政。恃其射也，不修民事而淫于原兽。弃武罗、伯因、熊髡、龙圉而用寒浞。寒浞，伯明氏之谗子弟也，伯明后寒弃之，夷羿收之，信而使之，以为己相。浞行媚于内而施赂于外，愚弄其民而虞羿于田，树之诈慝以取其国家，外内咸服。羿犹不悛，将归自田，家众杀而亨（烹）之，以食其子。其子不忍食诸，死于穷门。靡奔有鬲氏。浞因羿室，生浇及豷，恃其谗慝诈伪而不德于民。使浇用师，灭斟灌及斟寻氏，处浇于过，处豷于戈。靡自有鬲氏，收二国之烬，以灭浞而立少康。少康灭浇于过，后杼灭豷于戈，有穷由是遂亡。"按此乃有穷后羿兴亡之始末。《史记·夏本纪》正义引《帝王世纪》云："帝羿有穷氏，未闻其先何姓。帝喾以上，世掌射正。至喾，赐以彤弓素矢，封之于鉏，为帝司射，历虞、夏。羿学射于吉甫，其臂长，故以善射闻。"则是有穷后羿之家世渊源。帝喾赐羿"彤弓素矢"，本《山海经·海内经》"帝俊赐羿彤弓素矰"。宋罗泌《路史·后纪十三·夷羿传》："夷羿有穷氏……五岁得法于山中，传楚狐父之道。"注引《括地象》云："羿五岁，父母与之入山，处之木下，以待蝉鸣。还欲取之，而群蝉俱鸣，遂捐而去。羿为山间所养，年二十，习于弓矢。仰天叹曰：'我将射四方，矢至吾门止。'因捍即射，矢靡地，截草径，至羿之门，乃随矢去。"《文选·拟古》注引《帝王世纪》云："帝羿有穷氏与吴贺北游，贺使羿射雀，羿曰：'生之乎？杀之乎？'贺曰：'射其左目。'羿引弓射之，误中右目。羿仰首而愧，终身不忘。"然《楚辞·离骚》云："羿淫游以佚田兮，又好射夫封狐。固乱流其鲜终兮，浞又贪夫厥家。"羿之不得善终，屈子已慨乎言之矣。参见"羿"（250页）。

列子 书名。旧题战国列御寇撰。八卷。原书早佚。今本当魏晋时人伪作。晋张湛注。其中如"龙伯国大人"、"愚公移山"、"甘蝇教射"、"偃师献技"之属，尚存古义，可供参考。

列缺 谓天上罅隙，天门。《楚辞·远游》："上至列缺（缺）兮。"王逸注："窥天间隙。"《史记·司马相如列传》："贯列缺之倒景兮。"裴骃集解引《汉书音义》："列缺，天门也。"

列女传 书名。一名《古列女传》。汉刘向撰。七卷。又《续列女传》一卷。作者或曰班昭，或曰项原。旧合为一编。宋王回乃离析其文为今本，分母仪、贤明、仁智、贞顺、节义、辩通、孽嬖等七门。其书多宣扬封建道德，然所记简狄、姜嫄、尧二女、杞梁妻等，当亦采自古代民间传说。

列仙传 书名。旧题汉刘向撰。二卷。记古之仙人七十一人。人系以赞，篇末又为总赞一首，全如《列女传》之体。《书录解题》谓不类西汉文字，必非向撰。《四库提要》谓或魏晋间方士为之，托名刘向。然东汉王逸注《楚辞》、应劭《汉书音义》已引《列仙传》文字，则向作亦有可能。除撰人不论，是书亦为近古之作。中如记赤松、王乔、师门、啸父等，亦有关神话研究。

列异传 书名。《隋书·经籍志》著录，题魏曹丕撰。然书中记有曹丕死后事，或系伪托，或本此书而有增益。原书已佚，鲁迅《古小说钩沈》有辑录。所记如陈宝、麻姑、怒特祠、眉间尺等，亦有关神话研究，可供参考。

列姑射 山名。《山海经·海内北经》："列姑射在海河州中。"郭璞注："山名也。"参见"姑射国"（216页）。

列子御风 《庄子·逍遥游》："列子御风而行，泠然善也，旬有五日而后返。"释文："列子，郑人，名御寇，得风仙，乘风而行。与郑穆公同时。"又《述异记》卷下云："列御寇，郑人，御风而行，常以立春日归（游）乎八荒，立秋日游（归）于风穴。是风至则草木皆生，去则草木皆落，谓之离合风。"参见"离合风"（273页）。

列仙全传 书名。明王世贞辑，汪云鹏辑补。九卷。所收仙人自上古迄明弘治末年共五百八十一人，为历来神仙传记中内容最丰富者，因号"全传"。于神话研究，亦偶有可供观览者。

西伯 谓周文王。《史记·太史公自序》："昔西伯拘羑里，演周易。"《诗·周南·召南谱》疏云："纣之州长曰伯，文王为雍州之伯，在西，故曰西伯。"参见"文王"（82页）。

西皇 谓*少昊。《楚辞·离骚》："诏西皇使涉予。"王逸注："西皇，帝少皞也。"少皞即少昊。

西施 《庄子·天运》："西施病心而矉其里。其里之丑人见而美之，归亦捧心而矉其里。其里之富人见之，坚闭门而不出；贫人见之，挈妻子而去之走。彼知美矉，而不知矉之所以美。"西施之美，为当时民间所艳称。《孟子·离娄下》云："西子蒙不洁，则人皆掩鼻而过之。"孙奭疏引《史记》云："西施，越之美女，越王勾践以之献吴王夫差，大幸之。每入市，人愿见者，先输金钱一文。"又《吴越春秋·越王勾践阴谋外传》云："吴王淫而

西施　清刊本《毓秀堂画传》

好色……(越王)乃使相者国中得苎萝山鬻薪之女,曰西施、郑旦,饰以罗縠,教以容步,习于土城,临于都巷,三年学服而献于吴。乃使相国范蠡进。"而《汉唐地理书钞》辑《吴地记》则云:"嘉兴县南一百里有语儿亭。勾践令范蠡取西施以献夫差,西施于路与范蠡潜通,三年始达于吴,遂生一子。至此亭,其子一岁,能言,因名语儿亭。《越绝书》曰:'西施亡吴国后,复归范蠡,同泛五湖而去。'"盖"语儿"者,御儿之讹传,御儿越地,古有是乡,《国语·越语上》所谓"勾践之地……北至于御儿"者是矣。杜牧《杜秋娘诗》:"西子下姑苏,一舸逐鸱夷。"范蠡浮海,号鸱夷子皮,故有是语。然《墨子·亲士》云:"西施之沉,其美也。"此言越灭吴后,西施被沉于江,则随范蠡之说,盖不足信。《广博物志》卷二四引《翰府名谈》云:"西子母浣帛于溪,有明珠射体,感而有孕。又梦翠鸡五色,自空而下,久之化为鹥飞去。"则自宋(《翰府名谈》宋刘斧撰,凡二十五卷,已佚)以后于西施之诞生又予神话之装饰矣。

西王母　❶神名。《山海经·西次三经》:"玉山,是西王母所居也。西王母其状如人,豹尾虎齿而善啸,蓬发戴胜,是司天之厉及五残。"《大荒西经》:"西海之南,流沙之滨,赤水之后,黑水之前,有大山,名曰昆仑之丘。有神,人面虎身,文尾(原作'有文有尾',从王念孙校删),皆白处之(郝懿行云:神人即陆吾也)。其下有弱水之渊环之,其外有炎火之山,投物辄然。有人戴胜,虎齿,豹尾(原作'有豹尾',从王念孙校删'有'字),穴处,名曰西王母。此山万物尽有。"《海内北经》:"西王母梯几而戴胜(原作'戴胜杖',从郝懿行校删'杖'字),其南有三青鸟,为西王母取食。在昆仑虚北。"郭璞注:"又有三足鸟,主给使。"《山海经》中言西王母之状毕于此矣。《淮南子·览冥训》有"羿请不死之药于西王母,姮娥窃以奔月"之说,《穆天子传》有"天子宾于西王母……西王母为天子谣"之叙,西王母遂渐由野演化而文。后《神异经》写西王母岁登大鸟希有翼上会"东王公,则当由穆天子宾于西王母之说而生。又有《汉武故事》、《汉武帝内传》,叙汉武帝见西王母事,亦缘《穆天子传》而附

西王母❶　明刊本《月旦堂仙佛奇踪》

会，神话又演为仙话，王王母事自此益繁衍矣。❷部族名。《太平广记》卷二○三引《风俗通》："舜之时，西王母来献白玉琯。"《尔雅·释地》："觚竹、北户、日下、西王母，谓之四荒。"参见"四荒"(106页)。

西周国 帝俊裔。《山海经·大荒西经》："有西周之国，姬姓，食谷。帝俊生后稷，稷降以百谷。稷之弟曰台玺，生叔均，叔均是代其父及稷播百谷，始作耕。"按黄帝姬姓，西周国本应为黄帝裔，此说为帝俊裔者，当为神话传说之纷歧。

西泰山 即"泰山"。《韩非子·十过》："昔者黄帝合鬼神于西泰山之上。"王先慎云："有小泰山称东泰山，故泰山为西泰山。"

西陵氏 即"嫘祖"(348页)。

西游记 小说名。明吴承恩撰。一百回。此书取材于民间流传之唐僧取经事和宋人话本、元明杂剧等，经再创作而成。其中孙悟空形象，颇似唐人小说《李汤》中"无支祁"；而无支祁，则又古神话夔之演变。篇首孙悟空大闹天宫数回，尤为家喻户晓之神话。

西王母山 ❶《穆天子传》卷三："天子逐驱升于弇山，乃纪丌迹于弇山之石而树之槐，眉曰西王母之山。"❷《山海经·大荒西经》："有西王母之山(原作'西有王母之山'，从王念孙、郝懿行校改)。"

西京杂记 书名。旧题汉刘歆撰，晋葛洪钞录。洪自序谓系刘歆欲撰《汉书》未成，班固取以成书，遗二万余言。遂将班固所遗，钞为二卷，以成此书。然经近世学者研究，谓即洪自撰而托名刘歆。今本作六卷。是书所记皆汉武帝前后杂事，间亦有神话传说资料。

西湖二集 书名。明周楫撰。三十四卷。每卷一篇，内容为演述有关西湖之故事。此书每于卷首"引子"中记神话传说，如张羽煮海、白螺仙女等。原有《西湖一集》，已佚。

〔丨〕

曲盖 谓曲柄盖。古用为仪仗。晋崔豹《古今注》卷上："曲盖，太公所作也。武王伐纣，大风折盖，太公因折盖之形而制曲盖焉。"清俞樾《春在堂随笔》卷八云："曲盖之制，于古无徵。余观冯氏《金石索》，载嘉祥刘村洪福院汉画像石，有周公辅成王像。成王居中，旁一人执盖。其盖折而下垂，此正古曲盖之制。盖太公因折盖而制曲盖，自当折而下垂。若曲而上，则失其义矣。"后代所绘曲盖多作曲而上形，当从俞说。

回禄 火神名。《左传·昭公十八年》："禳火于玄冥、回禄。"注："回禄，火神。"疏："楚之先，吴回为祝融，或云回禄即吴回也。"唐李白《答杜秀才五松山见赠》诗："回禄睢盱扬紫烟。"俗因借为火灾之称。参见"吴回"(166页)。

贞女石 南朝宋王韶之《始兴记》："中宿县有贞女峡，峡西岸水际，有石如人形，状似女子，是曰贞女。父老相传，秦世有女数人，取螺于此，遇风雨昼昏，而一女化为此石。今石人形高七尺，状此女人。"参见"望夫石"(302页)。

吊鸟山 北魏郦道元《水经注·叶榆河》："(叶榆)县西北八十里，有吊鸟山。众鸟千百为群，其会鸣呼啁哳。每岁七八月至，十六七日则止。一岁六(大？)至，雉雀来吊。夜燃火伺取之。其无噪不食，似特悲者，则不取也。俗言凤凰死于此山，故众鸟来吊，因名吊鸟。"

吁咽 《山海经·海外南经》："狄山，帝尧葬于阳，帝喾葬于阴。……吁咽、文王皆葬其所。"按吁咽疑是舜。参见"狄山"(169页)。

吐子成兔 《武王伐纣平话》卷中略云：纣王闻奏，令左右推转伯邑考，身醢为肉酱。王赐肉酱，命费孟教姬昌食之。姬昌心内思惟，此肉是我儿肉，若我不食此肉，和我死在不仁之君手也。喜而食之，曰："此肉甚好。"费孟回去见帝，曰："姬昌接得此肉，笑而食之，非是贤人也。"纣王得知，大悦，勅令教使臣去放了姬昌。姬昌得脱囚牢之苦，上马出羑里城半舍之地，下马用手探之，物吐在地，其肉尽化为兔儿。姬昌大哭。至今有吐子冢，在荡阴四里地是也。参见"羑里"（239页）。

因民国　《山海经·大荒东经》："有因民国，勾姓，黍食。"按原作："有因因民国，勾姓，而食。"困民乃因民之讹，而食乃黍食之讹；因民即'民、赢民。

因因乎　四方神之一。《山海经·大荒南经》："有神名曰因因乎，南方曰因乎，来（原作夸，讹，据其他三方风神记述句例改）风曰乎民，处南极以出入风。"参见"四方风"（106页）。

当康　《山海经·东次四经》："钦山，多金玉而无石。师水出焉，而北流注于皋泽，其中多鳡鱼，多文贝。有兽焉。其状如豚而有牙，其名曰当康，其鸣自叫，见则天下大穰。"郝懿行云："当康大穰，声转义近，盖岁将丰稔，兹兽先出以鸣瑞。"

当康

当扈　《山海经·西次四经》："上申之山，上无草木，而多硌石，下多榛楛，兽多白鹿。其鸟多当扈，其状如雉，以其髯飞，食之不眴目。"郭璞注："硌，磊硌，大石貌也；音洛。"按眴，目摇之意。眴同瞬。

当扈

岁华纪丽　书名。唐韩鄂撰。四卷。以春、夏、秋、冬四时节序分隶四卷之中。采集对语，用便词翰。其注多引古书，时涉神话传说。

岁时广记　书名。宋陈元靓撰。凡四十卷，又卷首、卷末各一卷。杂记诸书关于节序者，按月分隶，悉以三字为目，如"送穷鬼"、"乘浮槎"之类，颇便稽考。其记古代风俗原始，亦恒有关神话传说。

师门　《列仙传》卷上："师门者，啸父弟子也。亦能使火，食桃李葩。为夏孔甲龙师，孔甲不能顺其意，杀而埋之外野。一旦，风雨迎之，讫，则山木皆焚。孔甲祠而祷之，还而道死。"按"使火"，为古仙人登仙之必要手段。参见"孔甲"（85页）。

师旷　晋平公乐师。《淮南子·原道训》："师旷之聪，合八风之调。"《览冥训》："昔者师旷奏《白雪》之音，而神物为之下降，风雨暴至，平公癃病，晋国赤地。"高诱注："《白雪》、《太乙》五十弦琴瑟乐名也。神物即神化之物，谓玄鹤之属来至，无头鬼类操戈以舞也。……平公德薄不能堪，故笃病而大旱。"《韩非子佚文》（清王先慎辑）云："师旷鼓琴，有玄鹤衔明月珠在庭中舞，失珠，旷掩口而笑。"此即所谓"玄鹤之属来至"。明董斯张《广博物志》卷三四引《瑞应图》云："师旷鼓琴，通于神明，玉羊白鹊，翩翔坠投。"此即所谓"神物下降"。

师鱼　《山海经·北次三经》："饶山……历虢之水出焉，而东流注于河。其中有师鱼，食之杀人。"郭璞注："未详。或作鲵。"郝懿行云："师，《玉篇》作鲕，非也。郭云或作鲵者，师、鲵声之转，鲵即人鱼也。……《酉阳杂俎》（卷十七）云：'峡中人食鲵鱼，缚树上，鞭至白汗（原作"汁"，据今本改），出如构汁，方可食，不尔有毒也。'正与此经合。"参见"人鱼"（7页）。

吕尚 即"姜太公"(240页)。

吕望 即"姜太公"。《楚辞·离骚》:"吕望之鼓刀兮,遭周文而得举。"《天问》:"师望在肆昌何识?鼓刀扬声后何喜?"王逸注:"吕望鼓刀在列肆,文王亲往问之,吕望对曰:'下屠屠牛,上屠屠国。'文王喜,载与俱归也。"清卢文弨《群书拾补》辑《说苑逸文》:"吕望年七十,钓于渭渚,三日三夜,鱼无食者。望即忿脱其衣冠。上有农人者,古之异人也,谓望曰:'子姑复钓,必细其纶,芳其饵,徐徐而投之,无令鱼骇。'望如其言,初下得鲋,次得鲤,刳鱼腹得书。书文曰:'吕望封于齐。'望知其异。"

吕洞宾 俗传*八仙之一。《列仙全传》卷六略云:吕岩,字洞宾,唐蒲州人。两举进士不

吕洞宾 明刊本《月旦堂仙佛奇踪》

第,年六十四,游长安酒肆,见云房先生,求度世术。云房十试洞宾,皆心无所动。乃携洞宾至(终南)鹤岭,传以上清秘诀。洞宾既得道,始游江、淮,试灵剑,除蛟害,隐显变化四百余年,人莫识之。按相传洞宾有诗云:"朝游蓬岛暮苍梧,袖里青蛇(剑名)胆气粗,三醉岳阳人不识,朗吟飞过洞庭湖。"元马致远有《吕洞宾三醉岳阳楼》杂剧,明代以吕洞宾为题材而编写之杂剧尤夥,如《吕洞宾三度城南柳》(谷子敬)、《吕洞宾花月神仙会》(朱有燉)、《吕洞宾桃柳升仙梦》(贾仲明)、《吕纯阳点化度黄龙》(无名氏)等。宜其为民间所艳称之人物。参见"八仙过海"(9页)。

吕氏春秋 书名。亦称《吕览》。战国末秦相吕不韦集门客共撰。二十六卷,分八览、六论、十二纪。凡百六十篇,二十余万言。有汉高诱注,及清毕沅《吕氏春秋新校正》诸本。近人许维遹《吕氏春秋集释》,于文字伪夺,亦有是正。其《古乐》、《音初》诸篇,多有关于颛顼、帝喾、禹、孔甲等古帝之神话传说。

〔丿〕

危 神名。《山海经·海内西经》:"贰负之臣曰危,危与贰负杀窫窳,帝乃梏之疏属之山,桎其右足,反缚两手(原"两手"下有"与发"二字,从刘秀《上〈山海经〉表》引删),系之山上木。在开题西北。"《文选·七命》李善注引此经帝作黄帝。毕沅说开题疑即笄头,正黄帝用事处。郭璞注此经云:"汉宣帝使人上郡发盘石,石室中得一人,跣踝被发,反缚,械一足,以问群臣,莫能知,刘子政按此言对之,宣帝大惊,于是时人争学《山海经》矣。"据经文及郭注,缚系于山上及发石室所得者,仅一人,即杀窫窳之主谋者危。故郭璞《山海经图赞》径云:"汉击磻石,其中则危。"然《海内经》云:"北海之内,有反缚盗械、带戈常倍之佐,名曰相顾之尸。"郭璞注:"亦贰负臣危之类也。"不仅"之类",实亦此神话之异文。汉刘秀(歆)《上〈山海经〉表》云:"孝宣帝时,击磻石于上郡,陷得石室,中有反缚盗械人。时臣秀父向为谏议大夫,言此贰负之臣也。诏问何以知之,亦以

《山海经》对。其文曰：'贰负杀窫窳，帝乃梏之疏属之山，桎其右足，反缚两手。'上大惊，朝士由是多奇《山海经》者。""反缚盗械"之语，当非偶同，曰"相顾"者，或并贰负亦俱系械。唐李冗《独异志》云："汉宣帝时有人于疏属山石盖下得二人，俱被桎梏，将至长安，乃变为石。宣帝集群臣问之，无一知者。刘向对曰：'此是窫窳国负贰之臣，犯罪大逆，黄帝不忍诛，流之疏属之山，若有明君，当得出外。'"则后世民间相传，贰负与其臣危实俱被系械而得诸石室者。《珊玉集》卷十二《鉴戒篇》亦记此事，文略同。参见"窫窳"(347页)、"贰负"(218页)。

行神 《汉书·临江闵王荣传》颜师古注："昔黄帝之子累祖，好远游而死于道，故后人以为行神也。"按即祖神、道神。

凫徯 《山海经·西次三经》："鹿台之山……有鸟焉，其状如雄鸡而人面，名曰凫徯，其鸣自叫也，见则有兵。"郝懿行云："《北堂书钞》一百三十卷引此经面作首，鸣作名，盖形声之讹。"

凫徯

夙沙氏 即"宿沙"(297页)。

众帝之台 《山海经·海外北经》："禹杀相柳，其血腥，不可以树五谷种。禹厥之，三仞三沮，乃以为众帝之台。在昆仑之北。"《海内北经》云："帝尧台、帝喾台、帝丹朱台、帝舜台，各二台，台四方，在昆仑东北。"又《大荒北经》云："禹湮洪水，杀相繇……群帝因是以为台，在昆仑之北。"亦同一事之异文。

犳 《山海经·西次二经》："厎(原作'厃'，据王念孙、毕沅、郝懿行校改，音旨)阳之山……其兽多……犳。"郭璞注："犳音药反。"郝懿行云："《玉篇》云：'犳，兽豹文。'音与郭同。"又《中次八经》铜山亦有此兽。

狌狼 《山海经·中次九经》："蛇山，其上多黄金，其下多垩，其木多栒，多橡章，其草多嘉荣、少辛。有兽焉，其状如狐，而白尾长耳，名狌狼，见则国内有兵。"

狌狼

延 *伯陵子。"始为钟、为乐风"者。

延维 《山海经·海内经》："有人曰苗民。有神焉，人首蛇身，长如辕，左右有首，衣紫衣，

延维

冠旃冠，名曰延维，人主得而飨食之，伯天下。"按即*委蛇，亦所谓*两头蛇。闻一多《伏羲考》谓延维即人首蛇身之伏羲女娲交尾神像。

全上古三代秦汉三国六朝文 总集名。清严可均辑。凡七百四十七卷，上起上古，下迄隋代，收作者三千四百九十余人，分代编次为

十五集。所辑如《六韬》、《太公金匮》、《灵宪》、《黄帝问玄女兵法》等,均有关神话研究。

合虚 *日月所出山之一。《山海经·大荒东经》:"大荒之中,有山名曰合虚,日月所出。"

合窳 《山海经·东次四经》:"(剡山)有兽焉,其状如彘而人面,黄身而赤尾,其名曰合窳,其音如婴儿。是兽也,食人,亦食虫蛇,见则天下大水。"

合窳

合涂国 合,亦作含。《述异记》卷下:"合涂国去王都七万里,人善服鸟兽,鸡犬皆使能言。"此说亦见晋王嘉《拾遗记》卷六,清陆次云《八纮荒史》"合涂国"条其下又云:"鸡犬死,埋之不朽,历数年,于地中闻其鸣吠,掘起养之,复生如故。"则为传说之异闻。

会稽山 即"涂山"。《山海经·南次二经》:"会稽之山,四方。"郭璞注:"今在会稽郡山阴县南,上有禹冢及井。"《国语·鲁语下》:"昔禹致群神于会稽之山,防风氏后至。禹杀而戮之,其骨节专车。"汉袁康《越绝书·外传记地》:"禹始也,忧民救水,到大越,上茅山大会计,爵有德,封有功,更名茅山曰会稽。"清孙诒让《墨子间诂》辑《墨子佚文》:"禹葬会稽,鸟为之耘。"《水经注·渐江水》:"昔大禹崩于会稽,因而葬之。有鸟来为之耘,春拔其根,秋啄其秽。是以县官禁民不得妄害此鸟,犯者刑无赦。山东有湮井,去庙七里,深不见底,谓之禹井,云东游者,多探其穴也。"

会骸山 《太平御览》卷四六引《吴郡沿海四县记》:"带海有会骸山。传云,山有金牛。昔有兄弟三人,共凿求之,坎崩同死,因以为名。"参见"金牛山"(205页)。

会稽郡故书杂集 书名。鲁迅辑。凡辑《谢承会稽先贤传》等八种。其书虽重在记乡邦贤哲,山川风物,而亦时有神话资料存于其间,如《贺循会稽记》之防风刑塘,《孔灵符会稽记》之圣姑石帆之类。

先蚕 教民养蚕之神。《后汉书·礼仪志》:"祀先蚕,礼以少牢。"宋罗泌《路史·后纪》卷五:"(黄帝)元妃西陵氏曰傫祖,以其始蚕,故又祀先蚕。"按《广博物志》卷五十引《皇图要览》云:"伏羲化蚕,西陵氏始养蚕。"似蚕桑之事,伏羲时已启其端倪矣。参见"嫘祖"(348页)。

先民国 即"天民国"(58页)。

先槛大逢山 《山海经·大荒北经》:"大荒之中,有山名曰先槛大逢之山,河、济所入,海北注焉。"郭璞注:"河、济注海,已复出海外,入此山中也。"

竹王 晋常璩《华阳国志·南中志》略云:有竹王者,兴于遁水。有一女子浣于水滨,有三节大竹,流入女子足间,推之不肯去。闻有儿声,取持归,破之,得一男儿。长养,有才武,遂雄夷狄。氏以竹为姓,捐所破竹于野,成竹林。今竹王祠竹林是也。王与从人尝止大石上,命作羹,从者曰:"无水。"王以剑击石,水出,今竹王水是也,破石存焉。又唐道世《法苑珠林》七九引《异苑》亦记此神话之异闻。按此竹王即夜郎国王。参见"夜郎侯"(209页)。

竹王水 见"竹王"。

竹书纪年 书名。《晋书·束皙传》云:"太康三年,汲郡人不准盗发魏襄王墓,或言魏安釐王冢,得竹书数十车。其《纪年》十三篇,记夏以来至周幽王为犬戎所灭,以事接之,三家分,仍述魏事,至安釐王之二十年。盖魏国之史书,大略与《春秋》皆多相应。"此书古本已佚,今本盖宋以后人伪托。近人王国维有《古本竹书纪年辑校》、范祥雍有《古本竹书纪年辑校订补》。其书于益、启、王亥、周穆王等，颇有他书所不载之说。

伥鬼 宋欧阳玄《睽车志》："虎所至，伥鬼为之先驱，辄坏猎人机械。当以乌梅、杨梅布地，盖此鬼嗜酸而不顾虎，虎乃可擒。"明张自烈《正字通·子部中》"伥"字下云："世传虎啮人，人死，魂不敢他适，辄隶事虎，名伥鬼。虎行求食，伥必与俱，为虎前导。遇涂有暗机伏阱，则迂道往。呼虎曰将军，死则哭之。"可以为上文作补充。伥鬼嗜酸，又见《旧小说·乙集三》辑唐戴君孚《广异记》"刘老"条。

伤魂鸟 晋王嘉《拾遗记》卷九："晋惠帝元熙二年……常山郡献伤魂鸟，状如鸡，毛色似凤……博物者云，黄帝杀蚩尤，有貙虎误噬一妇人，七日气不绝。黄帝哀之，葬以重棺石椁，有鸟翔其冢上，其声自呼为伤魂，则此妇人之灵也。"

伍子胥 《楚辞·九章·涉江》："伍子逢殃兮。"王逸注："伍子，伍子胥也，为吴王夫差臣，谏令伐越，夫差不听，遂赐剑而自杀。"《论衡·术虚篇》云："吴王夫差杀伍子胥，煮之于镬，乃鸱夷橐投之于江。子胥恚恨，驱水为涛，以溺杀人。今时会稽丹徒大江，钱塘浙江，皆立子胥之庙。盖欲慰其恨心，止其猛涛也。"盖是汉代民间传说及当时实际情况也。《群书拾补》辑《风俗通逸文》云："吴王夫差，大败齐于艾陵，还，诛子胥，取其身流之江，抉其目东门，曰：'使汝视越之入吴也。'"言又略殊。五代蜀杜光庭《录异记》卷七云："伍子胥累谏吴王，忤旨，赐属镂剑而死。临终，戒其子曰：'悬吾首于南门，以观越兵来伐吴；以鲩鱼皮裹吾尸，投于江中，吾当朝暮乘潮，以观吴之败。'自是海门山潮头汹涌，高数百尺，越钱塘，过鱼浦，方渐低小。朝暮再来，其声震怒，雷奔电激，闻百余里。时有见子胥乘素车白马，在潮头之中，因立庙以祀焉。"即记其事乃较为周详。均无非神话传说之变异也。参见"潮神"(356页)。

伍子胥剑 清俞樾《茶香室三钞》卷二六"伍子胥剑"条引顾震涛《吴门表隐》："伍王剑，在澹台湖中，长五尺许。有伍子胥款，时浮水面，人取之必病，弃之即安。"按澹台湖相传原系春秋时澹台子羽宅，后陷为湖，因名。

任敬 见"眉间赤"(252页)。

任公子 《庄子·外物》："任公子为大钩巨缁，五十犗以为饵，蹲乎会稽，投竿东海，旦旦而钓，期年不得鱼。已而大鱼食之，牵巨钩，铭没而下，骛扬而奋鬐，白波若山。海水震荡，声侔鬼神，惮赫千里。任公子得若鱼，离而腊之，自制河以东，苍梧以北，莫不厌若鱼者。"成玄英疏："任，国名，任国之公子。"释文："若鱼，犹言此鱼。"按据此，则其人盖"龙伯国大人"之类。而唐李贺《三苦昼短》诗："谁似任公子，云间骑白驴？"又宛然一仙人矣。

任公子钓台 清李亨特等重修《绍兴府志》卷七一："任公子钓台。《嘉泰会稽志》：'新昌县西十五里南岩山，世传任公子钓鱼之所。一云在稽山门外。'唐齐颢题南岩云：'南岩寺本任公子钓台，今尚在。岩腹有仙人巨棺，其险不可梯。后山之巅有古钓车，云是任公子钓时所作。'"按当本《庄子·外物》所述"任公子"神话而附会之。

伊尹 亦作"阿衡"、"伊挚"。《楚辞·天问》："成汤东巡，有莘爰极，何乞彼小臣，而吉妃是得？水滨之木，得彼小子，夫何恶之，媵有莘之妇？……初汤臣挚，后兹承辅，何卒官汤，尊食宗绪？"王逸注："伊尹母妊身，梦神女告之曰：'臼灶生蛙，亟去无顾。'居无几何,曰灶中生蛙,母去,东走,顾视其邑,尽为大水。母因溺死,化为空桑之木。水干之后,有小儿啼水涯,人取养之。既长大,有殊才。有莘恶伊尹从木中出,因以送女也。……汤初举伊尹,以为凡臣耳。后知其贤,乃以备辅翼承疑,用其谋也。"又《吕氏春秋·本味》亦记伊尹生空桑事,略同王注,惟于汤得伊尹,则云:"(伊尹)长而贤,汤闻伊尹,使人请之有侁(莘)氏。有侁氏不可,伊尹亦欲归汤。汤于是请取妇为婚。有侁氏喜,以伊尹为媵送女。"则有莘非恶伊尹而以之媵女。然据此可见伊尹实出身微贱。《墨子·尚贤下》云:"昔伊尹为莘氏女师仆,使为庖人。"《韩诗外传》卷七云:"伊尹故莘氏僮也。"《天问》所谓"小臣"者,其地位乃在僮仆之间。《荀子·非相》云:"伊尹之状,面无须麋(眉)。"《晏子春秋·内篇谏上》云:"伊尹黑而短,蓬头('头'字原无,据孙星衍校补)而髯,丰上兑下,偻身而下声。""髯"与"无须麋"虽略有矛盾,其貌陋恶则二书所记一致。故《本味》云:"汤得伊尹,祓之于庙,爝以爟火,衅以牺豭(高诱注:所以祓除其不祥),明日设朝而见之,说汤以至味。"又传言伊尹"五就桀、五就汤"(《淮南子·泰族训》),亦皆有因。《吕氏春秋·慎大》云:"桀为无道,汤欲令伊尹往视旷夏,恐其不信,汤由亲射伊尹。伊尹奔夏,三年,反报于亳。曰:'桀迷惑于末嬉,好彼琬、琰,不恤其众,众志不堪。上下相疾,民心积怨,皆曰:上天弗恤,夏命其卒。'汤谓伊尹曰:'若告我旷夏尽如诗(高诱注:诗,志也)。'汤与伊尹盟,以示必灭夏。伊尹又往视旷夏,听于末嬉。末嬉言曰:'今昔天子梦西方有日,东方有日,两日相与斗,西方日胜,东方日不胜(按当作"东方日胜,西方日不胜",西夏东殷,东方之国也)。'伊尹以告汤。商涸

旱,汤犹发师以信伊尹之盟,故今师从东方出于国,西以进。未接刃而桀走,逐之至大沙,身体离散,为天下戮。"则伊尹之"五就桀、五就汤"者,盖以谍于夏。而妹喜实"与伊尹交",为之内应,以速夏之亡。参见"妹喜"(214页)。

伊阙 山名。北魏郦道元《水经注·伊水》:"伊水又北,入伊阙。昔大禹疏以通水,两山相对,望之若阙。伊水历其间,北流,故谓之伊阙矣。春秋之阙塞也。"杨守敬曰:"《两京记》隋炀帝谓伊阙即龙门,《括地志》同。"

伊尹冢 北魏郦道元《水经注·泗水》:"(黄沟)又东径已氏县故城北……县有伊尹冢。……皇甫谧曰:'伊尹年百余岁而卒,大雾三日。沃丁葬以天子之礼,亲自临丧,以报大德焉。'"参见"伊尹"。

伏羲 《世本·帝系篇》(清张澍稡集补注本):"太昊伏羲氏。"据此,知伏羲即太昊伏羲,太昊与伏羲连称始此。然古书中太昊亦作大昊、大皞、太皞,伏羲亦作宓牺、庖牺、伏牺、伏戏、庖羲、炮牺。《山海经·海内东经》云:"雷泽中有雷神,龙身而人头,鼓其腹。"《太平御览》卷七八引《诗含神雾》云:"大迹出雷泽,华胥履之,生伏牺。"伏羲盖"雷神之子。传说中之伏羲为"蛇身人首,有圣德"(唐司马贞《史记·补三皇本纪》),"坐于方坛之上,听八风之气,乃画八卦"(《太平御览》卷九引《王子年拾遗记》),"师蜘蛛而结网"(晋葛洪《抱

伏羲 汉代画像石刻

朴子·对俗》），"作瑟，造《驾辩》之曲"（《楚辞·大招》王逸注），"制嫁娶，以俪皮为礼"（宋罗泌《路史·后纪一》注引《古史考》），"取牺牲以充庖厨"（《太平御览》卷七八引《皇王世纪》）；此皆犹人之伏羲。神之伏羲，则能缘天梯*建木以登天。《淮南子·墬形训》："建木在都广，众帝所自上下。日中无景，呼而无响，盖天地之中也。""众帝所自上下"者，盖缘建木而上下于天。《山海经·海内经》："南海之内，黑水、青水之间，有木，名曰建木。大皞爰过，黄帝所为。""大皞爰过"者，亦上下于建木之意。伏羲之神性明矣。又《礼记·月令》："孟春之月……其帝太皞，其神句芒。"《淮南子·时则训》："东方之极，自碣石山，过朝鲜，贯大人之国，东至日出之次，榑木之地，青土树木之野，太皞、句芒之所司者万二千里。"高诱注："太皞，伏羲氏，东方木德之帝也；句芒，木神。"伏羲在五帝中为东方天帝，此即其神职。

伏牛台　《太平寰宇记》卷四三："伏牛台在（赵城）县南十五里。按《帝王世纪》曰：'伏羲风姓，蛇身人首，常居此台伏牛乘马，故曰伏牛台。'"《世本·作篇》（清张澍稡集补注本）云："胲作服牛。""服牛"即"伏牛"，胲即王亥。此云伏羲"伏牛乘马"，亦传闻之不同。

伏龙观　明曹学佺《蜀中名胜记》卷六引范石湖《离堆诗序》："沿江两厓中断，相传秦李冰凿此以分江水，上有伏龙观，是冰锁孽龙处。蜀汉水涸，则遣官致祭，壅都江水以自足，谓之摄水。民祭赛者，率以羊，岁杀羊四五万计。"又引诗："残山狼石双虎卧，斧迹鳞皴中凿破。潭渊油油无敢唾，下有猛龙拴铁锁。"据此，则李冰擒伏孽龙之说及伏龙观之建立自宋已然。参见"李冰"（155页）。

伏羲女娲　五代蜀杜光庭《录异记》卷八："陈州为太昊之墟，东关城内，有伏羲女娲庙。……东关外有伏羲墓，以铁锢之，触犯不得，时人谓之翁婆墓。"又云："房州上庸界，有伏羲女娲庙，云是抟土为人民之所，古迹在焉。又华、陕界黄河中有小洲岛……云是女娲墓。"据此所记，盖唐末伏羲女娲兄妹结婚繁衍人类事已普传民间，故其祠墓所在多有。《文选·鲁灵光殿赋》云："伏羲鳞身，女娲蛇躯。"此人头蛇身之伏羲女娲交尾像见于汉代壁画而又为汉人目睹者，近年出土之汉代伏羲女娲石刻画像，正作此状。清梁玉绳《汉书人表考》卷二引《春秋世谱》云："华胥生男子为伏羲，女子为女娲。"故伏羲女娲以兄妹而为夫妻之说乃确切不可易。唐李冗《独异志》卷下云："昔宇宙初开之时，只有女娲兄妹二人，在昆仑山，而天下未有人民。议以为夫妻，又自羞耻。兄即与妹上昆仑山，咒曰：'天若遣我兄妹二人为夫妻，而烟悉合，若不，使烟散。'于烟即合，其妹即来就兄。"此即伏羲女娲再造人类说之大略。又徐旭生《中国古史的传说时代》第六章云："清初陆次云的《峒溪纤志》里面曾说：'苗人腊祭曰报草。祭用巫，设女娲、伏羲位。'现代的人类学者实地考察，才得到些苗族传说。按他们的传说，苗族全出于伏羲与女娲。他们本为兄妹（或姊弟），遭遇洪水，人烟断绝，仅存此二

伏羲女娲
汉代画像石刻

人。他们配为夫妇,绵延人类。"据此,则除遗洪水情节外,某些少数民族中所传亦大致相同。参见"伏羲"(136页)、"女娲"(37页)。

伏羲女娲庙 见"伏羲女娲"。

后土 ❶炎帝裔。《山海经·海内经》:"炎帝之妻,赤水之子聽訞生炎居,炎居生节并,节并生戏器,戏器生祝融,祝融降处于江水,生共工……共工生后土。"❷黄帝之佐。《礼记·月令》:"中央土,其日戊巳,其帝黄帝,其神后土。"《淮南子·时则训》:"中央之极,自昆仑东绝两恒山,日月之所道,江汉之所出,众民之野,五谷之所宜,龙门河济相贯,以息壤堙洪水之州。东至于碣石,黄帝、后土之所司者万二千里。"❸幽都统治者。《楚辞·招魂》:"魂兮归来,君无下此幽都些。"王逸注:"幽都,地下后土所治也。地下幽冥,故称幽都。"

后羿 即"有穷后羿"(127页)。

后稷 《史记·周本纪》:"周后稷,名弃。其母有邰民女,曰姜原。姜原为帝喾元妃。姜原出野,见巨人迹,心忻然说,欲践之,践之而身动,如孕者。居期而生子,以为不祥,弃之隘巷,马牛过者,皆辟不践;徙置之林中,适会山林多人,迁之;而弃渠中冰上,飞鸟以其翼覆荐之。姜原以为神,遂收养长之。初欲弃之,因名曰弃。"此后稷诞生之神话。《诗·大雅·生民》于此尤有生动叙写:"诞弥厥月,先生如达。不坼不副,无灾无害。以赫厥灵。上帝不宁,不康禋祀?居然生子!诞寘之隘巷,牛羊腓字之。诞寘之平林,会伐平林。诞寘之寒冰,鸟覆翼之。鸟乃去矣,后稷呱矣。"又《楚辞·天问》:"稷维元子,帝何竺(毒)之?投之于冰上,鸟何燠之?何冯弓挟矢,殊能将之?既惊帝切激,何逢长之?"《山海经·大荒西经》云:"帝俊生后稷。"知后稷乃天帝之子,帝俊历史化而为帝喾,后稷遂又为下方人帝之子,然其出世之说,则神话之迹仍蜕而未尽。《诗·大雅·生民》:"履帝武敏歆。"旧注以帝为上帝。则姜原所履者,实上帝之迹,后稷乃"感天而生"者。"投之于冰上",即谓天帝"竺(毒)之"之举。此节与《史记》及《诗·大雅·生民》之记述悉同。至于"何冯弓挟矢,殊能将之",则是后稷降生神话之异闻。似后稷之初生,即有"冯弓挟矢"之奇才异能,而此"冯弓挟矢",又似对天帝反抗之表现,故后云"惊帝切激"。后稷虽使天帝受"惊"而至于"切激",然天帝仍使之繁荣昌盛。此《天问》"何逢长之"所由问。惜此神话古已佚亡,仅从《天问》问语中窥其一鳞半爪,其详不可得知。《山海经·大荒西经》云:"帝俊生后稷,稷降以百谷。"此谓后稷自天取百谷之种育植于人间。《书·吕刑》云:"稷降播种,农殖嘉谷。"亦谓此。《海内经》云:"后稷是播百谷,稷之孙曰叔均,是始作牛耕。"则后稷祖与孙在农业上之贡献,实彰明显著。"稷勤百谷而山死"(《国语·周语》),"周弃作稼穑而死为稷"(《淮南子·氾论训》),古于后稷之讴歌盖如是。《海内经》云:"西南黑水之间,有都广之野,后稷葬焉。其城方三百里,盖天地之中,素女所出也(后三语系经文误入郭注,从郝懿行校正)。爰有膏菽、膏稻、膏黍、膏稷,百谷自生,冬夏播琴。鸾鸟自歌,凤鸟自儛,灵寿实华,草木所聚。爰有百兽,相群爰处。此草也,冬夏不死。"《海内西经》云:"后稷之葬,山水环之。在氐国西。"观其所写景物之宏伟富丽,实人间一乐园。参见"稷神"(355页)。

后汉书 书名。南朝宋范晔撰。百二十卷。晔以前为后汉史者如《东观汉纪》等凡十余家,晔采辑群籍作本纪十卷、列传八十卷,又拟作十志,未成而死。北宋时,将晋司马彪《续汉书》八志并入晔书,即为今本。通行注释,纪传有唐章怀太子李贤注,各志有梁代刘昭注。其书《南蛮传》有槃瓠神话,《西南夷传》有九隆神话,《东夷传》有东明神话,又有其他零星神话资料散见于《礼仪》、《郡国》诸志中。

后眼国 《异域志》卷下:"后眼国,凡良河馺靼曾见,不知国在何处。其衣帽与胡人同,项后有一目。其性狠戾,馺靼多畏之。"

后稷垄 《淮南子·墬形训》:"后稷垄在建木西,其人死复苏,其半鱼在其间。"按此与颛顼死后复苏、半体为鱼、号为*鱼妇者相似。又《山海经·海内西经》云:"后稷之葬,山水环之。在氐国西。"即指其地。

华邱 《淮南子·墬形训》:"昆仑华邱在其(无继民)东南方,爱有遗玉、青马、视肉、杨桃、甘樝、甘华,百果所生。"按华邱,即*蹉丘。

华胥 ❶伏羲母。《太平御览》卷七八引《诗纬含神雾》:"大迹出雷泽,华胥履之,生宓牺。"❷《列子·黄帝》:"华胥氏之国,在弇州之西,台州之北,不知斯齐国几千万里。盖非舟车足力之所及,神游而已。其国无帅长,自然而已,其民无嗜欲,自然而已……入水不溺,入火不热,斫挞无伤痛,指擿无痟痒,乘空如履实,寝虚若处床,云雾不硋其视,雷霆不乱其听,美恶不滑其心,山谷不踬其步。"《云笈七籤》卷一百辑唐王瓘《轩辕本纪》云:"黄帝游华胥国,此国神仙国也,"注:"伏羲生于此国,伏羲母此国人。"

华盖 晋崔豹《古今注》卷上:"华盖,黄帝所作也。与蚩尤战于涿鹿之野,常有五色云气,金枝玉叶,止于帝上,有花葩之象,故因而作华盖也。"

华骝 周穆王*八骏之一。《穆天子传》卷一:"天子之骏……华骝。"注:"色如华而赤;今

马膘赤者为枣骝;骝,赤马也。"

华山畿 乐曲名。南朝陈释智匠《古今乐录》(清黄奭辑):"《华山畿》者,宋少帝时南徐一士子从华山畿往云阳,见客舍有女子,年十八九,悦之无因,遂感心疾。母问其故,具以启母。母为至华山寻访,见女具说,(女)闻感之,因脱蔽膝,令母密置其席下,卧之当已。少日果差。忽见蔽膝而抱持,遂吞食而死。气欲绝,谓母曰:'葬时车载从华山过。'母从其意。比至女门,牛不肯前,打拍不动。女曰:'且待须臾。'妆点沐浴既而出,歌曰:'华山畿!君既为侬死,独活为谁施?欢若见怜时,棺木为侬开!'棺应声开。孃(遂)入棺。家人叩打,无如之何。乃合葬,呼曰神女冢。"

华阳国志 书名。晋常璩撰。十二卷。附录一卷。叙巴蜀自开辟以来至东晋穆帝永和三年事。所记蚕丛、杜宇、李冰等史实,颇杂神话传说。其书南宋时已残缺,李㙭为之参订刊行。清代有顾广圻校廖寅刻本。

华岳神女 《太平广记》卷三〇二"华岳神女"条引《广异记》略云:士人某应举赴京,宿关西逆旅。有丽人自称公主,拥奴仆亦来投宿,遂与士人同居。乃偕还京,住广厦大宅,贵盛无比。七岁,生二男一女。公主忽欲为士人娶妇,云:"我本非人,不合为君妇。"士人亦竟不婚,而仍与主往来不绝。婚家以其一往辄数日不返,使人候之,见某恒入废宅。心疑,且潜书符以间之。公主怒,来相责让,且与诀绝。某问其居,兼求名氏。公主云:"我华岳第三女也。"按此即为沉香神话前段之所本。

朱木 《山海经·大荒南经》:"帝尧、帝喾、帝舜葬于岳山。爱有……朱木,赤枝,青华,玄实。"又《大荒西经》云:"有盖山之国。有树,赤皮支干,青葉,名曰朱木。"郭璞注:

"或作朱威木也。"即此。惟青葉当作青華,字形之讹。

朱公 见"祝鸡翁"(246页)。

朱鸟 ❶神鸟名。《楚辞·惜誓》:"飞朱鸟使先驱兮。"王逸注:"朱雀神鸟,为我先导。"❷南方七宿(井、鬼、柳、星、张、翼、轸)之总称。《书·尧典》:"日中星鸟。"传:"鸟,南方朱鸟七宿。"疏:"南方朱鸟七宿者,在天成象,星作鸟形。《曲礼》说军陈象天之行:前朱雀,后玄武,左青龙,右白虎,雀即鸟也。"参见"朱雀"。

朱厌 《山海经·西次二经》:"小次之山,其上多白玉,其下多赤铜。有兽焉。其状如猿,而白首赤足,名曰朱厌,见则大兵。"郝懿行云:"《北堂书钞》一百十三卷、《太平御览》三百二十九卷引此经并作见则有兵。"

朱厌

朱雀 ❶神鸟石。《梦溪笔谈》卷七:"四方取象,苍龙、白虎、朱雀、龟蛇。惟朱雀莫知何物,但鸟谓而朱者,羽族赤而翔上,集必附木,此火之象也。或谓之长离……或云,鸟即凤也。"❷见"朱鸟❷"。

朱雀❶　汉代画像石刻

朱提 山名。见"杜宇"(158页)。

朱獳 《山海经·东次二经》:"耿山……有兽焉。其状如狐而鱼翼,其名曰朱獳,其鸣自讪,见则其国有恐。"

朱蛾 谓"赤蚁。《山海经·海内北经》:"朱蛾,其状如蛾。"郭璞注:"蛾,蚍蜉也。《楚辞》云:'玄蜂如壶,

朱獳

赤蛾如象。'"按郭引《楚辞》见《楚辞·招魂》,云:"赤螘若象,玄蠭若壶些。"王逸注:"螘一作蚁。"古蚁、蛾音同,故蛾即蚁。参见"赤螘"(162页)。

朱鳖 《吕氏春秋·本味》:"鱼之美者……醴水之鱼,名曰朱鳖,六足有珠,百碧。"高诱注:"醴水在苍梧,环九疑之山,其鱼六足有珠,如蛟皮也。"毕沅云:"梁仲子云:'此注不解百碧,疑当从下文作若碧,盖为青色珠也。'"又《太平御览》卷九三二引《南越志》云:"海中有朱鳖,状如肺,有眼,六脚,而常吐珠,见则天下大旱。"即此。

朱卷国 《山海经·海内经》:"又有朱卷之国。有黑蛇,青首,食象。"

〔丶〕

忖留神 见"鲁班"(322页)。

齐女 谓蝉。晋崔豹《古今注》卷下:"牛亨问曰:'蝉名齐女者何?'答曰:'齐王后忿而死,尸变为蝉,登庭树嘒唳而鸣。王悔恨。故世名蝉曰齐女也。'"

齐谐 书名,一说人名。《庄子·逍遥游》:"齐谐者,志怪者也。"释文:"司马及崔并云,人姓名;简文云,书。"成玄英疏:"姓齐名谐,人姓名也;亦言书名也,齐国有此俳谐之书也。"后世志怪之书多用"齐谐"为书名,如《齐谐记》、《续齐谐记》、《新齐谐》等。

交让树 《述异记》卷上:"黄金山有楠树,一年东边荣西边枯,后年西边荣东边枯,年年如此,张华云:交让树也。"

交股民 《淮南子·墜形训》:"凡海外三十六国……自西南至东南方,"有"交股民"。高诱注:"交股民,脚排交切。"参见"交胫国"。

交胫国 《山海经·海外南经》:"交胫国在其东,其为人交胫。一曰在穿匈东。"郭璞注:"言脚胫曲戾相交,所谓雕题、交趾者也。或

作颈,其为人交颈而行也。"按作胫者是,作颈者讹。又《太平御览》卷七九〇引《外国图》曰:"交胫民长四尺。"《淮南子·墬形训》亦有*交股民。

交胫国

羊龙潭 《古今图书集成·禽虫典》卷一一四引《云南通志》:"昔有人善吹笛,牧羊于桃树江畔。忽见龙女迎牧羊者,驱羊随入。其羊皆化为鱼,因号为羊龙潭。"

并封 《山海经·海外西经》:"并封在巫咸东,其状如彘,前后皆有首,黑。"《大荒西经》:"有兽,左右有首,名曰屏蓬。"《周书·王会》云:"区阳以鳖封。鳖封者,若彘,前后皆有首。"并封、屏蓬、鳖封皆声之转,实为一物。闻一多《伏羲考》谓并封、屏蓬本当作"并逢","并"与"逢"皆有合义,乃兽牝牡相合之象。推而言之,蛇之两头、鸟之二首者,均亦并封、屏蓬之类。参见"跊踢"(314页)。

并封

关龙逢 夏臣。《庄子·人间世》:"昔者桀杀关龙逢。"汉韩婴《韩诗外传》卷四:"桀为酒池,可以运舟,糟丘足以望十里,而牛饮者三千人。关龙逢进谏,立而不去朝。桀囚而杀之。"《玉函山房辑佚书》辑《苻子》亦记其事,略谓:桀观炮烙之刑于瑶台,龙逢谏之,桀遂以炮烙杀龙逢。盖亦传闻不同而异辞。汉王符《潜夫论·志氏姓》云:"祝融子孙分为八姓,己姓之嗣飂叔安,其裔子曰董父,实甚好龙,乃学扰龙以事帝舜,赐姓曰董氏,曰豢龙,封诸鬷川,鬷夷、彭姓、豕韦,皆能驯龙者也。豢龙逢以忠谏,桀杀之。"豢龙逢即关龙逢,关、豢古字通。参见"豢龙氏"。

关令尹喜 《列仙传》卷上:"关令尹喜者,周大夫也。喜内学,常服精华,隐德修行,时人莫知。老子西游,喜先见其炁(气),知有真人当过,物色而遮,果得老子。老子亦知其奇,为著书授之。后与老子俱游流沙……莫知其所终。"又《初学记》卷七引《关令内传》云:"老子度函谷关,关令尹喜先敕门吏曰:'若有老翁从东来,乘青牛薄板车,勿听过关。'其日果见老翁乘青牛车求度关。授喜《道德经》五千(言)。"可以为上文记叙作补充。参见"老子"(120页)。

庄子 书名。战国时庄周等著。原书五十二篇,今存仅三十三篇。内篇七篇为庄子著,外篇杂篇可能掺杂其弟子及后学者之作品。其文汪洋恣肆,想象丰富,所叙鲲鹏之变、触蛮之争、倏忽凿浑沌、黄帝遗玄珠等,去其哲理外衣,可略窥神话本貌;又有其他零星神话资料散于其间。通行本有晋郭象注、唐陆德明音义、清王先谦《庄子集解》、郭庆藩《庄子集释》。

庆忌 ❶精怪名。(1)《管子·水地》:"涸泽数百岁,谷之不徙、水之不绝者,生庆忌。庆忌者,其状若人,其长四寸,衣黄衣,冠黄冠,戴黄盖,乘小马,好急驰。以其名呼之,可使千里外一日反报。此涸泽之精也。"(2)《太平御览》卷八八六引《白泽图》:"故水石者(之)精名庆忌,状如人,乘车盖,日驰千里。以其名呼之,可使入水取鱼。"❷吴王僚子。汉赵晔《吴越春秋·阖闾内传》略云:吴王(夫差)曰:"庆忌之勇,世所闻也。筋骨果劲,万人莫当,走追奔兽,手接飞鸟,骨腾肉飞,树膝数百里。吾尝追之于江,驷马驰不及也。"要离曰:"王有意焉,臣能杀之。"乃诈得罪,出奔,遂如卫,求见庆忌。与庆忌渡江,于中流因风势而刺庆忌,庆忌死。❸塔名。明陈继儒《偃曝余谈》卷上："西湖昭庆寺后，有庆忌塔，上耸峻壁，下临深渊，每月明风雨之夜，光怪百出。传言吴庆忌葬此。然石骨巉露，恐非容棺之区。余思水石之精名庆忌，涸泽之精，亦名庆忌。昭庆后所谓庆忌者，得毋怖其精魅，故设塔以镇之耶？况吴将不应葬越地也。"

庆都 尧母名。《太平御览》卷八〇引《帝王世纪》："帝尧陶唐氏，祁姓也。母曰庆都，孕十四月而生尧于丹陵。"

安邑 北魏郦道元《水经注·涑水》："安邑，禹都也。"参见"夏禹台"（263页）。

安登 即"女登"（37页）。

安阳王神弩 北魏郦道元《水经注·叶榆河》引《交州外域记》："交趾昔未有郡县之时，土地有雒田。其田从潮水上下，民垦食其田，因名为雒民。设雒王雒侯，主诸郡县。县多为雒将，雒将铜印青绶。后蜀王子将兵三万，来讨雒王雒侯，服诸雒将，蜀王子因称为安阳王。后南越王尉佗举众攻安阳王。安阳王有神人名皋通，下辅佐，为安阳王治神弩一张，一发杀三百人。南越王知不可战，却军住武宁县。"又引《晋太康记》："越遣太子名始，降服安阳王，称臣事之。安阳王不知通神人，遇之无道。通便去，语王曰：'能持此弩王天下，不能持此弩者亡天下。'通去。安阳王有女，名曰媚珠，见始端正，珠与始交通。始问珠，令取父弩视之。始见弩便盗，以锯截弩讫，便逃归报南越王。南越进兵攻之，安阳王发弩，弩折，遂败。安阳王下船，径出于海。今平道县后王宫城，见有故处。"按《太平御览》卷三四八引《日南传》云："南越王尉佗攻安阳，安阳王有神人睾（原注：音高）通，为安阳王治神弩一张，一发万人死，三发杀三万人。"云云，则夸饰又更甚矣。

次非 亦作"佽非"、"佽飞"。《吕氏春秋·知分》："荆有次非者，得宝剑于干遂，还反，涉江，至于中流，有两蛟夹绕其船。次非谓舟人曰：'子尝见两蛟绕船，而能两活者乎？'船人曰：'未之见也。'次非攘臂祛衣，拔宝剑曰：'此江中之腐肉朽骨也，弃剑以全己，余奚爱焉！'于是赴江刺蛟，杀之而复上船，舟中之人皆得活。"

冰夷 即"河伯"。亦作"冯夷"、"无夷"。《山海经·海内北经》："从极之渊，深三百仞，维冰夷恒都焉。冰夷人面，乘两龙。一曰忠极之渊。"郭璞注："冰夷，冯夷也。《淮南子·齐俗训》云：'冯夷得道，以潜大川。'即河伯也。"

冰蚕 晋王嘉《拾遗记》卷十："员峤山……有冰蚕，长七寸，黑色，有角有鳞，以霜雪覆之，然后作茧。长一尺，其色五彩，织为文锦，入水不濡；以之投火，经宿不燎。唐尧之世，海人献之，尧以为黼黻。"

汗血马 《汉书·武帝纪》："将军李广利斩大宛王首，获汗血马来。作西极天马之歌。"注："大宛旧有天马种，蹋石汗血。汗从前肩髆出，如血，号一日千里。"又《神异经·中荒经》云："（西方）大荒有马，其大二丈，髦至膝，尾委地，蹄如丹……能日行千里。至日中而汗血。乘者当以絮缠头，以避风疾。彼国人不缠。"即此汗血马。

池主 《曹集诠评》卷六《巢父赞》："尧让许由，巢父是耻。秽其混听，临河洗耳。池主是让，以水为浊。嗟此三士，清足厉俗。"按尧让天下之说，于许由、巢父外又增一池主。

汤 亦称"殷汤"、"成汤"。《晏子春秋·内篇谏上》："汤晳而长，颐以髯，兑上丰下，倨身而扬声。"此汤之貌。清马骕《绎史》卷十四引《帝王世纪》："夏桀无道，罪谏者，汤使人哭之，桀囚汤于夏台，而后释之，诸侯由是叛桀附汤。"又引《太公金匮》："桀怒汤，以诶臣赵梁计,召而囚之均台,置之种泉,嫌于死。汤乃行赂,桀遂释之,而赏之赞茅。"均台即*钧台,亦即*夏台,夏狱囚地。种泉即*重泉,盖地下水牢之类。汤囚而后释,终得伊尹,遂定伐桀之谋。《史记·殷本纪》云:"汤乃兴师,率诸侯,伊尹从汤,汤自把钺,以伐昆吾,遂伐夏桀。"而《山海经·大荒西经》有"成汤伐夏桀于章山",《墨子·非攻下》述火神*祝融降火于夏城西北隅,以助汤攻夏,《吕氏春秋》、《淮南子》诸书述成汤祷雨于*桑林,终降大雨等;又见汤之成功,得力于神助。

汤山 即"狄山"(169页)。

汤谷 日出之地。亦作"旸谷"、"阳谷"。《楚辞·天问》:"出自汤谷。"《山海经·海外东经》:"(黑齿国)下有汤谷。汤谷上有扶桑,十日所浴。"郭璞注:"谷中水热也。"《大荒东经》:"汤谷上有扶木,一日方至,一日方出,皆载于乌。"

江黄 *人鱼之属。《说郛》弓三二引《洽闻记》:"隆安中丹徒民陈理于江边作鱼簄。朝出,簄中得一女人,长六尺,有容色,无衣裳,随水出不动,卧沙中。夜梦云:'我江黄也,昨失路,落君簄,潮来今当去。'"又见《古小说钩沈》辑《祖台之志怪》,文略同。

江疑 神名。《山海经·西次三经》:"符惕之山,其上多棕楠,下多金玉,江疑居之。是山也,多怪雨,风云之所出也。"

江郎神 《古今图书集成·职方典》卷一〇六引《衢州府志》:"晋湛满有子仕洛,永嘉乱不能归,使祝宗告江郎神曰:'若能致子,糜爱斯牲。'旬日,其子忽见三少年于洛滨,曰:'某日当载汝归。'至期,使冥目入车中,去如飘风。俄觉坠地,已在家园矣。庙在山麓,甚险,里人苦于登,欲迁之。一日暴风雨,庙徙一里许。"《太平广记》卷二九四"湛满"条引《十道记》云:"须江县江郎山。昔有江家在山下居,兄弟三人,神化于此,故有三石峰之异。有湛满者,亦居山下。"即此。宋郭彖《睽车志》卷五云:"曹滋,字仲益。尝以干至衢州江山县,县有江郎庙。滋闻其灵响,往拜谒焉。"见此神之立庙由来已久。

江渎神 即"奇相"(188页)。

江渎祠 《汉唐地理书钞》辑《括地志》:"江渎祠在成都县南八里。"明曹学佺《蜀中名胜记》卷一:"《汉书·郊祀志》云,秦并天下,立江水祠于蜀,至今岁祀之。《广雅》:'江神谓之奇相。'《江记》云:'帝女也,卒为江神矣。'"参见"奇相"(188页)。

江妃二女 《列仙传》卷上:"江妃二女者,不知何所人也,出游于江汉之湄,逢郑交甫。"

江妃二女 明刊本《列仙全传》

交甫见而悦之,下请其佩。二女解配与交甫,交甫悦受而怀之。"趋去数十步,视佩,空怀无佩。顾二女,忽然不见。"《山海经·中次十二经》:"洞庭之山……帝之二女居之。"郭璞注:"天帝之二女而处江为神,即《列仙传》江妃二女也。《离骚·九歌》所谓湘夫人称帝子者是也。"参见"尧二女"(124页)。

江鼍冒官 《太平广记》卷四七〇"李鹠"条引《独异记》："唐燉煌李鹠,开元中为邵州刺史,挈家之任。泛洞庭时,晴景登岸。因鼻衄血沙上,为江鼍所舐,俄然复生一鹠,其形体衣服言语,与其身无异。鹠之本身,为鼍法所制,縶于水中。其妻子家人迎奉鼍妖就任,州人亦不能觉悟。为郡几数年,因天下大旱,西江可涉,道士叶静能自罗浮山赴玄宗急诏,过洞庭。忽沙中见一人面缚,问曰:'君何为者?'鹠以状对。静能书一符,帖巨石上,石即飞起空中。鼍妖方拥案晨衙,为巨石所击,乃复本形。时张说为岳州刺史,具奏,并以舟楫送鹠赴郡,家人妻子乃信。今舟行者,相戒不沥血于波中,以此故也。"按事亦见明陈仁锡《潜确类书》卷一一六引《独异志》(今本无),文略同;则《太平广记》所引之《独异记》当即《独异志》。

讹兽 《神异经·西南荒经》："西南荒中出讹兽,其状若菟,人面能言,常欺人,言东而西,言恶而善。其肉美,食之言不真矣。一名诞。"

论衡 书名。汉王充撰。三十卷。分八十五篇,今佚《招致》一篇。其书之宗旨,于《对作篇》中已详言之,谓"嫉虚妄"。然因其所辟,转而保存若干原始神话资料,如尧射十日、雷公连鼓、仙人生羽翼之类,乃为颇有价值之研究资料。

许由 《琴操》卷下:"许由者,古之贞固之士也。尧时为布衣,夏则巢居,冬则穴处,饥则仍山而食,渴则仍河而饮。无杯器,常以手捧水而饮之。人见其无器,以一瓢遗之。由操饮毕,以瓢挂树,风吹树动,历历有声,由以为烦挠,遂取损之。以清节闻于尧,尧大其志,乃遣使以符玺禅于天子……于是许由以使者言为不善,乃临河洗耳。"参见"巢父"(303页)。

许仙 即"许宣"。

许宣 宣或作仙。明冯梦龙《警世通言》第二十八回:"宋高宗南渡绍兴年间,杭州临安府……有一个宦家,姓李名仁,见做南廊阁子库募事官……家中妻子,有一个兄弟许宣,排行小乙。他爹曾开生药店。自幼父母双亡,却在表叔李将仕家生药铺做主管,年方二十二岁……"参见"白娘子"(112页)。

许飞琼 《汉武帝内传》:"王母乃命……许飞琼鼓震灵之簧。"唐孟棨《本事诗》云:"许浑尝梦登昆仑山,见数人饮酒,赋诗云:'晓入瑶台露气清,座中惟有许飞琼。尘心未断俗缘在,十里下山空月明。'"则神话虚构已形诸诗咏。许浑,《太平广记》卷七〇引《逸史》作许瀍。

刘海 即"刘海蟾"。

刘累 夏孔甲龙师。见"孔甲"(85页)、"力珠"(14页)。

刘三妹 清屈大均《广东新语》卷八:"新兴女子有刘三妹者,相传为始造歌之人。生唐中宗年间……善为歌,千里内闻歌名而来者,或一日,或二三日,卒不能酬和而去。三妹解音律,游戏得道,尝往来两粤溪峒间……遇某种人即依某种声音作歌,与之倡和,某种人奉之为式。尝与白鹤乡一少年登山而歌,粤民及瑶僮诸种人围而观之,男女数十百层,咸以为仙。七日夜歌声不绝,俱化为石。土人因祀之于阳春锦石岩。……月夕辄闻笙鹤之音。岁丰熟则仿佛有人登岩顶而歌。三妹今称歌仙。"清陆次云《峒溪纤志志馀》:"诸溪峒初不知歌,善歌自刘三妹始也。三妹不知何时人,游戏得道,于山谷侏俪之音,所过无不通晓,皆依其声,就其韵,而作歌与之,以为诸婚跳月之辞,其人各奉之以为式。苗歌有云:'读诗便是刘三妹。'则非惟歌之,而且读之,以为识字通文之籍矣。其时有白鹤秀才者,亦善歌,与三妹登粤西七星岩绝顶,相唱酬,音如鸾凤,听之者数千人,皆忘返,留连往复。已而歌寂然,见两人亭亭相对,则已化为石矣。至今月白风清之夜,犹隐隐闻玲珑宛转之音。诸苗、瑶、狼、僮之属,遂祀刘于洞中勿替。后有作歌者,必先陈祀于刘,始得传唱。其南山之南,别有刘三妹洞,闻游人遥呼三妹,妹辄应云。"按刘三妹故事至今尚广泛流传于民间。亦称刘三姐。以上所录,为较早之文人记录。清王士祯《池北偶谈》卷十六"粤风续九"条:"相传唐神龙中有刘三妹者,居贵县之水南村,善歌,与邕州白鹤秀才,登西山高台,为三日歌。秀才歌《芝房之曲》,三妹答以《紫凤之歌》。秀才复歌《桐生南岳》,三妹以《蝶飞秋草》和之。秀才忽作变调《曰朗陵花》,词甚哀切,三妹歌《南山白石》,益悲激,若不任其声者,观者皆歔欷。复和歌,竟七日夜,两人皆化为石,在七星岩上。下有七星塘,至今风月清夜,犹仿佛闻歌声焉。"

刘三姐 即"刘三妹"。

刘海蟾 《列仙全传》卷七略云:刘玄英,号海蟾子,初名操,事刘守光为相。一日忽有道人来谒,索鸡卵十枚,金钱十文,以一文置之几上,累十卵于钱若浮图之状。海蟾惊异之,曰:"危哉!"道人曰:"人居荣禄之场,履忧患之地,其危殆甚于此。"海蟾繇此大悟,遁迹于终南山下,丹成,尸解,有白气自顶门出,化为鹤,飞冲天。晋李石《续博物志》卷二云:"海蟾子姓刘名昭远,华山陈抟馆之道院,与种放往来。"盖五代宋初人。宋柳永《巫山一段云》词:"贪看海蟾狂戏,不道九关齐闭。"即俗所云刘海撒金钱之戏。或又讹为"刘海戏蟾。《古今图书集成·神异典》卷二五一引《凤阳府志》云:"唐刘海,旧传呼蟾于县治西北井中,今井在城内,濠多水,夏无蛙声。"谓此。

刘海戏蟾 清翟灏《通俗编》(《丛书集成初编》本)卷一:"刘元英号海蟾子。……海蟾二字号,今俗呼刘海,更言刘海戏蟾,舛谬之甚。"卷十九:"今演剧多演神仙鬼怪,以眩人目。然其名多荒诞,张果曰张果老,及刘海蟾曰刘海戏蟾,此类甚多。"按据此,知刘海戏蟾乃刘海蟾之讹传。不惟清初翟灏言之,清初褚人穫《坚瓠五集》卷一亦云:"海蟾姓刘名嵒,勃海人,十六登甲科,仕金,五十至相位。朝退,有二异人坐道旁,延入谈修真之术。二人默然,但索金钱一文,鸡卵十枚,掷于案,以鸡卵累金钱上,嵒旁视曰:'危哉。'二人曰:'君身尤危何营此卵?'嵒遂悟纳印,入终南山学道而仙。……今画蓬头跣足嘻笑之人,持三足蟾弄之,曰此刘海戏蟾图也,直以刘海为名,举世无有知其名者。"尤知刘海戏蟾乃刘海蟾一名之析离。清俞樾《茶香室三钞》卷十八引明李日华《六砚斋笔记》云:"黄越石携来四仙古像……一为海蟾子,哆口蓬发,一蟾玉色者戏踞其顶。手执一桃,连花叶,鲜活如生。"则明代所传古画已有刘海戏蟾图。

刘阮入天台 《古小说钩沈》辑《幽明录》略

刘阮入天台 清刊本《毓秀堂画传》

云:汉明帝永平五年,剡县刘晨、阮肇共入天台山取穀皮,迷不得返。经十三日,采山上桃食之。下山以杯取水,见芜青叶流下甚鲜,复有胡麻饭一杯流下,二人相谓曰:"去人不远矣。"乃渡水,又过一山,见二女,容颜妙绝,呼晨、肇姓名,问郎来何晚也。因相款待,行酒作乐,被留半年。求归,至家,子孙已七世矣。晋太康八年又失二人所在。

〔一〕

红光 《山海经·西次三经》:"泑山,神蓐收居之。……是山也,西望日之所入,其气员,神红光之所司也。"郝懿行云:"红光盖即蓐收。"参见"蓐收"(328页)。

纣 亦称"殷纣"、"帝纣"。汉王充《论衡·语增》:"桀纣之君,垂腴尺余。"南朝梁萧绎《金楼子》卷一:"帝纣垂胡长尺四寸。"此言其貌。《史记·殷本纪》:"帝纣资辨捷疾,闻见甚敏;材力过人,手格猛兽;知足以距谏,言足以饰非;矜人臣以能,高天下以声,以为皆出己之下。"此言其骄。汉刘向《新序·刺奢》:"纣为鹿台,七年而成,其大三里,高千尺,临望云雨。"《帝王世纪集校》第四:"纣造倾宫,作琼室、瑶台,饰以美玉。"此言其奢。清马骕《绎史》卷十九引《缠子》:"纣熊蹯不熟而杀庖人。"汉刘向《列女传·殷纣妲己》:"纣乃为炮烙之法。"《吕氏春秋·过理》:"纣剖孕妇而观其化。"北魏郦道元《水经注·淇水》:"纣乃于此斫胫而视髓。"此言其暴。《史记·殷本纪》又云:"(纣)以酒为池,县肉为林,使男女倮相逐其间,为长夜之饮。"此言其淫乱。《殷本纪》又云:"纣愈淫乱不止。微子数谏不听……(比干)乃强谏纣……纣剖比干观其心。箕子惧,乃详狂为奴,纣又囚之。殷之太师少师,乃持其祭器乐器奔周。周武王于是遂率诸侯伐纣。纣亦发兵,距之牧野。甲子日,纣兵败。纣走入,登鹿台,衣其宝玉衣,赴火而死。周武王遂斩纣头,县之白旗。"此则言纣败亡之经过。至于纣死之传说,除上所举"赴火死"(亦见《周书·克殷》及《世俘》二篇)一说最为习见外,尚有"自缢死"、"自杀或被杀于宣室死"、"身斗而死"三说,兹略分述如下:(1)《楚辞·天问》:"伯林雉经,维其何故?何感天抑地,夫谁畏惧?"旧注以为系晋太子申生事,郭沫若《屈原赋今译》谓当是纣事。"伯林"即"柏林"(古伯、柏通用),纣在柏林园中自缢身死。《天问》此四句既承上文文王得吕望、武王伐纣而言,则郭说可从。《墨子·明鬼下》云:"武王奔逐入宫,万年梓株,折纣而系之赤环。"旧于"万年梓株"无释,今据郭说,则"万年梓株"者,亦园中松柏之属。"折纣而系之赤环"者,言折绝纣首而系之朱轮。毕沅云:"环亦作镮,赤环谓朱轮也。"总《墨子》此段所记,实可以为郭释《天问》"伯林雉经"旁证:纣乃自缢身死。(2)《淮南子·本经训》:"武王甲卒三千,破纣牧野,杀之于宣室。"高诱注:"宣室,纣宫名;一曰,宣室,狱也。"《氾论训》:"汤、武有放弑之事。"注:"周武弑纣于宣室。"此被杀也。而《史记》褚先生补《龟策列传》则云:"纣不胜,败而还走,围于象郎(廊)。自杀宣室,身死不葬,头悬车轸,四马曳行。"则又系自杀。此纣自杀或被杀于宣室。(3)汉贾谊《新书·连语》:"纣走还于寝庙之上,身斗而死,左右弗肯助也。纣之官卫与纣之躯,弃之玉门之外,民之观者皆进蹴之,蹈其腹,蹠其肾,践其肺,履其肝。周武王乃使人帷而守之。民之观者,搴帷而入。提石之者,犹未肯止。"此则云纣身斗而死。

纤阿 御月者。《史记·司马相如列传》:"阳子骖乘,纤阿为御。"集解:"纤阿,月御也。"索隐：" 纤阿……美女姣好貌。又乐产曰：' 纤阿，山名，有女子处其岩，月历数度，跃入月中，因为月御也。' "

纪昌 见"飞卫"(33页)。

寻木 即*榣木之类。《山海经·海外北经》："寻木长千里，在拘缨南，生河上西北。"《穆天子传》卷六云："天子乃钓于河，以观姑繇之木。"郭璞注："姑繇，大木也。《山海经》云：' 寻木长千里，生河边（"河"原作"海"，据《太平御览》卷八三四引改）。' 谓此木之类。"

寻竹 《山海经·大荒北经》："有岳之山，寻竹生焉。"郭璞注："寻，大竹名。"按扬雄《方言》："自关而西，秦晋梁益之间凡物长谓之寻。"则寻竹即长寻。郭以寻为"大竹名"，恐非。《藏经》本郭注正作"大竹"，无寻、名二字。

异苑 书名。南朝宋刘敬叔撰。十卷。所记皆神怪变异之事，其中存有较多神话传说资料，如美人虹、金牛、长臂人衣、观亭江神祠、一足鬼之类。

异果 唐段成式《酉阳杂俎·木篇》："异果。赡披国有人牧羊千百余头。有一羊离群，忽失所在。至暮方归，形色鸣吼异常，群羊异之。明日遂独行，主因随之。入一穴，行五六里，豁然开朗，花木皆非人间所有。羊于一处食草，草不可识。有果作黄金色，牧羊人窃一将还，为鬼所夺。又一日复往取此果，至穴，鬼复欲夺。其人急吞之，身遂暴长。头才出，身塞于穴，数日化为石矣。"应作"赡披国异果"。

戏亭 北魏郦道元《水经注·渭水》："（戏水）又北径戏亭东。……昔周幽王宠褒姒，姒不笑，王乃击鼓举烽，以征诸侯，诸侯至，无寇，褒姒乃笑。王甚悦之。及犬戎至，王又举烽以征诸侯，诸侯不至。遂败幽王于戏水之上，身死于丽山之北。"按幽王烽火戏诸侯，亭所以名"戏"也。参见"褒姒"(356页)。

戏神 《汤显祖集·诗文集卷三四·宜黄县戏神清源师庙记》："奇哉清源师，演古先神圣八能千唱之节，而为此道。初止爨弄参鹘，后稍为末泥三姑旦等杂剧传奇，长者折至半百，短者折才四耳。予闻清源，西川灌口神也，为人美好，以游戏而得道，流此教于人间，迄无祠者。子弟开呵时一醪之，唱罗哩哇而已；予每为恨。"

观日玉 《太平御览》卷八〇五引《梁四公记》："扶桑国使使贡观日玉，大如镜，方圆尺余，明澈如琉璃。映日以观，见日中宫殿，皎然分明。"

观亭江神 南朝宋刘敬叔《异苑》卷五："秦时中宿县十里外有观亭江神祠坛，甚灵异。经过有不恪者，必狂走入山，变为虎。晋中朝有质子将归洛，返路，见一行旅，寄其书云：' 吾家在观亭亭庙前，石间有悬藤即是也。君至但叩藤，自有应者。' 及归如言，果有二人从水中出，取书而没。寻还云：' 河（江）伯欲见君。' 此人亦不觉随去。便睹屋宇精丽，饮食鲜香，言语接对，无异世间。今俗咸言观亭有江伯神也。"

妈祖神 海神名。即"天妃"(54页)。

如何 《神异经·南荒经》："南方大荒有树焉，名曰如何。三百岁作华，九百岁作实。华色朱，其实正黄。高五十丈，敷张如盖。叶长一丈，广二尺余……实有核，形如枣子，长五尺，围如长，金刀剖之则酸，芦刀剖之则辛。食之者地仙，不畏水火，不畏白刃。"

如愿 《古小说钩沈》辑《录异传》："昔庐陵邑子欧明者，从客过，道经彭泽湖，辄以船中所有多少投湖中，云以为礼。积数年，复过，见湖中有大道……有数吏，单衣乘车马来候，云是青洪君使要。明知是神……恐不得还。吏曰：'无可怖，青洪君以君前后有礼，故要君。必有重送，君皆勿收，独求如愿耳。'去，果以缯帛送，明辞之。乃求如愿，神大怪……呼如愿使随去。如愿者，青洪君婢也，常使之取物。明将如愿归，所欲辄得之，数年大富。意渐骄盈，不复爱如愿。岁朝鸡一鸣，呼'如愿'，如愿不起。明大怒，欲捶之。如愿乃走，明逐之于粪上。粪上有昨日故岁扫除聚薪，如愿乃于此得去。明不知，谓逃在积薪粪中，乃以杖捶使出。久无出者，乃知不能。因曰：'汝但使我富，不复捶汝。'今世人岁朝鸡鸣时，转往捶粪，云使人富也。"按此乃有关风习之民间传说。南朝梁宗懔《荆楚岁时记》云："正月一日……又以钱贯系杖脚，回以投粪扫上，云令如愿。"当是此风习之流衍。晋干宝《搜神记》卷四亦记此，文略同，无后半段。明谈迁《枣林杂俎·和集》"宫亭神"条云："宫亭神其灵，有婢名如愿，客有所求，叩如愿即获。"是直以宫亭神即此彭泽湖神青洪君。参见"宫亭神"(239页)。

那父 《山海经·北山经》："灌题之山……有兽焉，其状如牛而白尾，其音如訆，名曰那父。"郭璞注："如人呼唤。訆音叫。"

那吒 那一作哪。《三教搜神大全》卷七："哪吒本是玉皇驾下大罗仙，身长六丈，首带金轮，三头九眼八臂，口吐青云，足踏盘石，手持法律，大嗷（喊）一声，云降雨从，乾坤烁动。因世间多魔王，玉帝命降凡，以故托胎于托塔天王李靖母（妻）素知夫人。生下长子军(金)吒，次木吒，师（帅）三胎。那吒生五日，化身浴于东海，脚踏水晶殿，飞身直上宝塔宫。龙王以踏殿故，怒而索战。师（帅）时七日，即能战，杀九龙。老龙无奈何而哀帝，帅知之，截于天门之下而龙死焉。不意时上帝坛，手搭如来弓箭，射死石记

那吒　明刊本《三教搜神大全》

娘之子，而石记兴兵。帅取父坛降魔杵，西战而戳之。父以石记为诸魔之领袖，怒其杀之，惹诸魔之兵也，帅遂割肉刻骨还父，而抱真灵求全于世尊之侧。世尊亦以其能降魔，故遂折荷菱为骨，藕为肉，系（丝）为胫，叶为衣而生之。授以法轮密旨，亲受'木长子'三字，遂能大能小，透河入海，移星转斗。……玉帝封三十六员第一总领使天帅之领袖，永镇天门也。"《封神演义》第十二回至第十四回写哪吒大闹东海、莲花化身，当即本此敷衍而成。《西游记》第八十三回云："原来(李)天王生此子时，他左掌上有个'哪'字，右掌上有个'吒'字，故名'哪吒'。这太子三朝儿就下海净身闯祸，踏倒水晶宫，捉住蛟龙，要抽斤为绦子。天王知道，恐生后患，欲杀之。哪吒奋怒，将刀在手，割肉还母，剔骨还父。还了父精母血，一点灵魂，竟到西方极乐世界告佛……佛慧眼一看，知是哪吒之魂，即将碧藕为骨，荷叶为衣，念动起死回生真言，哪吒遂得了性命。运用神力，法降九十六洞妖魔，神通广

大。"或为此神话之节写。唐郑綮《开天传信记》云:"宣律……常夜后行道。临阶坠堕,忽觉有人捧承其足。顾视之,乃少年也。宣遽问弟子:'何人中夜在此?'少年曰:'某非常人,即毗沙门天王之子那吒太子也。以护法之故,拥护和尚时已久矣。'"可见那吒之名乃自西来。又宋普济《五灯会元》卷二云:"那吒太子,析肉还母、析骨还父,然后现本身,运大神力,为父母说法。"知传说自来已久。

那吒闹海 见"那吒"。

孙阳 秦穆公子。或谓即*伯乐。

孙希龄 宋沈括《梦溪笔谈》卷二○:"供奉官陈允任衢州监酒务日,允已老,发秃齿脱。有客候之,称孙希龄,衣服甚褴褛,赠允药一刀圭,令揩齿,允不甚信之。暇日,因取揩上齿数揩,而良久归家。家人见之,皆笑曰:'何为以墨染须?'允惊,以鉴照之,上髯黑如漆矣。急去巾,童首之发,已长数寸,脱齿亦隐然有生者。余见允时,年七十余,上髯及发尽黑,而下髯如雪。"

孙悟空 神话小说《西游记》中人物,为我国人民所喜爱,形象勇敢机智、乐观诙谐、疾恶如仇。其初曾大闹天宫、勇猛顽强,后又护送唐僧西天取经,沿途斩妖除怪、降魔伏邪,神通广大。其形象之塑造,或说取自《大唐三藏取经诗话》之猴行者,或说又受唐李公佐小说《李汤》中*无支邪之影响,近人有谓亦受印度史诗《罗摩衍那》中神猴啥努曼之影响。

孙宾卜海 《搜神记》(《汉魏丛书》本)卷四:"汉武帝与越王为亲,乃遣东方朔泛海求宝,惟命一周回,朔经二载方至。未至间,帝问左右:'朔久而不至,今寰中何人善卜?'对曰:'有孙宾者,极明易筮。'帝乃更庶服潜行,与左右赍绢二匹往卜,扣宾门。宾出迎而延坐,未之识也。帝乃启卜,卦成,知是帝,惶惧起拜。帝曰:'朕来觅物,卿勿言。'宾曰:'陛下非卜他物,乃卜东方朔。朔行七日必至,今在海中,面西招水大叹,到日请话之。'至日,朔至。帝曰:'卿约一年,何故二载?'朔曰:'臣不敢稽程,探宝未得也。'帝曰:'七日前卿在海中,面西招水大叹,何也?'朔曰:'臣非叹别事,叹孙宾不识天子,与帝对坐,因此而叹。'帝深异之。"

孙氏瑞应图 书名。南朝梁孙柔之撰。三卷。《隋书·经籍志》著录,已佚。清马国翰《玉函山房辑佚书》有辑录。是书所记动植器用,祯祥瑞应,大抵与汉代谶纬书相近。然中如记蒉荚、蓂莆、白泽、元鹤、驺虞、跌蹄之属,亦有古神话之凭依。

孙悟空七十二变 见"七十二变"(3页)。

羽人 谓*飞仙。《楚辞·远游》:"仍羽人于丹丘兮,留不死之旧乡。"王逸注:"人得道身

羽人飞廉　汉代画像石刻

生毛羽。"洪兴祖补注:"羽人,飞仙也。"《太平御览》卷六六二引《天仙品》云:"飞行云中,神化轻举,以为天仙,亦云飞仙。"盖古谓仙人均有羽翼,故曰羽人。汉王充《论衡·无形》云:"图仙人之形,体生毛,臂变为翼,行于云。"是仙人生翼之说,明著于汉世者。《古小说钩沈》引梁殷芸《小说》云:"汉王瑗遇鬼物,言蔡邕作仙人,飞去飞来,甚快乐也。"足证六朝时人犹道此不衰。

羽山 《山海经·海内经》:"鲧窃帝之息壤以堙洪水,不待帝命,帝令祝融杀鲧于羽郊。鲧复生禹。帝乃命禹率布土以定九州。"郭璞注:"羽山之郊。"《南次二经》有"羽山",

郭璞注云："今东海祝其县西南有羽山,即鲧所殛处,计此道里不相应,似非也。"此羽山者,疑即*委羽之山。《淮南子·墬形训》云："北方曰积冰,曰委羽。"高诱注："北方寒冰所积,因以为名;委羽山名,在北极之阴,不见日也。"《墬形训》又云:"烛龙在雁门北,蔽于委羽之山,不见日。"高诱注:"龙衔烛以照太阴。"是委羽山乃在北极阴暗之地。而《墨子·尚贤》云:"昔者伯鲧,帝之元子,废帝之德庸,既乃刑之于羽之郊,乃热照无有及也。帝亦不爱。""热照无有及",即"日照无有及"之意,正是委羽山景象。故云羽山即委羽之山。

羽民 即"羽蒙"。《淮南子·墬形训》:"凡海外三十六国……自西南至东南方……有……羽民。"参见"羽民国"。

羽渊 谓羽山之渊。《左传·昭公七年》:"昔尧殛鲧于羽山,其神化为黄熊,以入于羽渊。"晋王嘉《拾遗记》卷二:"尧命夏鲧治水,九载无绩,鲧自沈于羽渊,化为玄鱼。"参见"羽山"。

羽蒙 即"羽民"。见"羽民国"。

羽民国 《山海经·海外南经》:"羽民国在其东南,其为人长头,身生羽。一曰,在比翼鸟东南,其为人长颊。"郭璞云:"能飞不能远,卵生,画似仙人也。"又云:"《启筮》曰:'羽民之状,鸟喙赤目而白首。'"郝懿行云:"《文选·鹦鹉赋》注引《归藏·启筮》曰:'金水之子,其名羽蒙,是生百鸟。'即此也。羽民,羽蒙声相转。"《淮南子·墬形训》海外三十六国有羽民。晋张华《博物

羽民国

志·外国》云:"羽民国民,有翼,飞不远。多鸾鸟,民食其卵。去九疑四万三千里。"即此。参见"卵民国"(168页)。《山海经·海外南经》吴任广注引《金楼子》:"舜时羽民献火浣布。"

阪泉 《列子·黄帝》:"黄帝与炎帝战于阪泉之野,帅熊、罴、狼、豹、貙、虎为前驱,雕、鹖、鹰、鸢为旗帜。"《史记·五帝本纪》正义引《括地志》云:"阪泉,今名黄帝泉,在妫州怀戎县东五十六里,出五里至涿鹿。"据此,则*涿鹿与阪泉当为一地。

阴阳石 北魏郦道元《水经注·夷水》:"夷水自沙渠县入……东径难留城南。城即山也……西面上里余,得石穴。把火行百余步,二大石迹,并立穴中,相去一丈,俗名阴阳石。阴石常湿,阳石常燥。每水旱不调,居民……往入穴中,旱则鞭阴石,应时雨;多雨则鞭阳石,俄而天晴。……又有盐石,即阳石也……疑即廪君所射盐神处也。"参见"廪君"(363页)。

阴康氏 古帝名。唐崔令钦《教坊记序》:"昔阴康氏之王也,元气肇分,灾沴未弭,水有襄陵之变,人多肿腿之疾,思所以通利关节,于是制舞。"按源出《吕氏春秋·古乐》,阴康氏讹作陶唐氏。

防城 《太平寰宇记》卷五五引《隋图记(经)》:"汤阴县有防城,即纣囚文王于羑里,筑此城以防之,后因曰防城。"参见"羑里"(239页)。

防风氏 《国语·鲁语下》:"昔禹致群神于会稽之山。防风氏后至,禹杀而戮之,其骨节专车。"《述异记》卷上云:"今吴越间防风庙,土木作其形,龙首牛耳,连眉一目。昔禹会涂山,执玉帛者万国。防风氏后至,禹诛之,其长三丈,其骨头专车。今南中民有姓防风氏,即其后也,皆长大。越俗,祭防风

神,奏防风古乐,截竹长三尺,吹之如嗥,三人披发而舞。"此则为轶闻。《会稽郡故书杂集》辑《贺循会稽记》云:"防风氏身长三丈,刑者不及,乃筑高塘临之,故曰刑塘。"又想象增益之说。防风氏被戮之后,又有禹巡经南方,防风臣怒射禹,惧而以刃自贯其心,是为穿胸国之传说。

防风庙 《述异记》卷上:"今吴越间防风庙,土木作其形,龙首牛耳,连眉一目。"《古今图书集成·职方典》卷九七一云:"防风氏庙,在(武康)县东南封、禺二山之间,祀夏时防风氏之神。"清李亨特重修《绍兴府志》卷三六云:"防风庙。《嘉泰(会稽)志》:在县东北二十五里,禹诛防风氏,此其遗迹。"参见"防风氏"。

阳乌 《古小说钩沈》辑《玄中记》:"蓬莱之东,岱舆之山,上有扶桑之树,树高万丈。树颠常有天鸡,为巢于上。每夜至子时则天鸡鸣,而日中阳乌应之,阳乌鸣则天下之鸡皆鸣。"按阳乌,'三足乌;乌为阳精,故名。

阳台 山名。见"朝云"(309页)。

阳纡 纡亦作汗或盱。《穆天子传》卷一:"阳纡之山,河伯无夷之所都居。"《山海经·海内北经》云:"阳汙之山,河出其中。"《淮南子·修务训》云:"禹为水(原作'禹之为水',王念孙校衍'之'字),以身解于阳盱之河。"高诱注:"为水(原无'水'字,以意补),治水;解,祷,以身为质。解读解除之解。"阳盱为水神河伯所居处,似禹曾祷于河伯,助其治水。《尸子》卷下云:"禹理水,观于河,见白面长人鱼身出,曰:'吾河精也。'授禹河图而还于渊中。"晋张华《博物志·异闻》亦云:"昔夏禹观河,见长人鱼身出,曰:'吾河精。'岂河伯也?"盖禹"以身解于阳盱之河"之谓。

阳谷 日出之地。亦作"旸谷"、"汤谷"。《玉函山房辑佚书》辑《归藏·启筮》:"瞻彼上天,一明一晦,有夫羲和之子,出于阳谷。"

阳侯 波涛之神。或云伏羲臣。《楚辞·九章·哀郢》:"凌阳侯之氾滥兮,忽翱翔之焉薄。"洪兴祖补注引应劭说云:"阳侯,古之诸侯,有罪,自投江,其神为大波。"又清马骕《绎史》卷三引《论语摘辅象》云:"伏羲六佐,阳侯为江海。"

阳主祠 《古今图书集成·山川典》卷二九引《福山县志》:"之罘山在县东北四十里,当海天空阔处,孤峰卓笔,群峦戴螺,海环四面,一径南通……其麓有阳主祠。"《史记·封禅书》云:"始皇东游海上,行礼,祠名山大川及八神,八神将自古而有之,五曰阳主,祠之罘。"即此。元初才《八神阳主庙记》云:"之罘阳主,始封于无怀氏,盖在太昊氏之前。"则未知所据。参见"八神"(8页)。

七　画

〔一〕

孛　星名。明陈耀文《天中记》卷二引《中兴天文志》："孛本黄帝时一女子，修行不得，其死(为孛)。"《公羊传·昭公十七年》："冬，有星孛于大辰。孛者何？彗星也。"

弄玉　见"萧史"(284页)。

更羸　羸，一作嬴或盈。《战国策·楚策四》："更羸与魏王处京台之下，仰见飞鸟。更羸谓魏王曰：'臣为王引弓虚发而下鸟。'魏王曰：'然则射可至此乎？'更羸曰：'可。'有间，雁从东方来，更羸以虚发而下之。"又明董斯张《广博物志》卷三二引《谢氏诗源》云："更羸之妻能作锁云囊，佩之陟高山，有云处不必开囊，而自然有云气入其中。归其家启视，皆有云气，白如绵，自囊而出。囊大如蚕茧而可以开合。更羸善射，每言能仰射射入云中。其妻不信，因以一囊系箭头，令射之。及坠，验之，果有白云在内，因名箭曰锁云。"此或为更羸虚发下鸟传说之扩充。

玕琪树　《山海经·海内西经》："(昆仑)开明北有……玕琪树。"郭璞注："玕琪，赤玉属也。……于，其两音。"盖即生长赤玉属玕琪之树。

麦铁杖　唐李冗《独异志》卷上："隋有麦铁杖，一夕行一千百里。夕发洛阳，往宋州为盗，及明却返。宋人因见其所盗之物者，执麦告之，为吏所劾，乃承愆。"又《太平广记》卷一九一"麦铁杖"条引《岭表录异》云："麦铁杖，韶州曲源人也，有勇力，日行五百里。"亦同此而近实。

远飞鸡　《洞冥记》卷三："有远飞鸡，夕则还依人，晓则绝飞四海，朝往夕还……祝鸡公善养鸡，得远飞鸡之卵伏之，名曰翻明鸡。如鹄大，紫色，有翼，翼下有目，亦曰目羽鸡。"参见"祝鸡翁"(246页)。

走金山　《太平寰宇记》卷七三："(导江县)走金山。李膺《益州记》云：'尧时洪水，民奔于是山而获金，故曰走金。'"参见"尧洪水"(125页)。

声风木　即"风声木"(76页)。

却尘犀　《述异记》卷上："却尘犀，海兽也。然其角辟尘，致之于座，尘埃不入。"清陈元龙《格致镜原》卷八二引此作"其角辟尘"，无"然"字，"然"字当衍。

丽山氏　《事物纪原》卷一：《遁甲开山记》曰：'丽山氏产生山谷。'肇分自此其始也。"《汉唐地理书钞》辑《荣氏遁甲开山图》云："丽山氏分布元气，各生次序，产生山谷。"即此。则丽山氏者，亦犹盘古氏，盖开天辟地之古帝。《玉函山房辑佚书》辑《归藏·启筮》云："丽山之子，青羽，人面，马身。"此丽山或即《遁甲开山图》所谓丽山氏，或为丽山山神。

豕喙民　《淮南子·墬形训》："凡海外三十六国……自西南至东南方……有……豕喙民。"高诱注："豕喙民，其喙如豕。"

来斯滩　《古今图书集成·职方典》卷一〇二六引《(温州府)旧志》："来斯滩在北阁仙溪。昔有神人，驱石之海，祝曰：'苍苍为牛，凿凿为羊。牛羊来斯，曰骧而骧。'石皆群奔，鞭之流血。既出谷，问老姥，问之：'见吾羊否？'姥曰：'奔石也，羊吾不知。'又问：'见吾牛否？'曰：'奔石也，牛吾不知。'神人曰：'惜为汝道破。'因忽不见。惟群石存焉。"事亦见明朱国帧《涌幢小品》卷十五"奔石"条，文悉同，惟无首句。所谓"来斯滩"者，当取"牛羊来斯"意而名之。

医无闾 山名。一作"于微闾"。《楚辞·远游》："朝发轫于太仪兮，夕始临乎于微闾。"王逸注："暮至东方之玉山也。《尔雅·释地》曰：'东方之美者，有医无闾之珣玕琪焉。'"又《周礼·夏官司马下》云："东北曰幽州，其山镇曰医无闾。"即此。

酉阳杂俎 书名。唐段成式撰。前集二十卷，续集十卷。所记多诡异不经之谈，琐闻杂事，无不毕具。唐以前神话传说，往往藉是以传。如"吴刚伐桂"，即始见此书；又有"玉斧修月"、"吴洞金履"、"张天翁"等。内容丰富，不亚于《搜神记》、《述异记》。

形天 即"刑天"(121页)。

形残尸 《淮南子·墬形训》："西方有形残之尸。"高诱注："形残之尸，于是以两乳为目，腹脐为口，操干戚以舞；天神断其手，后天帝断其首也。"按形残之尸，即*刑天。刑天断首，形体天残，故曰形残。高诱注盖本《山海经·海外西经》为说，惟后二语不知何据，殊不类"操干戚以舞"之断首刑天之象。

劳民 见"劳民国"。

劳民国 《山海经·海外东经》："劳民国在其北，其为人黑。或曰教民。一曰在毛民北，为人面目手足尽黑。"郭璞注："食果草实也。有一鸟两头。"又《淮南子·墬形训》有劳民，高诱注云："劳民，正理躁扰不定。"

苌宏 宏一作弘。《史记·封禅书》："苌宏以方事周灵王，诸侯莫朝周，周力少，苌宏乃明鬼神事，设射狸首。狸首者，诸侯之不来者，依物怪，欲以致诸侯。诸侯不从，而晋人执杀苌弘。"《庄子·外物》："苌宏死于蜀，藏其血三年，而化为碧。"《太平御览》卷八〇九引司马彪曰："苌弘忠而流，故其血不朽而化为碧也(今本释文阙)。"此叙苌弘"忠"死之况，而晋王嘉《拾遗记》卷三略云：周灵王二十三年，起昆昭之台，时有苌宏，能招致神异。王乃发台。忽见二人乘云而至，一人能为雪霜，一人能即席为炎。时有容成子谏曰："大王以天下为家，而染异术，使变夏改寒，以诬百姓，此文、武、周公之所不取也。"王乃疏苌宏。时异方贡玉人石镜，石色白如玉镜。有玉人，机戾自能转动。苌宏言于王曰："盛德所招也。"故周人以苌宏幸媚而杀之。流血成石，或言成碧，不见其尸矣。此说则与"忠"之说迥异。

芳国 帝俊裔。《山海经·大荒东经》："有芳国，黍食，使四鸟：虎、豹、熊、罴。"按芳国或当作妫国。妫，水名，舜之居地。《史记·陈世家》："舜为庶人，尧妻之二女，居于妫汭，后因为氏。"妫国当是舜之裔。《山海经》帝俊即*舜，则此芳国实亦当是帝俊之裔。况帝俊之裔为国于下方者，多有"使四鸟"或"使四鸟：豹、虎、熊、罴"之记载，此经芳国亦"使四鸟"，其为帝俊之裔更无疑。

芦洲 《汉唐地理书钞》辑顾野王《舆地志》："伍子胥叛楚出关，于江上见渔父求渡。……其处是罗(芦)洲，水路去洲一百九十里(原注：《一统志》引《舆地志》：'芦洲在武昌县西三十里')。"按*伍子胥渔父事原见汉赵晔《吴越春秋·王僚使公子光传》及汉袁康《越绝书·荆平王内传》，文较繁，时尚无芦洲之称。

苏氏演义 书名。唐苏鹗撰。原本十卷，久佚。清修《四库全书》时，自《永乐大典》中辑成二卷。其书于典章名物制度，俱有考证，时与崔豹《古今注》、马镐《中华古今注》相出入。于神话研究亦有参考价值。

花神 明冯应京《月令广义·岁令一》:"女夷为花神,乃魏夫人之弟子。花姑亦为花神。"明冯梦龙《醒世恒言》卷四云:"仙女道:'张委损花害人,花神奏闻上帝,已夺其算。'"谓此。参见"女夷"(36页)。

花蹄牛 《洞冥记》卷二:"元封三年,大秦国贡花蹄牛。其色骍,高六尺,尾环绕其身,角端有肉,蹄如莲花,善走多力。帝使辇铜石以起望仙宫,迹在石上,皆如花形。"

苍龙 ❶龙名。《楚辞·惜誓》:"苍龙蚴虬于左骖兮,白虎骋而为右騑。"❷马名。《礼记·

苍龙❶　汉代画像石刻

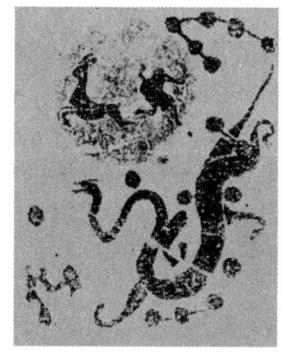

苍龙❸　汉代画像石刻

月令》:"孟春之月……乘鸾辂,驾苍龙。"注:"马八尺以上为龙。"❸东方七宿之总称。《书·尧典》:"日永星火,以正仲夏。"传:"火,苍龙之中星,举中,则七星见。"参见"四灵"(106页)。

苍兕 汉王充《论衡·是应》:"师尚父为周司马,将师伐纣,到孟津之上,杖钺把旄,号其众曰:'苍兕(今本作"仓光",讹)!'苍兕者,水中之兽也,善覆人船……时出浮扬,一身九头,人畏恶之。"参见"开明兽"(42页)、阿羊(183页)。

苍梧 舜葬所。《山海经·海内经》:"南方苍梧之丘,苍梧之渊,其中有九嶷山,舜之所葬,在长沙零陵界中。"《海内南经》:"苍梧之山,帝舜葬于阳,帝丹朱葬于阴。"《大荒南经》:"赤水之东,有苍梧之野,舜与叔均之所葬也。爰有文贝、离俞、鸱久、鹰贾、委维、熊、罴、象、虎、豹、狼、视肉。"郭璞注:"叔均,商均也。"

苍颉 黄帝臣。或说是古帝。苍一作仓。《世本·作篇》(清张澍稡集补注本):"黄帝使苍颉作书。"《淮南子·本经训》:"苍颉作书而天雨粟,鬼夜哭。"又汉许慎《〈说文〉序》:"黄帝之史仓颉,见鸟兽蹄迒之迹,知分理之相别异也,初造书契,百工以乂,万品以察。"《汉学堂丛书》辑《春秋纬元命苞》云:"仓帝史皇氏,名颉,姓侯冈,龙颜侈哆,四目灵光,实有睿德,生而能书。……于是穷天地之变……指掌而创文字,天为雨粟,鬼为夜哭,龙乃潜藏。"《太平御览》卷五六〇引《皇览·冢墓记》云:"苍颉冢在冯翊衙县利阳亭南,坟方六尺,学书者皆往上姓名投刺,祀之不绝。"

寿木 《吕氏春秋·本味》:"菜之美者,昆仑之蘋,寿木之华。"高诱注:"寿木,昆仑山上木也;华,实也。食其实者不死,故曰寿木。"《山海经·海内西经》云:"昆仑开明北有不死树。"寿木盖即不死树。又晋王嘉《拾遗记》卷五云:"渠搜国之西,有祈沦之国。其俗淳和,人寿三百岁。有寿木之林,一树千寻,日月为之隐蔽。若经憩此木下,皆不死不病。或有泛海越山来会其国，归怀其叶者，则终身不老。"

寿华 亦作"畴华"。《山海经·海外南经》："羿与凿齿战于寿华之野，羿射杀之。在昆仑虚东。"

寿星 星名。亦神仙名。《史记·封禅书》：秦并天下，"于社亳有……寿星祠。"索隐："寿星，盖南极老人星也，见则天下理安，故祠之以祈福寿也。"寿星本星名，后世小说戏曲乃以为神仙之名。明吴承恩《西游记》第七回云："霄汉中间现老人，手捧灵芝飞蔼绣，长头大耳短身躯，南极之方称老寿——寿星又到。"即此。又《白蛇传集·盗灵芝》："白蛇女，上仙山，去盗灵芝。盗来了灵芝，下了山。白鹤童子拦住路，二人山下排战端。南极仙翁也来到：'白蛇女为何盗仙丹？'白蛇女双膝扎跪苦哀怜：'尊一声寿翁南极仙翁……'"南极仙翁亦即寿星。

寿宫 《楚辞·九歌·云中君》："蹇将憺兮寿宫。"王逸注："寿宫，供神之处也。祠祀皆欲得寿，故名为寿官也。"又《史记·封禅书》云："置寿宫神君。"又云："置寿宫、北宫，张羽旗，设供具，以礼神君。"即所谓"供神之处"。

寿麻 麻一作䗃。《山海经·大荒西经》："有寿麻之国。南岳娶州山女，名曰女虔。女虔生季格，季格生寿麻。寿麻正立无景，疾呼无响。爰有大暑，不可以往。"《吕氏春秋·任数》云："西服寿䗃，北怀橐耳。"高诱注："䗃一作麻。"即此寿麻。南岳，吴任臣云："《冠编》：'黄帝鸿初为南岳之官，故名南岳。'又《路史·后纪六》曰：'帝鸿生白民及嘻，嘻生季格，季格生帝魁。'注：'嘻其南岳也。'未审孰是。"吴所引《冠编》及《路史》虽均晚出之书，未足为据，然此南岳亦当是黄帝系人物。又《列仙传》云："玄俗无景。"《玉函山房辑佚书》辑《地镜图》云："人行日月中无影者，神仙人也。与虚合体，故居日月中无影，履霜无迹，火中无影也。"则寿麻"正立无景"，盖亦神人、仙人之属。

李耳 即"老子"(120页)。

李冰 清卢文弨《群书拾补》辑《风俗通逸文》："秦昭王遣李冰为蜀郡太守，开成都二江，溉田万顷。江水有神，岁取童女二人以为妇，不然，为水灾。主者曰：'出钱百万以行聘。'冰曰：'不须，吾自有女。'到时，装饰其女，当以沈江。冰径至神祠，上神座，举酒酹曰：'今得傅九族，江君大神，当见尊颜，相敬酒。'冰先投杯，但澹淡不耗。冰厉声曰：'江君相轻，当相伐耳！'拔剑，忽然不见。良久，有两苍牛斗于岸旁。有间，冰还，流汗，谓官属曰：'吾力大极，当相助也。若欲知我，南向腰中正白者，我绶也。'主簿乃刺杀北面者，江神遂死。蜀人慕其气决，凡壮健者，因名冰儿。"又《太平广记》卷二九一"李冰"条引《成都记》云："李冰为蜀郡守，有蛟岁暴，漂垫相望。冰乃入水戮蛟，已为牛形，江神龙跃，冰不胜。及出，选卒之勇者数百，持强弓大箭。约曰：'吾者前为牛，今江神必亦为牛矣。我以大白练自束以辨，汝当杀其无记者。'遂吼呼而入。须臾，风雷大起，天地一色。稍定，有二牛斗于上。公练甚长白，武士乃齐射其神，遂毙。从此，蜀人不复为水所病。"此即前一神话之演变。参见"二郎"(5页)、"伏龙观"(137页)。

李子昂 亦作"李子敖"。唐李冗《独异志》卷上："《神异经》有李子昂，长七寸，日行千里。一旦被海鹄所吞，居鹄腹中，三年不死。"参见"田章"(103页)。

李伯劳 《古今图书集成·禽虫典》卷三〇引《东方朔别传》："东方朔与弟子偕行，渴，令弟子叩道边家取饮，不知姓名，主人开门不与。须臾，见伯劳飞集门中李树上。朔谓弟子曰：'此主人姓李，名伯劳，但呼李伯劳。'果有李伯劳应，即入取饮。"按亦见《太平御览》卷九二三引，文多讹字。

李铁拐 俗传*八仙之一。或称"铁拐李"。清褚人穫《坚瓠秘集》卷二引《仙纵》："铁拐姓

李铁拐　明刊本《月旦堂仙佛奇踪》

李，质本魁梧，早岁闻道，修真岩穴。时李老君与宛丘先生尝降山斋，诲以道教。一日，李将赴老君之约于华山，属其徒曰：'吾魄在此，倘游魂七日而不返，若方可化吾魄也。'徒以母病迅归，六日化之。李至七日果归，失魄无依，乃附471饿莩之尸而起，故其形跛恶耳。"此为李铁拐形貌之一说；而明彭大翼《山堂肆考》云："拐仙姓李，有足疾，西王母点化升仙，封东华教主，授以铁杖一根。"此又一说。《古今图书集成·神异典》卷二四〇云："李铁拐或云隋时峡人，名洪水，小字拐儿，又名铁拐，常行丐于市，人皆贱之。后以铁杖掷空，化为龙，乘龙而去。"此可作后一说之补充。盖以其自有"足疾"，"小字拐儿"，非因"借尸"，形始"跛恶"。当以此说为近正。参见"八仙过海"（9页）。

两瞾 《盐铁论·结和》："轩辕战涿鹿，杀两瞾、蚩尤而为帝。"按两瞾未见先秦古籍，然既与*蚩尤并举，则当亦蚩尤之伦，兴兵同抗黄帝而遭失败。

两头鸟 《山海经·海外西经》："奇肱之国……有鸟焉，两头，赤黄色，在其旁。"

两头蛇 汉王充《论衡·福虚》："楚相孙叔敖为儿之时，见两头蛇，杀而埋之。归对其母泣，母问其故，对曰：'我闻见两头蛇死，向者出见两头蛇，恐去母死，是以泣也。'其母曰：'今蛇何在？'对曰：'我恐后人见之，即杀而埋之。'其母曰：'吾闻有阴德者，天必报之，汝必不死，天必报汝。'叔敖竟不死，遂为楚相。"按两头蛇有两种，《尔雅·释地》云："北方……有枳首蛇焉。"郭璞注："岐头蛇也。或曰，今江东呼两头蛇为越王约发，一名弩弦。"此其一。唐刘恂《岭表录异》卷下云："两头蛇，岭外多此类。时有如小指大者，长尺余，腹下鳞红皆锦文，一头有口眼，一头似蛇而无口眼，云两头俱能进退，谬也。"此其二。

两头鹿 见"茶首"（221页）。

两头兽 《汉唐地理书钞》辑《盛弘之荆州记》："武陵郡西有阳山，山有两头兽如鹿，前后有头，常以一头食一头行，山人时有见之者。"参见"并封"（141页）。

两黄兽 《山海经·大荒西经》："西北海外，大荒之隅，有山而不合，名曰不周（原作'不周负子'，'负子'二字系衍文，从郝懿行校删），有两黄兽守之。"按不周山为撑天八柱之一，故"有两黄兽守之"，此当为神兽。犹《海外西经》轩辕丘之*四蛇，《海外北经》共工台之*虎色蛇。

轩辕 黄帝号，亦黄帝名。《楚辞·远游》："轩辕不可攀援兮。"王逸注："轩辕，黄帝号也，始作车服，天下号之为轩辕氏也。"

轩辕丘 ❶山名。《山海经·西次三经》:"玉山(西王母所居山)……又西四百八十里,曰轩辕之丘,无草木。"郭璞注:"黄帝居此丘,娶西陵氏女,因号轩辕丘。"❷即"轩辕台"。

轩辕台 《山海经·大荒西经》:"有轩辕之台,射者不敢西向(原'向'下有'射'字,衍),畏轩辕之台。"又《海外西经》云:"穷山在其北,不敢西射,畏轩辕之丘。在轩辕国北。其丘方,四蛇相绕。"此轩辕之丘,即轩辕之台。

轩辕国 《山海经·海外西经》:"轩辕之国在此穷山之际,其不寿者八百岁。在女子国北。人面蛇身,尾交首上。"《大荒西经》:"有轩辕之国。江山之南栖为吉。不寿者乃八百岁。"按轩辕,即黄帝,此轩辕国,即黄帝子孙相聚而成者。

轩辕国

轩辕本纪 书名。唐王瓘撰。三卷。《新唐书·艺文志》著录。原书见于《云笈七籤》卷一〇〇。《四库未收书目提要》作《广黄帝本行记》一卷",误以为"佚去上中二卷",实三卷皆存。其书集黄帝神话传说之大成,视《路史》所记尤为丰博。去其凌杂芜秽,尚可略窥古神话本貌。

轩辕磨镜石 见"镜湖"(362页)。

杞梁妻 ❶见"孟姜女"(217页)。❷乐曲名。晋崔豹《古今注》卷中:"《杞梁妻》。杞植妻妹明月之所作也。杞植战死,妻曰:'上则无父,中则无夫,下则无子,生人之苦至矣!'乃抗声长哭杞都。城感之而颓,遂投水而死。其妹悲其姊之贞操,乃为作歌,名为《杞梁妻》焉。梁,植字也。"

杓取月光 宋蔡絛《铁围山丛谈》卷五:"桂林韩生嗜酒,有道术。一日,自桂过明,同行者二人,俱止桂林郊外僧寺。韩生自抱一篮,出就庭下,以杓酌取月光,作倾泻入篮状。争戏之曰:'子何为乎?'韩生曰:'月色难得,傥夜黑,留此待缓急尔。'众笑焉。舟行至邵平,共坐江亭上,各命仆办治殽膳,多市酒,期醉。适会天大风,俄日暮,风益亟,灯烛不得张,坐上墨黑,不辨眉目矣。众大闷。韩生从舟中取篮杓而一挥,则白光燎焉,见于梁栋间。如是连数十挥,一坐遂尽如秋天晴夜,月色激滟,秋毫皆睹。众乃大呼,痛饮达四鼓。韩生者又酌取而收之篮,夜乃黑如故。"

杨戬 ❶人名。宋陆游《老学庵笔记》卷十:"中贵杨戬,于堂后作一大池,环以廊庑,扃鐍周密。每浴时……屏人,跃入池中游泳,率移时而出,人莫得窥。……一日,戬独寝堂中,有盗入其室,忽见床上乃一虾蟆,大可一床,两目如金,光彩射人。盗为之惊仆,而虾蟆复变为人,乃戬也。……掷一银香球与之……盗不敢受,拜而出。后以他事系开封狱,自道如此。"❷神名。俗亦以为是灌口二郎神。《西游记》第六回写孙悟空大闹天宫,玉帝遣灌口显圣二郎真君前往擒之,孙悟空笑谓二郎曰:"我记得当年玉帝妹子思凡下界,配合杨君,生一男子,曾使斧劈桃山的,是你么?"二郎出身、姓氏及事迹大略已如民间所传,而未揭载其名。《封神传》写杨戬助周灭殷并降梅山七怪等事,揭出其姓名,然未称为灌口二郎。直至清末说唱鼓词如《沉香救母雌雄剑》(见杜颖陶编《董永沉香合集》)之类出,始明言杨戬是"临江灌口二郎神",于是与李冰子*二郎及*赵昱同为灌口二郎神。其写杨戬"牵着狗来驾着鹰"、"头戴一顶三山帽,身披锁子甲黄金,面白微须三只眼,手使三尖二刃锋"等,已与近世四川灌县二王庙所塑李冰之子二郎神像相近。或谓神之杨戬系由人之杨戬附会而来,以杨戬宦者,宋徽宗时人,陆游则宋高宗时人,生年与之相去不远,已记其虾蟆变化之异,则明清传说之附会固其宜也。

杨翁仲 汉王充《论衡·实知》:"广汉杨翁仲,听鸟兽之音,乘蹇马之野。田间有放眇马,相去鸣声相闻。翁仲谓其御曰:'彼放马知此马而目眇。'其御曰:'何以知之?'曰:'骂此辕中马蹇,此马亦骂之眇。'其御不信,往视之,目竟眇焉。"

杨道和 《搜神记》卷十二:"晋扶风杨道和,夏于田中,值雨,至桑树下,霹雳下击之,道和以锄格折其股,遂落地,不得去。唇如丹,目如镜,毛角长三寸余,状似六畜,头似猕猴。"

杜主 ❶即"杜伯"。《史记·封禅书》:"雍菅庙亦有杜主。杜主,故周之右将军,其在秦中,最小鬼之神者。"索隐:"《地理志》:'杜陵,故杜伯国,有杜主祠四。'《墨子》云:'周宣王杀杜伯不以其罪。后宣王田于圃,见杜伯执弓矢射,宣王伏弢而死,故祠之也。'"❷即"杜宇"。晋常璩《华阳国志·蜀志》:"周失纲纪……蜀侯蚕丛,其目纵,始称王。……后有王曰杜宇,教民务农,一号杜主。"

杜宇 ❶《全上古三代秦汉三国六朝文·全汉文》辑《蜀王本纪》:"后有一男子,名曰杜宇,从天堕止朱提;一女子名利,从江源井中出,为杜宇妻。乃自立为蜀王,号曰望帝,治汶山下邑曰郫。望帝积百余岁,荆有一人名鳖灵,其尸亡去,荆人求之不得。鳖灵尸随水上,至郫,遂活,与望帝相见。望帝以鳖灵为相。时玉山出水,若尧之洪水。望帝不能治,使鳖灵决玉山,民得安处。鳖灵治水去后,望帝与其妻通,惭愧,自以为德薄,不如鳖灵。乃委国授之而去,如尧之禅舜。鳖灵即位,号曰开明帝;帝生卢保,亦号开明。望帝去时子鹃鸣,故蜀人悲子鹃而思望帝。"又《禽经》引《李膺蜀志》云:"其后巫山龙斗,壅江不流,鳖灵乃凿巫山,开三峡,降丘宅,土人得陆居。望帝以其功高,禅位于鳖灵,号曰开明氏。望帝修道,化为杜鹃鸟,或云化为杜宇鸟,亦曰子规鸟,至春则啼,闻者凄恻。"此又杜宇、鳖灵神话之异文。据此,则鳖灵治水范围,大于《蜀王本纪》之所记。《本纪》云:"玉山出水。"玉山,即玉垒山,在今灌县城西北,仅及于川西平原。《蜀志》则云:"巫山龙斗,壅江不流。"全川俱成泽国。或巫山即玉山之讹。然要亦神话之演变。按《蜀志》云:望帝化为杜鹃鸟,"至春则啼,闻者凄恻"中似有一段隐情未能道出。《说郛》(百二十卷本)卷六〇辑《太平寰宇记》云:"望帝自逃之后,欲复位不得,死化为鹃。"略透出此中消息。盖望帝化鹃,皆缘"欲复位不得",非以鳖灵"功高"而"禅位"也。杜宇神话,民间亦有流传,面目与古籍记载者颇异,略云:岷江上游有恶龙,常发洪水为害人民,龙妹乃赴下游决嘉定之山以泄洪水,恶龙囚之五虎山铁笼中。有猎者名杜宇,为民求治水法,遇仙翁赠以竹杖,并嘱其往救龙妹。杜宇持竹杖与恶龙战,大败之,又于五虎山救出龙妹。龙妹助杜宇平治洪水,遂为杜宇妻。杜宇亦受人民拥戴为王。杜宇有贼臣,昔日之猎友也,常羡杜宇既得艳妻,又登高位,心欲害之。一日猎山中,遇恶龙,遂与密谋,诡称恶龙欲与杜宇夫妻和,乃诱杜宇至山中而因之。贼臣遂篡杜宇位,并逼龙妹为妻。龙妹不从,亦囚之。杜宇被囚不得出,遂死山中。其魂化鸟,返故宫,绕其妻而飞,曰:"归汶阳!归汶阳!"汶阳者,汶水之阳,即《蜀王本纪》所谓"望帝治汶山下邑曰郫"。其妻龙妹闻其声,亦悲恸而死,魂亦化鸟,与夫偕去。参见"杜宇鳖灵墓"。❷即"杜鹃"。

杜康 人名,亦作"酒名"。《说文》第七:"古者少康初作箕帚、秫酒。少康,杜康也。"《琅嬛记》卷中引《谢氏诗源》:"杜康造酒,因名酒曰杜康,故魏武《短歌行》曰:'何以解忧,惟有杜康。'"

杜鹃 一名"杜宇"。《禽经》引《李膺蜀志》:"望帝……化为杜鹃鸟。"李商隐《锦瑟》诗:"望帝春心托杜鹃。"

杜三娘 清褚人穫《坚瓠七集》卷四"采桑娘"条:"《墨客挥犀》载孔子去卫适陈一事。子贡、子路从。道逢采桑娘,夫子曰:'南枝窈窕北枝长。'妇曰:'夫子行陈必绝粮。'夫子不答而徐行。妇复曰:'九曲明珠穿不过,回来问我采桑娘。'及至陈,果绝粮,陈侯以九曲明珠,俾孔子穿之,不得,谓妇有先见,使子贡反而询之,至采桑所,妇无觅矣。但见桑间聚泥一,逾尺许,又聚泥三。子贡曰:'桑者,木也;泥者,土也;其杜姓耶?旁复有三,其三娘耶?'适樵者过,子贡问曰:'前村可有杜三娘乎?'樵者曰:'芦塘获渚绕华屋,瑶草疏花傍粉墙,行过小桥流水北,其间便是杜家庄。'子贡如其言,获见三娘,具述前事。妇莞尔而笑曰:'此无难,涂丝以脂,系蚁以要[腰],使徐徐而度,如不肯过,薰之以烟。'子贡得其术,以告夫子,夫子如其言,得穿九曲之珠。"

杜鹃城 《新修郫县志》卷六:"杜鹃城,在县北郊。扬雄《蜀纪》:'杜主代鱼凫王蜀,徙都于郫。'即此城也。自东迤北迄西,浅冈隆起,如废城垣。向南则一望平畴。有石坊一。"参见"杜宇"。

杜宇鳖灵墓 明曹学佺《蜀中名胜记》卷五:"宋陈皋记云:'杜宇鳖灵墓,在郫县南一里,二冢对峙若丘山,俱隶净林寺。'"《新修郫县志》卷六:"杜宇望帝陵,鳖灵丛帝陵,俱在县西南里许,二陵对峙。道光中叶,邑人倡建祠宇,二陵乃缭以垣墙焉。"二陵今称望丛祠。参见"杜宇"。

折丹 四方神之一。《山海经·大荒东经》:"大荒之中,有山名曰鞠陵于天、东极、离瞀,日月所出。有人(二字原无,据王念孙、郝懿行说补)名曰折丹,东方曰折,来风曰俊,处东极以出入风。"参见"四方风"(106页)。

抚父堆 北魏郦道元《水经注·洛水》:"休水又北历覆釜堆东。……言王子晋控鹄斯阜,灵王望而不得近,举手谢而去。其家得遗履。俗亦谓之抚父堆。堆上有子晋祠。……刘向《列仙传》云:'世有箫管之声焉。'"按此王子晋即*王子乔。

拒神山 明陈耀文《天中记》卷七引《续高僧传》:"牟州有拒神山,在州东五里。始皇取石为桥,此山拒而不去,因遂名焉。山南四里有黄银穴。"

扶木 即"扶桑"、"榑木"。《山海经·大荒东经》:"大荒之中,有山名曰孽摇頵羝。上有扶木,柱三百里,其叶如芥。有谷曰温源谷。汤谷上有扶木,一日方至,一日方出。"又《淮南子·墬形训》云:"扶木在阳州,日之所曊。"高诱注:"扶木,扶桑也,在汤谷之南。"

扶来 乐曲名。《世本·帝系篇》(清张澍稡集补注本):"伏羲乐曰《扶来》。"注:"扶来,一作扶犁,亦即风来也。古来、犁同音。"

扶桑 ❶神木名。即"扶木"、"榑木"。《山海经·海外东经》:"汤谷上有扶桑,十日所浴,在黑齿北,居水中。有大木,九日居下枝,一日居上枝。"扶桑,盖日所出之处。《楚辞·九歌·东君》:"暾将出兮东方,照吾槛兮扶桑。"《淮南子·天文训》:"日出于旸谷,浴于咸池,拂于扶桑,是谓晨明。登于扶桑,爰始将行,是谓朏明。"即此。又《古小说钩沈》辑《玄中记》云:"天下之高者,有扶桑无枝木焉,上至于天,盘蜿而下屈,通三泉。"《十洲记》云:"扶桑在碧海之中……长者数千丈,大二千余围,树两两同根偶生,更相依倚,是以名为扶桑。"此扶桑故称"大木"。而《艺文类聚》卷八八引《神异经》云:"东方有树焉,高八十丈,敷张自辅,叶长一丈,广六尺,名曰扶桑,有椹焉,长三尺五寸。"形虽缩小,而描写较具体。❷仙岛名。《十洲记》:"扶桑在碧海之中,地方万里,上有太帝宫,太真东王父所治处。地多林木,叶皆如桑。又有椹树,长数千丈,大二千余围。树两两同根偶生,更相依倚,是以名为扶桑。仙人食其椹,一体皆作金光色,飞翔空立。其树虽大,其叶椹故如中夏之桑也。但椹稀而叶赤,九千岁一生实耳。"

扶伏民 《古小说钩沈》辑《玄中记》:"扶伏民者。黄帝轩辕之臣曰茄丰,有罪,刑而放之,扶伏而去。后是为扶伏民,去玉门关二万五千里。"

扶娄国 晋王嘉《拾遗记》卷二:"(周成王)七年。南陲之南,有扶娄之国。其人善能机巧变化,易形改服,大则兴云起雾,小则入于纤毫之中。缀金玉毛羽为衣裳。能吐云喷火,鼓腹则如雷霆之声。或化为犀、象、狮子、龙、蛇、犬、马之状。或变为虎、兕,口中生人,备百戏之乐,宛转屈曲于指掌间。人形或长数分,或复数寸,神怪欻忽,衒丽于时。乐府皆传此伎,至末代犹学焉,得粗亡精,代代不绝,故俗谓之婆候伎,则扶娄之音,讹替至今。"

扶桑山 《神异经·东荒经》:"巨洋海中,升载海日,盖扶桑山有玉鸡。玉鸡鸣则金鸡鸣,金鸡鸣则石鸡鸣,石鸡鸣则天下之鸡悉鸣,潮水应之矣。"《古小说钩沈》辑《玄中记》记略同此,惟首作"蓬莱之东,岱舆之山,上有扶桑之树,树高万丈"。按所谓扶桑山,盖以山有扶桑树而得名,即《十洲记》所记之仙岛*扶桑。

扶桑蚕 《古今图书集成·边裔典》卷四一引《梁四公记》:"扶桑之茧长七尺,围七寸,色如金,四时不死。五月八日呕黄丝,布于条枝,而不为茧。脆如绽,烧扶桑木灰汁煮之,其丝坚韧。四丝为系,足胜一钩。蚕卵大如燕雀卵,产于扶桑下。赍卵至句丽,蚕变小如中国蚕耳。……扶桑国使使贡方物,有黄丝三百斤,即扶桑蚕所吐、扶桑灰汁所煮之丝也。帝(梁武帝)有金炉重五十斤,系六丝以悬炉,丝有余力。"

巫阳 神巫名。《楚辞·招魂》:"帝告巫阳。"又《山海经·海内西经》云:"(昆仑)开明东有巫彭、巫抵、巫阳、巫履、巫凡、巫相,夹窫窳之尸,皆操不死药以距之。"此巫阳即《招魂》设为问答之巫阳。

巫咸 神巫名。《太平御览》卷七九引《归藏》:"昔黄神与炎神争斗涿鹿之野,将战,筮于巫咸。巫咸曰:'果哉而有咎。'"据此,则巫咸为黄帝时人。而《世本·作篇》(清张澍稡集补注本)云:"巫咸作筮。"宋衷注:"巫咸,不知何时人。"又宋罗泌《路史·后纪三》谓神农使巫咸主筮,则巫咸为神农时人。《太平御览》卷七二一引《世本》云:"巫咸,尧臣也,以鸿术为帝尧之医。"巫咸又尧时人。同书卷七九〇引《外国图》云:"昔殷帝太戊使巫咸祷于山河。"王逸注《楚辞·离骚》亦云:"巫咸,古神巫也,当殷中宗之世。"殷中宗即殷帝太戊,此巫咸又为殷时人。终莫可究诘。要以黄帝时人说为近正。参见"巫咸国"。

巫彭 神巫名。《山海经·海内西经》:"(昆仑)开明东有巫彭、巫抵、巫阳、巫履、巫凡、巫相,夹寙窳之尸,皆操不死药以距之。"《大荒西经》:"大荒之中……有灵山,巫咸、巫即、巫朌、巫彭……十巫,从此升降,百药爰在。"据此,后遂以巫彭为知医。《世本》云:"巫彭作医。"《吕氏春秋·勿躬》同。其实古医字或作毉,从巫;巫、医本一职。

巫支祈 即"无支祁"。《山海经·大荒东经》:"应龙处南极。"吴任臣广注引《岳渎经》云:"尧九年,巫支祈为孽,应龙驱之淮阳龟山足下。其后水平,禹乃放应龙于东海之区。"

巫咸山 北魏郦道元《水经注·涑水》:"(安邑)城南有盐池,上承盐水,水出东南薄山,西北流,径巫咸山北。……谷口岭上,有巫咸祠。"参见"巫咸"。

巫咸民 《太平御览》卷七九〇引《外国图》:"昔殷帝太戊使巫咸祷于山河,巫咸居于此,是为巫咸民。去南海万里也。"参见"巫咸国"。

巫咸国 《山海经·海外西经》:"巫咸国在女丑北,右手操青蛇,左手操赤蛇。在登葆山,群巫所从上下也。"又《大荒西经》云:"大荒之中……有灵山。巫咸、巫即、巫朌、巫彭、巫姑、巫真、巫礼、巫抵、巫谢、巫罗十巫,从此升降,百药爰在。"此所谓"群巫"也。则巫咸国者,乃是以巫咸为首之一群巫师所组织之国家。"上下"指缘登葆山"上下于天","升降"之义亦同。登葆山与灵山盖均*天梯。

巫䎟民 舜裔。《山海经·大荒南经》:"帝舜生无淫。(无淫)降䎟处,是谓巫䎟民。巫䎟民朌姓,食谷,不绩不经,服也;不稼不穑,食也。"参见"䎟民国"(307页)。

巫山神女 即"瑶姬"。《文选·高唐赋》注引《襄阳耆旧传》:"赤帝女曰瑶姬,未行而卒,葬于巫山之阳,故曰巫山之女。"参见"神女庙"(249页)。

巫山神女 清吴友如木刻

巫支祈井 清薛福成《庸庵笔记》卷三:"今洪泽湖滨之龟山有井,名曰巫支祈井,相传神禹锁巫支祈于此。有大铁练系于井栏,垂于井中,其下深黑,莫窥其底。明季及国初,尝有人拖铁练出而观之,盖一老猴也,此物不知生于何代,自洪水时至今,厥寿已四千余年矣。"参见"巫支祈"。

巫山十二峰 清俞樾《茶香室丛钞》卷十二:"元刘勋《隐居通议》云:'巫山十二峰,终未悉其何名。今因《蜀江图》所载,始得其详。曰独秀,曰笔峰,曰集仙,曰起云,曰登龙,曰望霞,曰聚鹤,曰栖凤,曰翠屏,曰盘龙,曰松峦,曰仙人。'其裔孙凝附注云:'按别书有朝云、净坛、上升、圣泉,而无独秀、笔峰、盘龙、仙人,俟更考定。'"按明曹学佺《蜀中名胜记》卷二二所载巫山十二峰,即附注所云"别书"所记者。然宋范成大《吴船录》云:"十二峰不可悉见,所见八九峰,惟神女峰最为纤丽奇峭。"而刘记独无神女,或范书所谓神女即刘书所谓仙人。要皆传说之拟名,故未有一定。参见"神女庙"(249页)。

赤水 《庄子·天地》:"黄帝游乎赤水之北,登乎昆仑之丘,而南望还归,遗其玄珠。"又《山海经·海外南经》云:"三珠树在厌火北,生赤水上。"《海内西经》云:"赤水出(昆仑)

东南隅,以行其东北,西南流注南海厌火东。"均此赤水。

赤岭 《古今图书集成·禽虫典》卷一四六引《歙州图经》:"歙州赤岭下有大溪。俗传昔有人造横溪鱼梁,鱼不得下,半夜飞,从此岭过。其人遂于岭上张网以捕之。鱼有越网而过者,有飞不过而变为石者。今每雨,其石即赤,故谓之赤岭;而浮梁县得名因此。"

赤蚁 明邝露《赤雅》卷下:"赤蚁若象,浑身带火,力负万钧,杂食虎豹蛇虫。遗卵如斗,山人取为酱,是名蚳醢。"参见"赤螘"。

赤泉 《山海经·海外南经》郭璞注:"有员丘山,上有不死树,食之乃寿;亦有赤泉,饮之不老。"晋陶潜《读山海经》诗云:"赤泉给我饮,员丘足我粮。"

赤帝 即"炎帝"。《淮南子·时则训》:"南方之极,自北户孙之外,贯颛顼之国,南至委火炎风之野。赤帝、祝融之所司者万二千里。"高诱注:"赤帝,炎帝,少典之子,号为神农,南方火德之帝也。"《太平御览》卷八一三引《河图》云:"赤帝有女讹,铁飞之异。"此亦赤帝神话之异闻。

赤雅 书名。明邝露撰。三卷。作者南海人,以连邑令走粤西,为傜女云鬟孃之客,因悉其山川风土仪物,撰为此书。半系亲身经历,半亦取自古人笔乘。中如"猺人祀典"、"祸斗"、"木客"、"短狐"等条,均有关神话传说。

赤鼻 即"眉间尺"(252页)。

赤鲑 《山海经·北山经》:"敦薨之山……敦薨之水出焉,而西流注于泑泽……其中多赤鲑。"郭璞注:"今名鯢鮐为鲑鱼,音圭。"毕沅云:"鲑非古字,本当为鲐

赤鲑

字,《广雅》讹为鯸,或又讹为鲑,皆声相近之误。"按鲐即鯢鮐,谓河豚。

赤冀 神农臣。一作"赤制"。《吕氏春秋·勿躬》:"赤冀作臼。"宋罗泌《路史·后纪三》:"(神农)乃命赤冀创捄铁,为杵臼,作粗耨钱镈桐蓊井灶,以济万民。"注:"赤冀……一作赤制,炎帝之臣,与摄提、诸稽、元器皆十二支神。"参见"诸稽"(272页)。

赤螘 《楚辞·招魂》:"赤螘若象。"王逸注:"螘一作蚁。……言旷野之中有赤蚁,其状如象。"参见"赤蚁"。

赤鷩 《山海经·西山经》:"小华之山……鸟多赤鷩,可以御火。"郭璞注:"赤鷩,山鸡之属,胸腹洞赤,冠金,背(原作'皆',据郝懿行校改)黄,头绿,尾中有赤,毛彩鲜明。音作蔽,或作鳖。"

赤鱬 《山海经·南山经》:"青丘之山,其阳多玉,其阴多青䨼。有兽焉,其状如狐而九尾,其音如婴儿,能食人;食者不蛊。有鸟焉,其状如鸠,其音若呵,名曰灌灌,佩之不惑。英水出焉,南流注于即翼之泽。其中多赤鱬,其状如鱼而人面,其音如鸳鸯,食之不疥。"《太平御览》卷九三九引郭璞《山海经图赞》云:"赤鱬之状,鱼身人头。"盖*人鱼之属。

赤鱬

赤松子 亦作"赤诵子"。《楚辞·远游》:"闻赤松之清尘兮,愿承风乎遗则。"《列仙传》卷上:"赤松子者,神农时雨师也,服水玉以教神农,能入火自烧。往往至昆仑山上,常止西王母石室中,随风雨上下。炎帝少女追之,亦得仙俱去。"按《山海经·南山经》"(堂庭之山)多水玉"郭璞注:"水玉,今水精也。

赤松子　明刊本《列仙全传》

……赤松子所服。"水精,即水晶,赤松子服以登仙。然此仅为登仙手段之初阶。进一步则须达"入火自烧"之境界,是为真登仙。《搜神记》卷一记此事,云赤松子"服冰玉散","能入火不烧"。"水玉"而云"冰玉散","自烧"而云"不烧",虽一二字之差,失古谊远矣(今本《搜神记》悉后人缀辑干宝佚文及其他古文古事而成,非干宝原著)。又汉韩婴《韩诗外传》五云:"帝喾学乎赤松子。"则赤松子复为帝喾之师。

赤松涧　《太平寰宇记》卷九七:"赤松涧。赤松子游金华山,以火自烧而化,故山上有赤松之祠。涧自山而出,故曰赤松涧。"赤松游金华,盖附会之谈。参见"赤松子"。

赤胫民　《山海经·海内经》:"北海之内……有赤胫之民。"郭璞注:"膝已下正赤色。"参见"幽都山"(227页)。

赤帝女　《太平御览》卷九二一引《广异记》:"南方赤帝女学道得仙,居南阳愕山桑树上。正月一日衔柴作巢,至十五日成。或作白鹊,或女人。赤帝见之悲恸,诱之不得,以火焚之,女即升天。因名帝女桑。今人至十五日焚鹊巢作灰汁,浴蚕子招丝,象此也。"按赤帝女,即炎帝女。"以火焚之,女即升天",犹《列仙传》谓炎帝少女追赤松子行迹而"入火自烧"。"浴蚕子招丝"云云,或又受*蚕马神话之影响。又《山海经·中次十经》所记宣山"帝女之桑",当即此文*帝女桑之所本。参见"赤帝"。

赤诵子　即"赤松子"。《淮南子·齐俗训》:"今夫王乔、赤诵子,吹呕呼吸,吐故内新,遗形去智,抱素返真,以游玄眇,上通云天。"高诱注:"赤诵子,上谷人,病厉入山,导引轻举假上也。"庄达吉云:"俗本赤诵作赤松,盖误改之,古字诵与松声同通用。"

赤县神州　《史记·孟子荀卿列传》记邹衍之言曰:"儒者所谓中国者,于天下乃八十一分居其一分耳。中国名曰赤县神州。赤县神州内自有九州,禹之序九州是也。……于是有稗海环之,人民禽兽莫能相通者,如一区中者,乃为一州。如是者九,乃有大瀛海环其外,天地之际焉。"按赤县神州或省称赤县。唐李白《赠宣州赵太守悦》诗:"赤县扬雷声,强项闻至尊。"或省称神州,唐虞世南《吴都》诗:"三分开霸业,万里宅神州。"参见"九州"(10页)。

赤将子舆　《列仙传》卷上:"赤将子舆者,黄帝时人,不食五谷而啖百草花。至尧时为木工,能随风雨上下。时时于市中卖缴,亦谓之缴父云。"

赤水女子獻　《山海经·大荒北经》:"有锺山者,有女子衣青衣,名曰赤水女子獻。"郭璞注:"神女也。"吴承志云:"獻当作魃。上文有人衣青衣名曰黄帝女魃,后置之赤水之北,赤水女子魃即黄帝女魃也。"按吴说大体可通。惟经文*黄帝女魃原当作黄帝女妭,妭无由讹为獻之理。疑此处"獻"原当作

"魃"。魃、妭古同,赤水女子魃即徙居赤水北之黄帝女妭。

〔丨〕

兕 《山海经·海内南经》:"兕在舜葬东,湘水南,其状如牛,苍黑,一角。"又《南次三经》云:"祷过之山,其上多金玉,其下多犀兕,多象。"郭璞注:"犀似水牛。兕亦似水牛,青色,一角,重千斤。"谓此。郭注千斤原作三千斤,衍三字。《初学记》卷七引《竹书纪年》云:"周昭王十六年,伐楚荆,涉汉,遇大兕。"

兕

县圃 亦作"玄圃"、"悬圃"。《楚辞·天问》:"昆仑县圃,其尻安在?"王逸注:"昆仑,山名也,在西北,元气所出。其巅曰县圃,乃上通于天也。"此盖本《淮南子·墬形训》为说。《墬形训》云:"昆仑之邱,或上倍之,是谓凉风之山,登之而不死;或上倍之,是谓悬圃(之山),登之乃灵,能使风雨;或上倍之,乃维上天,登之乃神,是谓太帝之居。"此为一说。而《山海经·西次三经》则云:"槐江之山……实惟帝之平圃,神招英之,其状马身而人面,虎文而鸟翼,徇于四海,其音如榴。南望昆仑,其光熊熊,其气魂魂;西望大泽,后稷之所潜也。其中多玉,其阴多榣木之有若。北望诸毗,槐鬼离仑居之,鹰鹯之所宅也。东望恒山四成,有穷鬼居之,各在一搏。爰有淫水,其清洛洛。有天神焉,其状如牛,而八足二首马尾,其音如勃皇,见则其邑有兵。西南四百里,曰昆仑之丘。"郭璞注"平圃"云:"即玄圃也。"玄圃即县圃,玄、县声同,古通用。县圃之景象古代传说盖如此,此又一说。而此经平圃(县圃),乃在昆仑东北四百里之槐江山,非"昆仑山巅"之谓,与《淮南子》及《楚辞》王逸注均不侔,要亦传闻异辞。北魏郦道元《水经注·河水》云:"三成为昆仑丘。《昆仑记》曰:'昆仑之山三级:下曰樊桐,一曰板桐;二曰玄圃,一名阆风;三曰增城,一名天庭,是为太帝之居。'"此说大体同于《淮南子》,而以玄圃(县圃)即*阆风(凉风),则其小异。参见"昆仑"(195页)。

旱魃 《诗·大雅·云汉》:"旱魃为虐,如惔如焚。"传:"魃,旱神也。"《太平御览》卷八三引《神异经》:"南方有人,长二三尺,裸形,而目在顶上,走行如风,名曰魃(今本《神异经·南荒经》"魃"作"𩴱",字盖讹)。所见之国大旱,赤地千里。一曰旱母,一曰狢,遇者得之,投溷中乃死,旱灾销也。"

旸谷 日出之地。亦作"阳谷"、"汤谷"。《书·尧典》:"分命羲仲,宅嵎夷,曰旸谷。"传:"旸,明也,日出于谷而天下明,故称旸谷。"《淮南子·天下训》:"日出于旸谷。"

足訾 《山海经·北山经》:"蔓联之山,其上无草木。有兽焉,其状如禺而有鬣,牛尾文臂

足訾

马蹄,见人则呼,名曰足訾,其鸣自呼。"郝懿行云:"《楚辞·卜居》云:'将哫訾栗斯。'王逸注云:'承颜色也。'哫訾即足訾,其音同;栗斯即𪅃斯,声之转,鸟名,见下文。"下文云:"灌题之山,有鸟焉,见人则跃,名曰𪅃斯。"兽呼鸟跃,正王注所谓"承颜色"之状,郝说可信。参见"𪅃斯"(323页)。

虬龙 《楚辞·天问》："焉有虬龙，负熊以游？"王逸注："有角曰龙，无角曰虬。"按虬，正字

虬龙负熊　明萧云从《离骚图》

作虯，《说文》十三云："虯，龙子有角者，从虫丩声。"与王逸说适相反。近人杨宽《中国上古史导论》谓金甲文"禹"字即象"虯"形，则此"虬龙负熊"神话盖亦*鲧、*禹神话零片。熊则鲧，虬龙则禹，然其详已不可知。

财神 清诸安仁《营口杂记》："拜年者必先拜其所供之灯影。灯影者，外画财神，内点以烛，有八尺余长者在中，左招财，右利市。"按世俗所称财神，相传为*赵玄坛，即*赵公明。

坚瓠集 书名。清褚人穫撰。有正集四十卷，续集四卷，广集六卷，补集六卷，秘集六卷，余集四卷，凡六十六卷。古今人物之迹，里巷谐噱之谈，广收博采。尤于明代为详。时有神话传说资料，存于其间。

园客 晋干宝《搜神记》卷一："园客者，济阴人也，貌美，邑人多欲妻之，客终不娶。尝种五色香草，积数十年，服食其实。忽有五色神蛾，止香草之上，客收而荐之以布，生桑蚕焉。至蚕时，有神女夜至，助客养蚕，亦以香草食蚕。得茧百二十头，大如瓮，每一茧缲六七日乃尽。缲讫，女与客俱仙去，莫知所如。"按此说《列仙传》与《述异记》均记之，文略同，以此引较佳。

困民国 即"因民国"（131页）。

岐伯 即"歧伯"（193页）。

岐舌国 即"反舌国"（69页）。

吼 明陈继儒《偃曝馀谈》卷上："弘治中西番贡人狮（各）一，番人长与之相守，夜则同宿于木笼中。又畜二小兽，名曰吼，形类兔，两耳尖长，仅长尺余。狮作威时，则牵吼视之，狮畏服不敢动，盖吼溺着体即腐。"

吠勒国 《洞冥记》卷二："吠勒国……去长安九千里，在日南，人长七尺，被发至踵，乘犀象之车。乘象入海底取宝，宿于鲛人之舍；得泪珠则鲛人所泣之珠也，亦曰泣珠。"参见"鲛人"（345页）。按《太平御览》卷九三〇引此吠勒国作文犀国，云"去长安万里，在日南之南"，余同。

员峤 《列子·汤问》略云：渤海之东有大壑，名曰归墟，其中有五山焉，二曰员峤。晋王嘉《拾遗记》卷十："员峤山……多大鹊，高一丈，衔不周之粟，粟穗高三丈。"参见"五神山"（63页）。

员神 《山海经·西次三经》："长留之山，其神白帝少昊居之。其兽皆文尾，其鸟皆文首，是多文玉石，实惟员神磈氏之宫。是神也，主司反景。"郝懿行云："是神，员神，盖即少昊也。"参见"少昊"（65页）。

员丘山 晋张华《博物志·物产》："员丘山上，有不死树，食之乃寿；有赤泉，饮之不老。多大蛇为人害，不得居也。"按郭璞注《山海经·海外南经》"不死民"亦有此说，郝懿行谓是"魏晋间人祖尚清虚，旧有成语，郭氏述之耳。"晋葛洪《抱朴子·登涉》云："昔圆丘多大蛇，又生好药，黄帝将登焉，广成子

吴刀 《全上古三代秦汉三国六朝文·全上古三代文》辑《归藏·启筮》："鲧殂死,三岁不腐,副之以吴刀,是用出禹。"宋沈括《梦溪笔谈》卷十九云："唐人诗有言吴钩者,吴钩,刀名也,刀弯,今南蛮用之,谓之党葛刀。"疑即所谓吴刀。《吴越春秋·阖闾内传》略云:阖闾既宝莫邪之剑,复命于国中作金钩,令曰:"能为善钩者赏之百金。"吴作钩者甚众,而有人贪王之重赏也,杀其二子,以血衅金,遂成二钩,献于阖闾。说盖本此。

吴回 火神名。祝融弟。《山海经·大荒西经》:"有人名曰吴回,奇左,是无右臂。"郭璞注:"吴回,祝融弟,亦火正也。"按《世本》(清秦嘉谟辑补本)云:"颛顼产老童,老童生重黎及吴回。"《大荒西经》云:"颛顼生老童,老童生祝融。"郭璞注:"即重黎也,高辛氏火正,号曰祝融也。"是以祝融即重黎,故注"吴回"径曰"祝融弟"。然《大荒西经》又云:"颛顼生老童,老童生重及黎。"则重、黎又为二人。于此亦见神话传说之纷歧不定。参见"回禄"(130页)。

吴刚 唐段成式《酉阳杂俎·天咫》:"旧言月中有桂,有蟾蜍。故异书言,月桂高五百丈,下有一人,常斫之,树创随合。人姓吴,名刚,西河人,学仙有过,谪令伐树。"参见"月桂"(72页)。

吴钩 见"吴鸿扈稽"。

吴地记 书名。唐陆广微撰。《文献通考》著录,明陶宗仪《说郛》得采入全书,清王谟《汉唐地理书钞》复从《说郛》录出。然《说郛》所收尚非足本,以宋王应麟《困学纪闻》引陆《记》鳌鱼之说尚出《说郛》所收本以外,知原本文字已有散佚。此书所记,自言自周敬王六年(公元前514年)至唐乾符三年(公元876年)凡一千八百九十五年(按实得一千三百九十年)吴地事,中如记干将、莫邪造剑等,均有关古代神话传说。

吴将军 《后汉书·南蛮西南夷列传》:"昔高辛氏有犬戎之寇,帝患其侵暴,而征伐不克。乃访募天下,有能得犬戎之将吴将军头者,购黄金千镒,邑万家,又妻以少女。时帝有畜狗,其毛五采,名曰槃瓠。下令之后,槃瓠即衔人头造阙下。群臣怪而诊之,乃吴将军首也。"又二十卷本《搜神记》所记与此略同,吴将军作戎吴将军;《汉魏丛书》八卷本《搜神记》则作*房王。参见"盘瓠"(295页)。

吴彩鸾 元林坤《诚斋杂记》卷上:"钟陵西山,有帷游观。每至中秋,车马喧阗,十里若闤阓。豪杰多召名姝善讴者,夜与丈夫间立,握臂连踏而唱,惟对答敏捷者胜。太和末,有书生文箫往观,睹一姝甚妙。其词曰:'若能相伴陟天坛,应得文箫驾彩鸾。自有绣襦并甲帐,琼台不怕雪霜寒。'生意其神仙,植足不去。姝亦相盼。歌罢,独秉烛穿大松径将尽,陟山扣石,冒险而升。生蹑其踪。姝曰:'莫是文箫耶?'相引至绝顶坦然之地。后忽风雨,裂帷覆机(几)。俄有仙童持天判曰:'吴彩鸾,以私欲泄天机,谪为民妻一纪。'姝乃与生下山,归钟陵为夫妇。"又吴彩鸾事亦见《宣和书谱》卷五,谓彩鸾与文箫寓钟陵,"箫拙于为生,彩鸾以小楷书《唐韵》一部,市五千钱,为糊口计。然不出一日间,能了十数万字,非人力可为也。钱囊羞涩,复一日为之,且所市不过前日之数。由是彩鸾《唐韵》,世多得之。历十年,箫与彩鸾,遂各乘一虎仙去。"盖亦好事者缘饰之说。

吴船录 书名。宋范成大撰。二卷。作者自四川制置使召还,由成都取水程赴临安,随日记所阅历,而成此书。于古迹形胜,言之最悉。中如记李冰祀典、青城丈人峰、巫峡神女庙等,均关神话传说。

吴王脍馀 即"王馀鱼"。晋干宝《搜神记》卷十三:"……昔吴王阖闾江行,食脍有馀,因弃中流,悉化为鱼。今鱼中有名'吴王脍馀'者,长数寸,大者如筯,犹有脍形。"

吴勉鞭石 《明史》卷三一〇:"洪武初……吴面儿之难,诸土司地多荒废,长官亦罢承袭。"按吴面儿即吴勉,为侗族农民起义领袖,史籍记载虽缺略且多诬蔑,而侗族民间则盛称之。传说吴勉幼时为人牧牛,有神鞭能鞭石开路。年十八时,黎平大旱,官逼民反,侗家武装抗粮,父被诱遭擒,入狱死。吴勉铸箭射皇帝,黄鼠狼盗鸡,天未明鸡先啼,三箭射中空龙椅,箭头直透龙椅背。皇帝发大兵十万擒吴勉。吴勉鞭石,拟在八洛河上筑成拦河大坝,官军来即溃堤灌之。行至信洞,见阻于无知少女,石停不行,砌成崖坎,人称吴勉崖。吴勉与官军战不利,被围于黎平县南岭迁寨。吴勉倒栽一树于寨以卜休咎,率众突围出,人称吴勉树。吴勉起义失败,遁入山中,人传其去练神兵。官军入信洞石坎寻觅,终无踪影,只得谎奏吴勉已死。侗族老人派人往寻,亦无所见,惟见一窄洞,内有金珠。侧身能进,欲取珠宝,即不能出,弃之乃复能出。府台闻之,亲率衙役来取宝,使石工凿崖洞。山忽崩,洞门闭,官役等均压闭洞中。

吴洞金履 唐段成式《酉阳杂俎·支诺皋上》略云:南人相传,秦汉前有洞主吴氏,娶两妻,一妻卒,有女名叶限,善陶金,父爱之。未岁父卒,为后母所苦,常令樵汲。尝得一鳞,二寸余,潜养于盆,日日长,大不能受,乃投于后池。女所得余食,辄沉以食之。女至池,鱼必露首枕岸。他人至,不复出。其母知之,每伺鱼,未尝见。因诈女曰:"尔无劳乎?吾为尔新其襦。"乃易其弊衣,令汲于他泉。母徐衣女衣,袖利刃行向池,呼鱼,鱼出首。因斤(斫)杀之,膳其肉,藏其骨于郁栖(粪壤)下。女至池,不复见鱼,乃哭于野。忽有人被粗衣,自天而降,慰女曰:"尔无哭,尔母杀尔鱼,骨在粪下。尔归,可取鱼骨藏于室。所须,第祈之,当随尔也。"女用其言,金玑衣食,随欲而具。及洞节,母往,令女守庭果。女伺母行远,亦往。衣翠纺,蹑金履。母所生女识之,曰:"此甚似姊也。"母亦疑之。女觉,遽返,遂遗一只履,为洞人所得。洞人货其履于陀汗国。国主得之,命其左右履之,足小者履减一寸。乃令一国妇人履之,竟无一称者。乃弃之道旁,遍历人家捕之,若有女履者,捕之以告。搜其室,得叶限。叶限因衣翠纺衣,蹑履而进,色若天人也。王载鱼骨与叶限俱还国。其母及女,即为飞石击死。陀汗王至国,以叶限为上妇。

吴鸿扈稽 《吴越春秋·阖闾内传》:"阖闾既宝莫邪,复命于国中作金钩,令曰:'能为善钩者赏之百金。'吴作钩者甚众,而有人贪王之重赏也,杀其二子,以血衅金,遂成二钩,献于阖闾,诣宫门而求赏。王曰:'为钩者众,而子独求赏,何以异于众夫子之钩乎?'作钩者曰:'吾之作钩也,贪而杀二子,衅成二钩。'王乃举众钩以示之:'何者是也?'王钩甚多,形体相类,不知其所在。于是钩师向钩而呼二子之名:'吴鸿、扈稽,我在于此,王不知汝之神也。'声绝于口,两钩俱飞著父之胸。吴王大惊,曰:'嗟乎!寡人诚负于子。'乃赏百金,遂服而不离身。"按金钩,即唐人诗所谓吴钩。唐李贺《南园》诗:"男儿何不带吴钩,收取关山五十州。"

吴越春秋 书名。汉赵晔撰。十卷。此书记春秋时吴越争霸史实,颇近小说家言。所记风胡子论剑、干将莫邪铸剑等,有神话传说色彩。

〔丿〕

利 杜宇妻。《全上古三代秦汉三国六朝文·全汉文》辑《蜀王本纪》:"后有一女子名利,从江源井中出,为杜宇妻。"又晋常璩《华阳国志·蜀志》云:"后有王曰杜宇,教民务农。……时朱提有梁氏女利游江源。宇悦之,纳以为妃。"

余且 一作"豫且"。《庄子·外物》:"宋元君夜半而梦人被发,窥阿门曰:'予自宰路之渊,予为清江使河伯之所,渔者余且得予。'元君觉,使人占之,曰:'此神龟也。'君曰:'渔者有余且乎?'左右曰:'有。'君曰:'令余且会朝。'明日,余且朝。君曰:'渔何得?'对曰:'且之网,得白龟焉,箕圆五尺。'君曰:'献若之龟。'龟至,君再欲杀之,再欲活之,心疑,卜之,曰:'杀龟以卜,吉。'乃刳龟,七十二钻而无遗筴。"余且,《史记·龟策列传》作豫且。汉刘向《说苑·正谏》云:"昔白龙下清泠之渊,渔者豫且射中其目。白龙上诉天帝。天帝曰:'当是之时,若安置而形?'白龙对曰:'我下清泠之渊,化为鱼。'天帝曰:'鱼固人之所射也,若是豫且何罪?'"豫且射白龙事,或又传为羿射河伯。

希有 神鸟名。《神异经·中荒经》:"昆仑之山……有大鸟名曰希有。南向,张左翼覆东王公,右翼覆西王母,背上小处无翼一万九千里。西王母岁登翼上,会东王公也。"又《太平御览》卷九二七引《神异经》(今本无)云:"希有喙赤,目黄如金,其肉苦咸,仙人甘之。"亦为异闻。

谷城 《说郛》(百二十卷本)号六十辑李昕《九域志》:"谷城。神农尝五谷于此,名谷城。"参见"神农城"。

条风 《山海经·南次三经》:"令丘之山……其南有谷焉,曰中谷,条风自是出。"郭璞注:"东北风为条风。"《吕氏春秋·有始》云:"东方曰滔风。"《淮南子·墬形训》云:"东方曰条风。"是滔风即条风。《墬形训》又云:"诸稽、摄提,条风之所生也。"高诱注:"诸稽、摄提,天神之名也;艮为条风。"参见"八风"(7页)。

钉灵国 钉一作丁。《山海经·海内经》:"北海之内……有钉灵之国。其民从膝已下有毛,马蹄,善走。"《三国志·魏志·东夷传》注引《魏略》云:"乌孙长老言:北丁令有马胫国,其人声似雁鹜,从膝以上身头,人也,膝以下生毛,马胫马蹄,不骑马而走疾于马。"即为此国。《异域志》卷下:"丁灵国,其国

钉灵国

在(北)海内,人从膝下生毛,马蹄,善走。自鞭其脚,一日可行三百里。"亦谓此。

兵书匣 清王士祯《陇蜀馀闻》:"顾华玉(璘)云:'武侯兵书匣,在定军山上,壁立万仞,非人迹可到。余两经其地,初视匣,其色淡红,后则鲜明,若更新者,殆不可晓。'按三峡中亦有兵书峡,传为武侯藏书之地。"

返魂树 《十洲记》:"聚窟洲在西海中……有返魂树,扣其树……声如群牛吼……伐其根心,于玉釜中煮汁,更微火煎如黑饧状,令可丸之,名曰惊精香,或名返生香……死者闻香气乃活。"

肝榆尸 即"奢比尸"(283页)。

卵民国 《山海经·大荒南经》:"有卵民之国,其民皆生卵。"郭璞注:"即卵生也。"又郭璞

注《海外南经》*羽民国云:"能飞不能远,卵生,画似仙人也。"按羽民国既亦"卵生",则羽民、卵民或本为一国。

秃女皇后 清王士禛《渔洋诗话》卷十四:"宋武帝庙在新淦县四十里尚乐山。《山经》云:'本秃女皇后庙。秃女少孤,后母苦之,令牧豕于陂。陂生蔄(藕),因取食。聚蔄(藕)丝结为履,灵鹊衔于武帝殿下。帝异之,取以为后。'其说不经,《临江府志》载之,亦传疑也。"

邹屠氏女 帝喾妃。见"八神"(8页)。

角龙 《述异记》卷上:"水虺五百年化为蛟,蛟千年化为龙,龙五百年为角龙,千年为应龙。"参见"应龙"(175页)。

角端 《文选·上林赋》:"其兽则麒麟角端。"郭璞注:"角端似貊,角在鼻上,中作弓。"又

角端

《宋书·符瑞志》云:"角端,日行万八千里,又晓四夷之语,明达方外幽远之事。"盖*白泽兽之类。清王士禛《陇蜀馀闻》云:"角端,产瓦屋山,不伤人,惟食虎豹。山僧恒养之,以资卫护。"又近于*渠搜民所献鼢犬。

系头山 明陈耀文《天中记》卷八引《法苑珠林》:"雍州鄠县南系头山者,其山本舟人系船其顶,故以名焉。昔太乙未分山海,太行、王屋、白鹿河水停于此山,号为山海。及巨灵大人秦洪海者,患水浩荡,以左掌托太华,右足蹋(踢)中条,太一为之裂,河通地出,山遂高显。"参见"巨灵"(43页)。

系舟山 《太平寰宇记》卷四十二:"系舟山。尧遭洪水,系舟于此,在(秀容)县南四十里。"参见"尧洪水"(125页)。

犼 清东轩主人《述异记》卷中:"东海有兽名犼,能食龙脑,腾空上下,鸷猛异常。每与龙斗,口中喷火数丈,龙辄不胜。康熙念五年夏间,平阳县有犼从海中逐龙至空中,斗三日夜,人见三蛟二龙,合斗一犼,杀一龙二蛟,犼亦随毙,俱堕山谷。其中一物,长一二丈,形类马,有鳞鬣,死后,鳞鬣中犹焰起火光丈余,盖即犼也。"《集韵》云:"犼,兽名,似犬,食人。"与此异。

狄山 古帝王葬所之一。《山海经·海外南经》:"狄山,帝尧葬于阳,帝喾葬于阴。爰有熊、罴、文虎、蜼、豹、离朱、视肉。吁咽,文王皆葬其所。一曰汤山,一曰爰有熊、罴、文虎、蜼、豹、离朱、鸱久、视肉、虖交。其范林方三百里。"按"吁咽",郭璞注:"所未详也。"揆经文语意,似是人名,所以与文王"皆葬其所"。否则,"皆"字无着落。《大荒南经》云:"帝尧、帝喾、帝舜葬于岳山。爰有文贝、离俞、鸱久、鹰、贾(原无"贾"字,从宋本、毛扆本、吴任臣本增)、延维、视肉、熊、罴、虎、豹、朱木、赤枝、青华、玄实。"郭璞注"岳山"云:"即狄山也。"则所谓"吁咽"者,疑是"舜"之析音,吁咽(因)相切,其音近舜,当即岳山所葬之帝舜。

狂 ❶《太平御览》卷七三九引《神异经》(今本无):"西方有人,饮食,被发东走。其妇追

之不止，怒，亦被发，名曰狂，一名颠，一名狷，一名风。此人夫妻与天俱生，狂走东西，没昼夜。"❷即"狂鸟"。

狂鸟 《山海经·大荒西经》："有五采之鸟，有冠，名曰狂鸟。"郭璞注："《尔雅·释鸟》云：'狂，梦（今本作䳋）鸟。'即此也。"按狂即皇（凰），梦（䳋）即凤，皆音之转。

狂鸟

龟 《山海经·西次四经》："崦嵫之山……其阳多龟。"《古小说钩沉》辑《玄中记》云："千岁之龟，能与人语。"《述异记》上云："龟千年生毛，寿五千年谓之神龟，万年谓灵龟。"晋葛洪《抱朴子·仙药》云："千岁灵龟……剔取其甲，火炙捣服……尽一具，寿千岁。"此则龟之灵异。参见"余且"(168页)、"元绪"(40页)。

龟山 宋王象之《舆地纪胜》卷四四："龟山，在盱眙县北三十里，其西南上有绝壁，下有重渊。《广记》：龟山，禹治水以铁锁锁淮涡水神无支奇于龟山之足。唐永泰中，李汤以牛五十引锁出之，锁末有一青猿，高五丈许，复拽牛没水。"参见"无支祁"(49页)。

龟历 《述异记》卷上："陶唐之世，越裳国献千岁神龟，方三尺余，背上有文，科斗书，记开辟以来，帝命录之，谓之龟历。"

龟宝 宋方回《虚谷闲抄》："徐太尉彦若之赴广南，将渡小海，有随军将，忽于海浅濑中，得一小琉璃瓶子，大如婴儿之拳。内有一小龟子，长可一寸，往来旋转其间，略无暂已。瓶项极小，不知所入之由也。因取而藏之。其夕忽觉其船一舷压重，乃起视之，即有众龟层叠，就船而上。其人大惧，以将涉海，虑致不虞，因取瓶祝而投诸海，众龟遂散。既而语于海船之湖人，曰：'此所谓龟宝也，希世之灵物，惜其遇而不能有，盖福薄之人，不胜也；苟或得而藏之，何虑宝藏之不丰哉！'惋叹不已。"按所述原出五代刘崇远《金华子》。

龟城 《太平御览》卷一六六引《九州志》："益州城初累筑不立，忽有大龟周行旋走，因其行筑之，遂得坚固，故曰龟城。"同书卷一九二引《成都记》："府城本呼为锦城，秦灭蜀，张仪所筑也。每面各三里，周回十二里，高七丈，屡皆倾侧。忽有大龟周行，随其所蹑而筑之，功果就焉，故亦号为龟城。"

伶伦 黄帝臣。《吕氏春秋·古乐》："昔黄帝令伶伦作为律。伶伦自大夏之西，乃之阮隃（昆仑）之下……听凤凰之鸣，以别十二律。……黄帝又命伶伦与荣将，铸十二钟，以和五音，以施英韶。"按《诗·邶风·简兮》序伶官，郑笺谓伶氏世掌乐官，故后世号乐官为伶官。一说，伶伦即古仙人*洪崖先生。

何仙姑 俗传*八仙之一。清俞樾《茶香室续钞》卷十八引明陈梿《罗浮志》："何仙姑，广州增城县何泰之女也。唐天后时，住云母溪，年十四五。一夕，梦神人教食云母粉，可

何仙姑　明刊本《月旦堂仙佛奇踪》

轻身不死。因饵之,誓不嫁,常往来山顶,其行如飞。每朝去暮回,持山果归贻其母,后遂辟谷。天后遣使召赴阙,中路失之。中宗景龙中,白日升仙。"又宋魏泰《东轩笔录》卷十四:"永州有何氏女,幼遇异人,与桃食之,遂不饥无漏。自是能逆知人祸福,乡人神之,为构楼以居,世谓之何仙姑。"按世传何仙姑,纷歧无定。除上二说,尚有《安庆府志》谓何为鹿所产,幼栖何道人家,故以何为姓等说。参见"八仙过海"(9页)。

何罗鱼 《山海经·北山经》:"谯明之山,谯水出焉,西流注于河。其中多何罗之鱼,一首而十身,其音如吠犬,食之已痈。"吴任臣广注引《异鱼图赞》云:"何罗之鱼,十身一首。化而为

何罗鱼

鸟,其名休旧。窃糈于春(舂?),伤损在白,夜飞曳音,闻春(雷?)疾走。"按休旧即鹠鹠,亦即鸱鸺;云窃糈受伤,"夜飞曳音",又仿佛同于*姑获鸟。参见"鬼车"(234页)。

伯牙 《吕氏春秋·本味》:"伯牙鼓琴,钟子期听之。方鼓琴而志在太山,钟子期曰:'善哉乎鼓琴!巍巍乎若太山。'少选之间,而志在流水,钟子期又曰:'善哉乎鼓琴!汤汤乎若流水。'钟子期死,伯牙破琴绝弦,终身不复鼓琴,以为世无足复为鼓琴者。"又《淮南子·说山训》云:"伯牙鼓琴,而驷马仰秣。"高诱注:"仰秣,仰头吹吐,谓马笑也。"伯牙琴艺至于能感物矣。参见"钟期"(233页)、"水仙操"(86页)。

伯乐 ❶古传善相马者。(1)晋大夫*王良。《国语·晋语九》:"邮无正进。"韦昭注:"无正,晋大夫,邮良伯乐也。"《晋语九》又云:"邮无正御。"注:"无正,王良。"(2)秦穆公子孙阳。《姓氏书辨证》引《英贤传》云"秦穆公子孙阳伯乐,善相马,其后氏焉。汉有孙阳放。"按伯乐或名王良,或名孙阳,以见传说之纷歧无定。伯乐盖古之善相马者,孙阳等取以为号耳。《楚辞·九章·怀沙》云:"伯乐既没,骥焉程兮。"王逸注:"伯乐,善相马也;程,量也。言骐骥不遇伯乐,则无所程量其才力也。"《战国策·楚策四》云:"骥……服盐车而上太行,蹄申膝折,尾湛胕溃,漉汁洒地,白汗交流,中阪迁延,负辕不能上。伯乐遭之,下车攀而哭之,解纻衣以幂之。骥于是俛而喷,仰而鸣,声达于天,若出金石声者,何也?彼见伯乐之知己也。"又《艺林伐山》卷七云:"《伯乐相马经》有'隆颡蚨日、蹄如累曲'之语。其子执《马经》以求马,出见大蟾蜍,谓其父曰:'得一马,略与相同,但蹄不如累曲尔。'伯乐知其子之愚,但转怒为笑,曰:'此马好跳,不堪御也。'所谓按图索骏也。'按图索骏即按图索骥。❷星名。《庄子·马蹄》:"伯乐,天星名,主典天马。"《晋书·天文志》:"传舍南河中五星曰造父,或曰伯乐。"

伯夷 ❶神名。《书·吕刑》:"伯夷降典,折民惟刑。"《世本·作篇》(清茆泮林辑本):"伯夷作五刑。"按据《吕刑》所记,盖"蚩尤"作乱"时,曾作"五虐之刑",迫胁神裔苗民与之同叛。蚩尤既诛,天地定位,颛顼乃命大神伯夷自天降颁法典,另制"五刑",替正"五虐之刑",以此折服下民,建立人神间新秩序。然伯夷所作"五刑"与蚩尤"五虐之刑"亦殊无别。又尧时亦有伯夷。《国语·郑语》云:"伯夷能礼于神,以佐尧者也。"汉刘向《说苑·君道》云:"当尧之时……伯夷为秩宗。"是神伯夷又历史化而为人之伯夷。参见"伯夷父"。❷商末孤竹君长子。见"伯夷叔齐"。《史记·伯夷列传》:"伯夷、叔齐,孤竹君之二子也。父欲立叔齐,及父卒,叔

齐让伯夷。伯夷曰：'父命也。'遂逃去。叔齐亦不肯立而逃之。国人立其中子。于是伯夷、叔齐闻西伯昌善养老，盖往归焉。及至，西伯卒，武王载木主，号为文王，东伐纣。"关于夷、齐死事，三国蜀谯周《古史考》云："伯夷、叔齐……隐于首阳山，采薇而食之。野有妇人谓之曰：'子义不食周粟，此亦周之草木也。'于是饿死。"《珮玉集》卷十二引《列士传》："(伯夷、叔齐)见武王伐纣，以为不义，遂隐于首阳之山，不食周粟，以薇菜为粮。时有王摩子往难之，曰：'虽不食我周粟，而食我周木，何也？'伯夷兄弟遂绝食七日。天遣白鹿乳之，径由数日。叔齐腹中私曰：'得此鹿完噉之，岂不快哉！'于是鹿知其心，不复来下，伯夷兄弟俱饿死也。"此又一说。南朝梁萧绎《金楼子》卷一云："夷雍之子名伯夷、叔齐，不食周粟，饿于首阳，依麋鹿以为群。叔齐起害鹿，鹿死，伯夷恚之而死。"或即本此。《楚辞·天问》云："惊女采薇鹿何佑？"闻一多《楚辞校补》谓"'惊女'二字当互易，惊读为警，戒也"。即问其事。《汉唐地理书钞》辑《辛氏三秦记》云："长安城北有伯夷墓。人食薇可长生。或云，夷、齐食薇三年，颜如故，武王戒之，不食而死。""食薇可长生"及"武王戒"，又此传说之异闻。

伯劳 鸟名。《太平御览》卷九二三引《陈思王植贪禽恶鸟论》("禽"字原无，从《曹集诠评》补)："昔尹吉甫信后妻之谗而杀孝子伯奇。其弟伯封求而不得，作《黍离》之诗。俗传云，吉甫后悟，追伤伯奇，出游于田，见异鸟鸣于桑，其声嗷然。吉甫心动，曰：'无乃伯奇乎？'鸟乃拊翼，其声尤切。吉甫曰：'果吾子也。'乃顾曰：'伯奇劳乎？是吾子，栖吾舆；非吾子，飞勿居。'言未卒，鸟寻声而栖其盖。归入门，集于井干之上，向室而号。吉甫命后妻载弩射之，遂射杀后妻以谢之。故俗恶伯劳鸣，言所鸣之家，必有尸也。"又《楚辞·离骚》云："恐鹈鴃之先鸣兮，使夫百草为之不芳。"洪兴祖补注："服虔曰：'鹎(鹈)鴃一名䴗，伯劳也。'"是伯劳见恶于人，自古而然。唐段成式《酉阳杂俎·羽篇》云："百(伯)劳，博劳也。相传伯奇所化，取其所踏枝鞭小儿，能令速语。"此又为风习之异闻。

伯余 黄帝臣。《淮南子·汜论训》："伯余之初作衣也，緂麻索缕，手经指挂，其成犹网罗。"高诱注："伯余，黄帝臣。《世本》曰：'伯余制衣裳。'"

伯奇 ❶神名。《后汉书·礼仪志》："伯奇食梦。"参见"十二神"(4页)。❷尹吉甫子。见"伯劳"。

伯服 ❶颛顼子。见"伯服国"(173页)。❷褒姒子。即"白服"(110页)。

伯封 ❶乐正后夔子。《左传·昭公二十八年》："昔有仍氏生女，鬒黑而甚美，光可以鉴，名曰玄妻。乐正后夔取之，生伯封。实有豕心，贪惏无厌，忿颣无期，谓之封豕。有穷后羿灭之，夔是以不祀。"按此即羿射封豨神话之历史化。❷尹吉甫子。见"伯劳"。

伯益 即"益"(269页)。

伯陵 炎帝孙。《山海经·海内经》："炎帝之孙伯陵，伯陵同吴权之妻阿女缘妇，缘妇孕三年，是生鼓、延、殳。(殳)始为侯，鼓、延是始为锺，为乐风。"又《国语·周语》云："大姜之侄，伯陵之后，逢公之所凭神。"《左传·昭公二十年》："有逢伯陵因之。"当即此伯陵。然韦昭、杜预均注云："殷之诸侯。"则与《山海经》所谓"炎帝之孙"不合。

伯强 《楚辞·天问》："伯强何处？"王逸注："伯强，大厉疫鬼也，所至伤人。"据清王夫之《楚辞通释》、闻一多《天问释天》，均以为

伯强　明萧云从《离骚图》

即风神而兼海神之*禺彊(强)。

伯翳　舜臣。一作"柏翳"。即"益"。《国语·郑语》："嬴，伯翳之后也……伯翳能议百物，以佐舜者也。"

伯夷父　颛顼师。《山海经·海内经》："伯夷父生西岳，西岳生先龙，先龙是始生氐羌，氐羌乞姓。"郭璞注："伯夷父颛顼师，今氐羌其苗裔也。"按《吕氏春秋·尊师》云："帝颛顼师伯夷父。"《新序·杂事》云："颛顼学伯夷父。"此为郭注所本。伯夷父疑即大神伯夷，父盖男子之美称。参见"伯夷❶"。

伯邑考　文王长子。《艺文类聚》卷十二引《帝王世纪》："纣既囚文王，文王之长子曰伯邑考，质于殷，为纣御。纣烹以为羹，赐文王。"参见"吐子成兔"(130页)。

伯服国　颛顼裔。《山海经·大荒南经》："有国曰伯服。颛顼生伯服，食黍。"按经文原作"有国曰颛顼生伯服食黍"，义不可解。据吴任臣广注引《世本》"颛顼生偶，偶字伯服"；又《大荒东经》"有黑齿之国，帝俊生黑齿，姜姓，黍食，使四鸟"；又《大荒北经》"流沙之东，有国曰中𰍎，颛顼之子，食黍"，此经"颛顼"上当脱"伯服"二字，因以意补。

伯赵氏　*少昊时鸟官名，为历正之属。《左传·昭公十七年》："伯赵氏，司至者也。"注："伯赵，伯劳也，以夏至鸣，冬至止。"疏："此鸟以夏至来，冬至去，故以名官，使之主二至也。"参见"少昊之国"(66页)。

伯虑国　《山海经·海内南经》："伯虑国……在郁水南，郁水出湘陵南海。一曰相虑。"郭璞注："未详。"按清李汝珍《镜花缘》第二十七回记有伯虑国，云"杞人忧天，伯虑愁眠"，盖从"虑"字点染成趣。

伯益庙　清李亨特等重修《绍兴府志》卷三六："伯益庙。《于越新编》：'在山阴县承务乡，一名稽山庙。'《山阴县志》：'在县西十五里。'明萧凤鸣读书处，有记云：'郡东南岩壑最美，而神所栖则鸎鹉山北麓也。林小而秀，谷浅而幽，前后八乡，庙是神而俎豆焉。或曰神与禹共治水有功，夫禹功赫赫万世，而兹神不显，独俎豆一方，何也？昔伯益司昆虫草木，曾号百虫将军，意者此其是与？'"参见"百虫将军"(123页)。

〔丶〕

弃　*后稷名。

闳夭　文王臣。《荀子·非相》："闳夭之状，面无见肤。"杨倞注："言多鬓髯，蔽其肤也。"参见"文王四友"(84页)。

灶神　《淮南子·氾论训》："炎帝作火，而死为灶("作火"原作"于火"，从王念孙校改)。"高诱注："炎帝，神农，以火德王天下，死托祀于灶神。"《庄子·达生》："灶有髻。"司马彪注："髻，灶神，著赤衣，状如美女。"髻者，蛣字之假音。《广雅·释虫》："蛣，蛣蝉也。"盖灶上有红壳虫如蝉，俗呼蟑螂，人或谓之"灶马"，四川谓之"偷油婆"，古以此为神物，此《庄子》"灶有髻"之所由语也。《大戴

灶神　明刊本《三教搜神大全》

礼·帝系》："颛顼产穷蝉。"《史记·五帝本纪》："颛顼产子曰穷蝉。"索隐云："《系(世)本》作穷系。"清俞正燮《癸巳存稿》卷十三"灶神"条引《许慎异义》云："灶神，古《周礼》说，颛顼有子曰犁，为祝融，祀以为灶神。"犁、系、䗞(蛄)音皆相近，而穷系又作穷蝉，是穷蝉即犁，亦即古之灶神。此灶神之又一说。而《后汉书·阴识传》注引《杂五行书》云："灶神名禅，字子郭，衣黄衣。"唐段成式《酉阳杂俎·诺皋记》上云："灶神姓张，名单，字子郭。"则单即禅，禅又即蝉。南朝梁宗懔《荆楚岁时记》云："灶神姓苏，名吉利。"《三国志·魏志·管辂传》云："王基家贱妇生一儿，堕地，即走入灶中。辂曰：'直宋无忌之妖，将其入灶也。'"是辂以宋无忌为灶神。《史记·封禅书》索隐引《白泽图》云："火之精曰宋无忌。"宋无忌宜为灶神。而苏吉利当又为宋无忌之讹变。吉、忌之音俱近䗞(蛄)，即《庄子·达生》所谓"灶有䗞(蛄)"也。穷蝉一名穷系，系、䗞(蛄)、吉、忌音皆相近。是后世传说之灶神，俱颛顼子穷蝉之演变。而"炎帝作火死而为灶"之说则

沉埋。灶神亦作"灶君"。《战国策·赵策三》："复涂侦谓君曰：'昔日臣梦见君。'君曰：'子何梦？'曰：'梦见灶君。'"《太平御览》卷一八六引《淮南子》(今本无)云："黄帝作灶，死为灶神。"似又为另一异说。同书同卷引《淮南万毕术》云："灶神晦日归天，白人罪。"此灶神之职司，至今说犹云然，不过谓"晦日"为腊月二十三日或二十四日而已。宋范成大《祭灶词》云："古传腊月二十四，灶君朝天欲言事。云车风马小留连，家有杯盘丰典祀。猪头烂熟双鱼鲜，豆沙甘松粉饵圆。男儿酌献女儿避，酹酒烧钱灶君喜。婢子斗争君莫闻，猫犬触秽君莫嗔。送君醉饱登天门，杓长杓短勿复云，乞取利市归来兮。"风俗情态宛然如见。《论语·八佾》王孙贾有"媚奥媚灶"之问，知祭灶风习由来已早。

冶鸟　晋干宝《搜神记》卷十二："越地深山中有鸟，大如鸠，青色，名曰冶鸟，穿大树作巢，如五六升器，户口径数寸，周饰以土垩，赤白相分，状如射侯。伐木者见此树，即避之去……有虎通夕来守，人不去，便伤害人。此鸟，白日见其形，是鸟也；夜听其鸣，亦鸟也；时有观乐者，便作人形，长三尺，就涧中取石蟹就火炙之，人不可犯也。越人谓此鸟是越祝之祖也。"晋张华《博物志·异鸟》亦记之，文略同。盖*山獠之属。参见"山魈"。

社神　《说文》一："社，地主也，从示土。《春秋传》曰：'共工之子句龙为社神。'《周礼》：'二十五家为社，各树其土之所宜木。'"此《春秋传》乃引自《左传·昭公二十九年》，云："共工氏有子曰句龙，为后土。……后土为社。"然据《淮南子·氾论训》："禹劳力('力'字原无，从刘文典《集解》引王念孙说增)天下而死为社。"高诱注："托祀于后土

之神。"是禹即句龙,则共工当为鲧,而禹又有攻伐共工之说,以知神话传说之错综复杂,不可一概而论。参见"后土"(138页)、"土地神"(16页)。

怀梦草 《洞冥记》卷三:"有梦草似蒲,色红,昼缩入地,夜则出,亦名怀梦。怀其叶则知梦之吉凶,立验也。(汉武)帝思李夫人之容不可得,(东方)朔乃献一枝,帝怀之,夜果梦夫人,因改曰怀梦草。"

初学记 类书名。唐徐坚等辑。三十卷。纂经史文章之要,以类相从,分二十三部,三百十三子目。前为叙事,次为事对,末为诗文。其所采摭,皆唐初以前古书,或已佚亡,或与今本有异,间亦保存神话传说资料。

应龙 黄帝神龙。《山海经·大荒北经》:"蚩尤作兵伐黄帝,黄帝乃令应龙攻之冀州之野。

应龙画河海　明萧云从《离骚图》

应龙畜水。蚩尤请风伯雨师,从大风雨。黄帝乃下天女曰魃,雨止,遂杀蚩尤。"应龙已杀蚩尤,又杀夸父,乃去南方处之,故南方多雨。"《大荒东经》:"大荒东北隅中,有山名曰凶犁土丘。应龙处南极,杀蚩尤与夸父,不得复上。故下数旱。旱而为应龙之状,乃得大雨。"郭璞注:"应龙,龙有翼者也。"据上所引,是应龙者,当为黄帝之功臣。亦为禹之功臣。《楚辞·天问》云:"应龙何画?河海何历?"王逸注:"禹治洪水时,有神龙以尾画地,导水所注,当决者,因而治之也。"晋王嘉《拾遗记》卷二云:"禹尽力沟洫,导川夷岳,黄龙曳尾于前,玄龟负青泥于后。"此黄龙当即应龙。《巫山县志》卷三〇"斩龙台"云:"相传禹王导水至此,一龙错行水道,遂斩之。"神话演变至此,遂由应龙导水而为群龙行水。

应声虫 宋彭乘《续墨客挥犀》卷五:"余友刘伯时尝见淮西士人杨勔,自言中年得异疾,每发言应答,腹中辄有小声效之,数年间其声浸大。有道士见而惊曰:'此应声虫也,久不治延及妻子。宜读《本草》,遇虫所不应者,当取服之。'勔如言,读至雷丸,虫忽无声。乃顿饵数粒,遂愈。余始未以为信,偶至长汀,遇一丐者,亦有是疾,环而观者甚众。因教之使服雷丸。丐者谢曰:'某贫无他伎,所以求衣食于人者,惟藉此耳!'"又唐刘悚《隋唐嘉话》中云:"有患应声病者,问医官苏澄,云:'自古无此方。今吾所撰《本草》,网罗天下药物,亦谓尽矣。试将读之,应有所觉。'其人每发一声,腹中辄应;惟至一药,再三无声。遇至他药,复应如初。澄因为处方,以此药为主,其病自除。"此应声虫传说之所本。唐张鷟《朝野佥载》卷一亦记之,文略同。

辛女岩 《潜确类书》卷二六:"辛女岩在辰州府卢溪县大江之左。奇峰绝壁,高峻插天,有石屹立如人。相传高辛氏女于此化为石。隔江对峙一岩,有机一乘,船一只,悬于岩孔,乃其遗迹也。"此高辛氏即帝喾。

辛氏三秦记 书名。此书《隋书·经籍志》、《旧

《唐书·经籍志》、《新唐书·艺文志》俱不著录，然《三辅黄图》、《水经注》、《齐民要术》、《荆楚岁时记》等六朝人所著书已引用之。所记山川都邑宫室，皆秦汉时地理，故事不及魏晋，当系汉末人作。原书久佚，《汉唐地理书钞》有辑本。其中亦存古神话传说片段，如"暴腮龙门"、"夷齐食薇"等。

宋毋忌 亦作"宋无忌"。《史记·封禅书》："(始皇时)宋毋忌、正伯侨、充尚、羡门高最后皆燕人，为方仙道，形解销化，依于鬼神之事。"集解："韦昭曰：'皆慕古人名效神仙者。'"索隐："乐产引《老子戒经》云：'月中仙人宋无忌。'《白泽图》云：'火之精曰宋无忌。'盖其人火仙也。"晋张华《博物志》亦云："火之怪为宋毋忌。"则其人殆"灶神"、"火神"之属。

宋康王 《太平御览》卷六八四引《桓子新论》："宋康王为无头之冠以示勇。"参见"韩凭"(313页)。

启 禹子。清马骕《绎史》卷十二引《随巢子》："禹娶涂山，治鸿水，通镮辕山，化为熊。涂山氏见之，惭而去。至嵩高山下，化为石。禹曰：'归我子！'石破北方面生启。"此启之所以为启(开)者，启之神性，亦于此可见。《山海经·海外西经》云："大运山高三百仞，在灭蒙鸟北。大乐之野，夏后启于此儛《九代》，乘两龙，云盖三层，左手操翳，右手操环，佩玉璜。在大运山北。一曰大遗之野。"《大荒西经》云："西南海之外，赤水之南，流沙之西，有人珥两青蛇，乘两龙，名曰夏后开(开即启，汉景帝名启，汉人避讳改)。开上三嫔(宾)于天，得《九辩》与《九歌》以下。此天穆之野，高二千仞，开焉得始歌《九招》。"即同一神话之不同记录。《九招》、《九代》，均乐舞之称。《太平御览》卷九二九引《归藏·郑母经》云："昔夏后启上乘飞龙，以登于天，皋陶占之，曰：'吉。'"《大荒西经》郭璞注引《归藏·启筮》云："不可窃《辩》与《九歌》以国于下。"即启宾天之事。启能"乘飞龙以登于天"，则为具有神性之英雄人物。《太平御览》卷八十二引《史记》(?)云："昔夏后启筮，乘龙以登于天，占于皋陶，皋陶曰：'吉而必同，与神交通，以身为帝，以王四乡。'"此所谓《史记》者，或亦《归藏》旧文。据此文所记，启初登天之际，固俨然英雄姿态。此英雄之堕落，乃在于"得《九辩》与《九歌》以下"而为淫纵嬉戏之事。《九辩》、《九歌》，盖天乐也，所谓"得"者，实"窃"之也；《归藏·启筮》已明言之。盖启承禹位，初或亦思有为，及"三宾于天"，窃天乐《九辩》、《九歌》以下，改制而为《九招》或《九代》，乃不恤国事，惟以酒食声色自娱，致终遭亡国惨祸。故《墨子·非乐》称："启乃淫溢康乐，野于饮食，将将锽锽，筦磬以方。湛浊于酒，渝食于野，万舞翼翼，章闻于天，天用弗式(内数字与原文略有不同，据孙诒让《墨子间诂》校改)。"《楚辞·离骚》云："启《九辩》与《九歌》兮，夏康娱以自纵。不顾难

启

以图后兮,五子用夫家巷('夫'原作'失乎',从闻一多《楚辞校补》改;家巷者家哄,即内讧之意也)。"即其事。

启母石 《汉书·武帝纪》:"(元封元年)春,正月,行幸缑氏。诏曰:'朕用事华山,至于中岳,获驳麋见夏后启母石。'"应劭曰:"启生而母化为石。"文颖曰:"在嵩高山下。"清景日昣《说嵩》卷四云:"太室南麓张相公庵稍东,为启母石,当崖之下。崖屽户岿崱,一阙如崩。值阙处,砢礳列坂,齿排雁随,尽于山址,蠢然雄立。盖自山崩坠者,而传为启母,名所由来旧矣。石方正三十尺,厚称之。西有欹厂,如大厦,可容数十人。北挔一石,抵平可席,传'石破北方'者也。正面如裂,古蚨填塞殆满,遍体俱有镂字,苔蚀极厚,高屽不可摹视。"又云:"《名胜志》所载,怀远县古涂山有禹会村,石坂下,巨石危立,俨然姁立,人呼启母石,居人每刲血以祭,至以粉黛妆饰石首。则有两启母,更诧异也。"然此无非神话传说之附会而已。参见"涂山氏"(274页)、"少姨庙"(66页)。

沙棠 《山海经·西次三经》:"昆仑之丘……有木焉,其状如棠,黄华赤实,其味如李而无核,名曰沙棠,可以御水,食之使人不溺。"《吕氏春秋·本味》云:"果之美者,沙棠之实。"吴任臣、郝懿行皆以为沙棠即《海内西经》所记之*服常树。

沧波舟 晋王嘉《拾遗记》卷四:"始皇好神仙之事,有宛渠之民,乘螺舟至。舟形似螺,沉行海底,而水不浸入,一名沦波舟。其国人长十丈,编鸟兽之毛以蔽形。始皇与之语及天地初开之时,了如亲睹。"

沧海桑田 《神仙传》卷七:"汉孝桓帝时,神仙王远字方平降于蔡经家。……麻姑自说云:'接侍以来,已见东海三为桑田,向到蓬莱水浅,浅于往者会时略半也,岂将复还为陵陆乎?'"后世因谓世事变迁之大曰沧海桑田,亦曰沧桑。参见"麻姑"(300页)。

沉香 沉或作神。《董永沉香合集》(杜颖陶编)引宝卷《沉香太子全传》略谓:汉代士子刘向"上京赶考",路过华山神庙,题诗戏弄庙神华岳三娘,三娘怒欲杀之。玉帝遣太白金星告以与刘有姻缘三宿之分,三娘乃幻为大宅,候刘于途。俟刘投宿,诱迫而成亲焉。三宿已过,三娘道出真情。刘以沉香一块赠别,云他日生子取此为名,用作记认。三娘亦赠刘以夜明珠、玻璃盏等三宝。刘进京时考期已过,方欲献宝邀官,又遇奸相觊觎,劫其三宝,反诬以盗名,绑赴法场,正待处决。三娘知之,遂作法令"飞沙走石",刑不能举,使刘冤终得昭雪。"宝贝、文章,一齐献上皇帝",钦赐扬州府巡按,"走马上任"。三娘在华山,值王母寿辰,诸仙俱赴蟠桃会庆寿。三娘因孕,托病未去。其兄二郎神觇得其情,乃怒提华山,压之于地下洞中。三娘于洞中产子,取名沉香,遣夜叉送去扬州认父。时刘已娶王氏,生子秋儿,乃同抚育长大,入学读书。同学有秦丞相子官保,讥沉香为无娘子,沉香、秋儿怒,同打死官保。王氏以秋儿入狱抵罪,纵沉香逃难,且往救其母。几经波折,沉香终到华山,遇何仙姑授以仙法,并窃得洞中萱花神斧,而与其舅二郎神大战于华山。变化易形,各显神通。诸仙咸来救助沉香,二郎神亦得众神之助,神仙混战,胜负未分。玉帝乃敕太白金星下界说合二家,责令收兵。沉香因得斧劈华山,救出亲娘,母子团圆,玉帝敕封仙职。沉香返家,复于法场救出秋儿,"刘向奏明皇君",皇君赐封沉香为"太子"。故沉香又称"沉香太子"。按沉香故事,见于唱本鼓词者,大同小异,略如上述。惟弹词《宝莲灯华山救母》,于沉香救母故事外,又增二郎劈山救母缘起。略谓：西汉书生杨天佑修道桃山，张仙姑下山与杨配合，生一男一女，男名二郎，女名三娘。事闻玉帝，敕旨压仙姑于桃山以罚之，得二郎劈山救免。此则为后来沉香化形外公外婆责舅忘本张本，概系民间传说之创造。沉香故事除唱本鼓词所写而外，今别无所见。元杂剧有张时起《沉香太子劈华山》（见元钟嗣成《录鬼簿》），又有李好古《劈华山神香救母》（别作《巨灵神劈华岳》，见《也是园书目》），明徐渭《南词叙录》记载宋、元戏文亦有《刘锡沉香太子》，惜均亡佚。溯其原始，则唐戴君孚《广异记》所记*华岳神女，宋（元？）阙名《异闻总录》所记华阴庙三娘子事，已略具此故事前半之雏形。故可知沉香神话之流传由来已早。

沉香救母 见"沉香"。

沃民 《山海经·大荒西经》："有西王母之山（原作"西有王母之山"，从王念孙、郝懿行校改）、壑山、海山。有沃之国，沃民是处；沃之野，凤皇卵是食，甘露是饮。凡其所欲，其味尽存。爱有甘华、甘柤、白柳、视肉、三骓、璇瑰、瑶碧、白木、琅玕、白丹、青丹。多银铁。鸾鸟自歌，凤鸟自舞。爰有百兽，相群是处，是谓沃之野。"又《海外西经》："诸夭（沃）之野，鸾鸟自歌，凤鸟自舞。凤皇卵，民食之；甘露，民饮之：所欲自从也。百兽相与群居，在四蛇北。其人两手操卵食之，两鸟居前导之。"此经文"诸夭（沃）之野"后，当脱"沃民是处"四字，后文"民食""民饮"之"民"，均指沃民。《淮南子·墬形训》有沃民，又曰"西方曰沃野"，即此经之沃民、沃野。

沃野 *沃民所居之野。《淮南子·墬形训》："西方曰金丘，曰沃野。"

沃焦 亦名"尾闾"。《庄子·秋水》成玄英疏引《山海经》（今本无）："羿射九日，落为沃焦。"吴任臣《山海经广注》辑《山海经佚文》："沃焦在碧海之东，有石阔四万里，居百川之下，故又名尾闾。"又《古小说钩沈》辑《玄中记》云："天下之强者，东海之沃焦焉，水灌之而不已。沃焦者，山名也，在东海南，方三万里，海水灌之而即消，故水东南流而不盈也。"即此。

穷山 *轩辕国所在地。《山海经·海外西经》："轩辕之国，在穷山之际（原'穷山'上有'此'字，从王念孙、郝懿行校删）。"又云："穷山在其北，不敢西射，畏轩辕之丘。"《楚辞·天问》云："阻穷西征，岩何越焉？"旧释此"穷"为"穷窘"，误。此"穷"即穷山。*鲧遭杀戮后，化为黄熊，越此穷山之岩，求活于昆仑之诸巫，即其事。

穷石 *有穷后羿居地。《左传·襄公四年》："昔有夏之方衰也，后羿自鉏迁于穷石。"《楚辞·离骚》云："夕归次于穷石兮，朝濯发乎洧盘。"即此穷石。然所言宓妃"濯发"事，当关系*羿之神话，而以之混同于后羿传说，是使羿与后羿无别矣。

穷奇 兽名，亦神名。《山海经·西次四经》："邽山，其上有兽焉，其状如牛，猬毛，名曰穷奇。音如獆狗，是食人。"《海内北经》："穷奇，状如虎，有翼，食人从首始。所食被发，在蜪犬北。一曰从足。"上二说皆穷奇兽之状，盖均据不同图像而立说。其形虽异，食人则一。此穷奇者，或又传说是少昊氏之"不才子"。以其"毁信废忠，崇饰恶言"，故"天下之民谓之'穷奇'"（见《左传·文公十八年》）。"谓之穷奇"者，盖谓比于穷奇。或古神话谓少昊有子即此穷奇怪兽。《神异经·西北荒经》云："西北有兽焉，状似虎，有翼能飞，便剿食人。知人言语。闻人斗，辄食直者；闻人忠信，辄食其鼻；闻人恶逆不善，辄食兽往馈之：名曰穷奇。亦食诸禽兽也。"

是本于《海内北经》立说而又加以恶谥者。注引别本云:"穷奇似牛而狸尾,尾长曳地,其声似狗,狗头人形,钩爪锯牙。逢忠信之人,啮而食之,逢奸邪则擒兽而伺之。"似又本《西次四经》为说。然《后汉书·礼仪志》云:"穷奇、腾根共食蛊。"则穷奇者,为追恶凶十二神之一,亦有益于人间。《淮南子·墬形训》云:"穷奇,广莫风之所生也。"高诱注:"穷奇,天神也,在北方,道(?)足,桀(乘)两龙,其形如虎。"当即兽之穷奇,亦"食蛊"神之穷奇。参见"十二神"(4页)。

穷鬼 颛顼子。明陈耀文《天中记》卷四引《岁时记》:"高阳氏子瘦约,好衣弊食糜,正月晦日巷死。世作糜,弃破衣,是日祀于巷,曰送穷鬼。"唐韩愈《送穷文》云:"三揖穷鬼而告之曰:闻子行有日矣。"则送穷风俗,自唐已有之。清俞樾《茶香室三钞》卷一"送穷鬼"条:"宋陈元靓《岁时广记》云:'《古今词话》:太学有士人长于滑稽,正月晦,以芭蕉船送穷,作《临江仙》……曰:正月月尽夕,芭蕉船一只。灯盏两只明辉辉,内里更有筵席。奉劝郎君小娘子,饱吃莫形迹。每年只有今日日,愿我做来称意。奉劝郎君小娘子,空去送穷鬼,空去送穷鬼。'按昌黎《送穷文》,但云'结柳作车,缚茅为船',宋时乃有以芭蕉为船者。此事颇新。"或又称穷子。宋陈元靓《岁时广记》卷十三"号穷子"条引《文宗备问》云:"昔颛帝时,宫中生一子,性不著完衣,作新衣与之,即裂破以火烧穿著,宫中号为穷子。"

穷桑 《左传·昭公廿九年》:"少皞氏有四叔,曰重、曰该、曰修、曰熙,实能金木及水。使重为句芒,该为蓐收,修及熙为玄冥。世不失职,遂济穷桑。"杜预注:"地在鲁北。"《尸子》上云:"少昊金天氏邑于穷桑,日五色,互照穷桑。"此谓*少昊建都之地,地在东方,即"地在鲁北"之谓。而晋王嘉《拾遗记》则谓"西海之滨,有孤桑之树,直上千寻",名为穷桑,少昊即生于此,号穷桑氏,其地复在西方。东西不相谋,以知神话传说演变之无定。

穷蝉 颛顼子。《大戴礼·帝系篇》:"颛顼产穷蝉。"参见"灶神"(173页)。

〔丨〕

邵敬伯 唐段成式《酉阳杂俎·诺皋记上》:"平原县西十里旧有杜林。南燕太上(慕容超年号)时有邵敬伯者家于长白山,有人寄敬伯一函书,言我吴江使也,令吾通问于济伯,今须诣长白,幸君为通之。仍教敬伯,但于杜林中取杜叶投之于水,当有人出。敬伯从之。果然人引入,敬伯惧水,其人令敬伯闭目,似入水中。豁然宫殿宏丽,见一翁年可八九十,坐水精床,发函开书,曰:'裕兴超灭。'侍卫者皆圆眼,具甲胄。敬伯辞出。以一刀子赠敬伯,曰:'好去,但持此刀,当无水厄矣。'敬伯出,还至杜林中,而衣裳初无沾湿。果其年宋武帝灭燕。敬伯三年居两河间,夜中忽大水,举村俱没,惟敬伯坐一榻床,至晓着履,敬伯下看之,床乃是一大鼋也。敬伯死,刀子亦失。世传杜林下有河伯冢。"

驴仙 《太平御览》卷九〇一引《苻子》:"有驴仙者,享五百岁,负乘而不辍,历无定主,大驿于天下。"

驶蹄 驶一作趹,蹄一作騠。《艺文类聚》卷九九引《瑞应图》:"驶蹄者,后土之兽也,自能言语,王者仁孝于民则出。禹治水有功而来。"

驱山铎 明陈耀文《天中记》卷七引《玉堂闲话》:"宜春界钟山,有峡数十里,其水即宜春江也。回环澄澈,深不可测。曾有渔人垂钓,得一金锁,引之数百尺,而获一钟,又如铎形。渔人举之,有声如霹雳,天昼晦,山川震动,钟山一面崩摧五百余丈,渔人皆沉舟落水。其山摧处如削,至今存焉。或有识者云,此即秦始皇驱山之铎也。"参见"赶山鞭"。

君山 晋张华《博物志》(《四部备要》本)卷六:"君山,洞庭之山是也,帝之二女居之,曰湘夫人。帝女遣精卫至王母取西山之玉印印东海北山。又《荆州图》语曰,湘君所游,故曰君山也。有道,与吴包山潜通。上有美酒数斗,得饮者不死。汉武帝斋七日,遣男女数十人至君山,得酒,欲饮之。东方朔曰:'臣识此酒,请视之。'因一饮致尽。帝欲杀之,朔乃曰:'杀臣若死,此为不验;以其有验,亦不死。'乃赦之。"宋王象之《舆地纪胜》卷六九引《岳阳志》云:"是曰酒香山。"又引《风土记》载寺僧云:"每春时,往往闻香,寻之,莫见其处。"亦为异闻。

君子国 《山海经·海外东经》:"君子国在其北,衣冠带剑,食兽,使二文(原作"大",从郝懿行校改)虎在旁。其人好让不争。有薰华草,朝生夕死。一日在肝榆之尸北。"《大荒东经》云:"有东口之山。有君子之国,其人衣冠带剑。"即此。《淮南子·坠形训》亦有此国。《说文》四云:"东夷从大,大人也;夷俗仁,仁者寿,有君子、不死之国。"而《博物志·外国》云:"君子国人,衣冠带剑,使两虎,民衣野丝,好礼让不争。土千里,多薰华之草。民多疾风气,故人不蕃息;好让,故为君子国。"适又与之相反。

君子国

尾闾 亦名"沃焦"。《庄子·秋水》:"天下之水,莫大于海,万川归之,不知何时止而不盈;尾闾泄之,不知何时已而不虚。"《文选·养生论》注引司马彪云:"尾闾,水之从海水出者也,一名沃燋,在东大海之中。尾者,在百川之下,故称尾;闾者,聚也,水聚族之处,故称闾也。在扶桑之东,有一石方圆四万里,厚四万里,海水注者无不燋尽,故名沃燋。"此沃燋即沃焦。

尾濮 《太平御览》卷七九一引《永昌郡传》:"郡西南千五百里徼外,有尾濮,尾若龟形,长三四寸。欲坐,辄先穿地空以安其尾。若邂逅误折尾,便死。男女长,各随宜野会,无有嫁娶。犹知识母,不复别父。俗云:'贷老相食。'则此濮也。古人所说,非目见也。"按元周致中《异域志》卷下亦记之,作缴濮国。据所状写,犹有太古初民之风,而其尾则为异。

鸡笼山 《古今图书集成·职方典》卷八三九:"鸡笼山,在(和)州西北四十里。下盘绵峦,上冠巨石,纵裂棱摺,状若莲花,高数十仞……俯视群山,无敢并者。……按旧志,昔城邑将沦没,神独告一姥使西走。即携鸡笼登是山,笼化为石,其形犹然。湖之东南有姥庙。"参见"历阳湖"(41页)。

鸡斯之乘 即"吉量"(125页)。

纯狐 《楚辞·天问》:"浞娶纯狐,眩妻爰谋,何羿之射革而交吞揆之?"王逸注:"浞,羿相也……言浞娶于纯狐氏女,眩惑爱之,遂与浞谋杀羿也。"参见"玄妻"(115页)。

纯钩 剑名。亦作"淳钩"、"淳均"。《太平御览》卷三四三引《吴越春秋》(今本无):"越王允常聘欧冶子作名剑五枚,三大二小,一曰纯钩。"晋葛洪《抱朴子·论仙》:"以蚁鼻之缺,损无价之淳钩。"《淮南子·齐俗训》:"淳均之剑不可爱也,而欧冶之巧可贵也。"或又误作纯钩。《览冥训》:"区冶生而纯钩之剑成。"《修务训》:"纯钩、鱼肠。"王念孙说二"钩"字并当是"钩"字之讹。参见"薛烛"(360页)。

灵山 ❶《山海经·大荒西经》:"大荒之中……有灵山,巫咸、巫即、巫盼、巫彭、巫姑、巫真、巫礼、巫抵、巫谢、巫罗十巫,从此升降,百药爰在。"《海内经》云:"南海之内,黑水、青水之间……有灵山,有赤蛇在木上,名曰螟蛇,木食。"即此灵山。为山之*天梯之一。❷《汉唐地理书钞》辑《周地图记》:"灵山峰多杂树,昔蜀王鳖灵帝登此,因名灵山。山东南有五女捣练石。山顶有池,常清;有洞穴,绝微。"参见"杜宇"(158页)。❸*三峻山之别名。❹谓*蓬莱山。《文选·吴都赋》:"巨灵赑屃,首冠灵山。"刘逵注引《列仙传》云:"鳌负蓬莱山,而抃沧海之中。"❺*捣衣山之别名。

灵芝 一名"三秀"。三国魏曹植《灵芝篇》:"灵芝生天地,朱草被洛滨。荣华相晃耀,光采焕若神。"按此为灵芝一名之初见载籍者。又称灵草,汉张衡《西京赋》:"神木灵草,朱实离离。"薛综注:"灵草,芝英,朱赤色。"即灵芝。古以芝为仙草,故称此草为灵芝或灵草,谓有使人驻颜不老及起死回生之功。明吴承恩《西游记》第七回谓寿星"手捧灵芝"奉献如来;鼓子曲《盗灵芝》(见傅惜华编《白蛇传集》)谓"白蛇女,盗灵芝,救活许仙",均有此意。

灵寿《山海经·海内经》:"西南黑水之间,有都广之野……鸾鸟自歌,凤鸟自舞,灵寿实华。"郭璞注:"灵寿,木名也,似竹,有枝节。"吴任臣云:"《汉书·孔光传》:'赐太师灵寿杖。'孟康注:'扶老杖也。'……《游氏臆见》云:'灵寿木不烦削治,可以扶老',李时珍以为即椐檍云。"又宋周密《癸辛杂识续集》卷上云:"灵寿杖出西域,自黄河随流而出,不知为何木,其轻如竹而性极坚韧。"亦为异闻。

灵宪 书名。汉张衡撰。一卷。《后汉书·天文志》注引之,属天文;《类聚》、《初学记》亦有所引,则属地理。其书《全上古三代秦汉三国六朝文》及《汉唐地理书钞》均有辑录。所述姮娥奔月事,较《淮南子·览冥训》为详。

灵恝 炎帝孙。《山海经·大荒西经》:"有互(氏)人之国。炎帝之孙,名曰灵恝,灵恝生互(氏)人,是能上下于天。"参见"氐人国"(106页)。

灵猫 即"类"(239页)。

陀移国《初学记》卷十九引《拾遗记》:"员峤山有陀移国,人长三尺,寿万岁。"按今本《拾遗记》卷十陀移作移池,或当作池移。池移、焦侥、周饶并一声之转。参见"周饶国"(202页)。

陆吾 神名。《山海经·西次三经》:"昆仑之丘,是实惟帝之下都,神陆吾司之。其神状虎身而九尾,人面而虎爪。是神也,司天之九部,及帝之囿时。"按此神即《海内西经》所记之昆仑*开明兽、《庄子·大宗师》所记之*肩吾。

陆吾

陆终 吴回子。颛顼裔。《世本·帝系篇》(清秦嘉谟辑补本):"颛顼娶于滕坟氏,谓之女禄,产老童。老童娶于根水氏,谓之骄福,生重黎及吴回。吴回氏产陆终。陆终娶于鬼方氏之妹,谓之女隤,是生六子。孕三年,启其左胁,三人出焉;破其右胁,三人出焉。其一曰樊,是为昆吾;二曰惠连,是为参胡;三曰篯铿,是为彭祖;四曰求言,是为郐人;其五曰安,是为曹姓;六曰季连,是为芈姓。……昆吾者,卫是也;参胡者,韩是也;彭祖者,彭城是也;邹人者,郑是也;曹姓者,邾是也;季连者,楚是也。"

附宝 黄帝母名。《玉函山房辑佚书》辑《河图稽命徵》:"附宝见大电光绕北斗权星,照耀郊野,感而孕二十五月,而生黄帝轩辕于青邱。"

附禺山 颛顼葬所。即务隅山(107页)。

陈宝 晋干宝《搜神记》卷八:"秦穆公时,陈仓人掘地得物,若羊非羊,若猪非猪。牵以献穆公,道逢二童子。童子曰:'此名为媪,常在地食死人脑,若欲杀之,以柏插其首。'媪曰:'彼二童子名为陈宝,得雄者王,得雌者伯。'陈仓人舍媪,逐二童子。童子化为雉,飞入平林。陈仓人告穆公。穆公发徒大猎,果得其雌。又化为石,置之汧、渭之间。至文公时,为立祠陈宝。其雄者飞至南阳,今南阳雉县是其地也。秦欲表其符,故以名县。每陈仓祠时,有赤光长十余丈,从雉县来,入陈仓祠中,有声殷殷如雄雉。其后光武起于南阳。"又《史记·封禅书》云:"(秦)文公获若石,于陈仓北阪城祠之。……其神来也常以夜,光辉若流星,从东南来集于祠城,则若雄鸡,其声殷云。……命曰陈宝。"又《秦本纪》正义引《晋太康地志》云:"秦文公时,陈仓人猎得兽若彘,不知名,牵以献之。逢二童子。童子曰:'此名为媦,常在地中食死人脑,即欲杀之,拍捶其首。'媦亦语曰:'二童子名陈宝,得雄者王,得雌者霸。'陈仓人乃逐二童子,化为雉,雌上陈仓北阪为石,秦祠之。"后两说即前记之所本。参见"宝鸡"(207页)。

陈音 汉赵晔《吴越春秋·勾践阴谋外传》:"范蠡复进善射者陈音。音,楚人,越王请音而问曰:'孤闻子善射,道何所生?'音曰:'臣闻弩生于弓,弓生于弹,弹起古之孝子。古者人民朴质,饥食鸟兽,渴饮雾露,死则裹以白茅,投于中野。孝子不忍见父母为禽兽所食,故作弹以守之,绝鸟兽之害。故歌曰:断竹,续竹;飞土,逐害。(此)之谓也。'越王曰:'善!尽子之道,愿子悉以教吾国人。'音曰:'道出于天,事在于人,人之所习,无有不神。'于是乃使陈音教士习射于北郊之外。三月,军士皆能用弓弩之巧。陈音死,越王伤之,葬于国西号(郊),其葬所曰陈音山。"又《会稽郡故书杂集》辑《孔灵符会稽记》云:"陈音山。昔有善射者陈音,越王使简士卒,习射于郊外,死因葬焉。今开冢壁悉画作骑射之象。"即此。

陈鸾凤 《太平广记》卷三九四"陈鸾凤"条引《传奇》略云:唐元和中,有陈鸾凤者,海康人也。负气义,不畏鬼神。海康者,有雷公庙,其应如响。时海康大旱,邑人祷而无应。鸾凤大怒,曰:"我之乡,乃雷乡也,为神不福,焉用庙为?"遂秉炬爇之。其风俗,不得以黄鱼彘肉相和,食之必震死。鸾凤持竹炭刀,以所忌物相和啖之,果迅雷急雨震之。鸾凤以刀上挥,中雷左股而断。雷堕地,状类熊猪,毛角,肉翼青色,手执短柄刚石斧,流血注然。云雨尽灭。鸾凤知雷无神,遂驰赴家,告其血属。众共执之,曰:"我一乡受祸。"鸾凤奋击不得。逡巡,复有云雷裹其伤者,和断股而去。沛然云雨,自午及西,涸苗皆立矣。遂被长幼共斥之,不许还舍。于是持刀行二十里,诣舅兄家。及夜,又遭雷火,天火焚其室。复持刀立于庭,雷终不能害。旋有人告其舅兄向来事,又为逐出。复往僧舍,亦为霆震,焚爇如前。知无容身处,乃夜秉烛,入于乳穴嵌孔之处,后雷不复能震矣。三瞑然后返舍。自后海康每有旱,邑人即醵金与鸾凤,请依前调二物食之,持刀如前,皆有云雨滂沱,终不能震。如此二十余年,俗号鸾凤为雨师。至太和中,刺史林绪知其事,召至州,诘其端倪。鸾凤云:"少壮之时,心如铁石,鬼神雷电,视之若无当者。愿杀一身,请苏万姓,即上玄焉能使雷鬼敢骋其胸臆也!"遂献其刀于绪,厚酬其直。

阿女 即"女枢"(36页)。

阿羊 《太平御览》卷九〇二引《淮南万毕术》:"阿羊,九头更食,国乱乃出。"

阿香 雷部推车女。见"雷车"(330页)。

阿诗玛 云南撒尼人口头流传之长篇叙事诗《阿诗玛》(黄铁、刘绮整理)略云:阿诗玛为撒尼人农家女,聪明美丽,财主热布巴拉欲以其为媳,阿诗玛不允,热布巴拉率众劫之而去。阿诗玛兄阿黑追至其家,与热布巴拉父子斗智、比武,均获全胜,始将其妹救出虎穴。热布巴拉不甘失败,乘阿黑兄妹渡河时,发下洪水,冲走阿诗玛。阿诗玛垂死,为应山歌仙女挟上山顶,变为回声。从此,当亲族邻里怀念而呼其名时,辄山鸣谷应,远远传来其回声。

阿女缘妇 吴权妻。见"伯陵"(172页)。

阿育王三子 明杨慎《南诏野史》下卷:"云南府省城外二山,东为金马,西为碧鸡。周时,西天天竺摩竭国阿育王生三子,长扶邦,次宏德,三至德。王有神马,其色如金,三子争欲之。王令纵马,以辔私授至德,下令曰:'能获者与之。'至德部众追至东山,以辔收得马,至德即止焉,故今名山为金马。扶邦、宏德部众继往,闻至德已得马,二人乃屯于西山。时山有碧凤,土人不识,呼为碧鸡。二人亦同止焉,故今名山为碧鸡。阿育王念滇远,恐三子不得归,遣其舅氏神明者,统兵以迎。将归,哀牢夷阻道,三子遂不得返。既殁,扶邦为碧鸡山神,宏德为岩头山神,至德为金马山神。"又《古今图书集成·禽虫典》卷一〇二引《云南通志》及同书《山川典》卷一九五引《滇略记》均记之,然以《南诏野史》所记较明晰。此当*金马碧鸡神话之一异说。

张果 即"张果老"。

张大帝 即"广德祠山神"(29页)。

张天翁 《列仙全传》卷九:"张天翁,名坚,字刺碣,渔阳人。少不羁,无所拘忌。尝张罗,得一白雀,爱而养之。梦天刘翁责怒,每欲杀之,白雀辄以报坚。坚设诸方待之,终莫能害。天刘翁遂下观之,坚盛设宾主。乃窃骑其车,驾白龙,振策登天。刘翁乘余龙追之,不及。既到玄宫,易百官,杜塞北门,封白雀为上卿侯。改白雀之胤,不产于下土。刘翁失治,徘徊五岳作灾。坚患之,以刘翁为太山守,主生死之籍。"按原出唐段成式《酉阳杂俎·诺皋记上》,以文字有讹脱,故弃彼取此。

张龙公 清陈元龙《格致镜原》卷九〇引《赵耕(张)龙公碑》:"张路斯,颍上人,隋初明经登第。景龙中为宣城令,夫人关州石氏生九子,自宣城罢归,常钓于焦氏台之阴。一日,顾见钓处有宫室楼殿,遂入居之。自是夜出旦归,归辄体寒而湿。夫人惊问之。公曰:'我龙也,蓼人郑祥远者亦龙也,骑白牛据吾池,自谓郑公池,吾屡与战未胜,明日取决。可使九子助我:领有绛绡者我也,青绡者郑也。'明日九子以弓矢射青绡者,中之。怒而去。公亦逐之。所过为溪谷,达于淮。而青绡者投于合淝之西山以死,为龙穴山。九子皆化为龙。"此说亦见宋曾慥《类说》卷十七引欧阳修《集古目录》引唐赵耕《张龙公碑》,文较略,或有删节。参见"龙穴山"(101页)。

张弘国 《山海经·大荒南经》:"有人名曰张弘,在海上捕鱼。海中有张弘之国,食鱼,使四鸟。"郭璞注:"或曰即奇肱人,疑非。"按《海外西经》奇肱国人"一臂三目"、"善为机巧"、"能作飞车"(后二语见郭注),确非"在海上捕鱼"之张弘国人。此当指《海外南经》之*长臂国。长臂国,《穆天子传》作长肱;张、长、肱、弘,形音俱近。张弘即长肱,亦即长臂。

张帆溪　《太平御览》卷五二引《永嘉志》:"永嘉南岸有帖石,乃尧之神人。以破石椎将入恶溪,道次,置之溪侧,遥望有似张帆。今俗号为张帆溪,与天台山相接。"

张果老　俗传*八仙之一。亦称"张果"。唐李冗《独异志》卷下:"玄宗朝有张果老先生

张果老　明刊本《月旦堂仙佛奇踪》

者,不知岁数,出于邢州,帝迎于内,礼敬甚,问无不知者。一旦有道士叶静能,亦多知解。玄宗问果老何人,静能答曰:'臣即知之,然臣言讫即死,臣不敢言。若陛下免冠跣足救臣,臣即能活。'帝许之。静能曰:'此混沌初分白蝙蝠精。'言讫七窍血流,僵仆于地。玄宗遽往。果老徐曰:'此小儿多口过,不谪之,败天地间事耳。'帝衷恳久之,果老以水噀其面,复生。其后果老辞归邢州所隐之处,俄然不知所往。"又清翟灏《通俗编》(《丛书集成初编》本)卷二云:"张果尝乘一白驴,日行数万里,休则叠之如纸,置巾箱中,乘则以水噀之,还成驴矣。"又云:"俗言张果老倒骑驴,各传记未云,盖倒骑驴,乃宋潘阆事。"《四游记·东游记》第二十回"张果骑驴应召"云:"张果常乘一白驴,每倒骑之。"参见"八仙过海"(9页)。

张果洞　《古今图书集成·山川典》卷三七引《平阳府志》:"张果隐中条山,往来汾、晋间,世传数百岁。尝骑一白驴,日行数万里,休则叠之如纸,置巾箱中;乘则以水噀之,复成驴。今五老峰有张果洞,石上驴迹宛然,相传为异。"参见"张果老"。

张骞槎　唐赵璘《因话录》卷五:"《汉书》载张骞穷河源,言其奉使之远,实无天河之说。惟张茂先《博物志》,说近世有人居海上,每年八月,见海槎来不违时。赍一年粮,乘之到天河。……都是凭虚之说。……宝历中,余下第还家,于京洛途中,逢官差递夫舁张骞槎……不知是何物也。前辈诗往往有用张骞槎者,相袭谬误矣。"又清陈元龙《格致镜原》卷二八引《洞天集》云:"严遵仙槎唐置之于麟德殿,长五十余尺,声如钢铁,坚而不蠹,李德裕截细枝尺余,刻为道像,往往飞去复来。广明已来失之。槎亦飞去。"《因话录》作者赵璘下第时于京洛途中所逢之"张骞槎",当即此槎。参见"揩机石"(330页)。

八　画

〔一〕

表门　宋罗泌《路史·后纪十三》注引《丧服要记》："表门起于禹，禹治洪水，故表其门以纪其功。"

环狗　《山海经·海内北经》："环狗，其为人兽首人身。一曰蜩状如狗，黄色。"

环狗

郁洲　北魏郦道元《水经注·淮水》："东北海中有大洲，谓之郁洲，《山海经》所谓'郁山在海中'者也。言是山自苍梧徙此，云山上犹有南方草木。"今本《海内东经》作"都州在海中，一曰郁州"。

厕神　《古今图书集成·神异典》卷四〇引《显异录》："紫姑，莱阳人，姓何，名媚，字丽卿，寿阳李景纳为妾。其妻妒之，于正月十五阴杀之厕中。天帝悯之，命为厕神。故世人作其形，夜于厕间迎祀，以占众事。俗呼为三姑。"又宋苏轼《子姑神记》记其事，以之为唐垂拱中寿阳人。清褚人穫《坚瓠秘集》卷一"厕神"条引《葆光录》云："天台有民王某，常祭厕神。一日至其所，见黄衣女子云：'某厕神也。君闻蝼蚁言不？'民曰：'不闻。'遂于怀中取小盒子，以指点少膏如口脂，涂民右耳下，戒之曰：'或见蚁子群聚，侧耳听之，必有所得。'民明旦见砌柱下群蚁纷纷，听之，果闻相语云：'移穴去暖处。'旁有问之何故，云：'其下有宝，住不安。'民伺蚁出，寻之，获白金十锭。"参见"紫姑"（316页）。

画中人　五代于狄《闻奇录》："唐进士赵颜于画工处得一软幛，图一妇人甚丽。颜谓画工曰：'世无其人也，如何令生，某愿纳为妻。'画工曰：'余神画也；此亦有名，曰真真，呼其名百日，昼夜不歇，即必应之，应即以百家彩灰酒灌之，必活。'颜如其言，遂呼之名百日，昼夜不止，乃应曰：'诺。'急以百家彩灰酒灌之，遂活。下步言笑，饮食如常。曰：'谢君召妾，妾愿事箕箒。'终岁，生一儿。儿年可两岁，友人曰：'此妖也，必与君为患，余有神剑，可斩之。'其夕，乃遗颜剑。剑才入室，真真乃泣曰：'妾南岳地仙也，无何为人画妾之形，君又呼妾名，既不夺君愿，君今疑妾，妾不可住。'言讫，携其子却上软幛，呕出先所饮百家彩灰酒。睹其幛，惟添一孩子，皆是画焉。"

述异记　书名。❶南朝齐祖冲之著。十卷。《隋书·经籍志》著录，已佚。鲁迅《古小说钩沈》有辑录。其中所记如金鸡、山獏等，可供神话研究参考。❷旧题南朝梁任昉撰。二卷。当为唐宋间人掇集梁书而成，文颇凌杂。然其中不乏神话传说资料，如盘古琐传、蚩尤轶闻、神农、鲁班故事等。❸清东轩主人著。三卷。仿任昉《述异记》记清初怪异事。其中洞庭神君、铁柱官、望夫云、火龙等，亦有关神话传说。

剖儿坪　《三国志·蜀书·秦宓传》注引《谯周蜀本纪》："禹本汶山广柔县人也，生于石纽，其地名剖儿坪。"《汉唐地理书钞》辑《扬雄蜀王本纪》云："禹本汶山广柔县人也,生于石纽,其地名痢儿畔。禹母吞珠孕禹,坼釐而生于县之涂山。"痢儿畔即所谓刳儿坪。禹传说系"坼釐而生",故云"刳"云"痢";然"痢"义无取,疑当是"裂"字之音讹。"裂儿畔"与"刳儿坪"义正相应。《锦里新编》卷十四云："刳儿坪在石泉县南石纽山下,绝壁上有'禹穴'二字,系太白书。坪下近江处,白石累累,俱有血点侵入,刮之不去。相传鲧纳有莘氏,胸臆坼而生禹,石上皆有血浅(溅)之迹。"则地方风物,俨在目前矣。

斩龙台　《巫山县志》卷三〇："斩龙台,治西南八十里;错开峡,一石特立。相传禹王导水至此,一龙错行水道,遂斩之,故峡名错开,台名斩龙。"参见"错开峡"(335页)。

事文类聚　书名。宋祝穆撰。有前集六十卷,后集五十卷,续集二十八卷,别集三十二卷。凡一百七十卷,略仿《艺文类聚》,每类皆始以群书要语,次古今事实,次古今文集。诗文多载全篇。后元富大用复编新集三十六卷,外集十五卷;祝渊撰遗集十五卷,体例并无所改。其书搜罗宏富,亦有零星神话资料存于其间。

事物纪原　书名。作者佚名,或谓宋高承撰。明阎敬刊行,李果校补,十卷,五十五部。其书于每事每物,皆考索古书,推其缘起。虽不能尽确,亦可以资博识。中亦偶有涉及神话传说者,如卷一记"山谷江海",卷二记"指南车",卷八记"纸鸢"等。

抱朴子　书名。晋葛洪撰。以其自号名书。七十卷,其中内篇二十卷,外篇五十卷。内篇论神仙吐纳、符箓克治之术,纯为道家之言;外篇则论时政得失,人事臧否。要皆以黄老为宗,世以为道书之一。然以其洽闻,征引繁富,亦略有神话传说资料。

担生　《旧小说·乙集三·广异记》"担生"条略云:有书生路逢小蛇,因收养渐大,每担之,号曰担生。后不可负,放之范县东大泽中。四十余年,蛇如覆舟,号为神蟒,人往泽中,必被吞食。书生老迈,经此泽畔。人曰："中有大蛇食人,君宜无往。"时盛冬寒甚,生谓冬月蛇藏,遂过大泽。忽有蛇逐书生,尚识其形色。遥谓之曰："尔非我担生乎?"蛇便低头,良久方去。回至范县,县令闻其见蛇不死,以为异,系之狱,断刑当死。生私忿曰："担生,养汝翻令我死,不亦剧哉!"其夜蛇遂攻陷一县为湖,独狱不陷,书生获免。北魏郦道元《水经注·浊漳水》云:"(武强县)人有行于途者,见一小蛇,疑其有灵,持而养之,名曰担生。长而吞噬人,里中患之,遂捕系狱。担生负而奔,邑沦为湖,县长及吏,咸为鱼矣。"即上述之所本。

拘缨国　见"拘瘿国"。

拘瘿国　《山海经·海外北经》："拘瘿之国在其东,一手把瘿。一曰利瘿之国。"按经文诸"瘿"字,原均作"缨"。郭璞注："言其人常以一手持冠缨也。或曰缨宜作瘿。"《山海经》所记海外诸国,非异形即异禀,未有"一手把缨"而能自成一国之理,郭注"持冠缨"之说非。故缨实只"宜作瘿"。瘿,颈瘤。经"一曰利瘿之国"者,利或是捋之讹。捋瘿者,亦拘瘿之意。

柱人山　北魏郦道元《水经注·淇水》:"淇水东北径柱人山东。"《太平御览》卷四五引《隋图经》:"柱人山,俗名上阳三山,或云纣杀比干于此山,因得名,古凡伯国之地也。"按山在今河南省浚县西北二十五里,接汤阴县界,亦名善华山。又《水经注·沅水》亦有柱人山,非此。参见"比干"(42页)。

林氏国　《山海经·海内北经》:"林氏国有珍兽,大若虎,五采毕具,尾长于身,名曰驺吾,乘之日行千里。"郝懿行云:"《周书·史记篇》云:'昔有林氏召离戎之君而朝之。'又云:'林氏与上衡氏争权,俱身死国亡。'即此国也。"

棡鼓曲 黄帝作。《玉函山房辑佚书》辑《归藏·启筮》:"蚩尤出自羊水,八肱八趾疏首,登九淖以伐空桑,黄帝杀之于青邱,作《棡鼓之曲》十章:一曰雷震惊,二曰猛虎骇,三曰鸷鸟击,四曰龙媒蹀,五曰灵夔吼,六曰雕鹗争,七曰壮士奋,八曰熊罴哮,九曰石荡崖,十曰波荡壑。"

枫木 《山海经·大荒南经》:"有宋山者……有木生生山上,名曰枫木。枫木,蚩尤所弃其桎梏,是为枫木。"又《云笈七籖》卷一百辑唐王瓘《轩辕本纪》云:"黄帝杀蚩尤于黎山之丘,掷械于大荒之中,宋山之上,后化为枫木之林。"即本此为说。

柜儿崖 明谈迁《枣林杂俎·义集》引《蝶巷存稿》:"四川桐梓县七晕溪之柜儿崖,崖门有柜,相传其中器物皆具,昔人尝借用之。后有失其瓷瓯者,遂路隔不能达。"

柜格松 《山海经·大荒西经》:"西海之外,大荒之中,有方山者,上有青树,名曰柜格之松,日月所出入也。"按《山海经》记"日月所出山凡六,"日月所入山亦六,惟此方山及其上之柜格松,为日月所出入。然地在西荒,何可云"出",疑"出"字衍。而《初学记》卷一引经文,亦作"日月所出入",知"出"字其实不衍。此神话之山之树,诚如郭璞所云:"不可以常理推"(见《海内西经》贰负节郭注)。

雨工 谓雷霆。《太平广记》卷四一九"柳毅"条引《异闻集》略云:柳毅见泾川妇人牧羊,问之。女曰:"此非羊,雨工也。""何为雨工?"曰:"雷霆之类也。"又唐李贺《神弦曲》:"古壁彩虹金帖尾,雨工骑入秋潭水。"

雨师 亦称"蓱翳"、"屏翳"、"玄冥"。《楚辞·天问》:"蓱号起雨,何以兴之?"王逸注:"蓱,蓱翳,雨师名也。"《山海经·海外东经》云:"雨师妾在其北。"郭璞注:"雨师谓屏翳也。"《艺文类聚》卷二引《风俗通》云:"玄冥,雨师也。"又《韩非子·十过》云:"昔者黄帝合鬼神于西泰山之上……蚩尤居前,风伯进扫,雨师洒道。"雨师与风伯、蚩尤,盖均黄帝之属神。而《山海经·大荒北经》云:"蚩尤作兵伐黄帝,黄帝乃令应龙攻之冀州之野。应龙畜水。蚩尤请风伯、雨师,从(纵)大风雨。"雨师与风伯又转而与蚩尤同攻黄帝。设非传闻异辞,当因书阙有间,疑莫能明。

雨师妾 《山海经·海外东经》:"雨师妾在其北,其为人黑,两手各操一蛇:左耳有青蛇,右耳有赤蛇。一曰在十日北,为人黑身人面,各操一龟。"郭璞注:"雨师谓屏翳也。"郝懿行云:"雨师妾盖亦国名,即如《周书·王会篇》有姑妹国矣。"王念孙云:"《御览·鳞介五》(卷九三三)无妾字。"按郭注亦只释雨师,未释妾字,或经文本无妾字。然据所写景象"其为人黑,两手各操一蛇"、"为人黑身人面,各操一龟"观之,则雨师妾确当如郝懿行所云,是一国名,或一部族名,如《海外北经》夸父国(博父国)然,乃神之胄裔,特郭未审其义,只释雨师耳。至《御览》引无妾字,亦不过偶然漏落,非关宏旨。至郝举《周书·王会篇》有"姑妹国"为证则殊未审:盖姑妹国乃姑蔑国,"妹"字从"末",不从"未"。

雨师妾

欧默 《珊玉集》卷十二《感应篇》:"欧默,皇(黄)帝时人也,家箸五曜神珠。而欧无子,惟有三女，各嫁诸侯为妻。欧得病，临终，语左右曰：'可投五曜于南海中……吾女若来，可以语之'。及欧死没(后)，三女奔丧，因问神珠。左右答曰：'已投南海也。'三女于是俱往海边，向海号泣，五曜神珠为之浮出，遂即得之也。"按所引原有数字缺坏，以意补足，存其大概。

欧丝野 《山海经·海外北经》："欧丝之野，在反踵东（"反踵"原作"大踵"，据郝懿行校改），一女子跪据树欧丝。"按据经文所写，*蚕马神话已肇其端。

欧冶子 《太平御览》卷三四三引《吴越春秋》（今本无）："越王允常聘欧冶子作名剑五枚，大三小二：一曰纯钧，二曰湛卢，三曰豪曹，或曰盘郢，四曰鱼肠，五曰钜阙……初造此剑，赤堇之山，破而出锡，若耶之溪，涸而出铜，雨师洒道，雷公发鼓，蛟龙捧炉，天帝壮(装)炭，太一下观。于是欧冶子曰(因)天地之精，悉其伎巧，造为此剑。"汉袁康《越绝书·外传记宝剑》："楚王召风胡子而问之，曰：'寡人闻吴有干将，越有欧冶子，此二子甲此而生，天下未尝有。……寡人愿赍邦之重宝，皆以奉子，因吴王请此二人作铁剑，可乎？'风胡子曰：'善。'于是乃令风胡子之吴，见欧冶子、干将，使人作铁剑。欧冶子、干将凿茨山，泄其溪，取铁英，作为铁剑三枚：一曰龙渊，二曰泰阿，三曰工布。毕成，风胡子奏之楚王，楚王见此三剑之精神，大悦。"欧冶子或云与干将同学。汉赵晔《吴越春秋·阖闾内传》云："干将者，吴人也，与欧冶子同师，俱能为剑。"或云乃干将之师。《吴地记》（《古今逸史》本）云："干将曰：'先师欧冶铸剑之颖不销，亲铄耳。'"盖亦传闻不同而异辞。亦作区冶。《韩非子·显学》："夫视锻锡而察青黄，区冶不能以必剑。"参见"风胡子论剑"（76页）。

奇相 三国魏张楫《广雅·释天》："江神谓之奇相。"王念孙疏证："《史记·封禅书》索隐引庾仲雍《江记》：'奇相，帝女也，卒为江神。'《文选·江赋》：'奇相得道而宅神，乃协灵爽于湘娥。'义本此。"又《蜀典》卷二"奇相"条云："《蜀梼杌》曰：'古史云，震蒙氏之女窃黄帝玄珠，沉江而死，化为奇相，即今江渎神是也。'按《黄帝传》云：'象罔得之，后为蒙氏女奇相氏窃之，沉海去为神。'……《一统志》引《山海经》（今本无）云：'神生汶川，马首龙身，禹道江，神实佐之。'"《汉唐地理书钞》辑唐李泰《括地志》云："江渎祠在成都县南八里。"可以与《蜀典》所记相印证。奇相云者，当系*震蒙氏女沉江后，化为马首龙身之怪，故名。

奇鸧 《文选·江赋》："奇鸧九头。"按九头实当作九尾。参见"九尾鸟"（12页）。

奇肱国 《山海经·海外西经》："奇肱之国在其北，其人一臂三目，有阴有阳。乘文马。有

奇肱国

鸟焉，两头，赤黄色，在其旁。"郭璞注"有阴有阳，乘文马"云："阴在上，阳在下；文马即吉良也。"又云："其人善为机巧，以取百禽；能作飞车，从风远行。汤时得之于豫州界中，即坏之，不以示人。后十年东（东原作

西,讹,从《博物志》改)风至,复作遣之。"按奇肱,《淮南子·墬形训》作奇股。高诱注:"奇,只也;股,脚也。"则是独脚人矣,以较独臂,似独脚于义为长。

奇股民 《淮南子·墬形训》:"凡海外三十六国,自西北至西南方,有……奇股民。"高诱注:"奇,只也;股,脚也。"参见"奇肱国"。

武丁 《楚辞·离骚》:"说操筑于傅岩兮,武丁用而不疑。"参见"傅说"(319页)。

武罗 神名。《山海经·中次三经》:"青要之山,实维帝之密都……魋武罗司之。其状人面而豹文,小要(腰)而白齿,而穿耳以鐻,其鸣如鸣玉。是山也,宜女子……有鸟焉,名曰鴢……食之宜子;有草焉,名曰荀草……服之美人色。"按魋,郭璞注:"魋即神字。"或据《说文》(九)"魋,神也"为说。而段玉裁云:"当作神鬼也,神鬼者,鬼之神者也。"以段说为长。《玉篇》云:"魋,山神也。"说亦较单以神释魋贴切。

武担 山名。晋常璩《华阳国志·蜀志》:"武都有一丈夫,化为女子,美而艳,盖山精也。蜀王纳为妃,不习水土,欲去。王必留之,乃为《东平之歌》以乐之。未几,物故,蜀王哀之。乃遣武丁之武都担土,为妃作冢,盖地数亩,高七丈,上有石镜,今成都北角武担是也。……成都县内有一方折石,围可六尺,长三丈许。去城北六十里曰毗桥,有一折石亦如之,长老传言,武丁担土担也。"唐杜甫《石镜》诗:"蜀王将此镜,送死置空山。"即此。参见"蜀王"(334页)、"五丁力士"(63页)。

武夷山 《太平御览》卷四七引《萧子开建安记》:"武夷山高五百仞,岩石悉红紫二色,望之若朝霞。有石壁峭拔数百仞于烟岚之中。其石间有木碓、砻、簸箕、箩、箸、什器等物,靡不有之,顾野王谓之地仙之宅。半岩有悬棺数千。传云,昔有神人武夷君居此,故因名之。"又明陈耀文《天中记》卷七云:"武夷山者,《列仙传》铿铿炼丹之所也。铿铿进雉羹于尧,尧封于彭城,故谓之彭祖,年七百七十七岁而卒。铿有子二人,其一曰武,其二曰夷,因以名山。"是又后来传说之附会。

武王伐纣 《楚辞·天问》:"武发杀殷何所悒?载尸集战何所急?"王逸注:"武王伐纣,载文王木主,称太子发欲奉行天诛,为民除害也。"洪兴祖补注:"尸,神象也,以人为之。"武王伐纣,乃假文王之声威而行。《淮南子·览冥训》:"武王伐纣,渡于孟津,阳侯之波,逆流而击,疾风晦冥,人马不相见。于是武王左操黄钺,右秉白旄,瞋目而扬之,曰:'余任天下,谁敢害吾意者!'于是风济而波罢。"晋王嘉《拾遗记》卷二:"周武王东伐纣,夜济河。时云明如昼,八百之族,皆齐而歌。有大蜂如丹鸟,飞集王舟,因以鸟画其旗。翌日而枭纣,名其船曰蜂舟。"晋常璩《华阳国志·巴志》:"周武王伐纣,实得巴蜀之师,巴师勇锐,歌舞以凌。"《诗·大雅·大明》:"牧野洋洋,檀车煌煌,驷骡彭彭。维师尚父,实维鹰扬。凉彼武王,肆伐大商,会朝清明。"汉贾谊《新书·连语》:"纣与武王战,纣陈其卒,左臆右臆,鼓之不进,皆还其刃,顾以乡纣也。"《淮南子·泰族训》:"士亿有余万,然皆倒矢而射,傍戟而战。武王左操黄钺,右执白旄以麾之,则瓦解而走,遂士崩而下。"《新书·连语》:"纣走,还于寝庙之上,身斗而死,左右弗肯助也。……民之观者皆进蹴之,蹈其腹,麛其肾,践其肺,履其肝。周武王乃使人帷而守之,民之观者,撑帷而入,提石之者,犹未肯止。"参见"纣"(146页)、"姜太公"(240页)。

若木 《山海经·大荒北经》:"大荒之中,有……灰野之山('灰野'原作'洞野',从王念孙、郝懿行校改),上有赤树,青叶、赤华,名曰若木。"郭璞注:"生昆仑西,附西极,其华光赤下照地。"《海内经》云:"南海之内('内'原作'外',从宋本、吴宽抄本改),黑水青水之间,有木,名曰若木。"即此。《淮南子·墬形训》云:"若木在建木西,末有十日,其华照下地。"高诱注:"若木端有十日,状如莲华,光照其下。"则其景亦伟,盖"日之所入处"(见《文选·月赋》注引《山海经》,今本无)。然《楚辞·离骚》云:"饮余马于咸池兮,总余辔乎扶桑。折若木以拂日兮,聊逍遥以相羊。"《天问》云:"羲和之未扬,若华何光?"若木似又在东方,且若木即*扶桑。若木之若(与训作"择菜"之若有别),《说文》六作叒,云:"日初出东方汤谷,所登榑桑;叒,木也,象形。"盖若木即扶木、榑桑(扶桑),最初传说本在东方,其后西方亦有之。

苗民 颛顼裔。《山海经·大荒北经》:"西北海外,黑水之北,有人有翼,名曰苗民。颛顼生驩头,驩头生苗民。苗民釐姓,食肉。有山,名曰章山。"苗民又称三苗。《书·吕刑》:"苗民弗用灵,制以刑。"传:"三苗之君,习蚩尤之恶,不用善化民,而制以重刑。"是其证。参见"三苗国"(20页)。

茆亭客话 书名。宋黄休复撰。十卷。杂录蜀中轶事,始于五代,终于宋真宗时。语虽多涉神怪,然中如说虹霓、记蚕市等,亦有关神话传说。

茅将军庙 宋钱易《南部新书》辛云:"江淮间多……茅将军庙……庙中多画缚虎之象。盖唐末浙西僧德林,少时游舒州,路左见一夫荷锄,治方丈之地,左右数十里(无)居人。问之,对曰:'顷时自舒之桐城,至此暴得痁疾,不能去,因卧草,及稍醒已昏矣。四望无人烟,惟虎豹吼叫,自分必死。俄有一人,部从如大将,至此下马,据胡床坐。良久,召二卒曰:善守此人,明日送至桐城县下。遂上马,忽不见,惟二卒在焉。某即强起问之,答此茅将军夜出猎虎,忧汝被伤,故使护汝。欲更问之,则困卧。及觉,已旦,不见二卒。即起行,意甚轻健,至桐城。顷之,疾愈。故以所见之地,立祠祀之。'德林止舒州十年,及回,则村落皆立茅将军祠矣。"按宋初徐铉《稽神录》卷六"茅将军祠"条已记其事,文略同。

英招 《山海经·西次三经》:"槐江之山……实惟帝之平圃,神英招司之。其状马身而人

英招

面,虎文而鸟翼,徇于四海,其音如榴。"郭璞云:"徇,谓周行也。"

英泉 《艺文类聚》卷九引《括地图》:"神宫有英泉,饮之,眠三百岁乃觉,不知死。"

范文 北魏郦道元《水经注·温水》:"范文,日南西卷县夷帅范椎奴也。文为奴时,山涧牧羊,于涧水中,得两鲤鱼,隐藏挟归,规欲私食。郎知检求,文大惭惧,起托云:'将砺石还,非为鱼也。'郎至鱼所,见是两石,信之而去。文始异之。石有铁,文入山中,就石冶铁,锻作两刀。举刃向郭,因祝曰:'鲤鱼变

化,冶石成刀,斫石郭破者,是有神灵,文当得此,为国君王;斫不入者,是刀无神灵。'进斫石郭,如龙渊干将之斩芦藁。由是人情渐附。今斫石尚在,鱼刀犹存,传国子孙,如斩蛇之剑也。"按亦见《述异记》卷上,又见《晋书·南蛮传》,文略同。

范林 亦作"氾林"。《山海经·海外南经》:"狄山,帝尧葬于阳,帝喾葬于阴……其范林方三百里。"郭璞注:"言林木氾滥布衍也。"

范颜 明黄宗羲《四明山志》(见《四明丛书》第四集)卷五引《丹山图志》:"其(四明山)间仙兽有犀牛,范颜捕得皮为裘;服之对面不见人,隐藏形质无踪由。"注:"范颜,梁时人。"

范成光 禹臣。晋张华《博物志·外国》:"昔禹平天下……二龙降之。禹使范成光御之,行域外,既周而还。"

范杞良 *孟姜女之夫。

范郎庙 见"孟姜女"(217页)。

青马 《山海经·海外东经》:"嗟丘,爰有遗玉、青马。"旧于青马无释,揆此经及他经文意,青马当为神马。《大荒南经》所记*南类山及*盖犹山亦有之,此二山均在古帝(尧、喾、舜)葬所附近,*嗟丘亦在"尧葬东"《海外东经》颛顼葬所附近之平丘,"爰有遗玉、青鸟"。青鸟亦当为青马,《藏经》本正作青马。诸地所写,皆人间乐园之景,且又在古帝葬所附近,故青马当为神马,犹此诸地之遗玉、视肉等之具有神性然。

青牛 ❶千年木精。《太平御览》卷九〇〇引《嵩高记》云:"山有大松,或千岁,其精为青牛。"《史记·秦本纪》正义引《录异记》云:"秦文公时,雍南山有大梓树。文公伐之……树断,中有一青牛出,走入丰水中。"均木精为青牛之证。参见"木精"。❷道家谓仙人骑青牛。《古小说钩沈》辑《列异传》:"老子西游,关令尹喜望见其有紫气浮关,而老子果乘青牛而过。"晋葛洪《神仙传》卷十:"封君达,陇西人。幼学道,入鸟兽山采药,百余年还乡里,如二十许人。常驾一青牛,人莫知其名号,因号青牛道士。"

青鸟 *三青鸟之一。《山海经·大荒西经》:"有西王母之山……有三青鸟('有西王母之山'原作'西有王母之山',从王念孙、郝懿行校改)。赤首黑目,一名曰青鸟。"又《古小说钩沈》辑《汉武故事》:"七月七日,忽见有青鸟来集殿前……是夜漏七刻,王母至,有二青鸟如乌,夹侍母傍。"后人因称妇女传信使者曰青鸟。唐李商隐《无题》诗:"蓬山此去无多路,青鸟殷勤为探看。"

青邱 即"长洲"(78页)。

青泥 ❶谓息壤。晋王嘉《拾遗记》卷一:"禹尽力沟洫,导川夷岳,黄龙曳尾于前,玄龟负青泥于后。"❷谓龙食。《旧小说·乙集四·逸史》"张公洞"条略谓:姚生瓶火负囊,入义兴张公洞,见二道士对弈,馁求其食,予青泥数斗,食之芳馨。密怀其余,出询胡贾,惊曰:"此龙食也,何方而得?"再往寻之,但黑巨穴,不复有路;青泥出外,已便如石,不复可食。

青鸢 《山海经·大荒西经》:"有玄丹之山。有五色之鸟,人面有发。爰有青鸢、黄鹜,青鸟、黄鸟,其所集者其国亡。"参见"鸢鸟"(297页)。

青帝 谓太昊伏羲。五天帝之一。《楚辞·离骚》:"溘吾游此春宫兮。"王逸注:"春宫,东方青帝舍也。"《汉书·司马相如传》云:"使句芒其将行兮。"张揖注:"句芒,东方青帝之佐也。"《礼记·月令》:"孟春之月……其帝大皞,其神句芒。"注:"大皞,宓戏氏。"是青帝即太昊伏羲。参见"五帝"(60页)。

青耕 《山海经·中次十一经》:"堇理之山……

有鸟焉，其状如鹊，青身白喙，白目白尾，名曰青耕，可以御疫，其鸣自叫。"

青耕

青蚨 晋干宝《搜神记》卷十三："（南方有虫）名青蚨，形似蝉而稍大，味辛美，可食。生子必依草叶，大如蚕子，取其子，母即飞来，不以远近。虽潜取其子，母必知处。以母血涂钱八十一文，以子血涂钱八十一文。每市物，或先用母钱，或先用子钱，皆复飞归，轮转无已。故《淮南子·术》以之还钱。"按《淮南子·术》即谓《淮南子·万毕术》（今佚），《太平御览》卷九五〇引有其"青蚨还钱"条，世因径称钱曰"青蚨"。

青蛇 ❶蛇名。《山海经·海外北经》："北方禺彊，人面鸟身，珥两青蛇，践两青蛇。"《大荒北经》："有大青蛇，黄头，食麈。"❷见"白娘子"（112页）。

青鸾 即"鸾鸟"（298页）。

青田酒 晋崔豹《古今注》卷下："乌孙国有青田核，莫测其树实之形。至中国者，但得其核耳。得清水则有酒味出，如醇美好酒。核大如六升瓠，空之以盛水，俄而成酒。刘章得两核，集宾客设之，常供二十人之饮。一核尽，一核所盛以复饮。饮尽随更注水，随尽随盛。不可久置，久置则苦不可饮。名曰青田酒。"又唐段成式《酉阳杂俎·酒食》云："青田核，莫知其树实之形。核大如六升瓠，注水其中，俄顷水成酒，一名青田壶，亦曰青田酒。蜀后主有桃核两扇，每扇着仁处，约盛水五升。良久，水成酒味，醉人，更互贮水以供其宴。即不知得自何处。"即此。刘章盖即蜀后主刘禅，"章"当是"禅"字之阙讹。

青丘山 《山海经·南山经》："青丘之山……有兽焉，其状如狐而九尾，其音如婴儿，能食人，食者不蛊。"按此青丘山其地望亦当在东，与*青丘国、*青邱泽同，经乃误记于此。

青丘国 《山海经·海外东经》："青丘国在其北，其狐四足九尾。一曰在朝阳北。"郭璞注："其人食五谷，衣丝帛。"又《大荒东经》云："有青丘之国，有狐九尾。"即此。

青鸟氏 少昊时鸟官名。为历正之属。《左传·昭公十七年》："青鸟氏，司启者也。"注："青鸟，鸧鴳也，以立春鸣，立夏止。"疏："立春立夏谓之启。此鸟以立春鸣，立夏止，故以名官，使之主立春立夏。"参见"少昊之国"（66页）。

青衣神 《三教搜神大全》卷七："青衣神即蚕丛氏也。按传，蚕丛氏初为蜀侯，后称蜀王，

青衣神　明刊本《三教搜神大全》

尝服青衣巡行郊野，教民蚕事。乡人感其德，因为立祠祀之，祠庙遍于西土，罔不灵验。俗概呼之曰青衣神，青神县亦以此得名云。"蚕丛之丛，义当为丛社之丛，蚕丛即蚕神。以蚕色青故称。

青邱泽 《淮南子·本经训》："尧乃使羿……缴大风于青邱之泽。"高诱注："青邱，东方

之泽名也。"《山海经》亦有"青丘国"、"青丘山"，当即其地。

青金镜 《初学记》卷二〇引郭子横《洞冥记》："望蟾阁上有青金镜，广四尺。元光中，波祇国献此青金镜，照见魑魅，百鬼不敢隐形。"事亦见今本《洞冥记》卷一，然文有脱误。参见"照妖镜"（333页）。

青城山 ❶《古小说钩沈》辑《玄中记》："蜀郡有青城山。有洞穴潜行，分道为三，道各通一处。西北通昆仑。"此山有关于黄帝、老子、李二郎、赵昱等神话传说。❷《太平御览》卷一九二引《三齐略记》："阳庭城东西（南？）二百五十里青城山。秦始皇登此山造石城，入河三十里。临海射鱼，方四百里，水变血色，今犹尔也。"

青陵台 《太平寰宇记》卷十四："(郓城县)青陵台。《郡国志》云：'宋王纳韩凭之妻，使凭运土筑青陵台。'至今台迹依然。"参见"韩凭"（313页）。

青磁碗 见"石盂"（94页）。

〔丨〕

歧伯 黄帝臣。歧一作岐。《太平御览》卷七二一引《帝王世纪》："歧伯，黄帝臣也。帝使歧伯尝味草木，典主医病，经方《本草》、《素问》之书咸出焉。"同书卷八引《黄帝歧伯经》云："歧伯乘绛云之车，驾十二白鹿，游于蓬莱之中。"盖当是奉黄帝命往求仙药。《史记·封禅书》云："黄帝时，虽封泰山，然风后、封臣、歧伯令黄帝封东泰山，禅凡山，合符，然后不死焉。"又《汉书·艺文志》云："太古有歧伯、俞拊。"知歧伯传说由来已久。

国语 书名。又名《春秋外传》。相传为春秋时左丘明撰。三国吴韦昭注。二十一卷。载有周、鲁、齐、晋、郑、楚、吴、越八国事，尤以吴语为详。其所记禹诛防风、颛顼"绝地天通"等，系研究神话之重要资料。

凯风 《山海经·南次三经》："旄山之尾，其南有谷，曰育遗，多怪鸟，凯风自是出。"《尔雅·释天》云："南风曰凯风。"参见"南风"（226页）。

岞岭山 北魏郦道元《水经注·沔水》："太湖之东，吴国西十八里，有岞岭山。俗说此山本在太湖中，禹治水，移进近吴。又东及西南，有两小山，皆有石如卷笮，俗云禹所用牵山也。太湖中有浅池，长老云，是笮(岞？)岭山蹠。自此以东差深，言是牵山之沟。此山去太湖三十余里，东则松江出焉。"

岭表录异 书名。唐刘恂撰。三卷。所叙皆粤东物产风土，记载博赡，文词古雅。其中记有鬼车、韩朋鸟等神话传说资料。

罔两 亦作"蝄蜽"、"魍魉"。宋罗泌《路史·后纪四》："蚩尤乃驱罔两，兴云雾，祈风雨，以肆志于诸侯。"又《左传·宣公三年》云："故民入川泽山林，不逢不若，螭魅罔两，莫能逢之。"注："罔两，水神。"释文引《说文》云："罔两，山川之精物也。"即此。

罔象 精怪名。❶即"无伤"。❷唐段成式《酉阳杂俎·尸穸》："《周礼》方相氏殴罔象。罔象好食亡者肝而畏虎与柏。墓上树柏，路口致石虎，为此也。"参见"方相氏"（81页）。

尚书 书名。亦曰《书经》，古惟称《书》。相传为孔子删定。其实《尧典》、《禹贡》等篇均后来儒家所补。西汉初存二十八篇，即《今文尚书》。又有汉武帝时于孔子旧宅中发现之《古文尚书》与东晋梅赜（一作梅颐、枚颐）所献之伪《古文尚书》。《十三经注疏》本《尚书》，即《今文尚书》与伪《古文尚书》之合编。其中所记古代史实，多有篡改神话而成者，如益让朱、虎、熊、罴、夔典乐、教胄子，蚩尤"作乱"等，故可略窥古神话本貌。

尚仪 即"常羲"(292页)。

尚书大传 书名。旧题汉伏胜撰,郑玄注。据玄序乃胜之门徒张生、欧阳生等录其遗说编成。清梁章钜《退庵随笔》曰:"其文或说《尚书》,或不说《尚书》,大抵如《易乾凿度》、《春秋繁露》,与《尚书》经义,在离合之间,而古训旧典,往往而在。"原书久已残阙,清卢文弨、陈寿祺均有补辑,是书于殷、周之际文王、姜太公事,多采民间传说,可资研考。

叔齐 商末孤竹君次子。见"伯夷❷"(171页)。

叔均 《山海经·大荒南经》:"苍梧之野,舜与叔均之所葬也。"郭璞注:"叔均,商均也;舜巡狩,死于苍梧而葬之,商均因留,死亦葬焉。墓在九疑之中。"又《海内经》云:"帝俊生三身,三身生义均,义均是始为巧倕,是始作下民百巧。"此义均亦*商均,即叔均。义、叔、商,一声之转;而*帝俊实即舜。此经下文复云:"后稷是播百谷。稷之孙曰叔均,是始作牛耕。"《大荒西经》亦云:"有西周之国,姬姓,食谷。有人方耕,名曰叔均。帝俊生后稷,稷降以百谷。稷之弟曰台玺,生叔均。叔均是代其父及稷播百谷,始作耕。"《大荒北经》云:"蚩尤作兵伐黄帝……黄帝乃下天女曰魃,雨止,遂杀蚩尤。魃不得复上,所居复雨。叔均言之帝,后置之赤水之北。叔均乃为田祖。"据上引文字,此后稷之侄或孙之叔均,亦即*义均、*商均,盖以传闻不同而见异说。王念孙、郝懿行均以为系经文牴牾,谓舜葬所之叔均非商均,则失之于拘。在古神话中,叔均(商均、义均)"乃为田祖",又"作耕"、"作牛耕"、"作下民百巧",乃为民立功者,与史传"舜之子商均不肖"说不同;然人则一也。参见"巧倕"(89页)。

叔歜国 颛顼裔。《山海经·大荒北经》:"有叔歜国,颛顼之子,黍食,使四鸟:虎、豹、熊、罴。"

鸣石 《山海经·中次六经》:"长石之山,无草木,多金玉。其西有谷焉,名曰共谷,多竹。共水出焉,西南流注于洛,其中多鸣石。"郭璞注:"晋永康元年,襄阳郡上鸣石,似玉,色青。撞之,声闻七八里,即此类也。"

鸣鸟 《山海经·大荒西经》:"有弇州之山,五采之鸟仰天,名曰鸣鸟。爰有百乐歌儛之风。"即凤鸟之属。

鸣蛇 《山海经·中次二经》:"鲜山,多金玉,无草木。鲜水出焉,而北流注于伊水。其中多鸣蛇,其状如蛇而四翼,其音如磬,见则其邑大旱。"此蛇亦见《中次十一经》帝囷山。

鸣蛇

罗罗 ❶鸟名。《山海经·西次二经》:"莱山,其木多檀楮,其鸟多罗罗,是食人。"❷兽名。《海外北经》:"有青兽焉,状如虎,名曰罗罗。"吴任臣云:"《骈雅》曰:'青虎谓之罗罗。'今云南蛮人呼虎亦为罗罗,见《天中记》。"

罗浮山 《太平御览》卷四一引《罗浮山记》:"罗,罗山也;浮,浮山也:二山合体,谓之罗浮。在层城、博罗二县之境,有罗水南流,注于海。旧说罗浮高三千丈,长八百里,有七十二石室、七十二长溪、神湖、神禽、玉树、朱草。相传云,浮山从会稽来,今浮山上犹有东方草木。"又引《南越志》云:"此山本名蓬莱山,一峰在海中,与罗山合,因名焉。"

罗霄山石井 《初学记》卷八引《安城记》:"罗霄山有石井,天旱祷之,以木投井中,即雨,至井溢木出,乃雨止。"

虎丘 丘亦作邱。汉袁康《越绝书·外传记吴地传》:"阖庐冢在阊门外……铜椁三重，……鱼肠之剑在焉。千万人筑治之……筑三日而白虎居上，故号为虎邱。"参见"剑池"(230页)。

虎牢 《穆天子传》卷五:"有虎在于葭中。天子将至，七萃之士曰高奔戎，请生捕虎，必全之，乃生捕虎而献之。天子命为之柙，而蓄之东虢，是曰虎牢。"参见"高奔戎"(273页)。

虎蛟 《山海经·南次三经》:"祷过之山……浪水出焉，而南流注于海。其中有虎蛟，其状鱼身而蛇尾，其音如鸳鸯，食者不肿，可以已痔。"《文选·江赋》:"水物怪错，虎蛟钩蛇。"本此。

虎鹰 宋彭乘《墨客挥犀》卷二:"鼓山有老僧，云数十年前曾登灵源洞，见一禽自海上至，身大如牛，翼广二丈余，下村瞳间低飞掠食。俄攫大羖羊，复望海而去。识者云是虎鹰，能捉捕虎豹。"

虎色蛇 《山海经·海外北经》:"共工之台，台在其(相柳)东。台四方，隅有一蛇，虎色，首冲南方。"按此蛇当为守卫*共工台之神蛇。

昌容 《列仙传》下:"昌容者，常山道人也。自称殷王子，食蓬蔂根，往来山下，见之者二百余年，而颜色如二十许人。能致紫草，卖与染家，得钱以遗孤寡，历世而然。奉祠者万计。"又《太平御览》卷三七五引《帝王世纪》云:"殷时有仙女，名昌容，隔肉见骨。"同书卷九九六引《寻阳记》云:"石井山曾有行人，见山上有采紫草者……闻有呼昌容者曰:'人来取尔草。'既至山顶，寂寞无所见。"均是其异闻。《太平广记》卷五九"昌容"条引《女仙传》云:"(昌容)常行日中，不见其影。"则又当是*寿麻、玄俗之俦。

昌意 黄帝子。又说为颛顼之父或之祖。《世本·帝系篇》(清张澍粹集补注本):"黄帝娶于西陵氏之子，谓之累祖，产青阳及昌意，昌意生颛顼。"《山海经·海内经》:"黄帝妻雷祖，生昌意;昌意降处若水，生韩流;韩流……取淖子曰阿女，生帝颛顼。"

易心 《太平御览》卷九八四引《王子年拾遗录》(今本无):"燕昭王坐祇明之室，昼而假寐。忽梦……有人衣服皆毛羽……从云中而出。……(王)问以上仙之术。羽人曰:'大王精智未开，欲求恒生，不可得也。'王请受绝欲之教。羽人指画王心，应手而裂。王乃惊悟(寤)，因患心疾。久之，乃升于泉照之馆，复见前所梦人于前，曰:'本欲易王之心。'乃出方寸绿囊，囊中有续脉名丸哺四精散，其细若灰，以手摩王之臆，俄而既愈。王因请其方……求合药，终不能成。"参见"扁鹊"(238页)。

易林 书名。又称《焦氏易林》。旧题汉焦延寿撰。十六卷。其书以每一卦演为六十四卦，各系以繇辞。多取神话传说，在可解不可解之间，时有新说。如《坤之噬嗑》:"稷为尧使，西见王母，拜请百福，赐我嘉子"。《履之履》:"十乌俱飞，羿射九雌;一雄得全，虽惊不危"。《师之否》:"羿张乌号，毂射天狼;柱国雄勇，斗死荣阳"。《恒之晋》:"雨师娶妇，黄岩季女;成礼就婚，相呼南上;膏我下土，年岁大茂"之类，亦可供研究参考。

昆仑 《山海经·西次三经》:"昆仑之丘，是实惟帝之下都，神陆吾司之。其神状虎身而九尾，人面而虎爪。是神也，司天之九部，及帝之囿时。……有鸟焉，其名曰鹑鸟，是司帝之百服。""槐江之山……实惟帝之平圃……南望昆仑，其光熊熊，其气魂魂。"此昆仑之粗略景象。经所谓"帝"，即黄帝。《穆天子传》卷二云:"吉日辛酉，天子升于昆仑之邱，以观黄帝之宫。"可证。又《海内西经》:"海内昆仑之虚，在西北，帝之下都。昆仑之虚,方八百里,高万仞。上有木禾,长五寻,大五围。面有九井,以玉为槛。面有九门,门有开明兽守之。百神之所在。在八隅之岩,赤水之际,非仁羿莫能上冈之岩。……昆仑南渊深三百仞。开明兽身大类虎而九首,皆人面,东嚮立昆仑上。开明西有凤皇鸾鸟,皆戴蛇践蛇,膺有赤蛇。开明北有视肉、珠树、文玉树、玗琪树、不死树。凤皇鸾鸟皆戴瞂。又有离朱、木禾、柏树、甘水、圣木曼兑,一曰梃木牙交。开明东有巫彭、巫抵、巫阳、巫履、巫凡、巫相,夹窫窳之尸,皆操不死药以距之。窫窳者,蛇身人面,贰负臣所杀也。服常树,其上有三头人,伺琅玕树。开明南有树鸟,六首;蛟、蝮蛇、蜼、豹、鸟秩树,于表池树木,诵鸟、鹝、视肉。"昆仑山景物大致备于此。《淮南子·墬形训》:"禹乃以息土填洪水,以为名山。掘昆仑虚以下地,中有增城九重,其高万一千里百一十四步二尺六寸。上有木禾,其修五寻。珠树、玉树、璇树、不死树在其西,沙棠、琅玕在其东,绛树在其南,碧树、瑶树在其北。旁有四百四十门,门间四里,里间九纯,纯丈五尺。旁有九井,玉横维其西北之隅。北门开以内(纳)不周之风。倾宫、旋室、县圃、凉风、樊桐在昆仑阊阖之中,是其疏圃。疏圃之池,浸之黄水,黄水三周复其原,是谓丹水,饮之不死。"河水、赤水、弱水、洋水,"凡四水者,帝之神泉,以和百药,以润万物。昆仑之邱,或上倍之,是谓凉风之山,登之而不死;或上倍之,是谓悬圃,登之乃灵,能使风雨;或上倍之,乃维上天,登之乃神,是谓太帝之居。"此昆仑之景,当据《山海经》所写,而气象更宏伟雍穆。其最后数语,则是径写以昆仑山为天梯而登天。又《楚辞·天问》云:"昆仑县圃,其凥安在?增城九重,其高几里?四方之门,其谁从焉?西北辟启,何气通焉?"

则是《淮南子》所叙之概要。而《史记·大宛列传》引《禹本纪》云:"昆仑其高二千五百余里,日月相避隐为光明也。其上有醴泉、瑶池。"虽着墨不多,而最能得其精神。醴泉即《海内西经》之甘水,瑶池即《西次三经》之淫水,亦即《穆天子传》穆天子觞西王母之瑶池。以上所述,是西方之昆仑,复有东南方之昆仑。《海外南经》云:"昆仑虚在其东,虚四方。一曰在岐舌东,为虚四方。"毕沅云:"此东海方丈山也。《尔雅·释丘》云:'三成为昆仑丘。'是昆仑者,高山皆得名之。此在东南方,当即方丈山也。《水经注·河水》云:'东海方丈,亦有昆仑之称。'"此外复有西北方之昆仑。《海外北经》云:"禹杀相柳,其血腥,不可以树五谷种,乃以为众帝之台,在昆仑之北。"郭璞注:"此昆仑山在海外者。"郝懿行以为仍在海内。然不论海内海外,要为西北方之另一昆仑,不得与"帝之下都"之西方昆仑混。《海内北经》及《大荒北经》所记昆仑均同此。然此昆仑邻近赤水,或亦可以为西方昆仑之一支脉。总之,昆仑实非一地,正如毕沅所说,"高山皆得名之"。

昆吾 ❶陆终子。《吕氏春秋·君守》:"昆吾作陶。"高诱注:"昆吾,颛顼之后,吴回之孙,陆终之子,己姓也,为夏伯制作陶冶埏埴为器。"《世本·帝系篇》(清张澍稡集补注本):"陆终娶于鬼方氏之妹,谓之女嬇,是生六子……其一曰樊,是为昆吾。"《山海经·大荒西经》:"大荒之中,有龙山,日月所入。有三泽水,名曰三淖,昆吾之所食也。"《大荒南经》:"又有白水山,白水出焉,而生白渊,昆吾之师所浴也。"❷山名。《山海经·中次二经》:"昆吾之山,其上多赤铜。"郭璞注:"此山出名铜,其色如火,以之作刃,切玉如割泥也。"晋王嘉《拾遗记》卷十:"昆吾山,其下多赤金,色如火。昔黄帝伐蚩尤,陈兵于此。地掘深百尺,犹未及泉,惟见火光如星。地中多丹,炼石为铜,铜色青而利。"❸刀剑名。一作"锟铻"。《十洲记》:"昔周穆王时西胡献昆吾割玉刀及夜光常满杯,刀长一尺……刀切玉如割泥。"《列子·汤问》:"周穆王大征西戎,西戎献锟铻之剑。其剑长尺有咫,炼钢赤刃,用之切玉如切泥焉。"

昆仑宫 北魏郦道元《水经注·河水》引《十洲记》:"昆仑山有三角……其一角正东,名曰昆仑宫。其处有积金,为天镛城,面方千里,城上安金台五所,玉楼十二。"按今本有讹字,不取。"金台五所,玉楼十二",当即所谓"五城十二楼。

昆仑巨蛇 《古小说钩沈》辑《玄中记》:"昆仑西北有山,周回三万里,巨蛇绕之,得三周。蛇为长九万里。蛇居此山,饮食沧海。"

昆仑铜柱 《神异经·中荒经》:"昆仑之山,有铜柱焉。其高入天,所谓天柱也,围三千里,周圆如削。"参见"天柱"(56页)。

明河 即"银河"。唐宋之间《明河篇》诗:"明河可望不可亲,愿得乘槎一问津。更将织女支机石,还访成都卖卜人。"

明星 *日月所出山之一。《山海经·大荒东经》:"大荒之中,有山名曰明星,日月所出。"

明月珠 《神异经·西北荒经》:"西北荒中,有二金阙,高百丈……上有明月珠,径三丈,光照千里。"

明茎草 即"洞冥草"(243页)。

明组邑 《山海经·海内北经》:"明组邑居海中。"郝懿行云:"明组邑盖海中聚落之名,今未详。"

明镜厓 《古今图书集成·职方典》卷二〇八引《济南府撫佚志》:"济南郡方山……南有明镜厓,石方三丈,魑魅行状,了了然在镜中。南燕时镜上有漆,俗言山鬼恶其照物,故漆之。"此原见唐段成式《酉阳杂俎·物异》,字有讹挩。

明山弈仙 宋王象之《舆地纪胜》卷一〇二:"明山在(梅)州之东三十里。山巅有古池,池有荷花五色。昔有叟黄姓者采茶于山,值两人坐石而弈(仙)。叟异之,拱其旁。俄而弈者曰:'子何为而至此?若知山有虎乎?我有拳石以遗子。'叟得石,移步,辄失弈者所在。已而果有虎,负嶰,若将噬叟者。叟掷石,虎即遁。拾石以归,已三年矣。投石于湖而湖涸,后即石,乃白金也,今人目其湖曰银湖。未几,叟绝粒,竟不知其所终。山有观,曰招仙。"

明星玉女 《太平广记》卷五九"明星玉女"条引《集仙录》:"明星玉女者,居华山,服玉浆,白日升天。山顶古龟,其广数亩,高三仞,其侧有梯磴,远皆见。玉女祠前有五石臼,号曰玉女洗头盆,其中水色,碧绿澄澈,雨不加溢,旱不减耗。祠内有玉石马一匹焉。"

〔丿〕

垂 即"巧倕"。《世本·作篇》(清张澍稡集补注本):"垂作钟。垂作规矩准绳。垂作铫。垂作耒耜。垂作耨。"旧注或以为是"黄帝工人",或以为是"舜臣",或以为是"神农之臣"。其实,《山海经·海内经》云:"义均是始为巧倕。"即此。

乖龙 宋黄休复《茆亭客话》卷五:"世传乖龙者,苦于行雨,而多方逃匿,藏人身中,或在古木楹柱之内,及楼阁鸱甍中,须为雷神捕之。若在旷野,无处逃避,即入牛角。或牧童之身,往往为此物所累,遭雷震死。"

牧野 地名。《书·牧誓》:"时甲子昧爽,王(周武王)朝至于商郊牧野,乃誓。"《诗·大雅·大明》:"牧野洋洋,檀车煌煌,驷𬴂彭彭。维师尚父,时维鹰扬。凉彼武王,肆伐大商,会朝清明。"按武王伐纣,陈师牧野,军容之盛,于此见之。参见"武王伐纣"(189页)。

岱舆 《列子·汤问》:"渤海之东不知几亿万里,有大壑焉,实为无底之谷,其下无底,名曰归墟。……其中有五山焉,一曰岱舆。"参见"五神山"(63页)。

郐城 北魏郦道元《水经注·洧水》:"洧水又东南径邿城南。《世本》曰:'陆终娶于鬼方氏之妹,谓之女隤。是生六子,孕三年,启其左胁,三人出焉;破其右胁,三人出焉。其四曰莱言,是为郐人。郐人者,郑是也。'"参见"陆终"(181页)。

忽㤉 黄帝臣。一作*象罔。见"黄帝遗玄珠"(289页)。

㛲胡 《山海经·东次三经》:"尸胡之山……有兽焉,其状如麋而鱼目,名曰㛲胡,其鸣自讻。"

㛲胡

货郎龙 《古今图书集成·职方典》卷一四六六引《云南通志》:"省城沙浪里有龙湫。相传龙昔出游,变形为人,委其鳞甲于石间。有贾人憩石上,见甲胄一具如龙鳞,乃服之。忽腥风起,湫中水族迎之而入。有顷龙至,觅其甲不得,走入水中,水族不能辨,相率拒之。贾遂为龙,据其湫。乡人识之,呼为货郎龙。"

侏儒国 《三国志·魏志·东夷传》:"女王国东渡海千余里,复有国,皆倭种。又有侏儒国在其南,人长三四尺,去女王四千余里。"参见"焦侥国"(320页)、"短人国"(318页)。

佽人国 《汉唐地理书钞》辑《河图括地象》:"从此(昆仑)以东十万里,得佽人国,长三

十丈五尺。"

岳山 即"狄山"(169页)。

岳阳风土记 书名。宋范致明撰。一卷。不分门目,随事记载。其于郡县沿革,川原改易,故迹存亡,考证特详。中如记巴蛇冢、象骨山等,可资神话研究参考。

采华草 亦名"采华树"。《汉唐地理书钞》辑《括地图》:"大极山西有采华之草,服之通万里之语。"

采华树 亦名"采华草"。《古小说钩沈》辑《玄中记》:"大树之山,西有采华之树,服之则通万国之言。"

钓矶山 南朝宋刘敬叔《异苑》卷一:"钓矶山者,陶侃尝钓于此山下,水中得一织梭,还挂壁上。有顷,雷雨,梭变成赤龙,从空而去。其山石上,犹有侃迹存焉。"

钓鱼山 宋王象之《舆地纪胜》卷一五九:"钓鱼山,在石照县东十里。……山南大石砥平,有巨人迹。相传异人坐其上,投钓江中,山以是名。"

服常树 《山海经·海内西经》:"(昆仑)开明东有……服常树,其上有三头人,伺琅玕树。"郭璞注:"服常木,未详。"吴任臣广注云:"《淮南子·墬形训》:'沙棠琅玕在昆仑东。'服常疑是沙棠。"郝懿行笺疏亦同吴说。疑是。参见"沙棠"(177页)。

肥遗 ❶蛇名。《山海经·西山经》:"太华之山,削成而四方,其高五千仞,其广十里,鸟兽莫居。有蛇焉,名曰肥遗("遗"原作"蠵",据郝懿行校改),六足四翼,见则天下大旱。"郭璞注:"汤时此蛇见于阳山下。复有肥遗蛇,疑是同名。"按郭云"复有肥遗蛇"者,见《北次经》浑夕之山,云"一首两身,见则其国大

肥遗

旱"；又见《北次三经》彭毗之山，云"其中多肥遗之蛇"。参见"肥蠍穴"。❷鸟名。《西山经》云："英山……有鸟焉，其状如鹑，黄身而赤喙，其名曰肥遗，食之已疠，可以杀虫。"

肥蠍穴 《华岳志》(清李云圃辑)卷一："肥蠍穴，在(华山西峰)顶之西北。《山海经》：'太华山有蛇焉，名肥蠍，六足四翼，见则天下大旱。'"参见"肥遗"。

肥蠍

狙如 《山海经·中次十一经》："倚帝之山，其上多玉，其下多金。有兽焉，其状如鼣鼠，白耳白喙，名曰狙如，见则其国有大兵。"郭璞于"鼣鼠"下注曰："《尔雅》说鼠有十三种，中有此鼠，形所未详也。音狗吠之吠。"

狙如

狌狌 一作"猩猩"。《山海经·南山经》："招摇之山……有兽焉，其状如禺而白耳，伏行人走，其名曰狌狌，食之善走。"《海内南经》："狌狌知人名，其为兽自豕而人面。在舜葬西。"又《周书·王会》云："都郭生生、欺羽，生生若黄狗，人面能言。"即狌狌。

狌狌

狍鸮 《山海经·北次三经》："钩吾之山……有兽焉，其状羊身而人面(原"羊"上有"如"字，从郝懿行校删)，其目在腋下，虎齿人爪，其音如婴儿，名曰狍鸮，是食人。"郭璞注："为物贪婪，食人未尽，还害其身，像在夏鼎，《左传》所谓饕餮是也。"参见"饕餮"(369页)。

狍鸮

狒狒 亦称"土蝼"。《尔雅·释兽》："狒狒，如人，被发，迅走，食人。"郭璞注："枭羊也。"又唐段成式《酉阳杂俎·毛篇》云："狒狒，饮其血可以见鬼，力负千斤，笑则上吻掩额，状如猕猴，作人言如鸟声，能知生死，血可染绯，发可为髢。"又《周书·王会》云："州靡费费，食人，北方谓之土蝼。"费费即狒狒。

狗 《山海经·北山经》："堤山，多马。有兽焉，其状如豹而文首，名曰狗。"

狗

狗国 《周书·王会》："正西昆仑、狗国。"《淮南子·墬形训》："狗国在其(建木)西。"参见"犬戎国"(41页)、"狗封国"。

狗民国 《古小说钩沉》辑《玄中记》："狗封氏者，高辛氏有美女，未嫁。犬戎为乱，帝曰：'有讨之者，妻以美女，封三百户。'帝之狗名槃护，三月而杀犬戎，以其首来，帝以为不可训民，乃妻以女，流之会稽东南二万一千里，得海中土，方三千里而封之，生男为狗，生女为美女。封为狗民国。"参见"狗封国"。

狗封国 《山海经·海内北经》："其(大行伯)东有犬封国。"郭璞注："昔盘瓠杀戎王，高辛以美女妻之，不可以训，乃浮之会稽东南海中（"南"字原无，据宋本、毛扆本补），得三百里地封之，生男为狗，女为美人，是为狗封之国也。"参见"狗民国"。

枭羊 亦作"枭阳"。《文选·吴都赋》："其下则有枭羊、麋狼。"刘逵注："《尔雅》曰：枭羊，一名髴髴，如人，面长唇黑，身有毛，反踵，见人则笑，左手操管。《海南经》所云也。"按髴髴今作*狒狒。《海南经》即《山海经·海内南经》。参见"枭阳国"。

枭獍 《魏书·萧宝寅传》："背恩忘义，枭獍其心。"清陈元龙《格致镜原》卷八一引《张华禽经注》云："枭在巢，母哺之，羽翼成，啄母目翔去也。"《述异记》卷上云："獍之为兽，状如虎豹而小，始生，还食其母，故曰枭獍。"参见"破镜"（259页）。

枭阳国 《山海经·海内南经》："枭阳国在北朐之西，人面长唇，黑身有毛，见人则笑（原作"见人笑亦笑"，从王念孙、郝懿行校改）。左手操管。"《海内经》云："南方有赣巨人，人面长唇，黑身有毛，反踵，见人则笑，唇蔽其目，因可逃也（内数字与今本异，据王念孙、郝懿行校改）。"赣巨人即枭阳国人。枭阳亦作*枭羊。《文选·吴都赋》刘逵注引《异物志》云："枭羊善食人，大口。其初得人，喜笑，则唇上覆额，移时而后食之。人因为筒贯于臂上，待执人，人即抽手从筒中出，凿其唇于额而得擒之。"盖*山㺉之类。

枭阳国

委蛇 《庄子·达生》："桓公田于泽，管仲御。见鬼焉……公反，诶诒为病，数日不出。齐士有皇子告敖者，曰：'公则自伤，鬼恶能伤公？'……桓公曰：'然则有鬼乎？'曰：'有。……山有夔，野有彷徨，泽有委蛇。'公曰：'请问委蛇之状何如？'皇子曰：'委蛇其大如毂，其长如辕，紫衣而朱冠。其为物也，恶闻雷车之声，则捧其首而立，见之者殆乎霸。'桓公帐然而笑曰：'此寡人之所见者也。'于是正衣冠与之坐，不终日而不知病之去也。"参见"延维"（133页）、"委蛇"（200页）。

委维 《山海经·大荒南经》："赤水之东，有苍梧之野，舜与叔均之所葬也。爰有文贝、离俞、鸱久、鹰、贾、委维。"郭璞注："即委蛇也。"参见"委蛇"。

委羽山 ❶《淮南子·墬形训》："烛龙在雁门北，蔽于委羽之山，不见日。"又云："北方曰积冰，曰委羽。"高诱注："委羽，山名也，在北极之阴，不见日也。"按此山当即鲧窃息壤，惨遭刑戮之*羽山。❷《古今图书集成·山川典》卷一二〇引《潜确类书》："委羽山在台州府黄岩县，昔刘奉林于此控鹤轻举，鹤堕羽翮，故名。"按刘奉林，周末仙人。

季 王亥、王恒之父。即"冥"（271页）。

季禺国 颛顼裔。《山海经·大荒南经》："又有成山，甘水穷焉。有季禺之国，颛顼之子，食黍。"

季釐国 帝俊裔。《山海经·大荒南经》："有襄山。又有重阴之山。有人食兽，曰季釐。帝俊生季釐，故曰季釐之国。"按《左传·文公十八年》，高辛氏（帝喾）才子八人中，有季狸，狸、釐声同，当即此。

季釐

和神国 清褚人穫《坚瓠九集》卷三引《小窗清纪》："和神国地产大瓠，瓠中盛五谷，不种而实。水泉如美酒，饮多致醉。气候常如深春。树叶皆彩丝,可为衣。真仙境也。可谓不耕而食,不织而衣,不酿而饮者。"按此说原见唐牛僧儒《玄怪录·古元之》有姜云、宋平校注本,可参看。实从《列子·汤问篇》终止国神话演绎而来。

和合二圣 见"和合二仙"。

和合二仙 亦称"和合二圣"。明田汝成《西湖游览志馀》卷二三云:"宋时,杭城以腊月祀万回哥哥,其像蓬头笑面,身著绿衣,左手擎鼓,右手执棒,云是和合之神,祀之可使人万里外亦能回来,故曰万回。今其祀绝矣。"清翟灏《通俗编》(无不宜斋本)卷十九"和合二圣"条云:"今和合以二神并祀,而万回仅一人,不可以当之。国朝雍正十一年封天台寒山大士为和圣,拾得大士为合圣。"似寒山、拾得即和合二圣者。然和合又称二仙,如清李汝珍《镜花缘》第一回云:"说话间,四灵大仙过去,只见福、禄、寿、财、喜五位星君,同著木公、老君、彭祖、张仙、月老、刘海蟾、和合二仙,也远远而来。"旧时其像常绘作蓬头笑面之二人,一持荷花,一捧圆盒,取和(荷)谐合(盒)好之意,于婚礼时陈列悬挂之。或常年悬挂于中堂,取谐好吉利之意。初本祀万回,万回兄戍安西,父母遣其问讯,朝赉所备往,夕返其家,日行万里有余,故号万回,此亦家人和合之意,故宋时祀以为和合之神。然《周礼·地官·媒氏》疏云:"使媒求妇,和合二姓。"此"和合"之正解。故在民间传说中,此家人和合之神遂逐渐演变为婚姻和合之神,原作蓬头笑面擎鼓执棒之一神图像者,遂化身为一持荷、一捧盒之二神图像。和合神亦改称为和合二圣或和合二仙。《民间文学》一九七九年第八期所载《"和合二仙"传友情》,则仍以和合二仙为寒山、拾得。其故事略云:寒山、拾得同居北方某远村,虽异姓而亲如弟兄。寒山年略长,与拾得共爱一女而寒山不知,临婚始知,乃弃家去江南苏州何山枫桥,削发为僧,结庵修行。拾得亦舍女往觅寒山。探知寒山住地,乃折一盛开荷花前往礼之;寒山见拾得来,亦急持一盛斋饭之盒出迎。二人喜极,相向而舞。遂俱为僧,开山立庙曰寒山寺。"直到现在,(苏州)寒山寺里还存着一块青石碑,碑上刻着兄弟俩的形象,上面写着寒山、拾得的名字。但是老百姓不识字,历代来只知道一个拿'荷',一个拿'盒',因此称之为'和合二仙'。"参见"万回哥哥"(15页)。

鱼凫 古蜀王名。《蜀王本纪》(《全上古三代秦汉三国六朝文·全汉文》辑):"蜀王之先名蚕丛,后代名曰柏濩,后者名鱼凫,此三代各数百岁,皆神化不死。其民亦颇随王化去。鱼凫田于湔山,得仙,今庙祀之于湔。"参见"蚕丛"(263页)。

鱼妇 《山海经·大荒西经》:"有鱼偏枯,名曰鱼妇。颛顼死即复苏。风道北来,天乃大水泉,蛇乃化为鱼,是为鱼妇。颛顼死即复苏。"郭璞注:"《淮南子》曰:'后稷龙(垄)在建木西,其人死复苏,其半为鱼("半"原作"中",讹,从今本改)。'盖谓此也。"按所谓"鱼妇"云者,谓颛顼乘蛇化为鱼之机,半体托生于鱼,因而"死即复苏",若与鱼为婚者然。是古传有关*颛顼奇闻之一。

鱼伯 亦名"水君"。晋葛洪《抱朴子·对俗》:"鱼伯识水旱之气。"又晋崔豹《古今注》卷中云:"水君,一名鱼伯。"

鱼肠 剑名。汉袁康《越绝书·外传记宝剑》:"阖庐以鱼肠之剑刺吴王僚"。汉赵晔《吴越春秋·王僚使公子光传》云:"酒酣,公子光(阖庐)佯为足疾,入窑室裹足,使专诸置鱼肠剑炙鱼中进之。既至王僚前,专诸乃擘炙鱼,因推匕首,立戟交轧,倚专诸胸,胸断臆开,匕首如故,以刺王僚,贯甲达背。王僚既死,左右共杀专诸。"即谓斯事。南朝梁萧绎《金楼子》:"专诸学炙鱼,香闻数里。王僚索鱼炙,专诸持一利钢刀,藏著鱼腹中。持刀戟者于后钩专诸,而诸隐刀刺王僚乳,出彻后屏风。"亦是此一传说之异闻。

鱼王石 清褚人穫《坚瓠九集》卷四"鱼王石"条引《莘野纂闻》:"余家灵鹫寺桥旁,相传桥东陆氏,濒湖石岸,有鱼王石在焉。遇桃花水发,鲤鱼千百为群来朝,居民设网辄得鱼。……后陆以坎筑冰窖,重甃石岸,得一石,半枕于河,长园类鹅卵,殆所谓鱼王石也,泄其灵,鱼之朝宗遂绝。"

鱼凫城 明曹学佺《蜀中名胜记》卷五:"《华阳国志·蜀志》:'鱼凫王田于湔山,忽得仙道,蜀人思之,为立祠。'《成都文类·孙松寿观古鱼凫城诗》:'野寺依修竹,鱼凫迹半存。高城归野垅,故国霭荒村。古意凭谁问,行人谩苦论。眼前兴废事,烟水又黄昏。'注云:'在温江县北十里,有小院存。'参见"鱼凫"。

周公 名旦,周文王子,周武王弟。《孟子·滕文公》:"周公相武王,诛纣伐奄,三年讨其君,驱飞廉于海隅而戮之,灭国者五十,驱虎豹犀象而远之,天下大悦。"《吕氏春秋·古乐》:"成王立,殷民反。王命周公践伐之。商人服象,为虐于东夷,周公遂以师逐之,至于江南。乃为《三象》,以嘉其德。"而《荀子·非相》云:"文王长,周公短。"又云:"周公之状,身如断菑。"杨倞注:"木立死曰菑,菑与菑同。"《白虎通·圣人》亦云:"周公背偻。"见周公之貌陋,殊不副其功也。

周书 书名。亦称《逸周书》、《汲冢周书》。连序共七十一篇。为周代之史记。其书《尝麦》篇有关于赤帝、蚩尤之传说,《克殷》篇、《世俘》篇有关于纣死之传说,《王会》篇有关于周初各国及所贡珍物之传说。

周易 书名。亦称《易经》,又简称《易》。有《经》、《传》两部分。《经》主要是六十四卦与三百八十四爻,附有卦辞及爻辞。旧传伏羲作卦,文王作辞。《传》含释卦辞、爻辞之七种文辞共十篇,统称《十翼》。旧传孔子作。近人以为,大抵为战国至秦汉间儒家作品。历代注家甚多,有汉郑玄、三国魏王弼、唐孔颖达等。是书虽以数术哲理为主,然其繇辞,如乾之"飞龙在天"、"时乘六龙以御天",旅之"旅人先笑后号咷,丧牛于易",大壮之"丧羊于易"等,亦略有关神话传说。

周仙王 见"九十九井"(13页)。

周武王 *文王子。周开国君。《白虎通·圣人》:"武王望羊,是谓摄阳,盱目陈兵,天下富昌。"参见"武王伐纣"(189页)。

周昭王 周穆王父。《楚辞·天问》:"昭后成游,南土爰底,厥利惟何,逢彼白雉?"王逸注:"言昭王背成王之制而出游,南至于楚,楚人沈之,而遂不还也。"《汉学堂丛书》辑《古本竹书纪年》云:"(周)昭王末年,有星孛见,光五色,贯于紫微,荆人卑辞致于王曰:'愿献白雉。'乃密使汉滨之人,胶船以待。王遂南巡狩,将抵于汉,天大瞕,雉兔皆震,丧六师于汉。时王至中流,胶液,船解,王及祭公、辛余靡皆溺。"即叙其事。

周饶国 《山海经·海外南经》:"周饶国在其东,其为人短小冠带。一曰焦侥国在三首东。"郭璞注:"其人长三尺,穴居,能为机巧,有五谷也。"又注:"《外传》云:'焦侥民长三尺,短之至也。'《诗含神雾》曰:'从中州以东(原东下有西字,衍)四十万里,得焦侥国人,长尺五寸也。'按周饶、焦侥、侏儒,并一声之转。侏儒,短小人;所谓周饶国、焦侥国者,即小人国。《史记·大宛列传》正义引《括地志》云:"小人国在大秦南,人才三尺。其耕稼之时，惧鹤所食，大秦卫助之，即焦侥国，其人穴居也。"《国语·鲁语下》云："僬侥氏长三尺，短之至也。"即郭注引《外传》者。《法苑珠林》卷八引《外国图》云："僬侥国人长尺六寸，迎风则偃，背风则伏，眉目具足，但野宿。一曰，僬侥长三尺，其国草木夏死而冬生，去九疑三万里。"说均略同郭注，而内容复有增饰。《大荒南经》云："有小人名曰焦侥之国，幾姓，嘉谷是食。"即《海外南经》周饶国。《大荒东经》云："有小人国，名靖人。"《大荒南经》云："有小人，名曰菌人。"靖人、菌人疑亦侏儒之音转，即周饶、焦侥。《神异经》有*鹄国，男女长七寸；《洞冥记》有*勒毕国，人长三寸：如斯之类，皆小人国。至于《庄子》寓言，乃有*蛮触之争，更极想象之能事。参见"小人"(31页)。

周幽王 周宣王子。《楚辞·天问》："周幽谁诛，焉得夫褒姒？"参见"褒姒"(356页)。

周穆王 周昭王子。《国语·周语上》："昔昭王娶于房，曰房后，实有爽德，协于丹朱。丹朱凭身以仪之，生穆王焉。"丹朱"慢游是好"(《书·益稷》)，穆王亦好"远游"，故有此传说，亦以见民之怨诽。《列子·周穆王》："穆王不恤国事，不乐臣妾，肆意远游。命驾八骏之乘，右服骝而左绿耳，右骖赤骥而左白㸙，主车则造父为御，䯂呙为右。次车之乘，右服渠黄而左逾轮，左骖盗骊而右山子，柏夭主车，参百为御，奔戎为右。驰驱千里，至于巨蒐氏之国。巨蒐氏乃献白鹄之血以饮王，具牛马之湩以洗王之足及二乘之人。已饮而行，遂宿于昆仑之阿，赤水之阳。别日升于昆仑之丘，以观黄帝之宫，而诏后世。遂宾于西王母，觞于瑶池之上。西王母为天子谣，王和之，其辞哀焉。"此周穆王西游之大概。至于宾于西王母事，则《穆天子传》记之特详。卷三云："吉日甲子，天子宾于西王母，乃执白圭玄璧，以见西王母。好献锦组百纯，□(疑有缺，编者注)组三百纯，西王母再拜受之。□(疑有缺，编者注)乙丑，天子觞西王母于瑶池之上，西王母为天子谣，曰：'白云在天，山陵自出。道里悠远，山川间之。将子无死，尚能复来。'天子答之曰：'予归东土，和治诸夏。万民平均，吾顾见汝。此及三年，将复而野。'西王母又为天子吟曰：'徂彼西土，爰居其野。虎豹为群，於鹊与处。嘉命不迁，我惟帝女。彼何世民，又将去子。吹笙鼓簧，中心翔翔，世民之子，惟天之望。'……天子遂驱升于弇山，乃纪名迹于弇山之石而树之槐，眉曰西王母之山。"*弇山，即弇兹山。周穆王西游，乐而忘归，而有徐偃王之"作乱"。《史记·秦始皇本纪》云："徐偃王作乱，造父为缪王(穆王)御，长驱归周，一日千里以救乱。"《古本竹书纪年辑校订补》云："穆王三十七年，伐越，大起九师，东至于九江，叱鼋鼍以为梁。""伐越"或又引作"伐纡"。《纪年》又云："穆王南征，君子为鹤，小人为飞鸮。"二事皆穆王伐徐之神话。《太平御览》卷九一六引《抱朴子》(文与今本《抱朴子·释滞篇》略异，此引义较胜)云："周穆王南征，一军尽化：君子为猿为鹤，小人为虫为沙。"可以作为后一事之补充。参见"徐偃王"(266页)。

金井 《汉唐地理书钞》辑《盛弘之荆州记》："益阳县南十里有平冈，冈有金井数百，浅者四五尺，深者不测。俗传云，有金人以杖撞地，辄成井。"王谟注："《初学记》引此云：'有金人以杵量地，辄便成井。'"

金牛 《古小说钩沈》辑《幽明录》："巴丘县……黄金潭……上有濑，亦名黄金濑。古有钓于此潭，获一金镞，引之，遂满一船。有金牛出，声貌莽壮。钓人被骇，牛因奋勇，跃而还潭。镞乃将尽，钓人以刀斫得数尺。潭濑因此取名。"《太平御览》卷七一引《幽明录》："淮南牛渚津,水极深,无可算计。人见一金牛,形甚瑰壮,以金为镙绊。"南朝宋刘敬叔《异苑》卷二："晋康帝建元中,有渔父垂钓,得一金锁。引锁尽,见金牛,急挽出。牛断,犹得锁,长二尺。"《汉唐地理书钞》辑《顾野王舆地志》:"储潭,咸和二年刺吏(史)朱伟所立。常有渔者钓于此潭,得金锁索,引舟中,长数百丈。忽一物随锁而来,其形如水牛,眼赤,角白。及见人,惊骇拽走,而渔以刀断得数尺,不知其所由然也。"《太平御览》卷六四四引刘欣期《交州记》:"居风山去郡四里。夷人从太守裴序求市此山,云出金,既不许。寻有一妪行田,见金牛出时,斫得鼻镙,长丈余。人后往往见牛夜出,其色光耀数十里。"按此类金牛神话甚夥,*无支祁神话或受其影响。

金乌 谓日。隋康孟《咏日应赵王教》诗："金乌升晓气,玉槛漾晨曦。"相传日中有三足乌,故以金乌为日之代词。旧小说中恒有"金乌西坠、玉兔东升"语,亦由此而来。参见"玉兔"(96页)。

金母 谓*西王母。南朝梁陶弘景《真诰·甄命授》："昔汉初有四五小儿路上画地戏。一儿歌曰:'著青帔(裙),入天门;揖金母,拜木公。'时人莫知之。惟张子房知之,乃往拜之。(子房曰):'此乃东王公之玉童也。所谓金母者,西王母也;木公者,东王公也。仙人拜王公,揖王母。'"

金吾 《汉书·百官公卿表》有"执金吾"。颜师古注："金吾,鸟名也,主辟不祥。天子出行,职主先导,以御非常,故执此鸟之象,因以名官。"又《杨升庵外集》卷九五"龙生九子"条："又有金吾,形似美人,首尾似鱼,有两翼,其性通灵不寐,故用巡警。"此盖后来增饰之说。

金鸡 谓*天鸡。❶《玉函山房辑佚书》辑《河图括地图》："桃都山有大桃树,盘屈三千里。上有金鸡,日照则鸣。下有二神,一名郁,一名垒,并执苇索,以伺不祥之鬼,得则杀之。"❷《神异经·东荒经》云："扶桑山有玉鸡。玉鸡鸣则金鸡鸣,金鸡鸣则石鸡鸣,石鸡鸣则天下之鸡悉鸣,潮水应之矣。"

金蚕 五代前蜀冯鉴《续事始》引《仙传拾遗》："蚕丛氏自立王蜀,教人蚕桑,作金蚕数千头,每岁之首,出金头蚕,以给民一蚕,民所养之蚕必繁孳,罢即归蚕于王。"此为利民之金蚕;又有金蚕,性质恰与此相反。明曹学佺《蜀中广记》卷六〇引宋鲁应龙《闲窗括异》云："金蚕,色如金,食以蜀锦,取其遗粪置饮食中,毒人必死;善能致他财,使之暴富。遣之极难,虽水火兵刃不能害,多以金钱藏箧置其中,投之路隅,人或收以去,谓之嫁金蚕。"参见"蚕丛"(263页)。

金船 清东轩主人《述异记》卷下："离分宜县一二十里,临江山壁,有一大石似碑,长可二丈,阔可七尺,就山石凿成,上有楷书四行,笔画模糊不能尽读。相传碑下江中,有仙人遗下金船七只,满载金宝,沉此水底。此碑乃仙人遗笔也,如有人能尽读碑字,则七船浮露以赠。会有异人读至三十字,七船帆樯尽露,因二字不能读,复沉水底。"

金川神 明曹学佺《蜀中名胜记》卷十五："金川神庙在(富顺)县西二百余步,有十像,莫知姓氏。相传秦惠王时擒鳖治水有功,即此神也。"按神亦*李冰、*二郎之比;或十神者,即李冰父子三人(传尚有大郎)加*梅山七圣。

金天氏 *少昊之号。《世本·帝系篇》(清张澍稡集补注本)："少昊,黄帝之子,名挈,字青阳。黄帝殁,挈立,王以金德,号曰金天氏。"

金牛山 宋王象之《舆地纪胜》卷三:"金牛山,在海盐县西南五十里。《吴地志》云,昔有金牛粪金,村民皋伯与弟随之,牛穴此山而入。二人凿山以取之,入不止,山颓,兄弟皆死,遂以名之。亦曰金牛洞。"

金牛穴 《述异记》上:"洞庭山……上有天帝坛山,山有金牛穴。吴孙权时,令人掘金,金化为牛,走上山,其迹存焉,故号为金牛穴。"

金牛冈 《太平广记》卷四三四引《湘中记》:"长沙西南有金牛冈。汉武帝时,有一田父牵赤牛,告渔人曰:'寄渡江。'渔人曰:'船小,岂胜得牛。'田父曰:'但相容,不重君船。'于是人牛俱上。及半江,牛粪于船。田父曰:'以此相赠。'既渡,渔人怒其污船,以桡拨粪弃水,欲尽,方觉是金。讶其神异,乃蹑之,但见人牛入岭。随而掘之,莫能及也。今掘处犹存。"

金牛道 亦称"石牛道"。唐白居易《白帖》:"张仪为丞相,将兵二十万,随金牛道伐蜀。"唐胡曾《金牛驿》:"五丁不凿金牛道,秦惠何由得并吞。"

金华山 南朝梁虞荔《鼎录》:"金华山,皇(黄)帝作一鼎,高一丈三尺,大如十石瓮,象龙腾云,百神螭兽满其中。曰:'真金作鼎,百神率服。'"按此为黄帝铸鼎之又一说。参见"鼎湖"(315页)。

金鸡石 《古小说钩沈》辑《述异记》:"南康雩都县沿江西出,去县三里,名梦口,有穴,状如石室,名梦口穴。旧传:尝有神鸡,色如好金,出此穴中,奋翼回翔,长鸣响彻,见之,辄飞入穴中,因号此石为金鸡石。昔有人耕此山侧,望见鸡出游戏,有一长人操弹弹之,鸡遥见便飞入穴,弹丸正著穴上,丸径六尺许,下垂蔽穴,犹有间隙,不容人。又有人乘船从下流还县,未至此崖数里,有一人通身黄衣,担两笼黄瓜,求寄载,因载之。黄衣人乞食,船主与之盘酒。食讫,船适至崖下。船主乞瓜,此人不与,仍唾盘上,径上崖,直入石中。船主初甚忿之,见其入石,始知神异。取向食器视之,见盘上唾,悉是黄金。"

金鸡岭 《古今图书集成·职方典》卷八六六引《广信府志》:"丰邑金鸡岭在胡村坳,闽浙贩客皆取道于此。昔有老人住岭上,捆屦,常捣草于当门巨石上。中有金鸡,夜见而昼隐,老人不知。遇西域胡人度岭,见石,知为宝,遂取之去。士人因名其岭。"

金鱼神 《述异记》卷下:"关中有金鱼神。云周平二年,十旬不雨,遣祭天神,俄而生涌泉,金鱼跃出而雨降。"

金锁潭 一作"犀牛潭"。清阮元修《广东通志》卷一〇一:"金锁潭(府县志作'犀牛潭'),在县东三十里。秦时昆仑贡犀牛,带金锁走入潭中。晋时有渔者周重采者,钓得金锁。牵之,见犀牛。挈之不得,忽断得金锁一尺。"盖*金牛神话之余绪也。

金楼子 书名。梁元帝萧绎(自号金楼子)撰。原有十卷,共十五篇,久已散佚。今存本六卷,十四篇,系辑自《永乐大典》,然亦俱不全。其书综括古今,兼资劝诫,所征引者亦多周、秦古书,非今所及见。有零星神话传说资料散在其中。

金鳌光 宋曾慥《类说》卷五二引《纪闻谈》:"金鳌光。于頔在南海日,夜半忽晓,如日初出,忽然却黑。问岭南,悉皆如此。月余,有胡客曰:'某月日夜,乘风方行水中,有大金鳌,莫知小大,两目之光,晃耀一海,悉如昼,须臾却没,方知乃金鳌光所照。'"

金马碧鸡 ❶神名。《汉书·郊祀志下》:"(宣帝时),或言益州有金马碧鸡之神,可醮祭而致,于是遣谏大夫王褒,使持节而求之。"

同书《地理志》谓越巂郡青蛉县禺同山有金马碧鸡。如淳注："金形似马,碧形似鸡。"北魏郦道元《水经注·淹水》云:"(青蛉)县有禺同山,其山神有金马碧鸡,光景倏忽,民多见之。"青蛉县,治所在今云南大姚县,昆明以西。参见"禺穴❷"(236页)。❷山名。唐樊绰《蛮书》卷二:"金马山,在柘东城,螺山南二十余里,高百余丈,与碧鸡山东南西北相对。土俗传云,昔有金马,往往出见。山上亦有神祠。"按柘东城,即今云南省昆明市,金马山在其东,碧鸡山在其西南。金马碧鸡神话之由西渐东,此其证。

金刚力士 南朝梁宗懔《荆楚岁时记》:"十二月八日为腊日。……村人并击细腰鼓,戴胡头,及作金刚力士以逐疫。"注:"金刚力士,世谓佛家之神。案《河图玉版》云:'天立四极,有金刚力士兵,长三十丈。'此则其义。"参见"腊鼓"(318页)。

〔丶〕

疟鬼 颛顼子。见"小儿鬼"(31页)。

空桑 ❶谓空心桑树。(1)《吕氏春秋·古乐》:"帝颛顼生自若水,实处空桑。"(2)同书《本味》:"伊尹生空桑。"(3)《史记·孔子世家》正义引《括地志》:"女陵山在曲阜县南二十八里,征在生孔子空桑之地,今名空窦,在鲁南山之空窦中。"❷地名。《淮南子·本经训》:"舜之时,共工振滔洪水,以薄空桑。"高诱注:"空桑,地名,在鲁也。"❸山名。《楚辞·九歌·大司命》:"君回翔兮以下,逾空桑兮从女。"王逸注:"空桑,山名,司命所经。"《山海经·东次二经》有空桑之山,或即王注之所本。又此山之空桑,与上述"征在生孔子空桑之地"之空桑,及"共工振滔洪水,以薄空桑"之空桑,当均系一地。❹谓汤谷上之扶桑。《玉函山房辑佚书》辑《归藏·启

筮》:"空桑之苍苍,八极之既张,乃有夫羲和,是主日月出入,以为晦明。"又:"瞻彼上天,一明一晦,有夫羲和之子,出于阳谷。"此阳谷即汤谷。

视肉 《山海经·海外南经》:"狄山,帝尧葬于阳,帝喾葬于阴。爰有熊、罴、文虎、蜼、豹、离朱、视肉。"郭璞注:"聚肉,形如牛肝,有两目也;食之尽(原作'食之无尽',从郝懿行校删),寻复更生如故。"《神异经·西北荒经》云:"西北荒中有脯焉,味如麋鹿脯,名曰追复,食一片复一片。"疑即此。又《古小说钩沈》辑《玄中记》云:"大月氏及西胡有牛名为日反(及),今日割取其肉三四斤,明日其肉已复,创即愈。"《蜀典》卷九"稍割牛"条引《凉州异物志》云:"月支有羊,尾重十斤,割之供食,寻生如故。"均郭说视肉之类。郭氏《图赞》云:"聚肉有眼,而无肠胃。与彼马勃,颇相仿佛。奇在不尽,食人薄味。"颇能得其情状。参见"无损兽"(50页)、"稍割牛"(318页)。

郎君湖 明陈仁锡《潜确类书》卷三二引《名胜志》:"真定府武强县东南,有郎君湖,亦名郎君渊。耆宿传云,邑人行于途者,见一小蛇,持归养之,名曰担生。长而噬人,官捕系狱,担生负而奔,邑沦为湖。其子东奔,复陷于此,故名郎君。"参见"担生"(186页)。

庖牺 即"伏羲"。《帝王世纪辑存》(徐宗元辑)卷一:"庖牺氏,风姓也。制嫁娶之礼,取牺牲以充庖厨,以食天下,故号庖牺。后或谓之伏牺。"

庚辰 禹臣。见"瑶姬"(342页)、"无支祁"(49页)。

肩吾 《庄子·大宗师》:"肩吾得之,以处大山。"释文引司马彪云:"山神不死,至孔子时。"又《山海经·西次三经》云:"昆仑之丘,

是实为帝之下都,神陆吾司之。"郭璞注:"即肩吾也。"参见"陆吾"(181页)。

房王 晋干宝《搜神记》(《汉魏丛书》本)卷三:"昔高辛氏时,有房王作乱,忧国危亡,帝乃召募天下有得房氏首者,赐金千金,分赏美女。……帝辛有犬字曰盘瓠……走投房王……咬王首而还。"此房王,《后汉书·南蛮西南夷列传》作*吴将军。

诤人 《列子·汤问》:"东北极有人名曰诤人,长九寸。"按即《山海经》所记"靖人"、"菌人",盖侏儒之音转。参见"周饶国"(202页)。

诗经 中国最早之诗歌总集。编成于春秋时,凡三百零五篇,分"风"、"雅"、"颂"三大类。相传经孔子删定,然近人多疑之。汉代传《诗》者,有齐、鲁、韩、毛四家,东汉以后,毛传大行而齐、鲁、韩三家逐渐衰亡,故《诗经》亦称"毛诗"。其诗大体写实,然中如叙契、稷之生及美禹之功等诗歌篇章,亦关涉神话,可资探究。

诗纬含神雾 书名。汉代所传纬书之一。作者不详。原书已佚。《玉函山房辑佚书》有辑本。其书多记古帝王诞生神话,时杂迷信诞妄,然亦有可供研究参考者。

怪山 北魏郦道元《水经注·浙江水》:"浙江又北径山阴县西,西门外百余步,有怪山,本琅邪郡之东武县山也,飞来徙此,压杀数百家。《吴越春秋》称怪山者,东武海中山也,一名自来山,百姓怪之,号曰怪山。亦云越王无疆,为楚所伐,去琅邪,止东武,人随居山下,远望此山,其形似龟,故亦有龟山之称也。"按原见《吴越春秋·勾践归国外传》。

怪哉 《古小说钩沈》辑《小说》:"武帝幸甘泉宫,驰道中,有虫赤色,头目牙齿耳鼻尽具,观者莫识。帝乃使朔视之,还对曰:'此怪哉也。昔秦时拘系无辜,众庶愁怨,咸仰首叹曰:怪哉怪哉!盖感动上天,愤所生也,故名怪哉。此地必秦之狱处。'即按地图,果秦故狱。又问:'何以去虫?'朔曰:'凡忧者得酒而解,以酒灌之当消。'于是使人取虫置酒中,须臾果糜散矣。"

宝鸡 神名,亦地名。《史记·秦本纪》正义引《括地志》:"宝鸡神在岐州陈仓县东二十里,故陈仓城中。"按宝鸡即秦陈仓县,县东旧有陈宝祠,亦曰宝夫人祠。参见"陈宝"(182页)。

宗布 《淮南子·氾论训》:"羿除天下之害死而为宗布。"高诱注:"羿,古之诸侯。河伯溺杀人,羿射其左目;风伯坏人屋室,羿射中其膝。又诛九婴、窫窳之属,有功于天下,故死托祀于宗布。……一曰:今人室中所祀宗布是也。此尧时羿,非有穷后羿。"又刘文典《淮南鸿烈集解》引孙诒让云:"宗布,疑即《周礼·党正》之祭禜,《族师》之祭酺。郑注云:'禜谓雩禜,水旱之神,酺者为人物灾害之神也。'禜酺并禳除灾害之祭。羿能除害,故托食于彼,义亦正相应也。"参见"羿"(250页)。

宜臼 周幽王子,即周平王。《全上古三代秦汉三国六朝文·全上古三代文》辑《汲冢琐语》:"周幽王欲杀王子宜臼,立伯服,释虎,将执之。宜臼叱虎,虎弭耳而服。"

实沈 帝喾子。亦星名。见"阏伯"(298页)。

宓妃 即"洛神"、"雒嫔"。《楚辞·离骚》:"吾令丰隆乘云兮,求宓妃之所在。"《文选·曹植〈洛神赋〉》:"河洛之神,名曰宓妃。"详见"洛神"(242页)。

宛委山 《吴越春秋·越王无余外传》:"九山东南天柱,号曰宛委。赤帝在阙。其岩之巅,承以文玉,覆以磐石,其书金简,青玉为字。……(禹)庚子登宛委山,发金简之书,案金简玉字,得通水之理。"参见"石匮"(95页)。

定身 《太平广记》卷七〇引《墉城集仙录》略云:徐仙姑,北齐仆射徐之才女也,善禁咒之术,独游海内,多宿岩麓林窟之中。亦寓止僧舍,忽为豪僧十辈微诃所嘲。姑解以而卧,遽彻其烛。僧喜,以为得志。迟明,姑理策出山,诸僧一夕皆僵立尸坐,若被拘缚,口噤不能言。姑去数里,僧乃如故。按此则古之所谓"定身法"。明吴承恩《西游记》第五回云:"好大圣,捻着诀,念声咒语,对众仙女道:'住!住!住!'这原来是个定身法,把那七衣仙女,一个个睖睁睁,白着眼,都站在桃树之下,大圣纵朵祥云,跳出园内,竟奔瑶池路上而去……却说那七衣仙女,自受了大圣的定身法术,一周天方能解脱,各提花篮,回奏王母。"

定水带 清董含《尊乡赘笔》卷上"定水带"条:"京师穷市有古铁条,垂三尺许,阔二寸有奇,中虚而外锈涩,两面鼓钉隐起,不甚可辨,欲易钱数十文,无顾问者。有高丽使旁睨良久,问价几何,诡对五十金,如数界之,先令一人负之急驰去。时观者渐问此何名,使曰:'此名定水带。昔神禹治水,得此带以定九区,此特其一。我国航海,每苦水咸不可饮,一投水带,立化甘泉,可无病汲,此至宝也。'好事者随至高丽馆试之。命贮苦水数斛,搅之以盐,投以带,沸作鱼眼,少顷,甘冽无比,遂各惊叹。"

定海铁柱 清曹树翘《滇南杂志》:"顺宁府城东二百里,澜沧、黑惠二江合流处有铁柱,常与江水同上下,或高出水面一二尺,旧传大禹治水至此,制铁以定海眼者。在《蒙化志》为铁桩,言水虽泛犹不没。"按《西游记》第三回写"孙悟空向东海龙王索金箍棒,那一块'天河定底神珍铁',斗来粗,二丈余长的一根铁柱子",原是"大禹治水之时,定江海浅深的一个定子",即本此等传说敷衍而成。

炎帝 即"神农"。《礼记·月令》:"孟夏之月……其帝炎帝,其神祝融。"《淮南子·时则训》:"南方之极,自北户孙之外,贯颛顼之国,南至委火炎风之野,赤帝、祝融之所司者万二千里。"高诱注:"赤帝,炎帝,少典之子,号为神农,南方火德之帝也。"按《世本·帝系篇》(清张澍稡集补注本)云:"炎帝神农氏。"宋衷注:"炎帝即神农氏,炎帝身号,神农代号也。""炎帝"与"神农"相合始此。

炎洲 《十洲记》:"炎洲,在南海中,地方二千里去北岸九万里,上有风生兽……又有火林山,山中有火光兽,取其兽毛,以缉为布,号为火浣布。"

炎火山 山名。《山海经·大荒西经》:"昆仑之丘……其下有弱水之渊环之,其外有炎火之山,投物辄然。"《述异记》卷上云:"南方有炎火山,四月生火,十二月火灭,火灭之后,草木皆生枝条。至火生,草木叶落,如中国寒时也。"即此。至明吴承恩《西游记》遂演变为唐僧师徒西天取经之重大险阻火焰山。

炎帝少女 《列仙传》卷上:"赤松子者,神农时雨师也。服水玉以教神农,能入火自烧。往往至昆仑山上,常止西王母石室中,随风雨上下。炎帝少女追之,亦得仙俱去。"按"炎帝少女追之"云者,非追其人之身,乃追其人学道之行迹,若"服水玉"、"入火自烧"之类。又,化为"精卫之女娃亦称炎帝少女,非此。参见"赤松子"(162页)。

育蛇 《山海经·大荒南经》:"有宋山者,有赤蛇名曰育蛇。有木生山上,名曰枫木。枫木,蚩尤所弃其桎梏,是谓枫木。"按此蛇或与"蚩尤被杀神话有关,然其详已不可知。

育蛇

夜光 鲸鱼目。《述异记》卷上:"南海有明珠,即鲸鱼目瞳。鲸鱼死而目皆无精,可以鉴,谓之夜光。"

夜光杯 《十洲记》:"周穆王时,西胡献昆吾割玉刀及夜光常满杯。刀长一尺,杯受三升。刀切玉如切泥,杯是白玉之精,光明夜照。冥夕出杯于中庭以向天,比明而水汁已满于杯中也。汁甘香而美,斯实灵人之器。"

夜郎侯 《后汉书·南蛮西南夷列传》:"西南夷者,在蜀郡徼外。有夜郎国。……夜郎者,初有女子浣于遁水,有三节大竹流入足间,闻其中有号声,剖竹视之,得一男儿,归而养之。及长,有才武,自立为夜郎侯,以竹为姓。"此夜郎侯即*竹王。

夜游神 《山海经·海外南经》:"有神人二八,连臂,为帝司夜于此野。"郭璞注:"昼隐夜见。"杨慎补注:"南中夷方或有之,夜行逢之,土人谓之夜游神,亦不怪也。"按据所说,夜游神盖民间传说之神。《封神传》第九十九回所封神中,有"日游神温(讳)良,夜游神乔(讳)坤",名称虽同,当非杨慎补注之所指。《古今小说》第三十一卷云:"原来重湘写了《怨词》,焚于灯下,被夜游神体察,奏知玉帝。"略近于此经"为帝司夜"之义。明刘侗、于奕正《帝京景物略》卷二云:"夜亦不置洗濯余水,为(恐)夜游神饮马

也,曰不当價(如吴语云罪过)。"且又涉及风习。如上所举,知夜游神之说必已普传于明代。参见"二八神"(5页)、"日游神"(65页)。

夜行游女 即"姑获鸟"、"鬼车"。唐段成式《酉阳杂俎·羽篇》:"夜行游女,一曰天帝女,一名钓星,夜飞昼隐,如鬼神,衣毛为飞鸟,脱毛为妇人,无子,喜取人子,胸前有乳。凡人饴小儿,不可露处,小儿亦不可露晒,毛落衣中,为鸟祟,或以血点其衣为志。或言产死者所化。"

沮诵 黄帝臣。《世本·作篇》(清张澍稡集补注本):"沮诵、苍颉作书。"宋衷注:"沮诵、苍颉,黄帝之史官。"参见"苍颉"(154页)。

泣珠 见"吠勒国"(165页)。

法海 见"白娘子"(112页)。

法苑珠林 唐道世撰。通行本有一百卷本及一百二十卷本。其书以佛经故实分类排纂,每篇之首,有述意,旨在阐发经义。末有感应缘,引事以证经。所引事中,时杂古代神话传说;且此书成于初唐,所引古籍,今多佚亡,故亦略具参考价值。

泗水取鼎 《史记·秦始皇本纪》:"始皇还,过彭城,斋戒祷祠,欲出周鼎泗水。使千人没

泗水取鼎 汉代画像石刻

水求之,弗得。"北魏郦道元《水经注·泗水》:"周显王二十四年,九鼎沦没泗渊。秦始皇时,而鼎见于斯水。始皇自以德合三

代,大喜,使数千人没水求之,弗得,所谓'鼎伏'也。亦云系而行之,未出,龙齿啮断其系。故语曰:'称乐大早,绝鼎系'当是孟浪之传耳。"按汉代有"泗水取鼎"石刻画像,其所绘之状正如《水经注·泗水》所写。

泗州大圣 明陶宗仪《辍耕录》卷二九:"泗州塔下,相传泗州大圣锁水母处。"按宋罗泌《路史·余论九》"无支祁"条略谓,禹锁无支祁,"而释氏乃以为泗州僧伽之所降水母者"。《清重修庙记》引《泗州志》云:"巫支祁屡为水患,僧伽大圣挂锡泗州,说法禁制,建灵瑞塔,淮泗乃安。"参见"水母洞"(87页)。

河伯 亦作"冰夷"、"冯夷"、"无夷"。河伯之貌,或称"人面"(《海内北经》),或称"人面鱼身"(《酉阳杂俎·诺皋记》),或称"白面长人鱼身"(《尸子》)。《楚辞·九歌·河伯》洪兴祖补注引晋葛洪《抱朴子·释鬼》云:"冯夷以八月上庚日渡河溺死,天帝署为河伯。"《庄子·大宗师》释文引司马彪云:"《清泠传》曰:(冯夷)华阴潼乡堤首人也,服八石,得水仙,是为河伯。"有关河伯成神之说大略如此,然此已属后起之说。观《海内北经》及《楚辞·九歌·河伯》,可知河伯古本天神。古代殷人祀河,有"燎"、"枋"、"埋"之称,有"沈璧"(以嬖幸者沉河)之祭(均见卜辞)。卜辞尚有"河妾"一语,疑当时河神已有娶妻纳妾传说,此河伯娶妇恶俗所起之由。总之,河伯乃黄河水神,自殷商而降,至于周末,为人所奉祀,位望隆崇。《庄子·人间世》有"不可以适河"(释文引司马彪云:适河,谓沉人于河祭也)之语,《史记·六国表·秦灵公八年》有"初以君主妻河"(索隐云:谓以公主嫁河伯也)之说:则河伯非"溺死为神"或"服药得仙"之比。"与女游兮九河,冲风起兮横波,乘水车兮荷盖,驾两龙兮骖螭"。此《楚辞·九歌·河伯》之描写。旧读女为汝,谓河伯;闻一多《楚辞校补》谓女当为河伯所从游之少女,义较胜。则河伯宜有"娶妇"之传说,《史记·滑稽列传》及《水经注·浊漳水》均记其事。古沉人而祭河伯,盖以黄河为灾,威不可测,畏而媚之。然据有关河伯神话,人亦鄙而恶之,其最著者为羿射河伯、妻雒嫔事。《楚辞·天问》云:"帝降夷羿,革孽夏民,胡射夫河伯而妻彼雒嫔?"河伯骄淫,攘人妻女,今亦得其报施。"射河伯,妻雒嫔"本是一事,王逸却于"妻雒嫔"注云:"雒嫔,水神,谓宓妃也。羿又梦与洛水女神宓妃交接也。"于"射河伯"注云:"传曰,河伯化为白龙,游于水旁,羿见,射之,眇其左目。河伯上诉天帝,曰:'为我杀羿。'天帝曰:'尔何故得见射?'河伯曰:'我时化为白龙,出游。'天帝曰:'使汝深守神灵,羿何从得犯汝?今为虫兽,当为人所射,固其宜也,羿何罪欤?'"一事两说,义固失之;然所引"传曰"云云,亦可见河伯之卑怯。《淮南子·氾论训》高诱注云:"河伯溺杀人,羿射其左目。"又可见河伯之暴虐,羿射之固

河伯 明萧云从《离骚图》

宜。参见"羿"(250页)。

河鼓 即"牵牛"。河一作何。《太平御览》卷三一引《日纬书》："牵牛星，荆州呼为河鼓，主关梁；织女星主瓜果。尝见道书云，牵牛娶织女，取天帝钱二万备礼，久而不还，被驱在营室是也。"又《尔雅·释天》云："何鼓谓之牵牛。"*营室，亦星名，谓当夏正十月，此星昏而正中，于是可以营造宫室，此则借为罚作苦工之地。《诗·小雅·大东》云："维天有汉，鉴亦有光。跂彼织女，终日七襄。虽则七襄，不成报章。睆彼牵牛，不以服箱。"诗中牵牛、织女之所为，亦仿佛营室景象。或"道书"因《大东》而联想，或《大东》更据古之传说。总之，牵牛织女因相爱而被罚，则自古无异辞。参见"牛郎织女"(69页)。

河精 谓*河伯。《尸子》(清孙星衍辑本)卷下："禹理水，观于河，见白面长人鱼身出，曰：'吾河精也。'授禹河图，而还于渊中。"晋张华《博物志·异闻》："昔夏禹观河，见长人鱼身出，曰：'吾河精。'盖(盖原作岂，从《绎史》卷十一引改)河伯也。"

河伯女 ❶唐段成式《酉阳杂俎·诺皋记上》："太原郡东有崖山。天旱，土人常烧此山以求雨。俗传崖山神娶河伯女，故河伯见火，必降雨救之。今山上多生水草。"❷《古小说钩沈》辑《幽明录》："阳羡小吏吴龛，有主人在溪南。尝以一日乘掘头舟过水，溪内忽见一五色石，取内床头，至夜，化成一女子，自称是河伯女。"

河伯使者 ❶神名。《神异经·西荒经》："西海水上，有神乘白马朱鬣，衣白玄冠，从十二童子，驰马西海水上，如飞如风，名曰河伯使者。或时上岸，马迹所及，水至其处。所之之国，雨水滂沱。暮则还河。"❷鼍之别称。晋崔豹《古今注》："江东呼……鼍为河伯使者。"

河伯娶妇 见"河伯"。

河图括地象 汉代谶纬书《河图》之一篇。已佚。《玉函山房辑佚书》及《汉唐地理书钞》均有辑录。所记有三皇出处、昆仑五城十二楼、天门地户、狌狌知人名等神话传说资料。

河伯度事小吏 即"乌贼"(68页)。

〔一〕

鸤鸠氏 少昊时鸟官名。*五鸠之一。《左传·昭公十七年》："鸤鸠氏，司空也。"注："鸤鸠平均，故为司空，平水土。"疏："《诗》云：'鸤鸠在桑，其子七兮。'毛传云：'鸤鸠之养其子，朝从上下，莫从下上，平均如一。'是鸤鸠平均，故为司空。"参见"少昊之国"(66页)。

孤竹城 北魏郦道元《水经注·濡水》："玄水又西南径孤竹城北。……《地理志》曰：'令支有孤竹城，故孤竹国也。'《史记》曰：'孤竹君之二子伯夷、叔齐，让国于此，而饿死于首阳。'"参见"伯夷❷"(171页)。

建木 *天梯之一种。《淮南子·墬形训》："建木在都广，众帝所自上下。日中无景，呼而无响，盖天地之中也。"高诱注："众帝之从都广山上天还下，故曰上下。"揆此文意"上天还下"云者，当非自都广，而是从建木"上下"。《山海经·海内南经》云："有木，其状如牛，引之有皮，若缨、黄蛇，其叶如罗，其实如栾，其木若菫，其名曰建木。在窫窳西弱水上。"此栾亦神木名，其树"花实皆为神药"(《大荒南经》郭璞注)。《海内经》云："南海之内('内'原作'外'，据宋本改)，黑水、青水之间……有九丘，以水络之。……有木，青叶紫茎，玄华黄实，名曰建木，百仞无枝。上有九欘('上'字原无，据王念孙、郝懿行校增)，下有九枸，其实如麻，其叶如芒。大皞爰过,黄帝所为。"此"百仞无枝,上有九欘,下有九枸",是建木外形。"大皞爰过"之"过",郭璞释为"经过"之意,非。此"过"当即"上下于天"之意。至于"黄帝所为"之"为",郭璞注:"言治护之也。"黄帝"治护"一树,恐亦不妥,当是造作、施为之"为"。言此天梯建木,乃黄帝所造作、施为者。树之天梯,古籍虽仅载建木,而后世民间则续有所传。如云七仙姑撒下凌霄花种子,顷刻长成天梯,乃自天送董永之子还家;又云九仙姑下凡经年,忽于天井种葫芦,遂踏葫芦升天为寿其父:均树之天梯之遗意。三峡一带民间传说且云,古时三峡有马桑树,根植于地,树梢耸天。一日群猴攀树采果,竟陟其顶,升天而去。

建疵 *简狄妹。《淮南子·墬形训》:"有娀在不周之北,长女简翟(狄),少女建疵。"

肃慎民 《淮南子·墬形训》:"凡海外三十六国,自西北至西南方,有……肃慎民。"参见"肃慎国"。

肃慎国 《山海经·海外西经》:"肃慎之国在白民北,有树名雄常,圣人代立,于此取衣(二句原作'先入伐帝,于此取之',义不可通,从王念孙、孙星衍校改)。"《大荒北经》云:"大荒之中,有山名曰不咸。有肃慎氏之国。"郭璞注:"今肃慎国去辽东三千余里,穴居,无衣,衣猪皮,冬以膏涂体,厚数分,用却风寒。其人皆工射,弓长四尺,劲强;箭以楛为之,长尺五寸,青石为镝。此春秋时隼集陈侯之庭所得矢也。"又《淮南子·墬形训》有*肃慎民,即此。

录民 《太平御览》卷七九七引《外国图》:"录民,穴居食土,无夫妇,死即埋之,肺不朽,百二十年复生。去玉门万一千里。"参见"无咸民"(50页)。

录异记 书名。五代蜀杜光庭撰。八卷。十七类。此书杂记仙人及神异之事,亦《博物志》、《述异记》之类。其所述唐末及五代蜀近闻者,如广都盘古三郎庙、陈州、房州伏羲女娲庙、蔡州仙女墓、苏州海龙王宅等,亦有关神话传说。

承云 乐名。《楚辞·远游》:"张《咸池》奏《承云》兮。"王逸注:"《承云》即《云门》,黄帝乐也。"《列子·周穆王》:"奏《承云》、《六莹》、《九韶》、《晨露》以乐之。"注亦云:"《承云》,黄帝乐。"又据《吕氏春秋·古乐》:"帝颛顼乃令飞龙作乐,效八风之音,命之曰《承云》。"则《承云》乃*颛顼之乐。盖颛顼为黄帝曾孙,故《承云》或又传为颛顼之乐。

承筐山 《太平寰宇记》卷十四:"任城县,古之任国,太皞之后,风姓也。……承筐山在县东南七十里,云女娲生处,今山下有女娲庙。……女娲陵在县东南三十九里。"参见"女娲"(37页)。

驾辩 乐曲名。伏羲作。《楚辞·大招》:"伏戏《驾辩》,楚《劳商》只。"王逸注:"伏戏,古王者也,始作瑟。《驾辩》、《劳商》,皆曲名也。言伏戏氏作瑟,造《驾辩》之曲,楚人因之,作《劳商》之歌,皆要妙之音,可乐听也。"伏戏即伏羲。

驺吾 亦作"驺虞"。《山海经·海内北经》:"林氏国有珍兽,大若虎,五采毕具,尾参于身(原作"尾长于身",据《艺文类聚》卷九九引《郭氏图赞》改),名曰驺吾,乘之日行千里。"又《尚书大传》(清陈寿祺辑)卷二云:"散宜生之于陵氏取怪兽,大不辟虎狼间,尾倍其身,名曰虞。"即此驺吾。《淮南子·道应训》云:"散宜生乃以千金求天下之珍怪,得驺

驺吾

虞、鸡斯之乘、玄玉百工、大贝百朋、玄豹黄罴、青犴白虎、文皮千合,以献于纣。"首列驺虞,其贵可知。参见"酋耳"。

驺虞 即"驺吾"。

贯月查 晋王嘉《拾遗记》卷一:"尧登位三十年,有巨查浮于西海。查上有光,夜明昼灭。海人望其光,乍大乍小,若星月之出入矣。查常浮绕四海,十二年一周天,周而复始。名曰贯月查,亦谓挂星查。羽人栖息其上。"按查同楂,谓水上浮木。

贯匈国 《山海经·海外南经》:"贯匈国在其东,其为人匈有窍。一曰在载国东。"郭璞

贯匈国

注:"《尸子》曰:'四夷之民有贯匈者,有深目者,有长肱者,黄帝之德常致之。'"晋张华《博物志·外国》云:"穿胸国。昔禹平天下,会诸侯会稽之野,防风氏后到,杀之。夏德之盛,二龙降之。禹使范成光御之,行域外,既周而还。至南海,经防风。防风氏之二臣,以涂山之戮,见禹(原'禹'下有'使'字,系衍文),怒而射之。迅风雷雨,二龙升去。二臣恐,自贯其心而死。禹哀之,乃拔其刃,疗以不死之草,是为穿胸民。"《淮南子·墬形训》海外三十六国有穿胸民,即贯匈国,此贯匈国之由来。郝懿行云:"黄帝时已有贯匈民,防风之说,盖未可信。"其说也失之拘。不知神话传说,每多歧出。《异域志》卷下云:"穿胸国,在盛海东。胸有窍,尊者去

衣,令卑者以竹木实贯匈抬之。"亦为异闻。

居暨 《山海经·北次二经》:"梁渠之山……其兽多居暨,其状如彙而赤毛,其音如豚。"郭璞注:"彙,似鼠,(赤)毛如刺(猬)也。彙音渭。"

居暨

居余 黄帝臣。见"畾然山神"(354页)。

屈轶 一作"屈佚"。《玉函山房辑佚书》卷七二辑《田俅子》:"黄帝时有草生于庭阶。有佞人入朝,则草指之,名曰屈轶。是以佞人不敢进也。"晋张华《博物志·异草木》云:"尧时有屈佚草生于庭,佞人入朝,则屈而指之。"

屈佚草 即"屈轶"。

绎史 书名。清马骕撰。一百六十卷。纂录上古至秦末事。每事各立标题,仿纪事本末之意,博引旧文,排比先后。其伪托附会者,必于每条下疏通证明之,考证颇为详密。神话传说,亦多所征引。

细民 《汉唐地理书钞》辑《括地图》:"细民,肝不朽,死八年复生。穴处衣皮。"晋张华《博物志·异人》亦记之,文略同,"八年"作"百年",无"穴处衣皮"四字。参见"无咸民"(50页)。

细蠛 《神异经·南荒经》:"南方蚊翼下有小蜚虫焉,目明者见之。每生九卵……成九子,蠛而复去,蚊遂不知。亦食人及百兽,食者知言虫小食人,不去也。此虫既细且小,因曰细蠛。陈章对齐桓公小虫是也。"按陈章即*田章。

织女 ❶星名。《史记·天官书》:"婺女,其北织女。织女,天女孙也。"正义:"织女三星,在河北天纪东,天女也,主果蓏丝帛珍宝。"❷神女名。明冯应京《月令广义·七月令》引

织女❶　汉代画像石刻

织女❷　清刊本《毓秀堂画传》

《小说》:"天河之东有织女,天帝之子也。年年机杼劳役,织成云锦天衣。"参见"牛郎织女"(69页)。

织女庙　《古今图书集成·神异典》卷五〇引《苏州府志》:"织女庙。庙在太仓州南七里黄姑塘。宋咸淳五年嘉定知县朱象祖重修。故老相传,常有牵牛、织女二星降于此,女以金篦划河,河水涌溢,牵牛不得渡。今村西有百沸河,乡人异之,为立庙。旧立牛、女二像。建炎时士大夫避地东冈,有经庙中,壁间题云:'商飙初起月埋轮,乌鹊桥边绰约身。闻道佳期惟一夕,因何朝莫(暮)对斯人?'乡人因去牵牛,独存织女。"其说原出宋龚明之《中吴纪闻》卷四"黄姑织女"条,此引较完备。

终北国　《列子·汤问》略云:禹之治水土也,迷而失涂,谬之一国,其国名曰终北。无风霜雨露,不生鸟兽虫鱼草木之类。四方悉平,周以乔陟。当国之中有山,山名壶领,状若甑甀。顶有口,有水涌出,名曰神瀵。臭过兰椒,味过醁醴。一源分为四埒,注于山下,经营一国,亡不悉遍。土气和,男女缘水而居,不耕不稼,百年而死,不夭不病。其俗好声,相携而迭谣,终日不辍音。饥倦则饮神瀵,力志和平。过则醉,经旬乃醒。

终南山翁　《古今图书集成·山川典》卷二六〇引《剧谈录》(今本无):"陈季卿羁栖辇下,尝访僧于青龙寺,遇僧他适,因憩于暖阁中。有终南山翁,方拥炉而坐东壁。有寰瀛图。季卿叹曰:'得自渭泛河济江,达于家,亦不悔无成而归。'翁乃命僧僮折阶前一竹叶作舟,置图中渭水上。季卿熟视,恍若登舟,旬余至家。复登叶舟泛江至青龙寺,见山翁尚拥褐而坐。"按亦见《太平广记》卷七四"陈季卿"条引《慕异记》,文较繁。

妹喜　夏桀妃。一作妹嬉、末喜。《列女传·夏桀末喜》:"末喜者,夏桀之妃也。美于色,薄

汤殛妹喜　明萧云从《离骚图》

于德,乱孽无道;女子行,丈夫心,佩剑带冠。桀既弃礼义,淫于妇人,求美女积之于宫,收倡优侏儒狎徒能为奇伟戏者,聚之于旁。造烂漫之乐,日与末喜及宫女饮酒,无有休时。置末喜于膝上,听用其言,昏乱失道。……诸侯大叛。于是汤受命而伐之,战于鸣条。桀师不战,汤遂放桀,(桀)与末喜嬖妾同舟流于海,死于南巢之山。"此妺喜"罪行"之大略。故《国语》谓之曰"女戎"。韦昭注:"戎,兵也,女兵,言其祸由姬也。"《晋语一》云:"昔夏桀伐有施,有施人以妺喜女焉。妺喜有宠,于是乎与伊尹比而亡夏。"韦昭注:"伊尹,汤相伊挚也,自夏适殷也;比,比功也。伊尹欲亡夏,妺喜为之作祸,其功同也。"此所谓"女兵",言其不谋而合。而清马骕《绎史》卷十四引《竹书纪年》云:"后桀命扁伐岷山。岷山女于桀二人,曰琬,曰琰。后爱二女无子焉,斫其名苕华之玉……而弃其元妃于洛,曰妺嬉氏。以与伊尹交,遂以夏亡。"据此,则妺喜非与*伊尹"比功"而亡夏,盖与伊君"交"而亡之。

始州国 《山海经·大荒北经》:"有始州之国。有丹山。"参见"丹山"(74页)。

妲己 《国语·晋语一》:"殷辛伐有苏,有苏氏以妲己女焉。"《楚辞·天问》:"殷有惑妇何所讥?"王逸注:"惑妇,谓妲己也。"《列女传·殷纣妲己》云:"妲己者,殷纣之妃也,嬖幸于纣。纣……好酒淫乐,不离妲己。妲己之所誉,贵之;妲己之所憎,诛之。作新淫之声,北鄙之舞……流酒为池,悬肉为林,使人裸形相逐其间。为长夜之饮。妲己好之,百姓怨畔,诸侯有畔者。纣乃为炮烙之法,膏铜柱加之炭,令有罪者行其上,辄堕炭中,妲己乃笑。比干谏曰:'不修先王之典法,而用妇言,祸至无日。'纣怒,以为妖言。妲己曰:'吾闻圣人之心有七窍。'于是剖心而观之。囚箕子,微子去之。武王遂受命兴师伐纣,战于牧野,纣师倒戈。纣乃登廪台,衣宝玉衣而自杀。于是武王遂致天之,罚斩妲己头,悬于小白旗,以为亡纣者是女也。"妲己之传略盖如斯。六朝李逻注《千字文》"周伐殷汤",言妲己为九尾狐;《封神传》本此为说,亦以妲己为千年狐精所托。

妲己川 明陈仁锡《潜确类书》卷三一:"妲己川在平凉府灵台县西。旧传妲己生于此地。"参见"妲己"。

姑获鸟 亦名"鬼车"、"夜行游女"。《古小说钩沈》辑《玄中记》:"姑获鸟夜飞昼藏,盖鬼神类。衣毛为飞鸟,脱毛为女人。一名天帝少女,一名夜行游女……一名隐飞。鸟无子,喜取人子养之,以为子。今时小儿之衣不欲夜露者,为此物爱以血点其衣为志,即取小儿也。故世人名为鬼鸟,荆州为多。昔豫章男子,见田中有六七女人……匍匐往,先得其一女所解毛衣(原作'先得其毛衣','一女所解'四字据《搜神记》卷十四补),取藏之,即往就诸鸟。诸鸟各去就毛衣,衣之飞去。一鸟独不得去,男子取以为妇。生三女。其母后使女问父,知衣在积稻下,得之,衣而飞去。后以衣迎三女,三女儿得衣亦飞去。今谓之鬼车。"按鬼车有九头,姑获鸟则无九头,九头当是后起之说。又所记豫章男子事极类*田章神话:"鸟无子,喜取人子养之",又类*女岐传说。或均是此类神话传说之分枝。

姑射山 《山海经·东次三经》:"卢其之山……南三百八十里,曰姑射之山,无草木,多水。又南水行三百里,流沙百里,曰北姑射之山,无草木,多石。又南三百里,曰南姑射之山,无草木,多水。"按此三山吴承志说即《海内北经》所记之"列姑射(山)",亦即

《庄子·逍遥游》所谓"藐姑射山"。参见"姑射国"。

姑射国 《山海经·海内北经》："列姑射在海河州中。姑射国在海中，属列姑射，西南，山环之。"郭璞注："山有神人……《庄子》所谓藐姑射之山也。"《庄子·逍遥游》云："藐姑射之山，有神人居焉，肌肤若冰雪，淖约如处子，不食五谷，吸风饮露，乘云气，御飞龙，而游乎四海之外。其神凝，使物不疵疠而年谷熟。"姑射国盖即神人所居之国。按《海内北经》文字，据吴承志《山海经地理今释》云，系《海内东经》文字错简在此。谓此经"列姑射(山)"之方位即与《东次二经》南、中、北姑射山之方位相符，列姑射、藐姑射、*姑射山其实一也。

孟鹬 《太平御览》卷九一五引《括地图》："孟鹬人首鸟身。其先为虞氏驯百兽，夏后之末世民始食卵。孟鹬去之，凤凰随焉止于此。山多竹，长千仞。凤凰食竹实，孟鹬食木实。去九嶷万八千里。"按孟鹬，人名，亦国名：人则《史记·秦本纪》所记之孟戏，国则晋张华《博物志》所记之孟舒国。《秦本纪》云："秦之先，帝颛顼之苗裔孙曰女脩。女脩织，玄鸟陨卵，女脩吞之，生子大业。大业取少典之子曰女华。女华生大费，与禹平水土，……佐舜调驯鸟兽，鸟兽多驯服，是为伯翳(伯益)。舜赐姓嬴氏。大费生子二人：一曰大廉，实鸟俗氏；二曰若木，实费氏。……大廉玄孙曰孟戏、仲衍，鸟身人言。"据此，知孟戏即孟鹬。《博物志·外国》云："孟舒国民，人首鸟身，其先主为雪氏训百禽。夏后之世，民始食卵。孟舒去之，凤凰随焉。"故孟舒国亦即孟鹬。戏、舒、鹬均一声之转。又《山海经·大荒东经》云："帝舜生戏，戏生民。"《海内经》云："有嬴民，鸟足。"嬴、摇一声之转，嬴民即摇民，而戏亦即孟戏。不过原以柏翳(伯益)为祖先，此又移之于舜。舜与伯益皆古代东方商族传说中之祖先，亦即《诗·商颂·玄鸟》"天命玄鸟，降而生商"之玄鸟，即燕子之化身。玄鸟再经神话化，又为凤凰。故其子孙或"鸟身人言"，或"人首鸟身"，或"鸟足"，且有"凤凰随焉"，实则此"随焉"之"凤凰"，亦其自身身影之写照。

孟子 书名。战国时孟子及其弟子万章等著，或说是孟子弟子、再传弟子之记录。《汉书·艺文志》著录十一篇，今存七篇。是书叙尧洪水、舜完廪浚井、逢蒙杀羿等，于神话传说研究亦有参考价值。

孟鸟 即"灭蒙鸟"(89页)。

孟戏 *伯益裔。《史记·秦本纪》："大费生子二人：一曰大廉，实鸟俗氏。……大廉玄孙曰孟戏……鸟身人言。"大费即伯益。参见"孟鹬"。

孟贲 《尸子》卷下："孟贲水行不避蛟龙，陆行不避兕虎。"《吕氏春秋·必己》："孟贲过于河，先其五(古伍字)，船人怒，而以楫虩其头，顾不知其孟贲也。中河，孟贲瞋目而视船人，发植目裂鬓指，舟中之人尽扬播，入于河。"《珮玉集》卷十二《壮力篇》："六国时秦武王……好有力之人。时齐人孟贲及任鄙、焉(鸟)获之徒，皆往归焉。秦王与之举鼎，两目出，绝膑而死。孟贲能生拔牛角。"

孟津 即"盟津"(333页)。

孟涂 《山海经·海内南经》："夏后启之臣曰孟涂，是司神于巴。巴('巴'字原无，据《水经注·江水》引补)人请讼于孟涂之所，其衣有血者乃执之(郭璞注：不直者则血见于衣)，是请生(郭璞注：言好生也)。居山上，在丹山西。"

孟婆 清褚人穫《坚瓠二集》卷二："古称风神为孟婆。蒋捷词云：'春雨如丝，绣出花枝红袅,怎禁他孟婆合皂。'宋徽宗词云:'孟婆好做些方便,吹个船儿倒转。'按北齐李骑骤聘陈,问陆士秀曰:'江南有孟婆,是何神也?'士秀曰:'《山海经》:帝女游于江,出入必以风雨自随;以其帝女,故称孟婆。'《丹铅总录》:'江南七月间,有大风甚于舶䑲,野人相传为孟婆发怒。'"

孟极 《山海经·北山经》:"石者之山……有兽焉,状如豹而文题向身,名曰孟极,是善伏,其鸣自呼。"

孟槐 《山海经·北山经》:"谯明之山……有兽焉,其状如貆而赤毫,其音如榴榴,名曰孟槐,可以御凶。"郭璞注:"貆,豪猪也,音丸。"

孟槐

孟翼 《山海经·大荒西经》:"有池,名曰孟翼之攻颛顼之池。"郭璞注:"孟翼,人姓名。"按此经上文有"禹攻共工国山",此有"孟翼之攻颛顼之池",疑皆因事而名地者。孟翼当亦共工之类天神。

孟姜女 宋周煇《北辕录》云:"八日过雍丘县……次过范郎庙,其地名孟庄,庙塑孟姜女。"溯其源,盖本春秋时杞梁事附会成之。《礼记·檀弓下》云:"齐庄公袭莒于夺,杞梁死焉。其妻迎其柩于路,而哭之哀。"《孟子·告子下》云:"华周、杞梁之妻,善哭其夫,而变国俗。"朱熹注:"华周、杞梁二人皆齐臣,战死于莒。其妻哭之哀,国俗化之,皆善哭。"是杞梁妻善哭其夫,古已有闻。而汉刘向《列女传·齐杞梁妻》乃谓:"杞梁之妻无子……既无所归,乃枕其夫之尸于城下而哭……十日而城为之崩。既葬……遂赴淄水而死。"则是孟姜女哭长城说之所本。至唐代孟姜女故事轮廓乃大致完备。《珊玉集》卷十二引《同贤记》云:"杞良,秦始皇时北筑长城,避苦逃走。因入孟超后园树上,超女仲姿浴于池中,仰见杞良而唤之。问曰:'君是何人?因何在此?'对曰:'吾姓杞,名良,是燕人也。但以从役而筑长城,不堪辛苦,遂逃于此。'仲姿曰:'请为君妻。'良曰:'娘子生于长者,处在深宫,容貌艳丽,焉为役人之匹?'仲姿曰:'女人之体不得再见丈夫,君勿辞也。'遂以状陈父而父许之。夫妇礼毕,良往作所,主典怒其逃走,乃打煞之,并筑城内。超不知死,遣仆欲往代之。闻良已死,并筑城中。仲姿既知,悲哽而往,向城号哭。其城当面一时崩倒,死人白骨交横,莫知孰是。仲姿乃刺指血以滴白骨,去(云):'若是杞梁骨者,血可流入。'即沥血,果至良骸,血径流入。使(便)将归葬之也。"除姜女之名尚未揭出外,余则与今所传故事无大异。又敦煌曲子中有《捣练子》一首,云:"孟姜女,杞梁妻,一去烟(燕)山更不归。造得寒衣无人送,不免自家送征衣。长城路,实难行,乳酪山下雪雾雾。吃酒则为隔饭病,愿身强健早还归。"《敦煌变文集》(王重民等编)卷一收有《孟姜女变文》一篇,缺其前段,仅就后段观之,情节大略如《珊玉集》所叙,知至迟在唐末五代之际,孟姜女故事已流传于民间,后又编为剧本、唱词等。

孟舒国 晋张华《博物志·外国》:"孟舒国民,人首鸟身,其先主为䨪氏训百禽,夏后之世始食卵。孟舒去之,凤凰随焉。"参见"孟鹠"。

孟津大鱼 北魏郦道元《水经注·河水》引《郭颁世语》:"晋文王之世,大鱼见孟津,长数百步,高五丈,头在南岸,尾在中渚。河平侯祠,即斯祠也。"

九 画

〔一〕

斫木 谓啄木鸟。《古小说钩沈》辑《古异传》："斫木，本是雷公采药使，化为鸟。"参见"雷公"(331页)。

贰负 《山海经·海内北经》："贰负之尸在大行伯东。……一曰，贰负神在其(鬼国)东，

贰负之臣

为物人面蛇身。"此其形貌。又《海内西经》云："贰负之臣曰危，危与贰负杀窫窳，帝乃梏之疏属之山，桎其右足，反缚两手(原"两手"下有"与发"二字，据刘秀(歆)《上〈山海经〉表》删)，系之山上木。在开题西北。"此则其行事。参见"危"(132页)、"窫窳"(347页)。

荣将 黄帝臣。《吕氏春秋·古乐》："黄帝又命伶伦与荣将，铸十二钟，以和五音，以施英韶。以仲春之月，乙卯之日，日在奎，始奏之，命之曰《咸池》。"参见"伶伦"(170页)。

牵牛 见"牛郎织女"(69页)。

𪊽𪊽 《山海经·东次二经》："空桑之山……有兽焉，其状如牛而虎文，其音如钦(郭璞注：或作吟)，其名曰𪊽𪊽，其鸣自讪，见则天下大水。"

郝姑祠 《太平广记》卷六〇"郝姑"条引《莫州图经》："郝姑祠在莫州莫县西北四十五里。俗传云，郝姑字女君，本太原人，后居此邑。魏青龙年中，与邻女十人，于洇涹泄水边挑蔬，忽有三青衣童子，至女君前云：'东海公娶女君为妇。'言讫，敷茵褥于水上，行坐往来，有若陆地。其青衣童子便在侍侧，沿流而下。邻女走告之，家人往看，莫能得也。女君遥语云：'幸得为水仙，愿勿忧怖。'仍言每至四月，送刀鱼为信。自古至今，每年四月内，多有刀鱼上来。乡人每到四月祈祷，州县长吏若谒此祠，先拜然后得入。于祠前忽生青白石一所，纵横可三尺余，高二尺余，有旧题云：'此是姑夫上马石。'至今存焉。"按原出《述异记》卷下，文较简，无刀鱼、上马石事，郝姑祠作圣姑祠。

残苦庙 《古今图书集成·神异典》卷四九引《山西通志》："残苦庙，庙在曲沃县西北关。旧志云，介之推从重耳出亡，追者甚急，推以其子林代死。后重耳入晋，推妻并林妻寻至此，闻推焚死于绵山，二人投井而死。乡人立庙，后讹为蚕姑庙。"参见"介之推"(70页)。

荆楚岁时记 书名。南朝梁宗懔撰。相传隋杜公瞻作注。今存一卷，文亦有残缺，故间有唐宋类书所引或为今本所无者。其书记楚俗凡三十六事，存有若干古代神话传说，如七夕、腊八、桃符、鬼鸟等。

春皇 即"伏羲"。晋王嘉《拾遗记》卷一："春皇者，庖牺之别号……以木德称王，故曰春皇。"

春宫 《楚辞·离骚》："溘吾游此春宫兮，折琼

枝以继佩。"王逸注:"春宫,东方青帝舍也。"又汉蔡邕《独断》云:"青帝以未腊卯祖。"注:"青帝,太昊,木行。"则此春宫,即太昊伏羲之宫。

契 ❶商族之祖。《诗·商颂·玄鸟》:"天命玄鸟,降而生商。""生商",即生商族之祖契。《史记·殷本纪》:"殷契,母曰简狄,见玄鸟堕其卵,简狄取吞之,因孕生契。"谓此事。而汉王充《论衡·怪奇》云:"禹、离(契)逆生,闿母背而出。"《春秋繁露·三代改制》亦云:"契生发于背。"则契之临产尤"怪奇"。《诗·商颂·长发》又称契为"玄王",云:"玄王桓拨,受小国是达,受大国是达。"契之神话,大略尽于此。史谓其"长而佐禹治水有功"(《史记·殷本纪》),其功维何,则无所闻。参见"益"(269页)、"简狄"(335页)。❷少昊之名。《世本·帝系篇》(清张澍稡集补注本):"少昊,黄帝之子,名契。"宋衷注:"少昊名挚。"古挚、鸷通。又,《太平御览》卷九二二引《古今注》云:"燕,一名天女,一名鸷鸟。"是少昊亦燕即玄鸟之化身。故少昊建国,乃"为鸟师而鸟名"(《左传·昭公十七年》)。少昊神话与殷契神话盖亦同出一源。故郭沫若《中国古代社会研究》云:"少昊与契是一个人。"虽不必定为一人,然古代神话传说人物名号事迹互相影响,则亦可理解。

契丹始祖庙 明陈仁锡《潜确类书》卷十七引《舆地考》:"木叶山,在广宁中屯卫城东。上建契丹始祖庙,奇首可汗在南,可敦在北。并塑八子像于侧。相传昔有神人乘白马,自盂山浮土河而东,有天女驾青牛车,由平地松林,泛黄河而下。至木叶山,二水合流,相为配偶,生八子。其后族属渐繁,分为八部,每行军及时祭,必用青牛白马。"

胡曹 黄帝臣。《世本·作篇》(清张澍稡集补注本):"胡曹作冕。"宋衷注:"胡曹,黄帝臣。"《世本》又云:"胡曹作衣。"《吕氏春秋·勿躬》同。按黄帝臣*伯余亦作衣。

胡不与国 《山海经·大荒北经》:"有胡不与之国,烈姓,黍食。"郝懿行云:"烈姓盖炎帝神农之裔,《左传》称烈山氏,《祭法》作厉山氏。郑康成注云:'厉山,神农所起。一曰有烈山。'"

要离 见"庆忌"(141页)。

要裹 亦作"騕褭"。《吕氏春秋·离俗》:"飞兔、要裹,古之骏马也。"《文选·上林赋》:"蹑騕褭。"注引张揖云:"马金喙赤色,日行万里者。"参见"飞兔"(34页)。

虹虹 谓虹。《山海经·海外东经》:"虹虹在其北,各有两首。一曰在君子国北。"郭璞注:"音虹。"按虹即虹字之别写。《尔雅·释天》云:"螮蝀,虹。"郭璞注:"俗名为美人虹。"《诗·鄘风·蝃蝀》:"蝃蝀在东,莫之敢指。"蝃音帝,蝃蝀即螮蝀。此在东之蝃蝀,盖暮虹。虹随日所映,故朝西而暮东。见于《海外东经》君子国北之"虹虹",亦暮虹,云"各有两首"者,大约并霓包括言之。《毛诗正义》引《郭氏音义》云:"虹双出色鲜盛者为雄,雄曰虹;闇者为雌,雌曰霓。"虹霓之见,古人以为"阴阳交"(《古微书》辑《春秋纬元命苞》)。《淮南子·说山训》云:"天二气则成虹。""两首"者,亦"交"之象。故《诗·鄘风·蝃蝀》以刺奔女。《诗·曹风·候人》:"荟兮蔚兮,南山朝隮;婉兮娈兮,季女斯饥。""朝隮"即朝虹;"斯饥",饥于爱也:则虹所象征者,亦已明矣。《尔雅》"螮蝀"郭注所谓"俗名美人虹"者,固自有其古传。南朝宋刘敬叔《异苑》卷一云:"晋义熙初,晋陵薛愿有虹饮其釜澳,须臾嗡响便竭。愿辇酒灌之,随投随涸,便吐金满釜,于是灾弊日祛而丰富岁臻。"宋黄休复《茆亭客话》卷五云:"韦中令镇蜀之日,与宾客宴于西亭,或暴风雨作,俄有虹霓自空而下,直入于亭,垂首于筵中,吸其食馔且尽焉。其虹霓首似驴,身若晴霞状,公惧且恶之。……旬余就拜中书令。"此虽皆后起之说,然虹见于人家之为祯祥则无异辞。参见"美人虹"(240页)。

项讬 即"项橐"。

项橐 一作"项讬"。《战国策·秦策五》:"项橐生七岁,而为孔子师。"《淮南子·说林训》:"项讬使婴儿矜。"高诱注:"项讬生七岁,穷难孔子,而为之作师,故使小儿之畴自矜大也。"《玉函山房辑佚书》辑《嵇康圣贤高士传》云:"孔子问项橐曰:'居何在?'曰:'万流屋。'"注:"言与万物同流匹也。"盖即项橐"穷难孔子"之片段。明董斯张《广博物志》卷十四引《图经》云:"项橐鲁人,十岁而亡,时人尸而祝之,号小儿神。"又敦煌变文有《孔子项讬相问书》(见王重民等编《敦煌变文集》)。《论语·子罕》:"达巷党人曰:'大哉孔子!博学而无所成名。'"《汉书·董仲舒传》:"此无异于达巷党人,不学而自知也。"孟康注:"人,项橐也。"或当是。

咸池 ❶日浴处。《楚辞·离骚》:"饮余马于咸池兮。"《淮南子·天文训》:"日出于旸谷,浴于咸池。"参见"日出入"(65页)。❷乐曲名。《世本》(清雷学淇校辑本):"黄帝乐名《咸池》。"参见"荣将"(218页)。❸神名。《楚辞·七谏·自悲》:"哀人事之不幸兮,属之咸池。"王逸注:"咸池,天神也。"❹星名。《楚辞·九歌·少司命》:"与女沐兮咸池。"王逸注:"咸池,星名,盖天池也。"《史记·天官书》云:"西宫,咸池。"正义:"咸池三星在五车中,天潢南,鱼鸟之所托也。"即此。

咸黑 帝喾臣。《吕氏春秋·古乐》:"帝喾命咸黑作为声歌。"

咸阳宫方镜 晋葛洪《西京杂记》卷三:"(咸阳宫)有方镜,广四尺,高五尺九寸,表里有明。人直来照之,影则倒见;以手扪心而来,则见肠胃五脏,历然无碍。人有疾病在内,则掩心而照之,则知病之所在。"

挂甲柏 《古今图书集成·草木典》卷二〇四引《延安府志》:"(洛川县)挂甲柏在轩辕庙。黄帝既灭蚩尤,归而挂甲其上,至今树皮每尺许有挂甲痕密布,仿佛钻甲状;柏液中出,似有断钉在内。老干细枝,痕迹皆一,为古今奇景。"

拾遗记 书名。晋王嘉撰。南朝梁萧绮录。十卷。鲁迅《中国小说史略·六朝之鬼神志怪书(下)》云:"其文笔颇靡丽,而事皆诞漫无实。"去其靡漫,中亦有神话传说资料存焉,如皇娥生少昊、伏羲教禹治水之类。

括地志 书名。亦名《坤元录》。唐魏王李泰命著作郎萧德言等撰。《新唐书·艺文志》著录,后亡。《汉唐地理书钞》有辑本二卷。其书内容张守节《史记正义》多所征引。亦略有神话资料,如"鼻亭神"、"江渎祠"之类。

括地图 书名。作者不详。约成于晋以前。原书早佚。《汉唐地理书钞》有辑录。其书所记,多有关神话传说,如孟鸼、羿(有穷后羿)、穿胸国、奇肱民等,皆与他书所记相出入。

指佞草 即"屈佚草"(213页)。

指南车 ❶谓黄帝作。晋崔豹《古今注》卷上:"大驾指南车,起黄帝与蚩尤战于涿鹿之野。蚩尤作大雾,兵士皆迷。于是作指南车以示四方,遂擒蚩尤而即帝位。"❷谓风后作。《太平御览》卷十五引《志林》:"黄帝与蚩尤战于涿鹿之野。蚩尤作大雾弥三日,军人皆惑。黄帝乃令风后法斗机,作指南车,以别四方,遂擒蚩尤。"❸谓玄女作。《事物纪原》卷二引《黄帝内传》："玄女为帝制司南车,当其前。"❹谓周公作。《太平御览》卷七七五引《鬼谷子》:"肃慎氏献白雉于文王。还,恐迷路,问周公,作指南车以送之。"

指星木 《洞冥记》卷三:"(汉武)帝尝见彗星,东方朔折指星之木以授帝,帝以木指彗星,星则寻没也。星出之夜,野兽皆鸣。"

茈鱼 《山海经·东次四经》:"东始之山……泚水出焉,而东北流注于海。其中多美贝,多茈鱼,其状如鲋,一首而十身,其臭如蘪芜,食之不䊆。"毕沅注:"《广韵》云:'䊆同屁,气下泄也,匹寐切。'"按此鱼形似《北山经》譙明山之何罗鱼。

荒夫草 即"蓇草"(329页)。

荀子 书名。战国时荀况著。二十卷。计三十二篇。《汉书·艺文志》题曰《孙卿子》。唐杨倞注,更名《荀子》,即今本。清王先谦作《集解》,颇精审。其书《非相篇》,记古帝王名臣状貌,《成相篇》,以通俗语言叙古代传说,均可供研究神话者参考。

荀草 《山海经·中次三经》:"青要之山……有草焉,其状如葌,而方茎黄华赤实,其本如藁本,名曰荀草,服之美人色。"

茶首 《太平御览》卷九〇六引《博物志》(今本无):"云南郡出茶首。茶首其音为蔡茂,是两头鹿名也。兽似鹿两头,其腹中胎,常以四月中取,可以治虵虺毒。永昌亦有之。"明邝露《赤雅》卷下云:"茶首,出羁縻州,似鹿而两头,食香草。其行如飞,鸣曰蔡茂茂。茶首二字,音蔡茂也。亦有五六头者,是名元仙,敬之终吉,射之悔亡。"即此。惟茶首应作荼首,蔡茂应作蔡莪(音述),均字之讹。

茶神 唐阙名《大唐传载》:"太子文学陆鸿渐,名羽,其生不知何许人。竟陵龙盖寺僧姓陆,于堤上得一初生儿,收育之,遂陆为氏。及长,聪俊多闻,学赡词博,恢谐谈辨,若东方曼倩之俦。鸿渐性嗜茶,始创煎茶法,至今鬻茶之家,陶其像置于锡器之间,云宜茶足利。……鸿渐又撰《茶经》二卷,行于代。今为鸿渐形者,因目为茶神,有交易则茶祭之,无则以釜汤沃之。"唐李肇《唐国史补》卷中云:"竟陵僧有于水滨得婴儿者,育为弟子,稍长,自筮,得蹇之渐,繇曰:'鸿渐于陆,其羽可用为仪。'乃令姓陆名羽,字鸿渐。羽有文学,多意思,耻一物不尽其妙,茶术尤著。巩县陶者多为瓷偶人,号陆鸿渐,买数十茶器得一鸿渐,市人沽茗不利,辄灌注之。"《太平广记》卷三九九"陆鸿渐"条引《水经》(?)云:"太宗朝,李季卿刺湖州,至维扬,遇陆处士鸿渐,李素熟陆名,有倾盖之欢。……李曰:'陆君善茶,盖天下闻;扬子江南零水,又殊绝。今者二妙千载一遇,何旷之乎!'命军士信谨者,挈瓶操舟,深诣南零取水,陆洁器以俟。俄水至,陆以杓扬水曰:'江则江矣,非南零者,似临岸之。'使曰:'某棹舟深入,见者累百人,敢绐乎?'陆不言。既而倾诸盆,至半,陆遽止。又以杓扬之曰:'自此南零者矣。'使蹶然大骇,驰下曰:'某至南零赍至岸,舟荡半,惧其鲜,挹岸水以增之。处士之鉴,神鉴也,其敢隐欺乎!'李大惊赏。……李因问陆……陆曰:'楚水第一,晋水最下。'李因命口占而次第之。"参见"大茗"(22页)。

茶香室丛钞 书名。清俞樾撰。《初钞》二十三卷,又《续钞》二十五卷,《三钞》、《四钞》各为二十九卷,共一〇六卷。茶香室为樾妻姚夫人居室之名,姚卒后,樾"老怀索寞,以书籍自娱,偶踵夫人故智,遇罕见罕闻之事,亦以小纸录出之。积岁余,得千有余事,编纂成书,名之曰《茶香室丛钞》。"(见书《序》)其书采撷广博,近世野史笔乘,靡不引述，恒有神话传说资料或线索，可供参考。

药王 ❶南唐沈汾《续仙传》："药王，姓韦，名古道，号归藏，西域天竺人。开元二十五年，入京师，纱巾氀袍，杖履而行，腰系葫芦数十，广施药饵，疗人多效。帝召入宫，图其形，赐号药王。"❷宋韩元吉《桐阴旧话》："忠献公年六七岁，病甚，令公与夫人守视之。忽若张口饮药状，曰：'有道士牵犬以药饲我。'俄汗而愈。后因画像以祠。按《列仙传》，韦善俊唐武后朝京兆人，长斋奉道法，常携黑犬，名乌龙，世俗谓为药王云。"按药王，即药王菩萨，本佛家语，此以韦古道或韦善俊为药王，盖为借称。据高士奇《扈从西巡日录》，郑州城有药王庙，专祀*扁鹊，则扁鹊亦称药王矣。民间又称唐孙思邈为药王，云陕西省耀县有药王庙，祀孙思邈。其实神农首创行医，为医药之祖，应有药王之称，虽未见载籍，然民间亦多有以"药王菩萨"称神农者。

药兽 《说郛》弓三一辑《芸窗私志》："神农时，白民进药兽。人有疾病则扪其兽，授之语，语如白民所传，不知何语。语已，兽辄如野外，衔一草归。捣汁服之即愈。后黄帝命风后纪其何草起何疾，久之如方悉验。古传黄帝尝百草，非也。故虞卿曰：'黄帝师药兽而知医。'"此药兽之说，乃*神农尝百草神话之演变。

药王庙 清俞樾《茶香室续钞》卷十九引高士奇《扈从西巡日录》："郑州城东北有药王庄，为扁鹊故里。药王庙，专祀扁鹊，香火最盛。……明万历间，慈圣太后出内帑，增建神农、轩辕、三皇之殿，以古今名医配食，自是药王之会，弥加辐凑。"

药妇山 宋王象之《舆地纪胜》卷一八九："药妇山，《寰宇记》：在平利县东南八十五里。《周地图》云，有夫妇携子入山猎，其父落崖，妻子将药救之，并变为三石人，以此得名。今顶上有古仙石药臼尚存。"

赵巧 鲁班弟子。见"赵老送灯台"。

赵昱 宋王铚《龙城录》："赵昱，隋末拜嘉州太守。时犍为潭中有老蛟为害，昱率甲士千

赵昱　明刊本《列仙全传》

人，及舟男属一万人，夹江岸鼓吹。声震天地。昱乃持刀没水，顷江水尽赤，石岸半崩，吼声如雷。昱左手持蛟首，右手持刀，奋波而出。州人顶戴，事为神明。隋末大乱，潜以隐去，不知所终。时嘉陵涨溢，水势汹然。蜀人思昱。顷之，见昱青雾中，骑白马，从数猎者，见于波面，扬鞭而过，州人争呼之。太祖文皇帝，赐封神勇大将军，庙食灌口。昱斩蛟时，年二十六。"又《常熟县志》云："隋赵昱，弃官去，不知所终。会嘉州水涨，蜀人见昱雾中乘白马越流而过，因立庙灌江，呼曰灌口二郎神。"按李冰子*二郎与"斧劈桃山"之*杨戬亦称灌口二郎神。

赵公明 亦称"赵玄坛"。《三教搜神大全》卷

三：" 赵元帅，姓赵讳公明，钟南山人也。自秦时避世山中，精修至道，功成，钦奉玉帝

赵公明　明刊本《三教搜神大全》

旨召为神霄副元帅。……其服色头戴铁冠，手执铁鞭……面黑色而胡须……跨虎……驱雷役电，唤雨呼风，除瘟剪疟，保病禳灾，元帅之功莫大焉。至如讼冤伸抑……买卖求财……可对神祷，无不如意，故上天圣号为……总管上清正一玄坛飞虎金轮执法赵元帅。"又《搜神记》卷五云："散骑侍郎王祐疾困……闻有通宾者，曰：'……某郡某里某人。'……有顷，奄然来至，曰：'今年国家有大事，出三将军，分布征发吾等十余人，为赵公明府参佐。……初，有妖书云：'上帝以三将军赵公明、钟士季，各督数（万）鬼下取人，莫知所在。'祐病瘥，见此书，与所道赵公明合。"此赵公明之始见载籍者。其后小说戏曲遂恒演而不辍，民间且奉以为*财神。参见"赵玄坛"。

赵玄坛　即"赵公明"。旧时民间所祀之*财神。因封正一玄坛元帅故称。其像黑面浓须，武装置鞭，身跨黑虎。

赵州桥　宋周煇《北辕录》云："六十里至赵州……渡石桥。桥从空架起，工极坚致，……有张果老驴迹。"又宋杜德源《安济桥》诗："休夸世俗遗仙迹，自古神丁役此工。""神丁役此工"云云，盖自民间传说：赵州有石桥二，一在城南，一在城西。在城南者较大，即所谓赵州桥，传系鲁班所造。且谓鲁班与其妹鲁姜较技，于一夜之间造成此桥。鲁姜于此夜中，亦于赵州城西造成小石桥。大桥坚固奇巧，轰传远近，八洞神仙亦闻其名。张果老骑驴，驴背褡裢装太阳月亮；柴王推独轮车，车载四大名山，亦来观光此桥。驴、车上桥，桥身晃动，行将坍塌。鲁班急跃身桥下，用双手托定拱腹，桥始安然无恙。桥身、桥基经此重压，不但未损丝毫，反更牢固坚实。闻至今桥面尚留有张果老驴迹及柴王车辙迹；拱腹有二大手印，云即是鲁班造桥、神仙相试之所遗。

赵老送灯台　老或作巧。宋欧阳修《归田录》卷二："俚谚云：'赵老送灯台，一去更不来。'不知是何等语，虽士大夫亦往往道之。"按民间有赵巧送灯台传说，云赵系鲁班弟子，以巧自负，所以称"赵巧"。鲁班造桥，龙王兴波，工不能施。鲁班命赵送木制避水灯台至龙宫镇之。赵以师傅陋拙，不称己意，于送灯台至龙宫时，潜以己所像作精巧灯台易之，冀邀龙王之好。孰知忽然油漏灯灭，江涛大作，赵遂葬身水窟。民间因有"赵巧送灯台，一去永不来"之谚。

封豕　谓大豕。《左传·定公四年》："吴为封豕长蛇，以荐食上国。"注："言吴贪害如蛇豕。"《昭公二十八年》："伯封实有豕心，贪惏无餍，忿颣无期，谓之封豕。"参见"封豨"。

封狐　《楚辞·招魂》："封狐千里些。"王逸注："封狐，大狐也。……大狐走健，千里求食，不可逢遇也。"五臣注云："大狐其长千里。"按五臣之说为是。

封嵎 《国语·鲁语下》："客曰：'防风何守也？'仲尼曰：'汪芒氏之君也，守封嵎之山者也。'"韦昭注："封，封山；嵎，嵎山，今在吴郡永安县也。"按此山上有*防风庙。

封豨 谓大豕。《淮南子·本经训》："尧之时……封豨修蛇皆为民害，尧乃使羿……擒封豨于桑林。"高诱注："封豨，大豕也，楚人谓豕为豨也。"《楚辞·天问》："冯珧利决，封豨是射，何献蒸肉之膏而后帝不若？"王逸注："后帝，天帝也；若，顺也。言羿猎射封豨，以其肉膏祭天帝，天帝犹不顺羿之所为也。"

封使君 《述异记》卷上："汉宣城郡守封邵亘，化为虎，食郡民，呼之曰封使君，因去不复来。故时语云：'无作封使君，生来治民死食民。'"

封神传 书名。又名《封神演义》。一百回。明刊本卷二题钟山逸叟许仲琳编辑。记武王伐纣，诸仙佛皆来助战事。盖本《书·武成》"惟尔有神、尚克相予"语及《六韬》、《金匮》中记太公神术事敷衍成之。侈谈神怪，大都虚造。惟亦可略见古神话传说演变之迹。其中哪吒闹海一段，为全书精华所萃。

封十八姨 谓风神。《博异记》略云：唐天宝中，处士崔元微，夜与女子杨氏、李氏、陶氏、石氏及封家十八姨共饮。石氏忤姨，皆起去。明夜诸女复来，云诸女皆住苑中，每岁多被恶风所挠，常求十八姨相庇。昨石氏忤姨，故不能应难取力。求元微岁旦且作朱幡，图日月星辰之文，于苑东立之，则可免。至期，元微依言立幡。时东风震地，折树飞沙，而苑中繁花不动。乃知封十八姨，风神也，杨、李、石诸女，乃杨柳及李花、桃花、石榴也。事又见唐段成式《酉阳杂俎·支诺皋下》，文略同。

栎 《山海经·西山经》："天帝之山……有鸟焉，其状如鹑，黑文而赤翁，名曰栎，食之已痔。"

栎

枳首蛇 即"两头蛇"（156页）。

柤稼櫾 《神异经·南荒经》："南方大荒之中有树焉，名曰柤稼櫾。柤者柤梨也，稼者株稼也，櫾亲瞘也。三千岁作华，九千岁作实。……实长九尺，围如其长，而无瓤核。以竹刀割之如凝蜜。得食复见，实即灭矣。言复见后实熟者，寿一万二千岁。"按即*甘柤之属。

柳毅 见"龙女"（99页）。

柳毅井 《古今图书集成·坤舆典》卷四〇："岳州府柳毅井，在君山，唐柳毅为龙女传书处，一名传书井。"《说郛》弓六二辑宋范致明《岳阳风土记》云："君山崇胜寺，旧楚兴寺也，有井曰柳毅井。"知自宋以来此井已传。参见"龙女"（99页）、"洞庭神君"（243页）。

树鸟 《山海经·海内西经》："（昆仑）开明南有树鸟，六首。"按疑即*鹪鸟。

树神 晋干宝《搜神记》卷十八："庐江龙舒县陆亭，流水边有一大树，高数十丈，常有黄鸟数千枚巢其上。时久旱，长老共相谓曰：'彼树常有黄气，或有神灵，可以祈雨。'因

封十八姨　清刊本《历代神仙通鉴》

以酒脯往。亭中有寡妇李宪者，夜起，室中忽见一妇人，著绣衣，自称曰：'我树神黄祖也，能兴云雨。以汝性洁，佐汝为生。朝来父老皆欲祈雨，吾已求之于帝，明日日中大雨。'至期果雨，遂为立祠。"据《国语·鲁语下》记孔子之言云："木石之怪夔罔两。"树之有神，当肇于此。又《古小说钩沉》辑《列异传》云："武都故道县有怒特祠，云神本南山大梓也。"亦一例。他如《搜神记》卷十八引《白泽图》云"木之精名彭侯"，《博物志·史补》谓"社树有鸟，神牵挛子路"等，均与此有关。

柏高 《山海经·海内经》："华山青水之东，有山名曰肇山。有人名曰柏高，柏高上下于此，至于天。"郭璞注："柏子高，仙者也。"据郭注，经文当作柏子高，《藏经》本正作柏子高。云"柏高上下于此，至于天"，盖缘作为*天梯之肇山而登天。

柏濩 《全上古三代秦汉三国六朝文·全汉文》辑《蜀王本纪》："蜀王之先名蚕丛，后代名曰柏濩，后者名鱼凫，此三代各数百岁，皆神化不死。其民亦颇随王化去。"参见"蚕丛"(263页)。

柏翳 舜臣。即"伯翳"、"伯益"。《史记·秦本纪》："大费……佐舜调驯鸟兽，鸟兽多驯服，是为柏翳。舜赐姓嬴氏。"

相风 古占风之器。晋王嘉《拾遗记》卷一："(白)帝子与皇娥泛于海上，以桂枝为表，结熏茅为旌，刻玉为鸠，置于表端，言鸠知四时之候……今之相风，此之遗象也。"此为相风起源之一说。《太平御览》卷九引崔豹《古今注》云："司风鸟，夏禹所作"(今本文字有讹)。此又一说，盖传闻之不同。相风亦名相风鸟。《格致镜原》卷三引《炙毂子》云："舟船于樯上刻木作鸟，衔幡以候四方之风，名五两竿，军行以鹅毛为之，亦曰相风鸟。"

相柳 亦名"相繇"。《山海经·海外北经》："共工之臣曰相柳氏，九首，以食于九山。相柳之所抵，厥为泽溪。禹杀相柳，其血腥，不可以树五谷种。禹厥之，三仞三沮，乃以为众帝之台。在昆仑之北，柔利之东。相柳者，九首人面，蛇身而青。不敢北射，畏共工之台。台在其东，台四方，隅有一蛇，虎色，首冲南方。"

相柳

相繇 亦名"相柳"。《山海经·大荒北经》："共工之臣名相繇，九首蛇身，自环，食于九土。其所歍所尼，即为源泽。不辛乃苦，百兽莫能处。禹湮洪水，杀相繇。其血腥臭，不可生谷；其地多水，不可居也。禹湮之，三仞三沮，乃以为池，群帝因是以为台，在昆仑之北。"《楚辞·天问》云："雄虺九首，倏忽焉在？"疑即此。参见"雄虺"(307页)。

相思木 《述异记》卷上："昔战国时，魏国苦秦之难，有以(小?)民从征戍秦，久不返，妻思而卒。既葬，冢上生木，枝叶皆向夫所在而倾，因谓之相思木。"

相思草 即"断肠草"(299页)。

相思树 晋干宝《搜神记》卷十一："宋康王舍人韩凭，娶妻何氏，美，康王夺之……凭乃自杀。……其妻投台……而死。遗书于带，曰：'……愿以尸骨赐凭合葬。'王怒弗听，使里人埋之，冢相望也。……宿昔之间，便有大梓木，生于二冢之端，旬日而大盈抱，屈体相就，根交于下，枝错于上。又有鸳鸯，雌雄各一，恒栖树上，晨夕不去，交颈悲鸣，音声感人。宋人哀之，遂号其木曰相思树。"参见"韩凭"(313页)。

相顾尸 《山海经·海内经》："北海之内，有反缚盗械、带戈常倍之佐，名曰相顾之尸。"郭璞注："亦贰负臣危之类。"参见"危"（132页）。

南山 《山海经·海外南经》："南山在其东南。自此山来，虫为蛇，蛇号为鱼。一曰南山在结匈东南。"郭璞注："以虫为蛇，以蛇为鱼。"

南风 ❶乐歌名。《礼记·乐记》："昔者舜作五弦之琴，以歌《南风》。"清马骕《绎史》卷十引《尸子》云："帝舜弹五弦之琴，以歌《南风》。其诗曰：'南风之薰兮，可以解吾民之愠兮；南风之时兮，可以阜吾民之财兮。'"即此。❷即"凯风"（193页）。

南岳 《山海经·大荒西经》："有寿麻之国。南岳娶州山女，名曰女虔。女虔生季格，季格生寿麻。"见"寿麻"（155页）。

南冥 《庄子·逍遥游》："是鸟（鹏）也，海运则将徙于南冥；南冥者，天池也。"

南类山 《山海经·大荒南经》："有南类之山，爰有遗玉、青马、三骓、视肉、甘华，百谷所在。"按此山在帝尧、帝喾、帝舜葬所*岳山附近，当亦如*平丘在颛顼葬所附近，*瑳丘在尧葬东然，为物产丰富之地。

南宫适 适一作括。*文王四友之一。《艺文类聚》卷九五引《韩诗外传》："太公使南宫适至义渠，得骇鸡犀以献纣。"参见"骇鸡犀"（253页）。

南极仙翁 见"寿星"（155页）。

南海蝴蝶 《古今图书集成·禽虫典》卷一六九引《岭南异物志》："有人浮南海，见有物如蒲帆过海。将到舟，竞以物击之，破碎坠地，视之乃蝴蝶也。海人去其翅足，称肉得八十斤，啖之极肥美。"

南极老人星 即"寿星"（155页）。

〔丨〕

战国策 书名。汉刘向集先秦诸国所记战国时事而成此书。三十三卷。分东西周、秦、齐、楚、赵、卫、韩、燕、宋、卫、中山十二国。古代神话传说资料间亦存于其间，如九鼎、神丛之类。今通行有汉高诱注本。

竖亥 《山海经·海外东经》："帝命竖亥步，自东极至于西极，五亿十选九千八百步。竖亥右手把算，左手指青丘北。一曰禹令竖亥。一曰五亿十选九千八百步。"郭璞注："竖亥，健行人；选，万也。"参见"太章"（51页）。

郢人 古之善仰涂者。见"匠石"（119页）。

星经 书名。旧题汉甘公、石申著。一卷。当为后人依托。其中记织女、牵牛、王良、造父等星，亦有关神话传说。

昧谷 即"蒙谷"（328页）。

峚山 黄帝飨玉之处。《山海经·西次三经》："峚山，其上多丹木，员叶而赤茎，黄华而赤实，其味如饴，食之不饥。丹水出焉，西流注于稷泽，其中多白玉。是有玉膏，其原沸沸汤汤，黄帝是食是飨。是生玄玉。玉膏所出，以灌丹木。丹木五岁，五色乃清，五味乃馨。黄帝乃取峚山之玉荣，而投之钟山之阳，瑾瑜之玉为良，坚栗精密，浊泽而有光，五色发作，以和柔刚。天地鬼神，是食是飨。君子服之，以御不祥。自峚山至于钟山，四百六十里，其间尽泽也。是多奇鸟、怪兽、奇鱼，皆异物焉。"按黄帝飨玉神话，盖已受战国时燕齐神仙说之影响。

幽民 见"大幽国"（24页）。

幽都 ❶地下*后土所治处。《楚辞·招魂》："魂兮归来，君无下此幽都些。"王逸注："幽都，地下后土所治也。地下冥冥，故称幽都。"❷地名。《书·尧典》："申命和叔，宅朔方，曰幽都。"蔡沈注："日行至是，则沦于地中,万象幽暗,故曰幽都。"按高诱注《淮南子·墬形训》云:"古之幽都,在雁门以北。"当为《山海经》所记*幽都山所在之地。

幽鴳 《山海经·北山经》:"边春之山……有兽焉,其状如禺而文身,善笑,见人则卧,名曰幽鴳,其鸣自呼。"

幽鴳

幽明录 书名。南朝宋刘义庆撰。三十卷,一作二十卷。所记皆鬼神灵异、人物变化之事。原书已佚,鲁迅《古小说钩沈》有辑录。其中有金牛、痴龙、刘阮上天台等神话传说。

幽都山 《山海经·海内经》:"北海之内,有山名曰幽都之山,黑水出焉。其上有玄鸟、玄蛇、玄豹、玄虎、玄狐蓬尾。有大玄之山,有玄丘之民。有大幽之国。有赤胫之民。"按据所写景象,疑此山即在古传*幽都之地。

思士 见"思女"。

思女 《山海经·大荒东经》:"有司幽之国。帝俊生晏龙,晏龙生司幽,司幽生思士,不妻;思女,不夫。"郭璞注:"言其人直思而气通,魄合而生子,此庄子所谓'白鶂相视,眸子不运而风化'之类也(内数字与今本小异,从《太平御览》卷五〇引改。又'白鹏'今本作'白鹄',《太平御览》引作'白鹤',俱讹,亦改)。"《列子·天瑞》云:"思士不妻而感,思女不夫而孕。"本此。

思母树 见"望女思母"(303页)。

思烟台 晋王嘉《拾遗记》卷三:"晋文公焚林以求介之推,有白鸦绕烟而噪,或集之推之侧,火不能焚。晋人嘉之,起一高台,名曰思烟台。"参见"介之推"(70页)。

禺谷 《山海经·大荒北经》:"夸父不量力,欲追日景,逮之于禺谷。"郭璞注:"禺渊,日所入也;今作虞。"参见"虞渊"(333页)。

禺京 即"禺彊"。

禺猇 即"禺䝞"。

禺䝞 䝞一作猇。*禺京(*禺彊、*禺强)之父。《山海经·大荒东经》:"东海之渚中,有神,人面鸟身,珥两黄蛇,践两黄蛇,名曰禺䝞。黄帝生禺䝞,禺䝞生禺京,禺京处北海,禺䝞处东海,是惟海神。"郭璞注:"䝞,一本作猇。"《大荒北经》云:"有儋耳之国,任姓,禺猇子,食谷。"是禺猇之裔而成国者。然《海内经》又云:"帝俊生禺猇。"同此禺猇,而所生之父,或为黄帝,或为帝俊,要皆传闻之不同。

禺彊 彊亦作强,或作京。*禺䝞子。《山海经·大荒东经》:"黄帝生禺䝞,禺䝞生禺京,禺

禺彊

京处北海,禺䝞处东海,是为海神。"郭璞于"禺京"下注云:"即禺彊也。"按彊、京一声之转。《海外北经》云:"北方禺彊,人面鸟身,珥两青蛇,践两赤蛇。"郭璞注引一本云:"北方禺彊,黑身手足,乘两龙。""黑身"当是"鱼身"之讹。"鱼身手足",海神禺彊之形貌;"人面鸟身",风神禺彊之形貌。禺彊之神职,实海神而兼风神:此《庄子·逍遥游》"鲲(鲸)化为鹏"寓言之所本。禺彊

字*玄冥,又传为颛顼之佐。《礼记·月令》云:"孟冬之月……其帝颛顼,其神玄冥。"《淮南子·时则训》云:"北方之极……颛顼、玄冥之所司者万二千里。"又,《史记·律书》云:"不周风居西北,主杀生。"《吕氏春秋·有始》云:"西北曰厉风。"作为风神之禺彊,实传播疫厉之瘟神。此则同于《楚辞·天问》之*伯强,王逸注以为"大厉疫鬼","所至伤人者"是也。

〔丿〕

㸲牛 《山海经·西次二经》:"(小华之山)其兽多㸲牛。"郭璞注:"今华阴山中多野牛(原作"山牛",从郝懿行校改)山羊,肉皆千斤,牛即此牛也。"

弇兹 ❶神名。《山海经·大荒西经》:"西海陼中,有神人面鸟身,珥两青蛇,践两赤蛇,名曰弇兹。"郝懿行云:"《尔雅(释地)》云:'小洲曰陼。'陼与渚同。"又云:"此神形状,全似北方神禺彊,惟彼作

弇兹❶

践两青蛇为异,见《海外北经》。"参见"禺彊"。❷即"崦嵫"(290页)。

爰居 鸟名。《国语·鲁语上》:"海鸟曰爰居,止于鲁东门之外,三日。"《尔雅·释鸟》:"爰居,杂县。"郝懿行义疏:"樊云似凤皇,刘逵《吴都赋》注亦云似凤,《广雅》作延居,云怪鸟属也。"

鹅兜 亦名"驩兜"。《神异经·南荒经》:"南方有人,人面鸟喙而有翼,手足扶翼而行,食海中鱼,有翼不足以飞,一名鹅兜。《书》曰:'放鹅兜于崇山。'一名驩兜。为人狠恶,不畏风雨禽兽,犯死乃休耳。"参见"驩头国"(370页)、"丹朱"(74页)。

怨碑 晋王嘉《拾遗记》卷五:"昔始皇为冢,敛天下瑰异,生殉工人,倾远方奇宝于冢中,为江海川渎,及列山岳之形,以沙棠沈檀为舟楫,金银为凫雁,以琉璃杂宝为龟鱼,又于海中作玉象、鲸鱼,衔火珠为星,以膏代烛,光出墓中,精灵之伟也。昔生埋工人于冢内,至被开时皆不死。工人于冢内琢石,为龙凤仙人之象,及作碑文辞赞……辞多怨酷之言,乃谓为怨碑。《史记》略而不录。"

盈民国 《山海经·大荒南经》:"有盈民之国,於姓,黍食。又有人方食木叶。"郝懿行云:"《吕氏春秋·本味篇》高诱注云:'赤木玄木,其叶皆可食,食之而仙也。'又《穆天子传》(卷四)云:'有模堇,其叶

盈民国

是食明后。'亦此类。"按此"方食木叶"之"人",或即盈民国人,或此国外之"又有人",图像如此,详不可知。参见"榆树"(328页)。

朏朏 《山海经·中山经》:"霍山,其木多穀。有兽焉,其状如狸而白尾有鬣,名曰朏朏,养之可以已忧。"

朏朏

胜遇 《山海经·西次三经》:"玉山……有鸟焉。其状如翟而赤,名曰胜遇,是食鱼,其音如录,见则其国大水。"

脉望 唐段成式《酉阳杂俎·支诺皋中》："建中末,书生何讽常买得黄纸古书一卷读之,卷中得发,卷规四寸,如环无端。何因绝之,断处两头滴水升余,烧之作发气。讽尝言于道者,(道者)叮曰:'君固俗骨,遇此不能羽化,命也。据仙经曰,蠹鱼三食神仙字,则化为此物,名曰脉望。'"《太平广记》卷四二"何讽"条引《原化记》亦记此,文悉同。

香溪 《青冢志》(清胡凤丹辑)卷一引《妆楼记》:"明妃秭归人,临水而居,恒于溪中盥手,溪水尽香,今名香溪。"按明妃,即王昭君,晋时避司马昭讳,改曰明妃。唐蒋洌有《巫山之阳香溪之阴明妃神女旧迹存焉》诗,"香溪"之名,已明著诗题,知传说渊源之早。

香山湖 明陈仁锡《潜确类书》卷三二:"香山湖在江阴石筏山……今俗呼为石牌山。旧名甄山,梁时改名真山。山下有石,下面平数丈,悬江流中,复名石牌山。昔有道士,在山修养,尝有鹿来饮水,产一女子,道士养之。长大,姿色绝伦。有敕取女,女入香山湖浴,浴毕入山,旋失所在。其山与河皆香,故名。"按当即鹿娘传说之异闻。

段赤城 勇士名。明杨慎《南诏野史》卷上引《白古通记》(据王叔武辑《云南古佚书钞》转引):"唐时,洱河有妖蛇名薄劫,兴大水淹城。蒙国王出示:'有能灭之者,赏半官库,子孙世免差徭。'部民有段赤城者,愿灭蛇,缚刃入水。蛇吞之,人与蛇皆死,水患息。王令人剖蛇腹,取赤城骨葬之,建塔其上。毁蛇骨灰塔,名为灵塔。每年有蛇党起风,来剥塔灰。时有谣曰:'赤城卖硬工。'今龙王庙碑志:'洱河龙王段赤城'云。"

段思平 人名。明陈仁锡《潜确类书》卷三二:"段(思平)之先名俭魏者,佐蒙氏有功,擢清平官,段思平其六世孙也。生有异兆,杨千贞忌之,每阴使索捕。思平乃变姓氏为猎者,牵一犬自随。至品甸,宿逆旅。旅舍中有戟一枝,牛革四叠。卧间,风倒戟,洞贯牛革。乃问主人:'戟何为?'答:'防盗耳。'曰:'防盗莫如吾犬,请以易之。'主人诺,乃持戟去。又前至叶镜池,见神马自出,因扳乘之,得脱。又前饥,摘野桃食之,核有文曰'青昔'。自解云:'青乃十二月,昔乃廿一日;今杨氏乱,吾当以是日举义乎?'乃以卑词,借兵东方。黑爨、松爨,三十七部,皆助之。遂逐杨千贞而代蒙国,改号大理焉。"按《云南古佚书钞》(王叔武辑)辑《白古通记》,"杨千贞"作"杨干贞"。此谓段思平"生有异兆"者,《白古通记》乃谓其母系生于"梅树结李、渐大如瓜"之李瓜中,后又与"三灵白帝"为偶而生思平。

俞儿 ❶神名。《管子·小问》:"桓公北伐孤竹,未至卑耳之溪十里,闲然止,瞠然视,援弓将射,引而未敢发也。谓左右曰:'见是前人乎?'左右对曰:'不见也。'公曰:'……寡人见人长尺而人物具焉,冠右祛衣,走马前疾,事其不济乎……'管仲对曰:'臣闻登山之神有俞儿者,长尺而人物具焉。霸王之君兴而登山神见。且走马前疾,道也;祛衣,示前有水也;右祛衣,示从右方涉也。'至卑耳之溪,有赞水者曰:'从左方涉,其深及冠;从右方涉,其深及膝;若右涉,其大济。'桓公立拜管仲于马前,曰:'仲父之圣至若此,寡人之抵罪也久矣。'"❷人名。《庄子·骈拇》:"属其性于五味,虽通如俞儿,非吾所谓臧也。"释文:"《尸子》曰:膳,俞儿和之以姜桂,为人主上食。《淮南》云:俞儿、狄牙,尝淄渑之水而别之。一云,俞儿黄帝时人。……一云俞儿亦齐人。"

俞跗 黄帝臣。跗一作附、柎或拊。《史记·扁鹊列传》:"上古之时,医有俞跗,治病不以汤液醴洒，镵石桥引，案杌毒熨，一拨见病之应，因五藏之输，乃割皮解肌，诀脉结筋，搦髓脑，揲荒，爪幕，湔浣肠胃，漱涤五藏，炼精易形。"正义引应劭曰："(俞跗)，黄帝时将也。"《敦煌变文集》卷八引句道兴《搜神记》云："昔皇(黄)帝时有榆(俞)跗者，善好良医，能回丧车，起死人。"

剑池 ❶《汉唐地理书钞》辑《吴地记》："秦始皇东巡，至虎丘，求吴皇宝剑。其虎当坟而踞，始皇以剑击之，不中，误(误)中于石(原注：遗迹尚存)，其虎西走二十五里，忽失。……剑无复获，乃陷成池，古号剑池。"参见"虎丘"。❷宋王象之《舆地纪胜》卷二六："剑池。《九域志》云，即雷氏子佩丰城剑跃入水为龙之处。《曹绩庙记》：剑池在丰城县，沃野夷旷，远峰际天，有曩时干(牛?)斗灵之迹，是曰剑池，实县故址，而雷孔章旧治此。"按相传晋雷焕得龙泉、太阿二剑于此。参见"丰城剑气"(41页)。

剑津 明陈仁锡《潜确类书》卷三三："剑津在福建延平府城南，建宁、邵武二水合流处。雷焕子佩剑渡津，剑忽跃入水，化为二龙。乃叹曰：'张公谓神物终当合也。'"

适河 《庄子·人间世》："牛之白颡者，与豚之亢鼻者，与人有痔病者，不可以适河。"释文引司马彪云："(适河)谓沉人于河祭也。"《淮南子·说山训》云："生子而牺，尸祝齐戒以沉诸河。河伯岂羞其所从出，辞而不享哉。"亦适河之意。参见"河伯"(210页)。

追复 《神异经·西北荒经》："西北荒中，有玉馈之酒，酒泉注焉。广一丈，长深三丈。酒美如肉，澄清如镜……取一尊，一尊复生焉。与天地同休无干时。石边有脯焉，味如獐鹿脯……名曰追复，食一片复一片。"按据所写，盖即*视肉之类。

逃石 北魏郦道元《水经注·溱水》："利水又南径灵石下。灵石一名逃石，高三十丈，广圆五百丈。耆旧传言，石本桂林武城县，因夜迅雷之变，忽然迁此。彼人来见，叹曰：'石乃逃来！'因名逃石。以其有灵运徙，又曰灵石。"

逃河 鹈鹕俗名。《事物纪原》卷十："逃河，鹈鹕也。《本草》曰，身是水沫，惟胸前两块肉如拳，云昔为人窃肉，入河化为此身。今犹有肉，因名逃河。"

重 ❶绝地天通之神。《山海经·大荒西经》："颛顼生老童，老童生重及黎。帝令重献上天，令黎邛下地。"参见"绝地天通"(253页)。❷即"句芒"。《左传·昭公二十九年》："木正曰句芒。……少皞氏有四叔，曰重、曰该、曰修、曰熙，实能金木及水。使重为句芒。"

重华 舜名。《楚辞·离骚》："济沅湘以南征兮，就重华而陈词。"王逸注："重华，舜名也。《帝系》曰：'瞽叟生重华，是为帝舜。'"《史记·五帝本纪》云："虞舜者，名曰重华。"张守节正义："(舜)目重瞳子，故曰重华。"

重泉 《楚辞·天问》："汤出重泉，夫何罪尤？"王逸注："重泉，地名也；言桀拘汤于重泉而复出之，夫何用罪法之不审也。"清马骕《绎史》卷十四引《太公金匮》云："桀怒汤，以谀臣赵梁计，召而囚之均台，置之种泉。"重泉即种泉，当是夏狱均台之泉，疑属地下水牢之类。

重明鸟 晋王嘉《拾遗记》卷一："尧在位七十年……有秖支之国，献重明之鸟，一名双睛，言双睛在目。状如鸡，鸣似凤，时解落毛羽，肉翮而飞。能搏逐猛兽虎狼，使妖灾群恶不能为害。贻以琼膏，或一岁数来，或数岁不至。国人莫不扫洒门户，以望重明之集。其未至之时，国人或刻木，或铸金，为此鸟之状，置于门户之间，则魑魅丑类，自然退伏。今人每岁元日,或刻木铸金,或图画为鸡于牖上,此其遗像也。"《淮南子·修务训》云:"舜二瞳子,是谓重明,作事成法,出言成章。"此"双睛在目"之重明鸟,或与舜之神话有相当关系。参见"重华"。

泉先 即"鲛人"(345页)。

皇鸟 《山海经·大荒西经》:"有五采鸟三名:一曰皇鸟,一曰鸾鸟,一曰凤鸟。"按此皆凤凰之属。《周书·王会篇》:"方炀以皇鸟。"孔晁注:"方炀,亦戎别名;皇鸟,配于凤者也。"《书·益稷》云:"凤皇来仪。"孔颖达传:"雄曰凤,雌曰皇。"《大荒西经》又云:"有五采之鸟,有冠,名曰狂鸟。"郭璞注:"《尔雅·释鸟》云:'狂,梦(今本作瞢)鸟。'即此也。"是狂即皇,梦(瞢)即凤,皆音之转;狂鸟即皇鸟。又《海内南经》云:"黄鸟于巫山司此玄蛇。"此"黄鸟亦当是皇鸟。参见"灭蒙鸟"(89页)。

皇览 书名。三国魏刘劭、王象等奉敕撰。《魏志·杨俊传》注云:"《皇览》合四十余部,部有数十篇,合八百余万字。"其书隋唐后佚。清孙冯翼有辑本一卷,其中《冢墓记》记蚩尤冢等,亦有关神话传说。

皇帝 ❶谓皇天上帝。《书·吕刑》:"皇帝清问下民。" ❷谓*黄帝。晋虞荔《鼎录》:"金华山,皇帝作三鼎,高一丈三尺,大如十石瓮,象龙腾云,百神螭兽满其中。"

皇娥 少昊母。见"少昊"(65页)。

俪皮 《世本·作篇》(清茆泮林辑本):"伏牺制以俪皮嫁娶之礼。"宋罗泌《路史·后纪一》注引《古史考》:"伏羲制嫁娶,以俪皮为礼。"又《仪礼·士昏礼》:"纳征玄纁,束帛俪皮,如纳吉礼。"注:"俪,两也;皮,鹿皮。"

俊坛 《山海经·大荒南经》:"有水四方,名曰俊坛。"郭璞注:"水状似土坛,因名舜坛也。"按俊坛即帝俊之坛,帝俊即舜,故郭璞注直以舜坛称。

信郎神 《太平寰宇记》卷九九引《郡国志》:"东海信郎神,破石为帆。今东海有信郎神祠,即是也。"

修己 禹母名。即"女狄"、"女志"、"女嬉"。《世本·帝系篇》(清张澍稡集补注本):"禹母修己,吞神珠如薏苡,胸拆生禹。"

修蛇 《淮南子·本经训》:"尧之时……修蛇皆为民害,尧乃使羿……断修蛇于洞庭。"高诱注:"修蛇,大蛇也,吞象,三年而出其骨之类。"按上古野居,封豕长蛇,皆为民害,而蛇尤厉。《山海经》多记有大蛇,如《北山经》大咸山之长蛇、《北次三经》錞于毋逢山之大蛇、《大荒南经》黑水南之玄蛇、《大荒北经》大人国之大青蛇等。又记有神衔蛇、操蛇、践蛇及以蛇贯耳,盖以神制蛇害也。

修靷 禹之曾孙。见"毛民国"(70页)。

修股民 《淮南子·墬形训》:"凡海外三十六国,自西北至西南方,有修股民。"参见"长股国"(79页)。

修臂民 《淮南子·墬形训》:"凡海外三十六国,自西南至东南方……(有)修臂民。"高诱注:"一国之民皆长臂,臂长于身,南方之国也。"参见"长臂国"(79页)。

狰 《山海经·西次三经》:"章莪之山,无草木,多瑶碧。所为甚怪。有兽焉,其状如赤豹,五尾一角,其音如击石,其名曰狰(原作"如狰",据王念孙、郝懿行校改)。"按经文"章莪",《太平御览》卷八〇九引作"章義","多瑶碧"上有"是"字。

狰

狡 《山海经·西次三经》:"玉山……有兽焉,其状如犬而豹文,其角如牛,其名曰狡,其音如吠犬，见则其国大穰。"

狪狪 《山海经·东山经》："泰山……有兽焉，其状如豚而有珠，名曰狪狪，其鸣自詨。"

狪狪

狪即 《山海经·中次十一经》："鲜山，其木多楢杻，其草多䔢冬，其阳多金，其阴多铁。有兽焉，其状如膜犬（"犬"原作"大"，据郝懿行校改），赤喙、赤目、白尾，见则其邑有火，名曰狪即。"

狪即

独狢 《山海经·北次二经》："北嚣之山，无石，其阳多碧，其阴多玉。有兽焉，其状如虎，而白身犬首，马尾彘鬣，名曰独狢。"

独狢

独断 书名。汉蔡邕撰。二卷。此书考证旧制，综述遗文，与《白虎通义》《风俗通义》俱为讲学者之资粮。其叙五帝六神、颛顼三子、神荼郁垒等，均可为研究神话者参考。

独异志 书名。唐李冗撰。十卷。《新唐书·艺文志》著录。今本存三卷。内容多引故书，亦间杂近闻。所记女娲兄妹自相婚配繁衍人类事，当系唐时民间传说。其他神话资料散见书中或尚夥。

独足鸟 明李时珍《本草纲目》卷四九："独足鸟，一名山萧鸟。《黄州志》云：'独足鸟，闽广有之，大如鹄，其色苍，其声自呼。'《临海志》云：'独足鸟文身赤口，昼伏夜飞，或时昼出，群鸟噪之，惟食虫豸，不食稻粱，声如人啸，将雨转鸣，即孔子所谓一足之鸟商羊者也。'"参见"商羊"(297页)。

独足鬼 清东轩主人《述异记》卷下："富阳桐庐山中，多独足鬼，人称为独足仙，比户祀之，否则纱帽彩袍，彳亍而来，夜入人家，能魇人至死。又能窃人财物饮食，城中亦不能免。时作老人扶策至人家，夜与人共宿，亲而奉之，所求必得，否则为祟。按夔即独足鬼，山魈、木客之类也。夔形似人，一足，挟杖，能升高险，入人室，窃人饮食衣服，亦不害人。巢居于木，有匹偶，豫章山中多有之，居民见之甚悉。"按《夷坚志·支景》卷二"会稽独足鬼"条已记有此物，所写情景与此略同，谓此物又名"独足五通"。参见"夔"(372页)、"山獿"(27页)、"一足鬼"(1页)。

钩蛇 北魏郦道元《水经注·若水》："(博南)山有钩蛇，长七八丈，尾末有岐。蛇在山涧水中，以尾钩岸上人牛食之。"《文选·江赋》云："尔其水物怪错，则有潜鹄鱼牛，虎蛟钩蛇。"即此。

钦䲹 亦作"堪坏"。《山海经·西次三经》："钟山，其子曰鼓，其状人面而龙身（原"人面"上有"如"字，从王念孙校删），是与钦䲹杀葆江于昆仑之阳，帝乃戮之钟山之东曰嵫崖。钦䲹化为大鹗，其状如雕而黑文，白首赤喙而虎爪，其音如晨鹄，见则有大兵。"参见"鼓"(327页)。

钦原 《山海经·西次三经》："昆仑之丘……有鸟焉，其状如蜂，大如鸳鸯，名曰钦原，蠚鸟兽则死，蠚木则枯。"

钧台 《全上古三代秦汉三国六朝文·全上古三代文》辑《归藏》："昔夏后启筮享神于大陵，而上钧台枚占，皋陶曰：'不吉。'"又云："昔者夏后启筮享神于晋之墟，作为璇台，于水之阳。"按璇台即钧台，亦曰"夏台"，原为享神之地，后则为狱囚之地。

钧天广乐 谓天乐。《文选·西京赋》："昔者大帝悦秦穆公而觐之，飨以钧天广乐。"又《史记·赵世家》略云：赵简子疾，五日不知人。扁鹊视之，曰："昔秦缪公尝如此，七日而寤。寤之日，告公孙支曰：'我之帝所甚乐。'今主君之疾与之同。"居二日半，简子寤，语大夫曰："我之帝所甚乐，与百神游于钧天，广乐九奏万舞，不类三代之乐，其声动人心。"即谓此。《吕氏春秋·有始》云："中央曰钧天。"高诱注："钧，平也，为四方主，故曰钧天。"

钟山 《山海经·海外北经》："钟山之神，名曰烛阴。"《西次三经》云："(峚山)西北四百二十里，曰钟山，其子曰鼓，其状如人面而龙身，是与钦䲹杀葆江于昆仑之阳，帝乃戮之钟山之东曰㟭崖。"又云："黄帝乃取峚山之玉荣，而投之钟山之阳。"均此钟山。

钟馗 宋沈括《补笔谈》："禁中旧有吴道子画钟馗，卷首有唐人题记曰：'明皇开元，讲武

钟馗　清王素木刻

骊山，还宫疣作，将逾月。忽一夕梦二鬼，一大一小。其小者衣绛犊鼻，屦一足，跣一足，窃太真紫香囊及上玉笛，绕殿而奔。其大者戴帽，衣蓝裳，袒一臂，鞹双足，捉其小者，刳目而啖之。上问大者曰：尔何人也？奏曰：臣钟馗氏，即武举不捷之士也，誓与陛下除天下之妖孽。梦觉，疣若顿瘳，而体益壮。乃召画工吴道子，告之以梦，曰：试为朕如梦图之。道子奉旨，恍若有睹，立笔图以进。上大悦，劳之百金，批告天下。'观此题记，似始于开元时。皇祐中，金陵上元县发一冢，乃宋征西将军宗悫母郑夫人墓，夫人汉大司农郑众女也。悫有妹名钟馗。后魏有李钟馗，隋将有乔钟馗、杨钟馗。然则'钟馗'之名，从来远矣，非起于开元之时，开元之时始有此画耳。钟馗字亦作钟葵。"

钟期 即"钟子期"。《太平御览》卷十引《傅子》："昔者伯牙子游于泰山之阴，逢暴雨，止于岩下。援琴而鼓之，为淋雨之音，更造崩山之曲。每奏，钟期辄穷其趣。曰：'善哉！子之听也。'"王勃《滕王阁序》："钟期既遇，奏流水以何惭。"参见"伯牙"(171页)。

钟离权 亦作"汉钟离"。俗传*八仙之一。《列仙全传》卷三略云：钟离权，燕台人，号云房先生，仕汉为大将，征吐蕃失利，独骑奔逃山谷。迷路，夜入深林，遇一胡僧，引行数里，见一村庄，曰："此东华先生成道处。"揖别而去。良久，闻人语云："此必碧眼胡人饶舌也。"一老人披白鹿裘，扶青藜杖，抗声前

钟离权　明刊本《月旦堂仙佛奇踪》

曰："来者非汉大将军钟离权耶？汝何不寄宿山僧之所？"真人闻而大惊，知其为异人也，乃回心向道，哀求度世之方。于是老人授以长真诀，及金丹火候，青龙剑法，真人告辞出门，回顾庄居，不见其处。后遇华阳真人，又遇上仙王玄甫，得长生诀；入崆峒，于紫金四皓峰居之，再得玉匣秘诀，遂仙去。按一说钟离权唐时人，与吕洞宾同时，自称"天下都散汉钟离权"（见《宣和书谱》），后人或以"汉"字属下读，故一称"汉钟离"。参见"八仙过海"（9页）。

钟离春 即"无盐"。汉刘向《列女传·齐钟离春》略云：钟离春者，齐无盐邑之女，宣王之

钟离春　汉代画像石刻（线描）

正后也。其为人极丑无双，衒嫁不售，自诣宣王。宣王拆渐台，罢女乐，退诣谀，卜择吉日，拜无盐君为后，齐国大安。又《珊玉集》卷十四《丑人篇》："无盐，六国时齐无盐邑之女，极丑。为人长肘戾股，细颈结喉，锐额（颡）欠颐，亚胸坠肩，身体枯黑，龋牙巘鼻，年过卅，行嫁不售。时齐宣王方置渐台，无盐乃自玄于宣王，申四殆之说。宣王于即停渐台，罢女乐，退谗言，进直谏，即拜无盐为皇后。"亦谓此。参见"隐身"（304页）。

钟山石首 《古小说钩沈》辑《玄中记》："北方有钟山焉，山上有石首如人首：左目为日，右目为月；开左目为昼，开右目为夜；开口

为春夏，闭口为秋冬。"又《山海经·海外北经》云："钟山之神名曰烛阴，视为昼，瞑为夜，吹为冬，呼为夏。"钟山石首神话，当即本此。参见"烛阴"（272页）。

钟馗嫁妹 清俞樾《茶香室三钞》卷二〇："明文震亨《长物志》云：'悬画月令。十二月悬钟馗迎福，驱魅嫁魅。'按此知世传钟馗嫁妹乃嫁魅之讹。"然《说库》本《长物志》卷五"驱魅嫁魅"作"驱魅嫁妹"，"驱魅嫁妹"与"钟馗迎福"义正应，知世传"钟馗嫁妹"当自明代已然。明胡应麟《少室山房笔丛》卷二二"钟馗"条云："画家钟馗嫁妹图亦有因。"可证。清宋荦《筠廊偶笔》卷上云："武昌某氏藏吴道子水墨普贤像，颇胜余家旧藏钟馗小妹图。"而钟馗小妹，则又早见于宋孟元老《东京梦华录》卷十，云："至除日，又装钟馗小妹、土地、灶神之类。"则此传说之渊源亦早矣。后世民间亦敷衍成多种戏剧剧本。清传奇《天下乐》有"钟馗嫁妹"一出，云：唐钟馗落第自戕后，感杜平埋骨之义，遂率众小鬼将妹送至杜家，为其完婚。昆剧、京剧、川剧、滇剧等均有此剧目。

鬼门 ❶汉王充《论衡·订鬼》："度朔山上有大桃木，其屈蟠三千里。其枝间东北曰鬼门，万鬼所出入也。"❷《神异经·中荒经》："东北有鬼星石室，三百户共一门，石牓牓题曰鬼门。……鬼门昼日不开，至暮即有人语，有青火色。"

鬼车 即"姑获鸟"、"鬼鸟"。宋周密《齐东野语》卷十八："鬼车，俗称九头鸟。……世传此鸟，昔有十首，为犬噬其一，至今血滴人家为灾咎。故闻之者，必叱犬灭灯，以速其过泽国。……身圆如箕，十脰环簇，其九有头，其一独无，而鲜血点滴，如世所传。每脰各生两翅。当飞时十八翼，霍霍竞进，不相为用，至有争拗折伤者。"《杨升庵全集》卷八一

"鬼车"条云：《小说》：周公居东周，恶闻此鸟，命庭氏射之，血其一首，余九首。"亦传闻不同而异辞也。参见"九头鸟"（12页）。

鬼鸟 即"鬼车"、"姑获鸟"。南朝梁宗懔《荆楚岁时记》："正月夜多鬼鸟度，家家槌床打户，捩狗耳，灭灯烛以禳之。"

鬼母 《述异记》卷上："南海小虞山中有鬼母，能产天、地、鬼，一产十鬼。朝产之，暮食之。今苍梧有鬼姑神是也：虎头龙足，蟒目蛟眉。"注："蟒虺目圆，蛟眉连生。"

鬼国 《山海经·海内北经》："鬼国在贰负之尸北，为物人面而一目。"

鬼藏山 谓四明山。明黄宗羲《四明山志》卷一："四明山周围八百余里，一名鬼藏山。李思聪《洞渊集》曰：'秦时驱山塞海，鬼神劳役，奔入四明不出，因名鬼藏山。'"又卷五引《丹山图咏》："秦皇神将有王鄞，驱山塞海溺其身。葬于水底不填筑，号作鄞江今见存。"

鬼谷先生 《太平广记》卷四"鬼谷先生"条引《仙传拾遗》："鬼谷先生，晋平公时人，隐居鬼谷，因为其号。……苏秦、张仪从之学纵横之术……学成别去，先生与一只履，化为犬，北引二子，即日到秦矣。先生凝神守一，朴而不露，在人间数百岁，后不知所之。秦皇时，大苑中多枉死者横道，有鸟衔草以覆死人面，遂活。有司上闻，始皇遣使赍草以问先生。先生曰：'巨海之中有十洲……此草是祖洲不死草也，生在琼田中，亦名养神芝。其叶似菰，不丛生，一株可活千人耳。'"五代蜀杜光庭《录异记》卷一云："鬼谷先生者，古之真仙也。云姓王氏，自轩辕之代，历于商周，随老君西化流沙，泊周末复还中国，居汉滨鬼谷山受道。弟子百余人，惟张仪、苏秦不慕神仙，好纵横之术。"则又推而上矣。《史记·苏秦列传》索隐云："乐台注《鬼谷子》书云，苏秦欲神秘其道，故假名'鬼谷'。"则其人盖亦"乌有先生"、"亡是公"之流。

禹 《山海经·海内经》："鲧窃帝之息壤以堙洪水，不待帝命。帝令祝融杀鲧于羽郊。鲧复（腹）生禹。帝乃命禹卒布土以定九州。"此乃鲧、禹治水神话之大要。《全上古三代秦汉三国六朝文·全上古三代文》辑《归藏·启筮》云："鲧殛死，三岁不腐，副之吴刀，是用出禹。"古神话中，禹系出自鲧腹，确无疑问。至于"禹母修己，吞神珠如薏苡，胸拆生禹"（《世本》）云云，又是神话历史化以后之说。"鲧复（腹）生禹，帝乃命禹卒布土以定九州。"所"布"之"土"，当为鲧窃自天帝之息壤。《淮南子·墬形训》云："禹乃以息土填洪水以为名山。"是其证。息土，即息壤。古神话中禹治洪水，初亦承其父用堙、填之法。又《楚辞·天问》云："洪泉极深，何以寘之？"王逸注："言洪水渊泉极深，大禹何用寘塞而平之乎。"是犹言禹以息壤填洪水。然又云："应龙何画？河海何历？"王逸注："禹治洪水之时，有神龙以尾画地，导水所注，当决者因而治之也。"此则禹已堙、疏并施。晋王嘉《拾遗记》卷二云："禹尽力沟洫，导以夷岳，黄龙曳尾于前，玄龟负青泥于后。"即承《天问》之说。"黄龙曳尾"，是为疏；"玄龟负泥"，则为堙。青泥，当为息壤。是禹仍堙疏并举。禹治洪水可得而言者约有以下数事：一曰会群神于会稽山，杀后至之*防风氏；二曰逐*共工并杀其臣*相柳；三曰得羲皇（伏羲）、*瑶姬之助以治水；四曰降伏水怪*无支祁；五曰化熊通辗辕山。终乃大功告成，命*太章与*竖亥步量大地；又铸造*九鼎，使民知神奸。《诗·小雅·信南山》云："信彼南山，维禹甸之"；又《大雅·韩奕》云："奕奕梁山，维禹甸之"；又《大雅·文王有声》云:"丰水东注,维禹之绩";又《商颂·长发》云:"洪水芒芒,禹敷下土方"。禹为人缅怀颂歌盖久矣。

禹井 《山海经·南次二经》"会稽之山"郭璞注:"今在会稽郡山阴县南,上有禹冢及井。"又北魏郦道元《水经注·浙江水》云:"(会稽)山东有湮井,去庙七里,深不见底,谓之禹井。云东游者,多探其穴也。"

禹穴 ❶《史记·太史公自序》:"二十而南游江淮,上会稽,探禹穴。"集解引张晏曰:"禹巡狩至会稽而崩,因葬焉,上有孔穴,民间云禹入此穴。"❷《汉唐地理书钞》辑《乐资九州要记》:"蜻蛉县有禹穴。蜻蛉即云南废邑,有禹穴,穴内有金马碧鸡,其光倏忽,人皆见之。汉王褒入蜀祀之。"参见"金马碧鸡"(205页)。

禹步 明董斯张《广博物志》卷二五引《帝王世纪》:"世传禹病偏枯,步不相过,至今巫称禹步是也。"汉扬雄《法言·重黎》:"巫步多禹。"李轨注:"禹治水土,涉山川,病足,故行跛也……而俗巫多效禹步。"《绎史》卷十一引《尸子》:"禹于是疏河决江,十年未阚其家,手不爪,胫不毛,生偏枯之疾,步不相过,人曰禹步。"

禹庙 北魏郦道元《水经注·浙江水》:"会稽山下有禹庙,庙有圣姑像。"南朝梁萧绎《金楼子》卷一云:"禹殂,葬会稽。庙中有铁履、铁蕤、石船,庙里有涂山神姑之像,珠玑为帐,宝玉瑂华,诸庙莫及。"即此。《太平寰宇记》卷九六引《舆地记》云:"禹庙侧有石船,长一丈。云禹所乘也。"似即*圣姑所乘石船。

禹会村 《凤阳府志·山川考》:"涂山在怀远县东南八里,高二百一十三丈。山前有禹会村。"宋苏轼《濠州涂山》诗云:"川锁支祁水尚浑,地埋汪罔骨犹存。樵苏已入黄熊庙,乌鹊犹朝禹会村。"四句四事,皆鲧、禹神话。"支祁",禹锁*无支祁;"汪罔",禹诛*防风氏;"黄熊",鲧化*黄熊;"禹会",禹娶*涂山氏于*涂山。末句"乌鹊"云云,似又以牛女神话拟禹娶涂山神话。

禹求贤人 《吕氏春秋·求人》:"禹东至榑木之地,日出九津青羌之野,攒树之所,堣天之山,鸟谷青丘之乡,黑齿之国;南至交趾孙朴续樠之国,丹粟漆树,沸水漂漂,九阳之山,羽人裸民之处,不死之乡;西至三危之国,巫山之下,吸露饮气之民,积金之山,其肱一臂三面之乡;北至令正(原作"人正",据许维遹《吕氏春秋集释》引俞樾说改)之国,夏晦(原作"夏海",据《集释》引俞樾说改)之穷,衡山之上,犬戎之国,夸父之野,禹疆之所,积水积石之山;不有懈堕,忧其黔首,颜色黎黑,窍藏不通,步不相过,以求贤人,欲尽地利,至劳也。"按禹历诸异域,盖因治水而求贤人,非专为求贤也。

禹迹溪 清李元度重修《南岳志》卷十引《一统志》:"禹迹溪,在湘江西岸岳麓山左,一名大禹拖船坳,为神禹疏凿开山之径。"

禹馀粮 晋张华《博物志》(《指海》本)卷六:"海上有草焉,名蒒,其实食之如大麦,从七月稔熟,民敛获,至冬乃讫,名自然谷,或曰禹馀粮。今药中有禹馀粮者,世传禹治水,弃其所馀食于江中而为药也。"参见"太乙馀粮"(52页)。

禹庙梅梁 明刘绩《霏雪录》:"禹庙梅梁,乃大梅山所产梅树也,山在鄞县东南七十里。……唐张僧繇图龙其上。夜大风雨,尝飞入镜湖与龙斗。人见梁上水淋漓湿,萍藻满焉,始骇异之。乃以铁索锁于柱。……今禹庙以他梅树代之,不斫不削,存故事耳,非旧物也。"此禹庙谓会稽禹庙。《古今图书集成·神异典》卷五〇云:"(禹)庙在绍兴府会稽山东北麓禹陵之右。……梁时修庙,俄风雨大至,湖中漂梅木一株,取以为梁,名曰梅梁。"谓此。然《太平御览》卷九七〇引《风俗通》(今本无)已云:"夏禹庙中有梅梁,忽一春生枝叶。"则汉时已有关于禹庙梅梁之异闻。清钱泳《履园丛话》卷三"梅梁"条云:"禹庙梅梁,为词林典故,由来久矣。余甚疑之,意以为梅树屈曲,岂能为梁乎?偶阅《说文》梅字注,曰:'楠也,莫杯切。'乃知此梁是楠木也。"其说可以袪惑。

禹得玉珪 《汉学堂丛书》辑《遁甲开山图》:"禹游于东海,得玉珪,碧色,长尺二寸,以目照,自达幽冥。"

禹凿龙门 晋王嘉《拾遗记》卷二:"禹凿龙关之山,亦谓之龙门。至一空岩,深数十里,幽暗不可复行。禹乃负火而进。有兽状如豕,衔夜明之珠,其光如烛。又有青犬,行吠于前。禹计可十里,迷于昼夜。既觉渐明,见向来豕犬变为人形,皆著玄衣。又见一神,蛇身人面。禹因与语。神即示禹八卦之图,列于金版之上。又有八神侍侧。禹曰:'华胥生圣子,是汝耶?'答曰:'华胥是九河神女,以生余也。'乃探玉简授禹,长一尺二寸,以合十二时之数,使度量天地。禹即持此玉简,以平定水土。蛇身之神,即羲皇也。"又《北堂书钞》卷一五八引《王子年拾遗记》(文与今本异)云:"昔伯禹随山浚川,起自积石,凿龙门,至一空穴。禹初入穴之时,孔方七尺,积(及)入,幽暗不可复行。禹乃负火而入。有黑蛇长十丈,头有角,衔夜明之珠,以导禹。禹乃昼夜并行,计可三十余里,魑魅莫逢,穴亦积广。乃至一室里,有人身如蛇鳞,坐于石上,禹与言焉。说日月初明之时,今言之世,洪波冠天起而天火灼,土石皆焦,谓尧汤之世是也。"今本所谓羲皇及古本所谓"身如蛇鳞"之人,皆指*伏羲。

禹攻共工国山 《山海经·大荒西经》:"西北海外,大荒之隅……有禹攻共工国山。"郭璞注:"言攻其国,杀其臣相柳于此山。《启筮》曰:'共工人面蛇身朱发'也。"又此经下文有"有池,名孟翼之攻颛顼之池",《大荒北经》有"有鲧攻程州之山",郭璞注:"皆因其事而名物也。"《战国策·秦策》云:"禹伐共工。"《荀子·成相》云:"禹有功,抑下鸿,辟除民害逐共工。"即谓此。参见"共工"(121页)。

〔丶〕

鸠 ❶《出海经·中次八经》:"女儿之山,其上多玉,其下多黄金,其兽多豹虎,多闾麋麈麇,其鸟多白鷮,多翟,多鸠。"郭璞注:"鸠大如雕,紫绿色,长颈赤喙,食蝮蛇头,雄名运日,雌名阴谐也。"按《文选·吴都赋》刘逵注云:"鸠鸟,一名云白(按当作"云日",即"运日"也),黑色,长颈赤喙,食蝮蛇,体有毒,古人谓之鸠毒。"《楚辞·离骚》:"吾令鸠为媒兮,鸠告余以不好。"即此。宋罗愿《尔雅翼》卷十六云:"鸠,毒鸟也,食蝮蛇及橡实。知巨石大木间有蛇虺,即为禹步以禁之,或独或群,进退俯仰有度,逡巡石树,为之崩倒。昔有人入山,见其步法,归向其妻学之,妇正织而机翻。"亦为异闻。❷《山海经·中次十二经》:"瑶碧之山……有鸟焉,其状如雉,恒食蜚,名曰鸠。"郭璞注:"蜚,负盘也,音翡。"又注:"此更一种鸟,非食蛇之鸠也。"又郭璞注《尔雅·释虫》云:"负盘,臭虫。"

鸠

闻獜 《山海经·中次十一经》:"几山……有兽焉,其状如犬,黄身白头白尾,名曰闻獜,见则天下大风。"

染庄 清俞樾《茶香室丛钞》卷十七:"契丹时辽兴军凫羑者,

闻獜

行货,路收一卵,归置锦囊,系脐下。月余,出蛇如簪,饲之以肉,渐长盈丈,围将尺许。乃纵之于野。尝命以名曰雅。雅知人,恋恋然,但不能言而去。数岁益大,始食野禽,既而噬人。有司募能捕者,凫知其必雅,乃抵放处,呼其名而至。叙故旧而数其罪,蛇遂俯首伏诛。其血流及近村,土石悉染红而庄以名。庄老以凫能施恩除害而祀之,雅能知恩服罪而配焉。"按此文系引清周春《辽诗话》附载《染庄社记》,金至宁中兴平路猛安蒲察孟里撰,云出《永平府志》。

举父 《山海经·西次三经》:"崇吾之山,有兽焉,其状如禺而文臂,豹虎(虎疑尾字之讹)而善投,名曰举父。"郭璞注:"或作夸父。"参见"夸父"(123页)。

举父

扁鹊 《史记·扁鹊仓公列传》:"扁鹊者,勃海郡郑人也;姓秦氏,名越人,少时为人舍长。舍客长桑君过,扁鹊独奇之,常谨遇之。长桑君亦知扁鹊非常人也。出入十余年,间与语,曰:'我有禁方,年老,欲传与公,公毋泄。'扁鹊曰:'敬诺。'乃出其怀中药与扁鹊:'饮是以上池之水,三十日,当知物矣。'乃悉取其禁方书尽与扁鹊,忽然不见,殆非人也。扁鹊以其言饮药,三十日,视见垣一方人。以此视病,尽见五脏症结。"《列子·汤问》:"鲁公扈、赵齐婴二人有疾,同请扁鹊求治。扁鹊治之,既同愈,谓公扈、齐婴曰:'汝曩之所疾,自外而干于府藏者,固药石之所已;今有偕生之疾,与体偕长,今为汝攻之,何如?'二人曰:'愿先闻其验。'扁鹊谓公扈曰:'汝志强而气弱,故足于谋而寡于断;齐婴志弱而气强,故少于虑而伤于专。若换汝之心,则均于善矣。'扁鹊遂饮二人毒酒,迷死三日,剖胸探心,易而置之,投以神药,既悟如初。二人辞归。于是公扈反齐婴之室而有其妻子,妻子弗识;齐婴亦反公扈之室而有其妻子,妻子亦弗识。二室相与讼本,辨于扁鹊,扁鹊辨其所由讼,乃已。"参见"易心"(195页)。

哀牢国 晋常璩《华阳国志·南中志》:"哀牢国。……其先有一妇人,名曰沙壶,依哀牢山下居,以捕鱼自给。忽于水中触一沉木,遂感而有娠。度十月,产子男十人。后沉木化为龙,出谓沙壶曰:'若为我生子,今在乎?'而九子惊走。惟一小子不能去,陪龙坐。龙就而舐之。沙壶与言语。以龙与陪坐,因名曰元隆,犹汉言陪坐也。沙壶将元隆居龙山下,元隆长大才武。后九兄曰:'元隆能与龙言,而黠有智,天之贵也。'共推以为王。时哀牢山下复有一夫一妇,产十女,元隆兄弟妻之,由是始有人民。"此元隆,《后汉书·西南夷传》作"九隆。哀牢语谓背为九,坐为隆,因名九隆。又《汉唐地理书钞》辑《乐资九州要记》云:"哀牢人皆儋耳穿鼻,其渠帅自谓王者,耳皆下肩三寸,庶人则至肩而已。"亦为异闻。

送穷鬼 见"穷鬼"(179页)。

迷穀 《山海经·南山经》:"招摇之山……有木焉,其状如穀而黑理,其华四照,其名曰迷穀,佩之不迷。"郝懿行云:"陶弘景注《本草经》云:'穀即今构树是也。穀、构同声,故穀亦名构。'"

首阳神 即"泰逢"(262页)。

兹白 即"驳"(254页)。

炳灵王 见"五显神"(62页)。

烂柯山 《述异记》卷上:"信安郡石室山。晋时王质伐木至,见童子数人,棋而歌,质因听之。童子以一物与质,如枣核,质含之,不觉饥。俄顷,童子谓曰:'何不去?'质视,柯尽烂。既而归去,已无复时人。"又南朝宋刘敬叔《异苑》卷五云:"昔有人乘马山行,遥望岫里有二老翁相对樗蒲,遂下马造焉,以策注地而观之。自谓俄顷,视其马鞭,摧然已烂。顾瞻其马,鞍骸枯朽。既还至家,无复亲属,一恸而绝。"事亦与此相类。

宣室志 书名。唐张读撰。十卷。补遗一卷。其书所记,皆鬼神灵异之事。其曰"宣室",盖取汉文帝宣室受釐,召贾谊问鬼神事之意。书中卷一所记"七圣画"、"消面虫",卷六所记"清水珠",卷八所记"张果"事等,均有关神话传说。

宫亭神 宋王象之《舆地纪胜》卷二六:"宫亭湖。《寰宇记》云,在(洪)州北三百四十里,有宫亭神,能分风上下。刘删诗云:'回流乘派水,举帆逐分风。'"此宫亭神,当风神之属。北魏郦道元《水经注·庐江水》云:"(庐)山下又有神庙,号曰宫亭庙。山庙甚神,能分风劈流,住舟遣使,行旅之人,过必敬祀,而后得去。"即此。晋干宝《搜神记》卷四云:"南州人有遣吏献犀簪于孙权者,舟过宫亭庙而乞灵焉。神忽下教曰:'须汝犀簪。'吏惶遽不敢应。俄而犀簪已前列矣。神复下教曰:'俟汝至石头城,返汝簪。'吏不得已,遂行,自分失簪,且得死罪。比达石头,忽有大鲤鱼,长三尺,跃入舟,剖之,得簪。"则亦有关此神之说。

疫鬼 晋干宝《搜神记》卷十六:"昔颛顼氏有三子,死而为疫鬼。……于是正岁命方相氏,帅肆傩以驱疫鬼。"参见"方相氏"(81页)。

疫神帝 谓"颛顼。汉蔡邕《独断》:"疫神帝颛顼有三子,生而亡去为鬼。"

类 《山海经·南山经》:"亶爰之山……有兽焉,其状如狸而有髦,其名曰类,自为牝牡,食者不妒。"郭璞注:"髦或作髮。"郝懿行云:"陈藏器《本草拾遗》云:'灵猫生南海山谷,状如狸,自为牝牡。'又引《异物志》云:'灵狸一体,自为阴阳。'据此,则类为灵狸无疑也。类、狸亦声相转。"

类

类说 书名。宋曾慥编。六十卷。选自先秦至宋代二百五十二种笔记小说,摘其精华,汇辑而成。部分宋以后佚亡之古书,于此尚得窥其大略,一些神话传说资料亦赖以保存。

窃脂 《山海经·中次九经》:"崌山……有鸟焉,状如鸮而赤身白首,其名曰窃脂,可以御火。"又《左传·昭公十七年》云:"九扈为九农正。"注:"桑扈,窃脂。"《尔雅·释鸟》:"桑鳸(同扈),窃脂。"郭璞注:"俗谓之青雀,觜曲食肉,好盗脂膏,因名云。"然此当为别一种鸟,非《山海经》"赤身白首"之窃脂。

窃脂

穿胸民 《淮南子·墬形训》:"凡海外三十六国……自西南至东南方……(有)穿胸民。"高诱注:"穿胸,胸前穿孔达背。"参见"贯匈国"(213页)。

穿胸国 即"贯匈国"(213页)。

羑里 狱名。一作"牖里"。北魏郦道元《水经注·荡水》:"羑水出荡阴西北韩大牛泉。《地理志》曰:'县之西山,羑水所出也。'羑水又东径韩附壁北,又东流径羑城北,故羑里也。《史记音义》曰：'牖里在荡阴县。'《广雅》：'牖，狱犴也。'夏曰夏台，殷曰羑里，周曰囹圄，皆囹土。"闻一多《周易义证类纂》云："古狱凿地为窖，故牖在室上，如今之天窗然，书传称殷狱曰羑里，或以此欤？"唐封演《封氏闻见记》卷八云："相州汤阴县北有羑里城，周回可三百余步，其中平，实高于城外地丈余，北开一门，相传文王演易之所。曹子建《诘纣文》云：'崇侯何功，乃用为辅。西伯何辜，囚之囹圄。囹圄既成，负土既盈。兴立炮烙，贼害忠贞。'观此意，见文王见囚之地，纣使负土，实成此城也。未详子建所据。"按所据或为当时民间传说，亦纣囚*文王之异闻。

美人虹 南朝宋刘敬叔《异苑》卷一："古语有之曰，古者有夫妻，荒年食菜而死，俱化成青绛，故俗呼美人虹。"汉刘熙《释名·释天》云："虹……又曰美人。"是以称美人虹。夫妻化虹，则是古说"天二气则成虹"、"阴阳交"等之演变。又《类说》卷四〇引《稽神异苑》云："《江表录》：首阳山有晚虹下饮溪水，化为女子，(后魏)明帝召入宫。曰：'我仙女也，暂降人间。'帝欲逼幸，而难其色。忽有声如雷，复化为虹而去。"参见"蚕蚕"(219页)。

养由基 《战国策·周策》："楚有养由基者，善射，去柳叶者百步而射之，百发百中。"此即所谓"百步穿杨"。《尸子》卷下云："荆庄王命养由基射蜻蛉。王曰：'吾欲生得之。'养由基援弓射之，拂左翼，王大喜。"此以见由基之射技。《淮南子·说山训》云："楚王有白蝯(猿)，王自射之，则搏矢而熙；使养由基射之，始调弓矫矢，未发而蝯拥柱号矣。"

姜嫄 后稷母。亦作"姜原"。《诗·大雅·生民》："厥初生民，时维姜嫄。"又《鲁颂·閟宫》："赫赫姜嫄，其德不回。"参见"后稷"(138页)。

姜太公 一名太公望。姜姓，吕氏，名尚。《战国策·秦策五》："太公望齐之逐夫，朝歌之废屠，子良之逐臣，棘津之仇不庸，文王用之而王。"《吕氏春秋·首时》："太公望，东夷之士也，欲定一士而无其主，闻文王贤，乃钓于渭以观之。"《史记·齐太公世家》："吕尚盖尝穷困，年老矣，以鱼钓奸周西伯。西伯将出猎，卜之，曰：'所获非龙非彨，非虎非熊，所获霸王之辅。'于是周西伯猎，果遇太公于渭之阳，与语大说，曰：'自吾先君太公曰：当有圣人适周，周以兴。子真是邪？吾太公望子久矣！'故号之曰'太公望'，载与俱归，立为师。"晋干宝《搜神记》卷四："文王以太公望为灌坛令，期年，风不鸣条。文王梦一妇人，甚丽，当道而哭。问其故，曰：'吾泰山之女，嫁为东海妇，欲归，今为灌坛令当道，有德，废我行；我行必有大风疾雨，大风疾雨，是毁其德也。'文王觉，召太公问之。是日果有疾风暴雨从太公邑外而过，文王乃拜太公为大司马。"太公遇文王事大略如上述。又有太公佐武王伐纣事。汉王充《论衡·卜筮》："周武王伐纣，卜筮之，逆，占曰大凶。太公推蓍蹈龟而曰：'枯骨死草，何知吉凶！'《玉函山房辑佚书》辑《六韬》："武王伐纣，雨甚雷疾，武王之乘震而死。周公曰：'天不祐周矣。' 太公曰：'君秉德而受之，不可如何也。'"又《太平御览》卷四八二引同书："武王伐殷，乘舟济河，兵车出，坏船于河中。太公曰：'太子为父报仇，令死无生。'所过津梁，皆悉烧之。"汉韩婴《韩诗外传》卷三："武王伐纣，到于邢丘，楯折为三，天雨三日不休。武王心惧，召太公而问曰：'意者纣未可伐乎？'太公对曰：'不然。楯折为三者，军当分为三也；天雨三日不休，欲洒吾兵也。'武王曰：'然何若矣？'太公曰：

爱其人及屋上乌,恶其人者,憎其胥馀;咸刘厥敌,靡使有馀!'"《艺文类聚》卷五九引《太公金匮》:"武王伐殷,丁侯不朝,尚父乃画丁侯射之。丁侯病,遣使请臣。尚父乃以甲乙日拔其头箭,丙丁日拔目箭,戊巳日拔腹箭,庚辛日拔股箭,壬癸日拔足箭,丁侯病乃愈。四夷闻乃惧,越裳氏献白雉。"又《北堂书钞》卷一四四引同书:"武王伐纣,都洛邑,未成。阴寒雨雪十馀日,深丈馀,甲子平旦,不知何五大夫乘车马,从两骑,止王门外,欲谒武王。武王将不出见,尚父曰:'不可;雪深丈馀,而车骑无迹,恐是圣人。'太师尚父乃使人持一器粥出, 开门而进五车两骑,曰:'王在内未有出意,时天寒,故进热粥以御寒,未知长幼从何起?'两骑曰:'先进南海君,次东海君,次西海君,次北海君,次河伯、雨师、风伯。'粥既毕,使者具告尚父。尚父谓武王曰:'客可见矣,五车两骑,四海之神与河伯、雨师、风伯耳。南海之神曰祝融,东海之神曰句芒,北海之神曰玄冥,西海之神曰蓐收,河伯名冯夷,雨师名咏,风伯名姨,请使谒者各以其名召之。'武王乃于殿上,谒者于殿下门外引祝融进,五神皆惊,相视而叹。祝融拜,武王曰:'天阴远来,何以教之?'皆曰:'天伐殷立周,谨来受命,愿敕风伯雨师,各使奉其职(其中数字从《全上古三代秦汉三国六朝文》辑《太公金匮》补)。"明代小说《封神传》所写诸神助周灭殷及姜太公驱神役鬼等事,当由此类文字演化而来。

姜公鱼 清胡世安《异鱼图赞补》卷上:"鳡鱼,俗云姜太公钓针所化,又名姜公鱼。"参见"筊鱼"(353页)。

语儿亭 见"西施"(128页)。

说苑 书名。汉刘向撰。二十卷。内容体例与《新序》大体相同。所录皆轶闻琐事,其事有异辞者,盖采撷群书,各据其所见而并存之。故古籍佚文,赖以保存。时有古代传说片段存于其间。

说郛 书名。元末陶宗仪编。一百卷。皆节录以前之各种笔记及经史诸子、诗话、文论等。采书达六百余种,其中亦有世无传本者。时有神话资料存于其中。又有一百二十卷本,为清陶珽所增订。

说文解字 书名。汉许慎撰。原书本十五篇,宋徐铉重加刊定,篇析为二,故有三十卷。其书于释字义时亦间引神话传说,如释"巂"引望帝神话,释"鹰"引解鹰传说等。以其近古,虽片言只语,亦可供参考。

浇 寒浞子。《左传·襄公四年》:"浞因羿室,生浇及豷。"《论语·宪问》:"奡荡舟。"奡即浇。《瑯玉集》卷十二《壮力篇》云:"奡乃夏时多力人也,能于陆地牵大舟而行,手拔大树,推倒城墙,时人无有敬(敌)者。"此乃后世民间关于奡(浇)之传说。又《楚辞·天问》:"惟浇在户,何求于嫂?何少康逐犬而颠陨厥首?女歧缝裳,而馆同爰止,何颠易厥首而亲以逢殆?浇谋易旅('浇'原作'汤',据《楚辞校补》引牟廷相说改),何以厚之?覆舟斟寻,何道取之?"《离骚》:"浇身被服强圉兮, 纵欲而不忍。日康娱而自忘兮,厥首用夫颠陨。"均关于浇之传说。大意谓浇亦以荒淫纵欲亡身,盖太康、后羿之伦。《左传·襄公四年》又云:"(浞)使浇用师,灭斟灌及斟寻氏,处浇于过,处豷于戈。靡自有鬲氏,收二国之烬以灭浞,而立少康。少康灭浇于过,后杼灭豷于戈,有穷由是遂亡。"《哀公元年》亦云:"(少康)使女艾谍浇,使季杼诱豷,遂灭过、戈。"此浇兴亡之大要,亦可略解《天问》、《离骚》有关浇之传说。参见"有穷后羿"(127页)。

洗石 《山海经·西山经》:"钱来之山,其上多松,其下多洗石。"郭璞注:"澡洗可以硋体去垢坋。硋,初两反。"郝懿行云:"硋当为瓶;《说文》(十二)云:'磋垢瓦石。'"南朝宋刘敬叔《异苑》卷二云:"永康王旷井上有洗石,时见赤气。后有二胡人寄宿,忽求买之,旷怪形所以。未及度钱,子妇孙氏睹二黄鸟斗于石上,疾往掩取,变成黄金。胡人不知,索市愈急。既得,撞破,内空段有二鸟处。"此亦关洗石之神话。

活师 《山海经·东山经》:"藟山……湖水出焉,东流注于食水,其中多活师。"郭璞注:"科斗也,《尔雅·释鱼》谓之活东。"

浑沌 《庄子·应帝王》:"南海之帝为儵,北海之帝为忽,中央之帝为浑沌。儵与忽时相与遇于浑沌之地,浑沌待之甚善。儵与忽谋报浑沌之德,曰:'人皆有七窍,以视听食息,此独无有。'尝试凿之,一日凿一窍,七日而浑沌死。"按此说必有古神话之凭依。《左传·文公十八年》云:"帝鸿氏有不才子……天下之民谓之浑敦。"杜预注:"帝鸿,黄帝。"而天山之神帝江,正"状如黄囊"、"浑敦无面目",此浑沌神之本貌。毕沅云:"江读如鸿。"是帝江即帝鸿,疑即黄帝。《庄子》寓言之"中央之帝"浑沌当本乎此。是帝鸿即浑沌。而又云帝鸿之子为浑敦,乃历史化之说。至《神异经·西荒经》所云"长毛四足"、"如犬"、"有腹无五脏"、"人有德行而往抵触之,有凶德而往依凭之"之怪兽浑沌,则是古神话帝江(帝鸿)与历史化"帝鸿氏不才子"之说相结合之变种。

洛伯 北魏郦道元《水经注·洛水》:"《竹书纪年》曰:'洛伯用与河伯冯夷斗。'盖洛水之神也。"又《全上古三代秦汉三国六朝文·全上古三代文》辑《归藏》云:"昔者河伯筮与洛战,而枚占之。昆吾占之,不吉。"与《竹书》所记即同一事。

洛神 即"宓妃"、"雒嫔"。南朝宋谢灵运《江妃赋》:"招魂定情,洛神清思。"曹植有《洛神赋》,述其形体姿态之美云:"其形也翩若惊鸿,婉若游龙,荣曜秋菊,华茂春松,仿佛兮若轻云之蔽月,飘飘兮若流风之回雪。远而望之,皎若太阳升朝霞;迫而察之,灼若芙蕖出渌波。秾纤得衷,修短合度。肩若削成,腰如约素;延颈秀项,皓质呈露,芳泽无加,铅华弗御。云髻峨峨,修眉连娟,丹唇外朗,皓齿内鲜,明眸善睐,靥辅承权。瓌姿艳逸,仪静体闲。柔情绰态,媚于语言;奇服旷世,骨相应图。"《文选》卷十九《洛神赋》注引《汉书音义》引如淳云:"宓妃,伏羲氏之女,溺死洛水,为神。"即此神。

洛神 清吴友如木刻

洛阳桥 清宋荦《筠廊偶笔》卷下:"闽中洛阳桥圮。……鄞人蔡锡……升泉州太守。锡至,欲修桥。桥跨海,工难施。锡以文檄海神。忽一醉卒趋而前曰:'我能赍檄往。'乞饮酒,饮大醉。自没于海,若有神人扶掖之者,俄而以'醋'字出。锡意必八月廿一日也,遂以是日兴工。潮旬余不至,工遂成。……人不知而以其事附蔡端明,且以为传奇中妄语矣。"蔡端明谓宋蔡襄,民间传说有"蔡状元重修洛阳桥"语,"状元"即襄,谓醉卒之名为夏(下)得海。清褚人穫《坚瓠六集》卷一"造洛阳桥"条记蔡襄造洛阳桥事尤奇。略谓：吕洞宾遭雷厄，化青蛇隐于泉州蔡襄炉内。襄熔炉读书，一夕雷震，判官云："雷部速退，无惊宰相。"天乃开霁，洞宾出揖，谢以笔墨。后登科，仁宗朝为学士，出守泉州，造洛阳桥。以洞宾笔墨为檄，使隶之海若而告之。隶叹曰："茫茫远海，何所投檄！"买酒酤饮，醉卧海涯。潮落而醒，则檄已易封矣。襄启阅之，惟一"醋"字。襄曰："神示我矣，廿一日酉时兴工乎？"至期，潮水果三昼夜不进。其日正犯九良星，蔡策马当之，曰："你是九良星，我是蔡端平，相逢不下马，各自分前程。"遂兴作无忌。或上言擅开官库，襄谢恩诗云："得饶人处且饶人，曾借龙王三日潮十万贯钱常在世，我王恩在洛阳桥。"上许之。桥成，时人以诗颂之。参见"夏得海"（263页）。

洪井 北魏郦道元《水经注·赣水》："（南昌县）西行二十里，曰散原山。……西北五六里，有洪井，飞流悬注，其深无底。旧说洪崖先生之井也。北五六里，有风雨池……西有鸾冈，洪崖先生乘鸾所憩泊也。"

洪水 洪亦作鸿。《书·尧典》："汤汤洪水方割，荡荡怀山襄陵。"《益稷》："洪水滔天。"《吕氏春秋·爱类》："昔上古龙门未开，吕梁未发，河出孟门，大溢逆流，无有丘陵沃衍平原高阜，尽皆灭之，名曰鸿水。"

洪匡 即"洪崖先生"。

洪崖先生 崖一作厓，或作崔。《文选·西京赋》："洪崖立而指麾，被毛羽之纤褵。"薛综注："洪崖，三皇时伎人，倡家托作之，衣毛羽之衣。"《列仙全传》卷一："洪厓先生，或曰，黄帝之臣伶伦也。或曰，尧时已三千岁矣。汉仙人卫叔卿，在终南绝顶与数人博，其子度世问卿曰：'同与博者为谁？'叔卿曰：'洪厓先生辈也。'"又《文选·游仙诗》："左挹浮丘袖，右拍洪崖肩。"即指此。按洪涯名虽甚彰，事迹则终莫可辨，故其传记，止得如此。参见"伶伦"（170页）。

洞庭 ❶湖名。（1）《淮南子·本经训》："尧乃使羿……断修蛇于洞庭。"高诱注："洞庭，南方泽名。"按在今湖南省北部、长江两岸。（2）《文选·吴都赋》："集洞庭而淹留。"注："洞庭，即太湖也。"按太湖在今江苏省南部。❷山名。（1）《山海经·中次十二经》："洞庭之山……帝之二女居之。"毕沅云："山在今湖南巴陵洞庭湖中，即君山也。"参见"君山"。（2）《述异记》卷上："洞庭山有宫五门：东通林屋，西达峨眉，南接罗浮，北连岱岳。东有石楼，楼下两石，扣之清越，所谓神钲。昔有青童，秉烛飚飞轮之车至此，其迹存焉。上有天帝坛山，山有金牛穴。吴孙权时，令人掘金，金化为牛，走上山，其迹存焉，故号为金牛穴。"按即今太湖中包山，亦称西洞庭山。

洞冥记 书名。具称《汉武洞冥记》。旧题东汉郭宪撰，实六朝人伪托。四卷，六十则。皆言神仙道术及远方怪异之事，于神话研究亦略有可参考者。

洞冥草 《洞冥记》卷三："（北极）种火之山，日月所不照，有青龙衔烛火以照山之四极。亦有园圃池苑，皆植异木异草。有明茎草，夜如金灯，折枝为炬，照见鬼物之形。仙人宁封常服此草，于夜瞑时，转见腹光通外。亦名洞冥草。"

洞庭神君 清东轩主人《述异记》卷上："洞庭神君相传为柳毅。其神立像，赤面，獠牙，朱发，狞如夜叉，以一手遮额覆目而视，一手指湖旁。从神亦然。舟往来者必临祭，舟中之人，不敢一字妄语，尤不可以手指物及遮额，不意犯之，则有风涛之险。"按柳毅，传奇中本弱质书生，而其神像竟如此，则是神话传说之演变。清蒲松龄《聊斋志异》(会校会注会评本)卷十一"织成"末附记云："相传唐柳毅遇龙女，洞庭君以为婿。后逊位于毅。又以毅貌文，不能慑服水怪，付以鬼面，昼戴夜除。久之渐习忘除，遂与面合而为一。毅揽镜自惭。故行人泛湖，或以手指物，则疑为指己也；以手覆额，则疑其窥己也。风波辄起，舟多覆。"当是其解。参见"龙女"(99页)。

帝子 谓*尧二女娥皇、女英。《楚辞·九歌·湘夫人》："帝子降兮北渚。"王逸注："帝子，谓尧女也；降，下也。言尧二女娥皇、女英随舜不反，没于湘水之渚，因为湘夫人。"按王注"湘夫人"上加"湘君"二字似更确。《山海经·中次十二经》云："洞庭之山……帝之二女居之。"帝之二女，即尧二女，亦即《九歌》所谓"帝子"者。

帝台 《山海经·中次七经》："休与之山，其上有石焉，名曰帝台之棋，五色而文，其状如鹑卵，帝台之石，所以祷百神者也，服之不蛊。……东三百里，曰鼓钟之山，帝台之所以觞百神也。"《中次十一经》："高前之山，其上有水焉，甚寒而清，帝台之浆也，饮之者不心痛。"帝台者，盖治理一方之小天帝，犹人间*徐偃王之流。《晋书·束晳传》云："《穆天子传》五篇，言周穆王游行四海，见帝台、西王母。"今本《穆传》已无帝台事，当已阙佚。

帝休 《山海经·中次七经》："少室之山，百草木成囷。其上有木焉，其名曰帝休，叶状如杨，其枝五衢，黄华黑实，服者不怒。"郭璞注："言树枝交错，相重五出，有象衢路也。"吴任臣注："《事物绀珠》云：'帝休，服之不愁，又名不愁木。'"

帝江 即*帝鸿。《山海经·西次三经》："天山……有神焉，其状如黄囊，赤如丹火，六足四翼，浑敦无面目，是识歌舞，实惟帝江也。"毕沅云："江读如鸿。"参见"浑沌"(242页)。

帝江

帝俊 中国古代东方民族所传之上帝。其妻有日神羲和、月神*常羲。曾"赐羿彤弓素矰，以扶下国"(《山海经·海内经》)。又曾与*五采鸟为友(《大荒东经》)。卫丘复有*帝俊竹林，"大可为舟"(《大荒北经》)。帝俊神话见于《山海经》者，大略如此。帝俊子孙多有创造发明：义均"作下民百巧"；奚仲、吉光"是始以木为车"；晏龙"为琴瑟"；子八人"是始为歌舞"；后稷"播百谷"；叔均"作牛耕"。帝俊子孙为国于下方者，亦繁有徒：在东荒者有*司幽国、*黑齿国、*中容国、*白民国、*芍国；在南荒者有*三身国、*季釐国；在西荒者有*西周国。帝俊神话惟见于《荒经》以下五篇，他篇及他书均无所闻，是为异。参见"帝喾"。

帝屋 《山海经·中次七经》："讲山……有木焉，名曰帝屋，叶状如椒，反伤赤实，可以御凶。"郭璞注："反伤，刺下勾也。"郝懿行云："郭璞注《方言》云，《山海经》谓刺为伤也。"

帝阍 谓司天门者。《楚辞·离骚》："吾令帝阍开关兮，倚阊阖而望予。"王逸注："帝谓天帝；阍，主门者也。"又云："阊阖，天门也。"又《楚辞·远游》："命天阍其开关兮，排阊阖而望予。"亦与此同义，*天阍即帝阍。

帝鸿 黄帝名号。《左传·文公十八年》："帝鸿氏有不才子……天下之民谓之浑敦。"杜预注："帝鸿，黄帝。"参见"浑沌"(242页)。

帝喾 《初学记》卷九引《帝王世纪》："帝喾……生而神异，自言其名曰夋。"夋，《山海经》作*帝俊，本生日月之天神，历史化后，遂为下方人王。《世本·帝系篇》(清张澍稡集补注本)云:"喾,黄帝之曾孙。"又云:"帝喾年十五岁,佐颛顼有功,封为诸侯,邑于高辛。"又云:"帝喾卜其四妃之子,皆有天下。上妃有邰氏之女,曰姜嫄,而生后稷;次妃有娀氏之女,曰简狄,而生契;次妃陈锋氏之女,曰庆都,生帝尧;下妃娵訾氏之女,曰常仪,生挚。"此则帝喾之神性犹未蜕。《大戴礼·五帝德》云:"帝喾……春夏乘龙,秋冬乘马。"《吕氏春秋·古乐》云:"帝喾令凤鸟天翟舞之。"《左传·昭公元年》云:"(帝喾)迁阏伯于商邱,主辰。商人是因,故辰为商星;迁实沈于大夏,主参。"晋王嘉《拾遗记》卷一云:"帝喾之妃,邹屠氏之女也……常梦吞日,则生一子,凡经八梦,则生八子,世谓为八神。"亦可为证。

帝女桑 《山海经·中次十一经》:"宣山……有桑焉,大五十尺,其枝四衢,其叶大尺余,赤理黄华青柎,名曰帝女之桑。"毕沅云:"案《水经注》,山在今河南泌阳县界,今失名。"又《太平御览》卷九二一引《广异记》云:"南方赤帝女学道得仙,居南阳愕山桑树上。……(赤帝)以火焚之,女即升天,因名帝女桑。"按泌阳县,汉时称比阳县,属南阳郡。则宣山当愕山,宣山帝女桑当即愕山帝女桑。*赤帝女居此桑火焚升天,故桑以帝女而名。

帝女雀 精卫别名。见"精卫"(348页)。

帝喾女 南朝梁宗懔《荆楚岁时记》:"正月十五日……其夕迎紫姑以卜将来蚕桑,并占众事。按《洞览》云:'帝喾女将死,云,生平好乐,至正月,可以见迎。'又其事也。"据此,则帝喾女即*紫姑,而传说又别有紫姑。

帝王世纪 书名。晋皇甫谧撰。十卷。南宋时佚。元明以来,有陶宗仪、王谟、张澍、臧庸、宋翔凤等辑本。近人徐宗元参考前人辑录,作《帝王世纪辑存》,亦分十卷,颇为详备。是书记天地开辟至魏帝王史实,多采古文《尚书》及六经图谶,亦时有神话传说存于其间。

帝台之棋 石名。见"帝台"。

帝台之浆 水泉名。见"帝台"。

帝俊八子 《山海经·海内经》:"帝俊有子八人,是始为歌舞。"参见"八元"(7页)。

帝俊竹林 《山海经·大荒北经》:"(卫)丘方员三百里,丘南帝俊竹林在焉,大可为舟。"又唐刘恂《岭表录异》亦有相似之传说,云:"贞元中,有监户犯禁,逃于罗浮山,深入第十三岭,遇巨竹万千竿,连亘岩谷,竹围皆二丈许,有三十九节,节二丈许。逃者遂取竹一竿,破以为筏。会赦宥,遂挈以归。有人得一筏,奇之,献于太守李复,乃图而纪之。"

帝京景物略 书名。明刘侗、于奕正合撰。八卷。详载北京城郊景物、园林寺观、祠墓陵宇、名胜古迹、草木虫鱼,间及人物故事。原刻于明代,其冗长诗文,经清纪昀删节,佳处益显。其书亦涉及民间传说,如鲁班造卢沟桥,七月七日丢巧针之类。

袜 《山海经·海内北经》:"袜,其为物人身黑首从目。"郭璞注:"袜即魅也。"

袜

祖江 《陶靖节集·读山海经》:"巨猾肆威暴,钦䲹违帝旨。窫窳强能变,祖江遂独死。"注:"钟山神子曰鼓,是与钦䲹杀祖江于昆仑之阳。"按祖江,今《山海经》作*葆江。

祖洲 《十洲记》:"祖洲,近在东海之中,地方五百里,去西圻七万里……上有不死草,生琼田中……叶似菰苗，丛生，一株可活一人。"

祖神 ❶共工之子修。汉应劭《风俗通义》卷八："共工之子曰修，好远游，舟车所至，足迹所达，靡不穷览，故祀以为祖神。"❷黄帝妻*嫘祖。唐王瓘《轩辕本纪》："帝周游行时，元妃嫘祖死于道，帝祭之以为祖神。"❸黄帝子累祖。《宋书·礼志》注引崔实《四民月令》："祖，道神也。黄帝之子曰累祖，好远游，死道路，故祀以为道神，以求道路之福。"

祖状尸 《山海经·大荒南经》："有人方齿虎尾，名曰祖状之尸。"

祝馀 《山海经·南山经》："南山经之首，曰䧿山，其首曰招摇之山……有草焉。其状如韭而青华，其名曰祝馀，食之不饥。"

祝融 炎帝裔。《山海经·海内经》："炎帝之妻，赤水之子听訞，生炎居，炎居生节并，节并生戏器，戏器生祝融。"据上所叙，祝融乃炎帝之裔。然据《海内经》云：黄帝生昌意，昌意生韩流，韩流生颛顼。《大荒西经》云："颛顼生老童，老童生祝融。"祝融又为黄帝之裔。黄、炎古本同族，故传为炎帝裔之祝融，又得为黄帝之裔。又《海外南经》："南方祝融，兽身人面，乘两龙。"此祝融之形貌。《淮南子·时则训》："南方之极，自北户孙之外，贯颛顼之国，南至委火炎风之野，赤帝

祝融

（炎帝）、祝融之所司者万二千里。"此祝融之职司。祝融神话，还见《海内经》："鲧窃帝之息壤以湮洪水，不待帝命，帝令祝融杀鲧于羽郊"；《墨子·非攻下》："（成汤伐夏），天命融（祝融）隆（降）火于夏城之间，西北之隅"；见于《尚书大传》及《太公金匮》者有祝融等七神雪天远来，助周灭殷事；见于唐司马贞《史记·补三皇本纪》者有共工与祝融战，不胜而怒触不周山事等。

祝鸠氏 少昊时鸟官名。*五鸠之一。《左传·昭公十七年》："祝鸠氏，司徒也。"注："祝鸠，鷦鸠也，鷦鸠孝，故为司徒，主教民。"此鷦鸠亦作鵻鸠。《尔雅翼》卷十四云："鵻鸠孝鸟，故少皞氏以为司徒。一名祝鸠，又名鹁鸠。似斑鸠而臆无绣采，又头有赘。物之拙者，不能为巢，才架数枝，往往破卵。无巢不能住。天将雨，则逐其雌，晴霁则呼而反之。今人辨其声，以为'无屋住'云。"参见"少昊之国"（66页）。

祝英台 见"梁山伯祝英台"（298页）。

祝融峰 衡山最高峰。清李元度重修《南岳志》卷五："祝融峰，高九千七百三十丈。《名胜志》：祝融峰乃七十二峰最高者。记云，位置离宫以应火德，乃祝融君游息之所。"同书卷六："祝融殿，在祝融峰顶，祀古祝融君。"

祝鸡翁 《列仙传》卷上："祝鸡翁者，洛阳人也。居尸乡北山下，养鸡百余年。鸡有千余头，皆立名字。暮栖树上，昼放散之。欲引呼名，即依呼而至。卖鸡及子，得千余万，辄置钱去。之吴，作养鱼池。后升吴山，白鹤孔雀数百，常止其傍也。"又《太平御览》卷九一八引《风俗通》云："呼鸡朱朱。俗说，鸡本朱公化而为之。"《格致镜原》卷八〇引《博物志》云："祝鸡翁喜养鸡，故世人呼鸡曰祝祝。"据此，则祝鸡翁盖*朱公也。

祝鸡翁　明刊本《列仙全传》

神人　❶即"仙人"。❷谓神。《庄子·逍遥游》："藐姑射之山，有神人居焉……其神凝，使物不疵疠而年谷熟。"又《山海经·大荒东经》："有神人，八首人面，虎身十尾，名曰天吴。"参见"天吴"(55页)。

神女　❶泛指女神。《艺文类聚》卷二〇引南朝梁萧绎《孝德传序》："地出黄金，天降神女，感通之至，良有可称。"❷谓巫山神女。《文选·神女赋序》："楚襄王与宋玉游于云梦之浦，使玉赋高唐之事，其夜王寝，梦与神女遇。"其赋云："夫何神女之姣丽兮，含阴阳之渥饰。"李白诗："神女去已久，襄王安在哉。"参见"瑶姬"。❸鹊之别名。晋崔豹《古今注》卷中："鹊，一名神女。"《说郛》弓三一《奚囊橘柚》云："袁伯文七月六日过高唐，宿于山家。夜梦女子甚都，自称神女。伯文欲留之，神女曰：'明日当为织女造桥，违命之辱。'伯文惊觉，天已辨色。启窗视之，有群鹊东飞。有一稍小者从窗中飞去。是以名鹊为神女也。"

神马　北魏郦道元《水经注·温水》："温水又西南径滇池城。池在县西，周三百许里。上源深广，下流浅狭，似如倒流，故曰滇池也。长老传言，池中有神马。家马交之，则生骏驹，日行五百里。"

神丛　林木之有神灵者。《战国策·秦策三》："应侯谓昭王曰：亦闻恒思有神丛与？恒思有悍少年，请与丛博。曰：吾胜丛，丛籍我神三日；不胜丛，丛困我。乃左手为丛投，右手自为投，胜丛。丛籍其神三日。丛往求之，遂弗归。五日而丛枯，七日而丛亡。"

神州　《汉唐地理书钞》辑《河图括地象》："昆仑东南，地方五千里，名曰神州，中有五岳地图，帝王居之。"参见"赤县神州"。

神农　❶即炎帝。清马骕《绎史》卷四引《周书》云："神农之时，天雨粟。神农遂耕而种之，作陶冶斧斤，为耒耜锄耨，以垦草莽。然后五谷兴助，百果藏实。"晋王嘉《拾遗记》卷一亦云："炎帝时有丹雀衔九穗禾，其坠地者，帝乃拾之，以植于田，食者老而不死。"此炎帝神农所以号"神农"。世传神农"人身牛首"(《史记·补三皇本纪》)，又谓"神农既育，九井自穿，汲一井则众井动"(《后汉书·郡国志》刘昭注引《荆州记》)。则其关系于农耕水利可见。然神农神话之最著者，厥为尝药与鞭药。《淮南子·修务训》云："神农尝百草之滋味，一日而遇七十毒。"晋干宝《搜神记》卷一云："神农以赭鞭鞭百草，尽知其平毒寒温之性，臭味所主，以播百谷。"《述异记》卷下谓："太原神釜冈中，有神农尝药之鼎存焉。成阳山中，有神农鞭药处。"神农遂为医药之祖。明周游《开辟衍绎》第十八回王子承"释疑"且云："后世传言

神农　汉代画像石刻

神农乃玲珑玉体,能见其肺肝五脏,此实事也。若非玲珑玉体,尝药一日遇十二毒,何以解之?但传炎帝尝诸药,中毒者能解,至尝百足虫入腹,一足成一虫,遂致千变万化,炎帝不能解其毒而致死,万无是理,此讹传耳。"无论"实事"或"讹传",要均为后世有关神农尝药之民间传说。❷异草名。《太平御览》卷三九引《神农本草》:"常山有草名神农,置之门上,每夜叱人。"

神农
明刊本《三才图会》

神龟 晋王嘉《拾遗记》卷十:"昆仑山有昆陵之地,其高出日月之上。山有九层,每层相去万里。有云色,从下望之,如城阙之象。四面有风,群仙常驾龙乘鹤,游戏其间。四面风者,言东南西北一时俱起也。又有祛尘之风,若衣服尘污者,风至吹之,衣则净如浣濯。……第五层有神龟,长一尺九寸,有四翼,万岁则升木而居,亦能言。"又云:"员峤山……西有星池千里。池中有神龟,八足六眼,背负七星日月八方之图,腹有五岳四渎之象,时出石上,望之煌煌如列星矣。"此当另一神龟。又有零星资料见于他书者。如《淮南万毕术》(清梅瑞轩辑)云:"有神龟在江南嘉林中,常巢于芳莲之上。"《史记·龟策列传》云:"上有捣蓍,下有神龟。"《宋书·符瑞志》云:神龟三百岁游藁叶之上,三千岁游卷耳之上。"《格致镜原》卷九四引《膠葛》云:"千年者能至蓬莱山下,觅仙人洗丹鼎水服之,辄生翅能飞,变化不测。"龟之灵异大见于此矣。

神鸦 宋范成大《吴船录》卷下:"(神女)庙有驯鸦,客舟将来,则迓于数里之外,或直至县下。船过亦送数里。人以饼饵掷空,鸦仰喙承取,不失一。土人谓之神鸦,亦谓之迎船鸦。"清王士禛《池北偶谈》卷二一"神女庙神鸦"条云:"巫峡神女庙,有神鸦迎送客舟,陆放翁入蜀,恨不一见。予壬子冬,下三峡至十二峰,果有鸦十余,往来旋绕,以肉食投之即攫去。其鸦比常鸦小,栖绝壁石洞中,得食即入洞去。"即此鸦。又清宋荦《筠廊偶笔》卷上云:"楚江富池镇,有吴王庙,祀甘将军宁也;宋时以神风助漕运,封为王。……有鸦数百,飞集庙傍林木,往来迎舟数里,舞噪帆樯上下,舟人恒投肉空中餧之,百不一堕。其送舟亦然。云是吴王神鸦。洞庭君山亦有之,传为柳毅使者。"则神鸦之说,所在有之,非独巫峡神女庙为然。

神香 即"沉香"(177页)。

神泉 《淮南子·墬形训》:(昆仑)河水、赤水、弱水、洋水,"凡四水者,帝之神泉,以和百药,以润万物"。

神鼎 《玉函山房辑佚书》辑《孙氏瑞应图》:"神鼎者,质文精也。知吉凶存亡,能轻能重,能息能行,不灼而沸,不汲自盈,中生五味。昔黄帝作鼎,象太一。禹治水,收天下美铜,以为九鼎,象九州。王者兴则出,衰则去。"此神鼎之所谓"神",说盖本于《墨子·耕柱》:"昔者夏后开(启),使蜚廉折金于山川,而陶铸之于昆吾。是使益斫雉以卜于白若之龟,曰:'鼎成四足而方,不炊而自烹,不举而自臧,不迁而自行,以祭于昆吾之虚,上乡。'已又言兆之由,曰:'飨矣,逢逢白云,一南一北,一西一东。九鼎既成,迁于三国:夏后氏失之,殷人受之;殷人失之,周人受之。'"(内数字与今本小异,据孙诒让《墨子间诂》改)初本夏初铸鼎之异闻,遂而演如《瑞应图》所写神鼎之"神"。

神䰠 《山海经·西次四经》:"刚山……是多神䰠,其状人面兽身,一足一手,其音如钦

(吟)。"郭璞注:"傀亦鬽魅之类也,音耻回反;或作傀。"参见"魑魅"(370页)。

神瀵 《列子·汤问》略云:终北国山顶有水涌出,名曰神瀵,臭过兰椒,味过醪醴。男女不耕不稼,饥倦则饮神瀵,力志和平。注引郭璞云:"山顶之泉曰瀵。"

神女牛 即"摇牛"(330页)。

神女庙 宋范成大《吴船录》卷下:"戊午,乘水退下巫峡。……三十五里至神女庙,庙前滩尤汹怒。十二峰俱在北岸。……庙乃在诸峰对岸小冈之上,所谓阳云台、高唐观。……今庙中石刻引《镛城记》:瑶姬,西王母之女,称云华夫人,助禹驱鬼神,斩石疏波,有功见纪。今封妙用真人。庙额曰'凝真观',从祀有白马将军,俗传所驱之神也。"宋陆游《入蜀记》卷六:"(乾道六年十月),二十三日过巫山凝真观,谒妙用真人祠。真人,即世所谓巫山神女也。祠正对巫山,峰峦上入霄汉,山脚直插江中,议者谓太华、衡庐皆无此奇。然十二峰者,不可悉见,所见八九峰,惟神女峰最为纤丽奇峭,宜为仙真所托。祝史云,每八月十五夜月明时,有丝竹之音,往来峰顶,山猿皆鸣,达旦方渐止。庙后山半,有石坛平旷,传云夏禹见神女,授符书于此。坛上观十二峰,宛若屏障。是日,天宇晴霁,四顾无纤翳,惟神女峰上有白云数片,如鸾鹤翔舞徘徊,久之不散,亦可异也。祠旧有乌数百,送迎客舟。自唐夔州刺史李贻诗,已云'群乌幸胙余'矣。近乾道元年,忽不至,今绝无一乌,不知何故。"参见"瑶姬"(342页)。

神女峰 巫山十二峰之一。见"神女庙"。

神傀

神女冢 见"华山畿"(139页)。

神龙池 见"云阳先生"(45页)。

神仙传 书名。晋葛洪撰。十卷。所录凡八十四人。其中除容成公、彭祖二条与《列仙传》重出,余皆为《列仙传》不载。所记老子、彭祖、壶公、麻姑等,可供神话研究参考。

神农穴 即"神农窟"。《太平御览》卷七八引《荆州图记》:"永阳县西北二百三十里厉乡山东有石穴。……高三十丈,长二百丈,谓之神农穴。"

神农城 唐李吉甫《元和郡县志》卷十五引《后魏风土记》:"神农城在羊头山上。山下有神农泉,即神农得嘉谷之所。"参见"谷城"(168页)。

神农涧 明陈仁锡《潜确类书》卷三一:"神农涧在卫辉府温县。神农采药至此,以杖画地,遂成涧。"

神农窟 即"神农穴"。南朝宋刘敬叔《异苑》卷二:"隋县永阳有山,壁立千仞,崖上有石室,古名为神农窟。窟前有百药丛茂,莫不毕备。又别有异物藤花,形似菱菜,朝紫,中绿,晡黄,暮青,夜赤,五色迭耀。"

神异经 书名。旧题汉东方朔撰。晋张华注。一卷。实为六朝文士所依托。内容多荒外之言,不可究诘。然词华褥丽,词赋家多引用之。中如东王公、西王母相会故事,且见于汉代石刻画像,知所记当有本源。

神宣驿 明曹学佺《蜀中名胜记》卷二四:"(广元县)又二十里为神宣驿,即古筹笔驿也。相传武侯出师驻此。……神宣驿者,世传二郎神持剑逐蹇龙过此,故名。"参见"老蹇"(121页)。

神农作琴 《世本·作篇》(清张澍稡集补注本):"神农作琴。"宋罗泌《路史·发挥二》注引《桓谭新论》云:"神农氏既而王天下,于是始削梧为琴,绳丝为弦,以通神明之德,合天人之和。《说文》十二云:"琴,禁也,神农所作,洞越练朱,五弦,周加二弦,象形。"《太平御览》卷五七七引《扬雄琴清英》亦云:"神农造琴以定神,齐(禁)媱僻,去邪欲,反其天真。"是神农作琴,诸书无异辞。惟《山海经·海内经》郭璞注引《世本》云:"伏羲作琴,神农作瑟。"郝懿行笺疏云:"此注盖传写之讹。"

神话与诗 书名。闻一多著。所收《伏羲考》等文章二十一篇,多涉神话研究;其中《伏羲考》、《姜嫄履大人迹考》、《高唐神女传说之分析》、《神仙考》诸篇尤精。

神荼郁垒 汉王充《论衡·订鬼》:"《山海经》又曰:沧海之中,有度朔之山,上有大桃木,其屈蟠三千里,其枝间东北曰鬼门,万鬼所出入也。上有二神人,一曰神荼,一曰郁垒,主阅领万鬼。恶害之鬼,执以苇索而以食虎。于是黄帝乃作礼,以时驱之,立大桃人,门户画神荼、郁垒与虎,悬苇索以御凶魅。"今《山海经》无此文,惟《大荒北经》有"有槃木千里"语,疑即"屈蟠三千里"之"大桃木"之属。《风俗通义·祀典》亦记此,神荼、郁垒作荼与、郁垒,《山海经》作《黄帝书》,余略同。《类说》卷六引《荆楚岁时记》(今本无)云:"岁旦绘二神,贴户左右,左神荼,右郁垒,俗谓之门神。"亦"御凶魅"之意,而"门神"之说或自此始。参见"门神"(28页)。

〔一〕

羿 《山海经·海内经》:"帝俊赐羿彤弓素矰,以扶下国;羿是始去恤下地之百艰。"此羿神话之大要。一曰"下国",再曰"下地",明羿初本天神。《淮南子·本经训》云:"尧之时十日并出,焦禾稼,杀草木,而民无所食。猰貐、凿齿、九婴、大风、封豨、修蛇皆为民害。尧乃使羿诛凿齿于畴华之野,杀九婴于凶水之上,缴大风于青邱之泽,上射十日而下杀猰貐,断修蛇于洞庭,擒封豨于桑林,万民皆喜,置尧以为天子。"羿去"下地"所"恤"之"百艰"即此,羿之主要功业亦毕于此。然所记之羿已非天神而为尧臣;盖已由天神变为神性英雄。羿除诸害,《山海经》惟记有羿与凿齿战斗事。《海外南经》云:"羿与凿齿战于寿华之野,羿射杀之。在昆仑虚东。羿持弓矢,凿齿持盾。一曰持戈('持'字原无,据黄丕烈、郝懿行等校增)。"《大荒南经》云:"大荒之中,有山名曰融天,海水南入焉。有人曰凿齿,羿杀之。"《山海经》亦记有*窫窳、*巴蛇及*十日事。《庄子·秋水》成玄英疏引《山海经》且云:"羿射九日,落为沃焦(今本无)。"以知羿射日除害非始于《淮南子》所记,盖古神话所传。《楚辞·天问》云:"羿焉彃日?乌焉解羽?"是羿射日事之见于屈赋者。又云:"帝降夷羿,革孽夏民,胡射夫河伯而妻彼雒嫔?冯珧利决,封豨是射,何献蒸肉之膏而后帝不若?""帝降夷羿,革孽夏民",即《山海经》"帝俊赐羿彤弓素矰,以扶下国";至"射河伯、妻雒嫔"

神荼郁垒　明刊本《三教搜神大全》

事，又乃羿神话之异闻。"冯珧利决，封豨是射"，即《淮南子》"擒封豨于桑林"；至"献蒸肉之膏而后帝不若"，亦羿神话之异闻。王逸注云："后帝，天帝也；若，顺也。言羿猎射封豨，以其肉膏祭天帝，天帝犹不顺羿之所为也。"其言近是。此天帝自是帝俊。帝俊"不顺羿之所为"，必与羿射日事有关。盖十日者，帝俊之子，"羿射十日，中其九日"（《海外东经》郭璞注引《淮南子》），是以帝俊"不顺羿之所为"。《淮南子·览冥训》有"羿请不死之药于西王母，姮娥窃以奔月"语，则谓羿谪在凡间，不得上天，乃有请不死之药事。又《孟子·离娄下》所谓："逢蒙学射于羿。尽羿之道，思天下惟羿为愈己，于是杀羿"，则记羿在凡间所为。《淮南子·诠言训》云："羿死于桃棓。"许慎注："棓，大杖，以桃木为之，以击杀羿，由是以来，鬼畏桃也。"记羿之死，又略具神话意味。《说山训》复云："羿死桃部，不给射。"桃部即桃棓。《淮南子·氾论训》云："羿除天下之害，而死为宗布。"高诱注："今人室中所祀之宗布是也。"参见"宗布"(207页)。

羿射日
汉代画像石刻

姮娥 亦作"常娥"、"嫦娥"。羿妻。《淮南子·览冥训》："羿请不死之药于西王母，姮娥窃以奔月，怅然有丧，无以续之。"高诱注："姮娥，羿妻。羿请不死之药于西王母，未及服食之，姮娥盗食之，得仙，奔入月中为月精也。"《初学记》卷一引古本《淮南子》，于"姮娥窃以奔月"句下，尚有"托身于月、是为蟾蜍、而为月精"十二字，今本并脱去。姮娥即《山海经·大荒西经》所记"生月十二"之常羲。古音读羲为娥，逐渐演变为奔月之常娥。《文选》注两引《归藏》，均谓常娥服不死药奔月。知常娥神话古有流传，非始于《淮南子》。又《淮南鸿烈集解》引庄达吉云："姮娥，诸本皆作恒，惟《意林》作姮，《文选》注引此作常，淮南王当讳恒，不应作恒，疑《意林》是也。"汉文帝名恒，故讳之，知姮娥原作恒娥，而恒亦即常之意。《集解》又引洪颐煊云："说文无姮娥字，后人所造。"参见"嫦娥"(348页)。

险道神 即"开路神"(42页)。

架梯取月 《类说》卷二三"架梯取月"引《宣室志》："大和中周生有道术。方中秋，月色澄堂，有数客来。周曰：'我能挈月入怀袖。'因取数百筋绳而架之，曰：'我将此梯取月。'乃闭户。久之，客步庭中伺焉。或天地瞳黑，仰视又无纤云。俄闻生呼曰：'某至矣！'举其衣，出月寸许，一室尽明，寒入肌骨，食顷如初。"按亦见《太平广记》卷七五"周生"条引，文较繁。唐段成式《酉阳杂俎·壶史》记山人杨隐之谒道者唐居士，唐留杨止宿，夜呼其女贴片纸于壁如月，祝之，一室朗若，亦此之类。

屏蓬 即"并封"、"鳖封"。《山海经·大荒西经》："有兽左右有首，名曰屏蓬。"

屏翳 亦作"荓"、"荓翳"。❶雨师。《山海经·海外东经》："雨师妾在其北。"郭璞注："雨师谓屏翳也。"❷云神。《楚辞·九歌·云中君》王逸注："云神，丰隆也，一曰屏翳。"❸天神使。《史记·司马相如列传》："召屏翳。"

正义引应劭云："屏翳，天神使也。"❹雷师。同上书正义引韦昭注。❺风师。《文选·洛神赋》："屏翳收风。"吕向注："屏翳，风师也。"以上诸说，当以说屏翳雨师为近正。《楚辞·天问》云："蓱号起雨，何以兴之？"王逸注："蓱，蓱翳，雨师名也；号，呼也；兴，起也。言雨师号呼，则云起而雨下，独何以兴之乎？"则东汉已有屏翳为雨师之说矣。

眉间尺 亦作"眉间赤"、"赤鼻"。干将、莫邪之子。晋干宝《搜神记》卷十一："楚干将、莫邪为楚王作剑，三年乃成，王怒，欲杀之。剑有雌雄。其妻重身，当产。夫语妻曰：'吾为王作剑，三年乃成，王怒，往，必杀我。汝若生子是男，大，告之曰：出户望南山，松生石上，剑在其背。'于是即将雌剑往见楚王。王大怒，使相之，剑有二，一雄一雌，雌来雄不来。王怒，即杀之。莫邪子名赤比，后壮，乃问其母曰：'吾父所在？'母曰：'汝父为楚王作剑，三年乃成，王怒，杀之。去时嘱我语汝子：出户望南山，松生石上，剑在其背。'于是子出户，南望，不见有山，但睹堂前松柱下，石低（砥）之上，即以斧破其背，得剑。日夜思欲报楚王。王梦见一儿，眉间广尺，言欲报仇。王即购之千金。儿闻之，亡去，入山，行歌。客有逢者，谓：'子年少，何哭之甚悲邪？'曰：'吾干将、莫邪子也，楚王杀吾父，吾欲报之。'客曰：'闻王购子头千金，将子头与剑来，为子报之。'儿曰：'幸甚。'即自刎，两手捧头及剑奉之，立僵。客曰：'不负子也。'于是尸乃仆。客持头往见楚王，王大喜。客曰：'此乃勇士头也，当于汤镬煮之。'王如其言，煮头三日三夕不烂。头踔出汤中，踬目大怒。客曰：'此儿头不烂，愿王自往临视之，是必烂也。'王即临之。客以剑拟王，王头随堕汤中，客亦自拟己头，头复堕汤中。三首俱烂，不可识别。乃分其汤肉葬之，故通名三王墓。今在汝南北宜春县界。"此故事始见《吴越春秋》，《列异传》亦记之。《广博物志》卷三二引《列异传》云："眉间赤名赤鼻，父干将、母莫邪。"然据"王梦见一儿，眉间广尺"视之，"眉间赤"应作"眉间尺"。又《太平御览》卷三六四引《吴越春秋》逸文中有一段叙写，为《列异传》及《搜神记》所未有者，移录如下："（楚）王即以镬煮其头，七日七夜不烂。客曰：'此头不烂者，王亲临之。'王即看之。客于后以剑斩王头，入镬中，二头相啮。客恐尺不胜，自以剑拟头入镬中，三头相咬。七日后，一时俱烂。乃分葬汝南宜春县，并三冢。"

眉间赤 即"眉间尺"。《太平御览》卷十二："三王陵在（宋城）县西北四十五里。晋伏滔《北征记》云：'魏惠王徙都于此号梁王，为眉间赤、任敬所杀。三人同葬，故谓三王陵。'"又卷四三："《郡国志》云：'（临汾）县西南有大池，一名翻镬池，即煮眉间赤处。镬翻，因成池，池水上犹有脂润。'"按古宋城县在今河南省界内，临汾县属今山西省。均有异于'三王山之说，知此故事流传之广。

癸巳存稿 书名。清俞正燮撰。十五卷。见"癸巳类稿"。

癸巳类稿 书名。清俞正燮撰。十五卷。内容多考证经史、舆地、医书、道梵、方言之作，发前人所未发。其稿以刻于癸巳之岁，故名。后又续刊遗稿十五卷，曰《癸巳存稿》。两书均有涉及神话之考订条目，如《类稿》之"彭祖长年论"，《存稿》之"蚕马"、"烟波钓叟歌"、"七夕考"、"神荼郁垒"等。

绕指柔 剑名。明陈仁锡《潜确类书》卷三二："平望湖在兴化北，湖中有冈阜古冢。土人偶发之，得一剑，屈之则首尾相就，放手复直如故，出则铮铮有声，刃可斩铁。金开禧中,统兵官高大捷得之,曰:'此古之绕指柔也。'"《文选·重赠卢谌》云:"何意百炼刚,化为绕指柔。"剑名当本此。

绝地天通 谓隔绝天与地之通路。《书·吕刑》:"皇帝哀矜庶戮之不辜,报虐以威,遏绝苗民,无世在下,乃命重、黎,绝地天通。"此为绝地天通神话最初见诸载籍者。《国语·楚语下》:"少皞之衰也,九黎乱德,民神杂糅,不可方物。……颛顼受之,乃命南正重司天以属神,命火正黎司地以属民,使复旧常,无相侵渎,是谓绝地天通。"此当历史化之记叙,非神话之本来面貌。《山海经·大荒西经》:"大荒之中,有山,名曰日月山,天枢也。吴姖天门,日月所入。有神,人面无臂,两足反属于头上('上'原作'山',从《藏经》本改),名曰嘘(噎)。颛顼生老童,老童生重及黎。帝令重献上天,令黎邛下地。下地是生噎。处于西极,以行日月星辰之行次。"此乃绝地天通神话之本貌。"帝令重献上天,令黎邛下地。"郭璞注:"献、邛义未详也。"韦昭注《国语·楚语下》"重寔上天、黎寔下地"云:"言重能举上天,黎能抑下地。"殆本此经"献"、"邛"为说,则"献"、"邛"或即"举"、"抑"之意。重举黎抑,天地远睽,正神话中"绝地天通"之形象描写。"献"有"举"义,易为人知;"邛",意本作"印"。印,卜辞作𠂤,象以手抑人而使之跽,即训抑、训按,后假借为印信字,渐成专用词。后又造一"归"字,以替原有之"印"字,谓之为"抑",许慎云:"按也,从反印。"(见《说文》九上)其实抑、印古本一字。韦昭所见《山海经》,或即作"重献上天,黎印下地"。迨后几经书刻,一讹为"印"、再讹为"邛"(更有作"卬"者),遂茫不可晓矣。至于黎下地生*噎,"处于西极,以行日月星辰之行次"噎殆与《海内经》所记:"生岁十有二"之*"噎鸣"同

为时间之神。天地相去不远,处于混沌状态时,固无时间观念;天地睽隔远离,乃有时间观念产生,此时间之神之所由生也。是"绝地天通"神话,乃古来相传之又一开天辟地神话。《庄子·应帝王》所记之倏、忽凿浑沌,当是此一神话之寓言化。

结匈国 《山海经·海外南经》:"结匈国在其(灭蒙鸟)西南,其为人结匈。"郭璞注:"臆前胅出,如人结喉也。"又《淮南子·墬形训》有*结胸民,即此。

结胸民 《淮南子·墬形训》:"凡海外三十六国……自西南至东南方……(有)结胸民。"参见"结匈国"(253页)。

𩴗 《山海经·北次三经》:"归山……有兽焉,其状如麢羊而四角,马尾而有距,其名曰𩴗,善还,其鸣自讪(叫)。"郭璞注:"还音旋(原无'音'字,据郝懿行说补),旋,舞也。"

𩴗

骄虫 《山海经·中次六经》:"平逢之山……有神焉,其状如人而二首,名曰骄虫,是为螫虫,实为蜂蜜之庐。"郭璞注:"言群蜂之所舍集;蜜亦蜂名('亦'原作'赤',据王念孙、郝懿行校改)。"郝懿行云:"蜂凡数种,作蜜者即呼蜜蜂,故曰蜜亦蜂名。"

骄虫

骆明 黄帝子。*鲧父。《山海经·海内经》:"黄帝生骆明,骆明生白马,白马是为鲧。"

骇鸡犀 亦名"通天犀"。骇鸡一作鸡骇。晋葛洪《抱朴子·登涉》:"通天犀,角有一赤理如

缄,自本彻末。以角盛米置群鸡中,鸡欲啄之。未至数寸,即惊却退。故南人或名通天犀为骇鸡犀。"又云:"得真通天犀角三寸以上,刻以为鱼,而衔之以入水,水常为人开,方三尺。"《楚辞·九叹·怨思》云:"淹芳芷于腐井兮,弃鸡骇于筐簏。"王逸注:"鸡骇,文犀也。"即此。明田艺蘅《留青日札》卷二九"复通犀"条引《草木子》云:"犀之通天者必恶影,常饮浊水。角之理,形似百物。犀角通者,是其病角。"参见"辟水犀"(339页)。

駮　《山海经·海外北经》:"北海内……有兽焉,其名曰駮,状如白马,锯牙,食虎豹。"《西次四经》云:"中曲之山……有兽焉,其状如马,而白身黑尾,一角,虎牙爪,音如鼓音,其名曰駮,是食虎豹,可以御兵。"较《海外北经》

駮

所记为详。而《管子·小问》云:"桓公乘马,虎望见之而伏。桓公问管仲曰:'今者寡人乘马,虎望见寡人而不敢行,其故何也?'管仲对曰:'意者君乘駮马而洀(古盘字)桓,迎日而驰乎?'公曰:'然。'管仲对曰:'此駮象也。駮食虎豹,故虎疑焉。'"则已演为故事。《周书·王会》云:"义渠以兹白,兹白者,若白马,锯牙,食虎豹。"孔晁注:"义渠,西戎国;兹白,一名駮。"是关于駮之神话,由来已早。

駮牛山　《汉唐地理书钞》辑《大魏诸州记》:"颁(沘)阳县东八十里有駮牛山,山下有泉,(百)泉竞发。有一神牛,駮身,自山而下,饮泉竭,故山得名。"北魏郦道元《水经注·㶟水》引《魏土地记》云:"沘阳城东八十里,有牧牛山。下有九十九泉。即滄河之上源也。……耆旧云,山下亦有百泉竞发,有一神牛駮身,自山而降,下饮泉竭,故山得其名。今山下导九十九泉,积以成川。"駮牛饮泉而竭其一,故百泉而余九十九,则山之名应为駮牛山,作牧牛山者当字形之缺坏或字音之讹。

柔仆民　《山海经·大荒东经》:"有柔仆民,是维嬴土之国。"郭璞注:"嬴犹沃衍也,音盈。"按据郭注,则柔仆民犹*沃民、*巫载民之类。

柔利民　《淮南子·墬形训》:"凡海外三十六国……自东北至西北方,有……柔利民。"参见"柔利国"。

柔利国　《山海经·海外北经》:"柔利国在一目东,为人一手一足,反膝曲足居上。一云留利之国,人足反折。"按《大荒北经》云:"有牛黎之国。有人无骨,儋耳之子。"即柔利国。牛黎、柔利音皆相近。此经又云:"有无继民。无继民(二"无继"原均作"继无",从王念孙、郝懿行校改)任姓,无骨子,食气、鱼。""无骨子"者,即柔利国人之子。《淮南子·墬形训》有柔利民,亦谓此。参见"无启国"(49页)。

柔利国

费仲　纣臣。《晏子春秋·内篇谏上》:"殷之衰也,有费仲、恶来,足走千里,手裂兕虎。"《史记·周本纪》:"纣乃囚西伯于羑里。闳夭之徒患之,乃求有莘氏美女、骊戎之文马,有熊九驷,他奇怪物,因殷嬖臣费仲而献之纣。纣大说……乃赦西伯。"参见"恶来"(257页)。

费昌　《史记·秦本纪》:"大费(伯益)生子二人,一曰大廉,实鸟俗氏;二曰若木,实费氏。其玄孙曰费昌,子孙或在中国,或在夷狄。费昌当夏桀之时,去夏归商,为汤御,以败桀于鸣条。"

费费 《周书·王会》:"州靡费费,其形人身反踵,自笑,笑则上唇翕其目,食人,北方谓之吐喽。"孔晁注:"州靡,北狄也;费费曰枭羊,好立,前足指长。"按*枭羊即枭阳,盖亦*山獚之类。参见"枭阳国"(200页)。

费长房 《后汉书·方术列传》略云:费长房,汝南人,为市掾,随卖药翁壶公入山修道,未成。长房辞归,翁与一竹杖,曰:"骑此则自至矣。"又为作一符,曰:"以此主地上百鬼。"长房乘杖,须臾来归。遂能医疗众病,鞭笞百鬼,及驱遣社公。或一日之间,人见其在千里之外数处焉。后失其符,为众鬼所杀。又晋葛洪《神仙传》卷五云:"房有神术,能缩地脉,千里存在目前宛然,放之复舒如旧。"此"一日之间,人见其在千里之外数处"之由也。

十 画

〔一〕

耕父 《山海经·中次十一经》:"丰山……神耕父处之,常游清泠之渊,出入有光,见则

耕父

其国为败。"按刘昭注《后汉书·郡国志》引《文选·南都赋》注云:"耕父,旱鬼也。"注《礼仪志》引《文选·东京赋》注亦云:"耕父,旱鬼也。"今《文选》此二注并无之。

耽耳 《淮南子·墬形训》:"夸父、耽耳在其北方。"高诱注:"耽耳,耳垂在肩上。"按耽耳即儋耳、聂耳。参见"儋耳国"(353页)、"聂耳国"(256页)。

耆童 即"老童"(121页)。

真真 见"画中人"(185页)。

鸹鸐 《山海经·北次

耆童

三经》:"小侯之山……有鸟焉,其状如乌而白文,名曰鸹鸐,食之不灂。"郭璞注:"不瞧目也;或作瞯,音醮。"郝懿行云:"瞯音醮,《玉篇》云:'目冥也。'"

顾菟 谓蟾蜍。《楚辞·天问》:"夜光何德,死则又育?厥利维何,而顾菟在腹?"王逸注:"言月中有菟,何所贪利,居月之腹而顾望乎。菟一作兔。"按王逸以来,诸家咸以"顾望之兔"释顾菟,非。闻一多《天问·释天》谓顾兔即蟾蜍,举有十一证,其说为确。参见"月精"(73页)。

都广野 《山海经·海内经》:"西南黑水之间,有都广之野,后稷葬焉。其城方三百里,盖天地之中,素女所出也('其城方三百里'以下十六字原系注文,毕沅、郝懿行以为系经文误入,又'天地'原作'天下',亦从郝校补改)。爰有膏菽、膏稻、膏黍、膏稷,百谷自生,冬夏播琴。鸾鸟自歌,凤鸟自儛,灵寿实华,草木所聚。爰有百兽,相群爰处。此草也,冬夏不死。"毕沅云:"播琴,播种也。《水经注·汝水》云,楚人谓冢为琴(岑),冢、种声相近也。"都广野,盖亦沃野之属。

聂耳国 《山海经·海外北经》:"聂耳之国在无肠国东,使两文虎,为人两手聂其耳。县(悬)居海水中,及水所出入奇物。两虎在其东。"《大荒北经》云:"有儋耳之国,任姓,

聂耳国

禺號子,食穀。"即此聶耳國。《淮南子·墬形训》无聶耳國,而有"夸父、耽耳在其北方"之说,是耽耳即儋耳,亦即此经聶耳。《大荒北经》云其为"禺號子"。郭注"聶耳國"云:"言耳长,行则以手聶持之也。"又唐李冗《独异志》卷上云:"《山海经》有大耳国,其人寝,常以一耳为席,一耳为衾。"

素女 《山海经·海内经》:"西南黑水之间,有都广之野,后稷葬焉。其城方三百里,盖天地之中,素女所出也('其城方三百里'以下十六字原系注文,毕沅、郝懿行以为系经文误入注者,又'天地'原作'天下',亦从郝懿行说改)。"素女者,《世本·作篇》(清秦嘉谟辑补本)云:"庖牺氏作瑟……五十弦。黄帝使素女鼓瑟,哀不自胜,乃破为二十五弦。"盖黄帝之侍女。瑟一作琴。《说郛》(百二十卷本)辑宋虞汝明《古琴疏》云:"素女播都广之琴,温风冬飘,素雪夏寒,鸾鸟自鸣,凤鸟自舞,灵寿自花。"经文"都广之野",王念孙校云:"《张衡传》注作广都,《御览·百谷一》作都广,《木部八》作广都,《类聚·地部》作都广,《百谷部》作广都,《鸟部上》同。"据此,知广都、都广实谓一地。明杨慎《山海经补注》云:"黑水广都,今之成都也。"衡以地望,庶几近之。晋常璩《华阳国志·蜀志》云:"广都县,郡西三十里,元朔二年置。"明曹学佺《蜀中名胜记》谓在今成都附近双流县境。并谓"青城山有玉女洞,亦曰素女。"杨慎亦云:"素女在青城天谷,今名玉女洞。"亦可存以俟考。参见"都广野"(256页)、"玉女洞"(97页)。

素娥 谓嫦娥。《文选·月赋》:"集素娥于后庭。"李周翰注:"常娥窃药奔月,月色白,故云素娥。"又唐李商隐《霜月》诗:"青女素娥俱耐冷,月中霜里斗婵娟。"正以素娥为嫦娥。详"嫦娥"(348页)。

青女素娥　清吴友如木刻

恶来 纣臣。*飞廉子。《史记·秦本纪》:"蜚廉生恶来。恶来有力,蜚廉善走,父子俱以材力事殷纣。周武王之伐纣,并杀恶来。"按《尸子》卷下云:"武王亲射恶来之口,亲斫殷纣之头。"此即所谓"并杀"。又云:"飞廉、恶来,力角犀兕,勇搏熊虎。"此即所谓"材力"。

晋书 书名。唐房玄龄、褚遂良等奉敕选编。一百三十卷。其中本纪十,志二十,列传七十,载记三十。《天文志》中,亦偶有神话资料;《李特载记》所记廪君神话后段,亦为近世所辑《世本》、《风俗通》诸书所不载。

晋祠圣母 《古今图书集成·职方典》卷三〇六:"俗传太原晋祠圣母姓柳氏,金胜村人,姑性严,汲水甚难。道遇白衣乘马,欲水饮马,柳不吝与之。乘马者授之以鞭,令置之瓮底,曰:'抽鞭则水自生。'柳归母家,其姑误抽鞭,水遂奔流不可止。急呼柳至,坐于瓮上,水乃安流。今圣母之座即瓮口也。"

荼首 即"茶首"(221页)。

莫邪 *干将妻。亦为剑名。《吴地记》(《古今逸史》本):"匠门又名干将门。吴王使干将于此铸剑,材五山之精,合五精之英,使童女三百人祭炉神。鼓橐,金银不销,铁汁不

下。其妻莫邪曰：'铁汁不下，宁有计？'干将曰：'先师欧冶铸之，颖不销，亲铄耳。以然

莫邪、干将　清刊本《历代神仙通鉴》

成物吾何难哉！可女人聘炉神，当得之。'莫邪闻语，投入炉中，铁汁遂出。成二剑，雄号干将，作龟文；雌号莫邪，鳗文。余铸得三千，并号作龟文剑。干将进雄剑于吴王而藏雌剑，时时悲鸣忆其雄也。"据此所写，则莫邪献身祭炉而成剑。

莫干山　明陈仁锡《潜确类书》卷二〇："莫干山，在（湖州）府城西，吴王铸剑于此。"按莫干山，相传为干将、莫邪铸剑之所，并由此得名。

振履堆　《太平御览》卷五六引《安定图经》："振履堆者，故老云，夸父逐日，振履于此，故名之。"参见"夸父"(123页)。

捣衣山　《述异记》卷上："捣衣山，一名灵山，在琅琊郡。山南绝险岩有方石，昔有神女于此捣衣，其石明莹，谓之玉女捣练碪。"

捣药鸟　明董斯张《广博物志》卷四八："葛仙公尝于西峰石壁上石臼中捣药，因遗一粟许，有飞禽遇而食之，遂得不死。至今夜静月白风清之时，其禽犹作丁当杵臼之声，名之曰捣药鸟。"又清陈元龙《格致镜原》卷八一引《九华山志》云："捣药鸟形罕见，春夏之间，独鸣于深岩幽谷之中，啼曰克丁当，宛如杵臼敲戛之声，清亮可听。"

壶公　晋葛洪《神仙传》卷五略云：壶公，不知其姓名。费长房为市掾，忽见公从远方来，入肆卖药，人莫识之。卖药口不二价，治病皆愈。常悬一空壶于屋上，日入之后，公跳入壶中，人莫能见，惟长房楼上见之，知非常人也。长房乃自扫公座前地及供馔物，公受而不辞。如此积久，公知长房笃信，谓房曰："至暮无人时更来。"长房如其言往，公语房曰："见我跳入壶中时，即便效我跳。"长房依言，果不觉已入。惟见仙宫世界，楼台重门阁道，公左右侍者数十人。公语房曰："我仙人也，勿语人。"公后诣长房于楼上，曰："我有少酒，相就饮。"长房使人取之，不能举盎。至数十人，莫能得上。乃白公。公乃下，以一指提上，与长房共饮之。酒器如拳许大，饮之至暮不竭。

袁公　《文选·吴都赋》注引《吴越春秋》（亦见今本《吴越春秋·勾践阴谋外传》，此引义较胜）："越有处女，出于南林之中，越王使使聘问以剑戟之事，处女将北见于越王，道逢老翁，自称曰（原作'素'，据今本改）袁公。问处女：'吾闻子善为剑术，愿一观之。'女曰：'妾不敢有所隐，惟公试之。'于是袁公即跳于竹林，槁折堕地。处女即接末，袁公操本以刺处女，女应节入，三入，因举枝击之。袁公即飞上树，化为白猿，遂引去。"参见"越女"(311页)。

袁何　汉袁康《越绝书·计倪内经》："太皞治东方，袁何佐之，使主木。"按郝懿行注《山海经·海外东经》"东方句芒"引此云："疑袁何即句芒之异名也。"参见"句芒"(107页)。

袁根入赤城 袁根,谓袁相、根硕也。《搜神后记》卷上:"会稽剡县民袁相、根硕二人猎,经深山重岭甚多。见一群山羊六七头,逐之,经一石桥,甚狭而峻。羊去,根等亦随。渡一绝崖,崖正赤,壁立,名曰赤城。上有水流下,广狭如匹布,剡人谓之瀑布。路径有山穴如门,豁然而过。既入,内甚平敞,草木皆香。有一小屋,二女子住其中,年皆十五六,容色甚美。……见二人至,忻然云:'早望汝来。'遂为室家。忽二女出行,云:'复有得婿者,往庆之。'曳履于绝岩之上,行琅然。二人思归,潜去归路。二女追还,已知,乃谓曰:'自可去。'乃以一腕囊与根等,语曰:'慎勿开也。'于是乃归。后出行,家人开视其囊,囊如莲花,一重去,一重复至,五盖中有小青鸟飞去。根、远(袁)知此,怅然而已。后根于田中耕,家依常饷之,见在田中不动,就视,但有壳,乃蝉蜕也。"盖*刘阮入天台之异闻。

砥柱 北魏郦道元《水经注·河水》:"砥柱,山名也。昔禹治洪水,山陵当水者凿之,故破山以通河。河水分流,包山而过,山见水中,若柱然,故曰砥柱也。三穿既决,水流疏分,指状表目,亦谓之三门矣。"按三门山亦称*三门峡。

破镜 ❶《太平御览》卷七一七引《神异经》(今本无):"昔有夫妇将别,破镜,人执半以为信。其妻与人通,其镜化鹊,飞至夫前,其夫乃知之。后人因铸镜为鹊安背上,自此始也。"❷恶兽名。亦称"獍"。《汉书·郊祀志上》:"祠黄帝用一枭、破镜。"孟康注:"破镜,兽名,食父。黄帝欲绝其类,使百吏祠皆用之。"参见*枭獍(200页)。

破山剑 《太平广记》卷二三二"破山剑"条引《广异记》:"近世有士人,耕地得剑,磨洗诣市。有胡人求买,初还一千,累上至百贯,士人不可。胡随至其家,爱玩不舍,遂至百万。已克明日持直取剑。会夜佳月,士人与其妻持剑共视,笑云:'此亦何堪,至是贵价!'庭中有捣帛石,以剑指之,石即中断。及明,胡载钱至。取剑视之,叹曰:'剑光已尽,何得如此!'不复买。士人诘之。胡曰:'此是破山剑,惟可一用,吾欲持之以破宝山,今光铓顿尽,疑有所触。'士人夫妻悔恨,向胡说其事,胡以十千买之而去。"

破斧之歌 乐名。孔甲作。《吕氏春秋·音初》:"夏后氏孔甲,田于东阳萸山,天大风晦盲,孔甲迷惑,入于民室。主人方乳。或曰:'后来,见良日也,之子是必大吉。'或曰:'不胜也,之子是必有殃。'后乃取其子以归,曰:'以为余子,谁敢殃之?'子长成人,幕动,坼橑,斧斫斩其足,遂为守门者。孔甲:'呜呼有疾,命矣夫!'乃作为《破斧之歌》,实始为东音。"

珠丘 舜墓名。晋王嘉《拾遗记》卷一:"舜葬苍梧之野,有鸟如雀,自丹州而来,吐五色之气,氤氲如云,名曰凭霄雀,能群飞衔土成丘坟。此鸟能反形变色,……常游丹海之际,时来苍梧之野,衔青砂珠,积成垒阜,名曰珠丘。"参见*斑竹(308页)。

珠树 《山海经·海内西经》:"(昆仑)开明北有视肉、珠树。"《淮南子·墬形训》云:"增城九重,珠树在其西。"《列子·汤问》云:"珠玕之树皆丛生。"亦此之类。盖生长珠玉之树。

珠崖 五代蜀杜光庭《录异记》卷七:"火星之精,坠于南海中为大珠,径尺余,时出海上,光照数百里,红气亘天。今名其地为珠池,亦名珠崖,后有时出焉。"颜师古注《汉书·地理志》引应劭曰:"郡在大海中崖岸之间,出真珠,故曰珠崖。""火星之精"云云,乃神话之附会。

珠鳖鱼 《山海经·东次二经》:"葛山之首,无草木。澧水出焉，东流注于余泽，其中多珠鳖鱼。其状如肺而四目（'四目'原作'有目'，从王念孙、郝懿行校改），六足有珠，其味酸甘，食之无疠。"郭璞注："无时气病也。《吕氏春秋(本味)》曰：'澧水之鱼，名曰朱鳖，六足有珠，鱼之美也。'"

珠鳖鱼

盐水 即"夷水"。《世本·氏姓篇》（清秦嘉谟辑补本）："廪君乃乘土船从夷水至盐阳，盐水有神女谓廪君曰：'此地广大，鱼盐所出，愿留共居。'廪君不许。"《水经注·夷水》云："盐水，即夷水也。"参见"廪君"（363页）。

盐神 谓盐水神女。见"廪君"（363页）。

盐长国 《山海经·海内经》："有盐长之国。有人焉鸟首，名曰鸟氏。"

盐宗庙 见"宿沙"（297页）。

桐柏 《书·禹贡》："导淮自桐柏。"《太平广记》卷四六七"李汤"条引《戎幕闲谈》："禹理水，三至桐柏山。"

桂林八树 《山海经·海内南经》："桂林八树在番隅东。"郭璞注："八树而成林，言其大也（'言'原作'信'，从宋本、毛扆本改）。"按经文"番隅"，《初学记》卷八引作"番禺"。

桥山 黄帝葬所。《古小说钩沈》辑《列异传》："黄帝葬桥山，山崩无尸，惟剑舄存。"又南朝梁陶弘景《真诰·稽神枢第四》："轩辕自采首山之铜以铸鼎，虎豹百禽为之视火参炉。鼎成而轩辕疾崩，葬桥山。五百年后山崩，空室无尸，惟宝剑赤舄在耳，一旦又失所在也。"此乃黄帝仙话之又一分枝："山崩无尸"者，乃道家方士之所谓"尸解"，与"鼎湖乘龙升天不同。

桥车 亦作"跻车"。《阚骃十三州志》（清张澍辑）："昔禹治洪水既毕，乃乘桥车到钟山，祠上帝于北阿，归大功于九天也。"《史记·夏本纪》云："禹……山行乘樏。"集解引徐广曰："樏一作桥，音丘遥反。"又引如淳曰："樏，谓以铁如锥头，长半寸，施之履下，以上山不蹉跌也。"据所写，桥车（樏车）当即今之钉鞋。

格致镜原 书名。清陈元龙撰。一百卷。分三十类。内容皆为博识之学。其《凡例》云："每纪一物，必究其原委，详其名号，疏其体类，考其制作，以资实用。"恒有神话传说资料，存于所引僻笈佚文中。

格萨尔王 藏族长篇史诗《格萨尔王传》略云：格萨尔王本上界白梵天王三子中之幼子。时下界妖魔横行，残害百姓，观音菩萨商之于王，议派天神下凡，降伏妖魔。王之幼子与二兄谋，毅然肩此重任。遂降生为一部落小酋长所弃妇之子。缘格萨尔王尚在母腹时，即为叔父所逸，被驱逐于山野。自孩提至少年，几无时不在贫穷艰困中，恒掘地鼠、猎野兽以为食。年十五与珠毛结婚，婚后乃借神力称王，为格萨尔王，是为黑头人之君长。称王之次年，即开始南征北讨，始降妖魔，继伏十八大宗，七中宗，四小宗。中经地狱救妻，末复入地狱救母。所历战争，或大军对阵，互相冲杀；或独用计谋，制胜敌人。又恒变化无穷。至众敌俱摧，民害悉除，终乃安置三界，归还天国。按此长篇史诗为十一世纪以来，在藏族民间陆续创作而成。藏文本多达数十部，约百万余行。除藏族地区外，蒙古族、土族等地区亦广为流传。为至今所知世界第一长诗。

桃林 《山海经·中次六经》："（夸父之山）其北有林焉，名曰桃林，是广员三百里，其中多马。"按桃林，毕沅以为即"邓林，为"夸父追日、弃其杖所化者。《书·武成》："放牛于桃林之野。"《史记·赵世家》："造父取桃林盗骊、骅骝、绿耳，献之穆王。"即此。

桃符 南朝梁宗懔《荆楚岁时记》："正月一日……帖画鸡户上，悬苇索于其上，插桃符其傍，百鬼畏之。"宋陈元靓《岁时广记》卷五"写桃版"条引《皇朝岁时杂记》云："桃符之制，以薄木版长二三尺，大四五寸，上画神像狻猊白泽之属，下书左郁垒右神荼，或写春词，或书祝祷之语，岁旦则更之。王介甫诗云：'总把新桃换旧符。'东坡诗云：'退闲拟学旧桃符。'"参见"神荼郁垒"(250页)。

桃棓 棓，即棒。《淮南子·诠言训》："羿死于桃棓。"高诱注："棓，大杖，以桃木为之，由是以来鬼畏桃也。"《说山训》云："羿死桃部，不给射。"桃部即桃棓。参见"羿"(250页)。

桃都山 《古小说钩沈》辑《玄中记》："东南有桃都山，上有大树，名曰桃都。"《玉函山房辑佚书》辑《河图括地图》云："桃都山有大桃树，盘屈三千里。"则是山以有大桃树而得名桃都。山一名度朔。

秦仲 《艺文类聚》卷九〇引《史记》："秦仲知百鸟之音，与之语，皆应焉。"秦仲见《史记·秦本纪》，而无"知鸟音"之文。

秦青 见"薛谭"(360页)。

秦吉了 即"情急了"(297页)。

秦胡充 充一作克。《太平御览》卷三七八引《博物志》(今本无)："昔秦胡充一举渡海，与齐鲁交战，伤折板齿，"方圆三尺"。

秦洪海 *巨灵名。唐道世《法苑珠林》卷五二："雍州鄠县南系头山者，其山本舟人系船其顶，故以名焉。昔太一未分，山连太行、王屋、白鹿，河水停于此川，故号山海。及巨灵大人秦洪海者，患水浩荡，以左掌托太华，右脚蹋中条，太一为之裂，河通山海出，遂高显。"按今本原文"系头山"作"系头山寺"，"秦洪海"作"秦供海"，讹，据《天中记》卷八引改。

秦军胡帅 *门神之又一称。

秦淮古镜 《太平广记》卷二三二"浙右渔人"条引《松窗录》："李德裕，长庆中，廉问浙右。会有渔人于秦淮垂机网下深处，忽觉力重，异于常时，及敛就水次，卒不获一鳞，但得古铜镜，可尺余，光浮于波际。渔人取视之，历历尽见五脏六腑，血萦脉动，竦骇气魄，因腕战而坠。渔人偶话于旁舍，遂闻之于德裕。尽周岁，万计穷索水底，终不复得。"按同书卷二三一"渔人"条引《原化记》略云，苏州太湖入松江口，有渔人十余，下网取鱼，得一镜，才七八寸，照形悉见筋骨脏腑，溃然可恶。即以镜投之水中，相与归家，亦为其类。

泰豆 亦名"大豆"。*造父之师。《吕氏春秋·听言》："造父始习于大豆。"《列子·汤问》："造父之师曰泰豆氏。造父之始从习御也，执礼甚卑，泰豆三年不告。造父执礼愈谨，乃告之曰：'古诗言：良弓之子，必先为箕；良冶之子，必先为裘。汝先观吾趣，趣如吾，然后六辔可持，六马可御。'造父曰：'惟命所从。'泰豆乃立木为涂，仅可容足，计步而置，履之而行，趋走往还，无跌失也。造父学之，三日尽其巧。泰豆叹曰：'子何其敏也，得之捷乎！凡所御者，亦如此也。曩汝之行，得于足，应于心。推于御也，齐辑乎辔衔之际，而急缓乎唇吻之和，正度乎胸臆之中，而执节乎掌握之间。内得于心，而外合于马志，是故能进退履绳而旋曲中规矩，取道致远而气力有余，诚得其术也！'"

泰阿 剑名。一作"太阿"。汉袁康《越绝书·外传记宝剑》："楚王闻之，引泰阿之剑，登城而麾。"按《楚辞·七谏》云："遥弃太阿。"

即泰阿。《汉书·梅福传》云:"倒持泰阿,授楚其柄。"谓授人以权而反受其害。参见"风胡子论剑"(76页)。

泰皇 《史记·秦始皇本纪》:"古有天皇,有地皇,有泰皇;泰皇最贵。"索隐:"天皇、地皇之下即云泰皇,当人皇也。"按索隐以泰皇为人皇,非。泰皇之义,当更近于*太帝、太一(古泰、太字通),为天神之最贵者。

泰逢 《山海经·中次三经》:"和山……吉神泰逢司之。其状如人而虎尾(郭璞注:或作雀尾),是好居于萯山之阳,出入有光。泰逢神动天地气也。"郭璞注:"言其有灵爽能兴云雨也。夏后孔甲田于萯山之下,天大风晦冥,孔甲迷惑,入于民室"也。见《吕氏春秋·音初》也。"据此,则此神能为吉亦能为凶。参见"喜神"(306页)。

泰逢

泰颠 即"太颠"(51页)。

泰室山 泰一作太。《山海经·中次七经》:"泰室之山,其上有木焉,叶状如梨而赤理,其名曰栯木,服者不妒。有草焉,其状如苍,白华黑实,泽如蘡薁,其名曰䔄草,服之不眛(原作"眯",据王念孙校改)。"郭璞注:"即中岳嵩高山也,今在阳城县西。……启母化为石而生启,在此山,见《淮南子》。"按泰室山即太室山,古径称嵩山为太室山,今惟指其东峰,其西峰则称*少室山。

蚕女 《太平广记》卷四七九"蚕女"条引《原化传拾遗》略云:蚕女者,当高辛帝时,蜀地无官长,无所统摄。其人聚族而居,递相侵噬。其父为人所掠(掠),去已逾年,惟所乘之马犹在。女念父痛绝,母因誓于众曰:"有得父还者,以此女嫁之。"部下之人,无能致

蚕女 明刊本《三教搜神大全》

父归者,马闻其言,绝拘绊而去。数日,父乃乘马归。母以誓众之言告之。父曰:"安有人而偶非类乎?"马跑,父怒,射杀之,曝其皮于庭。女行过其侧,马皮蹶然而起,卷女飞去。旬日,皮复栖于桑树之上,女化为蚕,吐丝衣被于人间。父母念之。忽见蚕女乘流云,驾此马,侍卫数十人,自天而下,谓父母曰:"太上以我心不忘义,授以九宫仙嫔之任,长生于天矣。"按此为*蚕马神话之一异说。参见"马头娘"(32页)。

蚕马 晋干宝《搜神记》卷十四略云:旧说太古之时,有大人远征,家惟一女,牡马一匹。女思念其父,戏马曰:"尔能为我迎得父还,吾将嫁汝。"马乃绝缰而去,径至父所。父亟乘以归。为畜生有非常之情,故厚加刍养。马不肯食,每见女出入,辄喜怒奋击。父怪问女,女具以告。父于是伏弩射杀之,暴皮于庭。父行,女与邻女于皮所戏,马皮蹶然而起,卷女以行。后经数日,得大树枝间,女及马皮尽化为蚕,而绩于树上。因名其树曰桑,桑者,丧也。按《山海经·海外北经》云:"欧丝之野,在反踵东,一女子跪据树欧丝。"此当即蚕马神话之雏型。女即蚕矣,而

未言马。《荀子·赋篇》："此夫身女好而头马首。"则已有蚕马形象，而故事阙如。至《搜神记》其说始完整。

蚕丛 古蜀王名。《汉唐地理书钞》辑《蜀王本纪》："蜀王之先名蚕丛……是时人萌（民）椎髻左衽，不晓文字，未有礼乐。"前蜀冯鉴《续事始》引《仙传拾遗》云："蚕丛氏自立王蜀，教人蚕桑，作金蚕数千头，每岁之首，出金头蚕，以给民一蚕，民所养之蚕必繁孳，罢即归蚕于王，(王)巡境内，所止之处，民则成市。"是蚕丛者，实亦蜀古之蚕神。

蚕市 宋黄休复《茆亭客话》卷九："蜀有蚕市，每年正月至三月，州城及属县，循环一十五处。耆旧相传，有蚕丛氏为蜀主，民无定居，随蚕丛所在致市居，此之遗风也。"参见"蚕丛"。

蚕神 ❶清马骕《绎史》卷五引《黄帝内传》："黄帝斩蚩尤，蚕神献丝，乃称织维之功。" ❷《太平御览》卷八二五引《齐谐记》："正月半，有神降陈氏之宅，云：'我是蚕神，能见祭，当令蚕百倍。'今人正月半作糕糜，象此也。"按亦见南朝梁吴均《续齐谐记》，谓此蚕神降吴县张成宅，教张成作白糕粥于正月半祭之。

蚕墓 明曹学佺《蜀中广记》卷六〇引《寰宇记》："成都圣寿寺有青衣神，即蚕丛氏也。相传蚕丛氏教人养蚕，时家给一蚕。后聚而弗给，瘗之江上，为蚕墓。"

蚕女庙 清同治十三年(1874)修《德阳县志》卷二三："蚕女庙，县西四十里通江镇水浒，列朝屡建，屡圮于水，至今仅一小丛祠焉。"同书卷三六："蚕女墓，县西二十里石亭寺侧，今为水所啮，仅存祠宇。"

夏台 狱名。《史记·夏本纪》："桀……召汤而囚之夏台。"索隐："狱名，夏曰钧台。"北魏郦道元《水经注·荡水》："《广雅》：'牖，狱犴也。'夏曰夏台，殷曰羑(牖)里，周曰囹圄，皆圜土。"

夏启 即"启"(176页)。

夏禹 即"禹"。《史记·夏本纪》："夏禹，名曰文命。"

夏桀 即"桀"。《楚辞·离骚》："夏桀之常违兮，乃遂焉而逢殃。"王逸注："言夏桀上背于天道，下逆于人理，乃遂以逢殃咎，终为殷汤所诛灭。"

夏后开 即"启"(176页)。

夏后启 即"启"(176页)。

夏禹台 《阆骃十三州志》(清张澍辑)："夏禹台，在夏县西北十五里。其地禹娶涂山氏女，思恋本国，筑台以望。今城南门，台基犹存。夏静与洛下人书云，安邑涂山氏台，谓之青台，上有禹祠。"按夏县夏禹台即"安邑青台。

夏耕尸 《山海经·大荒西经》："有人无首，操戈盾立，名曰夏耕之尸。故成汤伐夏桀于章山，克之，斩耕厥前。耕既立，无首，走厥咎(郭璞注：逃避罪也)，乃降于巫山。"郭璞注："亦形天(刑天)尸之类。"按夏耕之尸，"无首"而"操戈盾立"，形若"刑天"；然一则逃避罪咎，一则"猛志固常在"(陶潜《读山海经》)，其实相去甚远，故不得曰"亦形天尸之类"。此段神话，当表现出成汤亦为具神性之英雄人物。参见"汤"(142页)。

夏得海 清梁章钜《归田琐记》卷三"夏得海"条："泉州洛阳桥畔，有夏将军庙。俗传蔡忠惠守泉时，因修桥，遣醉隶夏得海入海投文，得醋字而返，遂于二十一日酉时兴工。儒者多斥其妄。按洛阳桥托始于忠惠，醉隶事则系蔡锡，见《明史》本传……不必尽虚也。"按"夏得海"者，下得海之谐音。参见"洛阳桥"(242页)。

〔丨〕

晏龙 帝俊子。《山海经·海内经》："帝俊生晏龙,晏龙是为琴瑟。"《大荒东经》云："帝俊生晏龙,晏龙生司幽。"宋虞汝明《古琴疏》云:"晏龙者,帝俊之子也,有良琴六:一曰菌首,二曰义辅,三曰蓬明,四曰白民,五曰简开,六曰垂漆。"此盖后代增饰之说。

峳峳 《山海经·东次二经》:"硹山,南临硹水,东望湖泽。有兽焉,其状如马而羊目、四角牛尾,其音如獆狗,其名曰峳峳,见则其国多狡客。"郭璞注:"狡,狡猾也。"

峳峳

哮天犬 《封神传》第四十七回:"赵公明被三人裹住了。雷震子是上三路,黄天化是中三路,杨戬暗将哮天犬放起,形如白象。怎见得好犬:'仙犬修成号细腰,形如白象势如枭。铜头铁颈难招架,遭遇凶锋骨亦消。'"《董永沉香合集·新出二郎劈山救母全段》云:"妖精回身往外跑,二郎一见着了忙,回手撒开哮天犬,咬在妖精左膀上;咬得妖精把原形现,原来便是斧一张。"此所写之二郎,乃"斧劈桃山"之"杨二郎",哮天犬乃助其收伏"斧子大王"之神犬。旧时灌县二王庙二郎神塑像之旁,亦有蹲犬之铜铸像,云即哮天犬。参见"二郎"(5页)、"杨戬"(157页)、"二郎沟"。

鹍鸠氏 少昊时鸟官名。五鸠之一。《左传·昭公十七年》:"鹍鸠氏,司马也。"注:"鹍鸠,王鸠也,鸷而有别,故为司马,主法制。"王鸠,即鹗。明李时珍《本草纲目》云:"鹗,鹍类也,似鹰而土黄色,深目好峙,雄雌相得,鸷而有别,交则双翔,别则异处。"参见"少

昊之国"(66页)。

鸭人国 清陆次云《八绒荒史》:"鸭人国在海外,人形鹤(鸭)脚。遇雨,一足伫立,一足上竖,展其掌以为盖。"

蚎 《管子·水地》:"涸川之精者,生于蚎。蚎者,一头而两身,其形若蛇,其长八尺,以其名呼之,可以取鱼鳖,此涸川水之精也。"

蚊母鸟 亦名"吐蚊鸟"。唐刘恂《岭表录异》卷中:"蚊母鸟,形如青鹢,嘴大而长,于池塘捕鱼而食。每叫一声,则有蚊蚋飞出其口。俗云采其翎为扇,可避蚊子。亦呼为吐蚊鸟。"按蚊母鸟亦名夜鹰,属鸟类鸣禽类,夏夜恒栖丛草间,张口食蚊,世因误以为吐蚊。

柴山 《太平御览》卷七〇引《盛弘之荆州记》:"新野城北有柴山,山上有清冷(泠)之渊,耕父杨(扬)光之处。"参见"耕父"(256页)。

柴王 见"赵州桥"(223页)。

柴都 井泉名。《古小说钩沈》辑《玄中记》:"东方有柴都焉,在齐国。有山,山上有泉,如井状,深不溅;春夏常雨霰,败五谷。人以柴木塞之,则不出;不塞柴,则出也。故曰柴都焉。"

〔丿〕

般 少昊子。《山海经·海内经》:"少皞(昊)生般,般是始为弓矢。"

桀 《史记·夏本纪》:"夏桀不务德,而武伤百姓,百姓弗堪。乃召汤而囚之夏台,已而释之。汤修德,诸侯皆归汤。汤遂率兵以伐夏桀。桀走鸣条,遂放而死。桀谓人曰:'吾悔不遂杀汤于夏台,使至此!'汤乃践天子位,代夏朝天下。"此夏殷之际情况之大略。而奇闻异说,复有多端。《淮南子·主术训》云:"桀之力制觡伸钩,索铁歙金,椎移大牺,水杀鼋鼍,陆捕熊罴。"汉刘向《新序·刺奢》

云:"桀作瑶台,罢民力,殚民财。"《帝王世纪集校》第三云:"妹喜好闻裂缯之声,为发缯裂之。"汉刘向《列女传·夏桀末喜》云:"桀既弃礼义,淫于妇人,求美女,积之于后宫,收倡优侏儒狎徒能为奇伟戏者,聚之于旁。造烂漫之乐,日夜与末喜及宫女饮酒。为酒池,一鼓而牛饮者三千人,醉而溺死者,末喜笑之以为乐。"汉韩婴《韩诗外传》卷四云:"桀为酒池,关龙逢谏,桀囚而杀之。"《书·汤誓》云:"夏王率遏众力,率割夏邑,有众率怠弗协,曰:'时日曷丧,予及汝皆亡!'"至于桀囚汤于钧泉而又释之,退*伊尹使去夏适汤,等等:皆有以速桀之亡也。而清马骕《绎史》卷十四引《竹书纪年》云:"后桀命扁伐岷山。岷山女于桀二人,曰琬,曰琰。后爱二女无子焉,斫其名于苕华之玉……而弃其元妃于洛,曰妹喜氏。以与伊尹交,遂以夏亡。"则是其命运之最关枢也。《吕氏春秋·简选》云:"殷汤良车七十乘,必死六千人,战于郕,登自鸣条,遂有夏。"桀遂亡。

射工 即"蜮"(344页)。

殷汤 即"汤"。《吕氏春秋·简选》:"殷汤良车七十乘,必死六千人,以戊子战于郕,遂禽移大牺。登自鸣条,乃入巢门,遂有夏。"

脍残 即"王馀鱼"。《事物纪原》卷十:"脍残。越王勾践之保会稽也,方斫鱼为脍,闻有吴兵,弃其馀于江,化而为鱼,犹作脍形,故名脍残,亦曰王馀鱼。"

积石山 其山有二:一曰积石,一曰禹所积石。《山海经·西次三经》云:"积石之山,其下有石门,河水冒以西流。"《海内西经》云:"河水出东北隅,以行其北,西南又入勃海,又出海外,即西而北,入禹所导积石山。"说又见《淮南子·墬形训》。此积石山,方位在西。《海外北经》云:"禹所积石之山在其(博

父国)东,河水所入。"《大荒北经》云:"大荒之中,有山名曰先槛大逢之山,河、济所入,海北注焉。其西有山,名曰禹所积石。"此禹所积石山,方位在北。又《古小说钩沈》辑《玄中记》云:"木子之大者,有积石山之桃实焉,大如十斛笼。"亦为异闻。

留利国 即"柔利国"。《山海经·海外北经》:"留利之国,人足反折。"

造父 ❶周穆王御者。北魏郦道元《水经注·河水》:"湖水出桃林塞之夸父山,广圆三百仞。武王伐纣,天下既定,王巡岳渎,放马华阳,散牛桃林,即此处也。其中多野马,造父于此得骅骝、绿耳、盗骊之乘,以献周穆王,使之驭,以见西王母。"《史记·赵世家》:"造父幸于周缪王。造父取骥之乘匹,与桃林盗骊、骅骝、绿耳,献之缪王。缪王使造父御,西巡狩,见西王母,乐之忘归。而徐偃王反,缪王日驰千里马,攻徐偃王,大破之。乃赐造父以赵城,由此为赵氏。" ❷星名。《晋书·天文志》:"传舍南河中五星,曰造父,御官也,一曰司马,或曰伯乐。"

逄蒙 羿之弟子。亦作"蠭门"。《孟子·离娄下》:"逄蒙学射于羿。尽羿之道,思天下惟羿为愈己,于是杀羿。"赵岐注:"羿,有穷后羿也;逄蒙,羿之家众也。《春秋传》曰,羿将归自田,家众杀之。"赵注乃本《左传·襄公四年》叙有穷后羿事为说,实非。此羿当是神话中尧时射日之羿,非有穷后羿。逄蒙乃羿之弟子,非羿之家众。《孟子》叙此故事,教人"取友必端"之意,逄蒙若是"羿之家众",又何所谓"取友"。且所叙逄蒙杀羿情景,亦只是单人独马,非如"家众杀而烹之"之声势。又,古传常以逄蒙与羿并称。《荀子·王霸》云:"羿、蠭门者,善服射者也。"《淮南子·说林训》云:"百发之中,必有羿、逄蒙之巧。"而《吕氏春秋·听言》云:"蠭门

始习于甘蝇。"《列子·汤问》云:"飞卫学射于甘蝇。"皆为神话传说之纷歧。《世本·作篇》(清王谟辑本)云:"逢蒙作射。"射固不自逢蒙始,言其"作"者,盖誉其射技之高。《列子·仲尼》云:"逢蒙之弟子曰鸿超,怒其妻而怖之。引乌号之弓,綦卫之箭,射其目。矢来注眸子而眶不睫,矢隧地而尘不扬。"弟子如此,其师可见。参见"羿"(250页)。

狴犴 明杨慎《升庵外集》卷九五:"俗传龙生九子⋯⋯四曰狴犴,形似虎,有威力,故立于狱门。"《玉芝堂谈荟》卷三三引《怀麓堂集》云:"狴犴平生好讼,今狱门上狮子头是其遗像。"说略有不同。世因以狴犴为牢狱之称。参见"龙生九子"(102页)。

狸力 《山海经·南次二经》:"柜山⋯⋯有兽焉,其状如豚,有距,其音如狗吠,其名曰狸力,见则其县多土功。"

狸力

狼山 《古今图书集成·山川典》卷九四引《通州志》:"通州之山有五,而狼山为最奇。⋯⋯山之名谓以形似,或谓有白狼据焉。⋯⋯山之高以丈计者五十三,而周回几十倍。昔谓秦皇渡海观日出,有神人鞭石处,即此。"宋刘宰《游狼山记》(见同上书引)云:"山有拇迹鞭痕,皆著石,或云秦始皇履是山且鞭以投海中。"则传说之来亦且远矣。参见"海神竖柱"(277页)。

乘黄 《山海经·海外西经》:"白民之国⋯⋯有乘黄。其状如狐,其背上有角,乘之寿二千岁。"又《周书·王会》云:"白民乘黄。乘黄者,似骐,背有两角。"与此经略异。乘黄又即訾黄。《汉书·礼乐志》云:"訾

乘黄

黄其何不徕下?"应劭注:"訾黄,一名乘黄,龙翼而马身,黄帝乘之而仙。"参见"飞黄"(34页)。

乘鱼桥 《汉唐地理书钞》辑《陆广微吴地记》:"乘鱼桥在交让渎。郡人丁法海与琴高友善,高世不仕,共营东皋之田。时岁大稔,二人共行田畔,忽见一大鲤鱼,长可丈余,一角两足双翼,舞于高田。法海试上鱼背,静然不动,良久遂下。请高登鱼背,乃举翼飞腾,冲天而去。"按*琴高为古仙人,《列仙传》称其为宋康王舍人,入涿水取龙子,乘赤鲤而去。此当是别一琴高。

皋陶 尧臣。当尧之时,皋陶为大理(汉刘向《说苑·君道》),作五刑(《世本》清张澍稡集补注本)。马喙(《淮南子·修务训》)而瘖(《主术训》),状如削皮之瓜,青绿色(《荀子·非相》及注)。皋陶治狱,其罪疑者,令觟䚦触之。"觟䚦者,一角之羊也,性知有罪,有罪则触,无罪则不触。故皋陶敬羊,起坐事之"(汉王充《论衡·是应》)。此即皋陶神话传说之大要。参见"觟䚦"(336页)。

徐福 一作"徐市"。《史记·秦始皇本纪》:"齐人徐市等上书,言海中有三神山,名曰蓬莱、方丈、瀛洲,仙人居之。请得斋戒,与童男女求之。于是遣徐市发童男女数千人入海求仙人。"《太平广记》卷四"徐福"条引《仙传拾遗》略云:徐福字君房。秦始皇时,大宛中多枉死者,数有乌衔草,覆死人面,皆活。鬼谷先生云是祖洲上不死之药草。始皇谓可索得,因遣徐福及童男女各三千人,乘楼船入海,寻祖洲不返,后不知所之。参见"千童城"(28页)。

徐偃王 《荀子·非相》:"徐偃王之状,目可瞻焉("焉"原作"马",据梁启雄《荀子柬释》改,云"焉"乃"颜"之借字,额也)。"《尸子》卷下:"徐偃王有筋而无骨。"此徐偃王之体

貌。同书又云:"徐偃王好怪,没深水而得怪鱼,入深山而得怪兽者,多列于庭。"此徐偃王之癖好。晋张华《博物志·异闻》引《徐偃王志》云:"徐君宫人娠而生卵,以为不祥,弃之水滨。独孤母有犬名鹄苍,猎于水滨,得所弃卵,衔以东归。独孤母以为异,覆煖之,遂蜉成儿。生时正偃,故以为名。徐君宫中闻之,乃更录取。长而仁智,袭徐君国。后鹄苍临死,生角而九尾,实黄龙也。偃王又葬之徐界中,今见狗垄。偃王既袭其国,仁义著闻。欲舟行上国,乃通沟陈蔡之间,得朱弓矢,以己得天瑞,遂因名为号('号'原作'弓',据《水经注·济水》引改),自称徐偃王。江淮诸侯皆从,伏从者三十六国。周王闻,遣使乘驷,一日至楚,使伐之。偃王仁,不忍残害其民,为楚所败,逃走彭城武原县东山下。百姓随之者以万数,遂名其山为徐山。山上立石室,有神灵,民人祈祷,今皆见存。"此徐偃王传说之大要。三国蜀谯周《古史考》云:"徐偃王与楚文王同时,去周穆王远矣。且王者行有周卫,岂闻乱而独长驱日行千里乎?"以知其为传说。

奚仲 ❶帝俊裔。《山海经·海内经》:"帝俊生禺𤥢,禺𤥢生淫梁,淫梁生番禺⋯⋯番禺生奚仲,奚仲生吉光,吉光是始以木为车。"按《世本·作篇》(清王谟辑)云:"奚仲作车。"《管子·形势》云:"奚仲之为车也,方圜曲直,皆中规矩准绳,故机旋相得,用之牢利,成器坚固。"皆言奚仲作车,此云吉光作者,诚如郭璞注所云:"明其父子共创作意,是以互称也。"唐李吉甫《元和郡县志》卷九云:"奚公山在(滕)县东南六十六里,奚仲初造车于此。"北魏郦道元《水经注·泗水》云:"漷水又西南径蕃县故城南,又西径薛县故城北。《地理志》曰:'夏车正奚仲之国也。'⋯⋯城南山上,有奚仲冢。'晋太康地

记》曰:'奚仲冢在城南二十五里山上,百姓谓之神灵也。'" ❷星名。明陈耀文《天中记》卷二:"《观象赋》云:'奚仲托精于津阳。'注:'奚仲四星在天津北,近河傍;太古时造舆者,死而精上为星。水北曰阳,在河北,故曰阳也。'"

奚公山 《太平寰宇记》卷十五:"奚公山在(滕)县东南六十里。阳叶《徐州记》云:'奚仲造车处,山上有轨辙见存。'《后魏书》:'薛县有奚仲庙。'"又云:"奚仲墓在(滕)县东南六十里古清邱村。"参见"奚仲"。

翁仲 北魏郦道元《水经注·河水》:"有物居水中,父老云:'铜翁仲所没处。'⋯⋯按秦始皇二十六年,长狄十二见于临洮,长五丈余,以为善祥。镕金人十二以象之,各重二十四万斤,坐之宫门之前,谓之金狄。⋯⋯汉自阿房徙之未央宫前,俗谓之翁仲矣。"明彭大翼《山堂肆考》云:"翁仲姓阮,身长一丈二尺。秦始皇并天下,使翁仲将兵守临洮,声振匈奴,秦人以为瑞。翁仲死,遂铸铜像置咸阳司马门外。"是亦翁仲传说之异闻。参见"长狄"(78页)。

翁婆墓 见"伏羲女娲"(137页)。

鸽鹉 《山海经·中次六经》:"廆山,其阴多㻬琈之玉。其西有谷焉,名曰蓳谷,其木多柳楮。其中有鸟焉,状如山鸡而长尾,赤如丹火而青喙,名曰鸽鹉,其鸣自呼,服之不眯。"按不眯,谓不厌梦。

𪇺𪂂 《山海经·中次十一经》:"丑阳之山,其上多椆椐。有鸟焉,其状如乌而赤足,名曰𪇺𪂂,可以御火。"

𪇺𪂂

鸱 《山海经·西次三经》:"三危之山⋯⋯有鸟焉,一首而三身,其状如鸮,其名曰鸱。"

鹋

鹋吻 即"蚩尾"(281页)。

息土 谓"息壤。《淮南子·墬形训》:"禹乃以息土填洪水,以为名山。"高诱注:"息土不耗减,掘之益多,故以填洪水。"

息石 "息壤之类。

息壤 《山海经·海内经》:"鲧窃帝之息壤以堙洪水。"郭璞注:"息壤者,言土自长息无限,故可以塞洪水也。《开筮》曰:'滔滔洪水,无所止极,伯鲧乃以息石息壤,以填洪水。'汉元帝时,临淮徐县地踊长五、六里,高二丈,即息壤之类也。"

倕 即"巧倕"。《淮南子·本经训》:"周鼎著倕,使衔其指,以明大巧之不可为也。"高诱注:"倕,尧之巧工也。"

倮国 即"裸国"(338页)。

倍伐 少昊子。《山海经·大荒南经》:"有缗渊,少昊生倍伐,倍伐降处缗渊。"

倾宫旋室 《淮南子·墬形训》:"北门开以内不周之风,倾宫、旋室、县圃、凉风、樊桐在昆仑阊阖之中。"高诱注:"倾宫,宫满一顷;旋室,以旋玉饰室也。一说室旋机关,可转旋,故曰旋室。"按旋室当作琁室,琁音琼,即琼字。《帝王世纪集校》第四云:"纣造倾宫,作琼室、瑶台,饰以美玉。"即此。参见"璇宫"(350页)。

脩 共工子。即"祖神"。汉应劭《风俗通义》卷八:"共工之子曰脩,好远游,舟车所至,足迹所达,靡不穷览,故祀以为祖神。"

脩辟鱼 《山海经·中次六经》:"橐山……橐水出焉,而北流注于河。其中多脩辟之鱼,其状如黾而白喙,其音如鸱,食之已白癣。"郭璞注:"黾,蛙属也。"

钱王射潮 明田汝成《西湖游览志》卷十九:"铁箭巷,相传为钱王射潮之所。"钱王,谓五代吴越王钱镠。明周楫《西湖二集》卷一"吴越王再世索江山"云:"那时江潮极是利害,潮头有数十丈之高,如山一般拥塞将来,海塘屡筑屡坏。钱王大怒,叫三千犀甲兵士,待潮头来时,施放强弩,摇旗擂鼓,呐喊放铳。……又亲自取铁箭以射潮头,果然潮水渐渐退缩,东击西陵,海塘一筑而就。凡今之平地,即昔时之江也,为杭州千古之利。至今有铁箭巷,为钱王射潮之所,仍有大铁箭出于土上,长四五尺,牢不可拔,其大如杵,真神物也。"钱镠裔孙宋初人钱俨《吴越备史》卷一云:武肃(钱镠谥号)以梁开平四年八月"筑捍海塘。……江涛昼夜冲击沙岸,板筑不就。王命强弩五百,以射潮头。又亲筑胥山祠,仍为诗一章,函钥置于海门,曰:'传与龙王并水府,钱塘借取筑钱城。'"则钱王射潮之说实亦有所本。参见"马伏波射潮"(33页)。

铁飞 《太平御览》八一三引《河图》:"赤帝有女讹,铁飞之异。"按"女讹"者,赤帝女学仙,居南阳崿山桑树上,衔柴作巢,或作白鹊或女人,赤帝以火焚其巢而升天之谓也。"铁飞"则未知所指,然当为众目共睹之变怪,神话传说之记录,始标明时代,以著其异。

铁牛庙 明陈仁锡《潜确类书》卷一一二:"陕州有铁牛庙,头在河南,尾在河北,禹以镇河患。"宋苏轼诗:"谁能如铁牛,横身负黄河。"谓此。

铁拐李 即"李铁拐"(156页)。

铁胆肾 晋王嘉《拾遗记》卷十:"昆吾山……

有兽,大如兔,毛色如金,食土下之丹石,深穴地以为窟,亦食铜铁,胆肾皆如铁。其雌者白如银。昔吴国武库之中,兵刃铁器俱被食尽,而封署依然。王令检其库穴,猎得双兔,一白一黄,杀之,开其腹而有铁胆肾,方知兵刃之铁为兔所食。王召其剑工,令铸其胆肾以为剑,一雌一雄,号干将者雄,号镆铘者雌。其剑可以切玉断犀,王深宝之,遂霸其国。后以石匣埋藏。及晋之中兴,夜有紫气冲斗牛。张华使雷焕为丰城县令,掘而得之。华与焕各宝其一。……后华遇害,失剑所在。焕子佩其一剑,过延平津,剑鸣飞入水。及入水寻之,但见双龙缠屈于潭下,目光如电,遂不敢前去矣。"此又宝剑*干将、*莫邪铸造之异闻。

〔、〕

栾 《山海经·大荒南经》:"大荒之中……有云雨之山,有木名曰栾。禹攻云雨,有赤石焉生栾,黄本,赤枝,青叶,群帝焉取药。"郭璞注:"攻谓槎伐其林木。"又注:"言山有精灵,复变生此木于赤石之上。"又注:"言树花实皆为神药。"按经文及注中,当隐括一段神话故事,然其详已不可知。又《海内南经》所记*建木,"其实如栾","栾"即此木。

益 亦名"伯益"、"伯翳"。《孟子·滕文公下》:"当尧之时,天下犹未平,洪水横流,氾滥于天下。尧独忧之,举舜而敷治焉。舜使益掌火,益烈山泽而焚之,禽兽逃匿。禹疏九河,瀹济、漯而注诸海,决汝、汉,排淮、泗而注之江,然后中国可得而食也。"是益与禹同治洪水。《史记·秦本纪》:"秦之先,帝颛顼之苗裔孙曰女脩。女脩织,玄鸟陨卵,女脩吞之,生子大业。大业取少典之子曰女华,女华生大费,与禹平水土。已成,帝赐玄圭。禹受曰:'非予能成,亦大费为辅。'帝舜曰:'咨尔费,赞禹功,其赐尔皁游,尔后嗣将大出。'乃妻之姚姓之玉女。大费拜受,佐舜调驯鸟兽,鸟兽多驯服,是为柏翳。舜赐姓嬴氏。"柏翳即伯益,此亦益与禹共平水土之记载。益毕生宏业,乃在于"调驯鸟兽"。故《汉书·地理志》云:"伯益知禽兽。"《后汉书·蔡邕传》云:"伯益综声于鸟语。"均谓其能驯鸟兽。《孟子》云:"益烈山泽而焚之,禽兽逃匿。"亦驯鸟兽之变文。《书·舜典》云:"帝(舜)曰:'畴若予上下草木鸟兽?'佥曰:'益哉!'帝曰:'俞,咨益,汝作朕虞。'益拜稽首,让于朱、虎、熊、罴。帝曰:'俞,往哉,汝谐。'"舜使益治"上下草木鸟兽"而为之长,益"让于朱、虎、熊、罴",旧注云:"朱、虎、熊、罴,四臣名也。"而清梁玉绳《汉书人表考》卷二云:"江东语豹为朱。"则朱、虎、熊、罴四臣,实豹、虎、熊、罴四兽。而益者,燕也,古文作蒦,燕之象形。此燕者,神话化遂为凤凰,本身即具有百禽长之神格。益为鸟兽之长,故后世民间传言益为"百虫将军",且立庙祀之。又《吕氏春秋·勿躬》云:"后益作占岁。"又云:"伯益作井。"《淮南子·本经训》云:"伯益作井而龙登玄云,神栖昆仑。"高诱注:"伯益佐舜初作井,凿地而求水,龙知将决川谷,漉陂池,恐见害,故登云而去,栖其神于昆仑之山。"有关益之神话,大略如上所述,余则历史传说之片断记述。《淮南子·齐俗训》高诱注云:"尧舜举贤,禹独与子。"《古本竹书纪年辑校订补》云:"益干启位,启杀之。"益与启之争,此为一说。《战国策·燕策一》云:"禹授益而以启为吏。及老,而以启为不足任天下传之益也。启与友党攻益而夺之天下。"此又为一说。《楚辞·天问》云:"启代益作后,卒然离蠥,何启惟忧而能拘是达?皆归射籋而无害厥躬,何后益作革而禹播降?"词晦难晓。郭沫若《屈原赋今译》译之云："夏启代替伯益做了国王，而终于杀死了伯益，从失意的情况中，启为什么又能够转入得意？未行征诛，同受禅让，为何伯益失败，夏禹繁昌？"据此，则以后说较为近正：益之被杀实启干益位而非"益干启位"。汉袁康《越绝书·吴内传》云："夏启献牺于益。启者禹之子，益与禹臣于舜，舜传之禹，荐益而封之百里。禹崩，启立，晓知王事，达于君臣之义。益死之后，启岁善牺牲以祠之。经曰：夏启善牺文圣，此之谓也。"此后世之传言，于启特多饰词；果如所说，亦无非启既杀益而内疚于心，因有此举。

郭支 禹臣。支一作哀。清马骕《绎史》卷十一引《抱朴子》："禹乘二龙，郭支为驭。"又宋罗泌《路史·后纪十二》云："乘龙降之(禹)，乃命范成光、郭哀御以通原。"参见"范成光"(191页)。

阆风 山名。《楚辞·离骚》："朝吾将济于白水兮，登阆风而绁马。"王逸注："阆风，山名，在昆仑之上。"此阆风《淮南子·墬形训》作凉风，云："县圃、凉风、樊桐在昆仑阊阖之中。"又云："昆仑之邱，或上倍之，是谓凉风之山，登之而不死；或上倍之，是谓悬圃(之山)，登之乃灵，能使风雨。"而北魏郦道元《水经注·河水》引《昆仑记》曰："昆仑山三级，二曰玄圃(县圃)，一名阆风。"以"县圃即阆风，则又为异说。

容成 ❶古帝名。《庄子·胠箧》："昔者容成氏、大庭氏、伯皇氏、中央氏、栗陆氏、骊畜氏、轩辕氏、赫胥氏、尊卢氏、祝融氏、伏羲氏、神农氏，当是时也，民结绳而用之。甘其食，美其服，乐其俗，安其居，邻国相望，鸡犬之声相闻，民至老死而不相往来。"释文："此十二氏皆古帝王。"《淮南子·本经训》云："昔容成氏之时，道路雁行列处，托婴儿于巢上，置余粮于畮首，虎豹可尾，虺蛇可蹍，而不知其所由然。"❷黄帝臣。《世本·作篇》(清张澍稡集补注本)："容成作调历。"宋衷注："容成，黄帝之臣。"《列仙传》卷上："容成公者自称黄帝师，见于周穆王，能善辅导之事。"

拳扠井 《成都县志》(清嘉庆十八年修)卷一："拳扠井，在县西北，相传五丁尝于此为角觝戏，渴甚，以拳击地，泉水涌出。今久废。"《北梦琐言逸文》(清缪荃孙辑) 卷三云："新繁人王莘……因取其篆(雷公篆)验之，果如其说。仍有数卷，画壮夫以拳扠地为井，号拳扠井。"知宋时已有此说。参见"五丁力士"(63页)。

娑罗树 宋洪迈《容斋随笔·四笔》卷第六："世俗多指言月中桂树为娑罗树，不知所起。案《酉阳杂俎》云：'巴陵有寺，僧房床下，忽生一木，随伐而长。外国僧见之，曰，此娑罗也。'"唐段成式《酉阳杂俎·木篇》尚有天宝初安西道《进娑罗枝状》文，中有"布叶垂阴，邻月中之丹桂；连枝接影，对天上之白榆"等语，疑即"世俗指言"之由。又巴陵娑罗树事原见《盛弘之荆州记》(见《太平御览》卷九六一引)。参见"月桂"(72页)。

唐国史补 书名。唐李肇撰。三卷。记南北朝至唐开元间事。所述开元、长庆间杂事，亦略可见神话传说资料，如"淮水无支奇"、"猩猩好酒屐"等。

旃檀鼓 唐段成式《酉阳杂俎·物异》："旃檀鼓。于阗城东南有大河，溉一国之田，忽然绝流。其国王问罗洪僧，言龙所为也。王乃祠龙。水中有一女子，凌波而来，拜曰：'妾夫死，愿得大臣为夫，水当复旧。'大臣请行，举国送之。其臣车驾白马，入水不溺。中河，而后白马浮出，负一旃檀鼓，及书一函。发书，言大鼓悬城东南，寇至，鼓当自鸣。后寇至,鼓辄自鸣。"

旄马 《山海经·海内南经》:"旄马,其状如马,四节有毛。在巴蛇西北,高山南。"郭璞注:"《穆天子传》所谓豪马者。亦有旄牛。"

旄马

旄牛 《山海经·北山经》:"潘侯之山……有兽焉,其状如牛,而四节生毛,名曰旄牛。"郭璞注:"今旄牛背膝及胡尾皆有长毛。"郝懿行云:"或云旄牛即犛牛也。"

凉风 ❶山名。即闾风(270页)。❷风名。《淮南子·天文训》:"景风至四十五日,凉风至,……凉风至则报地德,祀四郊。"高诱注:"(凉风),坤卦之风也;为埙也。""立秋节农乃登谷尝祭,故报地德祀四方神也。"参见"八风"(7页)。

凉州异物志 书名。作者不详。《隋书·经籍志》著录一卷;《旧唐书·经籍志》、《新唐书·艺文志》著录二卷。原书已佚。清张澍有辑本,见于《二酉堂丛书》,亦见《丛书集成初编》。其书记丁令北大人、月氏稍割羊等,亦关神话传说。

宵明 舜妻*登比氏之女。

宵练 剑名。《列子·汤问》略云:魏黑卵以暱嫌杀丘邴章,丘邴章之子来丹谋报父之仇,遂适卫,见孔周。孔周有三剑,皆不能杀人:一曰含光,二曰承影,三曰宵练。宵练者,方昼则见影而不见光,方夜见光而不见影,其触物也,骚然而过,随过随合,觉疾而不血刃焉。来丹请其下者宵练。孔周乃斋七日,跪而授其下剑。来丹遂执剑从黑卵。时黑卵之醉,偃于牖下,自颈至腰三斩之,黑卵不觉。来丹以黑卵之死,趣而退。遇黑卵之子于门,击之三下如投虚。黑卵之子方笑曰:"汝何蚩而三招予?"来丹知剑之不能杀人

也,叹而归。黑卵既醒,怒其妻曰:"醉而露我,使我嗌疾而腰急!"其子曰:"畴昔来丹之来,遇我于门,三招我,亦使我体疾而支疆(僵)。彼其厌我哉?"

冤禽 *精卫别名。

冥 《国语·鲁语上》:"冥勤其官而水死。"韦昭注:"冥,契后六世孙,根圉子也。为夏水官,勤于其职,而死于水也。"按冥即《楚辞·天问》之季,《天问》云:"该秉季德","恒秉季德",是季即*王亥、王恒之父。《世本·帝系篇》(清张澍粹集补注本)云:"冥生核。"核即该、亥也,是冥即季。而卜辞数万片,有季而无冥,知冥为后人臆造。

冥灵 木名。《庄子·逍遥游》:"楚之南有冥灵者,以五百岁为春,五百岁为秋。"释文:"冥灵,木名也,江南生,以叶生为春,叶落为秋,此木以二千岁为一年。"卢文弨云:"言春秋则包乎冬夏矣,当云以千岁为一年。"

烛龙 即"烛阴"。《山海经·大荒北经》:"西北海之外,赤水之北,有章尾山。有神,人面蛇身而赤,直目正乘。其瞑乃晦,其视乃明。不食,不寝,不息,风雨是谒。是烛九阴,是谓

烛龙华光　明萧云从《离骚图》

烛龙。"《淮南子·墬形训》云:"烛龙在雁门北,蔽于委羽之山,不见日。其神人面龙身而无足。"《楚辞·天问》云:"日安不到?烛龙何照?"洪兴祖补注引《诗含神雾》云:"天不足西北,无阴阳消息,故有龙衔火精以照天门中者也。"即此。又《海外北经》所记钟山之神烛阴,形貌性行与此略同,当亦此烛龙。又,《楚辞·大招》云:"北有寒山,逴龙赩只。"旧注"逴龙"以为山名,非,实亦烛龙。明董斯张《广博物志》卷九引《五运历年记》云:"盘古之君,龙首蛇身,嘘为风雨,吹为雷电,开目为昼,闭目为夜。"烛龙之神格,盖亦与开辟神*盘古相近。参见"逴龙"(289页)。

烛光 登比氏之女。见"登比氏"(326页)。

烛阴 即"烛龙"。《山海经·海外北经》:"钟山之神名曰烛阴,视为昼,瞑为夜,吹为冬,呼为夏。不饮,不食,不息;息为风。身长千里。在无启之东。其为物,人面蛇身赤色,居钟山下。"参见"钟山石首"(234页)。

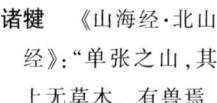
烛阴

诸比 《淮南子·墬形训》:"诸比,凉风之所生也。"高诱注:"诸比,天神也;巽为凉风。"

诸怀 《山海经·北山经》:"北岳之山,多枳棘刚木。有兽焉,其状如牛,而四角人目彘耳,其名曰诸怀,其音如鸣雁,是食人。"

诸怀

诸犍 《山海经·北山经》:"单张之山,其上无草木,有兽焉,其状如豹而长尾,人首而牛耳一目,名曰诸犍。善吒,行则衔其尾,居则蟠其尾。"按吒今作咤。

诸犍

诸稽 《淮南子·墬形训》:"诸稽、摄提,条风之所生也。"高诱注:"诸稽、摄提,天神之名也;艮为条风。"按诸稽、摄提,宋罗泌《路史·后纪三》罗苹注以为与*赤冀同为炎帝之臣,属十二支神。

离朱 黄帝臣。亦神鸟名。或作"离俞"、"离珠"。《庄子·天地》:"(黄帝)遗其玄珠……使离朱索之而不得。"《淮南子·原道训》:"离朱之明,察箴末于百步之外。"高诱注:"离朱者,黄帝臣,明目人也。"离朱在古神话中,又为一动物名。《山海经·海外南经》云:"狄山,帝尧葬于阳,帝喾葬于阴。爰有熊、罴、文虎、蜼、豹、离朱、视肉……"郭璞于"离朱"下注云:"木名也,见《庄子》;今图作赤鸟。"郭云"木名也",当是"人名也"之讹,因《庄子·天地》所记离朱,乃黄帝时明目人。又此经狄山离朱乃在熊、罴、文虎、蜼、豹、视肉之间,自系动物而非人,故郭注"今图作赤鸟"。《山海经》所记古帝王墓所奇禽异物中,多有所谓离朱(或离俞)者。

离俞 即"离朱"。《山海经·大荒南经》:"赤水之东,有苍梧之野,舜与叔均之所葬也。爰有文贝、离俞、鸱久、鹰、贾、委维、熊、罴、象、虎、豹、狼、视肉。"郭璞于"离俞"下注云:"即离朱。"

离娄 《楚辞·九章·怀沙》:"离娄微睇兮,瞽以为无明。"洪兴祖补注:"《淮南子》曰:'离朱之明。'即离娄也,黄帝时人,明目能见百步之外,秋毫之末。"参见"离朱"。

离珠 即"离朱"。《艺文类聚》卷九〇引《庄子》(今本无):"南方有鸟,其名为凤,所居积石千里。天为生食,其树名琼枝,高百仞,以璆琳琅玕为实。天又为生离珠,一人三头,递卧递起,以伺琅玕。"《山海经·海内西经》云:"服常树,其上有三头人,伺琅玕树。"此三头人自是"一人三头"之离珠。《文选·嵇康〈琴赋〉》云:"乃使离子督墨。"李善注:"离子,离朱也。《淮南子》曰:'离子之明,察针末于百步之外。'按《慎子》为离珠。"可见朱、珠古通用,离珠即离朱。

离堆 清李调元《井蛙杂记》卷九:"灌县离堆山,即李太守凿以导江处。上有伏龙观,下有深潭。传闻二郎锁孽龙于其中。霜降水落,时或见其锁。云每有群鱼游深潭面,深露背鬣,其大如牛。投以石,鱼亦不惊,人亦不敢取之,盖异物也。"参见"李冰"(155页)、"二郎"(5页)。

离耳国 《山海经·海内南经》:"离耳国……在郁水南。"郭璞注:"锼离其耳,分令下垂以为饰,即儋耳也。在朱崖海渚中。不食五谷,但噉蚌及藷芌也。"郝懿行云:"此南儋耳也,又有北儋耳,见《大荒北经》。"参见"儋耳国"(353页)、"聂耳国"(256页)。

离合风 《太平御览》卷九引陆机《要览》:"列子御风,常以立春归于八荒,立秋游乎风穴。是风至,草木皆生,去则摇落,谓之离合风。"参见"列子御风"(128页)。

高阳 颛顼之号。《楚辞·离骚》:"帝高阳之苗裔兮。"王逸注:"高阳,颛顼有天下之号也。"

高唐 楚台观名。《文选·高唐赋序》:"昔者楚襄王与宋玉游于云梦之台,望高唐之观,其上独有云气,崒兮直上,忽兮改容,须臾之间,变化无穷。"参见"瑶姬"(342页)。

高密 禹之封地。亦为其号。《世本·帝系篇》(清张澍稡集补注本)云:"颛顼生鲧,鲧生高密,是为禹。"又云:"鲧娶有莘氏之女,谓之女志,是生高密。"宋衷注:"高密,禹所封国。"

高禖 宋罗泌《路史·余论二》云:"皋(同高)禖古祀女娲。"《后纪二》云:"以其(女娲)载媒,是以后世有国,是祀为皋禖之神。"注引《风俗通》云:"女娲祷祠神,祈而为女媒,因置昏姻。"此《路史》高禖古祀女娲之所据。然高禖之祀,亦因时代及民族之不同而有异。闻一多《高唐神女传说之分析》云,夏人所祀之高禖为涂山氏,即女娲;殷人所祀之高禖为简狄;周人所祀之高禖为姜嫄。《路史·余论二》引束晳曰:'皋媒者,人之先也。'古代各民族所祀的高禖全是各该民族的先妣。"

高士传 书名。晋皇甫谧撰。三卷。原书所录晋以前高士本载七十二人,见《续博物志》。今本计九十六人(《汉魏丛书》本九十一人)。盖原书散佚,后人撷《太平御览》所引钞合成编。是书所记许由、巢父等,亦有关古代神话传说。

高辛氏 帝喾之号。《世本·帝系篇》(清张澍稡集补注本):"帝喾高辛氏。"宋衷曰:"高辛,地名,因以为号,喾其名也。"

高奔戎 周穆王臣。《穆天子传》卷三:"辛丑,天子渴于沙衍,求饮未至。七萃之士高奔戎,刺其左骖之颈,取其清血以饮天子。天子美之,乃赐奔戎佩玉一只,奔戎再拜稽首。"同书卷五:"有虎在于葭中,天子将至。七萃之士高奔戎请生捕虎,必全之。乃生捕虎而献之天子。天子命为柙,而畜之东虢,是曰虎牢。天子赐奔戎畋马十驷,归之太牢,奔戎再拜稽首。"

高骊山 《太平寰宇记》卷八九:"(丹徒县)高骊山。传云,昔高骊国女来此,东海神乘船致酒礼聘之,女不肯。海神拨船覆酒,流入曲阿河,故曲阿酒美也。"

高筐山 见"尧洪水"(125页)。

高禖石 《太平御览》卷五二九引晋束晳《高

禖坛石议》:"元康六年,高禖坛上石破为二段。诏书问置此石来几时?出何经典?……博士议:礼无高禖置石之文,未知造设所由。……高辛氏有简狄吞卵之祥,今此石有吞卵之象,盖俗说所为,而史籍无记。"《隋书·礼仪志二》:"梁太庙北门内道西有石,文如竹叶,小屋覆之,宋元嘉中修庙所得。陆澄以为孝武时郊禖之石,然则江左亦有此礼矣。"按高禖石盖古所谓社。古社、土同字,《诗经》中"冢土"即"冢社"。王国维云:"土字作♦者,下-象地,上◇象土壤也。"郭沫若云:"土、且同为牡器之象形,土字古金文作♦,卜辞作◇,与且字形近。由音而言,土、且复同在鱼部,而土为古社字。祀于内者为祖,祀于外者为社,祖与社二而一者也。"由是言之,高禖坛上石,乃有原始生殖崇拜之象征意义。

涉蠱 《山海经·中次八经》:"岐山……神涉蠱处之,其状人身而方面三足。"

涕竹 《神异经·南荒经》:"南方荒中有涕竹,长数百丈,围三丈六尺,厚八九寸,可以为船。其笋甚美,食之可以止疮疠。"

浪鸟 《太平广记》卷四六三"真腊国大鸟"条引《朝野佥载》(今本无):"真腊国有葛浪山,高万丈,半腹有洞。先有浪鸟,状似老鸦,大如骆驼,人过即攫而食,腾空而去,百姓苦之。真腊王取大牛肉,中安小剑子,两头尖利,令人戴行,鸟攫而吞之,乃死,无复种矣。"

浴仙池 明彭大翼《山堂肆考》宫集卷二四:"南昌府子城东,有饮马池,一名浴仙池。相传有少年见美女七人,脱五彩衣于岸侧,浴池水中。少年戏藏其一。诸女浴竟着衣,化白鹤去。独失衣女不能去,随少年至其家为夫妇,约以三年还其衣,亦飞去。"参见"田章"(103页)。

涉蠱

酒泉 ❶神泉名。《艺文类聚》卷七二引《神异经》:"西北荒中有酒泉。人饮此酒,酒美如肉,清如镜。其上有玉樽,取一樽复一樽出,与天地同休,无干时。饮此酒人,不死长生。"按所引与今本文字略有不同。❷地名。《汉书·地理志下》:"酒泉郡。"应劭云:"其水若酒,故曰酒泉。"颜师古云:"旧俗传云,城下有金泉,泉味如酒。"

酒香山 即"君山"(180页)。

涂山 《左传·哀公七年》:"禹合诸侯于涂山,执玉帛者万国。"《国语·鲁语下》云:"昔禹致群神于会稽之山,防风氏后至。禹杀而戮之,其骨节专车。"据此,则涂山即*会稽山。而唐苏鹗《苏氏演义》云:"涂山有四,一者会稽,二者渝州,三者濠洲,四者宣州当涂县。"盖均传闻不同而异辞。自以说会稽山为近正。

涂山氏 禹妻。《楚辞·天问》:"禹之力献功,降省下土方,焉得彼嵞山女,而通之于台桑?闵妃匹合,厥身是继,胡维嗜不同味,而快鼌饱?""降省下土方"原作"降省下土四方",闻一多《楚辞校补》说四字衍,从删。鼌饱原作鼌饱,闻一多《高唐神女传说之分析》云,饱与继不押韵,当为饲字之误。朝、鼌古今字,饱与食通,鼌饲,即朝食,意指通淫。从改。诗盖谓禹勤力平治水土,焉得彼涂山氏之女而与通于台桑之地?禹所以忧无妃匹者,为立身继嗣也,胡维志不相同,而苟快一朝之情?是涂山女非禹之匹偶。禹与涂山女合而终离之神话传说,古籍多有记之。《吕氏春秋·音初》云:"禹行水('水'原作'功',从《文选·南都赋》及《吴都赋》注引改),见涂山之女,禹未之遇而巡省南土,涂山之女乃令其妾候禹于涂山之阳。女乃作歌,歌曰:'侯人兮猗!'实始作为南音。"此禹遇涂山氏之始。汉赵晔《吴越春秋·越王无余外传》云:"禹三十未娶,行到涂山,恐时之暮,失其制度。乃辞云:'吾娶也,必有应矣。'乃有九尾白狐造于禹。禹曰:'白者,吾之服也;其九尾者,王者之证也。涂山之歌曰:绥绥白狐,九尾庞庞。我家嘉夷,来宾为王。成家成室,我造彼昌。天人之际,于兹则行。明矣哉!'禹因娶涂山,谓之女娇。"此禹娶涂山氏之异闻。北魏郦道元《水经注·涑水》云:"安邑,禹都也。禹娶涂山氏女,思恋本国,筑台以望之。今城南门,台基犹存。"则"嗜不同味"于此已萌其端。《汉书·武帝纪》颜师古注引《淮南子》(今本无)云:"禹治鸿水,通辕辕山,化为熊。谓涂山氏曰:'欲饷,闻鼓声乃来。'禹跳石,误中鼓。涂山氏往,见禹方作熊,惭而去。至嵩高山下,化为石,方生启。禹曰:'归我子!'石破北方而启生。"禹与涂山氏终以决裂而收场。此神话亦见清马骕《绎史》卷十二引《随巢子》,文较简,无跳石中鼓事。跳石中鼓具见禹当时情态。《荀子·非相》云:"禹跳,汤偏。"高亨释云:"跳、偏皆足跛也。"禹以治水而病足跛,其为熊也,犹作此态,此禹之所以为禹;而涂山氏"见禹方作熊,惭而去",亦涂山氏之所以为涂山氏:此禹与涂山氏"嗜不同味"之具体表现。

涂山氏台 即"夏禹台"。

浮山 《太平御览》卷七六九引《郡国志》:"济州有浮山。故老相传云,尧时大雨,此浮水上。时有人缆船岩石间,今犹有断铁锁。"

浮石 ❶《太平御览》卷四九引《交州记》:"海中有浮石山,而崎高数十丈,去永平营百余里,浮在水上。昔李逊征朱崖,欲审其实否,牵长索于山底洞过。"❷同书卷五二引《地理记》:"浮石,其石居汝水中心,或水泛涨,高岸皆没。此石居然不没,因以为名之。"

浮游 共工臣。《玉函山房辑佚书》辑《古文琐语》:"晋平公梦见赤熊窥屏,恶之而有疾。使问子产。子产曰:'昔共工之卿曰浮游,既败于颛顼,自没沉淮之渊。其色赤,其言善笑,其行善顾,其状如熊,常为天下祟。见之堂则王天下者死,见堂下则邦人骇,见门则近臣忧,见庭则无伤。窥君之屏,病而无伤。祭颛顼共工则瘳。'公如其言而疾间。"又《荀子·解蔽》云:"浮游作矢。"

浮丘丈人 清屈大均《广东新语》卷五:"浮丘去城西一里,为浮丘丈人之所游。……丘前有撒金巷,予家尝近焉。儿时数就珊瑚井旁嬉戏,为谣曰:'浮丘叔、浮丘丈人同一目,撒豆成金人不知,肩上珊瑚担一束。'相传有仙,一老一少,两人一目,彼此扶掖而行,居人遗以麦豆,撒之成金,视所荷之薪,则红白珊瑚枝也。老者浮丘丈人,少者浮丘叔也。"

流沙 《山海经·海内西经》:"流沙出钟山,西行又南行昆仑之虚,西南入海,黑水之山。"《楚辞·招魂》云:"西方之害,流沙千里。"王逸注:"流沙,沙流而行也。"即此。然《山海经》所记流沙固非一地,《西次三经》泰器山,《北次二经》洹山、《东次二经》葛山、北姑射山,《东次三经》跂踵山、无皋山等,及《大荒南经》、《大荒西经》、《海内经》均有之,此特西方流沙之彰著者。

流洲 《十洲记》:"流洲,在西海中,地方三千里,去东岸十九万里,上多山川积石,名为昆吾。冶其石成铁作剑,光明洞照,如水精状,割玉物如割泥。亦饶仙家。"

流霞 仙酒名。汉王充《论衡·道虚》:"(河东蒲坂项)曼都好道学仙,委家亡去三年而返。家问其状,曼都曰:'……有仙人数人将我上天……口饥欲食,仙人辄饮我以流霞一杯,每饮一杯,数月不饥。'"唐李商隐《武夷山》诗:"只得流霞酒一杯,空中箫鼓几时回。"

流黄辛氏 即"流黄酆氏"。

流黄酆氏 《山海经·海内西经》:"流黄酆氏之国,中方三百里;有涂四方,中有山,在后稷葬西。"《海内经》云:"有国名曰流黄辛氏,其域中方三百里,其出是尘(原作"尘土",据蒋知让校改)。有巴遂山,渑水出焉。"郭璞注:"即酆氏也。"流黄辛氏既即流黄酆氏,则巴遂山当即流黄酆氏之国"中有山"之山。

海人 清褚人穫《坚瓠广集》卷三"海人"条:"《楮记室》载:'海商言,南海时有海人出,形如僧人,颇小,登舟而坐,戒舟人寂然不动,少顷复沉于水;否则大风翻舟。'又《代醉编》载:'海人须眉皆具,特手指相连,略如凫爪。西域曾捕得之,进于国王,不言不笑。王以为不可狎而蔡也,纵之于海。其人转盼视人,合掌低头,如叩谢状,继又鼓掌大笑,放步踏波而去。'"清袁枚《子不语》卷十八"海和尚"条云:"潘某,老于渔业,颇饶。一日,偕同辈撒网海滨。曳之,觉倍重于常。数人并力舁之出,网中并无鱼,惟有六七小人趺坐,见人辄合掌顶礼作揖。遍身毛如猕猴,鬈其顶而无发,语言不晓。开网纵之,皆于海面行数十步而没。土人云,此号'海和尚',得而腊之,可忍饥一年。"亦此之类,皆"人鱼神话之变异。

海井 宋周密《癸辛杂识续集》卷上:"华亭县市中,有小常卖铺,适有一物,如小桶而无底,非竹非木,非金非石,既不知其名,亦不知何用。如此者凡数年,未有过而睨之者。一日,有海舶老商见之,骇愕,且有喜色,抚弄不已。叩其所直,其人亦趑趄,意必有用,漫索五百缗。商嘻笑,偿以三百,即取钱付。驵因叩曰:'此物我实不识,今已成交得钱,决无悔理,幸以告我。'商曰:'此至宝也,其名曰海井。寻常航海,必须载淡水自随,今但以大器满贮海水,置此井于水中,汲之皆甘泉也。平生闻其名于番贾,而未尝遇,今幸得之,吾事济矣。'"按此又见周密《志雅堂杂钞》卷上,文略同。末有附注云:"案此与詹氏所记定水带相似,不知传闻影响,抑果有之乎?"参见"定水带"(208页)。

海若 《楚辞·远游》:"令海若舞冯夷。"王逸注:"海若,海神名。"洪兴祖补注:"海若,《庄子》所称北海若也。"按《庄子·秋水》云:"河伯……顺流而东行,至于北海……望洋向若而叹。"此海若,即北海之神若。

海神 《山海经·大荒东经》云:"禺京处北海,禺䝞处东海,是为海神。"此海神一名之始。唐李白《横江词》诗:"海神来过恶风回,浪打天门石壁开。"清屈大均《广东新语》卷六云:"滇海吞吐百粤,崩波鼓舞百十丈,状若雪山。尝有海神临海而射,故海浪高者既下,下者乃复高,不为民害。父老云,凡渡海……风波不起,岛屿晴明,忽见朱旗绛节,骖驾双蜧,海女人鱼,先后导从,是海神游也。"此即为海神之状写。

海眼 五代南唐刘崇远《金华子》云:"北海县因发地得五铢钱,取之不尽。中得一石,记云:'此是海眼,以钱镇之。'众惧,复掩之。"参见"石笋"(95页)。

海童 《文选·吴都赋》:"江斐于是往来,海童于是宴语。"刘逵注:"海童,海神童也。吴歌曲曰:'仙人赍持何?等前谒海童。'"李善云:"《神异经》曰:'西海有神童,乘白马,出则天下大水。'"今本《神异经·西荒经》作"西海水上有神,乘白马朱鬣,白衣玄冠,从十二童子……名曰河伯使者",与李善注所引颇有不同。

海鳅 即"鲸鱼"。唐刘恂《岭表录异》卷下："海鳅，即海上最伟者也。其小者亦千余尺，吞舟之说，固非谬也。每岁，广州常发铜船，过安南贸易，路经调黎。深阔处，或见十余山，或出或没。篙工曰：'非山岛，鳅鱼背也。'双目闪烁，鬐鬣若簸朱旗。日中忽雨霢霂。舟子曰：'此鳅鱼喷气，水散于空，风势吹来若雨耳。'近鱼，即鼓船而噪，倏尔而没（原注：鱼畏鼓，物类相伏耳）。"又宋洪迈《夷坚乙志》卷十六"海中红旗"条云："赵丞相居朱崖时，桂林帅遣使臣往致米酒之馈。自雷州浮海而南，越三日，方张帆早行，风力甚劲。顾见洪涛间，红旗靡靡，相逐而下，极目不断。疑海寇或外国兵甲。呼问舟人，舟人摇手戒令勿语，愁怖之色可掬。急入舟，被发持刀，出篷背立，割其舌，出血滴水中。戒使臣者，使闭目坐船内。凡经两时顷。闻舟人相呼曰：'更生更生！'乃言曰：'朝来所见，盖巨鳅也，平生未尝睹，所谓红旗者鳞鬣耳。'时舟南去，而鳅北上，相望两时，彼此各行数百里，计其身当千里有余。"则神话传说之演变，又绘饰而夸张之耳。

海蜘蛛 清王士禛《香祖笔记》卷八："海蜘蛛，生粤海岛中。巨若车轮，文具五色，丝如缅组，虎豹触之不得脱，毙乃食之。"

海中金台 《古小说钩沉》辑《幽明录》："海中有金台，出水百丈，结构巧丽，穷尽神工，横光岩渚，竦曜星汉。台内有金几，雕文备置，上有百味之食，四大力神常立守护。有一五通仙人，来欲甘膳，四神排击，迁延而退。"

海市蜃楼 宋沈括《梦溪笔谈》卷二一："登州海中，时有云气，如宫室台观、城堞人物、车马冠盖，历历可见，谓之海市。或曰：蛟蜃之气所为。"《本草·鳞部》蛟龙下云："蛟之属有蜃，状似蛇而大，有角，能呼气成楼台城郭之状。"谓此。此乃古人不明光线折射之幻景，遂以神话释之。

海神竖柱 北魏郦道元《水经注·濡水》引《三齐略记》："始皇于海中作石桥，海神为之竖柱。始皇求与相见，神曰：'我形丑，莫图我形，当与帝相见。'乃入海四十里，见海神。左右莫动手，工人潜以脚画其状。神怒曰：'帝负约，速去！'始皇转马还，前脚犹立，后脚随崩，仅得登岸。画者溺死于海，众山之石皆倾注，今犹岌岌东趣。"《古今图书集成·山川典》卷二八引此后尚有："今见成山东海水中有竖石，往往相望，似石桥；又有石柱二，乍出乍没，或云始皇渡海，立此石以为记。"

海神朝禹 后唐马缟《中华古今注》卷上："昔禹王集诸侯于涂山之夕，忽大风雷震，云中甲马及九十一千余人，中有服金甲及铁甲。不被甲者，以红绢袜其首额。禹王问之，对曰：'此袜额盖武士之首服。'皆佩刀以为卫从。乃是海神来朝也。一云风伯雨师。"

海神擎日 宋周密《癸辛杂识续集》卷上"海神擎日"条："扬州有赵都统为赵马儿，尝提兵船往援李璮于山东。舟至登莱，殊不可进，滞留凡数月。尝于舟中见日初出海门时，有一人通身皆赤，眼色纯碧，头顶大日轮而上，日渐高，人渐小。凡数月，所见皆然。"

海外三十六国 《淮南子·墬形训》："凡海外三十六国：自西北方至西南方，有修股民、天民、肃慎民、白民、沃民、女子民、丈夫民、奇股民、一臂民、三身民；自西南至东南方，结胸民、羽民、讙头国民、裸国民、三苗民、交股民、不死民、穿胸民、反舌民、豕喙民、凿齿民、三头民、修臂民；自东南至东北方，有大人国、君子国、黑齿民、玄股民、毛民、劳民；自东北至西北方，有跂踵民、句婴民、深目民、无肠民、柔利民、一目民、无继民。"按《墬形训》所记,较之《山海经》海外各经,大体相同。惟自西北至西南方,多天民、无巫咸国、轩辕国;自西南至东南方,多裸国民、豕喙民、凿齿民、无厌火国、载国、周饶国;自东南至东北方,无青丘国、雨师妾国;自东北至西北方,无聂耳国、夸父国。总二书所记海外各国(海内及大荒各国不在此中)实当为四十五国。此诸国者,当是传说中禹治水所经之国。刘秀(歆)《上〈山海经〉表》云:"昔洪水洋溢,漫衍中国。……鲧既无功,而尧使禹继之。禹乘四载,随山刊木,定高山大川……及四海之外绝域之国,殊类之人。"即此。

〔一〕

弱水 《山海经·大荒西经》:"昆仑之丘……其下有弱水之渊环之。"《古小说钩沈》辑《玄中记》云:"天下之弱者,有昆仑之弱水焉,鸿毛不能起也。"谓此。

桑林 ❶神名。《淮南子·说林训》:"上骈生耳目,桑林生臂手。"高诱注:"上骈、桑林皆神名。"❷地名。《淮南子·本经训》:"尧乃使羿擒封豨于桑林。"此云羿擒封豨之所。亦云汤祷雨之所。《主术训》:"汤之时七年旱,以身祷于桑林之际,而四海之云凑,千里之雨至。"❸乐名。《庄子·养生主》:"庖丁为文惠君解牛……合于《桑林》之舞。"释文:"《桑林》,司马云,汤乐名。"按当是成汤祷雨于桑林之乐舞。

展上公 《太平御览》卷六七〇引《集仙录》:"高辛时有仙人展上公,常说昔在华阳下,食白李异美,忆之未久,而忽已三千年矣。"

能言龟 《洞冥记》卷四:"元封三年,数过国献能言龟一头,长一尺二寸,盛以青玉匣……承桂露以饮之,置于通风之台上。欲往卜,命(东方)朔而问焉,言无不中。"

鸥 《山海经·西山经》:"符禺之山……其鸟多鸥,其状如翠而赤喙,可以御火。"郭璞注:"畜之辟火灾也。"

鹟 《山海经·中次三经》:"青要之山……畛水出焉,而北流注于河。其中有鸟焉,名曰鹟(郭璞注:音如窈窕之窈),其状如凫,青身而朱目赤尾,食之宜子。"

陷河神 唐阙名《王氏见闻·陷河神》(见《旧小说》乙集六):"陷河神者,襆州襆县,有张翁夫妇,老而无子,翁日往溪谷采薪以自给。无何,一日于岩窦间,刃伤其指,其血滂注,滴在一石穴中,以木叶窒之而归。他日复至其所,因抽木叶视之,乃化为一小蛇。翁取于掌中戏玩,移时,此物纷纷然,似有所恋。因截竹贮而怀之。至家,则啖以杂肉,如是甚驯扰。经时渐长。一年后,夜盗鸡犬而食;二年后,盗羊豕,邻家颇怪失其所蓄。翁妪不言。其后县令失一蜀马,寻其迹,入翁之居,迫而访之,已吞在蛇腹矣。令惊异,因责翁蓄此毒物。翁伏罪,欲杀之。忽一夕,雷电大震,一县并陷为巨湫,渺弥无际,惟张翁夫妇独存。其后人蛇俱失,因改为陷河县,曰蛇为张恶子。"参见"陷湖"(410页)。

陶渊明集 书名。晋陶潜(渊明)撰。十卷。清陶澍集注本名《靖节先生集》,考释较详备。其中《读山海经》诗十三首,均有关古代神话。

陵鱼 即"人鱼"、"龙鱼"。《山海经·海内北经》:"陵鱼人面,手足,鱼身,在海中。"又《楚辞·天问》云:"鲮鱼何所?"刘逵注《吴都赋》引作"陵鱼曷止"。

陵鱼

陵阳子明 《史记·司马相如列传》:"反太一而从陵阳。"集解:"《汉书音义》曰:仙人陵阳子明也。"正义:《列仙传》云,子明于沛铚县旋溪钓得白龙,放之,后白龙来迎子明去,止陵阳山上百余年,遂得仙也。"

通天犀 即"骇鸡犀"(253页)。

通俗编 书名。清翟灏撰。今有版本凡二:无不宜斋本,三十八卷;《丛书集成初编》本,二十五卷。前者分为三十八类,以每一语标题,并明其所自出;后者不分类,亦不标题。率皆采集通俗成语,予以辨析诠释。援引极详赡。时有关于神话传说资料之引用及考证,可供参考。

骍马 《山海经·北次二经》:"敦头之山……其中多骍马,牛尾而白身一角,其音如呼。"

骍马

骊龙 《尸子》卷下:"玉渊之中,骊龙蟠焉,颔下有珠也。"《庄子·列御寇》云:"河上有家贫恃纬萧而食者,其子没于渊,得千金之珠。其父谓其子曰:'取石来锻之。夫千金之珠,必在九重之渊,而骊龙颔下。子能得珠者,必遭其睡也;使骊龙而寤,子尚奚微之有哉?'"即谓此。

骊山老母 宋陈元靓《岁时广记》卷二八引《集仙录》略云:李筌好神仙之道,至嵩山,得黄帝《阴符经》,抄读数千遍,不晓其义。后至骊山下,逢一老母,状甚神异。路旁遗火烧树,因自语曰:"火生于木,祸发必克。"筌惊问曰:"此黄帝《阴符》上文,母何得而言之?"母曰:"《阴符》者,上清所秘,岂人间之常典。日已晡矣,观子若有饥色,吾有麦饭,相与为食。"袖中有一瓢,令筌于谷中取水。水既满,瓢忽沉泉中。施至树下,失母所在。但于石上得麦饭数升,食之,因绝粒。筌后入山访道,不知其终。清俞樾《小浮梅闲话》云:"骊山老母,亦有其人,非乌有

骊山老母　明刊本《列仙全传》

也。《史记·秦本纪》:'申侯言于孝王曰:昔我先,郦山之女,为戎胥轩妻。生中潏,以亲故归周,保西垂。西垂以其故和睦。'……《汉书·律历志》载张王寿言:'郦山女亦为天子,在殷、周间。'考郦山女为戎胥轩妻,正当商、周之间,意其为人,必有非常材艺,为诸侯所推服,故后世传闻有'为天子'之事,而唐、宋以后,遂以为女仙,尊曰'老母'。《神仙感遇传》载唐少室书生李筌……遇骊山老母,指授秘要。宋郑所南有《骊山老母磨铁杵欲作绣针图》诗。小说所称,非无自矣。"

娘子桥 清周亮工《闽小记》卷下:"泉州洛阳桥之前,有娘子桥,桥比洛阳虽低,而长过之。云先是有人入番舶,舶坏,其人得岛。见巨蟒夜出,有光如昼。因插刀穴口,蟒出,为刀伤,性急直奔,胸破腹裂,遗下明月珠累累。其人既归,遂得巨富。邻初未知,后欲得富家女为妇,富家翁怪其诞妄,因绐之曰:'余女畏渡海风波,能作桥,又金布与桥满,即嫁女与之。'其人即作桥布金。俗因呼为娘子桥。"参见"洛阳桥"(242页)。

娥皇 ❶帝俊妻。《山海经·大荒南经》:"有人三身,帝俊妻娥皇,生此三身之国。"❷舜

娥皇女英　清刊本《毓秀堂画传》

妻。汉刘向《列女传·有虞二妃》:"有虞二妃者,帝尧之二女也,长娥皇,次女英。"按其实帝俊亦舜。郭璞于《山海经·大荒东经》"帝俊生中容"下注云:"俊亦舜字假借音也。"

娥陵氏　女娲臣。《世本·帝系篇》(清张澍稡集补注本):"女娲氏命娥陵氏制都良管,以一天下之音;命圣氏为斑管,合日月星辰,名曰充乐。既成,天下无不得理。"

娥皇女英祠　清王士祯《香祖笔记》卷九:"娥皇女英祠,在趵突泉,今废。曾子固诗:'层城齐鲁衣冠会,况有娥英诧世人。'《水经注(洛水)》:'泺源亦谓娥英水,以泉上有舜妃娥英庙故也。'俗人但知吕仙祠矣。"又《太平广记》卷三一〇"卢嗣宗"条引《宣室志》云:"蒲津有舜祠,又有娥皇女英祠。"则是别一娥英祠。

蚩尤　炎帝裔。宋罗泌《路史·后纪四》"蚩尤传":"蚩尤姜姓,炎帝之裔也。"同卷注引《世本》:"蚩尤作五兵:戈、矛、戟、酋矛、夷

矛。"作为战神之蚩尤,其面目略具于斯。《山海经·大荒北经》:"蚩尤作兵伐黄帝,黄帝使应龙攻之冀州之野。应龙畜水。蚩尤请风伯雨师,纵大风雨。黄帝乃下天女曰魃,雨止,遂杀蚩尤。"

蚩尤　汉代画像石刻

此蚩尤与黄帝战争之主要情节。蚩尤与黄帝战争,盖黄、炎战争之继续。炎帝兵败,乃有炎帝之裔蚩尤起而为炎帝复仇。后虽尚有夸父、刑天、共工(均炎帝裔或炎帝臣)等继起奋争,特不过为其余波耳。黄帝之战蚩尤,乃几竭其全力。故记此次战争之神话杂出多端。《初学记》卷九引《归藏·启筮》云:"蚩尤出自羊水,八肱八趾疏首,登九淖以伐空桑,黄帝杀之于青丘。"其后《龙鱼河图》(《太平御览》卷七八引)云:"蚩尤兄弟八十一人,并兽身人语,铜头铁额,食沙石子",《述异记》云:蚩尤"食铁石","人身牛蹄,四目六手,耳鬓如剑戟,头有角"。而云"蚩尤兄弟八十一人"(《龙鱼河图》)或"七十二人"(《述异记》)者,则神之蚩尤又类人间一巨人部族。至于蚩尤被杀,亦颇有异说。《山海经·大荒南经》云:"有宋山者……有木生山上,名曰枫木。枫木,蚩尤所弃其桎梏,是谓枫木。"郭璞注:"蚩尤为黄帝所得,械而杀之,已摘弃其械,化而为树也。"是蚩尤被杀神话之古传。而《皇览·冢墓记》复云:"蚩尤冢,在东平寿张县阚乡城中,高七丈,民常十月祀之。有赤气出如匹绛帛,民名为蚩尤旗。肩脾冢,在山阳巨野县重聚,大小与阚冢等。传言黄帝与蚩尤战于涿鹿之野,黄帝杀之,身体异处,故别葬之。"于是宋罗泌《路史·后纪四》遂云:"黄帝传战执尤于中

冀而殊之,爱谓之解。""解"者,正"身体异处"之状。宋沈括《梦溪笔谈》卷三云:"解州盐泽……卤色正赤……俚俗谓之蚩尤血。"均此神话之续传。古籍所载,或谓蚩尤"贪虐"(《路史·蚩尤传》)、"暴"(《史记·五帝本纪》)、"贪"(《大戴礼·用兵篇》),或又记其受人尊崇。《皇览·冢墓记》云:"蚩尤冢,民常十月祀之。"《龙鱼河图》云:"后天下复扰乱,黄帝遂画蚩尤形象,以威天下。"《述异记》卷上云:"太原村落间祭蚩尤神,不用牛头。"而《史记·高祖本纪》记刘邦起兵,"祠黄帝、祭蚩尤于沛庭";《封禅书》记齐祀八神,"三曰兵主,祀蚩尤"。蚩尤遂终以战神形象,载入史册。

蚩尾 亦作"鸱吻"、"螭吻"。唐苏鹗《苏氏演义》卷上:"蚩者,海兽也。汉武帝作柏梁殿,有上疏者云:'蚩尾,水之精,能辟火灾,可置之堂殿。'今人多作鸱字,见其吻如鸱鸢,遂呼之为鸱吻。"明周祈《名义考》卷三引《类要》云:"东海有鱼似鸱,喷浪即降雨。唐以来,设其像于屋脊。"说复略不同。然其所以"能辟火灾",当即在此。

蚩尤血 宋沈括《梦溪笔谈》卷三:"解州盐泽,方百二十里。久雨,四山之水,悉注其中,未尝溢;大旱未尝涸。卤色正赤,在版泉之下,俚俗谓之蚩尤血。"

蚩尤戏 乐名。《述异记》卷上:"秦汉间说,蚩尤氏耳鬓如剑戟,头有角,与轩辕斗,以角觚人,人不能向。今冀州有乐名'蚩尤戏',其民两两三三,头戴牛角而相觚,汉造角觚戏,盖其遗制也。"

蚩尤城 ❶北魏郦道元《水经注·漯水》:"《晋太康地理记》曰:'阪泉亦地名也。泉水东北流,与蚩尤泉会,水出蚩尤城,城无东面。'《魏土地记》称涿鹿城东南六里有蚩尤城。"按此传为黄帝与蚩尤战争处。❷《太平寰宇记》卷四六:"蚩尤城在(安邑)县南一十八里……其城今摧毁。"按安邑西南与解州接壤处,有盐池曰解池,传为黄帝杀蚩尤处。

蚩尤冢 见"蚩尤"。

蚩尤旗 ❶冢气名。见"蚩尤"。❷云名。《吕氏春秋·明理》:"其云,有其状若众植华以长,黄上白下,其名蚩尤之旗。"❸星名。《史记·天官书》:"蚩尤之旗,类彗而后曲,象旗,见则王者征伐四方。"

十一画

〔一〕

耗 晋张华《博物志·物名考》："周穆王有犬名耗，毛白。"按《穆天子传》卷一云："天子之狗，来白。"所谓"毛白"而又名"耗"之犬，或本于此，或以此而致讹。《述异记》卷上云："周穆王之犬，日走千里，食虎豹。"《穆天子传》记"天子之狗"凡六，来白其一，而未闻此说，亦为异闻。

春陵 清李元度重修《南岳志》引《湘衡稽古》："赤粪作杵臼于春陵，尚有遗臼留焉，春溪所由名也。"赤粪当作*赤冀，神农臣。

营室 星名。宋陈元靓《岁时广记》卷二六引《荆楚岁时记》（今本无）："尝见道书云，牵牛娶织女，取天帝二万钱下礼，久而不还，被驱在营室。言虽不经，有足为怪。"按此星《诗·鄘风·定之方中》云："定之方中，作于楚宫。"朱熹集传："定，北方之宿，营室也。此星昏而正中，夏正十月也，于是可以营制宫室，故谓之营室。"此所谓"被驱在营室"，又当借为罚作苦工之地。《太平御览》卷三一引此故事作"日纬书"，文略同。参见"河鼓"(211页)。

瓠巴 《淮南子·说山训》："瓠巴鼓瑟，而淫鱼出听。"高诱注："瓠巴，楚人也，善鼓瑟；淫鱼喜音，出头于水而听之。淫鱼长头，身相半，长丈余，鼻正白，身正黑，口在颔下，似鲔狱鱼而身无鳞，出江中。"又《列子·汤问》云："瓠巴鼓琴，而鸟舞鱼跃。"则其人亦善鼓琴。

蚩蛭 ❶《山海经·东次二经》："凫丽之山……有兽焉，其状如狐，而九尾九首虎爪，名曰蚩蛭（'蛭'原作'姪'，从王念孙、郝懿行校改），其音如婴儿，是食人。"❷《中次二经》："昆吾之山，其上多赤铜，有兽焉，其状如彘而有角，其音如号，名曰蚩蛭（'蛭'原作'蚳'，从王念孙、何焯校改），食之不眯。"

勒毕国 《洞冥记》卷二："勒毕国人长三寸，有翼，善言语戏笑，因名善语国。常群飞往日下，自曝身热，乃归饮丹露为浆。丹露者，日初出有露汁如珠也。"参见"周饶国"(202页)。

爽鸠氏 少昊时鸟官名。*五鸠之一。《左传·昭公十七年》："爽鸠氏，司寇也。"注："爽鸠，鹰也，故为司寇，主盗贼。"参见"少昊之国"(66页)。

梦溪笔谈 书名。宋沈括撰。二十六卷，又《补笔谈》二卷，《续笔谈》一卷。其书分十七门，于遗文旧典，文章伎艺，靡不考辨精审。其中亦时有神话资料存焉：如解州蚩尤血、吴道子钟馗画之类。

盛弘之荆州记 书名。南朝宋盛弘之撰。三卷。《隋书·经籍志》著录，《旧唐书·经籍志》、《新唐书·艺文志》均无，时或已佚亡。《汉唐地理书钞》有辑本一卷，又《麓山精舍丛书》亦有陈运溶辑本三卷。其书记荆州旧事颇详悉，时有神话传说资料存于其间，如神农井、隋侯珠、驴磨麦城等。

掘尾龙 宋王象之《舆地纪胜》卷一〇一引《南越志》："昔有温氏媪者，端溪人，常捕鱼。忽于水侧遇一卵，大如斗，乃将归置器中。经十余日，有一物如守宫，长尺余，穿卵而出,能入水捕鱼,常游波中。姐后治鱼,误断其尾,遂去,数年乃还。姐谓曰:'龙子今复来也。'秦始皇闻之曰:'此龙子也。'诏使者聘姐。姐恋土,至始安江,龙辄引船还,如此数四,卒不能召姐。姐殒,瘗于江阴。龙子常为大波,至墓侧,萦浪沙转沙以成坟,土人谓之掘尾龙。"

据比尸 《山海经·海内北经》:"据比之尸,其为人折颈被发,无一手。"郭璞注:"一云掾比。"

曹国舅 俗传*八仙之一。《列仙全传》卷七:"曹国舅,宋曹太后之弟也。因其弟每不法

曹国舅 明刊本《月旦堂仙佛奇踪》

杀人,后罔逃国宪,舅深以为耻。遂隐迹山岩,精思慕道,得遇钟离、纯阳……遂引入仙班。"而清赵翼《陔余丛考》卷三四云:"按《宋史》慈圣光宪太后弟曹佾,年七十二而卒,未尝有成仙之事。"参见"八仙过海"(9页)。

曹子建集 书名。三国魏曹植撰。原集已佚,今本十卷为宋人所辑。凡赋四卷,诗一卷,乐府一卷,文四卷。其中《洛神赋》乃颂美神话中之宓妃,诗《灵芝篇》则述及董永为董永传说见诸载籍之较早者。其余诗文中亦恒有神话传说资料。清丁晏有《曹集诠评》十卷,于文字雠校,义蕴阐释,均著勤力。

雪精 神驴名。明陈继儒《太平清话》卷三:"洪崖跨白驴,曰雪精。"《古今图书集成·山川典》卷一三六引《遐龄洞天志》:"洪崖先生丹成,跨雪精从枫树升云,其乡至今树上有雪精遗迹。"明冯梦龙辑《古今小说》卷三三《张古老种瓜娶文女》入话云:"姑射真人是掌雪之神。又有雪之精,是一匹白骡子,身上抖下一根毛,下一丈雪。却有个神仙是洪匡先生管着,用葫芦儿盛着白骡子。赴罢紫府真人会,饮得酒醉,把葫芦塞得不牢,走了白骡子,却在番人界内退毛。洪匡先生因失了白骡子,下了一阵雪。"即关于雪精之传说。《张古老种瓜娶文女》当辑自宋人话本《种瓜张老》,则知雪精传说由来已早。参见"洪涯先生"(243页)。

奢龙 黄帝臣。《管子·五行》:"黄帝……得奢龙而辩于东方。"又云:"奢龙辩于东方,故使为土师。"郝懿行据宋罗泌《路史·后纪五》说,以为即《山海经》所记之*奢比尸。

奢比尸 《山海经·海外东经》:"奢比之尸在其北,兽身,人面,大耳,珥两青蛇。一曰肝榆之尸在大人北。"《大荒东经》:"有神,人面,大(原作"犬",从宋本改)耳,兽身,珥两青蛇,名曰奢比尸。"郝懿行云:"《管子·五行篇》云:'黄帝得奢龙而辩于

奢比尸

东方。'此经奢比在东海外,疑即是也。罗泌《路史·后纪五》亦以奢龙即奢比"。参见"奢龙"。

琁树 《淮南子·墬形训》:"(昆仑)上有木禾,

其修五寻。珠树、玉树、璇树、不死树在其西。"按琁音琼,即琼字。参见"倾宫琁室"(268页)。

琅邪台 《山海经·海内东经》:"琅邪台在渤海间,琅邪之东,其北有山。一曰在海间。"郭璞注:"今琅邪在海边,有山嶕峣特起,状如高台,此即琅邪台也。琅邪者,越王勾践入霸中国之所都。"

琅玕树 即"琼枝"。《山海经·海内西经》:"(昆仑)开明东有……服常树,其上有三头人,伺琅玕树。"又《淮南子·墬形训》云:"沙棠、琅玕在其(昆仑)东。"即此。

菌人 《山海经·大荒南经》:"有小人,名曰菌人。"郭璞注:"音如朝菌之菌。"郝懿行云:"此即朝菌之菌,又音如之,疑有讹文。或经当为崮狗之崮。菌人盖靖人类也。"参见"靖人"(337页)。

菑丘䜣 汉韩婴《韩诗外传》卷十:"东海有勇士曰菑丘䜣,以勇猛闻于天下。过神渊,曰:'饮马。'其仆曰:'饮马于此者,马必死。'曰:'以䜣之言饮之。'其马果沉。菑丘䜣去朝服,拔剑而入,三日三夜,杀三蛟一龙而出。雷神随而击之,十日十夜,眇其左目。"

菀窳妇人 蚕神名。《后汉书·礼仪志》注引《汉旧仪》:"今蚕神曰菀窳妇人、寓氏公主,凡二人。"菀窳,《晋书·礼志上》作苑窊。又《玉烛宝典》卷二引《淮南万毕术》云:"二月上壬日取道中土井水和塈蚕屋四角宜蚕。神名菀窳。"晋干宝《搜神记》卷十四释此二神之义云:"公主者,女之尊称也;菀窳妇人,先蚕者也。"然亦莫得其详。

萐莆 一作"萐脯"。《说文》一:"萐,萐莆,瑞草也。尧时生于庖厨,扇暑而凉。"《太平御览》卷八七三引《孙氏瑞应图》云:"萐莆,王者不征滋味,厨不逾深盛,则生于厨。一名倚扇,一名实闻,一名倚萐。生如莲枝,多叶少根,如丝转而生风,主于饮食清凉,驱杀虫蝇。"

萐脯 亦作"萐莆"。汉王充《论衡·是应》:"儒者言萐脯生于庖厨者,言厨中自生肉脯,薄如萐形,摇鼓生风,寒凉食物,使之不臬。"

萧史 《列仙传》卷上:"萧史者,秦穆公时人也。善吹箫,能致孔雀白鹤于庭。穆公有女

萧史　明刊本《列仙全传》

字弄玉,好之。公遂以女妻焉。日教弄玉作凤鸣。居数年,吹似凤声,凤凰来止其屋。公为作凤台,夫妇止其上不下数年。一旦,皆随凤凰飞去。故秦人为作凤女祠于雍宫中,时有箫声而已。"

萧夫人 石名。《古今图书集成·山川典》卷三二〇引《临海记》:"五龙山脊,有石耸立,大可百围,上有丛木,如妇人危坐,俗号萧夫人。父老云:昔有人渔于海滨不返,其妻携七子登此山望焉,感而成石,下有石人七躯,盖其子也。"此亦望夫石之类。

梼杌 颛顼子。《左传·文公十八年》:"颛顼氏有不才子,不可教训,不知话言……天下之民,谓之梼杌。"《神异经·西荒经》云:"西方

荒中有兽焉，其状如虎而犬毛，长二尺，人面，虎足，猪口牙，尾长一丈八尺，搅乱荒中，名梼杌。"即此。

梯仙国 《博异志》略云：唐房州竹山县阴隐客，家富，庄后穿井，二年已浚一千余尺，而无水。工人忽闻地中鸡犬鸟雀声，更凿数尺，傍通一石穴，工人乃入穴探之。初无所见，后乃至别一天地日月世界，有金宫银阙，异树奇花等。有门人导之至一山，山趾有一国城，皆是金银珉玉为宫室城楼，以玉字题云：梯仙国。工人询曰："此国何如？"门人曰："此皆诸仙初得仙者，关送此国，修行七十万日，然后得至诸天；或玉京蓬莱，昆阆姑射，然后方得仙官职位，飞行自在。"工人曰："既是仙国，何在吾国之下界？"门人曰："吾此国是下界之上仙国也，汝国之上，还有仙国如吾国，亦曰梯仙国，一无所异。"言毕，谓工人曰："卿可归矣。"乃引工人上山寻来路，欲至山顶求来穴。后又引工人别路而上，至一大门，才入门，工人遂为风云所拥而去。须臾云开，已在房州北三十里，孤星山顶洞中。出后而询阴隐客家，时人云已三四世矣。工人寻觅家人，亦了不知处。自然不乐人间，后遂入剑阁鸡冠山，莫知所终。

梓潭山 《太平寰宇记》卷一〇八："梓潭山在（雩都）县东南六十九里。《南康记》云：'其山有大梓树，吴王命都尉萧武伐为龙舟，艚斫成而牵引不动。占云，须童男女数十人为歌乐，乃得下。乃以童男女牵拽，艚没于潭中，男女皆溺。其后天晴朗净，仿佛若见人船焉。夜静，潭边或闻歌唱之声，因号梓潭。'"

梓潼树神 明董斯张《广博物志》卷四〇引《蜀记》："夏禹欲造独木船，知梓潼县尼陈山有梓木，径一丈二寸，令匠者伐之。树神为童子，不伏，禹责而伐之。"

梅伯 纣臣。《楚辞·天问》："梅伯受醢。"王逸注："梅伯，纣诸侯也。言梅伯忠直，而数谏纣，纣怒，乃杀之，葅醢其身。"又《吕氏春秋·行论》云："昔者纣为无道，杀梅伯而醢之。"《淮南子·俶真训》云："纣葅梅伯之骸。"皆谓其事。

梅山七圣 《灌志文徵·李冰父子治水记》："二郎喜驰猎之事，奉父命而斩蛟，其友七人实助之，世传梅山七圣。"此梅山七圣《封神演义》第九十二回谓是猿、猪、羊、牛、狗、蜈蚣、蛇七怪，助纣为虐，杨戬、哪吒收斩之。而四川民间传说，则谓是猎户七人，俱李冰子二郎之友。或又称为煤山七友。二郎擒孽龙所在之灌县玉垒山一带，均产煤之山，七友盖古代采煤工。该县二王庙旧有"七圣殿"，塑七友像，以其形状诡异，俗亦谓之"七怪"。今二王庙山门内小戏台横额尚有木刻线雕涂金人物图像，约作于清代初年，即二郎偕梅山七圣助李冰斗犀图。右侧一象鼻怪兽，身被鳞甲，一有须壮汉徒手搏之，当即李冰斗犀。中武士八人，居中一戴冠著战袍之少年，腰悬宝剑，倒持三尖两刃刀，前后均有猎犬跟从，自属二郎无疑。其余七武士，亦均各著战袍，前三后四，当即所谓"梅山七圣"。

梅溪山石磨 梁吴均《续齐谐记》："吴兴故鄣县东三十里有梅溪山，山根直竖一石，高可百余丈，至青而圆，如两间屋大。四面斗绝，仰之干云，外无登陟之理。其上复有盘石，圆如车盖，恒转如磨，声若风雨，土人号为石磨。转快则年丰，转迟则岁歉，欲知年之丰俭，验之无失。"

黄山 《古今图书集成·山川典》卷八七引《太平县志》："黄山三十六峰，在县南三十里，高一千一百余丈，盘亘三百里，《图经》称为轩辕栖真之地。唐天宝以前曰黟山。《神仙传》云，轩辕问道于浮丘公，曰：'愿抠衣躬侍修炼。'浮丘公曰：'江南黟山，神仙所居。有古木灵药，其泉香美清温，冬夏无变，沐浴饮者，万病全却。'因与容成子、浮丘公同游于此，故又名黄山。"

黄马 《山海经·海外西经》："一臂国……有黄马虎文，一目而一手。"郝懿行云："手，马臂也。《礼·内则》云：'马黑脊而般臂漏。'"

黄龙 《山海经·海内经》郭璞注引《开筮》："鲧死三岁不腐，剖之以吴刀，化为黄龙。"又《初学记》卷二二引《归藏》云："大副之吴刀，是用出禹。"亦为其事。按鲧化黄龙外，尚有鲧化*黄能或*玄鱼之说。

黄鸟 《山海经·大荒南经》："黑水之南，有玄蛇，食麈。有巫山者，西有黄鸟。帝药、八斋。黄鸟于巫山，司此玄蛇。"郭璞注："天帝神仙药在此也。"按古黄、皇恒通用，此经黄鸟，疑即*皇鸟，凤凰属之鸟。黄鸟司食麈玄蛇，惧其窃食天帝神仙药也。又《山海经·北次三经》云："轩辕之山……有鸟焉，其状如枭而白首，其名曰黄鸟，其鸣自詨，食之不妒。"郝懿行注：《周书·王会篇》云：'方扬以皇鸟。'《尔雅·释鸟》云：'皇，黄鸟。'盖皆此经黄鸟也。"按此当别是一黄鸟，非司食麈玄蛇之黄（皇）鸟；郝此注移于《大荒南经》巫山黄鸟则是矣。

黄帝 亦作"皇帝"。皇帝者，皇天上帝之谓。《庄子·齐物论》："是皇帝之所听荧也。"释文："皇帝，本又作黄帝。"《吕氏春秋·贵公》："丑不若黄帝。"毕沅校曰："黄帝刘本（明刘如宠本）作皇帝，黄、皇古通用。"《书·吕刑》："蚩尤惟始作乱……皇帝清问下民……"此皇帝即上帝，亦即黄帝已明。黄帝最初之神职盖为雷神。"附宝见大电光绕北斗枢星，照耀郊野，感而生黄帝轩辕于青邱"（《河图稽命征》），"黄帝以雷精起"（《河图帝纪通》），明述黄帝起于雷电。"轩辕，主雷雨之神也"（《春秋合诚图》），此即其神职。"轩辕十七星在七星北，如龙之体，主雷雨之神"（《大象列星图》），此则为其星象。所举诸事，无不与雷有关。黄帝以雷神崛起而为中央天帝，乃又有黄帝胜四帝之说。《孙子·行军》云："凡此四军之利，此黄帝之所以胜四帝也。"《太平御览》卷七九引《蒋子万机论》复云："黄帝之初，养性爱民，不好战伐。而四帝各以方色称号，交共谋之，边城日惊，介胄不释。黄帝叹曰：'夫君危于上，民安于下，主失于国，其臣再嫁。厥病之由，非养寇耶？今处民萌之上，而四盗亢衡，递震于师。'于是遂即营垒以伐四帝。"黄帝既胜四帝，神国组织于以建立，于是乃有如《淮南子·天文训》所描绘之美妙景象："东方木也，其帝太皞，其佐句芒，执规而治春……南方火也，其帝炎帝，其佐朱明（即祝融），执衡而治夏……中央土也，其帝黄帝，其佐后土，执绳而制四方……西方金也，其帝少昊，其佐蓐收，执矩而治秋……北方水也，其帝颛顼，其佐玄冥（即禺彊），执权而治冬。"黄帝遂为五天帝之中央天帝。黄帝神话之主要部分，当为黄、炎战争，其中与*蚩尤之战尤为激烈。清马骕《绎史》卷五引《新书》云："炎帝者，黄帝同母异父兄弟也，各有天下之半。黄帝行道而炎帝不听，故战于涿鹿之野，血流漂杵。"《吕氏春秋·荡兵》亦云："兵所自来久矣，黄、炎故用水火矣。"

黄帝　汉代画像石刻

《列子·黄帝》则云"黄帝与炎帝战于阪泉之野,帅熊、罴、狼、豹、䝙、虎为前驱,鵰、鹖、鹰、鸢为旗帜。"战争之规模显而易见。《大戴礼·五帝德》云:"黄帝与赤帝(炎帝)战于阪泉之野,三战然后行其志。"是黄帝胜炎帝,亦经艰苦斗争。炎帝兵败,蚩尤崛起,为炎帝复仇。"蚩尤姜姓,炎帝之裔也。"(《路史·蚩尤传》)黄帝既战炎帝于*阪泉,复战蚩尤于*涿鹿(阪泉、涿鹿,实为一地)。是黄帝与蚩尤之战,乃黄、炎战争之继续,且较前更为惊心动魄。蚩尤兵败被诛,而又有*夸父、*刑天、*共工之属,或炎帝之裔,或炎帝之臣,均前仆后继,为炎帝、蚩尤复仇,虽皆泯毁,猛志常在。黄帝既杀蚩尤,乃又有作乐庆功、*蚕神献丝等神话出现。至于《山海经·西次三经》称黄帝在峚山服食玉膏,《史记·封禅书》称"黄帝采首山铜,铸鼎于荆山下,鼎既成,有龙垂胡髯下迎黄帝,黄帝上骑,群臣后宫从上者七十余人"云云,则为黄帝神话仙话化之开始。

黄能 《国语·晋语八》:"昔有鲧违帝命,殛之于羽山,化为黄能,以入于羽渊。"韦昭注:"能,似熊。"盖本诸《说文》。《说文》(十)云:"能,熊属,足似鹿。"而《尔雅·释鱼》云:"鳖三足,能。"则不知所谓能者,为熊或为鳖。《述异记》云:"陆居曰熊,水居曰能。"亦未能确定。《史记·夏本纪》正义云:"鲧之羽山,化为黄熊,入于羽渊。熊,音乃来反,下三点为三足也。"束晳《发蒙记》云:'鳖三足曰熊。'"由是言之,熊者熊字之讹,熊即能。此三足之能,既可居陆,亦可居水,远胜于《述异记》模棱之解释。然《尔雅·释鱼》止云"鳖三足,能",不作熊,《说文》亦无熊字,知熊是后起字。徐灏《说文解字注笺》能字下,谓改熊字,下体作三点,以为三足鳖,此为世俗所造。然据《史记》正义引束晳说,此字晋时已有之。是字本作能,后人于能下加三点以为熊,以符《尔雅》之说,熊又讹为熊,是书传所谓鲧化黄熊者,即黄能。熊不可以入渊,惟能能之。参见"鲧"(354页)。

黄熊 《左传·昭公七年》:"昔尧殛鲧于羽山,其神化为黄熊,以入于羽渊。"《楚辞·天问》云:"化为黄熊,巫何活焉?"亦写鲧事。熊者熊字之讹,熊即能。黄熊即*黄能。鲧又有化*黄龙、*玄鱼诸说。

黄鹜 见"青鸾"(191页)。

黄中李 《云仙杂记》卷八:"西王母居龙月城。城中产黄中李,花开则三影,结实则九影,花实上皆'黄中'二字。王母惜之过于蟠桃,与紫阳真官博戏,则以一二百枚,递分胜负。"

黄牛庙 亦作"黄陵庙"。宋陆游《入蜀记》:"晚次黄牛庙,山复高峻。其下即无义滩,乱石塞中流,望之可畏。传云,神佐夏禹治水有功,故食于此。黄牛峡庙后山如屏风叠,嵯峨插天。第四叠上有若牛状,其色赤黄,前有一人如著帽立者。"又明董斯张《广博物志》卷一四引诸葛亮《黄陵庙记》:"(仆)总师蜀道,履黄牛,因睹江山之胜。……石壁间有神像影观焉,鬘发须眉宛然,如彩画者。毐竖一旌旗,右驻一黄犊,犹有董工开导之势。……惜庙貌废去,使人太息。神有功助禹开江,不事凿斧,顺济舟航,当庙食兹土。仆复而兴之,再建其庙,号目之黄牛庙,以显神功。"此记疑出南宋以后人伪托,黄牛庙之称黄陵庙当亦自此始。参见"黄牛神"。

黄牛神 宋范成大《吴船录》卷下:"黄牛峡上有沼川庙,黄牛之神也,亦云助禹疏川者。庙背大峰峻壁之上,有黄迹如牛,一墨迹如人牵之,云此其神也。"此黄牛峡人牛迹北魏郦道元《水经注·江水》已有记,云:"高岩间有石,色如人负刀牵牛,人黑牛黄,成就分明。……此岩既高,加以江湍纡回,虽涂经信宿,犹望见此物。故行者谣曰:'朝发黄牛,暮宿黄牛,三朝三暮,黄牛如故。'"参见"黄牛庙"。

黄姮尸 《山海经·大荒西经》:"有金门之山。有人名曰黄姮之尸。"按此当系神名或巫名,如"奢比尸"、"女丑尸"然。

黄陵庙 ❶即"黄牛庙"。❷即"二妃庙"(6页)。

黄鹤楼 《列仙全传》卷九:"费文祎,字子安,好道得仙,偶过江夏辛氏酒馆而饮焉,辛复饮之巨觞。明日复来,辛不待索而饮之。如是者数载,略无吝意。乃谓辛曰:'多负酒钱,今当少酬。'于是取橘皮向壁间画一鹤,曰:'客来饮,但令拍手歌之,鹤必下舞。'后客至饮,鹤果蹁跹而舞,回旋宛转,曲中音律,远近莫不集饮而观之。逾十年,辛氏家资巨万矣。一日,子安至馆,曰:'向饮君酒,所偿何如?'辛氏谢曰:'赖先生画黄鹤,因获百倍,愿少留谢。'子安笑曰:'来讵为此?'取笛数弄。须臾,白云自空而下,画鹤飞至子安前,遂跨鹤乘云而去。辛氏即于飞升处建楼,名黄鹤楼焉。"唐崔颢《黄鹤楼》诗云:"昔人已乘黄鹤去,此地空余黄鹤楼。"即谓是。《南齐书·州郡志》云:"夏口城据黄鹄矶,世传仙人子安,乘黄鹤过此上也。"《太平寰宇记》卷一一二云:"黄鹤楼在(江夏)县西二百八十步。昔费祎登仙,每乘黄鹤于此憩驾,故号为黄鹤楼。"《汉唐地理书钞》辑《顾野王舆地志》云:"俗传黄鹤楼飞向江外,以铁锁縻之方已。"均是有关黄鹤楼传说之较早者。清褚人穫《坚瓠八集》卷四"黄鹤楼"条云:"黄鹤楼据蛇山,俯鹄矶,汉江绕其前,鹦鹉洲横其下,三楚雄概,此楼第一。崔颢'晴川芳草'句,堪与楼争

雄。相传唐时吕纯阳尝客兹地,侨寓酒家,日饮数壶,累至数百不偿值。复索饮,主人供给无倦色。纯阳喜之。适啖西瓜,遂以瓜皮画一鹤于壁上。始色瓜皮青,久之变黄,遂为黄鹤。纯阳又教酒家童子唱道词,自鼓板为节。已而唱时,鹤辄从壁间飞下,婆娑翔舞,观玩饮酒者,日数千人。凡阅数月,酒家得钱数百万,骤富,以钱酬纯阳,纯阳不受。遂构此楼志感,故名黄鹤楼。"则当是后人附会之词。

黄龙负舟 《吕氏春秋·知分》:"禹南省方,济乎江,黄龙负舟,舟中之人,五色无主。禹仰视天而叹曰:'吾受命于天,竭力以养人。生,性也;死,命也。余何忧于龙焉?'龙俯首低尾而逝。"事亦见《淮南子·精神训》,文略同。此中所记禹已从天神降为凡人。《水经注·江水》又将此段神话附会为"龙巢"之地名,谓在江浦右迆北虎洲之北。

黄帝女魃 《山海经·大荒北经》:"大荒之中,有山名曰不句,海水北入焉。有系昆之山者,有共工之台,射者不敢北乡。有人衣青衣,名曰黄帝女魃。蚩尤作兵伐黄帝,黄帝乃令应龙攻之冀州之野。应龙畜水,蚩尤请风伯雨师,纵大风雨。黄帝乃下天女曰魃,雨止,遂杀蚩尤。魃不得复上,所居不雨。叔均言之帝,后置之赤水之北。叔均乃为田祖。魃时亡之。所欲逐之者,令曰:'神北行。'先除水道,决通沟渎。"按"黄帝女魃"之"魃",郭璞注云:"音如旱妭之魃。"郝懿行云:"《玉篇》引《文字指归》曰:'女妭,秃无发,所居之处,天不雨也;同魃。'李贤注《后汉书·张衡传》引此经作妭,云,妭亦魃也。据此,则经文当为妭,注文当为魃,今本误也。《太平御览》七十九卷引此经作妭,可证。"王念孙校同郝注。经文各魃字实宜作妭。《艺文类聚》卷一〇〇引《神异经》云:

"南方有人,长二三尺,袒身,而目在顶上,走行如风,名曰魃,所见之国大旱,赤地千里。一名狢。遇者得之,投溷中乃死,旱灾消也。"则是女魃神话之演变,非古传黄帝女妭。此经下文有"赤水女子献",疑即黄帝女魃(妭)。参见"赤水女子献"(163页)。

黄帝造车 《太平御览》卷七七二引《释名》(今本无):"黄帝造车,故号轩辕氏。"按黄帝除造车外,尚有其他种种器物之创制发明,如卷七五七引《古史考》:"黄帝始造釜甑。"卷八五〇引《周礼》:"黄帝始蒸谷为饭。"卷七九引《管子》:"黄帝钻燧生火,以熟荤臊,民食之无肠胃之病(今本《管子·轻重戊》文略同,惟'肠胃'作'兹胭')。"《世本·作篇》(清张澍稡集补注本):"黄帝作旃。黄帝作冕旒。黄帝造火食。黄帝见百物使穿井。"又同书雷学琪校辑本:"黄帝乐名《咸池》。"

黄帝铸大镜 清陈元龙《格致镜原》卷五六引《稗史类编》:"《黄帝内传》曰:'(帝)既与王母会与王屋,乃铸大镜十二面,随月用之。'"又唐王度《古镜记》云:"隋汾阴侯生,天下奇士也。王度尝以师礼事之。临终,赠度以古镜,曰:'持此则百邪远人。……昔者吾闻黄帝铸十五镜,其第一横径一尺五寸,法满月之数也。以其相差,各校一寸,此第八镜也。'"当为上述神话之异闻。

黄帝遗玄珠 《庄子·天地》:"黄帝游乎赤水之北,登乎昆仑之丘,而南望还归,遗其玄珠。使知索之而不得,使离朱索之而不得,使喫诟索之而不得也,乃使象罔,象罔得之。黄帝曰:'异哉!象罔乃可以得之乎?'"此说《淮南子》亦载之,《人间训》云:"黄帝亡其玄珠,使离朱、攫剟索之,而弗能得之也,于是使忽恍而后能得之。"高诱注:"离朱明目,见物捷疾,攫剟善于搏拾物,二人皆黄帝臣也(文及注均有讹误,从刘文典《集解》引王念孙说改)。于诸索玄珠之黄帝臣中,又增一攫剟。而《蜀典》卷二"奇相"条云:"《蜀梼杌》曰:'古史云,震蒙氏之女窃黄帝玄珠,沉江而死,化为奇相,即今江渎神也。'按《黄帝传》云:'象罔得之,后为蒙氏女奇相氏窃之,沉海去为神。'……《一统志》引《山海经》云:'神生汶川,马首龙身,禹导江,神实佐之。'"则此传说愈演而愈繁。又《山海经·海外南经》云:"三珠树在厌火北,生赤水上,其为树如柏,叶皆为珠。一曰,其为树若彗。"郝懿行云:"《庄子·天地篇》云,黄帝游乎赤水之北,遗其玄珠,盖本此为说也。"或三珠树即所遗玄珠所生树,未可知也。

〔丨〕

患 晋干宝《搜神记》卷十一:"汉武帝东游,未出函谷关,有物当道,身长数丈,其状象牛,青眼而曜睛,四足,入土,动而不徙。百官惊骇。东方朔乃请以酒灌之。灌之数十斛,而物消。帝问其故。答曰:'此名为患,忧气之所生也。此必是秦之狱地,不然,则罪人徒作之所聚。夫酒忘忧,故能消之也。'帝曰:'呼!博物之士,至于此乎!'"

逴龙 即"烛龙"。《楚辞·大招》:"北有寒山,逴龙艳只。"王逸注:"逴龙,山名。"洪兴祖补注:"疑此逴龙即烛龙也。"按洪说是。《淮南子·墬形训》云:"烛龙在雁门北,蔽于委羽之山,不见日。""不见日"故常寒,即《大招》之所谓"北有寒山";逴、烛音复相近,是逴龙即烛龙。

悬圃 山名。即"县圃"。亦作"玄圃"、"平圃"。南朝梁刘勰《文心雕龙·辨骚》:"昆仑悬圃,非经义所载。"

婴勺 《山海经·中次十一经》:"支离之山,济水出焉，南流注于汉。有鸟焉，其名曰婴勺，其状如鹊，赤目、赤喙、白身，其尾若勺，其鸣自呼。"

眼明袋 南朝梁吴均《续齐谐记》："弘农邓绍，尝八月旦上华山采药，见一童子，执五彩囊，承柏叶上露，皆如珠满囊。绍问曰：'用此何为？'答曰：'赤松先生取以明目。'言终，便失所在。今世人八月旦作眼明袋，此遗象也。"又清陈元龙《格致镜原》卷十一引《述仙记》云："八月一日，作五明囊，盛百草露以洗眼。"本此。

野仲游光 《文选·东京赋》："殪野仲而歼游光。"薛综注："野仲、游光，恶鬼也，兄弟八人，常在人间作怪害。"又清卢文弨《群书拾补》辑《风俗通逸文》云："夏至，著五彩，辟兵，题曰游光，厉鬼知其名者。"又云："永建中，京师大疫，云厉鬼字野仲、游光……人情愁怖，复增题之。"则野仲游光，汉代所传恶鬼名，题以辟兵疫，盖亦*神荼郁垒"阅领万鬼"之遗意。

啸父 《列仙传》卷上："啸父者，冀州人也。少在曲周市上补履（'曲周'原作'西周'，据《文选·魏都赋》、《水经注·浊漳水》引改），数十年人不知也。后奇其不老，好事者造求其术，不能得也。惟梁母得其作火法。临上三亮山，与梁母别，列数十火而升。曲邑（原作'西邑'）多奉祀之。"按啸父，传说为夏时人，系*师门之师。

啮铁 《神异经·中荒经》："南方有兽焉，角足大小，形状如水牛，皮毛黑如漆，食铁饮水，其粪可为兵器，其利如刚，名曰啮铁。"

啮镞法 唐段成式《酉阳杂俎续集》卷四引《朝野佥载》（今本无）："隋末有昝君谟，善射，闭目而射，应口而中，云志其目则中目，志其口则中口。有王灵智学射于谟，以为曲尽其妙，欲射杀谟，独擅其美。谟执一短刀，箭来辄截之。惟有一矢，谟张口承之，遂啮其镞。笑曰：'学射三年，未教汝啮镞法。'"又《太平御览》卷三五〇引《列子》云："飞卫学射于甘蝇，诸法并善，惟啮法不教。"啮法即啮镞法。鲁迅《故事新编·奔月》所写羿之啮镞法，即本此。

崑狗 《山海经·海内经》："有青兽，如菟，名曰崑狗。"郭璞注："音如朝菌之菌。"

崇侯虎 纣臣。《太平御览》卷三八六引《六韬》："纣之卒握炭流汤者十八人，崇侯虎等举五百石重沙二十四人。"按据此，崇侯虎盖勇力之士。然纣囚文王，崇侯虎实谮之。南朝梁萧绎《金楼子·兴王篇》云："纣谓西伯（文王）曰：'潜汝者长鼻决耳也。'文王曰：'此崇侯虎之状。'纣赦文王。"唐封演《封氏闻见记》卷八引《曹子建诘纣文》云："崇侯何功，乃用为辅？西伯何辜，囚之囹圄？"已慨乎言之。故《史记·周本纪》云："明年伐崇侯虎，而作丰邑。"参见"文王"（82页）、"羑里"（239页）。

崦嵫 亦作"弇兹"。《楚辞·离骚》："望崦嵫而勿迫。"王逸注："崦嵫，日所入山也，下有蒙水，水中有虞渊。"《山海经·西次四经》："鸟鼠同穴山……西南三百六十里，曰崦嵫之山。"毕沅云："字当为弇兹。……《穆天子传》曰：'天子升于弇山。'郭曰：'弇兹山。'当即此也。"又北魏郦道元《水经注·禹贡山水泽地所在》云："（弱水）西行极崦嵫之山，在西海郡北。山有石，赤白色。以两石相打，则水润。打之不已，润尽则火出，山石皆然。炎起数丈，径日不灭。有大黑风，自流沙出，奄之乃灭，其石如初。"又兹山之异闻。

崆峒 亦作"空同"、"空桐"。《庄子·在宥》："黄帝立为天子十九年，令行天下。闻广成子在于空同之上，故往见之。"此山在今河

十一画　虚蛊鹠蛇跂　291

南省临汝县西南。又《史记·五帝本纪》云："黄帝……西至于空桐,登鸡头。"此山则在今甘肃省平凉县西,当为别一崆峒。参见"广成子"(29页)。

虚耗　鬼名。宋陈元靓《岁时广记》卷四〇"梦钟馗"条引《唐逸史》："明皇开元讲武骊山,翠华还宫,上不悦,因痁疾作,昼寝。梦一小鬼,衣绛犊鼻,跣一足,履一足,腰悬一履,搢一笻扇,盗太真绣香囊及上玉笛,绕殿奔戏上前。上叱问之,小鬼奏曰:'臣乃虚耗也。'上曰:'未闻虚耗之名。'小鬼奏曰:'虚者,望空虚中盗人物如戏;耗即耗人家喜事成忧。'上欲怒,呼武士。俄见一大鬼,顶破帽,衣蓝袍,系角带,靸朝靴,径捉小鬼,先刳其目,然后劈而啖之。上问大者:'尔何人也?'奏云:'臣终南山进士钟馗也,因武德年中应举不捷,羞归故里,触殿阶而死,是时奉旨赐绿袍以葬之,感恩发誓,与我王除天下虚耗妖孽之事。'言讫梦觉,痁疾顿瘳。乃诏画工吴道子曰:'试与朕如梦图之。'道子奉旨,恍若有睹,立笔图就进呈。上视久之,抚几曰:'是卿与朕同梦尔。'赐以百金。"按同书卷三九引《岁时杂记》"照虚耗"条云："交年之夜,门及床下以至圊溷,皆燃灯,除夜亦然,谓之照虚耗。"清褚人穫《坚瓠四集》卷三"除夕遗俗"条云："(除夕)终夜不睡,谓之守岁;燃灯室中,谓之照虚耗。"则神话之鬼物,已成后代驱邪之风习矣。参见"钟馗"(233页)。

虚上夫人　即"嫦娥"、"姮娥"。《许慎淮南子注》(清孙冯翼辑)："嫦娥,羿妻也,逃月中,盖虚上夫人是也。"

蛊雕　《山海经·南次二经》："鹿吴之山……泽更之水出焉,而南流注于滂水。水有兽焉,名曰蛊雕。其状如雕而有角,其音如婴儿之音,是食人。"

蛊雕

鹠渠　《山海经·西山经》："松果之山……有鸟焉,其名曰鹠渠,其状如山鸡,黑身赤足,可以已㿋。"郭璞注："鹠,音彤弓之彤。(㿋)谓皮皱起也,音叵驳反。"

蛇丘　《古小说钩沈》辑《玄中记》："东海有蛇丘之地,险多渐洳,众蛇居之,无人民。蛇或人头而蛇身。"唐张鷟《朝野佥载》卷五亦记之,文略同。首二句作"东海有蛇丘,地险多渐洳",于义为长。

蛇衔　一作"蛇含"。南朝宋刘敬叔《异苑》卷三："昔有田父耕地,值见伤蛇在焉。有一蛇衔草著疮上,经日伤蛇走。田父取其草余叶,以治疮皆验。本不知草名,因以蛇衔为名。"

跂踵　《山海经·中次十经》："复州之山,有鸟焉,其状如鸮,而一足彘尾,其名曰跂踵,见则其国大疫。"郭璞注："《铭》(即《郭氏图赞》)曰:'跂踵为鸟,一足似夔,不为乐兴,反以来悲。'"参见"一足鸟"(1页)。

跂踵

跂踵民　见"跂踵国"。

跂踵国　《山海经·海外北经》："跂踵国在拘瘿东,其为人两足皆支。一曰反踵(内数字有讹,据郝懿行校改)。"郭璞注："其人行,足跟不著地也。"又《淮南子·墬形训》有"跂踵民",高诱注云："跂踵民,踵不至地,以五指行也。"即

跂踵国

此。然《文选·曲水诗序》李善注引高注则云:"反踵,国名,其人南行,迹北向也。"与此异义。大约跂踵本作支踵,支反形近易讹,故经文有"一曰反踵"之说。

常仪 帝喾妃。即"常羲"、"姮娥"、"嫦娥"。《世本·帝系篇》(清张澍稡集补注本):"帝喾卜其四妃之子,皆有天下。……下妃娵訾氏之女,曰常仪,生挚。"《太平御览》卷三七三引《王子年拾遗记》云:"帝喾高辛氏娶于诹氏女,女生而发与足齐,坠地能言,乃纳于帝。"即常仪。仪、羲、娥,古音同。疑亦即《拾遗记》所记生*少昊金天氏之皇娥,以少昊名挚,与常仪之子挚同名耳。

常娥 亦作"姮娥"、"嫦娥"。《文选·祭颜光禄文》注引《归藏》:"昔常娥以西王母不死药服之,遂奔月为月精。"详见"姮娥"(251页)、"嫦娥"(348页)。

常羲 帝俊妻。亦作"尚仪"。《山海经·大荒西经》:"有女子方浴月。帝俊妻常羲,生月十有二,此始浴之。"《世本》(清张澍稡集补注本)云:"帝喾下妃娵訾氏之女,曰常仪,是生帝挚。"羲、仪声近,常羲即常仪,帝俊亦即帝喾。《吕氏春秋·勿躬》云:"尚仪作占月。"毕沅云:"尚仪即常仪,古读仪为何,后世遂有嫦娥之鄙言。""鄙言"与否姑无论,是生月之常羲,乃渐演变而为奔月之嫦娥;其身分亦由帝俊之妻,一变而为帝俊属神羿之妻。详见"姮娥"(251页)、"嫦娥"(348页)。

常羊山 《山海经·大荒西经》:"西南大荒之隅(原'隅'上有'中'字,从郝懿行校删),有偏句、常羊之山。"《海外西经》云:"刑天与帝争神,帝断其首,葬之常羊之山。"《玉函山房辑佚书》辑《春秋纬元命苞》云:"少典妃安登游于华阳,有神龙首感之于常羊,生神农。"三者盖为一地。

常阳山 日月所入山之一。《山海经·大荒西经》:"大荒之中,有山名曰常阳之山,日月所入。"

〔丿〕

鴸 《山海经·南次二经》:"柜山……有鸟焉,其状如鸱而人手,其音如痹,其名曰鴸,其名自号也,见则其县多放士。"吴任臣云:"陶潜《读山海经》诗:'鹎鴸见城邑,其国有放士。……或云鹎鴸当作鹦鴸。"按

鴸

作鹦鴸是也,此经鴸鸟当是*丹朱神话之异闻。

鄋瞒 《左传·文公十一年》:"鄋瞒侵齐,遂伐我。公卜,使叔孙得臣追之……获长狄侨如。富父终甥舂其喉,以戈杀之,埋其首于子驹之门……晋之灭潞也,获侨如之弟焚如。齐襄公之二年,鄋瞒伐齐,齐王子成父获其弟荣如,埋其首于周首之北门。卫人获其季弟简如。鄋瞒由是遂亡。"参见"长狄"(78页)。

领胡 《山海经·北次三经》:"阳山,其上多玉,其下多金铜。有兽焉,其状如牛而赤尾,其颈𩩙,其状如句瞿,其名曰领胡,其鸣自詨,食之已狂。"郭璞注:"言颈上有肉𩩙;句瞿,斗也。"郝懿行云:"《元和郡县志》云:'海康县有牛,项上有骨,大如覆斗,日行三百里,即《尔雅》所谓犦牛。'疑此是也。"

犁𩴱尸 《山海经·大荒东经》:"有神,人面兽身,名曰犁𩴱之尸。"郭璞注:"音灵。"郝懿行云:"《玉篇》云:'𩴱同䰳,又

犁𩴱尸

作靈,神也;或作觀。"《说文》十一云:"霝,龙也。"按此神盖*奢比尸之类。

偓佺 《列仙传》卷上:"偓佺者,槐山采药父也。好食松实,形体生毛,长数寸,两目更方,能飞行逐走马。以松子遗尧,尧不暇服也。松者,简松也,时人受服者,皆至二三百岁焉。"

偃师 《列子·汤问》:"周穆王西巡狩,越昆仑,下至弇山。反还,未及中国,道有献工人名偃师,穆王荐之。问曰:'若有何能?'偃师曰:'臣惟命所试。然臣已有所造,愿王先观之。'穆王曰:'日与俱来,吾与汝俱观之。'翌日,偃师谒见王,王荐之,曰:'若与偕来者何人邪?'曰:'臣之所造能倡者。'穆王惊视之,趣步俯仰信人也。巧夫!领其颐则歌合律,捧其手则舞应节,千变万化,惟意所适。王以为实人也,与盛姬内御并观之。伎将终,倡者瞬其目而招王之左右侍妾。王大怒,立欲诛偃师。偃师大慑,立剖散倡者以示王,皆傅会革、木、胶、漆、黑、白、丹、青之所为。王谛料之,内则肝、胆、心、脾、肾、肠、胃,外则筋骨、支节、皮毛、齿发,皆假物也,而无不毕具者。合会复如初见。王试废其心,则口不能言;废其肝,则目不能视;废其肾,则足不能步。穆王始悦而叹曰:'人之巧,乃可与造化者同功乎?'诏贰车载之以归。"又《太平御览》卷五七四引《周穆王传》云:"有偃师者,缚草作人,以五采衣之,使舞。王与美人观之。草人以手招美人,王怒。"当是本此为说。

偃朱城 《汉唐地理书钞》辑《括地志》:"故尧城在濮州鄄城县东北十五里,《竹书》云,'尧德衰,为舜所囚'也。又有偃朱故城,在县西北十五里,《竹书》云,'舜囚尧,复偃塞丹朱,使不与父相见'也。"按此说与舜避丹朱之说适相反,知古于尧舜禹传说本无定。

㹶 《山海经·中次十一经》:"乐马之山,有兽焉,其状如汇(吴任臣云:汇,猬鼠也),赤如丹火,其名曰㹶,见则其国大疫。"

㹶

猎猎 《山海经·大荒北经》:"有黑虫如熊状,名曰猎猎。"郭璞注:"或作狷,音夕(原'夕'下有'同'字,从《藏经》本删)。"

猪羊荡 清褚人穫《坚瓠广集》卷五"猪羊荡"条引《挑灯集异》:"宁国府城外地名猪羊荡。野中有黑白二石,各数亩余,黑者为黑,白者为白,各聚一处,绝不间乱。土人云,昔传有一人驱羊豕各一群,行至此地。道旁一人见之,疑而问曰:'尔莫不是神佛化身?何故徒行,管摄许多猪羊?'其人闻言,忽不见,猪羊悉化为石矣。至今石尚存,色不改。"

猗天苏门 *日月所出山之一。《山海经·大荒东经》:"大荒之中,有山名曰猗天苏门,日月所生。"

猛氏 即"猛豹"。

猛豹 《山海经·西山经》:"南山……兽多猛豹。"郭璞注:"猛豹似熊而小,毛浅,有光泽,能食蛇,食铜铁,出蜀中。"郝懿行云:"猛豹即貘豹也。《尔雅·释兽》云:'貘,白豹。'郭注云:'似熊,小头庳脚,黑白驳,能舐食铜铁。'……貘豹、猛豹声近而转。"《文选·上林赋》云:"格虾蛤,铤猛氏。"郭璞注:"今蜀中有兽,状如熊而小,毛浅,有光泽,名猛氏。"即此。

猛豹

猛兽 《十洲记》:"征和三年……西胡月支国王遣使……献猛兽一头……帝(汉武帝)见

之……问使者：'此小物可弄，何谓猛兽？'……使者曰：'……猛兽一声叫发，千人伏息。'……于是帝使使者令猛兽发声，试听之。使者乃指兽，命唤一声。兽舐唇良久，忽叫，如天大雷霹雳。……帝登时颠蹶，掩耳震动，不能自止，侍者及武士虎贲皆失仗伏地。诸内外牛马豕犬之属，皆绝绊离系，惊骇放荡，许久咸定。帝忌之，因以此兽付上林苑，令虎食之。于是虎闻兽来，乃相聚窜积，如死虎伏。兽入苑，径上虎头，溺虎口，去十步召来，顾视虎，虎辄闭目。帝恨使者言不逊，欲收之，明日失使者及猛兽所在。"又北魏郦道元《水经注·大辽水》引《博物志》(亦见今本《博物志·异闻》，文有讹误)："魏武于马上逢狮子，使格之，杀伤甚众。王乃自率常从健儿数百人击之。狮子吼呼奋越，左右咸惊。王忽见一物，从林中出，如狸，超上王车轭上。狮子将至，此兽便跳上狮子头上。狮子即伏，不敢起，于是遂杀之，得狮子而还。未至洛阳四十里，洛中鸡狗，皆无鸣吠者也。"按魏武所见兽，即猛兽之属，事亦类猛兽之说。

银井 《述异记》卷下："桂阳郡有银井，凿之转深。汉有村人焦先，于半道见三老，徧身皓白，云：'逐我太苦，今往他所。'先知是怪，以刀斫之，三翁各以杖受刀，忽不见。视其断杖是银，其井遂不生银也。"

银河 亦名"天河"、"明河"。宋张耒《七夕》诗："神官召集役灵鹊，直渡银河云作桥。"参见"鹊桥"(327页)。

铜神 北魏郦道元《水经注·湘水》："承水出衡阳重安县西，东北流……至重安县，径舜庙下，又东合略塘。相传云，此塘中有铜神，今犹时闻铜声于水。水辄变绿，作铜腥，鱼为之死。"唐段成式《酉阳杂俎·物异》亦记有铜神事，即本此。

铜雀 《三辅黄图》卷二引繁钦《建章序》："秦汉规模廓然泯毁，惟建章凤阙耸然独存。……古歌云：'长安城西有双阙，上有双铜雀。一鸣五谷成，再鸣五谷熟。'"按建章，宫名，汉武帝造。凤阙，建章宫北阙门，一名凤凰阙，高七十丈五尺。铜雀盖铜凤凰。《太平御览》卷三五引《古歌词》云："长安城西双负(凤？)阙，上有一双铜雀宿。一鸣五谷生，再鸣五谷熟。"文与《三辅黄图》所引略有不同。

铜牛山 《会稽郡故书杂集》辑《夏侯曾先会稽地志》："射的山西北铜牛山，是越王铸冶之处。昔有铜牛见于灵汜桥，人逐之，奔入此山。掘地视之，悉铜屑也，因名之。"又云："铜牛、铁冶，越王铸剑之所。以铜滓，不生草木。"据此，则是先有越王铸剑之说，然后生铜牛之神话。《太平御览》卷四七引《孔晔会稽记》云："铜牛山。旧传常有一黄牛出山岩食草，采伐人始见，犹谓是人所养。或有共驱蓦之，垂及，辄失。然后知为神异。"则为此神话之异闻。

铜船湖 明陈仁锡《潜确类书》卷三二："铜船湖，在合浦。刘欣期《交州记》云，湖去合浦四十里，每阴雨，辄见有铜船出水。又有一牛在湖中，渔者祭以鸡酒，便得大鱼。不然，但得牛粪而已。或以汉马援尝铸五铜船，以其四渡海征林邑，留其一于此云。"

象 ❶舜弟。《史记·五帝本纪》："舜父瞽叟盲而舜母死，瞽叟更娶妻而生象。象傲，瞽叟爱后妻子，常欲杀舜。"❷《山海经·南次三经》："祷过之山……其下多象。"郭璞注："象，兽之最大者，长鼻，大者牙长一丈，性妒，不畜淫子。"

象罔 黄帝臣。一作"忽悦"。见"黄帝遗玄珠"(289页)。

象郎 即通廊，谓象牙廊，纣所作。《史记·褚先生补龟策列传》："纣有谀臣，名为左彊。夸而目巧，教为象郎。将至于天，又有玉床。犀玉之器，象箸而羹。圣人剖其心，壮士斩其胻。箕子恐死，被发佯狂。杀周太子历，囚文王昌。投之石室，将以昔至明。阴兢活之，与之俱亡。入于周地，得太公望。兴卒聚兵，与纣相攻。文王病死，载尸以行。太子发代将，号为武王。战于牧野，破之华山之阳。纣不胜，败而还走，围之象郎。自杀宣室，身死不葬。头悬车轸，四马曳行。"按此乃殷周之际纣之奢暴以至败亡之民间传说，而以象郎(廊)为其终始之枢。

象蛇　《山海经·北次三经》："阳山……有鸟焉，其状如雌雉，而五采以文，是自为牝牡，名曰象蛇，其鸣自詨。"

象骨山　《说郛》(百二十卷本)弓六二辑宋范致明《岳阳风土记》："象骨山。《山海经》云：'巴蛇吞象。'暴其骨于此山湖旁，谓之象骨港。"参见"巴陵"(85页)。

盘古　《艺文类聚》卷一引《三五历纪》："天地浑沌如鸡子，盘古生其中。万八千岁，天地开辟，阳清为天，阴浊为地。盘古在其中，一日九变，神于天，圣于地。天日高一丈，地日厚一丈，盘古日长一丈，如此万八千岁。天数极高，地数极深，盘古极长。后乃有三皇。数起于一，立于三，成于五，盛于七，处于九，故天去地九万里。"清马骕《绎史》卷一引《五运历年纪》："首生盘古，垂死化身，气成风云，声为雷霆，左眼为日，右眼为月，四肢五体，为四极五岳，血液为江河，筋脉为地理，肌肉为田土，发髭为星辰，皮毛为草木，齿骨为金石，精髓为珠玉，汗流为雨泽，身之诸虫，因风所感，化为黎甿。"按以上所引，为盘古神话之古说。其开辟之状，颇具哲理化意味。民间所传，则与之相异。明周游《开辟衍绎通俗志传》第一回云："(盘古氏)将身一伸，天即渐高，地便坠下。而天地更有相连者，左手执凿，右手持斧，或用斧劈，或以凿开。自是神力，久而天地乃分。二气升降，清者上为天，浊者下为地，自是而混茫开矣。"颇能得其情状，可以与古传盘古神话相补充。又明董斯张《广博物志》卷九引《五运历年纪》云："盘古之君，龙首蛇身，嘘为风雨，吹为雷电，开目为昼，闭目为夜。死后骨节为山林，体为江海，血为淮渎，毛发为草木。"与《绎史》引《五运历年纪》不同，或所见为《五运历年纪》之别本。其形貌及神力，盖近于章尾山之*烛龙。

盘瓠　即"槃瓠"。晋干宝《搜神记》(《汉魏丛书》本)卷三："昔高辛氏时，有房王作乱，忧国危亡，帝乃召募天下有得房氏首者，赐金千斤，分赏美女。群臣见房氏兵强马壮，难以获之。辛帝有犬字曰盘瓠，其毛五色，常随帝出入。其月忽失此犬，经三日以上，不知所在，帝甚怪之。其犬走投房王，房王见之大悦，谓左右曰：'辛氏其丧乎！犬犹弃主投吾，吾必兴也。'房氏乃大张宴会，为犬作乐。其夜房氏饮酒而卧，盘瓠咬王首而还。辛氏见犬衔房首，大悦，厚与肉糜饲之，竟不食。经一日，帝呼犬亦不起。帝曰：'如何不食，呼又不来，莫是恨朕不赏乎？今当依召募赏汝物，得否？'盘瓠闻帝此言，即起跳跃，帝乃封盘瓠为会稽侯，美女五人，食会稽郡一千户。后生三男三女。其男当生之时，虽似人形，犹有犬尾。其后子孙昌盛，号为犬戎之国。"又《后汉书·南蛮西南夷列传》、《搜神记》(二十卷本)所记与此大略相同，而以此为近古。唐樊绰《蛮书》卷十引王通明《广异记》云："高辛时，人家生一犬，初如小特。主怪之，弃于道下，七日不死，禽兽乳之。其形继日而大，主人复收之。当初弃道上时，以盘盛叶覆之，因以为瑞，遂献于帝,以盘瓠为名也。后立功,啮得戎寇吴将军头,帝妻以公主,封盘瓠为定边侯。公主分娩七块肉,割之有七男。长大各认一姓,今巴东姓田、雷、再(冉?)、向、蒙、旻、叔孙氏也。"亦盘瓠神话之异闻。

盘古国 《述异记》卷上:"南海中盘古国,今人皆以盘古为姓。"参见"盘古"。

盘古庙 《述异记》卷上:"今南海有盘古氏墓,亘三百余里,俗云,后人追葬盘古之魂也。桂林有盘古氏庙,今人祝祀。"又宋罗泌《路史·前纪一》注云:"今赣之会昌有盘古山,本盘固名。其湘乡有盘古保,而零都有盘古祠,盘固之谓也。……成都、淮安、京兆皆有庙祀。……荆湖南北今以十月十六日为盘古氏生日。……《元丰九域志》:广陵有盘古冢、庙。"是盘古神话之遗迹至宋时尚散见于各地。《录异记》卷四且云:"广都县有盘古三郎庙。"盘古而有"郎",尤为可异。

盘瓠石室 北魏郦道元《水经注·沅水》:"(辰)水又东径沅陵县西,有武溪,源出武山,与西阳分山。水源石上有盘瓠迹犹存矣。……今武陵郡夷,即盘瓠之种落也。其狗皮毛,嫡世孙宝录之。"《汉唐地理书钞》辑《黄冈武陵记》云:"武山高可万仞,半山有盘瓠石室,可容数万人。中有石床,盘瓠行迹。今按山窟前有石羊石兽,古迹奇异尤多。望石窟大如三间屋,遥见一石,仍似狗形,蛮俗相传,云是盘瓠象也。"即此。

盘古三郎庙 见"盘古庙"。

盘古氏夫妻 《述异记》卷上:"吴楚间说,盘古氏夫妻,阴阳之始也。"据常任侠《沙坪坝出土之石棺画像研究》(见一九四一年《说文月刊》第二卷第十、十一期合刊)云:"伏羲一名,古无定书,或作伏戏、庖牺、宓羲、虙牺,同声俱可相假。伏羲与槃瓠为双声。伏羲、庖牺、盘古、槃瓠,声训可通,殆属一词。无问汉苗,俱自承为盘古之后,两者神话,盖同出于一源也。"据此,则盘古氏夫妻,当即是兄妹自相婚配而繁衍人类之伏羲氏夫妻。

〔丶〕

孰湖 《山海经·西次四经》:"崦嵫之山……有兽焉,其状马身而鸟翼,人面蛇尾,是好举人,名曰孰湖。"郭璞注:"喜抱举人。"

孰湖

旋龟 《山海经·南山经》:"杻阳之山,怪水出焉,而东流注于宪翼之水。其中多玄龟,其状如龟而鸟首虺尾,其名曰旋龟,其音如判木,佩之不聋,可以为底。"郭璞注:"底,躧(据王念孙校,当作躧,即足茧)也;为,犹治也。《外传》曰:'疾不可为。'一作痕。"又《中次六经》密山亦有旋龟,状与此同。

旋龟

谏珂 汉刘向《说苑·辨物》:"(晋)平公异日出朝,有鸟环平公不去。平公顾谓师旷曰:'吾闻之也,霸王之主,凤下之;今者出朝,有鸟环寡人终日不去,是其凤鸟乎?'师旷曰:'东方有鸟,名谏珂,其为鸟也,文身而朱足,憎乌而爱狐,今者吾君必衣狐裘以出朝乎?'平公曰:'然。'师旷曰:'……今鸟为狐裘之故,非吾君之德义也,君奈何而再自诬乎?'平公不悦。"参见"师旷"(131页)。

祸斗 《山海经·海外南经》:"厌火国在其(谨头)国南。"吴任臣广注:"《本草集解》曰:

'南方有厌火之民,食火之兽。'注云:'国近黑昆仑,人能食火炭,食火兽名祸斗也。'"明邝露《赤雅》云:"祸斗,似犬而食犬粪,喷火作殃,不祥甚矣。"与此略异。而《原化记》记白螺天女事,天女致县宰之似犬异兽名祸斗者,则"食火且粪火",与上二说又皆有异。参见"白水素女"(112页)。

情急了 一作秦吉了。《琅嬛记》卷上引《谢氏诗源》略云:昔有丈夫与一女子相爱,书札相通,皆凭一鸟往来。此鸟殊解人意,忽对女子曰:"情急了!"因名此鸟为情急了。宋罗愿《尔雅翼》卷十四:"秦中有吉了鸟,毛羽黑,大抵如鹦鸲,然有两耳,如人耳而红。"据此,是鸟原名吉了,以出秦中,故名秦吉了。后遂讹为情急了。

鹕 《山海经·北山经》:"蔓联之山……有鸟焉,群居而朋飞,其毛如雌雉,名曰鹕,其鸣自呼,食之已风。"

鹕

鸢鸟 《山海经·海外西经》:"鸢鸟、鹞鸟,其色青黄,所经国亡,在女祭北。鸢鸟人面居山上。一曰维鸟,青鸟、黄鸟所集。"郭璞注:"此应祸之鸟,即今枭、鸺鹠之类。"《大荒西经》云:"爰有青鸢、黄鹜,其所集者其国亡。"即此。参见"青鸢"(191页)。

宿沙 神农臣。宿一作夙。《世本·作篇》(清张澍稡集补注本):"宿沙作煮盐。"《淮南子·道应训》:"昔宿沙之民,皆自攻其君而归神农。"《艺文类聚》卷十一引《帝王世纪》云:"炎帝神农氏。诸侯夙沙氏叛不用命,箕文谏而杀之,炎帝退而修德,夙沙之民自攻其君归炎帝。"即其事。宋罗泌《路史·后纪四》注云:"今安邑东南十里有盐宗庙,吕忱云,宿沙氏煮盐之神,谓之盐宗,尊之也。"明彭大翼《山堂肆考》羽集二卷"煮海"条云:"宿沙氏始以海水煮乳煎成盐,其色有青、红、白、黑、紫五样。"亦为异闻。

密都 《山海经·中次三经》:"青要之山,实惟帝之密都。"郭璞注:"天帝曲密之邑。"按当即行宫之类。

盖山国 见"朱木"(139页)。

盖犹山 《山海经·大荒南经》:"有盖犹之山者,其上有甘柤,枝干皆赤,黄叶,白华,黑实。东又有甘华,枝干皆赤,黄叶。有青马。有赤马,名曰三骓。有视肉。"按此山在帝尧、帝喾、帝舜葬所岳山附近,当亦如"平丘"、"蹉丘"、"南类山之类,为物产丰饶、神人聚居之地。

率然 《神异经·西荒经》:"西方山中有蛇,头尾差大,有色五彩。人物触之者,中头则尾至,中尾则头至,中腰则头尾并至,名曰率然。……会稽常山最多此蛇。《孙子兵法》'三军势如率然'者是也。"晋张华《博物志·异闻》云:"率然有两头。"则又传闻之讹变。

商羊 即"一足鸟"。《孔子家语·辩政》:"齐有一足之鸟,飞集于宫朝,下止于殿前,舒翅而跳。齐侯大怪之,使使聘鲁问孔子。孔子曰:'此鸟名曰商羊,水祥也。昔有童儿屈一足,振讯两眉而跳,且谣曰:天将大雨,商羊鼓舞。今齐有之,其应至矣。急告民趋治沟渠,修堤防,将有大水为灾。'顷之,大霖雨,水溢泛诸国,伤害民人,惟齐有备不败。"

商均 舜子。即"叔均"、"义均"。汉刘向《列女传·有虞二妃》:"有虞二妃者,帝尧之二女也,长娥皇,次女英。"《史记·五帝本纪》集解引《帝王世纪》:"娥皇无子,女英生商均。"

阊阖 ❶谓天门。《楚辞·离骚》:"吾令帝阊开关兮,倚阊阖而望予。"王逸注:"阊阖,天门也。"《淮南子·原道训》:"排阊阖,沦天门。"高诱注:"阊阖,始升天之门也。"❷风名。《淮南子·天文训》:"凉风至四十五日,阊阖风至。……阊阖风至则收县垂,琴瑟不张。"高诱注:"(阊阖)兑卦之风也,为钟也。……秋分杀气,国君憯怆,故去钟磬县垂之乐也。"

阏伯 帝喾子。亦星名。《左传·昭公元年》:"昔高辛氏有二子,伯曰阏伯,季曰实沈,居于旷林,不相能也。日寻干戈,以相征讨。后帝不臧,迁阏伯于商邱,主辰,商人是因,故辰为商星;迁实沈于大夏,主参,唐人是因,以服事夏商。"按后遂以阏伯为星名,即商星;实沈亦为星名,即参星。参星居西方,商星在东方,出没两不相见,世因谓兄弟不睦曰参商。古神话当谓参、商二星即阏伯、实沈之所化。宋王明清《挥麈后录》卷一云:"太祖皇帝草昧日,客游睢阳,醉卧阏伯庙。"知阏伯迄于五代犹有唐祀。

阏伯庙 见"阏伯"。

渠搜民 唐瞿昙悉达《开元占经》卷一一四引《瑞应图》:"王者以身率先人,恶衣服而致美乎黻冕,则献白裘。禹时渠搜民乘白马来献。"又《书·禹贡》云:"织皮:昆仑、析支、渠搜,西戎即叙。"蔡沈注:"三国皆贡皮衣,故以织皮冠之。"此或"献白裘"说所本。而古说则为周成王时献黥犬,《周书·王会》云:"渠叟以黥犬。黥犬者,露犬也,能飞,食虎豹。"此又神于献白裘矣。

梁渠 《山海经·中次十一经》:"历石之山……有兽焉,其状如狸,而白首虎爪,名曰梁渠,见则其国有大兵。"

梁渠

梁山伯祝英台 清曹秉仁修《宁波府志》卷三六:"晋梁山伯,字处仁,家会稽。少游学,道逢祝氏子,同往肄业。三年,祝先返,后二年,山伯方归。访之上虞,始知祝女子也,名曰英台。山伯怅然,归告父母求姻,时祝已许鄮城马氏,弗遂。山伯后为县令,婴疾弗起,遗命葬于鄮城西清道原。明年祝适马氏,舟经墓所,风涛不能前。祝闻有山伯墓,临冢哀恸,地裂而埋璧焉。马言之官,事闻于朝,丞相谢安奏封义妇冢。"梁祝故事始见于唐梁载言《十道志》,其后唐张读《宣室志》亦记之,文均较简。清俞樾《茶香室四钞》引邵金彪《祝英台小传》云:"祝英台小字九娘,上虞富家女,生无兄弟,才貌双绝。父母欲为择偶,曰:'儿当出外游学,得贤士事之耳。'因易男装,改称九官,遇会稽梁山伯,遂偕至义兴善权山之碧鲜岩,筑庵读书,同居同宿三年而梁不知为女子。临别,与梁约曰:'某月日可相访,将告父母,以妹妻君。'实则以身许之也。梁自以家贫,羞涩畏行,遂至愆期。父母以英台字马氏。后梁为鄮令,过祝家,询九官。家僮曰:'吾家但有九娘,无九官也。'梁惊悟,以同学之谊,乞一见,英台罗扇遮面,出一揖而已。梁悔念成疾,卒,遗言葬清道山下。明年英台将归马氏,命舟子迁道过其处。至则风涛大作,舟遂停泊。英台乃造梁墓前,失声恸哭,地忽开裂,堕入茔中,绣裙绮襦,化蝶飞去。丞相谢安闻其事于朝,封为义妇。此东晋永和时事也。……今山中杜鹃花发时,辄有大蝶双飞不散,俗传是两人之精魂。今称大彩蝶,尚谓祝英台云。"故事更曲折而富情趣。又明冯梦龙《情史》卷十"祝英台"条按语云:"吴中花蝴蝶,橘蠹所化,妇孺呼黄色者为梁山伯,黑色者为祝英台。俗传祝死后,其家就梁冢焚衣,衣于火中化成蝴蝶:盖好事者为之。"说虽不同,要皆民间之寄望。参见"善权洞"(323页)。

鸾鸟 《山海经·西次二经》:"女床之山,

……有鸟焉，其状如翟而五采文，名曰鸾鸟，见则天下安宁。"《大荒西经》云："有五采鸟三名，一曰皇鸟，一曰鸾鸟，一曰凤鸟。"即此。《说文》四上"鸾"字解云："亦神灵之精也，赤色五采鸡形，鸣中五音，颂声作则至。周成王时氐羌献鸾鸟。"《广雅·释鸟》云："鸾鸟，……凤皇属也。"盖本《山海经》为说。《艺文类聚》卷九〇引《决疑注》云："象凤者有五……多青色者鸾。"与《说文》之说又稍异。又引南朝宋范泰《鸾鸟诗序》云："昔罽宾王结罝峻卯之山，获一鸾鸟，王甚爱之，欲其鸣而不致也。乃饰以金樊，飨以珍羞，对之愈戚，三年不鸣。其夫人曰：'尝闻鸟见其类而鸣，何不悬镜以映之？'王从其意，鸾睹形悲鸣，哀响中霄，一奋而绝。"斯又关于鸾鸟之传说。

鸾冈 见"洪井"(243页)。

鸾胶 即"续弦胶"。清翟灏《通俗编》(无不宜斋本)卷二二"续弦"条引《汉武外传》："西海献鸾胶，帝弦断，以胶续之，弦两头遂相著，终日不断。帝悦，赐名续弦胶。"

断江 北魏郦道元《水经注·江水》："江水历禹断江南，峡北有七谷村。两山间有水清深，潭而不流。又耆旧言，昔是大江，及禹治水，此江小，不足泻水。禹更开今峡口，水势并冲，此江遂绝，于今谓之断江也。"

断肠鸟 清王士禛《分甘余话》卷一："田侍郎纶霞(雯)言，巡抚贵州日，署中砌间有草，结实红如珊瑚可爱。熟时，有小鸟红色，羽毛甚丽，来食此草。问之吏卒，云：'此断肠草也。鸟亦名断肠鸟，专以此草为食。皆有大毒。'余观《冷斋夜话》云，断肠草不可食，其花美好，名芙蓉花；出陶贞白《仙方》。其说稍异。"参见"断肠草"。

断肠草 一名"相思草"。《述异记》卷上："今秦赵间有相思草，状如石竹，而节节相续，一名断肠草，又名愁妇草。"唐李白《妾薄命》诗："昔为芙蓉花，今作断肠草。"明李时珍《本草纲目·草部六》云："(钩吻)广人谓之胡蔓草，亦曰断肠草。"《民间文学》一九七九年第九期《浙江药材传说·茶与断肠草》略云：神农生而为水晶肚腹，洞见肺肝肠胃。始尝百草，遇茶，见叶片入腹，上下往来巡查，将五脏六腑洗擦清爽，因名之曰"查"，后人讹呼为"茶"。茶解众毒，遂备之于身以解毒。神农为民治病，尝遍百草，几无日不中毒，悉赖茶以解之。后至断肠草，以其毒剧，甫入喉，不及取茶，肠已寸断，终牺牲。民感其德，称之为"药王菩萨"，建药王庙以祀之。参见"神农"(247页)。

断蛇丘 北魏郦道元《水经注·溳水》："溠水又东南径随县故城西。……水侧有断蛇丘。随侯出而见大蛇中断，因举药而治之，故谓之断蛇丘。"参见"隋侯珠"(304页)。

鸿超 逢蒙弟子。见"逢蒙"(265页)。

涿鹿 《史记·五帝本纪》："蚩尤作乱，不用帝命。于是黄帝乃征师诸侯，与蚩尤战于涿鹿之野，遂禽杀蚩尤。"参见"阪泉"(150页)。

淫水 即"瑶池"。《山海经·西次三经》："槐江之山……爰有淫水，其清洛洛。"郝懿行云："陶潜《读山海经》诗云：'落落清瑶流。'是洛洛本作落落，淫本作瑶，皆假借声类之字。……淫水即瑶池。"

淄水 《括地志》(清孙星衍辑)卷六："淄州淄川县东北七十里原山，淄水所出。俗传云：禹理水功毕，土石黑数里之中，波若漆，故谓之淄水也。"

淑士国 颛顼裔。《山海经·大荒西经》："有国名曰淑士，颛顼之子。"按清李汝珍《镜花缘》第二十三回，写唐敖、林之洋等游历海外各国，至淑士国，遇酒保掉文，之乎也者，酸臭可哂，即据"淑士"一名，反其意而嘲腐儒。

淮南子 书名。亦称《淮南鸿烈》。西汉淮南王刘安与其门客共撰。《汉书·艺文志》著录内二十一篇,外三十三篇。今仅存内篇。内容多归道家思想,亦杂糅先秦各家学说,故《汉书·艺文志》列之杂家。其书述女娲补天、羿射日除害、嫦娥奔月、共工触山等,均甚特出。众多神话资料赖此书得以存世。汉代有马融、延笃、高诱、许慎注,今仅存高诱注。清孙冯翼另有《许慎淮南子注辑本》。

渚宫旧事 书名。唐余知古撰。本十卷。今存五卷,并补遗一卷,共六卷。其书记楚中故事人物,故取郢都南渚宫以为名。事起周代,迄于唐代。今本所记止晋代。卷三引《襄阳耆旧传》记宋玉巫山神女之对等,亦关神话传说。

深目民 《淮南子·墬形训》:"凡海外三十六国……自东北至西北方……(有)深目民。"参见"深目国"。

深目国 《山海经·海外北经》:"深目国在其东,为人举一手一目。在共工台东。"郭璞注:"(目)一作曰。"按据郭注,一目当作一曰,属下读。然"为人举一手",亦不成文义,疑"为人"下尚脱"深目"二字。全文当作:"深目国在其东,为人深目,举一手。一曰在共工台东。"清李汝珍《镜花缘》第十六回写深目国云:"其人面上无目,高高举着一手,手上生出一只大眼。"是误读《山海经》讹文而致。《淮南子·墬形训》有"深目民"。《大荒北经》云:"有人方食鱼,名曰深目民之国,盼姓,食鱼。"即此。郭注《海外南经》"贯匈国"引《尸子》云:"四夷之民,有贯匈者,有深目者,有长肱者,黄帝之德尝致之。"则其传说由来已久。

清角 乐曲名。《韩非子·十过》:"昔者黄帝合鬼神于西泰山之上,驾象车而六蛟龙,毕方并辖,蚩尤居前,风伯进扫,雨师洒道,虎狼在前,鬼神在后,腾蛇伏地,凤皇覆上,大合鬼神,作为《清角》。"

清都 天帝居所。《楚辞·远游》:"造旬始而观清都。"洪兴祖补注:"《列子·周穆王》:'清都紫微,钧天广乐,帝之所居。'"

清水珠 唐张读《宣室志》卷六略云:冯翊严生者,家于汉南。尝游岷山,得一物,状若弹丸,色黑而大,有光,视之洁澈若轻冰焉,因以弹珠名之。后游长安,于春明门逢一胡人,叩马而言:"衣橐中有奇宝,愿得一见。"生即以弹珠示之。胡人捧而喜曰:"此天下之奇货也,愿以三十万为价。此乃吾国之至宝,国人谓之清水珠,若置于浊水,泠然洞澈矣。自亡此宝且三岁,吾国之井泉尽浊,国人皆病,故此越山逾海来中夏以求之,今果得于子矣。"胡人即命注浊水于缶,以珠投之,俄而其水澹然清莹,纤毫可辨。生于是以珠与胡,获其价而去。

麻姑 ❶《古小说钩沈》辑《列异传》:"神仙麻姑降东阳蔡经家,手爪长四寸。经意曰:'此女子实好佳手,愿得以搔背。'麻姑大怒。忽见经顿地,两目流血。"《述异记》卷上云:

麻姑 明刊本《月旦堂仙佛奇踪》

"济阳山麻姑登仙处,俗说山上千年金鸡鸣,玉犬吠。"此当为异闻。❷清褚人穫《坚瓠秘集》卷三引《一统志》:"麻姑,麻秋之女也。秋为人猛悍,筑城严酷,督责工人,昼夜不止,惟鸡鸣乃息。姑有息民之心,假作鸡鸣,群鸡相效而啼,众工役得以少息。父知,欲挞之,麻姑逃入山中,竟得仙而去。"按麻秋,五代后赵胡人,仕石虎为征东将军,其女当为另一麻姑。

康回 即"共工"。《楚辞·天问》:"康回凭怒,地何故以东南倾?"王逸注:"康回,共工名。《淮南子》言,共工与颛顼争为帝不得,怒而触不周之山,天维绝,地柱折,故东南倾也。"

康王谷 《古小说钩沈》辑《述异记》:"庐山上有康王谷,巅有一城,号为钊城。天每欲雨,辄闻山上鼓角笳箫之声,声渐至城,而风雨晦合,村人常以为候。传云,此周康王之城,康王爱奇好异,巡历名山,不远而至。城中每得古器、大鼎,及弓、弩、金之属,知非今人之所处也。而山有'康王'之号,城又以'钊'为称,斯言将有征。"按周康王为周成王之子。

康老子 乐曲名。唐段安节《乐府杂录》:"康老子者,本长安富家子,酷好声乐,落魄不事生计,常与国乐游处。一旦家产荡尽,因诣西廊,遇一老妪,持旧锦褥货鬻,乃以半千获之。寻有波斯见,大惊,谓康曰:'何处得此至宝?此是冰蚕丝所织,若暑月陈于座,可致一室清凉。'即酬价千万。康得之,还与国乐追欢,不经年复尽,寻卒。后乐人嗟惜,遂制此曲。亦名得至宝。"参见"冰蚕"(142页)。

鹿台 亦称"廪台"。汉刘向《新序·刺奢》:"纣为鹿台,七年而成,其大三里,高千尺,临望云雨。"又刘向《列女传·殷纣妲己》云:"纣乃登廪台,衣宝玉衣而自杀。"王圆照注:"廪台,即鹿台也。《史记集解》:'徐广曰:鹿一作廪。'"参见"钊"(146页)。

鹿娘 《述异记》卷下:"贞山,在毗陵郡。梁时有村人韩文秀,见一鹿产一女子在地,遂收养之。及长,与凡女有异,遂为女冠。梁武帝为别立一观,号曰鹿娘。后死入棺,武帝致祭。开棺视之,但闻异香,不见骸骨,盖尸解也。遂葬棺于毗陵,因号其葬处为贞山。"按宋王象之《舆地纪胜》卷九亦记之,文略同;贞山作真山。参见"香山湖"(229页)。

鹿蜀 《山海经·南山经》:"杻阳之山……有兽焉,其状如马而白首,其文如虎而赤尾,其音如谣,其名曰鹿蜀,佩之宜子孙。"郭璞注:"佩谓带其皮毛。"

鹿蜀

鹿回头 地名。《崖州志》卷二:"鹿回头岭,(崖州)城东一百三十里,高三十丈,有连珠寨。"又据黎族民间传说云,海南岛五指山下有一黎寨,住老夫妇,以狩猎为生。生一子,亦承父业。年十八,入山猎,无所获,闷卧山中。有老人来杖之醒,见梅花鹿,径起朝南追之,逾七指岭,至天涯海角。鹿回头,变为仙女,与少年结婚。后乃定居于此,生子繁衍,遂为黎族一分支。此地即取名鹿回头。参见"黎母山"(355页)、"天涯海角"(382页)。

鹿活草 唐段成式《酉阳杂俎·草篇》:"天名精,一名鹿活草。昔青州刘憕,宋元嘉中射一鹿,剖五藏,以此草塞之,蹶然而起。憕怪而拔草,复倒。如此三度。憕密录此草种之,多主伤折。俗呼刘憕草。"按原见六朝宋刘敬叔《异苑》卷三,刘憕作刘愭,鹿作麐;《太平御览》卷九九四引作刘憕,注音"获",当是。

望帝 即杜宇。《华阳国志·蜀志》:"七国称王,杜宇称帝,号曰望帝。"

望舒 为月神驾车者。《楚辞·离骚》:"前望舒使先驱兮。"王逸注:"望舒,月御也。"洪兴祖补注:"《淮南子》曰:'月御曰望舒,亦曰纤阿。'"参见"纤阿"(146页)。

望女石 见"望女思母"(303页)。

望夫山 ❶宋王象之《舆地纪胜》卷三〇:"望夫山,在德安县西北一十五里,高一百丈。按《方舆记》云,夫行役未回,其妻登山而望,每登山辄以藤箱盛土,积石累功,渐益高峻,故以名焉。"❷《太平御览》卷四六引《宣城图经》:"望夫山。昔人往楚,累岁不还。其妻登此山望夫,乃化为石。其山临江,周回五十里,高一百丈。"

望夫云 亦称"无渡云"。《古今图书集成·山川典》卷一九五引《大理府志》:"俗传昔有人贫困,遇苍山神,授以异术,忽生肉翅,能飞。一日至南诏宫摄其女入玉局峰为夫妇,凡饮食器用皆能致之。后问女安否,女云太寒耳。其人闻河东高僧有七宝袈裟,飞取之。及还,僧觉,以法力制之,遂溺死水中。女望夫不至,忧郁死,精气化为云,倏起倏落,若探望之状。此云起洱河,即有云应之,飓风大作,舟不敢行,因呼为望夫云,又呼为无渡云。"又清东轩主人《述异记》卷下:"赵州有洱海,土人诣大理府,必由之,然风波甚恶,稍知自爱者,皆从陆路。其海中有望夫云起,则不敢行。相传镇一孽龙在海中央,其雌龙居苍山,每欲相会,则苍山云起,排如阶级,环二十里,至海中而止。是日,狂风拔木,屋舍皆飒沓有声,然凝视天上云,未尝稍转移,亦无大小浓淡之差,真怪事也。"今人亦有据古之传说而敷衍者,《中国民间故事选》第二集《望夫云》略云,南诏王当政时,大理有砍柴人,通晓魔术,变形为鼠,潜入王宫,复变为美少年,与公主相爱。公主惧事泄受祸,砍柴人乃负公主飞隐玉局峰崖洞中。南诏王求公主不得。砍柴人受公主嘱,变飞鸟入宫盗宝衣御寒。事为罗荃和尚侦知,罗荃以术变砍柴人为石骡,沉之于洱海海底。公主遂冻饿死于洞中。冤愤之气,化为朵云,升于玉局峰顶。每年冬腊,此云若现,海底石骡必叫,狂风骤起,吹开海水,现出石骡。行船赶街之人,必皆为之停航驻足。人因称此云为"望夫云"。

望夫石 《古小说钩沈》辑《幽明录》:"武昌阳新县北山上有望夫石,状若人立。相传昔有贞妇,其夫从役,远赴国难,其妇携弱子饯送此山,立望夫而化为石,因以为名焉。"又民间亦有孟姜女望夫化石之说。参见"孟姜女"(217页)。

望仙桥 见"董双成"(311页)。

望丛祠 见"杜宇鳖灵墓"(159页)。

望娘汇 见"龙母庙"(101页)。

望娘湾 《古今图书集成·职方典》卷六六八引《高淳县志》:"安兴乡李溪有虞妪者,因骤雨,以杯承檐间水。水中浮红丝缕,饮之遂孕。及期,产一蛇,身具五色。媪怖,裹而投之溪。每至溪浣洗,蛇辄来就乳。乳亦涌射,蛇以咽承之。既而厌恶之,砍以刀,正断其尾。蛇忽变头角,巨躯绛章,风雨大作,壅土成墩,而妪已葬其中矣。龙出溪去,行辄回首顾,凡回者二十有四,一回则成一湾,俗称望娘湾。……每岁寒食及十月节前后,必有风雨,昏黑数十里,绕葬处,雨雹交下,皆云龙祭扫。至则河鱼上壅,居民持网以俟,有一人而获鱼数石者。渔家每觇龙之出入以卜鱼利。"

望娘滩 《四川治水者与水神》(《说文月刊》三卷九期):"灌县昔有一孝子,家贫,刈草以奉其母。天悯其孝,赐以茂草一丛,日刈复生。异之,掘其地,得大珠一,藏米椟中。

翌日启示，米已盈椟。置诸钱柜，钱亦满箱。家因以富。邻里异之，探得其故，求观其珠，而群起夺之。其人大窘，乃纳诸口中。珠滚入腹，渴极求饮，尽其缸水，犹有未足，遂就饮于江。母追之，见已化为龙，仅一足犹未变化。母就执之，恸且恨曰：'汝孽龙也！'于是兴波作浪，随江而去。然犹频频回首视母，回视处辄成大滩，故有二十四望娘滩之名也。龙因痛恶乡人之相逼也，乃兴水患以为报复。其后李冰降伏此龙，遂与龙斗，其子二郎佐之，龙不胜，化为人形遁去。有王婆者，观音菩萨之幻形也，助冰擒此孽龙，设面肆于路旁。龙饥往食，面化为铁锁，乃将龙锁系于深潭铁桩之上，故今庙名曰伏龙观也。"按望娘滩神话各地多有之，灌口望娘滩即其一。又《中国民间故事选》第一集有《"望娘滩"的故事》，内容与此略同，惟谓夺珠者为地主周洪，且无末段二郎擒孽龙事。参见"化龙桥"(72页)。

望女思母 《民间文学》一九八〇年第二期《武夷山与阿里山的传说》略云：武夷山顶有巨大岩石，名望女石，似妇人兀立遥望远海。相传古昔武夷山与台湾阿里山本紧相连，山上山下，鲜花盛开，果树常青。不知何年，忽来妖魔，盘据此山，伸头可吸东海之水，喷嚏便成大雨倾盆。时发暴怒，砸毁房屋，人畜死伤，渔船颠覆。居民恨之苦之，而无如之何。虽有勇敢少年数辈，持大刀长矛往与之斗，终亦去不复回。多人只得被迫背井离乡，逃荒远地，大好山区，遂渐荒凉。大山西麓，住有母女二人。女名花珊，年方十九，聪明勇敢，立志诛戮此妖，为民除害。乃日迎朝霞，练习射艺，终于能挽强弓，箭无虚发。又练大刀，能断大树，裂巨石。后辞母上山，准备除此凶孽。花珊伺立山头，不觉至夜。忽见远山有两道绿光如灯，渐移近而来。知是妖魔之眼，乃连发两箭，绿光顿灭。妖魔丧明，狂号乱滚。花珊持刀前往，力斫其脖。正斫之间，渐觉此妖向地陷落。俄闻巨响，似地裂天崩，武夷山刹那断裂为两，妖遂沉落于所裂鸿沟中。花珊健步跃过沟东，鸿沟涌进东海奔腾之水，形成如今台湾海峡。武夷山西麓，即今之武夷山，其断裂之东麓，即今台湾阿里山。孽妖既除，人民生活复归幸福，而花珊母女则两地睽隔矣。母思其女，日登山巅眺望，久化为石，即今武夷山之望女石。花珊思母，亦登阿里山遥望，渐变为红桧树，年年上长，至今已高百尺余，当地人民谓之阿里神木思母树。又谓*日月潭即其思母之泪所化。

〔一〕

媒首 即"敨手"(315页)。

骑骏 《山海经·海外北经》："北海内有兽，其状如马，名曰骑骏。"又《尔雅·释畜》云："骑骏，马。"郭璞注："《山海经》云：'北海有兽，状如马，名骑骏，色青。'"《史记·匈奴列传》徐广注亦云："似马而青。"据此，疑《山海经》今本有脱文。《周书·王会篇》云："禺氏骑骏……驶騠良弓为献。"则骑骏者，盖野马之属。

巢父 晋皇甫谧《高士传·许由》："尧让天下于许由……(由)不受而逃去。……尧又召为九州长，由不欲闻之，洗耳于颍水滨。时其友巢父牵犊欲饮之，见由洗耳，问其故。对曰：'尧欲召我为九州长，恶闻其声，是故洗耳。'巢父曰：'子若处高岸深谷，人道不通，谁能见子？子故浮游，欲求闻其名誉，污吾犊口！'牵犊上流饮之。"北魏郦道元《水经注·颍水》："(其)县南对箕山，山上有许由冢，尧所封也。故太史公曰：'余登箕山，其上有许由墓焉。'山下有牵牛墟。侧颍水

巢父　清刊本《历代神仙通鉴》

有犊泉,是巢父还牛处也。石上犊迹存焉。又有许由庙,碑阙尚存。"又《文选·与从弟苗君胄书》注引《古史考》云:"许由夏常居巢,故一号巢父。"此许由、巢父为一人,要皆传说中人物。

随 女娲臣。《世本·作篇》(清王谟辑本)云:"随作笙,长四寸,十二簧,象凤之身,正月之音也。"又云:"随作竽。"宋衷注:"女娲氏之臣。"按笙,《世本》又云女娲作,其形制亦与此小异。参见"女娲作笙簧"(39页)。

隅强 亦作"禺强"、"禺彊"。《淮南子·坠形训》:"隅强,不周风之所生也。"高诱注:"隅强,天神也;乾为不周风。"

隋侯珠 《淮南子·览冥训》:"譬如隋侯之珠。"注:"隋侯,汉东之国,姬姓诸侯也。隋侯见大蛇伤断,以药傅之,后蛇于江中衔大珠以报之,因曰隋侯之珠,盖明月珠也。"又《汉魏丛书》本《搜神记》卷三云:"昔隋侯因使入齐,路行深水沙边,见一小蛇,可长三尺,于热沙中宛转,头上血出。隋侯见而愍之,下马以鞭拨于水中,语曰:'汝若是神龙之子,当愿拥护于我。'言讫而去,至于齐国,经二月,还复经此道。忽有小儿,手把一明珠,当道送与隋侯,曰:'昔日深蒙救命,甚重感恩,聊以奉贶。'侯曰:'小儿之物,讵可受之!'不顾而去。至夜,又梦见小儿持珠与侯,曰:'儿乃蛇也,早蒙救护生全,今日答恩,请受之,无复疑焉。'侯惊异,迨旦,见一珠在床头,侯乃收之而感曰:'伤蛇犹解知恩重报,在人反不知恩乎!'"传说演变,情节更趋细致生动。

隐身 《瑯嬛记》卷上引《元观手抄》:"主父既胡服,夜恒独观天象。一夕见有神人自天而降……授主父以元女隐身之术。"又汉刘向《列女传·齐钟离春》略云:钟离春自诣宣王,曰:"窃慕大王之美义。"王曰:"何喜?"曰:"窃尝喜隐。"宣王曰:"隐,固寡人所愿也,试一行之。"言未卒,忽然不见,宣王大惊。按此则隐身术之最早见诸记载者。参见"钟离春"(234页)。

隐剑泉 《太平寰宇记》卷八四:"隐剑泉在(梓潼)县北十二里,五丁力士庙西十一步。古老相传云,五丁开剑,路迎秦女,拔蛇山摧,五丁与秦女俱毙于此。余剑泉在路旁,忽生一泉。又云,此剑庚申日见。"《蜀故》卷二亦云:"五丁力士遗剑于梓潼县之龙潭岩,时发宝光。"参见"五丁力士"(63页)。

绰人 黄帝裔。毛民国之祖。

维鸟 见"鸢鸟"(297页)。

绵臣 有易之君。《山海经·大荒东经》郭璞注"取仆牛"引《竹书纪年》云:"殷王子亥宾于有易而淫焉,有易之君绵臣杀而放之。是故殷上('上'原作'主',从宋本改)甲微假师于河伯以伐有易,灭之,遂杀其君绵臣也。"参见"王亥"(47页)。

绿耳 周穆王八骏之一。《列子·周穆王》:"(穆王)肆意远游,命驾八骏之乘,右服骅

（原注：古骅字）骝而左绿耳。"按绿耳原见《穆天子传》卷一。郭璞注引《纪年》云："北唐之君来见，以一骊马，是生绿耳。"

续弦胶 一名"鸾胶"。晋张华《博物志·异产》："汉武帝时，西海国有献胶五两者，帝以付外库，余胶半两，西使佩以自随。后从武帝射于甘泉宫，帝弓弦断，从者欲更张弦，西使乃进，乞以所送余香胶续之，座上左右莫不怪。西使乃以口濡胶，为水注断弦两头，相连注弦，遂相著。帝乃使力士各引其一头，终不相离。西使曰：'可以射，终日不断。'帝大怪，左右称奇。因名曰续弦胶焉。"又《十洲记》云："凤麟洲……多凤麟……凤喙及麟角合煮作膏，名之为续弦胶。……此胶能续弓弩已断之弦，刀剑断折之金，更以胶连续之，使力士掣之，他处乃断，所续之处，终无断也。"亦谓此。

续齐谐记 书名。南朝梁吴均撰。一卷。《隋书·经籍志》有东阳无疑先生《齐谐记》一种，故此书称续。所记率皆神怪诞妄之说。然中如织女嫁牵牛、斑狸难张华之类，亦颇富神话意趣。

续博物志 书名。宋李石撰。十卷。旧题晋李石撰，误。《四库提要》谓其"殆亦剽掇说部以为之，仍其旧文，未及削改"。此书奇闻异说，收罗颇丰，神话传说资料，间出其间。

十二画

〔一〕

絜钩 《山海经·东次二经》："硾山……有鸟焉，其状如凫而鼠尾，善登木，其名曰絜钩，见则其国多疫。"

絜钩

替身 宋曾慥《类说》卷二七引《逸史》云："明皇欲传隐形之术，公远秘之。恐其游幸放恣，上怒，选善射者伏于壁，召公远与语，众矢俱发。上令瘗于宫中。月余，中使自蜀回，云臣今至洛谷，见公远，令臣附起居，专于城(成)都望车驾。上惊，令开棺，惟见一草鞋，有箭孔数十。后上幸蜀，有称维公延来谒，召之不见。维公延即罗公远。上悔久之。"据此，则罗公远所施，当为替身之法。《封神传》第七十一回略谓，殷将胡雷被姜子牙部将洪锦所斩，忽又来讨战，洪锦大惊，命南宫适往敌，南宫适复擒胡雷归见洪锦。"洪锦不知何术，两边众将纷纷乱议，惊动后营。龙吉公主上中军帐来问其缘故，洪锦将胡雷的事说了一遍。龙吉公主叫把胡雷推至帐前一看，公主笑曰：'此乃小术，有何难哉！'叫把胡雷顶上头发分开，公主取三寸五分乾坤针放在胡雷泥丸宫钉将下去，立时斩了。公主曰：'此乃替身法，何足为奇！'"

喜神 汪承烈修《宣汉县志》卷十五《礼俗·岁时节序》："正月元日鸡初鸣时，祀喜神于其方，曰出天行。"按喜神，吉神。俗谓其所值方位为喜神方，见《协纪辨方书》。

堪坏 即"钦䲹"。《庄子·大宗师》："堪坏得之，以袭昆仑。"释文引司马云："堪坏，神名，人面兽形；《淮南》作钦负。"参见"鼓"(327页)。

散宜生 文王臣。《尚书大传》(陈寿祺辑)卷二："散宜生等受学于太公，太公除师学之礼，酌酒切脯，约为朋友。"又云："闳夭、南宫适、散宜生三子学于太公望。望曰：'嗟乎！西伯贤君也。'四子遂见西伯于羑里。"注："散宜生文王四臣之一也。吕尚有勇而为将，散宜生有文德而为相。"又云："太公之羑里见文王。散宜生遂之犬戎氏取美马，驳身朱鬣鸡目；之西海之滨取白狐青翰；之於陵氏取怪兽，尾倍其身，名曰驺虞；之有参氏取姜女；之江淮之浦取大贝如车渠，陈于纣之廷。纣出见之，还而观之，曰：'此何人也？'散宜生遂趋而进曰：'吾西蕃之臣，昌之使者。'纣大悦，曰：'非子罪也，崇侯也。'遂遣西伯伐崇。"又《太平御览》引《孙氏瑞应图》云："文王拘于羑里，散宜生于怀涂山得玄豹以献纣，免西伯之难。"是又散宜生拯文王于羑里之一异闻。参见"文王四友"(84页)。

雁门山 《山海经·海内西经》："雁门山，雁出其间，在高柳北。"郝懿行云："《淮南·墬形训》云：'烛龙在雁门北，蔽于委羽之山。'疑委羽山即雁门山之连麓，委羽亦即解羽之义。江淹《别赋》所谓'雁山参云'也。"按郝说"委羽山即雁门山之连麓亦未为审。参见"羽山"(149页)、"大泽"(22页)。

雅拉射月 《中国民间故事选》第一集《射月

亮》略云：古时天空但有日而无星月。忽出怪月，七棱八角，其热胜日，禾苗枯焦，人不得眠。有瑶族青年夫妇雅拉与尼娥住山下，雅拉擅射猎，尼娥长织锦。雅拉登山射月，以舒民困。初连发百箭，悉于半空坠地。后经仙人指点，捕得南山大虎，北山高鹿，并而餐之，顿觉力增千斤。复以虎尾作弓，虎筋为弦，鹿角造箭，再登山重射百箭。但见火光乱迸，月之棱角皆去，散入空中，成为闪烁众星；月亦成为圆轮形，而毒热如故，人皆难安。尼娥织锦方毕，锦上有家屋，屋前有桂树，树下有白羊白兔，己身之像亦绣于锦上，惟尚未绣雅拉。尼娥曰："试射此锦以遮月。"雅拉果缚锦于鹿角箭，向月射。月被锦蒙，其光顿转清幽，众皆欢笑。雅拉视月，月中尼娥及桂兔诸物俱活动如生。地上尼娥亦飘然飞上天空，与月中尼娥合为一体。雅拉悲号长呼。尼娥在月中乃拉发使长，编为长辫，低头垂辫于山顶。雅拉遂紧抓其辫，猿攀猱升而入月中。今月中黑影，即幸福生活之雅拉与尼娥。按雅拉射月事与*羿射日相类，尼娥入月亦类*嫦娥奔月。

琴虫 《山海经·大荒北经》："有虫，兽首蛇身，名曰琴虫。"郭璞注："亦蛇类也。"

琴虫

琴高 《列仙传》卷上："琴高者，赵人也。以鼓琴为宋康王舍人。行涓、彭之术，浮游冀州、涿郡之间二百余年。后辞入涿水中取龙子。与诸弟子期曰：'皆洁斋待，于水旁设祠。'果乘赤鲤来，出坐祠中。旦有万人观之。留一月余，复入水去。"

载国 即"载民国"。

琴高　明刊本《列仙全传》

载民国 舜裔。《山海经·大荒南经》："有载民之国。帝舜生无淫，（无淫）降载处，是谓巫载民。巫载民盼姓，食谷。不绩不经，服也；不稼不穑，食也。爰有歌舞之鸟，鸾鸟自歌，凤鸟自舞。爰有百兽，相群爰处。百谷所聚。"又《海外南经》云："载国在其东，其为人黄，能操弓射蛇。一曰载国在三毛东。"即此。

蛩蛩 即"蛩蛩距虚"、"邛邛岠虚"。《山海经·海外北经》："北海内……有素兽焉，状如马，名曰蛩蛩。"郭璞注："即蛩蛩巨虚也，一走百里，见《穆天子传》。"《穆天子传》卷一云："邛邛岠虚走百里。"此即郭注所本。

蛩蛩距虚 即"蛩蛩"、"邛邛岠虚"。《吕氏春秋·不广》："北方有兽，名曰蹶，鼠前而兔后，趋则跲，走则颠。常为蛩蛩距虚取甘草以与之。蹶有患害也，蛩蛩距虚必负而走。"按蹶（或作"蠩"）与蛩蛩距虚二兽合称*比肩兽。

雄虺 《楚辞·招魂》："雄虺九首，往来倏忽，吞人以益其心些。"《天问》："雄虺九首，倏忽焉在？"王逸注："虺，蛇别名也。"按此雄虺，疑即"九首蛇身自环"之共工臣*相繇。

雄虺九首　明萧云从《离骚图》

雄常　《山海经·海外西经》:"肃慎之国在白民北,有树名曰雄常,圣人代立,于此取衣(原作'先入伐帝,于此取之',从王念孙、孙星衍校改)。"郭璞注:"其俗无衣服,中国有圣帝代立者,则此木生皮可衣也。"参见"雒棠"(345页)。

斑竹　亦名"湘妃竹"。晋张华《博物志·史补》:"尧之二女,舜之二妃,曰湘夫人。舜崩,二妃啼,以涕挥竹,竹尽斑。"明王象晋《群芳谱》:"斑竹即吴地称湘妃竹者,其斑如泪痕。世传二妃将沉湘水,望苍梧而泣,洒泪成斑。"又《民间文学》一九八〇年第十期《湘妃竹》略云:昔九嶷山有恶龙九,时在湘江嬉游,致令洪水暴涨,危害人民。舜帝闻知,从北来南,助百姓剪除群龙,解其漂溺之苦。不幸病死,众遂葬之此地,聚土成高坟以报其恩。复有九嶷山仙鹤从南海衔来珍珠,撒布坟上,遂成珍珠墓。舜帝除龙所用三齿耙,乃化而为墓前三巨石,因名三峰石。舜帝二妃娥皇女英寻夫至九嶷山,见三峰石与珍珠墓,闻乡人言,方知舜帝死葬于此。二妃悲痛泣血,挥泪竹上成斑,遂成所谓"湘妃竹"。按今时所传珍珠墓疑即晋王嘉《拾遗记》中所谓*珠丘。

琱玉集　书名。作者不详。原书十五卷。今存唐写本残本十二、十四两卷。其书记事,以类相从,略如《世说新语》。征引古书如《蔡琰别书》、《语林》、《晋钞》、《王智深宋书》等,今多不传;《感应篇》记孟仲姿觅夫哭崩长城事,为孟姜女传说之雏型,尤可珍贵。他如记神农时共工、皇(黄)帝时欧默等,亦均他书所未见,可供神话研究参考。

瑯嬛记　书名。旧题元伊士珍撰。三卷。皆摘抄自他书,语多不经。钱希言《戏瑕》以为即明人桑怿伪托。所辑事多清新奇丽,时有神话传说资料存于其中。

琼枝　《楚辞·离骚》:"溘吾游此春宫兮,折琼枝以继佩。"洪兴祖补注:"传曰,南方有鸟,其名曰凤,天为生树,名曰琼枝,高百二十仞,大三十围,以琳琅为实。《后汉》注云:'琼枝,玉树。'"按洪注"传曰",盖《庄子》逸文,见于《玉篇》、《艺文类聚》及《太平御览》诸书所引。《玉篇》引《庄子》云:"积石为树,名曰琼枝,其高一百二十仞,大三十围,以琅玕为之实。"《太平御览》卷九一五引《庄子》云:"南方有鸟,其名为凤,所居积石千里,天为生食。其树名琼枝,高百仞,以璆琳琅玕为实。天又为生离珠(朱),一人三头,递卧递起,以伺琅玕。"据二书所引,琅玕乃琼枝之实。《说文》一云:"琅玕,似珠者。"当即琼枝之子似珠者。传说凤即以此为食。此物既系神物,故又传说"天又为生离珠(朱),一人三头,递卧递起,以伺琅玕"。而《山海经·海内西经》云:"(昆仑开明东有)服常树,其上有三头人,伺琅玕树。"当系同一传说之分化。则三头人即*离珠(朱);琅玕树即琼枝。

琼楼玉宇 谓月中宫殿。唐段成式《酉阳杂俎·壶史》：" 翟天师名乾祐……曾于江岸与弟子数十玩月，或曰：'此中竟何有？'翟笑曰：'可随我指观。'弟子中两人见月规半天，琼楼金阙满焉，数息间不复见。""琼楼玉宇"或即本此。宋苏轼《水调歌头·中秋》：" 我欲乘风归去，又恐琼楼玉宇，高处不胜寒。"

插灶 地名。《汉唐地理书钞》辑《盛弘之荆州记》：" 空冷（泠）峡，绝崖壁立数百丈，飞鸟所不能栖，有一火烬插石崖间，望见可长数尺。相传云，尧洪水时，行者泊舟于崖侧，爨于此，余烬插之，至今犹存，故曰插灶。"北魏郦道元《水经注·江水》云：" 江水历空泠峡，东径宜昌县之插灶下。"即其地。参见"尧洪水"(125页)。

握登 舜母名。《史记·五帝本纪》正义：" 瞽叟……妻曰握登，见大虹，意感而生舜于姚墟。"南朝梁萧绎《金楼子》卷一：" （舜）母曰握登，早终，瞽叟更娶生象。"

搜神记 书名。晋干宝撰。二十卷。古本三十卷已佚，今本系后人从《法苑珠林》、《太平御览》等书辑录而成。多记神怪灵异，存有不少神话传说资料，如盘瓠、蚕马、眉间尺、寄女之伦。又有《汉魏丛书》八卷本《搜神记》，内容与此本颇有异同，盖亦出于后人缀集依托。另有敦煌发现之《搜神记》一种，乃五代句道兴所撰，其内容大多本自干宝《搜神记》。

搜神后记 书名。旧题晋陶潜撰。十卷。潜卒于南朝宋元嘉四年（公元427年），所记有元嘉十四年（公元437年）、十六年（公元439年）事，其伪不可待辨。而《隋书·经籍志》已著录，故当系南北朝人依托。其书多记晋、宋近事，中如白水素女、山獠等，亦有关神话传说。

朝云 庙名。《文选·高唐赋序》：" 昔者楚襄王与宋玉游于云梦之台，望高唐之观，其上独有云气，崪兮直上，忽兮改容，须臾之间，变化无穷。王问玉曰：'此何气也？'玉对曰：'所谓朝云者也。'王曰：'何谓朝云？'玉曰：'昔者先王尝游高唐，怠而昼寝，梦见一妇人，曰：妾巫山之女也，为高唐之客，闻君游高唐，愿荐枕席。'王因幸之。去而辞曰：'妾在巫山之阳，高丘之阻，旦为朝云，暮为行雨，朝朝暮暮，阳台之下。'旦朝视之，如言，故为立庙，号曰朝云。"按此所谓"先王"，谓楚怀王。阳台，山名。一说在今四川巫山县境，一说，在今湖北汉川县境。并见《清一统志》。参见"瑶姬"(342页)。

朝歌 ❶地名。《阚骃十三州志》（清张澍辑）：" 朝歌，纣都。其俗歌谣，男女淫纵，犹有纣之余风存焉。"又北魏郦道元《水经注·淇水》云：" （淇）水南流东屈，径朝歌城南。……（纣）有糟丘酒池之事焉，有新声靡乐，号邑朝歌。晋灼曰：'……朝歌者，歌不时也。故墨子闻之，恶而回车，不径其邑。'《论语考比谶》曰：'邑名朝歌，颜渊不舍，七十弟子掩目，宰予独顾，由蹶堕车。'宋均曰：'子路患宰予顾视凶地，故以足蹙之，使堕车也。'今城内有殷鹿台，纣昔自投于火处也。"参见"纣"(146页)。❷乐曲名。《史记·乐书》：" 纣为《朝歌》北鄙之音，身死国亡。"

朝野佥载 书名。唐张鷟撰。六卷。原本久佚，今本系后人掇拾成编者。其书记隋唐两代轶事，固多芜杂，然亦时有神话传说资料，如夸父石、妒女泉、赵州桥等。书中记有鷟死以后事，当为后人窜入。

博石 《山海经·南次二经》：" 漆吴之山，无草木，多博石。"郭璞注：" 可以为博棋石。"毕沅云：" 郭说非。古棋字从木，不以石为之。博石，盖言大石。"郝懿行云：" 《中次七经》

云：'休与之山，有石名曰帝台之棋。'是知博棋古有用石者也。"按郝说是。参见"帝台"（244页）。

博父国 即"夸父国"（124页）。

博物志 书名。晋张华撰。十卷。原书散佚，今本系后人搜辑成编，又杂取他说附益之。故证以诸书所引，或有或无，或合或不合。所记多奇境异物、琐闻杂事，虽时病芜杂，然有关神话之言亦多，可供研究。

葆江 《山海经·西次三经》："钟山，其子曰鼓，其状如人面而龙身，是与钦䲹杀葆江于昆仑之阳。"郝懿行云："《文选·思玄赋》云：'过钟山而中休，瞰瑶溪之赤岸，吊祖江之见刘。'李善注引此经作祖江。《后汉书·张衡传》注同。又陶潜《读山海经》诗亦作祖江。"参见"祖江"（245页）。

葱聋 《山海经·西山经》："符禺之山……其兽多葱聋，其状如羊而赤鬣。"郝懿行云："此即野羊之一种，今夏羊亦有赤鬣者。"

葱聋

葫芦枣 清褚人穫《坚瓠秘集》卷五"葫芦枣"条引《夷坚志》："光州七里外村媪家，植枣二株于门外，秋日枣熟，一道人过而求之。媪曰：'儿子出田间，无人打扑，任先生随意啖食。'道人摘食十余枚。媪延道人坐，烹茶供之。临去，道人将所佩葫芦系于木杪，顾语曰：'谢婆婆厚意，明年当生此样枣。既是新品，可以三倍得钱。'遂去。后如其言。今光州尚有此种，人怀核植于他处，则不然。"

萼绿华 女仙名。南朝梁陶弘景《真诰·运象篇第一》："萼绿华者，自云是南山人，不知是何山也。女子年可二十上下，青衣，颜色绝此往来，一月之中，辄六过来耳。云本姓杨，赠权诗一篇，并致火浣布手巾一枚，金

玉条脱各一枚。条脱似指环而大，异常精好。神女语权：'君慎勿泄我，泄我则彼此获罪。'访问此人，云是九疑山中得道女罗郁也。"按原文有缺误字，均依注补改。

葛天氏 三皇时君号。见"葛天氏之乐"。

葛天氏之乐 《吕氏春秋·古乐》："昔葛天氏之乐，三人操牛尾，投足以歌八阕：一曰载民，二曰玄鸟，三曰遂草木，四曰奋五谷，五曰敬天常，六曰建帝功，七曰依地德，八曰总禽兽之极。"高诱注："葛天氏，古帝名。"张揖曰："葛天氏，三皇时君号。"

落头民 晋干宝《搜神记》卷十二："秦时，南方有落头民，其头能飞。其种人部有祭祀，号曰虫落，故因取名焉。"按《古小说钩沈》辑《孔氏志怪》亦记此，落头民作落民；《博物志·异虫》则作落头虫，当是字之讹。

落翮山 即"大翮山"（24页）。

䈕 即"屏翳"（251页）。

䈕翳 即"屏翳"（251页）。

董父 帝舜之龙师。《左传·昭公二十九年》："昔有飂叔安，有裔子曰董父，实甚好龙，能求其耆欲，以饮食之，龙多归之。乃扰畜龙，以服事帝舜。帝赐之姓曰董氏，曰豢龙，封诸鬷川。鬷夷氏其后也。故帝舜氏世有畜龙。"参见"豢龙氏"（337页）。

董永 唐道世《法苑珠林》卷六二引刘向《孝子传》："董永者，少偏枯，与父居，乃肆力田亩，鹿车载父自随。父终，自卖于富公以供

董永　汉代画像石刻

丧事。道逢一女,呼与语云:'愿为君妻。'遂俱至富公。富公曰:'女为谁?'答曰:'永妻,欲助偿债。'公曰:'汝织三百匹,遣汝。'一旬乃毕。出门谓永曰:'我天女也,天令我助子偿人债耳。'语毕,忽然不知所在。"此传又见《太平御览》卷四一一引,作《孝子图》,与此大同小异。晋干宝《搜神记》卷一亦载此。《敦煌变文集·董永变文》(王重民等编)末段复与田章故事贯通,变文中董永之子董仲,即田章故事中董仲先生。又三国魏曹植《灵芝篇》云:"董永遭家贫,父老财无遗。举假以供养,佣作致甘肥。责家填门至,不知何用归。天灵感至德,神女为秉机。"乃为此一传说最早之文献记录(前所引刘向《孝子传》或系伪托),已略具故事轮廓。参见"七仙女"(3页)。

董双成 《汉武帝内传》:"(王母)又命侍女董双成吹云和之笙。"唐白居易《长恨歌》:"金阙西厢叩玉扃,转教小玉报双成。"又《古今图书集成·神异典》卷二二六引《浙江通志》云:"周董双成,西王母之侍女,世传其故宅即临湖妙庭观。双成炼丹宅中,丹成得道,

董双成　清刊本《毓秀堂画传》

自吹玉笙,驾鹤升仙。邑人立桥望之,因名望仙桥。宋绍兴初,道士董行元掘土得铜牌,有字云:'我有蟠桃树,千年一度生,是谁来窃去,须问董双成。'"此当后人据古文献记载而附会者。参见"三青鸟"(19页)。

越女 汉赵晔《吴越春秋·勾践阴谋外传》:"越有处女,出于南林,国人称善。……越王乃使使聘之,问以剑戟之术。处女将北见于王。道逢一翁,自称曰袁公,问于处女:'吾闻子善剑,愿一见之。'女曰:'妾不敢有所隐,惟公试之。'于是袁公即杖篠簶竹,竹枝上颉,桥末(末)堕地,女则捷(接)末,袁公则飞上树,变为白猿。遂别去,见越王……越王即加女号,号曰越女。乃命五板之堕(队)长高习之,教军士。当世莫能('莫能'二字原无,以意补)胜越女之剑。"《文选·吴都赋》注引《吴越春秋》,于"处女即接末"句下,尚有"袁公操本以刺处女,女应节入,三入,因举枝击之"数语,正以状处女剑击之妙,今本盖阙。参见"袁公"(258页)、"白猿"(111页)。

越王竹 晋嵇含《南方草木状》卷下:"越王竹,根生石上,若细荻,高尺余,南海有之。南人爱其青色,用为酒筹。云越王弃余筹而生竹。"

越绝书 书名。汉袁康撰。原书二十五卷,今存十五卷。多采传闻异说,与《吴越春秋》所记相出入。其《外传记吴地传》、《外传记地》、《外传记宝剑》诸篇,吴越神话传说多散见其中。

越王八剑 晋王嘉《拾遗记》卷十:"越王勾践使工人以白马白牛祠昆吾之神,采金铸之,以成八剑之精。一名掩日,以之指日,则光昼暗。金,阴也,阴盛则阳灭;二名断水,以之划水,开即不合;三名转魂,以之指月,蟾兔为之倒转;四名悬剪,飞鸟游过,触其刃,

如斩截焉；五名惊鲵，以之泛海，鲸鲵为之深入；六名灭魂，挟之夜行，不逢魑魅；七名却邪，有妖魅者，见之则伏；八名真钢，以切玉断金，如削土木矣：以应八方之气铸之也。"

越王约发　《尔雅·释地》郭璞注："江东呼两头蛇为越王约发。"疏："言是越王约发所化也。"参见"两头蛇"(156页)。

越王馀算菜　南朝宋刘敬叔《异苑》卷二："晋安平有越王馀算菜，长尺许，白者似骨，黑者如角。古云越王行海，曾于舟中作筹算，有馀者弃之于水生焉。"此晋安平，指晋哀帝安平陵。

彭城　北魏郦道元《水经注·获水》："获水于彭城西南回而北流，径彭城。……城之东北角，起层楼于其上，号曰彭祖楼。《地理志》曰：'彭城县，古彭祖国也。'《世本》曰：'陆终之子，其三曰籛铿，是为彭祖。彭祖者，彭城是也(内数字有缺脱，据清王谟辑《世本》补)。'下曰彭祖冢。彭祖长年八百，绵寿永世，于此有冢，盖亦元极之化矣。"参见"彭祖"。

彭侯　晋干宝《搜神记》卷十八："吴先主时，陆敬叔为建安太守，使人伐大樟树。不数斧，忽有血出。树断，有物，人面狗身，从树中出。敬叔曰：'此名彭侯。'乃烹食之，其味如狗。《白泽图》曰：'木之精名彭侯，状如黑狗，无尾，可烹食之。'"参见"青牛"(191页)。

彭祖　*陆终子。姓籛名铿。《史记·楚世家》："陆终生子六人，坼剖而产焉。……三曰彭祖。"《列仙传》上："彭祖者，殷大夫也，姓籛名铿，帝颛顼之孙，陆终氏之中子。历夏至殷末，八百余岁，常食桂芝，善导引行气。"《神仙传》卷一略云：殷王令采女问道于彭祖，彭祖曰："吾遗腹而生，三岁而失母，遇

彭祖　明刊本《月旦堂仙佛奇踪》

犬戎之乱，流离西域，百有余年。加以少枯，丧四十九妻，失五十四子，数遭忧患，和气折伤，荣卫焦枯，恐不度世。所闻浅薄，不足宣传。"乃去，不知所之。其后七十余年，闻人于流沙之国西见之。又《楚辞·天问》云："彭铿斟雉，帝何飨？受寿永多，夫何长？"言彭祖斟雉羹奉献于天帝，天帝飨之而报以永寿；彭祖至八百岁，犹自悔其不寿。前世传说如此，故《列仙传》、《神仙传》咸列彭祖于"仙"，以为彭祖终"升仙而去"。

彭娥　见"石鸡山"(95页)。

彭越　蟹名。《事物纪原》卷十："彭越，似蟹而小。世传汉醢彭越以赐诸侯，九江王英布猎得之，不忍视，尽以覆江中，化而为此，故名彭越。"

彭铿　即"彭祖"。

彭女山　五代蜀杜光庭《墉城集仙录》卷六："彭祖得道，不乐冲天，周游四海，居蜀多年，子孙繁众，故有彭山、天彭、彭门之名，俱在蜀焉。……彭女亦得养生之道，随祖修行，亦数百岁。朝拜勤志，晨夕不倦。今彭女山有礼拜石，有彭女五体肘膝拜痕及衣髻

之迹。"按明曹学佺《蜀中名胜记》卷十二谓彭女山在彭山县北十二里，或曰彭亡、彭模、平模、平无，皆一山。

韩凭 一作"韩朋"。明陈耀文《天中记》卷十八引《九国志》："韩凭，战国时为宋康王舍人。妻何氏美，王欲之，捕舍人筑青陵台。何氏作《乌鹊歌》以见志，遂自缢死。'南山有乌，北山张罗。乌鹊高飞，罗当奈何！乌鹊双飞，不乐凤凰。妾是庶民，不乐宋王。'"晋干宝《搜神记》卷十一："宋康王舍人韩凭，娶妻何氏，美，康王夺之。凭怨，王囚之，论为城旦。妻密遗凭书，谬其辞曰：'其雨淫淫，河大水深，日出当心。'既而王得其书，以示左右，左右莫解其意。臣苏贺对曰：'其雨淫淫，言愁且思也；河大水深，言不得往来也；日出当心，心有死志也。'俄而凭乃自杀。其妻乃阴腐其衣，王与之登台，妻遂自投台，左右揽之，衣不中手而死。遗书于带，曰：'王利其生，妾利其死，愿以尸骨赐凭合葬。'王怒，弗听，使人埋之，冢相望也。王曰：'尔夫妇相爱不已，若能使冢合，则吾弗阻也。'宿昔之间，便有大梓木生于二冢之端，旬日而大盈抱，屈体相就，根交于下，枝错于上。又有鸳鸯，雌雄各一，恒栖树上，晨夕不去。宋人哀之，遂号其木曰相思树。"按《太平寰宇记》卷十四引此书"左右揽之"句下，作"著手化为蝶"，神话色彩尤浓。唐敦煌变文有《韩朋赋》一卷，见于王重民等编《敦煌变文集》。

韩终 《楚辞·远游》："羡韩众之得一。"王逸注："众一作终。"洪兴祖补注："《列仙传》：'齐人韩终为王采药，王不肯服，终自服之，遂得仙也。'"又《太平御览》卷九八四引《唐子》云："仙人韩终即韩凭之兄。"亦为异闻。参见"韩凭"。

韩流 黄帝孙。颛顼父。见"颛顼"(351页)。

韩娥 古之善歌者。《列子·汤问》："昔韩娥东之齐，匮粮，过雍门，鬻歌假食。既去而余音绕梁㰚，三日不绝，左右以其人弗去。过逆旅，逆旅人辱之，韩娥因曼声哀哭，一里老幼悲愁垂涕，相对三日不食。遽而追之，娥还，复为曼声长歌，一里老幼喜跃抃舞，弗能自禁，忘向之悲也。乃厚赂发之。故雍门之人，至今善歌哭，放娥之遗声。"

韩雉 北魏郦道元《水经注·泗水》："沂水又西流。昔韩雉射龙于斯水之上。《尸子》曰：'韩雉见申羊于鲁，有龙饮于沂。韩雉曰：吾闻之，出见虎搏之，见龙射之。今弗射，是不得行吾闻也。遂射之。'沂水又西，右注泗水也。"

韩非子 书名。战国韩非撰。实系后人辑韩非遗著编成。凡五十五篇，二十卷。《汉书·艺文志》列于法家。其书《十过篇》，记有关于黄帝之神话，其他各篇，亦时有师旷、詹何、造父等传说资料。有清王先慎"集解"等。

韩朋鸟 唐刘恂《岭表录异》卷中："韩朋鸟者，乃凫鹥之类。此鸟每双飞，泛溪浦。水禽中鸂鶒、鸳鸯、鸡鶒，岭北皆有之，惟韩朋鸟未之见也。案干宝《搜神记》云，大夫韩朋(原注：一云凭)，其妻美，宋康王夺之。朋怨，王囚之，朋遂自杀。妻乃阴腐其衣，王与之登台，自投台下。左右捉衣，衣不胜手。遗书于带，曰：'愿以尸还韩氏而合葬。'王怒，令埋之，二冢相望。经夜，忽见有梓木生二冢之上。根交于下，枝连其上。又有鸟如鸳鸯，恒栖其树，朝暮悲鸣。南人谓此禽即韩朋夫妇之精魂，故以韩氏名之。"参见"韩凭"。

韩终李 《洞冥记》卷二："琳国去长安九千里，生玉叶李，色如碧玉，数十年一熟，味酸，昔韩终常饵此李，因名韩终李。"参见"韩终"。

韩湘子 俗传*八仙之一。《列仙全传》卷六略云：韩湘子，字清夫，韩文公之犹子也。落魄不羁，遇纯阳先生，因从游。登桃树堕死而尸解，来见文公，公令作诗以观其志。诗曰："解造逡巡酒，能开顷刻花。"公曰："子岂能夺造化耶？"湘即为开樽，果成佳酝；复聚土，无何，开碧花二朵，似牡丹差大。花间拥出金字一联，云："云横秦岭家何在，雪拥蓝关马不前。"公读之不解其意，湘曰："他日自验。"后公以谏佛骨事，谪官潮州。途中遇雪，俄有一人，冒雪而来，乃湘也。曰："公能忆花间之句乎？"公询其地，即蓝关，嗟叹久之。曰："吾与汝足成此诗。"即《韩集》中"一封朝奏九重天"云云。即与湘宿蓝关传舍，方信湘之不诬也。湘辞去，出药一瓢与公御瘴毒，公怆然。曰："此后复有相见之期乎？"

韩湘子　明刊本《月旦堂仙佛奇踪》

湘曰："前期未可知也。"按韩诗中有《左迁至蓝关示侄孙湘》一首，云："一封朝奏九重天，夕贬潮阳路八千。欲为圣朝除弊事，敢将衰朽惜残年！云横秦岭家何在？雪拥蓝关马不前。知汝远来应有意，好收吾骨瘴江边。"上文所述事即由此附会而来。然诗题明载韩湘为其"侄孙"，此则谓是其"犹子"（侄）。及开顷刻花事则本于段成式《酉阳杂俎·草篇》所论而又有所增饰。明杨尔曾有《韩湘子全传》三十回，见孙楷第《中国通俗小说书目》，大约即敷衍《列仙全传》事而为之。参见"八仙过海"（9页）。

韩诗外传　书名。汉韩婴撰。今本十卷。《汉书·艺文志》著录，作六卷；《隋书·经籍志》作十卷。韩婴曾作《内传》及《外传》，今惟存《外传》。其书杂引古事古语，证以《诗》词；与经义不相比附，非说经之书。所记天老说凤、伊尹谏桀、葘丘诉斩蛟等，亦关神话传说。

〔丨〕

喫诟　黄帝臣。《庄子·天地》："黄帝遗其玄珠……使喫诟索之而不得也。"释文引司马云："喫诟，多力也。"成玄英疏："喫诟，言辩也。"按以后说为是，盖为善辩者。参见"黄帝遗玄珠"（289页）。

畴华　亦作"寿华"。《淮南子·本经训》："尧乃使羿……诛凿齿于畴华之野。"高诱注："畴华，南方泽名。"

跂踢　《山海经·大荒南经》："南海之外，赤水之西，流沙之东，有兽，左右有首，名曰跂踢。"郭璞云："出狡名国；黜惕两音。"郝懿行云："狡名国未详所在，疑本在经内，今逸也。"毕沅云："《吕氏春秋·本味篇》云：'肉之美者，述荡之挚。'高诱注曰：'兽名，形则未闻。'案即是此也。又案跂踢当为述荡之误，篆文乏足相似，故乱之。"参见"并封"（141页）。

跂踢

遗玉 《山海经·海外北经》:"平丘,在三桑东,爰有遗玉。"郭璞注:"遗玉,玉石。"吴任臣云:"遗玉即璗玉。松枝千年为茯苓,又千年为琥珀,又千年为璗。字书云,璗,遗玉也,是其解也。"按遗玉除此经之平丘有外,《海外东经》尧葬东之璗丘、《大荒南经》之南类山亦均有之。凡此诸地,皆在古帝葬所附近(平丘附近为颛顼葬所,南类山附近为尧、喾、舜葬所),据经所写,皆人间乐园景象,此遗玉之所以为宝也。

掌中芥 草名。唐段成式《酉阳杂俎·草篇》:"掌中芥,末多国出也。取其子置掌中吹之,一吹一长,长三尺乃植于地。"参见"蹑空草"(365页)。

赑屃 亦作"赑屭"、屃赑。明杨慎《升庵外集》卷九五:"龙生九子,不成龙,备有所好,一曰赑屃,形似龟,好负重,今石碑龟下趺是也。"《文选·西京赋》:"巨灵赑屃。"注:"赑屃,作力之貌。"后乃引申为"负重"之龟属之物。参见"龙生九子"(102页)。

赌妇潭 清梁绍壬《两般秋雨盫随笔》卷六:"赌妇潭在广东龙门县蓼溪水口。相传有二童男女戏赌,各持竹一片从上流掷下,云两竹相合即成夫妇。俄而果合,遂谐伉俪。故名潭曰赌妇,潭上竹曰媒竹。"

凿齿 《山海经·海外南经》:"羿与凿齿战于寿华之野,羿射杀之。在昆仑虚东。羿持弓矢,凿齿持盾。一曰持戈('持'字原无,据郝懿行、黄丕烈校增)。"郭璞注:"凿齿,亦人也,齿如凿,长五六尺,因以名云。"《大荒南经》云:"大荒之中,有山名曰融天,海水南入焉。有人曰凿齿,羿杀之。"此即郭注"凿齿亦人也"之所本。然据《淮南子·本经训》:"尧之时……猰貐、凿齿、九婴、大风、封豨、修蛇皆为民害。尧乃使羿诛凿齿于畴华之野……"以凿齿列诸猛禽怪兽中,则凿齿亦

为兽。故高诱注云:"凿齿,兽名,齿长三尺,其状如凿,下彻颔下,而持戈盾。"又注《墬形训》凿齿民云:"吐一齿出口下,长三尺。"大意与郭注同,而人、兽之说则异。综《山海经》与《淮南子》所述,凿齿大约是一人形怪兽,既能吐齿如凿,又能持戈及盾。

凿齿民 《淮南子·墬形训》:"凡海外三十六国……自西南至东南方……(有)凿齿民。"高诱注:"凿齿民,吐一齿出口下,长三尺也。"

敤手 舜妹名。亦作"媒首"、"敤首"、"颗手"。宋罗泌《路史·后纪十一》注:"世传瞽叟与象每欲杀舜,其妹媒首每为之解。"《世本·作篇》(清张澍稡集补注本)云:"颗首作画。"颗首亦古创造发明之闻人。《汉书·古今人表》作敤手,作敤手者当是正字,谓其以手治画,表现原始时期徒手涂抹之象。而此二字,"俗书传写,误合为擎字,又误为繫字"(《列女传补注》王照圆说),遂成《列女传·有虞二妃》所谓"舜之女弟繫怜之,与二嫂谐"之"繫",然已失其义矣。参见"舜"(321页)。

敤首 即"敤手"。

鼎湖 湖一作湖。《史记·封禅书》:"黄帝采首山铜,铸鼎于荆山下。鼎既成,有龙垂胡髯下迎黄帝。黄帝上骑,群臣后宫从上者七十余人,龙乃上去。余小臣不得上,乃悉持龙髯,龙髯拔。堕,堕黄帝之弓。百姓仰望。黄帝既上天,乃抱其弓与胡髯号,故后世因名其处曰鼎湖,其弓曰乌号。"按此为黄帝神话仙话化之开始。北魏郦道元《水经注·河水》引此,鼎湖作鼎胡,是;胡谓胡髯。

鼎鼻山 明曹学佺《蜀中名胜记》卷十二:"彭山县……李膺《益州记》云:'周德既衰,九鼎沦散,一没于此,或见其鼻,故名鼎鼻山,一名打鼻山。上有城,亦名鼎鼻。'"参见"泗水取鼎"(209页)。

蜚鼠 《山海经·东山经》："枸状之山……有鸟焉,其状如鸡而鼠毛,其名曰蜚鼠,见则其邑大旱。"

蜚鼠

蛲 《山海经·海内北经》："蛲,其为人虎文,胫有腎,在穷奇东。一曰,状如人,昆仑虚北所有。"

蜼 《山海经·中次十二经》："即公之山……有兽焉,其状如龟,而白身赤首,名曰蜼,是可以御火。"

蛟 《山海经·中次十一经》："翼望之山……贶水出焉,东南流注于汉。其中多蛟。"郭璞注："似蛇而四脚,小头细颈,颈('颈'字原无,据王念孙、何焯校增)有白瘿,大者十数围,卵如一二石瓮,能吞人。"郝懿行云:"《广雅》云:'有鳞曰蛟龙。'《说文》(十三)云:'蛟,龙之属也。池鱼满三千六百,蛟来为之长,能率鱼飞;置笱水中,即蛟去。'"又宋彭乘《墨客挥犀》卷三云:"蛟之状如蛇,其首如虎,长者至数丈,多居溪潭石穴下,声如牛鸣。岸行或溪谷(行?)者时遭其患。见人先以腥涎绕之,既坠水,即于腋下吮其血,血尽乃止。昔有舟人为蛟所毒,但见于水上嘻笑而入,明日尸出,两腋下有穴如杯焉。"与古说之蛟不同,亦为异闻。

蛟妾 《述异记》卷上:"夏桀宫中,有女子化为龙,不可近。俄而复为妇人,甚丽,而食人。桀命为蛟妾,告桀吉凶。"

紫玉 晋干宝《搜神记》卷十六:"吴王夫差小女,名曰紫玉。……童子韩重……有道术,女悦之,私交信问,许为之妻。重学于齐鲁之间,临去,属其父母,使求婚。王怒,不与女。玉结气死,葬闾门之外。三年重归……往吊于墓前。玉魂从墓出,见重……歔欷流涕,要重还冢。……玉与之饮宴,留三日三夜,尽夫妇之礼。临出,取径寸明珠以送重,曰:'……若至吾家,敬致大王。'重既出,遂诣王,自说其事。王大怒曰:'吾女既死,而重造讹言,以玷秽亡灵。此不过发冢取物,而托之鬼神。'趣收重。重走脱,至玉墓所诉之。玉曰:'无忧。今归白王。'王妆梳,忽见玉,惊愕悲喜,问曰:'尔缘何生?'玉跪而言曰:'昔诸生韩重,来求玉,大王不许。玉名毁义绝,自致身亡。重从远还……诣冢吊唁。感其笃终,辄与相见,因以珠遗之。不为发冢,愿勿推治。'夫人闻之,出而抱之,玉如烟然。"

紫姑 亦作"子姑"。南朝宋刘敬叔《异苑》卷五:"世有紫姑神,古来相传,云是人家妾,为大妇所嫉,每以秽事相次役。正月十五日感激而死。故世人以其日作其形,夜于厕间或猪栏边迎之。祝曰:'子胥不在。'是其婿名也。'曹姑亦归。'曹即其大妇也。'小姑可出戏。'投者觉重,便是神来。"宋沈括《梦溪笔谈》卷二一云:"旧俗,正月望夜迎厕神,

紫姑　明刊本《三教搜神大全》

谓之紫姑。'明刘侗、于奕正《帝京景物略》卷二云:"(正月)望前后夜,妇女束草人,纸粉面,首帕衫裙,号称姑娘,两童女掖之,祀以马粪,打鼓歌马粪芗(香)歌,三祝,神则跃跃,拜不已者休;倒不起,乃咎也。"亦迎紫姑之戏;以其为*厕神,故"祀以马粪"。紫姑,又或谓之*帝喾女。

紫梨 《太平御览》卷九六九引《关令尹喜内传》:"老子西游,省太真王母,共食紫梨。"又同书同卷引郭子横《洞冥记》(亦见今本《洞冥记》卷二,文有脱误)云:"涂山之北有梨,大如斗,色紫,千年一花,冬月乃实,煎之有膏,食者身轻,亦曰紫轻梨。"即此。

紫泥海 《洞冥记》卷一:"(东方朔)去经年乃归,母忽见大惊曰:'汝行经年一归,何以慰我耶?'朔曰:'儿至紫泥海,有紫水污衣,仍过虞渊湔浣,朝发中返,何云经年?'李白《古风》(四十一)诗:"朝弄紫泥海,夕披丹霞裳。"

黑人 《山海经·海内经》:"又有黑人,虎首鸟足,两手持蛇,方啖之。"

黑水 《山海经·海内西经》:"昆仑之虚……黑水出西北隅,以东,东行,又东北,南入海,羽民南。"《楚辞·天问》云:"黑水、玄趾,三危安在?"即此黑水。

黑帝 五天帝之一。谓*颛顼。汉王符《潜夫论·五德志》:"黑帝颛顼,身号高阳,世号共工……以水纪。"此为颛顼称"黑帝"之首见于载籍者。然以共工为颛顼之"世号",混颛顼与共工为一,其伪妄亦不待辨而明。"黑帝颛顼",盖晚出之臆说。然青、黄、赤、白既以分配伏羲、黄帝、炎帝、少昊矣,则此黑帝亦非颛顼莫能当之。参见"五帝"(60页)。

黑蛇 ❶《山海经·海内经》:"有朱卷之国。有黑蛇,青首,食象。"郭璞注:"即巴蛇也。"参见"巴蛇"。❷《北堂书钞》卷一五八引《壬子年拾遗记》:"禹凿龙门,至一空穴……幽暗不可行。……有黑蛇长十丈,头有角,衔夜明之珠,以导于禹。"参见"禹凿龙门"(237页)。

黑螭 一名"蠪"。《淮南子·齐俗训》:"牺牛粹毛,宜于庙牲,其于以致雨,不若黑螭。"高诱注:"黑螭,神蛇也,潜于神渊,能兴云雨。"《说文》十三云:"蠪,蛇属,黑色,潜于神渊,能兴风雨。"又云:"螭,蠪或从庚。"则蠪即黑螭。

黑玉书 北魏郦道元《水经注·河水》:"洮水又东经临洮县故城北,禹治洪水,西至洮水之上,见长人受黑玉书于斯水之上。"《阚骃十三州志》(清张澍辑)云:"岷山,无草木……即夏禹见长人受黑玉书处。"所述即同一事。

黑齿民 《淮南子·墬形训》:"凡海外三十六国……自东南至东北方,有……黑齿民。"高诱注:"其人黑齿,食稻啖蛇,在汤谷上。"参见"黑齿国"。

黑齿国 帝俊裔。《山海经·大荒东经》:"有黑齿之国。帝俊生黑齿,姜姓,黍食,使四鸟。"《海外东经》:"黑齿国在其北,为人黑齿('齿'字原无,从王念孙、郝懿行校补),食稻啖蛇,一赤一青,在其旁。一曰在竖亥北,为人黑首,食稻使蛇,其一蛇赤。下有汤谷。"又《楚辞·招魂》云:"雕题、黑齿。"《淮南子·墬形训》有*黑齿民,即此。又《三国志·魏志·东夷传》云:"女王国东渡海千余里,

黑齿国

复有国皆倭种。又有侏儒国在其南，人长三四尺，去女王四千余里。又有裸国、黑齿国，复在其东南，船行一年可至。"

〔丿〕

臭 《山海经·中次八经》："纶山……其兽多……臭。"郭璞注："臭似菟而鹿脚，青色；音绰。"郝懿行云："臭，俗字也，当为㲋，见《说文》。"

智琼 智一作知。晋干宝《搜神记》卷一："魏济北郡从事掾弦超……梦有神女来从之。自称天上玉女，姓成公，字知琼。早失父母，天帝哀其孤苦，遣令下嫁从夫。超当其梦也，精爽感悟……若存若亡。如此三四夕，一旦，显然来游，驾辎軿车，从八婢，服绫罗绮绣之衣，姿颜容体状若飞仙……遂为夫妇。……经七八年，父母为超娶妇之后，分日而燕，分夕而寝，夜来晨去，倏忽若飞，惟超见之，他人不见。虽居暗室，辄闻人声，常见踪迹，然不睹其形。后人怪问，漏泄其事。玉女遂求去……取织成裙衫两副遗超，又赠诗告辞。……去后五年，超奉使至洛，到济北鱼山下陌上，西行遥望，曲道头有一车马，似知琼。驱车前至，果是也。遂披帷相见，悲喜交切，控左援绥，同乘至洛，遂为室家，克复旧好。至太康中犹在。"唐王勃《杂曲》："智琼神女，来访文君。"及王维《祠渔山神女歌二首》，即咏斯事。《北堂书钞》卷一二九引张敏《神女传》、《太平御览》卷三九九、七二八引《智琼传》亦并记其事。

鹄国 《神异经·西荒经》："西海之外，有鹄国焉，男女皆长七寸。为人自然有礼，好经纶拜跪，其人皆寿三百岁。其行如飞，日行千里，百物不敢犯之。惟畏海鹄，过辄吞之，亦寿三百岁。此人在鹄腹中不死，而鹄一举千里。"参见"周饶国"（202页）、"田

章"（103页）。

释神 书名。清姚东升辑。十卷。有手写稿本一册，存北京图书馆。《鲁迅书信集·致傅筑夫梁绳伟信》曾提及之。十卷尚缺其一。是书所辑，分天地、山川、时祀、方祀、土祀、吉神、释家、道家、仙教、杂神十类，类各为卷，大抵杂取《三教搜神大全》(讹作《搜神记》)、《云笈七籤》等书为之。以其采集丰博，亦略可供研究参考。

腊鼓 古时腊日或腊前一日击鼓以逐疫，故称。南朝梁宗懔《荆楚岁时记》："十二月八日为腊日。谚语：'腊鼓鸣，春草生。'村人并击细腰鼓，戴胡头，及作金刚力士以逐疫。"又《吕氏春秋·季冬纪》高诱注："今人腊前一日击鼓驱疫，谓之逐除。"参见"大傩"（22页）、"金刚力士"（206页）。

锁云囊 见"更嬴"（152页）。

短人国 《三国志·魏志·东夷传》裴松之注引《魏略·西域传》："短人国在康居西北，男女皆长三尺，人众甚多，去奄、蔡诸国甚远。康居长老传闻常有商度此国，去康居可万余里。"按即*僬侥国、*周饶国之类。

稍割牛 晋张华《博物志·异兽》："越巂国有牛稍割取肉，牛不死，经日肉生如故。"《蜀典》卷九"稍割牛"条引《历国传》云："其国（越巂国）有稍割牛，黑色，角细长，可四尺余。十日一割，不割便困且死"。参见"视肉"（206页）。

鼻天子 谓舜弟象。《太平御览》卷一九三引《幽明录》："始兴县有鼻天子庙，因山崎岖，十有余里，坑堑数重，阡陌交通。城内堂基碎瓦，柱穿犹存。东有鼻天子冢。鼻天子，未之闻也。"宋罗泌《路史·发挥五》罗苹注引作"鼻天子"，作"鼻天子"为正。鼻、鼻形近，遂以致讹。又《古小说钩沈》辑《幽明录》"鼻天子庙"作"鼻天子国"，其实"庙"、"国"二

字俱误,揆此文意,当作"城"。《古小说钩沈》所辑别一条即云:"始兴县有辠(皋、皐)天子城,城东有冢。昔有发者,垂陷,而冢里有角声震于外,惧而塞之。"

惩父山 《玉函山房辑佚书》辑《博物记》:"祝其东北独居山,西南有渊水,即羽泉也。俗谓此山为惩父山。"按所谓惩父,谓惩禹之父鲧。

舒姑泉 《太平寰宇记》卷一〇三引《宣城记》:"盖山百许步有舒姑泉。俗传云,昔有舒氏女未适人。其父析薪于此,女忽坐泉处,牵挽不动。父遽归告家,比来惟见清泉湛然。其母曰:'女性好音乐。'乃作弦歌,即泉涌浪回,复有赤鲤一双跃出嬉戏。至今作乐,泉水犹故沸涌。"此事《述异记》上亦记之,文较简。《搜神后记》记此事,宣城作临城,舒姑作姑舒。

傅说 武丁相。《楚辞·离骚》:"说操筑于傅岩兮,武丁用而不疑。"《史记·殷本纪》:"武丁夜梦得圣人,名曰说,以梦所见,视群臣百吏,皆非也。于是乃使百工营求之野,得说于傅险中。是时说为胥靡,筑于傅险,见于武丁。武丁曰:'是也。'得而与之语,果圣人,举以为相,殷国大治。故遂以傅险姓之,号曰傅说。"《荀子·非相》:"傅说之状,身如植鳍。"梁启雄《荀子柬释》引郝懿行云:"鳍在鱼背,立而上见,驼背人似之;然则傅说亦背偻欤?"又《楚辞·远游》:"奇傅说之托辰星兮。"洪兴祖补注引陆德明《庄子音义》云:"傅说死,其精神乘东维,托龙尾,今尾上有傅说星。其生无父母,登假三年而形遯。"此则关于傅说死之神话。

儵蟠 《山海经·东山经》:"独山……末涂之水出焉,而东南流注于沔,其中多儵蟠(郭璞注:条容二音)。其状如黄蛇,鱼翼,出入有光,见则其邑大旱。"

傒囊 晋干宝《搜神记》卷十二:"吴诸葛恪为丹阳太守,尝出猎,两山之间,有物如小儿,伸手欲引人。恪令伸之,乃引去故地,去故地,即死。既而参佐问其故,以为神明。恪曰:'此事在《白泽图》内,曰:两山之间,其精如小儿,见人,则伸手欲引人,名曰傒囊,引去故地,则死。无谓神明而异之,诸君偶未见耳。'"参见"白泽图"(112页)。

猰貐 亦作"㺄貐"、"窫窳"。《淮南子·本经训》:"尧之时……猰貐……为民害,尧乃使羿……下杀猰貐。"高诱注:"猰貐,兽名也,状若龙首;或曰似狸,善走而食人,在西方也。"

猩猩 亦作"狌狌"。《山海经·海内经》:"有青兽,人面,名曰猩猩。"《礼记·曲礼》云:"猩猩能言。"《吕氏春秋·本味》云:"肉之美者,猩猩之唇。"高诱注:"猩猩,兽名也,人面狗躯而长尾。"唐李肇《唐国史补》卷下云:"猩猩,好酒与屐。人有取者,置二物以诱之。猩猩始见,必大骂曰:'诱我也!'乃绝远去。久复来,稍稍相劝。俄顷俱醉,其足皆絆于屐,因遂获之。"唐张鷟《朝野佥载》卷六亦云:"安南平武县封溪中有猩猩焉,如美人,解人语,知往事。以嗜酒故,以屐得之。槛百数同牢。欲食之,众自推肥者相送,流涕而别。时饷封溪令,以帕盖之。令问何物,猩猩乃笼中语曰:'惟有仆并酒一壶耳。'令笑而爱之。养畜,能传送言语,人不如也。"均关于猩猩之传说。

猾裹 《山海经·南次二经》:"尧光之山其

儵蟠

猾裹

阳多玉，其阴多金。有兽焉，其状如人而彘鬣，穴居而冬蛰，其名曰猾褢，其音如斫木，见则县有大繇。"郭璞注："谓作役也。或曰，其县是乱。"

遁身 《列仙传》卷下："阴生者，长安中渭桥下乞儿也，常止于市中乞。市人厌苦，以粪洒之，旋复在里中，衣不见污如故。长吏知之，械收系，著桎梏，而续在市中乞。"此所写，乃最早传说之遁法。《太平广记》卷七八"茅安道"条引《集异记》，谓庐山道士茅安道谒韩晋公滉，"请水一器，公恐其得水遁术，固不与之。"此亦遁身之一法。《封神传》所写诸遁法，有土遁、木遁、火遁等，而以土遁为常见。而明周楫《西湖二集》卷二五"吴山顶上神仙"，写冷谦因盗窃库中金银，被"洪武爷"所拿，竟遁入瓶中，"连影子也通不见了"，"在遁法中，名为瓶遁"。则除五行遁法外，尚有别法，斯亦异闻。

遁甲开山图 书名。荣氏撰。三卷。《隋书·经籍志》著录，后佚。《汉唐地理书钞》有辑录。其书所记皆天下名山及洪古帝皇发迹之处，故亦有神话资料，如巨灵造山川、女狄吞月精之类。《绍兴府志》(清乾隆李亨特等重修)卷三"会稽县"下引此书云："禹治水，至会稽，宿于衡岭。宛委之神奏玉圆之书十二卷以授禹。禹未及持之，四卷飞入泉，四卷飞上天。禹得四卷，开而视之，为《遁甲开山图》。因用以治水，讫，乃缄书于洞穴。"此条则《汉唐地理书钞》所未录。

番禺 帝俊裔。《山海经·海内经》：帝俊生禺號，禺號生淫梁，淫梁生番禺，是始为舟。"又《墨子·非儒下》云："巧垂作舟。"《世本·作篇》(清张澍稡集补注本)云："共鼓、货狄作舟。"宋衷注："二人并黄帝臣。"则是传闻不同而异辞。参见"巧倕"(89页)。

番禺村女 《太平广记》卷三九五"番禺村女"条引《稽神录》："番禺村中有老姥，与其女饷田。忽云雨晦冥。及霁，乃失其女。姥号哭求访，邻里相与寻之，不能得。后月余，复云雨昼晦。及霁，而庭中陈列筵席，有鹿脯干鱼，果实酒醴，甚丰洁。其女盛服而至，姥惊喜持之。女自言为雷师所娶，将至一石室中，亲族甚众，婚姻之礼，一同人间。今使归返面，他日不可再归矣。姥问：'雷郎可得见邪？'曰：'不可。'留数宿。一夕复风雨晦冥，遂不复见。"

焦明 焦一作䳎。《史记·司马相如列传》："捷䳎雏，掩焦明。"集解："焦明似凤。"索隐引张揖云："䳎明，西方之鸟也。"又《玉函山房辑佚书》辑《乐纬叶图徵》云："似凤有四，并为妖……三曰焦明，长喙疏翼圆尾……至则水之感也。"此则与"掩焦明"之义不侔。

焦冥 亦作"焦螟"、"蟭螟"。《晏子春秋·外篇》："(景)公曰：'天下有极细乎？'晏子对曰：'有。东海有虫，巢于蚊睫，再乳再飞，而蚊不为惊；臣婴不知其名，而东海渔者命曰焦冥。"《列子·汤问》："江浦之间生么虫，其名曰焦螟，群飞而集于蚊睫，弗相触也；栖宿去来，蚊弗觉也。离朱、子羽方昼拭眦扬眉而望之，弗见其形；鯈俞、师旷方撮耳俯首而听之，弗闻其声。"又《敦煌变文集》辑句道兴《搜神记》有"田章对"天子"大鸟、小鸟之言，即谓此。

焦侥国 《山海经·大荒南经》："有小人名焦侥之国，几姓，嘉谷是食。"郭璞注："皆长三尺。"《淮南子·墬形训》云："西南方曰焦侥。"高诱注："焦侥，短人之国也，长不满三尺。"参见"短人国"(318页)、"周饶国"(202页)。

焦湖枕 《太平广记》卷二八三"杨林"条引《幽明录》："宋世，焦湖庙有一柏枕，或云玉枕,枕有小坼。时单父县人杨林为贾客,至庙祈求。庙巫谓曰:'君欲好婚否?'林曰:'幸甚。'巫即遣林近枕边,因入坼中。遂见朱楼琼室,有赵太尉在其中。即嫁女与林,生六子,皆为秘书郎。历数十年,并无思归之志。忽如梦觉,犹在枕旁。林怆然久之。"按唐人小说有《枕中记》(沈既济撰),实本此为说。又有《南柯太守记》(李公佐撰)、《樱桃青衣》(无名氏撰),其命意亦与此相同。元马致远又本《枕中记》作《黄粱梦》杂剧,明汤显祖作《邯郸梦》传奇。推其本原,则《列子·周穆王》所记*化人事,已启其端矣。

舜 亦称"虞舜"。《荀子·非相》:"帝舜短。"《淮南子·修务训》:"舜霉黑。"《孔丛子·居卫》:"舜面颔无毛。"《尸子》卷下:"舜两眸子。"此诸书所记舜之形貌。关于尧二女助舜战胜其傲狠之弟象,《史记·五帝本纪》云:"舜父瞽叟盲,而舜母死,瞽叟更娶妻而生象。象傲,瞽叟爱后妻子,常欲杀舜……舜年二十,以孝闻。三十而帝尧问可用者,四岳皆荐虞舜,曰可。于是尧乃以二女妻舜以观其内,使九男与处以观其外……尧乃赐舜缔衣,与琴,为筑仓廪,与牛羊。瞽叟尚欲杀之。"《楚辞·天问》洪兴祖补注引《列女传》(今本无)云:"瞽叟与象谋杀舜,使涂廪。舜告二女。二女曰:'时惟其戕汝,鹊汝裳,衣鸟工往。'舜既治廪,旋捐阶,瞽叟焚廪,舜往飞出。复使浚井。舜告二女。二女曰:'时亦惟其戕汝,时其掩汝,汝去裳,衣龙工往。'舜往浚井,格其出人,从掩,舜潜出(内数字与洪注引文略有异同,据他书校正)。"汉刘向《列女传·有虞二妃》云:"瞽叟又速舜饮酒,醉,将杀之。舜告二女,二女乃与舜药,浴汪,遂往。舜终日饮酒不醉。舜之女弟系(敤手)怜之,与二嫂谐。"此舜象斗争传说之大要也,虽仍具神话意味,然已非古神话本貌。又《山海经·海内北经》云:"舜妻登比氏,生宵明、烛光,处河大泽,二女之灵能照此所方百里。"登比氏之生宵明、烛光,又类帝俊妻*羲和、*常羲之生日月,舜又俨然天帝。舜之子孙为国于下方者,《大荒东经》记有*摇民,摇民即*嬴民,鸟足(见《海内经》),为秦民之先祖;《大荒南经》记有*载民国,载民国人"食谷,不绩不经服也,不稼不稿食也",所居处尚有"鸾鸟自歌、凤鸟自舞"等美景,其意无非神之子孙,得天独厚云尔。又舜有子九人(《吕氏春秋·去私》),八人始歌舞《路史·后纪十一》注引《朝鲜记》)。子*义钧封于商,号*商均,亦喜歌舞(《路史·后纪十一》)。商均不肖,舜乃以天下授禹(《孟子·万章》)。后南巡狩,崩于苍梧之野(《史记·五帝本纪》),葬九疑山之阳(《帝王世纪集校》第二)。二妃从征,溺于湘江,神游洞庭之渊,出入潇湘之浦(《水经注·湘水》)。舜好音乐,尝弹五弦之琴,歌《南风》之诗(《绎史》卷十引《尸子》),又曾命夔修《九招》、《六列》、《六英》(《吕氏春秋·古乐》),所谓"箫韶九成,凤凰来仪"(《书·益稷》),言舜乐之盛也。舜即帝位后,乃封弟象为有庳(鼻)(《孟子·万章》)。舜死,葬苍梧之野,象(野生象)为之耕(《论衡·偶会》),弟象亦来祭吊,后人为之立祠,名为*鼻亭神(《史记·五帝本纪》正义引《括地志》)。关于舜之神话传说,大略毕于此。参见"尧二女"(124页)、"象"(294页)。

舜井 《古今图书集成·草木典》卷二〇四引《垣曲县志》:"舜井。治北四十里即舜浚井匿空出处,旧迹尚存。井东北里许,路傍古柏,干大十围,荫覆亩余。世传舜乘凉树下,用手抱转,掩蔽日色。至今横亘数十步,其枝交加,如龙蟠凤舞,苍翠可挹,行人多憩又唐封演《封氏闻见记》卷八云："齐州城东有孤石，平地耸出，俗谓之历山，以北有泉，号舜井；东隔小街，又有石井，汲之不绝，云是舜东家之井。"则为别一舜井。

舜桥 即"百官桥"(123页)。

舜哥山 明陈仁锡《潜确类书》卷十六引《寰舆记》："舜哥山，在寿州，旧名舜王山。俗传舜帝躬耕处，石上有大人足迹。"按"舜哥"以名山，民间传说之色彩灿然。

舜造箫 《世本·作篇》(清王谟辑本)："舜造箫，其形参差，象凤翼，长二尺。"

舜耕历山 《墨子·尚贤下》："昔者舜耕于历山，陶于河濒，渔于雷泽，灰于常阳，尧得之服泽之阳，立为天子。"

鲜鱼 《山海经·西山经》："英山……禺水出焉，北流注于招水。其中多鲜鱼，其状如鳖，其音如羊。"

鲜鱼

郭璞注："音同蚌蛤之蚌。"吴任臣《广注》引《事物绀珠》云："蚌鱼如龟，鱼尾，二足，音如羊。"

鮯鱼 《山海经·南次三经》："鸡山……黑水出焉，而南流注于海。其中有鮯鱼，其状如鲋而彘毛，其音如豚，见则天下大旱。"

鮧鱼 《山海经·中次七经》："半石之山……来需之水出于其阳，而西流注于伊水。其中多鮧鱼，黑文，其状如鲋，食者不肿(原作'睡'，据郝懿行校改)。"

鮨鮨鱼 《山海经·北山经》："少咸之山……敦水出焉，东流注于雁门之水。其中多鮨鮨之鱼，食之杀人。"郭璞注："音沛，未详，或作鯆。"毕沅云："即鯆鱼也，一名江豚。"

鲁班 一作"鲁般"。或云即"公输般"。《淮南子·齐俗训》："鲁般、墨子，以木为鸢而飞之，三日不集。"汉王充《论衡·儒增》："世传言曰，鲁班巧，亡其母也。言巧工为母作木车马，木人御者，机关备具，载母其上，一驱不还，遂失其母。"北魏郦道元《水经注·渭水》："(渭桥)旧有忖留神像。此神尝与鲁班语，班令其人出。忖留曰：'我貌很丑，卿善图物容，我不能出。'班于是拱手与言，曰：'出头见我。'忖留乃出首。班于是以脚画地。忖留觉之，便还没水。故置其像于水，惟背以上立水上。"《述异记》卷下："木兰舟在浔阳江中，多木兰树……鲁班刻木兰为舟。……天姥山南峰，昔鲁班刻木为鹤，一飞七百里。后放于北山西峰上。汉武帝使人往取，遂飞上南峰。往往天将雨则翼翅摇动，若将奋飞。鲁班刻石为九州图，今在洛城石室山。东北岩海畔，有大石龟，俗云鲁班所作。夏则入海，冬复止于山上。"据以上所录，可知鲁班行迹，汉世以来，已艳传之，俱言其巧于造作，然莫详其身世及年代。《孟子·离娄》云："公输子之巧。"注："公输子，鲁班，鲁之巧人也。"其说当可信。《淮南子》已将鲁般、墨子并提，其人大抵为春秋战国时代传说人物。唐段成式《酉阳杂俎·贬误》引《朝野金载》(今本无)云："鲁般者，肃州敦煌人，莫详年代，巧侔造化。于凉州造浮图，作木鸢，每击楔三下，乘之以归。无何，其妻有妊，父母诘之，妻具说其故。父后伺得鸢，击楔十余下，乘之，遂至吴会。吴人以为妖，遂杀之。般又以木鸢乘之，遂获父尸。怨吴人杀其父，于肃州城南，作一木仙人，举手指东南，吴地大旱三年。卜曰：'般所为也。'赏物具千数谢之。般为断一手，其日吴中大雨。"此则非古之鲁班，而木仙人事亦近巫术。

鲁般 即"鲁班"。

鲁班姊 清俞樾《茶香室续钞》卷五引张鹏翮《奉使俄罗斯日记》："初五日，次上花园，河中石柱林立。相传鲁班作桥于此,期以鸡未鸣而成。其姊修静此山,勿使弟劳,预为鸡鸣,遂辍工。"原书按:"明金幼《北征录》云:'鸡鸣山西北,即浑河。有石柱数十,比列于河侧,其半出地上。俗传鲁班造桥,未成而废。'"

鲁班屋 《古今图书集成·职方典》卷一二八四引《零陵县志》:"宋时宜阳乡一夕忽有神人造屋三十六间,壁瓦皆具,不测其为何氏居焉。至今乡人呼为鲁班屋。"

鲁般寺 清李钟峨修《通江县志》卷二:"鲁般寺,在治北二百里。昔里民拟建寺于太极山,将竖柱,忽有跛而秃者曰:'中柱尚少一孔。'匠者叱之,秃者飘然而去。明旦,木石俱失所在。顷闻某地忽建新庙,共惊往视,殿宇巍然,其柱果多一孔。人以为鲁般移置,故名。"

鲁阳挥戈 《淮南子·览冥训》:"鲁阳公与韩构难,战酣,日暮,援戈而抚(挥)之,日为之反三舍。"高诱注:"鲁阳,楚之县公,楚平王之孙,司马子期之子,《国语》所称鲁阳文子也。楚僭号称王,其守县大夫皆称公,故曰鲁阳公,今南阳鲁阳是也。"

〔丶〕

童律 神名。见"瑶姬"(342页)、"无支祁"(49页)。

𪄀斯 《山海经·北山经》:"灌题之山……有鸟焉,其状如雌雉而人面,见人则跃,名曰𪄀斯,其鸣自呼也。"郝懿行谓此即《楚辞·卜居》"呢喔儛斯"之"儛斯"。参见"足訾"(164页)。

䳘鶋 《山海经·南山经》:"基山……有鸟焉,其状如鸡而三首

𪄀斯

六目,六足三翼,其名曰䳘鶋('鶋'原作'鸱',从郝懿行校改),食之无卧。"郭璞注:"使人少眠。"

䳘鶋

谢豹 ❶鸟名。即子规、杜鹃。《瑯嬛记》卷上引《成都旧事》:"昔有人饮于锦城谢氏,其女窥而悦之。其人闻子规啼,心动,即谢去,女恨甚。后闻子规啼,则怔忡若豹鸣也。使侍女以竹枝驱之,曰:'豹,汝尚敢至此啼乎?'故名子规为谢豹。"❷虫名。唐段成式《酉阳杂俎·虫篇》:"虢州有虫名谢豹,常在深土中……类小虾蟆而圆如球,见人则以前两足交覆首,如羞状。能穴地如鼢鼠,顷刻深数尺。或出地听谢豹鸟声,则脑裂而死,俗因名云。"

禅渚 北魏郦道元《水经注·伊水》:"(伊)水上承陆浑县东禅渚。渚在原上,陂方十里,佳饶鱼苇。即《山海经》所谓'南望禅渚,禹父之所化'。郭景纯注云:'禅一音暖。'鲧化羽渊而复生此,然已变怪,亦无往而不化矣。世谓此泽为慎望陂。"按今《山海经·中次三经》作埠渚,属青要山。

敦圂 兽名。或谓仙人名。《淮南子·俶真训》:"若夫真人……骑蜚廉而从敦圂。"高诱注:"敦圂,似虎而小。一曰仙人名也。"

敦煌变文集 书名。近人王重民等编。八卷。计编选敦煌变文八十七种。出版说明云:"本书应该被认为是从来变文辑本中最丰富的一部"。其中如卷一之《孟姜女变文》、《董永变文》,卷二之《舜子变文》、《韩朋赋》,卷三之《孔子项讬相问书》,卷八之句道兴《搜神记》,均可见神话传说至唐代时演变之大要,可供研究参考。

善权洞 明陈仁锡《潜确类书》卷二八:"善权洞,在常州府宜兴县国山东南,一名龙岩。

周幽王二十四年,洞忽自开。俗传祝英台本女子,幼与梁山伯为友,读书于此,后化为蝶。古有诗云:'蝴蝶满园飞,不见碧藓空。'盖咏其事。南齐建元二年,建碧藓庵于其故宅,刻'祝英台读书处'六大字。"参见"梁山伯祝英台"(298页)。

善语国 即"勒毕国"(282页)。

蛮书 亦名《云南志》。唐樊绰撰。十卷。绰于懿宗咸通三年(公元862年)为安南经略使蔡袭从事。《四库提要》称其"亲见蛮事,故于六诏种族、风俗、山川、道里及前后措置始末,撰次极详,实舆志中最古之本"。记有金马山、碧鸡山、盘瓠、廪君等神话资料。近人向达著有《蛮书校注》。

蛮蛮 ❶即"比翼鸟"(43页)。❷《山海经·西次四经》:"刚山之尾,洛水出焉,而北流注于河。其中多蛮蛮,其状鼠身而鳖首,其音如吠犬。"郝懿行云:"蛮蛮之兽,与比翼鸟同名,疑即猵也,猵、蛮声相近。《说文》(十)云:

蛮蛮❶

蛮蛮❷

'猵,或作獱,獭属。'《文选·羽猎赋》注引《郭氏三苍解诂》曰:'猵似狐,青色,居水中,食鱼。'"

蛮触之争 《庄子·则阳》:"有国于蜗之左角者曰触氏,有国于蜗之右角者曰蛮氏。时相与争地而战,伏尸数万,逐北旬有五日而后反。"

湛卢 剑名。《文选·吴都赋》:"纯钧、湛卢。"刘逵注:"纯钧、湛卢,剑名也。"参见"薛烛"(360页)。

滑鱼 《山海经·北山经》:"求如之山……滑水出焉,而西流注于诸毗之水,其中多滑鱼。其状如鳝,赤背,其音如梧,食之已疣。"郭璞注:"疣,赘也。"郝懿行云:"疣当为肬,《说文》(四)云:'肬,赘也。'"

游光 ❶见"野仲游光"。❷神名。《广雅·释天》:"火神谓之游光。"唐道世《法苑珠林》卷十一引《王子》:"木精为游光。"

游仙枕 五代王仁裕《开元天宝遗事》卷上:"龟兹国进奉枕一枚,其色如玛瑙,温温如玉,其制作甚朴素。若枕之,则十洲三岛,四海五湖,尽在梦中所见。帝因立名为游仙枕。"

温源谷 即"汤谷"。《山海经·大荒东经》:"大荒之中……有谷曰温源谷。"郭璞注:"温源,汤谷也。"

燃犀烛怪 南朝宋刘敬叔《异苑》卷七:"晋温峤至牛渚矶,闻水底有音乐之声。水深不可测,传言下多怪物,乃燃犀角而照之。须臾见水族覆火,奇形异状,或乘车马著赤衣帻。其夜梦人谓曰:'与君幽明道隔,何意相照耶?'峤甚恶之。未几卒。"按亦见《晋书·温峤传》。牛渚矶一名采石矶,矶上有燃犀亭,相传温峤燃犀烛怪于此。宋苏轼《寿州李定少卿出饯城东龙潭上》诗:"未暇燃犀照奇鬼,欲将烧燕出潜虬。"

湘君 谓尧女、舜妻*娥皇。《楚辞·九歌》亦以此神为篇名。《史记·秦始皇本纪》:"(始皇)浮江,至湘山祠。逢大风,几不得渡。上问博士曰:'湘君何神?'博士对曰:'闻之,尧女,舜之妻,而葬此。'"汉刘向《列女传·有虞二妃》:"舜陟方,死于苍梧……二妃死于湘、江之间,俗谓之湘君。"按据此,则湘君者,乃二妃之统名。然《后汉书·张衡传》注引《列女传》"湘君"下有"湘夫人也"四字,《艺文类聚》卷七九引无此四字,当是当时已有二本:一本袭《史记》秦博士之说,以湘君总称

湘君、湘夫人　明萧云从《离骚图》

尧二女,一本则以尧二女分属之湘君、湘夫人。而《楚辞·九歌》诸篇既有《湘君》,又有《湘夫人》,则自以分属为是。故唐韩愈《黄陵庙碑》云:"尧之长女娥皇为舜正妃,故曰君;其二女女英自宜降曰夫人。"参见"尧二女"(124页)。

湘夫人　谓尧女、舜妻*女英。按《楚辞·九歌》以此神为篇名。参见"湘君"。

湘妃竹　一名"斑竹"。竹名。元李衎《竹谱详录》卷六:"泪竹生全湘九疑山中……《述异记》云:'舜南巡,葬于苍梧,尧二女娥皇、女英泪下沾竹,文悉为之斑。'亦名湘妃竹。"参见"珠丘"(259页)。

寓　《山海经·北山经》:"虢山,其上多漆,其下多桐椐,其阳多玉,其阴多铁。伊水出焉,西流注于河。其兽多橐驼。其鸟多寓,状如鼠而鸟翼,其音如羊,可以御兵。"郝懿行云:"《方言》云:'寓,寄也。'此经寓鸟,盖蝙蝠之类。"

寓

寓氏公主　蚕神名。见"菀窳妇人"(284页)。

寒门　山名。《楚辞·远游》:"违绝垠乎寒门。"王逸注:"寒门,北极之门也。"《淮南子·墜形训》:"北方曰北极之山,曰寒门。"高诱注:"积寒所在,故曰寒门。"

寒浞　清梁玉绳《汉书人表考》卷九:"浞,伯明氏之谗子弟也,伯明后寒弃之,羿收以为相,取其国家。灭夏后相,袭有穷之号。……为夏遗臣伯靡所灭。"

寒荒国　《山海经·大荒西经》:"有寒荒之国。有二人女祭、女薎。"

寒暑之水　《山海经·大荒西经》:"西北海之外,大荒之隅……有水曰寒暑之水。"按疑即《三余帖》所谓*半阳泉之类。

〔一〕

彘　《山海经·南次二经》:"浮玉之山……有兽焉,其状如虎而牛尾。其音如吠犬,其名曰彘,是食人。"吴任臣云:"《事物绀珠》曰:'长彘出湖州浮玉山,如猴四耳,虎身牛尾,身如犬吠。'即斯兽也。《异物汇苑》引经亦作长彘。"

彘

强梁　神名。《后汉书·礼仪志》:"强梁、祖明共食磔死寄生。"按疑即*彊良。

鹀鸟　见"鼓❷"(327页)。

媒竹　见"赌妇潭"(315页)。

缗渊　《山海经·大荒南经》:"有缗渊。少昊生倍伐,倍伐降处缗渊。"郭璞注:"音昏。"

疏属山　《山海经·海内西经》:"贰负之臣曰危,危与贰负杀窫窳,帝乃梏之疏属之山。"唐李冗《独异志》卷上云:"汉宣帝时有人于疏属山石盖下得二人,俱被桎梏。将至长安,乃变为石。"

犀牛 《山海经·海内南经》："狌狌西北有犀牛,其状如牛而黑。"《南次三经》云："祷过之山……其下多犀。"郭璞注："犀似水牛,猪头庳脚,脚似象,有三蹄。大腹,黑色。三角:一在顶上,一在额上,一在鼻上。在鼻上者小而不堕,食角也。好噉棘,口中常洒血沫。"即此。

犀浦 宋欧阳忞《舆地广记》卷二九："犀浦镇本成都县地,唐垂拱二年析置犀浦县,属益州。秦时李冰作石犀五以厌水精,穿石犀渠于南江,命之曰犀牛里。县取此以为名耳,不在其地也。皇朝熙宁五年省为镇,入郫县。"按*李冰作石犀事见《华阳国志·蜀志》。

犀渠 《山海经·中次四经》："釐山……有兽焉,其状如牛,苍身,其音如婴儿,是食人,其名曰犀渠。"郝懿行云："犀渠,盖犀牛之属也。《国语·吴语》云:'奉文犀之渠。'《文选·吴都赋》云:'户有犀渠。'古用此兽皮蒙楯,故因名楯为犀渠矣。"

犀渠

登比氏 *舜妻。《山海经·海内北经》："舜妻登比氏生宵明、烛光,处河大泽,二女之灵能照此所方百里。一曰登北氏。"

登备山 即"登葆山"。

登葆山 《山海经·海外西经》："巫咸国在女丑北,右手操青蛇,左手操赤蛇。在登葆山,群巫所从上下也。"《大荒南经》："大荒之中,又有登备之山。"郭璞注:"即登葆山,群巫所从上下者也。"参见"天梯"(57页)。

十三画

〔一〕

瑟 谓伏羲作。《世本·作篇》(清秦嘉谟辑补本):"庖牺氏作瑟,五十弦,黄帝使素女鼓瑟,哀不自胜,乃破为二十五弦,具二均声。"

鼓 ❶伯陵子。"始为钟、为乐风"者。《路史·后纪四》写其形貌云:"鼓兑头而觟𩫠。"❷

鼓❷

钟山山神*烛阴子。《山海经·西次三经》:"钟山,其子曰鼓,其状人面而龙身(原'人面'上有'如'字,从王念孙校删),是与钦𬸚杀葆江于昆仑之阳,帝乃戮之钟山之东曰𡸷崖。钦𬸚化为大鹗,其状如雕而黑文白首,赤喙而虎爪,其音如晨鹄,见则有大兵。鼓亦化为鵕鸟,其状如鸱,赤足而直喙,黄文而白首,其音如鹄,见则其邑大旱。"此"钟山"即谓钟山山神烛阴。

鹊桥 唐韩鄂《岁华纪丽》卷三引《风俗通》云:"织女七夕当渡河,使鹊为桥。"又宋陈元靓《岁时广记》卷二六引《淮南子》(今本无)云:"乌鹊填河成桥而渡织女。"知汉时即有七夕鹊桥之说。宋罗愿《尔雅翼》卷十三云:"涉秋七日,(鹊)首无故皆髡。相传以为是日河鼓与织女会于汉东,役乌鹊为梁以渡,故毛皆脱去。"鹊桥神话细节乃备。参见"牛郎织女"(69页)。

鹓鹑 ❶《山海经·西次三经》:"翼望之山……有鸟焉,其状如乌,三首六尾而善笑,名曰鹓鹑,服之使人不厌,又可以御凶。"郭璞注:"不厌梦也。"❷《北山经》:"带山……有鸟焉,其状如乌,五采而赤文,名曰鹓鹑,是自为牝牡,食之不疽。"郭璞注:"无痔疸病也。"《庄子·天运》释文引此经云:"其状如凤,五采文,其名曰奇类。"与今本异。

鹓鹑❶

楚辞 总集名。汉刘向辑。原收屈原、宋玉、景差及贾谊、淮南小山、东方朔、严忌、王褒、刘向等人辞赋,为十六篇,后王逸益以自作《九思》,成十七篇,并为之作注。宋洪兴祖撰《楚辞补注》,有疏通发明之功,与王注并行于世。其中《天问》、《离骚》二篇,雄奇瑰伟,保存神话资料最夥。其余如《九歌》、《招魂》、《大招》、《远游》等篇,亦多神话传说资料。

楚魂鸟 清陈元龙《格致镜原》卷八一引《古今注》(今本无):"楚魂鸟一曰亡魂;或云楚怀王与秦昭王会于武关,为秦所执,囚咸阳不得归,卒死于秦,后于寒食月夜,入见于楚,化而为鸟,名楚魂。"

蓂荚 亦名"历荚"。清马骕《绎史》卷九引《田俅子》:"尧为天子,蓂荚生于庭,为帝成历。"《太平御览》卷四引《帝王世纪》云:"尧时有草夹阶而生,每月朔日生一荚,至月半则生十五荚,至十六日后落一荚,至月晦而尽。若月小,余一荚。王者以是占历。名曰蓂荚,一名历荚,一名瑞草。"即此。

蒙谷 日入处。《淮南子·天文训》:"(日)至于虞渊,是谓黄昏;至于蒙谷,是谓定昏。日入于虞渊之汜,曙于蒙谷之浦。"庄达吉云:"蒙谷即《尚书》昧谷,蒙、昧声相通。"《书·尧典》云:"分命和仲,宅西,曰昧谷。"传:"昧,冥也;日入于谷而天下冥,故曰昧谷。"

蒙双民 晋干宝《搜神记》卷十四:"昔高阳氏有同产而为夫妇,帝放之于崆峒之野,相抱而死。神鸟以不死草覆之,七年男女同体而生,二头,四手足,是为蒙双氏。"此说又见晋张华《博物志·异人》,文略同,蒙双氏作蒙双民,作后者为是。

榆树 《古今图书集成·草木典》卷二六九引《修真录》:"昔有女仙喜食众草木,恒不卧。一日食一树叶,酣卧不欲觉,殊愉快,因名其树曰'愉'。后人改心从木,即今榆树也。后女仙绕宫门种之,时与族雪道君会于下,使金童讲《镠虹宝典》。"而据《山海经·大荒南经》云:"有盈民之国……有人方食木叶。"《吕氏春秋·本味》高诱注云:"赤木玄木,其叶皆可食,食之而仙也。"则女仙食榆叶事似本此而附会。

槐鬼离仑 《山海经·西次三经》:"槐江之山。……北望诸毗,槐鬼离仑居之,鹰鹯之所宅也。"郭璞注:"诸毗,山名;离仑,其神名。"

槐江山天神 《山海经·西次三经》:"槐江之山。……有天神焉。其状如牛,而八足二首马尾,其音如勃皇,见则其邑有兵。"郭璞注:"勃皇,未详。"郝懿行云:"勃皇即发皇也。《考工记》'梓人为笋虡以翼鸣者',郑注云:'翼鸣,发皇属。'发皇,《尔雅》作蚚蟥,

声近字通。"按郝说为是,惜天神之名偶失记,终无由得而考证。

蓐收 *少昊叔,或谓少昊子。《左传·昭公二十九年》:"少皞氏有四叔,曰重,曰该,曰脩,曰熙,实能金木及水。使……该为蓐收。"又《国语·晋语二》韦昭注云:"少皞氏有子该,为蓐收。"《礼记·月令》注同,是传闻之歧异。《山海经·海外西经》云:"西方蓐收,左耳有蛇,乘两龙。"而《晋语二》云:"蓐收……天之刑神也。""人面,白毛,虎爪,执钺。"说亦略有不同。《西次三经》云:"长留之山,其神白帝少昊居之……实为员神魂氏之宫。是神也,主司反景。""泑山,神蓐收居之……是山也,西望日之所入,其气员,神红光之所司也。"郝懿行云:"员神,盖即少昊也";"红光,盖即蓐收也。"疑是。据此,则少昊、蓐收之所司者,不过日入反景之事。而《淮南子·时则训》云:"西方之极,自昆仑绝流沙沈羽,西至三危之国,石城金室,饮气之民,不死之野,少皞、蓐收之所司者万二千里。"其职司忽又扩大不止百倍。《楚辞·大招》云:"魂乎无西,西方流沙,漭洋洋只。豕首纵目,被发鬤只。长爪踞牙,诶笑狂只。"王逸注:"此盖蓐收神之状也。"果如所说,则此之蓐收,益倍增其狞猛之气。

蓐收

蓝采和 俗传*八仙之一。南唐沈汾《续仙传》:"蓝采和,不知何许人也,常衣破蓝衫……一脚著靴,一脚跣行,夏则衫内加絮,冬则卧于雪中,气出如蒸。每行歌于城市乞索,持大拍板,长三尺余。常醉……踏歌云:'踏踏歌,蓝采和,世界能几何!红颜一春树,流

年一掷梭。古人混混去不返,今人纷纷来更多。朝骑鸾凤上碧落,暮见桑田生白波。长景明晖在空际,金银宫阙高嵯峨。'歌词多率尔而作,皆神仙意,人莫之测。但以钱与

蓝采和　清刊本《毓秀堂画传》

之,绳穿拖行,或散失亦不回顾。或见贫人即与之,或与酒家。周游天下。人有为儿童时见者,及斑白见之,颜状如故。后踏歌濠梁间,于酒楼上乘醉,有云鹤笙箫声,忽然轻举,于云中掷下靴、衫、腰带、拍板,冉冉而去。其靴衫等旋亦失亡。"又元无名氏杂剧《汉钟离度脱蓝彩和》云其为五代时艺人,名许坚。参见"八仙过海"(9页)。

蓞草　《山海经·中次七经》:"姑媱之山,帝女死焉,其名曰女尸,化为蓞草,其叶胥成,其华黄,其实如兔丘,服之媚于人。"郭璞注:"为人所爱也。传曰:人媚之如是。一名荒夫草。"按经文帝女,当炎帝女;女尸,即瑶姬。同经又云:"泰室之山……有草焉,其状如苈,白华黑实,泽如蘡薁,其名曰蓞草,服之不昧。"则是别一蓞草,非女尸所化之蓞草。

蕢草　《山海经·西次三经》:"昆仑之丘……有草焉,名曰蕢草,其状如葵,其味如葱,食之已劳。"郭璞注:"音频。《吕氏春秋·本味》

曰:'菜之美者,昆仑之苹。'"

慈童　周穆王臣。清俞樾《茶香室丛钞》卷二"慈童"条引日人守屋元泰《东阳集·题慈童画序》:"世传慈童事周穆王,有宠,尝误越王枕,王放诸郦县山中。私悯焉,临去,授以法语,曰:'朝朝诵之,可为周身之防。'慈童恐遗忘,题诸菊叶。既而有露,泠泠滴于溪流。慈童饮之,极甘美,遂为仙。下流之民三百余家,饮者悉得上寿。"俞樾云:"此事不知出何书,中国人但知郦县甘谷事,不知有慈童也,是真异闻矣。岂周秦间相承有此说,由徐福辈传述至彼乎?"

蒲牢　兽名。《文选·东都赋》:"于是发鲸鱼,铿华钟。"李善注:"海边有兽,名蒲牢,蒲牢素畏鲸,鲸鱼击蒲牢,辄大鸣。凡钟欲令声大者,故作蒲牢于上,所以撞之者为鲸鱼。"明杨慎《升庵外集》卷九五云:"俗传龙生九子……三曰蒲牢,形似龙而小,性好叫吼,今钟上钮是也。"即此。参见"龙生九子"(102页)。

蒲夷鱼　《山海经·北次三经》:"碣石之山,绳水出焉,而东流注于河,其中多蒲夷之鱼。"郭璞注:"未详。"

蓬邱　即"蓬莱山"。

蓬莱山　《山海经·海内北经》:"蓬莱山在海中。"《十洲记》:"蓬邱,蓬莱山是也。对东海之东北岸,周回五千里。外别有圆海绕山。圆海水正黑,而谓之冥海也。无风而洪波百丈,不可得往来,惟飞仙有能到其处耳。"参见"三神山"(20页)、"五神山"(63页)。

蓬莱山鸳鸯　晋王嘉《拾遗记》卷十:"蓬莱山……南,有鸟名鸳鸯,形似雁,徘徊云间,栖息高岫,足不践地,生于石穴中。万岁一交则生雏,千岁衔毛学飞,以千万为群。推其毛长者,高翥万里。圣君之世,来入国郊。"

摄提　神名。见"诸稽"(272页)。

搘机石 宋陈元靓《岁时广记》卷二七引《荆楚岁时记》："汉武帝令张骞使大夏，寻河源，乘槎经月而去。至一处，见城郭如官府，室内有一女织。又见一丈夫，牵牛饮河。骞问曰：'此是何处？'答曰：'可问严君平。'织女取搘机石与骞而还。后至蜀问君平，君平曰：'某年月日，客星犯牛女。'所得搘机石，为东方朔所识。"按搘机石即*支机石，为此一神话之异闻。参见"张骞槎"（184页）。

摇牛 《云南古佚书钞》辑《南中八郡志》："移风故县有摇牛，生堃里。时时共斗，则海沸。或出岸上，家牛见则恐怖。人或遮捕，则霹雳随至。俗号曰'神女牛'。"

摇民 舜裔。《山海经·大荒东经》："河（伯）念有易，有易潜出，为国于兽，方食之，名曰摇民。帝舜生戏，戏生摇民。"按《海内经》云："有嬴民，鸟足。"吴其昌《卜辞所见殷之先公先王三续考》谓此*嬴民即《大荒东经》之摇民，嬴、摇一声之转。嬴民，秦民之先祖。参见"孟虧"（216页）。

摇钱树 明冯梦龙《警世通言》三二卷"杜十娘怒沉百宝箱"："妈妈道：'别人家养的女儿便是摇钱树，千生万活；偏我家晦气，养了个退财白虎。'"按古籍记载，无关于摇钱树之传说。此为小说所写，亦仅作譬喻而已。一九六一年第十一期《文物》载《"钱树""钱树座"和鱼龙漫衍之戏》一文略谓：在四川东汉后期墓葬中，常有一种陶器出土，这种陶器下大上小，无底中空，器表雕有鳌、羊、蟾蜍或一些怪兽，有的还雕有坐在龙座上的西王母，抱瓮骑羊的人，持竿打'钱树'上的钱的人和把这些钱挑走的人。内容十分丰富。由此可知钱树之说，汉时已传。《三国志·魏志·邴原传》注引《邴原别传》云："原尝行而得遗钱，拾以系树枝，此钱既不见取，而系钱者愈多。问其故，答者谓之神树。原恶其由己而成淫祀，力辩之，于是里中遂敛其钱以为社供。"略具钱树情景。而《乐府杂录》叙唐开元中名妓临终时谓其母曰："阿母，钱树子倒矣！"则"钱树"一词，已出于唐代普通人之口。其后再演变为"摇钱树"，遂成带神话色彩之宝物而与*聚宝盆为对。

雷门 《汉书·王尊传》："毋持布鼓过雷门。"颜师古注："雷门，会稽城门也，有大鼓。越击此鼓，声闻洛阳。"《会稽郡故书杂集》辑《孔灵符会稽记》："雷门上有大鼓，围二丈八尺，声闻洛阳。孙恩之乱，军人斫破……后不鸣。"又《清一统志》云："雷门，即今绍兴之五云门。"

雷开 纣臣。《楚辞·天问》："雷开阿顺，而赐封之。"王逸注："雷开，佞人也，阿顺于纣，乃赐之金玉而封之也。"按"雷开阿顺"，当作"雷开何顺"，与上文"比干何逆"相对，为疑问之语气。

雷五 《太平广记》卷三九四"叶迁韶"条引《神仙感遇传》："唐叶迁韶，信州人也，幼岁樵牧，避雨于大树下。树为雷霹，俄而却合。雷公为树所夹，奋飞不得。迁韶取石楔开枝，然后得去。仍愧谢之。约曰：'来日复至此可也。'如其言至彼，雷公亦来。以墨篆一卷与之，曰：'依此行之，可以致雷雨，祛疾苦，立功救人。我兄弟五人，要闻雷声，但唤雷大雷二，即相应。然雷五性刚躁，无危急之事，不可唤之。'自是行符致雨，咸有殊效。尝于吉州市大醉，太守擒而责之，欲加楚辱。迁韶于庭下大呼雷五。时郡中方旱，日光猛炽，霹震一声，人皆颠沛。太守下阶礼接之，请为致雨。信宿大霪，田原遂足，因为远近所传。"

雷车 《北堂书钞》卷一五二引晋傅玄诗："童女擎飞电，童男挽雷车。"《搜神后记》卷五：

"永和中,义兴人姓周,出都乘马,未至村,日暮,道边有一新草小屋,一女子出门,年可十六七,姿容端正。周便求寄宿,此女为燃火作食。向一更中,闻外有小儿唤阿香声,女应诺。寻云:'官唤汝推雷车。'女乃辞行,云:'今有事当去。'夜遂大雷雨。向晓上马,看昨所宿处,止见一新冢。"按据此,所谓雷车,即司雷雨之车,需人推挽而行。或童男,或童女,乃无不可。《庄子·达生》云:"委蛇恶闻雷车之声。"此雷车当是车声隆隆如雷之意,非童男童女所挽司雷雨之车。参见"霹雳车"(368页)。

雷公 ❶《楚辞·远游》:"左雨师使径侍兮,右雷公以为卫。"宋王铚《云仙杂记·天鼓》:"雷曰天鼓,雷神曰雷公。"汉王充《论衡·雷虚》:"图画之工,图雷之状,累累如连鼓之形。又图一人,若力士之容,谓之雷公,使之左手引连鼓,右手推椎,若击之状。其意以为雷声隆隆者,连鼓相扣击之意也;其魄然若敝裂者,椎所击之声也。其杀人也,引连鼓相椎,并击之矣。"王充所述汉时雷公之状(连鼓、雷椎、力士形躯),已近近世庙塑

雷公❶ 明刊本《三教搜神大全》

雷公打鼓❷ 汉代画像石刻

雷公之像。微不同者,近世雷公有鸟形之喙,而古则无。晋干宝《搜神记》卷十二记晋扶风杨道和事,已谓"霹雳头似猕猴";唐房千里《投荒杂录》更谓"雷公豕首麟身";唐李肇《唐国史补》亦谓雷公"状类彘":则其唇吻已渐突出。至《三教搜神大全》遂谓雷为"鸡形",孝子烹鸡奉母,为雷所殛,遂化为雷神,"妖其头,喙其嘴,翼其两肩,左尖右槌,足踏五鼓而升,天帝封之为雷门苟元帅":则全是近世雷公之状。❷黄帝臣。《太平御览》卷七二一引《帝王世纪》:"黄帝有熊氏命雷公、歧伯论经脉。"按晋葛洪《抱朴子·极言》亦云:"黄帝……著体诊则受雷、歧。"雷,雷公;歧,歧伯:二人皆黄帝时医。《古小说钩沈》辑《古异传》云:"斫木(啄木),本是雷公采药使,化为鸟。"即此雷公。

雷师 《楚辞·离骚》:"鸾皇为余先戒兮,雷师告余以未具。"洪兴祖补注:"雷师,丰隆也。"参见"丰隆❷"(41页)。

雷泽 《山海经·海内东经》:"雷泽中有雷神,龙身而人头,鼓其腹。在吴西。"清吴承志《山海经地理今释》卷六云:"雷泽即震泽。《汉志》区具泽在会稽郡吴西,扬州薮,古文以为震泽。震泽在吴西,可证。"按震泽即今太湖。

雷祖 黄帝妻。亦作"嫘祖"。《山海经·海内

经》:"黄帝妻雷祖,生昌意;昌意……生韩流;韩流……生帝颛顼。"

雷神 《山海经·海内东经》:"雷泽中有雷神,龙身而人头,鼓其腹则雷('则雷'二字原无,从《史记·五帝本纪》正义引补)。"此上古雷神之状:人而兼兽。又*黄帝战蚩尤,得夔牛于东海流波山,"以其皮为鼓,橛以雷兽之骨,声闻五百里,以威天下"(《大荒东经》)。郭璞注:"雷兽,即雷神也。"其实黄帝即古之雷神。又《太平御览》卷七八引《诗纬含神雾》云:"大迹出雷泽,华胥履之,生宓牺。"则*伏羲亦雷神之子。参见"雷公"。

雷神

雷兽 谓*雷神。《山海经·大荒东经》:"黄帝得之(夔),以其皮为鼓,橛以雷兽之骨,声闻五百里,以威天下。"郭璞注:"雷兽,即雷神也。"

雷祖峰 清李元度重修《南岳志》引《湘衡稽古》:"雷祖从(黄)帝南游,死于衡山,遂葬之。今岣嵝有雷祖峰,上有雷祖之墓,谓之先蚕冢。其峰下曰西陵路,盖西陵氏始蚕,后人祀之为先蚕也。"岣嵝为衡山主峰,故衡山亦兼岣嵝山之名。

雷州雷神庙 清屈大均《广东新语》卷六:"雷州英榜山有雷神庙。神端冕而绯,左右列侍天将,一辅髦者捧圆物,色罕,为神之所始,盖鸟卵云。堂后又有雷神十二躯,以应十二方位,及雷公电母风伯雨师像。其在堂复(虎?),则雷神之父陈氏铣也。志称陈时,雷州人陈铣无子,其业捕猎,家有九耳犬,甚灵。凡将猎,卜诸犬耳,一耳动则获一兽,动多则三四耳,少则一二耳。一日出猎,而九耳俱动。铣大喜,为必多得兽矣。既之野,有丛棘一区,九耳犬围绕不去。异之,得一巨卵,径尺,携以归,雷雨暴作。卵开,乃一男子,其手有文,左曰雷,右曰州。有神人尝入室中哺乳。乡人以为雷种也,神之。天建三年,果为雷州刺史……民因祀以为雷神。"按此记实出唐沈既济《雷民传》(见《龙威秘书》四集)。《雷民传》杂叙广州雷诸异事,云牙门将陈义即雷之诸孙,为陈氏于雷雨时所得大卵覆育成儿者。又云有雷民畜十二耳犬,一日犬之诸耳毕动,出猎遂得十二大卵以归。后经风雨,卵破而遗甲,郡人宝之,分其卵甲,岁时祭奠,以得其遗甲为豪族。

雷峰塔 清陆次云《湖壖杂记》"雷峰塔"条:"雷峰塔,五代时所建,塔下旧有雷峰寺,废久矣。……俗传湖中有青鱼、白蛇之妖,建塔相镇。"按塔本在今杭州市西湖南夕照山上,五代时钱俶为妃黄氏所建,一九二四年倾圮。俗云法海建此以镇压*白娘子,则为传说之附会。

雷公磨霹雳 《汉唐地理书钞》附麓山精舍辑本辑《荆州记》:"皋亭屯有青石,方三丈许,石上有磨刀斧迹,春夏明净,有新磨处;秋冬渐生苔秽。传云是雷公磨霹雳。"

〔丨〕

愚公 《列子·汤问》:"太行、王屋二山,方七百里,高万仞,本在冀州之南,河阳之北。北山愚公者,年且九十,面山而居。惩山北之塞,出入之迂也,聚室而谋曰:'吾与汝毕力平险,指通豫南,达于汉阴,可乎?'杂然相许。其妻献疑曰:'以君之力,曾不能损魁父之丘,如太行、王屋何!且焉置土石?'杂曰:'投诸渤海之尾,隐土之北。'遂率子孙荷担者三夫,叩石垦壤,箕畚运于渤海之尾。邻人京城氏之孀妻,有遗男,始龀,跳往助之。寒暑易节,始一反焉。河曲智叟笑而止之,曰:'甚矣,汝之不惠,以残年余力,曾不能毁山之一毛,其如土石何!'北山愚公长息曰:'汝心之固,固不可彻,曾不如孀妻弱子!虽我之死,有子存焉,子又生孙,孙又生子,子又有子,子又有孙,子子孙孙,无穷匮也。而山不加增,何苦而不平?'河曲智叟亡以应。操蛇之神闻之,惧其不已也,告之于帝。帝感其诚,命夸娥氏二子,负二山,一厝朔东,一厝雍南。自此,冀之南,汉之阴,无陇断焉。"

蜈蚣珠 清褚人穫《坚瓠秘集》卷五"蜈蚣珠"条:"万历中,武进虞桥,人憩其上,多中恶死。居人苦之,不知其故。会数贾胡至,语人曰:'此有毒物踞其中,吾当为去之。'则以一大铁笼作机槛,布以丝绵,贮熟鸡于其中。夕而昇至桥下,敕居人远避,无犯之。贾胡伺之。顷则势如风雨,久而缠绵难脱。天明启视,槛中蟠一蜈蚣,长数丈,足皆缠缚而死矣。剖其首,一明珠大径寸,其百足,一足一珠,贾胡怀之而去。自是虞桥之患乃息。"

盟津 《周书·商誓》:"昔我盟津,帝休,辨商其何国。"此"盟津"一词首见于先秦古籍者。《史记·殷本纪》云:"周武王之东伐,至盟津,诸侯叛殷会周者八百。诸侯皆曰:'纣可伐矣。'"盟津,盖武王伐纣与诸侯会盟之地故名。音转遂为*孟津。《淮南子·览冥训》:"武王伐纣,渡于孟津。"

跸车 一作"桥车"。《十洲记》:"昔禹治洪水既毕,乃乘跸车度弱水而到此山(钟山),祠上帝于北阿,归大功于九天。"

路史 书名。宋罗泌撰,其子罗苹注。《前纪》九卷述三皇及阴康、无怀之事,《后纪》十四卷述太昊至夏之事,《余论》十卷、《发挥》六卷皆辨驳考证之文,《国名纪》八卷述诸国姓氏地理。其书取材杂芜,然恒有神话资料存焉,且所引古籍今多佚亡。

鉴湖 即"镜湖"(362页)。

虞虎 舜臣。明董斯张《广博物志》卷四九引《贾子说林》:"舜使虞虎养一紫龙,恒持燕炙示龙而不即与食。龙俯而垂涎,以器盛之,满一合而后与食,以为常。又取绘实磨入紫龙涎,色正赤,以画金石,色透金玉中一寸。绘实,仙草也,尧时生于朝堂之前,四时有花有实。"此当为*董父畜龙神话之增饰。

虞渊 《淮南子·天文训》:"日……至于虞渊,是谓黄昏。"晋陶潜《读山海经》诗:"夸父诞宏志,乃与日竞走;俱至虞渊下,似若无胜负。"按虞渊即*禹谷,日所入之处。

虞舜 即*舜。《书·尧典》:"有鳏在下,曰虞舜。"疏:"王肃云:'虞,地名。'皇甫谧云:'尧以二女妻舜,封之于虞,今河东太阳山西虞地是也。'"按王、皇甫之说俱非,虞非地名,乃虞人之虞,亦《易·屯》"即鹿无虞,惟入于林中"之虞,所谓掌山泽苑囿之官是也。朱芳圃《甲骨学文字编·文五》引叶玉森云:"第二文疑亦虞字。古之虞人乃掌田猎之官,猎时或被虎首以摄群兽,故字从虍从大,大乃人形。今字又从吴者,《说文》十云:'吴,大言也。'大言犹大呼也,则虞者象人戴虎头而大呼,即以"摄群兽"而导猎之意。虞舜之虞,涵义本当如此,以为封地者非。

照石 晋王嘉《拾遗记》卷十"方丈山":"山西有照石,去石十里,视人物之影如镜焉。碎石片片,皆能照人。而质方一丈则重一两。"

照妖镜 《洞冥记》卷一云:"望蟾阁十二丈,上有金镜,广四尺。元封中,有祇国献此镜,照见魑魅,不获隐形。"即是古照妖镜之类。唐李商隐《李肱所遗画松诗书两纸得四十韵》

诗："我闻照妖镜，及与神剑锋。"则唐人已言之矣。唐王度《古镜记》所记古镜，亦为照妖镜。又明吴承恩《西游记》第六回："见那李天王，高擎照妖镜，与哪吒住立云端。真君道：'天王，曾见那猴王么？'天王道：'不曾上来，我这里照着他哩。'"照妖镜见于神话小说，此其始也。

照海镜 清袁枚《续子不语》卷九"照海镜"条："宜兴西北乡新芳桥邸，农耕地得一物，圆如罗盘，二尺余团围，外圈绀色，似玉非玉；中镶白色石一块，透底空明，似晶非晶，突立若盖。卖于镇东药店，得价八百文。塘栖客某过之，赠以十斤。至崇明卖之，得银一千七百两。海贾曰：'此照海镜也。海水沈黑，照之可见怪鱼及一切礁石，百里外可豫避也。'"

照虚耗 风俗名。见"虚耗"（291页）。

蜀王 谓开明氏十二世。晋常璩《华阳国志·蜀志》："周显王之世，蜀有褒汉之地，因猎谷中，与秦惠王遇。惠王以金一笥遗蜀王，王报珍玩之物，物化为土。惠王怒。群臣贺曰：'天承我矣，王将得蜀土地。'惠王喜。乃作石牛五头，朝泻金其后，曰：'牛便金。'有养卒百人。蜀人悦之，使使请石牛，惠王许之。乃遣五丁迎石牛，既不便金，怒遣还之。乃嘲秦人曰：'东方牧犊儿！'秦人笑之曰：'吾虽牧犊，当得蜀也。'武都有一丈夫，化为女子，美而艳，盖山精也。蜀王纳为妃，不习水土，欲去，王必留之，乃为《东平之歌》以乐之。无几物故，蜀王哀之。乃遣五丁之武都担土，为妃作冢，盖地数亩，高七丈，上有石镜，今成都北角武担是也。……惠王知蜀王好色，许嫁五女于蜀，蜀遣五丁迎之。还到梓潼，见一大蛇入穴中，一人揽其尾，掣之不禁，至五人相助，大呼拽蛇，山崩时，压杀五人及秦五女并将从。而山分为五岭，直顶上有平石。蜀王痛伤，乃登之。因命曰五妇冢山。川(穿)平石上为望妇堠，作思妻台。今其山或名五丁冢。……周慎王五年秋，秦大夫张仪、司马错、都尉墨等从石牛道伐蜀……蜀王遁走……死于白鹿山，开明氏遂亡，凡王蜀十二世。"参见"五丁力士"（63页）。

蜀梼杌 书名。宋张唐英撰。二卷。所记率五代王建、孟知祥据蜀事；间亦涉神话，如震蒙氏女窃黄帝玄珠化为奇相之类。

蜀王本纪 书名。汉扬雄撰。原书已佚。是书《汉唐地理书钞》及《全上古三代秦汉三国六朝文》均有辑录。记蜀开国英雄蚕丛、鱼凫、杜宇、开明及五丁等事，多系神话传说，并为后来常璩《华阳国志》、李膺《蜀志》、阚骃《十三州志》等记所本。

蜀中名胜记 书名。明曹学佺撰。三十卷。曹学佺有《蜀中广记》，林茂之摘其名胜一门，别刊此书。所载蜀中名胜古迹，尤以述成都、奉节、巫山等地为详，征引繁富，多有关神话传说。

〔丿〕

詹何 《淮南子·说山训》："詹公之钓，千岁之鲤不能避。"高诱注："詹公，詹何也，古得道善钓者，有精术，故能得千岁之鲤也。"《列子·汤问》云："詹何以独茧丝为纶，芒针为钩，荆茅为竿，剖粒为饵，引盈车之鱼于百仞之渊。汩流之中，纶不绝，钩不伸，竿不挠。"此谓其钓之"精术"。又《韩非子·解老》云："詹何坐，弟子侍，有牛鸣于门外。弟子曰：'是黑牛也，而白在其题。'詹何曰：'然，是黑牛也，而白在其角。'使人视之，果黑牛，而以布裹其角。"此盖亦其所谓"精术"之一。

稚华渚 少昊出生地。《玉函山房辑佚书》辑

《田俅子》:"少皞生于稚华之渚。渚一旦化为山泽,郁郁葱葱焉。"同书辑《春秋纬元命苞》亦云:"黄帝时,大星如虹,下流华渚,女节梦接,意感而生白帝朱宣。"宋均注:"华渚,渚名;朱宣,少昊氏。"华渚盖即稚华渚。

鴽鹕 《山海经·东次二经》:"卢其之山,无草木,多沙石。沙水出焉,而南流注于涔水。其中多鴽鹕,其状如鸳鸯而人足,其鸣自訆(叫),见则其国多土功。"按即鹈鹕,郝懿行云:"《御览》引此经作鹈鹕,鴽、鹈声相近也。"

微生亮妻 唐李冗《独异志》卷中引《三峡录》:"宋顺帝升明二年,峡人微生亮,于溪中钓得一白鱼,长三尺,投置船中,以草覆之。及归,取烹之。见一女草下,洁白端丽,年可十六七。自称'高唐之女,偶化鱼游,为君所得。'亮曰:'既为人,能为妻否?'女曰:'冥契使然,何为不得!'其后三年为亮妻。女曰:'数已足矣,请归高唐。'亮曰:'何时复来?'答曰:'情不可忘,有思即复至。'其后一岁三四往,不知所终。"

错开峡 《巫山县志》卷三〇:"斩龙台,治西南八十里;错开峡,一石特立。相传禹王导水至此,一龙错行水道,遂斩之。故峡名错开,台名斩龙。"按《民间文学》一九八〇年第九期《错开峡》略云:有小青蛇修道于巫山南,渐变为龙。值端午节,欲归大海。鲤龟指路,小龙不理,询诸牧童。牧童时正割草,乃以镰刀指向东,小龙未细察,随刀尖所弯,奔而投北。北有大山阻路,小龙愤恼,遂掀起洪涛,撞山成峡,人民漂溺。山神奔告巫山神女,神女以定水石退去洪水,以耳环化为金圈,套小龙于高山平台斩之。因此,峡名错开,台名斩龙。此与《巫山县志》所记颇有不同,今两说并存。

锦绣万花谷 书名。前、后、续集各四十卷。书前有自序,题淳熙十五年(1188)十月一日,盖宋孝宗时人辑。明秦汸复增辑别集三十卷。其书分类隶事,所引古籍之已散佚者,往往赖此以窥崖略。时亦有神话资料存于其间。

獂 《山海经·北次三经》:"乾山……有兽焉,其状如牛而三足,其名曰獂,其鸣自詨。"

獂

狴 《神异经·中荒经》:"北方有兽焉,其状如狮子,食人,吹人则病,名曰狴。恒近人村里,入人居室,百姓患苦,天帝徙之北方荒中。"

獓狠 《山海经·西次三经》:"三危之山……有兽焉,其状如牛,白身四角,其豪如披蓑,其名曰獓狠(原作'獓㺄',讹,从王念孙、郝懿行校改),是食人。"

獓狠

獏㺄 《神异经·西荒经》:"西荒之中有人焉,长短如人,著百结败衣,手虎爪,名曰獏㺄。伺人独行,辄食人脑。或舌出盘地丈余。人先闻其声,烧大石以投其舌,气绝而死,不然食人脑矣。"

猙 《山海经·南山经》:"基山,其阳多玉,其阴多怪木。有兽焉,其状如羊,九尾四耳,其目在背,其名曰猙(郭璞注:博施二音),佩之不畏。"

猙

简狄 殷契母。《楚辞·天问》:"简狄在台喾何宜,玄鸟致贻女何嘉('嘉'原作'喜',失韵,从闻一多《楚辞校补》改)?"《史记·殷本纪》云:"殷契,母曰简狄,有娀氏之女,为帝喾次妃。三人行浴,见玄鸟堕其卵,简狄取吞之,因孕生契。"此则《天问》所问之解答,然于"在台"之说尚无释。《吕氏春秋·音初》云:"有娀氏有二佚女,为之九成之台,饮食必以鼓。帝令燕往视之,鸣若嗌嗌(原作'谥隘',误,据《吕氏春秋集释》引《玉烛宝典》改)。二女爱而争搏之,覆以玉筐。少选,发而视之,燕遗二卵,北飞,遂不反。二女作歌一终,曰:'燕燕往飞。'实始作为北音。"此正是"在台"之诠解。所谓"有娀氏有二佚女"者,《淮南子·墬形训》云:"有娀在不周北,长女简翟,次女建疵。"即此。参见"有娀"(127页)。

简翟 即"简狄"。

腾黄 《文选·东京赋》:"扰泽马与腾黄。"李善注:"《瑞应图》曰:'腾黄,神马,一名吉光。'"唐瞿昙悉达《开元占经》卷一〇八引同书云:"腾黄者,神马也,其色黄,王者德被四方则至。一名吉光。乘之寿三千岁。"晋葛洪《抱朴子·对俗》云:"腾黄之马,吉光之兽。"参见"吉量"(125页)。

腾蛇 一作"螣蛇"。《韩非子·十过》:"昔者黄帝合鬼神于西泰山之上……腾蛇伏地。"

鼠兽 《太平寰宇记》卷一六五:"(武仙县)鼠兽,长四尺,马蹄牛尾,如猿,有两乳,其声如婴儿。一母惟一子。其溺地一沥,成一鼠,出则岁灾。"

鼠王国 南朝宋刘敬叔《异苑》卷三:"西域有鼠王国,鼠之大者如狗,中者如兔,小者如常。大鼠头悉已白,然带金环枷。商估有经过其国,不先祈祀者,则啮人衣裳也。"又《述异记》亦记之,鼠王国作鼠国,文较简,当本于此。

魁星 神名。清顾炎武《日知录》卷三二"魁"条:"今人所奉魁星,不知始自何年,以奎为文章之府,故立庙祀之。乃不能像奎,而改奎为魁。又不能像魁,而取字之形,为鬼举足而起其斗。"魁星之说本奎星,《玉函山房辑佚书》辑《孝经纬援神契》云:"奎主文章。"宋均注:"奎星屈曲相钩,似文字之画。"旧时图绘魁星神像,为鬼立于鳌头之上,而举足起斗,反顾以笔点之,谓为"魁星点斗,独占鳌头",以为应试而获中者之征:皆缘奎星屈曲之象。

䳢堆 即"䳢雀"。

䳢雀 即"䳢堆"。《山海经·东次四经》:"北号之山……有鸟焉,其状如鸡而白首,鼠足而虎爪,其名曰䳢雀,亦食人"。郝懿行云:"《楚辞·天问》云:'䳢堆焉处。'王逸注云:'䳢堆,奇兽也。'柳子《天对》云:'䳢雀在北号,惟人是食。'则以䳢堆即䳢雀字之误,王逸注盖失之。"

䳢雀

獬𧰼 即"獬豸"、"解廌"。汉王充《论衡·是应》:"獬𧰼者,一角之羊也,性知有罪。皋陶治狱,其罪疑者,令羊触之。有罪则触,无罪则不触。斯盖天生一角圣兽,助狱为验。故皋陶敬羊,起坐事之。"

解廌 即"獬廌"、"獬豸"、"獬𧰼"。《说文》十云:"廌,解廌,兽也,似山牛,一角;古者决讼,令触不直。"又云:"薦,兽之所食草,从艹从廌。古者神人以廌遗黄帝。黄帝曰:'何食何处?'曰:'食薦。夏处水泽,冬处松柏。'"《玉函山房辑佚书》辑《田俅子》:"尧时有獬廌,辑其毛为帝帐。"

解形民 见"五足兽"(62页)。

〔、〕

意而 燕子别名。《琅嬛记》卷上引《元虚子仙志》:"周穆王迎意而子,居灵卑之宫,访以至道。后欲以为司徒。意而子愀然不悦,奋身化作元鸟,飞入云中。故后人呼元鸟为意而。"意而亦作鹢鶥。《庄子·山木》云:"鸟莫知于鹢鶥。"陆德明音义:"鹢鶥,燕也。"参见"凤皇"(76页)。

雍和 《山海经·中次十一经》:"丰山,有兽焉,其状如猨,赤目、赤喙、黄身,名曰雍和。见则国有大恐。"

雍和

靖人 《山海经·大荒东经》:"有小人国,名靖人。"参见"周饶国"(202页)。

痴龙 神羊名。《古小说钩沈》辑《幽明录》略谓:晋时洛下有人误入一洞穴,深不可测。乃赍尘为粮,所历幽远。入一都,郭郭修整,宫馆壮丽,台榭房宇,悉以金魄为饰;见人皆长三丈,被羽衣,奏奇乐。凡过如是者九处。最后所至,苦饥馁。长人指中庭一大柏树,近百围,下有一羊,令跪捋羊须。初得一珠,长人取之;次捋亦取;后捋令啖,即得疗饥。请问九处之名,答曰:"君还问张华,当悉此间。"人便随穴而行,遂得出交郡。往还六七年间,即归洛,问华。华云:"九处地仙名九馆大夫,羊为痴龙。其初一珠,食之与天地等寿,次者延年,后者充饥而已。"

阘非 《山海经·海内北经》:"阘非,人面而兽身,青色。"

涽崖 北魏郦道元《水经注·沫水》:"昔沫水自蒙山至南安西涽崖,水流漂疾,破害舟船,历代为患。蜀郡太守李冰发卒凿平涽崖。河神瞋怒。冰乃操刀入水,与神斗,遂平涽崖,通正水路。开处,即冰所穿也。"按晋常璩《华阳国志·蜀志》亦载此事,当即《水经注》所据。参见"李冰"(155页)。

数斯 《山海经·西山经》:"皋涂之山……有鸟焉,其状如鸱而人足,名曰数斯,食之已瘿。"

数斯

福神 《三教搜神大全》卷四:"福神者本道州刺史杨公讳成。昔汉武帝爱道州矮民,以为宫奴玩戏……杨公守郡,以表奏闻,云'臣按五典,本土只有矮民无矮奴也',武帝感悟……更不复取。郡人立祠绘像供养,以为本州福神也。后天下黎民士庶皆绘像敬之,以为福禄神也。"

福神　明刊本《三教搜神大全》

豢龙氏 《左传·昭公二十九年》:"古者畜龙,故国有豢龙氏、有御龙氏。"注:"豢、御,养也。"又注:"豢龙,官名,官有世功,则以官名。"此豢龙氏之祖当为*董父。其文又云:"孔甲未获豢龙氏","刘累学扰龙于豢龙氏",明豢龙之职,已世业其功而为氏族。后且演为姓,夏有关龙逢,关、豢古字通,关龙逢即豢龙逢。参见"孔甲"(85页)。

婆饼焦 明冯梦龙《情史》卷十一："人有远戍者,其妇从山头望之,化为鸟。时烹饼将以为饷,使其子侦之,恐其焦不可食也。往,已见其母化此物,但呼婆饼焦也。今江淮所在有之。"

鹑鸟 《山海经·西次三经》："昆仑之丘……有鸟焉,其名曰鹑鸟,是司帝之百服。"郭璞注："服,器服也。"郝懿行云："鹑鸟,凤也。《海内西经》云,昆仑开明西北皆有凤皇,此是也。《埤雅》引《师旷禽经》曰：'赤凤谓之鹑。'"

鹓雏 《山海经·南次三经》："南禺之山……有凤皇、鹓雏。"郭璞注："(鹓雏),亦凤属。"《庄子·秋水》云："南方有鸟,其名鹓雏。……鹓雏发于南海,而飞于北海,非梧桐不止,非练实不食,非醴泉不饮。"释文："鹓雏,鸾凤之属也。"释文所云,盖即本郭注《山海经》为言。

裸人 见"裸国"。

裸国 《战国策·赵策》："禹袒入裸国。"《吕氏春秋·贵因》："禹之裸国,裸入衣出,因也。"《淮南子·道应训》亦云："禹之裸国,解衣而入,衣带而出,因之也。"《淮南子·墬形训》海外三十六国自西南至东南方有*裸国民,即此,盖为南方之国。而《淮南子·说林训》云："西方之倮国,鸟兽弗辟,与为一也。"又以为国在西方。《述异记》卷上云："桂林东南边海,有裸川。海上有裸人乡。"则仍为南方之国。唐段成式《西阳杂俎·黥》引《天宝实录》云："日南厩山,连接不知几千里,裸人所居,白民之后也。刺其胸前作花,有物如粉而紫色,画其两目下,去二齿以为美饰。"其为南方之国益明;而谓是"白民之后",则为传说之异闻。

新书 书名。汉贾谊撰。十卷。原本五十八篇,今佚其三篇。多取《汉书》谊本传之文割裂章段,颠倒次序,加以标题。疑旧本残缺,好事者取本传所载,离析其文而为今本。然亦有为《汉书》所不载者。其书《制不定》、《连语》及《礼》等篇中,有关于黄帝、炎帝、纣、周武王等传说。

新序 书名。汉刘向撰。《隋书·经籍志》著录三十卷。今本十卷。所载皆春秋、战国、秦、汉间事,大抵采百家传记,以类相从,多与《左传》、《国语》、《战国策》、《史记》相出入。其《杂事》、《刺奢》诸篇,时有他书罕见之传说资料存于其间。

新都县温泉 《太平御览》卷七一引《盛弘之荆州记》："新都县有温泉。冬月,未至数里,遥见白气如烟,上下交映,状如绮疏。又有车轮双辕形。世人传,昔有玉女乘车,自投此泉。人时见女子,姿容光丽,往来倏忽。人造泉,有一声则沸,从下出而不可止也。"

〔一〕

嫫母 清卢文弨辑《尚书大传续补遗》："黄帝妃嫫母于四妃之班居下,貌甚丑而最贤,心每自退。"《琱玉集》卷十四《丑人篇》引《帝王世纪》："嫫母,黄帝时极丑女也。锤额颦頞,形籐色黑,今之魌头是其遗像。而但有德,黄帝纳之,使训后宫。"《云笈七籖》卷一〇〇辑唐王瓘《轩辕本纪》："帝周游行时,元妃嫘祖死于道,帝祭之以为祖神。令次妃嫫母监护于道,因以嫫母为方相氏。"按《荀子·赋篇》云："嫫母力父,是之喜也。"杨倞注："嫫母,丑女,黄帝时人。"嫫母之名,首先于此。参见"方相氏"(81页)。

群玉山 《穆天子传》卷二："天子北征东还,乃循黑水。癸巳,至于群玉之山。"郭璞注："即《山海经(西次三经)》玉山,西王母所居者。"唐李白《清平调》云："若非群玉山头见，会向瑶台月下逢。"谓此。又明陈仁锡《潜确类书》卷十五引《陶贞白龟山经》云："玉笥山，本名群玉山。胚混初分，此山积五色而成形，睹若群玉之状，皆虚无之貌浮焉。至庖牺氏之时，山乃坚，石委地，变为五色，遂号群玉山。至夏殷之世，人多采其玉。百灵虑损其山形，遂化为五色土石，而生之丛木。今溪涧中五色赤碧，而皆变色。"

鹣鹣 鹣一作鶼。"五凤之一。汉许慎《说文》四："五方神鸟……西方鹣鹣。"《玉函山房辑佚书》辑《乐纬叶图徵》："五凤皆五色，四并为妖。一曰鹣鹣，鸠喙圆目，至则役之感也。"

鹳鹳 《山海经·北次三经》："马成之山……有鸟焉，其状如乌，首白而身青足黄，名曰鹳鹳，其鸣自詨，食之不饥，可以已寓。"郭璞注："未详；或曰寓犹误也。"郝懿行云："寓误，盖以声近为义，疑昏忘之病也。王引之曰：'案寓当是瘑字之假借，《玉篇》、《广韵》并音牛且切，疣病也。'"

缙云山 ❶《太平御览》卷四七引《郡国志》："括州（原注：即处州也）括苍县缙云山，黄帝游仙之处。有孤石特起，高二百丈，峰数十，或如羊角，或似莲花，谓之三天子都。有龙须草，云群臣攀龙髯所坠者。"参见"三天子都"（21页）。❷明曹学佺《蜀中名胜记》卷十七引《图经》："缙云山在（巴）县西北百三十里。其山高耸，多林木，下有温泉，分东西流，相传黄帝于此合药。"

缙云氏 炎帝裔。《左传·文公十八年》："缙云氏有不才子……天下之民，以比三凶，谓之饕餮。"注："缙云，黄帝时官名。"《史记·五帝本纪》集解引贾玄曰："缙云氏，姜姓也，炎帝之苗裔，当黄帝时任缙云之官也。"参见"饕餮"（369页）。

辟邪 ❶神兽名。❷剑名。《格致境原》卷四二引《潜居录》："汉武帝七夕常开襟楼，忽见殿北方彩云缥缈，有美女骑一物翩跹而下。即以可骑物上帝，曰：'此启东之创，能辟诸邪，群仙宝之。妾乘之而来，顷刻百里矣。'后入吴宫，大帝号曰辟邪，亦曰百里。"《十洲记》："聚窟洲有辟邪、天鹿。"参见"天鹿"（57页）。

辟水犀 唐刘恂《岭表录异》卷中："岭表所产犀牛……又有辟水犀。"原注："云此犀行于海，水为之开；置角于雾之中，不湿矣。"

辟疟镜 明陆粲《庚巳编》卷四："吴县三都陈氏，祖传古镜一具，径八九寸，凡患疟者，执而自照，必见一物附于背，其状蓬首黧面，糊涂不可辨。一举镜而此物如惊，奄忽失去，病即时愈，盖疟鬼畏见其形而遁也。世以为宝。至弘治中兄弟分财，剖镜各得其半，再以照疟，不复见鬼矣。"

十四画

〔一〕

𪁺 《山海经·北次三经》:"归山,其上有金玉,其下有碧。有兽焉,其状如麢羊而四角,马尾而有距,其名曰𩣡,善远,其名自训。有鸟焉,其状如鹊,白身赤尾六足,其名曰𪁺,是善惊,其鸣自诐。"

𪁺

酸与 《山海经·北次三经》:"景山,南望盐贩之泽,北望少泽,其上多草、薯萸,其草多秦椒,其阴多赭,其阳多玉。

酸与

有鸟焉。其状如蛇而四翼,六目三足,名曰酸与,其鸣自诐,见则其邑有恐。"

綦卫 羽箭名。綦或作綥、淇。《列子·仲尼》:"鸿超……引乌号之弓,綦卫之箭,射其(妻)目。"张湛注:"綦,地名,出美箭;卫,羽也。"《淮南子·原道训》云:"射者扞乌号之弓,弯綦卫之箭。"高诱注:"綦,美箭所出地名也;卫,利也。"《兵略训》云:"淇卫、箘簬。"高诱注:"淇卫、箘簬,箭之所出也。"说均略有不同。

赫胥氏 《庄子·马蹄》:"夫赫胥氏之时,民居不知所为,行不知所之,含哺而熙,鼓腹而游,民能已此矣。"又清李元度重修《南岳志》卷十引《古史》云:"赫胥氏葬衡山朝日峰。"盖是传说之附会。

蔡女仙 《太平广记》卷六二"蔡女仙"条引《仙传拾遗》:"蔡女仙者,襄阳人也。幼而巧慧,善刺绣,邻里称之。忽有老父诣其门,请绣凤、眼,毕功之日,自当指点。既而绣成,五彩光焕。老父观之,指示安眼。俄而功毕,双凤腾跃飞舞。老父与仙女各乘一凤,升天而去。"

嘉禾 ❶谓大禾。《白虎通·封禅》:"德至地则嘉禾生。……嘉禾者,大禾也。成王之时,有三苗异亩而生,同为一穟,大几盈车,长几充箱。民有得而上之者,成王访周公而问之。公曰:'三苗为一穟,天下当和(合)为一乎?'后果有越裳氏重九译而来矣。"❷县名。清李元度重修《南岳志》引《湘衡稽古》:"今桂阳县北有淇江,其阳有嘉禾县。相传炎帝之世,天降嘉禾,帝拾之以教耕,以其地为禾仓。后置县,因名嘉禾。"

墉城集仙录 书名。五代蜀杜光庭撰。六卷。记仙女凡三十七人。以女仙统于王母,而王母居金墉城,故名。所记惟云华夫人佐禹治水为有民间传说凭依,可供神话研究参考。

榣木 《山海经·西次三经》:"槐江之山……其阴多榣木之有若。"郭璞注:"榣木,大木也。"《说文》六云:"樤,昆仑河隅之长木也。"《穆天子传》卷六云:"天子乃钓于河,以观姑繇之木。"即此。又《海外北经》云:"寻木长千里,在拘缨(瘿)南,生河上西北。"亦此之类。参见"寻木"(147页)。

榑木 即"扶木"、"扶桑"。《山海经·东次三经》:"无皋之山,南望幼海,东望榑木。"郝懿行云:"榑木即扶桑。"《吕氏春秋·求人》:

"禹东至榑木之地。"毕沅云:"榑木,即扶木。《为欲篇》:'东至扶木。'"

碧桃 谓仙桃。《太平御览》卷九六七引《关令尹喜内传》:"喜从老子西游,省太真王母,共食碧桃。"《渊鉴类函·果部·桃》引《集仙录》云:"金母降谢自然家,将桃一枚悬臂上,有三十颗,碧色,大如椀,云此犹是小者。"即此。参见"蟠桃"(370页)。

碧螺春 清陈康祺《郎潜纪闻》卷五云:"洞庭东山碧螺峰石壁,岁产野茶数株,土人称曰吓杀人香。康熙乙卯,车驾幸太湖,抚臣宋荦购此茶以进。上以其名不雅驯,题之曰碧螺春。自是地方有司,岁必采办矣。"关于此茶,民间尚有一段神话传说。云昔年太湖西洞庭山有孤女名碧螺,为东洞庭山青年渔民阿祥所爱。碧螺善歌,阿祥但愿常闻碧螺歌声,竟不使彼知其爱也。忽出恶龙,蟠据湖山,强使人为其西洞庭山立庙,且年选一女奉与作夫人。太湖人民不遂所求,恶龙乃扬言将荡平西山,劫走碧螺。阿祥闻讯怒火中烧,遂潜游至西洞庭,与恶龙战,七日七夜,俱负重伤,奄卧湖滨。鏖战既停,群出聚观,遂斩除恶龙,异还勇士。碧螺亲为护理,阿祥终因伤重,渐至垂危不起。一日碧螺觅药草至湖滨,见阿祥与恶龙战斗流血处,生小茶树,枝叶特茂。乃移植之于山顶,思以此纪念阿祥。春分、清明甫过,茶树已吐新叶,而阿祥身体益衰,汤药不进。碧螺口含茶叶,泡成香茶一碗,阿祥饮之,精神顿增。后乃悉将茶树上叶以口含下,揉搓烘干,泡成香茶,以饮阿祥。阿祥健康恢复而碧螺则因频频含茶,失其元气,终于憔悴而死。阿祥悲痛欲绝,乃与乡亲共葬碧螺于山顶茶树下,即于此定居焉。后人以春时采碧螺葬地茶,制成名贵香茶,因名此茶为碧螺春。

聚宝盆 清褚人穫《坚瓠余集》卷二引《挑灯集异》:"明初,沈万山贫时,夜梦青衣百余人祈命。及旦,见渔翁持青蛙百余,将事刲剖,万山感悟,以镪买之,纵于池中。嗣后喧鸣达旦,聒耳不能寐。晨往驱之,见俱环聚一瓦盆。异之,持其盆归,以为盥手具,初不知其为宝也。万山妻于盆中灌濯,遗一银记于其中,已而见盆中银记盈满,不可数计,以金银试之,亦如是,由是财雄天下。高皇初定鼎,欲以事杀之,赖圣母谏,始免其死,流窜岭南,抄没家资,得其盆,以示识古者,曰:'此聚宝盆也。'"清翟灏《通俗编》(《丛书集成初编》本)卷二〇云:"沈(万三)本名富,字仲荣。《柳亭诗话》云:'金陵水西门,有猪龙为患。相传明祖以沈仲荣聚宝盆镇之乃止,故名聚宝门。'"是又传说之异闻。

聚窟洲 《十洲记》:"聚窟洲,在西海中,甲未之地,地方三千里……上有狮子、辟邪、凿齿、天鹿。……洲上有大山……名为神鸟山。山多大树,与枫木相类,名为反魂树。……伐其木根心于玉釜中煎如丸,名曰惊精香。……死者在地,闻香气乃却活。"

舆地广记 书名。宋欧阳忞撰。主要叙述政区沿革,杂以历史故实。所记时涉神话传说,有为他书所未道者。

舆地纪胜 书名。宋王象之撰。原书二百卷,今阙三十一卷,其余各卷,亦有缺页。此书体例,其自序云:"每郡自为一编,以郡之因革见之编首,而诸邑次之,以及山川人物诗章文翰皆附焉。"其景物古迹类中,每采古书所记或当时民间流传神话传说以实之。

歌山 明陈仁锡《潜确类书》卷二〇引《东阳山水记》:"歌山在东阳。山有石室,可容万余人,山下水通临海。昔人乘舟,望见女子汲水山下,登岸而歌,姿态端美。舟人不知为神,挑之。神怒,坠三大石以塞水源,遂不通舟。"

歌仙 谓*刘三妹(144页)。

歌父山 《汉唐地理书钞》辑《盛弘之荆州记》:"临贺冯乘县有歌父山。传云,有老父少不娶妻而善于讴歌,闻者莫不洒泪,年八十余而声逾妙。及病将死,因命乡里六七十人舆上穴中。邻人辞归,老父歌而送之,声振林薄,响遏行云,余音传林,数日不绝。"

瑶台 《楚辞·离骚》:"望瑶台之偃蹇兮,见有娀之佚女。"王逸注:"石次玉曰瑶。"汉刘向《新序·刺奢》:"桀作瑶台,罢民力,殚民财。"《淮南子·本经训》:"纣为琁室、瑶台。"高诱注:"琁、瑶,石之似玉,以饰室台也。"晋王嘉《拾遗记》卷十:"(昆仑山)傍有瑶台十二,各广千步,皆五色玉为基。"

瑶池 ❶《史记·大宛列传》引《禹本纪》:"昆仑其高二千五百余里……其上有醴泉、瑶池。"此亦即《山海经·西次三经》所记之*淫水。❷《穆天子传》卷三:"天子觞西王母于瑶池之上。"此为弇兹山附近之瑶池。

瑶草 即"蓍草"。《文选·别赋》:"君结绶兮千里,惜瑶草之徒芳。"

瑶姬 炎帝女。《文选·高唐赋》注引《襄阳耆旧传》:"赤帝(炎帝)女曰瑶姬(原作'姚姬',据《渚宫旧事》三引改),未行而卒,葬于巫山之阳,故曰巫山之女。楚怀王游于高唐,昼寝,梦见与神遇,自称是巫山之女,王因幸之。遂为置观于巫山之南,号为朝云。后至襄王时,复游高唐。"而《太平御览》卷三九九引《襄阳耆旧记》则云:"我帝之季女也,名曰瑶姬,未行而亡,封巫山之台,精魂依草,寔为茎之,媚而服焉,则与梦期,所谓巫山之女,高唐之姬。"乃与古神话所述帝女死尸化为*蓍草事契合。《山海经·中次七经》云:"又东二百里,曰姑媱之山。帝女死焉,其名曰女尸,化为䔄草,其叶胥成,其华黄,其实如菟丘,服之媚于人。"即是其所本。唐李白《感兴八首》诗:"瑶姬天帝女,精彩化朝云。宛转入宵梦,无心向楚君。"瑶姬神话别出一支,则为五代蜀杜光庭《墉城集仙录》卷三所记者,略云:云华夫人,王母第二十三女,太真王夫人之妹也,名瑶姬,受回风混合万景炼神飞化之道。尝东海游还,过江上,有巫山焉,峰崖挺拔,林壑幽丽,巨石如坛,留连久之。时大禹理水驻山下,大风卒至,崖振谷陨,不可制。因与夫人相值,拜而求助。即敕侍女,授禹策召鬼神之书。因命大神狂章、虞余、黄魔、大翳、庚辰、童律等,助禹斫石疏波,决塞导厄,以循其流。禹尝诣之崇巘之巅,顾盼之际,化而为石。倏然飞腾,散为青云;油然而止,聚为夕雨。或化游龙,或为翔鹤;千态万状,不可亲也。禹疑其狡狯怪诞,非真仙也,问诸童律。律曰:"云华夫人,金母之女也,非寓胎禀化之形,是西华少阴之气也。在人为人,在物为物,岂止于云雨龙鹤,飞鸿腾凤哉!"禹然之。后往诣焉,忽见云楼玉台、瑶宫琼阙森然。既灵官侍卫,不可名识,狮子抱关,天马启涂,毒龙电兽,八威备轩。夫人宴坐于瑶台之上,禹稽首问道。因命侍女陵容华,出丹玉之笈,开上清宝文以授禹,(禹)拜受而去。又得庚辰、虞余之助,遂能导波决川,以成其功;奠五岳,别九州,而天锡玄珪,以为紫庭真人。参见"神女庙"(249页)。

〔丨〕

羆九 《山海经·北次三经》:"伦山,伦水出焉,而东流注于河。有兽焉,其状如

羆九

麋,其川在尾上(郭璞注:川,窍也),其名曰黑丸('黑丸',原仅作'黑','丸'字据王念孙、郝懿行校增)。"

踆乌 《淮南子·精神训》:"日中有踆乌。"高诱注:"踆,犹蹲也,即三足乌。"参见"三足乌"(18页)。

鲢鱼 《山海经·北次二经》:"县雍之山……晋水出焉,而东南流注于汾水。其中多鲢鱼,其状如儵而赤鳞,其音如叱,食之不骄。"郭璞注:"或作骚,骚臭也。"郝懿行云:"骚臭盖即蕰羝之疾,俗名狐骚也。"又《南次二经》浮玉之山,亦云:"其(苕水)中多鲢鱼。"郭注云:"鲢鱼狭薄而长头,大者尺余,太湖中今饶之,一名刀鱼。"当是别一种鱼。

髦头骑 《古小说钩沈》辑《录异传》:"秦文公时,雍州南山有大梓树。文公伐之,辄有大风雨,树合不断。时有一人病,夜住山中,闻有鬼语树神曰:'秦若使人被发,以朱丝绕树伐汝,汝得不困耶?'树神无言。明日,病人语闻。公如其言伐树,树断,有一青牛走出,走入沣水中。其后牛复出,使骑击之,不胜。有骑堕地复上,发解,牛畏之,入水不出。故置髦头骑,因此也。"髦头亦作旄头,同书辑《玄中记》亦记之,文略同。

噉金鸟 晋王嘉《拾遗记》卷七:"(魏明帝二年),昆明国贡噉金鸟,人云其地去燃洲九千里,出此鸟,形如雀而色黄,羽毛柔密,常翱翔海上,罗者得之,以为至祥。……帝得此鸟,畜于灵禽之园,饴以真珠,饮以龟脑。鸟常吐金属如粟,铸之可以为器。"

鹖 《山海经·中次二经》:"辉诸之山……其鸟多鹖。"郭璞注:"似雉而大,青色,有毛,勇健,斗死乃止。"吴任臣云:"鹖似雉而大,或以为黄黑色。鸷鸟之暴疏者也。每所攫撮,应爪摧衄。同类有被侵者,辄往赴救之,一死乃止。曹植赋'双战不只僵'是也。"《列子·黄帝》云:"黄帝与炎帝战于阪泉之野,以雕、鹖、鹰、鸢为旗帜。"盖取其勇也。

鹘鸠氏 少昊时鸟官名。五鸠之一。《左传·昭公十七年》:"鹘鸠氏,司事也。"注:"鹘鸠,鹘雕也,春来冬去,故为司事。"疏:"其言春来冬去,旧有此说。国家营事缮治器物,无时暂止,故以此鸟名司事之官也。"参见"少昊之国"(66页)。

蜼 《山海经·中次九经》:"崃山……其兽多犀象熊罴,多猨、蜼。"郭璞注:"蜼似猕猴,鼻露上向,尾四五尺,头有岐,苍黄色。雨则自县树,以尾塞鼻孔,或以两指塞之。"《海外南经》云:"狄山……爰有熊、罴、文虎、蜼、豹。"郭璞注:"蜼,猕猴类。"即此。《海内西经》昆仑开明南亦有蜼、豹。

蜼

蝄蜽 亦作"罔两"、"魍魉"。《国语·鲁语下》:"木石之怪,曰夔、蝄蜽。"注:"蝄蜽,山精,好教人声而迷惑人也。"《文选·南都赋》:"追水豹兮鞭蝄蜽。"李善注引《说文》云:"蝄蜽,山川之精物也。"又《说文》十三引淮南王说:"蝄蜽,状如三岁小儿,赤黑色,赤目长耳,美发。"段注:"蝄蜽,《周礼》作方良,《左传》作罔两,《孔子世家》作罔阆,俗作魍魉。"

蜪犬 《山海经·海内北经》:"蜪犬如犬,青色('色'字原无,从王念孙、孙星衍、郝懿行校增),食人从首始。"

蜘蛛珠 宋周密《癸辛杂识续集》卷下"蜘蛛珠"条:"蒙古歹之在福建省时,有村落小民家,一妇人以织麻为业,每夜沤于大水盆中。忽一日视之,盆中水涸矣。视之初无罅漏,凡数夕皆然,怪其异。至夜俟之。夜过半,果有一物来,径入盏中饮水,其身通明如月光,炤满室。妇细视之,乃一白蜘蛛耳,其大如五斗栲栳。其妇遂急以大鸡笼罩之。割其腹内,得一珠,如弹丸大,明照一室。是夕,地分军士皆见其家有火光烛天,疑为有火。翌日遂往扣其妇……胁以威,以十五千得之。……转数手,亦杀数人,最后归之蒙古……盖绝代之宝也。"

蜮 《山海经·大荒南经》:"有蜮山者,有蜮民之国,桑姓,食黍,射蜮是食。有人方扞弓射黄蛇,名曰蜮人。"郭璞注:"蜮,短狐也,似鳖,含沙射人,中之则病死。"《诗·小雅·何人斯》云:"为鬼为蜮,则不可得。"《楚辞·大招》亦云:"魂乎无南,蜮伤躬只!"蜮之为害,于此可见。《说文》十三云:"蜮,短狐也,似鳖,三足,以气射害人。"短狐,《汉书》作短弧。《五行志》云:"蜮……在水旁,能射人,射人有处,甚者至死。南方谓之短弧。"颜师古注云:"即射工也,亦呼水弩。"晋张华《博物志·异虫》云:"江南山溪中,水射工虫,甲类也,长一二寸,口中有弩形,气射人影,随所著处发疮,不治则杀人。"余说蜮者大同小异。惟《古小说钩沈》辑《玄中记》云:"蜮长三四寸,蟾蜍、鸳鸯悉食之。"

蜮民国 见"蜮"。

蜚 《山海经·东次四经》:"大山,上多金玉、桢木。有兽焉,其状如牛而白首,一目而蛇尾,其名曰蜚,行水则竭,行草则死,见则天下大疫。"

蜚

蜚蛭 《山海经·大荒北经》:"有蜚蛭,四翼。"郭璞注:"翡、窒两音。"

蜚廉 ❶人名。(1)夏后启臣。《墨子·耕柱》:"昔者夏后开(启)使蜚廉折金于山川,而陶铸之于昆吾。"(2)纣臣。蜚一作飞。《史记·秦本纪》:"蜚廉生恶来,恶来有力,蜚廉善走,父子俱以材力事纣。"又《孟子·滕文公下》:"周公……驱飞廉于海隅而戮之。"❷兽名。《淮南子·俶真训》:"若夫真人……骑蜚廉而从敦圄。"高诱注:"蜚廉,兽名,长毛有翼。"

〔丿〕

熏池 《山海经·中次三经》:"萯山之首,曰敖岸之山……神熏池居之。是常出美玉。北望河林,其状如蒨如举。"郭璞注:"说者云,蒨、举皆木名也,未详。蒨音倩。"郝懿行云:"蒨,草也;举,木也。举即榉柳,《本草》陶注详之。"

熏池

𪈻鸟 《山海经·中次五经》:"首山……其阴有谷,曰机谷,多𪈻鸟,其状如枭而三目,有耳,其音如录,食之已垫。"郝懿行云:"录盖鹿字假音……《尚书·益稷》云:'下民昏垫。'《方言》云:'垫,下也。'是垫盖下湿之疾。"

𪈻鸟

獍 《述异记》卷上:"獍之为兽,状如虎豹而小,始生还食其母,故曰枭獍。"枭獍一作枭镜;镜,破镜,即獍。《汉书·郊祀志》:"祠黄帝用一枭、破镜。"孟康注:"枭,鸟名,食母;破镜,兽名,食父;黄帝欲绝其类,使百吏祠皆用之。"参见"枭獍"(200页)。

獝如 《山海经·西山经》:"皋涂之山……有

兽焉，其状如鹿而白尾，马足人手而四角，名曰獓如。"郝懿行云："獓当为玃……《广雅·释地》本此经正作玃如可证。"

獓如

獙獙 《山海经·东次二经》："姑逢之山，无草木，多金玉。有兽焉，其状如狐而有翼，其音如鸿雁，其名曰獙獙，见则天下大旱。"

獙獙

槃木 《山海经·大荒北经》："大荒之中……有先民之山，有槃木千里。"参见"蟠木"(369页)。

槃瓠 即"盘瓠"。《后汉书·南蛮西南夷列传》李贤注引《魏略》："高辛氏有老妇，居王室，得耳疾，挑之乃得物，大如茧。妇人盛瓠中，覆之以槃，俄顷化为犬，其文五色，因名槃瓠。"详"盘瓠"(295页)。

鮨鱼 《山海经·北山经》："北岳之山……诸怀之水出焉，而西流注于嚣水。其中多鮨鱼，鱼身而犬首，其音如婴儿，食之已狂。"

鮨鱼

鲐鲐鱼 《山海经·东次三经》："跂踵之山广员二百里，无草木，有大蛇，其上多玉。有水

鲐鲐鱼

焉，广员四十里皆涌，其名曰深泽，其中多蠵龟。有鱼焉，其状如鲤，而六足鸟尾，名曰鲐鲐之鱼，其名自叫。"

鲛人 谓*人鱼之灵异者。晋干宝《搜神记》卷十二："南海之外，有鲛人，水居如鱼，不废织绩，其眼泣，则能出珠。"此说《博物志》、《述异记》并载之而文小异。《述异记》卷上且云："蛟人即泉先也，又名泉客。南海出蛟绡纱，泉先潜织，一名龙纱，其价百余金，以为入水不濡。南海有龙绡宫，泉先织绡之处，绡有白之如霜者。"又《太平御览》卷八〇三引《博物志》(今本无)亦云："鲛人从水出，寓人家，积日卖绢。将去，从主人索一器，泣而成珠满盘，以与主人。"

鲛鱼 《山海经·中次八经》："荆山……漳水出焉，而东南流注于雎。其中多黄金、多鲛鱼。"郝懿行云："鲛鱼即今沙鱼。……《初学记》三十卷引刘欣期《交州记》曰：'鲛鱼出合浦，长三尺，背上有甲珠文，坚强，可以饰刀口，又可以镶物。'……张揖注《子虚赋》云：'蛟状，鱼身而蛇尾，皮有珠也。'蛟即鲛字，古通用。"

雒棠 《淮南子·墬形训》："雒棠、武人在西北陬。"高诱注："皆日所入之山名也。"按说雒棠乃山名恐非。《山海经·海外西经》肃慎国"有树名曰雄常"，郭璞于"雄"字下注云："或作雒。"是*雄常或即雒棠。

雒嫔 即"宓妃"、"洛神"。《楚辞·天问》："帝降夷羿，革孽夏民，胡射夫河伯而妻彼雒嫔？"王逸注："雒嫔，水神，谓宓妃也……羿又梦与雒水神宓妃交接也。"详"洛神"(242页)。

箕子 纣之诸父。《韩非子·说林上》："纣为长夜之饮，欢(原作'惧'，从顾广圻说改)以失日，问其左右，尽不知也。乃使人问箕子，箕子谓其徒曰：'为天下主而一国皆失日，天下其危矣；一国皆不知，而我独知之，吾其危矣。'辞以醉而不知。"《尸子》卷下云："箕子胥余，漆体而为厉，被发佯狂，以此免也。"《史记·殷本纪》云："箕子佯狂为奴。"谓此。胥余，箕子之名。

箕伯 谓*风师、*风伯。《文选·思玄赋》："属箕伯以函风兮。"李善注："《风俗通》曰：'风师者，箕星也，主簸物，能致风气也。'《易》曰：'巽为长女。'长者伯之，故曰风伯也。"

管子 书名。旧题战国管仲撰。二十四卷。原本八十六篇，今佚十篇。书中多言管仲后事，盖后人假托之作。其注旧题房玄龄撰，据《晁氏读书志》，盖尹知章作。明刘绩又撰《管子补注》。清戴望、孙诒让诸家多有校注，皆极精核。其书亦略有蚩尤及山林水泽精怪等神话传说资料。

管革 《古今图书集成·山川典》卷四四引《恒岳志》略云："管革者，赵人也，少好道，不事耕凿，多游赵魏间，性不好谦恭，而复辩慧。因游，遇张果先生，先生招……同游恒山。……果掷所筴之杖变一青牛，令革乘之，同入恒山，引革登绝顶坐。……革曰：'尔命我游恒山，止欲示我杖化为牛也？尔岂不知何物不可变化，……人而化仙者尚世世有之，况物乎？'遽起，不辞果而下绝顶，因便结草于山中居之，后不知其所终。人或见之于稽山。"参见"张果老"（184页）。

管辂 晋张华《博物志》（《四部备要》本）卷九："平原管辂善卜筮，解鸟语。"管辂，三国魏人。唐李冗《独异志》卷中云："管辂年七八岁时，与邻里小儿戏，画地为日月星辰之状，言不常。父母禁之。答曰：'家鸡野鹄，尚知天时，况人乎哉？'"又《三国志·魏志·管辂传》云："辂至安德令刘长仁家，有鸣鹊来阁屋上，鸣声甚急。辂曰：'鹊言东北有妇昨杀夫……告者至矣。'到时，果有东北同伍民来告，邻妇手杀其夫。"

僬侥氏 《国语·鲁语下》："僬侥氏长三尺，短之至也。"参见"僬侥国"（346页）、"周饶国"（202页）。

僬侥国 即"焦侥国"、"周饶国"。《列子·汤问》："从中州以东四十万里，得僬侥国人，长一尺五寸。"

鼻亭 即"有鼻"（127页）。

鼻天子 即"鼻天子"（318页）。

鼻亭神 谓舜弟*象。《史记·五帝本纪》正义引《括地志》："鼻亭神在营道县北六十里。故老传云：舜葬九疑，象来至此，后人立祠，名为鼻亭神。"《柳河东集·道州毁鼻亭神记》："鼻亭神，象祠也。不知何自始立，因而勿除，完而恒新，相传且千岁。元和九年，河东薛公（原注：伯高也）由刑部郎中刺道州，除秽革邪，敷和于下州之罢人，去乱即治……披地图，得是祠……命趣去之。于是撤其屋，墟其地，沉其主于江。"按象封*有鼻，除其神祠名鼻亭神外，《史记·五帝本纪》正义引《王隐晋书》复谓"泉陵县北部东五里有鼻墟，象所封也"，宋罗泌《路史·发挥五·辨帝舜冢》注引《幽明录》谓"始兴有鼻天子冢、鼻天子城，昔人不明为何人，乃象冢也。"象之封国祠墓亦均以鼻名。参见"鼻天子"（318页）。

鼻亭神祠 见"鼻亭神"。

〔丶〕

膏肓 晋干宝《搜神记》（《汉魏丛书》本）卷一略云：晋侯疾重，闻秦有良医，发使往请。秦医将至，晋侯夜梦二鬼相谓曰："秦医来，我等何逃？"一鬼曰："但居膏之上，肓之下，若我何！"一鬼问："何者为膏肓？"答曰："心上为膏，心下为肓，此处针灸不能及，汤药不能至。"二鬼相喜,各居其处。旬日医至,候其脉,良久叹曰:"此病不可疗也,其疾在膏肓。"晋侯闻之,嗟曰:"此良医也,今古罕有。"遂与百金,令还本国。晋侯不逾十日而薨。按事本《左传·成公十年》。参见"二竖"(5页)。

瘟神 见"五瘟神"(63页)。

肇山 *天梯之一。《山海经·海内经》:"华山青水之东,有山名曰肇山。有人名曰柏高,柏高上下于此,至于天。"

窫窳 《山海经·海内西经》:"贰负之臣曰危,危与贰负杀窫窳。"同经又云:"(昆仑)开明东有巫彭、巫抵、巫阳、巫履、巫凡、巫相,夹窫窳之尸,皆操不死之药以距之。窫窳者,蛇身人面,贰负臣所杀也。"按窫窳之名,古书无定。《文选·吴都赋》刘逵注引作猰㺄,张协《七命》李善注引作猰貐,《尔雅·释兽》作*猰貐,《淮南子·本经训》作*猰貐。窫窳本"人面蛇身",盖古天神之貌。然而或又谓其"如牛而赤身,人面马足"(《北山经》);"龙首"(《海内南经》、《海内经》);"类貙,虎爪"(《尔雅·释兽》)。意当为贰负臣所杀,经诸巫救治复活后,化而为此等怪物。

窫窳

辣辣 《山海经·北次三经》:"泰戏之山,无草木,多金玉。有兽焉,其状如羊,一角一目,目在耳后,其名曰辣辣,其鸣自讪。"

辣辣

韶 舜乐名。《书·益稷》:"箫《韶》九成,凤皇来仪。"传:"《韶》,舜乐名,言箫,见细器之备。"按"凤皇来仪"者,言凤皇来为匹偶,即"止巢乘匹"之意。箫亦传为舜所造。《韶》而九成,故亦称《九韶》。参见"九韶"(11页)。

韶山 清李天度重修《南岳志》卷十引《一统志》:"湘潭县西有韶山,相传舜南巡时奏韶乐于此,因名。"

韶石 《太平御览》卷一七二引《郡国志》:"韶州科斗劳水间有韶石二,状若双阙。……昔舜游登此,石奏《韶》乐,因以名之。"北魏郦道元《水经注·溱水》云:"东江又西,与利水合。水出(曲江)县之韶石北山,南流径韶石下,石高百仞,广圆五里,两石对峙,大小略均,似双阙,名曰韶石。"即此。又唐段成式《酉阳杂俎·玉格》云:"荆州利水间有二石若阙,名曰韶石。晋永和中有飞仙,衣冠如雪,各憩一石,旬日而去,人皆见之。"亦为其事。

豪鱼 《山海经·中山经》:"渠猪之山,其上多竹。渠猪之水出焉,而南流注于河。其中是多豪鱼,状如鲔,赤喙赤尾赤羽(原'尾'上无'赤'字,据王念孙、郝懿行校补),食之可以已白癣(原无'食之'二字,据王念孙校补)。"

豪鱼

豪曹 《文选·七命》:"形冠豪曹,名珍巨阙。"张铣注:"豪曹、巨阙并剑名。"参见"薛烛"(360页)。

豪彘 《山海经·西山经》:"竹山……有兽焉,其状如豚而白毛,大如笄而黑端,

豪彘

名曰豪彘。"郭璞注:"狦猪也,夹髀有鬣豪长数尺,能以脊上豪射物,亦自为牝牡。狦或作貑,吴楚呼为鸾猪,亦此类也。"按即今之豪猪。

精卫 《山海经·北次三经》:"发鸠之山,其上多柘木。有鸟焉,其状如乌,文首,白喙,赤足,名曰精卫,其名自詨。是炎帝之少女名曰女娃。女娃游于东海,溺而不返,故为精卫。常衔西山之木石,以堙于东海。"

精卫

又《述异记》卷上云:"昔炎帝女溺死东海中,化为精卫……精卫偶海燕而生子,生雌状如精卫,生雄如海燕。今东海精卫誓水处,曾溺此川,誓不饮其水。一名鸟市,一名冤禽,又名志鸟,俗呼帝女雀。"则是此神话之余闻。

精精 《山海经·东次三经》:"䃌隅之山……有兽焉,其状如牛而马尾,名曰精精,其鸣自叫。"

精卫填海 见"精卫"。

〔一〕

騄冈 见"成武丁"(120页)。

缩地 晋葛洪《神仙传》卷五:"(费长)房有神术,能缩地脉,千里存在目前宛然。放之复舒如旧。"又《古小说钩沈》辑《列异传》云:"费长房又能缩地脉,坐客在家,至市买鲊,一日之间,人见之千里外者数次。"说亦同此。

䱏䱱鱼 《山海经·西次四经》:"鸟鼠同穴之山……滥水出于其西,西流注于汉水。多䱏䱱之鱼,其

䱏䱱鱼

状如覆铫,鸟首而鱼翼鱼尾,音如磬石之声,是生珠玉。"

熊白 《述异记》卷上:"尧使鲧治洪水,不胜其任,遂诛鲧于羽山,化为黄熊,入于羽泉。今会稽祭禹庙,不用熊白。"明李时珍《本草纲目》引陶弘景云:"熊脂即熊白,乃背上肪,色白如玉,味甚美,寒月则有,夏月则无。"

熊穴 《山海经·中次九经》:"熊山,有穴焉,熊之穴,恒出神人。夏启而冬闭;是穴也,冬启乃必有兵。"又《太平御览》卷五四引此经云:"熊山有穴曰熊穴,恒出神人。夏启而冬闭;是穴若冬启夏闭,乃必有兵。"似于义为长。

嫘祖 黄帝元妃。《史记·五帝本纪》:"黄帝……娶于西陵之女,是为嫘祖。嫘祖为黄帝正妃。"《路史·后纪五》:"黄帝元妃西陵氏曰傫祖,以其始蚕,故又祀先蚕。"《云笈七籖》卷一〇〇辑唐王瓘《轩辕本纪》:"帝周游行时,元妃嫘祖死于道,帝祭之以为祖神。"参见"先蚕"(134页)。

嫦娥 《山海经·大荒西经》:"有女子方浴月。帝俊妻常羲,生月十有二,此始浴之。"*常羲即嫦娥。《诗·大雅·生民》"时维后稷"疏引《大戴礼·帝系篇》又作*常仪,谓为帝喾下妃娵訾之女。《淮南子·览冥训》作姮娥,云:"羿请不死之药于西王母,姮娥窃以奔月。"谓为羿妻。羲、仪、娥,古音同。唐李商

嫦娥奔月 汉代画像石刻

隐《嫦娥》诗："云母屏风烛影深,长河渐落晓星沉。嫦娥应悔偷灵药,碧海青天夜夜心。"详"姮娥"(251页)。

嫦娥奔月 见"姮娥"(251页)。

嫦娥捣药 唐李商隐《寄远》诗："嫦娥捣药无穷已,玉女投壶未肯休。"又唐陈陶《海昌望月》诗："孀居应寂寞,捣药青冥愁。"亦谓嫦娥。盖古传嫦娥窃药奔月,化为蟾蜍,此蟾蜍即在月中任捣药事。常任侠《沙坪坝出土之石棺画像研究》(见一九四一年《说文月刊》第二卷第十、十一期)云："较小一棺,前额刻一人首蛇身像,一手捧月轮。后刻两人一蟾,蟾两足人立,手方持杵而下捣。"所刻即蟾蜍月中捣药之状。此蟾既传为嫦娥所化,故诗人为诗,遂径言嫦娥捣药。参见"姮娥"(251页)、"月精"(73页)。

十五画

〔一〕

犛牛 犛亦作斄。《山海经·中次八经》:"荆山,其阴多铁,其阳多赤金。其中多犛牛。"郭璞注:"旄牛属也,黑色,出西南徼外也。音狸,一音来。"《庄子·逍遥游》云:"今夫斄牛,其大若垂天之云。"即此。

赭鞭 晋干宝《搜神记》卷一:"神农以赭鞭鞭百草,尽知其平毒寒温之性,臭味所主,以播百谷。"参见"神农"(247页)。

增城 《楚辞·天问》:"昆仑县圃,其尻安在?增城九重,其高几里?"《淮南子·墬形训》云:"昆仑虚中有增城九重,其高万一千里百一十四步二尺六寸。"此《天问》所问增城之高之解答。而《史记·大宛列传》引禹本纪》云:"昆仑其高二千五百余里。"与上文所述不侔;其实皆神话传说。《广雅·释诂》云:"增,重也。"增城即重城。重城而九者,言昆仑层累而上,如城之重有九。是增城者,实形容昆仑之高。北魏郦道元《水经注·河水》云:"三成为昆仑丘。《昆仑记》曰:'昆仑之山三级:下曰樊桐,一名板桐;二曰玄圃,一名阆风;上曰增城,一名天庭,是为太帝之居。'"则是别有所闻,非增城之初谊。

横公鱼 《神异经·北方荒经》:"北方荒中有石湖,方千里,岸深五丈余,恒冰。……湖有横公鱼,长七八尺,形如鲤而赤,昼在水中,夜化为人。刺之不入,煮之不死,以乌梅二枚煮之则死。食之可止邪病。"

震蒙氏 宋张唐英《蜀梼杌》卷上:"震蒙氏之女窃黄帝元珠,沉江而死,化为此神(奇相),即今江渎庙也。"参见"奇相"(188页)。

辘角庄 明杨慎《南诏野史》卷下:"辘角庄,大理府城南二十里。南诏蒙阁逻凤有女,欲为择配。女曰:'择配,非天婚也。我欲倒坐牛背,任牛所之,不问贫富贵贱,牛入之家,则嫁之。'凤勉从其请。至一委巷,牛侧其角而入。见一老媪,问媪有子否。曰:'有一子,往樵矣。'女即拜媪为姑,嫁其子,令报凤。凤大怒,绝女。一日,婿问女曰:'首饰是何物所制?'女曰:'金也。'婿曰:'吾樵处,是物甚多。'顷之,载归,果金也。女遂恳请宴凤,凤使人难之,曰:'汝能作金桥银路,吾当来汝。'女遂作以迎风。凤叹曰:'信天婚也!'遂名其地曰辘角庄;言牛入隘巷,角如辘辘转也。"

璇宫 晋王嘉《拾遗记》卷一:"少昊……母曰皇娥,处璇宫而夜织。"《山海经·中次五经》云:"升山……其中多璇玉。"郭璞注:"石次玉者也。"璇本作琁。参见"倾宫琁室"(268页)。

璵珩玉 《山海经·西山经》:"小华之山……其阳多璵珩之玉。"郭璞注:"璵珩,玉名,所未详也;璵浮两音。"郝懿行云:"《说文》(一)引孔子曰:'美哉玙璠,远而望之,奂若也;近而视之,瑟若也:一则以理胜,一则以孚胜。'此经璵珩,古字所无。或即玙璠之字,当由声转;若系理孚之文,又为形变也。古书多假借,疑此二义似为近之。"按《山海经》所记产此玉之地,除此而外,尚有此经之石脆山、《西次二经》之众兽山、《中次十经》之涿山、《中次十一经》之帝囷山等十余山。

猲狙 《山海经·东次四经》："北号之山……有兽焉,其状如狼,赤首鼠目,其音如豚,名曰猲狙(原作'獦狙',从王念孙、郝懿行校改),是食人。"

蕉鹿梦 《列子·周穆王》："郑人有薪于野者,遇骇鹿,御而击之,毙之。使人见之,遽而藏诸隍中,覆之以蕉,不胜其喜。俄而遗其所藏之处,遂以为梦焉,顺涂而咏其事。傍人有闻者,用其言而取之。既归,告其室人,曰：'向薪者梦得鹿而不知其处,吾今得之,彼直真梦者矣。'室人曰：'若将是梦见薪者之得鹿邪？讵有薪者邪？今真得鹿,是若之真梦邪？'夫曰：'吾据得鹿,何用知彼梦我梦邪！'薪者之归,不厌失鹿,其夜真梦藏之处,又梦得之之主。爽旦,案所梦而寻得之,遂讼而争,归之士师。士师曰：'若初真得鹿,妄谓之梦;真梦得鹿,妄谓之实。彼真取若鹿,而与若争鹿;室人又谓梦认人鹿,无人得鹿。今据有此鹿,请二分之。'以闻郑君。郑君曰：'嘻!士师将复梦分人鹿乎？'访之国相。国相曰：'梦与不梦,臣所不能辨也;欲辨觉梦,惟黄帝、孔丘。今亡黄帝、孔丘,孰辨之哉？且恂士师之言可也。'"按明车任远有《蕉鹿梦》剧,即本此而稍缘饰之。

碛鼠 《神异经·北方荒经》："北方层冰万里,厚百丈,有碛鼠在冰下土中焉。形如鼠,食草木,肉重千斤,可以作脯,食之已热。其毛八尺,可以为褥,卧之却寒。其皮可以蒙鼓,闻千里。其毛可以来鼠,此毛所在,鼠辄聚焉。"

磅磄山 《述异记》卷上："磅磄山去扶桑五万里,日所不及,其地甚寒,有桃树千围,万年一实。"参见"桃都山"(261页)。

〔丨〕

颙 《山海经·南次三经》："令丘之山……有鸟焉,其状如枭,人面四目而有耳,其名曰颙,其鸣自号也,见则天下大旱。"郝懿行云："《玉篇》、《广韵》并作鸮。"

颙

影木 《古今图书集成·草木典》卷三一四引《拾遗记》："瀛洲有树名影木,日中视之,则一叶百影。花有光,夜如列星。万岁一实,实如瓜,青皮黑瓤,食之骨轻。"按亦见今本《拾遗记》卷十,脱"则一叶百影花有光夜"九字。

颛顼 黄帝裔。《山海经·海内经》："黄帝妻雷祖,生昌意,昌意降处若水,生韩流,韩流擢首谨耳,人面豕喙,麟身渠股豚止,取淖子曰阿女,生帝颛顼。"按《国语·周语下》云："星与日辰之位皆在北维,颛顼之所建也。"《大戴礼·五帝德》云："颛顼乘龙而至四海。"作为上帝之颛顼,其神格于兹可见。而颛顼神话之最动人心魄者,厥为其命重、黎"绝地天通"。盖古者天地相去未远,处于所谓"民神杂糅"(《国语·楚语下》)状态。此种状态,乃予蚩尤以"作乱"之机,且迫胁苗民与之共同叛乱。受害庶民,哀告上帝。"皇帝哀矜庶戮之不辜,报虐以威,遏绝苗民,无世在下。乃命重、黎,绝地天通,罔有降格"(《书·吕刑》)。"皇帝",即皇天上帝。然此皇天上帝,实包括黄帝与颛顼二人言之。"遏绝苗民",黄帝事；"绝地天通",则颛顼事：起因皆在于蚩尤之"作乱"。《山海经·大荒西经》云："颛顼生老童,老童生重及黎。帝令重献上天,令黎邛下地。"是此神话之本貌。《国语·楚语下》云："颛顼受之,乃命南正重司天以属神,命火正黎司地以属民,使复旧常,无相侵渎。"则是神话历史化之饰词。"旧常"谓天人相通,"绝地天通"正使"旧常"破坏,"旧常"已不可"复"矣。"无相侵渎"者,正以防民"作乱"。又传说颛顼之"不才子"多于其他上帝。晋干宝《搜神记》卷十六云:"昔颛顼氏有三子,死而为疫鬼:一居江水,为疟鬼;一居若水,为魍魉鬼;一居人宫室,善惊人小儿,为小儿鬼(原作'小鬼','儿'字据《礼纬斗威仪》补)。"《神异经·西荒经》云:"西方荒中,有兽焉,其状如虎而犬毛,长二尺,人面,虎足,猪口牙,尾长一丈八尺,搅乱荒中,名梼杌。"亦颛顼氏不才子。明陈耀文《天中记》卷四引《岁时记》云:"高阳氏(颛顼)子瘦约,好衣弊食糜,正月晦日巷死。世作糜,弃破衣,是日祀于巷,曰送穷鬼。"《古小说钩沈》辑《玄中记》云:"姑获鸟,夜飞昼藏,一名天帝少女。……鸟无子,喜取人子养之……爱以血点其衣为志,即取小儿也。故世人名为鬼鸟……今谓之鬼车。"此"天帝少女"之"天帝",恐亦非颛顼不足当之。汉蔡邕《独断》谓之为"疫神帝颛顼",洵笃称也。《淮南子·时则训》云:"北方之极,自九泽穷夏晦之极,北至令正之谷,有冻寒积冰,雪雹霜霰,漂润群水之野,颛顼、玄冥之所司者万二千里。"作为北方天帝之颛顼,其职司在于是矣。

髯蛇　《淮南子·精神训》:"越人得髯蛇,以为上肴。"注:"髯蛇,大蛇也,其长数丈。"又北魏郦道元《水经注·叶榆河》云:"(交趾)山多大蛇,名曰髯蛇。长十丈,围七八尺。常在树上伺鹿兽。鹿兽过,便低头绕之。有顷鹿死,先濡令湿讫,便吞,头角骨皆钻皮出。山夷始见蛇不动时,便以大竹签签蛇头至尾,杀而食之,以为珍异。"

噎　《山海经·大荒西经》:"(颛顼)令黎邛下地,下地是生噎,处于西极,以行日月星辰之行次。"按噎疑即*噎鸣,时间之神。

噎鸣　《山海经·海内经》:"炎帝……生共工……共工生后土,后土生噎鸣,噎鸣生岁十有二。"《大荒西经》:"大荒之中,有山,名曰日月山,天枢也。吴姖天门,日月所入。有神,人面无臂,两足反属于头上('上'原作'山',从宋本、吴宽抄本改),名曰噓(噎)。颛顼生老童,老童生重及黎。帝令重献上天,令黎邛下地,下地是生噎。处于西极,以行日月星辰之行次。"按噎鸣盖即*噎,时间之神,以传闻不同而异辞,故前者属炎帝裔,后者属黄帝裔(颛顼为黄帝曾孙,见《海内经》)。黄、炎古本同族,其实一也。

墨鱼　清周亮工《闽小记》卷上:"墨鱼一名算袋鱼,一名乌鲗。相传一胥吏醉堕海,周身悉化为异物,此其招文袋也,所垂白带宛然。"参见"乌贼"(68页)。

墨头鱼　清胡世安《异鱼图赞补》卷上:"墨头鱼,蜀嘉州出,形状类鲫子,长者及尺。其头黑如墨,头上有白子二枚,又名二斗鱼。常以二三月出,蜀人以火夜照叉之。惟郭璞台前有。世传璞著书台下,鱼吞洗砚之墨所化。或名墨鲈。"按宋苏辙《初发嘉州》诗云:"云有古郭生,此地苦笺注。区区辨虫鱼,尔雅细分缕。洗砚去残墨,遍水如黑雾。至今江上鱼,顶有遗墨处。"谓此。"郭生苦笺注"者,谓郭璞注《尔雅》。然郭璞固未尝入蜀,此盖亦神话传说之附会。

蚿　北齐颜之推《颜氏家训·勉学》引《庄子》(今本无):"蚿二首。"《韩非子·说林下》云:"虫有蚿者,一身两口,争食相龁,遂相杀也。"即其状。《勉学》复引《古今字诂》云,此亦古之虺字。则蚿乃蛇类动物。

蝮蛇　《山海经·海内经》:"有灵山。有赤蛇在木上,名曰蝡蛇,木食。"郭璞注:"言不食禽兽也,音如哭弱之哭。"按此"不食禽兽"而居"灵山之蝡蛇,当亦神蛇之属。

蝼蛄虫 晋干宝《搜神记》卷二○:"庐陵太守太原庞企,字子及。自言其远祖……坐事系狱,而非其罪。……及狱将上,有蝼蛄虫行其左右,乃谓之曰:'使尔有神,能活我死,不亦善乎?'因投饭与之。蝼蛄食饭尽,去,顷复来,形体稍大,意每异之,乃复与食。如此去来,至数十日间,其大如豚。及竟报,当行刑。蝼蛄夜掘壁根为大孔,乃破械,从之出去。久时遇赦得活。于是庞氏世世常以四节祠祀之。"

蝴蝶洞 《古今图书集成·禽虫典》卷一六九引《罗浮旧志》:"罗浮山有蝴蝶洞,在云峰岩下,古木丛生,四时出彩蝶。世传葛仙遗衣所化。"

蝮虫 《山海经·南山经》:"猨翼之山,其中多怪兽,水多……蝮虫。"郭璞注:"蝮虫,色如绶文,鼻上有针,大者百余斤,一名反鼻虫,古虺字。"又《南次二经》羽山、《南次三经》非山,均云"多蝮虫",即此。清俞樾《诸子评议补录》以为虫字衍,蝮虫实当止作蝮。据郭注,蝮与虺为一物,旧时亦多不分。其实蝮自蝮,虺自虺,虺一名蚖,与蝮异也。

蝮蛇 《山海经·海内西经》:"(昆仑)开明南有……蝮蛇。"《楚辞·招魂》:"蝮蛇蓁蓁。"晋张华《博物志》(《四部备要》本)卷九云:"蝮蛇秋月毒盛无所蜇,啮草木以泄其气,草木即死。人采樵,设为草木所伤刺者,亦杀人。毒治(始)于蝮啮,谓之蛇迹也。"即此。或谓《山海经》、《楚辞》之蝮、蛇为二物,亦是,盖蝮即所谓蝮蛇,一名反鼻虫。

〔丿〕

犘 《山海经·西山经》:"黄山……有兽焉,其状如牛,而苍黑大目,其名曰犘。"郭璞注:"音敏。"郝懿行云:"《周书·王会篇》云:'数楚每牛,每牛者,牛之小者也。'《广韵》犘,音切同美,是也。"

嚣 四方神之一。《山海经·大荒东经》:"有人名曰嚣,北方曰嚣,来风曰狻(原作'来之风','之'字衍),是处东极隅,以止日月,使无相间出没,司其短长。"参见"四方风"(106页)。

鹛 《山海经·北次三经》:"饶山……其鸟多鹛。"郭璞注:"未详。或曰,鹛,鸺鹛也。"郝懿行云:"鸺鹛,即鸺久,《尔雅·释鸟》谓之怪鸱。"

牖里 即"羑里"。《尚书大传》(清卢文弨考异本)卷三:"西伯既戡耆,纣囚之牖里。"

箴鱼 《山海经·东山经》:"枸状之山……枳水出焉,而北流注于湖水。其中多箴鱼,其

箴鱼

状如鲦,其喙如箴,食之无疫疾。"郭璞注:"出东海,今江东水中亦有之。"郝懿行云:"今登莱海中有箴梁鱼,碧色而长,其骨亦碧,其喙如箴,以此得名。《太平御览》九百三十九卷引《南楚记》云:'箴鱼口四寸。'"又清胡世安《异鱼图赞补》卷上引《寰宇记》云:"鱵鱼生江湖中,大小形状并同绘(鲙)残,但喙间有一细墨骨如针,是其异耳。俗云姜太公钓针所化,又名姜公鱼。"即此。

鸳鹏 《山海经·北次二经》:"北嚣之山……有鸟焉,其状如乌,人面,名曰鸳鹏,宵飞而昼伏,食之已暍。"郭璞于"食之已暍"下注:"中热也;音谒。"

儋耳国 即"聂耳国"。

鸳鹏

《山海经·大荒北经》:"有儋耳之国,任姓,禺號子,食谷。"

滕六巽二 谓风雪之神。《锦绣万花谷》前集卷二引《幽怪录》:"唐萧至忠为晋州刺史,将猎。前一日有老麋祈于玄冥使者。使者令祈于东谷严四。严四曰:'若令滕六降雪,巽二起风,不复猎矣。'天未明,风雪大作,至忠不出。"按雪花六出,故滕六谓雪神;巽为风,故巽二为风神;滕六巽二,总谓风雪之神。后世民间传说所谓"风山女"、"雪山女"者即其类。全文可参看姜云、宋平校注《玄怪录》卷三"萧志忠"条。

皛然山神 宋王象之《舆地纪胜》卷一六五:"皛然山神。山在新明县东北一百里……黄帝乘龙登天,有小臣曰居余,攀髯而至天帝之所。帝俾之牧龙,后又辅禹治水。至商时居余号敬慎子,将己自焚,为民祷雨。周至战国,号优游先生。至汉侍西王母至汉庭,教东方朔栾巴之辈。乃归朝天帝,天帝赐之姓曰腾,名曰白,乃居于(皛然山)白崖之下。"按皛音义同皎。居余,先秦古籍所不载,盖亦鼎湖神话之缘饰。

獓 《山海经·中次四经》:"鳌山,其阳多玉,其阴多蒐。有兽焉,其状如牛,苍身,其音如婴儿,是食人,其名曰犀渠。潏潏之水出焉,而南流注于伊水。有兽焉,名曰獓,其状如獳犬而有鳞,其毛如彘鬣。"

獓

又《中次十一经》云:"葴山,视水出焉,东南流注于汝水,其中多人鱼,多蛟,多颉。"郭璞注:"如青狗。"当即此兽。

獬 《山海经·中次十一经》:"依轱之山,其上多杻橿,多苴。有兽焉,其状如犬,虎爪有甲,其名曰獬。善駚牮(郭璞注:跳跃自扑也,鞅奋两音),食者不风(郭璞注:不畏天风)。"

獬

猲狂 《文选·东京赋》:"捎魖魅,斫猲狂。"薛综注:"猲狂,恶庉之鬼名。"同书载扬雄《甘泉赋》:"捎夔魖而抶猲狂。"李善注引孟康云:"猲狂,亦恶鬼也。"《汉书·扬雄传》该句下王先谦补注引《萧该音义》云:"猲狂,无头鬼也,见《字林》。"说略小异。

鲤鱼跳龙门 《太平广记》卷四六六"龙门"条引《三秦记》:"龙门山,在河东界。禹凿山断门阔一里余。黄河自中流下,两岸不通车马……每岁季春,有黄鲤鱼,自海及诸川,争来赴之。一岁中,登龙门者,不过七十二。初登龙门,即有云雨随之,天火自后烧其尾,乃化为龙矣。"而清张澍辑《三秦记》复云:"江海大鱼薄集龙门下,数千,不得上。上则为龙,不上者鱼,故云曝腮龙门。"后世民间传说,遂谓为鲤鱼跳龙门。唐李白《赠崔侍御》诗:"黄河三尺鲤,本在孟津居,点额不成龙,归来伴凡鱼。"即用此典。

鲧 禹父。《山海经·海内经》:"黄帝生骆明,骆明生白马,白马是为鲧。""洪水滔天。鲧窃帝之息壤以堙洪水,不待帝命,帝令祝融杀鲧于羽郊。鲧复(腹)生禹。帝乃命禹卒布土以定九州。"鲧之神话,《山海经》所记者,大略尽于此。"白马是鲧之神形,"帝令祝融杀鲧"之"帝",盖为黄帝。《楚辞·天问》记鲧之神话传说颇富。云:"不任汨鸿,师何以尚之?佥曰'何忧,何不课而行之?'鸱龟曳衔,鲧何听焉?顺欲成功,帝何刑焉?永遏在羽山,夫何三年不弛?伯鲧腹禹,夫何以变化?篡就前绪,遂成考功,何续初继业而厥谋不同?洪泉极深,何以填之?地方九则,何以坟之？应龙何画？河海何历？鲧何所营？禹何所成？康回凭怒，墬何故以东南倾？九州何错？川谷何洿？东流不溢，孰知其故？东西南北，其修孰多？南北顺蘮，其衍几何（内数字与今本不尽相同，据闻一多《楚辞校补》及别本改）？"此虽历史与神话杂糅，然"鸱龟曳衔"、"应龙何画"云云，犹可以补古神话阙佚，余则大体同于《山海经·海内经》所记。然则鲧之被殛，乃因听鸱龟之献计，盗窃天帝*息壤以平治洪水，非如史家所目之为"方命圮族"（《书·尧典》）。故屈原于其诗篇中，一再致其叹惋同情之意。《离骚》云："鲧婞直以亡（忘）身兮，终然夭乎羽之野。"《九章·惜诵》云："行婞直而不豫兮，鲧功用而不就。"《天问》又记有关于鲧之异闻云："阻穷西征，岩何越焉？化为黄熊，巫何活焉，咸播秬黍，莆雚是营，何由并投，而鲧疾修盈？"语不甚可解。似鲧被殛，化为黄熊以后，又西越穷山之冈岩，求活于昆仑山之诸巫。此诸巫者，乃操不死药以疗为贰负所杀之窫窳者也。于途又"要大家播种黑小米，把萑苻和杂草都铲除开"，以救洪水所遗之灾。鲧爱民若此，何以多人犹"把鲧恨得这样厉害"（见郭沫若《屈原赋今译》）。《天问》又云："焉有虬龙，负熊以游？"似亦鲧、禹事。熊，*黄熊，即鲧;*虬龙则禹:此新生之虬龙禹，似曾负其化为黄熊之父而游。然其详已不可知。关于"鲧腹生禹"之神话，《海内经》郭璞注引《开筮》（即《归藏·启筮》）云："鲧死三岁不腐，剖之以吴刀，化为黄龙。"又《全上古三代秦汉三国六朝文》辑《归藏·启筮》云："鲧殛死，三岁不腐，副之以吴刀，是用出禹。"是鲧以剖而化黄龙，禹则以剖而出自鲧腹。鲧原系天上白马，《周礼·夏官·庾人》："马八尺曰龙。"则天马化龙，当无足异。除此而外，尚有"化为黄熊"（《左

传·昭公十七年》)、"化为黄能"（《国语·晋语八》)、"化为玄鱼"（《拾遗记》卷二）诸说，要以"化为黄龙"之说为近正。《吕氏春秋·行论》云："尧以天下让舜。鲧为诸侯，怒于尧，曰：'得天之道者为帝，得地之道者为三公，今我得地之道，而不以我为三公。'以尧为失论。欲得三公，怒甚猛兽，欲以为乱。比兽之角，能以为城;举其尾，能以为旌。召之不来，仿佯于野以患帝。舜于是殛之于羽山，副之以吴刀。"此亦鲧神话之异闻。

鲧攻程州山 《山海经·大荒北经》："有榆山。有鲧攻程州之山。"郭璞注："皆因其事而名物也。"郝懿行云："程州盖亦国名，如禹攻共工国山之类。"参见"禹攻共工国山"（237页）。

黎 神名。见"绝地天通"（253页）。

黎母山 清陆次云《峒溪纤志》卷上："相传太古之时，雷摄一卵至山中，遂生一女。岁久，有交阯蛮过海采香者，与之相合，遂生子女，是为黎人之祖。因名其山曰黎母山。"又宋王象之《舆地纪胜》卷一二四记此事引《平黎记》谓是"雷摄蛇卵"，余略同。

稽瑞 书名。唐刘赓撰。一卷。其书广征为瑞之事物，汇为一编，系以韵语，又自为之解。其内容则为*孙氏瑞应图》之流亚。其所引奇禽异兽，如九尾狐、三足乌，騊駼、吉量之属，亦有关古代神话。

稷 即"后稷"。《楚辞·天问》："稷维元子，帝何竺之？"《书·吕刑》："稷降播种，农殖嘉谷。"

稷泽 《山海经·西次三经》："峚山……丹水出焉，西流注于稷泽。"又云："乐游之山，桃水出焉，西流注于稷泽。"郭璞注："后稷神所凭，因名云。"参见"后稷"（138页）。

稷神 宋陈元靓《岁时广记》卷十四"祭社稷"条引《孝经纬》："稷，五谷之长也，谷众不可

遍祭，故立稷神以祭之。"汉蔡邕《独断》上云："稷神，盖厉山氏之子柱也。柱能殖百谷，帝颛顼之世，举以为田正，天下赖其功。周弃亦播殖百谷。以稷五谷之长也，因以稷名其神也。"据此，则柱与弃俱为稷神。参见"后稷"（138页）。

〔丶〕

褒姒 周幽王后。《楚辞·天问》："妖夫曳衒，何号于市？周幽谁诛，焉得夫褒姒？"《国语·郑语》云："夏之衰也，褒人之二神，化为二龙，以同于王庭。而言曰：'余褒之二君也。'夏后卜，杀之与去之与止之，莫吉。卜请其漦而藏之，吉。乃布币焉，而策告之，龙亡而漦在。椟而藏之，传郊之，及殷周莫之发也。及厉王之末，发而观之，漦流于庭，不可除也。王使妇人不帏而噪之，化为玄鼋，以入于王府。府之童妾，未既齓而遭之。既笄而孕，当宣王时而生。不夫而育，故惧而弃之。"韦昭注："鼋或为虯，虯，蜥蜴，象龙。"此龙漦而生褒姒之怪谈。《史记·周本纪》云："宣王之时，童女谣曰：'檿弧箕服，实亡周国。'于是宣王闻之，有夫妇卖是器者，宣王使执而戮之。逃于道，见乡者后宫童妾所弃妖子出于路者，闻其夜啼，哀而收之，夫妇遂亡奔于褒。褒人有罪，请入童妾所弃女子者于王以赎罪。弃女子出于褒，是为褒姒。"此褒姒出宫复入宫之曲折经过，亦《天问》"何号"、"谁诛"之解答。《珮玉集》卷十四《美人篇》云："褒姒（'姒'原均讹作'姚'），周时褒国之美女也。褒人献于周幽王，王耽之，遂逐申后，立褒姒为皇后。其一笑有百廿种媚，然褒姒非集大众不笑。幽王于是举烽打鼓。诸侯闻之，谓言有贼，皆赴殿前。王曰：'无贼，欲使褒姒笑耳。'如是非一。后犬戎来伐，王使放烽。诸侯谓言无贼，止为褒姒笑也，遂皆不往。犬戎来至，王及褒姒并皆被杀。"此则幽王与褒姒之终局。所引文出《帝王世纪》，当又加入唐时民间传说而概述之。《诗·小雅·正月》云："赫赫宗周，褒姒咸之。"此正与"檿弧箕（其）服，实亡周国"之童谣相应。

臧羊 《山海经·西山经》："钱来之山，其上多松，其下多洗石。有兽焉，其状如羊而马尾，名曰臧羊，其脂可以已腊。"郭璞注："今大月氏国有大羊，如驴而马尾。《尔雅（释畜）》云：'羊六尺为臧。'谓此羊也。……（已腊）治体皴，腊音昔。"又《凉州异物志》（清张澍辑）云："月氏国有羊，尾重十斤，割之供食，寻生如故。"又云："有羊大尾，车推乃行，用累其身。"即此羊。

臧羊

潮神 谓*伍子胥。《锦绣万花谷》卷五："子胥乘素车为潮神。吴子胥死，戒其子投于江中：'吾当朝暮乘潮以观吴之败。'"明冯应京《月令广义·岁令一》亦谓"潮神即伍子胥"，盖宋、明时已有此传说。推其始原则在《吴越春秋》所证。《水经注·浙江水》云："钱塘江江川急浚，兼潮水昼夜再来，来应时刻，常以月晦及望尤大。至二月八月最高，峨峨二丈有余。《吴越春秋》以为子胥、文种之神也。昔子胥死于吴而浮尸于江，吴人怜之，立祠于江上，名曰胥山。……文种诚于越，而伏剑于山阴，越人哀之，葬于重山。文种即葬一年，子胥从海上负种俱去，游夫江海。故潮水之前扬波者伍子胥，后重水者大夫种。"由是言之，则潮神应兼伍子胥与文种矣。

潜牛 北魏郦道元《水经注·叶榆河》云："（勾

漏)县江中有潜牛,形似水牛。上岸斗,角软,还入江水,角坚复出。"《文选·西京赋》云:"搤水豹,馽潜牛。"则汉时已有此说。又屈大均《广东新语》卷二一:"西江有潜牛,牛身鱼尾,能上岸与牛相斗。角软入水,既坚复出。牧者歌云:'毋饮江流,恐遇潜牛。'"此即本《水经注》为说。

潜龙灌田 北魏郦道元《水经注·夷水》:"(佷山)县东十许里,至平乐村,又有石穴,出清泉,中有潜龙。每至大旱,平乐村左近村居,辇草秽著穴中。龙怒,须臾水出,荡其草秽。傍侧之田,皆得浇灌。"同书同卷又云:"丹水又径其下,积而为渊。渊有神龙,每旱,村人以芮草投渊上流,鱼则多死。龙怒,当时大雨。"

潜确类书 书名。明陈仁锡撰。百二十卷。内容分玄象、岁时、区宇、人伦、方外、艺习、禀受、遭遇、交与、服御、饮啖、艺植、飞跃等十三部,一千四百余类。引书多达一千五百余种,虽多转贩自其他类书,然亦时有僻笈遗文,为他书所未载者。其区宇部分内容较多,所记山、川、水、石,恒有神话传说资料。

鹈鹕 即"比翼鸟"(43页)。

鹤神 《清平山堂话本·董永遇仙传》略云:董永与天宫织女为婚,织女上天,生下一子,名董仲舒,亲自送还,与董永抚养。仲舒十二岁时,得严君平教,往太白山中寻母。值七月七日,众仙女下凡洗药瓶,仲舒认出第七位著黄衣者是母。母与金瓶、银瓶各一,嘱将金瓶寄严先生,银瓶自用。严君平得金瓶,忽迸火星,烧尽命相书,熏瞎双目。仲舒开视银瓶,有米七合,自思母教我日食一粒,如何得饱,乃并七合煮而食之。不期身忽暴长,半月间身长一丈,腰大十围。其父老病,受惊死去。仲舒葬父已毕,守孝三年,不思饮食。忽一日对众曰:"前者,母与我仙米,我却不知,一顿吃了,不料形体变异。今玉帝差火明大将军宣我上天,封为鹤神之职。每遇壬辰癸巳上天,辛亥己西游归东北方,四十四日后还天上一十六日也。"仲舒乃在太岁部下为鹤神。

鹤舞 桥名。《琅嬛记》卷下:"姑苏城中皮日休市有小桥,名鹤舞。父老相传,吴时有二鹤,在其地对舞,已而飞集金阊门外青枫桥东,化为凤凰飞入云际,今凤凰桥是也。"按此似阊间女化白鹤,舞于吴市之异闻。参见"女坟湖"(38页)。

鹤民国 《太平广记》卷四八〇"鹤民"条引《穷神秘苑》:"西北海戌亥之地,有鹤民国。人长三寸,日行千里,步疾如飞,每为海鹤所吞。其人亦有君子小人。君子性能机巧,惧为鹤患,常刻土为己状,或数百,聚于荒野水际。鹤以为小人,吞之而有患。凡千百度。后见真者过去,亦不能食。人多在山涧溪岸之旁,穿穴为国,或三十步五十步为一国,如此不啻千万。春夏则食草实,秋冬食草根;值暑则裸形,遇寒则编细草为衣。亦解服气。"(内数字有脱误,以意增改。)

鹤语岁寒 南朝宋刘敬叔《异苑》卷三:"晋太康二年冬大寒,南洲人见二白鹤语于桥下,曰:'今兹寒,不减尧崩年也。'于是飞去。"北周庾信《小园赋》云:"龟言此地之寒,鹤讶今年之雪。"即用此典。

〔一〕

履水珠 唐苏鹗《杜阳杂编》卷下:"顺宗皇帝即位岁,拘弭国贡履水珠,色黑类铁,大于鸡卵,其上鳞皴。其中有窍,云持入江海之内,可行于洪波之上。上遂命善浮者以五色丝贯之,系于左臂,遣入龙池,其人则步骤波上,若履平地。"

豫且 即"余且"(168页)。

豫章 《神异经·东荒经》:"东方荒外有豫章焉。此树主九州,其高千丈,围百尺。本上三百丈,本如(始)有条枝,敷张如帐,上有玄狐黑猿。枝主一州,南北并列,面向西南。有力士操斧伐之,以占九州吉凶。斫之复生,其州有福;创者州伯有病;积岁不复者其州灭亡。"注:"亡者州伯死,复者木创复也。"

十六画

〔一〕

鹥 鹥或作翳。《楚辞·离骚》："驷玉虬以乘鹥兮。"王逸注："凤皇别名也。"参见"翳鸟"（365页）。

磬石 《山海经·西山经》："小华之山……其阴多磬石。"郭璞注："可以为乐石。"郝懿行云："秦峄山刻石文云：'刻兹乐石。'即磬石也。《说文》（九）云：'磬，乐石。'"按此石《西次二经》高山、鸟危山亦均有之。

燕子国 清褚人穫《坚瓠余集》卷一"蛰燕"条："世说海外有燕子国，故秋社燕去，春社复来，《月令》所谓春分玄鸟至是也。"

融天山 《山海经·大荒南经》："大荒之中，有山名曰融天，海水南入焉。"郝懿行云："《大荒北经》云：'不句之山，海水入焉。'盖海水所泻处，必有归墟尾闾为之孔穴，地脉潜通，故曰入也。下又有天台高山，为海水所入。《大荒北经》亦有北极天柜，海水北注焉。皆海之所泻也。"

樵风泾 《古今图书集成·山川典》卷二九四引《越州记》："越若耶溪，古欧冶子铸剑之所。汉郑弘采薪，得一遗箭，顷之，有人觅箭，弘与之。问弘何所欲，弘知其非常，曰：'患若耶溪载薪为难，愿朝南风，暮北风。'后果然。世号其舟所经行处为樵风泾，其风至今犹然。"参见"沈酿川"。

橘中叟 宋曾慥《类说》卷十一引《幽怪录》："巴邛人橘园，霜后两橘大如三斗盎。剖开，（每橘）有二老叟相对象戏，谈笑自若。一叟曰：'君输我海龙王髯发十两，瀛洲玉壶（尘）九斛，龙绡袜八緉。'一叟曰：'橘中之乐，不减商山，但不得深根固蒂，为愚人摘下耳。'一叟取龙肝脯削食之。俄而四叟共乘一龙，足下云起而去。"按亦见《太平广记》卷四〇"巴邛人"条引《玄怪录》，《玄怪录》即《幽怪录》。全文可参看姜云、宋平校注《玄怪录》卷三"巴邛人"条。

橘中叟　清刊本《毓秀堂画传》

橐驼 《山海经·北山经》："虢山……其兽多橐驼。"郭璞注："有肉鞍，善行流沙中，日行三百里，其负千斤，知水泉所在也。"橐驼，即骆驼。

橐䣌 《山海经·西山经》："瀚次之山……有鸟焉，其状如枭，人面而一足，曰橐䣌，冬见夏蛰，服之不畏雷。"参见"一足鸟"(1页)。

薄鱼 《山海经·东次四经》:"女烝之山,其上无草木,石膏水出焉,而西注于鬲水。其中多薄鱼,其状如鳣鱼而一目,其音如欧(郭璞注:如人呕吐声也),见则天下大旱。"

薄鱼

薛烛 《太平御览》卷三四三引《吴越春秋》(今本无):"越王允常聘欧冶子作名剑五枚,大三小二。一曰纯钩,二曰湛卢,三曰豪曹(或曰盘郢)四曰鱼肠,五曰巨阙。秦客薛烛善相剑,王取豪曹示之。薛烛曰:'非宝剑也。夫宝剑五色并见,今豪曹五色黯然无华,殒其光,亡其神矣。'王复取巨阙示之。薛烛曰:'非宝剑也。夫宝剑金锡和同,气如云烟,今其光已离矣。'王复取鱼肠示之。薛烛曰:'夫宝剑者,金精从理,至本不逆;今鱼肠倒本从末,逆理之剑也。服此者,臣弑其君,子弑其父。'王取纯钧示之。薛烛瞿然而望之,曰:'光乎如屈阳之华,沈沈如芙蓉始生于湘。……观其色,涣如冰将释,见日之光,此纯钩者也。'王曰:'是也。客有买此剑者,市之乡三十,骏马千匹,千户之都二,其可与乎?'薛烛曰:'不可。臣闻王之初造此剑,赤堇之山破而出锡,若耶之溪涸而出铜,雨师洒道,雷公发鼓,蛟龙捧炉,天帝壮(装)炭,太一下观。于是欧冶子(因)天地之精,悉其伎巧,造为此剑。吉者宜王,凶者可以遗人。凶者尚值万金,况纯钩者耶?'取湛卢,薛烛曰:'善哉!衔金铁之英,吐银锡之精,奇气托灵,有游出之神。服此剑者,可以折冲伐敌,人君有逆谋,则去之他国。'允常乃以湛卢献吴。吴公子光杀吴王僚,湛卢

去如楚,昭王寤而得之。召风胡子问之:'此剑值几何?'对曰:'赤堇之山已合,若耶之溪深而不测,群神上天,欧冶已死,虽有倾城量金,珠玉竭河,犹不可与('竭河''犹'三字原无,据《越绝书·外传记宝剑》补),况骏马万户之都乎?'"

薛谭 《列子·汤问》:"薛谭学讴于秦青(原注:二人并秦国之善歌者)。未穷青之技,自谓尽之,遂辞归。秦青弗止,饯于郊衢。抚节悲歌,声振林木,响遏行云。薛谭乃谢求返,终身不敢言归。"

薛涛井 清俞樾《茶香室三钞》卷十"薛涛井"条:"明包汝楫《南中纪闻》云:'薛涛井,在成都府。每年三月初三日,井水浮溢。郡人携佳纸向水面拂过,辄作娇红色,鲜灼可爱,但止得十二纸。遇岁闰,则十三纸,此后遂绝无颜色矣。是纸用以奉供,岁止献六张,余为蜀府所留。'按此亦奇迹,未知今尚然否?"元费著《蜀笺谱》云:"(薛)涛侨止百花潭,躬撰深红小彩笺,裁书供吟,献酬贤杰,时谓之薛涛笺。"知传说之生,非无因矣。

〔l〕

嵯丘 《山海经·海外东经》:"嵯丘,爰有遗玉、青马、视肉、杨柳、甘柤、甘华。甘果所生,在东海。两山夹丘上,有树木。一曰嗟丘。一曰百果所在,在尧葬东。"此嵯丘,《淮南子·墬形训》作"华丘。

螭吻 即"蚩尾"(281页)。

鸚鹍 《山海经·西山经》:"黄山……有鸟焉,其状如鸮,青羽赤喙,人舌能言,名曰鸚鹍。"郭璞注:"鸚鹍舌似小儿舌,脚指前后各两,扶南徼外出五色者,亦有纯赤白者,大如雁也。"鸚鹍,即鹦鹉。南朝宋刘敬叔《异苑》卷三云:"有鹦鹉飞集他山,山中禽

兽辄相贵重,鹦鹉自念虽乐,不可久也,便去。后数月山中大火,鹦鹉遥见,便入水濡羽,飞而洒之。天神言:'汝虽有志意,何足云也!'对曰:'虽知不能救,然尝侨居是山,禽兽行善,皆为兄弟,不忍见耳。'天神嘉感,即为灭火。"

〔丿〕

䝞犬　《周书·王会》:"渠叟以䝞犬。䝞犬者,露犬也,能飞,食虎豹。"孔晁注:"渠叟,西戎之别名也。"参见"渠搜民"(298页)。

衡山　❶《山海经·海内经》:"南海之内,有衡山。"郭璞注:"南岳。"郝懿行云:"郭注《中次十一经》'衡山'云:'今衡山在衡阳湘南县,南岳也,俗谓之岣嵝山。'宜移注于此。"《中次八经》亦有衡山,郭无注,当亦非南岳。南岳衡山传为炎帝游息地,故其下有炎帝殿,上有祝融峰。❷《吕氏春秋·求人》:"(禹)北至人正之国,夏海之穷,衡山之上,犬戎之国,夸父之野。"注:"衡山者,北极之山也。"按此述禹求贤行迹之所至,本为传说,其地今不可考。参见"禹求贤人"(236页)。

腾蛇　一名"腾蛇"。《荀子·劝学》:"螣蛇无足而飞。"《尔雅·释鱼》:"螣,螣蛇。"郭璞注:"龙类也,能兴云雾而游其中。"

䱻　《山海经·南山经》:"柢山,多水,无草木,有鱼焉,其状如牛,陵居,蛇尾有翼,其羽在魼(郭璞注:亦作胁)下,其音如留牛,其名曰䱻,冬死而夏生,食之无肿疾。"郭璞注:"此亦蛰类也,谓之死者,言其蛰无所知如死耳。"郝懿行云:"《说文》(四)云:'肿,痈也。'"

䱻

鲜　颛顼臣。《吕氏春秋·古乐》:"帝颛顼……乃令鲜先为乐倡。鲜乃偃寝,以其尾鼓其腹,其音英英。"鲜,同鼍。《尔雅翼》卷三一云:"鼍状如守宫而大,长一二丈,灰色,背尾皆有鳞甲如铠。能吐雾致雨,力尤酋健,善攻碕岸。岸边人甚畏之,声亦可畏。性嗜睡,目常闭。大者自啮其尾,极难死。其老者能为魅。"又其皮可以冒鼓,《诗·大雅·灵台》:"鼍鼓逢逢。"故颛顼使之为"乐倡"。

鲮鱼　即"陵鱼"、"人鱼"。《楚辞·天问》:"鲮鱼何所?"王逸注:"鲮鱼,鲮鲤也,有四足,出南方。鲮一作陵。"洪兴祖补注:"鲮音陵。《山海经》西海中列姑射有陵鱼,人面人手鱼身,《天对》云:'鲮鱼人貌,迩列姑射。'是也。"按王说鲮鱼即鲮鲤,非;洪说为是。

鲸鱼　晋崔豹《古今注》卷中:"鲸鱼者,海鱼也。大者长千里,小者数十丈,一生数万子。常以五六月,就岸边生子,至七八月,导从其子还大海中。鼓浪成雷,喷沫成雨,水族惊畏,皆逃匿莫敢当者。其雌曰鲵,大者亦长千里,眼为明月珠。"《古小说钩沈》辑《玄中记》云:"东方之东海,有大鱼焉,行海者一日逢鱼头,七日逢鱼尾,其产则三百里水为血。"则是古人想象中"长千里"鲸鱼之形象描写。

鲲鹏之变　《庄子·逍遥游》:"北冥有鱼,其名为鲲。鲲之大不知其几千里也;化而为鸟,其名为鹏。鹏之背不知其几千里也。怒而飞,其翼若垂天之云。是鸟也,海运则将徙于南冥。南冥者,天池也。……鹏之徙于南冥也,水击三千里,抟扶摇而上者九万里,去以六月息者也。"按此为寓言化之神话,其中包含一段禹疆由海神变为风神之故事。释文云:"鲲,音昆,大鱼名也。崔譔云,鲲当为鲸;简文同。"郭庆藩云:"方以智曰:'鲲本小鱼之名,庄子用为大鱼之名。'其说是也。《尔雅·释鱼》："鲲，鱼子。'鲲即卵字，古音读如关，亦读如昆。庄子谓绝大之物为鲲，此则齐物之寓言，所谓汪洋自恣以适己者也。"鲲字古当为鲸字，乃北海海神禺彊（京）之神状。其神状，或作鱼身手足，则"北冥有鱼"之鲲也；或作"人面鸟身"，则"化而为鸟"之鹏也。释文云："鹏即古凤字。"而凤又即古风字，大鹏即大风，是北海海神作为风神之神状。鲲化为鹏，乃海神禺彊在一定季节又兼其风神之职司。参见"禺彊"（227页）。

鲐父鱼 《山海经·北次三经》："阳山……留水出焉，而南流注于河。其中有鲐父之鱼，其状如鲋鱼，鱼首而彘身，食之已呕。"

鲐父鱼

穆天子 即"周穆王"（203页）。

穆天子传 书名。六卷。晋武帝太康二年（公元281年。《晋书·武帝纪》作咸宁五年，即公元279年。晋杜预《春秋经传集解后序》作太康元年，即公元280年。此据《晋书·束皙传》），汲郡人不准盗发魏襄王墓，得先秦古书若干种，此是其一。所记为周穆王西游见西王母事，为西王母神话之第一次演变。西王母在此书中，已由穴居野处之怪神一变而为雍穆之人王。然从其对穆王之吟诗"虎豹为群，於鹊与处"中，则尚有怪神之迹。此书除述西王母事，更有昆仑黄帝之宫、姑繇木、河伯、长肱等事，可与《山海经》相印证。

雕题国 《山海经·海内南经》："雕题国……在郁水南。"郭璞注："点涅其面，画体为鳞采，即鲛人也。"郝懿行云："郭云即鲛人恐非，或有讹字"按郝说是，"鲛人乃人鱼之属"，非此雕题国人。又郭注点涅应为黔涅

猰貐 亦作"窫窳"。《尔雅·释兽》："猰貐类貙，虎爪，食人，迅走。"《述异记》卷上云："猰貐，兽中最大者，龙头马尾虎爪，长四百尺，善走，以人为食，遇有道君即隐藏，无道君即出食人。"即本此为说而又夸大之。

獬豸 亦作"觟䚄"、"解廌"。《述异记》卷上："獬豸者，一角之羊也。性知人有罪。皋陶治狱，其罪疑者，令羊触之。"又清陈元龙《格致镜原》卷八二引《神异经》（今本无）云："东北荒中有兽如羊，一角，毛青，四足，性忠直，见人斗则触不直，闻人论则咋不正，名曰獬豸，一名任法兽。故立狱皆东北，依所在也。"即此。

獬豸

獬豸冠 《后汉书·舆服志》："法冠……执法者服之……或谓之獬豸冠。獬豸神羊，能别曲直，楚王尝获之，故以为冠。"《宋史·舆服志》："獬豸冠，其梁上刻木为豸角，碧粉涂之。"

镠民 《太平御览》卷三七六引《博物志》（今本无）："镠民，其肺不朽，百年复生。"参见"无咸民"（50页）。

镜湖 一名"鉴湖"。《古今图书集成·山川典》卷二九三引《述异记》："镜湖，俗传轩辕铸镜于湖边。今有轩辕磨镜石，石上常洁，不生蔓草。"所记亦见今本《述异记》上，惟"镜湖"讹作"饶州"。参见"黄帝铸大镜"（289页）。

镜花缘 小说名。清李汝珍撰。一百回。书叙唐武则天开科试才女，同榜百人，皆花神降谪之百女子。百女又有散在海外者。开篇乃记唐敖、林之洋等游历海外各国，历诸异境，前往收拾此诸女。盖本于《山海经》所记

各国，经作者点染，乃涉笔成趣，遂为全书最生动活泼之篇章。

〔丶〕

嬴民 舜裔。《山海经·海内经》："有嬴民，鸟足。"按《大荒东经》云："帝舜生戏，戏生摇民。"嬴民即摇民，秦民之先祖。参见"孟戏"（216页）。

澹台子羽 晋张华《博物志·异闻》："澹台子羽渡河，赍千金之璧于河。河伯欲之，至阳侯波起，两鲛夹船。子羽左操璧，右操剑，击鲛皆死。既渡，三投璧于河伯，河伯跃而归之，子羽毁而去。"参见"河伯"（210页）。

麈 《山海经·中次八经》："纶山……其兽多闾、麈。"又此经美山及《中次九经》崃山、风雨山均有之。《埤雅·释兽》："麈，似鹿而大。其尾辟尘。"

麈

廪台 即"鹿台"（301页）。

廪君 伏羲裔。《山海经·海内经》："西南有巴国。大皞生咸鸟，咸鸟生乘厘，乘厘生后照，后照是始为巴人。"《世本·氏姓篇》（清秦嘉谟辑补本）："廪君之先，故出巫诞。巴郡南郡蛮，本有五姓：巴氏、樊氏、曋氏、相氏、郑氏，皆出于五落钟离山。其山有赤黑二穴，巴氏之子生于赤穴，四姓之子皆生黑穴。未有君长，俱事鬼神。廪君名曰务相，姓巴氏，与樊氏、曋氏、相氏、郑氏凡五姓，俱出皆争神。乃共掷剑于石，约能中者，奉以为君。巴氏子务相，乃独中之。众皆叹。又各令乘土船，雕文画之，而浮水中，约能浮者，当以为君。余姓悉沉，惟务相独浮，因共立之，是为廪君。乃乘土船从夷水至盐阳。盐水有神女谓廪君曰：'此地广大，鱼盐所出，愿留共居。'廪君不许。盐神暮辄来取宿，旦即化为飞虫，与诸虫群飞，掩蔽日光。天地晦冥，积十余日，廪君不知东西所向，七日七夜。使人操青缕以遗盐神，曰：'缨此即相宜，云与女俱生，宜将去。'盐神受而缨之。廪君即立阳石上，应青缕而射之，中盐神。盐神死，天乃大开。"《晋书·李特载记》："廪君复乘土船，下及夷城，夷城石岸曲，泉水亦曲。廪君望如穴状，叹曰：'我新从穴中出，今又入此，奈何！'岸即为崩，广三丈余，而阶陛相乘，廪君登之。岸上有平石，方一丈，长五尺。廪君休其上，投策计算，皆著石焉。因立城其旁而居之，其后种类遂繁。"按《山海经·海内经》所记之"巴人"，当即《世本》之"巴氏"，廪君为太昊伏羲之裔，应无疑。《路史》作者罗泌及《世本》校辑者之一雷学淇均有类似意见。又《太平寰宇记》卷一四七引《世本》记廪君掷剑事云："廪君五姓皆往登呼，躡穴屋，以剑刺之，剑不能著，独廪君剑著而悬于穴屋。"尤能得其情态，可作廪君神话之补充。

燧人氏 《太平御览》卷八六九引《王子年拾遗记》："申弥国去都万里。有燧明国，不识四时昼夜。其人不死，厌世则升天。国有火树，名燧木，屈盘万顷（'顷'原作'识'，据同书卷七八引改），云雾出于中间。折枝相钻，则火出矣。后世圣人变腥臊之味，游日月之外，以食救万物，乃至南垂。目此树表，有鸟若鹗，以口啄树，粲然火出。圣人感焉（'感'原作'成'，据同书卷七八引改），因取小枝以钻火，号燧人氏。"此乃关于燧人氏之神话。《太平御览》卷七八引《礼含文嘉》云："燧人始钻木取火，炮生为熟，令人无腹疾，有异于禽兽，遂天之意，故为燧人。"《艺文类聚》卷八七引《九州论》云："燧人氏夏取枣杏之火。"此则为燧人氏之传说。

燧明国 见"燧人氏"。

羲和 ❶帝俊妻。《山海经·大荒南经》:"东海之外(原作'东南海之外','南'字衍,从《北堂书钞》、《太平御览》引删),甘水之间,有羲和之国。有女子名曰羲和,方浴日(原作'日浴',从宋本、吴宽抄本改)于甘渊。羲和者,帝俊之妻,生十日。"此生日之羲和,传又为日御。《楚辞·离骚》:"吾令羲和弭节兮。"洪兴祖补注云:"日乘车驾以六龙,羲和御之。"《初学记》卷一引《淮南子》云:"爰止羲和,爰息六螭(今本《淮南子·天文训》作'爰止其女,爰息其马',非),是谓悬车。"又《洞冥记》卷四云:"东北有地日之草,西南有春生之草……羲和欲驭,以手掩乌目,不听下也。食草能不老,他鸟兽食此草,则美闷不能动矣。"至于《书·尧典》"乃命羲和,敬授人时",《世本·作篇》"羲和作占日"等,则均神话之历史化。参见"常羲"(292页)。❷主日月之神。《山海经·大荒南经》郭璞注:"羲和盖天地始生,主日月者也。故《归藏·启筮》曰:'空桑之苍苍,八极之既张,乃有夫羲和,是主日月,职出入,以为晦明。'又曰:'瞻彼上天,一明一晦,有夫羲和之子,出于旸谷。'"

羲皇 即"伏羲"。见"禹凿龙门"(237页)。

羲和国 《山海经·大荒南经》:"东海之外(原作'东南海之外','南'字衍,从《北堂书钞》、《太平御览》引删),甘水之间,有羲和之国。"

〔一〕

缴父 即"赤将子舆"(163页)。

彊木 彊一作强。《神异经·东荒经》:"东海沧浪之洲,生彊木焉,洲人多用作舟楫。其木方一寸,可载百许斤。纵石镇之,不能没。"《渊鉴类函·木部六》引《汇苑详注》云:"强木,不沈木也,以之造船,木方一寸,以百斤巨石缒之,终不没。"

彊良 《山海经·大荒北经》:"大荒之中,有山名曰北极天柜……有神衔蛇操蛇,其状虎首人身,四蹄长肘,名曰彊良。"郝懿行云:"《后汉书·礼仪志》说十二神云:'强梁、祖明共食磔死寄生。'疑强梁即彊良,古字通也。"参见"十二神"(4页)。

彊良

十七画

〔一〕

翳鸟 《山海经·海内经》："北海之内,有蛇山者,蛇水出焉,东入于海。有五采之鸟,飞蔽

翳鸟

一乡,名曰翳鸟。"郭璞注："凤属也。《离骚》曰:'驷玉虬而乘翳。'"又《楚辞·离骚》作鹥,王逸注："凤皇别名也。"《太平御览》卷九二七引《神异经》云："天鸡,一名鹥。"是翳鸟又有*天鸡之名。参见"凤皇"(76页)。

磻溪 北魏郦道元《水经注·渭水》："渭水之右,磻溪水注之。……溪中有泉,谓之兹泉。泉水潭积,自成渊渚……石壁深高,幽隍邃密,林障秀阻,人迹罕交。东南隅有一石室,盖太公所居也。水次平石钓处,即太公垂钓之所也。其投竿跽饵,两膝遗迹犹存,是磻溪之称也。其水清泠神异。"参见"姜太公"(240页)。

藏珠鸟 晋王嘉《拾遗记》卷十："瀛洲……有鸟如凤,身绀翼丹,名曰藏珠。每鸣翔而吐珠累斛,仙人常以其珠饰仙裳,盖轻而耀于日月也。"

辕辕山 清马骕《绎史》卷十二引《随巢子》："禹娶涂山,治鸿水,通轘辕山,化为熊。"唐李吉甫《元和郡县志》卷五："轘辕山在(缑氏)县东南四十六里……有轘辕关,道路险隘,凡十二曲,将去复还,故曰轘辕。"参见"涂山氏"(274页)。

藐姑射山 即"姑射山"。《庄子·逍遥游》："藐姑射之山,有神人居焉。"释文："藐,音邈,简文云:'远也。'"参见"姑射国"(216页)。

鞠陵于天 *日月所出山之一。《山海经·大荒东经》："大荒之中,有山名曰鞠陵于天、东极、离瞀,日月所出。"

鞬鞮毛人 《玉函山房辑佚书》辑《田俅子》："少昊氏都于曲阜,鞬鞮毛人献其羽裘。"

〔丨〕

蹑空草 《洞冥记》卷三："种火之山……有掌中芥,叶如松子。取其子置掌中,吹之而生。一吹长一尺,至三尺而止。然后可移于地上。若不经掌中吹者,则不生也。食之能空中孤立,足不蹑地。亦名蹑空草。"

壑明俊疾 *日月所出山之一。《山海经·大荒东经》："东荒之中,有山名曰壑明俊疾,日月所出。"

蟃蜒 《文选·子虚赋》："其下则有白虎黑豹,蟃蜒貙犴。"郭璞注："蟃蜒,大兽,似狸,长百寻。"亦作"獌狿"。《史记·司马相如列传》于上二句下多"兕象野犀、穷奇獌狿"二句。獌狿即蟃蜒。《广韵》云:"獌狿,大兽名,长八尺。"

螺女庙 《锦绣万花谷》前集卷五引《坡诗注》："谢端钓于江上,获巨螺,置之于家,每归则饮食盈桉。潜候之,有女子具馔于室,执而询之。女曰:'我乃螺女,水神,天帝悯

君之孤,遗为具食。我亦当去。'乃留空螺,曰:'君有所求,取之于螺。'出门不见。后端乏食,探螺皆如意。传数世犹在。故有螺女洲、螺女庙,在虔州东南。"参见"白水素女"(112页)。

〔丿〕

谿边 《山海经·西山经》:"天帝之山,上多棕楠,下多菅蕙。有兽焉,其状如狗,名曰谿边,席其皮者不蛊。"

鳎鱼 《山海经·东次四经》:"子桐之山,子桐之水出焉,而西流注于余如之泽。其中多鳎鱼,其状如鱼而鸟翼,出入有光,其音如鸳鸯,见则天下大旱。"

鳎鱼

䱻鱼 人鱼之属。《山海经·中次七经》:"少室之山……休水出焉,而北流注于洛。其中多䱻鱼,状如盩蜼('盩'原作'盭',据王念孙、郝懿行校改;盩,狄蜼也)而长距,足白而对,食者无蛊疾,可以御兵。"

鳐鱼 《山海经·西次四经》:"鸟鼠同穴之山……渭水出焉,而东流注于河。其中多鳐鱼,其状如鳣鱼,动则其邑有大兵。"

魌头 可怖之假面具。《周礼·夏官·方相氏》"方相氏掌蒙熊皮"郑玄注:"冒熊皮者,以惊驱疫疠之鬼,如今魌头也。"孙诒让正义:"案魌正字当作倛。《慎子》曰:'毛嫱、西施天下之至美也,衣之以皮倛,见之者皆走也。'盖周时谓方相所蒙熊皮黄金四目为皮倛,汉魌头,即周之皮倛。"参见"方相氏"(81页)。

魍魉 一作"蜩蛧"。《文选·张衡〈西京赋〉》:"螭魅魍魉,莫能逢旃。"

魍魉鬼 颛顼子。见"小儿鬼"(31页)。

〔丶〕

羬 《山海经·南次二经》:"洵山,其阳多金,其阴多玉。有兽焉,其状如羊而无口,不可杀也,其名曰羬。"郝懿行云:"不可杀,言不能死也,无口不食,而自生活。"

羬

蹇龙 见"神宣驿"(249页)。

十八画以上

〔一〕

蠒 见"蛩蛩距虚"(307页)、"比肩兽"(42页)。

擘 即"敫手"(315页)。

𪖈 《山海经·中山经》："甘枣之山……有兽焉,其状如獃鼠而文题(郭璞注:獃鼠所未详,音冘,字亦或作冘),其名曰𪖈(郭璞注:音那),食之已瘿。"

𪖈

瞽瞍 舜父。《史记·五帝本纪》："虞舜者,名曰重华。重华父曰瞽瞍……瞽瞍盲而舜母死,瞽瞍更娶妻而生象。象傲。瞽瞍爱后妻子,常欲杀舜。"又《吕氏春秋·古乐》云:"帝尧立……瞽瞍乃拌五弦之瑟,作以为十五弦之瑟,命之曰《大章》,以祭上帝。舜立,命延乃拌瞽瞍之所为瑟,益之八弦,以为二十三弦之瑟。"则瞽瞍者,盖尧之乐官。

壤父 晋皇甫谧《高士传》:"壤父者,尧时人也。帝尧之世,天下大和,百姓无事,壤父年八十余而击壤于道中。观者曰:'大哉,帝之德也!'壤父曰:'吾日出而作,日入而息,凿井而饮,耕田而食,帝德何有于我哉?'"《太平御览》卷七五五引《释名》云:"击壤,野老之戏也。"又引《艺经》云:"壤以木为之,前广后锐,长尺四,阔三寸。将戏,先侧一壤于地,遥于三四十步以手中壤敲之,中者为上。"

櫰木 《山海经·西次四经》:"中曲之山……有木焉,其状如棠,而员叶赤实,实大如木瓜,名曰櫰木,食之多力。"

醴泉 《史记·大宛列传》引《禹本纪》:"昆仑其高二千五百余里……其上有醴泉。"《山海经·海内西经》云:"(昆仑开明北有)甘水。"郭璞注:"即醴泉也。"参见"甘水"(93页)。

听𧝓 炎帝妻。《山海经·海内经》:"炎帝之妻,赤水之子听𧝓生炎居,炎居生节并,节并生戏器,戏器生祝融。祝融降处于江水,生共工。共工生术器,术器首方颠,是复土穰,以处江水。共工生后土,后土生噎鸣,噎鸣生岁十有二。"

攫𧻗 黄帝臣。《淮南子·人间训》:"黄帝亡其玄珠,使离朱、攫𧻗索之,而弗能得之也,于是使忽恍而后能得之。"高诱注:"离朱明目,见物捷疾,攫𧻗善于搏拾物,二人皆黄帝臣也。"按攫𧻗原作捷𧻗,讹,从王念孙校改。参见"黄帝遗玄珠"(289页)。

覆釜山 ❶《太平御览》卷四七引《郡国志》:"台州覆釜山,云夏帝登此得龙符处。有巨迹,云是夸父逐日之所践。"参见"夸父❶"(123页)。❷汉赵晔《吴越春秋·越王无余外传》:"禹梦玄夷苍水使者……故倚歌覆釜之山。"注:"《舆地志》:'会稽山有石,状如覆鬴,谓之覆鬴山,一名釜山。鬴亦作釜。'"按据此,则覆釜山乃*会稽山之一峰。

覆船山 《太平御览》卷四四引《十道录》:"覆船山。尧遭洪水,维舟树下,船因覆焉。"参见"尧洪水"(125页)。

藻玉 《山海经·西次二经》:"泰冒之山……

浴水出焉，东流注于河，其中多藻玉。"郭璞注：" 藻玉，玉有符彩者。"此藻玉，古用为祀神之物。《中次七经》：" 婴用一藻玉瘗。"《北次三经》：" 其祠之皆用一藻茞瘗之。"藻茞亦藻玉，字之讹。

藻兼 《古小说钩沈》辑《幽明录》：" 汉武帝与群臣宴于未央……梁上见一老翁，长八九寸，面见颊皱，须发皓白……仰头视屋，俯指帝脚，忽然不见。帝骇愕不知何等。乃曰：'东方朔必识之。'于是召方朔以告。朔曰：'其名为藻兼，水木之精也。夏巢幽林，冬潜深河，陛下顷日频兴造宫室，斩伐其居，故来诉耳。仰头看屋，而俯视陛下脚者，足也，愿陛下宫室足于此也。'帝感之，既而息役。幸瓠子河，闻水底有弦歌之声。前梁上翁与少年数人，绛衣素带，缨佩甚鲜，皆长八九寸，有一人，长尺余，凌波而出。……(老翁)献帝一紫螺壳……帝问曰：'朕暗无以识此物。'曰：'东方生知之耳！'帝曰：'可更以珍异见贻。'老翁顾命，取洞穴之宝。一人受命，下没渊底，倏忽还到，得一大珠，径数寸，明耀绝世，帝甚爱玩。翁等忽然而隐。帝问朔：'紫螺壳中何物？'朔曰：'是蛟龙髓，以傅面，令人好颜色。'……又曰：'何以此珠名洞穴珠？'朔曰：'河底有一穴，深数百丈，中有赤蚌，蚌生珠，故以名焉。'帝既深叹此事，又服朔之奇识。"又此藻兼《述异记》卷下亦记之，无紫螺壳等事。

霹雳车 唐段成式《酉阳杂俎·雷》：" 介休县百姓送解牒，夜止晋祠宇下。夜半有人叩门，云：'介休王暂借霹雳车，某日至介休收麦。'良久有人应曰：'大王传语，霹雳车正忙，不及借。'其人再三借之，遂见五六人秉烛自庙后出，介休使者亦自门骑而入。数人共持一物，如幢扛，上环缀旗幡，授与骑者，曰：'可点领。'骑者即数其幡，凡十八叶，每叶有光如电起。百姓遂遍报邻村，令速收麦，将有大风雨。村人悉不信，乃自收刈。至其日，百姓率亲情，据高阜候天色。及午，介山上有黑云，气如窑烟，斯须蔽天，注雨如绠，风吼雷震，凡损麦千余顷。"参见" 雷车"(330页)。

霹雳尖 《太平御览》卷七九七引《玄中记》：" 玉门之西南，羌之东，有一国，五六百户，无他事役。国中有山，山上有祠庙。国人每岁出石尖数千枚，输于庙中，名霹雳尖，以给霹雳所用。从春雷出而尖日减，至秋尖尽。"参见" 雷公磨霹雳"(332页)。

〔丨〕

嚻 ❶兽名。《山海经·西山经》：" 羭次之山……有兽焉，其状如禺，而长臂善投，其名曰嚻。"郭璞注：" 亦在畏兽画中，似猕猴投掷也。"参见" 山猤"(27页)。❷异鸟名。《山海经·北次二经》：" 梁渠之山，无草木，多金玉。脩水出焉，而东流注于雁门，其兽多居暨，其状如汇而赤毛，其音如豚。有鸟焉，其状如夸父，四翼一目犬尾，名曰嚻，其音如鹊，食之已腹痛，可以止衕。"

嚻❷

鶌 《山海经·西山经》：" 翠山……其鸟多鶌(原作'鷸'，从王念孙、毕沅、郝懿行校改)，其状如鹊，赤黑而两首四足，可以御火。"

鶌

瞿如 《山海经·南次三经》：" 祷过之山

瞿如

……有鸟焉,其状如鸮而白首,三足,人面,其名曰瞿如,其鸣自号也。"

饕餮 《神异经·西南荒经》:"西南方有人焉,身多毛,头上戴豕。贪如狼恶,积财而不用,

饕餮纹 西周青铜器纹饰

善夺人谷物(上二句原作'好自积财,而不食人谷',据《史记·五帝本纪》正义引改)。强者夺老弱者,畏群而击单,名曰饕餮。《春秋》言饕餮者,缙云氏之不才子也。"《左传·文公十八年》云:"缙云氏有不才子,贪于饮食,冒于货贿,侵欲崇侈,不可盈厌;聚敛积实,不知纪极;不分孤寡,不恤穷匮。天下之民以比三凶,谓之饕餮。"《神异经》所谓《春秋》言",即此。《吕氏春秋·先识》云:"周鼎著饕餮,有首无身,食人未咽,害及其身。"宋罗泌《路史·蚩尤传》注云:"蚩尤天符之神,状类不常,三代彝器,多著蚩尤之像,为贪虐者之戒。其像率为兽形,傅以肉翅。"揆其所说,殆亦饕餮。《左传》谓饕餮是"缙云氏不才子",而《史记·五帝本纪》集解引贾玄曰:"缙云氏,姜姓也,炎帝之苗裔,当黄帝时在缙云之官也。"蚩尤姜姓,亦炎帝之苗裔(《路史·蚩尤传》),故蚩尤颇可能即此缙云氏之"不才子"饕餮。又《山海经·北次二经》所记"狍鸮",郭璞注以为即《左传》之饕餮。参见"狍鸮"(199页)。

鹠鸟 《山海经·大荒西经》:"有青鸟,身黄,赤足,六首,名曰鹠鸟。"郭璞注:"音触。"又《海内西经》

鹠鸟

云:"开明南有树鸟,六首。"疑即此鸟。

鹦鸮 《山海经·中次十经》:"又原之山,其阳多青䨼,其阴多铁,其鸟多鹦鸮。"郭璞注:"鸲鹆也。《传》曰:'鸲鹆来巢。'音翟。"按此鸟《中次十一经》衡山亦有之。今俗名八哥。

鼍 一作"鱓"。《山海经·中次九经》:"岷山,江水出焉,东北流注于海,其中多良龟,多鼍。"郭璞注:

鼍

"似蜥蜴,大者长二丈,有鳞彩,皮可以冒鼓。"

鼍浦 《太平寰宇记》卷一〇五:"鼍浦在(当涂)县南一里三百五十步。李聿任歙州刺史,为此浦有鼍魅,领聿妻子往新安郡就任,幽聿本身于潭中。三年,聿从潭出,往寻妻子,妻子不复识。乃往山东学法,后斩其鼍魅,妻子乃识之。"《太平广记》卷四七〇引唐李冗《独异记》(今本无)所记李鹠事一条,即此李聿事之异文。参见"江鼍冒官"(144页)。

蟾蜍 *月精。亦作"蟾蠩"、"詹诸"。《太平御览》卷四引《春秋纬演孔图》:"蟾蜍,月精也。"《淮南子·说林训》云:"月照天下,蚀于詹诸。"唐李白《古风》诗云:"蟾蜍薄太清,蚀此瑶台月;圆光亏中天,金魄遂沦没。"则此物亦为食月之凶物。

蟠木 《十洲记》:"东海度朔山,上有大桃树,蟠屈三千里,名曰蟠木。"参见"蟠桃"。

蟠龙 《太平御览》卷

蟠蜍 汉代石棺画像

九三〇引《沈怀远南越志》:"蟠龙,身长四丈,青黑色,赤带如锦文,常随水而下,入于海。有毒,伤人即死。"

蟠桃 谓*仙桃。宋王铚《云仙杂记》卷八:"西王母居龙月城,城中产黄中李。花开则三影,结实则九影,花实上皆有'黄中'二字。王母惜之过于蟠桃。"按此为蟠桃一词见诸载籍较早者。汉王充《论衡·订鬼》引《山海经》(今本无)云:"沧海之中,有度朔之山,上有大桃木,其屈蟠三千里。"蟠桃一名或由此而起。至其与西王母之关系,则见于《汉武故事》、《汉武帝内传》等书,《汉武帝内传》略云:七月七日,西王母降,以仙桃四颗与帝。帝食,辄收其核,欲种之。母曰:"此桃三千年一生实,中夏地薄,种之不生。"帝乃止。此后,好事者遂谓为王母蟠桃,且造作以实之。明王世贞《宛委余编》云:"洪武时出元内库所藏蟠桃核,长五寸,广四寸五分,前刻'西王母赐汉武桃宣和殿'十字。"元明杂剧多有以蟠桃庆寿为题材者,如元无名氏有《宴瑶池王母蟠桃会》、明朱有燉有《群仙庆寿蟠桃会》等。小说则宋人《大唐三藏取经诗话》已有蟠桃树及猴行者偷蟠桃之叙写,明吴承恩《西游记》因之而状写益工。

骧头 《山海经·大荒南经》:"大荒之中,有人名曰骧头。鲧妻士敬,士敬子曰炎融,生骧头。"《大荒北经》:"颛顼生骧头。"云"颛顼生"或"鲧……生"者,乃神话传说之歧出。

骧头国 即"讙头国"(373页)。

骧兜国 即"讙头国"(373页)。

〔丿〕

鵕鸟 见"鸾鸟"(297页)。

魑魅 《通典·乐典》:"蚩尤氏帅魑魅,以与黄帝战于涿鹿,帝命吹角作龙吟以御之。"《史记·五帝本纪》索隐引服虔云:"魑魅,人面兽身,四足,好惑人。"即此。参见"罔两"(193页)。

蠭门 即"逢蒙"(265页)。

鯈鱼 《山海经·北山经》:"带水……彭水出焉,而西流注于芘湖之水。其中多鯈鱼,其状如鸡而赤毛,三尾六足四目('目'原作'首',据王念孙、郝懿行校改),其音如鹊,食之可以已忧。"

鼹鼠 鼹亦作偃。南朝梁萧绎《金楼子》卷五:"晋宁县境内出大鼠,状如牛,土人谓之鼹鼠。天时将灾,则从山出游畎亩,散落其毛,悉成小鼠,尽耗五稼。"《庄子·逍遥游》:"偃鼠饮河,不过满腹。"成玄英疏:"偃鼠,形大小如牛,赤黑色,獐脚,脚有三甲,耳似象耳,尾端白,好入河饮水。"即此。

鯈鱼 《山海经·中次七经》:"半石之山……合水出于其阴,而北流注于洛。多鯈鱼,状如鳜,居迣,苍文赤尾,食者不痈,可以为瘘。"

䑛疏 《山海经·北山经》:"带山……有兽焉,其状如马,一角有错,其名曰䑛疏,可以辟火。"

䑛疏

鳛鱼 《山海经·北山经》:"狱法之山,灍泽之水出焉,而东北流注于泰泽。其中多鳛鱼,其状如鲤而鸡足,食之已疣。"

鳛鱼

鲻鲻鱼 《山海经·东山经》:"楸蛊之山,北临乾昧。食水出焉,而东北流注于海。其中多鲻鲻之鱼,其状如犁牛,其音如彘鸣。"郝懿行云:"《艺文类聚》卷九引《博物志》云:'东海中有牛鱼,其形如牛,剥其皮悬之,潮水至则毛起,潮去则伏。'即是鱼也。"参见"牛鱼"(68页)。

鳛鳛鱼 《山海经·北山经》:"涿光之山,嚣水出焉,而西流注于河。其中多鳛鳛之鱼,其状如鹊而十翼,鳞皆在羽端。其音如鹊,可以御火,食之不瘅。"

鳛鳛鱼

鳝溪 明陈仁锡《潜确类书》卷三一:"鳝溪,在福建福州府侯官县大乘寺南。峡有二潭,下潭广六丈,深不测,距上潭五里。汉闽越王郢时,有大鳝长三丈,为民害。郢之第三子曰白马三郎者,射中之,鳝缠以尾,三郎人马与鳝俱死,邑人立庙祀之。"

鳡鱼 《山海经·东山经》:"番条之山,无草木,多沙。減水出焉,北流注于海,其中多鳡鱼。"郭璞注:"一名黄颊,音感。"

〔丶〕

蛊围 《山海经·中次八经》:"骄山……神蛊围处之,其状如人('人'下原有'面'字,从王念孙、郝懿行校删),羊角虎爪,恒游于睢漳之渊,出入有光。"

蛊围

赣巨人 《山海经·海内经》:"南方有赣巨人,人面长唇,黑身有毛,反踵,见人则笑,唇蔽其面,因可逃也(内数字与今本异,据王念孙、郝懿行校改)。"按此即《海内南经》枭阳。参见"枭阳国"(200页)。

赢鱼 《山海经·西次四经》:"邽山……蒙水出焉,南流注于洋水。其中多黄贝、赢鱼,鱼身而鸟翼,音如鸳鸯,见则其邑大水。"

赢鱼

瀛洲 ❶神山名。《史记·封禅书》:"蓬莱、方丈、瀛洲,此三神山者,其传在渤海中,去人不远。"参见"三神山"。❷洲名。《十洲记》:"瀛洲在东海中,地方四千里……上生神芝仙草。又有玉石,高且千丈。出泉如酒,味甘,名之为玉醴泉,饮之数升辄醉,令人长生。洲上多仙家,风俗似吴人,山川如中国也。"此瀛洲亦当是神山瀛洲传说之演变。

麟 亦作"麐"。即麒麟。《尔雅·释兽》:"麐,麇身,牛尾,一角。"郝懿行义疏:"麐,经典通作麟。"

麒麟 汉许慎《说文》十:"麒,仁兽也,麋身牛尾一角;麐(麟),牝麒也。"段玉裁注云:"状如麇,一角,戴肉,设武备而不为害,所以为仁也。……按何法《徵祥记》:'麒麟者,牡曰麒,牝曰麟。'……许云仁兽,用公羊说,以其不履生虫,不折生草也。"

麒麟

古麒麟或简言麟,咸以为祥瑞之物。《礼记·礼运》:"山出器车,河出马图,凤皇麒麟,皆在郊棷。"又:"麟凤龟龙,谓之四灵。"参见"一角兽"(1页)。

麕 《山海经·中次四经》:"扶猪之山,其上多礵石。有兽焉,其状如貉而人目,其名曰麕。"郭璞注:"音银,或作麋。"按据郭注,麕盖鹿属之兽。

麖 《山海经·中次五经》:"尸山,多苍玉,其兽多麖。"郭璞注："似鹿而小，黑色。"郝懿行云："《尔雅·释兽》云：'麢，大麃，牛尾一角。'《说文》（十）云：'麢或作麠。'是麖当似鹿而大，郭云小，疑误。"

釐鏊鉅 *日月所入山之一。《山海经·大荒西经》："大荒之中，有山名釐鏊鉅，日月所入者。"

麢羊 《山海经·西次二经》："大次之山……其兽多㸲牛、麢羊。"按麢一作羚，即羚羊。

鳖灵 见"杜宇"（158页）。

鳖封 即"并封"、"屏蓬"。《周书·王会》："区阳以鳖封。鳖封者，若彘，前后有首。"

鳖灵迹 宋王象之《舆地纪胜》卷一六四："鳖灵迹，在金堂峡南岸，去（怀安）军二十余里。石门有巨迹，长三四尺，旁大刻'鳖灵迹'三字。"

灌灌 《山海经·南山经》："青丘之山……有鸟焉，其状如鸠，其音若呵，名曰灌灌，佩之不惑。"郭璞云："或作濩濩。"

灌口二郎 神名。❶李冰子*二郎。❷隋*赵昱。❸*杨戬。

夔 ❶《山海经·大荒东经》："东海中有流波山，入海七千里。其上有兽，状如牛，苍身而无角，一足，出入水则必风雨。其光如日月，其声如雷，其名曰夔。黄帝得之，以其皮为鼓，橛以雷兽之骨，声闻五百里，以威天下。"郭璞注："雷兽，即雷神也，人面龙身，鼓其腹者。"夔之神话，亦黄帝与蚩尤战争神话之一节。清马骕《绎史》卷五引《黄帝内传》云："黄帝伐蚩尤，玄女为帝制夔牛鼓八十面，一震五百里，连震三千八百里。"吴任臣注《山海经·大荒北经》引《广成子传》云："蚩尤铜头啖石，飞空走险，以

夔❶

馗牛皮为鼓，九击而止之，尤不能飞走，遂杀之。"即其事。夔之形貌，尚有"如龙一足"（《说文》）、"如龙有角"（《文选·东京赋》薛综注）、"状如鼓一足"（《法苑珠林》卷五八引《白泽图》）者；而韦昭注《国语·鲁语》则云："夔一足，越人谓之山缲（獠），人面猴身能言。"则亦为异闻。此猴形之夔，至唐代遂演变为禹治水锁系之*无支祁。❷尧、舜之臣。《书·舜典》："帝（舜）曰：'夔，命汝典乐，教胄子……'夔曰：'于予击石拊石，百兽率舞。'"《吕氏春秋·古乐》："帝尧立，乃命夔（原作'质'，据洪颐煊、孙诒让说改，下同）为乐，夔乃效山林溪谷之音，拊石击石，以象上帝玉磬之音，以致舞百兽。……（舜立）乃令夔修《九招》、《六列》、《六英》，以明帝德。"按此尧、舜之臣夔，亦神话东海流波山夔之演变；"击石拊石，百兽率舞"，犹有神话演变之迹。

夔牛 ❶《山海经·中次九经》："岷山……其兽多犀象，多夔牛。"郭璞注："今蜀山中有大牛，重数千斤，名为夔牛。晋太兴元年此牛出上庸郡，人弩射杀之（'之'字原无，据毕沅校本补），得三十八担肉，即《尔雅·释畜》所谓魏（今本《尔雅》作'犩'）。"❷即"夔"。

夔牛

谨 《山海经·西次三经》："翼望之山……有兽焉，其状如狸，一目而三尾，名曰谨，其音如夺百声，是可以御凶，服之已瘅。"郭璞注："言其

谨

能作百种物声也。或曰，橐百，物名，亦所未详。"

讙头国 一作"讙兜国"。《山海经·海外南经》："讙头国在其南，其为人，人面有翼，鸟喙，方捕鱼。一曰在毕方东。或曰讙朱国。"郭璞注："讙兜，尧臣，有罪，自投南海而死。帝怜之，使其子居南海而祀之。画亦似仙人也。"讙头、讙朱或讙兜，乃尧子*丹朱之异名；讙头国或讙朱国，实当作

讙头国

"丹朱国"，乃丹朱后裔相聚而成国者。《大荒南经》云："大荒之中，有人名曰讙头。鲧妻士敬，士敬子曰炎融，生讙头。讙头人面鸟喙有翼，食海中鱼，杖翼而行。维宜芑苣，穋杨是食。有讙头之国。"此为讙头国之异文。云讙头是鲧之孙者，盖神话传说之歧出。又《博物志·外国》云："讙兜国……民常捕(鱼)海岛中，人面鸟☐(文献疑脱字，编者注)(喙)。去南国万六千里。尽似仙人也。"则又为其异闻。

讙朱国 即"讙头国"。

参考词目

二画

十兄弟 《中国民间故事集》载《水推长城》略云，一婆姨生十子：顺风耳、千里眼、大力士、钢头、铁骨、长腿、大头、大足、大嘴、大眼。十兄弟方锄地，顺风耳忽闻哭声，命千里眼瞭望，云秦始皇修长城，役夫饥，故哭。大力士奋起代役，半日毕功。始皇惧其作乱，欲杀之。钢头往代，刀斫不入，损刀数十。复笞以棍，铁骨来替，折数十棍。欲投大海，易以长腿，水仅没胫。乐而捕鱼，得数十斤，愁无放处。幸大头来，盛以草帽，仅容半帽。共负还家，谋烹食鱼，而缺柴禾。大足挑一刺出，乃一大椿，足供炊爨。顷之鱼熟，大嘴尝鱼，一噙而尽，未填牙缝。大眼气哭，泪浪滔滔，汇成江河，推走长城，兼及始皇，悉入海中。参见"千里眼顺风耳"（379页）。

七星岩 《民俗》一九三六年复刊号《高要的几桩地方传说》略云：秦始皇修万里长城，驱鬼神鞭石为助。然鞭石工作，须夜晚为之，天明即自然弃置。时有鬼神正鞭石七枚，行至肇庆地，村鸡忽鸣，鬼神乃隐。石遗于此，列如七星，因名之曰七星岩。其驱石之神鞭即插海滨，谓在今广东肇庆江干塔内，参见"赶山鞭"（406页）。

二桃杀三士 《晏子春秋·内篇谏下第二》略云：公孙接、田开疆、古冶子事齐景公，以勇闻。晏子曰："此危国之器也，不若去之。"因请公使人少馈之二桃，曰："三子何不计功而食桃？"公孙接曰："不受桃，是无勇也。"援桃而起。田开疆亦援桃而起。古冶子曰："吾尝从君济于河，鼋衔左骖，以入砥柱之中流。当是时也，冶少不能游，潜行，逆流百步，顺流九里，得鼋而杀之，左操骖尾，右挈鼋头，鹤跃而出。津人皆曰：'河伯也！'视之，则大鼋之首也。若冶之功，亦可以食桃，而无与人同矣。"抽剑而起。公孙接、田开疆皆曰："吾勇不子若，功不子逮，取桃不让，是贪也；然而不死，无勇也。"皆反其桃，挈领而死。古冶子曰："二子死之，冶独生之，不仁。"亦反其桃，挈领而死。又《乐府诗集》卷四一诸葛亮《梁甫吟》云："一朝被谗言，二桃杀三士。谁能为此谋？国相齐晏子。唐李白《梁甫吟》诗："力拔南山三壮士，齐相杀之费二桃。"皆谓斯事。明冯梦龙《古今小说》第二十五卷"晏平仲二桃杀三士"亦演斯事。

八公山 北魏郦道元《水经注·肥水》："（肥水）北对八公山，山上有淮南王刘安庙。刘安，是汉高帝之孙，厉王长子也，折节下士，笃好儒学，养方术之徒数十人，皆为俊异焉。忽有八公，皆须眉皓素，诣门希见。门者曰：'吾王好长生，今先生无驻衰之术，未敢相闻。'八公咸变成童，王甚敬之。八士并能炼金化丹，出入无间。乃与安登山，薶金于地，白日升天。余药在器，鸡犬舐之者，俱得上升。其所升之处，践石皆陷，人马迹存焉。故山即以八公为目。"按淝水之战时，前秦苻坚登寿阳城望八公山草木，皆以为晋兵，即此山。据《凤阳府志·山川考》，八公为：苏飞、李尚、左吴、田由、雷被、毛被、伍被、晋昌八人。

人参　《太平御览》卷九九一引《异苑》："人参一名土精,生上党者佳,人形皆具,能作儿啼。昔有人掘之,始下数铧,便闻土中有呻声。寻音而取,果得一头,长二尺许,四体毕备,而发有损缺处,将是掘伤,所以呻也。"按今本《异苑》卷二亦记此说。"果得一头"作"果得人参",无"长二尺许"以下二十二字。

人参果　明吴承恩《西游记》第二十四回略云,万寿山五庄观有人参果,此果又名草还丹,"三千年一开花,三千年一结果,再三千年才得熟,短头一万年方得吃。似这万年,只结得三十个果子,果子的模样,就如三朝未满的小孩相似,四肢俱全,五官咸备。人若有缘得那果子闻一闻,就活三百六十岁;吃一个,就活四万七千年"。猪八戒、孙悟空等竟窃而食之。《述异记》卷上云:"大食王国,在西海中。有一方石,石上多树,干赤叶青,枝上总生小儿,长六七寸,见人皆笑,动其手足,头著树枝。使摘一枝,小儿便死。"人参果之说,当即本此。又《大唐三藏取经诗话·入王母之池第十一》已有王母蟠桃入池化为小儿,再化为乳枣,猴行者取以食法师,"后(法师)东归于唐朝,遂吐于西川,至今此地生人参是也"之说,知《西游记》五庄观事亦早有所传。

九仙山　《古今图书集成·职方典》卷一〇三三:"九仙山,在(福州)城东南隅……旧名于山,高百十五步,周回三百十步,以汉何仙兄弟九人得名,故名九仙。按九仙不载传记,相传本临川人,九人皆瞽,惟长者一目上竖独明。后相率炼丹,以饲湖中鲤。鲤尽化龙,九人各乘一去,今仙游县之九鲤湖是也。"参见"九鲤湖"。

九圣泉　徐旭生《中国古史的传说时代》略云:今宝鸡县城南有一村,名姜城堡。堡东里许有大庙名神农庙,庙前有泉曰九圣泉,俗传为神农皇帝洗三处。

九尾龟　明陆粲《庚巳编》卷十:"海宁百姓王屠与其子出行,遇渔父持巨龟,径可尺余。买龟系著柱下,将羹之。邻居有江右商人见之,告其邸翁,请以千钱赎焉。翁怪其厚。商曰:'此九尾龟,神物也。'……因偕往验之。商踏龟背,其尾之两旁,露小尾各四,便持钱乞王。王不肯,便烹作羹,父子共啖。是夕大水,自海中来,平地高三尺许,床榻尽浮,十余刻始退。及明午,翁怪王屠父子不起,坏户入视之,但见衣衾在床,父子都不知去向。人或云,害神龟,为水府摄去杀却也。"

九鲤湖　明陈仁锡《潜确类书》卷三二:"九鲤湖在兴化府仙游县东北万山中。……(汉何氏兄弟)九人炼丹于湖上,丹成以食鲤。鲤变而朱,其旁有翅,昂首喷沫,便招风雨,湖水为溢。一日,鲤数跃欲飞,九人各乘其一上升。后人建祠祀之。"参见"九仙山"。

九鹭香　宝物名。见"三宝太监"(378页)。

三画

万佛崖　清袁枚《子不语》卷十六"万佛崖"条:"康熙五十年,肃州合黎山顶,忽有人呼曰:'开不开?开不开?'如是数日,无人敢答。一日有牧童过,闻之,戏应声曰:'开!'顷刻訇然,风雷怒号,山石大开,中现一崖,有天生菩萨像数千,须眉宛然,至今人呼为万佛崖。"明李中馥《原李耳载》"石佛之异"条云:"阳曲北乡近山村落,农者闻山语云:'我要出去!'如是者数日。一人答:'出来罢!'忽山崩一角,若削成然,露石佛,自首至膝,端立无欹。村民聚观如堵。知向云'我出去'者,即此佛也。"亦万佛崖之类。

三士穷　琴曲名。汉蔡邕《琴操》卷下:"《三士穷》者，其思革子之所作也。其思革子、户文子、叔衍子三人相与为友，闻楚成王贤而好士，三人俱往见之。至于豪钦岩之间，卒逢飘风暴雨，相与俱伏于空柳之下，衣寒粮乏，度不能俱活。三人相视而叹，曰：'与其饥寒俱死也，岂若并衣粮于一人哉？'二子以革子为贤，推衣粮与之。革子曰：'生则同乐，死则共之。'固辞。二子曰：'吾自以相与为犹左右手也，左伤则右救之；右伤则左救之。子不我受，俱死，无名于世，不亦痛乎！'于是革子受之。二子遂冻饿而死。其思革子抱二子尸而埋，号天哭泣，揭衣粮而去。往见楚王。楚王知其贤者，于是旨酒嘉肴，设钟鼓而乐之。革子怆然有忧悲之色。楚王心动，怪而不悦。乃推樽罢乐，升琴而进之。其思革子援琴而鼓之，作相与别散之音。王曰：'子琴音何苦衷也？'革子推琴离席，长跪流涕而下对曰：'臣友三人；户文子、叔衍子，窃慕大王高义，欲俱来谒。至于磝碻钦岩之间，逢飘风暴雨，衣寒粮乏，度不能俱活。二子俱不以臣为不肖，推粮与臣，二子逢冻饿死。大王虽陈酒肴，设乐，诚不敢酣乐也。'王曰：'嗟乎！乃至是邪？'于是赐其思革子黄金百斤；命左右棺敛，收二子而葬。'以其思革子为相。故曰'三士穷'。"

三岛石 即"试剑石"（402页）。

三宝太监 清褚人穫《坚瓠七集》卷一"三保太监"条引《磩石剩谈》："三宝太监者，云南人也。相传下海时，一人忽癞，乃弃于岸侧。其人夜见大蛇下岸饮水，恐为所伤，削竹置所经处，蛇腹裂死。因饥，斫树为柴烹蛇而食，其柴每烟起则九鹭飞翔，遂藏之不焚，癞亦因食蛇愈。蛇溃，得珠数斛，中有夜明珠。后太监回，其人呼与共载。乃献夜明珠、九鹭香，并太监所得一宝，共为三宝云。"按三宝太监，谓明初宦官郑和，本称三保太监，其称"三宝"者，当是民间传说之讹。

大客 象名。南朝宋刘敬叔《异苑》卷三："始兴郡阳山县有人行田，忽遇一象，以鼻卷之，遥入深山。见一象脚有巨刺，此人牵挽得出。病者即起，相与蹢躅，状若欢喜。前象复载人就一污湿地，以鼻掘出数条长牙，送还本处。彼境田稼，常为象所困。其象俗呼为大客。因语云：'我田稼在此，恒为大客所犯，若念我者，勿复见侵。'便见蹢躅，若有驯解。于是一家业田，绝无其患。"又《旧小说·乙集三》辑唐戴君孚《广异记》"阆州莫徭"条记象报恩事，与此略同而多增饰，当即本此。

大理龙母 徐嘉瑞《大理古代文化史稿》略云：大理龙母本一贫女，住绿桃村，尝砍柴山中，见绿桃，摘而吞之。有娠，生子，弃之山间。后往觇之，儿已长大，以有巨蛇衔食哺之也。遂携归养之。儿年十二，常随母山间劳作，渴即饮龙潭之水。一日，觉水微温，儿曰："龙其病乎？"俄有巨人自潭中出，问其能治病否。儿曰："姑往试之。"水忽中分为两，墙壁与阶梯悉作水晶状。儿遂与巨人同下至龙宫，见龙王正呻吟于珠帘中。儿探怀中，出山间所拾药草献龙王，龙王服之，病立愈。赠以珠宝无数，儿俱却而不受，云愿多留龙宫数日，龙王允之。某日，偶见殿上有黄龙衣一袭，窃而试服之，忽电闪雷鸣，身已化为黄龙。龙王怒其不逊。适腾越黑龙盘据下关，大理洪水为患。龙王乃命往逐黑龙，立功赎罪。儿乃与黑龙大战于江峰寺，折其一角，并损其一目。黑龙败奔天生桥，冲开一穴，逃回腾越坎死凹，大理水患乃平。儿乃化为小蛇，乘绿草皮回临水亭；时天方曙，即止于此，为今洱海神祠。神遂长居于此，其母乃为龙母。年年春暮，绿桃村雨，即龙子归祝母寿之时。

大黑天神 明正德《云南通志》卷九："姚安府祠庙曰土主庙，其神曰大黑天神，土人春秋祀之。"按白族民间传说云：玉皇大帝不喜世间人类，派天神下地散布瘟疫，欲将人类殄灭无遗。天神领此酷旨，下至人间，见人民男耕女织，纯朴善良，不忍以瘟疫荼害其民，又无以复帝命。乃揭开瘟疫瓶口，以瓶中瘟疫悉种己身，又吞下所有瘟疫符咒，由是天神身脸全部变黑，因曰大黑天神。民感念之，奉为"本主"。此种故事，汉族古代民间传说中亦有之。《北游记》卷四"玉帝差使灭村人"略云：玉帝以斑竹村人作恶，遣土地往投药井中瘟死全村人。有卖豆腐老人雷琼知其事，攫药吞之，即时瘟死。四肢青黑。玉帝成其行，封之为威灵瘟元帅，"赦村人民"。

千年木 宋王象之《舆地纪胜》卷一八六："千年木。在武连县延福观，有一古木甚巨，常有二白羊往来其下，近之则不见。邑宰杨若安震尝劝农于此，寺僧言其事。杨曰：'三千年之树则有青羊，千年则有白羊，此其物也。'"

千里马 谓日行千里之骏马。《史记·赵世家》："缪王日驰千里马，攻徐偃王，大破之。"《燕丹子》卷下："（荆轲与太子）共乘千里马，轲曰：'闻千里马肝美。'太子即杀马进肝。"

千金方 唐段成式《酉阳杂俎·玉格》："孙思邈尝隐终南山，与宣律和尚相接，每来往互参宗旨。时大旱，西域僧请于昆明池结坛祈雨，诏有司备香灯。凡七日，缩水数尺。忽有老人夜诣宣律和尚求救，曰：'弟子昆明池龙也，无雨久，匪由弟子。胡僧利弟子脑，将为药，欺天子言祈雨，命在旦夕，乞和尚法力加护。'宣律辞曰：'贫道持律而已，可求孙先生。'老人因至思邈石室求救。孙谓曰：'我知昆明龙宫有仙方三千首，尔传与予，予将救汝。'老人曰：'此方上帝不许妄传，今急矣，固无所吝。'有顷，捧方而至。孙曰：'尔第还，无虑胡僧也。'自是池水忽涨，数日溢岸，胡僧羞恚而死。孙复著《千金方》三千卷，每卷入一方，人不得晓。"按《千金方》亦称《千金要方》，唐孙思邈著，今本九十三卷，原本三十卷。故事称龙献仙方三千首，孙著《千金方》三千卷者，千字盖十字之讹；或系神话传说之夸张。南唐沈汾《续仙传》又以为是孙思邈救小青蛇而获龙宫药方，说与此略不同；三千首正作三十首。

千里眼顺风耳 明吴承恩《西游记》第三回写孙悟空闹东海、搅地府，事闻玉帝，玉帝"宣众文武仙卿，问曰：'这妖猴是几年产育，何代出身，却就这般有道？'一言未已，班中闪出千里眼、顺风耳，道：'这猴乃三百年前天产石猴……'"云云，是二神之名见诸近代小说者（《封神传》第九十回亦写之，云系棋盘山轩辕庙内泥塑鬼使）。民间十兄弟故事之十兄弟中亦有千里眼、顺风耳名目。二名于古书竟无徵，惟《北史·杨逸传》云："（逸）改光州刺史……广设耳目，善恶毕闻。……咸言使君有千里眼，那可欺之。"然此亦仅寓其察之明远而已，而顺风耳竟无所闻。溯其原始，意者离娄（黄帝时明目人）目察秋毫之末，师旷（晋平公时乐师）耳听八风之音，或即古之千里眼、顺风耳。参见"十兄弟"(376页)。

乡傩神 《古今图书集成·职方典》卷一一八六引《蕲水县志》："乡傩神。旧云，高阳氏第三子殁而为神。蕲事傩甲于他方，有七十二家。俗云，天宝时兄弟三人，尚游侠，醉卧天津桥。元（玄）宗微行见之，戏令从侍。粉墨其面，觉而相视大笑，遂死。见梦于帝曰：'臣兄弟蒙帝赐粉墨，魂魄不归，无所凭依，乞臣何职？'帝曰：'今(令)汝为傩。每至春阳，巡行花柳，可乎？'因令县邑塑三人状，赐太尉。自是帝屡梦挟三人游。故今傩像：左右三太尉，中为唐明皇帝也。"

子贡 《文选·王文宪集序》李善注引《论语摘辅像》："子贡鼻高有异相。"汉王充《论衡·龙虚》："子贡灭须为妇人，人不知其状。"此言子贡之貌美。清马骕《绎史》卷八六注引《冲波传》："孔子去卫，适陈。涂中见二女采桑。子曰：'南枝窈窕北枝长。'答曰：'夫子在陈必绝粮。九曲明珠穿不得，著来问我采桑娘。'夫子至陈，大夫发兵围之，令穿九曲珠，乃释其厄。夫子不能。使回、赐返问之。其家谬言：'女出外。'以一瓜献二子。子贡曰：'瓜，子在内也。'女乃出，语曰：'用蜜涂珠，丝将系蚁，蚁将系丝，如不肯过，用烟熏之。'子依其言，乃能穿之。于是绝粮七日。"此言女心之智，子贡亦智也。汉刘向《列女传·阿谷处女》："阿谷处女者，阿谷之隧浣者也。孔子南游，过阿谷之隧，见处子佩璜而浣。孔子谓子贡曰：'彼浣者其可与言乎？'抽觞以授子贡，曰：'为之辞以观其志。'子贡曰：'我北鄙之人也，自北徂南，将欲之楚。逢天之暑，我思谭谭，愿乞一饮，以伏我心。'处子曰：'阿谷之隧，隐曲之地，其水一清一浊，流入于海，欲饮则饮，何问婢子？'授子贡觞，迎流而挹之，投而弃之；从流而洇之，满而溢之。跪置沙上，曰：'礼不亲受。'子贡还报其辞。孔子曰：'丘已知之矣。'抽琴去其轸，曰：'为之辞。'子贡往，曰：'向者闻子之言，穆如清风，不拂不寤，私复我心。有琴无轸，愿借子调其音。'处子曰：'我鄙野之人也，陋固无心，五音不知，安能调琴(情)！'子贡以报孔子。孔子曰：'丘已知之矣，过贤则宾。'抽绤絺五两，以授子贡，曰：'为之辞。'子贡往曰：'吾北鄙之人也，自北徂南，将欲之楚。有绤絺五两，非敢以当子之身也，愿往之水旁。'处子曰：'行客之人，嗟然永久。分其资财，弃于野鄙。妾年甚少，何敢受子。子不早命，窃有狂夫名之者矣。'子贡以告孔子。孔子曰：'丘已知之矣。斯妇人达于人情而知礼。'"此言处女之辩，子贡亦辩也。《吕氏春秋·必己》："孔子行道而息，马逸，食人之稼。野人取其马。子贡往说之，毕辞，野人不听。有鄙人始事孔子者，曰：'请往说之。'因谓野人曰：'子不耕于东海，吾不耕于西海也，吾马何得不食子之禾？'其野人大说，相谓曰：'说亦皆如此其辩也，独如向之人！'解马而与之。"则子贡之智与辩亦有时而穷也。参见"孔子"(385页)、"子路"。

子路 ❶清卢文弨《群书拾补》辑《风俗通逸文》："子路感雷精而生，尚刚好勇。"《孔子家语·子路初见》："子路见孔子。子曰：'汝何好乐？'对曰：'好长剑。'"《史记·仲尼弟子列传》："子路性鄙，好勇力，志伉直。冠雄鸡，佩豭豚，陵暴孔子。孔子设礼，稍诱子路，子路后儒服委质，因门人请为弟子。"晋干宝《搜神记》卷十九："孔子厄于陈，弦歌于馆中。夜有一人，长九尺余，著皂衣，高冠，大咤，声动左右。子贡进问：'何人耶？'便提子贡而挟之。子路引出，与战于庭。有顷，未胜。孔子察之，见其甲车间时时开如掌。孔子曰：'何不探其车，引而奋登？'子路引之，没手仆于地，乃是大鳀鱼也。子路烹之，其味滋。病者兴。明日，遂行。"晋张华《博物志》(《指海》本)卷八："子路与子贡过郑神社，社树有鸟，子路搏鸟，社神牵挛子路，子贡说之，乃止。"《古小说钩沈》辑《小说》："孔子尝游于山，使子路取水，逢虎于水所，与共战，揽尾得之，内怀中。取水还，问孔子曰：'上士杀虎如之何？'子曰：'上士杀虎持虎头。'又问曰：'中士杀虎如之何？'子曰：'中士杀虎持虎耳。'又问：'下士杀虎如之何？'子曰：'下士杀虎捉虎尾。'子路出尾弃之。因恚孔子，曰：'夫子知水所有虎，使我取水，是欲死我。'乃怀石盘，欲中孔子。又问：'上士杀人如之何？'子曰：'上士杀人使笔端。'又问：'中士杀人如之何？'子曰：'中士杀人用舌端。'又问：'下士杀人如之何？'子曰：'下士杀人怀石盘。'子路出而弃之，于是心服。"《论语·公冶长》："子曰：'道不行，乘桴浮于海，从我者其由与！'"参见"孔子"（385页）、"子贡"（380页）。❷熊名。南朝宋刘敬叔《异苑》卷三："熊无穴，或居大树孔中。东土呼熊为子路，以物击树云：'子路可起。'于是便下。不呼则不动也。"

马当山 明陈仁锡《潜确类书》卷十六："马当山，在东流（县），横枕大江中，多蛟蜃之怪，古今称为至险。舟人煎炙过之，必遭汹涌，急以一物投下，久而自息。开元中，王昌龄经此。先时市一量草履，并酒脯纸马之类，命舟人上山致祭。其口号云：'青骢一匹昆仑牵，奉上大王不取钱。直为狂风波里骤，莫怪昌龄不下船。'祭毕而过。当市草履时，兼市错刀子一副，贮履内，忘取出。至前程觅刀，乃知之。忽有赤鲤长三尺，跃入舟中。喜而烹之，错刀宛然。"

马当神 五代王定保《唐摭言》（《说库》本）："王勃……父福畤，官洪都。勃自汾省亲，舟次马当，阻风涛不得进。因泊庙下，登岸纵观。忽见一叟坐石矶上，须眉皓白，顾盼异常。遥谓勃曰：'少年子何来？明日重九，滕王阁有高会，若往会之，作为文词，足垂不朽矣。'勃笑曰：'此距洪都为程六七百里，岂一夕所能届耶？'叟曰：'兹乃中元水府，是吾所司。子若决行，吾当助汝。'勃方拱谢，忽失叟所在。依其言发舟，清风送帆，倏抵南昌，次旦入谒，果不爽期。"按滕王阁在南昌，咸亨二年（公元671年），阎伯屿为洪州牧，重修此阁成，九月九日，宴宾僚于阁上。欲夸其婿吴子章才，令宿构序。勃既与宴，阎请众宾序，至勃，不辞。阎恚甚，密令吏，得句即报，至"落霞与孤鹜齐飞，秋水共长天一色"二句，叹曰："此天才也。"是为《滕王阁序》。传说即得马当神之助。明冯梦龙《醒世恒言》卷四十"马当神风送滕王阁"，即演此事。又《博异志》亦记王昌龄自吴抵京国，舟行至马当山，祷于神，后得神假赤鲤送还金错刀子事：马当神固为唐人所艳称。

马跑泉 《录异记》卷七："青城县西北，去县三里，有老君观。观门东，上有一泉，号马跑泉。其泉水味甘，四时不绝，春夏如冰冷，秋冬即温。昔太上老君与天真皇人会真之所，其泉是老君所乘马跑成泉焉。"按文中"号马跑泉"原作"号为跑泉"，"老君所乘马"原作"老君所乘者马"，据明曹学佺《蜀中名胜记》卷六引删改。马跑泉之名，所在多有，仅据《古今图书集成·坤舆典》卷三二所载，即不下十数处：有山西省静乐县之马跑泉，云系唐太宗练兵于此马思水跑地而成泉；有赵城县范霍峪山顶之马跑泉，云系二郎神乘马过此所成泉，石上尚有马蹄迹及二郎听水所留半面迹；有陕西省秦州西南四十里之马跑泉，云系尉迟敬德与金牙战，士卒疲渴无水，敬德所乘马忽跑出泉，等等。

四画

云英 见"裴航遇云英"（416页）。

不借 草履别名。《瑯嬛记》卷上引《致虚阁杂俎》："昔有仙人凤子者，欲有所度，隐于农夫之中。一日大雨，有邻人来借草履。凤子曰：'他人草履则可借，我之草履乃不借者也。'其人怒詈之。凤子即以草履掷与，化为鹤飞去。故后世名草履为不借。"按晋崔豹《古今注》卷上云："不借，草履也。以其轻贱易得……不假借于人，故名不借。"此当不借之正解。

巨人指 清褚人穫《坚瓠余集》卷二："崇祯末，维亭袁某航海贸易，同伴八十余人，舟泊一沙渚，共登岸伐木供炊。行不百步，见一巨人卧于山麓，急欲避，而巨人忽起，舒两臂将六七十人拉拘一处。内一人脱出，坠石沟，巨人欲取，指不得入。寻摘一长藤，将众人右手摇破，联贯一串，悬于高树而去。顷复邀二巨人来，皆喧哗笑语。方欲及，而众已将腰间利刃割断奔逃。石罅中人亦出，急还舟，而初遇巨人已追及。遽伸右手攀船，船上人出巨刀断其食指，负痛不前，因得扬帆而遁。仅一节之半，秤之得十八斤。袁某与予细道其详如此。"

太白酒星 明陈仁锡《潜确类书》卷二引《唐逸史》："成都酒家，每有纱帽藜杖四人来饮，饮辄数斗，其言爱说孙思邈。明皇召思邈问之，曰：'此太白酒星，仙品绝高，每游人间饮酒，处处皆到，尤乐蜀郡。'"

无它 《说文》十三："它，虫也。从虫而长，象冤曲垂尾形。上古草居患它，故相问无它乎。"按它即古蛇字。上古草居，蛇之为患最烈，相问无它，即相问无蛇，咸以此为庆慰，盖亦犹相问无恙之意。

无恙 清卢文弨《群书拾补》辑《风俗通逸文》："无恙。俗说，恙，病也。凡人相见，及通书问，皆曰无恙。谨按《易传》：上古之世，草居露宿。恙，噬人虫也，善食人心。俗相劳问者云无恙，非为病也。"

天狐 《古小说钩沈》辑《玄中记》："狐五十岁能变化为妇人；百岁为美女、为神巫，或为丈夫，与女人交接，能知千里外事，善蛊惑，使人迷惑失智；千岁即与天通，为天狐。"

天狗食月 《北京大学研究所国学门周刊》二卷十三期《中秋日故事的传说》记河北保定民间传说云："每年八月十五夜深，天上有所谓天狗神者，常于此时张口吞月。说也奇怪，这天狗神原来有口无喉，虽然口大能够含月，终于不能咽下肚去，所以它含而又吐，吐而又含，至再至三，轻易不肯罢休。月神不堪其扰，乃指示下界人民，为种种大声以惊之，使之速去。以故每遇是夜，民间或燃爆竹，或鼓铁锅、敲铜盆、击大鼓者，盖欲惊骇天狗，使之速逃耳。"按《周礼·地官·鼓人》有"救日月，则诏王鼓"之说，知此俗由来已早。然《淮南子·说林训》云："月照天下，蚀于詹诸。"唐李白《古风》云："蟾蜍薄太清，蚀此瑶台月。"唐卢仝《月蚀》诗云："尝闻古老说，蚀月虾蟆精。"均只言蟾蜍食月。天狗食月，盖后起之说。据《协纪辨方》卷四，天狗乃丛辰名，为月中之凶神，常居月建前二辰。天狗食月者，或本此传说而演变。

天涯海角 宋周去非《岭外代答》卷一"天涯海角"条："钦州有天涯亭，廉州有海角亭，二郡盖南辕之穷途也。钦远于廉，则天涯之名甚于海角之可悲矣。"天涯海角之名始此。明谢肇淛《五杂俎》卷四云："成都有天涯、海（地）角二石。天涯石在中兴寺，故老传云：'人坐其上，则脚肿不能行。'至今人不敢践履。地角石在罗城内西北隅，旧有庙，王均之乱，为守门者所坏，今不复存矣。"又清褚人穫《坚瓠广集》卷五云："彭秤翁言，广东琼州海边，有一白石大牌坊，上书'天涯海角'四字。"

五谷石 《古史辨》第二册《游稷山感后稷教

稷之功德纪事》:"(稷王)山之旁径,砂石之中,一种明亮之石,纯粹玉质,有似大小麦颗者,有似黍稷粒者,有似谷实者,有似玉蜀黍者,有似芝麻粒分八色、麻色者,又有似南瓜(一名北瓜)、西瓜、甜瓜各子者;他如板豆、小豆、绿豆、江豆之形,无不毕具,名曰五谷石。"稷王山即稷山。《稷山县志》云:"稷山一名稷神山,后稷始教稼穑稷也。俗呼稷王山。跨闻喜、万泉、安邑、夏县界。"

五鬼闹判　清俞樾《春在堂随笔》卷七:"世间有《牙牌数》一书,言近而指远,占之,亦时有巧合者……惟其中有'五鬼闹判'一语,不知所出。……今乃知出于《西洋记》第九十回,云:'灵曜府五鬼闹判。'"鲁迅《中国小说史略》第十八篇《明之神魔小说(下)》云:"《三宝太监西洋记》五鬼事记外夷与明战后,国殇在冥中受谳,多获恶报,遂大哄,纵击判官。'这五个鬼人多口多,乱吆乱喝,嚷做一欵,闹做一块。判官见他们来得凶,也没奈何,只得站起来喝声道:哎,甚么人敢在这里胡说!我有私,我这管笔可是容私的?五个鬼齐地走上前去,照手一抢,将笔夺将下来,说道:铁笔无私。你这蜘蛛须儿扎的笔,牙齿缝里都是私(丝),敢说得个不容私?……(第九十回'灵曜府五鬼闹判')'"即为其事。

五月五日粽　《艺文类聚》卷四引《续齐谐记》:"屈原五月五日投汨罗而死,楚人哀之。每至此日,竹筒贮米,投水祭之。汉建武中,长沙欧回,白日忽见一人,自称三闾大夫,谓曰:'君当(常)见祭,甚善;但常所遗,苦蛟龙所窃。今若有惠,可以楝树叶塞其上,以五采丝缚之,此二物蛟龙所惮也。'回依其言。世人作粽,并带五色丝及楝叶,皆汨罗之遗风也。"按今本《续齐谐记》欧回作区曲,当字之讹。《太平寰宇记》卷一四五引《襄阳风俗记》亦记此事,文略同。惟谓祭者乃是其妻,后屈原"通梦告妻",乃得更作。

王魁　《侍儿小名录拾遗》:"王魁遇桂英于莱州北市深巷。桂英酌酒,求诗于魁。魁时下第,桂英曰:'君但为学,四时所须,我为办之。'由是魁朝去暮来。逾年,有诏求贤,桂英为办西游之用。将行往州北,望海神庙盟曰:'吾与桂英,誓不相负,若生离异,神当殛之!'魁后唱第,为天下第一。魁父约崔氏为亲,授徐州金判,桂英不之知。乃喜曰:'徐去此不远,当使人迎我矣。'遣仆持书往。魁方坐厅决事,大怒,叱书不受。桂英曰:'魁负我如此,当以死报之。'挥刀自刎。魁在南都试院,有人自烛下出,乃桂英也。魁曰:'汝固无恙乎?'桂英曰:'君轻恩薄义,负誓渝盟,使我至此。'魁曰:'我之罪也。为汝饭僧诵佛书,多焚纸钱,舍我可乎?'桂英曰:'得君之命即止,不知其他。'后魁竟死。"按宋周密《齐东野语》卷六引初虞世说云,有妾人托夏噩姓名作《王魁传》,当是其朔。然是传今不存。又宋罗烨《醉翁谈录》辛集卷二"王魁负心桂英死报"尚可见其大略。元柳贯有《王魁传》,内容大抵与上所引《侍儿小名录拾遗》相同。元尚仲贤有《海神庙王魁负桂英》剧,仅存残文。今惟明王玉峰《焚香记》传奇独全,此剧可能受明初杨文奎《王魁不负心》剧(佚,见《太和正音谱》存目)影响。清翟灏《通俗编》(无不宜斋本)卷三七引《草木子》云:"俳优戏文始于《王魁》。"可见其传说之早。

王榭　宋刘斧《青琐高议》别集卷四"王榭"条略云:唐王榭,金陵人,家巨富,祖以航海为业。一日,榭具大舶,欲之大食国。行逾月,忽海风破舟,榭附一板,为风涛飘荡,至一洲,为皂衣翁媪所救。调养月余,引见其王,王亦皂袍、鸟冠,于榭颇加礼遇。翁有一女甚美，榭爱之，王乃遣酒肴采礼助结姻好。成婚之夕，榭询其国名，曰："乌衣国也。"榭居久思归，女知不可留，置酒悲泣，为诗赠别。王令榭闭目，坐一乌毡兜子中，又召翁媪扶持偕去。榭合目，但闻风涛怒号，既久，开目，已至其家。堂上四顾无人，惟梁上有双燕呢喃，榭仰视，乃知所止之国，燕子国也。

王仲都 北魏郦道元《水经注·渭水》引桓谭《新论》："元帝被病，广求方士，汉中送道士王仲都。诏问所能，对曰：'能忍寒暑。'乃以隆冬盛寒日，令袒载驷马，于上林昆明池上，环冰而驰。御者厚衣狐裘，寒战，而仲都独无变色。卧于池台上，曛然自若。夏大暑日，使曝坐，环以十炉火，不言热，又身不汗。"按亦见晋葛洪《神仙传》卷十，所记略同。《博物志·方士》云："近魏明帝时，河东有焦生者，裸而不衣，处火不燋，入水不冻。亦此之类也。

王昭君 明冯梦龙《情史》卷十三略云：昭君字嫱，南郡人。元帝时，以良家子选入掖庭。年十七，仪容绝丽。时宫人既多，帝造次不能别房帷，乃令画工图之，披图召幸。人往往行赂，多得进。昭君自恃其貌，志不苟求，工遂毁为其状。会单于匈奴来朝，求美人为阏氏，帝敕以宫女赐焉。昭君入宫数载，未得见御，积悲怨，乃请掖庭令，求行单于。临辞大会，帝召女以示之。昭君丰容靓饰，光动左右。帝见大惊，意欲留之。而重失信于异域，遂与匈奴。昭君戎服乘马，提一琵琶，出塞而去。帝回思昭君不置，为诛画工毛延寿等。昭君有子曰世违，单于死，世违继立。胡法，父死则妻其母。昭君问世违曰：'汝为汉为胡？'世违愿为胡，昭君乃吞药自杀。胡地草皆黄，惟昭君墓草独青。按昭君事始见《汉书·元帝纪》、汉蔡邕《琴操》、晋葛洪《西京杂记》等，记皆不全，互有出入。后来传说，又有增益。《情史》乃综合写之。

长白山 《中国民间故事选》第一集《禹王爷和长白山》："(禹王爷)白黑不住歇，一天一夜挑三十担。他用了三天三夜的工夫，从泰山挑来九十担石头，挡住了南地的大水。这九十担石头，后来就变成了九节长白山；一个山尖，是当年禹王爷倒下的十担石头。"按长白山有二，一在今吉林省，一在今山东省。据所述，此当为后者。

爪甲点金 清蒲松龄《聊斋志异》卷二"成仙"略云：周生因成生度化而得仙，周仙去后，"周弟朴拙，不善治家人生产，居数年，家益贫。周子渐长，不能延师，因自教读。一日，早至斋，见案头有函书，缄封甚固，签题'仲氏启'。审知为兄迹，开视，则虚无所有，只见爪甲一枚，长二指许。心怪之，以置研上。出问家人所自来，并无知者。回视，则研石粲粲，化为黄金。大惊。以试钢铁，皆然。由此大富。以千金赐成氏子。因传两家有点金术云。"

毛宝放龟 《搜神后记》卷上："晋咸康中，豫州刺史毛宝戍邾城。有一军人，于武昌市买得一白龟，长五寸，置瓮中养之。渐大，放江中。后邾城遭石氏败（'遭'字原无，据《艺文类聚》卷九六引补），赴江者莫不沉溺。所养龟人被甲投水中，觉如坠一石上。须臾，视之，乃是先放白龟。既约岸，回顾而去。"按亦见《古小说钩沈》辑《幽明录》，文略同。

毛会画妇乳儿 清褚人穫《坚瓠广集》卷五"神画"条："遂昌广仁院佛殿，邑人毛会潜画一妇乳儿于壁，夜遂有儿啼声。众怪之。一日会至，院僧语及之。会笑曰：'若欲止啼甚易。'乃以笔添乳入口，自后啼声遂绝。会名顿起。"

乌衣国 见"王榭"（383页）。

文佳皇帝 《资治通鉴》卷一九九:"(唐高宗永徽三年)冬,十月。初,睦州女子陈硕贞,与妹夫章叔胤举兵反,自称文佳皇帝。民间讹言硕贞有神,犯其兵者必灭族,士众汹惧。"按陈硕贞为唐代农民起义女英雄,至今民间犹传其与官军英勇战斗之故事云:新安江下游有村庄名下涯埠,村边有山头名落凤山,山上有古亭名凤亭。文佳皇帝率义军千余于此休整,不幸被婺州刺史崔义玄调集水陆官兵二万包围。崔军狡残,驱老弱妇孺百姓当前,然后万箭齐射义军。义军不忍斗害人民,被迫退至新安江畔。殊江上又有扬州都督府长史房仁裕指挥水军邀截。义军进退无路,只得返回山上复斗。陈硕贞挥舞双剑,远望如同两团白光,虽乱箭如蝗似雨,不能损其毫发。房、崔下令官军轮番向白光急射勿间。白光渐敛渐小。忽闻空中雷震,狂风漫卷沙石,刹时浓云密布,日色无光。文佳皇帝手所执之雌雄宝剑忽腾空飞起,化作闪电,划破长空。凤凰旗忽亦飞舞空中,旗上凤凰亦振翅飞出,化作彩凤,尾长十丈,两翼垂天。人见陈硕贞头戴雉羽,身披铠甲,腰悬箭袋,气概轩昂,骑于凤身,冉冉腾空而去。下涯埠及邻村百姓咸见之,悉含泪欢呼:"文佳皇帝升天矣!"凤凰腾空飞去前,曾环山盘旋一周,落下无数羽毛,悉成山上松柏。后人因名其山曰落凤山,并建凤亭以纪念此女英雄。今此山犹松柏成荫,层林茂密,其中有参天古柏数株,云即当年凤羽之所化。

水珠 《旧小说·乙集四·纪闻》"水珠"条:"大安国寺,睿宗为相王时旧邸也。……王尝施一宝珠令镇常住库,云值亿万。寺僧纳之柜中,殊不为贵也。开元十年,寺僧造功德,将货之……令一僧监卖。……人或观之,曰:'此凡石耳,瓦砾不殊,何妄索值?'……月余,有西域胡人阅寺求宝,见珠,大喜……问曰:'珠值几何。'僧曰:'一亿万。'胡人抚弄迟回而去,明日又至……纳钱四千万贯,市之而去。仍谓僧曰:'有亏珠价诚多,不贻责也。'僧问胡……此珠复何能也。胡人曰:'吾大食国人也。王贞观初通好,来贡此珠,后吾国常念之,募有能得之者。……此水珠也,每军行休时,掘地二尺,埋珠其中,水泉立出,可供数千人,故行军常不乏水。亡珠后,行军每苦渴乏。'僧不信,胡人命掘土藏珠,有倾泉涌,其色清泠,流泛而出。僧取饮之,方悟灵异。胡人持珠而去,不知所之。"

孔子 《论语·述而》:"子不语怪、力、乱、神。"然有谓怪、力、乱、神恒集于孔子之身。《史记·孔子世家》:"(叔梁)纥与颜氏女野合而生孔子,祷于尼丘,得孔子……生而首上圩顶,故因名曰丘云。"索隐:"圩顶,言顶上窊也。故孔子顶如反宇。反宇者,如屋宇之反,中低而四旁高也。"此孔子之貌,怪也。《吕氏春秋·慎大》:"孔子之劲,举国门之关,而不肯以力闻。"此孔子之力,"不肯闻"而闻矣。《国语·鲁语下》:"季桓子穿井,获如土缶,其中有羊焉,使问之仲尼,曰:'吾穿井而获狗,何也?'对曰:'以丘之所闻,羊也。丘闻之:木石之怪,曰夔蝄蜽;水之怪,曰龙罔象;土之怪,曰羵羊。'"此孔子之语怪也。孔子语怪,如萍实、商羊之属尚夥,要难悉纪。《吕氏春秋·知分》:"荆有次非者,得宝剑于干遂,还反涉江,至于中流,有两蛟夹绕其船。次非谓舟人曰:'子尝见两蛟绕船能两活者乎?'船人曰:'未之见也。'次非攘臂祛衣,拔宝剑曰:'此江中之腐肉朽骨也,弃剑以全己,余奚爱焉!'于是赴江刺蛟,杀之而复上船,舟中之人皆得活。荆王闻之,仕之执圭。孔子闻之,曰:'夫善哉!不以腐肉朽骨而弃剑者，其次非之谓乎。'"此孔子之美义，亦颂力也。《墨子·非儒下》："孔某穷于蔡陈之间，藜羹不糂，十日。子路为享豚，孔某不问肉之所从来而食；褫（原作号，据孙诒让《墨子间诂》改）人衣以酤酒，孔某不问酒之所由来而饮。哀公迎孔子，席不端弗坐，割不正弗食。子路进，请曰：'何其与陈蔡反也？'孔某曰：'来，吾语女。曩与女为苟生，今与女为苟义。'"此孔子之论敌，攻孔子以为乱者也。《太平御览》卷九二二引崔鸿《十六国春秋·北凉录》："昔鲁人有浮海而失津者，至于澶洲，见仲尼及七十子游于海中。与鲁人一木杖，令闭目乘之。使归告鲁侯，筑城以备寇。鲁人出海，投杖水中，乃龙也。具以状告，鲁侯不信。俄而有群燕数万，衔土培城。鲁侯信之。大城曲阜讫而齐寇至，攻鲁不克而还。"此后世孔子之徒，崇孔子以为神者也。至谶纬之属，谓孔子遗谶云："秦始皇，坐我堂"；"董仲舒，乱我书"；"璧有七，张伯怀其一"等，则状孔子已近于妖，更无论矣。

孔子屦 《太平御览》卷六九八引《论语隐义注》："孔子至蔡，解于客舍。入夜，有取孔子一只屦去，盗者置屦于受盗家。孔子屦长一尺四寸，与凡人屦异。"按宋罗泌《路史·后纪十》云："（孔子）长九尺六寸，时谓长人。"此传说其"长一尺四寸"也。后世传说至列为晋武库三宝之一。参见"孔子"。

孔雀胆 明杨慎《滇载记》略云：元季乱，中原多故，段氏复据之，于是有十一总管出焉。九代总管段功，至正十二年，败敌于关滩江，再战，复胜。敌既退，梁王深德段功，以女阿禨妻之，为之奏授云南平章。功恋恋不肯归国，其大理夫人高氏，寄乐府促之归。功得书，乃归，既而复往。梁人私语梁王曰："段平章复来，有吞金马、咽碧鸡之心矣。"梁王始启疑于平章，密召阿禨主命之，曰："功今志不灭我不已，今付汝孔雀胆一具，乘便可毒殪之。"主潜然不敢受命。夜寂人定，私语平章曰："我父忌阿奴，愿与阿奴西归。"因出毒具示之。平章曰："我有功尔家，我趾自蹶伤，尔父尚尝为我裹之，尔何造言至此！"三谏之，终不听。明日邀功东寺演梵，至通济桥，马逸，因令番将格杀之。阿禨主闻变，失声哭，欲自尽，梁王防卫者乃万方。主愁愤作诗曰："吾家住在雁门深，一片闲云到滇海。心悬明月照青天，青天不语今三载。欲随明月到苍山，误我一生云里彩（锦被名也），吐噜吐噜段阿奴（吐噜，可惜也），施宗施秀同奴歹（歹，不好也）。云片波潾不见人，押不芦花颜色改（押不芦乃北方起死回生草名）。肉屏独坐细思量（肉屏，骆驼背也），西山铁立霜潇洒（铁立，松林也）。"

五画

左伯桃 见"羊角哀"（390页）。

东明石狮 《古今图书集成·职方典》卷一四八引《东明县志》："明洪武初，东明县有老妪，遇异人，指县治前石狮语曰：'此狮之目若赤，则水患至矣，汝于其时亟去可免也。'妪日视其狮甚数。人问之，知其故，阴以脂涂狮目。妪见其赤，不知其伪也，遂亟走焉。不数日而城邑遂捞没。"

玉皇 道家对天帝之尊称，亦称玉帝或玉皇大帝。唐李白《草创大还赠柳官迪》诗："不向金阙游，思为玉皇客。"又《醉后答丁十八以诗讥余搥碎黄鹤楼》云："黄鹤上天诉玉帝，却放黄鹤江南归。"《初学记》卷二三引有《玉皇玄圣记》、《高上玉皇辞》等书名及篇目名，知玉皇之称，当始于六朝以前。唐诗人赋游仙，每艳称玉皇。如孟郊"手把玉皇袂"、白居易"仰谒玉皇帝"、韦应物"名奏玉皇乃升天"、曹唐"玉皇朝客满花前"等。而李白诗更有"三十六玉皇"之语。

玉女配山神 《太平御览》卷八八二引《郡国志》："陵州仁寿县有陵井，出盐，井有玉女祠。初玉女无夫，后每年取一少年人掷置井中。若不送，水即竭。又蜀郡西山有大蟒蛇，吸人；上有祠，号曰西山神。每岁土人庄严一女置祠旁，以为神妻，蛇辄吸将(去)。不尔，即乱伤人。周氏平蜀，许国公宇文贵为益州总管，乃致书为神媒合婚姻。择日设乐，送玉女像以配西山神。自兹之后，无复此害。"

石首鱼 明陈耀文《天中记》卷五六引《吴地记》："阖闾十年，东夷侵吴，王亲征之。夷遁入海，据东洲沙上，吴亦入海逐之，据沙洲上，相守月余。属时风涛，粮不得度。王焚香祷之，言讫，东风大震，水上见金色逼海而来，绕吴王沙洲百匝。所司捞漉，得鱼食之，美，三军踊踊。夷人一鱼不获，遂送降款。吴王亦以礼报之。乃将鱼肠肚以咸水淹(腌)之，送与夷人，因号逐夷。吴王归，会群臣，思海中所食鱼，问所余，所司云：'并曝干。'吴王索之，其味美，因书美，下着鱼字，是为鲞字，今从鲞，非也。鱼出海作金色，不知其名，吴王见脑中有骨如白石，号为名(石)首鱼。"按一名黄花鱼、黄鱼，近海多有之。

石人追劳山 唐段成式《酉阳杂俎·物异》："菜子国海上有石人，长一丈五尺，大十围。昔秦始皇遣此石人追劳山不得，遂立于此。"《太平寰宇记》卷二〇云："黄县，古莱子国都于此。"又云："即墨县阴山上有石池，冬夏清澈。池东石上有马蹄迹。又有五石人，广数围，高一丈。古老相传云，秦始皇幸琅邪，望蓬莱，盖立马于此。又遣石人追牢山

不得，遂立于此。"即其事。参见"赶山鞭"(406页)。

龙肉 《琱玉集》卷十四《别味篇》："张华，字茂先，晋时范阳人也。时有一人，馈陆机一器鲊，尝之甚美，转饷张司空。司空曰：'此龙肉也。'陆机未信。司空曰：'以苦酒灌之，必当有异。'便如其言，即有五色文章。陆机问鲊主所得。答言：'家园中积稻，发面得百(白)鱼，长三尺，遂以为鲊。鲊美，故将奉送。'果如其言。"

龙泉 《民间文学》一九八〇年第五期《欧冶子铸剑》略谓：龙泉剑即欧冶子与其女莫邪在龙泉秦溪山山麓所铸。时当七夕，织女及众仙女各摘头上宝珠，投向山麓，化为七溪，仿佛北斗七星。欧冶取七泉之水以淬火，因而成剑，故名龙泉。又于剑上刻北斗七星，故亦名七星剑。

龙溪 ❶《古今图书集成·职方典》卷九七四引《湖州府志》："项羽避仇吴中，遇大溪，有异物焉，早暮以尾剪人吞之。羽跨其背，一手扼颈，一手抱树，连拔大树数章。天曙视之，马也，遍体黑龙纹，遂以名溪。今郡西门龙溪是也。"❷明陈仁锡《潜确类书》卷三一："龙溪，在奉化，旧有虚白观。唐开元间，叶静能讲经于此，忽南海龙神化一髯叟听讲。既而诉曰：'胡僧以咒力欲竭海取宝。'语甚哀切。静能乃书朱符，遗弟子持往海上救之，于是海水复还。观在原上，无井，远汲为难。至是龙神感其恩，乃于观左穿一渠，泉流不绝，遂成大溪，因名龙溪。"

龙马潭 宋王象之《舆地纪胜》卷一五三："龙马潭，在(泸州)城东北二十里。唐王昌遇落魄仙于此，以龙马一夕送归潼川，因号曰龙马潭。"

龙别雌雄 清陈元龙《格致镜原》卷九〇引《乘异记》："刘洞微善画龙。一日有夫妇造

门观画,因谓曰:'龙有雌雄,其状不同。雄者角浪凹峭,目深鼻豁,鬣尖鳞密,上壮下杀,朱火煋煋。雌者角靡浪平,目肆鼻直,鬣圆鳞薄,尾壮于腹。'刘不能平,问之。其人曰:'身乃龙也,请公观之。'遂化双龙而去。"

囚倦山 《太平寰宇记》卷九五:"故由拳县在今(嘉兴)县南五里。秦始皇见其山上出王气,使诸囚合死者来凿此山。其囚倦,并逃走,因号为囚倦山,因置囚倦县。后人语讹,便名为由拳山。其处出好纸。县废,惟有一岩基在东。"

四目老翁 见"张仙"(397页)。

叶公城 北魏郦道元《水经注·汝水》:"醴水又屈而东南流,径叶县故城北。……楚惠王以封诸梁子高,号曰叶公城,即子高之故邑也。叶公好龙,神龙下之。"参见"叶公好龙"。

叶公好龙 汉刘向《新序·杂事》:"叶公子高好龙,钩以写龙,凿以写龙,屋室雕文以写龙。于是天龙闻而下之,窥头于牖,施尾于堂,叶公见之,弃而还走,失其魂魄,五色无主。"《荀子·非相》云:"叶公子高,微小短瘠,行,不胜其衣。"杨倞注:"叶公,楚大夫沈尹戌之子,食邑于叶,名诸梁,字子高。楚潜称王,其大夫称公。"此子高之所以称叶公也。参见"叶公城"。

鸟仙 《古今图书集成·禽虫典》卷九引《逸史》:"李卫公游嵩山,见鹤呻吟曰:'我鸟仙,为樵者伤脚,得人血则愈。'李卫公解衣,即刺血。鹤曰:'世间人至少,且未是。'乃令拔眼睫毛,持往来都下,但映眼照之,即是矣。公中路自视,乃马头也。至东洛,所遇非少,悉非全人,皆犬彘驴马之类。惟一老翁是人。李公言病鹤之意,老翁笑下驴,宣臂刺血。李公得之以涂鹤,即愈。鹤谢曰:'公即为明时宰相,当复上升,相见非遥,慎毋懈惰。'李公谢,鹤遂冲天而去。"按李卫公谓唐李靖,初仕隋,后归唐,有功封卫国公,故名。五代蜀杜光庭《虬髯客传》,写李靖、红拂妓与虬髯客事,李复言《续玄怪录·李卫公靖》,写李靖代龙宫行雨,均此类之异闻。唐段成式《酉阳杂俎·玉格》记同州司马裴沆之再从伯遇病鹤,得洛中三世是人之血以涂鹤,鹤遂愈,即鸟仙传说之异文。

瓜子缠 明谈迁《枣林杂俎·中集》"瓜子缠"条:"翼城县东南五十里,北阳坂下曰瓜子缠。相传老子食瓜处。子落皆成石瓜子,其形宛然。"

白玉楼 唐李商隐《李贺小传》略云:长吉将死时,忽昼见一绯衣人,驾赤虬,持一版,云当召长吉。长吉言:"阿奶老且病,贺不愿去。"绯衣人笑曰:"帝成白玉楼,立召君为记,天上差乐,不苦也。"少之,长吉气绝。尝所居窗中,勃勃有烟气,闻行车嘒管之声。

白石神 胡鉴民《羌族之信仰与习俗》(见一九四一年金陵大学中国文化研究所编《边疆研究论丛》):"羌族的白石神与神林信仰之由来,亦可从他们的传说与歌谣中探窥之。据传说羌族曾有一次大流亡,弄得东分西散。其中有一支羌民定居后,遇到一种敌人称'葛人',虽愚而强,羌人畏之,思遁。幸在梦中得神启示,并指导如何作战,果将葛人打灭。神所指示打灭葛人之法甚为简单:即使用坚硬之棍,更继之以白石块。葛人覆灭,羌人始得安居乐业。……民众只知他们的祖先曾在梦中得神之启示,但不知究为何神,且不知神究属何种形相。……领袖云:'白石即为吾等之神,以后如有忧患或灾难,你们可在白石神前祷祐。'"按所谓"葛人",今通称"戈鸡人"。朱天顺《原始宗教》所记白石神事,即大体与此相同。

白龟年 宋曾慥《类说》卷五二引《翰府名谈》："白龟年至嵩山……有一人前曰：'李翰林相召。'龟年趋进。其人褒衣博带，色泽秀发，曰：'吾则唐李白也。子之祖乃白居易也，虽不同代，亦一时人。'……出书一卷遗龟年，曰：'读之可辨九天禽语，大(九)地兽言；更修功行，可得仙也。'后龟年游潞州，太守知有异术，召而询之。庭下有二雀，啾唧而过。太守曰：'彼何言也？'曰：'城西民家闲廪有余粟在地，(呼)共食之。'使人验之，果然。又见厩马仰首而嘶，问曰：'此又何言？'曰：'槽中料热，不可食。'时近清明，将吏驱羊二十余，曰：'后一羊不行。'鞭之有声。太守曰：'羊不行，有说乎？'曰：'羊言腹内羔将产，待其生子然后就死。'乃留羊月余，果产。龟年放迹方外，时有人见之者。"

仙人 谓长生不老之人。《史记·封禅书》："自威、宣、燕昭，使人入海求蓬莱、方丈、瀛洲。此三神山者……诸仙人及不死之药皆在焉。"此"仙人"一词之最早见诸载籍者。《说文》八云："仙，长生仙去。"《释名·释长幼》云："老而不死曰仙。仙，迁也，迁入山也，故其制字人旁作山也。"《说文》仙作僊，云"人在山上皃(貌)，从人、山。"据二书所释，所谓仙人者，即长生不死且迁入山中之人。故仙人实亦可称为山人。《庄子·逍遥游》云："藐姑射之山，有神人居焉，肌肤若冰雪，淖约如处子，不食五谷，吸风饮露。"此神人者，即山人。证以《史记·封禅书》："公孙卿曰：'仙人可见，而上往常遽，以故不见。今陛下可为观，如缑城，置脯枣，神人宜可致也。'"是仙人亦神人。《封禅书》又云："乃作通天茎台……将招来仙，神人之属。"晋葛洪立传，总称"神仙"。又古仙人有天仙与地仙之别。天仙又称飞仙。

仙鼠 蝙蝠之别名。《太平御览》卷九四六引崔豹《古今注》："蝙蝠一名仙鼠，又曰飞鼠，五百岁则色白脑重，集物则头垂，故谓为倒挂鼠，食之得仙。"亦见今本《古今注》卷中，文有讹字。

仙枣亭 宋王象之《舆地纪胜》卷六六："仙枣亭，故址在(鄂州)南楼西。旧传亭前枣大，未尝实。一岁忽有实如瓜，太守命小史采而进。小史辄啖之，遂仙去。"

仙迹岩 明陈仁锡《潜确类书》卷二六："仙迹岩在杭州府余杭大涤山。石岩上有肩胛簪冠之迹，隐然而见，不生苔藓。旧《志》，秦始皇驱鬼兵(鞭石)塞海，岩势欲动，忽有神人呵叱，以身镇之，故有此迹。"参见"赶山鞭"(406页)。

仙人承露盘 《三辅黄图》卷三："建章(宫)有神明台……武帝造祭仙人处。上有承露盘，有铜仙人舒掌捧铜盘玉杯，以承云表之露。以露和玉屑服之，以求仙道。"《长安记》："仙人掌大七围，以铜为之。魏文帝(当作魏明帝)徙铜盘，折声闻数十里。"按唐李贺有《金铜仙人辞汉歌》诗，序称"仙人临载，乃潸然泪下"，亦传说之异闻。

汉泉井 《古今图书集成·禽虫典》卷一三五引《陶朱新录》："河南广武山，汉高皇庙在其麓。殿前有八角井，曰汉泉井。中有三鱼：一金鳞，一墨鳞，一如常而一边鳞肉与骨皆无，独其首全。与二鱼并游水中，但其游差缓，不复有扬鬐拨剌之势。观者凭栏俯窥，虽异之而犹未审。一日有堕井而死者，因滤之，遂得三鱼，鳞色如在水中。时半边者五内皆无，方大异之。后复置井中，至今三鱼尚存。俗传汉高食脍，庖人治鱼及半而楚军至，仓皇弃鱼井中而遁。"

弘公断疟 《太平御览》卷九二五引《录异传》："弘公者，吴兴乌程人，患疟经年。弘后独至旁舍,疟发,有数小儿,或骑公腹,或扶公首脚。公因佯眠,忽起捉得一儿,遂化成黄鹳,余者皆走。公乃缚以还家,暮悬窗上,云明日当杀食之。比晓,失鹳处,公疟遂断。于时人有得疟者,但依弘便疟断。"

圣鼓 《太平寰宇记》卷一一七:"圣鼓。《郡国志》云,秦伐樟树,造大鼓,径一丈二尺,一夕自飞至桂阳郡临武界,因号为圣鼓。"

圣窑山 《古今图书集成·职方典》卷三〇六:"岚县南六十里圣窑山有洞。牧人至洞口,见二道士敲棋,立看局终。道士喝曰:'尔羊去矣,在此何为?'牧人腰间斧柄已烂,觅羊不见,始知人间几百年矣。今石羊尚存云。"

六画

老人山 《民间文学》一九八〇年第二期《桂林山水的传说》略云:桂林有老人山,其山高峻,雄踞大小群山之间。相传秦始皇修长城御外寇,民伏劳苦。东海龙王三公主赴南海朝观音,请纾民困。观音予一柳枝,使驱海中巨石,悉变虎、豹、骆驼、大象、锦鸡、仙鹤等,徐徐北进,用筑长城。临行观音戒勿贪玩,并戒勿与凡人交谈。三公主已驱石力行三日夜,至桂林,见此地江水碧绿,鲜花满岸,欲少憩盥尘观景。忽遇一头戴风帽、身着巨袍之白须老翁,公主乃托此翁暂代照看巨石所变之禽兽。翁擦眼细视云:"此俱大青石也,何虎、豹、骆驼之可言耶?"一语道破天机,虎、豹、大象、仙鹤等又悉变为石山,虽柳枝鞭之亦不能行矣。三公主悔恨万分,复返南海,向观音请罪。老翁遂亦变为老人山,似终受公主嘱托,永踞于此,看管此似虎、似豹、似骆驼、似大象、似仙鹤、似锦鸡之北上筑城未遂之群山者。

扫晴娘 明刘侗、于奕正《帝京景物略》卷二:"凡岁时……雨久,以白纸作妇人首,剪红绿纸衣之,以苕帚苗缚小帚令携之,竿悬檐际,曰扫晴娘。"清赵翼《陔余丛考》卷三三:"吴俗久雨后,闺阁中有剪纸为女形,手持一帚悬檐下以祈晴,谓之扫晴娘。"又元李俊民有《扫晴妇》诗,云:"卷袖搴裳手持帚,挂向阴空便摇手。"知此风俗固由来已久。

百里奚 奚一作傒。清卢文弨《群书拾补》辑《风俗通逸文》:"百里奚为秦相,堂上作乐,所赁浣妇,自言知音,呼之,搏髀援琴,抚弦而歌者三。其一曰:'百里奚,五羊皮,忆别时,烹伏雌,炊扊扅——今日富贵忘我为?'其二曰:'百里奚,初娶我时五羊皮,临当别时烹乳鸡——今适富贵忘我为?'其三曰:'百里奚!百里奚!母已死,葬南溪,坟以瓦,覆以柴,舂黄藜,扼伏鸡,西入秦,五羖皮——今日富贵捐我为?'问之,乃其故妻,还为夫妇也。"按《史记·秦本纪》云:"晋献公灭虞、虢,虏虞君与其大夫百里傒。……既虏百里傒,以为秦缪公夫人媵于秦。百里傒亡秦走宛,楚鄙人执之。缪公闻百里傒贤……以五羖羊皮赎之……授之国政,号曰五羖大夫。"

百家湾 《古今图书集成·职方典》卷五四引《武清县志》:"旧有一村,县北五里,聚姓百家。一老夫妇阴行善事,夜梦神谓:'是村误吞龙鱼,村东石狮眼红,村当为沼,汝宜避。'人以为妄。有好事者,以红脂涂狮眼绐之。夫妇徙去。有顷,黑雾四塞,村果陷,故名百家湾。形如半璧,深不可测。至今晦冥,犹闻鸡犬声。"参见"东明石狮"(386页)。

岁星 《旧小说·甲集一·东方朔传》:"朔未死时,谓同舍郎曰:'天下无人能知朔,知朔者,惟大王公耳。'朔卒后,武帝得此语,即召大王公问之。公对曰:'不知。''公何所能?'曰:'颇善星历。'帝问:'诸星皆具在

六画　肉　朱　杀　华　羊　齐

否?'曰:'诸星具在,独不见岁星十八年,今复见耳。'帝仰天叹曰:'东方朔生在朕傍十八年,而不知是岁星哉!'惨然不乐。"按岁星,即木星。木星约十二年运行一周天,古人用以纪年。《史记·天官书》:"察日月之行,以揆岁星顺逆。"

肉芝　晋葛洪《抱朴子·仙药》:"行山中见小人乘车马,长七八寸者,肉芝也。提取服之,即仙矣。"又唐张读《宣室志》卷五略云:兰陵萧逸人因治园屋,发地得物,状类人手,肥而且润,色微红,逸人得之,烹而食,味甚美。自是逸人听视明,力愈壮,貌愈少。后有道士至邺下,逢逸人,惊曰:"先生尝得饵仙药乎?先生之寿,可与龟鹤齐矣。"

朱亥　北魏郦道元《水经注·渭水》引《列士传》:"秦昭王会魏王。魏王不行,使朱亥奉璧一双。秦王大怒,置朱亥虎圈中。亥瞋目视虎,眦裂,血出溅虎,虎不敢动。"

杀牛祈雨　宋王象之《舆地纪胜》卷一二一引《顾微广州记》:"郁林郡山东南有池,池有石牛。岁百姓杀牛祈雨,以牛血和泥泥石牛背。祠毕而大雨洪注,洗牛背,泥尽乃晴。"

华光　鲁迅《中国小说史略·明之神魔小说(上)》记华光事,略云:有妙吉祥童子以杀独火鬼忤如来,贬为马耳娘娘子,是曰三眼灵光。缘报父仇,盗金枪,为帝所杀,复生炎魔天王家,是为灵耀。后师事天尊,又诈取其金刀,炼为金砖以作法宝,终闹天宫,上界鼎沸,玄天上帝以水服之,使走人间,托身萧氏,是为华光。华光仍有神通,与神魔战,中界亦鼎沸。后因忆母,访于地府,大闹阴司,下界亦鼎沸。终以窃仙桃救母病,与齐天大圣有隙,被其女月孛施术,将死,得火炎王光佛出而议和,华光始愈,终归佛道。按华光事别无所见,惟见明余象斗编《南游记》,上文所述即小说之梗概。其所本

当即《三教搜神大全》卷五"灵官马元帅",以其冗蔓,兹不多述。又明沈德符论剧曲(《野获编》)有"华光显圣则太荒诞"语,是此种故事,当时且演为戏剧矣。

华阳洞　《龙城录》:"茅山道士吴绰,素擅洁誉。神凤初因采药于华阳洞口,见一小儿手把大珠三颗,其色莹然,戏于松下。绰见之,因前询谁氏子。儿忙奔入洞中,绰恐为虎所害,遂连呼相从,入欲救之。行不三十步,见儿化作龙形,一手握三珠,填左耳中。绰素刚胆,以药斧劙之,落左耳而三珠已失所在,龙亦不见。出不十余步,洞闭门矣。绰后上皇封素养先生。"按神凤为三国吴孙权年号,"上皇"即谓孙权。唐韩愈《答道士寄树鸡》诗:"烦君自入华阳洞,直割乖龙左耳来。"即用此事。

羊角哀　《太平御览》卷四○九引《列士传》:"六国时羊角哀与左伯桃为友,闻楚王贤,俱往仕。至梁山,逢雪,粮尽,度不两全,遂并粮与角哀。哀至楚,楚用为上卿。后来收葬伯桃,伯桃墓逼近荆将军陵。而伯桃告云:'我日夜被荆将军伐之。'哀乃加兵,未知胜否。云:'我向地下看之。'遂自刎死。"按明冯梦龙《古今小说》第七卷"羊角哀舍命全交",即演此事。又明无名氏有《羊角哀鬼战荆轲》杂剧,亦演此事,今不传。

齐天大圣庙　清褚人穫《坚瓠余集》卷二"齐天大圣庙"条引《艮斋杂说》:"福州人皆祀孙行者为家堂,又立齐天大圣庙,甚壮丽。四五月间,迎旱龙舟,装饰宝玩,鼓乐喧阗,市人奔走若狂。视其人中坐一猕猴耳。"按张友鹤辑校《聊斋志异》(会校会注会评本)卷十一"齐天大圣"篇略云:许盛,兖人,从兄成,贾于闽,居货未积。客言大圣灵著,将祷诸祠。盛未知大圣何人,与兄俱往。至则殿阁连蓦,穷极宏丽。入殿瞻仰,神猴首人

身,盖齐天大圣孙悟空云。冯评:"《艮斋雅志》:潮州有齐天大圣庙,香火甚盛。此书尤西堂著。"按潮州在广东,福州在福建,《聊斋》写许盛所见之庙,当即福建福州之庙。

刘白堕 北魏杨衒之《洛阳伽蓝记》卷四:"(洛阳)市西有退酤、治觞二里。里内之人,多酝酒为业。河东人刘白堕善能酿酒。季夏六月,时暑赫曦,以罂贮酒,曝于日中,经一旬其酒不动。饮之香美而醉,经月不醒。……永熙年中,南青州刺史毛鸿宾赍酒之蕃,路逢劫贼。盗饮之即醉,皆被擒获。因此复命擒奸酒。游侠语曰:'不畏张弓拔刀,惟畏白堕春醪。'"

刘兰芝 焦仲卿妻。《玉台新咏·〈古诗为焦仲卿妻作〉序》:"汉末建安中,庐江府小吏焦仲卿妻刘氏,为仲卿母所遣,自誓不嫁。其家逼之,乃没水而死。仲卿闻之,亦自缢于庭树。"刘氏,即刘兰芝。又《古诗为焦仲卿妻作》(一名《孔雀东南飞》)云:二人死后,"两家求合葬,合葬华山傍。东西植松柏,左右种梧桐。中有双飞鸟,自名为鸳鸯。仰头相向鸣,夜夜达五更。行人驻足听,寡妇起傍徨。多谢后世人,戒之慎勿忘。"

安期生 《列仙传》卷上:"安期先生者,琅琊阜乡人也。卖药于东海边,时人皆言千岁翁。秦始皇东游,请见,与语三日三夜,赐金璧度数千万,出于阜乡亭,皆置去。留书以赤玉舄一双为报,曰:'后数年,候我于蓬莱山。'始皇即遣使者徐市、卢生等数百人入海,未至蓬莱山,辄逢风波而还。"又《史记·封禅书》云:"(李)少君言于上(汉武帝)曰:'……臣尝游海上,见安期生,安期生食巨枣,大如瓜。'"则安期生神仙异状,早于《列仙传》已有所记。唐李白《寄王屋山人孟大融》诗:"我昔东海上,劳山餐紫霞。亲见安期生,食枣大如瓜。"本此。《说郛合刊》弓三一载《贾氏说林》云:"昔有人得安期生大枣,在大河之南,煮之三日始熟,香闻十里,死者生,病者起。其人食之,白日上昇。"亦异闻也。

安阳书生 晋干宝《搜神记》卷十八:"安阳城南有一亭,夜不可宿,宿则杀人。书生明术数,乃过宿之。亭民曰:'此不可宿,前后宿此,未有活者。'书生曰:'无苦也,吾自能谐。'遂往廨舍。乃端坐,诵书。良久乃休。夜半后,有一人著皂单衣,来往户外呼亭主,亭主应诺。'见亭中有人耶?'答曰:'向者有一书生在此读书,适休,似未寝。'乃喑嗟而去。须臾,复有一人,冠赤帻者,呼亭主。问答如前。复喑嗟而去。既去,寂然。书生知无来者,即起,诣向者呼处,效呼亭主。亭主亦应诺。复云:'亭中有人耶?'亭主答如前。乃问曰:'向黑衣来者谁?'曰:'北舍母猪也。'又曰:'冠赤帻来者谁?'曰:'西舍老雄鸡父也。'曰:'汝复谁耶?'曰:'我是老蝎也。'于是书生密便诵书,至明不敢寐。天明,亭民来视,惊曰:'君何得独活?'书生曰:'促索剑来,吾与君取魅。'乃握剑至昨夜应处,果得老蝎,大如琵琶,毒长数尺。西舍,得老雄鸡父;北舍,得老母猪。凡杀三物,亭毒遂静,永无灾横。"

孙悟空大闹天宫 《西游记》前七回写孙悟空大闹天宫,略云:有千年石猴,产于花果山水帘洞,统领众猴,自立为王。忽发道心,"访道学仙",遇菩提祖师收为门徒,赐名孙悟空,教以筋斗云及变化之术。悟空回山,剿灭混世魔王,于东海龙宫索得金箍棒,又去地府消除众猴名籍。以此惊动玉帝,降旨招安,除授弼马温职,饲养天马。后闻官卑职小,一怒"反下天宫"。玉帝遣天兵擒拿,巨灵神及哪吒太子等均战败,悟空因树立旗帜,自称"齐天大圣"。玉帝又派金星招安，笼以"大圣"虚衔。悟空不守天规，既窃王母蟠桃，又盗老君金丹。玉帝点十万天兵，布下天罗地网，欲擒此"搅乱天宫者"，俱不能胜。后调其甥显圣二郎真君来战，与悟空各显变化，又得观音之助，终将其擒获。悟空被绑斩妖台，刀斫不入，雷火无伤。老君以之入八卦炉中锻炼，除炼就火眼金睛，于身无损。终逃出丹炉，"又大乱天宫"。"玉帝特请如来救驾"，如来以五指化作五山，名五行山，压之于下，饲以铁丸，饮以铜汁，"且待唐朝出圣僧"，"他年奉佛上西方"。

七画

劳山 《古今图书集成·山川典》卷二九引《山东通志》："劳山……有二，其一高大曰大劳山，其一差小曰小劳山，二山相连，高二十五里，周围八十里。《齐记》曰：'泰山虽云高，不如东海劳。'又名牢盛山。《寰宇记》：'秦始皇登牢盛山望蓬莱。'"按相传秦始皇曾遣石人追劳山于此。清蒲松龄《聊斋志异》卷一有《劳山道士》一篇，讽喻极深，并此劳山。参见"石人追劳山"（386页）。

报草 清陆次云《峒溪纤志》卷中："苗人腊祭曰报草，祭用巫，设女娲、伏羲位。"又明董斯张《广博物志》卷四引《秦中岁时记》云："岁除日傩，皆作鬼神状。二老人傩公傩母。"亦类此。

吾丘鸠 《吕氏春秋·贵卒》："赵氏攻中山。中山之人多力者，曰吾丘鸠，衣铁甲，操铁杖以战，而所击无不碎，所冲无不陷，以车投车，以人投人也。几至将所而后死。"高诱注："将，赵氏之将也。近至其将所，然后死，言吾丘鸠力有余也。"

两面国 清李汝珍《镜花缘》写唐敖、林之洋等游历海外各国，第二十五回记有两面国，其国人正面"和颜悦色、谦恭可爱"，反面"鼠眼鹰鼻、舌如钢刀"。按所叙略近于元周致中《异域志》所记后眼国。

花姑 明冯应京《月令广义·春令》："春圃祀花姑。《花木录》：'魏夫人弟子，善种花，号花姑。'"同书《岁令一》："花姑亦为花神。"又《太平寰宇记》卷一一〇云："花姑者，姓黄氏，名令微，临川人也。慕道出家，入洪州西山，访道士胡超。超曰：'尔本州……有魏夫人旧坛，宜于彼修行；又南有井山，魏夫人亦常往来其中。'花姑遂归修行，八十余，颜色如处子，时人号曰花姑。尝于井山遇一狂象，为毒箭所中，花姑拔去之，后尝衔莲藕来置花姑所。"按此说原见五代蜀杜光庭《墉城集仙录》。如所叙，魏夫人盖为花姑所奉祀，"弟子"、"种花"云云，当皆后来之附会。

花关索 关羽之子。《古今图书集成·职方典》卷一一八六引《蕲水县志》："列女王桃与娣王悦汉末时人，年逾笄，皆未字，有膂力，精诸家武艺。值兵乱，聚芦塘保乡里。相谓曰：'天下有英雄男子而材技胜我者，则相托。'维时敌匹者绝少。适有河东关公长子索英伟健捷，桃姊娣俱与较，俱不胜，遂与归之。先是邑中鲍氏女材行与桃悦似而悍鸷差胜，亦归索。三人皆弃家去。关索即今土人之所谓花关索，鲍氏即今所谓鲍氏三娘者也。芦塘即今之柴家凸也。"

花卿冢 明曹学佺《蜀中名胜记》卷十二："《渔隐丛话》云：'花卿冢在丹棱之东馆镇，至今犹显英气，血食其乡。'"按花钦字敬定，本关中人，唐至德间，从崔光远入蜀讨段子璋有功。后平寇乱，单骑鏖战丧其元，犹操戈至东馆镇下马沃盥，适遇浣纱女谓曰：'无头何以盥为！'遂自僵仆。居民葬之溪上,庙祀不绝。"杜甫《戏作花卿歌》诗:"成都猛将有花卿,学语小儿知姓名。"

杨香打虎 南朝宋刘敬叔《异苑》卷十:"顺阳南乡杨丰与息名香于田获粟,因为虎所噬。香年十四,手无寸刃,直搤虎颈,丰遂得免。香以诚孝至感,猛兽为之逡巡。太守平昌孟肇之赐贷之谷,旌其门闾焉。"

杜伯 周宣王臣。《墨子·明鬼》:"周宣王杀其臣杜伯而不辜。杜伯曰:'吾君杀我而不辜,若以死者为无知,则止矣;若死而有知,不出三年,必使吾君知之。'其三年,周宣王合诸侯,而田于圃田,田车数百乘,从数千人,满野。日中,杜伯乘白马素车,朱衣冠,执朱弓,挟朱矢,追周宣王,射之车上,中心折脊,殪车中,伏弢而死。"

杜朝选 徐嘉瑞《大理古代文化史稿》云:"大理周城本主,名杜朝选,乃一猎人。传说周城有大蟒,化为少年,诱村中少女二人,入万花山溪中,村人患之。杜朝选入山,见蟒出游,射之中要害。蟒狂奔入山,失所在。次日复往,见一女子,于万花溪石上,浣血渍之袍。询之,即村中少女,为蟒所诱者。乃命女先导至洞中,杀蟒,携二女归,即以为己妻。村人祀以为神,杜及二妃像,今在周城;浣衣石亦在万花溪中。"作者又云:"此种神话,不知起于何时。然与羿射河伯之故事,何其相似耶?"

李阿 晋葛洪《神仙传》卷二:"李阿者,蜀人也,传世见之不老,常乞于成都市,所得复赐与贫穷者。夜去朝还,市人莫知所止。或往问事,阿无所言。但占阿颜色:若颜色欣然,则事皆吉;若容貌惨戚,则事皆凶;若阿含笑者则有大庆;微叹者则有深忧。如此俟之未曾不审也。有古强者,疑阿异人,常亲事之。试阿还,所宿乃在青城山中。强后复欲随阿去,然身未知道,恐有虎狼,私持

其父大刀。阿见而怒强,曰:'汝随我行,那畏虎也?'取强刀以击石,刀折坏。强忧刀败,至旦随出。阿问强曰:'汝愁刀败也?'强言:'实恐父怪怒。'阿则取刀左手击地,刀复如故。强随阿还成都,未至,道逢人奔车,阿以脚置其车下,轹脚皆折,阿即死。强怖守视之。须臾阿起,以手抚脚而复如故常。强年十八,见阿年五十许;强年八十,见阿犹然不异。后语人被昆仑山召,当去,遂不复还也。"

李虎仙 明曹学佺《蜀中名胜记》卷二五:"(南江县)有桥曰五马。《志》云,李虎仙者,往来难(南)江、通江二县。县人修五马桥,工匠数十。虎仙于皮袋中出小釜,可容三升,以米面食物纳其中炊之,以饲人,人皆饱。"

李耳治水 《民间文学》一九七九年第二期《铁鞭打黄河》略云:李耳治水至济源王屋山,欲略事休息,乃偕其侣下棋于山洞中。殊黄河水发,已由李耳以之遏阻水势之凤凰山西,绕潼关、风陵渡,汹涌奔腾,直趋大海。李耳见状,即生洪炉,举铁锤,于膝上打就铁鞭长数十丈,猛追黄河至中流,大喝:"好尔野水!"一鞭击下,山动地摇,河水翻滚发岔,因遂安流至海。至今济源黄河有夹河滩长十余里,谓即当年李耳铁鞭打岔之所留。李耳偕侣下棋之山名棋盘山。按此治水之李耳,当是古代传说之仙人李耳。

李思训画鱼 《瑯嬛记》卷上引《卧游记》:"李思训画一鱼,甫完未施藻荇之类。有客叩门,出看寻入,失去画鱼。使童子觅之,乃风吹入池水内,拾视之,惟空纸耳。后思训临池,往往见一鱼,如所画者。尝戏画数鱼投池内,经日夜,终不去。"

足下 南朝宋刘敬叔《异苑》卷十:"介子推逃禄隐迹,抱树烧死,文公拊木哀嗟,伐而制

屦。每怀割股之功，俯视其屦曰：'悲乎足下！'足下之称，将起于此。"

县泉水　《凉州异物志》(清张澍辑)："县泉水，一名神泉，在酒泉县东一百三十里，出龙勒山腹。汉贰师将军李广利伐大宛还，士众渴，乏水，利乃引佩刀刺山，飞泉涌出，三军赖以获济。今有祠甚严，郡侯岁谒。"

吴道子画驴　《太平广记》卷二一二"吴道玄"条引《卢氏杂说》："(吴)道子访僧请茶，僧不加礼。遂请笔砚，于壁上画驴一头而去。一夜，僧房家具并踏破，被恼乱不可堪。僧知是道子，恳邀到院祈求，乃涂却画处。"

吴道子画壁　唐李冗《独异志》卷中："吴道子善画神。唐开元中，将军裴旻居母丧，诣道子，于东都天宫寺图画鬼神数壁，以资冥助。答曰：'废画已久，若将军有意为吾缠结，舞剑一曲，庶因猛励，获通幽冥。'旻于是脱去丧服，如常时妆饰，走马如飞，左旋右抽，掷剑入云，高数十丈，若电光下射。旻引手执鞘承之，剑透空而下，观者数千人，无不悚栗。道子于是援毫图壁。俄顷之际，魔魅化出，飒然风起，为天下之壮观。"

系马山　《太平寰宇记》卷二〇："系马山，在(牟平)县东四十里。古老相传，始皇游此山，揽草系马。至今山中草春生，并皆垂屈若人系结之状。"

何铜　晋干宝《搜神记》卷十九："丹阳道士谢非往石城买冶釜，还，日暮，不及至家。山中庙舍于溪水上，人中，宿，大声语曰：'吾是天帝使者，停此宿。'犹畏人劫夺其釜，意苦怪搔不安。二更中，有来至庙门者，呼曰：'何铜！'铜应诺。曰：'庙中有人气，是谁？'铜云：'有人，言是天帝使者。'少顷便还。须臾又有来者……问答如故……非惊扰不得眠。遂起，呼铜问之：'先来者谁？'答言：'是水边穴中白鼍。''汝是何等物？'答言：'是

庙北岩嵌中龟也。'非皆阴识之。天明，便告居民，言：'此庙中无神，但是龟鼍之徒……急具锸来，往共伐之。'……于是并会伐掘，皆杀之。遂坏庙，绝祀。自后安静。"

何首乌　《事物纪原》卷十："何首乌，本曰夜合藤。昔有姓何人，见其叶夜交，异于余草，意其有灵，采服其根，老而不衰，头发愈黑，即因之名曰何首乌也。一曰即其人姓名。"按唐李翱有《何首乌传》，记其事甚详，云发现此药草者，乃何首乌之祖。此又一说。

龟化城　晋干宝《搜神记》卷十三："秦惠王二十七年，使张仪筑成都城，屡颓。忽有大龟浮于江，至东子城东南隅而毙。仪以问巫，巫曰：'依龟筑之。'便就，故名龟化城。"

龟蛇碑　清王士禛《陇蜀余闻》："成都府署，有吴道子画龟蛇碑。每端午，辄有龟蛇聚碑下，至屋瓦庭树皆满。麻城人梅朗中为守，厌之，凿其though，自后遂少。"

辛余靡　《吕氏春秋·音初》："周昭王亲将征荆，辛余靡长且多力，为王右。还反，涉汉，梁败，王及蔡公抎于汉中。辛余靡振王北济，又反振蔡公。周公乃侯之西翟，实为长公。"高诱注："振，救也。"孙云："振者，振其尸也，注非。"

庐山　❶《太平御览》卷四一引《庐山记》："匡俗，周武王时人，屡逃征聘，结庐此山，后登仙，空庐尚在，弟子等呼为庐山，又名匡山。"❷北魏郦道元《水经注·庐江水》引《豫章旧志》："庐俗，字君孝，本姓匡。父东野王，共鄱阳令吴芮，佐汉定天下而亡。汉封俗于鄡阳，曰越庐君。俗兄弟七人，皆好道术，遂寓精于宫亭之山，故世谓之庐山。"❸清褚人穫《坚瓠广集》卷五"庐山"条："周武王时，方辅先生与李老君跨白驴入山炼丹，得道仙去，惟庐存，故名庐山。"

庐山石梁　北魏郦道元《水经注·庐江水》引

《寻阳记》:"庐山上有三石梁,长数十丈,广不盈尺,杳然无底。吴猛将弟子登山,过此梁,见一翁坐桂树下,以玉杯承甘露浆与猛;又至一处,见数人为猛设玉膏。猛弟子窃一宝,欲以来示世人,梁即化如指。猛使送宝还,手牵弟子,令闭眼,相引而过。"

纸鸢 又称"风筝"。《事物纪原》卷八:"纸鸢,俗谓之风筝,古今相传,云是韩信所作。高祖之征陈豨也,信谋从中起,故作纸鸢放之,以量未央宫远近,欲以穿地隧入宫中也。"又清陈元龙《格致镜原》卷六十引《独异志》云:"梁武太清三年侯景围台城,远不通问,简文作纸鸢飞空告急于外。侯景谋臣王伟谓景曰:'此纸鸢所至,即以事达外。'令左右善射者射之。及堕,皆化为鸟,飞入云中,不知所往。"

驴磨麦 城名。《汉唐地理书钞》辑《盛弘之荆州记》:"当阳县东南有麦城,东有驴、磨城——犄角城。传云,伍员造此二城,以攻麦城,故假之驴、磨之名。"又北魏郦道元《水经注·沮水》:"沮水又东南径驴城西、磨城东,又南径麦城西。传云,子胥造驴、磨二城以攻麦邑,即谚所云'东驴西磨,麦城自破'者也。"参见"伍子胥"(135页)。

阿紫 晋干宝《搜神记》卷十八:"后汉建安中,沛国陈羨为西海都尉,其部曲王灵孝无故逃去,羨欲杀之。居无何,孝复逃走。羨久不见,囚其妇,妇以实对。羨曰:'是必魅将去,当求之。'因将步骑数十,领猎犬周旋于城外求索。果见孝于空冢中。闻人犬声,怪遂避去。羨使人扶孝以归,其形颇象狐矣。略不复与人相应,但啼呼'阿紫!阿紫',狐字也。后十余日,乃稍稍了悟。云:'狐始来时,于屋曲角鸡栖间作好妇形,自称阿紫,招我。如此非一。忽然便随之,即为妻,暮辄与共还其家。遇狗不觉。'云乐无比也。"又《太平御览》卷九〇九引《名山记》云:"狐者,先古之淫妇也。其名曰紫,紫化而为妇,故其名自称阿紫。"唐段成式《酉阳杂俎·诺皋记下》云:"旧说野狐名紫(今本'紫'下有'狐'字,从《格致镜原》卷八八引删),夜击尾,火出。将为怪,必戴髑髅拜北斗。髑髅不坠,则化为人矣。"

陈龙文 晋干宝《搜神记》(《汉魏丛书》本)卷四:"昔泰山皇帝召募诸方秀士,遣司徒崔皓试之,问其妍否。皓见雍州秀士陈龙文多言巧辞,乃叹之曰:'子姓陈,与陈恒近远?'龙文应声答曰:'龙文与恒,还如公与枋,间密相似。'崔皓憾之。异日,策问龙文曰:'鸥枭何以食母?弱水何以西流?武王何以伐纣?'龙文并皆不答。皎(皓)落下不第。龙文上表,称:'崔皓位正三台,治司万物,不能以风化下,而将逆事问臣,以臣无能,俾令下第,伏乞陛下圣造亲试否臧。'表至,帝召皓诘之。皓曰:'龙文无艺,何以堪之!'帝乃自召龙文,问其试目。对曰:'崔皓何不问臣慈乌返哺,而乃问臣鸥枭何以食母?何不问臣百川归于沧海,乃问臣弱水西流?何不问臣伯夷叔齐让国,乃问臣武王伐纣?所问三条,皆是逆事,臣恐崔皓有异志也,臣是以不答。'帝召皓问之,皆如其说,乃封龙文为上卿。故谚语云:'巧言以免责。'此之谓也。"

灵官 谓仙官。五代蜀杜光庭《墉城集仙录》卷一:"既灵官侍卫,不可名识。"按《三教搜神大全》卷五有"灵官马元帅"传,《四游记》中之《南游记》,一名《五显灵官大帝华光天王传》;灵官者,上界仙官之谓也。道官亦称灵官,明有元符宫、崇真宫灵官及阁皂、三茅诸山灵官等。

灵官马元帅 即"华光"(391页)。

鸡犬升天 晋葛洪《神仙传》卷四云:淮南王

白日升天,"临去时,余药器置在中庭,鸡犬舐啄之,尽得升天,故鸡鸣天上,犬吠云中也。"鸡犬升天,世所艳传,然晋张华《博物志·辨方士》云:"淮南王谋反被诛,亦云得道轻举。"则虚构之仙话已被拆破。以后又有唐公房鸡犬升天事。而宋曾慥《类说》卷三引《续仙传》云:"王老者村居慕道,有老道士造之,留月余。忽遍身疮疡,谓王老曰:'得酒数斛,浸之即愈。'遂为置酒满瓮。道士坐瓮中,三日方出,须发皆黑,颜如童子。谓王老(原作"老王")曰:'能饮此酒,可以仙去。'时方打麦,王老全家饮之,须臾皆醉。忽风动云蒸,一时轻举,舍屋鸡犬皆去,空中犹闻打麦声。"则想象之丰富,又迥出其类矣。

鸡窠小儿 《古今图书集成·山川典》卷一九二引宋钱易《洞微志》:"李员为承旨,太平兴国中奉使过海,至琼山,逢一翁自称杨避举,年八十,邀年见其父叔,皆年一百二十,祖宋卿年一百九十五。梁上鸡窠中有小儿出头下视。宋卿曰:'此吾八代祖也,不语不食,不知其年,朔望子孙列拜而已。'"

张仙 《苏老泉先生全集》卷十五《题张仙画像》:"洵尝于天圣庚午重九日至玉局观无碍子卦肆中,见一画像,笔法清奇,乃云张仙也,有感必应。因解玉环易之。洵尚无子嗣,每旦,必露香以告。逮数年,既得轼,又得辙,性皆嗜书;乃知真人急于接物,而无碍子之言不妄矣。"按此为张仙一名之始见载籍者。清褚人获《坚瓠三集》卷四"张仙"条云:"世所传张仙像,乃蜀王孟昶挟弹图也。昶美丰姿,喜猎,善弹。乾德三年,蜀亡,花蕊夫人随辇入宋,后心尝忆昶,因自画昶像以祀。艺祖见而问之,答曰:'此我蜀中张仙神也,祀之令人有子。'历言其成仙后之神异。故宫中多奉以求子,传于民间。郎仁宝云,张仙名远霄,五代时游青城山得道者。苏老泉曾梦之,挟二弹,以为诞子之兆,老泉奉之,果得轼、辙,有赞见集中。人但知花蕊假托,不知真有张仙也。"清赵翼《陔余丛考》卷三五云:"《续通考》云:'张远霄,一日有老人持竹弓一、铁弹三来质钱三百千,张无靳色。老人曰:吾弹能辟疫,当宝用之。后老人再来,遂授以度世法。熟视其目,有两瞳子。越数十年,远霄往白鹤山,遇石像名四目老翁,乃大悟,知即前老人也。'眉山有远霄宅故址。"又云:"陆放翁《答字文使君问张仙子》诗自注云:'张四郎常挟弹,视人家有灾者,辄以铁丸击散之。'"观此,张仙神话之流传演变,盖可知矣:本为辟疫之神,以弹子与诞子谐音,遂又以为送子之神。

张公洞 《古今图书集成·山川典》卷九九引《宜兴县志》:"张公洞在县东南五十五里,湖汶之上。相传孙吴赤乌二年,一夕大风雨迅雷,洞忽自开。高六十仞,麓周五里,洞深五十余仞,三面皆飞崖绝壁。不可跻攀。惟北向一窦,广逾四寻,嵌空可入。……怪石纵横离立,势若欲堕,色皆碧绿如抹,乳髓滴沥如疏雨。有仙人房、元武石、芝田、丹灶、锦屏、瑶草,奇怪万状。时有石燕相飞击。……《风土记》云:'汉天师张道陵尝修道于此,故名。'"

张氏祝鸠 《太平御览》卷八一一引《幽明录》:"长安有张氏者,昼独处室。有鸠自入,止于对床,张恶之。披怀祝曰:'鸠,尔来为我祸耶?止承尘;为福耶?入我怀!'鸠翻飞入怀。以手探之,不知所在,而得一金带钩焉。遂宝之。自是之后,子孙昌盛。"按亦见《搜神记》卷九,较详。

八画

丧门 《协纪辨方》卷三引《纪岁历》:"丧门者,岁之凶神也。主死丧哭泣之事,常居岁前二辰。"

郁仪结璘 明徐应秋《玉芝堂谈荟》卷十八:"《黄庭经》:'郁仪结璘善相保,高奔日月吾上道。'……唐麟德殿东西,有郁仪结璘楼,又奔日月二景。……郁仪奔日,结璘奔月。章温飞卿赋:'璀璨织女之东足,聦婉嫦娥之结璘。'盖郁仪者羲和、结璘者嫦娥也。"按郁仪结璘为道家方士所杜撰奔日月之仙,以拟羲和、常羲(嫦娥)。

杭州三怪 清陆次云《湖壖杂记》"雷峰塔"条洪昉思附记:"杭州旧传有三怪:金沙滩之三足蟾,流福沟之大鳖,雷峰塔之白蛇。隆庆时,鳖已为屠家钓起,蟾已为方士捕得,惟白蛇之有无,究不可得而知也。小说家载有'白娘子永镇雷峰塔'事,岂其然乎?"

板桥三娘子 《太平广记》卷二八六"板桥三娘子"条引《河东记》略云:唐汴州有板桥店,店娃三娘子,寡居,以鬻餐为业,家多有驴畜,往来公私车乘不逮者,辄贱其估以济之。元和中,许州客赵季和将诣东都,过是宿焉。客有先至者六七人,夜深致酒,与诸客会饮极欢。客醉倦,各就寝。人皆熟睡,独季和展转不寐。隔壁闻三娘子悉窣声,隙中窥之,见三娘于巾箱中取耒耜并木偶人,含水噀之,二物便行走,遂耕床前一席地。又于巾箱中取荞麦子,授与小人种之,须臾生花发麦熟,令小人收刈持践。又安置小磨子,碾成面讫,即取面作烧饼数枚。有倾鸡鸣,三娘子先起,置新烧饼于食床上,与诸客点心。季和潜于户外窥之。乃见诸客食烧饼未尽,皆变成驴。三娘子尽驱入店后,尽没其货财。季和亦不告于人。后月余,季和至东都回,将至板桥店,预作荞麦烧饼,大小如前所见。既至,复寓宿焉。其夕,更无他客,主人供待甚厚。天明,三娘子具盘食,果置烧饼数枚于盘,季和乘间以先有者易其一枚。季和将发,就食,谓三娘子曰:"适会某自有烧饼。"即取己者食之。方食次,三娘子送茶出来,季和曰:"请主人尝客一片烧饼。"乃拣所易者与啖之。才入口,三娘子据地作驴声,立变为驴,甚壮健。季和即乘之发,周游他处,日行百里。后四年,乘入关,至华岳庙东,路傍忽见一老人,拍手大笑:"板桥三娘子,何得作此形骸?"因捉驴谓季和曰:"彼虽有过,然遭君亦甚矣,请从此放之。"老人乃从驴口鼻边,以两手擘开,三娘子自皮中跳出,宛若旧身,向老人拜讫,走去,更不知所之。清王士禛《渔洋诗话》卷十三云:"唐人记板桥三娘子事甚怪异,板桥在今中牟县东十五里。白乐天诗:'梁苑城西三十里,一渠流水柳千条,若为此路今重过,十五年前旧板桥。'李义山亦有《板桥晓别》诗。皆其地。"

青羊观 一名"青羊宫"。《太平御览》卷一九一引《蜀本纪》:"老子为关令尹喜著《道德经》。临别曰:'子行道千日后,于成都青羊肆寻吾。'今为青羊观是也。"按据此,则"青羊"本肆(市)名,老子前已有之。后建道观,祀老子,乃名青羊观。宋黄休复《茆亭客话》卷一"雍道者"条云:"郡城西南青羊宫,即老君降生之所。咸平中兵火荡焚,惟降生、元阳二台存焉。"

青羊宫 即"青羊观"。

画圣 唐张彦远《历代名画记》:"北齐杨子华,世祖时任直阁将军。尝画马于壁,夜听啼(蹄)啮长鸣,如索水草。图龙于素,舒卷辄云气紫集也。世祖重之，使居禁中，天子号为'画圣'，非有诏不得与人画。"

画鸡 南朝梁宗懔《荆楚岁时记》："正月一日……帖画鸡户上，悬苇索于其上，插桃符其傍，百鬼畏之。"晋王嘉《拾遗记》卷一云："今人每岁元日，或刻木铸金，或图画为鸡于牖上，此其(重明鸟)遗像也。"说同此。

画马石 《古今图书集成·职方典》卷一〇五二引《闽书》："罗裳山东有玉髻峰，下有画马石。唐末罗隐乞食山下，山下人侮之。隐乃画马石面，每夜出食人禾。追之，则见马复入石。山下人乃礼焉，隐为画桩系马，马不出矣。今其迹了然。"

画龙柱 宋王象之《舆地纪胜》卷五："画龙柱，在昆山惠聚寺。张僧繇画神于两壁，画龙于四柱，民病疟疠者，至壁下必愈。每阴晦欲雨，画龙凖凖其润，鳞甲欲动。僧繇又画锁以制之。"

画龙点睛 唐张彦远《历代名画记》卷七："(梁)张僧繇画金陵安乐寺四白龙，不点眼睛，每云点睛即飞去。人以为妄诞，固请点之。须臾雷电破壁，两龙乘云腾去上天。二龙未点眼者见在。"

画地成河 晋葛洪《西京杂记》卷三："淮南王好方士，方士皆以术见。遂有画地成江河，撮土为山岩，嘘吸为寒暑，喷嗽为雨露。王亦卒与诸方士俱去。"又《太平广记》卷七二"陆生"条引《原化记》："府吏即欲前逼，老人以杖画地，遂成一水，阔丈余。"皆画地成河事之见于汉唐载籍者。

忠惠庙 清王士禛《皇华纪闻》卷三："曲江忠惠庙，祀唐刺史卢光稠。庙中有枯骨二段，云是光稠所斩蛟骨。旁有铁鼓，击之有声。父老相传云，光稠有一奴，坐铁船，挝铁鼓，仅一日夜往来五羊。今光稠座侧有塑像者奴也(原注：韶至广九百里)。"

罗衣秀才 清俞樾《茶香室丛钞》卷十四："国朝黎士宏《仁恕堂笔记》云：'今豫章、两越、八闽人，凡事俗近怪者，皆曰：此曾经罗隐秀才说过。……久之承讹袭误，遂曰罗衣秀才矣。'……余按吴任臣《十国春秋》云：'世传隐出语成谶，闽中书筒滩、玉髻峰皆留异迹。'则似非无因也。又王渔洋《五代诗话》引《纂要》云：'建德有金鸡石，罗隐题云：金鸡不向五更啼。石遂破裂，有鸡飞鸣而去。'此正其一证。"按罗隐，唐末余杭人，工诗，性傲多讽。

虎舅 谓猫。宋陆游《剑南诗稿·嘲畜猫》自注："俗言猫为虎舅，教虎百为，惟不教上树。"按今民间传说亦有之，惟谓猫为虎之师，略不同耳。

虎皮井 《古今图书集成·职方典》卷一一五八引《襄阳府志》："开元中有崔生应举过襄阳卧佛寺，适天暮，因投宿焉。见一虎入寺脱皮，变一美妇人，就崔，愿侍枕席，崔眠之。见其皮在井边，遂投井中。妇人觅皮不得，随崔至京，授县尉，历县尹，凡六年，生两子。后还官，过前寺，崔意相随日久，无他虞，告故。妇欣然，令取皮，皮故无恙。因披之，仍成一虎，大吼，回顾二子而去。后人因题其井为虎皮井。"《旧小说·乙集三》辑薛用弱《集异记》有"崔韬"条，所记即此事。而云崔"旅游滁州，南抵历阳"，与《襄阳府志》所云地望不侔。概初本为小说，而方志所记，不过因景物而成附会。

虎林山 清陆次云《湖壖杂记》"虎林山"条略云：虎林山，在武林门内，又名祖山，以为一郡众山之祖，其实乃一小阜耳。相传昔时，曾有一虎来踞此山，众共逐之，矢石并发，虎不为动。有一老翁，云能制虎，教人多炼铁椎，专击其足。云："若见其左耳动，则右足将起，当击其左；右耳动，则左足将起，当击其右。"如法击之,虎果困毙。众询翁云:"闻虎之受攻在腰,今何以击腰不毙,而毙于击足?"翁云:"此虎乃鲨鱼所变,周身坚甲,箭镞莫穿,惟爪肉新生,击之中其要害。"众云:"虎则虎矣,何以知为鲨鱼所化?"翁云:"凡虎之班(斑)文多曲,鲨鱼所化之虎,其文独直,以其文直,是以知之。"

虎跑泉 ❶明田汝成《西湖游览志》卷五引宋濂《铭叙》:"虎跑泉,在杭之南山大慈定慧禅院,距城十里而近。唐元和十四年,性空大师来游兹山,乐其灵气郁盘,栖禅其中。寻以无水,将他之。忽神人跪而告曰:'自师之来,我等饶惠者甚之,奈何弃去?南岳童子旋当遣二虎来移,师无忧也。'翼日,果见二虎,跑山出泉,甘冽胜常,大师因留,建立伽蓝。"❷《古今图书集成·职方典》卷一二五四引《衡州府志》:"慧思禅师常登祝融峰与岳神会棋。神揖师曰:'师何来此?'师曰:'求檀越一坐地。'神曰:'诺。'师即飞锡以定其处,今福岩寺是也。……众患无水,师以杖击岩下,忽有二虎跑地,泉乃涌出,今虎跑泉是也。"祝融峰,在今湖南省衡山。❸宋王象之《舆地纪胜》卷八四:"虎跑泉,在京山。旧传关羽驻兵于此,山高无泉,士卒渴甚,夜有虎蹲哮而石间泉涌。"京山,县名,属今湖北省。按除上所述,其余以虎跑名泉者尚众,不备举矣。

虎生三子 宋周密《癸辛杂识集》卷下:"谚云:'虎生三子,必有一彪。'彪最犷恶,能食虎子也。余闻猎人云,凡虎将三子渡水,虑先往则子为彪所食,则必先负彪以往彼岸。既而挈一子次至。则复挈彪以还,还则又挈一子往焉。最后始挈彪以去。盖极意关防,惟恐食其子故也。"

的卢 《三国志·蜀志·先主纪》裴松之注引《世语》:"(刘)备屯樊城,刘表……请备宴会,蒯越、蔡瑁欲因会取备。备……潜循出。所乘马名的卢,骑的卢走,堕襄阳城西檀溪水中,溺不得出。备急曰:'的卢,今日厄矣!可努力!'的卢乃一踊三丈,遂得过。"按的卢,凶马名。《相马经》云:"马白额入口齿者名榆雁,一名的卢,奴乘客死,主乘弃市,凶马也。"元末明初罗贯中《三国演义》第三十四回"刘皇叔跃马过檀溪",即写此事。

和氏璧 《韩非子·和氏》:"楚人和氏得玉璞楚山中,奉而献之厉王。厉王使玉人相之,玉人曰:'石也!'王以和为诳,而刖其左足。及厉王薨,武王即位,和又奉其璞而献之武王。武王使玉人相之,又曰:'石也!'王又以和为诳,而刖其右足。武王薨,文王即位,和乃抱其璞而哭于楚山之下,三日三夜,泣尽而继之以血。王闻之,使人问其故,曰:'天下之刖者多矣,子奚哭之悲也?'和曰:'吾非悲刖也,悲夫宝玉而题之以石,贞士而名之以诳,此吾所以悲也。'王乃使玉人理其璞,而得宝焉,遂命曰和氏之璧。"按和氏,清王先慎云,《艺文类聚》七、《白孔六帖》五、《事类赋》九均引作卞和。《史记·廉颇蔺相如列传》所记蔺相如奉璧入秦及完璧归赵者,即和氏璧。汉蔡邕《琴操》有《立信退怨歌》,即写卞和事,而谓是怀王、平王、荆王时事。

斧劈石 傅增湘《秦游日录》"登太华记":"上西岭二里许,至西峰,道士为言北上陡出者为舍身岩,少南最上者为摘星石,再南为斧劈石,长十余丈,断裂为三,土人傅会为神香救母所斧。"按清李云圃辑《华岳志》卷一亦有记载,云是"劈斧石","长十余丈,浮置峰顶,断而为三","石隙二尺直下,相传为斧劈者"。

采药民 《旧小说·乙集五·原仙记》"采药民"条略云:蜀郡青城民,尝采药于青城山下,遇一大薯药，厮之，深数丈。此人厮之不已，至十丈余，遂堕穴中，无由而出。旁见一穴，行里许，出一洞口。洞上有水，岸上有人家，耕夫钓童，往往相遇。人告以此是仙境，当引之往谒玉皇。须臾乘云气至一城，宫门外有一大牛，赤色，形状甚异，闭目吐涎。主人令此民礼拜牛，牛吐宝物，即便吞之。少顷牛吐赤、青、黄、白等珠，均为赤衣、青衣、黄衣、白衣童子攫去。此民最后止攫得黑珠吞之，黑衣童子至无所见而空去。主人遂引民谒玉皇，玉皇赐三玉女充侍。居岁余，民思归，众共捧民腾身上，与群鹄俱飞空。乃至一城中，人物甚众，问其地，乃临海县也，去蜀已远。经岁乃返蜀，问其家，无人知者。有一人年九十余，云往年祖父采药不知所之，至今九十年矣。后询之人，人云，大牛乃驮龙也，所吐珠赤者吞之寿与天齐，青者五万岁，黄者三万岁，白者一万岁，黑者五千岁。此民吞黑者，虽不能学道，于人世上亦得五千岁耳。

狗仙山 《太平广记》卷四五八"狗仙山"条引《玉堂闲话》："巴赛之境，地多岩崖，水怪木怪，无所不有。民居溪壑，以弋猎为生涯。嵌空之所，有一洞穴，居人不能测其所往。猎师纵犬于此，则多呼之不回，瞪目摇尾，瞻其崖穴。于时有彩云垂下，迎猎犬而升洞；如是者年年有之，好道者呼为狗仙山。偶有智者，独不信之，遂绁一犬，挟弦弧往之。至则以篾绹系其犬腰，系于拱木，然后退身而观之。及彩云下，犬萦身而不能随去，嗥叫者数四。旋见有物，头大如瓮，双目如电，鳞甲光明，冷照溪谷。渐垂身出洞中，观其犬。猎师毒其矢而射之，既中，不复再见。顷经旬日，臭秽满山。猎师乃自山顶，缒索下观之，见一大蟒，腐烂于岩间。狗仙山之事，永无有之。"

周处祠 《古今图书集成·神异典》卷五〇引《陕西通志》："周处祠在渭南县倒兽谷口，世传处杀白额猛兽于此。又传赤水即处斩蛟地也，水尽赤。"按周处杀虎斩蛟，本传在义兴郡，此又传在陕西渭南，是皆传说之附会。

周烂头 《古今图书集成·山川典》卷九八引《无锡县志》："周烂头，初为担夫，见一老翁独行，意色甚倦。顾曰：'病不耐行，尔能负我至惠山乎？'周许之。既而觉其身忽重忽轻，颇疑之。至则解襦贻周。周谢曰：'岂可以薄劳使老人无襦！'不受。翁笑曰：'子乃可教。'就地拔一草予之，曰：'是可愈疟。'又曰：'汝识道院辛天君像否？'因取一丸泥授曰：'但有所欲，为爇少许，则天君降矣。'周自是疗病多效而不受报。其妻詈之不已。周怒曰：'辛天君尚为吾使，而敢慢我？'妻嗤其妄。乃剐去少土焚之。神忽现前，手奉请命，曰：'师何事？'周曰：'吾妻不信我，欲天君一验之耳。'神怒，举所持戟点其额而去。点处遂溃成疮，终不可愈，人呼为周烂头，为人治疾驱祟益神。后不知所终。"

周处斩蛟 南朝宋刘义庆《世说新语·自新》："周处年少时，凶强侠气，为乡里所患。又义兴水中有蛟，山中有邅迹虎，并皆暴犯百姓，义兴人谓为'三横'，而处尤剧。或说处杀虎斩蛟，实冀三横惟余其一。处即刺杀虎。又入水击蛟，蛟或浮或没，行十数里，处与之俱，经三日三夜，乡里皆谓已死，更相庆。竟杀蛟而出，闻里人相庆，始知为人情所患……处遂改励。"《古小说钩沉》辑《祖台之志怪》："义兴郡溪渚长桥下有苍蛟吞啖人，周处执剑桥侧伺，久之，遇出，于是悬自桥上投下蛟背而刺蛟，数创，流血满溪，自郡渚至太湖句浦乃死。"

周南髭鼠 《古小说钩沉》辑《列异传》："正始

中中山王周南为襄邑长,有鼠衣冠从穴中出,在厅事上语曰:'周南,尔某月某日当死。'周南不应,鼠还穴。后至期,更冠帻绛衣出,语曰:'周南,汝日中当死。'又不应,鼠缓入穴。须臾,出语曰:'向日适欲中。'鼠入复出,出复入,转更数,语如前语。日适中,鼠曰:'周南,汝不应,我复何道?'言绝,颠蹶而死,即失衣冠。周南使卒取视之,具如常鼠也。"同书又辑《幽明录》云:"魏齐王芳时,中山有王周南者,为襄邑长。"《搜神记》卷十八亦记其事,文略同。

试剑石 一名"三岛石"。清彭洵《青城山记》卷上:"试剑石,在延庆观北,高阔皆数十丈,一名三岛石。旧志云,相传青城多妖魅,天师欲诛之……忽大石当路,天师挥剑一掷,石遂中分,南一片复裂为二。"按今苏州虎丘亦有试剑石,传为吴王试剑处。明陈继儒《太平清话》卷上云:"试剑石,不独虎丘有之,武夷山六曲边,有控鹤仙人试剑石;又武昌县郭外西山,苏子瞻建九曲亭,其亭傍有孙权宫,亦有试剑石;山西亦有杨六郎试剑石。"而清陈元龙《格致镜原》卷六引《山堂肆考》,谓桂林府伏波山有伏波试剑石,宋曾敏行《独醒杂志》卷九谓吉水元潭观大江中有许旌阳试剑石;则试剑石所在多有矣。

泥马渡康王 《古今图书集成·神异典》卷三十四引《滑县志》:"宋高宗为康王,质于金,逃归,倦息崔府君庙,梦神告以门外备马侯。王觉,门外果有马,遂驰渡河,马为泥。土人建泥马庙,在县南二十里。"又明陈仁锡《潜确类书》卷一一一"康王泥马"条引《南渡录》云:"王,宋徽宗第九子,质于金。一日与金太子共射,三箭中筈(括)。太子疑其宗室中之武艺者,非真王也,留之无益,命朱换质。康王间道奔窜,倦息崔府君庙,梦神人曰:'金人追骑且至,王宜速去,已备马门首候矣。'康王惊觉,马已在侧。王跃马南驰,一日行七百里。河既渡,马不前,视之,乃泥马也。入树庄谒饭间,追者果至。老妪绐言已去,追者回骑,繇是得归,以延宋祚。"

定更石 明郑仲夔《耳新》卷八略云:万历间,贵溪乡民锄田,得一石,每至日午,铿然有声,子夜复如是。有所亲叶文学新者,怪其声,击碎之。见其中机巧悉备,有字云:"碎叶新手。"识者曰:"此诸葛武侯所制定更石也。"

定伯卖鬼 晋干宝《搜神记》卷十六:"南阳宋定伯,年少时,夜行,逢鬼,问之。鬼言:'我是鬼。'鬼问:'汝复谁?'定伯诳之,言:'我亦鬼。'鬼问:'欲至何所?'答曰:'欲至宛市。'……遂行数里。鬼言:'步行太迟,可共递相担,何如?'定伯曰:'大善。'鬼便先担定伯数里。鬼言:'卿太重,将非鬼也。'定伯言:'我新鬼,故身重耳。'定伯因复担鬼,鬼略无重。如是再三。定伯复言:'我新鬼,不知有何所畏忌?'鬼答言:'惟不喜人唾。'于是共行。道遇水,定伯令鬼先渡,听之,了然无声音。定伯自渡,漕漼作声。鬼复言:'何以有声?'定伯曰:'新死,不习渡水故耳,勿怪吾也。'行欲至宛市,定伯便担鬼,著肩上,急执之。鬼大呼,声咋咋然,索下,不复听之。径至宛市中下著地,化为一羊,便卖之。恐其变化,唾之,得钱千五百,乃去。当时石崇有言:'定伯卖鬼,得钱千五。'"此事亦见《古小说钩沈》所辑《列异传》,文略同,宋定伯作宗定伯。

细腰 晋干宝《搜神记》卷十八:"魏郡张奋者,家本巨富,忽衰老,财散,遂卖宅与程应。应入居,举家病疾,转卖邻人何文。文先独持大刀,暮入北堂中梁上。至三更尽,忽有一人长丈余,高冠、黄衣,升堂,呼曰:'细腰!'细腰应诺。曰:'舍中何以有生人气也?'曰:'无之。'便去。须臾,有一高冠、青衣者,次之,又有高冠、白衣者,问答并如前。及将曙,文乃下堂中,如向法呼之。问曰:'黄衣者谁?'曰:'金也,在堂西壁下。''青衣者谁?'曰:'钱也,在堂前井边五步。''白衣者谁?'曰:'银也,在墙东北角柱下。''汝复为谁?'曰:'我,杵也,今在灶下。'及晓,文按次掘之,得金银五百斤,钱千万贯,仍取杵焚之。由此大富。宅遂清宁。"按《古小说钩沈》辑《列异传》亦记之,文略同。

姑恶 宋苏轼《五禽言·咏姑恶》自注:"姑恶,水鸟也,俗云妇以姑虐死,故其声云。"宋陆游《夏夜舟中闻水鸟声》诗亦云:"君听姑恶声,无乃遣妇魂。"民间有姑恶鸟乃遣妇所化之说,盖由来已早。

妬女泉 唐张鷟《朝野佥载》卷六:"并州石艾、寿阳二界有妬女泉,有神庙,泉水沈洁彻千丈。祭者投钱及羊骨,皎然皆见。俗传妬女者,介之推妹,与兄竞,去泉百里,寒食不许举火,至今犹然。女衣锦红鲜,装束盛服,及有人取山丹、百合经过者,必雷风电雹以震之。"又《述异记》卷上亦记此而文较简。

妬女祠 金元好问《遗山先生集》卷五《游承天镇悬泉》诗注:"(平定)土俗传介之推被焚,其妹介山氏耻兄要君,积薪自焚,号曰妬女祠。碑大历中判官李谞撰,词旨殊谬,至有'百日积薪、一日烧之'之语。乡社至今以百五日积薪而焚之,谓之祭妬女云。"李谞所撰碑,见清俞樾《茶香室三钞》卷十九"妬神"条引林春溥《开卷偶得》,云:"唐李谞《〈妬神颂〉序》曰:'河东之美者,有妬水(女)之祠焉。其神周代之女,介推之妹。初,文公出国,介推从行,有割股之恩,无寸禄

之惠。誓将毕命,肯顾微躯,仪形飘损于□(疑有缺,编者注)烟,名迹庶几于不朽。后纵深悔,前路难追。因为灭焰之辰,更号清明之节。妹以兄涉要主,身非令终,遂于冬至之后,日积一薪,烈火焚之,为易其俗。谚云:百日斫柴一日烧。此之谓也。阖境之内,畴敢不恭。'"俞樾云:"后来周举之书,魏武之令,皆踵其妹之故智。"

妬妇津 唐段成式《酉阳杂俎·诺皋记上》:"临清有妬妇津。相传晋大始中,刘伯玉妻段氏,字明光,性妬忌。伯玉常于妻前诵《洛神赋》,语其妻曰:'娶妇得如此,吾无憾矣。'明光曰:'君何得以水神美,而欲轻我,吾死,何愁不为水神!'其夜乃自沉而死。死后七日,托梦语伯玉曰:'君本愿神,吾今得为神也。'伯玉寤而觉之,遂终身不复渡水。有妇人渡此津者,皆坏衣枉妆,然后敢济,不尔风波暴发。丑妇虽妆饰而渡,其神亦不妬也。……故齐人语曰:'欲求好妇,立在津口;妇立水傍,好丑自彰。'"又清王士禛《分甘馀话》卷四云:"妬妇津在临济。相传武后不敢渡,别取道以避之。……妬妇之神,刘伯玉妻也。"亦为异闻。

九画

胡媚儿 《旧小说·乙集二·幻异志》:"唐贞元中,扬州坊市间有一丐者……自称姓胡,名媚儿。所为怪异,旬日后观者云集,其所丐求日获千万。一旦怀中出一琉璃瓶子,可受半升,表里烘明,如不隔物,遂置于席上。谓观者曰:'有人施与,满此瓶子则足矣。'有人与之百钱,投之琤然有声,则见瓶间大如粟粒,众皆异之。复有人与之千钱……万钱,亦如之。……或有以驴马入之瓶中,见驴马皆如蝇大,动行如故。须臾有度支两税

纲，自扬子院部轻货数十车至。驻观之，自恃官物，乃谓媚儿曰：'尔能令诸车皆入此中乎？'……媚儿乃微侧瓶口，大喝，诸车辘辘相继，悉入瓶，瓶中历历如行蚁然。有顷，渐不见。媚儿即跳身入瓶中，纲乃大惊，遽取扑破求之，一无所有。从此失媚儿所在。后月余日，有人于清河北逢媚儿，部领车乘，趋东平而去。"

残形操 琴曲名。汉蔡邕《琴操》卷上："《残形操》者，曾子所作也。曾子鼓琴，墨子立外而听之。曲终，入曰：'善哉鼓琴！身已成矣，而未得其首也。'曾子曰：'吾昼卧见一狸，见其身而不见其头，起而为之弦，因而残形。'"

垫江龙 明曹学佺《蜀中名胜记》卷十八："垫江多龙矣。《合州志》云：周元公判州事，尝与客弈。一老人来观，口流涎而香。公惊问曰：'汝龙也，何以至此？'老人曰：'安知之？'公曰：'以涎知尔。'忽大雷电起，老人化龙，沂溪而上。公乃令琢方石二十四片以镇之。今通晓桥是其处，在城内之明月街。"

春牛芒神 《元典章》三十二："春牛用桑柘木为胎骨，牛头至尾桩八尺，按八节；牛尾一尺二寸，按十二时辰；高四尺，按四时。芒神身高三尺六寸五分，按一年三百六十五日；鞭子用柳枝儿，长二尺四寸，按二十四气。上用结子，孟日立春用麻，仲日用苎，季日用丝。用粉五色点染。"按芒神，谓句芒神；旧时造作春牛芒神施行，所以劝农也。清制：顺天府以六月移文钦天监，定次年芒神土牛服色绘图，立春日进呈。见《清会典》。

荆轲刺秦王 《燕丹子》卷下："（荆轲）西入秦，至咸阳……秦王喜，百官陪位，陛戟数百，见燕使者。轲奉于前首，武阳奉地图，钟鼓并发，群臣皆呼万岁。武阳大恐，两足不能相过，面如死灰色。秦王怪之。轲顾武阳，前谢曰：'北蕃蛮夷之鄙人，未见天子，愿陛下少假借之，使得毕事于前。'秦王曰：'轲，起督亢图进之。'秦王发图，图穷而匕首出。轲左手把秦王袖，右手椹其胸，数之曰：'足下负燕日久，贪暴海内，不知厌足……（今）从吾计则生，不从则死！'秦王曰：'今日之事，从子计耳，乞听琴声而死。'召姬人鼓琴。琴声曰：'罗縠单衣，可掣而绝；八尺屏风，可超而越；鹿卢之剑，可负而拔。'轲不解音，秦王从琴声，负剑拔之，于是奋袖，超屏风而走。轲拔匕首擿之，决秦王耳，入铜柱，火出，然。秦王还断轲两手。轲因倚柱而笑，箕踞而骂，曰：'吾坐轻易，为竖子所欺，燕国之不报，我事之不立哉！'"又《汉唐地理书钞》辑《辛氏三秦记》云："荆轲入秦，为燕太子报仇，抱秦王衣袂，曰：'宁为秦地鬼，不为燕地囚！'王美人弹琴作语，曰：'三尺罗衣何不裂！四面屏风何不越！'王因裂衣而走，得免。"即上文记叙之缩写。

昭之救蚁 《古小说钩沈》辑《齐谐记》："吴当(富)阳县董昭之，尝乘船过钱塘江中央，见有一蚁，著一短芦走，一头回，复向一头，甚惶遽。昭之曰：'此畏死也。'因以绳系芦，欲取著船头。船中人骂：'此是毒螫物，不可长，我当蹋杀之。'昭意甚怜此蚁，会船至岸，蚁缘绳得出。中夜梦一人，乌衣，从百许人来，谢曰：'仆不慎堕江，惭君济活。仆是虫王，君若有急难之日，当见告语。'历十余年，时江左所在劫盗，昭之从余杭山过，为劫主所牵，系余杭狱。昭之忽思蚁王之梦，结念之际，同被禁者问之，昭之曰：'蚁云缓急当告，今何处告之？'有囚言：'但取两三蚁著掌中祝之。'昭之如其言，莫(暮)果梦乌衣人言云：'可急去入余杭山，天子将下赦，今不久也。'于是便觉。蚁啮械已尽，因得出狱,过江投余杭山。旋遇赦得免。"按亦见晋干宝《搜神记》卷二〇,文略同。

哙参疗鹤 晋干宝《搜神记》卷二〇:"哙参,养母至孝,曾有玄鹤,为弋人所射,穷而归参。参收养,疗治其疮,愈而放之。后鹤夜到门外,参执烛视之,见鹤雌雄双至,各衔明珠,以报参焉。"按亦见《述异记》上,文略同,明珠作明月珠。

临平石鼓 南朝宋刘敬叔《异苑》卷二:"晋武帝时,吴郡临平岸崩,出一石鼓,打之无声。以问张华,华云:'可取蜀中桐材,刻作鱼形,打之则鸣矣。'于是如言,音闻数十里。"

临平仙药 《民间文学》一九七九年第九期《浙江药材的传说·临平仙药十八种》略云:铁拐李背药葫芦下凡救人,至临平乡下,遇乡人携缩脚鳖,谋烹而食。拐李诫以勿妄食此鳖,云缩脚鳖系毒蛇所化,食之废命。乡人不听,竟杀而食之,拐李往视,乃安然无恙。讬询其故,云乃与生姜同煮食,"生姜解百毒"。"人间自有灵丹药,不劳仙家下凡来"。拐李愧恚,因悉倾其葫芦中药于山中,返回天上。拐李倒仙药之地,长出良药十八种,能治百病,今称"临平仙药十八种"。

钟斗蛟 清王士禛《皇华纪闻》卷三:"三水县华山地藏庵有宣和钟一枚,蛟龙纽,四周作鸟兽虫鱼云龙之形,常出与乌石潭蛟相斗。蛋户多见之。一日,老僧古溪晨起诵经,失钟所在。久之,有声隐隐从空中来,瞬息复悬如故。淋漓水湿,上作龙腥。自后风雨即飞去。遂俟其至,破之。今废钟尚存庵中。"

顺风耳 见"千里眼顺风耳"(379页)。

独角变鲤 《古小说钩沈》辑祖冲之《述异记》:"独角者,巴郡江人也,年可数百岁,俗失其名,顶上生一角,故谓之独角。或忽去积载,或累旬不语,及有所说,则旨趣精微,咸莫能测焉。……一旦与家辞,因入舍前江中,变为鲤鱼,角尚在首。后时时暂还,容状如平生,与子孙饮宴,数日辄去。"

重九 旧称阴历九月九日为重九,亦称"重阳。南朝梁王筠诗:"重九惟嘉节,抱一应元贞。"

重阳 亦称"重九"。三国魏曹丕《与钟繇书》:"岁月往来,忽复九月九日,九为阳数,而日月并应,故曰重阳。"南朝梁宗懔《荆楚岁时记》注引杜公瞻云:"九月九日宴会未知起于何代,然自汉迄宋未改,今北人亦重此节。"南朝梁吴均《续齐谐记》云:"汝南桓景随费长房游学累年,长房谓曰:'九月九日汝中当有灾,宜急去,令家人各作绛囊,盛茱萸以系臂,登高饮菊花酒,此祸可除。'景如言,齐家登山,夕还,见鸡犬牛羊,一时暴死。长房闻之,曰:'此可代也。'今世人九日登高饮酒,妇女带茱萸囊,盖始于此。"唐王维《九月九日忆山东兄弟》诗:"遥知兄弟登高处,遍插茱萸少一人。"知重九登高风习,汉唐已然矣。

鬼穴 明陈仁锡《潜确类书》卷二一:"苦竹山在莆田九华山后。此山有鬼穴,唐沙门千灵初入山,其鬼拒之。灵以铁针与鬼誓曰:'能饮此针者留,不能者去。'鬼不能饮,灵自饮之,鬼乃遁去。所饮余针,封贮尚存。"

鬼画桃符 元瞿祐《四时宜忌·正月事宜》引《山海经》(今本无):"画桃符以厌鬼。"金元好问《论诗绝句》:"真书不入今人眼,儿辈从教鬼画符。"按今方言有"鬼画桃符",或"鬼画符"语,意谓小儿学书,信笔涂鸦,字画难识。上二语盖是其出典。

神农架 《民间文学论坛》一九八三年第二期《神农架田歌的特点及其长期流传的原因》:"神农架位于湖北省西北部,与四川、陕西交界。……传说这里是神农氏尝百草、寻药材的地方。一次神农氏为了给一位病

神女导航 《四川史地丛书·长江三峡》有此之记叙，云："(瑶姬等)十二天女又见巫峡航道复杂，过往船只常被暗礁撞翻，于是毅然留在巫山，为行船导航，为打柴人驱虎豹，为病人种灵芝。日久天长，十二天女的身躯化成了十二座突兀的山峰，其中以瑶姬化作的神女峰奇丽拔俗，其余诸峰簇拥着神女峰伫立在巫峡两岸。"又《长江万里行》云："(巫峡)还流传一段'神女导航'的神话。神话中说：古时候西王母的小女儿瑶姬，腾云来到巫山上空，看到一群孽龙在天空殴斗，骚扰百姓。她便停下来，击毙孽龙，为民除害。后又派人帮助大禹凿开三峡，疏通河道，并且自己留下来为行船导航，最后就化成了神女峰。她日日夜夜俯视着江面，第一个迎来朝霞，又最后一个目送晚霞而去。"

神鱼送屈原 《民间文学》一九七九年第六期《屈原的传说》略云：秦将白起攻陷郢都时，屈原不忍故国沦亡，含恨怀沙抱石，自沉汨罗。百姓闻讯，咸来打捞其尸。两日两夜，遍寻无着。第三日晨，忽见有金色大海鱼，跃出江面，载屈原尸，溯流而行。屈原倚坐鱼鳍，冠切云冠，著白长袍，容貌如生。百姓正欲迎之上岸，神鱼潜游已远。经湘江，入洞庭，湘君、湘夫人留之而未能，鱼精水怪阻之亦未遂。神鱼衔屈原尸，横穿八百里洞庭湖，直入长江。屈原盘坐鱼口，凭吊残破之郢都，泪如泉涌。遂入西陵峡，至空岭，有暗礁"三珠"挡道。神鱼怒而摇鳍摆尾，浪碎石崩，闯过恶滩。归州人闻神鱼送屈原回，咸来迎迓。神鱼载屈原尸至秭归城东"屈沱三漩"地，绕游三周，忽腾空入云，与尸俱逝。但留其衣冠于一鱼形山脊，后人因于其地建造屈原衣冠冢以纪念之。

骇神豕 唐张彦远《历代名画记》卷四："张衡，字平子，善画。昔建州浦城县山有兽，名骇神豕，豕身人首，状貌丑恶，百鬼恶之。好出水边石上，平子往写之，兽入潭中不出。或云：'此兽畏人画，故不出也，可去纸笔。'兽果出。平子拱手不动，潜以足指画兽。今号为巴兽潭。"

姚绗化鹤 《汉唐地理书钞》辑唐李泰《括地志》卷下："五山有五峰。昔村人姚绗尝于此采樵，忽遇仙人。及还家，因入甕中隐身，谓家人云：'可七日勿开。'日限未至，家人开之，绗化为白鹤飞向五山。"

十画

真人 谓修真得道之人。《庄子·天下》："关尹、老聃乎，古之博大真人哉。"《淮南子·俶真训》云："若夫真人，则动溶于至虚，而游于灭亡之野，骑蜚廉而从敦圄，驰于方外，休乎宇内，烛十日而使风雨，臣雷公，役夸父，妾宓妃，妻织女，天地之间，何足以留其志。"此之谓也。

赶山鞭 《古小说钩沈》辑《小说》引《三齐要略》云："始皇作石桥，欲过海观日出处。时有神人，能驱石下海，石去不速，神人辄鞭之，至今悉赤。阳城山上石，皆起立东倾，如相随状，至今犹尔。"此俗说秦始皇有赶山鞭之肇始。《太平御览》卷七三引《齐地记》云："旧说始皇以术召石，石自行，至今皆东首，隐轸似鞭挞痕。"赶山鞭已隐约状写其间。《民间文学》一九七九年第四期《姜女庙纪行》："除孟姜女故事外，拾粪老人还讲了关于赶山鞭的传说。传说修长城的砖每块四五十斤，大石头每块好几百斤，要运上山修长城，十分困难。山沟里有个老婆婆纺了线给人纴石头，不管石头多重，只要用这线拴着一拉就很轻松地上去了。大伙儿干得又快又轻松，加快了修城的进度。这事叫秦始皇知道了，他把大伙的线收集起来，结成了赶山鞭，赶起大石头就跟赶牲口似的，把没用的石头往海里赶。"参见"驱山铎"（179页）。

晋阳湖 《民间文学》一九六一年第四期《禹王治水的传说》略谓：古时山西太原原为一大湖，名晋阳湖。禹王治水至此，捞湖泥观之，见泥土肥沃，泥心尚有禾苗嫩叶，因返江南，率八百青壮年男女，拟治湖为田，而无干涸湖水之法。偶遇渔女夜渔于湖上，乃宴之舟中，询以治水之法。渔女以石投酒杯，破一缺口，不顾而去。禹愕视桌上杯，见酒浆从缺口外溢，流见杯底，因悟治水之理。乃率民夫凿通湖东灵石山，湖水乃于灵石口奔流出，滔滔直流注入东海，湖遂干涸成为一片富庶田园。八百男女乃于此安居乐业，成为后来晋阳人祖先。

桃园盟 清褚人穫《坚瓠秘集》卷三"指关为姓"条引《关西故事》："蒲州解梁县关公，本不姓关，少时力最猛，不可检束，父母怒而闭之后园空室。一夕月甚明，启窗越出，闲步园中。闻墙东有女子啼哭甚悲，兼有老人相向哭声，怪而排墙询之。老者诉云：'我女已受聘矣，而本县舅爷，闻女有色，欲娶为妾，我诉之尹，反受叱骂，以此相泣。'公闻大怒，仗剑径往县署，杀尹并其舅而逃。至潼关。闻关门图形，捕之甚急，伏于水傍，掬水洗面，自照其形。自水洗后，颜已变苍赤，不复识认，挺身至关，关主诘问，随口指关为姓，后遂不易。东行至涿州。张翼德在州卖肉，其买卖止于上午。至日午即将所存，下悬肆傍井中，举五百斤大石掩其上，任有势力者不能动。示人曰：'谁能举此石者，与之肉。'公至时，适已薄暮，往买肉，而翼德不在肆。人指井谓之曰：'肉有全肩，悬此井中，汝能举石，乃可得也。'公举石，轻如弹丸，人共骇叹。公携肉而行，人莫敢御。张归，闻而异之。追及，与之角力，力相敌，莫能解。而刘玄德卖草鞋适至，见二人斗，从而御止。三人共谈，意气相投，遂结桃园之盟。"按元末明初罗贯中《三国演义》第一回有"宴桃园豪杰三结义"，然此当更近于民间传说。

聂政刺韩王 琴曲名。汉蔡邕《琴操》卷下："《聂政刺韩王》者，聂政之所作也。政父为韩王治剑，过期不成，王杀之。时政未生。及壮，问其母曰：'父何在？'母告之。政欲杀韩王，乃学涂入王宫，拔剑刺王，不得，逾城而出。去入太山，遇仙人，学鼓琴，漆身为厉，吞炭变其音，七年而琴成。欲入韩，道逢其妻，从置栉。对妻而笑，妻对之泣下。政曰：'夫人何故泣？'妻曰：'聂政出游，七年不归，吾尝梦想思见之。君对妾笑，齿似政齿，故悲而泣。'政曰：'天下人齿，尽政若耳，胡为泣乎！'即别去，复入山中，仰天而叹，曰：'嗟乎！变容易声，欲为父报仇，而为妻所知，父仇当何时复报！'援石击落其齿。留山中三年习操，持入韩国，人莫知政。政鼓琴阙下，观者成行，马牛止听，以闻韩王。王召政而见之，使之弹琴。政即援琴而歌之，内刀在琴中。政于是左手持衣，右手出刀，以刺韩王，杀之。曰：'……政杀国君，知当及母。'即自犁剥面皮，断其形体，人莫能识。乃枭磔政形体市，悬金其侧：有知此人者，赐金千斤。遂有一妇人，往而哭曰：'嗟乎！为父报仇邪？'顾谓市人曰：'此所谓聂政也；为父报仇，知当及母，乃自犁剖面。何爱一女之身，而不扬吾子之名哉！'乃抱政尸而哭，冤结陷塞，遂绝行脉而死。故曰：《聂政刺韩王》。"按聂政事亦见《史记·刺客列传》，而与此有三不同：《史记》谓聂政刺韩相侠累，此谓是刺韩王，一不同也；《史记》谓聂政为严仲子报仇，此谓是为父报仇，二不同也；《史记》谓聂政恐累及其姊，故"皮面决眼、自屠屠肠"，后其姊终来认其尸，使不"灭贤弟之名"，此则谓是母来认尸，"扬子之名"，三不同也。至漆身吞炭，《史记》以为是豫让事，此乃以为聂政，犹情节之小焉者。

秦精 晋常璩《华阳国志·巴志》："秦昭襄王时，白虎为害，自秦蜀巴汉患之。秦王乃重募国中，有能煞虎者，邑万家，金帛称之。于是夷朐忍、廖仲、药何、射虎秦精等，乃作白竹弩于高楼上射虎，中头三节。白虎常从群虎，瞋恚，尽搏煞群虎，大响而死。秦王嘉之。白虎历四郡，害千二百人，一朝患除，功莫大焉。"

泰山皇帝 见"陈龙文"(396页)。

唤人蛇 清俞樾《茶香室丛钞》卷二三引陈鼎《蛇谱》："唤人蛇长丈余，至数仞，广西近交趾山中有之。伏草莽间，遇行旅过，辄大呼曰：'何处来？那里去？'只此六字，甚清楚，音同中州。不知而误应之，虽去隔数十里，蛇必至。至则腥风拥树，排闼而入，吞应者去，人莫能制也。"

倾井 明陈仁锡《潜确类书》卷三三："倾井在束鹿县。相传汉光武徇师河北，历此，三军渴甚，遇井，苦无汲具。光武下令：'可用力扳之。'井忽倾倒，水溢。今砖砌倾斜，势同隧道是也。"

射的山 宋王象之《舆地纪胜》卷十："射的山，在会稽南十五里，遥望山壁有白点如射侯，土人以占谷贵贱。语曰：'射的白，米斛百；射的黑（玄），米斛千。'"又《会稽郡故书杂集》辑《孔灵符会稽记》云："射的山东高岩临潭，有射的石，远望有白点。的的如射侯，形甚圆明，视之如镜。射的之西，有石室，壁方三丈，谓之射堂。传云，羽客之所游憩。"

殷七七 唐蒋防《幻戏志》(见《龙威秘书》四集)："殷七七名天祥，曾于泾州卖药，得药者入口即愈。周宝旧识之于长安，及镇浙西，七七忽到，宝惊喜召之，师益敬。鹤林寺杜鹃，高丈余，每春末花烂缦。寺僧构饰花院，或窥见三女子，红裳艳丽，共游树下，俗传女子花神也。宝一日谓七七曰：'鹤林之花，天下奇绝，尝闻能开非时花，此花可开否？'七七曰：'可也。'宝曰：'今重九将近，能副此日乎？'七七乃前二日往鹤林寺宿焉。中夜，女子来谓七七曰：'道者欲开此花邪？今与道士共开之。'来日晨起，寺僧忽讶花渐拆蕊，及九日，烂缦如春。宝与一城士庶惊异之。数日花忽不见。"宋苏轼《后十余日复至(吉祥寺)》诗："安得道人殷七七，不论时节遣花开。"

铁李捕狐 金元好问《续夷坚志》卷二："铁李者，以捕狐为业。……一日，张网沟北古墓下，系一鸽为饵，身在大树上，伺之。二更后，群狐至，作人语云：'铁李铁李，汝以鸽赚我耶？汝家父子驴群相似，不肯做庄农，只学杀生。俺内外六亲，都是此贼害却。今日天数到此，好好下树来，不然，锯倒别说话。'即闻有拽锯声，大呼撘镬煮油，当烹此贼。火亦随起。铁李惧，不知所为。顾腰惟有大斧，思树倒则乱斫之。须臾天晓，狐乃去，树无锯痕，旁有牛肋数枝而已。铁李知其变幻无实,其夜复往。未二更,狐至,泣骂俱有伦。李腰悬火罐,取卷爆潜蓺之,掷树下。药火发,猛作大声,群狐乱走,为网所胃,瞑目待毙,不出一语。以斧椎杀之。"

徐仙亭 宋王象之《舆地纪胜》卷二八:"《夷坚志》云,袁州萍乡县兴教寺后有徐仙亭。古老相传,初有徐君居此地,每日见一黄犬往来,颇异之。访其主,无能知者。遂诱而烹食之,盖黄精也,因是仙去。后人于故基筑亭,为一邑之胜处。"又清褚人穫《坚瓠八集》卷三"徐仙"条云:"徐仙,不知何代人,常于萍乡郭西山间炼药。有黄犬回旋于丹鼎之旁,往返率以为常。徐异之,以红线系其颈,视其所之。至桐坡枸杞丛中,隐而不见,但余红线在外。即掘其丛,得根如黄犬状,持归蒸之,芬香满室。徐食之,由此仙去。今山上有徐仙亭,题咏甚多。"与前所记小有异同。

徐邈画獭 《太平御览》卷七五〇引《魏氏春秋》:"徐邈善画,作走水獭,摽于水滨,群獭集焉。"又南朝梁吴均《续齐谐记》云:"魏明帝游洛水,水中有白獭数头,美静可怜,见人辄去,帝欲见之,终莫能遂。侍中徐景山曰:'獭嗜鲻鱼,乃不避死。'画板作两生鲻鱼,悬置岸上。于是群獭竞逐,一时执得,帝甚佳之。"

竞渡 南朝梁宗懔《荆楚岁时记》:"五月五日竞渡,俗为屈原投汨罗日,伤其死,故并命舟楫以拯之。……邯郸淳《曹娥碑》云:'五月五日时,迎伍君,逆涛而上,为水所淹。'斯又东吴之俗,事在子胥,不关屈平也。越地传云,起于越王勾践,不可详矣。"按明冯应京《月令广义·五月令》引《岁时记》云:"五日竞渡,以为拯屈原,后世遂以为戏,刻舟为龙,服具彩绘一色,极为华侈。横江跳浪,便捷如龙;掷彩夺幖,流传盛事。"又似专为屈原。参见"端五"(416页)、"五月五日粽"(383页)。

高渐离 离一作丽。《燕丹子》卷下:"荆轲入秦,不择日而发。太子与知谋者,皆素衣冠送之于易水之上。荆轲起为寿,歌曰:'风萧萧兮易水寒,壮士一去兮不复还。'高渐离击筑,宋意和之。为壮声,则发怒冲冠;为哀声,则士皆流涕。二人(荆轲与秦武阳)皆升车,终已不顾也。"汉王充《论衡·书虚》:"燕太子丹使刺客荆轲刺秦王,不得,诛死。后高渐丽复以击筑见秦王,秦王说之。知燕太子丹客,乃冒其眼,使击筑。渐丽乃置铅于筑中以为重。当击筑,秦王膝进,不能自禁。渐丽以筑击秦王颡,秦王病伤,三月而死。"

凌波曲 宋王灼《碧鸡漫志》卷四引《开元天宝遗事》:"帝在东都,梦一女子高髻广裳,拜而言曰:'妾凌波池中龙女,久护宫苑,陛下知音,乞赐一曲。'帝为作《凌波曲》奏之池上,神出波间。"

唐鼠 北魏郦道元《水经注·沔水》:"唐君,字公房,成固人也。学道得仙,人云台山,合丹服之,白日升天。鸡鸣天上,狗吠云中,惟以鼠恶留之。鼠乃感激,以月晦日吐肠胃更生,故时人谓之唐鼠也。"南朝宋刘敬叔《异苑》卷三云:"唐鼠形如鼠,稍长,青黑色,腹边有余物如肠,时亦污落,亦名旁鼠。昔仙人唐昉拔宅升天,鸡犬皆去,惟鼠坠下不死,而肠出数寸,三年易之,俗呼之为唐鼠,城固川中有之。"即此,惟传闻小有不同耳。

唐明皇游月宫 《云笈七籤》卷一一三《神仙感遇传》"罗公远"条:"罗公远八月十五夜侍明皇于宫中玩月。公远曰:'陛下莫要月宫中看否?'帝惟之。乃以柱杖向空掷之,化为大桥,桥道如银。与明皇升桥,行若十数里,精光夺目,寒气侵人,遂至大城。公远曰:'此月宫也。'见仙女数百,皆素练霓衣,舞于广庭。上问其曲,名曰《霓裳羽衣》也。乃密记其声调。旋为冷气所逼,遂复蹑银桥回。返顾银桥,随步而灭。明日召乐工依其调作《霓裳羽衣曲》,遂行于世。"按唐明皇游月宫事,所见数处,记载不一。除此而外,尚有《异闻录》,以为是与申天师及洪都客;《集异记》,以为是叶法善。要皆传说之异。元白朴有《唐明皇游月宫》杂剧,今不传。

消面虫 唐张读《宣室志》卷一略云:吴郡陆颙幼嗜面,后人太学,有群胡携酒交欢,既又以金帛为寿,固拒不获。同舍生疑胡有异,劝颙移居渭上以避之。迁月余,胡诣颙门,曰:"君在太学,我辈未得尽言,今可如吾愿矣。"颙骇听之。胡曰:"君好食面乎?"曰:"然。"曰:"食面者,君腹有虫耳。"因出药令颙饵之。顷吐一虫,长二寸许,色青,状如蛙。胡曰:"此名消面虫,实奇宝也。"以面斗余,食之立尽。胡盛以筒,扃之金函,以玉缯帛数万为献,乃捧函而去。岁余,胡拉颙至海上,投前虫于油中,炼之七日,有一童一女相继出海,捧径寸珠数十来献,胡叱之。忽又一人,瑶冠霞衣,赍一珠至,径五寸许,奇光泛空,光照数百步,胡喜而受之。绝燎收虫,虫跳跃如初。于是赍珠入海,戒颙紧随,珠光所及,水皆豁开。介鳞之属,无不辟易。乃入龙宫鲛室,恣取珍异而出,更厚赠陆。

海岛长人 《旧小说·戊集二·西樵野记》"海岛人"条:"成化辛丑,苏卫数军士,被公遣赴崇明。事毕泛海而归,为大风飘至一岛,山麓旷异。一人从林中出,长可三四丈,深目黑面,狞丑不可喻。见数人,悉以藤贯掌心,系一树下。已而复人。众极力断之而窜。始放舟,前者偕数辈,状貌无异,蹲立水浒,以手攀舷。舟中一勇士,急掣刀断其指,始狭舍舟而去。辨之,乃一指中一节

耳。试以小尺度之,尺有四寸。因献嘉定令,令贮藏中。"

海神求宝 《太平广记》卷四〇二"径寸珠"条引《广异记》:"近世有波斯胡人,至扶风逆旅,见方石在主人门外……以钱二千求买。主人得钱甚悦,以石与之。胡载石出,对众剖得径寸珠一枚,以刀破臂腋,藏其内,便还本国。随船泛海,行十余日,船忽欲没。舟人知是海神求宝,乃遍索之。无宝与神,因欲溺胡。胡惧,剖腋取珠。舟人咒云:'若求此珠,当有所领。'海神便出一手,甚大多毛,捧珠而去。"

陷湖 晋干宝《搜神记》卷二〇:"邛都县下有一老姥,家贫,孤独。每食,辄有小蛇,头上戴角,在床间,姥怜而饴之。食后稍长大,遂长丈余。令有骏马,蛇遂吸杀之,令因大忿恨,责姥出蛇。姥云:'在床下。'令即掘地,愈深愈大,而无所见。令又迁怒,杀姥。蛇乃感人以灵言,瞋令:'何杀我母?当为母报仇!'此后每夜辄闻若雷若风,四十余日。百姓相见,咸惊语:'汝头那忽戴鱼?'是夜,方四十里,与城一时俱陷为湖,土人谓之为陷湖。惟姥宅无恙,迄今犹存。渔人采捕,必依止宿,每有风浪,辄居宅侧,恬静无他。风静水清,犹见城郭楼橹隐然。"按关于陷湖以及类似传说,古书记非一,《古小说钩沈》辑《刘之遴神录》所记之由拳县,《搜神记》卷二〇所记之古巢郡等,均陷而为湖,亦均有一老姥介其间。《淮南子·俶真训》云:"历阳之都,一夕反而为湖。"即此之类。《太平广记》卷四五六"邛都老姥"条引《穷神秘苑》亦记此事,谓"土人谓之邛河,亦邛池",即今四川者西昌县之邛海是也。

骊山神女 《太平御览》卷七一引《辛氏三秦记》:"骊山西有温泉。俗云,始皇与神女戏,不以礼,女唾之,则生疮。始皇怖谢,神女为

出温泉,后人因洗浴。"又《古小说钩沈》辑《幽明录》云:"汉武帝在甘泉宫,有玉女降,常与帝围棋相娱。女风姿端正,帝密悦,乃欲逼之。女因唾帝面而去,遂病疮经年。故《汉书》云:'避暑甘泉宫。'正其时也。"盖同一传说之分化。

十一画

曹公船 《太平广记》卷三二二"曹公船"条引《广古今五行记》:"濡须口有大船,船覆在水中,水小时便出见。长老云,是曹公船。常有渔人夜宿其旁,以船系之,但闻笋笛弦歌之音,又香气非常。渔人始得眠,梦人驱遣,云勿近官妓。传云,曹公载妓,船覆于此,至今在焉。"按曹公,谓三国时曹操。事原见《搜神后记》卷六。又见《搜神记》卷十六、《古小说钩沈》辑《荀氏灵思志》。

戚无何 清王士禛《皇华纪闻》卷一:"戚无何,方外士也。百家之书,无不览记。常游太湖濡、皖间,借寓五显庙,庙主拒之,夜伸臂倾其殿角。一日游龙潭,客思鱼鲙。戚拔金搔头投潭中,即有巨鱼跃出,剖之,搔头在鱼腹中。后不知所在。"

黄安 《洞冥记》卷二:"黄安,代郡人也,为代郡卒……年可八十余,视如童子……冬不著裘,坐一神龟,广二尺。人问:'子坐此龟几年矣?'对曰:'昔伏羲始造网罟,获此龟以授吾。吾坐龟背已平矣。此虫畏日月之光,二千岁即一出头,吾坐此龟已见五出头矣。'行即负龟以趋。世人谓黄安万岁矣。"

黄精 见"徐仙亭"(409页)。

黄石公 《史记·留侯世家》:"张良……得力士,为铁椎,重百二十斤。……击秦皇帝博浪沙中,误中副车。秦皇帝大怒,大索天下,求贼甚急。……良乃更名姓,亡匿下邳。良尝闲,从容步游下邳圯上。有一老父,衣褐,至良所,直堕其履圯下。顾谓良曰:'孺子,下取履。'良愕然,欲殴之,为其老,强忍下取履。父曰:'履我。'良业为取履,因长跪履之。父以足受,笑而去。良殊大惊,目随之。父去里所,复还,曰:'孺子可教矣,后五日平明,与我会此。'良因怪之,跪曰:'诺。'五日平明,良往,父已先在。怒曰:'与老人期,后,何也?'去,曰:'后五日早会。'五日鸡鸣,良往,父又先在。复怒曰:'后,何也?'去,曰:'后五日复早来。'五日,良夜未半往。有顷,父亦来,喜曰:'当如是。'出一编书,曰:'读此,则为王者师矣。后十年兴,十三年,孺子见我济北,谷城山下黄石即我矣。'遂去,无他言,不复见。旦日视其书,乃《太公兵法》也。良因异之,常习诵读之。……数以《太公兵法》说沛公,沛公善之,常用其策。……后十三年,(良)从高帝过济北,果见谷城山下黄石,取而葆祠之。留侯死,并葬黄石冢。"按晋皇甫谧《高士传》有黄石公传,《隋书·经籍志》有《黄石公兵书》、《黄石公三奇法》等。《史记》索隐引孔文祥云:"黄石公,须眉皆白状,杖丹藜,履赤舃。"黄石公之名盖始此。晋干宝《搜神记》卷四云:"益州之西,云南之东,有神祠,自称黄(石)公。因言此神,张良所受黄石公之灵也。"则自晋代而后黄石公已为人所奉祀。

黄雀衔环 南朝梁吴均《续齐谐记》略云:宏农杨宝,性慈爱。年九岁,至华阴山,见一黄雀,为鸱枭所搏。逐树下,宛转复为蝼蚁所困。宝怀之以归,亲自照视,食以黄花,逮十余日,毛羽成,飞去。是夕宝三更读书,有黄衣童子曰:"我王母使者,蒙君仁爱见救,今当受赐南海。"别以四玉环与之。曰:"令君子孙洁白,且从登三公,事如此环矣。"按杨宝,后汉人,杨震之父。《后汉书·杨震传》有其略传。

黄笈遇仙 清王士禛《皇华纪闻》卷三:"黄笈,字子器,英德人,性嗜弈。一日,与客弈,有道流来,从旁指点。讶曰:'仙着也!'道流笑,捋其须而去。次日,须尽白。年及耄耋,忽以瓯击案,连曰:'仙着!仙着!'遂化去。"按此与烂柯山事相类。

傀儡子 乐曲名。唐段安节《乐府杂录》:"自昔传云,起于汉祖。在平城,为冒顿所围,其城一面即冒顿妻阏氏,兵强于三面,垒中绝食。陈平访知阏氏妒忌,即造木偶人,运机关,舞于陴间。阏氏望见,谓是生人,虑下其城,冒顿必纳妓女,遂退军。史家但云陈平以秘计免,盖鄙其策下耳。后乐家翻为戏。"

寄女 晋干宝《搜神记》卷十九:"东越闽中,有庸岭,高数十里。其西北隙中,有大蛇,长七八丈,大十余围,土俗常惧。东治都尉及属城长吏,多有死者。祭以牛羊,故不得祸。或与人梦,或下谕巫祝,欲得啖童女年十二三者。都尉令长并共患之,然气厉不息。共请求人家生婢子,兼有罪家女养之,至八月朝,祭送蛇穴口,蛇出吞啮之。累年如此,已用九女。尔时复预募索,未得其女。将乐县李诞,家有六女,无男,其小女名寄,应募欲行。父母不听。寄曰:'父母无相,惟生六女,无有一男,虽有如无。女无缇萦济父母之功,既不能供养,徒费衣食,生无所益,不如早死。卖寄之身,可得少钱,以供父母,岂不善耶?'父母慈怜,终不听去。寄自潜行,不可禁止。寄乃告请好剑,及咋蛇犬。至八月朝,便诣庙中坐,怀剑将犬。先将数石米餈,用蜜麨灌之,以置穴口。蛇便出,头大如囷,目如二尺镜。闻餈香气,先啖食之。寄便放犬,犬就啮咋。寄从后斫得数创,创痛急,蛇因踊出,至庭而死。寄入视穴,得其九女髑髅,悉举出。咤言曰:'汝曹怯弱,为蛇所食,甚可哀,愍。'于是寄女缓步而归。越王闻之,于是聘寄女为后,拜其父为将乐令,母及姊皆有赏赐。自是东治无复妖邪之物。其歌谣至今存焉。"

谎粮墩 明谈迁《枣林杂俎·义集》引《全椒县志》:"全椒县西南五十里谎粮墩,在芦陂涧东。旧传吴伐楚,吴粮尽,伍子胥以土为墩,覆米其上,故名。今观其形,棋布星列,约五十余所,亦奇观也。"

隐身草 即"翳形草"(416页)。

十二画

韩幹画马 ❶唐段成式《酉阳杂俎·支诺皋中》:"建中初有人牵马访马医,称马患脚,以二十镮求治。其马毛色骨相,马医未尝见,笑曰:'君马大似韩幹所画者,真马中固无也。'因请马主绕市门一匝,马医随之。忽值韩幹,幹亦惊曰:'真是吾设色者。'……遂摩挲,马若蹶,因损前脚,幹心异之。至舍,视其所画马,本脚有一点黑缺,方知是画通灵矣。马所获钱,用历数主,乃成泥钱。"❷宋钱易《南部新书》癸:'唐韩幹善画马,闲居之际,忽有一人朱衣玄冠而至。幹问曰:'何得及此?'对曰:'我鬼使也,闻君善画良马,愿赐一匹。'立画焚之。数日出,有人揖而谢:'蒙惠骏足,免为山川跋涉之苦,亦有以酬效。'明日有人送素缣百匹,不知其来,幹取用之。"

落魄仙 见"龙马潭"(387页)。

蒋武救象 《太平广记》卷四四一引《传奇》:"宝历中,有蒋武者,循州河源人也,魁梧伟壮,胆气豪勇,独处山岩,惟求射猎而已。善于蹶张,每赍弓挟矢,遇熊罴虎豹,麋不应弦而毙,剖视其镞,皆⋯⋯贯心焉。忽有物扣门,武隔扉而窥之,见一猩猩跨白象。武知猩猩能言,诘曰:'与象扣吾门何也?'猩猩曰:'象有难,知我能言,故负吾而相投。此山南二百余里,有大岩穴,中有巴蛇,长数百尺,象之经过,咸被吞噬,遭者数百。今知山客善射,愿持毒矢而射之,除得此患,众各思报恩矣。'其象乃跪地,洒涕如雨。武感其言,以毒淬矢而登。果见双目,在其岩下,光射数百步。武怒,瞂张端矢,一发而中其目。象乃负而奔避。俄若穴中雷吼,蛇跃出蜿蜒,或掀或踊,数里之内,林木草芥如焚。至暝蛇殒,乃窥穴侧,象骨与牙,其积如山。于是有十象,以长鼻各卷其红牙一枝,跪献于武。武受之。猩猩亦辞而去。遂以前象负其牙而归。武乃大有资产。"

量人蛇 清梁绍壬《两般秋雨庵随笔》卷四:"广东琼州有量人蛇,长六七尺,遇人辄竖起量人长短,然后噬之。土人言此蛇于量人时鸣声曰'我高',人亦应声曰'我高',蛇即自坠而死。"又唐裴铏《传奇·邓甲》(见《旧小说·乙集三》)云:"(邓)甲立坛,召蛇王,有一大蛇如股,长丈余,焕然锦色,其从者万条,而大者独登坛,与甲较其术。首隆数尺,欲过甲之首,甲以帽拄其杖而高焉。蛇首觉困,不能逾甲之帽,蛇乃蹲为水,余蛇皆毙。倘若蛇首逾甲,即甲为水焉。"亦此之比,知传说由来已早。

鲁姜 鲁班妹。《民间文学》一九五六年第四期《鲁班故事十一篇》略云:赵州桥修建时,鲁班修城南大石桥,班妹鲁姜修城西小石桥,相约从初更至鸡鸣便须将桥修好。半夜,鲁姜桥已成,往城南觇其兄,见鲁班正赶大群绵羊迎面至,悉洁白细润之石也。姜自知不及其兄,乃返已桥加以精雕细琢,于桥栏雕成"牛郎织女"、"丹凤朝阳"等美丽图案,未天明而悉成。因学鸡鸣,众鸡悉鸣,鲁班尚差二石未安下,闻鸡鸣急安下,鸡鸣甫止,桥亦毕工矣。

鹅羊山 《汉唐地理书钞》附麓山精舍辑本辑《盛弘之荆州记附录》:"(临湘县)鹅羊山,石皆成鹅羊形。云昔有成少卿者,年十四五,兄令牧羊。见老人,谓:'女有仙骨,可相随去。'市人报其兄,兄至山。少卿送兄出,兄问羊在否?指谓石,使令随兄去。"

舒民杀四虎 宋洪迈《夷坚甲志》卷十四:"绍兴二十五年……(舒州)有妇人,为虎衔去。其夫不胜愤,独携刀往探虎穴,移时不反。……久之,民负死妻归。云:'初寻迹至穴,虎牝牡皆不在,有二子戏岩窦下,即杀之,而隐其中以俟。少顷,望牝者衔一人至,倒身入穴,不知人藏其中也。吾急持尾,断其一足,虎弃所衔人,跄踉而窜。徐出视之,果吾妻也,死矣!虎曳足行数十步,堕涧中。吾复入窦伺牡者。俄咆跃而至,亦以尾先入,又如前法杀之。妻冤已报,无憾矣!'乃邀邻里往视,舆四虎以归,分烹之。"

焦仲卿 见"刘兰芝"(392页)。

焦尾琴 晋干宝《搜神记》卷十三:"汉灵帝时,陈留蔡邕,以数上书陈奏,忤上旨意,又内宠恶之,虑不免,乃亡命江海,远迹吴会。至吴,吴人有烧桐以爨者,邕闻火烈声,曰:'此良材也。'因请之,削以为琴,果有美音。而其尾焦,因名焦尾琴。"按《后汉书·蔡邕传》亦记其事,文略同。

寒食 节日名。南朝梁宗懔《荆楚岁时记》:"去冬节一百五日,即有疾风甚雨,谓之寒食。禁火三日,造饧、大麦粥。"又《后汉书·周举传》云:"太原一郡,旧俗以介之推焚骸……咸言神灵不乐举火,由是士民每冬中辄一月寒食。"汉蔡邕《琴操》卷下云:"子绥(介之推)遂抱木而烧死。(晋)文公哀之,流涕归,令民五月五日不得举发火。"说虽略有不同,惟咸以为介之推事。

十三画

雹神 清蒲松龄《聊斋志异》卷二"雹神"篇:"王公筠苍,莅任楚中,拟登龙虎山谒天师。及湖,甫登舟,即有一人驾小艇来……貌修伟,怀中出天师刺,曰:'闻驺从将临,先遣负弩。'公讶其预知,益神之。诚意而往,天师治具相款,服役者衣冠须鬣多不类常人。前使亦侍侧,少间向天师细语。天师谓公曰:'此先生同乡,不之识耶?'公问之。曰:'此即世所传雹神李左车也。'公愕然改容。"按《史记·淮阴侯传》记有李左车其人,其为雹神,未详始于何时,独见此篇标出之。

蓟子训 《太平御览》卷三七三引《许逖别传》:"蓟子训,齐人,有神术。人发白者,请子训,但与对坐共语,宿昔间发皆黑。"蓟子训,东汉建安时人,晋葛洪《神仙传》及《后汉书·方术传》均有传。又晋干宝《搜神记》卷一云:"蓟子训,不知所从来,东汉时到洛阳见公卿数十处,皆持斗酒片脯候之……坐上数百人,饮啖终日不尽。去后,皆见白云起,从旦至暮。"

墓前斑狐 晋干宝《搜神记》卷十八:"张华,字茂先,晋惠帝时为司空。于时燕昭王墓前,有一斑狐,积年,能为变幻。乃变作一书生,欲诣张公。过问墓前华表……华表曰:'……出必遇辱,殆不得返,非但丧子千岁之质,亦当深误老表。'狐不从,乃持刺谒张华,华见其总角风流……雅重之。于是论及文章……商略三史,探赜百家……华无不应声屈滞。乃叹曰:'天下岂有此少年,若非鬼魅,定是狐狸。'乃扫榻延留,留人防护。……时丰城令雷焕,字孔章,博物士也,来访华,华以书生白之。孔章曰:'若疑之,何不呼猎犬试之?'乃命犬以试,竟无惮色。……华怒曰:'此必真妖也。千年老精,惟得千年枯木照之,则形立见。'孔章曰:'千年神木,何由可得?'华曰:'世传燕昭王墓前华表木,已经千年。'乃遣人伐华表……燃之以照书生,乃一斑狐。"按事亦见南朝梁吴均《续齐谐记》,斑狐作斑狸。

蒙恬造笔 《艺文类聚》卷五八引《博物志》(今本无):"蒙恬造笔。"清俞樾《春在堂随笔》卷七:"秦将军蒙恬筑长城,绝地脉,致不得其死。……乃吾湖之善连村,则固有蒙公祠,其地皆以笔为业。笔工不忘所始,故有祠宇以祀蒙公,香火颇盛。"按笔秦以前早已有之。然传说流被民间,则有如俞樾所写之景况。

跳月 刘锡蕃《岭表纪蛮》引《滇黔游记》:"苗俗每岁孟春,男女各丽服相率跳月,男吹芦笙于前以为导,女振铎于后以为应,盘旋宛转,终日不乱。暮则挈所私归,谑浪笑歌,比晓乃散。"又清陆次云《峒溪纤志》卷中"跳月"条云:"苗童之未娶者曰罗汉,苗女之未嫁者曰观音,皆髻插鸡翎,于二月群聚歌舞,自相择配。心许目成,即谐好合。"亦述其事。

愚公盘山 《河南民间故事》载《愚公盘山》略谓:王屋山下居民缺水,越山汲井,深感其难。更有财主智叟据井以为己有,须取之山后小河,其难愈甚。愚公乃率领家人及村民,奋力盘(劈)山,冀通王屋山梁,解决饮水困难。智叟闻之,又来以巧言阻其勤。愚公不为所动,既驳其谬论,与众人挖山愈力。若干年后,终将山梁挖通,中道且出甘泉。泉旁长人参,人取之,化为小儿,跃入泉中。人因命其村为愚公村,命其泉为人参泉,并赖以饮水、浇地。按此为古代神话传说尚传于民间而又有所变异之一例。《民间文学》一九七九年第五期载《"愚公传说"调查记》一文,述调查此传说之经过甚详。

群仙洞 明曹学佺《蜀中名胜记》卷二六:"群仙洞在武连县。洞中无他物,惟石窟数间如堂宇,有水自西向东,不知所来。山下长老云,曾有数人耘苗,见洞中声乐嘹亮,密觇于洞口,见列坐如天人状,奏乐者无数。欲进观之,即不见。自后人数见焉,因名群仙洞。"

缢女 虫名。南朝宋刘敬叔《异苑》卷三:"缢女,虫也,一名蚬,长寸许,头赤身黑,恒吐丝自悬。昔齐东郭姜既乱崔杼之室,庆封杀其二子,姜亦自经。俗传此妇骸化为虫,故以缢女名虫。"《尔雅·释虫》云:"蚬,缢女。"缢女之称,谓其形如缢女,传说乃本此而附会之。

缚龙角 清王士禛《皇华纪闻》卷一:"赖塔拉巴土鲁,满洲人,素以勇称,常从征浙闽。一日,浴于溪,水底有物,槎枒如古木。因呼侪辈,缚以绳,共引出之。则一龙首,须鬣宛然,缚者乃其角。众皆惊走。赖神色不变,徐入水,手解其缚。少顷,雷雨晦冥,龙腾空而去,众皆无恙。人更称为缚龙巴土鲁。"按巴土鲁亦作巴图鲁,满语勇敢之义。

十四画

碣石 北魏郦道元《水经注·濡水》:"濡水又东南,至累县碣石山。……《地理志》曰:'大碣石山,在右北平骊成县西南,王莽改曰揭石也。汉武帝亦尝登之以望巨海,而勒其石于此。今枕海有石如甬道数十里。当山顶有大石,如柱形,往往而见,立于巨海之中。潮水大至则隐,及潮波退,不动不没,不知深浅,世名之天桥柱也。"三国魏曹操《步出夏门行》诗:"东临碣石,以观沧海。"唐张若虚《春江花月夜》诗:"碣石潇湘无限路。"皆谓此。

聚宝竹 宋洪迈《夷坚志·支丁》卷三"海山异竹"条:"温州巨商张愿,世为海贾,往来数十年,未尝失时。绍兴七年,涉大洋,遭风漂其船,不知所届。经五六日,得一山,修竹戛云,弥望极目。乃登岸,伐十竿,以为嵩棹之用。方毕事,见白衣翁云:'此是何世界,非汝所当留,宜急回,不可缓也。'船人拱手白曰:'某辈已迷路,将葬鱼腹,仙翁幸教如何可达乡间?'翁指东南方,果得善还。十竹已杂用其九。临抵岸,有倭客及昆仑奴,望桅樯拊膺大叫'可惜'者不绝以。既泊缆,众睎船内,见一竹存,争欲求买,曰:'吾不论价。'愿度其意必欲得,试需二千缗,众齐声答曰:'好。'即就近取钱以偿。愿曰:'此至宝也,我适相戏耳。非五千缗勿复议。'昆仑尤喜,如其数,辇钱授之,而后立约。约定,愿问之曰:'此竹既交易,不可翻悔。然我实不识为是何宝物,而汝曹竞欲售如此。盍为我言之。'对曰:'此乃宝伽山聚宝竹,每立竹于巨浸中,则诸宝不采而聚。吾毕世舶游,视鲸波拍天如平地。然但知竹名,未尝获睹也。虽累千万价,亦所不惜。'愿始嗟叹而付之。"

蔡顺庙 宋王象之《舆地纪胜》卷一五〇:"蔡顺庙。《图经》云,(仁寿)县人蔡顺遇一虎,俯首若有所求。顺以手探其口,得鲠骨。他日衔一鹿,置门而去。自是虎不入境。"

榴花洞 宋王象之《舆地纪胜》卷一二八:"榴花洞,在闽县东山。唐永泰中,樵者蓝起遇白鹿,逐之,渡水。入石门,始极窄,忽豁然有鸡犬人家。主翁谓曰:'吾避秦人也。'与榴花一枝而出,恍若梦中。既而不知所在。"

蜘蛛井 《古今图书集成·禽虫典》卷一七七引《江夏志》："江夏城南铁佛寺内有蜘蛛井。世传唐时有红白二蜘蛛，化为妖妇以媚人，故铸铁佛镇之。"按宋人小说有"红白蜘蛛"，今存《醒世恒言》卷三十一，题作"郑节使立功神臂功"，即演此事。

裴航遇云英 《太平广记》卷五〇"裴航"条引裴铏《传奇》略谓：唐长庆中秀才裴航，游鄂渚，俯舟还都。同载有樊夫人，国色也，乃赂其婢投以诗。樊答诗曰："一饮琼浆百感生，玄霜捣尽见云英；蓝桥便是神仙窟，何必崎岖上玉京。"后航过蓝桥驿，见路旁一老妪绩麻，航渴求浆，妪呼云英捧一瓯饮之。航见云英姿容绝世，饮其浆，真玉液也，因谓欲娶此女。妪曰："昨有神仙与药一刀圭，须玉杵臼捣，欲娶云英，须以玉杵臼为聘，为捣药百日乃可。"航求得玉杵臼，遂娶云英，乃知樊夫人名云翘，云英姊，刘纲仙君之妻也。后航夫妇俱入玉峰，饵绛雪琼英之丹，仙去。按宋元本《蓝桥记》(见《清平山堂话本》卷二)、元庚天锡《裴航遇云英》杂剧、明龙膺《蓝桥记》传奇、杨之炯《蓝桥玉杵记》传奇，即演此事。

貘 清赵吉士《寄园寄所寄》卷七引《异物汇编》："拘缨国献一兽名貘，吴大帝时尚有见者。其兽善遁。人入室中，窃食已，大叫，人觅之，即不见矣。故至今吴俗以空拳戏小儿，曰：'吾啖汝。'已而开拳，曰：'貘！'"按貘，盖冇字之转音。

端五 今作"端午"。《艺文类聚》卷四引《风土记》："仲夏端五，烹鹜角黍。端，始也，谓五月初五日也。"又《太平寰宇记》卷一四五引《襄阳风俗记》云："屈原五月五日投汨罗江，其妻每投食于水以祭之。屈原告妻，所祭皆为蛟龙所夺。龙畏五色丝及竹，故妻以竹为粽，以五色丝缠之。今俗其日皆带五色丝、食粽，言免蛟龙之患。又原五日先沉，十日而出，楚人于水次迅楫争驰，櫂歌乱响，有悽断之声，意在拯溺，喧震川陆，风俗迁流，有竞渡之戏。"此古来相沿端午日之景况。

十五画以上

擂鼓城 清李钟峨修《通江县志》卷二："擂鼓城山在得汉城东二十里，相传三国时关索守此。"又："擂鼓城周三里，相传三国时关索筑。"又："擂鼓城，与得汉城对峙，巍然列嶂如屏。旧《志》，三国时汉寿亭侯守此；鲍三娘守得汉城，有警则击鼓相闻。今雨余犹拾得铁弹。"参见"花关索"(392页)。

燕太子丹 汉王充《论衡·感虚》："燕太子丹朝于秦，不得去，从秦王求归。秦王执留之，与之誓，曰：'使日再中，天雨粟，令乌白头，马生角，厨门木象生肉足，乃得归。'当此之时，天地祐之，日为再中，天雨粟，乌白头，马生角，厨门木象生肉足。秦王以为圣，乃归之。"《燕丹子》卷上："秦王不得已而遣之，为机发之桥，欲以陷丹。丹过之，桥为不发。夜到关，关门来开，丹为鸡鸣，众鸡皆鸣，遂得逃归。"又《论衡·书虚》："燕太子使刺客荆轲刺秦王，不得，诛死。"

翳形草 亦名"隐身草"。唐段成式《酉阳杂俎·诺皋记下》："术士多言狐狸杖难得于翳形草。"按翳形草故事古无所闻，惟《古小说钩沈》辑《笑林》云："楚人居贫，读《淮南方》，得'螳螂伺蝉自鄣叶可以隐形'，遂于树下仰取叶。螳螂执叶伺蝉，以摘之，叶落树下；树下先有落叶，不能复分，别扫取数斗归。一一以叶自鄣，问其妻曰：'汝见我不？'妻始时恒答言'见'，经日乃厌倦不堪，绐云：'不见。'嘿然大喜，赍叶入市，对面取人物,吏遂缚诣县。县受辞,自说本末。官大笑,放而不治。"此虽笑话,然"螳螂伺蝉自蔽叶可以隐形",固民间之传说。楚人所读"《淮南方》",乃《淮南万毕术》。则翳形草者,亦伺蝉叶之比也。又《三宝太监西洋记》卷十一云:"(王明)一手拿着隐身草,一手提着一口刀,悄悄的跑到帖木儿的背后……双手举起刀来,尽着力气,还他一刀。"亦此之类。

稷王山　见"五谷石"(382页)。

黎丘鬼　《吕氏春秋·疑似》:"梁北有黎丘部,有奇鬼焉,喜效人之子侄昆弟之状。邑丈人有之市而醉归者,黎丘之鬼效其子之状,扶而道苦之。丈人归,酒醒而诮其子曰:'吾为汝父也,岂谓不慈哉。我醉,汝道苦我,何故?'其子泣而触地曰:'孽矣,无此事也!昔也往责于东邑人,可问也。'其父信之,曰:'嘻,是必夫奇鬼也,我固尝闻之矣。'明日,端复饮于市,欲遇而刺杀之。明旦之市而醉,其真子恐其父之不能反也,遂逝迎之。丈人望其真子,拔剑而刺之。丈人智惑于似其子者,而杀其真子。"

镜泊湖　《民间文学》一九八〇年第九期《镜泊湖》略云:某年三月三,王母娘娘开蟠桃盛会,诸女仙俱往赴会。胭脂水倾入天河,天河暴溢,下泻入牡丹江上游万山丛中,汇成大湖。又有宝镜,亦不慎遗落湖中,仰铺湖面,使湖面常如明镜平亮。王母寻镜至此,爱其幽丽,遂置而不问,以为群仙浴池,每年六月十五,常率众女仙至此洗浴,湖遂以镜泊而名焉。又令黑山神守湖护镜,即镜泊湖岸耸立之大黑山是也。民间因有"黑山老人四季不离位"之语,喻其尽忠职守也。

蟹和尚　鲁迅《论雷峰塔的倒掉》(见《鲁迅全集》第一集):"听说,后来玉皇大帝也就怪法海多事,以至荼毒生灵,想要拿办他了。他逃来逃去,终于逃在蟹壳里避祸,不敢再出来,到现在还如此。……秋高稻熟时节,吴越间所多的是螃蟹,煮到通红之后,无论取出哪一只,揭开背壳来,里面……一个罗汉模样的东西,有头脸,身子,是坐着的,我们那里的小孩子都称他'蟹和尚',就是躲在里面避难的法海。"又《民间文学》一九六四年第一期《小青镇法海》略云:法海镇白娘娘于雷峰塔,小青常思复仇,乃去雁荡山练功。凡经九易寒暑,三番往寻法海对敌,均为所败。又苦学三年,复往斗法海。法海于佛殿悬符念经不能却,迎战变形不能敌,欲渡大江,而无桥船,只得遁身蟹壳以逃死。小青知其入壳,乃以剑画壳作符禁制之,使不得出,一如法海之镇白娘娘于雷峰塔下不令出然。今见蟹壳常有道痕者,小青所作符也;蟹嘴常吐沫者,法海于腹念经急欲出也。剖壳而视之,有类著袈裟盘膝而坐作僧人状之物者,即与小青战而不胜逃死之法海也。俗谓之"蟹和尚"。以其脏秽,人皆弃而不食。

樊英　《初学记》卷二引《楚国先贤传》:"樊英隐于壶山,尝有暴风从西南起。英谓学者:'成都市火甚盛。'因含水西向噀之,乃令记其时日。后有从蜀郡来者,云是日大火,有云从东起,须臾大雨。"按此类传说甚多,如《神仙传》记栾巴噀酒灭火,《桂阳列仙传》记成武丁沃酒救火,均其例。

樊夫人斩白鼋　《古今图书集成·禽虫典》卷一三二引《传奇》:"贞元中有湘妪常以丹篆救人命。一日告乡人曰:'往洞庭救数百人性命。'至洞庭前一日,有大风涛蹙一巨舟,泊一岛上而碎,所载近百人,各星居于岛上。忽有一白鼋,长丈余,游于河上,数十人挝杀之,分食其肉。明日有雪城围岛,渐窄如束,其广不下三数丈,岳阳人亦遥望雪城,莫能晓也。妪登岛飞剑刺之,雪城如一声霹雳,遂崩,乃一大白鼍,长十余丈,蜿蜒而毙。妪乃刘纲妻樊夫人也。"按又见唐阙名撰《女仙传》,文略同。

颜回 一作"颜渊"。《古小说钩沈》辑《小说》:"孔子尝使子贡出,久而不返,占之遇鼎,弟子皆言无足不来,颜回掩口而笑。孔子曰:'回笑,是谓赐必来也。'因问曰:'何以知赐来?'对曰:'无足者,盖乘舟而来,赐且至矣。'明旦,子贡乘潮至。"此以见颜渊之智也。《珮玉集》卷十二《聪慧篇》:"路妇不知何处人也。孔子游行见之,头戴乌牙栉,谓诸弟子曰:'谁能得之?'颜渊曰:'回能得之。'即往至妇人前,跪而曰:'吾有徘徊之山,百草生其上,有枝而无叶,万兽集其里,有饮而无食,故从夫人借罗网而捕之。'妇人即取栉与之。颜渊曰:'夫人不问由委,乃取栉与回,何也?'妇人答曰:'徘徊之山者,是君头也;百草生其上有枝而无叶者,是君发也;万兽集其里者,是君虱也;借网捕之者,是吾栉也;以故取栉与君,何怪之有?'颜渊嘿然而退。孔子闻之曰:'妇人之智尚尔,况于学士者乎?'此以见颜渊之辩也。《小说》又云:"颜渊、子路共坐于门,有鬼魅求见孔子,其目若日,其形甚伟。子路失魄口噤,颜渊乃纳屐拔剑而前,卷扠其腰,于是化为蛇,遂斩之。孔子出观,叹曰:'勇者不惧,知者不惑,仁者有勇,勇者不必有仁。'"此谓颜渊之智仁勇兼具也。而汉王充《论衡·书虚》云:"颜渊与孔子俱上鲁太山,孔子东南望,吴闾门外有系白马,引颜渊指以示之,曰:'若见吴闾门乎?'颜渊曰:'见之。'曰:'门外何有?'曰:'有如系练之状。'孔子抚其目而正之,因与俱下。下而颜渊发白齿落,遂以病死。"则谓颜渊伤于体力较差,精神不支,未能与孔子相颉颃。《文选·王文宪集序》注引《论语撰考谶》云:"颜回有角额,似月形。"今俗称"凹额头"者是矣。参见 "孔子"(385页)、"子贡"(380页)、"子路"(380页)。

羱羊 羱一作玣。见"孔子"(384页)。

磨针溪 明曹学佺《蜀中名胜记》卷十二:"(彭山)县东北二十五里有磨针溪,在象耳山下。相传李白读书山中,学未成,弃去。适过是溪,逢老媪方磨铁杵。问何为,曰:'欲作针耳。'白感其言,遂还卒业。媪自言武姓,傍有武氏崖。"

分类词目表[1]

(标*号者为参考词目)

一、人

1. 人神

丁令威 …… 3	万回哥哥 …… 15	门神 …… 28
七仙女 …… 3	干辛 …… 15	广成子 …… 29
十巫 …… 4	干将 …… 15	广德祠山神 …… 29
十二神 …… 4	土伯 …… 16	卫叔卿 …… 30
二郎 …… 5	土地神 …… 16	*乡傩神 …… 379
二皇 …… 5	三皇 …… 17	子文 …… 30
二神 …… 5	三眼神 …… 20	*子贡 …… 380
二姚 …… 5	*三宝太监 …… 378	子英 …… 31
二八神 …… 5	大人 …… 21	*子路 …… 380
二郎神 …… 6	大丙 …… 22	马头娘 …… 32
人皇 …… 7	大禹 …… 22	马师皇 …… 32
八元 …… 7	大费 …… 22	*马当神 …… 381
八仙 …… 8	大桡 …… 22	马明王 …… 32
八神 …… 8	大章 …… 22	飞卫 …… 33
八风之神 …… 9	大司命 …… 24	飞仙 …… 33
九皇 …… 10	大行伯 …… 24	飞廉 …… 34
九隆 …… 11	大巢氏 …… 24	飞兽之神 …… 35
九子母 …… 11	*大理龙母 …… 378	女尸 …… 35
九方皋 …… 11	*大黑天神 …… 379	女丑 …… 35
九头人 …… 12	山神 …… 26	女节 …… 35
九天玄女 …… 13	山隐居 …… 27	女夷 …… 36
力牧 …… 14	上帝 …… 25	女志 …… 36
于儿 …… 15	上骈 …… 25	女岐 …… 36
	上甲微 …… 25	女狄 …… 36
	上元夫人 …… 25	女英 …… 36
	义均 …… 28	女枢 …… 36
	*千里眼顺风耳 …… 379	女修 …… 37

---

[1] 词目表分类如下:一、人:人神、精怪、国族;二、物:动物、植物、器物;三、天地:天、山、水、邑庙;四、书;五、事;六、其他。

女皇 …… 37	王恒 …… 47	天聋地哑 …… 59
女娃 …… 37	*王魁 …… 383	五女 …… 59
女娇 …… 37	*王榭 …… 383	五厉 …… 60
女戚 …… 37	王子乔 …… 47	五帝 …… 60
女祭 …… 37	王子登 …… 48	五方神 …… 60
女隤 …… 37	王次仲 …… 48	五龙氏 …… 60
女娲 …… 37	*王仲都 …… 384	五谷神 …… 62
女登 …… 37	*王昭君 …… 384	五显神 …… 62
女嬉 …… 38	王子夜尸 …… 48	五通神 …… 63
女薎 …… 38	太一 …… 51	五瘟神 …… 63
女匽氏 …… 38	太公 …… 51	五丁力士 …… 63
女娲之肠 …… 39	太岁 …… 51	五瘟使者 …… 63
井公 …… 40	太昊 …… 51	日游神 …… 65
丰隆 …… 41	太帝 …… 51	中山夫人 …… 64
木公 …… 43	太章 …… 51	少昊 …… 65
不廷胡余 …… 46	太颠 …… 51	少康 …… 66
开明 …… 42	太公涓 …… 52	少司命 …… 66
开路神 …… 42	太公望 …… 52	殳 …… 66
比干 …… 42	太子长琴 …… 52	仁羿 …… 71
比肩人 …… 42	太白金星 …… 53	仆程 …… 71
巨灵 …… 43	*太白酒星 …… 392	化人 …… 72
巨灵大人 …… 44	天女 …… 53	乌获 …… 67
无夷 …… 48	天公 …… 54	升仙太子 …… 67
无盐 …… 48	天仙 …… 54	月下老人 …… 73
无为君 …… 49	天老 …… 54	牛郎 …… 69
无路之人 …… 50	天孙 …… 54	牛郎织女 …… 69
云师 …… 44	天妃 …… 54	仓公 …… 67
*云英 …… 381	天吴 …… 55	仓颉 …… 67
云中君 …… 45	天使 …… 55	丹朱 …… 74
云华夫人 …… 45	天皇 …… 56	丹鸟氏 …… 75
云阳先生 …… 45	天帝 …… 56	介象 …… 70
王母 …… 46	天神 …… 57	介子推 …… 70
王乔 …… 47	天闉 …… 57	介葛卢 …… 71
王亥 …… 47	天虞 …… 58	公牛哀 …… 68
王良 …… 47	天愚 …… 58	公冶长 …… 68
王英 …… 47	天女神 …… 58	公良孺 …… 68

公输般 …… 68	石夷 …… 94	白服 …… 110
长人 …… 77	古冶子 …… 91	白帝 …… 110
长狄 …… 78	甘始 …… 93	白辩 …… 111
长乘 …… 78	甘蝇 …… 93	*白石神 …… 388
长胫王 …… 79	玉人 …… 96	*白龟年 …… 389
凤鸟氏 …… 77	玉女 …… 96	白饭王 …… 112
风师 …… 75	*玉皇 …… 386	白帝子 …… 112
风后 …… 75	左彻 …… 90	白娘子 …… 112
风伯 …… 75	左强 …… 90	白马三郎 …… 112
风姨 …… 75	左慈 …… 90	白水素女 …… 112
风山女 …… 75	*左伯桃 …… 386	白石先生 …… 113
计蒙 …… 80	龙女 …… 99	白鹤秀才 …… 113
卞庄子 …… 80	龙王 …… 99	白螺天女 …… 113
方相氏 …… 81	龙母 …… 100	冯夷 …… 113
火正 …… 81	龙威丈人 …… 102	汉钟离 …… 114
火神 …… 81	东君 …… 91	闪电娘娘 …… 114
文王 …… 82	东王父 …… 91	宁戚 …… 113
文昌 …… 83	东王公 …… 91	宁封子 …… 113
文星 …… 83	东方朔 …… 92	玄女 …… 115
文种 …… 83	东皇太一 …… 92	玄武 …… 115
文翁 …… 83	东海黄公 …… 92	玄妻 …… 115
文曲星 …… 83	田章 …… 103	玄冥 …… 116
文王四友 …… 84	史皇 …… 104	玄鸟氏 …… 117
*文佳皇帝 …… 385	北海水仙 …… 105	召树屯 …… 117
尹吉甫 …… 84	电父 …… 104	台骀 …… 118
*孔子 …… 385	电母 …… 104	台玺 …… 118
孔甲 …… 85	*四目老翁 …… 388	圣氏 …… 118
孔雀公主 …… 85	四海海神 …… 106	圣姑 …… 118
水仙 …… 85	仪狄 …… 108	邢天 …… 119
水伯 …… 86	*仙人 …… 389	朴父 …… 119
水君 …… 86	丛帝 …… 106	夸父 …… 123
水神 …… 86	务光 …… 106	匠石 …… 119
末喜 …… 89	*鸟仙 …… 388	*扫晴娘 …… 390
术器 …… 89	句龙 …… 107	戎宣王尸 …… 120
巧倕 …… 89	句芒 …… 107	成汤 …… 120
厉神 …… 89	白阜 …… 110	成武丁 …… 120

分类词目表　　421

共工 …………… 121	凤沙氏 ………… 133	许飞琼 ………… 144
共工氏不才子 …… 121	朱公 …………… 140	刘海 …………… 144
刑天 …………… 121	*朱亥 …………… 391	刘累 …………… 144
刑神 …………… 122	延 ……………… 133	刘三妹 ………… 144
夷坚 …………… 122	延维 …………… 133	刘三姐 ………… 145
夷羿 …………… 122	伊尹 …………… 135	*刘白堕 ………… 392
*百里奚 ………… 390	伍子胥 ………… 135	*刘兰芝 ………… 392
百虫将军 ……… 123	任敬 …………… 135	刘海蟾 ………… 145
尧 ……………… 124	任公子 ………… 135	羽人 …………… 149
尧二女 ………… 124	伏羲 …………… 136	纣 ……………… 146
吉神 …………… 125	伏羲女娲 ……… 137	红光 …………… 146
地祇 …………… 126	*华光 …………… 391	纤阿 …………… 146
地皇 …………… 126	华胥 …………… 139	纪昌 …………… 147
老子 …………… 120	华岳神女 ……… 139	阳侯 …………… 151
老童 …………… 121	后土 …………… 138	阴康氏 ………… 150
老蹇 …………… 121	后羿 …………… 138	防风氏 ………… 150
有黄 …………… 127	后稷 …………… 138	妈祖神 ………… 147
有巢氏 ………… 127	庆都 …………… 142	戏神 …………… 147
有穷后羿 ……… 127	忖留神 ………… 140	观亭江神 ……… 147
西伯 …………… 128	*羊角哀 ………… 391	那吒 …………… 148
西皇 …………… 128	关龙逢 ………… 141	孙阳 …………… 149
西施 …………… 128	关令尹喜 ……… 141	孙希龄 ………… 149
西王母 ………… 129	安登 …………… 142	孙悟空 ………… 149
西陵氏 ………… 130	*安期生 ………… 392	孛 ……………… 152
吁咽 …………… 130	*安阳书生 ……… 392	弄玉 …………… 152
回禄 …………… 130	次非 …………… 142	更嬴 …………… 152
因因乎 ………… 131	冰夷 …………… 142	两暉 …………… 156
师门 …………… 131	汤 ……………… 142	轩辕 …………… 156
师旷 …………… 131	池主 …………… 142	折丹 …………… 159
吕尚 …………… 132	江疑 …………… 143	麦铁杖 ………… 152
吕望 …………… 132	江郎神 ………… 143	*吾丘鸩 ………… 393
吕洞宾 ………… 132	江渎神 ………… 143	丽山氏 ………… 152
危 ……………… 132	江妃二女 ……… 143	寿星 …………… 155
先蚕 …………… 134	许由 …………… 144	寿麻 …………… 155
竹王 …………… 134	许仙 …………… 144	形天 …………… 153
行神 …………… 133	许宣 …………… 144	形残尸 ………… 153

分类词目表　423

苌宏 …… 153	财神 …… 165	穷奇 …… 178
苍颉 …… 154	员神 …… 165	穷蝉 …… 179
*花姑 …… 393	吴回 …… 166	驴仙 …… 179
花神 …… 154	吴刚 …… 166	纯狐 …… 180
*花关索 …… 393	吴将军 …… 166	邵敬伯 …… 179
李耳 …… 155	吴彩鸾 …… 166	*灵官 …… 396
李冰 …… 155	利 …… 168	灵恝 …… 181
*李阿 …… 394	狂 …… 169	*灵官马元帅 …… 396
李子昂 …… 155	余且 …… 168	附宝 …… 182
李伯劳 …… 155	肝榆尸 …… 168	陆吾 …… 181
*李虎仙 …… 394	秃女皇后 …… 169	陆终 …… 181
李铁拐 …… 156	邹屠氏女 …… 169	陈宝 …… 182
杞梁妻 …… 157	伶伦 …… 170	陈音 …… 182
杨戬 …… 157	何仙姑 …… 170	*陈龙文 …… 396
杨翁仲 …… 158	伯牙 …… 171	陈鸾凤 …… 182
杨道和 …… 158	伯乐 …… 171	阿女 …… 183
杜主 …… 158	伯夷 …… 171	阿香 …… 183
杜宇 …… 158	伯余 …… 172	阿诗玛 …… 183
*杜伯 …… 394	伯奇 …… 172	阿女缘妇 …… 183
杜康 …… 159	伯服 …… 172	阿育王三子 …… 183
杜三娘 …… 159	伯封 …… 172	*张仙 …… 397
*杜朝选 …… 394	伯益 …… 172	张果 …… 183
巫阳 …… 160	伯陵 …… 172	张大帝 …… 183
巫咸 …… 160	伯强 …… 172	张天翁 …… 183
巫彭 …… 160	伯翳 …… 173	张龙公 …… 183
巫山神女 …… 161	伯夷父 …… 173	张果老 …… 184
赤帝 …… 162	伯邑考 …… 173	*丧门 …… 398
赤鼻 …… 162	伯赵氏 …… 173	*画圣 …… 398
赤冀 …… 162	弃 …… 173	厕神 …… 185
赤松子 …… 160	启 …… 176	奇相 …… 188
赤帝女 …… 163	闳夭 …… 173	*郁仪结璘 …… 398
赤诵子 …… 163	灶神 …… 174	武丁 …… 189
赤将子舆 …… 163	沉香 …… 177	武罗 …… 189
赤水女子献 …… 163	社神 …… 174	雨工 …… 187
园客 …… 165	*辛余靡 …… 395	雨师 …… 187
岐伯 …… 165	宋康王 …… 176	欧默 …… 187

欧冶子 …………… 188	*周烂头 …………… 401	孟姜女 …………… 217
青帝 ……………… 191	周幽王 …………… 203	契 ………………… 219
青鸟氏 …………… 192	周穆王 …………… 203	贰负 ……………… 218
青衣神 …………… 192	庖牺 ……………… 206	茶神 ……………… 221
英招 ……………… 190	庚辰 ……………… 206	荣将 ……………… 218
范文 ……………… 190	肩吾 ……………… 206	药王 ……………… 222
范颜 ……………… 191	房王 ……………… 207	要离 ……………… 219
范成光 …………… 191	宝鸡 ……………… 207	咸黑 ……………… 220
范杞良 …………… 191	宗布 ……………… 207	牵牛 ……………… 218
歧伯 ……………… 193	宜臼 ……………… 207	春皇 ……………… 218
尚仪 ……………… 194	实沈 ……………… 207	*春牛芒神 ………… 404
*罗衣秀才 ………… 399	宓妃 ……………… 207	胡曹 ……………… 219
叔齐 ……………… 194	炎帝 ……………… 208	*胡媚儿 …………… 403
叔均 ……………… 194	炎帝少女 ………… 208	项讬 ……………… 220
昆吾 ……………… 196	夜郎侯 …………… 209	项橐 ……………… 220
昌容 ……………… 195	夜游神 …………… 209	封使君 …………… 224
昌意 ……………… 195	沮诵 ……………… 209	封十八姨 ………… 224
明山弈仙 ………… 197	法海 ……………… 209	赵巧 ……………… 222
明星玉女 ………… 197	泗州大圣 ………… 210	赵昱 ……………… 222
垂 ………………… 197	河伯 ……………… 210	赵公明 …………… 222
季 ………………… 200	河鼓 ……………… 211	赵玄坛 …………… 223
忽悦 ……………… 198	河精 ……………… 211	柳毅 ……………… 224
和合二仙 ………… 201	河伯女 …………… 211	树神 ……………… 224
和合二圣 ………… 201	河伯使者 ………… 211	柏高 ……………… 225
鱼凫 ……………… 201	建疵 ……………… 212	柏濩 ……………… 225
鱼伯 ……………… 201	居余 ……………… 213	柏翳 ……………… 225
金母 ……………… 204	鸤鸠氏 …………… 211	相柳 ……………… 225
金川神 …………… 204	妹喜 ……………… 214	相繇 ……………… 225
金天氏 …………… 204	妲己 ……………… 215	相顾尸 …………… 225
金鱼神 …………… 205	织女 ……………… 213	南岳 ……………… 226
金马碧鸡 ………… 205	终南山翁 ………… 214	南宫适 …………… 226
金刚力士 ………… 206	孟戏 ……………… 216	南极仙翁 ………… 226
周公 ……………… 202	孟贲 ……………… 216	南极老人星 ……… 226
周仙王 …………… 202	孟涂 ……………… 216	竖亥 ……………… 226
周武王 …………… 202	孟婆 ……………… 216	郢人 ……………… 226
周昭王 …………… 202	孟翼 ……………… 217	思士 ……………… 227

思女 …………… 227	浇 …………… 241	费仲 …………… 254
禹京 …………… 227	浑沌 …………… 242	费昌 …………… 254
禹虢 …………… 227	洪涯先生 ……… 243	费长房 ………… 255
禹貌 …………… 227	洞庭神君 ……… 243	耕父 …………… 256
禹彊 …………… 227	洛伯 …………… 242	盐神 …………… 260
禹 ……………… 235	洛神 …………… 242	耆童 …………… 256
狪兹 …………… 228	帝子 …………… 244	壶公 …………… 258
鹠兜 …………… 228	帝台 …………… 244	莫邪 …………… 257
*顺风耳 ………… 405	帝江 …………… 244	恶来 …………… 257
段赤城 ………… 229	帝俊 …………… 244	晋祠圣母 ……… 257
段思平 ………… 229	帝阍 …………… 244	格萨尔王 ……… 260
俞儿 …………… 229	帝鸿 …………… 244	*真人 …………… 406
俞跗 …………… 229	帝喾 …………… 244	真真 …………… 256
重 ……………… 230	帝喾女 ………… 245	素女 …………… 257
重华 …………… 230	帝俊八子 ……… 245	素娥 …………… 257
泉先 …………… 231	袜 ……………… 245	袁公 …………… 258
皇帝 …………… 231	祖江 …………… 245	袁何 …………… 258
皇娥 …………… 231	祖神 …………… 246	蚕女 …………… 262
信郎神 ………… 231	祖状尸 ………… 246	蚕丛 …………… 263
修己 …………… 231	祝融 …………… 246	蚕神 …………… 263
修蛇 …………… 231	祝鸠氏 ………… 246	秦仲 …………… 261
鬼母 …………… 235	祝鸡翁 ………… 246	秦青 …………… 261
鬼谷先生 ……… 235	祝英台 ………… 246	*秦精 …………… 408
钦䲹 …………… 232	神人 …………… 247	秦胡充 ………… 261
钟馗 …………… 233	神女 …………… 247	秦洪海 ………… 261
钟期 …………… 233	神农 …………… 247	秦军胡帅 ……… 261
钟离权 ………… 233	神香 …………… 248	泰豆 …………… 261
钟离春 ………… 234	神荼郁垒 ……… 250	泰皇 …………… 262
扁鹊 …………… 238	羿 ……………… 250	泰逢 …………… 262
疫神帝 ………… 239	屏翳 …………… 251	泰颠 …………… 262
首阳神 ………… 238	姮娥 …………… 251	*泰山皇帝 ……… 408
炳灵王 ………… 239	骄虫 …………… 253	夏启 …………… 263
宫亭神 ………… 239	骆明 …………… 253	夏禹 …………… 263
养由基 ………… 240	险道神 ………… 251	夏桀 …………… 263
姜嫄 …………… 240	眉间尺 ………… 252	夏后开 ………… 263
姜太公 ………… 240	眉间赤 ………… 252	夏后启 ………… 263

夏耕尸 …… 263	高辛氏 …… 273	黄姬尸 …… 288
夏得海 …… 263	高奔戎 …… 273	黄帝女魃 …… 288
柴王 …… 264	*高渐离 …… 409	啸父 …… 290
晏龙 …… 264	涉蠱 …… 274	崇侯虎 …… 290
鸤鸠氏 …… 264	涂山氏 …… 274	虚上夫人 …… 291
般 …… 264	浮游 …… 275	常仪 …… 292
桀 …… 264	浮丘丈人 …… 275	常娥 …… 292
倕 …… 268	海若 …… 276	常羲 …… 292
脩 …… 268	海神 …… 276	象 …… 294
倍伐 …… 268	海童 …… 276	铜神 …… 294
造父 …… 265	桑林 …… 278	偓佺 …… 293
逢蒙 …… 265	蚩尤 …… 280	偃师 …… 293
皋陶 …… 266	展上公 …… 278	犁䰠尸 …… 292
奚仲 …… 267	陷河神 …… 278	盘古 …… 295
翁仲 …… 267	陵阳子明 …… 278	盘瓠 …… 295
铁拐李 …… 268	骊山老母 …… 279	盘古氏夫妻 …… 296
徐福 …… 266	*骊山神女 …… 410	*寄女 …… 412
徐偃王 …… 266	娥皇 …… 280	宿沙 …… 297
殷汤 …… 265	娥陵氏 …… 280	商均 …… 297
*殷七七 …… 408	瓠巴 …… 282	阏伯 …… 298
益 …… 269	爽鸠氏 …… 282	鸿超 …… 299
冥 …… 271	*戚无何 …… 411	麻姑 …… 300
郭支 …… 270	据比尸 …… 283	康回 …… 301
容成 …… 270	曹国舅 …… 283	鹿娘 …… 301
宵明 …… 271	萧史 …… 284	梁山伯祝英台 …… 298
诸比 …… 272	菌丘䜣 …… 284	望帝 …… 301
诸稽 …… 272	菀窳妇人 …… 284	望舒 …… 302
烛龙 …… 271	奢龙 …… 283	媒首 …… 303
烛光 …… 272	奢比尸 …… 283	巢父 …… 303
烛阴 …… 272	梓潼树神 …… 285	随 …… 304
离朱 …… 272	梅伯 …… 285	隅强 …… 304
离娄 …… 272	梅山七圣 …… 285	绰人 …… 304
离珠 …… 272	*黄安 …… 411	绵臣 …… 304
高阳 …… 273	黄帝 …… 286	琴高 …… 307
高密 …… 273	黄牛神 …… 287	越女 …… 311
高禖 …… 273	*黄石公 …… 411	堪坏 …… 306

喜神 …… 306	鲁班 …… 322	福神 …… 337
握登 …… 309	鲁般 …… 322	嫫母 …… 338
散宜生 …… 306	鲁班姊 …… 322	缙云氏 …… 339
葆江 …… 310	童律 …… 323	瑶姬 …… 342
葛天氏 …… 310	敦圄 …… 323	歌仙 …… 341
萼绿华 …… 310	寒浞 …… 325	赫胥氏 …… 340
*落魄仙 …… 412	寓氏公主 …… 325	蔡女仙 …… 340
蒴 …… 310	湘君 …… 324	蜚廉 …… 344
蒴翳 …… 310	湘夫人 …… 325	鹔鸠氏 …… 343
董父 …… 310	强梁 …… 325	熏池 …… 344
董永 …… 310	登比氏 …… 326	槃瓠 …… 345
董双成 …… 311	鼓 …… 327	鲛人 …… 345
彭祖 …… 312	摄提 …… 329	雒嫔 …… 345
彭娥 …… 312	蓐收 …… 328	箕子 …… 345
彭铿 …… 312	*蓟子训 …… 414	箕伯 …… 346
韩凭 …… 313	蓝采和 …… 328	管革 …… 346
韩终 …… 313	槐鬼离仑 …… 328	管辂 …… 346
韩流 …… 313	槐江山天神 …… 328	鼻天子 …… 346
韩娥 …… 313	*雹神 …… 414	鼻亭神 …… 346
韩雉 …… 313	雷开 …… 330	瘟神 …… 347
韩湘子 …… 314	雷五 …… 330	窫窳 …… 347
喫诟 …… 314	雷公 …… 331	嫘祖 …… 348
敫手 …… 315	雷师 …… 331	嫦娥 …… 348
敫首 …… 315	雷祖 …… 331	*樊英 …… 417
紫玉 …… 316	雷神 …… 332	颛顼 …… 351
紫姑 …… 316	雷兽 …… 332	噎 …… 352
黑人 …… 317	愚公 …… 332	噎鸣 …… 352
黑帝 …… 317	蜀王 …… 334	尧 …… 353
舜 …… 321	虞虎 …… 333	黎 …… 355
智琼 …… 318	虞舜 …… 333	鲧 …… 354
傅说 …… 319	魁星 …… 336	晶然山神 …… 354
*焦仲卿 …… 413	詹何 …… 334	滕六巺二 …… 354
皋天子 …… 318	解形民 …… 336	稷 …… 355
番禹 …… 320	微生亮妻 …… 335	稷神 …… 355
番禹村女 …… 320	简狄 …… 335	褒姒 …… 357
*鲁姜 …… 413	简翟 …… 336	*颜回 …… 418

潮神	356	木精	43	游光	324
鹤神	357	云阳	44	獏狄	335
豫且	357	无伤	48	阘非	337
*燕太子丹	416	无支祁	49	蜩蚋	343
薛烛	360	无头鬼	49	膏肓	346
薛谭	360	尺郭	84	猗狂	354
穆天子	362	水母	86	*黎丘鬼	417
廪君	363	水精	86	魍魉	366
燧人氏	363	玉羊	96	魍魉鬼	366
澹台子羽	363	白蝙蝠精	113	藻兼	368
羲和	364	戎	120	魑魅	370
羲皇	364	有穷鬼	127	罍浦	369
缴父	364	伥鬼	135	赣巨人	371
彊良	364	庆忌	141		
瞽叟	367	江黄	143	**3. 国族**	
繄	367	巫支祈	161	一目民	1
鳖灵	372	旱魃	164	一目国	1
壤父	367	穷鬼	179	一足国	1
蠱围	371	宋毋忌	176	一脚人	1
灌口二郎	372	*阿紫	396	一臂民	1
聪沃	367	罔两	193	一臂国	1
邀门	370	罔象	193	一臂三面	2
攫挈	367	疟鬼	206	丁灵国	3
骦头	370	独足鬼	232	丈夫民	17
		疫鬼	239	丈夫国	17
2. 精怪		神魃	248	大人国	23
一足鬼	1	蚼	264	大耳国	24
二竖	5	海人	276	大幽国	24
山鬼	26	患	289	大秦国	24
山都	26	虚耗	291	三瞳	18
山𤢮	26	野仲游光	290	三毛国	18
山膏	26	象罔	294	三头人	18
山精	27	彭侯	312	三头民	18
山臊	27	蛟	316	三身民	19
山大人	27	蛟妾	316	三身国	19
小儿鬼	31	僷囊	319	三苗民	20

三苗国 …………… 20	毛民 …………… 70	夸父国 …………… 124
三首国 …………… 20	毛民国 …………… 70	厌火国 …………… 119
三面一臂 ………… 21	反踵 …………… 69	厌光国 …………… 120
马胫国 …………… 33	反舌民 …………… 69	有易 …………… 127
小人 …………… 31	反舌国 …………… 69	有娀 …………… 127
小人国 …………… 31	长肱 …………… 78	有倕 …………… 127
女国 …………… 36	长人国 …………… 78	有扈氏 …………… 127
女人国 …………… 38	长毛国 …………… 78	因民国 …………… 131
女子民 …………… 38	长生国 …………… 79	朱卷国 …………… 140
女子国 …………… 38	长股国 …………… 79	先民国 …………… 134
女和月母国 ……… 39	长须国 …………… 79	合涂国 …………… 134
支提国 …………… 41	长胫国 …………… 79	后眼国 …………… 139
比肩民 …………… 42	长臂国 …………… 79	交股民 …………… 140
互人国 …………… 40	火山国 …………… 81	交胫国 …………… 140
犬戎国 …………… 41	巴人 …………… 85	羽民 …………… 150
犬封国 …………… 41	巴国 …………… 85	羽蒙 …………… 150
不死民 …………… 45	东胡 …………… 91	羽民国 …………… 150
不死国 …………… 46	龙伯国 …………… 101	芮国 …………… 153
天民 …………… 54	北户 …………… 104	赤胫民 …………… 163
天民国 …………… 58	北齐国 …………… 105	*两面国 …………… 393
无肠民 …………… 49	北狄国 …………… 105	豕喙民 …………… 152
无肠国 …………… 49	北朐国 …………… 105	轩辕国 …………… 157
无启国 …………… 49	鸟氏 …………… 108	劳民 …………… 153
无咸民 …………… 50	氏人国 …………… 106	劳民国 …………… 153
无首民 …………… 50	句婴民 …………… 108	扶伏民 …………… 160
无继民 …………… 50	白民 …………… 110	扶娄国 …………… 160
无膂国 …………… 50	白子国 …………… 111	巫咸民 …………… 161
无腹国 …………… 50	白民国 …………… 111	巫咸国 …………… 161
少昊之国 ………… 66	半体人 …………… 114	巫载民 …………… 161
中容国 …………… 64	玄丘民 …………… 117	困民国 …………… 165
中輻国 …………… 64	玄股民 …………… 117	吠勒国 …………… 165
化民 …………… 72	玄股国 …………… 117	岐舌国 …………… 165
牛黎国 …………… 69	司幽国 …………… 118	钉灵国 …………… 168
介氏国 …………… 71	刑天国 …………… 122	卵民国 …………… 168
*乌衣国 …………… 384	共工国 …………… 121	伯服国 …………… 173
毛人 …………… 70	西周国 …………… 130	伯虑国 …………… 173

沃民 …… 178	胡不与国 …… 219	博父国 …… 310
尾濮 …… 180	幽民 …… 226	落头民 …… 310
君子国 …… 180	鬼国 …… 235	戴国 …… 307
张弘国 …… 183	盈民国 …… 228	戴民国 …… 307
陀移国 …… 181	修股民 …… 231	凿齿民 …… 315
苗民 …… 190	修臂民 …… 231	黑齿民 …… 317
青丘国 …… 192	哀牢国 …… 238	黑齿国 …… 317
林氏国 …… 186	穿胸民 …… 239	鹄国 …… 318
雨师妾 …… 187	穿胸国 …… 239	短人国 …… 318
奇肱国 …… 188	结匈国 …… 253	焦侥国 …… 320
奇股民 …… 189	结胸民 …… 253	善语国 …… 324
拘缨国 …… 186	柔仆民 …… 254	寒荒国 …… 325
拘瘿国 …… 186	柔利民 …… 254	摇民 …… 330
叔歜国 …… 194	柔利国 …… 254	蒙双民 …… 328
和神国 …… 200	耽耳 …… 256	靖人 …… 337
侏儒国 …… 198	聂耳国 …… 256	豢龙氏 …… 337
佻人国 …… 198	盐长国 …… 260	裸人 …… 338
周饶国 …… 202	鸭人国 …… 264	蜮民国 …… 344
枭阳国 …… 200	倮国 …… 268	僬侥氏 …… 346
季禺国 …… 200	留利国 …… 265	僬侥国 …… 346
季鳌国 …… 200	离耳国 …… 273	震蒙氏 …… 350
狗国 …… 199	海外三十六国 …… 277	儋耳国 …… 353
狗民国 …… 199	流黄辛氏 …… 276	鹤民国 …… 357
狗封国 …… 199	流黄酆氏 …… 276	燕子国 …… 359
诤人 …… 207	菌人 …… 284	镠民 …… 362
录民 …… 212	勒毕国 …… 282	雕题国 …… 362
贯匈国 …… 213	跂踵民 …… 291	赢民 …… 363
姑射国 …… 216	跂踵国 …… 291	羲和国 …… 364
始州国 …… 215	鄡睢 …… 292	燧明国 …… 364
细民 …… 213	盘古国 …… 296	鞮鞻毛人 …… 365
终北国 …… 214	盖山国 …… 297	讙头国 …… 373
肃慎民 …… 212	渠搜民 …… 298	讙朱国 …… 373
肃慎国 …… 212	淑士国 …… 299	骧头国 …… 370
孟鬻 …… 216	深目民 …… 300	骧兜国 …… 370
孟舒国 …… 217	深目国 …… 300	

二、物

1. 动物

一足鸟 …… 1	三青鸟 …… 19	王母使者 …… 48
一角羊 …… 1	大风 …… 22	比目鱼 …… 42
一角兽 …… 1	*大客 …… 378	比肩兽 …… 42
十乌 …… 4	大蛇 …… 22	比翼鸟 …… 43
八骏 …… 8	大鹜 …… 23	巨龟 …… 44
人鱼 …… 7	大鹗 …… 23	巨蚌 …… 44
儿回来 …… 6	大鳝 …… 23	巨蛇 …… 44
人蛇 …… 7	大蟹 …… 23	巨鳌 …… 44
人面鸮 …… 7	大蠡 …… 23	五凤 …… 59
九乌 …… 9	大青蛇 …… 24	五鸠 …… 60
九婴 …… 11	山鸡 …… 25	五雉 …… 60
九扈 …… 11	山蜘蛛 …… 27	五时鸡 …… 61
九头鸟 …… 12	*千里马 …… 379	五里蛇 …… 61
九头蛇 …… 12	千里牛 …… 28	五足兽 …… 62
九头兽 …… 12	尸鸠 …… 30	五采鸟 …… 62
九耳犬 …… 12	女鸟 …… 35	天马 …… 53
九色鸟 …… 12	子规 …… 31	天犬 …… 54
九尾鸟 …… 12	马衔 …… 32	天鸡 …… 55
*九尾龟 …… 377	马腹 …… 32	天狗 …… 56
九尾狐 …… 12	马见愁 …… 32	*天狐 …… 382
九尾蛇 …… 13	马首鱼 …… 33	天鹿 …… 57
九真神牛 …… 13	飞龙 …… 33	天禄 …… 57
土蝼 …… 16	飞虫 …… 33	天翼 …… 58
三鸟 …… 17	飞鱼 …… 33	天公狗 …… 58
三雅 …… 18	飞兔 …… 34	少鹜 …… 66
三白乌 …… 18	飞黄 …… 34	日及 …… 64
三足乌 …… 18	飞蛇 …… 34	牛鱼 …… 68
三足龟 …… 19	飞鼠 …… 34	毛龙 …… 70
三足虎 …… 19	飞遽 …… 34	从从 …… 67
三足鹿 …… 19	飞涎鸟 …… 35	乌贼 …… 68
三足蟾 …… 19	夫诸 …… 40	仆牛 …… 71
三足鳖 …… 19	元绪 …… 40	化蛇 …… 72
	开明兽 …… 42	丹鱼 …… 74
	无损兽 …… 50	丹虾 …… 75
	木客鸟 …… 43	凤母 …… 75
	王馀鱼 …… 48	凤生兽 …… 75

凤鸟 …… 76	四鸟 …… 105	吉吊 …… 125
凤皇 …… 76	四蛇 …… 106	吉黄 …… 125
长右 …… 77	四灵 …… 106	吉量 …… 125
长蛇 …… 78	*仙鼠 …… 389	师鱼 …… 131
长寿鹿 …… 79	犰狳 …… 106	当康 …… 131
方皇 …… 81	白马 …… 109	当扈 …… 131
六龙 …… 80	白犬 …… 109	犺 …… 133
六眼龟 …… 80	白鸟 …… 109	华骝 …… 139
火龙 …… 81	白虎 …… 110	合窳 …… 134
火鸦 …… 81	白泽 …… 110	狚狼 …… 133
火鼠 …… 81	白狼 …… 110	凫徯 …… 133
火光兽 …… 81	白鵺 …… 110	伤魂鸟 …… 135
文马 …… 82	白蛇 …… 110	朱鸟 …… 140
文文 …… 82	白鵫 …… 110	朱厌 …… 140
文虎 …… 82	白鹿 …… 110	朱雀 …… 140
文鱼 …… 83	白犀 …… 111	朱蛾 …… 140
文鳐鱼 …… 84	白雉 …… 111	朱獳 …… 140
双双 …… 84	白鹇 …… 111	朱鳖 …… 140
双头鸡 …… 84	白猿 …… 111	齐女 …… 140
巴蛇 …… 85	白鹅 …… 111	并封 …… 141
孔鸟 …… 85	白豪 …… 111	冰蚕 …… 142
水马 …… 85	白翰 …… 111	讹兽 …… 144
水虎 …… 86	玄鸟 …… 115	汗血马 …… 142
*石首鱼 …… 387	玄龟 …… 115	那父 …… 148
灭蒙鸟 …… 89	玄虎 …… 116	阳乌 …… 151
邛邛岠虚 …… 89	玄鱼 …… 116	杜鹃 …… 159
玉鸡 …… 96	玄狐 …… 116	远飞鸡 …… 152
玉兔 …… 96	玄驹 …… 116	却尘犀 …… 152
龙 …… 98	玄豹 …… 116	扶桑蚕 …… 160
龙子 …… 99	玄蛇 …… 116	花蹄牛 …… 154
龙马 …… 99	玄鼍 …… 117	苍龙 …… 154
龙龟 …… 100	耳鼠 …… 119	苍兕 …… 154
龙鱼 …… 100	朴牛 …… 119	两头鸟 …… 156
归终 …… 104	毕方 …… 119	两头蛇 …… 156
目羽鸡 …… 103	百足蟹 …… 123	两头鹿 …… 156
冉遗鱼 …… 104	吉光 …… 125	两头兽 …… 156

两黄兽	156	青鸾	192	孟鸟	216
赤蚁	162	罗罗	194	孟极	217
赤鱬	162	昆仑巨蛇	197	孟槐	217
赤螭	162	鸣鸟	194	孟津大鱼	217
赤鷩	162	鸣蛇	194	要褭	219
赤鱬	162	虎蛟	195	斫木	218
吼	165	*虎舅	399	轹轹	218
咒	164	虎鹰	195	茈鱼	221
足訾	164	虎色蛇	195	茶首	221
虬龙	165	乖龙	197	药兽	222
吴王脍馀	167	*的卢	400	栎	224
犼	169	婴胡	198	树鸟	224
狂鸟	170	枭羊	200	枳首蛇	224
希有	168	枭獍	200	*垫江龙	404
伯劳	172	肥遗	198	南海蝴蝶	226
何罗鱼	171	狍	199	封豕	223
角龙	169	狙如	199	封狐	223
角端	169	狌狌	199	封豨	224
龟	170	狍鸮	199	幽鴳	227
龟历	170	狒狒	199	炸牛	228
应龙	175	委蛇	200	修蛇	231
冶鸟	174	委维	200	皇鸟	231
阿羊	183	金牛	203	爰居	228
灵猫	181	金乌	204	逃河	230
驮蹄	179	金吾	204	钦原	232
鸡斯之乘	180	金鸡	204	钩蛇	232
环狗	185	怪哉	207	胐胐	228
奇鸧	188	育蛇	208	胜遇	228
担生	186	夜行游女	209	脉望	228
青马	191	河伯度事小吏	211	重明鸟	230
青牛	191	居暨	213	狰	231
青鸟	191	细蠼	213	狡	231
青鸢	191	驺吾	212	狪狪	232
青耕	191	驺虞	213	狢即	232
青蚨	192	*姑恶	403	独狢	232
青蛇	192	姑获鸟	215	独足鸟	232

分类词目表 433

鬼车 …… 234	狸力 …… 266	逴龙 …… 289
鬼鸟 …… 235	鸰鹉 …… 267	蛊雕 …… 291
类 …… 239	釟鵌 …… 267	啮铁 …… 290
鸺 …… 237	脩辟鱼 …… 268	蛫渠 …… 291
闻獜 …… 237	鸱 …… 267	跂踵 …… 291
兹白 …… 238	鸱吻 …… 268	崮狗 …… 290
举父 …… 238	离俞 …… 272	婴勺 …… 289
活师 …… 242	*唐鼠 …… 409	鹓 …… 292
窃脂 …… 239	冤禽 …… 271	领胡 …… 292
帝女雀 …… 245	旄马 …… 271	象蛇 …… 295
姜公鱼 …… 241	旄牛 …… 271	狻 …… 293
神马 …… 247	诸怀 …… 272	猎猎 …… 293
神龟 …… 248	诸犍 …… 272	猛氏 …… 293
神鸦 …… 248	浪鸟 …… 274	猛豹 …… 293
神女牛 …… 249	*消𪊨虫 …… 410	猛兽 …… 293
屏蓬 …… 251	海鰌 …… 277	鸡 …… 297
费费 …… 255	海蜘蛛 …… 277	孰湖 …… 296
驳 …… 254	鸥 …… 278	旋龟 …… 296
驿 …… 253	鹅 …… 278	鹿蜀 …… 301
骇鸡犀 …… 253	陵鱼 …… 278	鸾鸟 …… 298
*骇神豕 …… 406	蚩尾 …… 281	率然 …… 297
荼首 …… 257	通天犀 …… 279	商羊 …… 297
鸪鹊 …… 256	能言龟 …… 278	鸴鸟 …… 297
破镜 …… 259	骄马 …… 279	梁渠 …… 298
顾菟 …… 256	骊龙 …… 279	谏珂 …… 296
秦吉了 …… 261	耗 …… 282	祸斗 …… 296
珠鳖鱼 …… 259	梼杌 …… 284	情急了 …… 297
捣药鸟 …… 258	蚕蛭 …… 282	断肠鸟 …… 299
䀛䀛 …… 264	雪精 …… 283	騊駼 …… 303
*唤人蛇 …… 408	掘尾龙 …… 282	维鸟 …… 304
哮天犬 …… 264	黄马 …… 286	绿耳 …… 304
蚊母鸟 …… 264	黄龙 …… 286	琴虫 …… 307
乘黄 …… 266	黄鸟 …… 286	絜钩 …… 306
射工 …… 265	黄能 …… 287	彭越 …… 312
胅残 …… 265	黄熊 …… 287	葱聋 …… 310
狌狌 …… 266	黄鹙 …… 287	雄虺 …… 307

韩朋鸟	313	摇牛	330	蜼	343
越王约发	312	楚魂鸟	327	蛷	344
蛩蛩	307	*墓前斑狐	414	蛣犬	343
蛩蛩距虚	307	蓬莱山鸳鸯	329	噉金鸟	343
蜳	316	蒲牢	329	蜃	344
蛟	316	蒲夷鱼	329	蜃蛭	344
蛩鼠	316	鹔鹏	335	*貌	416
凿齿	315	鼠兽	336	鈌鸟	344
趹踢	314	鲑鱿	336	獍	344
颙颙	315	解鹰	336	僦僦	345
*量人蛇	413	獂	335	嬰如	344
黑蛇	317	猨	335	鮨鱼	345
黑蜼	317	獥狙	335	鲛鱼	345
奊	318	猏诡	335	鲐鲐鱼	345
鯈鯆	319	腾黄	336	辣辣	347
稍割牛	318	腾蛇	336	豪鱼	347
獂貐	319	魁堆	336	豪彘	347
猩猩	319	魁雀	336	精卫	348
猾裹	319	意而	337	精精	348
鲜鱼	322	雍和	337	鳌鲋鱼	348
鲄鱼	322	痴龙	337	犛牛	350
鮀鱼	322	数斯	337	蒚狚	351
鲕鲕鱼	322	鹑鸟	338	礤鼠	351
焦明	320	鹓雏	338	横公鱼	350
焦冥	320	婴饼焦	338	颗	351
寓	325	鸫鹅	339	髯蛇	352
辣斯	323	鹧鸪	339	墨鱼	352
蛮蛮	324	*缢女	415	墨头鱼	352
鹠鸮	323	辟邪	339	魄	352
滑鱼	324	辟永犀	339	螣蛇	352
谢豹	323	鹝	340	蝼蛄虫	353
毚	325	酸与	340	蝮虫	353
鹔鸟	325	鹖	343	蝮蛇	353
犀牛	326	黑九	342	犟	353
犀渠	326	骏鸟	343	鹠	353
鹘鸪	327	鲎鱼	343	獠	354

獜 ………… 353	蟠龙 ………… 369	三桑 ………… 17
箴鱼 ………… 353	鸮鸟 ………… 369	三珠树 ………… 20
鸳鸰 ………… 353	鶬鸟 ………… 370	大茗 ………… 22
羬羊 ………… 356	鯈鱼 ………… 370	大椿 ………… 23
*羱羊 ………… 418	麎 ………… 371	大桃树 ………… 24
鹨鹕 ………… 357	蟾蜍 ………… 369	*千年木 ………… 379
潜牛 ………… 356	鯥鱼 ………… 370	女树 ………… 36
鹖 ………… 359	鯈鱼 ………… 370	木禾 ………… 43
薄鱼 ………… 360	鯒鯒鱼 ………… 370	历英 ………… 41
橐驼 ………… 359	鳎鳎鱼 ………… 371	无患 ………… 48
橐琶 ………… 359	麐 ………… 372	王母桃 ………… 48
螭吻 ………… 360	麒麟 ………… 371	车马芝 ………… 40
鹦鹘 ………… 360	羸鱼 ………… 371	五木 ………… 59
豹犬 ………… 361	鳖封 ………… 372	五大夫 ………… 60
猰貐 ………… 362	罴 ………… 369	五谷树 ………… 62
螣蛇 ………… 361	膢疏 ………… 370	不灰木 ………… 45
獬豸 ………… 362	灌灌 ………… 372	不死草 ………… 46
鲑 ………… 361	甑 ………… 367	不死树 ………… 46
鲈 ………… 361	鳢鱼 ………… 371	不尽木 ………… 46
鲛鱼 ………… 361	夔 ………… 372	不沈木 ………… 46
鲲鹏 ………… 361	夔牛 ………… 372	不愁木 ………… 46
鲸鱼 ………… 361	鹩鸽 ………… 369	日月树 ………… 64
鲌父鱼 ………… 362	饕餮 ………… 369	丹木 ………… 74
麈 ………… 363	鼹鼠 ………… 370	长春树 ………… 79
翳鸟 ………… 365	麟 ………… 371	反魂树 ………… 69
藏珠鸟 ………… 365	谨 ………… 372	风声木 ………… 76
蝮蜓 ………… 365	骧头 ………… 370	月桂 ………… 72
谿边 ………… 366	麐羊 ………… 372	月桂子 ………… 73
鳛鱼 ………… 366	鹬 ………… 368	月中骞树 ………… 74
鳓鱼 ………… 366		文玉树 ………… 83
鳝鱼 ………… 366	**2. 植物**	邓林 ………… 84
鹯 ………… 366		玉树 ………… 96
蹇龙 ………… 366	九穗禾 ………… 13	玉桃 ………… 96
蠚 ………… 367	人木 ………… 7	玉红草 ………… 97
嚣 ………… 368	*人参 ………… 377	甘木 ………… 93
瞿如 ………… 368	*人参果 ………… 377	甘华 ………… 93
	三秀 ………… 17	

甘柤 …… 93	枫木 …… 187	蓮莆 …… 284
甘櫨 …… 94	柜格松 …… 187	蓮脯 …… 284
龙刍 …… 99	明茎草 …… 197	*黄精 …… 411
龙须 …… 100	服常树 …… 198	黄中李 …… 287
龙公竹 …… 101	采华草 …… 198	蛇衔 …… 291
龙耳李 …… 101	采华树 …… 198	鹿活草 …… 301
龙肝瓜 …… 101	建木 …… 211	断肠草 …… 299
四味木 …… 106	屈轶 …… 213	*隐身草 …… 412
白鹤老松 …… 113	屈佚草 …… 213	雄常 …… 308
仙树 …… 108	荀草 …… 221	斑竹 …… 308
仙桃 …… 109	荒夫草 …… 221	琼枝 …… 308
汜林 …… 114	挂甲柏 …… 220	葫芦枣 …… 310
圣木曼兑 …… 118	指佞草 …… 220	韩终李 …… 313
吉云草 …… 126	指星木 …… 221	越王竹 …… 311
地日草 …… 126	柤稼櫏 …… 224	越王馀算 …… 312
*肉芝 …… 391	相思木 …… 225	紫梨 …… 317
朱木 …… 139	相思草 …… 225	掌中芥 …… 315
交让树 …… 140	相思树 …… 225	湘妃竹 …… 325
异果 …… 147	思母树 …… 227	媒竹 …… 325
如何 …… 147	迷穀 …… 238	榆树 …… 328
寻木 …… 147	洞冥草 …… 243	蕺荚 …… 327
寻竹 …… 147	祝馀 …… 246	蓇草 …… 329
寿木 …… 154	帝休 …… 244	蘴草 …… 329
苍梧 …… 154	帝屋 …… 244	摇钱树 …… 330
玗琪树 …… 152	帝女桑 …… 245	瑶草 …… 342
声风木 …… 152	帝俊竹林 …… 245	嘉禾 …… 340
扶木 …… 159	珠树 …… 259	樽木 …… 340
扶桑 …… 159	桐柏 …… 260	榣木 …… 340
*何首乌 …… 395	桃林 …… 260	*聚宝竹 …… 415
返魂树 …… 168	桂林八树 …… 260	碧桃 …… 341
沙棠 …… 177	栾 …… 269	碧螺春 …… 341
怀梦草 …… 175	涕竹 …… 274	檗木 …… 345
灵芝 …… 181	冥灵 …… 271	雒棠 …… 345
灵寿 …… 181	娑罗树 …… 270	影木 …… 351
若木 …… 189	琁树 …… 283	豫章 …… 358
范林 …… 191	琅玕树 …… 284	彊木 …… 364

*翳形草	416	风狸杖	76	沧波舟	177
蹑空草	365	火齐镜	81	*庐山石梁	395
蟠木	369	火浣布	82	*纸鸢	396
蟠桃	370	*孔子屐	386	纯钩	180
櫰木	367	水玉	85	张骞槎	184
		*水珠	385	驱山铎	179

3. 器物

		龙工	98	*画鸡	399
人石	7	龙珠	101	*画马石	399
九钟	10	龙渊	101	青泥	191
九曲珠	12	石盂	94	青田酒	192
*九鹭香	377	石鱼	94	青金镜	193
力珠	14	石雁	95	青磁碗	193
工布	15	石笋	95	鸣石	194
*三岛石	378	玉酒	96	明月珠	197
上池水	25	玉膏	97	昆仑铜柱	197
千日酒	28	玉横	97	金蚕	204
飞车	33	玉馈酒	97	鱼肠	201
女娲石	38	玉醴泉	97	*和氏璧	400
马宝石	32	鸟工	108	泣珠	209
巨阙	44	仙人镜	109	视肉	206
支机石	40	*仙人承露盘	389	夜光	209
太乙馀粮	52	玄珠	116	夜光杯	209
天衣	54	*圣鼓	390	定水带	208
天酒	57	司风鸟	118	*定更石	402
*不借	381	吉光毛裘	126	定海铁柱	208
不死药	46	曲盖	130	贯月查	213
不须鞭	46	华盖	139	相风	225
五兵	60	伍子胥剑	135	指南车	220
五色笔	60	安阳王神弩	142	咸阳宫方镜	220
五色露	61	阴阳石	150	*临平石鼓	405
五块石	61	观日玉	147	*临平仙药	405
*五谷石	382	轩辕磨镜石	157	俪皮	231
五弦琴	62	吴刀	166	追复	230
五曜神珠	63	吴钩	166	禹馀粮	236
日林国石镜	65	吴鸿扈稽	167	洗石	241
乌号	67	龟宝	170	帝台之棋	245

绕指柔 ……… 252	綮卫 ……… 340	四方风 ……… 106
泰阿 ……… 261	聚宝盆 ……… 341	列缺 ……… 128
桥车 ……… 260	蜘蛛珠 ……… 343	*岁星 ……… 390
桃棓 ……… 261	豪曹 ……… 347	条风 ……… 168
*赶山鞭 ……… 406	赭鞭 ……… 350	明河 ……… 197
破山剑 ……… 259	瑪珇玉 ……… 350	凯风 ……… 193
秦淮古镜 ……… 261	履水珠 ……… 357	蛋蛋 ……… 219
息土 ……… 268	磐石 ……… 359	南风 ……… 226
息石 ……… 268	獬豸冠 ……… 362	美人虹 ……… 240
息壤 ……… 268	藻玉 ……… 367	凉风 ……… 271
宵练 ……… 271	霹雳车 ……… 368	离合风 ……… 273
旃檀鼓 ……… 270	霹雳尖 ……… 368	流霞 ……… 275
眼明袋 ……… 290		营室 ……… 282
铜雀 ……… 294	**三、天地**	银河 ……… 294
鸾胶 ……… 299	**1. 天**	阊阖 ……… 297
清水珠 ……… 300		望夫云 ……… 302
隋侯珠 ……… 304	八风 ……… 7	鹊桥 ……… 327
续弦胶 ……… 305	九天 ……… 9	雷门 ……… 330
博石 ……… 309	九野 ……… 11	
越王八剑 ……… 311	大微 ……… 23	**2. 山**
遗玉 ……… 315	广寒宫 ……… 29	*七星岩 ……… 376
黑玉书 ……… 317	云梯 ……… 44	*八公山 ……… 376
锁云囊 ……… 318	不周风 ……… 46	八鱼原 ……… 9
*焦尾琴 ……… 413	无渡云 ……… 50	九丘 ……… 10
焦湖枕 ……… 320	天门 ……… 53	九女闭 ……… 11
湛卢 ……… 324	天汉 ……… 54	*九仙山 ……… 377
游仙枕 ……… 324	天河 ……… 56	九陇山 ……… 13
瑟 ……… 327	天柱 ……… 56	九疑山 ……… 13
雷车 ……… 330	天宫 ……… 57	九嶷山 ……… 13
揸机石 ……… 330	天狼 ……… 57	丈人峰 ……… 16
跻车 ……… 333	天维 ……… 57	万户山 ……… 15
蜈蚣珠 ……… 333	天鼓 ……… 57	*万佛崖 ……… 377
照石 ……… 333	日精 ……… 64	大言 ……… 22
照妖镜 ……… 333	日出入 ……… 65	大人市 ……… 23
照海镜 ……… 333	月宫 ……… 72	大虫山 ……… 24
辟疟镜 ……… 339	月精 ……… 73	大荒山 ……… 24

大翾山 …… 24	不周 …… 45	龙穴山 …… 101
三壶 …… 17	不死山 …… 43	龙关山 …… 101
三门峡 …… 18	不周山 …… 46	龙池山 …… 101
三王山 …… 18	少室山 …… 66	龙驹石 …… 101
三危山 …… 18	日月山 …… 64	龙首山 …… 102
三首山 …… 20	日月所入山 …… 65	龙盘山 …… 102
三神山 …… 20	日月所出山 …… 65	龙像岩 …… 102
三峻山 …… 21	仇夷山 …… 71	叫石 …… 103
三天子都 …… 21	丹山 …… 74	归墟 …… 104
三天子鄣山 …… 21	丹穴山 …… 75	兄弟石 …… 104
上霄峰 …… 25	凤山 …… 75	*囚倦山 …… 388
卫丘 …… 30	凤穴 …… 75	务隅山 …… 107
飞来峰 …… 34	凤凰山 …… 77	白马山 …… 111
小翾山 …… 31	凤麟洲 …… 77	白鹤山 …… 112
女观山 …… 38	长洲 …… 78	鸟山 …… 108
女郎山 …… 38	*长白山 …… 384	鸟鼠同穴山 …… 108
马穴山 …… 32	火穴 …… 81	仙人掌 …… 109
*马当山 …… 381	方丈 …… 80	仙女洞 …… 109
马穿穴 …… 33	方壶 …… 81	仙鸡山 …… 109
元天 …… 40	巴陵 …… 85	*仙迹岩 …… 389
历山 …… 41	水母洞 …… 87	仙桃山 …… 109
云雨山 …… 45	水帘洞 …… 87	玄洲 …… 116
无底洞 …… 49	平丘 …… 90	玄圃 …… 116
丰沮玉门 …… 41	平圃 …… 90	玄趾 …… 116
五妇山 …… 61	石匮 …… 95	发鸠山 …… 117
五神山 …… 63	石牛道 …… 95	圣人窟 …… 118
太华山 …… 52	石鸡山 …… 95	*圣窑山 …… 390
太姥山 …… 52	石燕山 …… 96	耒山 …… 119
巨灵足 …… 44	玉山 …… 96	尧山 …… 124
巨灵手迹 …… 44	玉女山 …… 97	*老人山 …… 390
天耳山 …… 58	玉女房 …… 97	百丈山 …… 122
天神山 …… 58	玉女洞 …… 97	列姑射 …… 128
天姥山 …… 58	玉女峰 …… 97	夸父山 …… 124
木叶山 …… 43	玉垒山 …… 98	夸父迹 …… 124
木枥山 …… 43	龙山 …… 98	西泰山 …… 130
木客山 …… 43	龙门 …… 98	西王母山 …… 130

贞女石 … 130	沃焦 … 178	金牛山 … 205
吊鸟山 … 130	穷山 … 178	金牛穴 … 205
朱提 … 140	*庐山 … 395	金牛岩 … 205
伊阙 … 136	辛女岩 … 175	金牛道 … 205
先槛大逢山 … 134	启母石 … 177	金华山 … 205
华邱 … 139	君山 … 180	金鸡石 … 205
*华阳洞 … 391	灵山 … 181	金鸡岭 … 205
合虚 … 134	尾闾 … 180	怪山 … 207
会稽山 … 134	鸡笼山 … 180	宛委山 … 207
会骸山 … 134	附禺山 … 182	*试剑石 … 402
汤山 … 143	*张公洞 … 397	炎洲 … 208
汤谷 … 143	张果洞 … 184	炎火山 … 208
羽山 … 149	郁洲 … 185	姑射山 … 215
阳纡 … 151	枉人山 … 186	承筐山 … 212
阳谷 … 151	柜儿崖 … 187	封嵎 … 224
赤岭 … 162	武担 … 189	药妇山 … 222
芦洲 … 153	武夷山 … 189	南山 … 226
*劳山 … 393	青邱 … 191	南类山 … 226
走金山 … 152	青丘山 … 192	昧谷 … 226
医无闾 … 153	青城山 … 193	峚山 … 226
轩辕丘 … 157	昆仑 … 195	禹谷 … 227
抚父堆 … 159	明星 … 197	幽都山 … 227
拒神山 … 159	明镜厓 … 197	逃石 … 230
扶桑山 … 160	岇岭山 … 193	钟山 … 233
巫咸山 … 161	罗浮山 … 194	钟山石首 … 234
巫山十二峰 … 161	虎丘 … 194	*鬼穴 … 405
县圃 … 164	*虎林山 … 399	鬼藏山 … 235
旸谷 … 164	岱舆 … 198	禹穴 … 236
员峤 … 165	岳山 … 198	禹攻共工国山 … 237
员丘山 … 165	肥蠦穴 … 199	洪匮 … 243
狄山 … 169	*斧劈石 … 400	烂柯山 … 239
龟山 … 170	*狗仙山 … 401	祖洲 … 245
兵书匣 … 168	委羽山 … 200	祝融峰 … 246
*系马山 … 395	鱼王石 … 202	神女峰 … 249
系头山 … 169	钓矶山 … 198	神农穴 … 249
系舟山 … 169	钓鱼山 … 198	*神农架 … 405

神农窟 …… 249	铜牛山 …… 294	歌父山 …… 342
驳牛山 …… 254	象骨山 …… 295	肇山 …… 347
砥柱 …… 259	猗天苏门 …… 293	韶山 …… 347
泰室山 …… 262	鸾冈 …… 299	韶石 …… 347
莫干山 …… 258	盖犹山 …… 297	骡冈 …… 348
振履堆 …… 258	断蛇丘 …… 299	熊穴 …… 348
捣衣山 …… 258	康王谷 …… 301	磅礴山 …… 351
珠丘 …… 259	望女石 …… 302	蝴蝶洞 …… 353
珠崖 …… 259	望夫山 …… 302	黎母山 …… 355
桥山 …… 260	望夫石 …… 302	*稷王山 …… 417
桃都山 …… 261	雁门山 …… 306	鲧攻程州山 …… 355
柴山 …… 264	落翮山 …… 310	融天山 …… 359
狼山 …… 266	彭女山 …… 312	磋丘 …… 360
*射的山 …… 408	鼎鼻山 …… 315	衡山 …… 361
积石山 …… 265	*鹅羊山 …… 413	辕辕山 …… 365
奚公山 …… 267	惩父山 …… 319	藐姑射山 …… 365
离堆 …… 273	舜哥山 …… 322	鞠陵于天 …… 365
阆风 …… 270	寒门 …… 325	堅明俊疾 …… 365
涂山 …… 274	善权洞 …… 323	覆釜山 …… 367
流洲 …… 275	温源谷 …… 324	覆船山 …… 367
酒香山 …… 274	疏属山 …… 325	瀛洲 …… 371
浮山 …… 275	登备山 …… 326	麋鳌鉅 …… 372
浮石 …… 275	登葆山 …… 326	鳌灵迹 …… 372
高骊山 …… 273	蒙谷 …… 328	
高筐山 …… 273	雷祖峰 …… 332	**3. 水**
高禖石 …… 273	蓬邱 …… 329	一碗水 …… 1
黄山 …… 285	蓬莱山 …… 329	二郎沟 …… 6
萧夫人 …… 284	错开峡 …… 335	九井 …… 9
梓潭山 …… 285	涸崖 …… 337	*九圣泉 …… 377
梅溪山石磨 …… 285	缙云山 …… 339	*九鲤湖 …… 377
悬圃 …… 289	群玉山 …… 338	九十九井 …… 13
蛇丘 …… 291	*群仙洞 …… 415	三口浪 …… 18
崦嵫 …… 290	*碣石 …… 415	大泽 …… 22
崆峒 …… 290	聚窟洲 …… 341	大壑 …… 23
常羊山 …… 292	*榴花洞 …… 415	女坟湖 …… 38
常阳山 …… 292	歌山 …… 341	*马跑泉 …… 381

飞泉	34	赤水	161	*晋阳湖	407
飞鱼口	34	赤泉	162	柴都	264
飞鱼径	34	赤松涧	163	*倾井	408
天池	54	*县泉水	395	拳权井	270
历阳湖	41	张帆溪	184	酒泉	274
日月潭	64	英泉	190	浴仙池	274
凶水	66	青邱泽	192	海井	276
从渊	67	罗霄山石井	194	弱水	278
丹水	74	*虎皮井	399	*陷湖	410
风井	75	*虎跑泉	400	猪羊荡	293
文君井	83	金井	203	银井	294
玉妃溪	97	金锁潭	205	铜船湖	294
甘水	93	郎君湖	206	断江	299
甘渊	93	孟津	216	淫水	299
甘露	94	妲己川	215	淄水	299
龙池	100	*妒女泉	403	望娘汇	302
*龙泉	387	*妒妇津	403	望娘湾	302
*龙溪	387	南冥	226	望娘滩	302
*龙马潭	387	咸池	220	隐剑泉	304
北冥	105	柳毅井	224	赌妇潭	315
四海	106	适河	230	鼎湖	315
叶镜湖	103	剑池	230	紫泥海	317
白水	109	剑津	230	黑水	317
仙人井	109	香溪	229	舜井	321
句将山三泉	108	香山湖	229	舒姑泉	319
半阳泉	114	禹井	236	禅渚	323
*汉泉井	389	禹迹溪	236	寒暑之水	325
夷水	122	帝台之浆	245	缙渊	325
百花潭	122	洞庭	243	犀浦	326
*百家湾	390	洪井	243	雷泽	331
竹王水	134	洪水	243	鉴湖	333
羊龙潭	141	神泉	248	盟津	333
阪泉	150	神潢	249	虞渊	333
羽渊	150	神龙池	249	稚华渚	334
来斯滩	152	神农涧	249	新都县温泉	338
巫支祈井	161	盐水	260	瑶池	342

*蜘蛛井 416
稷泽 355
樵风泾 359
薛涛井 360
镜湖 362
*镜泊湖 417
*磨针溪 418
磻溪 365
醴泉 367
鳝溪 371

4. 邑庙

二王庙 6
二妃庙 6
人祖庙 7
八卦坛 8
九州 10
下都 15
三王墓 18
大乐野 23
千人坛 28
千童城 28
广成城 29
马邑 31
不夜城 46
太公庙 52
太岁亭 52
天马径 58
天齐王祠 59
*天涯海角 382
五仙观 60
五仙城 60
五羊石 61
五羊城 61
五城十二楼 63
日主祠 65

少姨庙 66
凤女台 77
长夜宫 79
仁鹿庙 71
化龙桥 72
斗鸡台 80
斗犀台 80
水晶宫 87
厉乡村 90
石纽 94
石犀里 95
石婆婆庙 96
龙村 100
龙宫 100
龙母庙 101
龙绡宫 102
*叶公城 388
卢沟桥 103
四极 105
四荒 106
*仙枣亭 389
*白玉楼 388
*瓜子缠 388
玄都 115
甲兮城 117
台骀庙 118
地户 126
有鼻 127
共工台 121
刑塘 122
百官桥 123
后稷垄 139
众帝之台 133
伊尹冢 136
任公子钓台 135
伏牛台 137

伏龙观 137
伏羲女娲庙 138
安邑 142
江渎祠 143
*齐天大圣庙 391
戏亭 147
防城 150
防风庙 151
阳台 151
阳主祠 151
*花卿冢 393
轩辕台 157
赤县神州 163
寿华 155
寿宫 155
杜鹃城 159
杜宇鳖灵墓 159
谷城 168
伯益庙 173
龟城 170
*龟化城 395
*龟蛇碑 395
沃野 178
穷石 178
穷桑 179
表门 185
刌儿坪 185
斩龙台 186
欧丝野 188
范郎庙 191
茅将军庙 190
*青羊观 398
*青羊宫 398
青陵台 193
虎牢 195
*忠惠庙 399

昆仑宫	197	
明组邑	197	
牧野	197	
邶城	198	
鱼凫城	202	
*周处祠	401	
空桑	206	
孤竹城	211	
织女庙	214	
*妬女祠	403	
春宫	218	
药王庙	222	
赵州桥	223	
郝姑祠	218	
残苦庙	218	
契丹始祖庙	219	
幽都	226	
思烟台	227	
重泉	230	
鬼门	234	
俊坛	231	
钧台	232	
禹庙	236	
禹会村	236	
染庄	238	
羑里	239	
语儿亭	241	
洛阳桥	242	
神丛	247	
神州	247	
神女庙	249	
神女冢	249	
神农城	249	
神宣驿	249	
都广野	256	
盐宗庙	260	

夏台	263	
夏禹台	263	
蚕市	263	
蚕墓	263	
蚕女庙	263	
乘鱼桥	266	
*徐仙亭	409	
铁牛庙	268	
翁婆墓	267	
倾宫旋室	268	
高唐	273	
海眼	276	
涂山氏台	275	
流沙	275	
娘子桥	279	
娥皇女英祠	280	
蚩尤城	281	
蚩尤冢	281	
春陵	282	
琅玡台	284	
黄牛庙	287	
黄陵庙	288	
黄鹤楼	288	
偃朱城	293	
象郎	294	
盘古庙	296	
盘瓠石室	296	
盘古三郎庙	296	
密都	297	
阏伯庙	298	
涿鹿	299	
清都	300	
鹿台	301	
鹿回头	301	
望仙桥	302	
望丛祠	302	

插灶	309	
琼楼玉宇	309	
彭城	312	
朝云	309	
朝歌	309	
畴华	314	
舜桥	322	
鲁班屋	323	
鲁般寺	323	
雷神庙	332	
雷峰塔	332	
*蔡顺庙	415	
瑶台	342	
鼻亭	346	
鼻亭神祠	346	
璇宫	350	
增城	350	
辘角庄	350	
牖里	353	

四、书

十州记	4	
十三州志	4	
入蜀记	6	
大禹治水	25	
大唐三藏取经诗话	25	
三国志	20	
三才图会	21	
三五历纪	21	
三教搜神大全	21	
山海经	27	
山堂肆考	27	
山海经地理今释	28	
广东新语	29	
广博物志	29	

尸子 …… 30	四游记 …… 106	酉阳杂俎 …… 153
小说 …… 31	北堂书钞 …… 105	轩辕本纪 …… 157
天问 …… 54	白泽图 …… 112	坚瓠集 …… 165
艺文类聚 …… 40	尔雅 …… 107	吴地记 …… 166
开辟衍绎通俗志传 … 42	尔雅翼 …… 107	吴船录 …… 166
云笈七籖 …… 45	玄中记 …… 117	吴越春秋 …… 169
云南古佚书钞 …… 45	汉书 …… 114	初学记 …… 175
太平广记 …… 53	汉武故事 …… 114	辛氏三秦记 …… 175
太平御览 …… 53	汉书人表考 …… 114	灵宪 …… 181
太平寰宇记 …… 53	汉武帝内传 …… 114	述异记 …… 185
少室山房笔丛 …… 66	汉唐地理书钞 …… 114	抱朴子 …… 186
中华古今注 …… 64	夷坚志 …… 122	茆亭客话 …… 190
中国小说史略 …… 64	西游记 …… 130	事文类聚 …… 186
中国神话研究初探 … 64	西京杂记 …… 130	事物纪原 …… 186
月令广义 …… 74	西湖二集 …… 130	国语 …… 193
风俗通义 …… 76	列子 …… 128	易林 …… 195
六韬 …… 80	列女传 …… 128	岭表录异 …… 193
文选 …… 83	列仙传 …… 128	尚书 …… 193
孔子集语 …… 85	列异传 …… 128	尚书大传 …… 194
水饰 …… 86	列仙全传 …… 128	金楼子 …… 205
水经注 …… 87	吕氏春秋 …… 132	岳阳风土记 …… 198
世本 …… 89	岁华纪丽 …… 131	周书 …… 202
左传 …… 90	岁时广记 …… 131	周易 …… 202
龙城录 …… 101	后汉书 …… 138	法苑珠林 …… 209
龙鱼河图 …… 102	竹书纪年 …… 134	河图括地象 …… 211
玉烛宝典 …… 98	华阳国志 …… 139	诗经 …… 207
玉芝堂谈荟 …… 98	会稽郡故书杂集 … 134	诗纬含神雾 …… 207
玉函山房辑佚书 …… 98	全上古三代秦汉	绎史 …… 213
古今注 …… 91	三国六朝文 …… 133	孟子 …… 216
古史考 …… 91	齐谐 …… 140	录异记 …… 212
古典新义 …… 91	庄子 …… 141	封神传 …… 224
古小说钩沈 …… 91	论衡 …… 144	荀子 …… 221
古今图书集成 …… 91	异苑 …… 147	茶香室丛钞 …… 221
史记 …… 104	孙氏瑞应图 …… 149	荆楚岁时记 …… 218
归藏 …… 104	赤雅 …… 162	拾遗记 …… 220
旧小说 …… 103	苏氏演义 …… 153	括地志 …… 220

括地图 …………… 220	博物志 …………… 310	七十二变 ………… 3
星经 ……………… 226	越绝书 …………… 311	人日 ……………… 7
战国策 …………… 226	搜神记 …………… 309	九阳 ……………… 10
幽明录 …………… 227	搜神后记 ………… 309	八阵图 …………… 8
皇览 ……………… 231	朝野佥载 ………… 309	八仙过海 ………… 9
独断 ……………… 232	韩非子 …………… 313	*三士穷 ………… 377
独异志 …………… 232	韩诗外传 ………… 314	大傩 ……………… 22
类说 ……………… 239	释神 ……………… 318	大蟹斗山神 ……… 25
宣室志 …………… 239	遁甲开山图 ……… 320	乞巧 ……………… 28
洞冥记 …………… 243	蛮书 ……………… 324	*千金方 ………… 379
帝王世纪 ………… 245	敦煌变文集 ……… 323	马伏波射潮 ……… 33
帝京景物略 ……… 245	楚辞 ……………… 327	女娲补天 ………… 39
说苑 ……………… 241	路史 ……………… 333	女娲作笙簧 ……… 39
说郛 ……………… 241	蜀梼杌 …………… 334	*巨人指 ………… 382
说文解字 ………… 241	蜀王本纪 ………… 334	丰城剑气 ………… 41
神仙传 …………… 249	蜀中名胜记 ……… 334	历山铁锁 ………… 41
神异经 …………… 249	锦绣万花谷 ……… 335	*五鬼闹判 ……… 383
神话与诗 ………… 250	新书 ……………… 338	*五月五日粽 …… 383
癸巳存稿 ………… 252	新序 ……………… 338	*无它 …………… 382
癸巳类稿 ………… 252	墉城集仙录 ……… 340	*无恙 …………… 382
晋书 ……………… 257	舆地广记 ………… 341	天帚 ……………… 56
格致镜原 ………… 260	舆地纪胜 ………… 341	天穿节 …………… 58
高士传 …………… 273	管子 ……………… 346	天女散花 ………… 59
唐国史补 ………… 270	稽瑞 ……………… 355	天衣无缝 ………… 59
凉州异物志 ……… 271	潜确类书 ………… 357	*天狗食月 ……… 382
陶渊明集 ………… 278	镜花缘 …………… 362	天门郡仙谷 ……… 59
通俗编 …………… 279	穆天子传 ………… 362	天仙寺壁画 ……… 59
梦溪笔谈 ………… 282		分身 ……………… 66
曹子建集 ………… 283	**五、事**	*爪甲点金 ……… 384
盛弘之荆州记 …… 282		风胡子论剑 ……… 76
淮南子 …………… 300	十日 ……………… 4	凤皇将九子 ……… 77
渚宫旧事 ………… 300	*十兄弟 ………… 376	*毛宝放龟 ……… 384
续齐谐记 ………… 305	二日 ……………… 5	*毛会画妇乳儿 … 384
续博物志 ………… 305	*二桃杀三士 …… 376	*孔雀胆 ………… 386
瑂玉集 …………… 308	七夕 ……………… 3	邓遐斩蛟 ………… 84
瑯嬛记 …………… 308	七圣画 …………… 3	水淹泗州 ………… 87

水漫金山 …… 87	*杨香打虎 …… 394	*细腰 …… 402
玉斧修月 …… 97	*李耳治水 …… 394	赵老送灯台 …… 223
*玉女配山神 …… 387	*李思训画鱼 …… 394	*荆轲刺秦王 …… 404
*东明石狮 …… 386	吴勉鞭石 …… 167	*昭之救蚁 …… 404
东方朔偷桃 …… 92	吴洞金履 …… 167	*哙参疗鹤 …… 405
*龙肉 …… 387	*吴道子画驴 …… 395	怨碑 …… 228
龙婚 …… 101	*吴道子画壁 …… 395	*鬼画桃符 …… 405
龙生九子 …… 102	*何铜 …… 395	*独角变鲤 …… 405
*龙别雌雄 …… 387	应声虫 …… 175	*重九 …… 405
龙宫造殿 …… 102	沧海桑田 …… 177	*重阳 …… 405
石龙 …… 94	沉香救母 …… 178	*钟斗蛟 …… 405
石鸡 …… 94	*驴磨麦 …… 396	钟馗嫁妹 …… 234
石尤风 …… 95	*张氏祝鸠 …… 397	禹步 …… 236
石敢当 …… 95	*鸡犬升天 …… 396	禹求贤人 …… 236
石新妇 …… 96	*鸡窠小儿 …… 397	禹庙梅梁 …… 236
*石人追劳山 …… 387	武王伐纣 …… 189	禹得玉珪 …… 237
*叶公好龙 …… 388	*杭州三怪 …… 398	禹凿龙门 …… 237
白兔捣药 …… 113	*板桥三娘子 …… 398	送穷鬼 …… 238
*弘公断疟 …… 389	画中人 …… 185	神鼎 …… 248
百鸟衣 …… 122	*画龙柱 …… 399	*神女导航 …… 406
尧洪水 …… 125	画龙点睛 …… 399	神农作琴 …… 249
夸父追日 …… 124	*画地成河 …… 399	*神鱼送屈原 …… 406
列子御风 …… 128	*虎生三子 …… 400	*姚绍化鹤 …… 406
地震鳌鱼动 …… 126	易心 …… 195	架梯取月 …… 251
吐子成兔 …… 130	鱼妇 …… 201	绝地天通 …… 253
*杀牛祈雨 …… 391	货郎龙 …… 198	破斧之歌 …… 259
江鼍冒官 …… 144	*采药民 …… 400	袁根入赤城 …… 259
刘海戏蟾 …… 145	*周处斩蛟 …… 401	*聂政刺韩王 …… 407
刘阮入天台 …… 145	*周南毙鼠 …… 401	桃符 …… 261
如愿 …… 147	金船 …… 204	*桃园盟 …… 407
那吒闹海 …… 149	金鳌光 …… 205	*徐邈画獭 …… 409
孙宾卜海 …… 149	泗水取鼎 …… 209	蚕马 …… 262
孙悟空七十二变 …… 149	河伯娶妇 …… 211	钱王射潮 …… 268
*孙悟空大闹天宫 …… 392	*泥马渡康王 …… 402	*铁李捕狐 …… 408
报草 …… 393	定身 …… 208	*竞渡 …… 409
杓取月光 …… 157	*定伯卖鬼 …… 402	*唐明皇游月宫 …… 409

海中金台 …………… 277	燃犀烛怪 …………… 324	九辩 …………… 11
海市蜃楼 …………… 277	*蒙恬造笔 …………… 414	下谋 …………… 15
*海岛长人 …………… 410	雷公磨霹雳 ………… 332	天梯 …………… 57
*海神求宝 …………… 410	*跳月 …………… 414	瓦屋 …………… 40
海神竖柱 …………… 277	照虚耗 …………… 334	太平乐 …………… 52
海神朝禹 …………… 277	*愚公盘山 …………… 414	云幕 …………… 44
海神擎日 …………… 277	鼠王国 …………… 336	水仙操 …………… 86
*曹公船 …………… 411	*缚龙角 …………… 415	地柱 …………… 126
梯仙国 …………… 285	*裴航遇云英 ………… 416	地维 …………… 126
黄龙负舟 …………… 288	*端五 …………… 416	华山畿 …………… 139
黄帝造车 …………… 289	精卫填海 …………… 348	扶来 …………… 159
*黄雀衔环 …………… 411	缩地 …………… 348	*足下 …………… 394
*黄筊遇仙 …………… 412	嫦娥奔月 …………… 349	枹鼓曲 …………… 187
黄帝铸大镜 ………… 289	嫦娥捣药 …………… 349	承云 …………… 212
黄帝遗玄珠 ………… 289	蕉鹿梦 …………… 351	驾辩 …………… 212
啮镞法 …………… 290	*樊夫人斩白鼍 ……… 417	*残形操 …………… 404
*谎粮墩 …………… 412	鲤鱼跳龙门 ………… 354	钧天广乐 …………… 232
望女思母 …………… 303	潜龙灌田 …………… 357	铁飞 …………… 268
隐身 …………… 304	鹤语岁寒 …………… 357	铁胆肾 …………… 268
替身 …………… 306	橘中叟 …………… 359	*凌波曲 …………… 409
*韩幹画马 …………… 412	*蟹和尚 …………… 417	蚩尤血 …………… 281
*蒋武救象 …………… 412		蚩尤戏 …………… 281
雅拉射月 …………… 306	**六、其他**	蚩尤旗 …………… 281
遁身 …………… 320		*傀儡子 …………… 412
腊鼓 …………… 318	八极 …………… 8	清角 …………… 300
鲁阳挥戈 …………… 323	八卦 …………… 8	康老子 …………… 301
*舒民杀四虎 ………… 413	八柱 …………… 8	葛天氏之乐 ………… 310
舜造箫 …………… 322	九代 …………… 10	髦头骑 …………… 243
舜耕历山 …………… 322	九招 …………… 10	韶 …………… 347
*寒食 …………… 413	九歌 …………… 11	熊白 …………… 348
蛮触之争 …………… 324	九韶 …………… 11	魌头 …………… 366

图书在版编目（CIP）数据

中国神话传说词典 / 袁珂编著 . — 修订本 . — 北京：北京联合出版公司，2013.1（2022.10 重印）
ISBN 978-7-5502-1175-9

Ⅰ . ①中… Ⅱ . ①袁… Ⅲ . ①神话—中国—词典 Ⅳ . ① I207.7–61

中国版本图书馆 CIP 数据核字（2012）第 274400 号

Simplified Chinese edition
Copyright © 2015 POST WAVE PUBLISHING CONSULTING（Beijing）Co., Ltd.
本书中文简体版权归属于后浪出版咨询(北京)有限责任公司

中国神话传说词典（修订版）

编 著 者：袁　珂
出 品 人：赵红仕
选题策划：后浪出版公司
出版统筹：吴兴元
特约编辑：马春华
责任编辑：丰雪飞
封面设计：周伟伟
版面设计：王雨薇
营销推广：ONEBOOK
装帧制造：墨白空间

北京联合出版公司出版
（北京市西城区德外大街 83 号楼 9 层　100088）
北京盛通印刷股份有限公司印刷　新华书店经销
字数 645 千字　690 毫米 ×960 毫米　1/16　31 印张
2013 年 1 月第 1 版　2022 年 10 月第 9 次印刷
ISBN 978-7-5502-1175-9
定价：49.80 元

后浪出版咨询(北京)有限责任公司　版权所有，侵权必究
投诉信箱：copyright@hinabook.com　fawu@hinabook.com
未经许可，不得以任何方式复制或者抄袭本书部分或全部内容
本书若有印、装质量问题，请与本公司联系调换，电话 010-64072833

中国神话传说

著　　者：袁珂
书　　号：978-7-5100-4048-1
出版时间：2012.01
定　　价：49.80元

**继鲁迅、茅盾、郭沫若后
第三代中国神话学大师袁珂先生毕生之作
还"中国神话源于韩国"谬论以真相**

挥动巨斧开天辟地的盘古　炼就五色彩石补天的女娲
追赶太阳的夸父　飞天奔月的嫦娥
引弓射日的后羿　钻木取火的燧人
河图洛书的伏羲　凄美的山鬼
风流的河伯　大战蚩尤的黄帝
凿山治水的大禹
还有胜似伊甸园的华胥之国
……
神话传说的三棱镜折射出诸神的生动影像

　　《中国神话传说》是中国神话学专家袁珂先生一生研究成果的集大成之作。因其专业系统且通俗易懂，出版三十年来，受到了国内外读者的广泛欢迎，并且被翻译成俄、日、韩等多种语言。
　　1983年，在《中国古代神话》基础上历经两次重要增补修订而成的《中国神话传说》一书，内容已达原来的四倍，字数六十余万。作者对浩瀚的古文献资料，考辨真伪，订正讹误，加以排比综合，从盘古开天辟地叙述到秦始皇统一六国，把散落在群籍中的吉光片羽遴选出来，熔铸成一个庞大而有机的古神话体系，为读者呈现了一个包罗万象的瑰丽世界，生动地描述了古代中国人的社会生活图系。

中国古代文化常识

（插图修订第4版）

（天地盖书盒） （四色精装版）

主　编：王力
执 笔 者：马汉麟等
审 校 者：姜亮夫 叶圣陶等
修 订 者：刘乐园

（四色平装版） （单色平装版）

四色精装版　书　　号：978-7-5062-9312-9
　　　　　　出版时间：2009.08
　　　　　　定　　价：168.00元

四色平装版　书　　号：978-7-5062-9585-7
　　　　　　出版时间：2009.09
　　　　　　定　　价：49.80元

单色平装版　书　　号：978-7-5062-8689-3
　　　　　　出版时间：2008.09
　　　　　　定　　价：25.00元

名编名著 经典必读 畅销海内外46年
古史新证 改谬补漏 勾勒趣味古典生活

　　本书是王力教授主持并召集众多专家共同编写的关于中国古代文化常识的简明读本，出版46年来前后历经4次重要修订，到今天仍然是大众认识中国古代文化面貌最重要、最全面的基础参考书。全书分礼俗、宗法、饮食、衣饰等十四个方面。本书曾在港台地区出版并被译成日、韩等语言流行于海内外。

　　你知道知名的司母戊鼎有一个假耳朵么？你知道孟姜女姓姜不姓孟么？你知道汉代穿深衣的人所穿的裤子是露屁股的开裆裤么？你知道最古老的同心结是什么样么？你知道黄帝战蚩尤的真相么？你知道最古老的酒瓶出现在6000年前么？你知道猪肉的"腥"字本来是什么意思么？你知道中国近3500年来经历过何等让人匪夷所思的三次大规模变冷么？所有这些奇趣横生的知识，尽在新近出版的《中国古代文化常识》最新增补的内容中。这是一本不掺水的书：那些深入浅出、无一字无出处的真材实料，那些精美清晰的线图，那些古物新知、古史新证，在近世30年的同类出版物中无出其右。数十位专家集四代学人的学术功力，用最平实通达的语言，为广大读者献上了一幅中国古代文化生活的全面、绚丽的图景画卷，这就是这本可以传世的《中国古代文化常识》（插图修订第4版）。